U0358343

民国通俗小说精粹导读丛书

陈洪　主编

云海争奇之儿女恩仇记

（上）

还珠楼主　著

陈洪　导读、批点

南开大学出版社

天　津

图书在版编目(CIP)数据

云海争奇之儿女恩仇记：上、中、下 / 还珠楼主著；
陈洪导读、批点. —天津：南开大学出版社，2019.6
（民国通俗小说精粹导读丛书）
ISBN 978-7-310-05790-0

Ⅰ.①云… Ⅱ.①还… ②陈… Ⅲ.①侠义小说—文
学欣赏—中国—现代 Ⅳ.①I207.42

中国版本图书馆 CIP 数据核字（2019）第 074145 号

南开大学出版社出版发行
出版人：刘运峰
地址：天津市南开区卫津路 94 号　　邮政编码：300071
营销部电话：(022)23508339　23500755
营销部传真：(022)23508542　　邮购部电话：(022)23502200
*
三河市同力彩印有限公司印刷
全国各地新华书店经销
*
2019 年 6 月第 1 版　　2019 年 6 月第 1 次印刷
230×155 毫米　32 开本　40.125 印张　6 插页　1034 千字
定价：128.00 元

如遇图书印装质量问题,请与本社营销部联系调换,电话:(022)23507125

出版说明

民国通俗小说是中国近现代文学宝库的重要组成部分，其中有一大批文质兼美的作品，已逐渐经典化。这些小说在我国有深厚的读者基础，随着时间的推移，其文化内涵更受到读者的关注。立足于发掘经典的当代意义，在作品遴选和编排方式上进行创新，我们策划出版了本套"民国通俗小说精粹导读丛书"。

本书是武侠小说领军人物还珠楼主的代表作品《云海争奇记》全本及其续书《兵书峡》前三回的合编批点本。

《云海争奇记》是还珠楼主的重要著作，其文学水准可称第一。它不同于"蜀山系列"神魔加剑侠的内容，而是以武侠人物为主的"入世"之作。原著突出表现了武侠文学两个最富冲击力的母题：快意恩仇和少年磨难，主题即为"儿女复仇"，这一主题延续到同一系列的《兵书峡》前三回。为使读者完整阅读这个大开大合的故事，本书将两者合刊，并命名为《云海争奇之儿女恩仇记》。

为帮助读者更好地鉴赏作品，减少阅读障碍，本书特设置夹批板块，由南开大学讲席教授陈洪先生随文评点原著（以楷体字加粗标注），并撰写作品导读，附于书前。相信读者能在阅读原著的同时，获得新的启发。

由于写作年代较早，原著中的用字用词有与现行出版规范要求相龃龉之处。为了最大限度保持小说的原汁原味，在编校书稿时，除明显错讹外，对异形词、儿化词、非法定计量单位等问题，均尊重原著原貌，不予更动。

南开大学出版社

2019 年 3 月

恩仇肝胆——还珠系列中最耀眼的明珠

还珠楼主的作品以《蜀山剑侠传》名气最大，但论起全书的文学水准来，却是以本书——《云海争奇记》为第一。

在讨论《云海争奇记》的蕴意与评价之前，我们先来谈一谈还珠楼主的成就及其文学史价值。

在很长一段时间里，还珠楼主的名字从一切文学批评、文学研究、文学史著作中消失了。但让人意想不到的是，21世纪初，由《亚洲周刊》编辑部与来自全球各地的文学名家联合评选的"二十世纪中文小说一百强"揭晓，鲁迅的《呐喊》夺得百年小说冠军。紧接着的有沈从文的《边城》、老舍的《骆驼祥子》、张爱玲的《传奇》、钱锺书的《围城》、茅盾的《子夜》、白先勇的《台北人》、巴金的《家》、萧红的《呼兰河传》等。而就是在这样一份分量极重的榜单上，还珠楼主赫然在列。

还珠楼主作品的上榜，并非评委们制造噱头，而是反映出了评选标准更趋全面，更趋合理。若从社会影响力、文化传承，以及独创性来看，还珠上榜实在是实至名归。

还珠楼主，本名李寿民，生于1902年，卒于1961年，重庆市长寿区人。一生作品多达4000余万字。20世纪三四十年代，其作品风行一时，既有报刊连载、单本发行，也被搬上了舞台与银屏；五六十年代，由于意识形态的原因，还珠淡出了人们的视野。而近三十年来，特别是随着网络的普及，他的影响力骤然表现出来。"蜀山"成为各种网络作品、网络游戏汲取灵感的源泉。

还珠楼主的小说最为有名的是"蜀山系列"，包括《蜀山剑侠传》及前传、后传等，相关的另一长篇巨著是《青城十九侠》。这些作品明显受到《封神演义》的影响，但又有所超越，可以说是"神魔"加"剑侠"。由于其中融入了近现代的科学知识，所以想象的空间更加阔大、奇幻；又由于其中灌注了儒释道的观念，特别是道教的思想，所以增加了小说的思想厚度。还珠楼主的另一类作品是所谓"入世"之作，也就是说，"神魔"色彩基本消退，"武侠"人物成为作品的主角。同时，历史背景也较为清晰，多数作品以明清鼎革作为故事展开的基础，在既有的惩恶扬善的同时，又加入了"气节""隐逸"等主题。本书即为这后一类小说的突出代表。

《云海争奇记》及其续集《兵书峡》故事的大背景是明末清初，明宗室的朱由仑率众隐居于芙蓉坪，并伺机反清复明。由于日久骄奢淫逸，正人君子渐次远离，终于祸生肘腋。本人被残杀，事业被出卖，部众沦为奴隶。不过，这一背景在开端并未披露。作者安排叙事颇具匠心。这一背景是在故事展开的过程中，东鳞西爪，逐步交代出来，从而产生了强烈的悬念。

小说采取多线索发展、相互绾络的结构。开篇既不写武林，也不写剑侠，而是从浙东的乡绅虞氏兄弟写起。虞舜民家居，虞尧民在福建为官，而各自有奇特的际遇，分别卷入了武林的大漩涡之中。

舜民这条线借鉴了清代著名小说《儿女英雄传》，但更曲折，更有韵味。其中写江小妹出场一节，颇有诗情画意：

> 帆饱舟轻，顺流而下，行甚迅速，不觉到了桐庐附近。（舜民）推篷凝望，桐君山已横在北岸，临江耸秀，萦紫回青。山麓下面，是岸阔江深，波平似镜。晴日光中，望向前面，风帆点点，直向天边。时见渔村蟹舍，参差位列于两岸之间。三五渔人，据岸扳罾，临流垂钓。山容水色，尽态极妍，宛然一幅富春江长图卷子，端的风物清丽，美妙绝伦。

正观赏得有趣头上，忽听船右侧打桨之声，转向右面船窗一看，点点大一只小船，船头上放着两个篾篓，后半舱坐着一个小姑娘，双手起落不停，身子一仰一合，打桨如飞，在广阔的江面上，疾如箭射，急驶而来。那小船又轻又快，眨眨眼的工夫，已驶到大船旁边，眼看撞上，舜民刚喊得一个"唉"字，小姑娘倏地把左桨朝前，反手一推，同时右手向后一划，双桨便横成了个"一"字。浪花卷处，那小舟立即轻巧巧横了过来，紧贴船边，顺流并进，一点没挨碰上。小姑娘更有主意，紧跟着放了左手的桨，由船内拾起一只上带铁链的搭钩，向大船舷上抛去，"咔"的一声微响，便即勾住，随用左手的桨支住大船边壁，于是借带同行，连一点力都不消费了，转眼停当，这才轻吐娇声，喊了声"卖蟹"。

舜民见那小姑娘年约十六七岁，穿一身灰布短袄，裤腿卷齐膝盖，露出一双细圆有力的粉腿，白足如霜，只嫩指尖上微沾了一点湿泥痕迹，腰系一条蓝布带子，两手略红，想是常常做粗活之故，身材甚是苗条。舟中只她一人和两篓螃蟹、几根草索，别无长物，暗讶：此女小小年纪，孤身棹舟，于大江之上穿波戏水，举重若轻，身子灵活，动作熟练，宛如儿戏一般，却也少见，不禁又去谛视。正赶上小姑娘做完手脚，抬起头来，两下一照面，不由大为惊异。

原来那小姑娘虽是雾鬟风鬓，荆钗布衣，却生就一张白生生的清水脸儿，一双秀目黑白分明，澄如秋水，耳鼻眉口无不滴粉搓酥，琼妆玉砌，青山遥横，红樱欲破，真个是容光照人，秀骨天生，休说荒江渔舍中无此丽人，便是自己半世阅历，也只仅见。那小姑娘看见他是一个官老爷神气的壮年男子，不禁把脸一红，低下头去，低声说道："老爷可要买点大活螃蟹？"舜民正要答语，船艄上的老大已走过来说道："小妹，你的娘呢？怎今天一个人出来，这些日生意好么？"小姑娘凄然答道："我娘病了。昨晚乘娘睡着，捉了这点螃蟹，隔了一夜，都不甚肥了。中午卖了两回，没卖成。还算张老板船走过，卖了他五斤买药，别的不够用了。正盼你们船走过，在江边望见上流来一只红船，连忙赶来，果是你们。如若不要，你劝坐船大老爷，随便给多少，迁就点吃，都买了吧，省得明天更不好卖了。"船老大应了一声，正要往后艄去寻舜民仆人商量。舜民忽听虞妻在身后说道："老爷快喊王升，叫那小姑娘上船来，我买她蟹，还有话问呢。"

……小姑娘危难之中遇到这样善人，事出意外，自是感激拜谢而去。不大一会儿，便听小姑娘在向船老大致谢和双桨打波之声。虞妻凭窗一看，小舟已自大船后划出，直向江岸。小姑娘回顾虞妻望她，将头连点几下，遥遥致谢，双桨不住手地划着，贴波飞驶，真和箭一般朝横里驶去，眼看船影越来越小，隔不一会儿，便停在一个钓矶旁边，仅剩一个小白点子，纵上岸去，隐隐前移，晃眼没入斜阳丛树之中，不知去向。

读这段文字真有"清水出芙蓉"的感觉。而随后展开故事，这个清秀的小姑娘原来身负血海深仇，而且躲避着强仇剧寇的追杀。紧接着，她的唯一保护人又死于非命。情节从此一下子就紧张起来。

尧民那条线则另辟蹊径，从宦海风波写起。虞尧民为官清正，甚有风骨，以致得罪了权贵，必欲置其于死地。他曾无意中救治过一位江湖异人。而这位异人其实是前辈剑侠司空晓星。于是，就引出了司空及其弟子黑摩勒的登场。黑摩勒逐渐走到了舞台的中央。从黑摩勒的故事中，又先后引出了陶元曜与葛鹰两个奇人。而陶元曜的徒弟江明恰是江小妹从未谋面的同父异母的弟弟。于是，江小妹、江明、黑摩勒等少年英侠便开始了复仇、惩恶的惊险历程。

作品并没有从此顺流直下，而是由陶元曜的徒弟身上又另生枝节，从而引出了另外三个性情、品格各异的少年。其中有两个属于负面形象，但也有血海深仇在身，于是产生了与前文几位少侠的强烈对比。他们的恩仇、历险故事逐渐发展，自然而然地出现了另一组人物——阿婷母女。阿婷母女隐身于仇敌身旁，椎心泣血以待一逞，则是另一种复仇者形象。

随后，阿婷这条线与黑摩勒的故事产生交集，渐渐地这些少年英侠走到了一起，而故事的大背景也随之逐渐清晰：原来，他们的仇敌虽非一人，却是一个罪恶集团。集团的首领名为曹景，是个阴狠毒辣、武艺高强的人物。他在十余年前卖主求荣，投靠了清廷，并一直在追杀遗孤。至此，一场大追杀与大复仇的总决战拉开了大幕。

可以看出，整部作品大开大合，头绪繁多，但作者控御有度，始终保持着悬念与节奏。而故事的演进围绕着中心，所以放得开，收得拢，毫无松散的感觉。

这部小说紧紧抓住了武侠文学的两个最富冲击力的"母题"：一个是快意恩仇，一个是少年磨难。而连接这两个母题的，就是"孤儿"。所以，本书把《云海争奇记》与《兵书峡》紧密关联的部分合到一起，并另起一副标题——"儿女恩仇记"，以期更能凸显本书的内容特点。①

粗略统计，《云海争奇记》及续书《兵书峡》共计写了二十个孤儿，这种情况实属罕见。孤儿的代表人物是江小妹和他的弟弟江明，而他们的朋友黑摩勒、童兴也都是孤儿。从故事的关联度划分，可以把这四个人物算作"一组"。另一组则为阿婷、陈业、金线阿泉，以及洪明、洪亮。这一组的特点是隐忍潜藏、苦心孤诣报仇。但一正一反：前三人为正面，后两位属于反面。反正有别，而费尽心机以求一逞则十分相似。这种写法，上可追溯到《史

---

① 还珠楼主的小说中，《云海争奇记》是与《兵书峡》合为一个系列的。前者主题为"儿女复仇"。这一主题大致延续到后者的前三回，然后转为黑摩勒的江湖历险。故本书将《云海争奇记》与《兵书峡》前三回合刊，命名为《云海争奇之儿女恩仇记》。

记》的《刺客列传》，下可影响到金庸《神雕侠侣》的杨过刺杀郭靖的情节设置。还有一个也是身负血仇但纯属于"反面"人物的孤儿马琨，其形象颇令人不喜，刁滑，偏狭，工于心计。不过，作者并没有脸谱化，反而在他身上用了不少笔墨，更增加了作品的艺术魅力。

还珠楼主创作中的这种"孤儿情结"明显地影响到金庸。金庸的十五部作品，大半以孤儿为主角。最主要的几部尤其如此。像《天龙八部》的萧峰、《笑傲江湖》的令狐冲、《鹿鼎记》的韦小宝、《射雕英雄传》的郭靖与杨康、《神雕侠侣》的杨过、《倚天屠龙记》的张无忌、《碧血剑》的袁承志、《飞狐外传》的胡斐，等等。

本书中描写孤儿复仇心理颇为细腻，特别是对于江明。因为年幼，江明的亲人与师父都不肯告知他杀父仇人的情况，而他急于得知内情，一次又一次设法打探，如：

> 江明先就盘问小妹仇人姓名和本身真姓、亲父是谁与旧日家乡何在，小妹只是缄口不言，一听提起芙蓉坪，立即想起在天门岛时，好似听师父和三老也曾说过，立时勾起报仇心事，忙即追问："阿娘，芙蓉坪现在何处？"小妹看了江母一眼，江母自知失言，便叹道："这事早晚必对你说，不过还不到时候，对你说了，无益有害。以后你往来两地，只可说作姓江，乃萧隐君门下新收弟子，别话休说！如不听我言，便不孝了。"
>
> 江明急道："杀父之仇，不共戴天！娘不肯说，姊姊不肯明说，师父更连问都不许。一个人生在世上，连自己的真姓和父母的名字都不知道，有什意思？真急死人！到底何年何月才对我说实话呢？"江母见他放碗不吃，满脸俱是愤悲激烈之容，便慰解他道："听说我儿在山中也常读书，如何还这等暴性？可知子胥逃吴乞食，终于覆楚；勾践卧薪尝胆，

遂致灭吴么？此时正是你两姊弟忍辱负重，增益其所不能，以待将来一举复仇之际，如若不问轻重，徒仗血气之勇贸然行事，凭你二人此时本领，决非仇人对手。倘有失闪，不特仇报不成、饮恨终古，我家只此一线，也由此前斩，娘老无所依还提不到，岂非大不孝么？”江明道：“我也不说就去寻找仇人，不过藏在心里知道，又不泄露于外，怎么说不得呢？”江母故意作色道：“我儿读书，应知明理，怎不听娘话呢？此时不寻仇人，问他何用？如寻仇人，无异送死。年轻人血气方刚，口头不稳，稍泄机密，便成大错，哪能说呢？我儿想知此事，只等你恩师将宝石取去铸成兵刃，有了克敌制胜之具，便娘不说，你师父也会对你说的。这面还有不少，大哥大嫂这里无庸客气，尽量吃饱快走。早去早回，赶来吃夜饭吧。如有闲空，也补上一觉，虽说年轻人不怕熬，终是睡足的好。”

江明想起父仇，心中悲愤已极，哪里还能多咽？恐被众人看破，便把剩的半碗两口吃完，站起说道：“我已吃饱，谢谢大哥大嫂，叫人领我出去，我要走了。”

类似场景后面多次出现，但具体情状各有不同，活灵活现刻画出情切亲仇的少年侠士的性格及心理活动。

作者描写这些少年侠士，个性也大多鲜明。江小妹的外和内刚，黑摩勒的性傲胆壮，江明的外朴内秀，铁牛的憨厚忠心，阿婷的纯情热心，陈业的老实厚道等，都给读者留下深刻印象。

小说中，描写前辈侠士也有不少妙笔。如写司空晓星报答虞尧民一节，既写出大恩不言谢、急公好义、救人救彻的丈夫气概，更把他智斗悍匪的过程描绘得有如云中神龙，偶露鳞爪，十分引人入胜。

另一位个性鲜明的老侠是葛鹰。这是个带有三分邪气的神偷，但骨子里善恶分明。他游戏风尘的姿态，使读者觉得亲切、可爱。葛鹰这个形象给了金庸很大启发。金庸小说的一些人物刻画的妙笔、情节设计的奇思都有还珠创造的这个葛鹰的影子。如《射雕英雄传》的洪七公，因少了一个手指头，江湖人称"九指神丐"。武功高强，但有一嗜好，就是嘴馋贪吃。而这正是葛鹰的"标志"——江湖人称"七指神偷"，武功高强，但嘴馋贪吃。江小妹借下厨为他烹调美味，得到了他的帮助与保护，赶跑了纠缠不休的姜绍祖与姜氏。而洪七公则有黄蓉烹调，"骗"他传授武功，并赶跑了纠缠不休的欧阳克。

葛鹰驱逐姜氏母子一节，写得十分滑稽：

（姜氏金红）扬梭待发。不料手才一扬，猛听对面有人怪声怪气的喝道："我家有个丑丫头，找不着小老公，恰好你正找媳妇。你那乖儿子已被我抢回去，准备做姑爷了。"

说时迟，那时快！金红手中梭已然发出三片，那发话人也声随人到，落在当场，手伸处全部接去。小妹一听声音，便知来者正是葛鹰，好生惊喜。这时葛鹰衣衫不整，步履歪斜，说话本就粗声怪气，酒后再短着一个舌头，一身都是醉态。尤其是脸上还戴着一副黑面具，头大面具小，也不知怎么结束的，脸只遮住口鼻等处，露出一头乱发和两只灼灼有光的鹞眼，身相端的又丑又怪。……小妹一听口气，料他隐迹来此解围，不愿对方知底，立即顺风收帆道："是她瞎缠不清，谁愿和她动手？老伯伯既要和她攀亲，我走了。"说罢将身一跃，便向林外纵去。

金红一见发了急，忙喝："小鬼丫头往哪里走？"待要追去。葛鹰只一闪身便拦在前面，笑道："亲家母追她作什？趁此无人，我两家头商量亲事吧。"……

金红闻言，才想起适才叫儿子暗中相亲，后来曾见他掩进林来藏身左侧树后偷看，怎喊他不见答应；这醉鬼行藏诡秘，看身手着实是个会家，所说虽像醉话，多有骨子，莫非我儿真个吃了他亏不成？想到这里好生惶急，不禁把追小妹的心思全都打掉，忙喝："你这醉鬼说话颠三倒四，到底你叫什么名字？因何来此笑闹？"葛鹰笑道："我虽喜欢吃两盅，人满明白，不似你糊涂心肠。不是对你说过，因我朋友屋里有个丫头，本事着实比你儿子强得多，长得丑点。适才由此路过，见你正在强讨亲，你说得天花乱坠，人家偏不情愿，我想你那儿子和那丫头，一个夯一个丑，两家头刚好扯直。你这样着急讨媳妇，对这自送上门来的大媒一定情愿。不过那丫头从小没娘，我朋友一向拿她当女儿看待，年纪虽有三十多岁，早就该出阁，但她心高气大，差一点人还看不上眼，再说女儿家要到男家来相亲，也失点身份，因此我叫徒弟把你儿子抱走，明早赶到南京给那丫头看看。怕你老夹缠别人，多费气力，特意告诉一声。话虽这样，你先不必高兴，女家看你儿子没出息，还不定情愿不情愿呢！情愿更好，要是不情愿的话，包退回人，请你放心。再会吧！"说罢便要转身。

熟悉金庸作品的朋友看到这里一定会会心一笑，会想到《鹿鼎记》中十分相似的一段。书中的韦小宝吩咐他的朋友们绑架了郑克塽，口称自己有个又老又丑的妹妹要嫁给他，来阻碍郑对阿珂的追求。显然，金庸是由此获得灵感。至于两本书的"假逼婚"优劣高低如何，可以说"春兰秋菊，各极一时之秀"。

　　这部书刻画的几位老年女性也给读者留下深刻印象。正面的，有江小妹之母，阿婷之母，反面的则有花铁丐。江母原为王妃，虽落难而不失高华气象。阿婷之母一方面是武林高手，潜伏虎穴近旁伺机复仇，一方面又是一个慈母的形象；而对待陈业又是一副慈心热肠的"准"丈母娘的面目。反面人物花铁丐一生作恶多端，但她又有自己的感情生活，而且舐犊情深；到了生死关头，坦然面对，很有几分大丈夫气概。这些都不是一般武侠小说可比的。

至于武侠小说题中必有之义——武技与武打场面，本书也是精彩纷呈，颇有匠心独运之笔。仙霞岭大战，金华北山大比武，都是场面宏大、起伏跌宕的武戏。而铁摩勒与断臂丐的比武较技，车卫戏弄刺客等，都在武技之外别出心裁，读来令人忍俊不禁。

人们读《水浒》，对于其中力搏猛兽的情节尤其印象深刻，如武松打虎、李逵杀四虎、解珍解宝猎虎之类。《云海争奇记》在这方面继承传统又有发展。全书写侠士剑客与各种猛恶动物搏斗，不仅情节紧张，而且想象奇特。其中比较写实的有周鼎与侯绍联手除掉野猪群，陈业、马琨斗藏獒等。极力夸张想象的则有黑摩勒与江明黄山斗异蛇，玄玉、清缘除芋蜓、犬弩与星蛉。这些稀奇古怪的动物完全出于作者的凭空虚构，于是为全书增添了几分神异色彩。

另外，对于年轻的朋友，这部书在带来惊险刺激的同时，还可以帮助提升写作的水平。还珠楼主走南闯北，多历名山大川，阅遍晦明雨雪，因而书中不仅喜欢写景，而且善于写景。那些大量的精彩的景物描绘，实在是不可多得的"写景教材"。

在 20 世纪三四十年代的几百部武侠小说中，论及情节丰富，结构紧凑，人物生动，虚实相生等几个方面的均衡，当以这部作品列于榜首。

大樽居士于戊戌岁末

目 录

（上）

第一回　烟水苍茫　双桨凌波人似玉
　　　　风尘奔荡　扁舟剪烛夜如年

仆自客岁，以病家居，杜门却扫，经卷药炉，自安禅悦。匪惟无心世事，即笔墨生涯亦拟抛弃。顾以《新北京》《天风》两报主者，均为多年朋友。拙著《蜀山》《青城》两小说，同未完卷，欲罢不能，延至今迄。仆既病且懒，初意此二报而外，不复肆为笔孽，再有写作矣。上月《实报》主人以某君之介，嘱撰小说，以疥栏尾。辞不获允，迄未报命。顷又一再敦迫，词意殷勤，若欲必得。勉草斯篇，用图塞责。窃思武侠小说久成滥泛，仆更伦荒，何当俊赏？明知巴里之言，难为《实报》增重，第幼随宦辙，性适嬉游，长更旅食四方，频年流转，足迹所经，实半国内。兹者志事弗应，意复慵散，未了中年，几类枯僧。独于山水癖嗜，结习难忘，登临莫遂，犹存遐想。每当风雨晦明，烟晨月夕，辄复坐温旧梦，神往竟日，以是道里山川，时萦胸臆，每借小说，寄其幽情。**还珠素有山水烟霞之癖，泛注小说便成特色。某物理学院士曾盛赞还珠小说中的自然景物描写，称其成就在柳宗元之上。二者相较，或有不伦。然还珠写景，之奇，之美，开卷自见也。**虽笔致庸凡，学殖未逮，不足以状丘壑林泉烟云变态之奇；然景因实践，记类写真，篇中道里山川之所由涉，风土人情之所由履，其视此为卧游之资乎？

江南为吾国文物富庶之邦，而两浙山水之秀丽，又复由于东南诸省江山毓秀，人才辈出，岩壑幽岫，尽多奇士。惟以此辈英男侠女，大都遁迹林泉，游神物外，襟怀淡泊，性慕冲虚。即有任侠尚义之行，亦多是我行我素，不喜世知。乡里老儒，标榜性理之学，偶涉奇迹，便认为怪力乱神之言，子所不语，志怪谈鬼之人大都坎壈终身，我何人斯，敢犯时忌！偶有闻见，往往掩耳疾走，若将浼焉，匪惟不敢言，且亦不敢闻，笔之于书更无论矣。其身受者，又多无告穷黎、寡识编氓。以故敢言者不能传，能传者不敢言，豪情胜事只在民间，终不达于士大夫之耳目。文人笔记间有载列，亦以忌避孔多，语焉弗尽。冠带之人尚且谓其非情，譬之寓言，甚或目为邪说，多所垢病。岁年淹没，于是乎其传者寡矣。

作者漫游四方，喜闻异事，登临之顷，每就山僧野道、村老逸民，促坐清谈，询以所知，而于游侠迹事尤多向往，廿年尘迹，闻见殊多。本篇所纪白岳十四侠士，即昔年江南之旧闻也。本书结局虽在黄山，而诸侠事迹都散在江、浙一带。

这里先从浙江省金华府永康县一个姓虞的开始写起。金华府旧辖八县，如东阳、永康等县，多有县治而无城垣。这姓虞的，家住在离县街二十余里的河上村内，附近有三个大镇：一名西市口，一名百集，一名下大路。当地为前明显宦应氏宗族聚居之所，子裔繁昌，族人甚多，村民姓应的差不多要占十之七八，所以当地人都叫它作十里应。姓虞的却是前三代才从镇海迁来，**细细写来，一笔不苟，给人以"实录"的感觉。**地介西市口、百集二者之间，只有五六家同族。不过虞家也是江东望眷，诗书世裔，每家眷属人口都不在少，田产又多，加上附居的几十家佣仆佃户，无形中也自成了一个村落。

本书所纪，乃是虞家第二房子孙。家主名叫虞舜民，年已半百过去，世以耕读传家。**写武侠，却从一富家翁发端，似迂实巧。缓缓道来，有从容之致。**同胞老弟兄四个：老大尧民，老三圣民，都在外省做官；老四德民，是个小京官，嘉庆初年，病故京寓。只他一人，性情淡泊，乐善好施；两试春官不第，便即无意进取，只在故乡纳福，力田课织，好行善事，乡里都称他作"二善人"。

他又长于经纪，善于享受，治理得家中田业日益富厚。起居饮食，虽不专做排场、穷极奢侈，却也实际讲求，务极适美。虞氏弟兄分家过度，并非出于自动，乃是上辈祖人明白事体，长于虑远。知道君子之泽，五世而斩，子孙的贤愚不肖，难为预料。天下没有长聚不散之局，便是张公百忍，同居也仅九世；况世上能有几个张公？子胤一繁，争端易起。与其徒慕数代同居的虚名，启子孙阋墙之渐；反不如及身之存，早为平停分配。并以读不废耕，耕不废读，著为传家典则。虽不必亲事躬耕，至少占晴课雨，岁时收成，必使闻知。违者即是不孝，勿使或背。如此既免异日戈操同室，其豆相煎，而子孙分家以后，自立门户，各不相赖，互有观摩，即或不肖，多少也保得一点田业在手，决不致完全荡败，尽弃耕读，同沦饿殍，遂废蒸尝。所以三世分家，友于相亲，始终弗替。连妯娌娣姒之间，都无间言。对人又极厚道，真是一人雍和，全村上下，都是祥淑之气。人生最难得是境遇舒适，受人尊敬，家族和美，不生闲气。舜民处到这样的环境，又是个会享福知足的人，还有什么不称心的。

谁知天公惯使人添上缺陷，大、三、四三房都是人多丁旺，惟独舜民，年逾四旬，子女犹虚。他又笃于琴瑟之好，不肯纳妾。虽然兄弟子侄辈中颇多贤者，不难择一过继，毕竟钱要自有，子要亲生，**八个字，看似俗陋，却是实在道理**。舜民只管达观，终觉有些美中不足。虞妻人本贤淑，因见偌大家资，这般极好境遇，自己四旬开外，将近七七阴绝之年，尚无生育，丈夫又坚持一夫一妻的成见，不肯纳妾，心中难过已极。妇人家见识，急得无法，便瞒了舜民，求神许愿。又知舜民夫妻情长，多半由于青年时生得貌美、种下爱根的缘故，屡次所说的，十九中人之姿，所以不能当意，要是真能物色到一个佳丽，再和他日夕求劝苦磨，也许能够心回意转，改了成见。论起丈夫年纪虽然大些，但他生活优裕，看去不过三十五六年纪，就给找个二八佳人，也不致便有老夫少妻之诮，使所纳之女受了委屈，于是暗中派人到处物色佳丽，又向当地最著灵迹的胡公祠许下求子心愿。主意虽好，做起来却非容易。第一样永康是一个四境多山的小县，不似杭、嘉、湖一带文物富庶之区，水丽山清，惯产佳人。全县只有限十来家绅宦巨室，人物语言都较质野。因地贫瘠，村姑少女经岁耕作，习于劳苦，多是手脚粗大，身子健壮，貌在中人以下。即便那生得清丽一点的，面皮先晒成了紫黄颜色，有什好看？这类女子，嫁作农妇，全都是勤俭持家的上选，如以金屋藏之，未免和那"娇"字相差悬远。同为越女，要打算在此中寻出一个苎萝村头、浣纱溪畔的人物，真是万难其选。虞妻又是大家的眷属，只可命近身仆媪代办，不能远出物色。因她为人厚道，本着千金市骨之意，是以少女来相看的，不问丑恶，总是多给相封，于是来者日众，常致应接不暇。白忙了两年，终未物色到一个中意的女子。虞妻依然志念坚诚，终不灰心，誓欲必得。

乡里皆知此事，不由传到舜民耳里，一问便推说是买一近身使唤丫头，并非为丈夫买妾。舜民先是不悦，后见问过两次，都是潸然欲泪，心中老大不忍。再经虞妻几次三番用言婉劝，渐渐心活，暗忖：大家都是四旬外人，自己何尝不盼儿子，怎能怪她？看这情景已是不容坚拒，莫如就势答应，也省得他日为此事酸心劳神，便答道："我并非不想生子，只为事有定命，命该绝嗣，终是无有。常见许多大人家，因无子息，纳上三四房侧室，结果不能如愿，精神身体倒吃了大亏，这还是个好的。甚或本来好好家庭，闹得终年争吵，百事不举，身前身后闹下无穷笑话，儿子仍没养下一个。你我恩爱夫妻，何苦好好日子不过，自找苦吃？我知你性情忠厚，情切子息，必然诸事优容，遇见性情温和的还可将就；要接一个性恶的人到家，使你暗地生气，又不明说，我怎对得你过？所以这事你说了多年，都未答应，现既一定要我纳妾，照你在此地办是不行的。待我明春往杭州走一次，那里有不少老亲老友，也不必怎样费事，只捡那干净点的大家丫头，或买或要，带回一个。我虽生有洁癖，不喜丑人，此举全为子息，与纳妾享乐不同。只要懂得规矩，性情温良，人有宜男之相，再干净一些，便足中选，并不要那绝色女子。一去即能寻到，就便还可看望她们，你该不要着急了吧。"

虞妻见丈夫居然听劝，好不容易，心虽喜欢，总怕明春之行是宽慰自己，敷衍搪塞，到时又复变卦，立即催促速行，说："时方九秋，明春还需好几个月，不如就走。带着新人回家，吃团圆年夜饭，明年下半年，也许就有儿子了。多年老夫妻，何苦使我又眼巴巴地多盼上几月？"舜民知爱妻欲早了心愿，笑答道："你怎如此心急？西湖数年未去，明春前往，正好借此载酒湖山，游散游散。今已寒秋，转眼冬天，到了又赶回家，岂不虚此一行么？"虞妻得了口，哪肯放松？不但即日要走，并说自己许有灵隐寺的烧香心愿，还要相随同去。连劝了两次，舜民知她不甚放心，不欲过拂其意，反正不纳妾决难交代，只得答应。将家事交给两个近人，夫妻二人带了一仆一婢，一同起身，前往杭州进发。

彼时当地到杭州，本应取道望马头港，经过全川、葛府、下时、东阳、七里寺、娄港头、苏溪、八里桥、红庙、牌头、诸暨、临浦、西兴等地，再由西兴渡过钱塘江，方能到达。全程有好几百里，山重水复，路颇难走。单是由永康到诸暨这前半段，论路程不过二百五六十里，沿途舟舆就要换上好几次。舜民恐怕女眷同行，道途劳顿，决计绕远；改走桐庐水路，取道金华府，由兰溪泛舟，过桐庐、富春，直下钱塘，就便游玩严滩，观赏桐君山色。由永康到金华，只有百余里路。舜民夫妻仆媪都乘着竹轿，想当日赶到，特雇用了两班轿夫。这条道路又甚平整，仅经过两处山麓。轿夫全是土著，知道虞二老爷是乡里中有名的善人，带着女眷，不愿投宿旅店；贪得赏钱，一个个抖擞精神，脚底加劲，抬着人和行李往前飞跑。由破晓前起身，路上只吃了一顿午饭，打了两次小尖，时光不过申酉之交，便赶到了金华江边。府城就在对岸，略微歇息，便由江边木船，载着人轿行李，渡过江去。这时斜阳西坠，云净当空。江中波涛浩瀚，衬着天际一轮红日，余晖幻彩，灿若锦霞，红光反射，倒影入水，若有万千道金蛇，腾翻跳掷于银涛碧浪之间，越显得江容壮阔，晚景奇丽。**"晚景奇丽"，是自舜民眼中看出。闲笔表现舜民胸襟、境界，为其下文结交侠女异士暗做一铺垫。**舜民坐在船上，迎着江风，破浪前行。见江景如此好法，不觉心神大爽，高兴非常，愈认此番水行之为得计。正和乃妻谈说，船已抵岸。当地虞家戚友颇多，舜民事前没有通知，因明日动身，还要渡江，上岸以后，随意投了一家姓刘的亲戚。

刘家也是当地绅富，城外别业就在江边不远，明日启行甚便。舜民轿子未到，早有家人赶向前面通报。主人刘子炎，恰好正在城外别业收粮，闻舜民夫妻赴杭，便道经此。自己每年往永康方岩进香，都宿在他的家内，备承礼待；又是中表之亲，多年在家乡纳福，难得路过。慌不迭率了老妻和长子刘安仁、次子刘安信接将出来，迎向里面。双方见礼落坐，子炎要代开发轿钱。舜民知他为人算小，婉言推谢，说："雇用未完，明日还要过江往兰溪去，只给他们准备食宿好了。"子炎先说："每年我去永康，老表弟总是来接去送，连上山轿钱都一齐开发。今日什么风吹来，就不容我尽点心么？"嗣见舜民坚辞，又说："我每去永康，见那里轿钱要贵得多。难得到此，总要多聚两日。这里轿子又便宜又稳快，用不着两班人。莫如还是开发了他们，等走时在本地雇好。"舜民力说："都是乡人，雇用已定，不便中道遣回，况且这班粗人多讲信义，没我的话，你就给他加倍的钱遣走，他也不收不肯。内人杭州心愿急于早了。盛意心领，不妨归途再聚，明早必行。"子炎方无话说。

舜民夫妻坐了一日轿，未免饥疲交加，颇思早食早寝。偏生刘家省俭，事前不知客来，通没准备，又不好意思草率待承，一切均要现往城中购办。还算相隔城市不远，挨到亥初才行齐备，客固饿极，主人也是内心不安，忙得满头大汗，好容易摆上接风酒，来请入坐。仗着金华府是个大邑，又有金腿等名产，席还丰腴。席罢，舜民夫妻人已倦极，略坐片时，便即告寝，暗忖：这般投亲，双方受罪，转不如借宿旅店还方便些，又省扰人。

次早起身，子炎父子直送过江去。别时又说起金华北山双龙洞之胜，回时务请多住两日，同往游观。另外又送了些路菜和两条煮熟去骨的上好茶腿，才行别去。舜民见他两个儿子，安仁相貌猥琐，人极庸愚，年已三十，只买了一名秀才来壮门面，虽然不济，还无什么大不好处；次子安信，生相既是凶恶，性情又复暴戾，仗恃身列武庠，家有资财，专一成群结党，持枪抢棒，打街骂巷，欺压善良。乃母是个侧室，恃宠护短。子炎年老，只知吝啬聚敛，不能约束，早晚必要闯出祸来。不料姑父母为人一生忠厚，竟会有这样儿孙，真可慨惜。可见君子恩泽，不及五世，自己此番纳妾，即便生下儿子，但是年迈衰老，能否教育成人，实不敢必。要似这样恶子，不如无有，反倒省心。路上问起仆人，又得知了刘氏弟兄许多劣迹，越更心烦。**看似闲笔生岔，实则伏线千里。后面一连串冲突由此发端。**由金华到兰溪，风景甚佳，虽在暮秋时节，依旧是平畴绿野，水碧山青。舜民心中感喟，也无心观赏，六七十里的路程，比昨日到得还早。船是早在期前派人到兰溪包定相待，一到便即登舟。开发了优厚的轿钱，轿夫们俱都踊跃欢欣而去。当有随行下人铺开行李，端整好了酒食。舜民夫妻饭后，略停片刻便即安卧。因连日劳乏，吩咐下人，明早只顾开船，不须再来请问。

这一觉直睡到次早辰巳之交，船已开出老远，才行起身。一看，只见江水滔滔，清波一碧，两岸青山绵亘，黛色如染。晴旭烘窗，山光人船，映得人眉宇皆碧。目游佳景，甚是赏心。这一晚足睡之后，精神复了原状。下人进过早点，又将带来的明前旗枪，用江水泡上一壶，佐以两碟茶干瓜子、细巧糖食。清风吹篷，茶香泛瓯，轻舟一叶，容与中流。耳听江水荡荡，柔橹欸乃。山巅树梢，常有人家隐现其间，鸡鸣犬吠之声，不时飘落云外，若相应和，益发令人意远心逸，神志萧然。虞妻王氏初出远门，更盛道江行之乐不置。舜民笑道，"这一段只是桐江上游，并且还是秋天。你看下半日到了桐庐，船行至桐君山和严滩钓台一带，你还更要叫绝呢！这些好水好山难得路过，我也多年旧游，左就没什么急事，船到那里，天已近黑。索性停上一晚，明早和你登岸，上山游玩一回好么？"虞妻笑道："你说不是急事，我却恨不得今天就把它办成才称心呢！也不想想我们都有多大年纪啦。"舜民笑道："事有定数，哪在耽搁这有限两天？这次同你出门，一半是为你常年操劳，又为子息焦心，给你解解闷儿。我这些年在家乡也待腻了，你我还是顺着便道，同玩一玩吧。"虞妻笑道："老爷既然动了游兴，好在耽搁日子不多，我定奉陪就是。"

说时，下人端上午饭，夫妻二人用罢，又谈了些时。帆饱舟轻，顺流而下，行甚迅速，不觉到了桐庐附近。推篷凝望，桐君山已横在北岸，临江耸秀，紫紫回青。山麓下面，是岸阔江深，波平似镜。晴日光中，望向前面，风帆点点，直向天边。时见渔村蟹舍，参差位列于两岸之间。三五渔人，据岸扳罾，临流垂钓。山容水色，尽态极妍，宛然一幅富春江长图卷子，端的风物清丽，美妙绝伦。**还珠写景的段落，可以摘编为一集，名《卧游录》。习作者置之座右，当不无裨益。一笑。**

正观赏得有趣头上，忽听船右侧打桨之声，转向右面船窗一看，点点大一只小船，船头上放着两个篓篓，后半舱坐着一个小姑娘，双手起落不停，身子一仰一合，打桨如飞，在广阔的江面上，疾如箭射，急驶而来。**上文以清丽之笔描写江景，正为此清丽之女出场渲染出背景。**那小船又轻又快，眨眨眼的工夫，已驶到大船旁边，眼看撞上，舜民刚喊得一个"唉"字，小姑娘倏地把左桨朝前反手一推，同时右手向后一划，双桨便横成了个"一"字。浪花卷处，那小舟立即轻巧巧横了过来，紧贴船边，顺流并进，一点没挨碰上。小姑娘更有主意，紧跟着放了左手的桨，由船内拾起一只上带铁链的搭钩，向大船舷上抛去，"咔"的一声微响，便即勾住，随用左手的桨支住大船边壁，于是借带同行，连一点力都不消费了，转眼停当，这才轻吐娇声，喊了声"卖蟹"。

舜民见那小姑娘年约十六七岁，穿一身灰布短袄，裤腿卷齐膝盖，露出一双细圆有力的粉腿，白足如霜，只嫩指尖上微沾了一点湿泥痕迹，腰系一条蓝布带子，两手略红，想是常常做粗活之故，身材甚是苗条。舟中只她一人和两篓螃蟹、几根草索，别无长物，暗讶：此女小小年纪，孤身棹舟，于大江之上穿波戏水，举重若轻，身子灵活，动作熟练，宛如儿戏一般，却也少见，不禁又去谛视。正赶上小姑娘做完手脚，抬起头来，两下一照面，不由大为惊异。**写江小妹形象，分两步来写，越发吸引读者眼球。**

原来那小姑娘虽是雾鬟风鬟，荆钗布衣，却生就一张白生生的清水脸儿，一双秀目黑白分明，澄如秋水，耳鼻眉口无不滴粉搓酥，琼妆玉砌，青山遥横，红樱欲破，真个是容光照人，秀骨天生，休说荒江渔舍中无此丽人，便是自己半世阅历，也只仅见。**清秀富春江，秀丽江上女。**那小姑娘看见他是一个官老爷神气的壮年男子，不禁把脸一红，低下头去，低声说道："老爷可要买点大活螃蟹？"玉颊春生，已增妩媚；珠喉款吐，更显娇柔。舜民正要答语，船艄上的老大已走过来说道："小妹，你的娘呢？怎今天一个人出来，这些日生意好么？"小姑娘凄然答道："我娘病了。昨晚乘娘睡着，捉了这点螃蟹，隔了一夜，都不甚肥了。中午卖了两回，没卖成。还算张老板船走过，卖了他五斤买药，别的不够用了。正盼你们船走过，在江边望见上流来一只红船，连忙赶来，果是你们。如若不要，你劝坐船大老爷，随便给多少，迁就点吃，都买了吧，省得明天更不好卖了。"船老大应了一声，正要往后艄去寻舜民仆人商量。舜民忽听虞妻在身后说道："老爷快喊王升，叫那小姑娘上船来，我买她蟹，还有话问呢。"

说时，王升正从船舷上走来，接口应了，随喊道："小船上大姊，我家太太唤你上船买蟹呢！"船老大也蹲俯着身子，低声向下说道："小妹，你运道来了。我从来在江中载客，也没遇见过这样厚道的老爷太太。把你船勾往后艄，省得碰坏了。快些上来，把你母女苦情对太太说一说，非但做笔好生意，说不定这老爷太太一发慈心，还须周济你呢！"小姑娘闻言，略微迟疑才答道："谢谢你帮忙。"说罢，从船洞里寻出一对草鞋，套在脚上，双手持桨微一拨弄便往船后划去。舜民夫妻刚刚回身坐定，话没说上几句，那小姑娘已从后艄上船，随着虞仆王升走进中舱，手中提着两个篾篓，望着舜民夫妻福了两福，各叫了声"老爷""太太"。虞妻便命王升把蟹篓先拿往后面，叫那小姑娘坐下说话。小姑娘谢道："太太在此，我哪敢坐？我还要赶早回去服侍我娘吃药呢。"

这一对面，虞妻越觉她丽质珊珊，不同凡艳，偏生在这等贫苦人家，方代惋惜，闻言答道："我因见你小小年纪，独驾小舟出没波涛，又有老母生病，甚是可怜，意欲和你谈上片时，帮你一点小忙，再叫人送你回去看看你娘，或者还能代你想个法儿，打个长久主意。你如此心急回去，想必你娘病重。也不知你离家多远，不便强留耽搁。这里有十两银子，算买蟹的钱，另外有两盒点心，可带回给你娘吃吧。我们本是杭州进香，归途走不走这条路还说不定。你不妨把你住的地名留下，要是回来路过，也好寻你。如有什么为难之处，也不妨实话实说，我定帮你忙的。"

那小姑娘已从船人口中得知船客是个善人，慌忙拜谢答道："那两篓蟹并没装满，还值不了串来钱。太太给这多银子，分明行好周济，又给好点心给我娘吃，真是感恩不尽。难女家离桐君山不远，地名黄港村，本当侍候太太一会儿，无奈娘病在床，刚睡一会儿，怕醒来唤人不在，急着回去。我母女每日江边打鱼，船老板好些熟人。太太要从此路过，我自会寻上来的。有这十两银子，足够我娘养病，无须再要了。我受太太这样大恩，无法可报。太太家住在哪里呢？"虞妻喜道："我家住永康河上村，一打听虞二老爷家，全县谁都知道。适才你说家离桐君山不远，想就在前边了。我们明早正要上山游玩，少时就在山下停船。你回家看完你娘，如有闲空，不论今晚明早，都可随便寻我，有什么事儿，也只管和我说，不要客气。只是明早要来，切莫过午，过午船就开走了。"小姑娘忙又谢了，跟着拜辞。

虞妻先想命仆人随往，查看她家景况，多给一点银子；继一寻思，停船之处，相隔她家甚近，等她明早不来，再作计较不晚，便即作罢；又见她喜忧交集，神色匆迫，忙着回去，忙命人取了十两多一锭银子，连同两匣点心，又分出一些路菜，用碗盛了，交她一并带回；行时再三叮嘱，至迟明早，务必到前途泊舟之所，再见一次，好为她母女二人打算。小姑娘危难之中遇到这样善人，事出意外，自是感激拜谢而去。不大一会儿，便听小姑娘在向船老大致谢和双桨打波之声。虞妻凭窗一看，小舟已自大船后划出，直向江岸。小姑娘回顾虞妻望她，将头连点几下，遥遥致谢，双桨不住手地划着，贴波飞驶，真和箭一般朝横里驶去，眼看船影越来越小，隔不一会儿，便停在一个钓矶旁边，仅剩一个小白点子，纵上岸去，隐隐前移，晃眼没入斜阳丛树之中，不知去向。呆望了一回，和舜民二人谈起，又慨惜称赞了一阵。

虞妻猛想起晤面匆匆，竟忘了问她姓名，好生后悔。舜民笑道："也没见你这样好心人，她不是还要来么？"虞妻答道："老爷你不曾留意，我看此女秀外慧中，生得那般美丽，人却十分端重，全无半点轻狂；心忧病母，行时何等匆忙，却在细心听问我们家乡住处。查她语言容貌行径，起初决不是什么卖鱼人家之女。她受我蟹价，虽然声谢，因应急用，并不谦辞。再问她还须帮助与否，却又不受，只问我们居处，行时未说定来的话，分明含有深心，明早来不来，真还说不一定哩。"舜民又笑道："此女固非庸流，你说得她如此深沉，未免看得过重了。就说她无多希冀，照你那么叮嘱，就送行也该来一趟，难道就好意思置之不理么？"虞妻笑道："这话难说。且等明早再看吧。"舜民问是何故，虞妻答道："她没回以前，我还没想到她有点藏头露尾，后见她走，才行发觉。请问她既家住桐君山下小村以内，明在前途，她行舟又快，理应朝前，怎么回舟时反倒逆流，向着后面斜渡呢？我想船上人虽常经过这里，与她母亲相熟，也未必会真知她的姓名来历。

不妨唤王升去问问试试。"舜民闻言，也觉乃妻心细，所论颇为有理，又想起那小姑娘的身子矫捷轻灵，迥异寻常，自家江南，所见渔人也多，却从未见过这等人物；试命王升往后艄一问舟人，少停回话，果不知那姑娘住处。

母女二人前年才在江面出现，正当四五月间鲥鱼上市的时候。富春江鱼虾远近驰名，每年有大宗出产。鲥鱼更是时鲜岁贡，官府设有常课，每值鱼季，用八百里快马驰驿，入京进贡，视为重典。起初渔人贡鱼到官，差役勒索规例不遂，故意挑别搁置，一天不给起运，渔人不能交代，便不能将鱼出卖。这类季鱼，到了时候，大批成群，乘潮应时而至，号称"来鲥去鲞"。过了端阳，便一天比一天稀少，就有，肉也老了。

渔人因为官府责索岁贡，受那万恶差役勒逼，往往闹得倾家荡产，卖儿卖女。遇到产鱼做好生意的季节，反倒民不聊生起来；受苦不过，经几个聪明渔人呈明官府，设下牙行，所有江边渔人打来鱼虾，都归当地牙行经纪出卖，取些佣钱。渔户按年轮值，应付官府贡例，既免差役徇私，以金钱定去取，任意指派，又划了行市。用意原来甚好，可是利之所在，日久弊生。鱼非经行不卖，经纪人掌了渔人得失大权，又因岁贡应官之故，不能不与官府差役接纳，渐渐勾结一起，狼狈为奸，常借官差势力，欺压良善渔人，无形中成了一个土棍，横行江浒，妄自称尊。**闲笔，却深谙世态。又，《水浒传》张顺一流，下文相打者却非铁牛大哥。一笑。** 众渔户又受逼不过，良善的甘受压榨，饮泣吞声；倔强一点的，便纠合起来，相与对抗，也不知打了多少回群架。结果，经人调处，渔户也因非有这行不可，双方让步，重定公平规例，才得勉强相安。这一来，变成了两种势力。所定规例至严，不是本段渔人，休想在当地打鱼贩卖。见她母女二人用一小舟在江边打鱼，因是女流之辈，便和她好言理论，说事犯渔规，不可如此。老婆子道："你们一网就是几百斤，我们一副手提的网兜，每日不过打十几条，混碗饭吃，碍你什么事？"问她的是一个老渔户，名叫冯阿保，便答道："话不是如此说。大家都是苦人，并不在你打多打少。我们打鱼都有地段，此例一开，明日大家都来，这鱼就不用打了，这是遇见我，你们又是女人，要遇上那脾气暴、不讲理的，怕不连你这只小船都给拆了。"

那少女闻言，陡地秀眉一竖，冷笑道："你们有地段，这条长江须不是你们的，管得着么，谁不服，只管叫他来拆一回船试试。"阿保吃他母女抢白了一顿，虽是不快，并没想告知行里和别的渔户给她母女厉害，只气着回答道："你当我要拦你的财路么？我也不对人说，日子长了，迟早总有人给你颜色，那时就知道我是好心不是了。"少女闻言，便对她娘咬了几句耳朵，笑对阿保道："你老人家好心，我已看出。不过天下事总要有个了断，我们非此不能度日，早晚是个麻烦，何如今日办完的好。要怎样我们才能打鱼呢？"阿保道："小妹妹你不知道，这里渔户，因有衙门年贡规例，上下游七八十里以内，共有三百多条渔船、一百四十三座渔罾。靠江吃饭的有上万人，各有各的行头，外人休想插进一个。你们打来自吃不卖无关；鱼一上市，便须经过牙行。你没鱼帖，如何肯代你卖？这个简直无法帮忙。就往他处，也是如此；不如另打主意，免惹是非。"少女道："照此说来，是没商量了？无奈我鱼是打定了，请你早把他们叫来，早些讲好，也了一桩事儿如何？"

阿保见他母女执迷不悟，转眼就是祸事，还不自知；叹口气道："你母女不听好话，只好由你们去。我偌大年纪，也不能打我身上造孽，去喊人来害你。不过你那些话只好和我说，如换别人，一个话说不好，僵了，就许种你们的荷花呢。客气一点的好，打不成鱼，莫要再闯了祸不是玩的。"说罢，头也不回，竟自去了，走时还闻得母女二人笑语之声，好似全不在意神气。

第二天果遇见两个不好说话的渔人，两下言语失和，骂了她娘一声"老泼妇"，吃那少女伸手一掌打倒。第二人上去，又照样跌翻。恰值旁边走过几个渔户，赶上助拳，又还没怎近身，一会儿打了个七颠八倒，于是事情闹大。行头和附近众渔户，听说有人闹江，甚是强横，一个个持着渔叉棍棒，一窝风赶来，她母女二人也准备厮打，挺身立在当地，面不改色。众人见是两个女子，益发看轻。正要打上，幸而那行头久闯江湖，见多识广，见她母女二人英勇气概，人已有七八个被她打倒，估量不是好相与，稍一处置不善，便有多条人命好出，连忙挺身上前，先拦阻了众人，然后和她母女理论。**写世态人情，十分生动，非多所阅历不能。**

不料她母女打人不过示威，为久居之计，胸中早有成竹。少女先说挨打的不该张口骂人，倚多为胜，欺压女流；再拿话挤话，给行头和众人一个下台地步；挤到行头说出"只鱼不上岸，不使渔网，便许你卖"的话，又问明大家，全无异议，然后笑道："你当我离了网子就不能打鱼么？你们都在江边立好，看我下江捉几条鱼儿你看看。"说罢，向她娘手中要过一个小包，里面包着薄薄两件水衣，也看不出是什么料子所制，颜色灰黑，又亮又滑，套在衣服外面；向众人手里要过一条麻绳，脱了鞋袜，笑吟吟站在江码头系船石桩上，喊声"你们看好"，身子往下微微一蹲，也没见怎用力，便和箭一般，平空十几丈，往江心里蹿去，只稍微有点响声，连浪花都没怎么溅起，待有顿把饭的光景，踪影全无。众人正等得没什么动静，忽听江边呼隆一响，那少女和人鱼也似，从水里蹿上岸来，手里头提着一串七八条活鲜鲜的银鳞朱尾大鲥鱼。**矫健、轻灵，与船头卖蟹的渔家女，迥似二人。**那鱼每条都有六七斤来重，在江时力量甚大，性子又灵，滑溜异常，多大水性的人，也休想空手捉得住它一条，这多大鱼，单说分量就不下四五十斤，也不知怎么被她捉到的。众人本已惊异，同时又有人发觉她纵时所立石桩，还留下两个足印，深到半寸，石头都碎成了粉。这样大本领，众人哪得不怕她，就硬占码头都不敢拦。

这母女二人，却是得了彩头就完，一点也不狂傲，只说："承蒙诸位大量，让我母女吃饭。从此一言为定，我们是女流，家无兄弟，也不便挑鱼往城市上贩卖，就在江中捉些鱼虾，等那过路客船做点生意，想必总可以吧？"行头好容易没出事，扫了自己和大家面子，坏了行规，自然知趣答应，并见好于她，说："我们本不多你们母女二人，无奈行规难破。我说不许用网，是指的扳罾大网，像你们这小网兜，但用无妨，就有别人来此循例，我们也有话说。他只要有小姑娘的本事，只管学样好了。"少女又向行头和受伤人说了几句好话，一天云雾，立时都散。她母女人又十分本分，少女更是孝母，对人和气肯帮忙，日久是江边渔人没一个不说她好的。从此便在江中打鱼，向过往客船贩卖。船上人多认得她，都知住在桐君山下黄港村一片冷僻树林里面。她总不说准地方，也不和外人交往。

自从那年闹事之后，永没见她再显什么手段，打鱼也是用网兜捞，轻易不见她跳进江里去捉。除了一二日来一趟江边打些鱼虾，卖完就走，难得有人遇见。习久相安，众人也不在话下了。她母女形影不离，每来江边卖鱼，总是先去冯阿保家，那里存有她的打鱼网兜和那只小船。照例是老的划船，小的打鱼；卖时却改由小的划船，老的出头来卖。凭她本事，尽可打不少鱼虾，可是她每次所得，够二三日的用度算是最多，永不多打。前一二年，船上人多听说过她母女本领，人又端庄大方，说话和气，再划船时那点工夫，谁也没敢轻视她。只有一次，也是她娘犯了老病未来，恰巧一只货船走过，船老大雇了一个新的帮手，年轻不知就里，欺她是孤身女子，说了几句风流话，付钱时又摸了她一下手，她立时跳回小船，指着那船夫说了几句，并未动手，等船老大得知，赶来赔话，船已划去。第三日早上，那船夫便觉胸肋隐隐作痛，由此日重一日，卧床病倒。那船老大是个晓事的老江湖，觉着可疑，便问他和谁交过手未？这才想起，那日被她指说，肋下似乎被小石块打了一下，当时觉着微微一麻，没有在意。船老大知道吃人用内家气功点了重穴。偏生这只货船又是应了客人紧急日脚，走上水，往衢州交货的，误了一天就要吃大赔账，路上阻了两天风，赶还来不及，怎能回船桐君讨饶求救？再说人家一向和和气气，既在暗中下此重手，求了去也未必认账。凑巧船离兰溪不远，那里江边住有一著名的内家好手罗鹏，以为就近可治，也容易求些，顺路抬往求救。罗鹏一见，面上便改了颜色，说："是伤在死穴，受伤的当日还可得活。你们不是行家，点的人又叫他二日后发作，分明成心要他死命。照理这种死穴出于正家传授，不是深仇大恨决不轻点，必有大不对处。如今发觉太迟，无救的了。"**其实，罪不至死。然读武侠，此类情节不必较真。**

船老大说了实话，几经代他苦求，罗鹏方说道："照船夫这等刁顽无礼，随便调戏女人，欺凌孤弱，本当受此重报。既是再三苦求，答应我两件事，我破例多费手脚，让他多活上半年，好回家乡安排后事。要想复原，除非神仙下凡，谁也无能为力了。哪两件事？一是不准到处张扬，并不许和病人实说。问起，只说自生的病，事出疑心，与人无干。二是下次路过，见了这小姑娘，装着不知，更不许向她理论。如不听话，保不定还有祸事临头，再来寻我，就不管了。"船老大见实无法想，只得应了。当下将人留在那里治疗，恰好船回载走。这时那船夫已病得昏迷不醒，罗鹏先用积年陈尿和药，将他人半身浸在盆里，又给开刀破气，敷上灵药，第三日才得回生。养了半月，方能起坐。货船已走回路，行近兰溪，远远望见一只小船刚从江边罗家门前开出。船上坐着两人，跟飞一般往下流头驶去，晃眼剩下一个小小黑点，就不见了，连船带人，颇像是她母女。本船老大，此时正做这只货船的下手，同到罗家谢了罗鹏，将人载走，偷偷一问他徒弟："那小船上人是谁？"答说："连日并无人来。"辞色颇显支吾。后过桐江向人打听，都说那几日未见她母女卖鱼，虽疑和罗鹏是一路，这类事谁也不敢十分究问。受伤船夫不久死去，就此拉倒，以后未再出事。

船上人有时问她姓名，只指着江水说姓江，没有名字。都把小姑娘叫小妹，她母叫小妹的娘。老的今年常犯老病，便由小妹一人乘舟出来做生意。她不但水上功夫好，眼力更强。她说冯阿保人好，小船总停在他码头旁边，隔老远望见来船，便能看出来船主人是谁。跳上小船，双桨一划，横穿过来，真比马跑还快呢！

舜民闻得小姑娘如许奇迹，虞妻所料果然不差，大为惊讶，暗忖风尘中虽多异人，半生渴想，不获一见，不想于荒江鱼舍中得之。看她妙年丽质，奉母江村，家无壮男，形影相依，驾一叶轻舟，出没洪涛阔浪之中，独御众侮，视险若夷，轻薄小人，犯之立毙，求诸须眉英杰，尚所未闻，何况女子？此女言谈行径，处处内刚外柔，敛锋藏气，委实令人可敬可钦。料她身世定有难言之隐，这等旷世难逢的奇女子，岂可失之交臂？**若以常理度之，此女指顾间致人死地，常人避之唯恐不及，岂敢有非分之想！** 便和妻室商量，乘她母病方危，周济一番，既可结交英侠，又是好事。明早桐君之约，如不来赴，索性寻到她家中去。既有地名和那冯老渔人，想必不难找到。虞妻别有深心，自是愿意。

说着说着，船已泊近桐君山下。船人都忙着抛锚、下帆、搭板诸事。凭窗四望，夕阳在山，归鸦阵阵，晚潮始升，清波欲上，映着落照红霞，水面上翻滚起千万片金鳞异彩，顺流卷去，直到天边，闪幻变灭，无休无尽。停锚之处正是一行垂柳，下面阳光吃柳树遮住，阴影在波。江水深清，无数小鱼在柳影中往来游泳，穿柳如梭，时或游近水面，昂头悬尾，聚唼落叶，船上微有响动，立即拨鳍掉首，悠然而逝，深投水底，俄顷渐出，看去意境闲适，殊得静中之趣。**写游鱼，生动处不逊柳子厚《小石潭记》。** 等到船人下了帆篷，整理停当，天际夕阳只剩大半轮，出没浮沉于遥波之上。暝色初凝，炊烟四起，已到了渔家饭熟的时候，下人来请开饭。舜民感觉天时尚早，继一想，看今晚月色必佳，何不早些吃完了饭，趁天未黑，先上岸去游散游散，看看江村景致，就便顺路寻到冯阿保家中，打听那奇女子的踪迹，再循江岸步月而归，岂不是好？想到这里，便命开饭。饭罢告知虞妻，率了家人王升，携了点银子，一同上岸。

那地方名叫金沙埠，紧傍桐君山麓，对岸就是桐庐城邑。原是一个大市镇，上下客货都在此停泊。时当太平，民殷物阜，两岸帆樯，如林如帜，对岸尤盛。舜民因爱妻喜静恶喧，特地命船人避开码头，将船开向前面僻静之处。相隔市街，有里许多路，虽然比较清静，可是要去冯阿保的矶头，还得穿过那片市街，走十好几里途程，才能到达。舜民本是临时起意，上岸以后，向人问明路径，一听相隔尚远，又听说当地矶头，各有地段，渔人十九另外住家，有远有近，至多矶旁附着一两只小船，中住一二渔人徒伙，主人不到黄昏便即归去，寻人须在早晨，去了也是徒劳跋涉，好生扫兴，只得同了王升，在附近闲踱。见道旁只稀落十几户人家，每家都是白板为门，竹篱绕舍；屋旁菜畦，屋后水田；小溪如带，引着山泉，绕屋而流，水声潺湲，入耳清柔；残照欲收，暝色昏黄；水色天光，似晦还明，倍增幽趣。又是已凉未寒的气候，村舍人家，有的饭罢洗碗拾掇，有的饭才初熟。时见三五村童，捧着一碗水淘饭，夹上些菜蔬，趺坐在篱畔石边，且吃且说，再不就赌着谁吃得快，笑语如珠，纯然一片天真。大人们却在篱内天井中，撮上一个自制的矮竹方几、三两矮脚木凳，手里都是尖尖一大土碗米饭，围着几上一大土碗菜蔬。有的面前还有一把酒壶、一个酒杯、一堆花生豆干之类，各自食饮，互话家常。不论老少男女，全都熙熙和和，有说有笑，没有半点愁容，宛然又是一幅江村民乐画卷。

舜民暗忖：毕竟还是江南诸省富庶。记得那年进京，并非荒歉之年，可是一过江北，沿途乡间都是黄墙土炕，轻易见不到一间瓦房。人民所食，多是黑面粗馍，和盐而食。偶以黄酱加葱卷饼，便谓美食。穷乡僻壤之中，有终身不知米味者，菜蔬更无论矣。由渡江起，直达京师，除通都大邑而外，稍有旱涝之灾，民便不能聊生。甘新道上，更是往往赤地千里，盐贵如金，连柴火都是宝贝，哪有这等优裕景况？同为黎庶，而南北之差，相去若此。**顺手写世情。**

正寻思间，那些村童，看见这素来冷静之区，忽然来了一个衣冠华美的人，有的交头接耳，互相指说。有那年长胆大一点的贪得赏钱，笑嘻嘻挨近前来，问道："这位大老爷，可是到山里去么？要不要我领你去？"舜民素来和气，笑答道："谢谢你们。今日天晚，明早上山，再找你们好了。"这一答话，众村童见来客好说话，身后跟人也不那么张牙舞爪，渐渐合凑上来，七嘴八舌抢着自荐，又问："老爷船在哪里？"一会儿，大人们也跟了出来。舜民应付大难，见不是路，只得说道："这桐君山我曾游过，不用人引。我给你们几个钱，明早自去镇上买点心吃好了。"说时，恰好准备送人带出来的，除银子外还有串许钱，便命王升散给众村童，吩咐不要再跟了。众村童得钱大喜，大人在旁又催着道谢。这一分钱，益发乱做一片，舜民想起麻烦由于自找，不禁发笑，好容易脱出重围。**经验之谈。**

天色又晚了下来，遥望市街之上，灯光耀如繁星；人语喧阗，不时随风送到；回顾来路，却是暮色沉沉，月儿还未上到天中，长江只剩一条极长白影在那里闪动。江边渔火明灭，畦垄间村犬吠声此和彼应，汪汪不已，点缀得暮色十分幽静。两下相去不过里许，景况迥不相同。有心回向众村童打听黄港村的路径和江侠母女踪迹，恐又惹下麻烦。追忆昔年，两过桐庐，再游严滩，都在对岸停泊，这镇还未来过，市街不远，何妨观光一回，于是信步朝前走去。

一进街口，便见两旁店肆栉比，酒楼茶馆有好几家，人们熙来攘往，络绎不绝，热闹已极。舜民想找个地方歇腿，便择了一家邻江的茶楼，走了上去，凭江而坐，王升也在别一桌上坐下。堂倌过来，问过茶名，泡上一碗上等明前，打了手巾，端过茶食，便自退下。楼上茶座甚多，还有一个说《三国》的先生，尚未登场，正和一位老者谈论，相隔舜民最近。众茶客本是笑语喧哗，见舜民眼生，品貌衣著不似常人，俱疑是城中官府过江私访，都怕多言惹事，声音渐渐低了下去，只邻座老者仍与说书先生自在谈笑。舜民先是凭窗品茗，以待月上，喧声一息，邻座言语入耳分明，只听老者答道："照我给小妹所测之字，她娘目前病虽凶险，还有救星，应在今日，不致便死，可是明春旧病重发，决难活了。"说书的问道："听阿保说，小妹甚是孝娘。按说每日卖的鱼钱不少。老伯伯前天给她娘看病，可知她母女两个近来日子好过么？"舜民一听，所说之人正是日间江中卖蟹的奇女子，正中心意，忙即凝神听去。

老者又道："什么好过！她平日积有几两银子，无奈她娘的病非参不可，前日就用光了。昨日我看她可怜可敬，意欲送她点钱，她却说我钱得不易，又破例给她娘看病，怎好受我的钱？再三推却，后来想是自知无法，才答应收下。我又给她测了一字，应在今日有一贵人救星，千万出去做生意，才能相遇，如若错过，便糟透了。她自从来到这里，最信服是我老头子，其次阿保，但能往她家去的仍只我一个，知道不会骗她。我又叫兰珍去代她服侍娘，才连夜捉了点螃蟹，今日午前相遇，说是卖了一半，未得好价，心惦着娘，想要回去。是我再三劝她，才勉强答应卖完回去。偏生今早客船不多，她碰了两回，赌气不见熟人不卖了。我陪她等了一会儿，又拆了个字，断定无差。她因上月与人动了回手，几乎闹到官里，我嘴又敞，由不得要对人夸她，知她会几手的人渐多，早想奉母他去。我因算我女儿终身应当靠她才能成就，再三劝阻，仍说过年必走，想起还在为难。谁知这次所拆之字，主于不但她的救星就到，我女儿同她都应在月内他去。请想我这大年纪如何会往他乡？兰珍也颇孝顺，怎肯舍了我去？休说是她，几乎连我自己也信不过了。刚想重拆，她便看见一条熟船，忙划小船赶去。因等了大半日心焦，原想遇见熟人得钱就卖，不料船上一位女客发了善心，给了加上好几倍的钱，正好去买一支好人参来保命，事已应了一半，你道奇也不奇？我又同去她家，她娘日里本来见好，我进门那一会儿忽然危极，幸而昨日我配的药还有一半，忙给她服了。我又同了兰珍，拿着钱匆匆回到镇上，向人家匀了支好参，配好了药由兰珍与她送去。有这一副吃下，定可转危为安了。"底下便转了别的话头。

舜民留神看那老者，身量高大，须发如银，衬着一张红脸，善气迎人，言谈举止，似非俗流。那说书的却是拱肩缩背，貌相猥琐。正想撇开他和老者说话，恰好说书的时刻已到，堂倌来请上场。说书的先拿起水烟筒饱吸了两袋，喝了两口浓茶，然后慢条细理站起身来，就堂倌手里递过来的蓝条纹灰布面巾擦了擦嘴，咳出一口浓痰，将桌上手巾包、扇子拿起，向老者道得一声"停歇再讲"，然后笑嘻嘻向众茶座一路点着头，缓步踱上台去。这时茶客便走去了十之三四，剩下的俱是专为听书而来的主顾。另一个堂倌，一手拿着小箩，一手拿着一串烫有火印的竹书筹，挨桌上走来，每人面前放上一根书筹。有的当时掏出几个制钱，往箩里面一扔，堂倌口里直说："替老板记上好了，现会作啥！"人却往别桌走去。有的得了筹，连理都未理，可是堂倌对这些不给钱的客人格外恭敬，满面赔笑，踅过去放下筹，一躬身，拨转屁股就走，仿佛深怕那人给钱似的；有时也向客人低声叽咕几句，意似述说当晚所说节目，宣扬说书人的本领。有的堂倌未到便先和他含笑点头，堂倌却装着和别桌客人答话，没有看到，始绕走过来，且不给那人茶筹，开口先说："客人你这碗茶都泡成白水了，可要再泡一碗？"那人连说："还好，我等一个人，停歇就走。你不用管我，忙你生意去吧。"堂倌冷笑道："谢谢你。"便走开去。这类茶客约有四个，堂倌一会儿绕完别桌，又过来问。两个知赖不过，只得要了把手巾，嘴里念着："天到啥辰光，还不来？我今天又不喜欢听书，还是回去吧。"讪讪走去；另两个一是和堂倌赔笑，要了根筹，却未给钱，堂倌走后，连咳嗽几声，拨回头去向邻座茶客，谈论昨夜所闻书中关子，一会儿唾沫横飞，放言高论；一会儿拿眼愉觑肆主、堂倌，声音忽又低了下去，好似难关已过，心安意泰，中间又略含着一点顾忌之状。全楼茶座约有百人，堂倌待遇因人而施，脸上神态也是阴晴百变，各有不同。**写市井情态，入木三分。**

那说书的早已坐到台上，二次接过手巾擦完脸，打开手巾包，取出醒木、琴马、铜指甲，将桌上横着的三弦上好，再取水烟筒，一袋跟一袋，呼噜呼噜狂抽一阵，一面觑定下面茶客人数，眼光跟着堂倌乱转，外表还装着毫不介意的神气，向近台诸熟茶座点头招呼，此应彼答；直到堂倌完放了书筹，回到账桌，将小箩中钱晃琅琅往钱筒一倒，余筹打好了结，往墙钉上一挂，才把水烟筒放下，伸出兰花手指头，端起把自备的小茶壶吸了一口，又平咳了两声，然后套上铜指甲，定了定弦，高举醒木，向桌上拍了一下，交代完过场，弹唱一套开篇，紧跟着说起书来。**得其神。**

然描写猥琐过度，与下文暗示其也属异人侠士抵牾。

舜民一听，乃是"隆中三顾"的后半面。起初见那说书的人物酸俗，无心听书，满意向那老者通谈请教，因见堂倌发筹，形形色色，情景可笑，同时老者又起身往台旁小门走去，归途走向别的茶座与人闲话，未得接谈。及至老者回座，已然开书，台上三弦丁冬几响，立时满堂寂然，悄无声息。再看老者，更把双目闭上，大有专心静听之状，又是大众听书时节，素昧平生，自然不便惊扰，只得耐心等到书说完了再行通问。偶然耳边听到句开篇，觉着音节美妙，弹唱均佳；试再静心一听，这"隆中三顾"本是《三国演义》中一段好节目，经说书人口里一粉饰，更把一代枭雄、旷世奇才的君臣得失遇合、抱负心期以及风雨岁寒、草庐春暖诸般景致，说得绘影绘声，活灵活现，仿佛玄德龙凤之姿、天日之表，与孔明羽扇纶巾、抱膝高卧之状，如在目前，不禁大为赞赏，暗忖荒江小镇中竟有这等好的说书人才，适才真小看他了。猛又想起全堂茶客收钱的收钱，记账的记账，独自己主仆和老者三人桌上，也没收钱，好生不解。

正寻思间，头段书已然说完，醒木拍案，说书的仍去擦脸抽烟。台下立时乌烟瘴气，添水的、要青条皮丝的、打手巾把的，乱做一圈。再看那老头，睁开眼睛正望着自己，似乎欲言又止，舜民知道歇不多时又要开书，恐出来久了妻室悬念，忙欠身问道：

"老先生可以请到这边桌上一谈么？"老者道："不敢，晚生正要讨教。"说罢，便走了过来。舜民让他上坐，命堂倌添了碗茶。两下互问姓名，才知那老者姓苏名半瓢，江苏元和县人，少年游幕，中年改行，以看风水为生。父女二人，别无亲丁。十年前，受一个姓蔡的富家之聘，来到桐庐，心爱富春山水之胜，居停主人生前又为他置了顷许地，便在当地落户，准备老死于此。起初原不叫这名字，只因昔年孤身一人游太白山，发现一条龙脉，追寻入川，在藏边大雪山麓得到半枚周玉，形如半瓢，血沁银惋，古色古香，爱不忍释，数十年来不曾去身，由此改名半瓢，以志奇获，年时既久，真名字反倒忘了。

舜民这一接谈，越觉那老者丰神古秀，道貌岸然，料是假名避地的高人，所说的话也是半真半假。耳听弦索丁冬重又响起，见众茶客好些朝己偷看，知道当地谈话不便，朝半瓢道："小弟由永康家乡往杭州进香，船行经此，停在前边不远。如不嫌晚，可能恕我冒昧移至舟中一谈么？"半瓢道："我正有许多话要和舜翁说，同往尊舟，再好不过。只是夜间惊扰，不好意思罢了。"舜民便叫堂倌算书茶账。半瓢忙说："无须，连尊管家的，小弟都付过了。"舜民心想与王升一上楼便分作两起，主仆二人并未说话露出痕迹，他是如何知道，并连账也候过？无怪堂倌不来收钱；心中不解，口里正在逊谢，半瓢已然看出，笑道："舜翁觉着奇怪么？你的行迹我已早知。便是此番过访尊舟，也是为了江家孝女之事而去哩。些须小意思，何必客气乃尔！实不相瞒，先他们还当舜翁是当地官府来此访案，经小弟说了，又有人来说舜翁散钱村童之事，知道舜翁只是一个寻常进香客人，才放了心。不然今晚夏先生的生意，还被你耽误了呢。"语声先时颇低，末两句声音甚高。舜民为他豪爽之气所夺，又想起钱都在王升身上带着，客气反不合适，见众人都闻声回头，颇觉半瓢说话过于随便，不愿停留下去，只得道谢，揖客同行。半瓢也不作客气，起身便走，行经适才立谈之处立定，对那两茶客说道："我说如何？回去对东家说，这事他弄错了。我和他见面再说吧。"舜民主仆听得逼真，以为另一件事，也没在意。

三人一同下了茶楼，见街上月光在地，灯火渐稀，铺户多已打烊上门。只有几家茶楼红灯高挑，弦管之声时起时歇，行人也都少见。半瓢独自当先，步履甚快，不时向前凝眺，也不和人说话。舜民两次想问他话，半瓢只是回头摆手，舜民也不明白他是何用意。一会儿行抵街口，舜民见路侧墙角里似有两条黑影一闪，半瓢也似特意绕到墙角，嘴里低声咕哝两句。等到近前，并不见人，神情颇为诡秘；细忖半瓢貌相言谈决非坏人，也就不去管他。直到过完街口，行抵适才散钱之处，半瓢才立定相待，并肩缓步同行。舜民故意问他："为何走得这急？"半瓢道："我也受人之托，少时到了尊舟再奉告吧。"舜民不便再问。再行数十步，便到船上。虞妻因舜民久出不归，正在悬望，见有人同来，忙即避开。

舜民揖客就坐，王升去至后舱端上茶点。客主二人客套几句，舜民便向半瓢询问江小妹的来历。半瓢先请屏退从人，说道："小妹行踪本极隐讳，除当日卖鱼，便是家居奉母，无人识得她的来历。只因前年冬天下着大雪，她娘犯了呃逆老病，危在旦夕，她听冯阿保说我会医，求我前往她家诊治，才得相熟，渐渐和小女成了知己之友。此女事母甚孝，又有一身惊人本领，每日打鱼所得足可度日。这里地方上虽有个豪绅，仗着财势武力，见她美貌，想打主意。因我和他上辈都有交情，经我出头一说，也就拉倒。叵耐她娘，穷人得了一个富贵病，一年之中至少要犯三四回。每当旧病重发，非上好参茸等贵药不治，而且一回比一回重。平日纵有一点积蓄，哪里买得起参？今日因听我劝，在江中卖蟹，得遇舜翁贤梁孟赠她银两，回来对我说起，嫂夫人还约她今晚明朝在桐君山下相见。她因母病甚重，萍水相逢，又不便过受人恩，来否尚未定。身世来历，她因讳莫如深，我也近半年来才知一二。以舜翁为人，本可奉告，无奈她以前曾再三叮嘱莫向人前提起，不便再为泄露。看她感激称誉情形和所占卦象，舜翁明是她的福星，相见当不止此。早晚自行明告，暂且不要说她。舜翁只当她是一个大有来历的风尘奇女便了。至于此番造访，乃是舜翁未到以前，小妹忽令小女兰珍送话，道她卖蟹回时，仿佛看见尊舟舵后钉有黑鱼图记。当时情切病母；匆匆归来，忘和我说，回家一会儿，才得想起，恐恩人有什么变故，她又不能分身，请我代为留意。我忙命人往码头上查问，并无永康兰溪来船，归途遇见这船老大，才知停泊在此。向他盘问，他说舜翁是永康有名善人，最是厚道，他们素来敬重，决不敢勾结恶人暗算，并且他们从开船起，也没见人打什么记号。我刚得了回信，小女又赶回来，说她恐小妹错看，也到了舜翁停船之处，寻见那块黑鱼图记钉在舵后船艄隐僻之处，如非小妹那双慧眼，又是在船艄下看，决难发现。我一听那形相，果与船人无干，也并不是当时就要发难，乃是向这里头子送礼，由他派人尾随进省，或在归途，或随到永康府上再行下手，并且含有搪塞那头子之意，特地把图记钉得隐不易见，如能混过算你运气，他也算向头子交了一次差。**伏线渐显**。看此情形，这人与舜翁必有瓜葛，事非得已，不像安心害人神气。难得舜翁船停僻处，船人既非同谋，或者还未被贼党发现，忙命小女乘夜来此，设法将那图记取走。小女去后，恰好贼党有人上楼听书，我用言语探听，贼头并未得信，可知不曾发现，尚来得及。正觉高兴，不料一波甫平一波又起，如非舜翁为人乐善好施，几乎又惹出事来。"

舜民听到一半已是惊心，闻言益发骇异，自思并无致祸之道，忙问："何故？"半瓢道："舜翁勿惊。如今事已过去，只是府上多财，远近都知。现有奸人在侧，难保不无后患。小弟既有所知，不能不说出来，好让舜翁作一防备罢了。适才所说贼党为首之人，姓金名鹏，他祖父原是鱼行经纪。到了他父亲手上，吃喝浪荡，把家业败尽，鱼行也盘与别人，中年落魄，所生只此一子，在家乡立足不住，仗着从小学会一点水上功夫，带了儿子，跑到北五省去谋生，终于投到陕西华阴县著名大盗小金龙白冲手下。先只代他在风陵渡口管着一只半黑船。没有几年，便因心辣手狠，结下强敌，被仇人弄死。此时金鹏年才十一二岁，从小随了乃父流落江湖，学会满嘴切口，一身水里功夫，不久便被白冲看中，收为义子，大来又把一个独养女儿许配给他。夫妻二人，水旱两路都着实来得，在黄河岸上称雄了一二十年。**这种"嵌入"叙事，是还珠交代情节习用手法，但终非上乘。仅就此论，金庸要高明一些。**白冲忽因劫一官船失了风，吃保镖能手打成重伤，当场虽然逃走，回家自知无救，又料官府搜拿必紧，自己在黄河岸纵横数十年，从未吃过人亏，仇不能报，活也无味，况且不能，生平只此爱女，恐遭连累，忙对女儿女婿说了后事，将毕生劫盗所得，是珍贵易于携带的，给了女婿。余剩金银财帛，全从地库内取出，连夜招集徒党，当众表分完后，便命女婿携了妻子回转江南故乡，不得迟延。身后葬殓，由众徒党料理，埋在华山隐秘之处。只许在江南遥祭，不过十年不许省墓临奠。乃女再三哭请送终诀别，执意不允，立促起身，并令众人散后，各去洗手谋生，若不相识，不许随意来往。**从叙事学角度，这些细节不应由苏口中讲出——他无从得知。**白冲立法素严，令出必行，众人自是不敢违背。金鹏夫妻一走，白冲便即自杀。他夫妻到了河南，又贩些货物，到江浙两省卖了一次，这才装着经商发财，回转故乡。按照乃岳所遗留给他们的资财，又给他们断了后患，在这里可称得起是个财主，无忧无虑，谋几世的温饱。偏生他妻白凤娃，从小随父出没惊涛骇浪之中，杀人越货，跳进惯了的。初到江南，见着到处水绿山青，风物清美，比起黄沙漫漫，浊流千里，相差何止天地？手边又有的是钱，倒也觉着事事可心，处处适意。日子一久，由渐觉无奇变而为静极思动。先只不耐清闲，还没想到重理旧业，仅仅招些年轻人去往家中，随他夫妻练习武艺而已。谁知第四五年上，山中出蛟，发了大水。他夫妻还乡之时，因为金鹏幼小出门，故乡变成生土，只会跃马行舟，不懂求田问舍，经人怂恿，把沿江的水田，都买了去。这些田土，多半是江边淤起来的沙洲，照例是过些年要淹没一回。也有水退以后地形不变，或是淤得更好的，终是被水冲刷坏了的居多，叫作靠天吃饭。地虽肥美，向少人要。他初回哪知就里，遇田就买，见每年收成那多，还在高兴。一旦发水，全数精光，偏这一年水又格外大些，竟见不到田的影子。不知不觉，把家产倾了多半。他又豪爽成习，养得人多，食用奢侈，眼看不能持久，又不愿缩小门面。暗中一商量，知道江南太平已久，人烟稠密，稍微出点命盗案子，便要轰动一时，不能似黄河口岸上做法。于是用下极细密的心思，把长做改作短做，化零为整，化近为远。遇上一水好买卖，总是老远尾随下去，要劫便是大的，连人带船一齐弄光做绝，不留一个活口。出事以后，只当客船遇风沉没，看不出一丝盗劫痕迹，稍差一点，决不下手。似这样做过几年，渐渐挑选徒弟出道。江船常时失事，谣言渐多。为避风声，敛迹了些时候。最后又改了方法，命手下徒弟四出蹀访，专向远处做些生意，自己一面顶着富商地主牌号，专一结交官绅。手下徒党也分作为几代，除第一代门徒偶然得见外，余者多是奉命行事，轻易见不着他的面，就有要事得见，也在舟山附近一个荒岛里面聚会。辈分小的，竟有始终没见过他面的。不过一二十年的光阴，居然成了当地首户。仗着规条严密，又喜做些善举，本地都当他是个豪侠好义的富翁。休说无人知他踪迹，便是江湖上，也只知舟山碧螺岛内，有一本领高强、徒党众多、行踪飘忽的水上英雄黑飞鱼金本白，谁也没想到他会家居此地。他闲来无事，仍然收徒习武。他妻白凤娃，生有一个儿子，今年才十九岁，取名金庭玉，水旱功夫都不错，十六岁上就入了武库。独子娇惯，未免在外恃强胡来，近来名声才臭了些。他那门下徒弟，上自绅富世族，下自五行八作，哪等人俱有，一共分成两等使用，第一等是先说那些在水旱两路做强盗生涯的；第二等便是这些好人家的子弟，借传授武艺来给他壮门面的。两下虽是同门，从来不通闻问。前者更是讳莫如深，就明知所遇是第二等的同门，暗中只管照应，当面决不吐露只字。可是这些少年纨绔，也有被他看中选为心腹加入盗党的，都负有一种使命。他知这些门徒全有身家，而与富贵场中多通声气，并不令其随同为盗。只命他们随时留意，做个高等眼线。遇上可扰之船，只要经过这条江面，给那人船上钉下一块寸许见方的黑飞鱼图记，经他手下发觉，报信上去，或是就船上下手，或是派下徒党，尾随到了地头，再行乘便打抢，这类盗案多发生在远处，尊舟图记便是由此而来。连日因贼子金庭玉在镇上新惹了祸，连伤三命。仗着老贼财势，苦主虽然忍痛和息，可是新任官甚是精明，听说已有耳闻。贼子怕官过江私访，城镇两处都派有耳目，准备官府一来，便诱迫到他徒党家里，软硬兼施，不令过问。说好交个朋友来往，不好便下毒手做掉。舜翁之来，刚巧赶上，几乎把你错成了是地方官，弄出事来。多亏上岸时散了两串钱，在场有两个村民也是书迷，上楼时看见舜翁，说起散钱之事。那两贼党，已分一人前往报信，一听说是过路客人，小贼性情刚暴，恐错报受罚，知我与老贼相识，有点情面，小贼也还知点敬重，求我说情。我几面推详，断定舜翁是小妹所遇贵人，会罢茶账，便值开书，后来正想请教，不想青眼先施。此时舜翁已然无害，即使得知此事，老贼的规条，只会寻我算账，也不与你相干。小弟前助小妹打消了小贼妄念，今晚又起去他的图记，倘若知道，未必与我甘休，但小弟也决不怕他，只那钉图记的贼徒知机密已泄，难免阴谋陷害。舜翁异日还乡，对于令亲友辈，须要多多留意才好。"

舜民闻言，好生惊疑，只自己素无仇怨，想不起那钉图记的人是谁，想了想答道："多蒙半翁搭救，小弟得免大祸，感谢不尽。此番携眷游杭，只为进香还愿，不料生此非灾。虽蒙大力化解，异日吉凶尚自难定。闻得半翁精于占卜之学，可否赐教，以便趋避呢？"半瓢道："舜翁不说，我也有此意思。我那测字只占眼前，虔卜一卦，看看如何。"说罢，要了三枚制钱，就手内摇放六次，按易理占了一卦，乃是"雷泽归妹"，细一推算，不觉大惊。舜民见他面容失色，疑心自己有什么祸变，惊问："卦象如何？"半瓢愀然拱手道:"恭喜舜兄,卦象于你大吉,只是此次杭州之行必无所得,到后三日即有急足催归。至于金屋藏娇,自有异人送上门来,明冬定生贤郎无疑;于我却大不利了。"**周易占卜,实无此详尽之理。小说家言耳。**

舜民因船人仆役只知杭州进香,买妾之事都不知道,却被半瓢初见道出,益发心折。刚要问话,半瓢略微定了定神,又排出一卦,只自己细详了详,连卦名义解都未说出,便对舜民道:"你我萍水班荆便成知己,可算有缘。明日桐君之游可以中止。小妹母病,未必能来。如念她穷,她住桐君山后黄港村一片梅林后面。那里有一危崖,上有飞泉,下有茅棚五间,倚崖而建,即是她家,离此有十来里。地虽隐僻,说明了却极易寻。明早开船时,可着尊管家与她送些钱去。小妹奇女,必不拒却。尊管回时,可在镇上茶馆中寻谢阿二,向他租匹快马,不消两个时辰,就赶上尊舟了。归途最好仍走水路,务请驾临黄港村小妹家中一行,决保舜翁无恙。小弟或者在彼相待,尚有相烦之处。此时天已不早,恐小女一人在家久候,且告辞罢。"舜民见他两番卦卜,面色沉忧,语言失次,迥非初见时安详爽朗之状,料非无故。尚欲留谈片时,半瓢已自站起,再四叮咛,叫舜民不要游山,明早速行。舜民留他不成,问他住址,又是摇头,连道"无须"。只得送他上岸,殷勤订了后会而别。

夫妻见面,谈说经过,觉着事虽不经,不由不信,到底慎重为是。虞妻又是胆小,恨不得当晚开船才好。好容易挨到天明将近,舜民断定半瓢也是个异人,决非江湖术士一流人物。仔细寻思一过,安心要结纳这个风尘朋友,便命王升拿了一百两银子前往黄港村,照他所言行事。寻着江小妹,就说舜民夫妻本定今早和她相见,因有事一早开船,不及应约。昨晚镇上闲游,得遇苏半瓢老先生,听说她许多孝行,甚是钦敬;又知她母病待医,家况清寒,特命人送这一点银子,请她收下,为老母医药之资。如另有相需之处,可往永康见访,当能为力。行时虞妻又叮嘱王升,留意观察小妹家况，银子务要留下。王升领命去讫，舜民便命开船。

　　前行不远即是严滩，上有汉严子陵的钓台。舜民夫妻因一夜耽着心思，没有睡好，开了船好一会儿，心情略宽，都有点倦意，无兴登临，命船只管开行，到了钓台，不必来喊，径和虞妻和衣睡去，直睡到午后被船身颠醒，夫妻相继起身，天已交酉，钓台早已过去，王升也在午后回转。唤来一问，说是到了黄港村，江家小妹应门时面有泪痕，神情颇为愁苦，对于主人赠银之事似已前知，见来人便让了进去。那茅棚共是五间，依着山崖建成，并不一排。外观虽是茅棚竹架，内里却极坚固整洁，石地上连一点灰都看不见，家具全是竹制。小妹的娘睡在里间；外屋三间，两明一暗，甚是敞亮。大约小妹就住在紧靠她娘房的明间之内。墙上挂着琴和宝剑弓袋，另外挂有两枝铁箫。竹架上堆了不少书，竹案上笔墨文具无一不备。如非房子简陋，看那陈设，直似一个士族家中的书房，哪像个江边打鱼女子所居。交了银子，小妹立即收下，毫无客套做作。王升因见小妹容颜愁苦，顺便问她："老太太病体可曾痊愈？"小妹答："回去上覆主人，家母的病，昨晚服药，今已转危为安了。"随说随去暗间内拉出一个比她身材略高、年纪略大两岁的大姊，品貌比小妹生得富态一些，不知因何伤心，两眼俱已哭肿。小妹指着那位大姊对王升说："这是我结拜姊妹，姓苏。下次再见，总不致不认得吧？"王升也不知小妹是什么用意，含糊应了，当即告辞回来。行时，那大姊已跑进暗间，仿佛听得里面有一老人微微呻吟了一声。别时小妹请主人休忘却苏先生之言，归途最好来此一行。刚走出那片梅林，马夫谢阿二已牵了两匹好马走在林外相候，说是奉了苏先生之命，来送王升回船。当下随他各骑一马回赶，可是走的却非原路。先以为他本地人路熟，定是抄近而行，容到绕向江边，走了好久，才看出离昨晚泊船之处不过七八里，算起来至少也多绕走了一半多路，上船、下马相别，给他马的雇价，坚持不受，说苏先生的朋友，不能要钱，竟自骑上一匹，牵上一匹，扬鞭飞驰而去。回船正赶老爷睡熟，没敢惊动。如今过完富春，已离钱塘江上游不远了。

舜民一听，原来船行顺水，又是顺风，已入了钱塘江，正值晚潮时初起之际，无怪乎船身颠动得紧了。一面点头，吩咐打面汤水，跟着开饭。王升出后，夫妻谈起小妹和苏翁之事，互相推详，觉着小妹受银不谢，定有深意存蓄。那姓苏的结义姊妹，定是苏翁之女兰珍无疑，只不知何事悲泪，哭得两眼都肿。如说为了江母之病，小妹又说母病渐愈，况且小妹也那般愁眉苦脸的，是何缘故？小妹母女相依，家无男丁，王升行时所闻暗间中老人微呻之声，又是何人？好生不解。一会儿，王升端进面汤水。舜民二次盘问，王升说："行时所闻暗室微呻，声极微细，彼时风吹林木正响，许有误听，但看苏女含泪出进之状，室内必有人在，并且决非江母。"舜民先因苏翁昨晚卦后神色颇现仓皇，疑心因为泄机，受了凶人暗算不成？继思苏翁言谈举止，证以茶楼见闻，在在受人尊敬，好似一乡耆宿。他和小妹相识也只近年，不会无家；小妹寡母孤女，家复寒素，纵有不测，万不会在临危之时弃家就养于人之理。再听小妹所说谨记苏翁之言，分明盼己归途往访。苏翁如若遭害，怎会出此？况还有马夫谢阿二奉命送人之言，越想越觉自己所猜，苏翁不会有变；王升虽然从小相随，精明强干，也许一时误会，就此放过。**留一悬念。**夫妻洗漱进食之后，天已昏黑，船人因钱江夜潮浪大，将船泊在邻近西兴的小镇上。第二日一早，开船到了西兴，渡过对岸，开发船钱，雇了轿和挑子，往预先约定的亲戚家中走去。

第二回　佳丽关心　亭中卜卦
　　　　　　鹣原在念　湖上回航

　　那亲戚家姓陈，字苇村，也是一个乡宦。家住杭州城内碗儿巷，西湖边上建有一所花园，背山滨湖，取名适园，颇具亭榭花木之胜。本地人因园主人姓陈，都叫它作陈庄。苇村科甲显宦，告老才只两年，与舜民既是通家世交，又是至戚厚谊。因舜民家居无事，屡次写信邀他游杭小住，均未前来。头一晚接到舜民由航船上寄来的信，说舜民夫妻日内来杭相晤，以为总还有两天才到，没有就派人接，不料舜民船快，路上毫无耽搁，已自到来。闻报忙同内眷出来，将舜民夫妻接了进去。互相寒暄叙阔，一一见礼落座。苇村饮食起居无不讲求，自有一番丰厚的款待。知己交亲，久别重逢，畅谈到了夜深，方始各道安置。第二日，苇村又遍召亲友，设宴洗尘，欢叙了一整天。舜民老惦着苏半瓢的神卦，恐怕留日无多，第三日一早便催着虞妻同往灵隐、天竺诸大寺进香，苇村也率眷陪了同去。等把香烧完，舜民提议归途就便雇舟游湖。苇村笑道：“今天尊夫人必已走吃力了，日子还长，老弟心急则甚？”舜民不便和他说舟行所遇过种种奇事，只说内子梦想湖山业已多年，愿意先睹为快。苇村闻言，忙命人去雇了湖中画舫，定下一桌上等船菜，准备快游一日，夜分再散。
　　两家眷属坐轿到湖滨，上了画舫，天已未申之交。江南地暖，气候温和，阳乌始斜，云净天高。湖波清浅，因风起皱，映着斜阳，幻成一片片的金鳞，散动不休。水底游鱼，往来可数，掉尾拨头，近舟而嬉。两舷船娘，双桨轻摇，船过处，把湖底的香灰泥搅成一团团的淡雾浓烟泛上湖面，随着一圈圈的水漩，由小而大，荡散开去。遥望保俶、雷峰二塔，相向矗立于湖山斜照之中，浮顶耀金，剥砖映日。塔角残铃，迎风微晃，时作哑响，端庄静穆，古意苍然。滨湖诸山，曳紫萦青，岚光欲活。湖堤草木，尚未凋落，可是蓼花红透，枫叶已丹。沿堤望过去，翠叶青竹行里，时有三五红树点缀其间，道旁更是野菊盛开，秋花繁艳，衬得秋光十分明丽。舜民心想虽然西湖是个热闹名胜，尽管湖滨车马，游人络绎，湖中画舫笙歌，往来梭织，被这些水色山光、古塔秋容一点缀，会心人置身其间，一样能静心领略，神游物外。转觉闹中之静别有佳趣，连这些游人车马、画舫笙歌，一样都少它不得，真说不出是什么道理。**一篇"旅游得趣论"。**正凝思间，忽听苇村笑道："老弟台，你想什么心思？我们去湖心亭坐一会儿好吗？弟夫人想看三潭印月，我说等月上再去。其实人为之景有名无实，白日更没个看头，转不如平湖秋月那里还多几分情趣呢。"

　　舜民此行为了爱妻游湖之愿，无所不可，答道："老大哥湖山啸傲，已非朝夕。小弟虽是旧游之所，多年不至，面目依稀，道路全非，哪似你这识途老马，自然惟命是从，休来询问。我不过见这秋色清明，比起春游一味称艳还要有趣，一时出神，哪有什么心事？"苇村便命下人吩咐船娘摇往湖心亭去。那湖心亭只是湖中心一个土堆，广才数亩，地并不高，与湖堤差不了多少。因地面山环湖，四面皆水，地势绝佳。堆上面建有一所房子，供着苏、白二公。粉墙朱柱，曲廊石槛，到处都是名流题词牌匾，建筑颇为端雅。墨客骚人固赏游止，达官富绅更是常在此中宴集盘踞。游人无论男女，不分等列，均慕名往访，雅俗咸临，枭鸾并集，使这土堆成了一个最出风头的所在。有时题壁步韵，词新句丽，即古凭今，悲歌慷慨。虽然无病之吟，颇有几分像是雅处，还不过于糟践湖上。有时则是附庸风雅，借题大嚼，肴蒸酒热，席散蝇喧；甚或势利酬应，携娟挟妓，粉腻脂香，追骚逐臭；大宴之后，往往数日之间犹有余腥。**文士眼中所见。**舜民昔年在杭州住过数年，饱尝此中况味，当时随口答应，船行后想起，苇村自命雅人，怎赏识这个地方？好在随意闲游，多年未来，去看看可是昔年征逐之景也好，便不再提。

当年夏秋间雨量特大，亭岸相去水面仅有尺余。烟波浩渺，越显开阔。遥望湖亭和邻近的白公墩，直似千顷平波中静静地浮着两张大荷叶。一会儿摇近亭前，舜民见石步旁边停泊着几只游舫，装绘均极华丽，岸上散立着许多官府随从，料定又有达官贵人在此宴集，不禁眉头一皱。苇村已看在眼里，笑道："老弟喜静恶喧，这里不宜游赏，你可知我此来用意么？"舜民问故，苇村答道："那白公墩地势卑湿，号称蛇窟，毒蛇甚多，素少游人足迹。近两月，墩上忽有一异人结茅其中，起初白天在湖心亭卖药，穷人问症给药，得价即卖，不争多寡，药颇奇验，什么病都能治。渐传到富贵人耳里，向他买药，他却三百五百、一千八百银子的胡要，并且一还价就不卖。解事的买了回去，那病立即就好。有那悭吝不晓事的，认他是诈，以势力欺压。他也不怕，也不着急，只几句话一出口，来人便自找台阶含愧回去。众人都料所说必是对方隐事，可是在旁诸人一个也不明白说的是些什么。有时对方不肯输气，意欲设计中伤，令官府驱他出境，总是闹过一阵，事便阴消，官差从未和他对过面。后来再有请托治办他的，连官府那里都通不过了。县令朱人骏是我年侄，偷偷告诉我好些异迹。官场中暗地传遍，民间仅知他乐善好施而已。前月，内人有病甚重，亲去寻他，果然一药而愈。见他也和常人一样，无什么可异之相，每次得了重价，十有九散给穷人。偶尔也背了药箱，到湖堤上叫卖，自称姓韩，人都叫他作赛韩康，他也居之不疑。我有两个同年子侄，一名许成，一名吴启祯，多是少年好事，常往湖亭，借口买药，和他攀谈。日子一久，觉出他人并不在湖亭居住，可是从未见他坐过船，行踪飘忽，来去都无人知道，存心候他，却又久等不来，稍一转脸，人已背了药囊出现。去也如此。有一天，许成和庙祝借宿，隔夜歇在亭内，藏身门洞里面，目不转睛看定外面。这日恰值连阴了好几天，湖面上烟笼雾约，宿雨未收，甚是清静。等到辰巳之交，忽瞥见他从白公墩那一面从容踏水冲烟而来。许成也没给他叫破，好在别无人知，仍就出去，和他同在廊下避雨闲谈。午后有人驾船，卖了些药，赛韩康忽对许成说："你倒是个有心的，可惜不是我辈中人。我住对面土墩上等一样东西，此来专为救这湖上生灵，再有月余即走。我还带有两个徒弟，他们脾气不好。今天的事不要对人说起，将来自有好处。"许成由此更加礼重，常寻他问些休咎，均有奇验。他那两个徒弟，俱是花子一样打扮。日前我又有一点疑难事发愁，许成背人对我一说，才知他真是风尘中的异人奇士。第二日同许成前往求教，照他所说去办，果然迎刃而解。今早我听内人说起贤梁孟的心事，岂不正好前去求他给药指点？近年湖亭风气已变，官场中多改在绅富别业宴客，湖亭内只有一个司香火的老庙祝。偶有游客，多自外来，不似以前热闹了。这些船多半是些买药的主顾呢。"

舜民夫妇闻言，俱甚心喜，连声道好，正说之间，船已泊岸。那些随从各拥随着自己主人，各往下走，各上己船，一会儿便即开走，散了个净。舜民见亭中人静，甚是心喜。那老庙祝送客出来，望见苇村上岸，原是熟人，忙即赶过趋侍。苇村便问："韩老先生呢？"庙祝道："老爷来得真巧，适才许少爷来过两次，还送了一包东西。听说韩先生就在今明日要走呢。"苇村舜民闻言，忙命庙祝持帖赶前先容，一行人等跟踪而入。进门一看，那药案就设在湖亭头门天井里面，借了庙祝一张条桌、一条板凳，向阳而坐。一头放着一个粗黄麻皮制就的药囊，长约三尺，虚叠案上，看不出有什么药料。赛韩康是瘦长有须的人，布衣芒鞋，桌旁横着一枝鲜红如血的竹杖。舜民首先触目的便是那双眼睛，启合之间，寒光炯炯，仿佛如射。苇村拉着舜民当先，未及说话，赛韩康已将身立起，对着舜民道："居士远来不易，还没有回去么？"舜民触动舟行所遇，心刚一惊，赛韩康又道："山野之人，偶应一人之约，来此办一小事，栖避数日。都是自己不好，想给一班苦朋友帮个小忙，略博微利，不料有人饶舌，平添了无数麻烦，早已厌倦湖山，打算离去。恰巧今早事完，等个有缘人到此，送几粒丸药与他，又耽搁了大半日，不想等了。难得居士到来，即以奉赠，了却我这卖药生涯如何？"说罢，便喊徒儿将那余剩的几粒丸药拿来。舜民入山时，早瞥见廊阶下两个花子一倚一坐，闻言便有一个走来应声道："师父那粒丸药现在囊内，这几粒丸药不是给徒儿了吗，如何又都送别人？"赛韩康哈哈笑道："没出息的东西！你要人帮忙，不会等他长大成人再寻了去，如今人还未生下地，乐得现成人情都不会做，怎这般小气？"

那小花子一张脸半红半白，齐鼻中分，已经异相，又是个凹进去的扁脸，衬着浓眉大眼，阔鼻掀唇。下边赤着泥足，衣衫破旧，甚是肮脏，直和画儿上的鬼怪差不多。细看过去，已是成人，并非幼丐。听乃师之言，将药丸从怀中取出，神态颇为勉强。舜民原是拱手听话，疑他想酬谢。刚一回顾从人，苇村已自觉察，暗扯了舜民一把向前说道："韩老先生，这是舍亲虞舜民，从永康来此，闻得大名专程拜访，就便买一点延嗣的药，还望不吝赐教为幸。"赛韩康连理也未理，径对舜民道："你我这一面之缘，实为不易。药早备好在此，第一丸服后自能如愿。尊夫人贤德，不要负她好意。无论归途多忙，对自己人更不可失约不赴。他年家人如有伤病，余丸备用，每服一粒。只这药价，说是奉送，实则甚大，你愿出么？"舜民本有先入之见，加以一见倾心，虽然先后言之相符，并未在意，脱口答道："无不遵命。"赛韩康道："此时我并不要你的，永康方岩花子甚多，我欠了他们的情，须你设法代还。他们颇讲信义，决不轻扰。每年有二十担老米，便足用了。"舜民忙道："些须小事，晚生遵命，老先生请放心就是。"赛韩康笑道："很好。我也该走了，借你们来船渡到白公墩，取点东西回来，送我上岸吧。"苇村一旁插口道："老先生在此，博施济众，肘后千金，为我杭人造福，如何便走？"赛韩康道："这也是没法子事。你船上现有家眷，我师徒三人风尘肮脏，只说肯不肯借渡吧？"苇村道："我等求之不得，哪有不借之理？"赛韩康道："我知你们就要回船，反正就便，不然也不阻你游湖清兴。既然如此，快走，免得尊管又多一番苦寻。"说罢起身。

　　苇村、舜民也未求甚解，赏了庙祝二两银子，匆匆陪他师徒一同登舟。赛韩康师徒只向船头上坐定，不肯进入舱内。让过两次，只得任之。问他两个丐徒名姓，摇头不答。白公墩相去不远，一会儿摇到。赛韩康师徒三人上去，不令众人随往。苇村、舜民往他去处一看，墩上尽是树木，茅棚已然撤去。赛韩康走到一株垂杨老木之下，伸手拾起一面形如古镜的东西，揣向怀内，精光耀目，一闪即隐。同时瞥见树下稀糟糟烂着一堆东西，似有皮鳞，尚未化完，奇腥之气不时随风吹到。赛韩康摇了摇头，从身畔取出一个土瓶往地上倒了倒，随行一个跛脚的小花子便将树侧茅草取来盖上，戟指怒目，意颇忿恨。赛韩康两手合拢，搓了两搓，往下一放，茅草立即发火，燃烧起来。赛韩康再虚按了两下，丈许方圆一片地面，立即往下自行陷塌，连同那堆烂腐之物沉入地面。火光隐处，地方由分而合，相隔三两丈，看得逼真。赛韩康师徒仍就回到船上，对于前事一字不提。**"前事"，此前多少惊险、风波，只此隐隐点出。**所谓**"空白处无限烟波"**是也。苇村知他脾气古怪，问也不答，意欲请他同往家中，少聚一日。话才出口，赛韩康便止他道："我和居士缘法只此。这里人都道我会法术，水面来去自如，不用舟楫，为请居士代我释疑，才行借渡。有人提起，务望转告，说我只会卖药行医，不会妖法，足感盛情。即此一渡，尚且不肯白扰，怎敢下榻尊府，再叼盛宴？"说完又对着船娘嘴皮动了几动。船娘立时面上失色，诺诺连声而退。

　　舜民、苇村离得那近，竟未听见说些什么。自他师徒上船以后，并没见船行怎快，可是由湖亭到堤头，照例也得摇上些时。可是众人才几句话的工夫，不知不觉船已停岸。舜民、苇村连同舱中女眷，都有好些事想请问，各人正在伺察神色，相机发问，竟没等张开口便自到达。赛韩康只向舜民说了两句"勿忘前言，侯再相见"，径率两丐徒跳上岸去，时方垂暮，岸上游人多赋归去，下船雇轿，人语喧呶，甚是繁乱，一晃便闪入人丛之中，不知去向。

苇村知他不愿人知，刚嘱咐随行诸人，今日之事不要对人说起。还未吩咐同船夜游，舜民忽听岸上有两人在雇划子，一人语音颇似王升，探头一看，谁说不是？还同了陈庄一个下人。心中一动，王升也自看见主人，急匆匆抢步跳上船来，朝苇村、舜民先请了一个安，垂手侍立，对舜民说道："适才永康专人前来，说大老爷已然还乡，请老爷即日回来，有要事商量。"

舜民久知乃兄尧民得罪权要甚多，常时替他耽心。近年外放福建臬司，做了外官方觉好些，忽然还乡，事前一封信都没有，必有变故，不禁大惊。舟中不便细问，忙和苇村说了。一行人等立即登岸，回转陈庄，尧民派来的家丁，因是起早连夜赶来，正在歇乏，闻得二老爷回转，忙即入见。舜民屏人一问，才知尧民虽居外官，依然不减锋芒。督抚是个纨绔贵胄，两下势如水火，勾通朝中权要，连参奏了两本。幸而圣眷未衰，又有正人维护，绝大风波，平安度过。尧民见群小积怨已深，再不急流勇退，定难免祸，隔了些时，便即辞官告老。虽得原品休致，可是对头仍不甘心，时思陷害，并有遣人行刺之举。多亏尧民有一幕友魏良夫，机智多谋，事前早代他将交代办好，廷旨一到，办完手续，用李代桃僵之计，家眷行李和本人分两路去，等奸谋发动，尧民和魏良夫主宾两人，早已轻骑简从，还乡多日了。**草草几句，未得其详，正是仆从口吻。不详，便有悬念。**恐对头行刺未成又生别计，加以跋涉艰劳，犯了老病，渴思兄弟，专人来请舜民回去相见，商量一切。来人并说起萧山一带出蛟发水，道途难行，起早反倒更慢，归途最好仍走水路。舜民闻言，心才略放。多年手足，难得聚首，又在多事之秋，哪有不回之理？想起半瓢和赛韩康之言果然灵验，好生赞服，立向苇村辞别。

苇村知留不住，一面命人雇船明日起身，一面设宴送行，席间笑对舜民道："那位韩先生真有妙处。适才他走后，老弟忙着回来，内人在他座下拾起一副风藤竹的手镯，还包有一张纸条，大意说镯代船价，贤夫妇回家，明年必有梦熊之占，并有归途之约，不可不赴等语。老弟初来，适才又未见他写字，他却事事前知，真可谓为神仙中人了。他从来对人不修礼貌，药价不论多少，更是必须无缺，却对老弟台如此客气关切，缘分不浅呢。"舜民要过纸条，看了说道："风尘之中颇有异人，我们不留心罢了。"于是又把富春江舟行所遇述了一遍。虞妻虽因此行匆匆只留三日，千金选妾又成虚愿，幸见半瓢之言已验，赛韩康又有仙人之名，所说当然不虚，但盼到时应验，自没话说，只嘱舜民，无论如何中途必赴苏翁之约，以免自误良机。舜民本是打算回家见过兄长再去赴约，继一想顺路的事，苇村、虞妻再三相劝。苇村与尧民更是同榜同官，至戚至好，听说告官回来，执意同舟前往一聚，并不以祸福牵连为念，又买了许多礼物，俱是杭垣名产明前茶叶、金腿、绸缎之类，送他弟兄二人和别的亲友，连买带包装，结束行李，直忙了大半夜。舜民见他古道热肠，亲交情重，不便深拦，只得任之。

次日上船，陈家好些人，俱送到江边方始回转。因添了苇村主仆三人，雇的是一只头号官船，为了求快，另加了一班纤夫，每晚均有酒肉犒劳，人人卖力；风头又顺，虽然船行上水，走得并不甚慢。日里三个主人前舱坐谈，窗明几净，茶香酒热，眼望大江雄阔，水碧山青，江水荡荡，自动起千万片縠纹，在晴光潋滟之中，平铺顺流而来，打得船头汩汩作响。时而片帆高稳，映日轻扬；时而纤夫争途，齐唱山歌，突臂俯身，首足相衔，盘转上下于山巅水涯、危崖瞪道之间。榜人一舵在手，时作微动，若不将意。上流头更有货船轻舟、木排竹筏不时扬帆趁流而下。远望水天相接，帆影参差，不消一会儿，帆影渐大，疾驶而至，仿佛快要撞上。两船上榜人口里一声招呼，手中舵微微一偏，船身略荡之间便交错过去，此东彼西，各奔去路，俄顷已在十多丈外，剩下一个白点，逐渐消沉。苇村盛道江行之乐不置。**江行诸般景况，尤其是纤夫争道、逆行相错情状，非经过者不能描画。**虞妻一心为夫置妾生子，那日看见江小妹，一想渔村茅舍中竟有这等绝色女人，心便动了一下；先后又听苏半瓢、赛韩康二人之言，益发留了点意，料定舜民纳妾，应在小妹身上；知舜民为人正直，已然周济过小妹，决不肯乘人之危，又愁他心急见兄，不肯赴约，苇村至戚，无话不说，同行正合心意，乘着舜民离开，重托了两次。苇村自然应诺。

第三回　**骇浪挽危舟　江女酬恩施绝技**
　　　　粗心惊失错　苏翁临难托遗孤

　　船行了两日，将近桐庐，天色尚早，方要叮嘱舜民到时停舟赴约，耽搁半日，江上忽然起了风暴。船人一见天色不好，加急摇驶，纤夫也一齐努力。刚刚船到金沙埠，离泊处还有半里来地，天色已愈变愈恶。岸上是飞沙走石，大风扬尘，屋瓦惊飞，树折木断。人家屋外晒着的衣被，多被旋风卷起，在暗云低迷的天空中，恍如白鸟翱翔，上下翻飞。到处抢着关门闭户，拿进东西。箩圈斗笠兜篮之类，被风吹得在田岸街路上乱滚。江面上是惊涛壁立，骇浪掀天，小山一般的浪头，一个跟着一个打来，江声澎湃，宛若雷轰，衬上又尖锐又凄厉的风声，浓云层里时发一两下金线般的电闪，真仿佛有万千水怪夜叉鬼魅，在那里奔突叫嚣一般。江中船只早都泊岸，被风浪打得东斜西歪，沉的沉，碎的碎，隐闻哭声随风吹来，看去触目惊心，甚是骇人。幸而舜民坐的是只头号官船，工料坚实；船人又甚在行，老早放下帆篷，离岸又近，却也被浪颠得七上八下，人倒物翻，站立不住。船人仗有纤夫多名，先还打算强挣扎到埠头上去停泊，舜民见满船皆水，情势危急，一眼看到前面丈许便是旧日停泊之处，自己不能起身，连喝几声"停船"。人声风声喧哗，乱做一团，船和拨浪鼓似的，哪听得见！

　　王升恰在关窗，周身都被浪头打湿，跌跌跄跄，连滚带爬，抢向后舱一说，船老大道："我们不是不知道性命交关，先前不料风暴这样厉害，纤夫多已上岸，准备抢到埠头再停。如今他们都在岸上拼命和风斗，喊也喊不应，又是上水，要把纤绳解断，人跌伤不说，这船顺流淌去，还当了得？除靠天菩萨保佑，挣到埠头，真无法想。"说时，王升一眼瞥见离身两三丈的江岸上，风沙影里站着两个白衣短装女子，手中俱持有发亮的东西，天色昏暗，未辨何物。心想这样大风，居然不怕，敢来江边闲立，也不怕吹下江去！念头才一转，江中风浪益发险恶。船老大又被浪头扫着一下，几乎跌倒，手中的舵失了平衡，往侧一偏，船身就势歪向一边，舵身轧轧作响，似要断折，跟着又是一个两丈来高的浪头打到。当时形势，危险已极，如被打中，那船不碎，也必翻转，为巨浪卷去。船人齐声急喊"天菩萨"，船老大脸上已是面无人色。幸而浪头来处较远，强弩之末，来势虽甚凶猛，眼看白浪如山，离船仅有两丈，快被打上，船侧水面上忽然起了一个漩涡，浪头到此，余力已尽，往下一压，船老大就势拼命扳舵，已侧的船身立时平转。就这样船身还被浪激荡起丈许来高，起落了好几次。当这惊惶骇乱之间，"喀嚓"一声，船头上那根纤柱突然折断，船身再也吃不住劲，顺流便要倒淌下去。

　　风浪太大，舵楼中人尚且立脚不定，如何再能摇橹？同时帆篷船舵全都轧轧乱响，又似要折断。当这危急瞬息之间，仿佛听得风浪吼啸中有一女子娇叱，跟着前船头上似有白光微闪，隐闻"扎"的一声。船人疑心有了鬼怪，纷往前舱吓退。船已倒退了两三丈，忽然停住，船也斜顺过来，头向着岸。一任江中大小浪头左一个右一个横扫顺打，船身只管起落颠荡，船却似被什么东西牵住，并不往下流淌去。船人俱疑是天神降佑，纷纷欢呼跪祷。因离岸虽只两三丈，水深浪急，仍是靠拢不易，又不知船身因何停住。正待设法拢岸，船头一人，瞥见船头上亮晶晶一样东西。先还不敢走近，定睛细看，乃是一把钢抓，抓在船头。暗影中仿佛抓上还有一根长索，笔也似直通到岸上。心中奇怪，船舷无法行走，不顾客人见怪，径由中舱通过，奔向后艄一说。船老大闻言，才知船被岸上抓住，心中一放。不管是人是神，且先救命保船要紧。忙喝船人一齐动手，篙橹并用，只要再略近岸丈许，即可脱险。船人有了生机，俱都踊跃从事，无奈风势恶而不定，近岸处浪力更大，漩涡时起，一不小心，便有沉碎之虞。船老大招呼众人，呛风呼号，两手紧握舵柄，左进右转，兀自欲前又却，只在原处抢进二三尺，又被浪打了回来，近岸不得。方自焦急无计，船头忽然渐渐一点一点地斜行向岸，缓缓移动。

这只不多一会儿的事，舱中苇村、舜民夫妻，连同所带下人，不惯风浪之苦，俱都晕吐。各在床上抱定床栏杆，随了那船身偏侧滚来滚去。舱中遍处水湿，舜民和苇村并卧前舱，只知风浪险恶可虞，还当官船甚大，不会出事，虞妻却已骇得哭喊神佛了。舜民听见人声哗噪，由前后舱风浪声中隐隐传来，不觉心惊，两次想喊人来问，苇村勉强说道："以你我为人，绝无凶折之虞，否则，苏、韩二公也不会那样说法了。事有命定，着急无用。我们顾命，船人也要顾船，决不甘心听其沉没。我们都是外行，相助不得，问了徒乱人意，不如听他自行设法的好。"

正谈说间，王升忽从后舱爬来禀道："恭喜老爷，船已脱险，少停便可靠岸了。"舜民忙问原因，王升道："这船纤绳已断，本已快被风浪打沉。岸上忽然来了两个白衣女子，用钢抓将船抓住，绳头系在大树石上，把那两班纤夫寻回，相互同拉。内中一个又纵向船头，带过两条纤绳，系在系船桩上，人仍纵回，一齐下手。**这样写便近情理。倘轻而易举，便假了。**现在离岸只有丈许远了，还是上次靠岸的地方。"舜民问："那两个女子是谁？"王升答："在后艄，没有对面，天黑看不真切。"

一言甫毕，船忽停住。舱门启处，蹿进两个白衣女子。前面一个正是上次舟中所遇卖蟹女子江小妹，后面一个貌略丰腴，没小妹秀美，却也生得端丽温文，饶有福相，俱都背插单剑，白布包头。忙和苇村挣起，正要谢她们解救一船之危，小妹先张口道："尊公新遭风浪，身体欠爽，请不要动。有劳王管家引我们去见夫人好了。"舜民和苇村俱已精神委顿，只得拱手答道："愚弟兄委实疲困，不成礼数。请二位侠女先至后舱与内子相谈，等少时收拾清楚，再请二位侠女面谢吧。"小妹闻言，也不答应，只朝着同来女子嫣然一笑，便同往后舱走去。人仍不能上岸，舱中到处水湿泥淤，又滑又脏。加以舜民一行人等十九晕船呕吐，狼藉满地，下人个个卧倒，只王升一人还能勉强支持作事，知道主人急于和两侠女相见，忙又扶到前舱，唤来几个船夫，取来管帚簸箕，先将船舱打扫干净。汲些江水，将船板用拖布帚洗净。船已停泊，抛了大锚，毕竟好些。等一切舒齐，人们也渐渐缓过气来。舜民、苇村命人打了面汤水，重新洗漱，结束衣冠。刚命王升去请太太陪二位侠女到前舱来坐，以便船人打扫，虞妻已由二女子一边一个扶了出来。宾主重又见礼落座。

二女初上船时，舜民见她们周身全白，昏遽中没有在意，及至坐定一看，二女所穿竟是孝服，不禁大惊，因所服虽重，尚不似父母之丧，未便明诘，忙向江小妹道："那日因苏老先生再四促行，不敢久停，未及登堂拜母，仅令小价趋谒，略伸微意。近日令堂老太太的病状想已痊愈了吧？"小妹答道："尊公顾恤孤寒，义薄云天。家母全仗赠金调治，不特病愈，且有除根之望。大德不言谢，况以后还有相需之处，小女子也无庸再作俗套了。"舜民见她救了一船生命，行所无事，毫无得色，举止安详，谈吐文雅，与那日江行郊遇又自不同，越料她出身必非等闲人家，益发心折，答道："舍间尚非寒素，只是客中带得无多，自问不是吝人。如若须用，明言无妨。即以此次而论，全船生命皆出二位侠女所赐，我又何尝言谢呢？这位侠女想是苏老先生令爱了。他老人家，近日以来身体尚还康健么？"

二女闻言，俱都凄然泪下，仍由江小妹答道："这正是苏老义父跟前的兰珍姊姊。实不相瞒，义父那晚别了尊公回去，行至中途便遭狗子暗算，怪他不该泄漏机密，拔了他的黑飞鱼图记，受了内伤。还算贼父得信赶来，念在旧日老交情面上，没有当时处死。并把兰姊也喊了去，背回寒家，勉强活到第三日，嘱咐好了一切后事与兰姊的终身，才行撒手而去。义父卜算如神，据说那日与尊公相遇，便算出卦象于他本身大凶，再三约请尊公回船务必往寒家一行，便是为此。那晚，先还自恃狗子和手下贼党均非他老人家对手，只要当晚能够躲过，次日见着贼父把理解明，即可无事。谁知贼党中新到了一个内家能手，专用阴手杀人。这厮名叫小铁猴侯绍，外号一掌三辣手，当年与义父还有一点交情，事前如知是他，必不下手。偏生义父隐姓埋名已廿年，留着很长胡须，熟人乍见，都难认出。这厮年前又被仇人伤了双目，只剩半只眼睛，又在黑暗之中，看不真切，见狗子众贼党要吃亏，暗下毒手，事后好生后悔。老贼父子肯顺风转舵，答应义父永不许再与尊公为难，尊公回家终身不得再提，双方作为没有此事，各不相扰，未始不是看重这厮的情面，否则连兰姊也未必能活了。经过情形已对尊夫人说过，少时自知。义父临危以前又卜一卦，算出今日海洋中有大飓风要刮过此地，虽是风尾，为时无多，但那风力却甚猛恶，行船遇上决少幸理。**这等占卜手段，似较中央气象台高明。一笑。**尊公必在风浪最大时经此，吉人天相，自不会出什么灾变，虚惊实所难免。临终遗命，愚姊妹持他老人家昔年恃以纵横江湖的百练钢抓到江边相机相助。到时正赶风力绝猛，恐一发不中徒费心劳，刚等风头略顺将抓顺风掷出，纤绳突然中断。幸而事先将抓上蛟筋长绳紧在一株合抱大树桩上，否则以愚姊妹二人之力恐还拉不住呢。想是尊公对待苦人恩厚，这样险大，那两班纤夫依然拼命卖力，纤断时跌伤了五六个，无一人出怨言。兰姊恐力气不够，去唤他们来相帮拉纤靠岸，依旧人人踊跃，力疾从事。富贵中人，能使苦人到了危急真正自愿出力卖命，毫不敲索，最为少见。休说他们，便是船上人们都会水性，像先前那般危急，离岸又近，虽说船也要顾，恐怕对于船客生命早不在话下了，哪有这样心安理得，同共安危，毫不打算破船逃命主意的呢？"

舜民闻得苏翁因救自己而死，早已泣下沾襟，见小妹言词爽朗，仍往下说，只得等她说完，方始惨惨凄凄起身，朝着二女正要下拜，小妹连忙起身拦道："死生有命，多礼何益？不消再作礼套，也无须乎表白致词。愚姊妹俱都明白，此中还有曲折，未便即为明言。但盼尊公能应义父遗言拜托之事，就足安泉下老人之心了。"舜民虽听出苏翁必有安埋托孤之举，心仍不忍，仍要望空谢过。风定以后，还要亲去吊唁，料理丧葬和身后一切。小妹只得任其望空遥谢，二女在旁跪拜相谢。礼毕起坐，大家又伤感了一阵。舜民忍不住想问小妹的话，被虞妻暗使眼色止住。舜民见她以目示意，又极口称赞赛韩康是个活神仙，面上时露欢喜得意之状，对于兰珍，更是接待谦冲，温语如春，殷勤备至，较诸小妹尤甚。暗中窥察兰珍，虽然身遭大故，说时一样掉泪悲苦，但对动手杀父深仇，并不见得十分痛恨，谈过之后，渐渐敛了悲戚之容，辞色举止之端详，转不如江小妹那般激昂悲壮、飒爽飞扬，好生奇怪，情知此中必有原因，只得住口。

又过些时，风势稍小，船老大率了船人，请王升先容，进舱叩谢二女救船活命之恩。舜民方唤"任他入谢"，小妹与船老大们原都熟识，忙即拦止，独自走向后艄，再四叮嘱："我这拼命出力，本心不为救你，无须感谢。我母女孤苦伶仃，不愿无事生风，只要代我隐秘踪迹，不向人提说此事，就算报德于我了。否则，今日之事，因风太猛，无一外人在场，如若传说出去，莫怪我不客气了。"纤人自是纷纷应诺。小妹问起受伤的人，除七名纤夫外，尚有四名船夫，伤势轻重不等；船老大扳舵时手一滑，右手指甲被剥翻，头腿也各受了点磕伤，便把身藏金创灵药一瓶取出，吩咐斟酌分用，如不敷时，等夜来风住，回家取药再治，舜民、苇村又命王升取了二百两银子做犒劳。船人三谢而受，又谢了二女，欢喜已极。

入夜以后，风势渐止，下人才端上酒饭。船老板也命人上岸，到镇上去买酒肉来犒劳大众。去人归报，镇上受了这一场风灾，房屋吹倒了好多处，家家关门闭户，店铺早已上板，路绝行人，澡堂和书场俱未挑灯，无处购买食物。舜民得信，又命下人，将杭州带来的金腿、家乡肉各取了四只，给他们煮吃。船人见客人这等体贴，益发感激，俱都印在心里不提。舜民夫妻、苇村三人，因二女一个新遭大故，一个是死者的义女，全不肯饮。大家把饭吃完，天已亥初。舜民正说起明早要往祭奠苏翁，并为料理丧葬。小妹笑道："义父身后一切，早有遗命，由我经营，并且连钱都有了。尊公此时急于回家，明早正好开船，这倒不劳费心了。"舜民自然不安，再四坚持，非尽一番心不可。小妹道："义父灵棺，将来还要葬在贵地。大约不过月余，便要由我运去，那时尽可尽心，何必忙在一时？如真非到灵前一奠不可，今晚风定无人，最是相宜，不知意下如何？"舜民知当地有凶徒盘踞，小妹如此说法，必有原因，又想起多年未见的兄长，想了一想，答道："既然这样，苏老先生身后一切，尽以奉烦。须用若干，由我奉上。今晚就随二位侠女，同往灵前吊奠。明早开船，回转永康，先代他将佳城卜好，静俟扶柩到来安葬便了。"小妹道："义父临危以前，有人送来千两银子，足可从丰备办身后，不消尊公破费。既欲今晚临吊，待愚姊妹先回去，着人来接好了。"舜民本意和二女同走，二女力说："天色昏暗，风未全住，道途不近，同行反而更慢，转不如用轿马来接的快。"并问舜民："会骑马不？如不会骑，好用山轿来接。"舜民原会骑马，便问："风天黑夜，哪有轿马可雇？"小妹道："这里的人，有好些都受过义父的好处。我们全是相熟，一呼即至。天已不早，先告辞吧。"说罢，径和兰珍向苇村、虞妻一一别过，走向船头，拾起那柄飞抓，脚微点处，凌空数丈高远，双双往岸上纵去，晃眼没入黑暗之中。

这时风势渐住，江波渐平，仅剩细浪发发，击船作响。月影又渐出现，昏沉沉的孤悬在暗天浮云之中。烟笼雾约，仿佛明灯之幂以重纱，只露出半规白影，通没一点辉光，天边时有一两点星光闪灭，也是暗淡无芒，若现还隐。江面上看去一片浑茫，除两岸遥舟微有两三星火光外，什么也看不见。方与舜民谈起风灾可怕，夜景凄迷，比起前两日秋江夜月，景物幽清，相去不啻天渊，虞妻已先回转舱中，等得不耐，命人出来相请。二人连忙进去，虞妻先笑道："人还没走，你偏想问底细，这时人家给你匀出说话工夫，又不进来了。"舜民才想起，小妹来时所说颇多曲折，便问二女后舱所谈何事。虞妻笑道："苏、韩二位真是妙算如神，想不到在这里居然遂了我的心愿，真是一件喜事。"苇村闻言，知二女之来果与舜民有关，甚是高兴，问道："听弟妹所说，莫非前日之言应验了么？"虞妻便把二女来意说出。

原来那晚苏半瓢匆匆别了舜民回去，因所占卦象太凶，并与日里测字关合，暗忖：自从洗手时节受了异人传授，学会卜筮堪舆之学，虽然灵应如神，但中间也有两次凶险，均仗本领和细心预防，躲避过去。这次的卦，一再推详，好似没有生路。自己杀孽过重，并未伤一善良，只有一事愧对死友，至今想起汗流浃背，引为终身之恨。死原不畏，只亡友留下这一点骨血尚未安排，偏她命赋小星，只宜侧室。年来各处相攸，均无成就，好容易等到今日，巧遇这个姓虞的积善大家，年纪不算甚大，而有寿征，品貌才情、心地家室无一不好。连占两卦，均与以前所占相合，姻缘已然前定。叵耐有横祸临身，难于避免。细想生平，仇家死亡殆尽，只有今晚为救舜民，毁了金鹏黑飞鱼图记。狗子因想图谋江小妹，屡被自己作梗，早就怀恨在心，祸根想必在此。但乃父深知自己厉害，极为敬畏，即便知道，也必装聋作哑，不会轻捋虎须。他父子尚非己敌，别人更不用论了。自遇恩师点化，改业洗手，赈济饥寒，全凭劳力心思所得，不肯再作冯妇，也没再伤一人。况且年老貌变，迥非畴昔，就有仇人到此也不认得。越想越觉同舜民回船之时曾遇两个金党，图记难保不被贼党事前发现。除了金氏父子而外，别无致祸之由，便留了神。

半瓢回家，镇上乃是必由之路，如绕田陌小径回去，要远出好几里地。先时算计贼党如欲发难狙击，必在镇口广场左近，绕路回去，躲过凶时，大难或能解免。继一想生平行事磊落光明，怎倒畏惧贼党避道而行？今日没有拔他图记，怎走都行，这样岂不明显心虚，贻笑鼠辈？倘若两头都伏有人，遇上时吃他挖苦两句，固是不值，再要寻上门去，越更丢脸。自问本领，尚不难制伏他们，还是理直气壮，行所无事，多留点心，仍走原路为是。主意打定，一路观察前行。半瓢也是运数该终，才有此失。当时如绕小路回去，或往江家待上一夜，贼党规条：所劫之家，只要有人强行出头，便丢了本主，先寻出头人算账，或言和，或对敌，事情不完，决不再寻本主晦气。**盗亦有道**。明早舜民开船一走，贼党守了一夜不见半瓢走回，必去半瓢家中寻仇。他和小铁猴侯绍原是二十年前老朋友，半瓢并还帮过他的大忙，感在心里，虽然目光不利，白日里总可辨别出一点声音形貌，侯绍更是生具异相，半瓢虽然相隔多年，一望而知，两下只一认出，凭侯绍一人就能强制群贼，永罢干戈，哪有这场杀身之祸？

半瓢走出里许来地，忽觉心里怦怦乱跳，暗忖：昔年久经大敌，孤身出入龙潭虎穴视为儿戏，今晚不过有几个鼠辈为难，凭本领足可开发，怎这等心情不宁起来？莫非贼党中新请来了什么能手不成？连想当世水旱两路有名人物，最好的也不过和自己打个平手，并无过人出奇的英杰。当时并还想到小铁猴侯绍一身童子功，本领高强，仿佛比己差胜一筹，但是有恩于他，友情甚厚，断无弃友助敌之理。想过也自拉倒，觉着无虑，打起精神，加速前进。不消片刻，行近街口左近。那地方是背山面江。邻近镇集的一片大草原，一边是大麦场，靠江一面是木行码头，成抱大木横积如山，再过数十步，便是镇上。

半瓢正走之间，看见道旁木垛上影绰绰聚有多人，知道所占之事应验，暗中虽在戒备，仍装无觉，转把气沉下去，从容前行。眼看越走越近，忽听一声断喝："苏老先生暂留贵步。"接着便听飕飕连声，从道旁木垛上纵落下二十多条人影，穿的俱是急装密扣的黑色短衣，身佩兵刃暗器，阻住去路，为首一人正是贼魁金鹏的狗子金庭玉。半瓢知贼党惯例，不是身临大敌或是大举抢劫，对方有扎手的人物，不会出来多人，穿上这黑一色的打扮，料他此来，一为记恨前破婚姻之仇，二为拔弃黑飞鱼图记，犯了他们大忌，颇有拼命情势，决难善罢甘休，也自有些心惊。定睛一看，所有贼党均曾相识，金鹏几个得力的手下，倒有一半在内，却无新人。**一眼看错，事关生死。**

方要问他何故拦路堵截，狗子已先发话道："苏老先生，恕过晚辈惊扰。我等俱是明人，不用细说。家父平日对于你老先生何等礼重，至于手下叔伯弟兄，更是恭敬尊崇，无微不至。任他天大的事，只你出头相拦，立即一笑拉倒。自问相待不薄，从无失礼之处。适听人报贤父女所行所为，你与猪仔一不沾亲，二不带故，为何强自出头，坏我事规？未免欺人太甚。我赶到此地，久候大驾未来，本心想寻到猪仔船上理论。因这事既为足下揽去，照例应向足下答话，与猪仔本身已无关系，何必再去打扰人家？乐得使足下做一个整人情，卖卖你的威风杀气，故仍在此苦等。足下果然慷慨驾临，并未绕避回去，令人可佩。我想大丈夫行事光明磊落，事非目睹，仅凭传报，真假暂时难定。不过以愚父子相待之厚和足下之为人，似乎不应有此类事儿发生。现向足下请教，毁掉我家飞鱼，是否贤父女所为？只要你说声并无其事，立时拉倒，还向足下谢罪，我自责问那妄报之人，不难水落石出。如是你老先生主谋，少不得要请你还出一个道理。"

半瓢见狗子其势汹汹，声色俱厉，说话和进豆一般，一大串连珠不断说将出来，料难免却争斗，不禁把多年未发的火气提了起来，适才路上盘算好的一套说词，全都无心再用，只冷笑一声说道："我苏老头子素来行事光明，敢作敢当，今晚此事自然有个道理。"狗子忙抢口道："有什道理，快请说来，我等洗耳恭听。"说时适有一大片浓云飞过碧空，将月光遮住，清辉明晦之际，暗影中窥见狗子一手按住佩刀，一手搭向镖囊，面带狞笑，目闪凶光，咄咄逼人，手下人等个个神情跃跃欲动，断定不怀好意，必出不意一拥下手暗算，忙把气功运足，以备万一，仍答话道："那个自然。我与船客乃系至戚，今晚茶楼相遇，才得知悉。本想向令尊说情，看我薄面，放他过去，后来一想，那留记的人将图记钉得那般隐秘，分明与船客非亲即故，只缘受命久了无法交代，不得已以此搪塞，只要今日过了这一关，一方领了亲情，一方也可交代，用心甚是油滑，泊船恰又在隐秘之所，料他未被你们发现，乐得暗中拔了，既解舍亲之难，同时又省得令尊知道此事，难以处置。看了薄面，是坏岛规，此例一开，以后再有朋友请托，不便应付；不看薄面，愚父女自然无颜在此安居，又伤朋友。不告而行，异日再图报答，两无伤碍，最是妥当。"

还要往下说时，狗子早已怒不可遏，大喝道："好个昧良无耻的老贼，大家做他！"跟着举刀就斫，贼党也纷纷各举兵刃，一拥齐上。此时月黑天阴，双方都是练家，全凭心灵眼力取胜，稍差一点，便吃大亏。半瓢早有防备，见贼党以多为胜，不可理喻，哈哈一笑，身子往后斜倒，脚根用力，使一个飞箭穿云的身法，一纵三四丈，出了圈外。随手解开衣纽，等狗子贼党追踪过来，又是一个斜飞乳燕的身法，纵向侧面广场之上。就这接连两纵之间，身上长衣已自脱掉，手持衣领，当作一件短兵器抡将起来。群贼也杀上前去，刀枪并举，暗器齐施。半瓢身怀奇技，内外功俱臻上乘地步，哪把群贼放在心上！虽是手无寸铁，那一件长衣舞动起来，竟比什么兵刃都显厉害。昏云冷月之下，只见刀光闪闪，镖弩星飞，丁丁铮铮，暗器兵刃触石坠地之声响成一片。数十条黑影围绕着一团灰色影子，旋动如飞，在广场中驰突往复，滚来滚去，杀了个难解难分，不分胜负。

半瓢因金鹏不曾在场，满拟后来和平了结，不愿将事闹大，先只利用长衣甩落贼党的兵刃暗器，并未伤人，继见贼党不知进退，定欲置己于死，一味猛上，苦战不休，心想照此下去，直非伤人不可，要顾全双方颜面，绝难办到，擒贼擒王，我何不如此如此。主意打定，正赶众人赶杀过来，半瓢喝道："你们这群废物，再不知好歹，我老头子就要得罪了！"说时，倏地一个黄鹊冲霄的势子拔地直上，起到空中。众贼党欺他身子凌空，无法闪躲，各将手中暗器纷纷打出。半瓢早觑定狗子金庭玉的所在，手中长衣一舞，使一个大鹏展翅的解数，将贼党暗器甩开，就势运用平生真力往下一沉，变一个飞鹰捉兔之势，斜降而下，手持长衣，照准金庭玉当头打去。就这一个起落的工夫，连变化了三个解数，端的是疾逾鹰隼，迅速非常。金庭玉哪里能是敌手？初见半瓢起势，似要落在西北方面，他人站在西面，恰好掉单，正欲赶过追杀，手中一镖刚刚发出，万不料半瓢凌空改招换势，忽往西面斜飞而下，瞥见人影当头飞落，未免心里发慌，忙一刀斫去时，半瓢手中衣衫已自临头，手微一抖动，便将金庭玉的刀裹住，往外一抖，金庭玉虎口立时震裂，手中刀先被半瓢抖去，甩落地上，心刚失惊，暗道"不好"。半瓢身法何等神速，跟着平横左肘，由金庭玉右腋之间斜着往上一挡，先将他两臂闭住，失了效用，再紧跟着一翻左腕，骈伸二指，照他肋下气眼点去。狗子刀才脱手，敌人的手便到，两条左肘臂一碰之间，觉着其硬如钢，骨痛欲裂，力量更是大得出奇，一个立脚不稳，身才往左微一倒退，连纵身逃走都未想到，负痛惊急慌乱中，口刚喊得一个"嗳"字，已被半瓢点中腰穴，立即闭气倒地。**手眼身法步，交代得十分清楚。还珠写武功，约略可分三种情况，一种是这样的近于写实略带夸张，一种是后文查洪、葛鹰、覆盆老人等以气功、劈空掌"超距"伤人的纯夸张，第三种就是飞剑、法宝，近于神魔的写法。本书以第一种为主，第二种次之。如何把三种"统一"到一起，是还珠面临的一个大难题。**

　　双方都是身手矫捷，迅速非常。众贼党一见半瓢落向狗子头上，知他不怀好意，狗子身侧无人，决非其敌。不由大惊，忙即赶过齐喊："老苏休得伤人！"一拥齐上赶来救护。半瓢也是一时疏忽，见贼党无一出奇人物，自己又善避兵刃，容易取胜，所愁只在伤了狗子，明日与贼父相见，不好下台，没有顾及眼前祸患；天又阴黑，纵然练就目力，毕竟比日光下差得多，便决计制伏狗子，压伏群贼。飞身纵起之时，仿佛瞥见人群中有一矮子，衣服与贼党不似一律，恰好贼党中颇有几个矮的，因那矮子随众乱赶，身法甚快，心中虽动了一动，偏生事机瞬息，身已飞起，急于擒敌，没有十分留意。这时点倒狗子，见群贼已追临切近，心想只把狗子当兵器，一举起来，老贼夫妻只此独子，教令又严，心肠又狠，相随作事，全都担着干系，谁敢碰他一下？这一来立时可把群贼制住。一心想擒狗子，手才抓住，人还未提起，猛觉身侧微风飒然，知道有人暗算，心还在骂："该死的东西，你们小祖宗已落我手，还敢放肆！"

当时一面御敌，一面更着重在擒狗子。左手的人并未放下，只把身子往侧一偏，打算避开来势，再拿人来和贼党理论，谁知中了敌人声东击西之计。半瓢明觉敌自右来，方往左一闪，头忙回转，不见人，身后群贼相隔尚在丈五六间，没有追到。心方一惊，忽觉左肋气眼要害一麻，中了敌人三指，情知身受重伤，已落人手，性命难保，心中忿怒，拿出当年本来面目，忽然一声长啸，百忙中勉强提着真气，仍然提了人纵身跃起。正待拿狗子泄忿，将他抓死，眼前一闪，倏地一条瘦小人影，仿佛连了线似的跟着纵落身侧，猛地想起一人，脱口喝道："侯老弟，是你么？"**兔起鹘落。**

那矮子见一下重手未将敌人点倒，仍被提人纵出，又听出啸声耳熟，虽然跟踪追过，心已迟疑，未再下那毒手，再一听喊"侯老弟"，不禁大惊省悟，通体汗流，悔丧无及，忙答道："小弟侯绍，恩兄伤得怎样？"跟着翻身跪倒。半瓢已举狗子伸手要抓，见来人果如所料，忽又想起两个义女，忙即停手放下狗子，盘膝坐在地上，答道："愚兄还有三四天活，这些后事都交给你办吧。事出无心，你也不要难过。"话才说完，忽然阴云展尽，清光大来，依旧现出大半轮秋月，照得广场衢路银敷玉漫，如被霜雪。一干贼党都把侯绍敬若神明，畏同鬼物，**交代这一句，才不致埋没了半瓢。**见他只一照面便将敌人点中，虽未倒地，行家眼里已看出受伤无疑，忙跟过去，不料侯绍这等情形，俱都看得呆了。有两个不知时务的粗人，见狗子还倒在敌人身旁不能言动，意欲抢前夺过。刚想轻轻绕过，侯绍误伤恩人，下的又是死手，华、扁不救，方自愧悔伤心，无地自容。二次话未答出，忽听身侧声息，已知来意，不由触怒，倏地猛伸右手五指，侧身回脸，大喝道："我恩兄虽是盖世英雄，人极善良，决不多事。都是你们这群王八羔子累我闯此大祸，死活都难赎罪，还不去把老贼夫妇喊来？谁敢近前一步，我便将你活活抓死！"越说越怒，把手一扬，虽是虚比，不觉把真力发出。那两人离得稍近，内中一个适当其冲，顿觉劲气如铁，打中肩头，吓得纷纷后退不迭。众贼党知道厉害，连声答应，着人飞跑回去报信不提。

侯绍喝退众人，又膝行到半瓢面前，手抚膝盖，凄然说道："恩兄，弟原为受了人家暗算，揉伤双目，仗着当时心还明白，暗运真气，勉强保了半只左眼。如今十步以外便看不真切，全凭两耳去听，差得多了。最可痛恨是仇人当时不将我弄死，揉瞎双眼，还叫我寻他报仇，为此到处寻访恩兄下落。一年之中，南北五省差不多跑遍。这里已是二次重来，始终打听不出下落踪迹。算计恩兄必已改名易姓，隐去行藏。但那女孩耳后有一朱痣，虽然见时是个乳婴，有这一点，或者能够寻到。于是又打听耳后有朱痣的女孩，也未遇上。今春忽听人说有一江湖上旧人在富春江上与你相遇，只没说出行藏底细。老白原是朋友，知他女儿嫁与金鹏，在此做贼，必然认得人多。两番到此，托他打听，他夫妻定要将那没出息的儿子拜我门下。我见他们对我恭敬心诚，没法推却，只得答应，徒弟不收，传他一点武艺。这次来没几天，住他花园静室以内，日出夜归。昨日岛上人来，我懒得见这些贼崽子，推说要用静功，没有入席。黄昏后来人回岛，因当日未出门，听说镇上茶楼有两个带弦子说大书的，不但说得好，那一套开篇更妙不可言。说大书的照例不带弦子，这样却是少见，因此想到恩兄当年，吹弹歌舞无一不精，生平最喜看《三国》，心中一动，打算饭后去碰碰看。偏生这一席酒吃到亥刻才散，等我赶去，书已说到末场。那先生果然名不虚传，只是有些欺生，完场时，满楼茶客都打招呼，只瞧不起我。连问他两次话，都吃碰回。同去的还有一个金家手下，几乎和他为难。我念他是个指身为业的可怜人，没许和他计较。他始终仍未过来赔话，拿了弦子扬长而去，把我两人僵在那里。**说书人也不寻常，空白处烟波无穷。**楼主人却吓了个面无人色，再三请安赔罪，说那先生性情古怪，熟了个个恭敬，生人照例不理，求我不要见怪，回去更求美言几句，却没说明早叫那先生赔罪的话。我一口答应，回至中途，正想起那说书的明知我是金家上客，竟敢得罪，形迹好些可疑。恰值金庭玉带人赶来，见面说起恩兄坏了他家飞鱼图记，贪一富绅酬报，泄他机密，要去理论，请我同往助威。我也真是糊涂该死，这次来住了月余，他父子并未提说本地隐有一位能人。直到昨天，独坐园内，金庭玉这厮进来陪侍，才谈到恩兄屡次坏他的事，因和他父相熟多年，他父母素不肯欺本乡人，容忍至今，近来恃有一点本领，行为益发可恶等语。我当时心又动了一下，复问他和恩兄交过手未？他说一对一勉强打过平手，打了个把时辰，被他父赶来喝住，吃亏了事。又说恩兄在此强抽江边渔人常供，无恶不作。我知恩兄本领，像他那样脓包，哪配相对交手，再照所说情形，明是江边水棍一流，与恩兄为人相差太远，姓名又无一点相似，就此忽略。这时一听恩兄行事，直犯了江湖大忌，又因这厮自从上次别后颇能用功，想看他临敌如何，并看对头是何等人物，跟了同来。先在木垛上等候，以为这厮带了多人来打一个，不问曲直，都是太差，本没心下去相助。这厮诡诈已极，欺我不能看远，故说对头结党甚多，今晚必有埋伏准备，恐难免一场大斗。若打不过，师父须莫袖手旁观，虽是记名徒弟，也休丢了颜面。我生平刚暴狠辣成了习性，竟为所动。吃了眼睛大亏，等到半夜恩兄到来，我目虽失利，两耳极灵，分明听出来的只是一人。后来双方一阵乱打，天又太黑，我在上面一点也看不见。只听有数十人往来追逐，敌人使的是一件极奇怪的软兵器，打落了好些兵刃暗器，仿佛占了上风。心中奇怪，觉与这厮所言不符。暗忖：海内还有何人能有此本领？金氏手下这一伙也颇有几个能手，怎会众不敌寡？**交代这一句，也是为了抬高半瓢。**打了这半天，对方全无败象，竟没想到恩兄身上。记得当年恩兄威镇江湖之时，每遇敌人，总有一声声如鸾凤的长啸，适才又自称姓苏，益发大意过去，忍不住跳落场中，还想看明家数再行下手。才转了两个圈，只一次与恩兄相隔尚近，天偏阴黑也没看真，只知是个有髯瘦长人。一晃眼工夫，恩兄已将这厮点倒。我虽看不起这厮，终算记名弟子，又是朋友心爱独子，平日相待那般恭礼，有小弟在场，怎能看他落在人手？一时情急，无暇顾忌，不想闯下这大乱子，恩将仇报，伤了我至亲至敬的多年好友。休说此后不能做人，叫我如何问心得过？初本想死在恩兄面前，继而想起恩兄这些年来隐姓埋名、抚养遗孤的一番苦心，**冥冥之中，果报不爽。**身后想必还有事未了，这副担子须在小弟肩上，如何死得？此事起祸根苗全在我这记名孽障上，此时无以自解，百事惟命。恩兄有何心事只管说出，小弟如一息尚存，任何艰险为难之事决无二言。**托孤寄命，一诺千金，这是"侠"的真谛所在。**

半瓢听出他不惜拿狗子为己解恨，哈哈大笑道："侯贤弟所说的话，足见义气，不枉你我相交一世。但你还不明白我的心意，既承盛意如此深挚，只要你能代理身后未了之愿，愚兄已是心满意足，死而无憾了。我此时已不能起动，你快将庭玉代我救转，免得他父母到来，显我量小。有话随后再说。如要杀他泄忿，休说先前，此时也只一举手罢了。"

侯绍深知此老性情，连忙应诺。一句虚话不说，过去只一捏按，径将狗子救转，众贼党才把一颗心放下。侯绍喝道："今天性命是白捡的，你知道这位老前辈是什么人？休说是你父母，连你外公当年提起他也闻名丧胆。他便是二十年前在山东天门岛一剑斩三雄，对梭对弩，力敌天门三老的那位吴……"**虚写一笔，令人神往。**言还未了，半瓢已连声急出道："老弟老弟，你说这些什用！

先听我谈正经事。此乃定数，愚兄早已算准，也无须教庭玉向我赔话。我一会儿便须回去，会短离长，你不能到我家去哩。"

侯绍忙应声走过，半瓢低声说道："实不瞒贤弟说，当年愚兄把事做错，丢了一个生平没有的大人。幸遇异人点化，洗手归隐，抚养两个遗孤。男的已被那位异人带去，至今无有音信。可是照愚兄屡次卜卦，此子煞气虽重，异日成就却不可量，又得明师，自可安心。**留出想象空间，一则为作者留下此后发展情节的线索。**独这女孩命太孤薄，早主夭折，经我用尽方法，费了无数心力，人定胜天，居然将她幼年两次凶折难关避过。但她只宜与人为妾，没有正妻之命，此事叫我多少年来煞费踌躇。后来卜她婚姻应在富春江上。恰好这里有一富绅请我看地，旋即在此隐居。为管一闲事，与金家父子相识。日前卜得此女红鸾星照，好容易遇着命中佳婿，却又发生此事。当我伤了好友夫妻，第二日明白过去，愤不欲生，只为此女，苟延至今，虽然寻着佳婿，但她此后麻烦事多，急切间还难卸责。初受伤时，我本恨怒已极，一见伤我的是你，事出无心，已想将这担子给你代挑。难得出诸盛意，真比我照看还好得多。早知是你，坐以待死俱所心愿，也就不再事前打算想避此劫了。金家老夫妻来，你可与他说，先命人去将我女儿喊来，这便是那遗孤，名叫兰珍。一面对他说明，我还有一义女江小妹，昔日与庭玉结此宿怨，也由她起。当时我固强作解人，但此母女二人均有来历，双方如若真正过手，她母女即或众寡不敌，也必被她们杀伤多人逃走。我这三日残生便在她家苟延，暂时你不能去，也由于此。死后必有一信与你，贤弟侠气干云，一诺千金，请你日后照信行事，不特存没均感大德，还代贤弟解了一点宿怨，真是快事。还有金家飞鱼图记是我弃掉，照例出头人死，又寻客人晦气，但船客是我女婿，只想消患无形，于理无差，终场也未伤他颜面。本可拉倒，无如舍亲有了家贼，难保日后不出花样。务请金氏夫妻父子和众门下高足，看你我薄面，以后永康虞家，不得再动一草一木。那钉图记的小人，行事居心大不光明，也须稍动家法，以儆效尤，并将这人名姓由贤弟暗中转告小女。言尽于此，诸事费心吧。"

说一句，侯绍应一句，说完刚要答话，金鹏、白凤娃夫妻二人闻得警报，急痛攻心，已慌不迭起身，情急败坏，含泪赶来。白凤娃更是撒泼，老远人未近前先带哭声，拿出当年关中语调高喊道："任是侯老爹多好交情的朋友，要伤啦我的娃，我也拿命跟他拼了！我老公就这（音至）条根，你们这群驴日的狗娃站这远作啥？怎（音嗦）啦？我娃在那（音啊上声）搭？"一边喊一边骂，披头散发，直赶了来。**写泼妇，有声有色。以方言土语写来，尤其生动。**小铁猴侯绍见不惯这等泼相，早一个箭步平跃十几丈，拦在凤娃前面，喝道："都有我呢，你撒泼给谁看？稍不听话，叫你夫妻父子一个也活不成！"狗子也怕将侯绍弄翻了脸，立时是场乱子，连忙赶上。白凤娃知他厉害，心中虽然害怕，仗是女流，口里还想发强，一见狗子随后奔来，连忙抱在怀里，心肝乱叫了一阵。见着活儿子，心中一宽，又想起侯绍的可怕，仗着脸厚机智，用手一推金鹏，说道："侯四达不跟我们妇女一般见识，都交给你啦。有什么话，家说去，我不管啦。"一面抹着稀泥，一面拉了狗子，开步想走。

侯绍何等精灵，知道大权操之于她，如不将这只雌虎制服，仍不当数。又知她虽是女流，颇有乃父之风，说一句，算一句，只要答应，决不更改。当下舍了金鹏，轻轻一跃，早到了她母子身前，双手一伸，拦住去路，喝道："凤姑娘，你先慢走！我不问什男道妇道，这事仍少不得你。"白凤娃恐侯绍变脸，忙抢护在狗子前面说道："四达，你这是怎啦？我们认吃亏怕你，说怎是怎，还不行吗？"侯绍苦笑道："你放心。我姓侯的决不会做出无理伤人的事，只是事情总要有个了断。"

凤娃听出他无什么恶意，至多行强了事，自觉理直气壮，假装恭敬答道："四达，你和我们已是两三辈的交情了，何况我这没出息狗娃，还算是你生平头一个记名徒弟呢。论哪样，也是向着我们的。你老人家有什吩咐，论面子我们不会不依，论胆子也不敢不从，这还有啥话语？只是我娃虽然不好，功名有功名，家业有家业，武艺不好，我夫妻谈不到，总还沾着你老人家一点威风。谁想他想娶一个卖鱼的娃，都吃人家硬霸住不许行聘，这已过的事不说啦。单拿今天的事说，你四达是老江湖。老前辈，看有这规矩没有？别的好办，这老挨刀的……" **泼妇声口，如在目前。**言还未了，金鹏也自赶过。侯绍听她絮絮叨叨，已不耐烦，再一听她口带脏字，立即一声断喝道："你这婆娘，少出口伤人，你还要命不要！闲话少说，今日听我，是你夫妻母子的便宜。你可知道你儿子闯下灭门大祸么？我虽自想赎罪，以谢恩人，于你们却是事为两全，并不算是偏向一面，强行出头。如你不听良言，我不过稍添麻烦而已，事一传将出去，你全家大小，连猪狗都休想有一条活命。"

凤娃机警，见他疾声厉色，说得如此情形重大，将信将疑，悄声说道："四达说得这等厉害，难道我得罪了皇帝他爸？"侯绍冷笑道："你得罪皇帝他爸，即便兵马到来，好汉打不过人多，还有一个逃呢。这事要被他的好朋友知道，如无他留下的凭证，你们逃上天也无用呢。"金鹏、凤娃听出所言不虚，好生骇异，忙问究竟。侯绍道："你们可知今晚庭玉闹鬼，拿话骗我与他助拳，我为了救他，无心中用辣手，将一位隐名多年的前辈老英雄伤了么？他虽因一时大意，梦想不到我会突然出现，至多还有三天活命，但是事不算了。休说被天门诸老得知不肯甘休，他当年那一群干儿子女，内中只要有一人知道，你们就休想再吃年饭，怎不乘我在此，事又是我所作，送他一个全面，遮盖过去，反倒不依不饶起来，真混账透了！"

金鹏、凤娃来时匆匆，只听说苏半瓢毁了黑飞鱼图记，狗子约了侯绍寻去理论，狗子吃半瓢点倒，侯绍原本赶过相助，不知怎的，又和半瓢成了一气，喝禁众人，不许上前救护；狗子现被半瓢点倒擒去，放在身旁，尚未回醒，二人只此独子，爱如性命，便急怒交加，纵身下床，披上衣服，一边穿一边跑。报信的人震于积威，见他夫妻暴怒，已然起身，不问哪敢多说？脚程又追不上，所以一切的事都不清楚。转疑侯绍遇见旧友，吃里扒外，敢怒而不敢言，凤娃更记着半瓢破坏狗子婚姻之仇，满拟他有家业在此，不会他去，暂令丈夫出面搪塞，等侯绍一走，便去寻苏、江两家的晦气。及至听说半瓢已被点中要害，三日之内必死，又提起死者是天门诸老至交，金鹏还在惊疑，凤娃倏地想起一人，立时心中一紧，面容失色，凑近前去，悄问道："那姓苏的，莫非是二十年前名震江湖，先叫无名侠士，后来真名显露，自称独叟的吴老英雄么？"侯绍道："谁说不是？不但他，便是你说那拒婚的江小妹，也大有来历，一样是惹不起。我适才心乱，没顾得细问。你们平日狂惯了，以为丢下不管就可无事，还买我的面子呢，莫做梦吧。"金鹏凤娃闻言，早吓了一身冷汗，连忙问计道："这位老人家，已近二十年不听说起，不想在此隐居。今晚无心将他误伤，这可怎好？"

侯绍见他夫妻惶急，心中暗喜，冷笑答道："休说你们，我虽助拳，也脱不了干系。所幸这位老前辈早已灰心世事，今非昔比。只你们听话，我便将事全揽过来，与你们无干如何？"二人心胆已寒，自然连声应诺。侯绍把半瓢所说的话略微增减，又命金氏夫妻携子前往赔罪，从丰办理丧葬。二人只图免患，百依百随，把来时嚣张豪强之气全都敛去。一面命人去接苏女兰珍，亲率狗子，随了侯绍去至半瓢面前跪下赔罪，并谢手下留情，未伤狗子性命之恩。半瓢见行藏已泄，只得说道："我已受伤，不便转动。贤夫妇快快请起。事由误会，我命该终，谁也不怪。但盼以后约束令郎，诸事谨慎，自无后患。一切已由侯贤弟代达，如看薄面，足感盛情。一二日内，我必有信与侯贤弟，请诸位照办便了。"说罢，又嘱侯绍休往江家探看。侯绍想起前言，便问江氏母女来历，与己有何旧怨，怎么想它不起？

半瓢道："说来话长，异日自知。此怨决由我而解。小的最听我话，老年人性情不好，你只听愚兄之言就是。"侯绍猛忆一事，还想询问，月光之下，照见半瓢脸上虽无异状，额角已见了汗珠，知他负伤提气，说话艰难，又看了金氏夫妻一眼，便答道："我能活到今日，原出恩兄所赐。这一来，命更不是我的，何必再论恩怨，全听恩兄吩咐好了。"半瓢重伤，不得多动，好在深宵，野外无人知道，俱在当地陪候。为防人知，凤娃又命手下徒党把住三面路口，并备兜子应用。待了些时，兰珍得信时，因去人事先受了嘱咐，只知老父有事相唤，并不知道底细，到场一见，忿不欲生，立时要寻仇人拼命，被半瓢喝止说："你要报仇，也等把我送回家去，问明再说。"兰珍才勉强止住，匆匆向侯绍见过了礼。

半瓢不令别人同行，只兰珍一人将他背到江家，服了江家秘制伤药，养息了些时候，才向二女述说当年经过。兰珍才知半瓢并非生身之父，还是杀害父母的仇敌，当年也是无心之失铸成大错，**恩仇纠葛。认"贼"作父，极具戏剧性的母题。《赵氏孤儿》中，赵武之于屠岸贾；《说岳全传》中，陆文龙之于金兀术；《射雕英雄传》中，杨康之于完颜洪烈，等等。** 加以多年寄养恩深，只是痛哭一场，无可奈何。半瓢等她哭完，嘱咐身后一切，又对江氏母女说出侯绍在此，请看薄面，解去前怨。江氏母女因受半瓢医药照拂许多大德，小妹又是义女，只得勉强应了。其中经过详情，曲折甚多，后文舜民之子长大，另有交代，这且不言。**又甩了一个岔。这种报章连载的不传之秘，具有无限伸展的可能性。一笑。**

第二日金家便派人来慰问，并以多金相赠。半瓢也未作客套，原欲转赠江家，谁知江母性情孤僻，执意不饮盗泉，只将王升送去百金收下。半瓢不便再退回去，只得留作身后之用，把异日薄产变卖所得再赠江家。随又伏枕，写下遗嘱和与侯绍的遗书，并封下一件遗物在内，着兰珍与金家送去，就便询问钉图人的姓名，和虞家是亲是友，有无仇怨。兰珍受命之后，又力疾用心强占一卦，算出舜民归途风波之险，吩咐到日持抓往救。二女若与舜民相见，只略说因何致死，不可说出自己当年威望，以免传扬出去，引来旧怨。虽有侯绍暗中维护，总以无事为佳。另由小妹把心事告知虞妻，先命兰珍随舟同行。船到兰溪，还有一点小险，也仗兰珍解救。到了虞家，便可成礼。身后不许持服，灵柩由小妹随后护送前往，就向舜民借地安葬等语。兰珍知乃父卜定如神，命赋小星，早听说过。长兄业已出家，不会娶妻，娘、婆、寄父三家香烟，全仗自己接续。兰珍性又温和，俱都应诺，只不许穿孝一节，于心不忍，当时应了，背地和小妹商量，此去身为侧室，孝服穿到起身为止，仍持新丧三年。二女都是女中英侠，不作儿女之态，见了虞妻，慨然直陈。

虞妻觉她貌虽不如小妹秀美，却是个端丽宜男之相，性情温婉和顺，似比小妹还强。起初为纳妾一事，不知费了多少心机手腕，不料水到渠成，这等容易，不由喜出望外。因她父女有两番保救身家性命之恩，英侠之女屈作小星，转不过意，风势稍定，先起身朝二女拜谢恩德，然后力说以后决以姊妹相称，手足相待，即此已觉非分，万不敢视为侧室，自增罪过，愧对死去恩人等语。二女见虞妻这等贤淑情真，也甚欢喜。虞妻还嫌不足，就着后舱求神香烛，非与二女先结异姓姊妹不可。二女为她诚恳所动，只得应允。自然虞妻最长，小妹年纪最幼，算是第三。小妹只嘱当着外人先莫泄露。虞妻应了，本意风定后和舜民同去江家祭奠苏翁，就便登堂拜母。小妹说："天黑风大，山径崎岖，姊夫前往已然费事，大姊又弱，怎好前往？相亲相重，本来不在形迹之间。况且小妹此番扶柩到永康时，家母也要同去，不特相见，说不定还要托庇宇下，向大姊暂借一椽，何必忙在一时哩。"

虞妻闻言，益发喜出望外，再三叮嘱说："一到了家，便即收拾干净屋宇，恭候伯母光临。我知贤妹出身大家望族，允文允武，烟波寄迹，奉母荒江，还有难言之隐。这里与群盗为邻，伯母又有老病，伺奉医药，两俱不便。舍间虽在乡下，颇具池馆花木之胜，愚夫妇身家性命全出二位贤妹所赐，既然不饮盗泉，鱼虾所得能值几何？苏老恩人又复身故，此后更无一人照应，倘再像那日犯了老病，如何是了！外子对于医道颇有心得，正好就近调治。老母衰年多病，贤妹孤苦伶仃，务望以能尽孝为重，万勿拘之于施恩不望报的小节，到时又复推辞，不肯常留。须知已然结为骨肉之亲，妹母即我母。本不能说是报恩，贤妹也无所用其客气。千万定准，免得愚姊姊悬念，才不在神前一拜呢。"**如此见识、胸襟，殊为难得。**

小妹本因苏翁逝世，去留两难，老母暮年多病，自己还有许多恩怨须了，算来只有暂依虞家最妥。便是苏翁临命，也有此言。无奈老母性情固执，已受人恩，尚未报答；一旦因人成事，略尽心力便举家相托，未免有望报之嫌。老母得知，定然不许。即便借住相依，也不会久。适因虞妻情意恳切，随口一说，并未定准。不料虞妻早有主见，明知不易请去同住，和二女结拜姊妹，本就含有这层深意在内。**虞妻真所谓"女随何、雌陆贾"也。**略露口风，更不再放松，立时乘隙而入，把江氏母女迟疑心意全给道破。小妹想起幼遭孤露，随母流浪江湖，白龙鱼服，虽仗母女二人俱有惊人本领，未受过分欺凌，可是到处都遭轻贱，无一仗义相助之人，好容易遇见一个义侠长者，又复身死。自分母女二人相依为命，此后更无一个亲近之人，想不到虞妻如此情重关切，一时起了身世之悲，不禁感极欲泣，慨然答道："大姊出身华贵，穷途相助，使家母医药有资，因而脱难。今又齿于雁序，略分言情，已是感愧交索。现在又欲使小妹奉母相依，情真意厚，便真骨肉也不过如此。若再拘执成见，不特愧对心期，转觉矫情太甚了。大姊只管放心，小妹归见家母，必将盛意婉达，家母持躬谨约，律己虽严，因晚年来家遭巨变，骨肉凋零，现时膝下只有小妹一人，钟爱异常。即有不愿，也必不肯过拂小妹之请。只是借居之地一椽已足，伤心人别有怀抱，设置万勿华美，略供老母起居，足感盛情。尤其是地要僻静，除姊夫二姊外，不见别一生人，更不使外人闻知踪迹。小妹本有相依之志，起初迟疑，半由于此。今既定局，为时无多，舟有外客，妹还有琐事须为料理。少时即便送姊夫二姊回船，也恐无此闲暇。相晤非遥，自以明言在前为是。至于小妹的身世来历，说来话长，也等将来扶着义父灵枢，到了永康家中，再为细说如何？"虞妻自是欣然应诺。

兰珍巴不得小妹母女同依虞氏，事前承了苏翁遗命，已连劝过几次，只允暂留，未允常住，闻言也是喜出望外。出见舜民之时，小妹因有苇村在座，终恐泄露行藏，再三叮嘱，把话隐起一半，更不可说出相依之事。并请转嘱苇村诚语家人，不可向人提起，一切等到永康，再向姊夫明言。谁知虞妻喜极忘形，苇村乃内亲至好，又是性情中人，虽未把话全行说出，并未全照小妹所说办理，以致日后起了无数风波，此是后话不提。

第四回　闻变哭良朋　山馆伤心风定后
　　　　践言携淑女　马蹄乱踏月明归

　　舜民、苇村听了经过，俱都拍案惊奇，又喜又惊。苇村自免不了连向舜民道喜。宾主三人正谈得高兴，忽从窗隙中望见外面银鳞闪闪，其白如霜。推篷一看，风定月出，云净天空。头上是星月交辉，碧空若拭；下面是天水相涵，静影浮光，江波浩浩，渺无际涯。两岸渔村蟹舍，历历若现，万籁俱寂，惟有江声，端的是夜景清幽，别有佳趣，把适才阴霾危疑之境，扫荡了一个干干净净。正凝望间，忽听蹄声得得，由远而近。静夜听去，入耳分外清脆。料是小妹用马来接，回向靠岸船窗一看，果是一骑快马，上坐一个短衣汉子，在月光之下，绕着田陇村衢急驰而来。舜民在当地已是两受虚惊，见来骑是一男子，马只一匹，二女并未同来，恐有差池，方自疑虑。来骑如飞，已至船前，下马上船，与王升答话。一会儿入舱回禀：来人乃上次借马与王升的马夫谢阿二，持着二女一封信，说是行期太迫，手边还有些别的事情，所以不曾同来。舜民知是苏翁手下，才放了心，忙命人取些银两与他作酒资。谢阿二只是固辞不受，舜民只得罢了，当下命取了些金银带在身旁，以备奠敬。另取了些杭州名产茶叶、绸缎、火腿之类，扎成两大包备送江母的礼物。马只一匹，夜深路远，王升不能随去。舜民惟恐礼薄，又非多带不可，先商量绑在马上，人对付着骑。谢阿二从旁接过笑道："就是虞老爷好骑，这如何行，都交给我吧。"

　　舜民方自脸红，谢阿二已将东西接过，重为结束，用带子一系，搭在肩上。舜民又道："步下行走已难为你，如何再背东西？还是我们先走，叫船上人挑了去吧。"谢阿二道："小妹家向例不许生人前去，再说我的马快，他也寻不到江家。这么几十斤东西，再加两倍，我也带得了，请放心吧。"舜民无法，只得将信将疑地允了。那马甚是神骏，性却驯良，人上马背，虽作昂首待发之状，四蹄依旧扎地，纹丝不动。谢阿二将马肚看了看，走到头前，向马说道："阿白，我们往江家去，客人路生，你要跟着我走得稳，不许跳蹦。"说罢，开步向前先走，马才扬蹄而驰。**又是一个"异人"！草野之中，卧虎藏龙。**

舜民在马背上，觉着马行甚速，一点不颠，谢阿二背着两大包礼物，上身并不见动，始终紧贴马前，相隔不过三尺。再往他脚底一看，两脚运行如飞，哪还辨得出是一是二？雪也似白的地皮，似电一般直往马腹下奔来，路侧草树似飞一般闪过，蹄声"咻咻咻咻"密如擂鼓，震荡于崇山旷野之间，静夜传声，到处都起回应，却听不见半点步履之声，才知谢阿二也不是一个寻常马夫。暗忖：风尘中果多异人，脚程能逾奔马，本领不问可知。喜得适才没有怠慢了他，安心结纳，打算称赞几句，无奈马行太速，虽没什么风，要想说话却难，才喊得一声"谢"字，气便堵住，出音不得。谢阿二似已觉察，侧回脸笑道："我这不算什么，你老先生的新夫人，本事比我大得多呢，小妹更不用说了。**写阿二，真意在此，只为衬托小妹。**马背上说话不便，且等将来再说吧。"舜民见他侧身答话行所无事，双足并不停留，马也不稍减快，距离依旧一样，越发惊佩，方含笑点首示意，阿二又道："前面转过山角便是一片松林，再走五里就到江家。大月亮底下的景致着实不错呢。"说罢，回过身去，一会儿走完田岸，转过山角，地势渐渐往上高起。行不半里，峰回路转，地形一变。所经之处，一边是条丈许阔的小溪，清波滚滚，从上流头山坳间蜿蜒奔赴而来，溪中石磴三五，参差位列。急流到此，激为惊湍，雪舞花飞，珠喷玉溅，宛如雾縠烟靠，冰纨彩幂，清丽无涛。一边是条斜长平冈，冈上松桧森森，高矗天半，小径透迤，依约隐现，一眼望不到底，心方赞妙，谢阿二已领马往松林中驰去。**随时不忘描绘景致。诚然，侠女小妹居停所在，正该当如此。**

　　林木高疏，不碍月光，照得地面上白如霜雪，阴影交披，松针匝地。有时一阵山风吹如松涛，残枝坠叶纷落如雨，鼻间便闻到一股子松柏香味，顿觉马行轻快，心神为之一爽。遥窥林外小溪，白光如带，掩映生辉，泉声微闻，相隔已远，端的是景物幽绝，令人起出尘遗世之想。走不一会儿，谢阿二又回首说道："小妹恐山路不好走，这条路要绕远三里，不是那日上管家走的原路。出了松林，还得往回赶呢。"随说随将马嚼环牵住，离开小径，往右侧密林中拐去。林密地黑，月光从林隙下射，残辉若鳞，时复隐现。断木枯干，恍若鬼影潜伺，越显阴森。落叶又繁，马行其中，悉悉率率，若非阿二带路，知道无他，几疑有人在身后追蹑。路本高低不平，加以虬枝拂面，低柯丛出，阻碍横生，甚是难走。仗着阿二路熟眼快，在前面牵住那匹马，时左时右，高一脚低一脚地绕林而驰。行约片刻，前途重现光明，才将松林走完。阿二放手笑道："就这一段松林难走些，一会儿就到了。"一言甫毕，那马忽然长嘶了两声，横穿着林外一片平原，踏着月光向前跑去。

　　舜民遥望平原尽处，崇山高耸，林木蓊翳，知离江家不远，方自寻思，忽见山口一条白影似箭射一般飞来。阿二回身笑道："小妹接来了。"一言甫毕，来人已驰近马前，果是江小妹赶到，见了舜民，略微含笑举手，便反身与谢阿二比肩而驰，边走边说。阿二面上似有怒容，语声颇低，只随风刮到两句，仿佛二人有什么事争论。小妹说："人虽死去，身后未完之事尚多。我都勉强听劝，你更不可如此办法。"舜民料与苏翁有关，因听不甚真，也就没有在意。**看似闲笔，实则为小妹不为苏翁复仇作开脱。**

　　晃眼进了山口，连过几处极幽僻的山坳，面前豁然开朗。左侧危岩高亘，宛若城障。崖下一片不甚高大的密林，广约数顷。林外秀草丰备，起伏若浪。更有一条广溪，由林侧绕出，斜行而西；溪深水阔，离岸不过半尺，平明如镜，微波不扬。正走之间，忽有三五栖鸦，从林内惊起，呱呱叫了几声，在月明之下，双翅招招，往隔溪树林内投去，点缀得夜景越发幽静。**随处描绘，还珠积习。**行入林内，阿二口中嘘了一声，马蹄便缓了下来。近抵崖前，有七八亩方圆一块空地，当中花卉杂植，两边都是菜畦。江家茅舍竹屋倚崖而建，位置颇见匠心。舜民还未下马，忽见兰珍由门内送出一人，正是上次茶楼上所见弹弦子说大书的先生，遇着舜民，微一点头，扬长而去。舜民料他和苏翁相好，深夜到此，说不定也是一个江湖异人，方欲留请相叙，小妹摇手示阻，只得罢了。**稍做点染，便更见出江湖幽深。**四人一同入内，阿二把身背礼物放下，一言未发，径向门外走去。容到舜民落座，想和他交谈时，一问二女，阿二已然走去。半瓢的灵枢停在舜民所坐的里间堂屋以内，舜民先请祭奠，小妹去把香烛点好，兰珍伏身帏后，痛哭了一阵。舜民祭时，也自流泪不止。祭罢苏翁，又请江母出来拜见。小妹持着礼物进去，半晌，才见小妹同了一位持着拐杖、两鬓飘萧的白发老妇走了出来。舜民叫了声"伯母"，便即下拜。江母也不客套，还了半礼，**这才是"王妃"身份。**请起让坐说道："适才已两次听小女说了来意，这时相见，贤侄人品心地果如小女所言。兰珍终身有托，她两家父母都可含笑于地下了。"舜民自是逊谢。老妇道："实不瞒贤侄说，愚母女现时虽是式微凋零，若论寒家旧日门第，小女得与贤侄媳结为苔岑之契，却也勉可高攀。不过老身多经丧变，中年来便两鬓全斑，论年岁比贤侄并大不了多少。两家又素昧平生，夙无渊雅，忝为长辈，未免汗颜。先时颇怪小女行事冒昧，继而一想，人生遇合多是定数，各有因缘，本不能以世俗之见一例而论。焉知此日之因，不是来日之果？况寒家旧籍皖江，母女二人难中脱网，避地来此。初意母女相依，长此隐名潜迹。无如人情鬼蜮，孤弱之身，日与豺虎为邻。前者几肇事端，多亏苏翁仗义，弭祸无形。已恐行藏渐露，难为久居，苏翁复又身故。虽仗身怀薄技，不畏人欺，然而狼子野心，天下能手甚多，事变之来，终于难料。如说迁地为良，异乡苫止，动致骇疑。前来桐庐，便费了不少唇舌，受了许多闲气，始得安居。今仍在此，可以想见。加以忧患余生，沉疴时发，急切间委实无可投止。过蒙贤夫妇高义干云，又是江东望族，偶来戚串寄居，无人讥议。若是寻常外人投止，反致惊猜。熟计之余，自以从命为是，异日相处，岁月长短尚难预计。最好说愚母女是苏老先生至亲，小女因与侄媳莫逆，又结姊妹，但老身奉佛多年，不见外人。小女虽然人情上难免不出见府上亲族，但决不可为计婚嫁。每年之中，小女难免独身出外一次，到时必然装病，尤须善为掩饰。老身衰病，风中之烛，或许老死贵地，小女却有要事在身，时至便即长往，此后见否难卜，也望见允，不可强留。请转告侄媳，为备静室两间，千万不可铺设过丰，外有隙地一方，足感盛情了。承赐礼物，均老身素日所嗜，只是太多一点。要谈的话甚多，天已不早。苏翁身后，已有小女和他生前好友赶回料理。贤侄心已尽到，相见不远，马在门外，就请带了兰珍，由小女护送，一同回船去吧。"说罢，竟不容答说，站起身来让客。**王妃身份，女侠气度。**

舜民只得拜辞，江母自回房去。二女又去里间，取了两口箱子和三个长短包裹，一同走出。舜民知是兰珍行李，见内有两包，又长又重，不知何物。方愁马只一匹，这多东西如何带法？出门一看，谢阿二已同了两个渔人，持着扁担绳索，带马相候。那渔人是个年轻壮汉，光头赤足，穿着一双草鞋，甚是健壮。还有一人似乎是个老头，身体微俯，月夜晴天，却戴着一顶斗笠，紧压眉际，手握一根旱烟袋，倚树斜立，看不清面目。**又一个异人异状。**舜民忙向阿二致谢，未及开口，二女已催促上马，意似不要舜民多问。舜民便说："我还能走，让马驮东西，大家都步行吧。"小妹抿嘴笑道："人还不易挑了走呢，马如何行？大哥不要谦虚，上马好了。"舜民也看出那些东西太重，语必有因，又道："伯母一人在家，贤妹无须去吧。"小妹摇了摇头，催着舜民骑上马背，将两口箱子、一个包袱交给那壮汉挑了先走，说道："这三件要轻得多，你挑了抄近路走吧，到时我们也早到了。"壮汉挑了自去，阿二笑问："用我帮忙不用？"小妹道："这个忙你帮不得，你先请吧。"说罢，阿二领马先行。

舜民微闻二女与老渔人在争论，仿佛一个要抬，一个要挑，马行甚速，回顾已被树林遮住，看不见了。一会儿出林，仍由原路绕转，心想马走这快，二女和行李总要天明才能上船呢。归途马走更快，一会儿走上松林山径。出林之际，忽觉眼前一花，路侧松梢上，猴子一般倒挂下一个身形矮小的人影，一晃不见，向自己手中塞了一样东西，方自惊骇，马已疾驰而过，落在数十丈外。前边阿二竟未觉察，只马昂首欲嘶，微颠即止。匆匆回首惊顾，松涛四起，明月在天，清辉如水，照彻林樾，树影森森，哪还看得见一丝人影。**惊顾空旷之状，如画。**因是逆风，更难开口。觉那东西似一小包，尚在手内，拿起一看，果然是一布包，大仅如拳，外贴红纸，上写"贺仪双色，聊申微意，归舟无人，方可取看"等字。想起小妹舟中所说，小铁猴侯绍答应暗中保护孤女之言，料是好意，便揣在身旁，如言办理。又行片刻，快要走上田垄大道，马才走出山口。方自寻思适才之事太已突兀，猛瞥见一个戴斗笠人，用一根扁担挑着一肩沉重东西，其行如飞，由斜刺里田岸上疾驰而过，越向马前跑去。定睛一看，正是行时所见年老渔人，肩上挑着兰珍的两捆行李，短的一捆独在前面，渔人用手拉着一头，以防它晃动；长的一捆却横在后面。二女一边一个，平站在上面，挽臂迎风，凌虚而行。渔人脚程迅逾奔马，二女又穿着一身白，身形稳立其上，纹丝不动。镐素如雪，襟袂飘飘，月光下望过去，直和画儿上的仙女相似。才知那老渔人也是个非常人物，好生惊奇。**这里稍有不合：苏翁身边有如此多奇才异能之士，怎容得金氏父子横行？**暗忖：一个小小江村，已发现了好几个异人奇士，何况天下之大，由古迄今，真不知有多少英雄埋没呢！

正慨叹间，忽见谢阿二身子往前挺了一挺，坐下的马便随着加快起来。舜民因那老渔人先时没答理人，恐他先到走去，巴不得马快才好。迎面风力甚劲，逼得人透不过气来。舜民先颇难耐，嗣见那马始终昂头高举，一动不动，便把头低下，伏身马鞍，手抓马鬃，任其跑去。不消顿饭光景，到了泊船之所，满拟老渔人在马前不远，必可追上。

到时一看，只有苇村、王升主仆等在岸上相待，老渔人和二女俱不在彼，又疑被马追过，自己俯身避风没有看见。下马不顾和苇村说话，先往身后凝望，并无只影。来路平坦，一览无遗，万无不见之理。心正奇怪，忽见谢阿二拉马缓步朝侧面走去，口中自言自语道："这位老人家真好脚劲，今夜连我也被他吃瘪了。"同时又听苇村说道："新弟妹已和江小姐先到，老弟台还望些什么？"忙回身想问，江小妹已从舱中走出，娇声喊道："大哥不常骑马，想必吃力。那行李走得慢些，再有半个把时辰便到。挑东西的自己人，不会出差错，请上船来歇息吧。"舜民见二女已然先到，忙问："那挑东西的老先生呢？"小妹道："上船再说好了。"上船一问，苇村说起，自从舜民一走，即凭窗眺望，也是老远望见一人，头戴斗笠，肩挑两个重物，后面担上横立着两个白衣女子，近前却是江、苏二女。老渔人好似不愿以面目示人，帮助二女搬那两捆东西放入舱内，也不令别人相助，始终低着个头，斗笠快要压到眼上，对面几望不见他脸。挑来两捆东西，更是沉重非常，上时，那大官船竟被颠动得歪了两下。据船人说，船都多吃了两寸水，分量少说也上千斤。又见二女执礼颇恭，料非常人。躬亲上前接待，意欲款留少憩。老渔人只淡淡地说了句"我还有事"便即别去。容到追出相送，已然纵身上岸，往镇上走去。也没见他怎样快跑，一晃已隔老远。问小妹，只说苏翁之友，向来不吐真名，行踪也甚飘忽。隔不一会儿，舜民就到了。

舜民见小妹在使眼色，不便再向她询问，深悔失之交臂，又想起谢阿二尚在岸上遛马，忙着上船，还忘了款待道乏，忙着王升去请，回报也没了踪迹，好生慨惜。小妹看他心意，笑道："大哥真个爱才，此类风尘中人多有特性，不露相时，当做生意，还肯与人接谈来往；一经识破，尤其对方是个达官绅宦，更惟恐避之不速了。"虞妻笑道："照此说来，难道我们这类人家，个个都是铜臭熏天，不值交往么？"

小妹笑道："这话是要分两等说法，小妹一说，诸位就明白了。凡是这类隐于渔樵负贩的奇人异士，境遇多穷，束身却极自爱。自己只管意气如云，任侠仗义，满腔热血，泪洒孤穷，从不肯轻受人恩。贫与富交，境地悬殊，不能分甘急难，何用为友？相交一次，终难免要受到富贵人的恩惠。即便一芥不取，受人优礼厚待，也是一样要承他情。常怀知己之感，受恩不报，他们引为大恨。而富贵中人的金资地位，多半来路不明，祸机伏隐。不说曾受人恩，就说曾与为友，到了事变之来，势必锐身急难，不容坐观成败，这一感情用事，难免亏心铸错。**这一篇《恩酬论》甚为透彻。《聊斋》中有《田七郎》，写缙绅武某结交猎户田七郎，七郎母拒之，曰："受人知者分人忧，受人恩者急人难。富人报人以财，贫人报人以义……恐将取死报于子矣。"《水浒传》中，施恩"施恩"于囚徒武松，遂有武松"义夺快活林"，几乎送命之事。**在彼富贵中人，偶因一时聪明，识英雄于未遇之中，结此死党，遂备缓急，以弭大祸；而自己不过得他一点礼貌，或破费他贪囊中千万分之一，便受金主豢养，桀犬吠尧，而使国法难伸，天理无存，生者负屈，死者含冤。酬一人之私恩，致千家之隐痛，甚或把自己也牵累在内，身败名裂，岂不是有害无益么，至于像大哥这等书香世裔、积善之家，未始没有，但是本身既无恶行，富贵安逸由祖宗积累所致，厚德载福，神佛永佑。即有无妄之灾，亦能转祸为福。本来康泰，无庸交他。或是病痛在抱，眷恤寒微；或是独具俊眼，礼贤好士，声应气求，不是不可论交。无奈这类人，相待更是出于真诚，礼遇格外优厚，而其本身多属子孝孙贤，家庭亲善，终身无恙无灾。常年受人厚施，其将何以报德，即使天道无知，前生孽障，偶有横祸临身，既以扶持善类自任，便非素识，也应出力往救，何必交而后可？天道终是好还，善人毕竟多福。他的非灾横祸，绝无仅有，难逢难遇，英雄豪杰，谁肯以分所应为，而出于意料之事，无故先白受人恩惠，交了前一等人，是惟恐报施不易；后一等人，是惟恐图报无日，两俱难办。只有素位而行，不交富贵，到时就事论事，既免顾忌，亦无隐憾，最为稳妥。实不相瞒，前次小妹舟中卖蟹，收了厚值，虽当着富人偶然行善，已是中心藏之；后承专人赐金，如非母病待用，又有义父先入之言，便须三思而行了。小妹穷途孤女，尚且慎重，何况须眉英杰呢？"苇村笑道："照江小姐所说，我们稍有田业的人，交个有肝胆的朋友如此难法，无怪乎大富大贵人家，在台上时人人趋奉争先，惟恐落后，一旦失势，立时瓦解冰消，都成陌路了。"虞妻道："这就是物以类聚，薰莸不能同器。所交往的既都是些势利小人，自然义侠君子就不肯上前了。"**实情**。小妹道："这道理也有几分，不过富贵中也有好人，不能一概而论。忘形之交不是没有，这又是佛家所谓因缘，难得遇到罢了。"

说时，王升忽报苏小姐的行李送到。舜民忙说："快请挑东西的人上船。"起身便要迎接。小妹知他把来人也当作异人一流，方要拦阻。猛一转念，自己刚到不久，算计行程，须近天明才能赶到，如今还在中途，怎来得这般快法？心中一动，未及询问，王升已回话道："来人走了。"舜民问故，王升答道："小的知苏小姐还有箱子铺盖未到，见船上无事，同了两个船上人在岸上等候，不多一会儿，便见一个戴斗笠的渔翁将行李挑来，放在跳板旁，说道：'王管家，你们给带上船去吧，我送你们一点酒钱。你主人要问，就说是一个年轻小伙挑来的好了。船越早开越好，这话也不要对主人们说，只暗中招呼船老大好了。'随说丢下一锭银子放在箱盖上，转身就走。小的恐老爷和二位小姐有话和他说，喊他头也不回，忙拿银子追去。只见他把扁担在地上往前一撑，就纵起二三十丈高远，接连几下，纵过人家房后，没了影子。"**又来了**

一个。这些异人们平时都到哪里去了？一笑。

舜民疑是先前渔人回到中途，又把先挑走的行李送来。小妹心知不是，问王升来人身相。王升说："来人穿着与先来老渔人一般无二，也低着个头不肯抬起。仿佛先是背驼，这人却是腰板挺直，有些不同。"再问小妹，说那先挑行李走的人乃是老渔人冯阿保的侄子，一个寻常渔人。苏翁死后，奉乃叔之命，连日俱在江家相帮。只有几斤蛮力，并无奇处。挑着二女负重先到的倒是一个隐名奇士，但他只助二女挑那两件重东西，来时言明，送到即去，不会再来，此人好酒，每日得财无多，随手散尽。当晚大风，更无钱进，还向兰珍取去明日酒钱，更不会给下人十两银子。苏翁友好徒从，只眼前这两三个人。除了他，又是谁呢，如不是他，何以要仿形假冒，闹这玄虚则甚？小妹想了想，断定来人不问是谁，都是善意。苏翁死前占卜，原说前途尚有小厄未消。兰溪、金华临近，正是贼党的家，恶贼犹碍着侯绍不敢相侵，照情理和江湖上的规矩义气，也不致失言背信，惹火伤生。但是女贼母子骄横凶暴，全无人性，老贼素日约束不住。天下事出乎情理的也正多。弄巧当地无事，前途别生阴谋暗算。先去人中途闻警，复又走向来路，迎到前面，将行李接送过来。既催速行，必有原因。忙嘱舜民连夜开船。贼倘若反汗，也无亲往之理。如遇事变，有兰珍在船，决无妨害，只管放心大家安睡，养息劳倦。路上千万严嘱一行人等，以后不可再提当日所遇之事。随即起身作别。

舜民夫妻知不能留，好在相见不远，彼此俱都心照。船人、纤夫等因受二女保全之恩，又带来大瓶伤药与众医治，感戴已极，早欲入舱叩谢，因值大家谈话，未敢惊动，听说要走，纷纷赶来，罗拜在地。小妹见不能拦阻，纵身一跃，"飞燕穿云"，一条白影已落到岸上。舜民见她还在岸上立等开船，与虞妻、兰珍隔窗挥手，泪眼相看，忙命拔锚起行。这时离天亮已不甚晚，斜月临江，波光云影，上下同清，依然明如白昼。船人已把二女视若神圣，哪敢违背？船客又这般好法，虽在伤累之余，一夜未睡，人人踊跃，力疾从事。不消片刻，船已悄然离岸。长篙点水，惊动起万点空明，荡出波心，直往上流头驶去。舜民等凭窗遥望，直到林树参差，人影依约隐现，越隔越小，望不见小妹影子，方始落座。将来人所给银子与众下人平分，又进了些饮食。

斜月初坠，晨曦欲升。天色晦明之际，江面上水气上蒸，仿佛起了一层薄雾。前途烟水迷茫中渐有孤帆涌现，两岸鸡鸣犬吠之声隐隐相闻。一会儿天光大亮，日轮也溢出江心，其赤如火，焕彩腾辉，映射出半天红霞，千里金波，晓景分外壮丽。众人一夜未睡，俱都累极，无心留连景物。上人们都自就卧，余人也分班径去安歇。只剩一班纤夫们，准备要在当日黄昏前后赶到兰溪，贪得重赏，虽然昨晚只打了个盹，仍自前呼后唱，沿崖登栈，鱼贯挣扎前行，连打尖都是轮流分班，购买饭团、麦饼之类揣在身上，随吃随走，不肯停歇。

逆水行舟，把两天的水程缩成一天，原非容易。舜民因有苏翁遗嘱，务要当日赶到，虽曾命王升和船人商量，知是难事，并未勉强。但是这类苦人虽为衣食所迫，常拿劳力去换富贵人的金钱，那感恩报德之心，到了紧要关头，休说吃苦，连卖命都干，觉着这好心肠、不作威福的老爷，毕生少见，越令他量力而行，越发踊跃从事。所谓**"仗义每在屠狗辈"**。到了中午，路程已差不多赶有一半，船老大见状也是高兴，算计到时总要天黑，方觉美中不足，谁知天公凑趣，忽然转了顺风。船人俱都喜出望外，忙把帆升起。纤夫们也都收了纤绳，分班上船歇息，余者跟着船跑。舜民等还不知道，午后醒来，耳听风声呼呼，逆浪打船，拍拍乱响，起坐外望，见船外青山田树似飞一般往后退去，知是顺风，好生高兴。苇村也相次睡醒，唤下人进舱一问，船已过了张亭，相隔兰溪只有三十多里水程，照此大顺风头，黄昏以前定可赶到无疑。洗漱更衣之后，兰珍和虞妻也由后舱来会，说道："如照卦象，要是在戌初以前赶到，连虚惊都可免了。"俱称天佑不置。

大家补用完午饭，谈了一会儿。天交酉初，船离兰溪仅有数里之遥。兰珍便往后舱重新结束，暗藏应用器械，准备万一，外面仍罩上一件寻常衣服，悄对舜民等说道："船到兰溪只管押运行李上岸，有人询问，不可说出真姓，尤其不可过江投宿，既省明早渡江跋涉，又免生事。船到如早，或可平安无事。上岸时我一人步行在后，万一中途有事发生，各走各的，不可回顾。到了落宿之处，我隔些时候自会回转。先父仅算出有警，事凭臆测，难以逆料。"又问舜民："江这边有什么戚友可投之处无有？"舜民说出有一家姓周的远戚，是个寒儒，仅有几亩薄田，日子甚苦，自己虽曾常年周济，却不愿去扰他，并且所居又是僻远村落，饮食起居俱不方便。兰珍喜说："这家最妥！一夜工夫总可将就，至多再坐上一晚好了。我们带有不少吃的东西，主人饮食都无须购买，只消把船上的饭米匀些带去就好了。"舜民等自然惟言是从。**去周家投宿，一则照应苏半瓢占卜的"虚惊"，否则便成了"一路无话，平安到家"。二则为的是由周鼎引出萧隐君师徒与钱氏父子。这样，故事结构就成为多线索——还珠匠心所在。**下人们因一到码头，要人和行李一同上岸，纷纷忙着捆东西。打行李卷，船人也来相帮，人多手快，一会儿停当。舜民、苇村因此行多受风险劳碌，除预定犒劳之外，给了很多酒钱。船人纤夫们皆大欢喜，俱都称谢不置。

舜民又命王升照兰珍所说，教了他们一套言语，以防有人打听。到兰溪时，天才酉正，夕阳在山，黄昏将近。为求迅速，早命岸上随走的纤夫先将轿子挑夫雇好，船到人便启身。到时，兰珍留神查看，码头旁客货船停泊甚多，帆樯林立，炊烟四起。夜航船正在准备开行，官船后还跟有两只大船，随同停泊，俱是些正经商客。岸上货物杂置，卖零食糖果花生的担子沿江一字列开，此呼彼卖，与船人起货上下之声嘈杂相应，人语喧哗，看不出一点异状。因苏翁占卜如神，终怀戒心，仍照预定行事。舜民夫妇欲令王升和一女仆随行相伴，兰珍力说："无须，最好似同行非同行的，随后单身走最好。"舜民夫妇知不是客气的事，当下舜民夫妇、苇村连同女仆等坐轿先行。王升等男仆押了行李挑子，随同往舜民远戚周于渭所居红蓼村中走去。兰珍离众人丈许，尾随断后。兰溪、金华甚近，刘家又有庄田别业在此，当夜赶到金华，或是往刘家投宿，均极方便。这一改投，周家村居山坳之内，地既偏僻，相隔又远，要走两个来时辰，才能赶到。

兰珍沿途留意，先还见有人家村落，几个山弯一拐，不是平原芜芜，旷无人烟，便是山径纤仄，草树纵横，天色又黑了下来，月被山头挡住，到处都是静荡荡暗沉沉的，景物甚是幽寂，暗忖：如出什么事，应在江边和刘家附近才对，看这情景，似乎不致有事发生。难道爹爹临死占卜，神志不清，故尔毫不应验么；还有那小铁猴侯四叔曾答应永护孤女，如影随形，直到婚后若干年，看出永无后患，方始他去，并还托我有事，怎自爹爹死后，乘小妹他去，江母卧病，偷偷乘隙一祭外，未露过面，适才码头上也不见他影子？此人不轻然诺，断无不来之理，怎自己那样细心，会观察不出一点影子？经行之处乃是一条山岗，一面是大片洼地，水草泥泽，沮洳杂列；一面是条阔涧，上下相隔，壁立两三丈。**为下文斗猪伏笔。**冈路三尺宽窄不等，前途岔道四歧，中通夹谷，两崖矗列，宛如门户，左行数步，即达涧边。右边是片旷野，杂草高逾人肩，矮树森列，经秋尤茂，时有蛇兽之类潜伏其中，乡人视为畏途，平日多绕道而行。当日王升因见时晚，又恃有侠女同行，百凡无虑，力催抄捷径走。轿夫们见是官绅，不敢违抗。

兰珍脚步稍慢，相隔众人渐远，想着心思，猛一眼望到前面山形甚是险恶，忽然心中一动，暗忖：起岸码头人多热闹，自应在后尾随观变，现来到这深山旷野之中，又这般月黑天阴，理应在前开路才对。卦象虚惊，并没明指仇敌伏伺，自己落在后面，倘或有什么野兽冲出伤人，骤不及防，如何是好？念头一转，忙越过行李挑子往前赶去。因为路窄，轿和挑子鱼贯而行，拉开十多丈长一条。苇村的轿在最前一乘，兰珍还未赶到，忽然最前乘轿夫一声惊呼，吓得往后倒退，后肩没有留意，几将苇村跌出轿外。兰珍原在留神戒备，料知有警，忙将腰中软鞭掣出，双足一垫，一个孤鹤冲霄之势，由第三乘虞妻轿前，飞身纵起五六丈，连越两轿，落到为首轿夫身前。**给兰珍安排一些"戏份"。**

这时，众人已将火把灯笼点起，轿前头也插上火把，只见从对面山谷中，狼奔豕突，飞也似跑来一只比牛不差仿佛的怪兽。暗影中望去，生相与猪相似，周身漆黑，两只怪眼其大如拳，火也似红，两根獠牙白森森掀出唇外，其行如风，相隔轿前已只有十来丈远近，晃眼即至。兰珍知道这东西虽是个野猪，但它力猛绝伦，能敌虎豹，口中獠牙利如刀锯，尺许粗细的竹木，被它性发时一咬一撅，立时就断，尤其凶野异常。**关东谚语：一猪二熊三老虎。**遇上仇敌，一味横冲直撞，全不畏死，凭本领虽斗得它过，无奈路窄人多，毫无退路，势非伤人不可。心中一发急，猛生急智，忙喝："快将轿子靠右边放下，不要惊慌！"跟着，一手抢鞭，一手拔下头乘轿杆上插的两枝火把，纵身迎上前去，落地先大喝一声，将火把朝前掷去。说时迟，那时快！那野猪全是饿极，从谷中见人奔来，兰珍这微一寻思之际，跑离轿前已只数丈远近了。兰珍如不是手有火把，喝这一声，纵不被它冲倒，后面的人也必受伤无疑。野猪跑得正急，忽见人影、火光飞落，大喝一声，方一吃惊，兰珍手中一枝火把已自发出，手法又准，正打在猪眼上，跟着将身往左侧涧崖边上一闪。那猪在当地屡伤人畜，横行多日，从未吃过半点亏，见有人阻路，势才一收，便吃火打中，烧伤眼角，立时暴怒，凶野之性大发。躲火时头本向左，一见仇人近在咫尺，如何肯容？张开血盆大口，狂吼一声，把头一低，便横冲过去，准备将仇人穿胸挑起，得而甘心。那野猪这条路近日原本跑惯，当时也是急怒攻心，拼命寻仇，竟忘了下面山崖绝涧。

兰珍胸有成竹，见它泼风也似撞来，只轻轻拔地往上一纵，便即越身而过。那猪是个积年老物，颇为凶狡，一下撞空，望见涧底水影，知道上当，身子拼命往后一坐，口里狺狺怪叫，想把势子收住。地下沙石，被它利爪擦得嚓嚓直响，无奈去势太猛，心想退缩身子，仍自朝前滑去。本就收不住势，兰珍更恐它去得不快，纵起时用足平生之力，照准猪屁股上一个倒脚踹去，回手又加上一鞭。那猪前半截已自悬空，后半身在冈边挂住，差一点没被翻腾回来，平空吃这一脚一鞭，如何禁受？一声惨嗥，遥闻扑通一声，业已堕落涧底。**前有武松打虎，此有兰珍斗猪。一笑。**

同行诸人本已惊慌万分，乱做一堆，都代兰珍捏着一把冷汗。轿夫们哪知兰珍本领，放下轿挑，未及逃走，就这一两句话的工夫，野猪已堕落深涧，涧水甚深，料无生理，当时把兰珍视若天人，纷纷惊赞。正打算走，隐隐又听野猪嗥叫之声由谷中远远传来，空谷传音，分外凄厉，听去似乎还不止一个。兰珍知此兽猛恶难斗，适才全凭智取，谷中地理不熟，又在黑夜之间，如有几只同时来犯，独保多人，实无把握。回顾来路，只是一条二里来长的冈脊，两面涧沟，别无途径可退，再者吼声已近，就退也来不及，心甚惊惶，深悔不该择此地方。卦象虚惊，竟指的是野猪，并非是金贼党羽。本可避免的事，转闹得阴错阳差，自行投到，径来应点。方自愁思，轿夫们因听王升等家人称扬兰珍本领如何高大，区区野猪不值一斗等狂话，反倒放了宽心。内中一个多嘴的挑夫，巴不得多歇一会儿，闻得猪吼，忙走近前说道："又有一大两小三只野猪来了。"兰珍便问："这里虽是山中，地方偏僻，到处都有人烟，哪来这多野猪？"挑夫答道："这还是去年从金华北山里跑出来的，满金华、兰溪山里乱跑，不在一处，大小两对，伤了不少人和猪狗，身上连火枪都打不进，官出重赏，白死了好些猎户，一只也未拿到。刚才死的是只最凶恶的母猪，还有三只公的，小猪都有牛大，必是听见这只猪吼寻来。你有这大本事，还不赶进石弄堂去将它打死。明早我带你到衙门领赏，也好分点喜钱，要不石弄堂地方狭仄不到一丈，我们一样是不敢进去，它再要追上来，你有本事打它，我们怎好？"

兰珍因事已迫近，听了头两句便无心再听他唠叨。刚想令众人丢了挑轿，就左侧冈崖下觅地隐伏，自己仍迎上前去随机应变，除害开路，侧耳一听，野猪吼声越厉，数却较少，仿佛只有一只，仍在原地与什么东西恶斗，并未追来，心颇纳闷。估量相隔尚远，意欲入谷一探，便命众人速拾柴枝，寻找伏处，前边升上一堆大火。自己能除它更妙，不能，索性诱它出来，引向远处。它见路旁有火，必不敢往伏处去。众人俟其走过，再行起身，自会随后追来，决无一失，无须担心。话才说完，猛听谷中一声极凄厉的惨嗥过去，猪似受了重伤身死，不再听有声息。如有比这东西还厉害的猛兽，应有别的吼叫之声；如是猎人，又没听火枪声响。何人有此本领，力除三个恶物？好生奇怪。料它不死，也必重伤。为备万一，仍命众人将火升起，觅好地方，先不藏伏，以免舜民夫妻上下艰劳，静俟发声为号。看着众人准备停当，取出兵刃暗器，持了一个火把，朝谷中奔走。

相隔谷口尚有不足半里之遥，兰珍施展轻身功夫，疾行如飞。快要赶到，微云淡月之下，谷口内倏地射出一条黑影，来去势子都快。谷径由左弯来，口却直对长冈，里面危崖夹峙，新从隔岸山角升起来的云遮月照不进去，甚是阴黑，加以来人步履轻不闻声，兰珍由明入暗，手中持火，不近前更难发现，两下几乎撞上。幸是来人在谷中一转弯，刚要出口，便见对面火光人影，知快撞上，忙即先行收势，往侧一偏，略缓须臾。兰珍身法灵便，仅吃了一惊，算是双双在谷口外站定，两肩相错，距离也只二尺左近，彼此再快一点，便非撞个满怀不可了。兰珍见来人是个短装少年，英气勃勃，火光看去，一张脸却和锅底般黑，方欲发问，少年已首先开口问道："这位姊姊可是姓苏，和我虞家舜民表哥一道来的么？"

兰珍闻言，忙应说是，问他如何知道。少年已望见前面火光轿子，忙答道："野猪三只全数杀死，我们见了他们再说罢。"随即举手喊请，向前跑去。兰珍只得跟在后面。这时忽然云破月来。清光大吐，舜民等遥见兰珍同一少年忽然跑出，近前一看，并不认识。仍是少年先开口问道："哪位是虞家表哥？小弟周鼎。"舜民见那少年音如洪钟，面容又是漆黑，猛然想起一事，答道："你是三岁上被人拐去的小九表弟么？"周鼎笑道："是的，表哥倒还记得。我因走时年纪不过五岁，今春回家，听爹爹尝说我小时候表哥看见我过，这多年来，屡次周济我家，送钱送米，才得知道，见面仍是不认识。这位呢？"舜民给苇村、虞妻、兰珍等一一引见之后，便问他："适听谷中野猪怪叫，甚是厉害。你单身一人，又没带什么器械，是如何过来的？"周鼎笑道："野猪都给一位我在谷中初次见面新交的异人和我合力打死了。天已不早，想必大家还未吃夜饭：既承光临寒舍，已有人前往送信，准备酒饭。请诸位上轿，到了寒舍再行细说吧。适见这位姊姊好身法本领，到家还要多请教呢。"

说时，兰珍因名分未定，新亲初见，未便插言，正想周鼎新交异人是谁，听周鼎赞她本领，意欲逊谢两句。一回脸，瞥见来路远处密林之中有一点火光穿行，略微掩映便即不见，似因月光已上，将它熄灭，暗忖：暮夜荒山，林中蛇兽甚多，又有野猪之警，怎会有人持火宵行？不禁心中一动。因和周鼎客气，大家又忙着起身。轿头挑夫们更惊佩二人的本领，一乡之害已除，都惦着那三只死野猪，想怂恿二人报官，分点花红赏号，七嘴八舌，议论纷纷。舜民因当地官府是乃兄门生，怎好出头报官领赏？便周鼎因为家寒想得此赏，自己也可补赠给他，何必使书香旧族弟子，为了区区赏号，屈膝风尘俗吏之前。正想法处置，周鼎已对众笑道："你们不要瞎吵，这赏钱我们不贪，猪肉又膻又老，也不愿要。这条涧通到三里以外便成伏流，曲折入江。头一只野猪明早必在石板溪一带浮起，还有三只俱在石弄堂里。我们最讨厌到衙门里去，只要想套说词，说这四只野猪都是你们弄死的，不把今晚的事说出，只管拿去领赏好了。"兰珍、舜民齐声赞好。众人万想不到客人会如此慷慨，俱都喜出望外，称谢不置。周鼎便催起身，到家再教他们的话，以便报官时好对答一样。轿夫们一路又说又笑，前呼后应，精神抖擞，飞步往谷中赶去。

入谷行约半里，果见三只野猪分别倒伏草丛之中。众人停步观看，月光之下，两面危崖交覆，到处怪石嶙峋，杂草丛生，野麻高及人肩，密布左右，只中间有尺许人行小径，地面虽比前半截要宽得多，形势却是险恶异常。三只野猪，一只比牛还大一些，负隅僵伏岩凹之内，头脑已被击碎，陷一茶杯大洞，脑浆迸裂，兀自目闪凶光，生气虎虎，作出屈身横立、低头前蹿之势；两只较小，也有牛一般大，一西一北，横躺地上。一只伤在腰腹之间，似被什么东西撕裂了一个碗大的洞，肚肠盘曲轮困，拖出了老长一大条，腥血粘凝，淋漓满地。一只相隔最远，头颈拗转，身朝上仰，地上无血，看不出伤在何处。这三只猛兽俱是赤睛怒瞪，血唇上掀，獠牙高翘，拱鼻耸卷，利齿森列，身上黑毛如针，又明又亮。两旁密麻茂草，一二十丈以内几乎全部踏平踩扁，想见斗时情景异常猛烈，凶威凛凛，令人望而心悸。**触目惊心。**

周鼎笑道："这畜生真个厉害，我连打了十好几下重的，竟和没事一样，反倒格外凶恶起来。费了无数心思气力，才打死了一只。如非那异人相助，那只母的再要一齐遇上，这东西遍身松香，刀砍不进，受伤不怕，吃不消是小，弄巧还要受它害哩。明早他们报官，真得好好教他一番说话。否则像这等伤法，稍明白一点的人便看出是能手所为，多好猎户都打不了，岂是他们这十多个粗人所能全数除净的？"舜民道："这个无妨。当地府县俱是家兄门生，官声也还不差，年节俱派人到永康送礼通候。我走时写封信去，便不会有麻烦了。"轿夫们本就患得患失，怕官不信，闻言知道十拿九稳，益发欢声雷动，踊跃争先。**于细处写舜民体恤下人。抬高舜民，也就抬高了兰珍、小妹。**

正行之间，地下黑影一闪，似有一只大鸟由谷顶空中飞过。一会儿出谷，又经过两处山径荒村，地忽平坦，到处都是野塘水洼。明月清辉，红蓼白苇都成一色，因风起伏，宛如层波，时有野香清馨逗鼻。舜民昔年曾经来此，只由金华起身，路径不同，见这一片蓼洼苇塘，知离红蓼村不远，耳听虫声满山，乱如零雨，方觉山居情趣。**文人情怀，亦即还珠本人情怀。或曰，舜民形象有还**

珠自我指涉成分。可备一说。周鼎指着前面红蓼深处隐隐一丛茅舍，说声"到了"，当先往前驰去。众人跟在后面，循径一转，现出数顷水田，已入村路。遥见前面茅屋内老少三人，中途遇见周鼎一同走来，老远便摇手欢呼。舜民知周于渭亲率诸子赶来迎接，忙命停轿，与苇村一同下去相见。果是于渭同了长子周铭、次子周彝赶来迎接。双方叙礼之后，命女轿先抬了走，众人一同步行入村。兰珍仍然紧压后队。不足半里的途程，说说笑笑，一会儿走到。

那小村只有二十多户人家，前面虽有不少小村落，但都零落散置，四外大片芦苇草树掩蔽，深在山中，来路又那般险阻，所以越显荒寒僻远了。周于渭起初住在城里，中年后久困青毡，愤而避此，携家入山，守着祖遗的一点瘠微墓田，躬耕课子。所居在村口第一家，茅舍竹篱，门临流水。屋旁屋后各有隙地数方，杂莳着花卉果蔬，清影森簇，颇饶幽趣。主人揖客入门，进到书房以内，纸窗素壁，竹床木几，倒也整洁，不似寻常穷家零乱糟敝之象。虞妻轿快先到，女主人早率子媳接了进去，得知尚有一侠女同来，重又迎出，迎入内室。虽然寒士，屋舍无多，客来出于意外，仗着事先有人赶来通知，于渭除老妻外，还有四子三媳，俱是持家能手，惯于操作。周妻更恐客带人多，家中人手不够，一面吩咐子媳收拾屋子，淘米杀鸡，挑蔬剪韭，准备饮食，又去邻家请了两个帮手。**细处一笔不漏。**客人到时，早都齐备，布置井井有条不乱，竟比旅舍还要周到。舜民等大出意外，坐定以后，吩咐王升开发轿子挑夫，众下人随同服役，并将带来食物与送主人的几样礼物，由女仆送交女主人，互赞主人之贤不置。

于渭只得那异人送信，说一大概，还不知底细，笑道："这些俗套，我们不要说他。今日你们来此荒村，固然喜出望外，舜民前些年不是没有来过，为何不绕走雷公墩大路，却走这夹谷小径呢？由兰溪到此，这条路虽要近上一小半，但是路却上山通谷，高高低低，难走已极，加以近来山里出了四只野猪，厉害无比，人畜不知伤害多少。小九屡次想为地方上除害，一直没有得手，上月反丢了两条小猪。你们初来不知，这班轿夫怎的可恶，也不说一声！这幸是有人除害，要在夹谷中遇上，岂不是大家都活不成么？"舜民道："这倒难怪他们。"于是把侠女同行，自己图近做主抄路，以及兰珍先杀母猪又遇周鼎之事说了。

第五回　古树斜阳　踏浪行波逢异士
　　　　幽崖密莽　飞虹掣电败凶僧

　　周鼎在旁侍立，跟着补述前事。**由此展开另一线索。**略说他自五岁上随了长兄周铭闲行村外，周铭忽然腹痛，往草里无人之处登野坑，将周鼎放在附近大石上坐定。起初两下都望得见，周鼎从小淘气，结实多力，才满一岁便能满处乱跑，生具异相，面和手足其黑如漆，自颈以下，全身细白如玉，父兄都极喜爱。这日本嬲着乃兄同出扑蝶，一见久蹲不起，便不耐烦，适有一蝶飞过，知乃兄怕他性野，不令远离，假说次兄周彝走过，要跟了去。说也真巧，周铭因他常自独出将村中童伴抓伤，本来不许，一抬头正赶周彝扛了锄头走过，相隔只在十来丈远近，又当便急之时，只点了一下头，没打招呼。周鼎知已答应，慌不迭欢蹦跑去。春夏之交，草深树密，周彝并没看见他兄弟两人。等周铭解罢起身，才想起周彝是往田里，相隔尚远。连日农事正忙，田中尽是水泥，周鼎赶去，必要下田胡闹。自己专心读书，不理田业，虽说父命，坐享已是不安，如何能任他跟去，分心作梗？连忙赶去一问，哪有他的影子，周氏全家老少天性纯厚，这一急非同小可，连同田里的老三周肇，一齐丢下锄头，分头寻找一会儿。父母乡邻也得了信，搜遍全村，哪有半点踪迹。寻到第三天，全家正在惶急悔恨之际，早起开门忽接一信，大意说周鼎已被一异人路过，爱他天资带去，他年学成即归，不必妄找。并未署名。周家先还当是有人存心安慰，来此一封无名信，嗣一推详，周鼎既非夭折之相，时又承平，山中连个野兽都无有，便被蛇咬死，多少总有点遗迹可寻，再者正当农忙之际，地虽荒僻，人影相望，小孩子不会走远，或许是真被异人携去。于渭又恶见官，跟着寻几日，吩咐不要声张，只说被人拐去，也就罢了。周氏弟兄为寻幼弟，暗中不知费了多少心力，终无下落。

一晃十多年，兰溪山中，不知从何处跑来四只野猪，出没无常。乡人个个谈虎色变，惟恐遇上。当年又是春夏之交，周铭在邻村富人家教馆，因祝父寿回家，行至中途，忽遇两只野猪。周铭亡命奔逃，两猪紧随身后，相隔丈许，所经又是两边高崖大树，无可绕避。方自危急万分，猛觉腰间微痛，身子被什么东西抓住，凌空而起。惊乱慌骇中，瞥见那两只牛般大的野猪，獠牙上耸，低了个头，身子起伏乱拱，疾逾奔马，由脚底下直蹿过去。身落崖上，耳听人声相唤，回头一看，身后站定一个黑面少年，正与幼弟一般模样，方知脱险，一问果是，惊喜交集，大出望外。周鼎也是路行经此，上崖摘果，看见恶兽追人，无意中救了乃兄一条性命，甚是高兴。二猪跑完势子不见人影，又怒吼狂奔而回。正赶另一野猪从斜刺里崖坡上追下一匹叫驴来，当先一猪蹿迎上去，獠牙挑处，豁刺一声，驴便腹破肠流，血如泉涌，连身飞舞而起，甩出老远，死于就地，三猪想已饿极，争抢上落，爪牙齐施，轧轧有声，连肉带骨一齐嚼入肚内。各瞪着血红凶睛四外一望，抖一抖身上乌光黑亮的长毛，又飞也似朝东路山沟里跑去。**回头补写野猪之恶。这种笔墨，《水浒》未曾有。**依了周鼎，当时就要下崖除它。

周铭力说厉害，再三拦阻，又劝他先回家中拜寿，见了父母兄嫂再说，这才一同回去。拜见父兄之后，说起小时走失之事。**让他自己来讲，显得自然。**才知那日追蝶，连追越过了好几处田崖也未扑到，忽然追到溪边。小孩心急，顾上不顾下，一脚踏在虚草上面，坠入溪中。溪水又深，越用力越上不来，连吃了好几口水。正在昏迷骇急，忽觉被人捞起，略停了停，将他背朝上横抱疾走。先时心里明白，只说不出话，还当是兄长家人寻来，抱他回去。后来水全控出，神志较清，开目视物。见那人所穿草鞋异样，翻脸朝上一看，乃是一个不认识的瘦长老头，粗布衣服，装束和家中画儿上的老人相似。周鼎心灵，见老头面容清秀，善气迎人，并不疑心他是拐子害怕，反因那人救了自己，笑喊了一声"老伯伯"。

老头见他醒转说话，含笑将他抱直，边走边问道："我救了你的命，你跟我去学本事好么？"周鼎便问："学什么本事？读书不读？"老头说："书自然要读，我还教你打拳和许许多多的玩艺呢。"周鼎最是好武，闻言大喜，忽又想起爹娘兄嫂，恐家里人惦记，要老头回家和大人说明再去。老头道："那就学不成了。最好你先和我同去，明后日我办完手边的事，再向你父母明说。这一去至少十年八年才能许你回家，弄巧年数还多。你如想家，不愿学成一个有大本事的人，我此刻尚有要紧约会，已然为你担搁，恐误时候，不能再往回走，只好明早送你回家了。"周鼎心切学武，又想家人，只是心里盘算，不知走哪条道好。**以周鼎孩童心理做线索，方显得是他的述说。**老头也不再问。

周鼎见他走路特别，上身不动，脚底却是快极，两旁山石林木飞一般往后倒去。心想没见他跑，已走得这快，想必有些本事，不知力量如何？便拿出和兄长撒泼本领，猛地一挣。周鼎生具神力，往日在家中发了儿童脾气，谁也抱持不住，这一挣又是骤出不意，如换常人，抱的人不脱手，也必一同跌倒。老者竟行所无事，并没觉他怎样用力抱持，依旧好好地抱着走，看都不朝他看。周鼎连挣数次，用尽气力，脸红颈胀，通无丝毫用处，不由起了佩服之心，脱口说道："老伯伯好大力气。"老头理也未理。

似这样走了个把时辰，老头说："到了前面山深处，少时要和几个人打架，我把你先找个地方藏好。他们虽然人多，但我决能赢他，你如看得见时，不可出声，也不要害怕。"周鼎听说打架，甚是高兴，要随了同去，不愿藏起离开老头。老头笑道："你这小官真个顽皮。打架凶争，有什么好玩！藏起的好。"周鼎执意不肯。

老头停步想了想说道："你定要同去也可，只不许乱动乱跑。他们虽不致伤你，总是站在一旁安静些好，免我动手分心。"周鼎应了，老头又复前行。山势益发幽深，峭壁危峰，到处都是最险处，连个樵径都无有。老头抱着周鼎，不时蹿崖越涧，只手上下攀援，起落如飞，悄无声息。又走有顿饭光景，越过一条阔涧，对岸是一高冈。到了冈顶，老头说前面便是打场，将周鼎放落，携手同站大树后面，探头外视。

周鼎见冈下是一片野地，碧草如茵，甚是平坦，约有数十亩宽、十亩来长。左边孤峰秀耸，高插入云，半腰上尽是些盘根老松，龙蛇飞舞，亭亭若盖；右边横冈断处，地势低下，涧水到此，折为清溪。溪旁满是合抱桃柳，花时已过，清影落溪，柔条迎风，绿荫障日，间以肥桃半熟，朱实累累。黄莺细燕穿梭往来于柳荫之下，鸣声如转笙簧，好听已极。正对面一座高崖，偏右一面有一所楼房，上下两层，共只五间，做一排倚崖而建。石墙板门，形式直和图画相似。楼角上炊烟一线，随风袅袅，散灭不停。门外设有一个兵器架子，另插着几根长竹，楼旁一方没草的地方，竖着百十根木桩，只是不见一个人影。周鼎心急，几番想问，都被老头止住。

过不一会儿，左边峰腰松林内忽然飞起几只乌鸦，跟着林梢一阵乱动，纵落两人。一在中年，文生装束；一个约有二十来往年纪，腰挂一口长剑。落地往四外看了一看，一同缓步往楼前走去，神态甚是安详。快进楼前，楼内也走出一个短衣汉子，见了二人。把手一拱，大声对少年道："好朋友，果不失言。这位便是令师萧隐君，同来赴约会的么？"少年冷笑答道："家师往游黄山未归，这位是我好友狄遁，新从新疆北天山动身，漫游江南，嫌那旅舍嘈杂，知我有个别业在此，意欲借住些日，我已答应了他。烦告令师，说房主人已然回家，并还约有贵客下榻，请他即日搬场。如缺少房租钱，我还可帮助他几个。"言还未了，那汉子颜色倏地一变，仰天哈哈笑道："世上没有这么便宜的事！你不过拿几根破竹子搭这么一个茅草棚。这山又不是你的，赵师兄好心好意和你相商，你自不识趣走掉。事隔一年，我们连洞里带这所楼房，费了不少心血，莫不成还让给你！你以前口出狂言，自称萧隐君的徒弟。江湖上前些年倒的确有这么一个姓萧的，我们没见过，很想见识见识。谁知你只是空口说白话，上月同了一个草包到来，被我师父赶走。是你订约，今日你师父必来拜访，如今又同了一个姓狄的来。这位狄朋友，我耳朵很生，没听说过。看他这么斯文，莫非武场不行，又改文场么？实告诉你，就算我师徒占了你的窝子，也要凭真实本领见个高下，单说风凉话有什么用处？趁早回去。姓萧的尚在人世，便同了来。如若老死，或是不敢出头撑门面，姓申的，从此休来自找无趣。"

申姓少年闻言大怒，几番想要答话，俱被狄遁止住，一任那汉子冷嘲热讽，始终微笑立听，毫不在意。直等那汉子气势汹汹把话说完，才文文静静地笑道："在下狄遁，原是新疆土著，因慕江南风景人物，来此闲游，得与申朋友订交。借住不借，倒没什么，不过令师威名渴望已久，难得有此相见机会。敝省虽是荒寒边野地方，对于来客，不问生熟，多有三分敬意。就有什么大不了事，也都揖客升堂，尽其地主之谊，先礼后兵，江南文明之邦，似乎不应有此。朋友这等声音颜色，难道贵处乡风如此，还是令师独门传授呢？"那汉子益发怒极，大喝道："我们不管什么香风臭风，这里规矩，因为草包太多，来人须在门前一百零八根罢煞桩上，和我门户中人见个高下，才配入门求见呢。你既这样说，这个申林，我已和他递过手，是我师兄马骏手下败军之将，无须比了。你想见我师父不难，你快把长衣服脱掉，胜得了我曹豹，不用说话，便引你进去如何？"狄遁斜视了木桩一眼，冷笑道："这么百十根朽木桩子，还经得人在上面跳动么？"曹豹怒道："朽木桩子？这都是本山顶坚实的枣木白松，外用三道铁箍，大半截钉在地底，你连拔也拔它不起呢！快脱衣服，请吧。"**曹豹谐音草包。但傻得有几分可爱。**

狄遁笑道："这么结实我倒看它不透。我那里满处坚冰，这种小孩玩意还是初次见识，想不到在此返老还童，又作儿戏。就这样陪你玩玩罢了，长衣服脱它则甚！主人房子已给你师父占去，少时你师父肯还房子还好。不然，伤了风，连个养病的地方都没有，多糟。"曹豹因师徒屡占上风，过于轻视来人，只认做耍贫嘴，越听越怒，更不多言，喊一声"好"，首先纵上桩去，"孤鹤展翅"，摆开一个式子，连声道"请"。狄遁笑嘻嘻说道："你先莫忙，这个玩意，阁下想必练了多年，不然，哪有这么中看的架子，我是初次开眼，见你这大个子站在这一点细木棍上，风都吹不动，显得那么结实，实实有点悬心。我和你素昧平生，无仇无恨，何苦叫我千万里路跑来栽这筋斗，莫如你下来，让我先上去走一回试试。我要看出不行，就甘拜下风，省得受伤丢丑。你暂且耐着气委屈一会儿如何？"*狄遁言语刻薄，戏弄一个莽夫，为故事增加几分趣味。不过，也暗示了狄遁修行尚不到家。*申林闻言，直忍不住要笑，曹豹不知狄遁说的是反话，当作内怯，只得负气纵下喝道："你这人怎这样阴阳怪气？告诉你说，姓曹的从小就随名师习武，眼里头好手见得多，什么场面都见过，文武软硬一概不吃，你这一套江湖口没处使去。既这样说，就让你先走上一回我看。不过你要是连姓申的都不如，只会几手毛拳，存心来拨老虎，撞木钟，你就认头服输，我也定叫你带点记号回去，那时休要怪我手狠。"狄遁闻言，仍装笑脸，似央告非央告地答道："我一个异乡人，你又何必这么狠呢？实告诉你，我不过从小在北天山冰雪里，和大金、二金两个老狒狒一同长大。它们教了我几手猴拳，原没什么本领。你打伤我这样一个无名小辈，于令师徒面上有什么光彩呢？"曹豹见他面有畏色，越当是诈人蒙事，长衣不脱，故示神奇，实则并无本领，怒喝道："废话少说！再挨一会儿，我师父功课做完出来，你这顿打就挨不成了。"狄遁喜道："我听说你师徒有好几个，专讲倚多为胜。来了这多时，却只见你这个样的一人在此，还当我申朋友过甚其词，再不就是又往别处占人窝子去了呢。照此说来，你家还有大人，反正不见不散，那我就索性等你师父师兄们出来，再和他当面讲理吧。"曹豹听他语带讥嘲，不禁大怒道："没告诉你，我师父不见无名小辈，要见，得先到桩上走走吗？你不敢交手情有可原，不该出口伤人。今天非教训你一顿不可！"随说随奔过来，扬手就打。

狄遁慌不迭的后退，双手连摇说道："我是油嘴滑舌说惯了的，你莫见怪。我这就上去还不行吗？"随说随向桩前倒退。曹豹见他这样胆怯告饶，倒也不好下手，只得停步，恶狠狠戟指喝道："你上你上！"刚喝两句，忽听申林在旁说道："这厮如此不知进退，狄老英雄，就让他开开眼界吧。"曹豹吃狄遁一阵鬼混，怒发心浮，全没注意申林在侧，这时听他发话，猛想起申林武功，自己尚非敌手，他既约人同来，怎么脓包，也不会比他还弱，这厮莫非真是一个西北成名人物？心在迟疑，狄遁已退离木桩仅有三尺。**按照明清武侠小说的套路，这里就应该是双方在梅花桩上一招一式你来我往地比个高低。还珠换个写法，显然灵动多了，有趣多了。**

那木桩有一人来高，疏疏密密埋在地下，休说初次登场，便是曹豹等久惯在桩上练习的人，也须看清落脚之处上去。狄遁竟似专顾前面似的，惟恐曹豹追来打他，并没觉察身后还有木桩在彼，依旧倒退过去。眼看再退一步便要背撞桩上，狄遁仍装着无奈之状，往对面冈上望了一望，**这一笔有味道。**说道："曹朋友，都是你逼我的，要不怎会在老前辈面前献丑呢？"曹豹未及答话，狄遁倏地身形往上一拔，一个长箭穿云之势离地丈许，倒退着往桩上纵落。好似往后倒纵没有准头，落处恰当中央空虚之处，稳身无法着力，纵得又不甚高，无法挽救，势非落在桩空里面不可。曹豹方自心快，猛听狄遁喊道："错了！"就在这间不容发的当儿，左脚往前一迈，仿佛身踏实地，凌空一步跨过，踏在桩上，右脚却不老实，登了两下，身子摇摇欲倒，连晃几晃方才站稳。那式子恰似一个斜写的"大"字，钉在桩上，衣袂只管迎着山风乱飘，人却纹丝不动。**既要弄莽夫，又表演给"老前辈"看。**曹豹虽然性情粗野，原得过高明人传授，先见他一纵身子笔也似直，已看出他武功精奇，不是庸流，自己绝非敌手。正盼他一时大意踏空坠落，不料人已容容易易凌空跨到桩上，履虚若实，分明气功已臻绝顶，不禁大吃一惊，把先时嚣张矜夸之气去掉大半。狄遁站的是中央两根主桩之一，粗约尺许，两根竖立，相隔丈许，算是两个太极图眼，原备双方交手前对立接谈之用，余者桩身也有碗口粗细，可是桩顶数寸铁包之处才只两寸方圆，平锐不等。

狄遁站不两句话的工夫，忽然说声"不好"，身子往右一偏，也没见有什么身法动作，毫不用力，右脚横右一落，又跨到第二桩上，左脚翘起，身子微斜，依旧一个"人"字，钉在桩上，过不一会儿，忽又自言自语道，"这玩意立不住人，我还是跑一遍下去，见他家大人吧。"随说式子一收，上身不动，挨次往桩上走去。那些木桩最近的也有五六尺远近，狄遁既不前纵，也不横跃，更不施展拳法身手，看去直和寻常行路一般，看不出怎么大步跨远，只将双脚微抬，便由这桩到了那桩，脚步从容，不快不慢，先走里圈，由内而外，顷刻走遍全桩，纵下说道："曹朋友，你饶了我吧。这些根木棍子没什么好玩，快将你家大人请出吧。"曹豹虽已服他气功，因未见他别的出奇之处，尚不知来人有绝大来历本领，还以为会轻功者，硬功重力多不能够并精，有心强争体面，又恐吃他不倒，贻羞门户，师父见怪，如就此回去通报，请人出来，又觉来人语多讥嘲，拉不下脸来。

刚想拿话找场，忽听身后有人喝道："老六，申朋友又约了高朋贵友来找场么？"声随人到，又跑来一个壮汉。曹豹见是四师兄俞正，正好解围，忙答道："今日你们跟师父后洞用功，我正值班，遇见这位狄朋友。据申朋友说，是从新疆北天山请来的，说得一嘴好懒怠话，脚底轻功很好，想是个黑道上的朋友，**莽夫的见识**。执意要见师父。我因申朋友屡次约来的人都言过其实，恐师父说我大惊小怪。按照往日访友规矩，请他上桩过手之后，再去通禀，他又害怕，说不会这个，要先上去走一遭再过手。适才他上去走了一遍，又说不行，仍非见师父不可。正要和他理论，你就来了。"俞正本领比曹豹较高，人却比他还要莽撞，闻言一看，狄遁人甚斯文，含笑而立，听了曹豹那番话，并不发怒，便接口道："朋友，我们这里规矩如此，我师父从不轻见外人，听说你轻功很好，兄弟也学过两天软硬功夫，领教一下，怎么样？"狄遁见来人又是一个无知狂妄之辈，不禁哈哈笑道："听说你师父是个有名有姓的人物，怎么见不得人呢？那百十根小木棍太不结实，如不是我，早站断了，如何能在上面动手呢？不信我就试试。你先上去，只站得稳，我随后就到如何？"

俞正哪知狄遁适才闹了玄虚，闻言大怒，喝道："你这厮说话怎么如此可恶？这粗桩子，还不结实？这不过拿它当场子的，又不是兵器，难道要它和钢铁一样么？闲话少说，快快随我上去，要不我就平地上对付你了。"随说，一个垫步便往主桩上纵去。曹豹恨来客挖苦嘴，心里只管想借话回敬几句，暗中却在留神，一听来人屡说木桩太不结实，不能站人，方觉可气。俞正已然纵起，身落主桩，快要站落，口刚喊得一个"来"字，猛然脚底一软，恰似踏在浮沙虚雪上面，知道不好，想要腾身纵起，已自无及，尺许粗一根主桩忽然塌倒。骤出意外，纵未纵起，木屑纷飞中，人已坠落，连蹿下两步，才稳住身形，差一点没有跌倒。羞愤之极，未暇寻思，脚一点地，跟着又往桩上纵去。**确是"无知狂妄之徒"**。这次势子更猛，纵的是根有铁包头的桩子，虽不似只木制成的主桩，这般摧枯拉朽，散成一堆木屑，可是桩早经狄遁用金刚大力法踏折，人一上去，立即中断。喀嚓叭拉一片响过，俞正再也收不住势，二次坠落下来。坠时身往下歪，恰巧近旁有桩，百忙中妄想用手去扶。不料根根如此，应手立折，连断了三根，人又几乎栽倒，耳听狄遁哈哈笑道："你师弟叫草包，你也和他一样。我说不结实，你偏不信，现在怎样？难为你师父这份传授，还不快请你家大人出来，真个要逼我做那以大压小、上门欺人的事叫老前辈见笑么？"

俞正本就满脸通红，闻言益发羞恼成怒，一声怒喝，方要发作，楼门内又走出几个人来。**分层次，就好看。** 曹豹见势不佳，忙回报信，迎个正着，低声说了几句，意似说今日来了扎手。内中一个似是为首之人，倏地变色喝道："你两个真不懂事，哪有这样待客之理，还不快走回去！非给师父坍台么？"曹豹诺诺连声，向楼门内跑去，俞正也停了手，红着一张脸说道："你这厮暗中闹鬼，不是英雄好汉。我大师兄他们来了，少时自有你的好处。"狄遁已听出，来人自知遇见劲敌，示意曹豹于乃师送信求援，闻言哈哈大笑道："你放心。我不见你家大人，任你打我也不还手的。"说时，明见那伙人走来，却偏过头去，向着峰峦溪流，与申林比肩闲立，指点烟岚，闲话云树，状若未见，甚是安闲。俞正已从桩中纵出，见狄、申二人目中无人之状，恨得咬牙，正要答话，后来那伙人已自赶到。为首一个中年人，见状知非易与，忙朝俞正递了个眼色，示意众人止步，独自向前笑向申林道："申兄久违了。记得上次分手，曾说今日必来。家师日有定课，因申兄两次驾临都是早上，今日候至过午未来，只当申兄偶然忘却，午后率了愚弟兄数人同往后洞做功课。不料申兄信人，竟未失约。今日曹师弟应门，他为人鲁莽，必多失礼之处，望勿见怪。令师今日怎的不肯赏光？这位兄台尊姓大名？野地不是款客之道，烦劳申兄引见，同往楼中一叙何如？"申林知来人是对头神拳祖师钱应泰最心爱的大弟子尤嘉，为人奸狡，笑里藏刀。自己为了夺回旧业，两次邀人，俱败在他师徒手里。别人口中多有讥嘲，独他假意客礼相待，来接去送，笑脸窘人，最是难堪，事前已和狄遁说过，当他又在假做过场，便唤道："狄老英雄，这位便是钱朋友门下高足尤嘉。"话未说完，狄遁已侧脸笑道："老弟，先前不是对他们说过，叫他家大人出来。我大老远到此，只为借你的光，瞻仰这位江南名手是怎样一个不得了的人物，事完还要去至天台访友。似这样来了一个又换一个的，难道他家大人就永不出来见人么？"说完，依旧负手看山，更不答理，把对面诸人全僵在那里。

三层，三种场面，便不呆板。

尤嘉心中有气，因乃师一会儿就出，还未发作，同来诸人早沉不住气，闻言微一怔神之间，全都气往上撞。俞正首先抢步上前，戟指怒喝道："姓狄的休得目中无人，凭你也配见我师父？来来来，一个对一个，胜得我们，自会请出我师父与你相见。"众人也跟着随声附和，摩拳擦掌，抢到狄申二人面前。尤嘉尚欲暂缓一时，好再叫人，只一会儿工夫，不如等师父快到时，有了把握再行动手，正想发话交代几句，略缓僵局，内中一个绰号辣手神雕马连的，阴毒险狠更胜尤嘉，学的又是一身小巧绵软的功夫，两双利爪用五行砂练过三年，下起手来又狠又快，专讲乘隙暗算，伤人致命要害之处。当日一上场，便和尤嘉一样，料定来者不善，众人只管乱叫阵，他只随同凑近，眯住两只兔眼，凶光内蕴，觑定狄遁，一言不发。等俞正说完话，刚要抢着上场，倏地身形往前一矮，口中轻应一个"好"字，话到人到，一个草上惊蛇之势，两手往前一伸，便朝狄遁腰间穴道抓去。两下相隔仅只数尺，马连这一手练就多年，乘敌无备，身往前倒，又近了些，同时脚尖抓地，用力一踹，势子真比射箭还疾，加以眼尖手快，双爪并用，十步以内从没脱过空，称得起是百发百中，更厉害是哑口，从不出声招呼，照例抓到敌人身上才行发话。距离这近，原无不中之理，在场诸人因乃师常说马连手太阴毒，将来必贻后悔，屡加告诫，**夹一笔，显示钱应泰尚有可取之处，为下文定调。**谁也没想到他发动这快，心里一喜，多半以为敌人不死必伤，万逃不过。

忽听马连大喝："看我……"底下"厉害"二字未喊出口，紧跟着"嗳呀"一声惨叫，人从狄遁身前斜着撞退回来，倒于就地，两手鲜血淋漓，人已晕死过去。狄遁依然神色自如，笑嘻嘻没事人一般，站在原处动也未动。众人立时一阵大乱，除尤嘉外，俱都忿怒如雷，呐喊齐上。申林见他们人多，方欲上前，狄遁喝道："申老弟，你又不听话么？快些躲开！"申林依言，纵过一旁。狄遁跟着扬袖而起，也不和人对手，也不纵跃，只是左闪右避，像穿花蝴蝶一般回翔反复，往来如梭，口里仍接口遥向申林笑道：
"我原说他家大人不出来，不和他们动手。偏生这孩子性子太急，
又怪我风景看出了神，懒了一懒，打算让他占点便宜算了，想不
到这里的人也是这样脆弱，我不还手都禁不起，大人见面，怎好
意思呢？"众人闻言，益发暴怒。有的竟将身旁暗器取出，觑定
狄遁打去。谁知狄遁竟似浑身长有眼睛，闪躲从容，也不见得过
分敏速，和走马灯一般，一任众人四面围住，拳脚交加，暗器乱
发，一下也未沾到他的身上。有时对面夹攻，吃他轻轻闪过，自
己人还几乎受了误伤。狄遁笑道："我和你们玩玩罢了。你们见我
让你，还要动铁家伙，东西虽小，比你们却结实得多、莫要不知
进退，一不留神伤了自己，不好看呢。"说时，众人见他始终没往
起纵，意欲用暗器，四方集中，一齐上手，互相一递眼色，各擎
镖弩在手，虚晃一招，扬手齐发。忽听狄遁哈哈笑道："你家大人
出来了，我懒得和你们玩了。"声随人起，平地一纵十多丈高远，
向楼前飞去。

　　听到末句，笑声已由众人头上飞渡。同时楼门内也有一人口
中大喝："徒弟门快些住手，我来了。"跟着飞身纵出。**又是一层，
又是一种景象。**一来一去，差不多都是一般高远。就在众人闻声愕
顾之间，主客二人已然会到一齐，叙起话来。众人见师父出来，
胆气顿壮，忙一窝风似赶去。这时马连业已缓醒过来，虽还强忍
咬牙没有出声喊痛，但那一双阴毒狠辣。久惯暗中伤人的双手，
一只已是齐腕节骨折断，青筋坟起，肿高寸许，另手除拇指外，
四指反翻拗折，竟连筋肉一齐断裂，成了一个秃掌，仅剩点微皮，
挂在上面，鲜血淋漓，即便医好了伤，也成废物。尤嘉终是内行，
一看这伤，便知来人内功超群，平生未见，今日之事凶多吉少，
就乃师亲身临敌，也未必占得上风，始终没有上前，刚将马连救
醒，恰好乃师纵出。恐众人胡乱说话，少时越发不好下台，忙抱
了伤人赶去，身还未到，主客双方已自动手。猛然心中一动，想
起楼洞内存有许多财货和紧要物事，少时师父胜了还好，败了如

何回取，念头一转，正遇曹豹听众人乱喊"马连受了重伤"，不顾看打，迎前慰看。尤嘉便朝他使个眼色，令其同回取金创药给马连医伤。曹豹素来怕他，只得随往楼上跑去。匆匆给马连上了止血定痛的伤药，忙着往内洞去收拾细软财物。见马连仍是眼含痛泪，咬牙切齿，并不随行。

尤嘉暗笑他太没骨头，平日占惯上风，一旦负伤便挺不住。方要转身，忽听马连长叹一声道："师兄慢走。"尤嘉因事情说紧就紧，已然为他耽搁些时，加以师兄弟情感又恶，实无心听他再说闲话，忙答道："师父命我二人往后洞办一件要事。师弟有话，少时再说吧。"说完，便往里走。马连厉声叫道："我死在眼前，你二人尚记着我以前的过节么？"说时情急，用力太猛，身子晃了两晃几乎晕倒。尤嘉猛想起马连来时，全是自己半扶半抱，好似一点力气都没有，他一身功夫，近年又从异人学会采补术，虽近女人，并未泄精，何致如此脓包，闻言好生惊讶，随口问道，"你受伤虽重，何致如此？师兄弟好好的，谁又跟你有什么过节，我实奉师命有事，一会儿就出来，给你上二次药。说这伤心丧气的话则甚？"**钩心斗角。如此门风，只缘老钱一人不正。**马连狞笑道："真人不说假话，你明见对头厉害，不是想备后场，便是想趁火打劫。老头子出时，你还没有和他见面说话，有什么事要你去办？你休看那厮厉害，老头子的真功夫，你枉随他多年，也只是得皮面。我也是前年起替他置了外家，靠内线的牌头才得清楚。今日虽不定能取胜，至少也和那厮支持个一天半日，哪会随便给人做翻？只管放十二分的心。我们近年虽然面和心不和，总算多年师兄弟一场。我此时内伤比外伤还重十倍，也是自己不好，先算计人，中了老头子的诡计，平日又伤人太多，行为太狠，才有这场结果。否则就把我两臂砍断，也不会晕死过去。你当老头神拳绰号容易得来的么？"**夸老钱，意在稳住尤嘉。用心极恶。**

尤嘉先仍不耐，及听说内腑已伤，又称赞乃师的本领，自己相随多年只是皮相，才想起马连昔年对人，表面上最是恭顺谦和。

自从前年起改了态度，言行狂傲，目无同流。最怪是他和师父时常借故出游，行前往往背人私语，如有要事，回来也是先后脚儿，好似师徒二人并走一条道路，归来有所获，却又不似有所营谋。可是马连艺业大进，师父也人前背后不住告诫数说，大有厌恶之意，出进仍那么密切，其中必有原因，便答道："你这都是气话，我往后洞，果如你所言，是防备万一，并不知你受了内伤。有什么话愚兄无不照办，只莫多心好了。"

马连方收了狞容，苦笑道："我本江南绿林中人，十年前为一镖客所伤。我知他是老头师侄，千里来投，用尽不少心机，看出老头子私心太重，上等功夫绝不传人，简直无法下手。五年前，我忽发善心，偶然用三百两银子救了一家老少性命，还代他报了大仇。这人姓贾，老夫妻带着两个年轻女儿，都有一身好功夫，自在官府手中逃出。因一向生活用度都由我一人供给，感激非常。其实我却是忽动凡心，看中他那女儿姿色，恐他不好说话，下的苦磨功夫，日子一多，水到渠成。没两年老夫妻先后身死，死时硬要将长女嫁我。我还假作了一阵，才行答应，潦草在天目山中成礼，从未对人说过，婚后甚是恩爱。尚有小姨未嫁，色比乃姊略差一些。这日我和内人三姑说起学艺艰难、旧仇未报许多恨事。她给我想了一条美人计，说她长兄流亡多年，生死莫卜，她父原想两女招婿，接续香烟，非令嫁人不可。既有此事，何不叫小姨四姑嫁我师父？同床共枕，日子一久，总可套出真情。我知老头子生平不近女色，事原无效，但日前他曾说他是世代单传，如今年逾半百，名成利就，膝前并无子息，想不到为了武功，反断祖宗香烟，言下颇有悔意。此计能行，也说不定，不妨试试。恰好那年老头子往西天目去访友，便命他姊妹假作往庙里进香。我找了一班小毛贼劫道。老头子虽是多年独脚大盗，可是不值当的决不下手，又爱打抱不平，遇见这类毛贼，只要见难就退，也不轻易伤他一下。遇上果然伸手将毛贼吓退。姊妹二人装着吓破了胆，要他护送回去，路上献尽殷勤，到家又百般款待。老头子见她两个弱女僻处深山，心中奇怪。一盘问，才知大的一个有武功极好的丈夫，附近人家都有耳闻，不敢欺负。姊妹厮守，又不出门，这次为给死父母添冥福，才遭此事。丈夫归来，定必登门道谢。老头子生平没和女人长谈过，见二女貌美性柔，又极能干，谈吐又好。一问丈夫是我，甚是欢喜。起初不过偶一动念，还不好意思挟惠为婿。经不起我百般怂恿，才活了心。老头子偌大年纪破戒，不好意思对他老家中的侄儿，婚时，只由我夫妻赞礼布置，婚后仍令和我同住，上前年说带我往北五省访友，一去多半年，便为了此事。我令四姑将他绊住，假着山居怕遇强暴，要老头子教她武功，一味装呆卖傻，不时枕边讨教。老头子临老得少妻，为美色所惑，想她速成，不惜把独门绝招加以传授，有问必答，只再四叮嘱，不令告我夫妻。**"老得少妻"，《易》象为"枯杨生稊"，名为"大过"——错不在小也。一笑。**最后一次，用酒将他灌醉，更连生平不传之秘一齐说出。我这里大功告成，方在加紧背人勤习，不知怎的被他看破。他怜爱四姑，并未发作，对我更是不动声色，最后向四姑说："我还精采补之术，学会了，不特男女都有奇趣，于内功更有大益，可以事半功倍。"四姑略微一学，果然又去告知内人。老头子连日颇疑她代我行诈，教时百般叮咛，切勿泄露，心中内愧，又是床第间事，本不教对我说。内人怎肯瞒我，依旧和盘托出。我正因所学进境太难，他越看重，我越要学，谁知他心阴计毒，惟恐我本领与他并肩，仍由四姑代传，却又不肯教完，隔些日学会一点。我夫妻只知照法行事，最后有一次竟破了我的真气，因亏耗太过，至今不能复原。情知上当，已自悔无及，枉学会他许多绝招。**你奸我诈，全是阴招。比起来，还是老姜辣些。**论本领虽比你们稍高一筹，和他比，却终身没个指望。就这样，我去年春天还往江西把仇人杀掉，雪了大恨，但内功真力已不能贯满全身，只能伤人，不能受伤，适才见那对头扎手，本想出其不意，用重辣手致他死命，加以贪功心胜，防他眼快躲过，双手齐用，内藏变化，同时抓上固然是死，就一手抓到也难活命。我手已快沾身，他还未躲，以为敌人万难逃生。不料他那气功竟如此超群，我用的力越猛，吃的亏越大，手抓到他身上，只觉微微一软，便似有万斤潜力，其坚如钢，反震出来。当时只听喀嚓一两声，心腹当的一震，指掌骨节齐断，奇痛彻骨，心中慌乱，知道不好，连忙倒地，熬着大痛，妄想把气缓匀，哪里能够？同时脏腑已受极重震伤，至多还能活到明日午前。你看我说这一席话，通体是汗，中气已塌，接不上来。这药只暂为定痛止血，哪能望好呢？此去西天目，尚有两日途程。我一走长路，死得更快。我夫妻甚是恩爱，去年新生一个男孩，我死之后，不论你们被人赶走也未，务望持我一物为记，交与内人。等我儿一交三岁，便由她姊妹同求老头子收到门下，从小练起，等有了根底，再遍访能人为师，学会惊人本领，去至北天山找这姓狄的仇人报仇。再说今天的事，老头子表面上忠厚，内里奸猾取巧，阴毒险狠更胜于我。**八个字，评人兼自评，倒是有自知之明。**他如真打不过人家，让了地方，必有一些交代的话。他妻已然有孕，所藏财宝决不舍弃，不是事后运往西天目，也有一个后手，你操心算是多余。最好只取你二人自己的银钱衣物，少管他事为妙。不信，你就试试。我这人沟死沟埋，路死路葬。老头子占得上风自是幸事，否则听天由命，只把拜托你二位的话办到，别的就不用管了。"

尤、曹二人闻悉乃师许多阴事，把近两年一切的疑团打破，心想师父为人如此阴刁，枉虔心随他多年，所得仍是平常。曹豹还不怎样，尤嘉已自心生内叛，不由稍变前念，更想假作防范，浑水捞鱼，应道："师弟放心，你说的话，我必照办。但是今日大敌当前，胜负难知，总是多留点心的好。拼着师父见怪，也须往后洞料理一下。你且在此少停，我和曹师弟去去就来。"说罢，同了曹豹走去。马连见他目光乱转，知道离间之计已成，**恶极！**望着二人背影狞笑了两声，又看了看两只断手，把心一横，咬牙切齿，猛伸四肢，奋力一振，便自气绝身死不提。**还珠此书，写反面人物也不吝笔墨，武侠之中罕见。**

尤、曹二人赶入后洞，将乃师钱应泰平日藏贮财宝的石库打开一看，仅有数百两散碎银子，此外空无所有，才知马连所料不差。方欲走出，一眼瞥见石壁上满是大小裂纹。内中一个像只人手，裂口比较光平。猛然触机，忙命曹豹到隔室取块布来包这几百两银子。曹豹心粗，立即走出。尤嘉将身藏弩箭取了一枝，用箭尖插入石隙轻轻一拨，果是活口。试再一挑起，掌大一块石头应手而落，内陷一个小洞，看出人工所为，越猜此中有物。伸手入内一探，洞深约有二尺，大约尺半，只摸着一圆东西，顺手取出一看，乃是一个三寸方圆的红木小盒，分两颇轻，封闭严紧，制作尤为精巧，不及开看，连忙揣入怀里。刚将石块安好，曹豹惊慌着走来说道："马师兄死了，正赶俞师兄回来，说师父和那厮打了好一会儿。适才那厮却吃了师父一下重的，看去还能支持，手法已慢。早晚恐怕还是师父占上风呢。"尤嘉闻言，心中一惊，便问曹豹对俞正说什么也未。曹豹道："我因听师父要赢，恐少时招怪，只说你在洞里找药呢。师父东西想已运往外家，这点点银子要它何用？俞师兄就要进来，还不快走出去！"

尤嘉心中一慌，也忘了放下怀中之物，忙即一同走出，将库门照旧推好。忽然想起盗宝之事，打算二次入内，将小盒放回原处。俞正匆匆进来，喊道："人都死了，要药何用？还不出去，在此则甚？"尤嘉知他嘴坏，不敢当面放回，只得担忧走出。**留一个"扣"，后面就出来一串情节。长篇叙事编织故事的诀窍。**到了前屋，见马连笔直僵卧，瞪眼咬牙，死状狞厉。正商量如何处置，忽听钱应泰在门外喝道："我已甘拜下风，此地暂借他们住上三年两载。所有我们置办的衣物用具，已托来人代为保存，省得带走累赘。谁在里面，都给我出来，一同上路。"尤嘉闻言，惊喜交集，**四字传神。**忙答道："马师弟多亏狄朋友今日给他送了终了。"钱应泰大喝道："别的东西，好托朋友保管照料，莫非死人也留在这里么？你们不会把他用被裹起背出来，说这闲话则甚？"三人知道大势已去，师父必是吃了大亏，被逼无奈出此下策，哪敢多留，自找无趣。

好在平日除钱应泰外，余人俱住外楼，没多耽搁，一人用被包裹，余二人便去各房内搜了些散碎银子，由尤嘉抱了马连尸首一同走出。一看场上，除申林、狄遁外，还多了一个老头、一个四五岁光景的小孩，也不知是敌是友。钱应泰正和新来老头说话，四外指点，外表仿佛行所无事，若不介意，实则面容惨白，在在显出神态勉强，极不自然。尤嘉当然不愿示弱，首先抢步上前说道："徒弟们谨遵师命……"底下想说几句将来找后场的门面话，未及出口，钱应泰已接口指着老头，对三人说道："这位是乾坤八掌地行仙，陶老英雄陶元曜，上前见过礼来。"三人见礼通名之后，钱应泰便向陶、狄二人拱手说道："今日多承二兄相让，但这蜗居虽小，颇费小弟一番心力，内中零碎东西甚多，暂时不及携带。好在向人借房，自有俗例，怎交怎还。务望二兄与房客代小弟好好保存。异日归来，原物见赐，便足感盛情了。"

狄遁笑嘻嘻道："地主原本姓申，足下却说是添盖布置，费却不少心力。适才也曾言明，请你拆去，仍还姓申的原样，足下又嫌麻烦。陶老英雄我不知道，小弟游罢江南便要北归，足下再来，又不说个准年月日时，哪能在此久候？我看房是申姓所租，我却是居间人。有道是无中不成约。小弟家住北天山上穿云顶，如不嫌远，到了足下索房之时，枉驾一游，先寻我这中人，由我相陪足下到此，令申姓交房，免得陶老前辈世外之人，为此无谓之事劳神。你道如何？"钱应泰明知这两人哪个也奈何不了，开脱一个最厉害的，异日报仇或较容易，闻言正合心意，冷笑一声答道："今日若非陶老英雄光临，足下这个居间人作得成否，尚难说呢！并非姓钱的怕事，既然足下愿意独任其难，至多三二年的光景，我必亲往北天山拜访便了。后会有期，行再相见，我师徒走了。"说罢，带了一干徒党扬长而去。

这事远因，也由马连用美人计而起。**补叙中又补叙。此为还珠常用技法。**钱应泰老来娶妻，甚是宠爱，因嫌故居离西天目较远，欲在西天目附近山中寻一风景清幽之所建一别业，以便常与少妻相见，以娱晚年，派众门徒四处寻找，久无合意之所。这日尤、曹二人又出相地，无心中找到这所崖洞，地名千松岩。申林奉乃师萧隐君之命，就崖洞外盖了几间草庐，奉母隐居。如若在家，见面言明，也可无事，偏生申林同了老母往朝普陀，一去月余未归。因所居四外山高水险，人迹不到，又无什么值钱重要物件，仅将一些零星用具放入洞中，用石封闭而去。尤、曹二人见那里山清水秀，风物佳美，忙喊乃师来看，先还不知主人深浅，未肯造次，后命门徒连守多日，不见人回，又发现洞内藏有不少破旧书籍，以为是个隐居山中读书的寒士，定是出门谋干功名，所以不见回转。去过几次，越看越中意，又经门人怂恿，**门人坏事。有门人者，不可不戒。** 决计迁入，满拟主人回来，好歹俱有法应付。谁知刚把杂物归置，打扫清洁，率了十几个亲信门徒迁移过去，住了几天，正商量起盖屋宇，申林母子忽然回转。申林遥观有异，独往一探，见洞被多人占据，草庐已然撤毁，又惊又怒，当时恐惊老母，没有则声，竟自踅回，将母送到朋友家暂住，重往理论。本就一肚子没好气，头一个遇到的又是曹豹，几句话一说僵，动起手来。好汉终打不过人多，何况俱是能手？末了为尤嘉所败。尚幸道出乃师名号，未遭毒手，却也受辱而去。钱应泰因两下已然破脸，无法好说，又听说是江南大侠萧隐君的门下，先颇担心，后来申林两次寻师未遇，约来的人还未和正主交手便自打败，这次又说必请师父前来，钱应泰见他无什么惊人本领，误以为是假借名头，便没在意。当日又值三六九传授门人武功之期，只曹豹一人循例值门，余者俱在后洞互相过手练习。恰值申林遍寻萧隐君不见，无意中路遇乃师生平惟一畏友，新疆北天山飞侠狄梁公之侄狄遁，闻悉此事，大是不平，立同申林来到千松岩寒花嶂找场，索回故居，正遇曹豹。狄遁幼从狄梁公父子多年，已具剑侠本领，不屑与他计较，只略显了点身手，用内家气功踏碎罡煞桩。原想对方知难而退，引出正主，善让了事。谁知俞、马等人不知进退，马连更是阴毒，妄想辣手伤人。狄遁早看出他不是善类，又见对一个素昧平生的人下此毒手，平日积恶可知。有心除他，不动声色，便就来势略用真力，将他两手指掌骨撞断，脏腑震伤而死。

钱应泰后洞闻报，说有人踏碎木桩，知来劲敌，心中大惊，连忙赶出，见众门徒围住一人，追逐乱转，暗器连珠般乱发，却是沾身不得，喊声"不好"，忙从场中纵起时，狄遁也自见他走出，一看步法，知是正主，也纵起身去。两下对面，狄遁说了姓名来意，因马连这一暗算，把他师徒都看作了大恶匪徒，改了初意，话颇挖苦，似说他不该倚多为胜，仗势欺人。钱应泰早望见马连受了重伤，知道今日之事不能善了，但还没想到狄遁与天山飞侠狄梁公父子是一家，冷笑一声答道："我当初到此，原因空无居人，又是两间破草棚，连候月余。荒山之内有什么地主？不见人来，就此建房迁居。姓申的回来，如若好言相商，谁让都可。他偏要恃强动手，才给我门下赶走。三番两次约人来此，并说他是萧隐君的徒弟。同来的人却是废物。为想见萧隐君一面，手下留情，每次均让他全手全脚回去。不料今日又约你来，未见主人，先用重手伤我门下。这虽怪我门下学艺不精，但足下为人助拳，不按江湖上的规矩义气行事，也难和你再讲情理。不是姓钱的夸口，休说足下素昧生平，从未听人提过，便是姓申的把他师父和天下成名英雄请到此，只要胜得我过，立时情甘奉让，家都不回，转身就走。否则我只好请你和姓申的委屈些时，等姓萧的亲来再说了。"

狄遁冷笑道："我到此也曾按客礼求见三次，你那些徒弟蛮不讲理，一见面便想暗用毒手伤人。我恐他们挨不了打，偷偷打人，便宜总是占惯了的。我正看山，来不及躲，心想让他打一下吧。不料占便宜也没学到家，恨不得一下把人抓个腹破肠流，双手并用，连吃奶的力气通运到两只手上。自己发力太猛，头重脚轻，亏我没躲，要是躲时，他这连身飞起，一头猛冲，怕不撞在那座小山上面，闹个脑浆迸裂才怪。我因见你徒弟如此脆弱，不但不能还手，连挨都挨不得，后来他们一拥齐上，以多为胜，他们又不住手地把箭乱丢，全没一点准头。那些玩艺分量很轻，打中我不要紧，误伤了他们自己人，不是玩的。吓得我连躲都得看准地方，以免再碰倒一个或是磕伤哪里，本家大人出来，不好意思。直害得我提心吊胆，闹了一身鸡皮疙瘩。**言语刻薄。有趣，但终非大家气象。**好容易盼到你这本家大人出来，正要说理，让你管教管教这群孩子，怎倒说我动手伤人？问问他们，几见我还过手来？你没见我适才和捉迷藏一般，被他们围住乱躲么？"

钱应泰恼羞成怒，再也听不下去，抢口喝道："姓狄的，你为人助拳，闲话少说。今日之事，胜者为高。我不能坏我这里规矩，让你三拳，请吧。"说时众门徒已从场上赶到。钱应泰见申林仍立远处，正负手缓缓走来，态甚暇逸，不由迁怒，向众徒使了一个眼色，意似休放他走。众徒会意，有两个便要迎上前去。狄遁见钱应泰强忍怒气、脸胀通红，双手往下一垂，并不施展架势，二目神光足满，注定自己全身，连声道"请"；众徒目射凶光，怒视自己，恨不得生吞下去，便点他道："事由我借姓申的房而起，事已到我身上，与他无干。他是你败军之将，只把我打倒，他跑不了。无庸足下这般丢眉做眼，引人发笑。"钱应泰心事被他道破，忙喝众徒道："你们不许乱动，早晚跑不了他。狄朋友请吧。"

狄遁哈哈一笑，仍是长衣闲立，并不打将上去，只用手朝钱应泰离身三尺虚拍了三下，说道："三招已承让过，请吧。"钱应泰见状，疑他用的百步打空真力，恐是劲敌，虽未闪躲，暗中却用真力，虚迎上去一试，并无所觉，知是逞强，不愿实受让拳的话，一听说"请"，早已蓄势相待，道声"得罪"，反左手走里圈，迎面一晃，缩回护腰右手，同时连续横推出去，双脚大丁字步，右脚前探，身子却随左脚往后一坐。两下相隔，反倒远了半尺。**这种描招画式的写法，现在已很少见了。**狄遁见他开场只摆一寻常架势，知他重视自己，先发虚招，以退为进，表面上仿佛主不占客，看去寻常，暗中却藏有三环套月的解数。敌人稍微外行，冒昧进招，这一解三八二十四招，招招精奇，休想逃得毒手，乃南宋八大秘传之一。当年名震天山南北的老少年神医马玄子最精于此。以前在叔父家中相遇，曾经细说，深悉它的微妙。否则就凭自己这一身气功，纵不致吃他的亏，如不知底细，应付起来手脚稍慢，岂不叫旁观的人笑话？存心怄气，当时也不叫破，仍装不知。施展家学嫡传，两腿交叉往下一蹲，成一反八字步。双手反掌交叉，喊一声"开"，往外用力一分，亮掌向敌。上面大开大敞，底下脚步却被长衣挡住，形似一个短头的"十"字钉在地上。

钱应泰满拟他必进攻，立可变招换式，施展生平绝技，致他死命。见他也只亮了一个架势，虽没看透是什么家数，但那两手分时，"呼"的一声风响，直似有千百斤力量，形态又是那么渊渟岳峙，稳若泰山，知遇劲敌，非同小可，只得喊道："朋友请进招吧。"狄遁仍故意怄他道："我生平只会挨打，不会先伸手打人，我又千万里路跑来，没的又道我上门欺你。"钱应泰无法，只得把前式改守为攻，移形换步。表面仍用常招，左脚前探，右手收回，同时左手一挡掌，朝狄遁胸前横斫出去。这一下敌人无论多乏，也决不会打上，但他暗中却藏有许多变化，只等敌人用手一架，立即收回，将那三环套月一解二十四绝招施展出来，所以发时只用了一二成力。

谁知掌发出去，狄遁不招架，也不躲闪。钱应泰因狄遁一来，便将一百零八根罡煞桩踏成粉碎，随用气功撞伤马连，早料是个硬功夫高手。见他不躲不架，竟如无觉，疑又存心卖弄。暗笑你单凭这点苦练的硬功便想班门弄斧？**眼力未免太差**。我须不比马连，今日且教你带点伤走。说时迟，那时快！念头似电一般转过，早把全身真力运到左手五指上，等掌近敌身不过寸许，猛喝一声"着"，改斫为戳，左手当中三指用了七成劲，往外一甩，照准胸口气穴要害之处戳去，势绝迅急。钱应泰双手用五行砂苦练过多年，所戳又是要害，越是硬功好的人，越禁不起。这一下如被戳上，不死必带重伤，破了真气，哮喘数年而亡。旁观诸人十九以为狄遁骄敌自做，此时双手平分，门户大开，万来不及收回招架，必中无疑，方张着大口，准备喊好。谁知狄遁静如泰山，动如掣电，钱应泰快，他比钱应泰更快。钱应泰眼看三指戳中，猛见狄遁身子不动，胸前往里一凹，指尖一虚，连衣服也未沾上。刚暗道一声"不好"，就这刚看见敌人胸往里陷一瞬息间，狄遁双掌已然同时发动，右手由侧里带着风声，朝钱应泰左肘横推过来，跟着左脚向前，蹲身上步，左手叶底藏花，便朝肋下点到。招并不奇，可是身法灵妙，运用神速，真没法躲。

幸是钱应泰久经大敌，功夫纯熟，步法稳练，真力能发能收。当时急于收功，上面虽运用全力，发出去时却留了三成力量在腕上，一戳不中更不再进。见敌人掌朝左肘推来，躲既不及，力又上重下轻。如被推中，只往侧一歪，右手不及施为，左半身全交给了敌人，非败不可。忙把气往下一沉，先将身子站稳，就势收回左掌，反肘往外撞去。同时右掌分花拂柳，往上一拨，恰将狄遁左手这一招架过，未被打中。可是左肘吃狄遁这一推，身已微往右晃，撞处似重物猛击了一下，隐隐发麻，不禁惊了一身冷汗，哪敢丝毫怠慢！手已交上，忙把三环套月中，圆、转、柔、屈、勾、搭、磨、推、撞、打、切、戳、斫、削、点、拿、剪、破、迎、送、弯、环、动、荡二十四字解法，一招紧一招施展出来。

狄遁见他适才上当未吃大亏，知非易与。因有名手在侧窥伺，安心炫露，又想观察敌人深浅，先是一味仗着身法灵活手疾眼快，只御不攻，和他周旋，不遇良机决不进招。不料钱应泰武功已到上乘地步，盛名之下骤遇强敌，一见情势不妙，逐步留意，把看家本领全施出来。狄遁成竹在胸，以为对方掌法早所熟练，按招应付，绰绰有余，数十照面过去，见无变动，未免稍微大意。钱应泰先也以为他不懂自己这一套神奇掌法，加意施为，以冀必胜，时候一久，留神细看敌人，竟似个中能手，益发戒惧。故意打完一套又一套，看出狄遁想懈怠自己多耗精力，只守不攻，虚应故事。出其不意，猛一变招，卖个破绽，暗用一个最神奇的绝招，居然打了狄遁一掌。狄遁幸仗内外功精纯，见势不佳，这一掌虽已躲过，索性卖他一下，人并未伤，却将狄遁招恼，故作吃亏，手法略缓，暗中却将练就内家劲气运用停妥，然后喝道："钱朋友你这三环套月，二四掌法，我已领教两三遍了，适才又让你一掌，客礼尽到，还不物归原主么？"

钱应泰适才那一掌甚是狠辣，如换常人，背骨早已碎裂。敌人只身形略晃，便即回手招架，打中时反震之力甚强，后来拳虽略缓，步法身法一丝未乱，而且敌人始终敷衍招架，深浅莫测。料定自己已落下乘，格外惊心留意。闻言知狄遁要转守为攻，大显身手，如若反唇相讥，少时战败，反更不好落台，耐着忿怒答道："足下本领高强，钱某自非对手，让房不值一说。但是足下客气太过，老是相让，现在静等领教高明，使我师徒一开眼界，立时就走。你我何必多费手脚，就请大显奇能绝技，早了此事如何？"狄遁笑答道："既如此说，足见高明，我只好献丑了。"说时恰值一招接过，倏地长啸一声，平空一个独鹤冲霄，纵起七八丈高下，在空中一个转侧，双手平分，头下脚上，饿鹰擒兔之势，箭一般往下落来。

武家如非避人杀手，最忌全身悬空，无法着力变动，何况又在大敌当前，双方交手吃紧之际，无故纵起，又纵得那高，变成敌静我动，全身皆在人算计之中。**篮球也以腾空传球为忌，同一道理。**按理不等落地站稳，准吃大亏。众门徒看了，方自骇笑，以为必败。钱应泰却真识货，一听敌人说声"献丑"，便知不比寻常。果然身随人起，直上高空，一看来势，正是狄氏门中五禽七兽的身法。知道这类武功非内功精纯到了剑侠地步不能练成，学成之后，身轻飞鸟力逾猛兽。单这开头一招，就藏有好些神奇解数。敌人认做破绽，进攻越速，越易上当。此乃天山飞侠狄梁公，当年在北天山苦练内功，每日体会当地灵禽猛兽飞驰动斗之形而得。外姓徒弟只传了两人：一名韦耀，久在新疆保镖；一名韩昆，曾到过南方，与己相熟，曾说过此中微妙，他和韦耀只得传十之二三，生平已少见敌手，见狄遁一施展，这才想起来人姓狄，又自新疆到来，定是天山狄梁公子侄无疑，不禁大惊，知再不见机，还手必败；数十年盛名立时付于流水，哪敢迎御！心气一寒，忙即飞身往侧纵退，口中大喝："朋友且慢！我有话说。"

说时迟，那时快！狄遁已自空中飞落，立地不过三丈高下，见钱应泰避开，知被看出厉害怯敌，安心要他现眼，装未听见，就着下落之势，潜运气功，一换身法，往侧一偏，两腿一屈一伸，一个雁落平沙之势，就空中改变方向，朝侧面钱应泰纵处飞落，衣袖飘飘，身法灵奇，直和飞鸟翔落一般无二。众门徒方始看出厉害。钱应泰脚才沾地，狄遁已自追到临头，双手一拳，施展辣手，往下便抓。钱应泰见对方不听招呼，仍是追来，众目之下，其势不能再躲，眼看危急，只得咬紧牙关，身子往后一仰，背心着地，手足双拳，准备拿出看家防身本领，**颇似狡兔蹬鹰的姿势。**用十六式救命八躺，先支持过去再行认输，以免受伤更不好看。

刚往后一倒，百忙中忽然一条灰色影子由冈坡那一面飞来，其疾如箭，转瞬到达，恰与狄遁双双下落。**兔起鹊落。**钱应泰目力敏锐，看出又来一人，竟与狄遁来势不相上下，朋辈中并无一人有此本领，料是敌党，知难幸免，一时情急，方欲喝骂，忽听两声"哈哈"，眼睛一花，两个敌人似已撞上。备把双手一舞，"啪啪"两响，两条人影已随笑声飞落两旁，各抖一抖衣袖，从容缓步走来，同喊："朋友请起！"**气度大不相同。**钱应泰骤出不意，心神一愣，竟忘起立，仍躺地上，作势相待，听人一唤，不禁羞了个面红过耳。纵起注视，后来的是一个老头，同时冈上有一小孩往下飞跑，还未到，也不知是敌是友。方欲询问，申林已自赶来，跪在老头面前行礼，口称"师父"，知道不好。老头先发话道："钱朋友，小徒无知，不该出门日久不托人照管门户，致有今日之事。听说足下要老朽亲来始允交还，他两次黄山俱未寻到，不料狄世兄万里壮游，无心相遇，同来领教，老朽也得信赶到，适才之事俱都亲见。几位高足也委实有些失礼之处。事由两误，难怪一人。如今胜负未分，尊意如何？"钱应泰定神想了想，答道："萧老英雄大名久仰多年，本欲借题见面领教，才有今日之事。但是适才已和狄朋友说明在先，胜者为强，这胜负未分的话只可骗那小孩，在下已非狄朋友对手，当然奉让，哪还有什么话说？"狄遁插口笑道："足下此言足见高明，但申老弟寒素旧居仅有茅屋三间，现被足下将他修治一新，始行相让，受了已觉有愧，何况里面还有贤师徒不少财货衣物，作何处置？自来房客让房，原无当时就搬之理，虽说房主催房已好几次，不能怨他鲁莽，但多的已被挨过，也不忙在一时。莫如由我与申老弟商量，令他暂缓三日迁入，以便贤师徒从容迁移，免得忙迫，遗下什么珍贵之物，我们担待不起。"钱应泰听他仍是语含讥刺，不由气往上撞，狞笑答道："狄朋友，闲话少说。我当时也曾说过，我如不胜，领了徒弟，当时就走，只为萧老英雄初见，少不得寒暄几句。丈夫一言，如白染皂，你当姓钱的也是一个小人么？说走就走，决不回头。至于我师徒那些零碎东西，暂时何用拿走！自然连房子一齐交付你们，有劳暂时代为保管。还是那句话，胜者为强。今天既然交付，异日自会来取。如无此力，我姓钱的永不出世！"说到末句，便往楼门前跑去，喝令众徒速出偕行。**钱、狄、萧三人对手戏，性格、境界各不相同。妙笔生花。**

这时周鼎已从岗坡上跑到，萧隐君见狄、钱二人口舌相争，方欲拦劝，钱应泰已至楼前，知他无法下台，想了想不再言语。一会儿钱应泰将徒众唤出，作别自去，行时侧目旧居，似有愁容。萧、狄、申三人，随带周鼎同去楼内。申林见旧居焕然一新，洞中陈设布置尤极精美，便向萧隐君躬身请道："弟子寒士，怎住得这地方？意欲请示师父，将他遗物封存一处，拆去洞内外装修楼房，仍还原样，不知可否？"狄遁笑道："兄弟太迂了。他这俱是不义居，我等受了无愧。何况你上有老母，无以为养。依我之见，他师徒目中无人，安心在此长住，洞中必然藏有财货。我们可将它搜出，用作老母甘旨之需；有余则用以济贫行善。只要志一心专，何在此区区外物之诱呢？老前辈以为如何？"萧隐君也说道："现时别无善地可居，暂时只好如此，倒不必拘执于小节。可乘今天还早，速将令堂接回，我还有事呢。"申林应了，又去张罗茶水。狄遁道："这里的事你不必管，天已不早，你先接老太太去吧。我看那厮走时神情，必有要紧东西不及带走。本人吃我拿话僵住，或者无此厚脸，难保不令门下孽徒来此滋事。我和老前辈还须细细搜它一番呢。"

申林领命自去。萧隐君随令周鼎向狄遁见礼，并问他还想回家不。周鼎在冈上，先见狄遁本领已是十分欣羡，又觉萧隐君的本领比狄遁还大，能从冈上一纵便到天空，和鸟相似，亟欲从学，哪里还肯回去？拉着萧隐君的手直说："我愿学本事，不回去了。明早给我爹爹送个信去吧。"萧隐君点头笑道："那个自然。但我住在黄山始信峰绝顶，天风高寒，你此时还禁受不得。你且随适才走的申师兄暂住这里，先跟他学上两年，等筋骨熬练得有点根底，再随我住一齐。我稍有闲空必来看望，就便传授你二人的学业。只要好好用功，必有成就。"

周鼎福至心灵，说什么也要相随同往黄山，不愿离开。狄遁笑道："此子天分骨格均非寻常，既有这等志气，我送他一丸灵药，足御风寒。老前辈索性成全到底，就带他同去吧。"说罢递了一粒丹药过去，教周鼎行了拜师之礼，改称师父，跪领教益。萧隐君摩着周鼎的头说道："你太年轻，有许多话都不到说的时候。黄山顶上太冷，本禁不住，偏你机缘遇合大巧，既得我为师，又得了狄家三阳换骨丹，真是几生修到！此丹由我收存，到了黄山再服。我们还有事办，可起至那旁坐定，后早随我同行便了。"周鼎诺诺起去。

萧隐君随向狄遁道，"我日前闻得人言，钱应泰得了一件异宝奇珍。你适才说他走时神情可疑，今晚定有人来，所料极是。我们且去内洞一看。"说罢，二人同往后洞搜寻了一会儿，仅发现那座石库和所余数百两散碎银子，别无所得。就现成饮食弄了些，正往外走。周鼎初次拜师，颇知敬畏，因师父未令同入，仍坐原处，等了一会儿无聊，起身闲踱，无心中走经门侧，一眼看到溪旁柳荫中似有两人影一晃，忽动灵机，仍装未见走过，暗中伏身门侧，往外偷觑，果见两人藏在柳树后面，正往楼侧掩来，颇似钱应泰的门下，恐被警觉，忙往后洞送信。才进洞门，便见萧、狄二人走出，匆匆一说。狄遁闻报，首先飞步往外跑去，到门外不见有人，纵往崖顶高处，四外察看，只见夕阳在山，暮霭苍茫，林鸟啁啾，崖花自落。仰视天空，正有一行白雁飞过，银羽翩翩，映着斜日回光，分外明洁。崖角飞泉兀自汤汤发发下注不已。空山晚景倒甚幽静，却不见一点人影。照那地势和自己目力，绝无遗漏，崖前一片广场小溪，离对面高冈颇远，溪旁林木，行列不密，来人又是沿溪向岸侧绕来，与对冈背道而驰，自己一得信就纵出，即便他事前警觉逃避，也来不及，所经之处离楼侧石崖已近，无可藏伏，一览无遗，料是小孩眼花。萧隐君也跟踪走出，见狄遁人在崖上，也没做理会，携了周鼎，竟直向发现来人之处走去，目不旁视，甚是从容。**高下立判。**

狄遁见那一带俱是沿溪平地，仅有三四丈大小一块石头，像是人工凿成的假山，通体碧油油，满布苔藓，上下种着数十株小松，形虽玲珑，却是一块整石，并无洞穴。出时因那山石正当好细来路，首先注目，并无所见。看隐君师徒业已行抵石前，注目地上，掀髯微笑，似有所获，心刚一动，隐君已在点手相招，忙纵下去，未等张口问讯，隐君指着山石来路一角悄声说道："来人已经入洞，照他这等性急，或已到了内洞，人还决不止两个。但他所行之路必多曲折，赶去定来得及，石库内近左壁处有一石笋，极好藏身之所。你可先赶进去，开了库门，藏身石笋后面，静以观变。我略做点手脚就来。"狄遁朝隐君指处一看，苔藓上面留有几个人手指印，印旁微有半圈缝隙，为碧苔挤满，非近前谛视决看不出，苔也新剥落了一些，恍然大悟，一点头，回身往楼内如飞跑去。隐君随就溪旁碧柳折了一枝，在石前地皮上画了几十下。周鼎听说奸细已然深入，好生狐疑，几番想问，俱被隐君止住，直等画完，带了周鼎走回楼内，才说道："那假山乃以前人自辟的一条地道，人已由此进去。我用柳枝画的是奇门遁甲，**所谓"状诸葛多智而近妖"——武侠与神魔混融，终觉不甚搭配。**这些事将来自会明白。如今来人归路已断，由我们捉，跑不掉了。可随我去看活把戏吧。"

一边说一边走。一会儿到了里面，推开石库进去。狄遁仍藏石后，奸细尚未到来。重关好库门，一同伏身石后相待。约有刻许工夫，周鼎年幼，已觉不耐，忽听石壁内隐隐有人敲了一响，随又不闻声息，过不一会儿又响两声，似这样响过三次，别无动静，耳听隐君悄声说道："你人小，石笋右侧有裂孔，你蹲身下去便看见了。奸细一会儿就由石壁上跳出，不要则声，将他惊走就没好戏看了。"周鼎大喜，忙蹲身下去一找，石笋上果有指许宽一条裂口，可看外面。伏孔一看，壁内又起响声，比前稍大。停一会儿，右侧石壁上忽有一块一尺方圆的石头，无故离壁自裂，往外悬出，并不下坠，两晃又缩回去，合上不动，开合之声甚微，看去依旧严丝合缝。壁上本有无数冰纹，有的纹缝比此还粗，如非当时留神注视，必被混过，不易找出，端的细密已极。这次等得时候较久，约有盏茶工夫，那块裂石倏地凸出，石片甚薄，好似石后有柄，悬空抡了两转，便往壁里缩进，壁上立现一个大洞。跟着突出半截人身，细一看竟是一把刀裹着两件衣服，刀头上挑着一顶小毡帽，并非真人。出出进进，晃了三次，收了回去。这才由洞内跳落下一个人来，看去年纪约在二旬以外，并未带着兵器，手里只拿着一个数寸长的钢钩，落地往四外扫了一眼，便往左壁奔去，身法甚是灵巧。**这一段写得极细，如临其境。**到了壁前，好似找不到地方，连用手中钢钩就壁间现成裂缝拨了两处，大小裂缝俱无动静，最后才得寻到，钩起处，拳大一块石头应手而起，壁间又现了一小穴。来人忙将石和钢钩并入左手，右手伸入穴内掏摸了一阵，缩将出来，面上顿现失望之色，怔了一怔，奔回原纵落处，伸手朝里一招。跟着便有一人探头出来，悄声问道："你找到地方了么？"

先一人愁容答道："地方找到，东西丢了，这可怎好？"后一人闻言面容骤变，惊道："都是你贪功讨好，师父脾气古怪，今日又在怒火头上。他已一口断定藏宝地方隐秘，即便敌人在此住上三年两载，如若不知底细，也没那巧发现的事。真拿我三个当心腹人，自己又不便来，才行说出。这东西他爱如性命，来时那么千叮万嘱的，如不给他盗回，难免疑心是你吞没。我和尤师兄没有下去还不怎样，你却如何交代？"先一人冷笑道："这老不死的事事私心。我们跟他多年，休说真功夫不曾得到传授，平时连真话通没几句。这里搬来并不算久，竟会被他安有一条地道，如非今日用上，谁也当它是座假山，谁知道下面有路可通洞后呢！并且岔道有好几条，弄巧还有别的把戏都说不定。多年师生，按说情如父子，既然库中藏有这样异宝奇珍，就该早说。我们如早知此事，适见情势紧急，彼时双方话未说僵，主人仍是我们。不大点东西，随便着一人入库就拿走了。偏要这样鬼鬼祟祟，自己拿人当贼才出这事，怨着谁来？"后一人道："闲话无用。东西不在，想已被对头事前取走，你看可有什么痕迹么？"先一人答道："哪有什么痕迹？"后一人道："照师父说，他发现原先这里是前朝大盗窟宅，洞壁内除地道外，有许多空洞，看出房主人虽在此地久居，一无所知，连这石库都未开过。对头今日新来，至多发现石库。这些洞穴，大大小小有好几十处，又有满壁裂纹，虚虚实实，鱼目混珠，藏宝之处更是两层，外人就是寻到，也当是个实心的；况在仓促之中，决难发现。如今他多年积聚和库中所得之物早已运走，只这件宝贝不舍交人，他放心大胆，坦然就走，也由于此。那两对头把他小孩一样看待，定然敢作敢当，取了决定不赖。如已取去倒也罢了，听你所说并未取去，这却怎好？"先一人愤道："反正于心无愧，管它呢！回去实话实说好了。你且躲开，待我上来好走。"

　　狄遁闻言，方欲纵出擒拿，**欲写萧隐君多智，只好"分派"狄遁莽撞些**。吃隐君一手捂着周鼎的嘴，另一手将他拉住，不令出声行动。后一人闻言并未让开，出声却是更低，悄道："这东西丢得奇怪。日里师父败前，我进楼看小马，正遇曹师弟走出，说尤师兄在里面给马师弟取伤药，说完便慌慌张张往里跑。这时小马已死，他二人怎会不知？况他伤处药已敷满，外屋药未用完，还往内里取药则甚？师父命他同来，原是互相监察，谁都知道，他却说这类事人不宜多，愿在入口巡风相候。地道隐秘，何用巡风？这时我把前后一想，颇似早知宝物已失，有心避嫌，让我二人背这一口黑锅神气。你人心直口快，性情太暴，出去见了他，先不要说。曹师弟人易哄，先见他套问明了虚实，再去禀告师父，免他抵赖。你看如何？"先一人闻言，暴跳道："这定是他做的无疑了！怪不得他路上屡次和大家说，早知如此，还不如先到后洞打开库门作个准备，省得便宜外人。原来却是自己闹鬼。"言还未了，后一人忙低喝道："金老弟，这是什么地方，你还当是自家的么？快走吧，对头厉害，莫被惊觉，讨了苦吃，又给师父丢人。"说罢，缩回壁内。前一人也跟踪跳入，壁上"沙喀"两声，那带柄的石块又从洞内突出，略一转便合了笋，将壁洞闭上，仍复原样。**钱门尔虞我诈，焉得不败！**

　　狄遁见隐君不令纵出擒贼，忽然省悟，贼去之后，隐君趋至壁间，贴壁听了一会儿，对狄遁道："你将库门关好，带了鼎儿去至前楼坐定，我去放了他们就来。"说罢匆匆走去。狄遁依言，到了前楼。不多一会儿，隐君回转。狄遁笑问："这三个小毛贼都放走了么？"隐君点了点头。狄遁又道："这三小贼，只头出来那个不知名字，踞着壁洞说话的叫俞正，地道口寻风的叫尤嘉，是老贼门下最得宠的大徒弟，适均见过。听他们口气，老前辈所说宝物，已被尤嘉事前浑水捞鱼背师盗走。俞正所料甚是，他师徒败走匆促，此宝说不定尚在尤嘉身上。如当场将他捉住一搜一问，便可水落石出了。"**总是棋低一着。**

隐君笑道："申林奉母居此，原是我的主意，地方也是我找的。起初只为他母子孤寒，仇家众多，我本门功夫又极难学，短短日期不能成就。**释读者之疑：师傅直如天人，何弟子技艺平平。**无意中发现这座洞穴，僻处深山，景物幽静，可供他母子远患栖身用功之所。彼时休说壁中地道，连后洞石库均未发现。申林住此数年，因用不着这大地方，母既多病，又勤于用功，也无暇查看全洞，直到被人占去，尚自梦梦。这次我桂林访友归来，起身时受朋友之托，便道护送一家眷属，改走水路。船行西江，将近梧州，正值水涨，一片汪洋，江心的系龙洲仍然砥柱中流。那里两山旁列，蠢若门户，江心却有这么一个小岛涌现。江涛甚激，打在岛上，扬起十来丈的水花，阳光下看去甚是美观。**这里还要描摹景物，实在是积习不能自已。**船已掠岛而过，在下游里许靠岸停泊，准备明早赶羚羊峡的险滩。我一时兴起，想观岛上夜景，便向同行人推说访友，当晚如若不归，明早只管开船，我必随后赶去。那家姓洪，原知我一点来历，也没深问。满拟在岛上留连，半夜赶回一同动身，因行时心中一动，好似要有点耽搁，才把时候说久一些。及至行到江边僻静之处，刚算计乘日初落月还未上之际，踏波飞行，往江心孤岛跑去。不料我还未起脚，那系龙洲孤岛上忽有两人纵落水面，踏着水波，往我立处不远的江岸跑来，百粤的异人居士，与我十九朋友，能够在惊涛骇浪之中踏波飞行的数不出几个。这两人的功夫虽还未到炉火纯青地步，却也罕见得很，疑是熟人，想看个明白。谁知这两人竟是洪家对头，事出误会，仇恨却深，新从省里得信追来。**故事里套故事，与报纸连载方式有关。**

"当日早晨开船，便被追上，曾在岸上呼唤搭船。我看他们来路不对，尚不知有此本领，他们也不知我的姓名来历，仅在搭船未允和我答话时，看出我是保护他们对头行路的行家。两下一对面，这两人都是年轻性急，见我伫立相待，又疑我已知他们行藏，离了官船特地窥伺他们的踪迹，张口就没好气，几句话就要一对一和我动武，连姓名也不肯说。我见他们面无邪气，不似绿林宵小，又有这身本领，不由动了怜才之念，存心磨练，也不将姓名说出，只约他们同往系龙洲上留云阁后决一胜负。他们还恐我看出他们水上飞行功夫，借词推宕，怯敌逃避，又恨我话说得挖苦，想给我点苦吃，说岛前浪大，船不能近，怕人看见，不如换个地方当时较量。我特意怄他们，先说非往原地不肯交手，决不换地方。等他们口风越逼越紧，快要蛮来，才说我也是立竿见影，要打架当时就打，没的耽误工夫，我先往洲岛上等你们去。边说边往江里跑。他们见我也能踏波飞行，方知遇见劲敌，连忙追来。

"三人一同到了洲上，倒也言而有信，只着一人和我打，和你今日一样。我先只守不攻，打到月上中天，又换一人。动手后我已看出他们的路数，越有成竹，一味逗他们发急，始终不还重手伤他们。连经几次替换，他们正气得咬牙切齿，无可奈何，我又说你们用车轮战法，好少受点累，太占便宜了，我不干。要你们一拥齐上，两打一，我干，否则我心里不快活，就要走了。他们听我说反话，越发气大，我又连逼几次，借此收回前言一同夹攻。因知他们师父好强，败在我手，虽不见丢人，终是不快，不愿伤他面子。等他们累得快要精疲力尽，欲胜不可，欲罢不能之际，才拿话点他们。他们也想起我身法手法和年纪口音，俱似他们师父常说的人，一点就透，忙即喊停了手，问我毕竟是谁。

"我说姓萧，问他们师父可是天池渔父？两人一听，吓得立时拜倒在地，自认冒犯，再三求我，当晚的事在外面不要对人提，免他们师父知道，吃罪不消。我问姓名，才知一名戚恒，一名龙济，乃天池渔父施博民十年前收的两个前明忠烈后裔。因见我和洪家一路，知仇难报，好生懊丧。我知施博民家法谨严，门徒至少苦练十年才许出外。戚恒、龙济二人出道不久，洪父是个文人，去年病故任上，居官清正能干，何事会与他们结此深仇？问又不说实情，只管一同垂泪，并用婉言问我与洪家有无深交，此次护行是否受人之托，到了地头便算交代？我连日细查洪家父子为人极好，洪子天祥更是好资质，从小就练童子功，文武全才，决不致有为恶之事，立意解围。对二人说了，此行实是受人之托，但洪父已死，洪天祥人甚光明好义，到底因何成仇，只要有道理，我必不强出头作解人，二人才说了实话。

"戚恒原是前明大将戚继光之后，乃祖流宦广西，与龙家联了姻亲，二人原是姑表兄弟。明亡时，两家祖父全是武职，明亡一同死难。二人各有一妹，两兄同岁，两妹也同岁，兄妹相差只两岁，幼遭孤露，一同寄养在龙济的族叔、土豪拐子龙福家中，龙妻泼悍异常，从小受尽折磨。**又套一层。**二人到十二岁上，便因牧牛被盗，亡命逃出，为天池渔父救去，收归门下，一住十年。照着本门规矩，只一立誓从师，不到学成，任何大事，不得借口下山。二人因念两个弱妹尚在虎穴，俎上之肉必无善果，又当出嫁之年，难保不受恶人凌践。一想起时，如坐针毡，几次向师跪请，俱遭申斥。最后一次，虽有'否极则泰，无庸你们操心'的话，终是句虚言，枉自焦急，无计可施。好容易盼到学成下山，师父各给了些川资，忙跑回梧州故居，夜寻仇人龙福一问，两妹已都不在，推说病死，又指不出坟墓开验。龙济不便下手，由戚恒把龙妻先行杀死，再逼问龙福两妹下落。

"龙福料知不免，推说梧州知府恶子洪天祥前年随父下乡，路遇两妹，爱她们美貌，强抢了去，意欲霸占为妾；抢到衙门，便即自尽。戚恒知他素常拐卖人口，无恶不作，定是串通，卖与洪子为妾，不从自尽。又想起出走前一二年，两妹年才八九岁，貌颇秀美，龙妻虽仍虐待，却严督头脚，不令做粗事等情。乘人不觉，连龙福一齐杀死。次日一打听，洪父已然转任，不在梧州。连访数月，日前才探出洪父病故南宁任上，洪子扶柩回籍，业由水路起行。沿途赶来，在此相遇，未及下手。我一听，愈料事有差池，便说洪子好武，虽然学而未成，但他自今身犹童子，不肯娶妻，焉有纳妾之事？好在我你初见，他事也不深悉，你休冒昧，致贻后悔，可同我回至船内，当面究问，真有此事，我便受人之托也不管了。

　　"二人方自心喜，我又教他们一番话。赶到停船之所，天光大亮，船已在黎明时趁着顺风开走。事也真巧，追出二十多里，那一带山岭绵延，到处奇峰怪石，险峻非常，仅有一条纤道盘旋上下于断岸危壁之间，荒凉已极。眼看船在江心张帆下驶，快要追上，行处地仄，不容并肩。我独在二人身后，仿佛听得头上有人说话，抬头一看，见悬崖顶上有一道装打扮的女子缩身回去，行动甚是迅速。知非寻常人物，以为无心相遇，崖顶高峻，看不见顶，忙着上船，没有理会，依旧和二人踏波飞行。到了船上，回望前崖，已无人影，也就罢了。随和三人引见，照着预定之言一盘问。据洪天祥说，他父在任上时，为求民隐，常命天祥同了一个姓牛的武师前往四乡访察，已然得知龙福许多劣迹。这日随父下乡相验，偶离尸场，同了牛武师闲游，不觉走远。听一乡民说起，前村江边小船上有两个美貌女子啼哭投水，被船上人救起关入舱内，说是岑抚台少爷用重价买来的使女，轰散闲人，不许近前，现时正和龙老爷在船上说话，想必又是他家卖出的人。

　　"天祥知道卸任湘抚岑嘉是父亲同年好友，人颇方正，只是生性有些惧内。乃子岑皓是个花花公子，恃乃母宠庇和门阀财富，无恶不作，现时侨寓平乐，虽没以前在乃父任上凶横，依旧仗着财势，到处强买民女为妾，日久生厌，稍不如意，便遭凌虐，常时逼死人命，又惯于结交官府。人人侧目，无奈他何。新在平乐城外万花溪建了一所花园，恣意淫乐，姬妾侍婢不下百人之多，心还不足，仍在四外寻访，巧买豪夺。乃父终日伏案精研宋学，**特别点出"宋学"！"平时袖手谈心性"，正是此辈。**不出门一步，也不见人，儿子只管怨声载道，他却睡在梦里。这次既有恶霸龙福在场，其中必有隐情冤抑，忙即跟踪赶去。到时龙福刚和恶奴作别回去，船正要开，吃天祥跳上船去一看，船上果绑有两个绝色少女，口中塞了东西，正在拼死强挣。一个大脚山婆手持藤鞭，连打带骂。天祥一喝问，恶奴自然不服，两下动起手来。恶奴人多，也非二人对手，全给打倒，只由水中逃跑了一个。恰好洪父相验完毕，见子不在，自坐轿子回城，派了手下班头催他回去，相助放了二女，连恶奴一齐带回府衙发落。

"天祥毕竟年轻，当时只顾作了义举高兴，经班头一催，急于回城，竟忘了去捉龙福。平乐与梧州原只一江之隔，他这里回衙不久，岑家也得了信。狗子岑皓与龙福狼狈为好，恶行甚多，知洪父能吏而并循吏，风骨非常，事情说大就大，万瞒不住，只得哭求恶母，逼着乃父写信求情。这时洪父的信还未到，乃父只知乃子派人过江买妾，因家人不会说话，得罪官差，连人捉去，还不知他许多为恶之事，就这样已气了个发昏。内慑宠妻，又怜独子，只得舍老脸写了封信，请洪父看在老同年的交情，不要深究；两女任凭择配，或发还母家。洪父接报以后，将两女交给夫人安顿食宿，好好看待。正一面给老岑发信，一面命人去拿拐子龙福，不料龙福知官府厉害，恐因此勾起以前逼死人命重案，早已闻风远飏，不曾拿到。洪母问明两女是宦家忠裔，甚是爱怜，当时认为义女。洪父第二日接了老岑的信，细一寻思，也准了人情，只回信给狗子和盘托出，将恶奴从重枷责发落，并未深究。

"二女一名兰娃，一名菊娃，俱是乳名，洪母给她们在府衙后园安排了一个清静住所，命贴身心爱丫头玉翠随伴服侍。二女在龙家受尽折磨辛苦，一旦难中遇救，洪母又待若亲生，知恩感激，甚是亲热。不料住不到两月，龙福刚从乡下缉拿到案，因在夜间，押入班房未及审讯。半夜里玉翠拿了一封信慌张来报，说二女当晚别母回园，和玉翠三人同坐月下，述说身世。各人想起兄长幼年逃亡，久无音信，吉凶莫卜，更不知今生能否相见。又谈起前在龙家所受的罪，后来逼卖，求死不得，如非恩兄仗义相救，得拜在二老膝前，出生入死，此时不知要受多少摧残污辱。越想越伤心，互相抱头痛哭起来。

"玉翠正在劝解，忽从当空飞落两人，一个男子是个白胡子老头，头戴斗笠，背插短短一根钓竿；另一人是个年轻道姑，穿得一身白，比二人长得还要好看。三人吓得要叫，被道姑止住，自称姓余，是个仙人，受了二女兄长重托而来。二女兄长现在老头门下为徒，已然学会好些本领，因怜两妹在龙家受罪，屡向老头哭求救渡。老头门下不收女徒弟，才请道姑同来，接引上山学道。日里去到龙家，正值龙福偷偷回家取物，被官差缉获。向人打听，那左近一带俱是龙家党羽，俱说二女已在前两月被知府少爷行强抢去霸占为妾，如今又将二女叔父诬捉了去治罪。老头原知龙家底细，虽是众口一词，并不甚信。近城再问，因本地民情朴厚，不喜多管闲账，二女被抢的事，虽说不出就里，但都异口同声说龙福是个恶棍，治罪应该，盛称知府少爷少年义侠，心地长厚，又精武艺，常助乃父办案，擒拿生番，是个好人。因此夜入府衙，要将二女接上山去，收为徒弟。

"二女先不甚信，及至盘问乃兄出走时的衣着年貌、口音名姓，无一不对，有一个背上腰间还长有四十六粒朱砂痣，俱说得详详细细，方始深信，拜倒地上。原意禀明恩父母再行随往。道姑却说：'那样你哥哥便见不着，你想学道也无望了。'二女觉这样走太不过意，在龙家时没教读书写字，无法留信，苦求告别不许，道姑又说不听就走，正急得直哭。老头笑道，'此女天性真厚。'随取一信交与玉翠，代二女转呈二老。玉翠先是害怕，要溜回报信不敢，正在为难，接信忙往上房飞跑。才一转身，耳听一声'走吧'，脑后似有电光一亮，回头一看，仿佛一道闪电裹住几个影子越墙飞去，晃眼不见。

"洪母闻报大惊，一看信，才知那老头名叫天池渔父，道姑乃峨眉剑仙。老头起初来意，不过受了门人之托，只想二女得所，不受奸人虐待，并未一定收徒带走。今早路遇余道友，说起偶从府衙花园经过，看见两个少女资质甚好，均非尘世中人，意欲引渡入门，因有事往别处去，未及亲询，今日特来查探他家情况。自己便说，另有两个难女，都是门人弱妹，现在龙家受苦，邀她同往观察，如是美质，接引了去，自己也省得为他们安排，岂非一举两得？及至探询结局，知府并无女儿，两下竟是一人，现在夜入后园，已由道姑将二女带回山去。龙福刁狡凶顽，他如知二女失踪，必要借词'公子霸占民女'，放刁上控。好在以前救人回衙，时已天黑。本官仁厚严明，办案照例不许向外泄露，成了习惯，当日屡向人打听，除龙贼同村近党外，竟无一人知底细。龙贼虽是积恶如山，因其狡诈多智，善于规避，论律却无死法，这次人证已失，更难办罪。此贼早晚难逃天诛，其数未尽，不妨暂宽一时。只今晚事要紧秘，问案以前，先着人对他露点口风，说二女是本官以前久失音踪的亲戚至好之女，现已收为义女，爱如掌珠，并为许婚省城贵官为媳；明早升堂，先拿风闻虐待骨肉，私贩人口，卖良为贱等虚话，威吓喝问一番。他知二女许给贵官子弟，决不愿其抛头露面对质公堂，定然狡赖不认，反向官要质证。等套出他家中无此二女，也未逼卖的口供，让他画押，具了甘结。如不出气，再追问别的枝节，借故重责一顿，轰出衙去，不满三年，必有人寻他报仇，身首不保。当下请进洪父一商量，只得依言行事。过不多日，洪父便自调任，现已病故任上。因屡次搜拿生番和著名盗贼，结有不少仇家，龙贼也是仇人之一。行前承一高僧告密，并代请我顺便护送回籍，二女去后，也无音信，不知下落。

"戚、龙二人听到二女失踪，已知事有误会。说完，我又给三人说了真情和来意。正谈得起劲头上，所经之处地越荒凉，江中不见别的船影，忽听船人来报，江边有两个道姑请求搭载。官船遇这类事本可不理，因沿途仇敌甚众，恐有素识，事前曾嘱船人遇事即报。自动身起，已被我打发过好几拨。有的一道名姓便即知难而退，有那不知趣的，我也不愿伤他，略微点缀也就吓跑。来人不是借搭载为名，便是公然拜访，反正只一唤船，便非无因而至。因来时崖上所见也是道姑，我便禁住三人，亲出答话。我看那两道姑容止娴雅，不似跑江湖的，两眼神光却是晶莹外射，料定不是易与。几句话交代过，问起来意，并非洪家仇敌，竟是寻戚、龙二人来的。**未免过于巧合。**

　　"原来我三人上船以前，行经来路十里左近，山崖纤道上下交岔之处，戚恒忽要小解。因纤道太仄，又与我同行，便独自纵往崖上树林旁边小解。巧值两道姑也行经那里，一个已在前面先行，一个也因内急入林便解；新奉师命，下山才只数日，外面的事通不知道，年轻貌美，不知俗情丑恶，路上已连惹了好些麻烦，疾恶如仇。因听师父说此行尚要折往云、贵，多经山人墟集，如见道旁林莽茂密之处插有刀矛草标之类，便是山人在内有事。此乃习俗使然，不可妄入惊动，致起争端，伤害无辜。入林之时，见崖左近有梯田布列，恐有走过的人误撞进去，不知乃师没细说明，这类草标乃山人野合时记号，竟照师父所说本样，用草结了一个，挂在林外枝上。**这个误会忒不值得。**

　　"戚恒生长边荒，这类事常见，解完了手，忽见枝上悬有草标，既未入林窥探，当时走去，原可无事，一时年轻好事，顺手给它扯掉，刚回身想走，道姑也事完走出。其实两下俱已结束完竣，又未对面撞上，只因见出来的不是山婆，是个道姑，当她不守清规，不觉冷笑了一声。道姑当时害羞，没有发作，又见草标被毁，以为戚恒有心轻薄。这一个性还柔和，见人已走，只气在心里，及至追上同伴走了一阵，听得崖下行人笑语之声，正赶上戚、龙二人，沿着纤路挨肩前行，好似探说前事；越想越气，便对同伴说了。那一个性子较暴，当时便要下崖发作，吃她劝住，反正同路，意欲尾随，到了地头再作计较。我发现她时，刚把主意拿定，走没多远，我三人便到了船上。她们骤出不意，知我三人俱非弱者。后一个渐觉耳闻未真，两下又未交言，或者事出无心，不是有心相戏，如是奸邪小人，也不会有此本领；师命紧急，不如舍去。前一个偏不肯舍，因起初在岸上时未发作，便借搭载为名，想戚、龙二人出面；一见是我，先时吞吐，不肯明说，吃我连驳带激，始兴问罪之师。我问她姓名来历，却不肯说。我劝说事决误会，二人俱正人君子，冤家宜解不宜结，最好各走各路，就此拉倒。一个已有允意，另一个却坚持相见，不肯罢休。**龙戚误会了洪，现在二女又误会了龙戚——侠士们都有点"四肢发达头脑简单"。一笑。**

"这时船行江中，离岸有好几丈远，水深浪急，我听出她们别有用心，无意答道：'既然苦苦诛求，那也无法，就请上船，面定曲直吧。'她们却当我面冷笑了一声便纵到船上，身和飞鸟相似，这多年来小辈中竟无一人有此身法。我非万不得已，素不和妇女交手，方替戚、龙二人担心，二人已早在舱中闻悉，与天祥一同走出。我忙唤止双方，假说：'你们来历我已略知。我江湖上朋友甚多，无论有什么争执，也须通了名姓，免得伤了自己人，后悔无及。'那道姑动手与否原在两可之间，却要二人先说，方始吐露姓名来历。说时，内中一个对着龙济注视，本已面现惊疑之色，及至二人一报名姓，竟各奔一个，抱头痛哭起来。我知四人骨肉重逢，延入舱内，坐定一问，那与戚恒崖林相遇的正是龙济之妹，另一个却是戚恒之妹。因幼年分手之时，二人日受龙福鞭打虐待，衣食不济，又瘦又脏，与当时容态英俊相去天渊，加以双方年长貌变，二女又改了道装，所以乍见不识。

"二女自为峨眉剑仙余英男带走，几年工夫，剑术已有根底，并嫌乳名不雅，又不愿忘本，只将原名下一个娃字去掉，俱是单名，一名龙兰，一名戚蕙。此番奉命下山，虽是积那道家首层外功，主要却是访求一样初出世不久的至宝奇珍。"**以此推算，萧隐君竟与余英男、李英琼同班辈了。**

狄遁接口道："老前辈所说，可是七十年前大熊岭苦竹庵郑颠仙，在云边元江，用金蛛吸金船，所得十四件蜗皇至宝之一么？"隐君答道："谁说不是？当初颠仙道成以前，为了此宝，不知费却多少心力。证果之时，将此宝分赐门下四女弟子。后来两归峨眉，一归青城，俱有归宿。只内中一个原有丈夫子女，**参见本套丛书的《蜀山剑侠之尊海情天》。**一时不慎，妄将此宝给了爱子，母子二因此丧生。临难之时，不甘将此宝落于仇敌之手，埋封太华石窍之内，当时仇敌穷搜不获，以为神物业已化去，直至去年才被一游人无心发现，辗转数主，听说流落江南，尚无人知确信。你远在天山，新近南来，如何得知这快？"狄遁笑道："我也是在家叔那里无心中听人说起，一时乘兴南游，就便访查此宝踪迹。至于究落谁手，传说不一，尚无所知呢。二女既是剑仙高足，想必总有线索可寻了？"

隐君道："听那口气，她们师父必然知道底细，**此时余英男还在人间，似与后文不合。**却要借此磨练二女一番，下山时期以十五年之久，见了此宝始许回山，还说：'此虽至宝，但非我师徒应有之物，此行并非要你们逐鹿，不过要你们前往增长见闻，多些经历罢了。'至于宝落谁手，也未说出。我却因此得知后洞乃前明大盗罗万通藏珍之所，内有石库地道，这也是二女来时无心中听一老者说的。等我和他四人分手，将天祥送到地头，往回赶走。行经武夷，又遇老友长洲沈凡，也谈起此事。他上月里曾听说神拳钱应泰得了一件奇怪宝贝，得宝不久，便和徒弟多人一齐隐遁，不知何往。我二人俱因事属定命，物各有主，此类神物非有德者不居，何况已有剑仙属目，**难道萧隐君自身还不是"剑仙"？**并知此宝所归，决轮不到我们手内，事属徒劳，钱应泰奸猾小人，何德堪此？以为巧合，说过也就罢了。

"回到黄山，便见申林两次寻我未遇告急求救的信，才知钱应泰藏伏之处，竟是这所前明侠盗故居。因信上最后约会定在今日，连忙赶来，路上救了阿鼎，见他根器资禀全厚，小小年纪居然有志向上，带了同来。先还想钱应泰江南多年盛名之下，徒党众多，人又诡诈，未必容易打发。谁想他并无十分惊人本领，你先来已占上风，便没下场。先还想不露面，后见你要下手伤他，怨不宜结得太深，又看在他师叔老面子，放他走去。我细查他别时神色，早料他去而复转。我们查看石库时，见壁上花纹，明知有异，因非短时候所能查遍，又因申林住此数年不知有库，钱应泰必以为石库秘密我们尚不知情。

"我本不知库中窍要，妄事发掘，转致惊觉，料他总在夜间来此偷发所藏珍宝，正想同你出外察看地道来路，贼已临门。阿鼎眼力甚好，人又聪明，决无眼花乱说之事。来时见外面有一座假山，当初并无此物，早疑它有点作用。你的脚程何等迅速，赶出去却未见人，可知来贼左近必有隐身之处。阿鼎又说他沿溪向楼走来，那一带无可隐匿，纵然有些山石林木，也逃不过你的眼里。因此想到那座小假山，因相隔这近，还未敢断定那里便是地道。及至跑到细一察看，山上厚绿苔藓竟是出于人工用药水培养而成。我前在云龙山主王人武那里见过这类东西，知道底细。这类药苔所费不赀，此地现有溪山泉石之胜，何用如此点缀？当然不是通地道的口子便是一处地穴，同时又发现地下遗有脚印和剥落的碎苔。**这一段很像《福尔摩斯探案集》，福尔摩斯向华生解释自己发现蛛丝马迹的经过。**我用地听之法附耳石边一听，来贼想是初奉师命，路径不熟，刚刚进去，并不知踪迹败露，以为我们人在里面，未看见他。正在口里商量推让，声虽不大，却也被我听出几句，起初想用奇门禁制，等他盗宝出来一网打净，嗣知宝物已在事前为内贼盗去，我若将他擒住，钱应泰见我知洞中底细，必以为宝物已落我手，真盗宝的小贼尤嘉也正好推卸干净。

"钱应泰不惜以半世英名来换此宝，库中未取走的金银珍贵之物当不在少，均不置念，可知不是寻常。纵不能断定是那新出世的蜗皇奇珍，也必是件稀世之宝。尤贼背师反噬，乘人于危，如此奸狡之徒，岂不知此事干系重大，稍一不慎，定是身败名裂，难逃乃师惨戮，师徒又是同行不久，无暇寄存，必在途中匆匆略偷小暇，觅隐僻之处将宝埋藏，不到钱应泰身死或是远遁他乡，决不敢放在身旁致遭杀身之祸。但此辈小人心情十九患得患失，藏时遑遽，心定不安，早晚必往发掘，另觅适当地方。钱应泰手狠心辣，诡计甚多，如信俞、金二人之言，定然不动声色，亲自尾随，早晚水落石出，再按他的家法处治。钱应泰固非我们敌手，但他所获若果是蜗皇元江金船遗珍，此宝现时业已惊传宇内，正邪各派均已注目，便我近两三月来耳目所及，知为寻觅此宝来到江南的已有好几十位，戚、龙兄妹四人尚不在内，宝只一件，逐鹿者如此其多，异日不免大起争端，何苦多事，自惹麻烦，使难自我而肇？**高明。拿得起，放得下！**临时变计，将他放走，便由于此。我看事已告一段落，两天以内，钱应泰如不亲来，当不再至。黄山、白岳风景雄秀，我在始信峰辟有新居，何妨同往作一快聚，就便一览云海之奇，意下如何？"

狄遁闻言，略一沉吟答道："老前辈襟期如此冲淡，令人拜服，并且知道此宝逐鹿者多，皆是剑侠异士，恐我万里远来有什么失闪，故借游山之约，欲令罢休此事。爱护盛意，万分感激。自问也非贪妄之徒，只缘此番南来，便为此宝与人打赌，得否尚非所计，至少也要过一次手开开眼界。半途而废，就此回去，岂不叫人耻笑？愚意此宝似已有了点线索，等数日之内判明真假再作计较。略偿心愿，定去黄山始信峰拜谒随侍，盘桓些日，以领教益。暂时违命，望乞原谅则个。"**境界高下不同。只缘放不下，险遭大厄。**隐君道："你的来意我早料到一二，适才的话也并非拦你高兴。不过我自遇沈凡，已略悉此事原委，再据所占卦象，此宝目前只是一个祸胎，至于落到谁手，归宿尚早。目前此争彼夺，就得到手也保存不住，至少还有一二十年，才归到宝主人的手内；并说卦占《易》之'归妹'，应落在一个女侠手内，中间波澜甚多，我们这些人俱都无份。此公占验如神，事事前知。以我之见，你既不想据为己有，此愿或者能遂，即时下手，未免徒劳，不如仍往黄山，待时而动，少费许多心力，还有别的好处。"

狄遁深知隐君和沈凡一般都能前知，决无虚语，不觉惊道："这事果要一二十年的长岁月才能终局么？照此说来，家叔也早见及此了。"隐君笑问道："梁公天人，一别十年，闻说他道行剑术越发高妙如神。来时令叔可曾说些什么？"狄遁道："后辈此番南来，原因前三月在家叔座上，遇见老少年神医马玄子老前辈，他带着两人，一个是他侄子马平，与我原是世交至好。另一个是马平新交好友熊爪仙猿淳于朔，生相奇丑，左手大而有毛，跟熊掌直差不了多少，说话专讨人嫌，却学会一身好功夫，慕名来见家叔。当着老辈还没什么，等饭后家叔与马老前辈同往后洞谈道，剩下我和家兄陪客，他便放言高论，讨厌起来。

"我二人正因一事争论，马平忽说起他叔侄来时，在天山南路遇见一个姓龚的异人，得知江南出现一件至宝，能熔铁如泥，化玉为粉，有无穷妙用。这厮立时拿话激我。约定不亲手取来此宝与他一看，不返天山。行时禀告家叔，颇怪我气盛孟浪，我便请示机宜。听家叔语气，也有不是三年五载不能如愿的话，并说此宝终于不应我得；亏我和那厮打赌时未说满话，只是取来与他一看，没有自己想要之言，或者不致栽大跟头；如有什么为难之处，可往黄山求见老前辈，自能迎刃而解。我行经安徽，专程往谒，遍访无迹，急于探访此宝下落，没有久留，路遇申贤弟，才知老前辈出游未归。他因受了人欺，来黄山寻师求助已三次了。我听钱贼如此强横，便同了来，拿今天的事与沿途所闻一印证，他为孽徒盗去之宝，颇似元江金船故物，因此想留上几天，就便访察真假，如若幸遇，岂不省事？"

隐君插口道："你以为易，我看必有波折。人定胜天未始没有，既然如此，我也留上几天助你一臂，事若不成，即随我同去黄山如何？"狄遁哪知隐君看出他面上晦色，将有杀身之祸，自己因和他叔侄至交，来时梁公又有相托之意，特意身任其难；闻言甚是高兴，议定申林奉母归来，便去寻找钱氏师徒，暗中探查。

到了夜间，隐君在后洞打坐用功，狄遁独住前楼，心中有事不能成眠，想起金、俞二人回去一告发，不问钱应泰发作与否，尤嘉均难安心，如不被迫献出，也必乘隙前往藏处探看，弄巧或许带了逃走都说不定。越想越觉夜长梦多，最好当晚前去。*私心小智，非大家所应有。然不如此便没有故事*。估量钱应泰师徒来踪去迹和来贼回得这快，颇似在西天目山中，相隔不远。自恃千里脚程，一夜工夫总能寻到他的巢穴，决计碰碰运气，照他所行方向途径，试走一道。也未往后洞惊动隐君，带了随身短剑、金笔，径自起身赶去。

出门一看，凉月疏星，清辉四彻，所有山峦林木，俱是明朗朗地涌现于月光之下。寒烟不起，万籁无声，青的是天，白的是云，耀紫浮苍，明晦界列的是山和丛树。一条溪流，像银蛇一般，蜿蜒出没于疏林浅草之间，粼粼流动，活波欲涨，会合成一幅天然画图。**果然描绘如画。**有时一阵山风吹过，松涛稷稷，泉声潺潺，入耳清娱，倍增幽趣，比起故乡天山绝顶雄峰矗天、万年积雪亘古不消，雄奇壮伟之景，又是一番情趣。暗忖：人道江南水软山柔，果是不差，自从渡江到此，沿途登临，就是一座不知名的小山，也常具丘壑泉石之胜。天山南路虽然柳暗花明，终不如江南的景物清丽来得动人。自己未到的名山胜景甚多，难得远来，要好好多留些日，游它一个畅呢！边想边走，人已越溪而过。急于探查虚实，无心再留连风景，略一赞赏，便自加速前进。孤身穿行于岩壑林樾之间，连越过两处危崖，步履如飞，顷刻工夫走出老远。因猜尤嘉藏宝必在中途，如来发掘，正是时候，便把脚步放慢一些，一路留神观察。先走了一段樵径，宿鸟不喧，更无人影。最后来走到一处，两个山口东西对峙，正揣度取道何方，忽然一阵山风，隐隐闻得梵呗之声，侧耳谛听，似由东方吹来。暗忖：西天目寺观都在前山，这一带入山已深，四无居人。自来深山古寺，不隐异人，便有奸宄。钱应泰师徒人多，匆匆出走，还带着一个死尸。此山岩洞甚少，就有也是狐獾巢穴，难容多人。他已埋名隐迹，决不致再往城镇中去，不是赶往死人家内，便是山中寺观落脚。沿途几次登高察看，凭自己眼力，月光之下看得极远，如有人家房舍，一目了然。遥望近山一带，虽有不少人家田亩，但都离镇不近，离此甚远，不是他师徒落脚之所，况又在路上土地里连发现十几处多人脚印，跟踪寻来，料未走差，只未了这几里尽是石山，没有发现，弄巧就在前面庙宇中潜伏也说不定。

正悬想间，风送经声又复入耳，更不再思索，径自飞步往东山口跑进。口外双峰夹峙，岩石高矗，里面仿佛一条山谷。进口不远，经声忽止。四外坡陀起伏，草木不生，月光照在石上，直似铺了一层水银。这时天上云起，大的小的，一团团载沉载浮，缓缓流动，越聚越多。月光也跟着时隐时现，地上明晦不定。走到后来，地势忽然降低，下面现出黑乎乎一大片森林，平原竟在脚下，才知所经之处是在山上。凭高下视，林当中是一片空地，似有墙宇隐隐现出。走到崖口，方欲纵落，突见墙内现出一点火光，月被云遮，暗林之中分外真切。定睛注视，殿落井井，那火光分明是佛前琉璃灯火。入山已深，地本幽僻，庙外山峦环绕如带，地形和锅底相似，又有茂林掩映，休说昏夜之间，便在日里，不近前也不易看出。暗忖：深山古寺原是常见，似建在这等极隐秘的所在，却是少有，而且地势洼下，四面环山，夏秋之间山洪暴发，齐向此中贯注，立成泽国，沿途险峻，有的地方连樵径都没有，香火自谈不到，分明绝地，怎么建庙时选了这么一个所在？越看越奇怪，断定庙中不隐高人，也必是巨盗窟宅，闻得钱应泰专与此辈往还通气，投奔到此也说不定。

想到这里，二十多丈高崖，轻轻一纵已到下面。仗着艺高人胆大，便往林内跑去。一会儿跑到庙前一看，竟是一圈石墙，甚是坚固高厚，并无门户可供出入。**金庸《碧血剑》，古龙《彩环曲》，皆有这种无门无户怪宅。**越墙跳上前殿顶，留神往下一观察，殿宇共是三层，已有好些坍塌之处，到处黑暗暗静悄悄的，只当中大殿上悬着一盏油灯，光焰如豆，摇摇不定，昏灯影里有一尊半人多高的坐像。院落宽广，隔殿遥望，那佛像是个秃头挂念珠的寻常和尚装束，端坐在当中莲座之上，直和唐宋名塑相似，神态逼真。如非旁边还侍立着两神将，几疑庙中和尚在彼打坐呢。

方打算过去察探，忽听右厢房内有人低声说话。寻声纵落，走近窗脚一听，室中灯火已灭，似是老少二人同榻对语，老的说道："当初老主人这风水也不知怎么看的，他在世自然富贵满堂，自从他去世，这三十年工夫，除了三房里还有功名，衰败成什么样子！我们一家守着这样冷静地方，初来那年没住惯，一到晚来便提心吊胆。无非受了老主人恩典，盼他全家富贵，子孙发达。好，这几年他们都嫌路远难走，连香都不来烧了。去年雨水大，殿角坏了几处，进城请修。二房是没钱，余下几房也还有田有地，可是谁也不理，气得我大哭一场跑回，从此也不再进城了。只是南山沟里那两顷祭田，官府立案，无人敢买，路又太远，才得保住，不然，也都吃他们瓜分卖了。就这样，各家还在看相，说我父子捡了他家便宜，安享祭田，无忧无虑呢。"少的一个忿道，"这地方叫他自来试试，我们不过住惯胆大罢了。别的不说，单每年雨水，全庙都泡浸水里，人不能走出一步，阿爹至少坐上两三月的活牢。田里出产又少，去年水大，如非石墙坚厚，人都成鱼了。还有上月，我在南沟种地，遇见毒蟒，如不是那位救命王菩萨，还有命么？不服气，他是孝子贤孙，只管前来，我们立刻就让。"老的一个道："其实老主人，原因这里龙穴关系全县文风，劝全县绅耆出钱造庙。人说绝地不听，他才赌气自建了一座家庙，当初也不知用了许多心力。谁知富贵有命，子孙偏生不肖。**借题发挥，斥风水、龙脉之类邪说误人。**自从二老爷想他那房发达，听了地师的话来到庙中，把我支出去，不知闹个什么鬼！由此衰败下来，连他自己也都害了。"**这里明显疏漏：荒废家庙，适才梵呗之声由何而来？现在又哪里去了？狄遁坦然不疑，未免愚钝。**

　　狄遁听下面的话，才知那是县中大户家庙，明是绝地，暗中却藏有好风水，每年发水全仗石墙阻隔，设想甚是周密，子孙仍不发达，甚是好笑。懒得再听，刚要纵出，忽想起中殿佛像塑得甚佳，意欲就便观赏一番。飞身越过殿脊，到了中殿门外一看，那佛像貌相清癯，皮肤作青铜色，两道浓眉紧压眼上，双目低垂，双手都在袖内，人体既极像真，衣着更和真的一般无二。**果然和真的一般无二。一笑。**新、甘庙字原多古塑，狄遁虽然常见，也甚惊奇。方要入殿细看，猛想起此行为何，时已不早，怎还在此耽搁？念头一转，立时退步，飞身上了殿顶。

猛又想起佛像葛衣甚薄，西北所见唐塑，衣折虽极像真，也没有这么薄的，那两旁神像，非佛非道，塑法更劣，太已不伦。越想越怪，微一迟疑、逡巡之际，忽听天空哇哇两声，两只乌鸦由对面崖顶树上飞起，正往下面密林中投到。昏夜飞鸣，知必有警，不禁心中一动，无意寻思，忙即越墙而出，匆匆出林。上了崖顶，纵向高处一看，星月迷茫之下，见来路上一条黑影飞也似朝前跑去，后面不远，跟着又是一条黑影，身法较快，却不追上前去，藏藏躲躲，紧追在后，两下相隔约有半箭多地。前面那人似有急事在身，一味加急狂奔，毫不回顾。料与钱应泰师徒有关，连忙把气一提，施展轻身功夫，飞步赶去。这三人恰似走马灯一般，一个跟着一个，盘旋起落于崇山峻岭之间，蹿高纵矮，步履如飞，谁也不知螳螂捕蝉，黄雀在后，**好看！**后面有劲敌跟着，危机顷刻。

狄遁自幼生长天山，承天山飞侠狄梁公父子家传，内外功夫俱臻上乘地步，脚力何等迅速！不消片刻便将第二人追上，细辨后影，果是钱应泰本人，这一来益发断定前行那人就是尤嘉，必是乘夜潜往日间藏宝之处取宝。钱应泰早已得人告密，欲取姑与，等他一去，暗中尾随下来。自己半夜跋涉，苦难踪迹，不料无心相遇，好生心喜，知钱应泰本领比自己虽逊一筹，却也不是庸手，可以随便打发，二人中只要一个稍微警觉，当晚想望立成泡影。不敢大意，看清人后便把脚步稍缓，隔远一些，专等到了地头再上前相机行事，**似也师出无名。若强行夺取，与恶僧何异？**追来追去，走的俱是来路，方向途径一丝不差，渐渐追离千松岩只有三数里路，尤嘉仍未停歇。暗忖前面越过高崖，就是申林旧居、他师徒的老巢，难道此宝还藏留在楼洞内没有取走么？方自奇怪，一个弯一拐便绕到危崖之下。石崖百仞，壁立千尺，寻常人不能上，过去再经两处险径，便是楼前冈溪广场。尤嘉到此，并不攀藤上援，只立定略一端详形势，贴崖脚走了十几步，径往一株古树后面深草中走去。

草里不比石路，人行其中，任是身轻，也难免有声音，何况彼此都是会家，耳比常人敏锐，不易瞒过。休说狄遁一人防二，便是钱应泰，到此也加了小心，不往草里走出，只循着崖脚石根，借着藤树掩遮身形，在旁目注前面，由横里平跟过去。这时三人彼此相隔仅有数丈远近。狄遁先学他样，跟不几步，嗣一查看形势，见尤嘉前面地下倒卧着两株数抱粗的枯树，可供藏身偷觑之用，见尤、钱二人因到地头，俱都目不旁瞬，全神贯注前面，正打算想法越过，给他个迎头堵，尤嘉离那枯树渐近，忽然止步，蹲下身去，拔出腰带佩刀在草里乱掘，只几下，手便取起一物。狄遁远远望过去，乃是一个小盒子，大只数寸，暗忖：前古至宝，又是修道人极有功用的奇珍，决不如此细小，料是珠玉之类珍宝，不像蜗皇金船故物，不由把来时高兴凉了一半。又想钱应泰师徒虽非正人君子，自己强夺人物以为己有，也是以暴易暴。如是此宝，还略有个说头，如是别的珠宝值钱之物，何以自解？**本来就是"以暴易暴"。"说头"无法自圆。**莫如稍缓下手，容他师徒火并，查明虚实，下手不晚。这一失望迟疑，身便停住，藏在树后没有过去。

狄、钱诸人藏处绝妙，越在前的越难发现有人尾随。尤嘉取出小盒，先四外仔细看了又看，一手握刀，一手紧握小匣，心虚胆怯已极，神情甚是张皇，及见星月迷茫，草树丛杂，崖高地隐，万籁无声，到处暗沉沉的，才放了点心，自家捣鬼，悄声自言自语道：**心虚捣鬼，甚肖。**"看老鬼语气神情，竟连俞、金二人也多了心。幸我把风，没有随二人同到库内，还好一些。他明早便要自寻仇人，明要此宝，再不见机逃走，早晚老曹走嘴，必遭毒手。乘此无人之际，我要看看这古时宝贝有多大好处，能在黑地里放光不会？"

狄遁隔得较远，只听他低声咕哝，并没听清，见尤嘉取盒端详，似要用拿刀的手开看；钱应泰宝物已现，怎不上前人赃并获，方自奇怪。回头一看，钱应泰藏在一株树后立定未动，只朝尤嘉微一注视的工夫，他脸已侧转向着自己这面，未看尤嘉，**不是闲笔，暗藏机杼**。自己藏处虽秘，形迹似已被他发现。心刚一动，倏地眼前一亮，忙看尤嘉，匣盖已开，匣内金光腾高数丈，芒彩流辉，映得山崖树木都成金色。百忙中一看钱应泰仍立原处树下未动。猛的想起一事，暗道"不好"，更不寻思，双脚一点，径向尤嘉身侧纵去。身在空中，还未下落及地，倏地眼前又是一黑，耳听一声狂吼，紧接着脑后微响，情知遇见劲敌，不敢用功夫硬挺，就在空中一个"雨中哀雁"之势，身子一偏，转侧而下。只觉左肩被什么东西打中，撞落草里，仿佛甚轻。脚才沾地，便听崖顶有人喝道："原来北天山老少三侠枉负盛名，今日见面，竟是这等有眼无珠。适才庙堂内见了你家佛爷，连礼拜都不晓得，还老远出来现什么眼！蜗皇至宝……"底下的话未说完，似闻仓琅一声，便不再言语。**大出意外。真正黄雀在后**。知道自不小心，庙中看走了眼，动手时踌躇不定，慢了一步，被能手暗跟下来，乘隙将宝夺去，不由又惊又怒。匆匆不暇开口，忙运气功，飞身直上，脚踏崖顶一看，声影全无，敌人已不知去向。方欲喝骂，忽见一条黑影，带着一道银光，由前崖上飞来，定睛一看，正是隐君。背人夜出，宝物未得，反栽了个跟头，好生惭愧。**是该惭愧**。方欲开口，隐君劈口问道："钱应泰师徒死了么？"狄遁答言"："尤嘉死活不知，钱应泰尚在下面，想已被人点倒。"隐君更不还言，径往崖下飞落。狄遁也跟踪纵下，落地时，似觉左肩上撞落敌人暗器之处隐隐有点微麻，自恃一身内功，刀剑暗器所不能伤，何况敌人所用像是专打七窍穴道等要害的暗器，物甚轻微，连衣服也未刺破，以为事出偶然，并未在意。跟着隐君过去一看，尤嘉刀头碎裂，左手四指全行折断，头上陷一抓伤的大洞，**九阴白骨爪？**脑浆四溢，突目张口，仰翻着死在地上。看神气定是收宝入匣之际发现有警，持刀抵御，吃来人用金刚重手法折断刀头，抓裂脑骨。死时手中紧握宝匣，来人手法太重，又是硬夺，所以连指折断。此时自己业已看出此宝，打算过去，只为着钱应泰未动，略微分心，迟延少许，就这宝光明灭之间，敌人便得了手。因是金光奇亮，突然一黑，竟没看出他的来踪去迹，不特动作神速，疾若飘风，就手上这份功夫，也是生平少见，幸已得意即去，如真对面交手，胜负真不可必呢！

正自寻思，隐君四外望了望，已向钱应泰身前走去，再跟过一看，钱应泰仍然泥塑木雕般立在树下，望着二人，眼珠乱转，似有乞怜容色。隐君先安慰他道："钱朋友，你遭毒手了，我定助你，且不要急。待我仔细看看，到底有救没有。"说罢，往钱应泰左右臂和胸前略按了按，朝狄遁使了个眼色说道："钱朋友，你吃七指凶僧点了重穴。本来致命，仗你武功精纯，见机尚早，那厮又不知为何，想留你多活些时辰，才被你强用真力真气护住要脉，没有妄动一步，还算侥幸。救是有救，只是我老头子，对于这些狠毒道儿虽也略知一二，却不如狄家三侠叔侄来得精深。惟恐万一不到家给你留下残疾，反误了你，只好有劳这位狄老弟了。"**大家气象。**

狄遁一听，才知庙中装着佛像的和尚，就是素日常听叔父和马玄子说起的江北二凶之一的七指罗汉法灯。**怪哉，书中武林反派两个顶尖人物都是僧人。反派剑仙首领亦然。不解何故。**这凶僧自从三十年前，在江西南昌寻一镖师，为他恶徒竟明报仇，被一剑仙用飞剑削去右手三指，逃往浙江雁荡山绝顶古洞之中，苦练二十年。二次出世，本领越发高强，气功将到绝顶，寸许微物均可发作暗器，几练到飞花破敌、摘叶伤人之地步，尤其手狠心辣，精于点穴，手下即死。适才纵起时闻得脑后寒风，幸未大意，如被他用什么厉害暗器打中面门要害，纵不致命，也难免带一点伤，那才冤枉呢！想到这里，见隐君要他解救钱应泰，知道故卖人情，想为双方解去此番嫌怨，料有缘故，便笑道："患难相助，乃是我辈应为之事。老前辈要我代劳，敢不遵命，这等客气说话，却不敢再献丑了。"隐君道："我向不会客套，实是知难而退，你不在此自当别论，谁还不知令叔一双神手，死活由心呢。老弟家学渊源，不必太谦，我还有要紧话和钱朋友说，快下手解救吧。"狄遁道："老前辈定要如此，那我只好厚点脸皮了。"话虽如此，却也不敢大意。先走过去，照样把钱应泰前后胸和两臂轻按了按，然后说道："钱朋友，把气提紧，一毫不可松懈。"随举左手，先照钱应泰腰间要穴点去，同时举起右手，照后心猛力一掌拍下，钱应泰立时张开大口，哇的一声回复过来，跌坐在地，喘息不止。狄遁忙赶过说道："你真气受伤，且歇息一会儿再行说话，回去须要独自静养半月，才能回复如初，这贼和尚手底试毒，如换别一个，八条命也早没有了。"

钱应泰明知隐君是卖个人情给自己，与狄遁解怨释嫌。当时爱惜性命，不敢开口，事后回想生平行事，也只任性而已，并无过分为恶之处。想不到一时逞强，却闹了个一败涂地，不特把数十年英名付于流水，未了一条命还仗着仇人解救，才得偷生。那凶僧法灯虽未见过，久已闻名，就看今晚吃这大亏，万万不是他的敌手。看来今生今世报仇无望，夺还宝物，更是梦想，哪还有什么颜面在人前出头，越想越难受，忍不住心里一酸，倏由地上纵起，向二人深施一礼，说道："当初我与申朋友原是一时误会，势成骑虎，致有今日之事，日里虽承狄兄相让，手下留情，但我已颜面丧尽。今晚又吃这凶僧毒手暗算，如非老前辈与狄兄以德报怨，仗义相救，我纵仗气功苟延残喘，但一走动说话，必死无疑。深山之中无人到此，就有人来，也无法解救，仍是立以待毙而已。九死一生，如梦初觉，自知艺能不精，世上高人甚多，以前乃是井蛙之见，休说狄兄于我有救命之恩，不敢恩将仇报，便是那法灯凶僧，我也只好任其恶贯满盈，自伏大诛，不敢再作复仇之想。回去即遣散门徒，别寻穷乡僻壤，隐姓埋名以终天年，不再出头露面了。"说罢，一躬到地，便要作别走去。**口不应心，种下祸根。**

隐君忙拦道："钱兄且停一歇，同去石上坐下，老朽尚有话说。当狄老弟在此，我素来口直，也不作客套虚言。若论钱兄为人，虽多机智，善善恶恶，尚是英雄本色。只缘门徒众多，品类不齐，恃强任性，狐假虎威，行为颇多狠辣，给钱兄招怨不少。即以此番之事而论，狄老弟万里远来，久闻钱兄名望，虽说代人助拳，夺回旧业，因钱兄三次未伤申林，光明磊落，并知当初双方各有误会，势成骑虎，只不过想投帖拜望，想钱兄卖个情面，至多点到为止，实无相犯之心。后来一到，见高足们个个强横霸道，非但不容进见，反以势力相迫。内中一个更是阴险，乘人不觉，暗施极厉害的毒手。如非狄老弟一身内功，岂不腹破肠流，死于非命？他初到江南，不知钱兄就里，以为耳闻不如眼见，既如此纵容门徒逞凶为恶，素行可知。这才一意周旋，闹得不欢而散。常言树大招风，钱兄已然有妻有子，正可隐居纳福，何必为这些无知门徒惹是生非？新死二高足，便是榜样。今既悬崖勒马，足见大彻大悟。只是适才凶僧在令徒手内夺去的宝物，是否便是蜗皇元江金船故物？如是此宝，目前看相的人甚多，各派中能手为了它纷纷来到江南，你我三人和凶僧均不能据为己有。但此宝主人还未出世，为期尚早。老朽生逢异宝，虽无贪得之心，颇欲一广见闻。目前听人告知，语焉不详，看钱兄如此重视，当知它的来历用途，可能见告么？"

钱应泰叹了口气答道："此宝自出土以后，由先发现的樵夫卖给一个富绅，后遭盗劫去，几乎全家废命。以后经了两主，辗转劫夺，宝主人均遭奇祸。最后落到一个道人手中，深知它的好处，方欲拿了去请教他的师长，忽得瘟病。临危之时写了一信，命他随行小徒送往武夷山他师长那里，行时叮嘱，匣中之物不可开看。小道童年轻好奇，不合夜间偷看，金光上腾，被一绿林中人杀死夺去。值我路过，又将他杀死，到手时，因看道人遗书，知此宝每易一主必定伤人，均是于得宝以后炫露所致，于是才命门徒四出寻觅隐秘之处隐居，等避过风头，再寻高人共商用法。不想此宝终是不祥之物，如非为它，何致有今日结局，自知不是凶僧对手，再者此宝非有道之士不能使用，如非其人，适以贾祸。说来话长，此时万念俱灰，急于回去遣散众人，无心多说。好在详情俱载书中，我拿它无用，尚有一本符箓小册，连问多人，无一能解，一向带在身旁。老前辈如要，便以奉赠如何？"随手取出一本绢册递过。**对老萧还是心存感激的。"善善恶恶"并非虚言。**

隐君接过小册一看，薄薄七八篇，长才三寸，册面业已残破，纹理甚粗，颇似宋绢，上面满是符箓。那书粗纸写就，只有两篇，小如蝇头，约有四五千字。匆匆一看，已知就里，不由失惊道："钱兄曾将此书示人么？"钱应泰摇头答道："那符箓倒请教过几个博学之士，书却未有。"隐君道："这便还好。别人绝不知会有如此巧合之事，否则难免还有后患呢。"钱应泰道："我也防到这一层上，所以道人遗书，从未与人看过。便这绢册，看的也是文人。劫宝的人名唤单黄，宝才到手，即为我所杀，无人在侧，谁也不知此事。我自接小徒告密，得知孽徒尤嘉形迹可疑，将他支出，盘问小徒曹豹。此人原极粗鲁，等我问完，知他上了尤嘉的当。他曾对我说，入门之时，曾见屋顶有黄影一闪，不像是人，再纵上房去看，却没有了。我那住处房少，带的人多，又忙着给小徒马连筹办安殓之事，院中不断有人出入。我知二位不会前往，别人不知我的住处。再者地形孤高，此时月光明亮，登房一望，远近分明，纵有人大胆窥探，也逃不过小徒们眼里。恰好屋顶上晒着一件衣服，随风飘扬，正当发现黄影之处。曹豹平日又是个草包性儿，素好大惊小怪。随问别人，说是未见，也就罢了。后来尤嘉见我师徒一起入睡，竟欲取了藏宝逃往他乡。我暗地跟踪追出，直到受了暗算，才想起那条黄影定是凶僧无疑。看神气他在左近查访此宝下落已非一日，不是日里路遇我师徒走过，随往探听，便是跟踪尤嘉等三人回洞，盗宝未得，在路上谈论，被他听出破绽，知宝为尤嘉盗去。本心跟他，见我和狄兄一个跟一个追了下来，他又跟在后面。到了地头，本心想将我师徒一起致死，因恐狄兄难制，特地留我暂活片刻，点了暗穴，将我身子移向狄兄一面，去分狄兄心神，他才乘隙下手。**如此一说，方才合理。凶僧不杀老钱，老钱转身向狄，至此方明原委。是还珠文心细处。**如非知道这种点穴厉害，稍一出声走动，命早没了。"狄遁奇怪道："钱兄追人走过时，我正在山洼人家家庙里窥探，凶僧尚在殿上打坐，是我一时眼瞎，灯昏月暗，见他坐在空莲座上，两旁又有神将侍立，误把他当作塑像，只奇怪此时哪有这等超越唐、宋的巧手神工？闻得空中乌鸦飞鸣，知有人过，心动追出，不及入殿细看。匆匆上崖，看出是钱兄师徒，便追了下来。不想慌疏，竟中了他的道儿。这时才得想起，那莲座上必是供的是神主牌位，被他坐上一挡，致未看出。但他明在我身后追出，钱兄说出那情形，仿佛他早知底细，一起身就尾随在后，这就奇了。难道他还会分身之术么？"**又一悬念。**

言还未毕，忽听隐君一声冷笑，手扬处，早有一线寒光，朝左近丛草之中射去。同时便听嗳呀一声，跟着纵起一人，似已受伤，身法仍然甚快，飞也似便要沿岸逃去。狄遁哪里容得！纵身一跃，便到了那人前面，迎头拦住。那人见不是路，扬手就是三只钢镖连珠打出，狄遁哪把这等暗器放在心上！手一伸，先将头一只接到，跟着手擎镖尖上下一拨，便将那人上中下三路连珠无敌神镖全行打落，当当两声，落于就地。狄遁喝道："姓狄的在此，你还想逃么？"那人更不答话，声出镖到，一边觅路纵起，一回手又是三只连珠发来，当当当接连三响，又被狄遁手中镖头打落，这一来不由把狄遁招恼，一掂手中的镖，少说也有斤许，暗骂："无知鼠辈，我本不想伤你，你却这等不知进退！"等三只镖一打落，也不掉转镖尖，见敌人身已纵起，就势三分指力，照准他肩头甩去。原意此镖太沉，想留活口问话，不愿致他死命。谁知那人也是一个久经大敌的好手，脚未落地，闻听得身后嘘的一声钢镖破空微音，只把身往侧一偏，就着纵落之势，回手接去，镖尖恰好不用掉转，脚一沾地，便即原镖打出。另外囊中三只钢镖，也在纵起时取出，同照狄遁打去。

狄遁急于擒敌，当着隐君和钱应泰，更恐擒他不到丢脸，手中镖一甩出，人即飞纵追去，恰好三镖连珠齐至，幸是狄遁身轻如燕，纵跃高远迅速异常，三镖俱打在下三路。狄遁虽然不怕，这么沉重的镖，也犯不上和它硬撞，一见镖到，上身提气，把脚一蜷，镖擦脚底而过，几乎挨着。狄遁更不容他二次纵起，就空中一个回旋，使出日间身法，"飞鹰捉兔"，两手一探，头下身上，往下抓去。那人自恃神镖无敌，囊内只有九镖，发完无功，左肩头又是重伤透骨，一见敌人临头，再想纵逃已自无及，明知非敌，把心一横，拔出身旁所带的兵器，往上便打。**细写交手情状，原是还珠强项。**

隐君因狄遁业已上前，旁观未动，见那人连珠镖法精奇，似是一个熟朋友的家数，方自觉异，狄遁已然发怒，飞身纵起，那人躲避不及，倏从身旁取出一件奇怪兵器，原是曩年常见之物，大是惊异，知道狄家仙禽掌法，下落时，敌人只一被他罩住，四五丈方圆之内，任是如何纵避矫捷，休想幸免，如用兵刃抗拒，伤得更重，恐狄遁遽下辣手，那人不死必伤，危机瞬息，上前拦阻，料定无及，忙喝"老弟手下留情"时，狄遁已然捷如健鹰，凌空飞落。左手一晃，掳住那人手上兵器，就势连身往下一筑，这股子力量何止千斤以上，那人立时站不住脚步，身形往一晃，百忙中还想用左手抗拒时，狄遁右手急浪翻花，早伸二指，朝他左肩点了一下。那人急怒攻心，狂吼一声，往后便倒，动弹不得。说时迟，那时快！容到狄遁双足点地，那人已先倒在地上，如换常人看去，仿佛一碰就倒，实则就这两下微一接触之间，已是好几个神妙招数过去。钱应泰练就目力，在旁边看了个逼真，不禁暗道一声"惭愧"。想起日间对敌之事，狄遁把自己误当作无所不为的神奸巨贼，已然下了辣手，若非隐君赶来拦救，岂能幸免？狄氏三侠威震天山，果然名不虚传。似他如此本领，尚被凶僧占了上风，夺宝而去，隐君更比他二人还高，何况自己。看起来天下能人甚多，自己多年名望，实是没有遇见高人，出诸侥幸。所以今日两遇强敌，几乎丧命，不死真乃万幸。越想越寒心，益发坚了退隐之志。**奇怪的是，过了十来年，无缘无故又跑上天山找场子。似乎理由不够充足。**

　　方自胡思乱想，狄遁已将那人擒了过来。正往地上要掷，隐君连忙止住，将他缓缓扶起。一认面目，年纪甚轻，并不相识。未及开言，狄遁已指着那人对隐君道："这厮太已不知进退，我本不想伤他，他却不住卖弄他那几根废铁，手法准而且狠，如换旁人，定遭毒手。看他平日，必常在江湖上横行，惯用暗器伤人。如不除去，不知要伤多少人！老前辈稍慢半声，我早把他双手废掉了。"隐君见那人中等身材，五官倒也不带奸恶之相，想系年轻气盛，猝遭挫折，被人点到擒住，身不能动，气得双目怒瞪，眼珠都要凸出来。隐君一看，便知不是坏人。凶僧做惯独脚强盗，性行又极暴戾乖张，不能容物，从未听他收徒结伙，这人怎会和他一起？便命狄遁将他解救转来。狄遁料有话问，反正逃走不了，过去将他腰间软筋一扭，左右肩上点一下，然后左手将他扶住，右手照背上一掌拍去。那人大咳一声，吐口浊痰，立时醒转，朝三人看一眼，略微定神，倏地怒吼一声："我与你拼了！"声随人起，黑虎偷心，**招式过于平常，简直庄稼把式。**照准狄遁当胸就是一拳打到。狄遁先见他目射凶光，眼珠乱转，早料及此，只微微冷笑一声，身形略闪，便即避开。

　　那人情急拼命，恨不得一拳将狄遁打死，全身的力气都用在一双手上，一下打空，知道不好。还算他武功颇有根基，脚底明白，没有前扑。刚想稳住身形变招再打，狄遁身手何等神速，早就一偏之势，二人双肩交错处，像戏弄小孩一般，顺手牵羊，揿住他的右臂往后一带，跟着一招老狼反顾，折转身形，左手照他后心一掌打去，"叭"的一声打中背上。那人猛觉背上仿佛挨了一下铁锤，心震欲落，两太阳穴直冒金星，再也立足不住，一下跌出老远，倒趴地上，半晌方起。狄遁正想挖苦他几句，那人二次回身，又朝三人看了一看，咬牙切齿，"唁"了一声，观准身旁一根石笋，把头一低，猛撞上去。隐君看出此人性烈，又认得他的兵器，有许多话要问，如何容得他死，脚一点，早飞身纵到他的前面，身子一闪，让过他头，拦腰抱起，纵将过来。那人双手被束，两脚乱蹬，只挣不脱，急得高声怪喊道："打不过你们，快些给我一个痛快！如糟蹋人，莫怪我破口骂你！"隐君且不放他下地，笑答道："你想死想活，都不难。决不糟蹋凌辱你，只问你几句话，肯说么？"那人道："我决不跑，你先放下我来。"隐君道："那个自然。"一面放下他站定，一面止住狄遁，不令开口。还未问，那人已先说道："我只一事不肯说。你们要问的，可是那七指和尚今晚夺宝的事么？"隐君道："这个自然要问，还有别的。说完，也许和你交个朋友，至少也给你医伤，放你走路。"那人道："我只一件事不说，你问好了。"**此人有趣。**

　　隐君先问他姓什么，那人答道："我姓苏。"说完又道："我告诉你姓名，已替我家丢人。我出身的事不肯再说了，适才不肯说的，也就指的是这一件。"隐君笑道："好，不说无妨，少时我替你说说。那么你既是有名人物的子侄后辈，怎会和七指凶僧在一起呢？"那人闻言，立时面上一惊，转问道："我自出道以来，只七指和尚我自觉不是对手，三年之中，没一个不败在我手里的。这位钱朋友没有交手过，我不敢说。你们两个，非但不是敌手，这样好本事，我简直做梦也不相信。听你说话奇怪，好似知我来历，你倒是姓甚名谁？我人已丢了，莫再现别的眼。"隐君道："我姓萧，没名字，人都叫我老萧。这位狄遁乃北天山三侠之一，飞侠狄梁公之侄。你败在他手里，凭谁说，也不算是丢人。该你答我的话了。"那人迟疑了一会儿说道："在夜来已听秃贼说过姓萧的，我怎想不起来？"隐君二次催问，才答道："那七指和尚与我原非一路，你们信么？"隐君道："我早料到，怎会不信？往下说吧。"

　　那人益发惊异道："我因受人之托，来西天目采药。在刘家墓田山谷中，遇见小时一个冤家对头，名叫冯吉，住在后山石洞以内。这厮先本不是我的敌手，十年不见，不知从何处练就三十六把毒药飞刀，厉害非常，伤人立死。前年我有一个有本领的表叔死在他手内。我遇他时，他正向刘氏家庙的守墓人老丁、小丁父子二人强买粮米，我躲在一旁，他并未见。他走去不久，从草地里蹿来一条毒蟒，小丁正在危急，恰值七指和尚跑来，我又用连珠镖打伤蟒的双目，二人合力将蟒杀死，这才相识。小丁感我二人相救之恩，让至家庙里款待。偏巧我二人都无一定住处，便同借他家庙暂住。我因和尚狂傲，**补叙，交代前因**。目中无人，心中不忿，现于辞色。只见他杀蟒时本领，没敢冒失。和尚心性凶恶，见我不服，未免有气，本想给我一个厉害，也是不该成仇，当晚我背了和尚打听冯吉住处。谁知和尚在外偷听，他和冯吉更是誓不两立的死仇，前些日也是同在山中无心相遇，约地动手三次，各有伤害，未分胜负。并曾中他一刀，如非带有灵药，几乎送命，至此不敢妄动，有心前往盗刀。因冯吉有一个同党，他少一助手，自问不易成功，我正合他心意。等我问完老丁父子的话回转，他已在房中相候，开口便说我二人同仇敌忾，能帮他不。我说素来和人交手，都是单打独斗，更不喜欢偷摸作贼。他当时恶狠狠要想动手，等我作势准备迎敌，忽又改了笑脸相劝，说他的脾气也和我一样，本不愿作此鼠窃狗偷行为。怎耐这厮会有妖法，仗着飞刀厉害，无恶不作。去年在四川灌县为一剑仙所伤，才逃来江南，隐藏西天目深山之中，踪迹诡秘，不轻见人。偶作绿林营生，杀人越货，总在闽、浙交界等远地，知他在此的人极少。况他还有一个厉害的党羽，同去找他，不算是两打一。我们本领均比他高，吃亏的只是飞刀，这等狠毒暗器，理宜给他毁掉。我们盗了他刀，再和他二人各凭真实本领，一对一拼个死活，也不算是不光明公道。

我被他一席话说动，想借此代报表叔之仇，第二天晚上便同往盗刀。仗着和尚诡计多端，居然将刀和一口袋东西盗出，然后叫阵，由和尚将冯吉杀死，我追那同党时，和尚杀了冯吉，正追了来。行经一处下视无底的绝壑上面，**又是一段故事，隐于文字缝隙**。我看出和尚心辣手狠，本领高强，人又凶横不可理喻，事完必和我要那盗出的东西，飞刀我不会用，到他手内，岂非如虎生翼？纵过对崖之时，暗用手法将结捏断，将刀带口袋凌空坠入壑底，那同伴仍被跑掉。和尚并未看出我的手法，因壑底满是瘴气，深不可测，无法下寻，只说了声'可惜'，便自丢开。第三日我觉他不是好相与，辞别要走。他又再三留我，说他此来是为闻听人言，有一至宝落在这一带地方，如能得到，有多少好处。既承相助，何不作个整人情，再帮他一臂？听他说起此宝许多异处，想开个眼界，见识见识，又想这厮霸道已极，一说出口不容人驳，不答应难免成仇，不容善走。自问又打他不过，只得问他，要我如何帮法。

"他说，他由仙霞岭一路追踪采访到此，已非一日，不特不见宝光上腾，竟无线索可寻。日前才打听到，上年有一姓钱的名武师，忽将家务田业交给他的侄儿，带了许多徒弟，说是出门访友。由此失踪。访问各地江湖上人，俱说未遇。直到前些日，才有一人遇见他一个姓马的徒弟，由西天目山中出进了两次。在这事前，此宝曾落在一个道童手内，在一旅舍中取出观看。人见宝光往看，那道童甚是机警，早收宝物，连夜逃去。和尚恰在途中看到过两具死尸，内中一个，便是店伙所说的道童，算计钱武师师徒出走时日，相差并不甚久，因此疑心他藏在本山附近。寻访几天，刚探出他和徒弟马连各有一外家，同住后山深处，是否怀藏此宝，尚无把握。因知钱武师是有名人物，徒弟甚多，如若动强明取，必难到手。再者本人身具异相，名声在外，一望即知，不好探查。难得我年轻新来，正好帮他查访，并说钱武师为人如何可恶，但宝物只有一件，如若查探真实，不问谁得，均要归他。我说宝物我决不贪，只戒他事若是真，已然强夺人物以为己有，不可再用辣手杀人。再者我尚有事他往，不问真假成败，至多只能再留五日。他俱应允。

　　"当日下午，一同出庙，由他引路。正往前走，便遇钱朋友师徒多人，扛着一个死尸，往后山急走下去。他教我随往探听，他却向来路走去。彼时还在白天，我仅遥见钱朋友住家之处，便即回来。一会儿他也赶回，说他路遇三人在坡前争论，此宝已然千真万确在此，但已被人藏过，暂还发作不得。时已近夜，他又教我饭后重往后山探查，如见人夜出，速即赶回，与他送信。他自回庙打坐，天明无事，再和我倒换探查，好歹要查出此宝下落。我强忍愤气，前去探了一探，果然被他料中，到时钱朋友正把死的那人支开，和两门徒商量，要唤一个姓曹的来问。我因听钱朋友师徒说尤嘉日里过千松岩曾推说出恭，让众人前行，在岩后逗留一下，宝物必藏在那一带草地之中，这两天内定往偷取逃走，弄巧当晚就许去。我想机密已然探得，这厮当晚去否未定，那地方屋小人多，他师徒个个行家，我伏身房上，容易被人看破，与其在彼久等，还不如到他说的地方去寻呢。

　　"我原贴伏房脊面往下偷听，走时稍微大意，差点没被人看破。我见逃避不及，反往房侧纵落，贴墙而立。他们全都纵上房去，只往远看，竟未防到近处。等人一走，我立即赶回，向和尚一说。他道这厮当晚必往，庙前乃是必由之路，果然叫我前往千松岩等候。我心想只一夜的事，也就忍气，没有计较。我到岩上等有个把时辰，不见人来，好生焦躁。忽然心动，和尚为人如此可恶，何苦受他驱遣？莫如趁此时机，不寻到宝物，反正无关，如若寻到，便拿了一走，又待何妨？**一点贪念，差点送命**。刚进草地，待要搜寻，便听岩侧有人跑来，匆匆不及躲避，只得往草里一伏。不消片刻，他们四人一个跟一个先后赶到，一会儿宝物出现，和尚便下了毒手。我防他看我在此多疑，没敢出声露面。好在约定，他宝物一到手，我即刻与他分别。满拟等他走远，再行回庙，取了包裹上路，不料二位纵将下来。不知怎的，被这位老人家看破，打了我一暗器。我从小学会硬功，刀枪不入，不知怎的，竟会被他打进肩头。又见二位如此高崖可以随便上下，知是强敌，再想逃走，已无及了。"

隐君笑道："老贤侄，我这坎离钉非凡铁所造，任你练就金钟罩铁布衫，也照样可以穿肉透骨。你以为月黑天阴隐在草中人看不见，可是你那两只眼睛露出草外，怎能瞒得我过？幸是我现在不肯无故伤人，否则焉有命在？便那凶僧，也是命不该绝，一见是我，望影先逃。我知此宝该有不少波折，此时谁得谁就有祸，到了我手反难处置。追了他一程，本想赏他一坎离钉，将他那只断了三指的右臂打折，免得再用暗器害人。谁想他右肘暗佩匕首之类的利器，隔着僧衣，看它不出，枉打得火星乱进。我虽用了十成力，大约兵器许已折断，就受点伤也不重。这一迟顿，被他逃远了，懒得再追。又恐这里有人中他暗算，寻着原钉，便自赶回，无意之中几乎伤了好友的子侄。我素来行事谨慎，这是哪里说起！"少年闻言惊道："听老人家言语称呼，竟是我的长辈伯叔么？"隐君说道："贤侄年幼，我已隐名多年，自然不易知晓。异日回去对大人说，黄山始信峰有一萧老头子，乃当年的萧老三，就会告诉你了。"少年又想了一想，忽然失声道，"老伯可是单名寅字，当年曾号苕溪渔子的么？"隐君笑问："你怎这时才得想起，我与老笠已有二三十年不见了。当初分手之时，记得他并无子女。看你行径，虽未尽得他的传授，家学渊源已有根底，不是他子，便是他侄，对么？如今他人在哪里呢？"

少年纳头便拜道："原来果是萧老伯父。小侄苏同失礼冒犯，真个该死。老伯说的乃是家伯，先父早已去世。家伯无子，甚是钟爱，只惜资质太钝，武功学业无什么进境，实替家伯丢人不尽。家伯因近年结怨江湖上人太多，形踪隐秘，归家时少。前数年偶往庐山闲游了数日，回时，带着一个小女孩子，神情甚是懊丧。**在这里照应苏半瓢事，又出来苏同，为后文再生波澜下一伏笔。本属妙招，然百密一疏：苏为半瓢化名姓氏，其侄似不应姓苏。**请问了几次，俱不肯说，每日只筹计着两顷来地的田产。这日忽将我弟兄三人唤至屋内，说他生平挥手千金，祖业已然败了不少，不能再用分文。此次出门，铸了一个大错，良心上太问不过去，非设法补过不可。老弟兄二人，他老人家膝前无子，将田业交小侄等弟兄三人。他不日将出远门，少说也得十五六年才能回乡，便老死在外也说不定，须要好好成家立业。小侄等知他说到做出，再三跪求，他只苦笑不已。因当时未交出账本，以为还有几天，尚可挽回，谁想当晚半夜里，便带了那小女孩走去，至今各地寻访杳无音息。老伯也不知道他的踪迹么？"隐君摇头答道，"这事我原料着一半，弃家抚孤，却未想到。你学业尚差，如何与凶僧一起？这厮机警刁诈，他今夜已早料透全局，只不知我们会来罢了。他叫你来此，并未安着好心，庙前一带，必另伏有一人观风，否则他也不会坦然在庙中打坐。今日如无这场波折，他知夺宝人多，恐你泄漏，定要拔你短梯，杀以灭口。现有这几人知道，反正隐瞒不住，你未违忤他的意旨，异日相遇，只把夺宝时情形一说，且他成功，用你不着，故此走去，便无妨了。能躲则最妙。肩上浮伤，我给你上点药，即日便愈。此时可代我将那根坎离钉寻来，随往千松岩住上一二日。如无什么事，同往黄山，于你多少总有益处，也不枉你受伤一场。你意如何？"

苏同大喜，重又向狄、钱二人行礼赔话，径去草里将钉寻来交上。钱应泰听他竟是苏笠之侄，**半瓢又成了"苏笠"？脱榫**。无怪年纪轻轻有此本领，当时听出了神，竟忘起身，见老少三人将走，才重行作别。隐君道："钱兄方在失意，我本不应以琐事相烦，但是我这世侄尚有行囊在那庙内，有这些时谈话耽搁，凶僧即便绕道逃回，也必防我追踪，取物他去，不致遇上。但天下事常出情理之外，故人子侄，我实不愿他和凶僧再有纠葛。好在钱兄必由之路，可否今晚或明早行时代往一取，命人送至千松岩？老夫颇通卜筮星相之学，日间看钱兄面相，他年尚有风波。回去当为钱兄一卜，明早人来，有一信奉上，或可作一趋避，彼此两益，不知可否？**防其不来。老辣**。凶僧虽然万恶，却也硬气，自问手到必死。声言凡他手下逃生的人，算是隔了一世，多大仇怨，也都冰消，须另有新的过节，始行为仇。纵然狭路相逢，钱兄不动，他决不动。我这老贤侄一去，就难说了。"钱应泰接口连声答应，并说此后勉为善人，恩怨皆空，回去遣散门徒，偕妻和子觅地同隐。取物决定亲往，明日午前，必至千松岩领教，并指明石库内地道复室和埋藏金银之所，以备取出施与贫寒。隐君见他居然改行为善，好生心喜，互相作别，各自归去。

时近黎明，天空云雾迷蒙，还未见亮，到了千松岩，周鼎已然醒转，隐君对狄遁道："那七指凶僧和毒蛇一样，见人就伤，照例手不留情，何况你又在追他。适才当着外人，见你无什么异状，以为老弟手疾眼快，未受暗算，不曾细问。此时看你左肩较右肩微高一些，颇似中了人家劲气，你追他时，可觉得有什么东西打到身上么？这厮练就绝好气功，摘叶飞花，打人立死，不可大意呢。"狄遁闻言，才想起飞身夺宝时被凶僧打了一暗器，只觉其物甚微，触肩迸落。后在崖上觉着左肩微麻，急于和隐君相见谈话，也未在意。这时被隐君一提醒，立觉左肩肿一带又麻又酸，隔衣揉按，此息彼起，似在有无之间，捉摸不定。情知不妙，自忖出世以来并未吃过人亏，看凶僧本领，与己不相上下，便是这类劲功也有甚深造诣，只不过邪正有别，不肯作那鬼蜮勾当罢了。如在平时，不问白日黑夜，是硬敌是闪躲，都决不会被打中，偏生一时疏忽，不知另有能手伺侧，又当宝光奇亮之际骤然一黑，对方暗器微小，近前始闻破空声息，身在空中，仅躲过了要害。尚幸是当时见机，没有和他硬撞，否则打中后脑，焉有幸理？万里远出，第二次和人交手便遭挫败，好生懊丧。见隐君还待他回话，便将前事说了。

隐君道："老弟不要难过，他也知你难惹，才在逃时下手暗算，你并不算跌倒他手。这暗器没拾起看，想系竹木制的了。你且脱下衣服，我看伤势如何？"狄遁褪下左袖露出肩头。隐君见后肩肿上有两个青色指印深入膝理，**既是"暗器"，何来指印？**不禁眉头微皱说道:"这厮所练劲功,专伤能手,敌人气功越好,伤得越重,照你功力,本可无伤,偏被打中后肩胛穴道。如换他人,此臂必废无疑。就这样也得几天,始能将这片淤血滞气逐渐融化呢。"狄遁愤然不语,由此益发痛恨凶僧,誓报此仇。苏同先闻隐君之言,细看狄遁,两肩好好的,并无异处,还在奇怪。自己也曾亲见凶僧与人恶斗,好久不分胜负,哪有这等厉害?及至脱衣见伤,才知果然。想起前些日和凶僧龃龉已非一次,凶僧也曾屡说如违他命,便要置己于死的话。得免于祸,真是间不容发,好生心寒不置。隐君先给狄遁运用气功揉按一阵,青痕渐淡,也不再晕开。隐君令他安歇,自代钱应泰卜了一卦。楼中粮肉酒食一切均备,苏同便去料理早饭。饭熟后,申林始奉母归来,狄遁也自起身,大家相见叙礼。

　　一会儿钱应泰到来,说昨晚回去,先到庙中一看,凶僧不曾回庙,并无行李,只有一个小包,想已事前带走。莲座上放着苏同的衣包,下面压着一张字条,大意说苏同小辈无礼,不知尊卑,本当取他首级,姑念盗刀之劳,人尚诚实不欺,权饶一命。今晚的事早已安排有了成算,另有一人相助内应,并不是苏同的功劳。此人先在庙前守候,报信以后,业往前途等他,行那拜师之礼。自己年老,早想收徒,本心想收苏同,谁料不知好歹。今已分手,宝物必落己手,切诚向人泄露,否则休想活命等语。拿到家内,一查众门徒,日里和俞、尤二人入库盗宝的百步飞蝗金键,已早不知去向。问起俞正,说由千松岩回时,他曾叫己先行,拉了尤嘉落后盘问,约有半个多时辰,才行追上。到家问他,说口风甚紧,没有问出,后来又走出了好大一会儿才回。有人问他,说是出恭,见月色甚佳,耽玩些时。走时匆忙,大家衣物均未取出。他夜里曾背人向别的同门凑借了二十两银子,说明早托人与他老兄送去,托做些衣服穿。尤嘉走前,就无人再见他了。此时因师父有命,明早有事,各自安歇,好些人俱知要下尤嘉的手,谁也不曾留意到他。想系途中和尤嘉问答,被凶僧听去,后又跟来,恰值金健外出，被他收服了去，也未可知。如今众徒已然给资遣散，只有曹豹坚持相随，死不分手，现护眷口，在前途相待。尤嘉尸首，也念在师徒一场，就地埋葬。特来送还包裹，并请指点迷途。

隐君交他一封束帖，命其日后开看，随问洞中地道。钱应泰道："我也是到此方知。平日藏的金资，早已运去多半，昨晚分散的便是，洞中所存尚有万金上下。**确是独脚大盗，后来报应不爽。**这地道共是三条，内中一条原本没有。去年忽然地陷，先用大石盖上，渐渐堆了一座假山。据我观察，恐还有路通到远处，不曾发现呢。"隐君便令他同往指点，果在后洞发现许多秘奥所在，将藏金全部取出。隐君令他随意取携，并将遗存衣物取走。钱应泰道："我此时全家不过四五口人，已有不少资财，后半生尽可温饱，多取无用。就烦萧老前辈代为施舍，稍减我平生罪孽吧。"隐君见他一物不取，知他不好意思，便不再勉强。钱应泰殷殷请教了些话，隐君道："钱兄昨日小挫，便自放下屠刀，可谓大彻大悟。按说本乡隐居，原也无妨，只是门下徒弟太多，良莠不齐，借此一举，离开他们，将来要免去许多烦恼纠缠，倒也甚好。"随说随命周鼎上前拜见道："昨日来时，无心中救得此子。因见他资质甚好，小小年纪，有志好强。老朽世外衰年，已有多年不再收徒，一见心喜，定是前缘。现将携他同往黄山授业。他家人远在兰溪，尚还不知此事，难免忧急。钱兄此行，正好取道于此，我致他父兄一函，就烦便中一绕，代为送去吧。此子生具异相，面黑如漆，自颈以下，皮白如玉，钱兄不妨认清他的面貌，他年相见，就不难认出了。"**埋一伏笔。惜乎后文未及采用。**

钱应泰虽已觉悟前非，但他一日夜间连遭险难，把平日那大名头声势闹得瓦解星分，终是难免懊丧。心又惦念着前途的妻子，匆匆接过书信，看了周鼎一眼，并没体会到隐君语有深意。见话说完，起身告辞。反是周鼎，听师父一说，对他留神看了又看。隐君料他无颜再在当地逗留，急欲他往，也不再挽留。钱应泰又和狄、苏、申三人一一作别而去。走后，隐君叹道："此人平生，只是胸有城府，忌妒心重，每年虽也做一两次绿林生涯，并不轻易杀人。所劫都是些该当遭报的贪官污吏，此外并无大恶。仗着行事不轻树敌，胸有成竹，交游更广，在江南享了多年盛名。不想近年所收门徒太滥，往往狐假虎威，横行霸道，他又爱护犊，才有今日这场惨败。看他昨晚今朝行径，倒也不失英雄本色，只是面上晦气犹重。适占卦象，我素来与人为善，他既求我指点迷途，说不得只好烦老贤侄暗中前往，助他一臂的了。"苏同便问地点时刻。

隐君道："照我卦象揣测，此事也由蜗皇至宝而起，仍有内贼。错在他遣散门徒之时，碍于脸面，没有明说昨夜实情。门徒均未见过凶僧，本就不肯深信，见尤嘉不归，师父又忽然遣散徒众，携家远遁，难免有人恨他薄情，在外张扬。恰被那另一寻宝能人听去，以为此宝尚在他手，向他硬讨。他虽败于凶僧之手，毕竟也算是个成了名的人物，怎肯平白受人欺凌？两下话不投机，争端即起，他又决非那人对手。我如亲往，事可立解，但我又决不愿与那人相见。难得老贤侄在此，正好相烦代劳一行了。事情发作，必在未抵兰溪以前，他带有家眷和行囊箱箧，为避人迹，必走小路，不能走快。你昨晚未睡，此时可去安歇，到了黄昏日落，吃罢夜饭，再行起身。照你脚程，大约三更前往，到了天目溪，他必在镇上客店之中住宿，等候明早雇船，改走水路。那镇上人烟稠密，为附近各县入江孔道，他那对头就在店中，也不下手，必定沿江尾随，到了江宽地旷，无人之处，不是借载为名，便是飞越江面，上船拜望。你可假作盗宝之人，先到店中故意窥探，使那对头看出。他本拿不准此事真假，乐得有人给他做试金石，好坐山观虎斗，于中取利。次早必让你在前尾随，他却跟定了你。到了适当地方，你只做不知，先他上前借载。你有多大本领，不妨都使。钱应泰此时已见过我的束帖，见你到来，自然心照，你只照真的一样，和他硬要。他有了落场，便可借题发挥，照我束帖行事，无须和来人对面相争，化险为夷了。你再和他化敌为友，两俱无伤，事毕回来，我已起身，可去黄山始信峰相见便了。"**如此精准之预测、安排，只有诸葛亮"三个锦囊妙计"可比了。**

苏同一一领命，到时自去。隐君亲往地道中巡视了一遍，将各路口堵塞，从库内给申林取了五十两银子，为老母甘旨之奉，所有钱应泰留的金银，一并封存库内，等将来设法散放，到日另有人来交派。众徒党遗留的衣物钱钞尚有不少，钱应泰遣散徒党之时，虽曾分赠巨金，再三告诫，不令再来，内中难保有那没品的人，探知强敌已走，生心偷盗，报复前仇，早晚有事，也须早为之备。就这千松岩，目前已非善地，无奈当地尚有他事未了，必须留人坐守。

隐君便将奇门遁法传了申林，并在楼前一带设下禁制，使外人到此，如入武侯八阵图，不能随意进出。把那衣物钱钞仍置原处不动，俟将来人擒到，并行发还。又指示了一番应付机宜，申林领命叩谢师恩。隐君、狄遁随向申母作别，一同回转黄山，仍由隐君抱着周鼎，一路无话。赶到黄山脚下，先在汤口给周鼎购置了些衣物，然后往始信峰进发。周鼎连日亲见许多奇迹，一心一意相从隐君学习本领，已不再想家了。**下文递由申、钱故事转到周鼎一线，然后再绕回舜民处。由舜民接到尧民，便展开司空晓星及黑摩勒的正传。**

<h1>第六回　闻钟惊绝艳　月明林野斗婵娟
返里省慈亲　谷暗峡荒诛恶兽</h1>

　　黄山博大雄浑，苍茫深秀，后有松涛云海之奇，景物佳妙甲于寰中。周鼎年龄虽幼，也觉触目新奇，观赏不尽。三人不消多时，到了始信峰下。峰居山中绝顶最高之处，隐君在上面辟了一个洞府，石室之间，修然绝尘。洞外山巅平旷，专供朝夕吐纳练剑之用。另外就峰腰岩洞向阳之处，建了两间茅棚，由一苍猿看守。茅棚以上，形势越发峻险峭拔，人不能上。因周鼎年幼乍来，顶上高寒，晨夜山风凛冽，难于禁受，只带到上面看了一看，仍带下来，命住茅棚以内，先随苍猿练习攀援纵跃，锻炼筋骨。午晚两顿，除粮米外，向服松子、黄精等轻身益气之物。狄遁住在峰顶，无事时也常来指点。周鼎生具异禀奇资，隐君见他用功爱好，异常钟爱，安心成就，又给他服了许多灵药。不消半载光阴，练得骨髓坚凝，精力健强，居然可以独自上下峰顶，攀援轻捷，纵跃如飞。隐君见他胆大心细，身骨结实，这才渐渐传他武功。周鼎也真聪明，一学便会，一点便透，从无不领会的。隐君只恐他根基不固，不肯多传。苏同已早把事办完，不到十天，便自赶回，与狄遁同往峰顶，随隐君学了好些绝技。见周鼎如此颖悟，也瞒着隐君，偷偷教他学那苏家独门传授连珠镖法。

　　一晃数年，苏、狄二人先后辞别隐君，离山他去。周鼎见师父只传他内外武功，每日下午读些经史，却不肯传他道家吐纳功夫与剑遁星卜之术，屡请不答，心甚纳闷。这日立意苦求，坚请传授。隐君道："你小小年纪，一点功行未立，性情也未磨练，哪能随便传授呢？每日令你静坐运气，虽是内功要道，也是学剑初步。你如有志，须等武功学个八成，下山积些外功，历练几年。我在暗中查看你心性行为，果然不违师教，那时二次命你到此，方能传授呢。我不似别人宠爱门徒，一味求速。休说根基未固，即便勉强学成，到人世上为嗜所染，改了初志，再一逞强任性，胡作非为，既贻师门之羞，复致杀身之祸，岂非爱之适以害之？你虽聪明，气质尚暴，这些暂且休想。"周鼎无法，只得静候时机。年久人大，未免起了思亲之念。再加上自经上次跪求以后，隐君更不再传授别的学业，每日只和苍猿练习旧业。觉着功候已纯，无可再进，日日思亲念切。只因师父相待逐渐严厉，不敢请求下山省亲，空自苦想，好容易又挨过了两年。

　　这日正在峰头，望着云海苍茫，烟涛起伏，想起父母兄长，在那里难受流泪。忽觉身后有人走动，回头一看，正是师父，连忙拭泪行礼。隐君道："你在此思亲想家么？你入山多年，久违定省，人子之礼，也该归省了。"周鼎便问何时回山。隐君道："我这里去既不易，来更艰难，哪能预定呢？"周鼎因见隐君近年无什么传授，相待较冷，本多疑虑，闻言大惊，跪在地下，哭求永侍师父左右，不肯离去。隐君道："从古没有不忠不孝的神仙。我见你长年思亲，方自嘉许，怎倒舍本逐末起来？我如弃你，当初何苦破例收录？只为再来所学须要屏绝世缘，与前大不相同，视你此番下山的心性行为如何，始定去留。是否传我衣钵，系此一举，为期久暂难定，焉能随便应允呢？"周鼎听出隐君意在激励，才略放心，请道："听师父之意，莫非是教弟子积修完了外功，才允上山么？"隐君点了点头。

　　周鼎又请道："弟子这些年来，多蒙恩师教诲，武功虽然有了根底，但近听师父说起，自从赶走钱应泰夺回千松岩，那蜗皇至宝落在凶僧手中以后，各派中长老纷遣能手门人争夺此宝。江湖上异人甚多，大部散在江南诸省，内中颇有几个著名恶徒。万一狭路相逢，弟子能是他们的敌手么？"隐君道："你初生之犊，居然有此虚心远虑，全无自满之心，倒也难得。如论你的武功，如照平时，倒也颇能应付了。只不过为有这件蜗皇至宝出世，把那隐居深山穷谷的异人奇士引了不少出来。这些人邪正异派，善恶不同，一旦相遇，若要为敌，你决不是对手。但是内中还有化解，只你性行无亏，为师自会筹计，不致令你便受伤害。如今你申师兄母亲业已下世，那千松岩古盗窟中埋藏了数百年的几件珍宝，已被我一个多年未见的老友无心游山发现得去。他也不久去世，遗有老妻幼女，为避仇人，逃往外乡，将来自会和她们相遇。你申师兄在千松岩白守了三年，一无所得，**典型的福薄运蹇之人，不知老萧看中了他什么**。现在独自一人移居金华北山深处，地名绣刀坪，功夫精进，迥非昔比。如有为难之事，可去寻他商办，自有处置。另外两封柬帖，关系着当年一位知己深交之后。为师出世以来极少受人恩惠，只在少年时，雪中病倒建德江边，几乎身死，被此人行舟路遇，扶上船去，同往他家，延医调治，得庆更生。相谈投机，成了至交，以后常往他家，还用过他不少银子。因此人乃书香世族，富贵之家，祖德甚厚，子孝孙贤，从无横逆之事。直到他老死，儿孙成立，我也隐入山中修道，始终没有报恩机会。日前占卜卦象，算出他家有一恶人苦苦寻仇不休，虽有人暗中相护，虚惊在所不免，可照柬中之言行事，便能消祸无形了。"周鼎领命拜谢，隐君又命即日启行，只得行礼拜别，走下峰去。

苍猿本是灵物，周鼎从小随它长大，彼此言动都能心领神会。一听要走，甚是依恋。苍猿便教他向隐君求说，准许苍猿得暇常往兰溪看望，盘桓些日。周鼎自是心喜，正要跑回峰顶，向隐君求请，忽听隐君在峰上喝道："无知孽畜！枉自苦修多年，又动尘念了么？"苍猿闻喝，吓跪在地，战战兢兢不敢再则一声。周鼎哪里还敢开口？重向峰头，拜了几拜，往山下走去。别绪萦心，前途成败又难逆料，独自一人，踽踽凉凉，往前疾走，也说不出是忧是喜。

走到黄昏日落，眼望梵宇在望，出山路近，正要走向庙中投宿，忽听老远一声猿啸，回头一看，落霞回光，暝色昏茫中，只见一条灰色影子，从老远山头上，星驰电掣，飞也似赶来。知是苍猿送别，停步等候，晃眼到达。一人一猿，寻了一块山石，携手并肩坐下。**人猿情深。《碧血剑》袁承志与猩猩结缘，偷意于还珠。**苍猿比比手势，意是说自周鼎行后，隐君未再呵责，将来如往兰溪看望，即便知道，想也不致怪罪。现乘师父入定，特地赶来相送。并劝周鼎，此番下山，务要好自修行，以为二次入山之计。师父神气甚是看重，切莫自误等语。

苍猿一来，两下殷殷握别，谁也不舍分手。**"执手相看泪眼"，一笑。**苍猿不见生人，周鼎也不想再往庙中投宿了。谈到半夜，苍猿又去采了些山果，与周鼎一同吃罢，劝周鼎与其枯坐不睡，何如且走且谈，免得多在山中耽搁。周鼎道："听师父说，见有庙宇，出山便近。那旁已见庙墙，想离山口已近，前行渐有人烟，于你不便，何如这里多聚些时，天明分手呢？"苍猿闻言，纵身看了一看，比道："这一带我以前来过好些次，那庙是个无人住的**破庙，破庙，有故事的地方。**离出山还有好些路呢，我们还是走吧。"正和周鼎连叫带比，忽听当的一声钟响，接着钟磬木鱼之声杂以梵唱，从破庙那一面传来，月夜空山，入耳清越。周鼎小时原见过人家做佛事，便对苍猿道："你说破庙无人，怎有钟鱼诵经之声呢？"苍猿闻声也觉奇怪，叱道："你今日误绕文笔峰，走错了道，这一带山势僻险，仅有左近一点平地，素少人迹。这座破庙坍倒年久，做了蛇兽蝙蝠窟穴，殿宇早就坍塌，从没见过一个僧人。这钟声来得奇怪，如果有人，必非寻常。反正无事，我们探看一回如何？"

周鼎年少喜事，当即喜诺。苍猿教他到了庙前不可声张，只可暗中窥探，如见有人，须看手势行事。可见则见，说走就走，以免对方不是好人，惹出乱子，师父见怪。周鼎暗忖：这条出山路径乃师父所指，沿途留心，并未走错。许是知我今日出不了山，令我绕道来此投宿也未可知，怎苍猿说我不能随便见那庙中人呢？想了想也没和苍猿说，便一同起身。所行之处正是铁扇坡往天都峰去的一条僻路，破庙位置，就在连云嶂高崖后面树林之中。这时碧空晴宇，净无纤云，空山幽寂，万籁萧萧，除一人一猿外，更无一个人迹。周鼎随了苍猿，由一片疏林中，踏着满地松荫落叶，静悄悄地穿过，耳听庙内钟鱼梵唱之声兀自未歇。空山回响，混漾林樾，闻之令人神清意远，悠然有出尘之感。苍猿听出钟声有异，知道庙中之人决不好惹，再四警诫周鼎小心，把步履放轻，以防惊觉。周鼎随口答应，心并未动，再越过两个坡陀和一条小溪流，才到庙林外面。只见庙墙残剥，掩映林中，月光之下看去，古意苍茫，倍觉幽静。

苍猿领了周鼎，舍却正面入林小径，径由庙后方绕进林去。行近庙前一看，庙几尽坍，庙墙除了来路所见的两面断壁颓垣，仅当中大殿巍然独存，但是殿角鸦吻俱已不知去向，窗门无着，殿墙也坍塌了一大片，殿中佛像残破断裂，东倒西歪，全没一个整的。地上面杂草野花夺砖而出。殿顶上漏下来的月光不下数十处，端的荒凉已极。环殿四外却见不到一块废砖断瓦。院落本大，还有两行参天杉桧，繁阴森森，直达山门。地面上也干净净的，连片落叶都无，仿佛有人常时在此打扫神气。钟鱼梵呗之声却在对面断墙以外，不在庙内。循声走近，经鱼之声忽然都寂。

苍猿教周鼎从断墙缺口往外探看，才知庙外足迹未经之处，还有大片空地和一条小溪，倚着断墙，建有三间结茅为顶的小屋，环屋三面满植花卉，砖瓦俱是破庙故物，适才钟鱼之声便由此出。最奇是所撞的钟，身高过人，竟悬在一株大有数抱，离地三四丈高的古松虬枝之上。周鼎暗忖：此钟离地如此之高，如何撞法？再说这般沉重的东西，树干上并无滑轴，系钟的索又短仅二尺，是如何悬上去呢？

方自惊奇，忽听屋内有人笑语之声，好似两个女子在那里谈论什么事。**荒山古刹，忽闻女声——典型《聊斋》境界。**方要侧耳静听，忽又听一年长妇女唤道："你两个晚课行完，不趁月明往外面练习剑术，尽自说笑，有什意思？不久就要远行了，玄儿还不留心跟你师姊多练习几次，异日吃了人亏，莫来怨我。"内中一个答道："弟子已然催过玄妹两次了，她说本门剑术业已练习，今晚情绪不佳，不用练了。"年长的一个又道："胡说！她还差得远呢；你二人快去，我写完这一封信，就出来指点。"说罢，似听二女咕哝了几句，倏的屋门口一亮，走出两个白衣佩剑的女子。一个身材略高，年约二十左右，较矮的一个，看年纪不过十四五，俱都生得玉比精神，花为容貌，又穿着一身素白的衣服，月下看去，更觉英姿飒爽，艳丽若仙，容光照人，不敢逼视。周鼎越发奇怪，荒山废刹之中，哪来这样非尼非道的俗家少女？见苍猿正悄悄扯他衣襟，摆手示意，叫他走去。因听说要在月下练剑，正触宿好，如何舍去？悄悄回手连摇，不肯离开。苍猿无法，只得又打手势，告诫周鼎：千万不可出声妄动，被人窥破行藏，非同小可！周鼎虽点头应诺，贪着偷看，仍未十分介意。苍猿见藏伏墙缺正当转角凹进之处，两边尚有余砖，孔也不大，加以藤掩薜蔽，墙茨怒生如麻，由里外望逼真，由外望里却非近前拨开藤蔓，伏孔仔细谛视不可。墙外又是大片花畦，二女已向溪边空地上走去，不曾留意及此，也就罢了。

这时二女已然停步。年幼的一个道："意姊，我没见你这样做姊姊的，一点也不疼爱妹妹，眼看姊妹聚首不几天了，还这样使促狭。自己全不想想，即便我陷身红尘，不能贯彻初志，你不是也没有换服披剃么？"长女微笑道："好心好意，怕吃外人的亏，教你出来练剑，反说我不好。难道师父她老人家也使促狭么？休看我还未正式身入空门，那只是时机未到而已。近十年来，师父已命我三次下山历练了，哪有丝毫牵缠之处？缘虽数定，事在人为，人定则可胜天。自己得信先就心虚，可知没有真实把牢呢。"少女闻言，急得娇嗔满脸道："你怎知我没有真实把牢？此次出山，我反正对人不理，谁只要一招我心烦，我就要他的命！你放心，决不现世在你眼里。"长女笑道："你这就不对了。师父命你出山，是积修外功，难道叫你随便杀人么？自己主意拿定，便多与人交往何害？实告诉你，越怕事，越有事，不是躲得掉的。你不理人，自会寻上门来。眼面前就有人要寻到。莫非人家无心经此，无缘无故，当着师父，你就敢拿人家开刀么？"说时，少女已疑心到有人窥伺，正在圆睁妙目四下张望，及被长女一指，便自觉察，更不怠慢，手摸腰间，娇叱："何方鼠辈，敢于来此窥探！"声还未住，早把手一扬，一连三点寒光，照准周鼎潜伏之处打去。苍猿见长女一指，知道踪迹败露，大吃一惊，忙拉周鼎逃时，这时周鼎还伏身墙缺孔中延颈外望，看出了神，并未觉察，直到被苍猿一拉，少女暗器已然发出，才得知晓，墙厚孔深，急切间退避不及，这时情势真个危急万分。说时迟，那时快！就在周鼎仓皇却避之际，敌人暗器将要穿孔射入，倏地眼前一花，三点寒光倏地分化，由少变多，耳听铮铮接连几声响过，寒光互相激撞，准头一斜，直似星陨花飞一般，径由周鼎面前斜飞过去，纷纷撞落墙外花畦之内，精芒耀目，寒风飒然，拂面而过，相距墙缺不过尺许，来势疾同电射。稍快一些，或是后面寒星追得略慢，必被打中面门无疑，不由把周鼎吓了一大跳，也没看清就里，便慌不迭的退了出来。**申林、周鼎，似乎都不配乃师的高大名头。**

　　惊心乍定，想起少女无故暗器伤人，太已可恶，不禁有气。还想纵过墙去理论，苍猿识货，看出二女厉害，宝剑更是神物，不受伤已是便宜，连忙一把拉住，劝他快走。周鼎心终不服，正和苍猿争持，耳听长女隔墙向少女说道："你是疯了吧，怎无缘无故，下手伤人？师父知道，看她饶你！"少女怒道："常言道，夜入人家，非好即盗，如不是你将我的三才钉打歪，容我打瞎他那一双鬼眼，也好警告他的下次。师父教训，也有话说，你不是也杀过两个小贼么？今晚决定饶他不得！再不放手，我就急了。"长女冷笑道："这个不是小贼之比，再说人家又是无心，都是你撞火钟招来的，怨着谁来？真要和人动手，打量你本领大着呢，你当人家真怕你么？人家又没带着兵器，是好的，把师父今日给的宝剑留下，各平空手见个高下。你就去吧，我可是任谁不管，只作旁观，丢人莫怪。"少女怒道："似这样无知蠢物，也配拿我宝剑杀他？剑给你！"

周鼎从小随师父学了一身武功，初出茅庐，难免自负。一听少女骂他无知蠢物，不配污那宝剑，越发怒不可遏，苍猿的手刚自松开，还未纵起，少女已说到末句，只听一声娇叱，声随人到，一条白影似箭一般隔墙飞落，指着周鼎喝道："大胆小贼，今日叫你来得去不得！"**迥非修道人口吻**。说罢，猛伸皓腕，纵身便打。这一对面，周鼎越觉那少女英姿玉貌，美艳若仙，竟忘了她适才身手。想起师父戒条不准欺凌软弱，似此盈盈弱质，怎禁摧残？不如和她好说，理论明了是非一走，免得伤她。不料少女满面娇嗔，不容分说就动了手。暗忖：这丫头太已强横，自己虽不该深夜窥人家室，也只是见猎心喜，想开眼界而已，有什么处？何致就这般赶尽杀绝？不禁二次怒发，一面让过来势，急架相还。先还意存怜惜，只想点到即止。斗了十来个回合，少女见敌人并非易与，惟恐输口给长女，又气又急，竟把师传绝技全数施展出来。周鼎见不是路，初次遇敌，便吃一女孩打倒，岂不丢人？异日何颜回山再见师父？心里一发急，也把师门心传尽量施为。两下兔起鹘落，虎跃猿蹲，直打有半个时辰，未分胜败。

少女原知这一人一猿的来历，和周鼎如此拼命恶斗，可是别有用意，又吃长女事前一激，立意非将周鼎打伤才罢，所以彼此名姓来历都不通问，上来就打。及见打了一阵，不但没有占着上风，招格迎拒之间，反吃敌人的手屡屡挨触到粉腕玉臂之上。那只苍猿更坏，虽不上前相助，却圆睁着一双怪眼觑定自己，口里不时怪叫。几次看出敌人破绽，要下辣手，俱吃它一叫，敌人立时变换身法，转危为安，有时还几乎因而吃亏，好似从旁指点一般。再打下去，休说取胜，恐还要败于人手。方知上当，不该逞强把利器交给长女。

耳听长女笑声吃吃，似在墙头观战。越想越恨，越恨越急。

周鼎内功根基深厚，又是越斗越勇。少女心躁气浮，渐觉不支，正自急愤，猛想起宝剑虽不在手，腰间现有独门暗器三才钉，这可没说过不使，何不假败打他？想到这里，卖个破绽，骂道："小贼滚吧，我没工夫和你打了！"喝罢，脚尖点地，纵身一跃，便是十来丈高远。周鼎自是不舍，刚要追去，身子还未纵起，忽听墙头上有一女子口音喊道："玄妹打不过人家，快发暗器呀！"一句话把周鼎提醒，猛想起墙穴窥探，几为少女暗器所伤，你会难道我不会？忙将苏同所赠连珠镖取在手内，跟踪纵起追去。少女闻得长女喊声，甚是气忿，暗忖：我这三才钉百发百中，你就提醒他也没用。念头动处，身已落地，回顾周鼎纵身追来，心中暗喜，扬手处，三点寒光似流星一般脱手飞出。周鼎因镖沉力重，如被打中，非伤即死，本心不愿伤她，虽然取镖在手，一心只是防备，并没发出。这一来却好心得了好报，见少女暗器发出，喝声"来得好"，也把三只连珠镖，照准三点寒光打去。

这时两人俱已落地，相隔不过四五丈远。少女寒光飞至中途，周鼎的连珠镖也自发出，一个是守，一个是攻，两下恰好撞个正着。只听叮叮叮三声，火星迸射，接连又是丁当几声响过，三只钢镖和三根三才钉全都撞落地下。镖重钉轻，又是反撞，力量更大，末一下更是针锋相对，照直激撞回去，径向少女耳边擦过，其势比电还快。若非少女身轻眼快，站又稍偏，差一点没被打中。少女见状，才知果是劲敌，不禁大惊，欲待罢休，一则不肯输口，二则敌人还在穷追，急得银牙乱挫，娇叱一声："我与你这小贼拼了！"翻身一跃，纵回当场，迎着周鼎，又打起来。**性命相搏，所为何来？**

武家对敌，手脚身法无论如何迅捷猛烈，心神最主沉着，切忌浮躁，原不是负气的事，少女心高好胜，久战无功，屡遭激怒，本来愧忿交加。这一情急，越发暴躁，恨不得当时便要了敌人的命，只知专用杀手进攻，全没顾到身法步法已失准则，如何能以取胜？还算周鼎跟她打得时候一久，越觉此女本领高强，心中起了佩服的念头，又因自己黑夜窥人妇女，也有一点理亏之处，好在少女来势虽猛，手法渐乱，凭本领足能抵敌，吃不了亏，只管随机应付，却不肯下手伤她，这才扯了个平手。又经半个时辰过去，仍然不分胜负。周鼎只守不攻，越发裕如。少女却因势子太猛，已累得香汗淋漓，渐渐有些气力不济，偷瞥长女，仍在墙头观战，有时还说句把冷话，暗忖：师父虽是出家多年，但她性情，决不许人在她门前逞能猖狂，更没有坐视她的爱徒挫折在外人手内的道理。一封信能写多大时候，这里动手许久，如此恶斗，也不会不听见，怎竟不闻不问？再说师姊与自己多年同门，情如手足，适才不过斗几句嘴，有什么仇恨？不特坐观成败，反而用言相激，将宝剑要去，又从旁提醒人家，分明暗助敌人一般。纵因来人是始信峰萧隐君的门下，不便伤他，也该出来劝阻才是道理。这厮本领实是不弱，再打下去，败在他手，我固脸上无光，她师徒两个不也跟着丢人现眼么？边想边打，心神不属，手法自越散慢。

周鼎先想她知难而退，打了半夜，偶望月色西斜，疏星朗耀，知离天亮将近，忽动思家之念。心想此女不知进退，一味寻斗，天亮还要赶路，不给她点苦吃，何时是个了局？想到这里，忙把手法一紧，变守为攻。少女忽见敌人大展身手进攻，暗骂："小贼，你原来不是自知理亏故意相让，竟是等我力竭，乘隙取胜么？休说我不致便败，即便暂时败在你手，今生今世也决不与你甘休！"**如此深仇大恨，实非修道人所当有。**当下把心一横，大骂："小贼诡计骗人，决不饶你！"一面也鼓起余勇，奋力抵御。斗不几个照面，终于气力不加，手忙脚乱，暗道："不好！如被此人擒住打倒，丢人更大。"不敢迟延，卖个破绽，双手先破周鼎洒金钱的掌法，紧接着"仙鹤亮翅"，虚晃一招，身朝后微仰，同时脚跟往地上一踮，准备倒纵出去。谁知周鼎没看出她想逃，但是气充力沛，手法却快得多，见她双掌同扬，似朝两腕间斫来，上边"推窗望月"，往外一分，脚底跟踪纵起。原意敌人门户大开，已见败状，居心不愿使她重伤，打算破了来招之后，就势"猛狮扑球"，给她扇背一挡掌，打倒便罢。忽见敌人双手猛然掣回，上身后仰，来招竟是虚的，才知想逃。自己业已起步，更不怠慢，忙把左手缩回，防她另有巧招，右手同时变招，化为"乌龙探爪"，往前一探。正赶上少女奋力纵起，因是四肢全身一齐用力，万不料敌人来势这般迅速，双臂正由上往下用力猛撑，顾不到迎御，总算两下都快，没被敌人抓到身上，可是胸前衣服已吃周鼎三指抓住。少女用得力大，豁的一声裂帛之音，人虽纵出老远，胸前衣服已吃周鼎扯破，撕下一大条来。

周鼎当时打得兴起，竟忘了停手，少女一逃，不知不觉，也跟着纵身追去。少女见衣服撕破，又羞又急，怒火中烧，急切间没法报复，二次又把三才钉取出，扬手打去。苍猿在旁知苏同赠与周鼎的连珠镖只有三只，业已发完，见他穷追，连忙急啸示警。周鼎人已纵在空中，闻得猿啸，才想起少女暗器厉害时，少女的三才钉业已连珠发出。周鼎人未落地，便瞥见少女一扬手，三点寒星迎面飞来。一身内功，别处打中还不要紧，面上却非小可。忙运气功，随着下落之势，用手护住面门，以防打中双目，伸左手便接。不知三才钉与别的暗器不同，少女打得又准又快。头一下接到手内，觉得擦手奇痛，跟着二三钉又到，知势不佳，不敢硬接，百忙中把身向侧一横，两钉擦耳而过，相差不过寸许，几被打中。

方要喝骂，少女看出他手忙脚乱，心中大快，把两套钉又取在手内，连续发出。周鼎人刚落地，还没落稳，猛觉少女一扬手，又是数点寒星，匆遽之中万难闪躲。正在危急之际，忽听当头一声断喝："玄儿快些停手！"紧跟着一条人影飞落，恰好拦在头里。形貌尚未看清，丁丁几声微响，那几点寒星已全被来人一手接去。定睛一看，乃是一个老年尼姑，光着个头，满脸上皱纹如叠，两道寿眉斜飞入鬓，又长又宽，眉下双目，几乎合成两条又弯又长的细缝，微一睁闭之间，似有光芒外射，扁鼻阔口，貌相奇古，身材矮小，气度却极端庄。左手拿着一串念珠，指甲甚长，手托着六根两寸来长、半截带有利齿似钉非钉的暗器，已然偏过身来，含笑说道："这三才钉用五金之精炼成，专与会硬功的人为难。你那三只钢镖都被伤残，人手如何能接？你手受伤了么？"

周鼎果觉左手有些湿阴阴的痛，一看血已流出，因见老尼辞色和善，料无恶意，猛触灵机，想起前事，师父命绕远道必有原因，师徒如此厉害，碰巧还许是师父的朋友。想到这里，不敢怠慢，连忙躬身施礼答道："手虽受伤，尚无大碍。弟子原是回家省亲路过此地，闻得钟声到此，以为有庙，打算借宿一宵。无心遇见两位姑娘月下刁武，偶然见猎心喜，妄想长点见识，偷学两招，致将小姑娘触怒，连发暗器，未被打中。自知失礼，本欲退去，不料那小姑娘苦苦追过墙来，辱骂动手，迫于无奈，只得还手。第二次又发暗器，被我用镖打落。家师平日不许弟子学习此道，镖乃朋友所赠，共只三只，业已用完。等小姑娘二次连发暗器，身子悬空，无可抵御，才用手去接，不想如此厉害。若非老师父赶来解围，定然受伤无疑的了。所有经过，还有一位姑娘在旁观斗，均所目睹。"还待往下说间，老尼拦道："这些事我已尽知，不必说了。看你身法家数，虽然功候尚浅，颇似老友萧隐君的传授，你可是他所收的弟子周鼎么？"

周鼎一听师父是她老友，不由大惊，连忙重又拜倒说道："家师交游甚广，弟子自小从师，才十余年，没下山过。前辈尊长，见到的不过十几位，和家师有深交的尚多，好些位未听说起。不知老前辈法讳怎么称呼，望乞见示则个。"老尼笑道："我和他洞庭一别，如今已是三十七年。他返黄山，我也觅地隐迹参修，中间走火入魔，人都道我灭度。直到去年二月，我方带了意云、玄霙两弟子重返黄山，见这妙音禅院殿宇坍塌，只余废址，决定重新兴建，以完当年夙愿。暂时草草用些故砖旧木，建了三间小屋，以供栖息。一面募化兴修，一面应人之托，参与他年云海盛会。屋刚建成，便与令师萧隐君在天都峰顶路遇，前日又见了一次。

我因此殿工程浩大，因为自我废之，自我兴之，立志要勤募真实善信，自愿捐输，不取丝毫非分之财。但是世上真正富而好善的极少，承隐君好意，自愿相助。由此提起说你武功已有门径，现时思亲念切，一二日内便要命你下山历练，积修外功，并说你家况虽是清寒，亲友中颇多富人，将来或有相烦之处，**慷他人之慨**。说过也自罢了。不料你今晚竟会无心到此。玄儿是我门下，又是我俗家侄女，从小丧父，受尽人间辛苦，三岁上才经人救出火炕，送到我处。因怜孤苦，未免娇惯了些。今晚虽然将你误伤，但你已胜她在前，总算扯直，谁也不输。我有良药，手伤一擦即好。因我前住妙音寺，外人都称我为妙音上人，原名久已无人提起了。

　　说罢，便唤："意儿速将伤药和桌上缘簿取来。"这时那名叫玄霓的少女已不知何往。长女早从墙上纵落当场，侍立在侧，领命越墙而去，一会儿取来三寸高一瓷瓶药粉和封包好的一本缘簿。老尼接过，转手交与周鼎道："药名妙音散，是我采取山中灵草亲自配制，服食与调敷均可，专治内外重伤，灵效非常。你伤轻微，少许调水，一擦即愈，下余尚多，给你在外作一防备，兼可救人之急。缘簿首页，开有'三不捐'的戒条，可以照此为我捐募，不过为期尚早，你到家开看自知。玄霓已然见过，早晚也有烦劳你助她之处，现正和她师姊负气，羞于见你，由她去吧。这是你师姊意云，随我已有多年，你二人互见一礼，将来彼此相逢异地，好有照应。天已快亮，即速上路吧。"周鼎如言，向意云行礼，并谢适才暗中相助之德。意云笑道："你能通兽语么？"周鼎不解。意云笑道："那苍猿不也点醒你么？不通猿语，怎会知道？"周鼎方说："从小与苍猿一同学武长大，彼此都能心领神会。"忽想起好大一会儿没听猿啸，四外一寻视，哪有影子？老尼笑道："这畜生却也痴得可怜。它当初原是雌雄两个，就在庙前连云嶂上盘踞，常往庙中窃取食物，颇有灵性。这日公猿有病，母猿妄想往我禅房中盗丹，被我门徒蔡如花堵在房里，它不下跪乞命，依旧抱了葫芦和人动手，为如花所杀。公猿愈后，两次潜入庙中，寻我师徒报仇，几乎丧命；又投到隐君那里，每日跪献花果。日久隐君怜它虔诚，令它看守洞府，渐渐传授武功和道家吐纳之术。初意本想学成之后再来报仇，嗣知隐君与我交好，经隐君再三告诫，说它决非我师徒对手，我那孽徒又因犯了戒行，身遭惨劫，才死了心。可是它还记着当年之事，只一相遇，立即望影而逃。此时不是回转始信峰，便在前途等你。闻得此猿功行大进，迥非昔比，见时可对它说，它的仇人已死，它第二次入庙时，毁了我的法器，我也看在隐君和你的面上，不再和它计较。以后相遇，无须如此害怕好了。"

周鼎想起苍猿那么胆怯害怕情景，原来还有这段因果。领命之后，便向妙音上人拜谢辞别，取道回去。路上挑了一点药粉，就血还未干，按在手上。走没多远，遥见苍猿从前面树林隐处跑出，迎上前来。两下相见，一比一说，才知妙音上人当年剑术高强，非常厉害。尤其那两口宝剑，寒光射日，锋利无比。苍猿曾在剑下逃生，惊弓之鸟。去时听室中人语，甚是耳熟，二女所持正是此剑，便疑上人去而复转。嗣见周鼎不肯服低，少女苦苦寻斗，听出长女语气颇有相袒之意，才未拦阻。不料上人果然现身，虽知和隐君交好，但是昔年曾经毁过她的法器，惟恐记着前隙，周鼎可以无碍，本身却是难说，因此慌不迭逃开。上人生具异相，当初看她，便是这等容貌，数十年不见，仍然原样未变。周鼎也把上人看在隐君面上不咎既往的话说了。

苍猿又说起上人剑术自成一家，为人落落寡合，极难说话，又喜护犊，以前共有女弟子三人。这座妙音寺，原是另一个有本领的和尚住持，不知怎的，他的徒弟与上人女弟子结仇。彼时母猿尚在，有一天黄昏时分，曾见一个少年女尼同一俗家少女来到连云嶂前，堵住庙门大骂。庙中和尚师徒九人，平日也颇恃强，如何能忍？出去说不两句，一个对一个，便动了手。和尚眼看要占上风，不料连云嶂上飞落一道白光，将老和尚左手斩断，跟着又飞落下一个少年女尼。众和尚见师父受伤，正要一拥齐上，老和尚已然喝令速退，当下率领手下八个徒弟败退下去。**又是一段故事，虚晃一笔。**那三人追出老远，又将有仇的和尚杀死，削了一只耳朵回来，钉在庙门之上。两尼入庙居住，少女走去，过了几天，陪了上人同来，由此将庙占住。

一晃数年，和尚师徒始终没有再见。这三个徒弟不时出外惹事，一到不可开交，便是上人亲自出马。渐渐有人上门寻仇，都吃上人打败而去，没一个找得了便宜去。最为手狠心辣，倚势行凶、专在外面横行伤人的，是那个未祝发的少女，母猿便死在她的手内。记得最末一次，自己为母猿报仇，已被她剑光逼住，不能脱身，看神气是想看着自己号叫哀鸣，戏弄个够，再行杀死。多亏上人的二徒弟走来劝阻，仅允不杀，还要绑起，毒打一顿再放。忽然后殿有人放火，仇人忙着先跑，那女尼匆匆告诫了几句，说她师妹性情不好，我念你为母猿报仇可怜，放你逃生，以后再来，必难逃死，快些去吧。说罢，放了绑绳，也随后赶去。自知潜入法坛毁坏法器之事尚未发觉，否则也难幸免。逃出以后，不敢再回连云嶂老巢，竟往山深处潜伏。隔了些日，深夜偷往故居探看，巢穴果为刀剑所毁，越发悲伤。

这日偶于月夜，望见隐君在天都峰顶舞剑，神妙之处，似不在上人以下，于是立志拜师，学剑报仇。每日三次，连跪献了二年花果，始蒙收录。后向师父吐出心意，才知此仇难报。不久仇人也因上人发觉她许多犯戒之处，与一女尼一同逐出门墙，身遭惨死。二次再往探看上人和救自己的女尼，都不知何往，全庙已吃人毁掉。**这里又藏起一篇大文章。**年深月久，益发坍塌残破。因是生息故居、母猿遇害之地，隔一二年想起，不能忘情，总往探看一次。近已多时不去，不料上人尚在人世，重返故土。看那两个女徒，均非旧人，年纪既轻，又未祝发，再听二女对答语气，好似早就算定周鼎要来，上人又如此厚待，必有深意。那药更是灵妙，功能起死回生，所托的事千万放在心里，不可疏忽，日后必有好处。

正问答间，周鼎被苍猿一提，猛想起适才匆匆辞别，竟忘了拾回那三只钢镖，好生可惜，意欲回去寻找，又恐二女笑他慌张冒失，和苍猿一商量，也主此镖必被二女拾去，早晚相遇，自会交还。况且上人曾说，镖尖已为三才钉所伤，正好作为已毁之物，存心不要。冒昧往寻，定找无趣。周鼎年轻面嫩，哪知苍猿有此胆怯，不敢前往。虽然可惜，只嘱咐苍猿，归途绕道偷看，如若二女未拾，便代取回收存，见时交还，也就罢了。且谈且行，不觉走向出山大道。天已大亮，晴日满山，林烟已净，遥望前山近庙宇处，已有山僧开门樵汲。晨钟处处，炊烟四起。人猿同行，苍猿又生得高大雄壮，恐惊俗人耳目，不便再送，只得把臂依依，殷勤重订后会而别。**人兽情深。**

周鼎从小入山，初涉人世，一切均照师父行时所教行事。昨宵未睡，镇日劳顿，又和少女打了半夜，身子疲倦。下午行抵汤口，所带干粮恰好用完，便在镇店中住下。用师父给的银子买些吃食，胡乱吃了一顿，埋头睡下。半夜醒来，假说起早朝山，唤醒店家算清账目，连夜起身。由此所经，都是江南富庶之区，四通八达，人烟稠密。只要有钱，饮食起居样样方便，晓行夜宿，一路无话。这日行抵兰溪，遇见那条凶恶无比的野猪，无意中救了长兄周铭。依着周鼎，当时便要追去，将野猪杀死除害。周铭不知兄弟在外面学了一身好武功，恐有危险，再三劝他回去。周鼎从小就恋着两个兄长，多年不见，不禁勾起儿时天性，不忍违拗。又听说当天是老亲寿日，益发动了思亲之念，无心及此，连忙相偕同回。父母家人因他失踪已久，吉凶莫测，常时疑虑，忽然长成还乡，俱都喜出望外。周鼎拜见父母兄嫂之后，自免不了一番絮问，快快乐乐团聚了些日。周鼎又听人谈起野猪为害伤人之事，便和父母兄长商量，要为乡人除害，并说自己武艺高强，除此区区野兽，决可手到成功。**前面周鼎学艺始末，以及附带的申钱冲突、狄钱冲突等，皆为一大枝杈，现在回到的是开始时的时间主轴上。**

周鼎自小就受全家钟爱，好容易盼得回家，看得甚重。周父于渭虽是儒生，人极豁达，还不怎样；周母虞氏早闻野猪厉害，哪里放心，说什么也不许去。周铭、周彝也是极力拦阻。周鼎不敢违逆母兄之意，只得暂时罢休，强忍了些日，那野猪伤人害畜之事日有所闻，先还只在金、兰交界山中出没，后来越闹越近，渐渐红蓼村左近也有了它的踪迹，邻村被害的人有好几个，牲畜更是不计其数。官府枉自悬了重赏，征比猎户，募请名手，不但除它不了，反为所伤。这四只野猪总在一起出现，走单时极少，獠牙比刀锯还锋利得多，跑时迅逾奔马，身上皮粗肉厚，满布沙砾松香，刀斧火枪俱不能伤，偶有一个落在陷阱，那三个便爪牙齐施，毁阱而出，简直无奈它何。闹得金、兰两地人人谈虎色变，一傍晚便路断行人，家家关门闭户。**照应前文，补叙来龙去脉。**

　　周鼎实忍不住，暗忖：师父命我多积外功，眼看孽畜如此猖獗，异日岂不见怪？守在家中不闻不问，岂是英豪行径？见父亲谈起，常怀义愤，比较可以商量，便同老父陈说，请其从旁劝解，又当着母兄，把许多软硬功夫施展出来。周母经于渭再三解说，略微活动，仍是担心，不肯应允。不料这日黄昏后一条小野猪走了单，竟寻上门来，将周家新买的耕牛咬死。周氏全家惊觉，从门隙一看，见是和牛差不多大小的一条野猪，正在伏地大嚼。惊惶叹惜中，周鼎悄没声的，已从灶间内拿了一根火通条和一把铁锹，跑将出去。

　　周鼎要和野猪独斗，原可将它杀死。偏生出时，正赶上饭后，火通条烧得通红，周鼎手边没有称手兵刃，匆匆拿了走出。原意掩到野猪身旁，纵起当头一锹，不料野猪耳目和鼻子非常敏锐，周鼎跑得太急，被它惊觉，回过头来。周鼎终是初次和这种猛恶的东西对敌，未免心慌，手使之物又不称用，右手铁锹打下去，惟恐不伤，左手通条又照它血盆大口刺去。不料弄巧成拙，动手稍快，野猪见人到来，作势冲突，把头一低，铁锹正打在它头间，受伤不重。同时那通条也没有刺入喉际，一下扎到舌根上面。野猪本来只一遇敌便要拼个死活,因自出世以来也没吃过这种苦头,吃那红火通条一扎,当时痛急,哄的一声厉哼,血盆大口猛力往下一闭一撅,獠牙错处,竟将通条咬断半截。**还珠描写人兽相斗,每有精彩的独到笔墨。**周鼎左手紧握通条,被它猛力一拗,虎口都震发了麻。那一锹只打得它身体往下略矮了矮,并未怎样,通条又是咬折,不由大惊,恐它冲来,连忙飞身纵起时,那半截通条,一头嵌在野猪牙缝里,一头刺透舌根。猪口太大,有的地方未被口涎淹灭,犹是火热。野猪又烫又痛,又无法将它取出,急得厉声怪吼,也不顾再寻仇人晦气,把头往侧一偏一低,拨浪鼓般连颠带跳,泼风也似往前面山野间惊窜下去。

　　周鼎还欲追赶,忽听老母家人急唤之声,说是天黑路险,猪还有三只在前,不可穷追涉险。略微迟疑,晃眼工夫,猪已不见了影子。只得唤出两兄,将死牛收拾回去。由此周母才信儿子果有本领。次早左近邻里俱得了信,纷来劝请除害。周于渭觉着义不容辞,决计让儿子为一乡除害,只戒惊动官府。由众人出钱,给周鼎打了一根铁棍、一柄八棱出风铁锤。先还怕那野猪成群复仇,戒备了几日,竟未前来,只照旧在附近伤害人畜。周鼎连寻了十来天,却未遇上。舜民到前数日,周铭设下陷阱,内藏两口小猪为饵,用两名好猎手相助,持了弩弓器械,埋伏在野猪出没的路口上。

　　野猪猛恶异常,无人敢撄其锋,这两人不过善察兽迹,能嗅看风色,只能相助射箭发火。万一动手,仍是周鼎独自上前。周铭恐兄弟一人难敌四只恶兽,才想下这条火攻之计,准备一网将它打净。连周鼎共是四人,带好干粮水袋,守候了一整天。到了晚来,饿得那两个小猪在阱中连声急叫,也未将野猪引来。这晚恰又天阴欲雨,谷口一带更是黑暗暗的,四下悄然,静得连彼此鼻息都可听出。周鼎等得好生不耐,对那猎户道:"这样痴汉等老婆,要等到几时?你们既会听风闻味,孽畜窠巢想是就在谷里面深处,还是我自去引他追来吧。"二猎户力说:"从日里起,就闻出野猪气味只在近处，一阵阵风吹来。这畜生日里欢喜困觉，不饿不出，现在刚黑不久。连日附近马桥境镇上被它拖去八九条老黄牛，大约弗曾戳挤（南方土语讥人享受之意）完，懒怕出来。再停一歇，包它出现。并说他从苏州应官之聘，到此多日，不能成功。多蒙大官人唤来相助，事成之后，由他和当地几个应募的人同去领赏，并不出头居功。这样名利双收的好事，巴不得早些成功，无奈这东西委实凶恶，大官人多大本领，也只一人，万不可轻入虎穴，把命当成儿戏。"

周鼎年轻好胜，听他劝几句，还不怎样，听到这末两句，不由激气。知乃兄必要拦阻，表面随口应过，不多一会儿，便假托出恭，悄悄由崖后绕向前面，再行纵落。仗着练就目力，竟往深谷之中探去。谁知这两猎户乃苏、常一带名手，经历甚深，所说的话一丝不错。那四只野猪果在近处崖凹中睡熟，已然快醒。周鼎这一绕，反倒超过了头，纵落之处虽与兽窟相隔咫尺，也曾四下观察，一则过信野猪必在前面深谷之中，二则天阴谷暗，猪身遍体皆黑，又隐伏在崖凹深草之中闭目而卧，不到走临近切，直看不出，就此错过。

周鼎走后不久，周铭见兄弟出恭不回，喊了两声未应，正担心他偷偷往谷深处探看，想分一个人由崖后赶去，追他回来，那四只野猪忽在近崖凹醒转，欲出谷寻食，闻得阱内小猪急叫与三人说话之声，一步一步，轻悄悄地走了出来。二猎人也料周鼎偷往谷中探看。内中一个自恃眼灵善嗅，能闻风远避，又仗着身在危崖之上行走，野猪身蠢蹓跃不上，便也不计天黑行险，应声站起，刚要说走，猛觉一阵谷风扫过，风中带来的野兽气味甚是浓厚。日里本就料那野猪是在近处吃饱酣睡，这一闻味，照着多年来的经验，必将走近无疑，忙一拉同伴，低嘱嗓声。另一猎人枯坐无聊，正点火吃着青条，忽然闻警，烟袋上的余火还未及敲灭，便见夹谷里面，贴壁脚闪出一对拳头大小的蓝光，一望而知是那东西的双眼。凶睛闪闪之下，隐隐分列着两三尺多长的淡白獠牙影子，后面身子漆黑一条，仿佛又粗又大，雄猛非常。也不过只揣想个轮廓，一点也不真切，黑暗中看去，分外显得怕人。**写野猪，有形有神。虽夸张却似真实。可谓空前绝后。**

二猎人虽是久惯这等行业，毕竟江南人烟稠密，猛兽无多，似此恶物却也平生罕见。方自骇异，晃眼工夫，壁下跟着同又闪出三对凶睛。六条獠牙，共是两大两小，一只不短，时而贴壁旁行，时而走向中央，走得又轻又稳，或先或后，隐现无常。若换一个不知究竟的人望见，直似八盏蓝色明灯，高低错落，载沉载浮，贴地游来。半箭多地的远近，不消半盏茶光景便自临近，风中膻味，连周铭也觉刺鼻。因见母猪就在近处发现，并未听它吼啸，可知兄弟不曾遇险，心才略宽。四只野猪已然身临崖下，不过两三丈路，这一行近，渐渐看出全身，那两只小的也比黄牛还要粗大。看出周鼎日前所遇还是一只小的，大的两只形态更是狞恶。正伏身往下，惊心注视，意欲等它落入阱中，便把备就的火箭射落，加掷柴草。

四猪忽然一起停步，双爪前探，身往后矬，伏据地上。为首一只一声厉吼，阱内小猪本在饿极哀鸣，等野猪一走近，也闻出气味，知道不妙，叫声早低了下去，野猪一吼，便没了声息，想已吓死。为首一只吼声过处，震得山谷哄哄哄起了回应，立时山风大作，沙石惊飞，林树萧萧，恍如潮涌。余下三猪也厉声相应，声势益发骇人。**比景阳冈猛虎出现更加骇人。**首猪猛然呼吓一声，直向阱上浮面纵去，叭嚓扑通，接连两响，落入阱内。

周铭方喜得计，连忙回身催放火箭，一拉二猎人，已然手寒身战，噤不敢声。**专业者极不专业。一笑。**接着便听阱上下吼啸连连，划土断草之声，刷刷喀嚓，骚然并作。再探头往下一看，后面三只野猪已然跑向阱旁，并未随同前猪落阱，俱都据阱蹲伏，乱抓乱扒，怒吼不已，利爪动处，尘土翻飞，扬起两丈来高的黑雾，阱内一猪更是腾掷跳叫，怒吼不已。内中一只最大的，一边扒土救它同伴出险，一边瞪着一双凶光闪闪的怪眼注定崖上，似已看出仇人所在，大有少时欲得而甘之状。吓得两个猎人哪里还敢出声动作？说时迟，那时快！不多一会儿，那一丈五六尺深的陷阱，竟被三猪爪牙兼施扒松边际，上面的土再落下一层，成了一片斜坡。

三人在上面，只见黑茫茫一团尘雾裹住六团蓝光不住乱动，哪知阱已毁斜，困兽就要出险。还是周铭胆子比二猎人略大一些，心想事虽不成，乐得烧死一个是一个，只管怕它，何时是了？念头转到，时机已逝，刚向猎人手内抢过弓箭，发火向阱内射去，前猪已然背着一身的土快要出险了。阱内除铺设柴草外，还有许多引火之物，本来见火即燃，无奈多半为浮土所压，这箭还算射得恰当，火并不大。前猪见下面火发，猛力一跃，便到上面，并未烧着。四猪会着，各自据地怒啸，齐朝崖顶作势发威欲上，一只也不肯走去。两纵不上，又用利爪来抓扒危崖，石土随爪崩裂，虽然不会被它扒崩，却也令人胆寒。末了又是二猎人望见阱内火光上涌，才想起只害怕不是事，上面备有整束柴草，何不用它点燃下掷？虽烧不死，也可惊使远遁。于是纷纷取火点燃，觑准猪身抛去，居然见了奇效，四猪倒有三只吃火燎着。同时那火又将谷口一株枯树点燃，火势熊熊，几乎引起野烧，方始将猪吓退逃走。

周鼎脚程甚快，早跑出老远，野猪吼声为侧崖所阻，竟未听见，直到发火将树引着，从远处望见火光，才行赶回。因四猪俱往谷外落荒逃走，一只也未遇上，火攻不成，反送掉两只小猪，心里甚是懊丧。周鼎见苏州猎户果如人言，只有张嘴，连发火都没有胆子，**山软水柔，自少剽悍之气。**带了徒乱人意，转不如独自应付灵便轻快，想要不用。周铭却说这两人虽然胆小无勇，究有多年经验，尤其长于闻看风色，可以作个预防，执意要用，周鼎勉强应了。那两猎人自从见过野猪，宛如惊弓之鸟，随着周鼎，只是敷衍，再也不敢尝试，明明嗅出风色，却引了周鼎避开，以免遇上波及。

周鼎外朴内秀，何等聪明，转了两天便自看出，不禁又好笑又好气。心想这两个"苏空头"如不闪开，野猪休想打到。当下也不说破，推说劳乏，老早回家，纳头便睡。次日一早起身，带着两人东寻西找，先罚他们跑了大半天，估量累极，再寻一安全僻静之处，取出干粮肉脯，一同吃饱，然后笑嘻嘻地问道："我这找法，比你二人昨日如何？"周鼎前在黄山，终日随了苍猿纵跃攀援，二人哪比得他过，几次想歇，周鼎连强带逼，什么话不听，只是一味苦走，又不敢和他强，早就累得力竭神疲，闻言才知被他看破，只得红着一张脸，强颜说道："并非我二人太胆小，实为这东西太凶恶，只数又多，恐大官人年轻好胜，遇上受伤，劝又不听，打算想好主意再说呢。"周鼎笑拦道："多谢你的好意。只是这畜生不除，人民受害太大，连日查访，我已猜出它的来踪去迹，也不要你二人相互动手。我大哥恰巧今日有事，没有同来，只请你二人在此多坐一会儿，不到明早，切莫到我家去。事成之后，官中赏号仍然有份，你看如何？"二人无法，只得允了，又说了些遇见猛兽时应当如何闪避取巧之法。**只会取巧，终难成事。**

周鼎懒得多听，敷衍几句，手持器械，拨头便往夹谷之中走去。走完全谷也未遇上，又走了回来。暗忖：昨日行近谷口，闻得一股膻气，与那晚伤牛野猪身上的气味一般无二。方要入谷寻找，两猎户偏说野猪定在谷西树林之中，白跑了大半日。后见二人递眼色，才知他们是胆怯，有心闪避。野猪巢穴分明在此，怎的不见？又在附近野猪出没之处找了个把时辰，只发现好些兽迹脚印，一无所遇。又想起前晚设阱火攻，走过了头，谷中草深，高处几及人肩，也许躲藏在内。适才心急走忙，还有遗漏之处，于是二次重进夹谷。走不多远，便闻得远远一声极猛厉的猪吼，心中大喜，连忙振起精神，循声跑去。谁知那猪只吼了一声，等把夹谷走了多半，仍未遇上。断定又是走过了头，仍不灰心，反身回走，手持铁棍，向深草里连拨带打，渐渐走到中途平旷之处。

这时日色业已偏西，谷中遍地杂草荆棘，两面危崖交覆。日落风起，草树萧萧，斜阳欲暮，余光照到半面危壁巅际，都成了灰白色。独行其中，踏着石径，回音廓索，若有山鬼追蹑，端的形势幽危，景物阴森，令人凛然生怖。周鼎脚不停步跑了半日，觉着有点口渴，见路旁一株枣树青红满枝，结实累累，摘个一尝，竟是又甜又脆，芳留齿颊，便把铁棍往地上一拄，一手持锤，匀出左手摘枣。刚想给父母兄嫂带些回去，忽见前面崖壁下杂草缓缓摇动，与风吹有异，因野猪行动猛烈，先还当是蛇虫野兔之类。嗣见草忽停摇，草中间却现出一个极大的空洞，四面的草都往外倒压，仿佛有什么大东西在下潜伏。心中一动，忙在草缝中定睛一看，不禁大吃一惊。

原来那一带有三四处壁凹，俱是野猪近日新辟的巢穴。四猪白日已然出来吃了个饱，回谷酣眠。适才所闻猪声，便是内中一只大的，因早来没有吃饱，首先饿醒，吼了一声，往前面觅食饮水去了。余下三猪分踞三穴，这时相继醒转。因为壁根内凹，杂草掩蔽，如非走近壁下拨草寻视，决看不出。猪眠极酣，周鼎连找两三次，俱在路中心拨打寻视，所以未遇。前面这只恰是周鼎上次用通条扎伤的那小猪，仇人相见，分外眼红，在草里扒行了几步，把身子往后一矮，把头一低，就要蓄势前扑。

周鼎首先入目的，便是那一双凶光闪亮的怪眼和两旁翘出白森森的獠牙，知道无心遇上，右手一紧八棱出风锤，左手刚要拔那铁棍，猛觉身后草动作响，息息咻咻。百忙中想起那猪还有三只，慌不迭侧脸回头一看，身后一猪，也从草里悄悄掩来，离身仅有数尺，身比前猪更大，一颗猪头几有黄桶大小，两只獠牙长几三尺，锯也似翘出血唇以外，半竖着比蒲扇还大的猪耳，深山穷谷，暮色昏茫中，看去越显得形态威猛，狞恶可怖。心刚一惊，那猪低头潜行，原意乘人不备捡个现成，一见被人发觉，倏地停步，将身往后一矬，跟着怒吼一声，四爪蹬地，连冲带扑蹿将过来。同时前面那猪也把势子蓄足，对面冲到。**如临其境。作者从何处看来？**

那一带地方虽大，无奈草棘森茂，怪石矮树棋布星罗，到处碍足牵衣。两猪又是前后夹攻，同时蹿起。如换旁人，吓都吓死，休想闪躲得开。尚幸周鼎武功精纯，纵跃轻灵，一见猪吼发威，前后风生，知道不妙，顾不得再拔那铁棍，双足一垫劲，凌空跃起数丈高下，竟向前面那猪头上飞越过去。说时迟，那时快！两猪急欲得食，来势都猛，草树遮眼，猪身蠢重，纵又不高，离地不过数尺，都只看见前面有人，没看见还有同类对面冲来，容到发觉，身已悬空，收不住势，无法闪躲，一下撞个正着。两下各用全力，任它皮糙肉厚，刀枪不入，这等猛撞也吃不住，全着了一下重的。痛得野性突发，踞地厉声狂吼，各瞪着一双怪眼，凶光电射，正要互相火并，**制造波澜，却从情理中出**。一眼瞥见人在前面，又跑了过去。

周鼎发觉有警，纵起之时，仿佛听得崖顶有人唤他，是个哑嗓。因猪吼声洪大，山谷嗡嗡，俱起回应，并未听真。落地之处，正是一块突出的危岩，岩下黑乎乎的似有一洞，一心正想除猪之策，也未留意观看。及至二猪寻踪追来，周鼎乍斗猛兽，心还怯场，守着师教，先把气一沉，相准了前面地势，知道猪蹿不高，意欲等它追近，迎上前去，照头一锤打下，再借劲使劲，"斜飞春燕"之势，往旁横跃。刚打好主意，抢步迎上，猛听空中有人哑声大喝，脑后风生，似有黑影飞落。同时腿后腿肚似被什么坚锐东西触了一下。这时前面两猪，一先一后已相继冲来，快到面前。

匆遽之中，不暇再顾别的，忙往前一步，手举铁锤，一下打去。那猪把头一偏，正中颈际，哄的一声怒哼，待使獠牙挑去，周鼎因后猪在前猪之左，上时特地身往左偏，一下打中，更不怠慢，飞身往旁纵去，落在深草里一块大石之上。耳听怒吼连声，侧脸定睛一看，不禁吓了一跳。原来前纵之处，草中还有一只野猪在彼酣睡，周鼎落时，刚刚惊醒，从岩凹中爬了出来，正当周鼎身后，因眼初睁，还未清醒，往前一伸懒腰，獠牙正触在周鼎腿上，这才发觉有人。刚要冲去，这时周鼎专顾前面，情势危急，幸而五行有救，猪正蓄势待要向人冲去，恰巧崖上飞落一个矮子，只一把便将猪头皮抓紧。猪力虽大，无奈那人爪似钢钩，力逾虎豹，身子轻灵巧捷，长于借劲，**"借劲"，如此便显得可信。曾见牧民驯马，抓住马尾，三晃两晃便把马摔倒；又曾见屠户宰牛，抓住牛角，几晃便把偌大犍牛弄翻。都是"借劲"。**不似那猪一味蛮力，一任野猪猛力挣扎，暴怒发威，依然手抓猪颈不放，站在猪侧，顺着它那咆哮冲突之势，时左时右，由猪身上横越乱跳。稍一得势，便借劲使力，引了猪头往左近崖壁石笋上撞去，激怒得那猪厉声狂吼，山谷回应，震耳欲聋。他却行所无事，应付从容，不做理会，只几下便将那猪撞闷。周鼎见状，方自惊佩。

前两猪闻得同类受制怒吼，不顾争斗，连忙赶上。相隔丈许，又把身往后一矬，猛地发威怒吼，待要朝前猛冲上去。周鼎见人猪相并之处危石突伸，矮子想把猪撞死，引向崖凹一带，地势更仄，上面丈许又是危崖低处，这两猪如若同时冲上，势还连那一人一猪全都堵住在内，决难闪躲，这一下如逃不开，挤也挤死。情势已危，那矮子好似和猪斗开了心，大敌当前，并未觉察。心想适才如非那人跳下，自己不知后面有险，差一点没受暗算。人家好心救了自己，岂能坐观成败？连忙大喝一声，手举铁锤，纵将过去，照准那只最大的，想要打下。身子凌空，连锤带人正往下落，猛听矮子喝道："快些躲开！看误伤了你。"接着便听前面那猪一声惨嗥，人猪俱在此时纵扑一起。周鼎收不住势，落时一锤，猪已前蹿，正打在猪的后胯上。觉着眼前一花，黑影乱闪，两猪倒跌回来。喊声"不好"，慌不迭双脚一蹬地，"蜻蜓点水"之势，刚倒退飞纵出去，便见一条人影面前飞落，再看三猪业已跌滚在地，两猪刚刚怒吼翻起，一猪横卧在地，不见动转，似已重伤死去。**不怕不识货，就怕货比货。高手现身，局面立变。**

原来周鼎落时，那矮子早就将全身劲气运在双手指上。容到二猪发威前扑，乘手中猪回颈猛咬之势，一手紧抓颈皮，另一手早用金刚大力手法，往猪腹下软处一手抓裂。跟着奋起神威，就势托起，照准前面两猪猛掷过来。那猪肚皮抓裂，负痛惨噑，悬空猛力一挣，前面两猪恰好扑来，全部挤撞一起。那大猪又吃周鼎打了一下重的，于是一同跌倒在地，受伤那只当即身死。周鼎一纵，矮子也随着纵到，周鼎见他生得猴头猴脑，形相甚怪。未等说话，矮子已先开口道，"你有本事。现在还剩两只孽畜，我与你一人了一只。大的交我，你打那只小的，省你手痒不放心，如何？"

周鼎感他相助之德，想要道谢，一听口气生硬，颇有轻视之意，又见一只野猪猛冲过来，正是那只最大的，便不再和他多说，打算争点面子，纵身上前，手举铁锤当头就打。**金圣叹评点武松醉打蒋门神一节，提出"事为文料"，谓武松与蒋门神交手并将其打败，只是一件事，而武松沿途喝酒，进店装疯则是"文"。只有事没有文，就不是文学，就不好看了。周鼎与侯绍闹意气，正是作品的"文"。**那猪连番受挫，又伤了一只小猪，急得两眼怒凸，凶光闪闪，低着个头，突伸出两根獠牙，四爪翻飞，疾逾奔马，猛冲过来，恨不能一下把仇人搠死，咬成粉碎。来时变了章法，不似先前还要缩身据地发上一阵威，再行作势前扑，端的猛迅已极。周鼎也看出来势锐不可当，因想在矮子面前，卖弄师门心法，免他轻视，特意犯险，正面迎去。先使一个"飞鹰下击"之势，凌空一锤打下，足不沾地，就着锤落猪头，单手借劲使劲，"蜻蜓点水"，往猪身后飞越过去。

谁知危谷幽晦，野草深长，纵时匆促，只见膻风劈面，一团尘雾裹住大猪对面冲来，不知他身后不远还紧紧跟随一只小猪，被尘沙野草遮蒙，没有看清。容到一锤打下，手刚往下按劲，就要向前飞越，百忙中，猛一眼瞥见大猪身后尘影中有两团拳大蓝光星驰而至，相隔也只一两丈远近，不由大吃一惊。这时周鼎身子悬空，事机瞬息，既无丝毫寻思余地，对面恰又是那削壁危崖之下，奇石磊砢，没处着足，飞越稍近，恰落在后猪之前，必无幸理；远了便撞到壁上，事前又没有这个打算，情势危急万分。

又生一波折。

总算命不该绝，屡遇危机，俱有破解。锤落时，因是人猪两下都快，猪的来势更猛，略微过头，恰打中了猪颈。那猪狂奔猛窜，跑得正急，忽见仇人迎头飞来，想要收势没收住，跟着吃了一锤，又痛又急，把头往上猛一昂，口中獠牙竖起老高，意欲将仇人挑死，不想却给周鼎一个脱险机会。獠牙往上一翘，无巧不巧，碰在周鼎一只鞋底之上。周鼎身已作势前穿，单手所借之劲，绝不能连越二猪而过，稍一不巧，便与后猪对面，除了持锤硬拼，绝无善法。但是这等猛恶力大之物，如用人力硬敌，决难抵挡。当这安危系于一瞬之际，猛觉左脚底有一极坚锐之物触到，忽生急智。本是双腿微蜷待要伸开，连忙就势两腿一伸，右脚用劲，在猪身上一蹬，蹿将出去，改飞为纵，加了一倍力量，又是独脚用力，身子微斜，恰巧落在后猪后腿右边。于是又乘着手中铁锤抡起未落之际，照准猪的后腿猛打了一锤。这一下用力更重，猪虽猛恶，也难禁受，又当埋头猛冲，前重后轻，一声厉吼，被打得歪斜斜蹿出去老远，几乎跌倒。

周鼎惊心乍定，略一缓气，正要追上再打，便听矮子喝道："你这小伙子怎不听好话，那只大的，凭你弄得死它么？"**不如此不是侯绍。**周鼎听他呵斥，心虽不悦，一则矮子委实本领高强，令人佩服，二则自己连打这几锤，那一下少说也是三二百斤力量，打在猪身，只吼叫几声，并看不出受伤神气，自己还差点吃了大亏，未免有些气馁。稍一迟疑，前头大猪已与矮子恶斗起来。想因此猪特大猛恶，并没有用手去抓，只围着那猪，纵前跳后，手脚并用，连踢带打，疼得那猪不住厉声惨嗥。看去下下都是重的，竟比锤打还要厉害，方自暗中称赞。这类猛兽斗性最长，只一发了野性，照例拼个死活，不死不止。大猪吃了一锤，本要回身寻仇，刚旋过身来，吃矮子轻轻跃到后面，抓住猪尾，就势往旁一拉，抖手再是一甩，猪身便横了过来，当时暴吼发威，回头忙用獠牙猛搠，矮子又纵到它的身侧，照准肚腹，抬腿便踢。**一头比**

牛还大的野猪，一个像猿猴一样的矮人，缠斗一起，情形何等诡异。

这里恶斗开场，后猪也记着那一锤之仇，身才折转，舍了同伴不助，竟悄悄从深草里冲了过来。周鼎看见草动尘昏，凶睛闪烁，猪又来犯。暗忖：四只野猪，一只不知何往，一只矮子仅凭赤手空拳，连打带撞，活活甩死。一只最大最凶的，又吃他打得山嚷鬼嗥，看来也必死在他的手内。仅剩下这只小的，人家叫明了留给自己，已有轻视之意，再如除它不掉，拿什么脸面见人？因矮子打法特别，围着猪身乱转，并不纵高用力，便也学他的样。又看出猪头太硬，锤打上去无什大效。手握铁锤，等猪冲到面前用牙来搁，才轻轻纵开，照准猪脊打下，等它回转，又复避开。似这样一连打了十好几下，猪虽负痛狂吼，并未倒地，因为怒极拼命，其势反更凶恶，急切间直奈何它不得。偷眼一看，那只和矮子相持的大野猪也是越斗越凶，身子想已着了好些重打，狂嗥之声甚是惨厉，却未毙命。

天却已经黑了下来，渐渐只能看出那一对闪放蓝光的凶睛随着一条庞大黑影，在那里往来驰突，高低飞舞，猪身已看不真切。自己斗的这只，如非练就目力，也难看清形相。猪却现出长力，毫无畏怯伤疲之状，还有一只大的未见，不知熟睡何处？更恐它在黑暗中冲出，和适才一样，几乎遭了暗算。暗忖这东西竟比黄山虎豹还要厉害，真是罕见的猛兽！似此长性，何时才能除去？可惜此时苍猿不在，否则只用它那一双利爪，纵身一下将猪眼抓瞎，岂不好办得多？边想边斗，屡次想打猪的眼睛，俱吃躲过，三只连珠镖又遗在黄山，没在身旁。一着急，忽想起还有一根铁棍插在枣树之下，虽没锤打得重，用它来捣瞎猪眼却是合用。想到这里，**借此再生一波。"借水生波"，铺演情节的小伎俩。**便往树前纵去。那树已吃第一次二猪相撞时撞倒，棍已离土，倒倚树枝坯上，居然寻到。刚刚拿起，身后膛风起处，一片奔腾之声，猪已追临切近。

周鼎原意，把兵器双手对换，让过来势，先给它一锤，等它反身来追，再换手持棍，猛捣猪眼。却忘了那地方与大猪斗处相离甚近，深草里蛇多，夜间全都爬了出来。往侧一纵，落时正踹在一条长约四尺的惊蛇颈间。蛇一负痛，反身往上一搭，几乎连腿缠住。周鼎已然让过来势，举锤正要打下，猛觉脚底软腻腻的踏着一条活东西，腿上立时刷的着了一下。知道是蛇，**凑热闹。不凑不够热闹**。不由把脚往后一撤，尚算踏处正当蛇的颈部，蛇头昂不上来，抽得又快，没被咬缠。可是经此一来，手势略乱，锤没打中还不要紧，那野猪斗过一阵，连吃了十余下苦打，周鼎欺它蠢物，身法招式全未变换，这次竟会忽然乖觉，冲时知道仇人仍是那一套，有了准备，不似先前一味憨猛，一冲未冲上，跟着翻身回咬。

周鼎误踹惊蛇，骤出不意，本就有些疏神，以为猪的势猛，必还要再蹿出去，再翻回来，匀出工夫，正好换手，右手一锤打下，方觉着猪身微侧，擦颈而过，没有打中。想要换手时，猛见两团蓝光一闪，猪已回过头来。刚想乘机去捣猪眼，手中锤已被猪的前爪抱住，往下一沉，力重千斤，身子跟着随手往前一冲。心中大惊，知道再不撒手丢锤，非吃亏不可。匆遽中未暇观察，连忙把手一松，身朝后仰，两脚跟就地用力一踹，连身弹起，倒退纵出老远。

才一落地，猛听一声断喝："快些往左躲开！不要命么？"接着便听踏地奔腾之声自右而至。知道不好，哪敢回顾？依言奋力往左一纵。那左侧相距危崖仅有两丈，天阴谷暗，纵时心慌，竟未看真。因为急于脱险，用得力猛，这一下纵得又高又远，容到身起空中，才看见一块危石迎面飞来。空中收不住势，无法下落，这一撞上，再跌落崖下，不死必伤，好生惶急，只得举棍一点。原是迫于无奈，打算抵住，免得连身撞上，不想恰巧捣在崖缝树根有土之处，嚓的一声，连根带土，刺进尺许，手震生疼。耳听下边二猪怪吼，山鸣谷应，似欲得而甘心。一眼瞥见右边不远有一突出的危石，不由急中生智，就势双手借这一抵的巧劲，"神龙翻舞"，往上一翻，下半身居然翻落石上。跟着右手攀石，就着左手拔棍之势，借劲使劲，运用回力，往后一退。仗着身手矫捷，居然脱险，到了危石之上，连兵器都未脱手。**险象环生，波浪迭起。**

惊魂乍定，再看下面。原来矮子的一双手直和钢钩相似，一路连抓带打。那只大猪虽然年龄久远，皮糙肉厚，比小的两只要厉害得多，一样也是承当不起。先还犯性发威，拼命吼蹿，恶斗了一阵，外面皮肉未伤，内里好些地方的硬骨都被矮子用内功重手法击碎，疼痛难禁，知不是路，厉吼一声，往前逃窜。周鼎丢锤纵落，正值那猪猛冲过来，势绝猛迅，这一下要被冲上，铁打的汉子也无幸理。总算心灵身轻，侥幸没被冲上，可是事也真险，周鼎身才纵起，那猪便从脚下冲过，到了崖下，矮子也跟踪纵到。猪见仇人追来，又怒又怕，立时旋转身子，负隅蹲伏，张口掀牙，连声厉吼，两只怪眼凶光闪烁，似要爆出火来。矮子正想施展辣手除它，那只小猪将周鼎铁锤抢去，因遭连打，忿怒已极，两只利爪抱定锤头，张开血盆大口咬住锤柄，鼻口里只嗯了一声，猪头一歪，齐柄咬断，顺势甩出老远。一看仇人不知去向，却瞥见矮子追那大猪，野性正发，哪知厉害，把头一低，蹬开四只利爪，朝矮子身侧冲去。**交换对手，情节便不呆板。**

矮子闻声回顾，一见猪到，知是那只小猪，身子略侧，让过猪头，就势猛伸铁爪，一手抓住猪的颈皮。本欲抄起，仍用前法抓破它的肚肠，觉着分量比先前那只还轻，皮也软些。刚一转念，那猪比前猪狡猾，一下冲空，猛然收势，回头便用獠牙来挑。矮子骤出意料，差点没被它搠上，不由大怒，右手往下一按，跟着纵身上了猪背，双脚横踏猪脊，再伸左手下去，一同紧抓猪颈，施展内功金刚大力法，运足神力，两手折转猪颈，连头一拧，跟着双脚踏沙没石，猛力往下一踹，手足同时一齐用劲，口里一声断喝，猪颈扭折，背骨踏断，猪颈反仰向上，连身拗转，成了个半弓形，一声惨叫，死于就地。**如此威猛，无怪半瓢中招。这里细写侯绍威猛，也为前文释疑。**

周鼎在危石上面，见小猪被矮子擒住，心想三猪都死矮子之手，自己未免不好看相。见大猪还在张牙舞爪，负隅发威，正在自己脚下。忽然想起一个主意，趁它全神贯注前面之际，径将手中铁棍比准下面猪头，双手用力，"玉兔捣玄霜"，对直朝下掷去。因知猪身坚实，刀枪不入，周鼎打造这两件兵刃时，特地吩咐匠人，一个带棱，一个带尖，棍的两头俱有三寸来长、极锋利的三棱钢尖。本来艺精力大，又从高处猛力下掷，多么坚固的东西也没有不透穿之理，一下正齐当中掷中猪的头顶，直透穿到喉际，连声也未出，当时毙命。**一下了账好。如再生枝节便拖沓了。**矮子拗死小猪，因左腿吃猪牙稍微擦着了一下，见大猪被周鼎一棍刺死，余恨未消，抓起猪身，一脚踹背，又拗了两拗，大喝一声："孽畜去吧！"竟用双手举起，朝前面一块怪石上猛掷出去。原意将猪头摔碎，不料黑夜之间看不甚真，竟过了头，跌入深草之中。还欲过去抓起乱摔，周鼎已是飞身纵落，向他躬身请教。矮子忽想起自己性情暴戾，怎还不改？猪都死了，多费这冤枉气力则甚？**节外生枝，又是一"文"。**不由好笑，方始罢手相见。

　　矮子先本大模大样，及至问完周鼎姓名来历，忽然喜道："令师是萧隐君么？这人本领高强，我生平最佩服他，可惜路道不对，没法亲近。看你所学，还差呢。可是小小年纪能这样，也亏你了。我姓侯，现在护送你的亲戚虞舜民夫妻到此。他今天没处住宿，投的就是你家。我因听人说这里出了几只猛兽，怕他走来遇上，虽有好手随行，他夫妻难免受惊，特地赶来开道。我在崖顶上走，已然过去，听见猪吼寻回，便见这三只孽畜出现，凑巧倒都打死。你快接出去，对他同行的小姑娘说，我比她先到一步。今天她那对头不是刘家，船到早了一步，恰好错过，明早今晚必还寻她，有我在此，决不要紧。可是这人也和姓刘的认得，总要串通一气，留点神好。话背人说。我愿意与你交个朋友。铁棍借我一用，用完送还。日后你去永康方岩一带寻我，再行细谈吧。这时我还有事，再会再会。"说完就猪头上拔了铁棍，不俟周鼎答话，纵身一跃便上了崖顶，月光之下，黑影一晃，不知去向。周鼎惊佩不已。他全家都感激舜民，又是至亲至好，一听夫妻同来，想起先听猪吼，没有寻见，这三猪都似刚刚睡醒，恐已出谷，被舜民夫妻走来撞上，不是玩的！铁锤被猪咬断，不好使用，铁棍又被姓侯的异人借去。适才忘说，人已去远。思量无计，只得寻上前去，见了人再说，但盼不遇那猪最好。眼看月光半照，天已不早，心里担着忧，脚底加快。等将舜民等一行接至家中，两下正在述说前事，忽听门外有人口角，忙赶出去一看，乃是两个脚夫在与舜民家人王升争论。**启疑窦，一波接一波。**

周鼎问是何故。原来红蓼村只有数十户人家，舜民所雇脚夫，多因明早天一亮便要启行，由周铭拿情面，分别安置在各乡邻家中借住。本来钱已开发，又给了加倍的酒钱，例应脚夫自去购买食物。周氏弟兄为人厚道，邻里和睦，情感甚厚，见饭食已过，又向各寄宿人家分别请托，代为整备菜饭。这些苦人遇见这好买卖，钱拿得多，主人还管吃的，明日官中又有赏号可领，多半喜动颜色，不住称颂功德。当各家饭快要熟，来喊吃时，众脚夫都在门外石板上晾汗饮水歇息，听人一喊，蜂拥跑去。只有两个壮汉仍坐石上闲谈，竟似没有听见。

这两人原本不与脚夫一道。当王升上岸雇挑子时，所有行李都是上肩就走，惟独昨晚渔人挑来的一长一短两件东西，分量沉重，谁也挑它不动，多半试了试，无人肯抬。王升因未抵岸前兰珍说那东西要紧，见他正站在岸上观看主人们上轿，刚想多找几人来抬。忽见跳板上跑下来两个穿布鞋的短装汉子，口里说道："你们不抬，我抬。多重的也不怕。"双双走上前去，仔细端了一端，说声："好重家伙！挑不行，我们抬吧。"说罢，岸上又下来一人，递过一根铁棍，二人把两件扎成一件，抬了就走。那跳板都被压成弓形，轧轧直响。此时人和行李已全上岸，就剩下这两件重的，王升巴不得有人肯抬，匆忙之中并未留意，还许多多给酒钱。那两人只哼了一声，没有答腔。王升心想，莽汉粗人俱都如此。走到半途无人之处，才看出那两人未穿草鞋，不似脚夫神气，这才留神观看，因二人抬得当心，别无异状，也就没有细问。脚夫们互相都熟，路上有说有笑，这两人也不理睬他们，自抬自的，始终不睬。后来野猪出现，众人俱都惊慌奔避，这两人却把铁棍抽出，站在舜民轿子前面，颇似要保护的神气。

野猪跌落涧底，二人仍抬他的，没有一句讨好的话。到了周家，更看出他们与众脚夫不合群。有那好事的脚夫过去一问，二人把眼乌珠一瞪，喝道："都拿力气换钱，许你抬，不许我抬？你管我吗？我又不要分你们的花红赏号，眼红则甚？"脚夫看出他们力大凶横，没敢再说，讪讪地走了开去。王升看在眼里，早就想问，这时见众人都去吃饭，二人仍坐石上交头接耳，不时起身往来去两路张望，越发起了疑心，*也确可疑*。过去问他为什么不去吃饭。二人先是不理，王升连问，才似理不理的答应："不饿。"王升见他们大模大样，心中有气，仍不露出，又拿话一盘问。二人好似看出王升对他疑心，突然把脸一板，答道："王管家，我看你事事留心，满像精明强干似的。你盘我们的来历，有什么用处？反正拿你的钱，卖给你一点力气，原式原样给你送到永康就是。漫说我们不是坏人，就是坏人，也坏不到你主人那里。真要出点什么花样，凭你这样吃货，一百个也是白送。"王升问他们："好好劝你们吃饭，为何出口伤人？"二人说道："我们饭是吃过，倒想喝两盅酒。只是挑的东西没人看守，弄丢了，横竖是你主人的，与你这等狐假虎威的吃货无干。我两个受人之托，也略微有点名姓，却是丢人不起。"王升听他们通没一句入耳的话，实忍不住，两下越说越僵。如非王升自知打那二人不过，早来动手。二人却不着急，一味板着面孔说死话，说得又挖苦又刻薄。三人拌嘴，声音越来越响。

周鼎闻声走出，先在路上未留神，这时唤过王升，问知就里。见二人神气泰然，仍谈他的闲话，若无其事。因听二人力大，月光之下，略一端详二人的骨架神情。行家遇行家，一见便看出是个外功颇好的会手，怎么看也不是力行中人。想起舜民夫妻所谈此事经过，已料定二人必有为而来，用意善恶却还未定，自问还能应付。便使个眼色，对王升道："苏小姐唤你，你先去吧，我来问他。"王升巴不得周鼎上前，抽空进屋告知兰珍定夺，会意应声而去。周鼎便把师父平日所说江湖上的过节礼数拿出，含笑近前，把手一拱，说道："朋友辛苦，适才忙着款待舍亲，不知二位光降，未及请教。"底下话未说完，二人已一同站起，拱手答道："周朋友，明人不用多说。我二人一个姓杨，一个姓方，原是受人之托，代苏小姐挑送两件行李，到了她永康家中才算交代。这东西太碍眼，疏忽不得，恐主客新见，照顾不到外面，所以守在这里。想倒两盅酒，都没有去。这位王管家却假做聪明，冒充三官经，也不想想情理，看看人头，连人好人坏都分不出，竟来盘问我们。阁下不用再打招呼，似他还算这种人当中有良心的，我们决不和小人一般见识，也不会客气。如有现成的好酒，就在此扰阁下两杯，菜有没有倒不在乎。少时只管请令亲们安歇。如有风吹草动，我们还有一个伙伴就来，凭我三人亦能开发。**口气挺大。"露相非真人"，信然。**倒是明早走时，阁下顶好一面叫人抬了野猪，前往官中出面领赏，点好脚夫人名数目，以便回来均分这赏号。听说已出到六百两银子，足够许多苦人分的了。话已说完，相交且等异日事完之后，阁下请进去陪客吧。"

来人开门见山，周鼎不好再说别的，料定他们不是恶意，只得道劳别去。一面命人端出酒菜，一面告知舜民夫妻。兰珍先因一心保护舜民夫妻，竟忘了两件行李沉重非常，尤其是那小的一件。直到东西由那二人随行李挑入周家放落后，还未想起。直到王升进来，一说二人情形，才觉自己初次出门缺少历练，受人指教，只知照本画符，太已粗心，幸有侯绍暗中相助。**这样便合情理。**听二人口气必是侯绍请来，否则照周鼎所说侯绍之言，抵岸时明在暗中保护，嗣见起身无阻，才赶往前面谷中开道，二人如有别意，侯绍先容他不得。但是这两件重要东西，世上只有四五人知道，侯绍并不在内。心方奇怪，周鼎正从外来，述那二人言语，越觉所料不差。只不知侯绍何以得知此物现在己手，知道沉重无人能抬，特地约了能人装着脚夫，相助抬送。

正悬揣间，舜民忽想起昨晚由江家上祭回船时，马过松林，垂下一条人影，向手里塞了一个小布包，叫在无人时开看。因苇村为人豪爽口直，连日所遇多系不经之事，恐他日后张扬，未便开视。舟中睡了一觉醒来，想往后舱夫妻同观，又觉兰珍尚未合卺，自己夫妻，感他父女和江小妹救命恩德，又是个女中英杰，并不以侧室相待，同舟已是从权，当着苇村和男女下人，径入后舱背人密语，未免不太庄重，没好意思进去。因那布包外面写着"贺仪双色"等字样，人影矮小，又和小妹所说的小铁猴侯绍相似，料里面包的必是两件妇女佩带的轻巧礼物，东西贵重，恐骇外人眼目，所以不令当众拆看。嗣和苇村谈别的闲话，就此岔开，一直不曾取视。**好奇心不足。一笑。**

这时恰好苇村因坐轿劳累，饭后便由周于渭陪往书房榻上歇息，众女眷多在收拾碗具铺设卧处，只剩周妻一人陪客，又领虞妻到里屋更衣去了，室中只兰珍、周鼎，在窗侧互相商谈，就便取出布包。见外面包了好几层，打将开来，里面乃是一个三寸大小扁扁的白木匣，不假雕漆，像似新制就不久。摇了摇，没有声音，匣盖封口密固难开，猜是珠翠首饰之类。周家至戚至好，周鼎少年老成，又是高人门徒，便也不怎想避他。随喊二人过去，悄声说了前事，将匣放在桌上，叫兰珍开看。兰珍见那木匣刀痕犹新，乃是一块整木挖成，略刻关口，再用刀削一块木板，硬插进去，封闭甚紧。那封口毛边都有揉平痕迹，看出除四外为求齐整是用刀削外，余者都是用手。知道此人内功非同小可，但又不是侯绍所为，好生惊奇。忙用左手掌四指托了匣底，大指按紧上面匣盖，上下用力一搓，咝的一响，匣盖半开，立时精光迸射，耀眼生辉，慌不迭紧用手遮住。遥望篱落外面，适才二人酒刚送到，正在举杯共饮。相隔尚远，不曾看到，房内外更无他人，当把背朝窗外，抽开盒盖，仔细一看，不禁惊喜交集。

原来那木匣里面用破棉絮裹着两件东西，那精光耀眼的果如舜民所料，是一粒长圆形的径寸明珠。还有一件却是奇怪，既非珍宝首饰，又不是什么古玩，可是一个用精钢打就的三足蟾，大约二寸，刀法精细，形态生动，通体作苍黑色，两只突出的红眼有绿豆大小，非珠非玉，莹滑晶明，闪闪生辉，灯光之下，彩晕欲活，看不出有何用处，底下压着二指宽一张纸条，写着"子长永佩，宝之无失"八个字。底下也是一个三足蟾，乃一笔画成，笔力刚劲，画法圆熟，像是常画惯的花押，没有具名。看那语气，好似比那粒明珠还要贵重得多，头一句像是人名，又像是舜民生子长大以后，给他永远佩戴的意思，俱不知此物用处。**神神秘秘。留下一个很好的悬念。可惜后文没有照应——报刊连载，随编随写，通盘筹划不足，是为通病。金庸几次整饬，便是为此。可惜还珠没有这种机会。**兰珍看了那花押，好似小时听人说过，也想不起，只得罢了。舜民嫌木匣缝口毛涩，开关不便，破絮又不干净，辱没了宝物，便没有要，随手扔弃。向周鼎要了点纸，**不该。**包好珠、赠二物，揣入怀内，嘱咐周鼎，不要告人。

接着男女主人相继进房，那张纸条也随着破絮弃掉，忘了捡取。**万万不该。按说下文应由此生出事端，结果无声无息。此叙事文学之大忌。**一会儿，主人便请安置，舜民等天明就要动身，也就不作客套，分别就卧。只兰珍一人，因那两件要紧行李日里几乎遗忘，又有侯绍带信，说今晚明早尚有仇人寻斗。暗忖：舜民素无仇家，义父当年仇敌虽多，但已隐名多年，无人知他踪迹。人已死去，怎还苦寻不舍，莫非为的是这两件东西？越想越担心，暗中结束停当，把行囊内的兵刃暗器取出，放在手边，虚掩房门，将灯吹灭，和衣躺在竹榻上，默俟动静。舜民已往后面书房，与苇村同榻去了，这一间原是周铭夫妻的卧室，因还未生子女，最是干净爽亮。主人特地让出，与虞妻、兰珍居住，地方却在前院当中房屋。对面是周鼎的卧室，随来男仆，都在里面打地铺。

客睡以后，周氏全家除二老外，都忙着料理半夜这顿早餐和路菜糕点之类，全在后院厨下，一个未睡。周鼎先和舜民、兰珍看完异人所送礼物，略谈几句，又亲向厨下，取些干净酒肴，端出去劝杨、方二人饮用，道了"简慢"，正要坐下相陪，姓杨的笑道："酒还扰你一些，吃的已够。我们相交日长，此时最好还拿我们当脚夫看待，**这时看，还像个人物。**大家方便。"说完，便催周鼎把酒留下，菜端回去。

周鼎回顾脚夫们尚无人来，顺便请问夜来可有什么事。姓方的答道："老弟，我已看清主客住室和放行李的地方，我们受人之托，照本画符，只晓得苏家阿妹根脚，对头如何寻她，并不知道底细，恐怕毛病还出在我们挑的行李身上。已有能人暗中保护，他要不行，谁也没用。不过恐怕来的人多，分头下手，那位老前辈一个人照顾不到，不能不留点神罢了。今天事巧，也许还寻不到这里。最好今晚能打发掉，才省事哩。苏家阿妹必不会睡，对头要来，必由前门进去，行李放在堂屋一进门就看见。他和令亲无仇无怨，姓刘的如未一伙，不会无故伤人。你只守定堂屋外间，如有响动，拦住府上人等，不可慌张走出，不等人快进屋，你二人也不可出来迎敌。话虽如此，也只是防他万一派个把毛贼抽空暗盗东西。真要对头本人都到了屋里，那就拆空老寿星，倒大霉了。我二人再倒两盅，人静以后便要离开，你自请吧。"周鼎一听风头这紧，好生愁虑，知道不宜露相。一旦有警，恐女眷无知走出，须先招呼，又恐惊了父母，只得偷偷告知兄长，说前面人太乱，来客行李众多，恐启偷儿觊觎。据自己查问路上情形，恐有人来扰闹，请设辞告知全家人等，莫往前院里来。夜深如有响动，千万不可走出。有自己一人，足可发付，免惊吵老父宾客。两兄都信得他过，如言嘱咐在讫。

周鼎也和兰珍一样，径往自己房中，将门虚掩，吹灯坐定，因没趁手兵刃，寻了两根木棒握在手内，等候动静。脚夫们要趁早，在各邻家酒醉饭饱之后，略坐一会儿，分别沉沉睡去。周鼎隔窗外看，见月色甚好，篱外石上，方、杨二人已不知何时走去，四外静悄悄的。野地里芦蓼繁茂，微微起伏，夜静风和，庭树无声，夜凉如水，只远处旷野之中，时有两三声村犬夜吠，分外显得幽寂。侧耳一听，对屋窗户微响了一下，知道兰珍未睡，也在室中轻推窗隙，向外张望。**描写甚细。欲扬先抑。**估量天已交了四更，暗忖此刻正是要紧关头，照侯绍和方、杨二人之言，如有人来，已在附近交上了手；再过半更不来，还在前途相候无疑。心中既恐敌人当晚寻上门来，想了想，又觉早些开发的好，心情老是不定。又等过一会儿，全无动静，实是不耐。心想方、杨二人不知埋伏何处，到底今晚有事无事，也不知道。与其枯守坐此，何不出去看看，反正只在门外一带，并不走远，堂屋也看顾得到，何况还有兰珍在对屋防守。一看室中，王升等鼾声大作，睡得正香，便把房门轻启，悄悄走出。夜静耳聪，隐隐闻得后院兄嫂们笑语之声，此外都是静荡荡的。再有更许光景，天便大亮，客已快起，当前安静情景，决不似有祸变将临之兆。

心刚略放，忽听兰珍一声娇叱，听那声音似在墙外。接着便听铮铮两响兵刃与暗器交触之声。适才听对屋窗户微响，未朝外看，也不过一霎眼工夫，兰珍竟已飞身出去，不禁又惊又佩。当时一着急，未暇寻思，循着声音追将出去。跑到屋后墙外，哪有兰珍和敌人踪迹？墙根下却横着两支光闪闪的袖箭，知是打落敌人的暗器。事在紧急，不及拾看，往前一抬头，月光之下，瞥见两条人影疾行如飞，正往日间来路上跑去。前面是个中等身材的短装汉子，手里拿着一把明晃晃的钢刀，后面追的正是兰珍。两人身法都快，晃眼已是一二十丈远近。刚想跟踪追去，猛想起家中还有父母来客和那两件紧要行李，如何能离得人？万一来贼还有同党，故用调虎离山之计，那还了得，想到这里，吃了一惊，看兰珍已占上风，不顾帮同追贼，忙往回跑。才到篱门，便听堂屋内当的一下重物落地之声，知道不好，手扬木棍，飞身纵入。人才落到门口，还未闯进，听室内有一老人语声喝道："你把这名帖带回去，对他说，**一个"他"字，留下多少想象空间！日后也可接续铺演。**此后不许再寻虞、周两家的人为难了，快去！"

周鼎身已纵入，见那两件行李已然挪开了些。屋当中站定一个矮瘦老头，正朝一个高身量的人低声呵叱。那人生得猿背蜂腰，二目神光足满，背上插着一把极锋利的钢刀，腰间挂着镖囊，精神勃勃，甚是矫健，一望而知是个绿林中的好手。方要纵步上前，**写敌人不凡，乃衬托老者更加了得。**老头倏地伸手一拦，喝道："周鼎不许妄动，快让他走！"周鼎原看出老头是自己一面，闻言刚一迟疑，那人已答了声："谨遵老前辈台命，后辈去了。"跟着人随声出，身子往旁一侧，便由周鼎身侧飞纵出去，周鼎因兰珍尚在外面未回，还欲追出，老头一把将他拉住喝道："事情已完，你追他则甚！你老亲在堂，当人家是好惹的么？"周鼎听老头说话是外路口音，料是一位前辈英雄，才想起人家相助一场，还忘了拜见请教，连忙躬身答道："晚生并非追他，苏小姐尚在外面追贼未回呢。"老头答道："这个无妨。那一同党不是她的对手，此时必与侯瞎子遇上，说几句话就回来。可对她说，前途已然平安，到家可将我给的那件东西，找一显眼之处钉好，将来生子，给娃儿随身佩带好了。少时他夫妻起身，你也无庸相送，可命人将四只野猪分别寻到，抬往县中，领下官赏，平均分配。为这畜生，猎户们也着实不易，既令他们出面一场，不如多分一点，此外给众脚夫与同去的乡民便了。**如此高人，却来打理如此琐细之事！**粗人无知，难免相争，你如在此主持，自无话说。否则争端一起，必将你露出。本地劣绅恶棍都有，日后事多，官府知你有此本领，必来请助，休想安静。"

周鼎诺诺连声，方想施礼称谢，请问姓名，老头竟没容他开口，把话说完，扬着右手，道声"再见"，身子一晃，人便到了门外。周鼎忙喊："老前辈留步！"追出看时，哪有人影？心想便飞也没有如此快法，难道会隐身法不成？又跑向前十几步，回头往房上一看，老头已到了后院房上，身法快极，看时已往房后纵落。

知道追他不上，半夜深更，又不便出声高喊，惊动四邻。

异人失之交臂，心正惊惜，一回头，瞥见来路上，又有两个敌人往回飞跑，后面追的正是兰珍。暗忖老头适说事已平息，怎还有贼人余党，偏又是往回路逃走。老头已将强敌赶去，估量不会再有人来，意欲两下夹攻，擒这两个笨贼，问个底细。一举手中棍，正要迎上前去堵截，忽听二贼狂喊救命之声，**添个小桥段，忙里生趣。**一看兰珍已快将贼追上，来贼喊声甚是耳熟。定睛一看，不由嗳呀一声，飞步往前便赶，还未赶到，兰珍已将来人踢倒。周鼎恐她手下绝情，忙喊："快些停手，是自己人！"同时兰珍也发觉所追不是贼党，停手站定。两下见面，兰珍因家中无人，不顾细说，朝二人道声"得罪"，当先往回跑去。周鼎将来人扶起，跟着跑回。刚到家门，方、杨二人也从后院墙外缓步走来，面上神情甚是沮丧。兰珍去到房内看了看，料已无事，也放下兵器走出。周鼎因天色将明，人客快起，只邀二人在门外石上落坐。见兰珍走出，迎上前去，互说经过，才知窗格微响，竟是敌人所为。

原来兰珍先见对面房门虚掩，知道周鼎也在守伺，想起适才分手时忘了招呼一声，敌人到来，如何分头应付。深夜之间，对屋住有下人，不便过去，只得罢了。一会儿三鼓过去，毫无动静，追想身世，方在伤感出神，忽听前窗微微响了一下。兰珍虽从苏翁学了一身本领，遇敌尚是初次。**江湖菜鸟。**当时急于擒贼，又恐惊动众人，给周家留害，仗着心灵手快，身法矫健，乘着外面拉窗之便，跟着一手持剑，一手顺势推开窗户，飞身纵出。那窗户本来虚掩，没有关紧，一推便开，一到外面，便见地上月光映出一条人影，顺房沿正往墙外闪去。兰珍不知敌人调虎离山，目光到处，跟踪跃上房顶，来贼已纵落墙外。如何肯舍？忙又追踪下去。脚才点地，猛觉一点寒星迎面飞来，知是敌人暗器，举剑一隔，刚刚打落，第二箭又到。兰珍照旧隔落，纵身一跃，便到来贼身前，手持宝剑，分心就刺。

来贼是个三十多岁的大麻子，身法绝快，手更狠辣，两箭没有射中，敌人业已追近，也颇吃惊。闪开宝剑，装着欲逃之势，身于往旁轻轻一纵，等兰珍二次纵身追击，倏地施展绝招，改退为进，一个"飞鹰回翼"之势，反身跃起，照准兰珍，连肩带背，一刀砍下。兰珍还算武功精纯，没有中了他的诡计，脚未落地，一见刀到，便一个"独手擎天"之势，用足平生之力，振臂往上一隔。兰珍手中乃是苏翁当年纵横江湖的一口名剑，来贼所用也是一把精钢百炼的好刀。刀剑相击，玱琅一声。兰珍迎势匆促，剑锋略偏，虽未将刀砍断，刀锋微触剑芒，已砍缺了一个小口。来贼甚是内行，一听响声，便知刀已受伤，好生痛惜。同时又觉出敌人力气甚大，这一剑连臂膀都震发了麻，方信名下无虚。此来原为诱敌远出，以便同党下手，不敢应战，纵身跃出老远，回头就往前跑。两下用力都猛，兰珍悬空上隔，越发吃力，刀虽挡开，落地时身子也晃一晃，方行立定。就这略一迟顿之际，敌人已跑出老远。适才险遭暗算，心中急怒，举剑追去。

周鼎先朝院外看了一会儿，毫无迹兆。兰珍出时，面正向里，以为兰珍推窗外视，就此疏忽过去。**又一江湖菜鸟。不是菜鸟，哪来故事！**直等闻得兵刃相触之声，发觉有变追出，贼已跑远。后来兰珍追进谷口，贼人连发暗器，俱被打落，眼看追近，正要反身来斗。两下还未交手，忽然平空纵落一个矮子，只一照面，便鹰拿燕雀也似，将敌人一把抓住，不能动转，附着耳朵说了几句话，来贼恨恨而去。兰珍赶到，贼已放走，一看那人正是小铁猴侯绍，连忙上前行礼拜见，叫了声"叔父"。侯绍道：**这番话解释疑团：一是"三足蟾"何人，二是打劫者由何而来——亦即"他"为何人。**"我先只知白凤娃这贼婆不忿狗子吃了人亏，因事由你起，不听她丈夫的话，暗命党羽与刘家小贼送信，命他暗中下手害你夫妻。谁想事有凑巧，那老酒鬼又给你夫妻惹下一场是非。他那日拿了你几两银子，前往相熟酒家买酒。那酒家姓王，有个儿子叫王明，自幼爱武，跟酒鬼练过几天，因打伤人，逃出在外，不知怎的被他拜了一个能手为师，当晚刚刚同了他师父一齐回来。本就有点耳闻，那两件东西在令尊手里，只访它不着。这老东西酒馆泄机，王明向那能手一说，偏巧白凤娃闻得此人到来，强接到家中款待，一个是想报仇，一个是想打抢，正好同谋。因男贼不愿失信于我，再三劝他，不可现地下手。那人虽想和我斗一下，照理也得顾全主人面子，才没有动。此时我和酒鬼全未得信，多亏令尊一位老朋友，从远方寻他到此。见人已死，因访你得知此事。那晚后挑行李催你们快走的，便是他。随后又给我送了一信，他说沿途护送，叫我先赶到兰溪码头上，寻人抬那东西，并作准备。这位老先生果然老谋深算，敌人算准时辰，由刘家起身，到码头时，你们船已先到，往小路走了，走时又未向脚夫们先说去向。打听不出，正想明日赶往永康，回到刘家一问，猜你夫妻必往周家投宿，夜间又赶了来。我虽能敌此人，无奈我的助手只有两个，他的徒党有三人，个个能手。我知那位老朋友必要相助，便在这里等他。二更带了一个徒弟前来，在谷中和我打了半夜，未分胜败。忽然来了一个党羽，唤止我们，向他说了几句。他知那位老朋友一出面，再不能罢休，立时现眼，才对我说了两句交代话，两罢干戈。并说他用调虎离山之计，另派两徒往盗东西，如已盗去，必然交还。如尚与你交手，可速唤止。此事算了，他也不去刘家，后会有期。我挖苦了他一顿，便即赶来，恰好那厮回门，气他师徒不过，先擒到手，问明之后，再行放走。一再特意把他引到我的身上，日后免他又寻你们晦气。现时那位老朋友必把事情办完，此行尽可无虑。这师徒四人不是无名之辈，都丢了大人，休说刘家父子，连白凤娃狗子也不敢再轻举妄动了。我想会那老朋友一面，日内即出永康，遇便也许看望你们，路上如遇贼党，自觉可胜，只管丢他的人，都有我呢。"

兰珍便问："那老朋友是谁？"侯绍说："此人不叫我对人说他来历名姓，不能失信。好在他送得有一件东西，那是他的名字符记，**仍留悬疑，本为妙笔，可惜后文没有照应。**仔细一想，就知道了，快回去吧。"兰珍只得拜别，回头就跑。一出谷口，她正遇见那两个苏州猎户，因周鼎打完野猪，遇见舜民夫妻，忙着接回款待，忘了寻回二人，周鼎去后，越等越不见影，有心回村，又恐周鼎为野猪所伤，不知就里，见了周铭，无言答对。等到半夜无法，仗着能闻风嗅兽，可以趋避，打算趁着月色，前往兽窟附近寻出周鼎下落，伤了便抬回去，就是死了，也可编词交代。正往谷口一带探头探脑，忽见一男一女持刀飞跑，似是仇杀，又像遇盗，看出两人步法飞快，俱是能手，哪敢招惹？忙向村后藏起，等了一会儿，见无声息，以为去远，刚走向路上，恰值兰珍跑出，见二人也是短装，佩有弓刀，神情鬼祟，见人就逃，误把他们当成贼党，持刀就追。二人又当是女贼，把先一男子杀死谷内，又来伤他们，越发害怕，忙往回路狂奔逃命。兰珍脚程自快，一会儿追上，一腿一个，便自踢倒，方觉贼太脓包，未及喝问，周鼎已看出是二猎户，出声赶上，二人也说了自己来历。兰珍甚是好笑，丢下先跑。**果然好笑。**

周鼎只得饰辞，说这是舍亲，武功甚好，适才追赶一贼，事出误会，并略说日间除猪之事。二人一听四猪全死，立时兴高采烈，转怨为喜，既享名又享利，巴结还来不及，哪里还肯再出怨言？方、杨二人是绿林旧人，家住兰溪乡下僻静之处，乃侯绍的后辈。二人这次刚由北五省做了一票买卖回来。侯绍在江边与他们相遇，知道二人力大，正寻不着人，便托了他们。二人素对侯绍敬畏，难得有事相烦，正可借此献点殷勤，立时应诺，在江边守候。等船到来，乘着忙乱之际，假充脚夫将行李抬到周家，一踩门向路道，**内行。引贼入室，幸亏是好贼。呵呵。**便料敌人当晚不来则已，如来，他猜客住后进，必从后墙纵入。二人本领本来不强，只知周鼎是个会家，年纪却轻，没甚看得起他，意欲显一显本领，所以嘱咐周鼎只守护着那两件东西，自往后墙外觅地埋伏。等到将近四更时分，不见动静，方以为当晚或可无事，谁知敌人也料到侯绍要和他为难，又知兰珍是个家学渊源的能手，来时把徒党分作两路，自当正面，另命两贼用调虎离山之计，一个将人调远，一个力气最大的去盗东西。

方、杨二人正在低声谈论，忽见屋侧人影一晃，知道有变，忙追过去。来人乃是一条细长大汉，身法甚是矫健，见了二人，两下一言不发便动了手。二人先见来人背插单刀，并未使用，只凭双手来斗，脸上带着看不起人的神气，**也"看不起人"，报应真快。**自己也不好意思再用兵刃。不料来人武功精深，竟是劲敌，打了不多一会儿，双双被来人点了哑穴，终算没有伤害，只挖苦了几句，便即纵身上房，进了周家。二人还当敌人只是一个，实则敌人用计甚巧，来的二人并不同路，一个和人动手，一个早从邻室蹿房过来，望见厨房灯光，前往偷听。探出兰珍行李俱在前院，飞身赶去。二人躺在地下着了会急，正气得无计可施，忽见房上纵落下一个矮老头，到了面前，略微一点，便将二人穴道点活。二人知是前辈高人，连忙行礼，称谢请教。老头道："那点倒你的人便是何雄，乃钱塘四少爷中最狠的一个。**微露踪迹。闲招，留个接榫。**你二人跌倒在他手里，也不算丢大人。这厮还有一样好处，占人上风，当面喜欢刻薄几句，背后永不提说。为人也是狠在外表，善在心里，况且今晚又吃我擒住，吃了点小苦，怎肯向人宣扬，丢他自己的人？只你们不提好了。你们相助兰珍夫妻，虽是受了侯朋友之托，也无异帮我的忙。仍恳二位将东西抬送到家，足感盛情，怎么向我老头子称谢？主人周鼎乃黄山萧隐君的得意弟子，你二人把他看轻，未免走眼。目前小辈中新出能手颇多，以后休再以年貌取人。还有洗手宜早，绿林中终非久居之地，能保首领的有几个？这几句话便是我老头子为朋友的一点忠告。你我相遇，终算有缘，异日如有为难之处，寻不到侯朋友相助时，可去雁荡小龙湫后崖绿杉村中寻我好了。"

方、杨二人忙问："老前辈尊姓大名？"老头把右手一伸说道："我住的地方便是我的姓名，到时寻我自知。后会有期，快到前面去吧。"说罢，身形微闪，便自纵落屋后竹林之中，一晃不见。二人见老头伸手时好似只有三个手指，绿杉村不像人名。**再描一笔。**

按说后文当有着落。二人家在南方，作案却在北五省一带，想了想，没听说有这么一位只剩三指的前辈高人。当时很不过意，吃了人亏，好生惭愧，垂头丧气到了前面。见着周鼎一问，果然难关已过。总算周鼎聪明，见贼自后来，二人竟未觉察，面上神色又不自然，并没深问。**聪明固然，也是天性厚道。**一会儿天光渐亮，脚夫们纷纷起身，在原借住的各邻舍家中吃了些泡粥隔夜饭，齐集周家门外，将行李搬出扎捆，等候启行。随行男女仆人等，也早在主人起身以前，打好铺盖卷。舜民夫妻和苇村相继起身，洗漱之后，仍往前院周铭房内落座。一场祸事，一夜之间消弭无形。除却兰珍、周鼎二人，谁也不知一点信息。兰珍知事已完，前途料无凶险，乐得放从容些，并没有像昨晚预拟的那样匆忙。等主人把送行早饭端出，大家吃完，略微梳洗，日头已出现多时。主人自然殷勤送出老远，方始别去。舜民先不放心，暗嘱虞妻，悄问兰珍，只问出事已平息，此后无忧，**过于乐观。**还不知道夜来那等凶险。直到回抵永康好几天，才知底细，好生惊异不置。到家又听乃兄所说弃官之事，由此引起子孙兼习武事的心事，此是后话不提。

一路无事，下午行抵永康家中，舜民安置好了苇村，匆匆进入内宅。由虞妻转述兰珍之言，知道还有两个风尘中的异人，受侯绍之托，相助抬送行李。忙命王升追出去请，答说二人将行李送到，因别人无此大力，仍由他们一直抬进内室；王升事前得了周鼎的密告，早已改了礼貌，因不令先说，到家开发脚轿时，特意将他们留住，准备少时觑便暗告主人稍加礼遇，不料一转身的工夫，二人业已乘乱走出，把先要过去应得的加倍力钱留赠王升；**倒也敞亮。**等到发觉追出查问时，脚轿夫们都在村口小茶馆内歇腿喝茶，尚未走去，只方、杨二人不知去向，问谁都说未见等语。舜民闻言只得罢了，心中惦念长兄尧民，连点心都顾不得吃，出陪苇村略说两句，便一同去至尧民家中看望。尧民早有下人送信，闻兄弟得信即日由湖上赶回，并且苇村也同了来，多年未见的手足至亲，甚是喜慰。正忙着要过来，一听二人同到，连忙接出。三人相见，俱都执手呜咽，悲喜交集，同到内书房中，落座献茶，吩咐厨房开上点心，准备夜间酒饭。

第七回　深机密阱　伏莽刺清官
　　　　　　除暴安良　中途惊丑类

　　舜民等下人走出，悄问这次弃官经过，**由此转入另一条线索，引出司空晚星与黑摩勒。**才知尧民因公开罪督抚，以前京中朝贵，得罪的又多，内外排挤，几乎受人中伤。虽经幕中好友设法弥缝，免去陷害，旋即急流勇退，告老休致，可是对头气仍不出，暗命随伺护院的武师勾结绿林中人埋伏中途，意欲连尧民全家老小一齐杀害，事情真个险到极处。也全仗着一位异人暗中保护，方得化险为夷，安抵故乡。因路上那异人曾杀死两个对头派来的盗党，虽然杀得巧妙，好似与尧民无关，终恐事泄，余党上门寻仇，所以赶回，与舜民共商预防之策。舜民也把自己所遇大略说了，因闻知魏良夫、钱新民两个运筹策划的名幕好友和那异人俱同了来，在后花园客馆中居住，立时请见。尧民说："良夫、新民少时自来，异人虽然在此，常时外出，行踪无定，除魏、钱二人和自己外不见生人。你倒愿见，但还有苇村在座，不便勉强。好在你已回家，早晚可见，不必忙在一时，可明早抽空来见一面，等苇村回杭之后再行常聚畅谈好了。"舜民只得罢了。苇村与尧民兄弟虽是戚好关心，但知尧民得罪人多，事关紧要，恐他兄弟久别重逢，或有背人的话，略叙寒温，便推看桌上书画，走过一旁。**也是知趣之人。**尧民兄弟为人周到，恐他多疑，又知他嘴敞心直，除了几句机密的话把声音放低略说大概外，余者都是寻常谈话，故使闻之。**人情世故，写得细致。**等话说完，下人开上点心，苇村走过，舜民重又补叙前事，只隐起途中遇盗、异人相助一节。舜民乘便，又进去拜见了一会儿嫂子。

　　苇村听出事情已完，当是想念兄弟，故作惊人之事，**指急招舜民事**。深以尧民此次急流勇退，早日归田为然。跟着魏良夫、钱新民来见，宾主五人一同畅叙。尧民作内外官多年，饮食也甚考究，彼此谈宴甚乐。虞妻早带兰珍随后赶来，拜见兄嫂，由尧民之妻张氏后面备席款待，在席女眷都夸兰珍温柔貌美不置。外面尧民又给兄弟筹议了一阵纳妾之事。舜民说虞妻甚爱此女，已拜姊妹，娶时须按妻礼相待。尧民人较古直，又听舜民匆匆说个大概，不知详情，老大不以为然。**也是人情之常**。后来还是苇村说起江中遭风遇险，二女相救经过。尧民一想，久别的垂老弟兄，他又中年无子，平日坚不纳妾，自己都曾函劝多回无效，难得答应，既是一个奇女，又出弟媳心意，何苦再强他不欢？也就不再坚持成见。舜民见这一关居然通过，别无阻碍，可以略报二女和苏翁高义，心中大喜。五人谈至深更，女客散了多时，还未舍得分别。后来尧民恐苇村途中劳顿，须要早息，言明先住舜民家内过几日，再请来己家下榻，白日往来两家，分别延款，方始拿自己坐的轿子送回安歇。

　　舜民到家，经虞妻转叙嫂氏所说途中涉险遇救经过，竟比自己所经历还险得多，好生惊异。次早尧民下帖请客，舜民陪了苇村同去，假说往后院与嫂氏请安，并查看侄辈功课，才得抽空到了后园，见着魏、钱二人，一问异人，天方黎明，便说要去雁荡访友，约有半月归来，**暂时不见，也是叙事一个法门，故意延滞以蓄其势也**。再与舜民相见，已然不在，舜民无法，又向魏、钱二人细问异人来历，才知尧民这次侥幸免祸，也是一念之善所致。

　　原来魏良夫虽是个不第秀才，**"才知""原来"，便打开另一支脉。此书前半，以舜民、尧民兄弟历险为两条线索，分别牵连出江小妹及萧隐君、侯绍、钱应泰一干人等，司空晓星、黑摩勒及葛鹰一干人等，最后合到北山讲理大结局**。但是学问渊博，多才多艺，刑名钱谷之学均所擅长，智计尤为过人，因为屡试不第，家况清寒，不得已幕游在外，频年流转，始终不曾遇到一个识货的好东家。先经朋友引荐，在前任闽臬署内当幕宾。东家是个识字无多的贵胄，官由夤缘奔走而来，每日只知巴结上司当道，酒食征逐，公事都操在两个亲近幕宾和心腹家人手里，对他并无一点器重。良夫虽觉无味，但是为家所累，莫可如何。终算东家出身华族，手还大方，只管看不起他，冲着荐主情面，钱却没有少送，良夫性喜登临，反正无什么事办，便择了好山好水之处选胜探幽，游它一个尽兴，往往一出门就是十天半月，东家也不来过问。

正过着清闲岁月，东家忽为亲信恶幕所误，贪了一笔大赃。御史风闻入奏，朝廷震怒，派员密查。仗着京中显要多半世交，得信尚早，查的人又受了请托，虽然没有把事闹大，官却丢了，后任便是尧民接替。良夫机智绝伦，长于料事，当前任事还没有发作，便看出照此闹法非糟不可，想起自己白受人财，未曾效力，有心想给他出个主意消祸无形，偏生东家被那两个恶幕把持，轻易见他不到，如何可以生效？人微言轻，说也无用，同时又恐事情闹大，万一受了牵连；冷板凳业已坐够，无意再在福建勾留，便写了一封信辞馆。本意书上即行，谁想东家虽是昏庸，对人却厚，见他求去，竟送了很厚的程仪。良夫终觉就此丢下一走，问心不过，行时盘算了一阵，写下两封信，一封道谢，一封隐去姓名交给东家一个老年世仆，里面写的便是给东家免祸的计策，烦他到事发时再行呈上，后来查办的人虽受朝贵请托，因为人证确凿无法消弭，好生为难。最终仍仗良夫这一封信，才得大事化小，含糊过去。**报了私恩，亏了大义。通俗小说往往于此类地方出现"正义盲区"，如武松与孙二娘夫妇结义。**

良夫信上以后，当日搬出衙署，寻了福州城外一个素识的庙宇清泉寺住下，打算待过两天，买点土物，行即起身，回转浙江原籍家中看望一下，再打出门主意。不料那年福建大暑，时方初夏，天便奇热，常下大雨，湿气异常之重。刚住了一天，第二日便中暑发痧，几乎死去。挨了好些天，病体略好，又长了一身湿疮，双足肿痛不能下地，共病了三个来月。容到痊愈，人既清瘦如柴，天又热得人喘不过气来。病体屡弱，如何敢走长路冒暑回家？只得打算秋凉之后再行他去。良夫偏又惦念家况，头一次病才好些，便把所得程仪和平日积存的银子分出多半，托便人带了回去；下余少数旅费，二次生疮病倒，早已做了医药之资，花个干净。还算寺僧是个方外之交，不特照常款待，遇到必需之用，还给他垫补。

可是寺在附廓山中，山名雪峰，寺址幽僻，没有香火，寺僧寒栖，只带三个徒弟，种着几亩山田果树，勉强够用，也颇清苦。长此下去终非了局，如何还有还乡的旅费？心中焦灼，去到城里一打听，东家只是丢官，没有闯出大祸，现时业已进京。几个估量可以通融的寻常朋友，事有凑巧，就在这将近三月的光景，全都风流云散。只打听出原荐主升了陕西藩台，一则路远，二则也不是个识货的主人，上次转荐，虽因自己水土不服，一半也是受他左右排挤，借此推出门去，怎好往投？闷闷回到寺中，越想越烦，加上跑这一天中了点暑，连急带受热，三次又复病倒。**时来天地皆助力，运去英雄不自由。**尚幸没有前两次重，人能起能坐罢了。

这日午后下了一场大雨，山中气候比较清凉，方觉身子略微松快。寺僧寒栖进房看望，劝他趁着雨后新凉，**僧人而不势利，如今已是珍稀物种。**到山门外游散片时，免得老在房中枯坐，闷出病来。良夫不便拂良友好意，随同信步走出。到了寺门外面，一看寒栖已命徒弟将左近崖坡上的一座山亭打扫干净，铺下一张凉席，两个蒲团，端上一大盆隔夜浸入井泉的瓜果，更恐良夫病后不喜生冷，又命徒弟在亭外坡石上升了个红泥风炉，用松柴烧好一壶新泉，准备烹那新近从武夷带回的新茶。**真正大德！**

夕阳新弄，晴虹丽天，四围山色，苍润欲滴。榕荫柳荫中，到处都是蝉鸣，"知了知了"之声鸣和如潮，与远近松涛泉瀑相应，汇为天籁。一阵清风过处，碧枝摇舞，杂花乱飞，起伏若浪。遥望山外平肢浅陇中，时有二三牧童叱犊归去，出没斜阳丛树之间，笠影鞭丝，宛然如画。**所谓"心旷神怡"。**景物既佳，加以主人情重，设备风雅，不觉烦愁尽去，心胸开朗起来。一会儿，小和尚将新茶煎来，寒栖命将瓜果切开，取些到亭外去吃，自和良夫对坐清谈。良夫饮了半杯，方夸茶好水好，忽见山角下转过一个中年人，便衣便帽，手夹一把遮阳伞，周身都被雨水淋湿，急匆匆低着个头，绕着地下积潦，连纵带跳，直往庙前跑去，看神气颇似一个久惯跟官的长随。**描摹逼真。突如其来，正是传奇写法。**良夫指对寒栖道："老禅师，施主上门了。"寒栖笑道："荒山冷寺，素无香火。这人不是问路，便是投宿借斋。庙中还有两个徒儿，自会酬对。我们只管品茗看山，不必理他。"**高僧口吻。**

良夫方要说这人恐是前站，后面必还跟有他的主人。话未出口，便见山角小径上又走来两人，前行的是个年约五旬的老者，虽也穿着常服，神情动作俱都不俗，一望而知，是个微服出游的达官显宦。随后那人身材稍瘦，年纪较轻，像是前行老者的幕宾。各自低着个头提了两襟，脚找干处，向庙前走去。身后不远随定两个乡民，用扁担和衣服裹抬着一人，周身泥水淋漓，像是烂泥沟里刚捞起的神气。良夫便对寒栖道："我说后面还有主人不是？你看你的事情来了。照我眼力，那老者定是城里的现任官府，出游遇雨。后面抬的那人想是失足坠入泥沟受伤，就近抬到庙中歇脚，讨些饮食。你想躲开，由徒弟们接待，恐还不行呢。"**开口便见料事如神，可叹命寒埋没。**寒栖也觉所料甚是，刚把眉头一皱，还未答话，先那长随已从庙中当先跑出，见了老者，抢步向前，打了一千，垂手禀道："回老爷的话，这庙里只有两个小和尚在家，说他师父已陪一个姓魏的俗家朋友往前山看晚景去了；师父脾气古怪，向来不应酬客人，这庙也素无香火，他倒能作点主。请老爷示下。"说时，小和尚也从庙内走出，见了来人，合掌行了僧礼。老者闻言，便对那小和尚笑道："我们闲游遇雨，路救一人。这里离城市太远，想借你庙少歇一会儿，用些茶水，借一块板，抬他进城养息，走时给你香资。既是你能当家，不必再喊你师父回来了。"小和尚合掌躬身道："小庙素无香火，救人是我佛门应做之事，请将人抬进去吧。"

良夫见来人似个贵官，说话和气，全无一点俗吏威势，甚是心许。正在留神观听，那长随猛一抬头，悄向老者禀道："和尚就在对面山坡上，也不下来接待。"**也是随从常态。**老者瞪了他一眼，意似不许多说。来人除长随外都站坡下，背向山亭，本没看见亭内有人，长随这一说，被同行中年人听去，回身抬头来看，两下相隔本只三四丈远近，这一看，正与良夫彼此目光相对，互把面容看清，不禁同时"嗳呀"一声，一个由亭内跑下，一个觅路上山，彼此握手相视，喜出望外，哈哈大笑，各道"幸会"不置。原来老者便是新任臬司虞尧民，**所谓"无巧不成书"。又所谓"否极泰来"。**同行中年人便是他聘的名幕钱新民，与良夫原是十年前的旧交至好。到任后，听人说起，良夫曾在前任幕中，因想有此好手，怎会惹出那样大祸？心还不信，后才问出东家对他并不信任，日常出游，事败前早已辞官还乡，心替良夫可惜，否则留他在署岂不多一臂助？**新民可人。不是惠施、庞涓一流。**尧民闻得有此好手，还令新民给他家乡去信邀约，正盼回信，不想无心在此相遇。

二人见后，连忙一同下坡，见了尧民，同去庙中落座。尧民道了倾慕，俱甚欢欣，经此一来，寒栖自不能再作不理，少不得要敷衍一阵。好在宾主都非俗流，各自略分论交，颇为相得。那病人早经长随安置僧房榻上，脱了湿衣，灌些热水，人还是一息奄奄，不能起坐。坐定略谈近况，尧民心还惦记所救之人，**仁心厚德，当有福报。**要亲往僧房看望，新民便邀良夫同去。到了一看，见那病人是个短小身材的中年人，此时刚刚救醒，气力虽然不支，二目神光外射，颇不寻常。良夫素精风鉴之学，常年旅食，阅人甚多，心中好生惊异。病人见三人进来，只睁眼看着，并无寻常乞怜感恩之状。**也不寻常。**尧民、新民各宽慰了他几句，也不答腔，反把双目合上，二人也没怪他。尧民回顾长随张福问："病人吃什么东西没有？"张福说："刚喝了一碗糖汤，粥就煮好，等衣服烘干，便借门板抬走，只一到前面镇上，便有藤轿好雇了。"尧民道："我看此人不过刚有转机，轿子如何坐得！还是门板平抬稳当。少时途中雇上轿子，张福可向人家借匹快马，赶在前头，将医生请到公馆等候好了。"说罢，又往病人榻前看了看，才一同走出，回到前面。寒栖己命徒弟下了三碗素面上来。三人且吃且谈，良夫问起救人经过。**又是一层补叙。**

　　原来尧民也是一个烟霞痼癖，最喜微服出游，选胜登临，就便寻求民隐。为了常时出门，家眷不住衙门，另外订有一处公馆。到任以来，天气奇热，一直没出过门，这日原因长乐县出了一桩要案，有人上控，事主是个福州大绅士，家住鼓山附近，便和新民商量，借着游山为名，天才亮便趁早凉走出，先到鼓山探问了一回，找个镇市吃了一顿午饭。福州富庶之区，二人穿着并不华贵，又是初出访事，倒也无人看出。饭后打算回去，一看赤日当空，离城又远，新民偶然谈起雪峰之胜，尧民不觉心动，贾勇说道："回城更热，这里虽热还有榕荫之下的野风可吹、野景可看，索性游完雪峰再回去吧。"新民恐他年老不胜暑热，从旁劝阻，就要去也等日色偏西再去。尧民笑道："茶馆酒肆之中来往多是市侩，看见他们，先添了好些热气。下午再往，到时已近黄昏，无可留连。此时前去，虽冒点热，但是越往后越凉快，到了那里正好时候。你看那边来道都是榕柳，坐轿倒热，我们由树荫之下绕向前去，有你这位雅人同行谈话，决不显热，不信你就试试看。真要中暑，张福还带有上好救急痧药呢。**伏笔。小处不苟。**老夫久惯这种生涯，少时趁着晚凉步月而归，才知此游之乐呢。"**雅人雅趣。**

　　新民强他不过，只得应了。主仆三人路上向人打听，知道后山有一庙宇，风景不恶。原意就打算往寻寺僧谈谈，还未行抵山脚，便遇倾盆大雨，主仆三人，就张福带着一把阳伞，也抵不住雨势，勉强寻了一个略高一点的崖口避了个把时辰，雨才略住。尧民见湿云嗡莽满空急驰，天际斜阳竟似雾约纱笼，万丈红光时从云隙中向地面迸射，云层掩映，幻为霞绮，更有晴虹一道高亘天中，细雨蒙蒙，时随斜风吹到脸上，湿润润的，顿觉眉宇清凉，暑气全消，胸襟为之一快。大雨之后，崖前平添了好几十处飞泉，凹处雨水，积为急溜，到处水声潺潺，与林鸟噪晴之声相应。方和新民说，景物清丽，为到任以来仅见，峰后之景必然更胜，欲命张福朝前探路，看由何处可以绕过，忽听左侧有人"嗳呀"了一声。尧民听出是负痛的声音，疑心有人雨中失足坠崖，忙和新民走出寻视，见崖侧不远，上面飞瀑下垂，粗约二尺，下面是一小池塘，塘心深草多半枯焦。看神气崖上原有一条瀑布，下注塘里，因为天旱日久，瀑布塘水相继干涸，经此一场大雨，崖顶积水，又复随流成瀑，所以塘里虽然有水，草却是枯的。方诧人声明在这里，怎的未见？新民连喊"人在哪里"，也无应声。

三人正要顺路寻去，忽见塘中水草响动，先还以为水蛇之类，定睛一看，新民眼快，首喊："人在塘里，张福快些拉他上来！"张福用伞柄俯身拨草一看，果是一个身材短小的中年人，全身浸在水泥里面，想是口喊不出，知道有人救他，频频手足乱动，尚未身死。潭水本来不洁，到处又有深草堆积，只半边脸被水泡住，上半身地势较高，不曾进水，所以没有淹死。唤了两声不答应，尧民命他脱了长衣鞋袜下去，拉起一看，那人耳目紧闭，周身泥水污湿，乍看貌相和打扮都像是个读书人。暗忖：避雨之前，老早看到崖前一带并无人行。料是受暑发了急痧，心中烦渴，神志昏乱，望见池塘，以为有水，意欲就饮，一个立足不住，跌倒塘里死去，被冷雨一激，才有了一线生机。见他气息仅属，不能言动，当时动了恻隐，忙命张福将身带暑药取出，**暑药，前伏笔。一点恻隐，大有福报。**与他闻上；旱后山中雨水恐怕有毒，不敢妄用，**经验之谈。**又塞了好些在他口内。待了一会儿，居然打了两个喷嚏，尧民知道有救，命将前心解开，自取制钱给他刮痧。

正刮之间，瞥见那人口袋内有一封书信，虽然被水浸透，上面字迹仍可辨认。心想此人形迹可疑，恐他如此暑热急行，或者有什么紧要之事，顺手递与新民，轻轻撕去信封揭开一看，不禁大惊。原来那书信只是寥寥几行字，文既简古，书法更佳，大意说那人是接信人的救星，一到便可转危为安，还有两句隐语不知何解；称那人做星叔；信封上只"拜乞赐交三舍弟手拆"九个字，收受双方都无姓名。最奇怪的是，当天七月十四，发信日期是七月初十，地点是在秣陵，收信人却是福建，只没说出哪一县来；信上也有"星叔初十夜行，计程至迟望前可以及闽"的话。暗忖，古秣陵郡即今江苏常州府治，去此数千里，四天工夫，快马也不能到，这人怎有如此脚力？悄悄给尧民看了。尧民大是惊异，料非常人，急欲将他救醒。想起峰后有庙，正要命张福背往，恰值两个乡民在远处经过，忙命张福跑去唤来。一打听，村镇人家左近虽有，比较还是那庙最近，决计抬往庙中讨些水吃，给他把湿衣烘干，略微歇息，再行抬回城去调治。那乡民原是从镇上卖完柴草回头，只带着一条扁担和些草索，急切间找不到搭人的木板。新民出主意，叫二乡民各把身上短衣脱下，连同张福和自己的汗褂，用草索扎成一个软兜，将人放在里面，外用草索连头带脚套上几匝，将扁担从中穿过，才得抬到庙里。

新民说罢前事，又将那封信取出与良夫看。良夫见那信纸信封俱甚精雅，写作两佳，虽然被水浸过，因新民也是个名幕，揭贴挖补等手法均所擅长，**幕僚内幕**。再加天晴了好一会儿，纸已逐渐干透，除信封粘口水融，裂开数片外，信纸字迹依然完好。那隐语写在信的后边，乃"良冶莫致，前略未期，奈何"十个字，像是要找铁工铸什么器械，语气却又发愁难找好手，以致前此策略难于成功。一件铁器，何以看得如此重大，经时许久，竟会找不出一个好铁匠？又觉不似。三人俱觉别有深意在内，当时想它不出。**处处留有悬念，是还珠惯用手法。好处是张大格局，也为后文预留线头；坏处是到处敞着口，对读者心理预期不免"屡屡失约"。**一会儿，张福来报，那人二次服药之后，又给他喂了一些稀饭，神志业已渐清，只不爱理人，问话不答。适才衣服烤干，给他更换，他见钱物俱在，只没了那封信，嘴皮动了动，似想问话，又止住没说出来。临出门时，忽问："将才进房看我的是现任官府么？"小的把老爷和钱师爷的官衔和姓名跟他说了，他也没托小的代他道谢，只说了句"难得"，便把眼睛闭上，说话好似两湖一带口音，并请示行止。尧民见天已渐入黄昏，忙着进城延医，因见寒栖不俗，又是良夫的好居停，特写了五十两银子的香资，明日着人送来，并约定秋凉后常去公馆谈谈，彼此结一方外之交。寒栖合掌谢了。

良夫早经新民代东家致意延聘入幕，宾主均非庸流，用不着什么过节礼数。尧民更是爱才若渴，心仪已久，当时便请同行，良夫穷途之中得此贤主，自是高兴，又急于想知尧民所救异人来历，**加此一句，便见出不是俗幕**。当时应诺。因是热天，无须多带行李，略带两三身换洗衣服，便即起身。病人始终闭目不发一言，仍由原来二乡民借了庙中一块木板抬送。寒栖及门徒送出里许，方始与良夫殷殷握别而去。

时已黄昏，晚烟四起，暝色欲晦，走不多时，榕荫月漏，遍野清光，碧空晴弄，纤云不染，月朗星稀，分外高洁。一行趁着晚凉赶到镇上，雇好藤轿小驴。病人因乡民看出雇主大方，执意抬送到底，也没换人。进城时，早已万家灯火了。一到了尧民公馆，张福和二乡民相次先到，张福最先到家，一面命人去请医生，一面命厨房准备接风筵席，铺陈来客和病人下榻之所，然后迎上二乡民，引他们由后门进去，从优开发脚钱，将病人安置在花园闲房以内。尧民等三人跟着坐轿到来，先去花园看了病人，等医生赶到，看完脉象，开了药方，才往前厅入席欢叙，那病人原是冒着酷暑，晓夜赶行，途中染受山岚瘴毒，发了急痧，眼花寻水，误落泥潭。本已身死，后来吃暴雨崖瀑一冲激，虽然微微苏醒，但只心里明白，不能言动。尚幸为人机警，本质强健，闻得崖侧人语，强挣着喊了一声，总算五行有救，遇见尧民这样好人，偏又带有对症的急效灵药，**再次照应前文伏笔**。经过两三番急救诊治，立即出死入生，脱离险境。尧民席散后，几番着人探视，回报面色已转红润，屡称口渴，想吃冷的，医生原令备有西瓜，下人切了端上。病人一路大吃，吃完又睡，始终不发一言。**身份特异**。尧民命两个小厮用心伺候，不可稍有怠慢。宾主两人谈到夜阑，方行分手安歇。

尧民回上房时，天已三更过去，正拟顺便前往探看，刚一走进花园内，便见一个服侍病人的小厮如飞跑来。喝住一问，说病人二更时忽把两小厮唤至榻前，说："我病已好了大半，现要关门熄灯安歇，你们自去歇息，明早再和你们主人相见，夜来不要进房惊扰。可到前面告知张管家，如有入来探看，可代婉谢回去。"那两小厮一名侍琴，一名侍棋，年只十五六岁，人均机灵。见来客虽非素识，主人却那般看重，侍应甚是留心，当时答应退出，只在左近园中乘凉，因防病人夜间呼唤，并未离开。算什半夜里不会来人探看，乐得偷懒，也未往前面送信。三更过后，见天上风起云升，星月尽掩，侍琴想起病人房内后窗未关，恐少时风雨，天气转凉，受了感冒。绕到屋后关窗时，探头往里一看，屋里灯已熄灭，暗影中，好似白珠罗纱帐内并没有人。先还以为屋中太黑，没有看清，忽然一阵狂风吹来，将屋里挂的字画吹的沙沙梆梆乱响，正要进去，跟着一个雷闪打过，电光照处，床上果然空空。**细小处，描摹逼真**。不由大吃一惊，喊了两声，没听病人答应，情知有异，因房门已关，便喊来侍琴，一同翻窗进去。将灯点起，四外一找，哪有病客的踪迹？二人大惊，侍棋守在那里，侍琴赶往前面报信，正遇尧民走来，听他说完，忙命侍琴去请新民，快到花园相见。

这时天上密云未雨，雷声殷殷，电闪似金蛇一般在天边乱窜。各处甬道游廊上，挂的纱灯多半被风吹熄，到处黑洞洞的。新民刚把良夫安置，由花园另一面向外走，眼前一花，好似有人向前擦肩而过，定睛细看，并无一人。心中惊疑，方要喝问，又听对面步履之声，近前一问，正是侍琴，说"病客半夜里不见，老爷现在他屋内坐等，请师爷就去。"新民连忙赶往，尧民正在病客房中，手里拿着一张纸条，在那里沉吟不语，见新民走来，便道："新民，你看这事多怪，你先看这位朋友给我们二人留别的字。"新民接过一看，那信先被风吹落，经侍棋在床边寻到的，纸墨都是适才医生开方所剩，上写："百死之身，得脱鬼趣。只以受人之托，所事未终，时机云迈，不遑宁处。病孽少祛，值已更阑，未敢重劳清虑，留为拜别。歉咎至极，事竟荆见，再当泥首，谨拜留上虞、钱二公足下。泥中人顿首。"三行小楷，**好文字，好境界。**书法褚河南，茂密朗润，看去很用过几天工夫。看罢，方自寻思。

尧民命将前书取出比看，新民因那信已干，恐东家索看，到家更衣之前，仍放在衣袋内。闻言伸手去摸，业已化为乌有。猛想起适才暗中行路，似有一黑影擦肩而过，定被那病人取去无疑，便和尧民说了。知是飞行绝迹的异人，书上语气真诚，不落寻常感恩图报俗套。看他受人之托，从数千里外冒暑长征，锐身急难，几于葬身沟壑，刚得重生，又复力疾赴难，生死不渝，这等高风侠行，毅力诚心，尤为难能可贵。**一篇《游侠列传》。**二人谈起，俱甚敬佩。算计他必要重来，便嘱二童不许向外张扬，明日对人只说病人半夜里病愈，与老爷见面，说家在近处，身有要事，必须回去，改日再来畅聚，已然辞别。嘱咐停当，分别回房安歇。第二日重设延宾之宴，聘请良夫入衙，**郑重。用人首在尊敬。**与新民共办笔墨。尧民世族科甲，又是行家，几天过去，便看出良夫的真才实学，越发看重，相待甚优。良夫穷途知己，感恩图报，尽心襄助，自不必说。尧民幕中有了这样好手，官声益发大著，起初总以为所救异人不久必来，谁知光阴易逝，一晃过了年余，并无音迹，先还不时谈起，日子一久也就不在话下。**好。若来相见，便落俗套，后文也便无精彩。**

尧民为人方正清廉，疾恶如仇，京中当道，本就得罪很多，偏生这年新任闽抚出身纨绔，人极糊涂，却好武勇，院衙养着不少教师护院，什么样人都有，常在外面狐假虎威，鱼肉良善。这样上司，尧民哪里看得起他！遇见有人滋事，立即执法以绳，不少宽假。闽侯县令黄应琼恰是尧民年侄门生，少年风骨，守正不阿，秉承老年伯的意旨，决不留情，一味公事公办。闽抚不懂公事，幕中都是一些清客篾片之流，只一护短，便栽跟斗。想拿首县出气，只拿不着人家错处，又有尧民为作护符。还算藩司是个好好先生，与双方一是友谊，一是世交，常出来作和事佬。尧民又有良夫、新民二人力劝稍微容让，否则僵局更多，简直不能下台。闽抚枉自痛恨，无计可施。后来嫌怨日深，闽抚把这两人看作眼钉肉刺。**官场常态**。

正在无可奈何之际，忽然有人带来一个幕宾，是个奸猾小人，到不几天便给东家出主意，一面专人进京贿托当道，找两个奔走权门的御史，风闻入奏，参劾尧民、应琼。一面又买串刁民，上控闽、长两县，命手下武师夜入人家，做出贼证，教官府审问不清，他却据以撤革查办。准备万一参不动尧民，先去掉他的爪牙。容到此计不成，索性再命武师下手行刺，必欲去之为快。尧民本不知情，这晚宾主三人正在后园夜饮畅谈，忽然接到一封密函，先把奸谋和盘托出，末了却劝尧民急流勇退，否则朝有权臣大敌内外谋孽，目前小人道长，日夕设计倾陷，终难免患。函长千言，披陈利害，甚是详明，笔迹署名，正是那自称泥中人的异人。三人见对方阴谋果然狠毒，并且他身边养有不少飞檐走壁的武师，怎么样也要吃他的亏。

尧民年来官情原本淡泊，复经良夫、新民力劝，决计洁身全躯而退，辞官归隐，只不愿连累黄应琼和长乐县两个门生属吏。三人彻夜熟商，经良夫想出计策，一面命人进京打点，一面把闽、长两县召来，授以密计，应付仇敌，并说："我已归遂初服，皮之不存，毛将焉附？"劝令暂时先以告病引退，以免危害。二人一听，也害了怕，均都依言行事。各费了无数心力，**君子道消，莫可如何。专制政体，道德终难敌权力**。勉强挨了数月。仗着异人报警，得信尚快，居然抢在头里。言官参奏尧民未成，反得了一点小处分。闽、长两县一面告病，一面竭力提防，总算化险为夷，平安卸任，不敢在省里停留，各自设法另行谋干去了。风波平息，尧民辞章早到京里。那些仇家没参得动他，仇恨越深，正打算示意闽、浙督抚联衔参奏。闽抚更是不肯甘休，难得他自肯知难告退，自是称心。圣眷只管优隆，**"圣眷"从来都是靠不住的。**终为权奸所惑，准了奏折，原品休致。

尧民存着戒心，退志坚决，发奏折时公馆未退，家眷悄悄先行，跟着起运书籍行李。等新任到来交代，原已办好相候，从容度过，假作因病谢客，实则第二日便派了两名老家人暂守空房，随后再走，自和两个幕中良友，得力家人张福，轻车简从，微服宵行，离开福州省城，往永康故乡进发。**确是干才，可惜用到了此处。一叹。**三人行在路上，只说事机缜密，仇人决不至于觉察。谁知闽抚所延恶贼也颇机警。起初行刺原为闽抚忿极相拼，及见人已辞官，省里行刺难免要担处分，路上便可推之盗贼。好在院衙内这类充刺客的人物又有的是，又见上次陷害尧民，对方好似未卜先知，应付裕如，越发加了小心。一面改变方略，一面暗命心腹不分晓夜窥伺行踪。尧民这里刚走，闽抚早得了报告，立派两拨谋勇兼全、与沿途绿林中人通声气的刺客尾随下来。**人为刀俎，情势极为险恶。不过，读者早知有"泥中人"，故不紧张，只是静等看戏。**

尧民等三人，因闽、浙交界好山好水甚多，沿途正好就便登临，还在睡里梦里，这日行经延平府城外。延平古名剑州，地居闽江上游，乃闽浙水陆两运要冲，官驿所经，江中木排商船往来如织，市廛甚为殷富，尧民因在路上听说江边有一临江楼，菜肴茶点均负盛名，忽动酒兴，想去痛饮一顿，在当地歇上一日，少浣征尘，再往浦城赶去。良夫新民也未劝阻。好在沿途都是官道大路，尽多繁盛之区，一行所用舟轿车马，为了避人耳目，都是相度情形，隔县零雇。当时先寻了一家中等客店住下，开发舆夫，命张福看家，自在店中要吃的。宾主三人一同问路，往临江楼酒馆中走去。到了一看，那楼面江而建，正当闹市之中，分上下两层，共是三间门面，设备甚是富丽。这时正当中午饭时，雅座业已卖满。还算堂倌有点眼力，看出三人气度不似常人，另眼相看，设法把楼梯口那间小雅座，向两个要走未走的熟茶客匀让出来。

三人入内坐定，先要了一碟肉松、一碟红糟鳗鱼、一碟烩鲜虾、一碟凉拌珍珠笋、**武侠细写菜肴，还珠得风气之先。金庸踵武。**一斤竹叶青，先饮了一阵酒。良夫在闽较久，归他想菜，又要了炒鲜虾仁、糖炒白鲞、虾干笋片、扁食燕皮、红烧鱼皮、银肺汤六样。**读到此处，食指大动。**尧民嫌少，叫堂倌再报拿手的菜，堂倌刚报了两吃琵琶虾和芙蓉鸡圭，忽听外室有两人说话，都是北京口音。一个说道："你说这事够多新鲜，就这一会儿的工夫，四个大活人，他妈属螃蟹的，楞会横着就颠啦！""颠啦"，**果然北京土话。**一个答道："你这是多余，操这份心干吗？他反正得打浦城、仙霞这条路走，前站不还有赵爷他们侍候不是，咱们哥几个，谁还分谁，谁办不一样？只交得上差就得。听说这馆子怪不错的，乐得歇歇腿，吃顿好米饭，再追上去也来得及。我在福州这几年，口味也随了人家啦，什么腥的臭的，满没听提，你怎么着？"一个道："我倒也能凑合一气，可是先提那档子事别瞧着容易，我这几天真犯嘀咕，心老不定。"底下声音便小了下去。**一悬念。**良夫闻听，首先心动，忙和尧民一使眼色，把声音放低，把学来的闽语告知堂倌不必报了，只捡好的拿来就是。

一面起身，由帘缝向外偷看。只见近侧不远，紧贴楼柱一张桌旁坐着两人。对面是个麻子，身材高大，紫黑脸膛，额有刀瘢，浓眉如刷，二目凶光外射，满脸豪横之气。另一人也是个梢长大汉，只比麻子身材瘦些，背向雅座，看不见脸。时虽深秋，南方地暖，二人都把长衣脱去，身上只穿着一身夹袄裤，都是上面密扣紧身，下面丝带绑腿，青布袜子，虎头皂鞋。桌旁椅上斜靠着两件行囊，粗只尺许，却有三尺来长，二人长衣搭在上面，内中好像包有兵器，一望而知是北方豪强之士。**得其神。**堂倌刚把酒菜送上，看神气刚到不久。良夫何等机警，一听二人所说口气，便想起泥中人告密信上，曾有对头着人行刺之言，料定尧民行踪已被对头发觉，派刺客暗跟下来，并还不止一拨。因避嫌疑关系，不在福建境内下手，意欲尾随到了闽、浙交界山野无人之地再行发难。只不知二人既是如影随形、寸步不离的跟随，适才住店开发舆马，并未觉察隐避，二人怎会同失迷了所追人的踪迹？好生不解。**一悬念。**

　　见二人已在狼吞虎咽，大吃大喝，不再说话。又见堂倌端了适要的菜快进房来，忙即归座，等堂倌放菜去后悄悄告知尧民、新民。二人本也听出有异，心却镇定，便商量脱险之策。新民先主张乘刺客走迷之际，由当地改道，或雇舟船溯江上驶。良夫答道："不妥。刺客不只外边这两个，他们认得我们，我们却不认得他们。一则敌暗我明，二则敌人罗网周密，我们俱是文人，不但手无缚鸡之力，连长路都走不动。舍却官驿正路，便须由仁寿入山，走武夷山中樵径，仍须由仙霞关出境，他派人在关口要路上一堵，便难逃脱，并且这条路，我只在前往幕中时游过一次，也未走完。风景极佳，但是险峻之处太多，有时连个樵径都没有。东翁平日养尊处优，望六的人偶然乘兴游山，健步登临还可，这般险路如何走得？全省都在对头势力之下，刺客都是武勇之徒，一发觉我们失踪，自必追骑四出。我们白受许多辛苦，走个三五天，他只一天便可追上。尤其我们的行止气度不似常人，一望而知，怎么改扮也逃不过江湖上人的眼里。要改道，只有就这里沿富屯溪溯流西上，经邵武、光泽，改道江西边境，越过大杉岭，再绕出上饶、广信，由玉山县回浙，可以免过仙霞关要口之险。但是路程要远出好几倍，**倒是地理通。**难道人家就想不到？终归不是万全之策。"

　　尧民拈髯微笑道："二位老弟快吃罢，酒菜都快凉了。事缓则圆，死生有命。自问生平并无隐匿，或者不致遭人凶杀。此中只宜饮酒，何必为此鼠类败人清兴？有话少时再商量。**可入《世说**

新语·雅量》，与谢安石同传。来来来，大家同干这一杯。"新民听他语声颇高，恐被外面刺客听去，大吃一惊，连忙劝止，手按帘隙外视，那二人正在赌酒豪饮，似未听见。方想说险，见良夫面有笑容，也和尧民一样，**会心**。不以为意。心中奇怪，因良夫也在劝酒，料有佳谋，不便再问。三人酒量都好，这酒添了一斤又一斤。容到尽醉，饭座都散，换了一堂的茶客，两个刺客也早吃完走去。三人各吃了一碗煮米粉，会账回去。

路上留神查看，街市甚是热闹，来往行人都以土著为多，没见一个异言异服的北方人。估量刺客，定照所说，往前途赶去。当下回到客店，张福开了房门，泡上香茶，重又谈起前事。尧民先道："二位老弟，我觉得祸福命中注定，这不是躲的事。"良夫也道："此言对极，与其白受颠连辛苦仍落贼手，还不如从从容容，到了仙霞关再打主意的好呢。"新民只当二人适才那么从容谈笑，有什么高明主意，一听还是得过且过、听天由命的办法，不觉失声惊道：**分了高下。写小说，必如此方有话说。没有猪八戒的颟顸，怎见出孙行者的精干？**"这如何行！对头处心积虑，埋伏重重，还欲刺杀我们。不趁此时早打主意，朝他相反的路改道，怎还寻上门去送死呢？"良夫道："事已至此，我们都是文人，敌人陷阱周密，绕道既属徒劳，回走更糟。我向来不肯做那白费心力于事无补的事。除了临机应变，到时想法，哪还有什么好主意呢？"新民道："延平府顾庭礼，东翁旧属，人也精明强干，手下还有几个办案的好手。前在省城，他还着人打听东翁何时起身，准备郊迎祖饯。这次他是不知东翁过境，何不着张福略露行踪，等他来拜，要几名精武艺的捕快护送出境，不比毫无准备差胜一筹么？"**《史记·廉颇蔺相如列传》，缪贤事急欲投燕王，其智相类。**

良夫还未开口，尧民先自摇头道："顾庭礼人极势利圆滑，居官又贪。我曾两次要参劾他，都吃藩台再三求说，勉强忍住，心中保不记恨？他明知我向例不愿受地方属官供张接送，何况又是告老闲身。他不遣人致问，我过时或者还不甚隐讳；这一来我更要轻车简从，微服过境了。他最爱烧冷灶，喜应酬，并不惜费，乃是惟恐得罪我那对头，一方又防我将来再起，特地想出这两面圆全之策，**官场嘴脸**。对我暗示亲敬礼重，对闽抚又可表示体贴宪意，不理睬我。这全是他的手腕权变，哪有什么真心！我对他素来厌恶，怎可急难相投呢？"良夫也说："抚衙所养武师颇有能手，寻常捕快决不能敌。他们又奉有闽抚密令，公私两面俱占便宜，到时只消略露来头，便可倒戈相向。如用他们，不但无益，而且有害。这事并非全无解救，不过有点行险侥幸，敌人也未必便没胜算，令人不能无忧罢了。适才我已仔细想过，我们如若坦然前行，不使敌人知道奸谋泄露，行刺之地必出省境以外，不会在仙霞关这一面。是好是坏，到了关所总可看出一点迹兆。即或事出预料，危机紧迫，过关以后都是山路，昔年畅游武夷仙霞诸山，那一带地理甚熟，还有好些熟识山民。到了那里，相机应付，再行改道也来得及。好在刺客都是北方人，神情装束，语言行止，一望而知。他们多半有勇无谋，认我们文人无用，即此轻敌一念，已落败着，不会成功的了。"

尧民人极达观，初遇刺客也颇吃惊，继而一想，敌人罗网周密，逃避甚难，不由犯了书呆子的脾气，**没有这"书呆子脾气"，也到不了这般田地；然若无这点脾气，一俗吏而已，何从得"泥中人"青目？祸福之道，甚难言也。**心想：死生有命，富贵在天，该死不得活，该活不会死，又见良夫沉吟微笑，神色自若，知他机智绝伦，必不坐听仇人宰割。平日自负养气功深，怎的事未临头，先就心慌手乱起来？这时再一听良夫所说的话，益发断定有脱身之策，安心听他调度，不去过问。新民文字公事都是好手，才智却不如良夫远甚，尤其是出身华屋，秋闱不第，便为官场罗致，成了名幕，生平未经逆境，不似良夫命运多舛，所如辄阻，饥驱奔走，艰苦备尝，**艰难困苦，玉汝于成——千古不易之理！**又是一个泉石膏肓，烟霞痼疾，到处游涉登临，足迹遍于海内，什么样人都见识过，江湖上情形多半熟悉，当时听了良夫的话，终觉这事一点虚悬不得，老大放心不下，无奈自己也想不出什么好主意，因良夫词意吞吐，好像人前不愿明说，不便追问详情，只得罢了。

当时无话，各自睡了一个中觉，醒来天气还早。良夫说那酒楼菜味颇好，提议先往江边闲步一回，走得乏了，如见时候还早。先去江楼品茗，也不限定要什么雅座，只择那临江的桌子坐下，择那好茶泡上三碗，品茗望江，磨到黄昏，照午间的样畅饮饱吃，早点回店安歇，明早天亮好赶路。又恐江楼茶座人满，并命张福先去占座，三人同进江楼。尧民闻言，首先赞好。新民见良夫直似成竹成胸，一点不隐讳形迹，反而倒向人前走动，心中好生不快，便乘尧民往里间更衣时，悄声问道："我们同舟共济，事情已在危急，你却这般大意。想必有什么高明主意了，何不说出来让小弟长点见识，也放心呢。"

良夫知他人极热肠，只是有些小性，听出他语意不乐，**欲编故事，先设计人物；人物须有差异，之间自有故事。**先跑向房门前探头一看，只一店伙提了水壶走过，并无别人，这才回身悄答道："老弟不必担忧，刺客固然厉害，可知我们也有能人在暗中随行保护么？此人如觉不是对手，事前早又拿信报警了。我听那两笨贼说，尾随我们走了一道，竟会在此走失。所说的话，我虽未听明，好似受了别人愚弄。请想我们因为这次起身，非常慎密，自以为无人知道，一出省城地界，到处随随便便，并未防到有人追蹑。刺客无故迷踪，不是此君作法，还有何人？我先何尝不想到改道间行？继想起种种难处，觉着还是照着原定途径相机前行为是，真个不行，到了仙霞必有分晓。这类异人侠士多是有始有终，上次对头勾串权要密谋构陷，都会被他探悉，可见用心不止一日。况且尧翁告老归隐，又是信从他的美意，他明知对头决不甘休，这等义侠之士岂肯袖手旁观，为德不卒呢，我此时虽还未看出他的形迹，事定料个八九，真人不露相，我们一张扬反而不妥，故未对你细说，就连尧翁也未必想到他会随来哩。"新民闻言，方始如梦初觉，越想前事越觉有理，当时宽心大放，喜形于色。正要答话，恰值尧民更衣走出，见二人低声笑语，**三人一台戏，全从差异出。**便问："二位老弟台，有什么开心之事，怎倒避起我这老大哥来？"新民没有良夫沉静，忙凑近身去，把良夫所料之言一说。尧民想了一想，慨然答道："豺狼当道，安问狐狸！老夫有命在天，自问生平尚信得过，区区鼠贼未必便能伤我。**虽豪气干云，然未免迂了些。**倒是这位异人义侠干云，倾心已久，只惜他神龙见首，行踪飘倏，一别之后，渴望至今。倘借鼠贼一击之功，得与此君良晤，结为肝胆之交，才是生平第一快事呢。**这句话一讲，无怪侠士倾心。**"良夫便说："异人决不愿人张扬，最好仍做不知，不要在外提起。此行无事，还说不定，只一有事，我想总有几成相见之望。"尧民笑道："如此说来，我倒盼那鼠贼早日发难为妙了。"新民道："东翁莫如此说，终是平安无事的好，这不是闹着玩的。"尧民笑道："只要刺客无害我异日饮酒吟诗，能与此君相见为友，便受点伤又何妨呢？"良夫也笑道："这事要就无事，如若真个受了鼠辈狙击，恐怕不能由我们呢。"

　　三人说笑了几句，一同起身。张福唤来店家，把房门上锁，先往江楼占座去讫。四人出了店门，先到江边，沿江闲游。只见江流浩浩，波深浪急，因是地当闽江上游，浦城、崇安、宁化、邵武等地山重水复，支流甚多，连同清溪、文川诸水汇流而来，水势深洪，既清且激。江岸却不甚宽，近码头一带又被竹排木筏布满，大小商船鳞比如织，帆樯林立，把江面占去了多半。商客往来上下，尽是土音，唧啾咿哑，人语如潮。三人不耐烦嚣，沿着江边走去，到了临江楼前。张福己然先到，看见主人下面走来，似要返身跑下迎接。尧民暗中把手一摆，张福会意，依旧凭栏相候。三人因时还早，也未上去，过了江楼，把一条临江闹市走完，又出去里许，才清静了些。各就江边人家捣衣大石上并排坐下，遥望远山紫紫，近岭摇青，江面上风帆片片，沙鸥遨翔，御波而嬉。时有三五纤夫，躬腰屈背，拉着一只重载舟船，争赴上游，擦身而过，"杭育"之声，与橹声相与应和。**有声画。**

时正下午，临江人家妇女多半在岸侧沙滩上洗衣淘米。闽中妇女秀丽，又因地暖天热，只有盛热，没有酷寒，中下等人家常年光脚，所事一完，就便伸进江水中去洗濯，蝉鬓乌云，白足如霜，衬上一副俏生生的身材，夕阳影里，山侧背面望过去，分外显得动人情趣。**有此闲心！**三人俱赞江景之妙不置，互相谈笑了一会儿，渐渐夕阳西下，归鸦阵阵，人家船篷之上炊烟四起。三人出时未用中点，俱觉有点饥渴，一同起身往临江楼走去。新民自听良夫之言，因与曾有一面缘，一直都在留神，连敌带友，也没看见一个形迹可疑的，颇多疑虑。**胸襟不及，无药可医。**正觉事仍有点悬虚，走到临江楼，天还未到黄昏，刚上楼梯，便见张福迎下，随到雅座里面，觉残肴撤去未久，还留有酒肴气味。

张福从小就随尧民当书童，精干勤谨，最得主人信任，一直带在身旁，未曾离过尧民。见他主人未到，自己先就抽空饮用，错了规矩，好生不快。本要呵责，继一想日里没有命他随出，也许在店中不曾吃饭，多年旧仆，颇多劳苦，平日重话都不肯说，何必当人前使之难堪？也就罢了。**世故人情。**坐定之后；堂倌泡上茶来，尧民越想张福素来谨慎小心，此举不类他的为人，如说别的酒客所用，适见他凭栏下望，正是这间，并没有错。主人回来时候无定，他既不敢把已占的座让与别人，便是堂倌，也无请客人把酒座让人之理。心方奇怪，见堂倌正往外走，张福仍然垂手侍立于侧，不曾退出。知他吃酒上脸，略微沾口，立时满面通红，这时脸上并无酒意，心想不要冤枉了他，还是问明的好。

刚要询问，良夫已先开口问道："张福你占这间雅座，刚才有熟人和你借用过么？"**良夫料事终高一筹。**张福应道："是。适才老爷和二位师爷，在楼下走过不久，楼上茶客便渐渐坐满，连一个闲位子都没有。隔了一会儿，忽然跑进一人。张福一看，正是上年老爷在山沟里救起来的那位老爷。他说老爷和二位师爷在下流黄鱼矶江边闲坐看江，无心相遇，约他一同到这楼上吃便饭。他因昨晚今早，来回来去，在延平府官道上……"说到这里，话便吞吐，似有疑难。良夫命他不论什么照实说出，不要遗漏一字。

张福接着又道："他说：'我在这条路上引逗一只心爱的黄鼠狼，只顾玩，忘了吃饭，这时候饿急了。你老爷饱汉不知饿汉饥，钱师爷更是贪看人家洗衣服，舍不得走。我一赌气就先来了。**游戏风尘。趣人**！本想另外找座，偏又被人占满。好在你老爷正想给我交朋友，谁教我肚子饿呢，谁扰谁不是一个样？'"说完，便喊堂倌要了许多菜。自吃起来。如换旁人，老爷不在，本来不敢待承。因他自从花园夜里不见之后，老爷和二位师爷常时提起，又命张福暗中寻访了几次，很想见他，他虽然爱说笑话不大可信，但他所说老爷和二位师爷穿的衣服，一点不差。还说老爷对他说，午饭在此吃过，连菜名都说了。他点的那些菜，都是适才魏师爷在店里提过的，**未免忒神**。不由人不信。随后又叫陪他同吃，张福自然不敢。心里又想老爷正找他，不管所说遇见的话是真是假，好在老爷一会儿就来。恐他和上次一样忽然溜走，他又再三逼住，只得把椅子端开，在旁陪坐。他酒量饭量都好，吃了许多酒菜。吃完，老爷还未来，又泡了好茶，神气似非等老爷见面不可。只再三访问他的姓名，却不肯说。刚想天已不早，老爷快来：准可见上。他忽然起身，指着那旁茶座上两个说广东话的客人，说有两个小黄鼠狼，想在去浦城的路上咬他，他该他们一顿饭钱，不能露面。叫张福隔帘缝看住，等他们吃完会账走时，通知一声，他好下楼解手，省得遇见，不好意思。**游戏方见神通**。张福以为他既怕撞见外屋两人，更不会走了，又没把张福支出去，便依了他。那两个广东人好像是富商，举动很阔。先上来，也是要雅座没有，才在散座里便坐上吃的。看时，刚刚吃完，会完账，似有什么急事，茶也没吃，匆匆给了三两银子酒钱，就一同下楼走了。本心不想告诉他，等老爷到时再说，省得他走。隔了一会儿，没听他声息，回头人已不见，赶到窗前，往下一看，哪有人影？跟着堂倌来说，客人会账走了，还给你们老爷留下十两银子在柜上，说他本想请客，忽然有点急事，不能不先走一步，故此把酒钱预先惠了，请老爷放心，他一人专会走长路，前途再见，恕不奉陪等语。张福人未离开，说走只有由窗户跳下，不知他怎会到了前面，恐堂倌话没传明，想往柜上去问，老爷师爷便来了。

　　二人一听，泥中人果然出现，不由惊喜交集。听到那些迷离倘恍的言行举止，俱觉好笑。良夫便命张福自寻散座要些吃的，一直到家都不可提说此事。再如相遇速即报信，相待务要恭敬。张福应声退出，堂倌随来问菜。三人照日里可口的点了一半，又把本楼拿手的鸭圭燕唇、芙蓉竹鸡、蛎黄羹，红糟鲙片等菜叫了七八样。堂倌去后，尧民，新民俱服良夫料事如神，必然有了解救。良夫揣测异人所说语气，这些刺客决非他的敌手。这一来三人愁云尽扫，宽心大放，酒落欢肠。三人又都好量，从黄昏吃起，直吃到二更过去，酒客都散，才尽欢归去。回店落座，重谈前事。新民笑道："这位朋友如此尽心保护，我们一点没有谢意，反倒扰了他一顿，真叫人过意不去呢。"良夫道："此君与我们已成患难道义之交。似此英侠肝胆之公，谈不到这些小节。他也非成心请客，不过恐我们三个手无缚鸡之力的文人猝遭鼠贼伏伺，难免惊忧，云中神龙略露一鳞半爪，使人知他在此，凡百无恐罢了，他柜上留话，说他专惯孤身行道，前途相见，叫我们放心，便是暗示此意。**后文司空晓星青目良夫，有惺惺相惜意**。再照他对张福所说在延平府官道上来回来去引逗黄鼠狼的话来看，那刺客不是姓黄便是诨号黄鼠狼。闻说抚衙所养武士颇有不少绿林中人，这次奉了对头之命，假盗行刺。那两个广东富商，想系途中相遇，贼党打算乘便劫杀，做他一票，不想又被异人看破不平仗义，因救我们连累而及。那粤商走时已是傍晚，水陆两路都难起身，明早路上必可相遇；否则异人也不会叫张福隔帘认看，弄巧还是叫我们与他们同行同止，以便有事时好一齐保护，免他分身为难呢。"尧民抚掌笑道："老弟真个心细如发，断得一点不差。照你看，明早我们怎么走呢？"良夫道："当然仍乘本地藤轿，装着无事的好。天已不早，大家睡吧。"

三人随即分别安歇，未明起床，收拾好行李，天色刚亮。张福早在隔夜将轿子定好，付账起身，良夫悄嘱张福，如见异人和那广商踪迹，速即报知。先并未见，行近巳牌时分，到一镇店订尖。三人正更衣洗面完毕，取出昨日张福购办的光饼肉松鱼脯之类在就茶吃。张福忽从外面走入，悄说昨晚酒楼所见两广客也从后赶来，看神气，安心来追，还赶了一段急路才得追上。一一落轿，光命他们随行的一个伙伴向张福打听，不问姓名，只问："店外轿子三乘、走马一匹，贵客是否三主一仆，往浦城访友的？"张福对客早就见过，又有良夫吩咐在先，一听所说，正是路上答问外人的话，刚道了个"是"，来人立时递过一个名帖，烦代通禀求见。尧民已示意将途中之事托由良夫主持，闻言把手一指，良夫早赶将过来。接过柬帖，打开一看，第一页首行"跪叩"二字，中行"钧安"二字之下，写有"小民黄学文、李锦章，惶恐顿首拜"一行小字，格式书法都不合适，一望而知是那两个商人亲手写上。略一寻思，便问来人一行多少，是什么情景。

　　张福禀道："来人共是三轿四马。都是寻常商家打扮。不过骑马的有两个，都是年轻壮汉，马鞍上好似都带有一两件家伙，行动轻快，又像是保暗镖的武师。两广商因在酒楼上见过，看神情也不显什么忧急，内中一乘轿子，里面睡倒一个十二三岁的男孩，说是途中生病，一直抬进院内歇下。小孩仍睡里面，并不下来。那两壮汉各在左近板凳上落座，要茶点心歇息，眼望小孩，却不过去。行李箱子不多，都在另外两轿两马上绑好，另有同来一人看守。现在广客向众说，途中遇见旧友，自己不饿，大家各自饮食，以便少时赶路，现时随在门外客堂候见。"良夫听罢便向尧民、新民耳语了几句，故意高声改用闽语说道："是黄、李二位老板么，快请快请。"张福会意，忙即走出，将二客引进，跟着走向门外，将店伙鬼混几句支开，装着闲立，以防呼唤不提。

　　来客入室，回顾无人，便要跪行大礼。良夫忙一把拉住，悄声说道："这里不便。彼此都在患难之中，前途难知，无多耽搁，快请坐下说话要紧。"黄、李二人看出主人神色泰然，似有定算，才放了点心，立时应诺，仍向三人各请了一个安。良夫忙把他们引至床侧同坐，问道："二位素昧生平，既知我宾东行藏，莫非受一异人指点前来，想和我们同舟共渡前面的难关么？"黄、李二人答道："正是此意。那位异人命我们赶来时，还说主人不当家，须寻一魏先生说话。"**看得明白。**良夫不等说完，接口答道："我就是魏良夫。黄兄今之陶朱，大名久仰，此次来意，我已知道大概。只请问二位与异人何时何地相见，来时有无说及前途情形，可与我们带什么话语。别的事，只他说过，都可商量。"黄学文见良夫明爽简深，自知经商虽是好手，谈吐却差，便推同来的李锦章代述了个大概。

原来黄学文、李锦章都是粤中富商，黄学文更是侨商中的巨擘，从小就做着海客生意，南洋各岛都有他的买卖，富甲全省，人也慷慨豪爽，没有市侩习气，**不容易。故得侠士照应。**因是起家孤寒，习于勤苦，中年虽成了巨富，依旧不惯安逸，喜以跋涉为乐。每从外地回家，待不两月，便觉心烦体躁，闷郁不安。只一打点出门，立时精神百倍，枉拥有好的园林第宅，在家安享的日子绝少，不是飘洋贸易，查看那些海外的商业，便是往省内外各地分号查看经营，就便也做上两票生意。仗着资本雄厚，财星照命，无往不利，益发高兴，引以为乐。

这次也因海外归来，在家待了两月，闲得没事可做，正想不定到哪里去好。恰巧儿女亲家李锦章要往苏、杭两省开设洋广货店，同时又听说有两王公贵人往杭州游湖，出重价大买珍珠珊瑚等贵重物品。两亲家见面一商量，频年海外经商，家财积至千万，连西湖这样名胜地方都未去过，未免缺点。于是相约同行，另外带了一小箱珍贵珠宝，就便做点生意。闽、浙两省只是繁盛的要区，均有黄家分号。依了李锦章，本打算劝他走号信，以便沿站都有人招呼伺应，黄学文却说："我奔走半生，除了漂洋运载大宗货物，向例只带一两名健仆，自往自来，从不喜摆大财东的架子。

我两人名望都大，内地不常走，不比海外和近省各地，这一来反倒招摇。带的东西不多，此行又以游玩和查看商情为主，不如轻车简从，悄悄一走，既可省事，又免去许多无谓应酬。"当下除二人和黄学文带往杭州分号去学生意的一个年幼堂侄外，只聘请了两名保暗镖的熟镖师小狮子卢堃、铁掌燕钟玉麟，连同常随出门的干仆罗利、王有，共是七人，一同上路。

先到福州，往两家分号看了看，遂往由闽入浙的官道进发。这一耽搁几天，恰巧赶上与尧民先后脚起身。再加上在省城时，因听说闽抚出身纨绔，也喜搜罗珍奇，分号铺掌柜为了讨好东家，曾把那些红货送往抚院求售。**万没想到那是盗窟。其实，那就是盗窟——可能形式不太一样。呵呵。**闽抚因嫌价贵，仅买了两件西洋精巧珍玩和一串精圆珍珠，别的仍交原人带回。二人虽未前去，可是当时为便买主选购，连箱送进，看货时好些武师亲信俱在跟前。这班粗人几曾见过这等珍奇之物，本就有点心动垂涎，**慢藏诲盗。**后来奉命行刺，途中遇见黄、李等一行，先认出那口装红货的小箱子，布套形式俱都相像。二人因是太平时节，走的都是通衢大道，带物不多，形迹虽然隐晦，戒备却不怎严密，刺客再偷偷一盘问轿夫，果是前送珠宝来看的商店所雇，正与店伙所说"这些珠宝珍奇俱是东家路过带来，日内即行，当日如不成交，后便难买"的话相合，由此生心，打算行刺时双管齐下，便中行劫，发它一批洋财。这第二批四人中，为首的叫火眼神狼黄太，首起贪心，经过一番计议，便命同党饿鹞鹰陈德海、花面海豹吴龙去随尧民等四人，自和同党飞叉手韩国栋去随这两富商，准备到了仙霞关，与埋伏在彼的首批同党金镖赵胜等五人会合，一齐下手。

黄、李二人做梦也未想到会在抚院衙中露了白，**还是阅世不深。**先还自作聪明，把那口红货小箱子假作换洗衣服用具的随身便箱，交干仆提来提去，没有在意。**不怕贼偷。就怕贼惦记。**这日行抵延平前站大镇黄公庙，天色渐进黄昏，二人坐了一天轿子，觉着身子疲倦，此去延平府城还有五十多里，不愿再赶急路，便在当地择了一家客店住下，二人生长广东，都讲究吃，酒量有限，却喜饮两杯。因听店伙说起，当地蔡家酒楼的寡妇面四远驰名，还曾做几样拿手好菜，一时动了食指，想去尝尝新。老亲家两个屏退从人，自往酒楼沽饮。走到路上，遇见一人从身侧挤过，身材瘦小，穿着神气却似斯文中人。二人因街上来往的多半土著和广浙两省商客，只这人向前挤时口喊"借光"，操着外省口音，未免多看了他一眼。闹市人多，一晃混过，也未在意。

走上酒楼一看，地方不大，楼上下共只十几张桌子，业已坐满。适见瘦人也在这时前一脚先到，正叫堂倌给匀座位。二人随在身后，还未及唤人。堂倌见瘦人衣着朴素，其貌不扬，又是外乡人，本不想巴结，已回了"没有"，眼看到他身后还有两个满脸红光、气概轩昂的老者，错把三人认住一路，恰巧附近有一桌子空出，忙即赶过擦抹，举手让坐，忙乱中也未向客问明。堂倌举手请客时，那瘦人好似存心，故意把头偏向一边。黄、李二人腹中正在饥渴，难得有了空位，只当堂倌业已回绝瘦人，亦随着走过。刚一落座，那瘦人也跟了过来，向打横头坐下，对二人道："我一人也坐不完三面，让给你两老头坐吧。"黄、李二人久走江湖，颇有涵养，闻言不但没气，反道了声"谢谢"。

堂倌见三人对答，益发把他们当作一路，是瘦人请客，笑问："要什么酒菜？"瘦人道："老头吃什么，我学样吧。"黄、李二人正在饿极，料他异乡人不会点本地菜，语言又不通晓，不耐久等，便向堂倌要了芙蓉车螯、糟烧鳗片、黑鱼炖鸡、炒鲜蛎黄、炒蟹松和四个糟卤凉盘，**还珠的美食癖又发作。金庸与他同"病"相怜。呵呵。**余下由堂倌自配，把本楼拿手菜点尽量拿来。先以为瘦人必要学样挑点，谁知瘦人依然不发一言，一会儿堂倌端上酒菜，摆了三副杯筷。黄学文越看那瘦人神情越觉不俗，尤其二目英锋内敛，开合之间，若有奇芒外射。心想萍水相逢，总算有缘，这人如是无赖，早已卑颜相向，看神气也许外路人困在此地，想扰一餐，难以启齿。再不就是不会要菜，想大伙吃完了一同计算。

凭自己何必还计较这顿饭之费，何不让他吃完，看事行事，如若为难，便送他点银子也是好事。**果然老江湖。如此经商，方能做大。**

主意打定，没等开口，瘦人已先举箸让道："两老头快吃，这些福建菜冷了都腥气。"黄、李二人一听，越猜他是想伙吃，并无扰人之意。只是开口"老头"闭口"老头"，也不向人请教，听着不大舒服，并未现于辞色，含糊应了。酒共两壶，瘦人自斟自吃，毫不客气。二人当着生人吃了一阵哑酒闷菜，肚已半饱，实忍不住，便问："兄台贵姓？"瘦人答道："姓不。"李锦章问："可是卜卦之卜？台甫呢？"瘦人道："卜卦的卜只有下半截，上头还短一横一撇，草字白吃。"**游戏神通。**二人一听这名词，疑他误会，心中未免有点不快，不便再说，只得催来饭菜，准备吃完好走。

忽听楼下有两北方人的口音，在向堂倌说话。瘦人一听，立起对二人道："我们对头到了，即刻要走。黄老头银子带得多，借我几两。"黄学文闻言一怔，抬头一看，见瘦人一双神光满足的眸子正看着他，猛的灵机一动，连忙起身赔笑道："银子现成，身边带得不多，只有二十多两，可先拿去。我二人现住镇东天福栈内，明早便往延平。朋友如有急用，今晚往取便了。"说罢，打开荷包，取出二十两银子。瘦人也不客套，匆匆接过，说声"再见"，便自下楼而去。李锦章气量较小，颇觉此人无理，**黄李差异与魏钱差异同构，皆属叙事手法。**方要开口，见黄学文使了个眼色，便没言语。吃完算账，由李锦章将钱付了，一同回店，行抵店门，见两个北方大汉相随同入，一进门便粗声豪气呼唤店伙："快找上房！"

黄学文见那二人穿着甚是整齐，满脸凶横之气，各携一个细长包裹，没带从人，像个武行朋友，看不清是什路数，估量不是善良之辈。看了一眼便往里走，早有随来健仆迎接进去，回房落座。隔室两镖师曾给黄家保镖多次，俱甚精干，手底也还不弱，黄学文对人又厚，已成朋友。这时刚在店中吃完夜饭，闻得二人回来，见天还早，踅过闲谈。李锦章便提起酒楼所遇之事。铁掌燕钟玉麟久闯江湖，甚是精神，闻言正在寻思那瘦人的行径，小狮子卢堃早发怒道："黄老板真好脾气，我们都是外场朋友，出门人真要有个少长缺短，找到我们，帮他个忙，哪怕再送得多些也不算什么，说话总得合情理。像他这样，张口就吃，伸手就要，好像人家该了他，一句交代都没有，简直明欺负老实人，存心骗吃讹钱。我如在场，就便你老人家愿意周济他，我也要教训他几句呢。"黄学文道："我的看法跟卢师傅不同。这位朋友如真是个无赖，他早恭敬巴结了。我看他必是个外方人，流落在此，想和人开口不好意思，看出我二人年老和气，才凑上来的。大家都是出门人，患难相助原是常情。细看眉目之间英气内敛，不是俗人。我向来宁肯上当，也不肯得罪朋友，耗费点钱无关系。我还叫他如有急用，今晚明早再找我呢。"

卢堃闻言答道："花钱无关系，总要落到明处。似他这样无道理的人，我还是头一回听到，定不是什么上流人。他得了这便宜，今晚也许不会，明早必来，我倒看看他是什么来路。要是没品行的读书人，还只说他几句。要是江湖上癞，软吃硬做的光棍，肯服低便罢，稍不讲理，非连他手指头留下两截不可。"钟玉麟听他高声狂言，客途之中保着暗镖，不问事情如何，均非本行人所宜，**钟卢又是一对。这种人物设置以推动、丰富情节的做法，其原理类似于格雷马斯的"叙事矩阵"。**方要拦阻，忽听窗外有人哈哈一声冷笑。知道不妙，一摸身旁镖囊尚未摘下，忙朝卢堃一打手势，令其速取兵刃守护，自己飞身纵出。一行人包住店中一个小偏院，有两健仆伺候，店仆不奉呼唤不会走进。见院内无人，又纵上房去一看，银河耿耿，凉月在天，隔院各客房中灯火业已多半熄灭，静悄悄的并无迹兆可寻。心想自己身法甚快，适才明听有人冷笑，这不过一晃眼工夫，怎就没了影子？

正看之间，耳听梆声滴夺，店中更夫由前院打更走来。黑夜上房，恐致惊疑，只得纵下回房。卢堃赶往隔室，把二人兵刃暗器取来，连那两名健仆俱都守在一起。黄、李二人料有变故，方自忧急，见面便问："怎么？"玉麟摇头道："这位朋友真快身法，容我追出请教，已然不见。如今事尚难说，也许并无恶意。卢二哥以后少说两句，今晚多留点神好了。"卢堃也猜是自己几句大话惹出来的，想不到一个不相于的人竟有如此身手。素来出门都是玉麟做主，每次料事也十中八九，脸涨通红，心中好生不服，却不便再说什么。李锦章插口问道："钟师傅，听你这话，难道今晚的事与那酒楼所遇的人有关么？我们好心好意对他，如再出花样，也太难了。"玉麟忙把手一摆，凑将过去，悄声说道："江湖上最重义气，如真是这位朋友光降，他就有什么意思，二位老板萍水相逢，那么厚待，情义已算尽到，照说不会再有什么恶意。卢二哥有口无心，也许适才话不留神将他得罪，要称一称我们斤两，对于二位却无关系。只恐不是此人，或另有原因，明日前途遇见什么事，就难说了，今晚弄巧还要再来。为防二位受惊，可和令侄住在里间，将货箱藏向僻处，下人移向我们房内，我二人同住外间。里间只有两个高窗，上有铁条，不能进入，外间是正房，行李箱子在此，不管来人是什么心意，必到此处。夜来只管安眠，如听响动，切莫起身，自然无事。"说罢，便令众人安歇。又向外面巡视一回，见无动静，回房悄嘱卢堃：两人分班值夜，如有警兆，便同起身。由卢望守屋，自出应付；卢堃先睡上半夜。

玉麟人极机警，守了一会儿，天已三鼓，正想那瘦人行径奇怪，必是有意而来，自己只得两人，保着价值连城的暗镖，虽然总镖头大力神谭镇南威镇东南，仗义疏财、交遍天下，江湖上见着南胜镖旗和他独创保暗镖的箭头竹束，没有不给情面的，到底担子太重，谨慎些好。再说久在江湖上走，哪有不留过节的，万一有什么旧日仇家，不为劫镖，专为拔旗留束，找事寻仇，人在暗中，自己一点虚实不知，遇上事，这人怎丢得起？回顾油灯，已早拨小，光昏如豆，床上卢堃呼声大作，睡得甚是香甜，**处处对比**。知他还当适才冷笑许是隔院传来，事出偶然，不以为意。暗忖此人武功不弱，心却太粗，总以为镖局名头高大，不会出事，却不想保持盛名之难，各处都得小心，如此疏忽，早晚闯祸。

正寻思间，忽听窗外有人低声说道："钟朋友，快出来！莫把叫驴喊醒，大惊小怪误事。"钟玉麟一听，顾不得再喊卢堃，连忙手持兵刃纵身追出。只见房上一条黑影，似往隔院上房飞去，身法快极，一闪不见，容到纵上房去再看，已没了影子。先恐中了敌人调虎离山之计，有心回房唤醒卢堃再追，继一想，来人绝好身手，如有恶意，不会有这口气，他既说不要唤人，大惊小怪，如不听他，反显小气。况且镖局竹柬，已然取放桌上，来人通情面，自然见柬即退。如真寻仇找事而来，凭卢堃也未必是人家对手。念头才转，那黑影又在隔院房脊上现身，手朝正房东间一指，一闪又复不见。看身材甚是瘦小，料定必是黄、李二人所遇瘦人，心越有数，便跟踪照他所指之处追去。见各屋客人都已熄灯安歇，只上房东里间灯光犹亮。越过房脊，侧耳往下一听，屋内仿佛有人说话，北方口音，恰好下面是一小天井和一点假山乱石，地甚幽静，另有一株大树，正对着上房后窗，相隔甚近。

玉麟暗忖：这闽浙道上除了仕宦，北人甚少，就有也是行商小贩，黄昏时还在店前闲立，上房尚无人住。这北方客人形迹可疑，瘦人引我到此，必有原因。想到这里，便往下纵落。玉麟轻身功夫原好，可是对方已有了觉察，刚一落地，便听室中一人说道："老兄弟，房上有人，快看看去。"言还未了，玉麟方道"不好"，忽听房上两声猫叫，接连便是两猫追扑之声，一路踏瓦翻过房脊急驰而去，声音由近而远，到了隔院，**看来剑侠尚需兼习口技。一笑。**又叫了两声方住。室中另一北人便接口道："二哥谁找我们干吗？一个猫叫罢咧，您那么多心！"

前一人答道："你别把事情太看容易。咱们这回出来办事，正经对头都是几个文人，倒没什么，不过怕给咱们主子找麻烦，省里不好下手，只一过仙霞关，到了浙江境内，不论什么时候，说宰就宰，倒是这两只老肥羊，别看人不多，他既带着那么贵重的红货，决不能不留神。近年湖广路上，是走红货，都讲究保暗镖，内中最扎手的是谭镇南。按说人家也真讲交情，有气派。别瞧他是南蛮子，他的镖称得起四通八达，走遍天下，哪里都能借条道。这走暗镖的法子也是他兴的，表面上是保的没有三斤半重的东西，犯不着喊趟子叫字号，惊动高亲贵友，主客两便，实在还是为了谨慎省事，省挑费。真遇上事，再投他家独门火印竹柬，平日把交情留在那里，各处都有照应，真人物有个不好意思。那派出保暗镖的虽至多不过三四人，都是百里挑一的好手，并且内中还有一个快腿，遇上事，夹带藏掖，闪转腾挪，更是拿手活。讲究有力使力，无力使智，恩威并用，软硬都来。**其实是讲给读者听的。**真要遇上新出道的愣头青，不说情理，翻脸动手，轻易也真不是人家对手，即便占了上风，人家一见风紧，早由那腿快的一个把红货带了逃走，剩下一点不相干的皮面货让你夺去。人家还决不栽这跟斗，当时打不过退走，拿镖头竹柬寻那就近有名望本领的水旱英雄，把柬一投，不用回去搬兵，准能有人出马，代他把失的东西原封要回。此外还有一样长处，不是万分不得已，永不伤人。遇那不知事务的毛头小伙，只管占先把人打倒，或是擒住，必定以恩相结，化仇为友，用好话再三盘问下风有什难处，你多有骨头，也必强送你一点盘川，真姓名一报，以后少长缺短，只找到他们镖局，真是有求必应，所以道路越走越宽，从没失风的事。那两老肥羊所带红货，在院衙里我们遇见，准不会走眼，倒是他那同行的几个，一个小孩，两个像他们用的伙计，没什么，只那穿青绸大褂、脚登快鞋的那两小子，不但看去扎手，看那神气，弄巧就许是他妈南胜镖局保暗镖的。要不是玩票的买卖，顺手牵羊，官私两面全行的话，真还不便下手呢。否则凭咱们这两老哥们，打准打得过人家，就是当时占了上风，能把人一齐毁掉还好，只被他逃回一个活口，这漏子就不在小处。现时到了地头，只消一杀一抢，出事地方在浙江境内，他们决想不到我们外路来的，不是本行，必当新出道的绿林朋友所为，托那附近一些瓢把子相助查访，咱们却往抚台衙门一忍，闷上三月五月，抽冷子回北京，到京再凭素日人缘，把东西卖给各王府里，叫他连影子也没处找去。照那天他那估价，这些东西，哪一件至少也值个三千五千、万儿八千的，不有百十万银子好卖么，这要是顺顺当当，大伙一分，够多么美！"

另一人答道："管他什么镖局，架不住咱们官私两面都没说的。即便有点风声，抚台大人既叫咱们替他当刺客，去杀虞臬台道，多大乱子他也得担着不是？依我想，镖局这两小子虽然扎手，还没什么，倒是咱们今儿早上跟进店前，遇见说北方话、瘦得跟猴一样的那家伙，不是玩意，老冲我乐。我老疑心他妈存心耍滑头，连早上你掉在屎坑里，都许是他在闹鬼。明儿再要遇上，总得留点神才好。"

前一人答道："对啦，那小子真混账透顶啦。乍一见，我就瞅他不得人心。赶后来，我瞧出他会两下子。正有事的时候，谁跟他怄那份气，当时没跟他较真，想不到他倒得理啦。咱们也真粗心，要不也不会得那苦子，天气又热，这会想起，这臭烘烘的，真他妈的糟心！这还得亏你在拉屎，没跟我追去，要都掉里，那更坏啦。其实也是你招出来的事，赶早上路，没走多远，看见一个野茶馆，你又渴啦，说早起水没喝好。喝就喝吧，正赶上那小子也来喝茶，嘴里尽带零碎。你要不理他，各走各路，也就完啦，偏咂滋味，打算拾掇人家。**"借嘴"补叙**。要不是有这一股子气，怎会遇上又追他去哩？"

另一人答道："二哥，人争一口气。那小子说话够多不通情理！赶第二回遇上，咱们拉屎，他也对面拉屎，自言自语，直说闲话，还说咱们屎往里拉，他冲咱们拉屎，为的是拉完好劳咱们驾给他带走，省得满地拉屎挨骂，这还有不搂他的？事也真巧，我要不是这两天火大没拉完，当那小子窝囊，也跟着追下去啦，谁又知道他轻身功夫那么好哩？傍黑他又在店门口出现，刚喊你，他往人堆里一挤，一晃眼他就躲啦，这事也真怪，说他是线上朋友吧，点子黑话一句不懂，打扮像穷酸，又有那身功夫，咱们无仇无怨，又不是受吃的主，这是怎么说的？别是对头那一面成心来找碴的吧？"

前一人答道："你这倒是多虑。对头家怎么回事，咱们都打听清楚，没这一号。这小子刚进茶馆，咱们两人正喝着茶没张口。事情都打他作幕，受了本家北方护院的气，赌气不干，怀恨在心，在茶馆里破口大骂而起。先并不知道咱们是北方人，干哪一行当，再听他口气，也是往浙江谋小事的，直跟店家打听，想趁便船，省得起早太累。他连这条路都不怎知道，怎会和对头一起？都走的这一条官道，自然容易遇上。据我细想，照今晚看，他见了我们就躲，也许就会那两下子，没什真招。好在还有几天才到关口，且等两天看吧。大事在身，以事为重，再遇上，咱们也别理他。事情完了，赶巧狭路相逢，自不饶他。遇不上，算他便宜。真要是找咱爷们的晦气，不用人多，就凭老赵，还不先把他给劈啦？不值一提。天不早啦，明儿还得早起，咱们睡吧。"

玉麟听到中间，知二人在路上已吃那位瘦人戏耍了个不亦乐乎，直忍不住要笑。听完一想，这两人武功也颇不弱，还有许多同党，又是抚台差出来的刺客，幸而有人泄机，引到此地偷听，得知底细，否则非人货两丢不可。那姓赵的不知是什来历，手底想必了得，**放个风，留悬念**。保镖的行当，最怕是遇上这等不明不暗的假强盗。越想越担心，先想给他打一个到再走，又因敌人虽是粗心狂妄，照那口音，定非庸手，又有官家势力，目前虚实不知，一个不巧，在当地动起手来，许多不便。有心到了延平府停住，专人向镖局告急，或就沿途投帖，寻找能人相助，偏生这附近无什出奇人物，真正好手都在仙霞关外，万一敌人仗着大官护庇，人还未到就下了手，又当如何？两条主意，都远水不救近火。再说镖局威名远镇，即便出事，也都事前小心，事后再往回找场，没有这么办过。怎么都不妥，好生为难。一听敌人渐渐没了声息，谅已入睡，只得回房再打主意。

刚要上房，又听一声猫叫，猛然触动灵机，暗忖：适才来时，凭自己那么轻的身法，敌人竟会警觉，全仗猫叫混过，想必又是那位瘦朋友所为无疑，否则事情哪有这巧？看他行径，分明是敌人克星，安心作对。照他本领，如能联在一起，岂非绝好帮手？想到这里，算计瘦人故作猫叫相唤，忙纵上房去，四外一看，哪有人影？也不见猫的踪迹，只得赶回房去。

到时，见房内昏灯如豆，静悄悄的，方笑卢堃真个粗心大意，睡得这死，自己都出去探了一次敌回来，他这一点影响不知。及至进门，将桌灯剔亮，回头一看床上，不由大吃一惊。原来卢堃脸上被人画了一个三花脸，仰卧床上，人似睡熟未醒，一见便知受了人家暗算。心悬里间客货，恐怕出事，顾不得先唤醒人，忙即跑进暗间挑灯一看，黄、李二人依旧安眠未醒，室中并无异状，那存放红货的屋角僻处也好好的，怎么看也不似有人进去过。心想：外屋桌上放有竹束，来人如是恶意，必然拿走，或是将它翻转毁损。奔出一看，也在原处未动，心才略放。走向床前，正要将卢堃唤醒，一低头，又看见他额上还写有"癫泥鳅"三字，猛然想起夜来卢堃口头伤人之事，方始明白，来人此举专为寻他过节，作此恶剧，以示儆戒，与大体无干。卢堃虽不检点，这位朋友的气量也未免得小些，不禁又好气又好笑。用手一推，卢堃只把双眼睁开，目闪怒光，似乎要起，手足不能转身，也说不出话来。自己没有在场，看不出是被人点了什么穴道，不敢冒昧，又恐惊醒黄、李二人，给镖行丢脸，方自着急，忽听窗外有人低声埋怨道："你这小孩真没出息，再三叫你不要和人计较，就这送封信的工夫。你还是把他哑穴点了。他又是我后辈，不知道还当是我量小呢，看你怎么给人解法。"

玉麟先听出是那瘦人口音，知道此来必有深意，此人不愿露面，身法极快，又追不上，出去徒自将他惊走，于事无补。卢堃受了捉弄，未免有些不忿，打算听完来意，借着这道歉为名，僵他两句，便在室内侧耳静听，没有出现。后听来人口气，竟是一位前辈英雄，此事也是他的同伴所为，可见暗中相助早出成心，好生欣幸，忙答口道："今日多蒙老前辈鼎力相助，感激非常，可否暂停贵步，容玉麟拜谢领教？"边说边往外跑，出去一看，哪有人影？暗忖：这人真个神出鬼没，来去如风，不可捉摸。他不见人不要紧，卢堃现被点倒，点穴功夫虽也学过，但这类最上乘的内家点法，却是门外汉，如何可以解得？一着急，明知不会追上，依旧往房上纵去。身刚立定，未及细看，似闻下边檐口微响。

玉麟人本机警，匆匆一看，四无人踪，便即纵下。身才落地，闻得卢堃喘气之声，似已醒转。就这闻声一怔，晃眼之间，猛瞥见一条又瘦又小的人影，通体皆黑，**黑摩勒出场**。头上好似蒙着一个黑套，看不见一点面目，怪物也似，由房内纵出，"蜻蜓点水"的身法，落到中间门口，微微一沾地，便向外纵起，擦肩飞过。忙喊："请留贵步！"赶紧回头看时，那人落到院中，身也未回，便行倒背着纵了上去，端的捷逾猿鸟！生平从未见过有这等本领的人物，情知追也无用。跟着卢堃也气急败坏，拔刀追出，见面便问："那小贼呢？"

玉麟恐他出口伤人又惹乱子，忙即低喝道："是自己人，老前辈。吃了亏还不知道改嘴，也不用镜子照照你那脸去！这事关系太大，差一点连谭大哥和大家弟兄都要跌翻在人手里。快把脸洗净了来，我对你细说。"

卢堃性情刚暴，出时原是情急拼命，一听这等厉害，知道玉麟从无虚语，不禁也吓了一跳，又想起敌人曾在脸上乱画，不知画些什么，客店人多，又是深更半夜，闹起来被人看见，很是不好，闻言醒悟，只得强忍羞愤，气匆匆跑回房去。恰巧脸盆中水尚未泼去，匆匆还用镜子就灯下照了照，才行洗去，一屁股坐在椅子上生闷气，差点连脑门子都气破，**莽汉神态**。却又无可奈何，做声不得。

玉麟早跟了进去，一听里间人仍未醒，走过去悄声宽慰他道："二哥不必生气，气也无用。眼前我们就有大乱子出来，还是忍点气渡过难关要紧。好在吃的自己人的亏，又是位老前辈，因见你口太直，容易伤人惹祸，略示警戒，我保他不会传扬出去。"言还未了，卢堃再忍不住，低声怒答道："明是一个小孩，暗算欺人，什么老前辈？不知道你这话是怎么说的！"

玉麟原知下手的不是本人，但为宽解卢堃，故意如此说法。闻言想起卢堃曾亲见本人，早已醒转，窗外之言也听了去。便答道："动手的虽不是老前辈，自己总是同他一路，事也因他而起。我适见一黑影飞去，只觉身材瘦小，头脸蒙住，看他不出，你曾看见来人么？"

卢堃怒道："怎么不见？只没看清他面貌罢了。听他说话的口音，再看他那身材，至多不过十四五岁，这般捉弄欺负人，你说生气不生？"玉麟一盘问，原来玉麟闻得窗外有人说话，循声追出时，卢堃也自惊醒，只觉玉麟出去，不知有事，睡得正香，以为玉麟如若有事，不会不将他唤起，定是出房便解，心里一懒，没有起来。迷迷糊糊二次正要入睡，**作为镖师，专业精神忒差。倚仗阿舅，误他不浅。**忽觉脸上吹来一股冷气，睁眼一看，昏灯之下，床前站着一个没头没脸、似人非人的怪物，正朝自己吹气呢。误以为闹鬼，当时毛根直竖，一着急，待要纵起一脚踢去，那怪物的手更快，这里脚一抬，怪物一声冷笑，手早伸到他的腰间。卢堃闪躲不及，吃他点中，只觉被一双小手戳了一下，立时麻遍全身，不能言动，如梦魇一般，心中干急，百骸俱废，说不出一句话来。

正自惊急，恐为怪物所伤，谁知怪物将他点倒以后，并不再加伤害，只附耳低声说道："狮兄莫害怕，**"狮兄"，过于刻薄。**我不伤你，只给你换上一个外号。请你稍停一会儿换外号，等我把信送到，办完正事，再服侍你。"说罢，便往里间走去。卢堃一听是人，知是绿林能手蒙面行动，这一急更非同小可。正疑那箱红货非失盗不可，晃眼之间，怪物便自走出，手里并未拿着东西，见面说道，"狮兄，你当我是贼，那就错了。你放心，决不会动你一草一木。不过你那小狮子的外号，今晚非换不可了。"

卢堃听来人口带童音，身材矮小，像是一个十二三岁的小孩，正不知他要闹什么把戏。只见那小孩从身后小兜囊内摸出一支笔来，就着笔帽中的墨水，先在卢堃脸上，左一笔，右一笔，画了十来下。移至榻沿，在额上画了几十笔。卢堃只觉脸上凉阴阴痒酥酥的，后画这三小团，笔画不一，似是写字。估量存心戏弄，**顽童行径。或曰"轻事重报，不顾大局"，殊不知作者意在有趣，如《水浒传》罗真人戏弄李铁牛。**有意羞辱，不问是字是画，一定不堪。急怒攻心，恨不得一拳把对头打死。偏生身子不能转动，惟有任凭敌人摆布，无计奈何，眼睁睁看着敌人画好，把灯移回原处，从容走回床前，笑道："对不起，这个外号听去甚是顺耳，本来是你给别人起的，无如他老人家不是你说的那种人，不能承受。被我知道，特意璧还，转送给你。我听说狮子是兽中之王，行事一定光明磊落，不会背地骂人。你原来的外号，照你为人，太不称了，还是你说这个妥当。我怕你客气，不领我的情，给你把大号写在脸上。我点你这穴，于人无伤，也不用解救，半个周时，血脉自会流通，外人也不能解，这样为的是叫天亮众人起来，大家瞻仰，我给你这癞蛤蟆传名，岂不比撒帖请客庆贺扬名省事得多么？还有我们和你家镖头无仇无怨，井水不犯河水。这是你自己先出口伤人，惹我到此，只我和你两人的事，与别人无干。仗着我穿这身衣服面具，隐身盖脸，看不出面貌，好像鬼鬼祟祟。其实那是我喜欢这样穿戴，做事却是光明正大。就适才冒犯你一点，也是将你弄醒了才下手的。如不服气，我家就住在浙江四明山中，你不妨绕道寻找一回。入山六七里，一进东绣谷，那里散住着几十家人，只打听黑孩儿神手摩勒，没有不知道的。你那同伴倒还不错，像个跑江湖的朋友，以后跟着他学一点，要少惹许多麻烦。过一两天，也许还有见面的缘分，失陪了。"说罢走去。

卢堃这才明白，适才骂那瘦人惹出来的乱子。但是黄、李二人说那人虽然生相矮小，也有四十多岁年纪，不致和孩童一般，这对头语声身量明是一个小孩，好生奇怪。照他本领，如是个成了名的人物，虽然一样丢人，还稍好些，要是受了顽童侮弄，以后怎能再在江湖上走动？这场笑话落在玉麟眼里，自家弟兄已是难堪，果如所言，这类点穴外人不能解救，须六个时辰才得回转，天明被众围观，即便脸上所画怪样被玉麟先行擦去，身是镖师，半夜里吃人点倒，不能言动，岂不是连镖局的人都被丢尽？玉麟此时又不知何往，越想越气，越着急，妄想挣动。暗中一运力气，几乎要脱，知道厉害，一个不好还受内伤，只得勉强把气压下，把眼合上，静心沉虑。打算不再想他，等玉麟回来再说，偏又性暴刚烈，怎么也宽解不开。

好容易盼到玉麟回房，又不好意思睁开眼睛看他。直到玉麟发觉他脸上画字惊讶，知不睁眼还当睡着，倘如摇撼稍重，恐有妨害，才不得已把眼睁开。见玉麟也不能解救，越发愁急，窗外人所说的话也没听真。玉麟刚一闻声追出，忽然一阵风过，适才那黑衣蒙面的小孩，宛如惊鸟飞坠，又在面前现身，带着笑声说道："对不住，叫你受屈，改日相见，再负荆吧。"说罢伸手往他腰间一捏，一纵身又飞出屋去。卢堃心中忿极，恨不能把那小孩生裂两半才称心意。一试手足，已能转动，也不顾腰腿酸麻，翻身坐起，略一缓劲，便追出去，恰与玉麟撞个满怀。卢堃原是谭镇南的外甥，**坏就坏在"外甥"。如是"外人"，不会如此任性放纵。**每次出门，镇南知他莽撞，总是再三叮嘱说，"我辛苦半生，盛名不易保持，人丢不起。玉麟虽是你的拜弟，但他随我十年闯荡，智勇双全，人路都熟，无论大小事均须听他主持。"卢堃因舅父严厉，执法不论亲疏，玉麟也真干练，遇上事从无一失，不由不服。一听说事关重大，便把满腔怒气吓退回来。自己弟兄，也不隐瞒，把适才所遇从实一说。

玉麟闻言，知道来人果是专和卢堃一人过不去，与大体无关，也不是瘦人自己意思。照这口气，分明与自己这一面，不论直接间接，多少总有一点瓜葛。那小孩虽恶作剧，小小年纪竟有这等身手，瘦人本领可想而知，心更放宽了些。随把前事和自己所料各节告知卢堃，劝他忍气："适才的事，不是真有外人作对，只可当作小孩顽皮举动。看这位朋友热心相助和他言语行动，不是镖头老友，也是互相闻名的神交，来的又是个小孩，我们怎能和他计较？胜之不武，不胜为笑。照那身手家数，定得过高明人传授，保不了都有交情关联。既是自己人，莫如趁人不知，见时抹个笑脸了事，免得再闹笑话。凡事须以大体为重，何况自己先就失口。其曲在我，怎能怪人？"

卢堃闻言一想，事情果是重大，自己本领也未必是人对手，闹起来徒去丢人，有坏没好，自然忍耐为是。无如生平从未吃过这等大亏，恶气实实难消。越想越恨，由此与黑衣摩勒结下深仇。当时抱愧，勉强应了，事完回去，便留书辞别谭镇南，遍访名师，学成一身惊人本领，想报前仇，闹出好些事故，此是后话不提。**留个岔头，以备将来连载不时之需。这样的"后话"别太当真。**

玉麟把话说完，见天还未亮，里间住的老少三人也未醒转。卢堃因他一夜未眠，再三劝他稍睡片时。玉麟一想，强敌暗中尾随不舍，过了延平，山野荒僻之处更多，随时都可出事，乘众人未醒，略打个盹，养养神也好，便嘱咐卢堃："照此情形，也不致再有什事。万一有了动静，可速将我喊醒，一同应付，以免又生枝节。"卢堃应了。

玉麟睡到天明，众人都起，玉麟也自惊醒。一听里屋黄、李二人正在说话，好似谈论什事，暗忖昨晚黄、李睡时俱甚担心；按说一醒就该出来探问才好，怎和没事人一般，没有出来？心中奇怪，悄问卢堃："适才睡这一会儿，可曾往里间探看？他们什么时候醒的？"卢堃答说："没有入视，里屋也是才听声息，二位想是刚起。"**粗心之人，处处粗心。**正说之间，李锦章闻得外屋人声，知己起床，出来解手，把二人叫进。

玉麟、卢堃一同入内，见黄学文手里持着一封书信，面有忧色。这时正有下人打进脸水，黄学文便把他支了出去，然后将信交过。玉麟才想起小孩曾有送信之言，又到里间走了一回，因见室中无什形迹，人又未醒，卢堃失闪终是丢人的事，乐得隐过，未便惊动。自己守在外屋，人家却深入里室，把信交给客人，还不知道一点影子，未免说不下去。仗着客人俱是熟友，否则就难堪了。一面伸手去接，口中说道："这寄信的是一位小朋友。昨晚我承异人指点，还打听出了一件机密要事。因见二位睡熟，没有惊吵，此信必然有关的了。"**老江湖，有急智，应对得宜。**

随说随抽出信纸一看，果是那瘦人的口气。大意说有一伙北方人，一半是北五省镖客打手，一半是绿林旧贼，现在闽抚衙内保镖护院。奉主人命，尾随自己三个好友，意欲出了闽境下手行刺。自己为保良友，又在暗地跟踪。得知他们因见黄学文派人抚衙卖货，看见许多珍贵物品，无心相遇，见财起意，打算假公济私，分出人来，过了仙霞关分头下手，一半行刺，一半行劫。盗党中颇有几个能手，所请镖师日内必被看出。他知谭镇南的镖不大好劫，仙霞岭九龙沟有一隐名大盗甚是了得，与镇南还有宿仇，和盗党中为首的两个至好，必然约他相助，一个活口不留，事完往抚台衙门一忍。闽抚受他挟制，必为护符，休说无奈他何，急切间也查不出他的根底，计甚狠毒。自己因见黄、李二人俱非寻常贪鄙吝刻奸商，镇南又是一个朋友，特在暗中相助一臂。不过又要顾这里，又要顾那三个好友，不能分身，惟恐两下一走参差，照顾不到。自己虽还带有一个小帮手，终恐年纪太轻，盗党太多，稍有疏忽，便误时机。最好两下合一处走，便可应付自如了。**加入这条线，行刺与反行刺就热闹了。一个事件，平铺直叙，往往没有看头。金圣叹称之为"枯窘"。他的解决方法是寻找主干之外扩充的可能。还珠深得其奥妙。**那三个好友，一个姓虞，是新卸任的臬台。另外两人，一姓钱，一姓魏，还有一个姓张的仆人，什么形相装束。现正同路，先后脚起身，有时相差不过二三十里，只未遇过。此时无须急于相见，盗党也不会在福建省境内动手，尽可放大了胆，从从容容，快到浦城，再寻上前去相见，就说"泥中人"指点引来，求与同路。只管明说来意，请他们安心前行，到时自知。信末又告诫钟、卢二人，事已紧急，回去求救和请人相助均无用处，也来不及，要装着一点没事神气方妥。卢堃尤其以后要诸事谨慎，如肯听话，必保无碍，否则便难说。如有变故，定当随时告警。下面并没具姓名。

玉麟知信已被黄、李二人看过，信上语气甚是直率，料定是镖头的旧友，江湖上一位隐了名的前辈英侠之士。事已至此，也就说不上什么不好意思来。便把昨晚所遇的事说出，只把来人戏弄卢堃一节隐起不提。又问："昨晚那小朋友送信进来，可曾知晓？"黄学文人极老练，昨晚心中有事，背朝里卧，并未睡熟。迷糊中仿佛听得外屋窗外有人说了两句话，没听钟、卢二人答话声息。本想问看，继一想，江湖上勾当隐秘，二人守在外屋没出声，必有缘故，如有什事，自己手无缚鸡之力，出去也无用处。正静听间，忽听床侧有一童子声音说道："你莫出声，不到天亮人起莫到外屋，床边有信一封，看后自知。"忙侧眼一看，昏灯之下，见一矮小黑影正往床侧门外走去，一闪不见，悄悄坐起，就灯光把信一看，料是酒楼异人所为，不由又惊又喜，把信藏向怀内，依旧轻悄卧倒。天明起身，和李锦章一商量，早断定来人本领高出钟、卢二人之上，内中必还另有枝节，怎肯扫镖师面子？假说昨晚睡熟，今早起来才见的信，别的一概不知。**也是个老江湖。**

二人知未出丑，心才略安。玉麟一面着人去柜房探听北方客人行径，一面计议行事。事关重大，虽有异人相助，仍不得不小心谨慎。此去浦城还有好多站路，那匣红货已落在盗党眼里，一望而知，照前行路已是无用。把贵重物品取出，打在一个小铺盖卷里，原箱内放些不值钱的东西。命学文佯装着生病，半躺轿内，箱子也放在他身旁，以为疑兵之计，**俱是江湖行径。还珠行家！**一旦有事，便着随行健足持了红货先逃，以备万一。一切均由钟、卢等镖师应付主持，黄、李二人只管照常行动，随心所欲，越随便越好。计议走后，便即启行，次日到了延平府住下，到时天近黄昏。

玉麟又得趟子手报称，说另有四北方人在街上东张西望，嘴里直说"真怪",似昨日盗党一伙,现落在北街鸿发栈里。玉麟一听,觉着那盗党尾随的如是自己这一行人,决无走失之理,料是追蹑卢、钱、魏三人的另一拨盗党,不知怎的,会在途中走失。那自称"泥中人"的老前辈,原说两行人相差只三数十里,追他的盗党既在延平出现,人也必在延平落店无疑。倒是昨晚同住一店的两盗党,自清早起一路留神,又命前行趟子手打探,竟未再见,可知敌人也怕自己这一面发觉他的行藏。照他这样隐秘,更料不是容易打发的人物。因黄、李二人嫌店中饭食不好,听店伙说临江楼酒菜有名,正要出去小饮,两盗党曾在店门前见过,此去正好故示无备,遇上时还可就便窥伺对方行迹,便嘱咐了二人一套言语。

二人出店,一路留神,往临江楼走去。快要到时,忽见街旁小巷中趱出两个北方大汉,正走在二人前头,边说边走,因为人挤,大家都走得慢。学文和锦章一使眼色,试凑近那两北方人身后静心偷听。内中一人说道:"适才我遇见三弟,说他们一上路就不顺心,这票买卖恐怕有人暗中出坏,不能再等过关,一过浦城,就须出手去做了……"底下的话声音渐低,**略增波折,免得一览无余**。听不清楚。学文虽是富商,江湖上也跑了多年,加以事前又得了底细,一听便知说的是自己,心中大惊,略寻思间,两大汉仗着臂粗力大,业已挤入人丛之中去了。恐被惊觉不利,不敢再跟。只得等候锦章,一同到了临江楼。一问雅座,已然占满,须要候让。寻了一张堂桌坐下,叫了些酒菜,心中有事,胡乱吃了一饱,便赶回店内,把途中闻见偷偷告知钟、卢二人。

玉麟一听,料知盗党受了泥中人的玩弄,惊疑慌虚,又恐自己这一面惊觉,意欲先下手为强,免得夜长梦多,别生枝节。事虽可虑,但是泥中人既有制胜全策,又在暗中,盗党狡谋不会不知就里,如真发动,必来告警。事未证实,在未得他警报以前,还是照他意旨行事,到了前途,再行相机应付为是。一面答说"无妨",一面暗中叮嘱趟子手,再出探查北街所住北方人是否学文所遇，还是另外两人。去了个把时辰回报，说："北街店内所住二人，适才带了随身行李，说是遇见同乡留住，业已开发店钱走去。"玉麟暗忖泥中人的好友都是文人，如在此地，不会乘夜起程，盗党赶往前途则甚？想不出是什么道理，只得罢了。当晚都盼泥中人送点信息，直到天明，踪迹渺然。商量了一阵，反正盗党要过浦城才下手，路还有一大段，且到浦城再作计较。那趟子手早起五更撒了出去。

众人行到路上，耳目并用，诸事留心，行约十余里路，正停下来就茶摊上买茶饮，忽从道旁榕荫之下，踅过一个十二三岁的短装小孩，肋下夹着黑色包裹，走向学文轿前说道："适才我惹了点事，你老人家借我点钱吧。"南中天热，藤轿两边窗格都是空的，下雨时才用油布盖上，学文这乘轿子停得最后，众人都各就茶饭摊上打尖，只学文一人未去，那地方又是小村集，来往商客多在此打尖买茶点心。钟、卢二人因见当地都是本分商民和土著，真正红货又在身侧，没有留意到学文身上，以为学文喊那小孩问话，不曾过来。学文见那小孩身材甚是瘦小，面貌清秀，二目炯炯有神，是个异相，装束神情颇似个走长路的孤童。不知怎的，竟觉投缘，闲着无事，便问道："你是哪里人？往哪里去？惹了什么？说出来，要多少我都送你。"小孩听了，不耐烦道："我看你是个好人，才跟你开口，有借有还，不过暂用一用。你问这么清，我没法细说。借就借，不借拉倒。"这句话如换旁人听了早已发怒，学文性情和厚，长于世故，**"世故"，这样才是真"世故"。**反觉他这种理直气壮的答话，不似什么无赖顽童，一面伸手往兜囊中取钱，口中答道："小弟弟，出门人说话不要这样，我也是好心好意，钱我一定送你，你怎么这样不客气呀？"说时，心原打算给他一二两散碎银子，不想兜囊内只剩两锭十两头的，**幸亏如此。**话已说出，不好意思不算，手本大方，懒得再把下人喊回另取，随手递过。

小孩接了说道："送我却不敢当，至迟今晚必定原银送回，再见吧。"说罢，转身就走，不几步又跑回问道："老人家，你姓什么？"学文方觉他连个谢字俱无，心中不快，见他回问，以为心存感激，想记姓名，笑答"姓黄"，小孩往前一看，见饮茶的一伙人已往回走，忙从身畔摸出一封信来说道："你这人果然不差，有人寄信给你，几乎忘了。"说罢将信递过，**凭空又生一波折。这样才枝繁叶茂。**二次回头，却走得快，没见怎跑，眨眨眼间走入榕荫深处。

学文方拆信要看，忽见玉麟由轿前飞跑追了下来。原来玉麟同众人在茶摊上用了些茶点，正往回走，见学文轿子旁那个小孩手内接了一锭银子，走没多远又返回轿前，从身畔取出一个封套递进轿去，心方一动，又一眼瞥见小孩肋下还夹着一个黑布包裹，顿时醒悟。小孩跑时上身不动，脚底飞快，行家遇行家，一望而知是个得过内家真传的好手，忙和卢堃打一暗号，命他留神守护货物，赶即追去，没多远，便追入林内。林深叶茂，老干繁枝着地生根，**是榕树特有景象。广东有独木成林，便是极致。**上下错综，连绵延亘，排若城栅，浓荫蔽日，映面成碧，哪有小孩影子？知已隐藏，莫可踪迹，忙唤道："这位弟台昨晚光降，未得接待，难得在此相会，何妨请出，当面领教呢？"喊了两遍，终于无人应声，知道不会出见，找也白找，恐众人疑虑，忙又赶回。

学文已将来信拆看，往玉麟手中一塞。玉麟见学文面有忧色，并不问因何追那小孩。料知泥中人寄信，事情紧急，忙背人一看。信内并未具名，只简简单单写着"同伴在前不远，速往相会"十个字，字体与泥中人前信一样，只墨淡笔秃，字迹潦草，似是匆促中借店家水笔所写。举目一望，一行业已准备停当，轿夫们都在道旁树荫下聚立，静俟招呼。来往停的车与行人甚多，各忙各事，并无一人注目。踅向轿前，与学文略说经过，商量几句，便命健仆告知轿夫，前面还有省里下来的几个同伴，原同起身，途中相左，反被赶过，如能赶上，另加一班工钱。轿夫们早看出客人厚道，贪得重赏，立即应命起身，互相加急赶行。

走了一段，遇见天明前撒出去的趟子手快腿周平。报说从早起身，跑出百十里路，并未遇见一个神色可疑之人。只过先前众人歇脚附近，有一群小孩子打架，内中一个年约十岁，生相奇丑，年纪最小，却有力气。先是一人打三个比他大的小孩，后来左近又跑来几个比他大的，合力打他一个，齐声喊说："打死黑牛这个小杂种，把他丢在草场上喂狗！"那叫黑牛的小孩也不答话，一味哑斗，到底寡不敌众。这时天才亮，路上人少，有两个乡农走过，也不解劝，只在旁摇头叹气。周平下马一问，乡农说，"那黑牛姓田，父亲是个外乡的读书人，五六岁上，父母染了疫症，相继死去。当地有一大户刘实生，见他家还有数十亩田地。一幢整齐小房，无亲无友，假作好心抚养孤儿，霸占了去。头一二年还不见怎显，第三年见无人过问，始而刻薄，继而虐待，每日命黑牛放青。黑牛虽小，却记得父母，知道受人欺辱，自是难过，常时背人往坟上偷哭。无奈年纪太小，强不过去，无人敢惹刘家为他伸冤，苦挨了几年，如今人才十一岁，却生得一把子蛮力。刘家是大户，子侄甚多，常年打骂欺负，呼来喝去，不当他人待，近来黑牛年长胆大，已知反抗，每当忍受不住，就还手对敌，寡不敌众，自然吃亏，黑牛也从不向人诉苦，尚幸刘家有一教书的族叔可怜黑牛，每次都是他来喝住，刘实生知道还不愿意。上回有一路人想将小孩带走，刘实生说小孩是他十六两银子所买，须写领买字条，将那人气走以后，便无人再问。今天大约教书先生回家，黑牛这顿打一定挨得不轻了。

周平越听越看不下眼去，自身正当紧急之际，对方是个土豪，恐怕惹事。方在踌躇，忽从身后转出一个走路的小孩，年才十二三岁，对周平说："现时我有事，不能和他动手，小人压不住台。我知你也有事，但你那事决不要紧。我去将黑牛救出，你只作为和我一路，别的都不用管，那就有落场了。"说罢，不俟答言，便跑进小孩堆里，也没见怎动手，便由人堆里把黑牛救出。

众小孩见黑牛被他救走，上前朝他乱骂踢打。他也不还手，只偶然闪上一下。**细处伏笔。**黑牛见恩人为他挨打，大喝一声，意欲反斗，吃他将手闭住推了就走。周平看他人虽瘦小，身上似有很好的功夫，好生奇怪，见群孩还在追打，一声断喝，迎上前去，从中截住。群孩见周平声色俱厉，气势汹汹，不禁吓住，内中一个便说："你是好的，不要走，我喊阿爸来。"说罢如飞而去。**笔者一次自驾乡间，被两顽童"碰瓷"，大叫"叫阿爸来"。场景十分相似。读到此处，不禁发笑。深憾未与黑摩勒同行。**余下的十来个便问周平，七嘴八舌、乱说乱跳，几次抢前，俱吃周平推开。

等不一会儿，先去小孩，由路侧榕荫深处一所庄院内引了一个五十多岁的胖老头和几个长工打扮的人跑来。那老头甚是识货，一见周平神气，便看出他是个江湖上的朋友，不敢结怨招惹，忙把盛气一压，朝同来诸人使个眼色，喝住那群小孩，独自上前，带着满脸诡笑，正要张口，先救人的瘦小孩早把黑牛带到一旁，教了一套话说，从周平身后抢前说道："大哥，这是我的事，我已问明黑牛，说他从小卖到他家，只付了身价便可带走，不知真假。等我问问他主人，看是如何说法。"周平随谭镇南奔走江湖多年，见多识广，眼力极好，吃小孩微微一挤，觉着很有斤两，越发惊异，忙顺着他意思接口笑道："这样也好，那你说去。"**机灵，刽子手的基本素质。**小孩点了点头，笑嘻嘻向那胖老头道："你是他主人刘实生么？这小孩我们看着喜欢，想买了去，你愿不愿意？"

刘实生人虽奸猾，胆子却不甚大，这两年因见黑牛年纪渐长，相蠢心不蠢，再过几年，难免受本地知道根底人的鼓动，自己虽有财势，到底讨厌。自从上次那过路人被重价气走，好生后悔，巴不得将他卖向远方，写下字据，才免日后纠葛。一听来人是外省口音，首先愿意，只嫌对方是个小孩，未必能作得了主拿出钱来，仍想和周平问答。

周平早已闻得底细，对他甚是厌恶，早装整理马匹，踅过一旁。刘实生无法，只得答道："小倌，你能做主么？"小孩把眼一瞪道："这是什么话！除非你不肯卖，那只好再说，只要肯卖，多少钱我都要，决不还价。"周平留神小孩的身相动作颇多异处，知非寻常顽童可比，弄巧一会儿还有他的大人寻来，闻言方暗笑小孩口头太拙，这般说法，对方必不放松，想插口又复忍住。刘实生听小孩口气甚大，心更欢喜，本想多讹些钱，偷眼一看，见周平在旁怒目相视，不住冷笑，知道还有一个不好吃的大人在侧，恐又闹僵，便笑答道："这小崽专爱和我子侄打架，甚是惹厌，久已想转卖出去。小倌虽肯出价，我也不能昧起良心多要。我的来价，十六两银子，养了他七八年，衣食也计不清多少，一共你给二十六两银便了。"周平闻言，不禁怒起，刚走过来，喝问一声："你说什么？"小孩把手一拦，周平便被挡住，不得上前，方自吃惊，小孩已接口说道："不多不多，我也不还你的价。不过我身上一共只得二十一两多点银子，现在先付你二十两，把人交我。先和他拿这钱到前面官道上吃点东西，就便等我一个同伴，他带得银子很多，至迟午前准到，那时你我各请当地人分写文约字据，**干脆利落，又点水不漏，这素质未免也太全面了。**从此黑牛与你永断葛藤，你看如何？"

刘实生满心只想除此隐患，对方再能给个十两八两，已是便宜，万不想小孩会一口答应，就那下余六两不给，都极愿意。何况少时一个不短，还答应互写断字，真是再好没有的事。不过对方年纪太幼，事太容易，虽口里连声应好，眼却望着周平。谁知二人本非一路，周平也觉事太不经，又见刘家那群顽童，是动手推打瘦小孩的，都在皱眉捂手满脸负痛神气，望着老头，似想开口述苦之状，好生惊奇，安心想看个下落，没有答话。刘实生见大人无所表示，心才一定。小孩已从肋下黑布包中，十两一锭，取出两锭银子，托在手上说道："我这银子，是足平，只多不少。"话未说完，众顽童中已有两个忍不住痛的，各捧各手，哭丧着脸过来，"阿爸"乱喊，说和黑牛打架并未怎样，自从这小孩来护住黑牛拖出，不多一会儿，手就有点发麻，如今痛得难忍等情。刘实生未及询问，小孩突然把银子揣入怀内，怒喝道："你们十几个打人一个，旁立这几人都曾亲见。我看了不平，将他拖出，你们还踢打了我好几下。当着你家大人和这些见证，凭良心说，我还手没有？要多少给多少，再支你们出来讹人，我不买了，看谁敢把他打死！"两小孩刚答应一声"手倒未还"，刘实生原知他这些子侄专门合群欺人，对方小孩又瘦又小，决无吃亏之理，定是自不小心筑了点气，无关要紧，利欲熏心，惟恐有了变局，闻言忙喝骂道："小狗崽子，人家又未打你，诉的什苦？还不滚回去叫人揉揉！我办正经事，再来吵闹，看我揭你的皮！"**是财迷土鳖声口。**

刘实生在家素来性暴，两小孩原是他的爱子，一挨骂，余下好些负痛的都不敢上前诉说。各自愁眉泪脸，一颠一甩地往榕荫中走去。小孩又道："你也听见，我没打他们一下吧？当着这些人，我付你钱不难，你暂时先得给我写张收条，言明下欠六两，午前交足，重写断字，别无纠葛。他们自不小心，打人不睁眼，明明一双嫩骨头，硬要往三尖石上去撞，自然要痛两天。这时不写明，少时又生枝节，要我赔他们的手脚，却赔不起。"刘实生只当小孩说笑，连说："小倌放心，哪有此事，凭你一个人也打他们不过，万无此理。"小孩微笑不答。说时，恰好左侧道旁人家开门，就近借了纸笔，写了暂收字据，黑牛始终随定小孩身后，一言不发。刘实生接过银子一看，果是足平好银，订了条约，率了来人，欣喜而去。周平自更断定小孩大有来历，人去以后，便说身旁带有十多两散银，可以奉赠。小孩说："我事已完，我在前边等一人来，自有借处，用不着再借你的了。"间他姓名来历，也不答应，径和黑牛往前饮食店中走去。周平越看越怪，因有急事在身，业已耽搁了一会儿，不便再坐迟延，只得策马前行。

玉麟细一盘对形貌口音，那小孩正是适才借银送信之人。昨晚自称黑衣摩勒点倒卢堃的也是他无疑，那伙顽童正为他内家潜力所伤，痛上几天，能不残废便是万幸。小小年纪有此本领，固属惊人，照此行径，与昨晚戏耍卢堃，都是未免太过，**不如此不**

是摩勒。将来只恐难免遇上挫折。心中转念，没有说出。后又听周平说起，前途遇见主仆四人，颇似泥中人所说的好友，两下相隔仅有十多里路。玉麟一听，四顾行经之地，正是一片旷野，官道横贯其中。且喜前后无人，忙命停轿，请学文写好拜帖，一面重催赶路，一面暗嘱周平，教了一套话，赶回来路，探那黑衣摩勒和土豪有无余波，事完也未。他带着一个不会武功的小孩，必走不快，可速照话行事，请他同来。**看似帮他，实为自己**。周平领命上马，如飞赶去。众人也跟着再加速前进。

行到巳末午初，便将尧民追上。黄、李二人忙上前投帖，见了尧民等三人，向良夫、新民把前事一说。泥中人第一次来信已被学文走时烧掉，途中所接短简尚在。良夫要过一看，果是泥中人的笔迹，略微寻思，便代尧民做主应诺。黄、李二人因敬尧民官阶人品，坚欲重行大礼拜见。良夫道："虞老先生人极谦和，休说如今业已告老休致，便在任上，也无故不肯受人大礼。况且我们俱在患难之中，行藏越隐秘越好，不必拘此俗礼，招人猜疑。泥中人，我只知他是一位高人奇士，隐迹风尘中的英侠，真实姓名和他来历都不知道。前在省里，我们遭奸人陷害，也全仗他暗中相助，才得化险为夷，免却祸患。这次又承他如此关心，千里长途，暗中维护，侠情高义，并世所稀。此人本领高强，神出鬼没，乃昆仑、空空一流人物，若论见义勇为，文采风骨，只有过之。既允相助脱难，决无妨碍，尽可合在一起，安心上路，一切听其自然，付之不闻不问好了。"

黄、李二人宽心大放，随又想将随行镖师引见，良夫常在外跑，久闻谭镇南的名望，知他手下镖师都是人物，便答道："我们极愿和武家朋友亲近结交，同船共载，借重之处更多。不过这里是镇站要冲，店小客稠，许多不便。诸位想必初到，天才正午，吃完恰好赶路，此时彼此最好不作客套，可请回房用完午饭一同起身，到了途中清静所在，再向二位镖师请教罢。"黄、李二人见良夫为人老练细密，**果然老练**。语言豪爽，甚是心喜。当时同至外屋，重向尧民谢了携带，退出房去。走后良夫把话告知尧民，于是更证实了泥中人是专为暗中护送而来，俱都感佩不置。一会儿，张福端来两大盘腊味，说是黄、李二人所送。良夫吩咐收了，跟着饭也送到，大家吃罢。黄、李二人惟恐尧民等先到，不耐久等，早就催着同行人等赶忙饮食，喂放马匹，这里吃完，他那里也结束停当，互相一打招呼，对轿夫们说是省里约定的同伴，合在一起，各自起程，同往浦城路上进发。正走之间，行经一片山野地面，闻得后面蹄声响动，玉麟回头一看，正是趱子手周平，见他马行甚急，料知有事，忙把坐下马一勒，退到后面，把手一挥，朝道旁林内缓缓跑去。

周平会意，也把势子收住，由侧面绕向林内。见面下马一问，才知周平回到原处，**补叙。还珠惯用手法。**正赶上黑衣摩勒与土豪刘实生办理，还亏周平赶到才得解围，因此承他指点，略微探得了一点盗党踪迹。原来那伙顽童因仗人多打堆槌，有好几个中了暗算，吃黑衣摩勒用内家潜力反震之法伤了手足。刘实生利欲熏心，只图黑牛身价银子，当时把他喝退，随后回到家内待了一会儿，闻得子侄满室号哭呻痛之声，家人也都慌了手脚，忙过去一看，受伤的竟有八九个之多，不是手肿臂痛，就是脚扭了筋，脚背肿得亮晶晶的，再不脚趾粗胀，稍微一碰，便痛彻心骨，声泪俱下，两个心爱的狗子伤得更重。先未料是受了对方暗算，因见受伤人，不像偶然。

细一盘问，俱说正打黑牛之际，那瘦小孩便挤了进来，将黑牛救出。因恨他平空出头，又欺他年小，大家追着踢打，他也没还一下手，只护着黑牛往前走，随被同来大人喝住，就停手了。再盘问打时光景，只有两个伤轻的，说无什觉意。余下七人，有说打到他身上坚硬如铁，有说他身软如棉，却有弹力，当时只觉有些发麻，不消多时，便肿痛起来。虽然其说不一，但是只要打过的多受了伤，没打到人的却没事。刘实生早年曾在江湖上瞎跑，有点阅历，细一回想小孩行径和那双有亮光的眼睛，猜是中了道儿，连忙追出找人，连黑牛都不知何往。眼看子侄们哭号呼痛，急得乱跳，无计可施，正命佃工四出寻找，忽然黑牛跑回，说他小恩人现在门外，约来村中长老，付那下欠六两银子，就便对换卖约断字。**其实完全可以带着一走了之。不过那就不好玩了。**刘实生跑出一看，瘦小孩带了黑牛，还约有本村地保、村人和一个方正老者同立门外。刘实生便装笑脸，往里请进。黑衣摩勒说什么也不肯进去，众人劝他也是无用，口口声声说：“我跟你没交情，你是卖人的，我是买人的，头一张收银条上写的明白，如今天没交午，我都办到。闲话少说，快把字据交出，我带人走，一刀两断，打算欺生欺小，把我骗进去再绕圈子，那是做梦！”

刘实生因听小孩年纪虽小，口头非常刻薄，尽绕着弯骂人。黑牛的事乡里皆知，所来的人都不以他为然。耳听子侄们号哭之声越大，真个急不得恼不得，想把小孩拉过一旁去说两句私话，又不肯去，没奈何只得说：“适才群儿都因打你受伤，你是用什方法，自己情愿令子侄们赔礼，解铃系铃，求你解救医治。”

黑衣摩勒冷笑问道：“你问他们，我打过他没有？”刘实生刚说：“打倒没有，是他动手打的你。”底下话未脱口，黑衣摩勒突地把双目一瞪，怒道：“诸位听听，天下还有挨打不还手，反倒伤人的，岂非笑话？况且我交银子与你，领人走时，你那伙没家教的小孩还好好的，怎么隔了多时，我来补付身价，会受了伤？我没还手，就会伤人？又不是什妖怪。你怎不说他们倚多为胜，欺凌孤儿，遭了报应呢？实告诉你，我早看出你老奸巨猾，才要你先写一张收条，省得又生枝节，谁想你还是见我年幼，你要多少身价，一口答应，以为好欺，又想借故勒索。**说词老辣。**我不过见孤儿受那群狗恩毒打可怜，想买走，放他一条生路罢了，要拿他生财，那是昏想！你偌大年纪，要是说了不算，也不要紧，只你当众人把吐出去的口水吞掉，还我原银，立时就走，我不买了。只你们敢把他磨死，就有人给他伸冤报仇。休看你小爷年轻，你手下人多，我的人还在后边未来呢，不信你就等着。”

刘实生闻言，恼羞成怒，方要发作，恰值周平马到，正听到末两句，看出黑衣摩勒想当众面把断字要过，只不肯将那群顽童治好，又不愿当人动武，露出本面目，忽然灵机一动，想好一套假话，下马分开众人，跑到黑衣摩勒面前，恭恭敬敬说道："这事还未办完么？如今上上下下好几十人都在等你，大人叫我来，请你快些回去，好赶路呢。"黑衣摩勒指着刘实生道："这老头欺生，先前说得好好的，如今硬说他有几个小孩受了伤，是我打的，要我医好，那伙顽皮都比我大，人数又多，他们打我好多下，我还没找他算账，反倒讹诈起我来。想是见我人小，欺生欺小，出钱容易，借事生风。你去问他，如不愿卖，把先收的二十两原银子还我，这小黑牛我也懒得要了。"周平突的把眼一瞪，怒道："我们从京里出来，跟着倪大人走了这多省县，上自督抚，下至州县，哪一个不是恭恭敬敬的？我们都从来没欺负过人，跑到这小乡场里，会吃他的亏，要多少，给多少，还要怎样？我们不过路见不平，懒得费事，好心代这小孩赎身，由他自去，放条生路，这又不是他家养的钱树子，愿卖人字两交，不卖还钱，一半天自有人来和他算账。少爷请站一旁，我问问他去，讲理便罢，不讲理，我倒要斗斗他这个地头蛇，官私两面，由他挑好了。"说罢，不俟还言，便抢到刘实生面前，喝道："你偌大年纪，说话不算数，是什意思？快说！"

　　刘实生枉具一双江湖眼，只知周平不是保镖师父，便是个江湖上的人物，对于黑衣摩勒，先也当是周平同行小伴与弟侄之类，没看出是个什么路数，原本恼羞成怒，方想动蛮恫吓，忽为周平先声所讲，料定小孩是个过路显宦之子，微服上路，周平必是随行镖师，否则不会如此说法，小孩的手也不会那样大方。又想小孩虽然精神，看他那样年幼瘦小，也不像个不动手就可伤人于无形的江湖能手。子侄们受伤必有原因，弄巧还是黑牛的鬼都说不定。自己许是一时情急多疑，致有此失。不过来人语太强横，自己从未受过。如若怄气不卖黑牛，一则银子须要交还，以后再想这样重价，必不能有；二则出尔反尔，更坐实自己是有意勒索抬价，更要受人讥骂。并且照来人口气，就许回去倚仗势力，经官动府，转到生出大事。卖了固然也难免有此一虑。但是双方字据写得明白，总有个理好说。这类过路官员，多有程限。黑牛人极老实，父母死时年幼，听他适才对人还说他是卖身为奴，与平日所教一样，可知乡人并未告以底细，至多说是虐待。打骂家奴，不算犯法，对方虽然不平，也不为此耽搁。想了想，还是照约行事，另行延医治伤为是。刚把主意拿定，便见周平声势汹汹过来喝问，忙赔笑脸答道："兄台莫急，不可专听这位小弟一面之词。"

言还未了，黑衣摩勒戟指喝道："谁跟你称兄论弟，你说话留点神好。"周平也喝道："闲话少说，只问你说的话算不算吧？"刘实生方答："自然说了算，哪有反复之理？"黑衣摩勒喝道："既然算数，我应补你的六两银子，连字在此，你把他原买身字据还我，以后黑牛与你两无纠葛。"周平把银据接过，也不容他分说，接口说道："你那些话我们已然知道，再说无益，只把字据交出好了。"刘实生为二人盛气所凌，又急又气，无奈话出如风，心又内怯，只得说道："他从小卖到我家，字据年久遗忘，不知藏在何处，恐二位过路人不能久等，另写得一张转卖字据在此。"说罢，将适才写好的一张昧心字取出。

黑衣摩勒接过看了看，冷笑道："我也知你交不出原字据，本来要你出名另写，但这中证人谁出名呢？"旁立诸人俱为二人口气势派所慑，又知黑牛底细，恐怕人买了去，异日问出实情来向刘家追回房产，跟着打那冤枉官司，刘实生连问数遍，俱都面面相觑，各有难色。最后还是周平对众人说："我门只是作好事，到了地头便由他自寻生路，决不会再生枝节累及你们。"黑衣摩勒也说："我只要见证，无须中人。这位老先生是我请来，加上约保也就行了。"这才由那同来老者和约保在双方字据上画了个押。画完，周平向众微一举手，便请黑衣摩勒上马。黑衣摩勒也不客气，笑道："你这人很有意思，你抱着他先骑上去，我在马屁股上，三人同骑，到了前面再说吧。"周平原想把马让他二人，心还惟恐不受，闻言大喜，忙抱黑牛先骑上去。黑衣摩勒就手扒上，故意伸手抱着周平的腰。**"故意伸手"，写小侠精细入微。**一马三人，纵骑如飞，转瞬出林，直奔官道而去。

人去以后，刘实生闻得内院哭声惨厉，想起受伤子侄，顾不得再向众人答话。跑进一问，两个心爱的狗子业已痛昏厥过两次，只有一两个年幼的伤势稍轻，余者也都伤痛得差不多。怎么细心追问，也问不出致伤之由。瘦小孩已去，就心疑弄了手脚，也无法想。耳听满院哭号，心急如焚，只得连派佃工下人催请外科郎中医治。门外诸人也都议论纷纷，互相散去不提。**小插曲。但最接近传统侠义观的"路见不平，拔刀相助"。且由此引出个田铁牛，与黑摩勒相映成趣——都是还珠匠心所在。**

且说周平纵马出林，上了官道，黑衣摩勒把手一松，说道："往你们去路走吧，前面七里村不要进去，可由村北小路往东面山里跑去，到破庙前停住，我还要办一点事呢。"周平听他口气颇有同行之意，心越放稳。路上不断有行人来往，马背上不便详问就里，应了一声，依言行事。马行如飞，晃眼抄出村北小路，进了东山口。那山并不高，到处丹枫照眼，苍林荫日，连岩拥翠，矮峨萦青，景物倒也深秀。

周平沿着岩脚草径跑去，四顾人迹甚稀，想套黑衣摩勒来历行径，微微应声，意似不耐烦琐，只得停口，等到后对面再说。不一会儿绕完岩径，现出平野。果见前面山坡上松杉林内隐现出一角红墙，知已到达。正要纵马急驰，黑牛忽在身前偏头向后喊道："老师，这就是你说那地方么？"周平不听应声，方欲回头，又听黑牛惊叫道："老师呢？"周平忙回头看，马股空空，哪有人在？勒马四顾，来路并无人迹，身法真快，同乘一马，竟不知他何时走去，好生惊服。

黑牛急得直喊，"老师跑了，周伯伯回马快追！"周平知道万追不上，他本说有事要办，叫在庙前停住，必要回来，否则剩这小孩，作何处置？即便要交自己，也没有不事先明说之理，自然仍以等他为是。因听黑牛喊他老师，便劝他道："莫着急，你老师他办点事去，一会儿就来，我们到庙前等他去。"黑牛仍是着急不已。周平也不理他，跑上山坡。林内果有一所破庙，墙业已坍倒好些，荒凉残破，并无僧人居住。

二人便在山门外下马，将马拴在树上，寻块石头坐下。向黑牛一盘问，才知黑衣摩勒将黑牛救出，便教了一套话，此外不许开口，付了身价，领去吃了个饱，然后走向榕荫深处，问黑牛："你一人和众人打，有多大力气？"黑牛从小未曾遇到过一个真心帮他的，又拿许多银子给他赎身，给吃好饭，自然感激，口口声声称他主人少爷，闻言便说："力气很大，别人制不服大母牛，我能制服，多大力气却不知道。"黑衣摩勒便要他动手来比。黑牛恐伤主人，执意不肯，被逼无法，以为主人如此瘦小，一打就倒。谁知不用力试只轻轻吃了一跤，越不信服越糟，力越用大跌得越重。末两次身子腾空跌出，如非黑衣摩勒跟着纵起抓回，几乎重伤。黑衣摩勒又取了两块鹅蛋石，一握粉碎，这才死心敬服，益发奉若神明，跪在地下，要学本事。黑衣摩勒也答应收他为徒，改叫老师，命在林中等候，不许走出。说找人借钱，补还身价。走了一会儿，拿十两银子回来，同去铺内，分出六两，同往刘家还银要字。去前曾说要将他带到山里来拜一和尚为师，黑牛死活也要跟着老师，急得要哭，黑衣摩勒才允不使离去。如今来到庙前，忽然不见，许是骗他，故此着急。再问别的，却不知道。

谈问了一阵，约有半个时辰光景，忽听身侧林梢响动，周平回顾，一条黑影宛如飞鸟下堕，定睛一看，乃是一个通体黑衣的蒙面小人，心方一动，来人已将面具揭落现出原形，果是黑衣摩勒。黑牛首先喜得乱跳，上前拉手，高喊："老师来了！"黑衣摩勒起手一甩，面目一沉，喝道："当着外人一点规矩没有！再闹，我不要你这丑徒弟了！"黑牛急得忙喊："老师饶我，我不敢了！"垂手站在旁边，不敢再跳。黑衣摩勒喝道："这还将就。记住，以后当人不许这样，要听我的。躲一旁去！我和他有话说。"周平见这一对小师徒神情天真滑稽，**果然滑稽**。方自暗笑，黑衣摩勒已走过问道："周朋友，你知我是谁么？"周平据实答道："小朋友不是昨晚在店内光顾，说是家住四明山，人称黑孩儿神手摩勒，又叫黑衣摩勒的那一位么？真实的尊姓大名未蒙见示，实在不知。"黑衣摩勒道："你这人倒还可交，只我最不愿听人说我小，请你把它去掉才好。"周平连忙谢过，并问真实姓名。

黑衣摩勒答道："我不瞒你，一出身便没了父母，又一孤儿。**到此已有江小妹、江明、兰珍等孤儿；这里又有黑摩勒、田铁牛、周平三个。后面更是"层出不穷"。此书一大特点。**访问了好几年也没信息。到底姓什么，实在不知道。小时无人管我，承一姓黑恩人收养。因为淘气，常爱往绣谷村山洞里跑，弄得满身污黑，村人都叫我黑孩儿。后承恩师带走，学了点武功回村，常爱管点闲事，他们又为我起了个外号，我对外人，总称姓黑名摩，你也叫我黑摩如何？"周平笑道："论理你本事比我大，我却比你痴长几岁，打算高攀，称你一声老弟如何？"黑衣摩勒道，"你这人心直口快，倒配做我哥哥，可惜本领不够。我看你不过二十多岁，你如愿意，回去把镖行事辞掉，我引你去拜一人为师，学点武功，不好么？"

周平也是无母孩儿，**金庸也喜写孤儿，如陈家洛、袁承志、胡斐、郭靖、杨过、张无忌、萧峰、令狐冲等，但大体一书一人。孤儿身份可以与成长、奇遇等联系，更可寄寓恩仇内容，故特别适于武侠作品。**经谭镇南收养，由学徒出道，本就有志学艺，苦无机会，镇南事忙，因他精干外熟，从小就随着跑江湖，常令随镖当趟子手，连用私功都无暇，眼望别人日享盛名，常时愧恨，闻言大喜，忙道："那么我拜你做小师兄，我算大兄弟如何？"黑衣摩勒喜道："你肯这样虚心，那好极了，先不行礼。我还有几个朋友，你也未见。那伙没出息的狗贼，直如囊鼠网鱼，不必睬他。我有师叔泥中人在，再添两倍，也不是对手。你不必再费事查探，回去告诉他们，放你到了地头，交代完事，速去四明山寻我，再行礼好了。只对姓卢的说，他既在江湖上常跑，须知人外有人，天外有天，本领大小在其次，总应该放谦虚一些，随便背后出口伤人，不是英雄所为。他要不是伤我师叔，也不会跟他开那玩笑。事情有钟朋友遮盖过去，心不服气，等事完，径去四明山寻我好了，何苦又在事后发狠？如非师叔吩咐，钟朋友通情理，照你今早行时，他托你打探我踪迹的那一番话，岂不又惹了麻烦？"

原来卢堃为人心直计快，昨晚之事，心中怀恨，他和周平至好，今早行前曾偷偷托他路上就便查访神手摩勒的名声下落，未免说了两句发狠的话，不知怎的会被听走。**听窗根的本领。似不必。**周平闻言一惊，忙代卢堃分解，说："他为人忠厚口直，昨晚受了师兄做戒，自然免不掉有失言之处，务请不要见怪。"黑衣摩勒笑道："这人是石心，我决不怪他，否则早给他身上留下记号了，还能容到现在么？你将来寻我时，他如愿意，只管连他一起带走。"周平乘机又问盗党下落。

黑衣摩勒淡淡地答道："你老不放心，可惜我师叔现时不肯露真姓名。你只要知道泥中人是谁，就不害怕了。这还不到告诉你的时候，先且不提。我只知道，盗党为首之人原名叫赵连城，他们打算先杀你们这一行人，过了仙霞关，再下手行刺虞尧民。回去交差，往抚衙一躲。如今两行人一合群，非过关不能下手，不必担惊害怕，到了前面自然明白。你也不必出力不讨好，出来乱跑。他们眼毒，遇上难保吃他暗亏。真要非叫你无谓乱跑，过了浦城，要过一段山路，岔道山径中有一都天王庙，地名鱼鹰嘴。庙侧隐着他们一个洗手多年的同党，此人姓杨名标，昔年横行北五省，又会一点水性。他们无心相遇，结成一气，也许在那里变点花样。盗党先受了师叔愚弄，几乎把跟的人丢掉。因那地方是必由之路，这第二拨盗党，必和杨标在此等候，你们两行人一过，再尾追下去，与关口外埋伏的赵连城等会合，前后夹攻。你走那里，务要留神，最好不要往岔道上跑。如见形迹可疑，你这马快，即速回跑，与自己人会合。他见你回了队，有虞老先生在内，必不肯因你自露马脚，可是你也不可被他们看出破绽才好。照说我师叔神出鬼没，这地方必不放松，不过事难预料，我又恰巧有点闲事羁身，不知赶得到不。你决打不过他们，终是小心些好。这里有十两银子，乃黄老先生借与我的，适才由那姓刘的老贼家中，连我给的身价银子一同取回。来去匆促，怕你在此久等，没顾得查探他藏银之所。趁他未觉，只把银柜抓裂，连本带利，仅拿了百余两银子，太不合算。好在有了主顾，少不得还要扰他几次，存在他家也是一样。这十两请你带还，**倒是不拘小节**。说我道歉，银子因已剪断，不能原璧归赵了。"

周平听他就这片刻之间，大白日里孤身出行，前往土豪家中，人不知，鬼不觉，把银子盗了回来，好生惊奇不已；得了一点消息，忙着赶回报信，不及细问，只赞佩了几句，银子却代学文婉谢，不肯带回。黑衣摩勒指着黑牛说道："这孽徒是我一点定心膏药，赌神罚咒跟定了我，连先回四明山去等我都不愿意。我又疼他，带着又太累赘，真厌烦人，还得给他想个主意才好。师叔已嫌我多事，此时要被知道，又该说我童心太盛了。这银子原应我亲自送回才符前言，也为有他，才请你转交，既不肯代，说不得只好自走一道了。"周平忙道："我带回去其实无妨，不过黄老先生虽是商人，却极轻财仗义，像你这样朋友，交还交不上，已然奉送，怎肯收回？师兄能赏他脸更好，真要是忙，不管他愿不愿仍由我带去好了。"**都是琐屑小事。不过小事见人性，又写一明白人周平**。黑衣摩勒笑道："我借银不还，成什么人！你如非是我老兄弟，我就怪你了。点点小事，不值多说，你自上马走吧。"周平喜得诺诺连声，谢别上马，往回飞赶。

二人相见，玉麟听完前事，想了想，仍命周平前探，只不跑远，另教了一套话，少时回来，再归队同行，以后不必再跑趟了。周平领命，绕路自去。这里玉麟也策马把众人追上，问知无事，仍往前走，行至黄昏将近，相隔浦城还有站许来路，所行官道，蜿蜒出没于山野之间，途径甚是荒凉。这时周平业已装着浦城分号店伙，来迎黄、李二人，与众会合。说起前途离此十来里有一大村庄，主人姓颜，甚是好客，可以投宿。此外虽有人家，均是荒村小店，难容这多舆马。如赶浦城，轿子走得慢，非至天明不能赶到。有那错过宿头的人，多往颜家投宿。主人年少，好武气盛，最爱文人武士，却极不喜居官应役之人。只来人对他心思，都是极好待承，就不投机，也有地方安顿。周平前一二年曾经去过一次，和主人还有一面之识。玉麟以前也听同道中人说过，主人颜尚德文武全才，好交朋友。**波澜迭生，令故事曲曲折折。又出一颜尚德，后文便多不少变化、精彩。**见天已不早，便命周平持了名帖，先去拜望，只不露尧民行藏，见时如问，假说三人是由桂林游山回浙的游侣。商议停当，随后前进。

走有六七里路，道正穿山而过，斜日初坠，苍烟四合，新月甫升，时复隐现出没于山畔林末之间，清辉未吐，晚景低迷。走在石路上，步履马蹄之声前后相接，汇为繁响，空谷传声，倍显寥寂。**写行旅，生动。**良夫喜和江湖朋友交纳，玉麟也喜他语言优爽，见解高超，两下谈得甚是投缘，相见恨晚。这时良夫的轿恰在前面，玉麟也正傍第一乘轿侧行走。良夫说起这一段路形势颇险，景物更是荒凉，连个人家俱无，玉麟笑道："魏先生，这里看去路险，但是来路不远便是镇集，附近村庄田畴，绵亘不断，仅这十来里路山径荒凉，最险的不过沿崖里多路。十停已走了八停，再走里许，一出这山口就有人家。颜家更是一个大村庄，人多丁众，个个会武，爱管闲事，颇有名望。找他借盘川倒可以，要动手脚，休想占得便宜，所以并不算险。最险的还是过了浦城，麟子山那一带地方，有不少连天峭壁，深沟阔涧，要翻越好几处险峻山岭，加以林深草密，极易藏伏歹人。山民性情极野，专讲械斗，爱打群架。只管太平年间，又是通浙江省的驿路官道，像我们这样还不要紧，如是孤身客商，就短不了出事。内有三处山口岔道，除了老鹰门前两月地震塌陷，化险为夷外，像都天王庙附近的雷公峡和将近仙霞的红石关，都是一夫当关，万夫难过的所在，那才叫真险呢！"

良夫原是对景闲谈，以上各地均曾去过，闻言惊问道："那老鹰门两边危崖对峙，宛如巨鹰展翅，中通一线小径，骑不并驷，车不并轨，沿途山石秀奇，形势雄峻，绝好景致，几时震塌了的？"玉麟道："这也是件奇闻怪事，说来话长着呢。"良夫方要往下盘问，忽听身后马踏石路之声。**闲话，就此打住，脱卸有法。**玉麟忙一回看，来路两行昏林影里，远远跑来两骑快马。玉麟看出情形有异，把马一勒，暗指卢堃领头，自己退到黄、李二人轿后相待。恰将仄径走完，一边是山，一边是水，傍溪而行，路颇宽广，玉麟一退，来骑也将马匹放慢，叭哒叭哒跑将过来，径由众人身侧驰过，相距约有数尺远近，彼此都看得见面目。玉麟见那两人俱是北方大汉，为首一个，一顶毡笠斜挂马上，大辫盘顶，青渗渗一张丑脸，浓眉如刷，扁鼻凸嘴，额上有二指来宽一片刀瘢，斜搭脸上，两只豹眼时闪凶光，一望而知是个绿林中下等强盗。

二马相联，玉麟因对头一个注目，第二人跟着过去，没有看清面目，好似昨晚夜探客店后院所见二人之一。乘骑二人对一行人只看了一眼，毫无表示，就此越向前面，马上加鞭，飞驰而去。这时玉麟似听黄学文在轿内"噫"了一声，疑心来人有什不利举动，不暇再看，由侧面赶上一问。黄学文手里拿着一个纸包，不顾细说，只叫"快看前面"，玉麟把马偏向一旁，朝前注视，只见一条瘦小黑影正往前跑去，其行如飞，晃眼追上第二匹马，只一纵便到了马屁股上，一同驰去，马上人竟无知觉，看那神情身法，正与昨晚黑衣小孩相似，料定不是一路，好生骇异。一会儿人马影子便转过山角不知去向，众人也行近去颜庄的岔道。

那岔道是个三岔路口，往右是去颜庄的路，往左略偏乃官道驿路，分路口不远却有一片山崖绵亘里许，恰将前途目光遮蔽。两匹马上的盗党已然跑出老远。众人到时，正赶周平跑回，说颜庄主仝已仰慕钟、卢二人名望，这几位商客，除黄、李二人已有耳闻，余者谅非俗流。闻说拜庄借宿，甚是高兴。本意还要备马远出迎接，被周平再三谢阻。现正命人准备筵宴，竭诚款待，就请前往。玉麟知那盗党当地情形不熟，必当自己连夜赶往浦城，决想不到会在中途投向别处，乐得空他一空，忙命轿夫们加急赶行。

天色入夜，明月将升，路绝行人。二人回至学文轿前，去问小孩来时情景。学文说是马匹正过之间，仿佛看见马腹下黑影一闪，跟着眼睛一花，便见轿杆上扒着一个脸蒙面具、周身穿黑的小孩，低声说："黄老先生，前银奉还。"随往手里递过一个纸包，方想退回，那小孩低喝"不要说话"，晃眼工夫，人即不见。探头往轿外看时，已到了两轿快马的后边了。包内共是十两银子，外皮上写着"前银奉璧，谢谢。今晚有贼，旅店留意。"十几个潦草的字，口音与昨晚店中送信小孩一般无二，知是黑衣摩勒无疑。他既尾随盗党不舍，必要闹点把戏。小小年纪有此身手，俱都叹服不置。

那岔道相隔颜庄不远，路旁尽是水田，夹道成行榆柳。大半轮明月，只悬平畴广野之间，流光普照，映得那些水田齐似浮辉，上下天光倍增清旷。路上时见一二村农，短衣草鞋，肩荷犁锄，在明月柳隐之下哼着山歌小曲缓步归去，情景直和画图相似。**随处写景，文辞清丽，描绘逼真，是还珠一大本领**。尧民在轿中首先赞妙，坐了大半天轿子，未免劳累，便喊张福近前，招呼良夫、新民二人乘着这好月色，步行前往，**这几笔写景竟不是虚文**。舒散筋骨，就便领略一点野趣清景。黄、李二人本就想走一段，活动血脉，见尧民等三人下轿，忙命停轿下去，相随步行。玉麟见状，也招呼众人下马，随在后面。尧民因听良夫说他们不是俗商，见二人跟在后面不肯走近，知他们谦恭自卑，便命张福请过。黄、李二人素佩尧民官声清正，也有意和他亲敬。众人做一路走，谈谈说说，倒也投缘。走不一会儿，田岸略转，遥望前面林木蓊翳，隐现灯光，知将到达，良夫又把玉麟请向前面同行，方相顾谈笑间，忽见林内闪出几匹快马，如飞驰到。周平忙由后赶上，说：

"庄主迎接来了。"玉麟听说，忙即当先赶上。

众人步行，原出无心，不料主人仍要来接，这一步行入庄，格外显得恭敬。来骑看见来客俱在步下行走，以为看重自己，越发心喜，**无心插柳，确是有意为文**。隔老远便翻身跳下。为首一个猿背蜂腰的少年抢步跑来，到了玉麟面前，抱拳正要开口，周平已抢先引见道："这位便是颜庄主，这位便是适才小弟所说的钟兄。"当下互相见礼，各道幸会不置。跟着众人走到，钟、周二人一一分别引见，颜尚德看了尧民一眼，暗中一惊，也未明说。随来四人俱是颜家武道中的好友，俱由尚德引见，略微客套几句，便请众人各上舆马，众人不肯，一同步行入庄。

庄上仅有百十户人家，多半姓颜，房甚大，极少小的草房直看不见。占地约有数顷，四面桑榆和各种大树，形势甚佳，不近前看不见，庄内却是果园菜畦、池塘稻场，应有尽有。主人所居更大，四面密层层种着两圈碗口粗细的毛竹，年时一久，一根挨一根，成了两层天然的竹墙，用铁条联系，高达数丈，上面枝柯紧接，萃为碧檐。两层之间宽约五尺，竹弄中通，每遇日当亭午，月际天中，微风动处，满地冰纹縠影，一片清荫，十分幽趣。那门也是竹子编的，附在两边竹根节上，设有链环，以供启闭。进门两边各有几间小房，似是下人所居。对门两行槐柳，左右花畦，当中一条石子砌成的细路，长约五丈，尽头处孤矗着一幢五开间的广厅。石径到此，便向左右分路。

主人领客绕厅而过，到了厅后才见围墙。由墙上小月亮门进去，地势愈发展开，楼台亭榭，池沼花木，无不毕具，位置咸宜，极见匠心。**还珠把自己的文士雅趣投射到作品里，便多了诸多"雅侠"。**同来众人舆马，早有颜家下人接去安顿食宿。宾主共是十二人，又经过几处回廊曲栏，才到主人宴集佳宾之所，也在一所月亮门内。老远便闻见桂花香味，进门一看，里面一座大院落，一边种有四十来株桂树，花已盛开，繁枝密蕊，月光之下，灿若金银；一边是所华屋，轩窗洞启，环窗满植梧桐、芭蕉，盆花罗列。再过去又是一座广场，主人道是近年新开练武所在。室内灯光辉煌，照如白昼，满壁图画字画，多半名人手笔，间有过客留赠之作，也都是佳品。家具陈设，备极华贵。左壁另一小单间，布置更是精雅，窗外是一池塘，残荷败梗犹未去净，想见夏日芙渠盛开、风来水面、几簟生凉之致。主人先延客到单间内落座，尧民等三人只当主人是个赳赳武夫，却不料文武两途都是通品，方自惊喜，主人忽然走将过来，纳头便拜道："虞老伯，可还认得小侄么？"**又生一段因缘。**尧民大惊，连忙扶起一问。

原来尚德之父颜璐，十年前与尧民同官京师，甚是莫逆。先是颜璐中年无子，夫人奇妒，强逼丈夫买了一个穷家乳婴做儿子，相貌奇蠢，取名尚仁，天分不佳，没品行的事却有别才。颜璐受悍妻蒙蔽，一点也不知道。这年独身在京，背着乃妻，纳了朋友一个美婢，生子尚德。才只两年，乃妻在原籍闻风赶来，一阵大闹，没有几年，将侧室虐死，尚德幸得保全，因非嫡母所立，也受了不少虐待。尚仁仗母氏淫威，年纪又长有好几岁，凌辱无所不至。颜氏书香世族，本来尚德不会学武，因他资禀聪明，目睹生母平日受虐情形与弥留背人泣诉之惨，深深记在心里。又知乃兄不是同胞，却这么欺负打骂，年小不敢还手。忿极无计，读书之暇，偷偷从人习武。到了十二岁上，虽然未遇明师，力却增大了不少，从小未和人打过架，自己也不知道手有多重。这一年正当清明祭祖，想起亡母野葬郊外不能往祭，甚是伤心，背人私取了点香烛纸锭，去到自己房中，写了张亡母灵位，闭上房门偷偷哭祭。不想被尚仁闯来，将他母子喊了名字大骂一顿，又把灵位撕掉，放地乱踹。尚德蓄恨已久，上前理论，尚仁举手就打，尚德再忍不住，还手一推，尚仁酒色淘虚，哪经得起天生的神力？势子又猛，倒跌出老远，一下撞在硬木桌子角上，立时脑裂身死。

事有凑巧，正赶上嫡母闻声走来，本来就把尚德视为眼钉肉刺，一见亲手扶养的爱子被他失手撞死，如何肯饶？当时哭骂连天，喝令下人将尚德用腰带绑在条凳上，一迭连声，直喊"打死"。

打了一阵，又嫌下人手轻，亲去房内取了一把剪刀跑出。旁立老家人看不过眼，悄喊："少爷还不快逃，要等死么？"话刚说完，人已到了身前，举剪照定身上就扎。尚德自知失手不合，打的又是嫡母，任凭打骂，本未敢强，被老家人一句话提醒，心想：父亲年老，只我亲生，古人小杖则受，大杖则逃，她这气急之下，什么毒手施展不出？死得岂不冤枉？想到这里，瞥见剪到，反手一格，连人带凳一齐翻倒地上，未被扎伤。嫡母年已五旬开外，哪经得住他这猛力一格，也被挡跌老远，等到丫环抢前扶起，大骂"逆子"，二次持剪上前拼命时，尚德已把腰带挣断，飞跑出了大门。

这时颜家住在丞相胡同，尧民住在米市胡同，相隔甚近。尚德见嫡母一跌，知事闹大，家中决难立足，惶急中无可逃奔，便往尧民家中逃去。尧民知他家事，问明就里，便把他安置密室之中，颜家来问，只说未见。夜里颜璐赶去，说悍妻寻死觅活，大哭大闹，并还要亲自告官，送尚德的忤逆和杀死长兄之罪。再三劝阻，允她当日把人寻回再办。养子尸首尚还未殓，这里难免来搜，万藏不住，事情恐要闹大，急得无法。自己只此一子，务必设法保全。尧民力说无妨，先令他父子相见，然后授以密计，连夜先把尚德送往一个至亲家中藏起。颜璐回家，依言行事。颜妻一听所教的话，更起疑心，次早天还没亮，便到虞家索人。颜璐推说面子难堪，任她哭骂，只不肯去。等她一走，暗命下人把棺木备齐，将尚仁入殓抬走。

尧民见了颜妻，一味敷衍，任她领了婢温满处搜索，末了才说："昨晚听下人回禀，说在城外某寺院左近遇着尚德，许无处可投，前往出家也说不定。因恐大嫂疑我不信，故未先说。实则这等不孝不悌、逆母杀兄的乱臣贼子，人人得而诛之。我帮你捉他办罪还来不及，怎肯容他玷我床榻？"颜妻本因隔近瞎猜，先未断定藏在虞家，因听丈夫的话吞吞吐吐，才起了疑心，谁知中了尧民缓兵移尸之计，又去城外空跑了半日。容到回家，死尸已然抬走，丈夫也不知去向，唤来家人一盘问，说："老爷行前，先命人买棺殓尸，送住城外停放。一面大哭，说自己年逾六旬只有一个亲生儿子，不想他如此不孝，寻不回来，夫人不肯相容，受逼受气，还要闹笑话。寻了回来，即使夫人肯容，自己也不能再要这等逆子。将来夫妻老死，连个上坟烧纸的人俱无，活在世上无味，如今万念皆空，日后不死，也必出家。一个人自言自语，神气很是伤心。这时正忙着发送大少爷，又未见喊套车，全没有理会到老爷会走，等到发灵以后，好一会儿未听老爷唤人，前往书房上房各处一看，哪有人影？想系步行出门访友去了。

颜妻终是女流，跑了这一整天，忿虽未消，盛怒已馁。初进门时，见养子尸已发送，本来要闹，闻言料知丈夫被逼出走，到底多年夫妻，未免心慌，忙命下人四出寻找，到了半夜回来，哪有影子？益发惶急。再一回想平日行为和丈夫所说的话，不禁天良发动，越想越问心不过。将近六旬的老妇，性情又那么乖张暴戾，急怒之余，再加悔恨，当晚急了一夜，次早便行病倒。其实全是尧民计策。**此节可名"智伏河东狮"**。虽然照计而行，仍恐她不肯甘休，第二日便由尧民送了盘川，将尚德送返家乡，本人却去西山相熟寺院中住了几日。

尧民闻得颜妻病重，假作代为寻到，将他请回，病已沉重，不久便自病死。尧民随劝他告老归隐，回乡教子纳福。颜璐归未两年，也就老死，两家便断了音问。尚德年幼，全仗老仆得力，族众也无人欺凌，只有相助，家业较前日益兴盛。只他性喜游侠，不慕名利，从幼年起便好武好交。父死不久，遇见一位前辈能手，爱他天资颖异，留住三年，传了许多惊人的本领方始别去。尚德虽然武勇绝伦，并不以此自满，加以家学渊源，文事一样喜爱，性情只管豪侠，言动之间却带着三分书卷气。因他千金结客，**如此竟能保住家业，实属异数**。不论文人武士，只有一技之长，前往相投，无不竭诚款洽，特予优礼。见人又极谦和，就是不相干的游子商旅错过宿头，只要以礼来见，从无拒绝。那一站又最长，容易错过宿头，所居恰在中间。起初一班江湖上的混人和贪便宜的过客当他公子哥儿，不是妄想依附引诱于中取利，便拿他当作乐得白吃白住的户头，认成了一个不要钱的现成旅店。

尚德先还未觉，日子一久，渐渐看出人心诡诈。他为人饶有智计，怎肯受了欺骗？始而抱着千金市骨之意，想借众人之口传到江湖上去，使那奇士异人闻风而至，只交上一两个，便不枉这一番精神应酬。嗣经一聪明门客点破，说薰莸不可同器，鸟兽难与同群，这样做法，反使高士裹足，异人却步，怎肯同流合污，受你供养？尚德方始恍然大悟，同时那来的人也真太不像话，于是改了方法，把来客分做三等款待。如真风尘英贤豪侠之士，便不惜推心置腹，生死论交，这算作头一等；其次江湖闻人，翰墨朋友，只要内外功夫、诗文书画略精一技，也不惜盛筵款洽，以礼迎送，慷慨论交，有求必应；至于过往商旅，除了当道职官不肯无故接待外，只要来人不甚鄙恶，真个错过宿头无可栖止，也可容纳，但只假以一席之地，略供一顿寻常饭食，明日即行，不得再留，此辈另有几间房子，设在附近，不得入门一步。对于那些无聊混人，先以善言遣走，如再纠缠，或因软骗不行，虚声恫吓，略显身手，也都鼠窜而去。经此一来，小人远隐，恶客日少，侠声所播，年时一久，着实交了不少好朋友。性又疾恶如仇，卫护乡里，宵小盗贼没钱用，找他明借行，如想在他附近百里方圆以内作案害人，休想讨得丝毫便宜。端的文武全才，威名远震，东南诸省很少不知道他的。

尚德因小时受虐逃出，多亏尧民相助，送还家乡，常时想起感念，当父母去世后数年中，也曾命人带了礼物进京问候。第一次正赶尧民丁忧在籍，去人没打听出原籍地址，就回去覆命，等打听出时，尧民业已服满进京。二次再派人去，正值尧民外放四川学政，道途辽远，来往参差，终未见到。久意亲去，不能分身。尚德年幼丧亲，父执多不熟识，来往俱是江湖奇士、风尘异人，官场俗吏又所厌恶，绝少相见，不觉耽误下来。近月才听人说尧民出任本省臬台，因闽抚贪庸，两下无异水火，正要着人探听真切，准备亲往拜望，还没有走。这日和一些门客武师商量夜饮，忽然下人投帖，说南胜镖局钟、卢两镖师保了暗镖，还有三个同行游侣由此经过，错了宿头，派前站师傅周平前来拜庄借宿，一行人马随后就到。

尚德久慕南胜镖局谭镇南的名望为人，以前他手下镖师曾说来拜望过，周平原是熟人，玉麟江湖上早有名望，卢堃虽不深知，料非寻常人物。闻言大喜，连忙出接，先和周平相见，意欲亲骑迎候，周平再三谢阻，骑马归报。尚德满心结纳玉麟，当时勉强答应，人去以后，跟着备马，率了门客杨辉、雷正、朱鹏举、林开平一同赶去，恰巧众人无心，步行入庄，成了极敬礼数，越发高兴。原意重在钟、卢二人，余客只是连类而及，不料竟会巧遇儿时恩人，先看尧民眼熟，后来越看越像，又听姓虞，越发断定无差，行礼拜见之后，起身说了经过。

这一来成了一家，彼此好生欢幸，谈了片时。外屋盛筵已然备好，下人来请入座。众人共分两桌坐下，俱都开怀畅饮。良夫博学多闻，健谈善饮，尚德尤为佩服不已。宴罢散座，尚德请众重到里间献茶，重问尧民辞官之事。尧民说起前情，并说闽抚心犹不甘，现命刺客多人尾随不舍，前途还有伏兵，多亏异人暗中相助，目前幸得无事，未来难知等语。尚德含笑请问，敬礼从容，听完也无什表示，只说："邪不胜正，世伯正人君子，当世名贤，自然逢凶化吉，决非小人所能侵害。"略说两句套话，好似漠不关心，没提一句相助护送的话，**若拍胸脯豪气万丈，便不是这个颜尚德了。**反是对泥中人和黑衣摩勒的来踪去迹、言语貌相，向众人盘问得非常仔细。**是内行。**

尧民为人豁达大度，学养深纯，自泥中人一出现，早已全体信赖，一切交由良夫、新民筹计，不再置念。除对泥中人订交之始一节照例隐过，毫不以为异。在座诸人都听主人适才亲口说过，尧民是他受恩敬慕的父亲前辈，平日那么义声远播的人物，遇见这类事，听了竟会漠不相干，除良夫看出他的心思，玉麟因事太不合情理，疑心他有别的作用外，都觉奇怪。以为他是本省有身家田业的富豪，尧民的对头是本省第一有权势的当道，**不无道理。****尚德如此安排，亦有这层考量。**刺客有抚台作护符，不比别的绿林盗贼，多厉害不要紧，心存顾虑，也是人情，故话头转向别处，俱未再提。

尚德对事情虽不关心，却再三恳劝尧民等一行在庄中盘桓些日再走。尧民此时无官一身轻，颜家饮食精美，园林幽雅，主人允文允武，敬礼非常，又是故人之子，本意也未始不想稍浣征尘，小住旬日，无如前路荆榛，祸机未息，既有黄、李诸人患难相依，不便中道乖违，复有泥中人的指点，早一日出境便早一日了事安怀，只答应回家之后，他年如有机缘，彼此均可来往，此时却是不能。尚德知道尧民碍难，不再相强。谈到次更时分，众人分别就卧。颜家原备有佳客常住之所，当晚却是临时设的卧榻，把尧民等三人安置里间，黄、李、钟、卢等老少六人安置外间。临分手时，说本地素无宵小，今日谈晚，明早还要赶路，到浦城时，天才傍午，必不肯住下，前途多是小站，务请安卧养息精神，方始告退走去。

玉麟知主人和一干武师个个武艺高强，所用下人多半会武，即或夜间有事，也不至于贼至始知，连日白昼启行夜间戒备，甚是劳累，正好安眠一宵，也告众人只管安心睡眠，不必多虑，众人随即睡熟。玉麟心中有事，终是惦记，睡不多时便自醒转，微闻里屋良夫咳唾之声，侧耳一听，众人都睡得很香，卢堃更是呼声大作。暗笑这位仁兄，人极爽快，武功也还不弱，只这般心粗，怎能吃这行饭？毕竟周平比他精细得多，虽从小忙碌，无暇寻师进益，仗着自己虚心下苦用功，近来已非昔比，足可独当一面，老做下手，未免委屈了些。正寻思间，又听里屋转侧之声，估量良夫已醒。忽想起尚德向尧民问话时情形可疑，轻悄悄起身。刚一下床，对榻周平便自惊醒，睁开眼睛，忙摆手叫他勿动。折向里间一看，良夫面正朝外，见他进来，料有话说，方欲坐起。

玉麟摇手止住，走向榻前坐下，悄问："尚德是否别有深意？"良夫道："尚德血性男子，又与敝东翁世交至好，以他为人那么义侠，决无坐视之理。他表面愈是淡漠，暗中越要锐身急难。我于武艺一门是门外汉，不知他的深浅，但是盛名之下，决无幸致。他只管才兼文武，智勇深沉，无如本省富绅，身家在此，贼党背后又有支援，不论胜败，俱有无穷后患。他既机密处事，不肯说出，我们也未便明言。据我看他苦留我们在此，便有深意。一留不住，我们起身，他土著路熟，必要抄道赶去，先与群盗一决胜负，至不济也必暗中随行保护，同御外侮。尊见以为如何？"**果然是明白人。**

玉麟道："我也如此看法。此人素具侠肝义胆，何况双方还是至交，只恐就是拿话劝他，也未必肯听呢。"良夫道："那个自然。这事于我们虽然多一帮手，于他却是有损无益，劝阻定然无用。所幸泥中人早已通盘筹划，胸有成竹。按照途中见闻，盗党好似早落下风。但盼不等他出面发动，事情已了，就无碍了。"说时，忽听远远马蹄之声又快又急，由墙外远处跑来，直入园中止住。玉麟暗忖：像尚德这样武功，脚程定比马快，骑马夜出，老远便被人听出蹄声，敌人更不会骑马来此。难道这时还有远客来么？想到这里，心中一动，忙嘱良夫且睡。轻轻走出，纵向房顶，四外观查。遥见左侧一座敞厅灯光甚明，似有数人在内聚议。跟着又见一个短衣人由外面如飞跑进，穿行池沼花树之间，晃眼到达厅前，中有一人迎出，正是尚德，由来人手里接过一封书信，一同走了进去。自身是客，不便过去，方要往下看时，忽听屋脊那面有人悄声说道："我料如何？这伙狗盗路径不熟，决不知客人会来到这里，再要是知道庄主人的威名，反正前途有的是下手地方，何必老虎嘴边拔毛，自己送死呢？白守一夜，真无趣味。"另一人答道："事情太大，总是小心些好。庄主既请来客安心自睡，万一有惊吵，怎丢得起这大的人呢？"玉麟才知住屋四外俱都有人防守，自己行径必被看出，老大不好意思，不便再看下去，只得回房安歇。

次早天亮，众人刚起，主人便来问候，又设盛筵祖饯，前途的事仍然一字未提；行时途至庄前树林以外，尧民一让，便即道歉回身，并无惜别之意。**与"泥中人"一样风格。**因饯行一耽搁，众人至浦城只能打尖。这一站较长，休说防备艰难，为求方便，必须赶往浦城前面的武村住宿。一上路便加急赶行，过了颜庄，众山环绕处，忽然现出大道。这时天亮了好一会儿，路上行人众多，农夫俱在水田里操作，商贾负贩，此往彼来，时见村童四五嬉戏于人家篱落之间，机杼相闻，鸡犬无惊，到处都是太平安乐景象。走了一阵，下来打尖。众人俱都不饿，尧民爱那水碧山清，景物佳淑，提议约几个人步行先走，众人多半附和。玉麟不便拦阻，只得令周平陪同众人先走，自和卢垫在后押运行李，暗护红货；一面催促轿夫们吃完起身，以便赶在一起行走。新民正和尧民、良夫、黄、李诸人，说起如此康庄大道，居然竟有伏莽，主使的人又是本省当道贵官，真是笑话。这等狗官恶贼，留之大为民害。可惜我们无权无勇，东翁已然高蹈，还乡纳福，暂时只好坐令猖狂。安得英侠数十辈，斩尽这些鼠类为快呢？

良夫听他随便说话，虽然行处正傍田岸，不在路心行人丛里，终恐被人听去不妥，方要拦阻。忽见隔着一片水田的另一条小径上跑过五骑快马，都是一色农民打扮，鞍辔也没有，用装米谷的口袋，里面鼓囊囊也不知放些什么东西，横放马背。人骑上面，绝尘而驰，迅速非常。良夫刚觉马匹有些眼熟，那五骑马已被隔田茂林遮蔽，跑得没了影子。暗忖马骑这快，分明北方健儿身手，这里居然见到，想系闽、浙交界多山，民俗强悍之故。寻思未已，忽见周平趋近身旁，悄问道："魏先生可看见那几匹马，有两匹是昨日见过的么？"

良夫猛想起昨日尚德所乘是一匹身量不甚高大的走马，那马腿瘦蹄尖，四脚各有长毛数缕，通体雪白，颈背相连处有两个圆光，一黄一黑甚是分明，跑起来昂首嘶风，顾盼神骏，一望而知为千里名驹，席间尚德还说起此马有许多异处。适见第一骑，背颈圆光被谷包挡住，虽未看见，那矫健神情，却与昨日尚德之马一般无二。第三骑枣红色大马，高大雄健，也是昨日五骑之一。余三骑虽不都像，人数马数却是相同。料定尚德等五人已然抄走小道，赶往前面。看他们行径机密，闽抚一节当已防到。走了一会儿，玉麟等押了轿马行李赶上。

众人贪看野景，随便谈说，仍是步行。走不数里，渐渐风生云起，似有雨意。晃眼狂风大作，走石飞沙，天色立时昏暗下来。玉麟见要变天，忙催众人速上舆马，寻找避雨之处。偏生适才大片村舍田亩俱已走完，地届旷野中间，两面洼地里芦荻萧萧，野麻密茂，高几寻丈，弥望皆是，左近看不见一所房舍。前面不远却是一座山口，相隔约有半里之遥。周平早一马当先跑去，一会儿迎回，说："山口内地颇开广，路旁树林内有一破庙，离大道不远，可以暂避一时。"话刚说完，豆大般的雨点已稀稀落落由狂风中箭一般斜射下来。众人一见不好，纷催快走。**借雨生事。一会儿的打斗才别开生面。还珠此类手段，可统称为"借水扬波"。**

人马还没赶进山口，风雨越来越大，天上黑云暗沉沉只往下坠，雨更倾盆而降，快要及地，吃狂风一搅，化成一圈，满天空乱飞乱舞，浪骇涛惊，看不出是雨是水。偶然一下打到脸上，便似一盆冰水迎面泼到，冷浸肌骨。大雨哗哗，落到地上，激起来一层水雾。一眼望出去，四面都是白茫茫的。地甚空旷，人马都似在水浪里行走，全都淋得和落汤鸡一般。虞、黄诸人虽在轿中，有油布遮盖，轿顶上的雨水却似瀑布晶帘挂将下来，轿帘被风吹得鼓蓬蓬的，雨水直往里渗漏，人坐里面还得用手捏住，略微松懈，水便似涌泉般夺缝而入。**是暴雨、骤雨景象。**轿夫们头顶上雨水往下乱倒，耳目口鼻一齐往里进水，眼睁不开，嘴张不开，冷气往身上直攻，头上还腾腾冒着热烟。有那戴着雨笠的，围着笠边挂下一圈水帘，仿佛白纱灯罩，更难认路。晃眼工夫，沟浍皆盈，脚底水深尺许，走起路来本就费劲，轿子平白添了不少分量，再吃狂风一吹，越发握不住把，歪歪斜斜，几乎要倒，也不知费了多少气力，还加上玉麟等前后防护，才勉强把这半里不到的途程走完，仅仅抢到山口。口狭内高，水势就下，那一带直似山洪暴发，水势又深又激，两边山崖上还挂有大小数十条瀑布，更助威势，稍一不慎，便被冲倒。又费了不少气力，贾勇往山口里硬闯，才得乱流冲波，冒瀑而渡。到了里面，人马两疲，风雨一毫未住，三尺以外不能见物，只听奔腾澎湃之声，山摇地旋，草木皆鸣。那地方去破庙还有半里多路，正当洼地，水已成河，不能再走。只得把轿子抬到路旁高地上落下，歇息片时再走。那地下的水夹着泥沙杂物溜急旋转，箭一般朝前射去，更有雷雨助长威势，轰隆哗哗之声，震得耳鸣目眩，眼稍一花，便觉山石人物都似往后倒退，声势端的骇人！候了片刻，淋在雨里终不是事，只得二次鼓起勇气，踏水前进。

到了破庙里，各下舆马一看，庙甚宽大，前殿墙壁已坍塌了半边，神像也极残破。众人各将油布罩揭去，开箱打包，取出衣服，将湿衣换下。轿夫们无衣可换，好在随行没有女眷，也各将上衣脱去，扭干了水，正想拆那殿上窗棂，生火来烤。

良夫忽然一眼看到，殿中除了漏水之处，俱甚干净，心中一动，暗忖这破的庙怎无灰尘堆积？分明有人打扫，后面未去，也许还有殿宇，生人岂可冒失拆毁？忙命张福过去唤止轿夫，意欲前往殿后探看。玉麟也自觉察，互相一说，同由佛像后转过。见外面院落尽头处，一座大殿连同三间左偏殿俱已烧毁，只剩两根木架，倒在殿基上面。右偏殿三间，烧去半间，只有两间完整，虽然墙宇一样破旧，并无芜秽不治之状，中间的门也颇完整，却虚掩着。向里一间，窗棂上破断处均有新削木条补砌，颇似主人他出，不在屋内情景。雨势未住，地下水深尺许，良夫不能过去。

玉麟好奇，**好奇害死猫。然处此诡异之地，不好奇又当如何？**也不顾新换衣服，站在门口，施展轻功奋身一跃，落在中途一株断树桩上，借劲再往斜里一纵，便到偏殿门外。先照江湖规矩，叩了两下门，不听答应，隔着门缝窗隙往里一看，外屋空空，只有一段大可合抱的木头，高约七尺，埋在地下。里面只有一个竹榻、一个竹制凉枕，业已破旧。临窗放着一块大木板，下用树桩架成的书案，案头整齐齐地放着两叠旧书、一些笔砚；另一个矮木桩当坐椅，椅上放着一个麻袋，袋内圆圆的，好似装着两个西瓜，斜搁桩边，并未放正。而且室中除了竹榻，只此一个坐处，也不是放瓜的所在。看出那人是拿了口袋刚由外回转，又想起什么急事，或是有人来唤，匆匆走出，所以东西也没放好。此外室中并无长物。正要回身，猛瞥见口袋近底处似有红水浸出，涔涔下滴，暗忖这时节不应还吃西瓜，本地西瓜都长得大，怎如此小法？那红水莫非是血不成？心中一动，又绕向侧面注视，越看越像袋内装的是两颗人头，麻袋缝中还有黑毛漏出，极似人发。**恐怖片。**庙虽幽僻，相距山口外的官道不过里许，看桌上书籍笔砚，颇似一个借居庙内攻读的寒士，决无光天化日出去杀死两人，再把人头带回之理。细看地下，并无湿印，料定雨前所为，算计必是有人陷害无疑。

玉麟颇喜斯文中人，先本不想多事，继一想，此人在这荒山破庙以内孤身读书，已非寻常酸秀才可比。再看他把两间破书屋理得十分清洁，桌上所摆旧书笔砚都是整齐齐的，院中一点杂草无有，甚至连前面一座残破大殿也打扫得那么干净，可见是个洁身自爱之士。自己在以英杰自命，不看见则已，既见冤抑，乐得顺手之劳，助他一臂。就不能多耽搁，代他把这人头移去，弃入山涧之中，免得牵连受祸，岂不也是好事？好在房门虚掩，出入容易。附近有的是山涧，雨水也方便，趁此奸人阻雨，不能到来发难之际，人不知鬼不觉移去以后，再就雨水拭净血迹。想到这里，顿动侠肠。刚把中间门推开，迎面看到的，便是那根埋在地下的木桩。门一开，天光透入，那木桩好似有人日久搓磨，只着地半尺处树皮犹存，余者都是又光又滑，而且木质极坚，埋得颇深，手摇不动。分明是武家下苦练功的要物，室主斯文中人，要此何用？

玉麟机警，颇悔行事疏忽，适才已然看见这段木桩，怎未想起？越觉事有蹊跷，探头外望，雨势仍不稍减。良夫遥立前殿后门口内，打手势问室中有人无有。玉麟也打手势教他留意，如见来人，即速招呼。既已进门，决计看个水落石出。随往里屋走进，把麻袋打开一看，里面装的果是两颗首级。内中一个面目狰狞，头骨甚大，正是前晚店中探查所见两个北方人之一。另一人头满脸麻子，却未见过。不由大为惊异，情知有异，主人决非庸流，这事许还与一行人有关。不敢冒失，忙照原样给它结好。方要退出，忽见书本中夹着一张信笺，纸式都极讲究。翻开书本一看，上写："去人归，得赐语，先生高义，感篆同深。季时不正，病魔势顿，暂只将护，关窍一通便可无恙，似不宜以猛药治之也。闻自病初起即有良医调卫，不知其道如何？谅亦高手，投药能与意同为佳，管见未审当否？白茅晚间可致，尚容良晤。"上下俱未署名，乍看似是代人延医，细查词意，却极隐昧。**愈增诡异。**见窗外雨势稍小，恐人回来，撞见不便，仍放回原处，退了出来，将房门虚掩。自觉无什破绽，方始纵回，把所见情形对良夫一说，良夫也觉信上所说必是隐语。盗党既有两人被杀，不问室中人主意如何，这里总属是非之地，不可久停。无奈雨虽稍小，仍还未住，轿夫们不知从哪里弄了几根干柴，加些湿的树皮，生火烤衣，殿上靠塌墙一面尽是浓烟。离镇店还远，再令他们冒雨赶道，决非所愿。事情不能明说，路也委实难走。

正和玉麟商量，忽听一个轿夫道："这样大雨，满地是水，没法再走远路。等到天晴雨住，只好到浦城住下了。"另一个道："这里去浦城已没多远，到时天还很早，客人又有急事，肯在那里住下么？"先说话人答道："那也是没法子的事，这里已然耽搁了好些时候，天还未晴，知道什时才能走呢？就立时起身，除了打尖，一步不停，也不过赶到白茅镇上为止，如再耽搁上一两个时辰，那只好赶到都天王庙向道士们借宿了。"又一个轿夫插口道:"你真说得好,要照客人打算,今天赶到武村,就不耽搁,也是难事。要说白茅镇,过了都天王庙才十几里路,只能到鱼鹰嘴,就摸黑走也能赶到。近年庙里道士已换了主,不像从前善良了,还有庙前柳家,都不好说话,随便就带大队人去投宿,不受他讹,就受他欺,凭这几位客人,能受那种气么?住浦城呢,关不好赶,一个不巧,又多耽搁一天。前面只白茅镇到武村这段路最长,人家最少。麟子山一带野东西又多,天一黑什么都有。一个赶不上,前不挨村,后不挨店,也是不好。只住白茅镇最好,哪一样也不吃亏。你们是嫌山坡难走,也不想想,客人这么厚道,人家赶路心急,我们多费点力气,左就不要本钱,又算什么呢?"

良夫听轿夫说起白茅镇,心中一动,想起后偏殿玉麟所见信笺上,有"白茅晚间可致"之言,信中隐语如真暗指自己这一行人来说,看那荐医语意,好似另有一人,杀死二贼之事决非泥中人与黑衣摩勒所为。如与尚德一路,他本暗中追下,倒还略似,连那前途晤言的话都相符合。但是昨晚商计前途行程,议定赶到武村才住,尚德也曾在旁主张,别时还有路上无多耽搁,决赶得到的话,白茅镇提也未提。路上未遇,事前无雨,怎知今晚要宿此镇,否则他约人到彼何事?**层层生疑**。

想到这里,又觉别有原因。当日武村万赶不到,除了白茅镇,又无适当宿头,自己一行有泥中人暗中保护,照他所说而行,本能免祸,现在变起非常,贼党被人杀死,倘是另有仇家赶了去,正好遇上,岂不又生枝节?仔细寻思,不问路数如何,还是始终信赖泥中人,别的都听其自然,免得再有别的麻烦。先意不住白茅镇,往都天王庙投宿,道士纵多讹索,不过多费一点香资,有钟、卢等人同行,料无他虑。及向玉麟一说,周平在旁闻言,因黑衣摩勒曾说,大盗杨标隐居都天王庙,与群贼同党,连单人探路跑趟子都不可,如何反倒送上门去?忙拦道:"那地方万住不得。我知那里隐有一个姓杨的北方大盗,常时出来做独脚行当。那姓杨的必是他的化名，又与庙中恶道勾结。虽不能断定是否与敌人一气，此去是非终是难免，仍以住白茅镇为是。"

　　良夫说出自己所料各节，玉麟道："前途原是我们荆棘最多之地，闯过一段是一段，过了仙霞才是坦途，此时也顾虑不了许多。我想冤有头，债有主，英雄做事，敢作敢当，各归各事。这时雨已小了许多，我们只做不知，就此赶路，到时再相机应付便了。"良夫不便相强，只得应了。由周平向轿夫们许了厚奖，言明当日如无大故，至不济要赶到白茅镇，如能赶到武村，更是加倍给钱。轿夫已把湿衣烤了个半干，一来贪得赏钱，二来当地食宿两缺，其势不能久留，俱都踊跃从事，七手八脚，一会儿收拾停当。众人各上轿马，冒雨启行。

第八回　行波踏竹　一神童大雨戏镖师
　　　　掣电飞芒　诸剑客荒山歼巨寇

　　密云半散，小雨如丝。大雨之后，路上水深尺许。漫山遍野尽是急流奔泉，似千百道银蛇出没闪烁于疏林浅草之间。山头崖畔，平添了无数飞泉，被风一吹，夭矫翔舞，飞起一片水雾，宛如白龙倒挂，蒙以轻纱。山花着雨，多半压倒，树头柔枝嫩干，也都倾斜，甚或整株横倒。残英落蕊，逐水争流，才离本根，依然肥艳。俄顷小雨也住，全山如洗，满目清新。松风吹舆，泉响自天，好鸟噪晴之声，如啭笙簧，相与汇为天籁，自成音节。**奇景妙文。非经过者不能道，非还珠写不出**。佳景当前，顿忘泞湿之苦，舆夫们一高兴，更唱起山歌来，众人俱觉有趣。

　　正称道间，轿子快出山口，折向官道。忽见山口外蹿进一个十三四岁的小孩，穿着像是中等人家读书子弟，两手各持一根六尺多长的竹竿，由口外一跃，便到了路旁山石上面立定，望着一行人过去，面上似有惊讶之色。身法甚快，众人没留神，俱未看出他是怎么纵进来的。周平、玉麟的马走在后面，过时暗中谛视，见他身材比黑衣摩勒略微高大，面白如玉，**本书一大特色是，擅写小童与老者。黑摩勒、江明、铁牛之外，这里又出现一个。"面白如玉"，与前三个映衬**。眼带青光，神清骨秀，已觉不似寻常童子。最怪是大雨才住，满地积水，山口附近并无避雨之处，小孩除了上半身长衣略有湿痕，似是小雨沾润外，脚底青鞋白袜，依旧像从干地走来，没有拖泥沾水痕迹。方自寻思，那小孩和二人目光才一交视，忽似想起什么急事，秀眉一拧，手中竹竿往下一点，就此离石往众人来路纵去。二人马背回顾，才知那小孩竟用竹竿代步，双脚并不沾地，行时手中竹竿往前一点，立即借劲纵出丈许远近，快要落下，第二手的竹竿又复如法施为。身子悬空平起，只凭两手微动，蜻蜓点水般不住起落，直和飞鸟游鱼相似，迅速已极，晃眼便被庙外树林遮住，不见影子。

二人知道，这类功夫非得内家真传，身子决不能凌空翔起。看他行径，料与庙中人有关。小孩有此身手，大人可想而知，好生惊赞。卢堃这回独为心细，也看出小孩异样，回头注视，人马一出山口，便赶来询问。三人各有一顶福建出产的油布宽檐笠帽，原为走长路时避雨遮阳两用之需，因嫌油漆气味，买了路上未戴，行时雨还未住，特从行筐内取出戴上。玉麟、周平见天已放晴，顺手叠好，塞在轿后搁兜网篮以内。只卢堃连日有点浮火，眼现红丝，怕见阳光，没有去掉。**细处另有缘故**。三人并马而行，略谈了小孩几句，玉麟便命周平开道先行，卢堃押后，自改居中，傍着良夫的轿子同走，就便前后主持照料。

行约半里多路，雨后官道，除了污泥，便是积水，人马十分难行，不一会儿，便前后参差，拉开二十多丈远近。玉麟因大雨初歇，路无行人，又贪着和良夫问答，先没什在意。及至山回路转，前大半人马转过山角，已然走了一段，偶一回头，不见卢堃和李锦章的轿子到来，心中奇怪。正要回马探看，忽见黄、李二人手下两名健仆，护着李锦章的轿子，由泥淖里颠顿跑来，满身泥浆淋漓，神态颇现惊慌。玉麟老远便看出不好，卢堃又未尾随在后，情知生变，大吃一惊。尚幸周平在前，没有走远。不等来人赶近，先是一声暗号唤回周平，命他照料一切。**玉麟谨细**。自把马缰一抢，踏着雨水，往回迎去。两下还未挨近，二健仆便齐声连喊："钟师傅快赶去吧，卢师傅和一个小孩打架呢！我们老板看势不好，才叫我们赶了来的……"底下话未说完，耳听马踏水泥之声，卢堃已自骑马跑来。玉麟见他连人带马，直和在泥汤里打了一个滚来相似，满是水湿泥污，一顶油笠不知何往，脸上也溅了好些泥点，神情却不十分暴怒。料知不是占了上风，便是事情已了，忙命众人速即启行，自己立马相待。卢垫跑近，先没好气道："天底下真有这么厉害顽皮的小孩，偏又都是姓卢的一个人遇上，**都是小孩，顽皮生趣**。真叫人生气！如非他家大人是个朋友，我也不管人笑我以大压小，说不得只好拿镖打他了。"玉麟听他气得说话都没头没尾，知又吃了小孩的亏，不禁心里暗笑。及至追问详情，才知他是做了自己的替身，如果是自己断后，这类有本领的刁猾小孩，遇上也是一样不好应付。

原来卢垫性急，见前面周平、玉麟等人已然转过山角，剩下李锦章一乘轿子，因轿夫力弱，落在后面老远。方要催快，不料山崖上崩落下一大堆石土，将道阻住。轿子一绕走，误陷泥淖之中，走一步，拔一步，越发走慢。卢垫和两健仆发现得早，虽然未蹈覆辙，但也没法快走。好容易轿夫由湿泥里拔起。二仆见那一段水泥泞滑，地又坑洼不平，恐轿夫失足倾跌，赶近前去，一边一个，夹轿而行，以备扶助。只卢垫一人在轿后押护，轿马相隔约有三四丈远近，卢垫马上功夫极好，骑的又是镖行中受过极好训练的良驹，因见不能超前，一时无聊，想借水泥难行之路练马解闷。两脚一扣马腹，将缰绳套在马鞍之上，双膝盖一拐点马背，那马便照着人的意思，忽左忽右，时而高纵，时而人立，时而侧避，时而蹲矮，仿佛遇敌交斗的情景，只在两丈方圆以内不住盘旋，灵活已极。几个转折过去，前面轿马自然又隔远了些。这类骑术，遇到路僻无人之际，钟、卢、周三人常时训练。黄、李二人所用轿夫，又是起身时镖行代为包雇的长脚，不似尧民等三人随地现雇单程短脚，都知底细，和两健仆一样，看惯无奇，行路又正吃力，各忙着前赶，谁也不去理会。

卢垫练完应敌，又练后退。倏地口里吁了一声，手抓救命鬃往后一扯，双膝扣紧马腹，身子往后一坐，那马便"叭、叭、叭"踏着极繁密的碎步，**忙里偷闲，写驯马之术。既是启衅缘由，也为作品增趣**。倒着身子，飞也似往后退去，一口气倒退了七八丈，地上泥水四散飞溅，马已累得扬头喷沫，直冒热气。卢堃仍自不肯停歇，以为身后地宽路广，除了泥泞坎坷，别无阻碍，打算看它在这类难走的地方，到底能退多远。正在心中暗赞马好起劲头上，马忽四蹄齐飞，拼命朝前窜去，直好似中了什么暗器神气。

卢堃深知此马决不会出毛病，本往后退，忽出不意，改退为进，势子又极猛骤，多好骑术也禁受不住，前身往前冲，两脚便离了马肚，几乎由马头上跌了出去。亏得马有灵性，久经训练，后股无意中吃人一下重的，疑心来了劲敌，一半负痛前窜，一半还是为主情急，见主人将要坠落，把头往起一昂。卢堃拿出全身本领，就势身子离鞍，一把抱住马头，先悬了下去。这等"灵猴摘果""龙头探珠"的架势，如换一匹常马，人搭上去，马头吃重，必往下一低，人定顺势滑落，正坠马足之下，不甩伤也必被马踏死，最是危险。只会骑马的，从无如此办法。南胜镖局的马，因是从川藏等地出了重价、千中选一的良马，再经过极严细灵巧的教练，这些险招，都是久惯练熟。

卢堃双手刚一抱紧马头，那马越发把头高昂，飞也似往前跑去。卢堃手微一松，便由马颈滑下，再一把抓住救命鬃，手微按劲，便翻到马背上面。百忙中回头一看，适才在山口内所见那个小孩，仍是双竹点地，身子翔空平起，和飞鱼一般，正追了来。这时那马一路惊窜，晃眼已驰出去十几丈。小孩虽不如马快，相差也只三四丈远近，一起一落之间，用手中竹竿指着卢堃喝道："你跑不掉！快些回来，免我费事！"卢堃料知马惊是他在身后弄鬼，忿怒已极，立即勒马回身，迎上前去，劈口喝问："我这马惊是你闹的么？"小孩道："人家骑马都朝前走，你偏后退，快撞到我的身上了，这才用竹竿点它一下，不想点重了些。这先不说，我只问你们，适才由庙那边走来，你可曾到我家里去么？"

卢堃听小孩公然说出暗算此马，越发有气，小孩又是满口乡音，听不甚清楚，只当问他庙里去过没有，并未留神小孩的本领，两手握着两根细竹竿，身子平浮，直和钉在地上一般，不歪不动，传奇小说多以莽夫生趣，几成惯套。李逵、牛皋、程咬金家喻户晓。被捉弄，往往也是题中应有之义。随口怒答道："我去过便怎样？"底下责问的话未及出口，小孩已先怒骂道："好你这个白日贼！大白天里竟敢偷偷到人屋里去乱翻东西。因为只有一个人的脚印，我先还是拿不准是谁，只看你生得贼头贼脑，有点疑心，不想吓得你这一大跳，果然不冤枉。你既敢认账，还有三分人气，乖乖随我去到庙内，把你那些狗脚迹给我舔掉，不然休想活命！"

卢堃虽是怒火头上，因见小孩年纪太小，还不好意思就动手伤他，打算喝问几句，如不服气，再稍微戒。不料小孩竟不怕人，说出这等无礼话来，不禁气往上撞。明知玉麟庙中避雨曾往后殿一行，自己忙着更衣，并未留意询问，也许后面是小孩的家，玉麟背人走进，翻了人家东西，小孩回去发现，赶来为难。但是适已认账，不便改口，怒骂道："胆大小狗，无故暗算我马，还未饶你，竟敢出口伤人！我要打你，显得以大压小，不管教你几下，又觉情理难容……"

话未说完，小孩冷笑道："自己做贼，还要发狂！来来来，我看到底谁服谁管。"随说，右手竹竿独撑地上，起左手一竿照准卢堃打去。卢堃只有暗器随身，兵刃在马腹上挂住，因对方是个小孩，先未想使兵器，左手去取马鞍上挂的马鞭，右手一伸，想把竹竿捞住，连人拉倒水泥里面跌他一跤，不服气，至多打两马鞭就走。谁知小孩身手敏捷，招数精奇，这一下乃是虚招，见卢堃伸手来捞，早缩了回去。卢堃一下捞空，正要抢鞭打下，小孩左手竹竿落地，右手竹竿又到，迎着马鞭略微一绕，往外一抖。卢堃猛觉小孩手劲特大，忙往回一带，鞭梢已然松开，马退了好几步，手勒生疼，马鞭几乎脱手，不由又惊又怒。眼看小孩竹竿点到，连忙挥鞭对敌，一手拔出马腹上佩刀，打算削断小孩竹竿。小孩也明白他的心意，昂头伏身，两手竹竿撑地，随着上下起落之势，向卢堃点到，直和一个斗疾了的仙鹤相似。卢堃因对方终是小孩，不便拿刀伤他，小孩身子只管悬空，却比寻常步下还要灵活，休想碰着他一下。卢堃马上应战，满地泥泞坎坷，动作进退之间终欠敏捷。小孩更坏，也试出卢堃艺精力大，**也不是吃货。这才合乎名镖局保暗镖的身份。**几个照面以后，便换了方法，不和他硬敌，只是给他吃些小亏，不再左跳右纵，随马盘旋，冷不防便点上一竹竿，卢堃又是两次几乎没被点中。小孩又就地上漂来的败叶杂草用竹竿挑起，连人带马，乱打一阵。

卢堃刚使刀挡了个空，忽从地上黑乎乎飞起一团东西，忙再使刀一挡，虽然挡落，未被打中，可是上面都带有水泥污秽，被刀一斫，激溅得满头满脸，周身都是，土腥之气刺鼻，**写得生动。**一不小心，还溅些到嘴里，难受已极。不消片刻，通体泥污水湿，满腔怒火，把心一横，双足一夹马腹，照准小孩挥刀冲去。不想人未冲到，反把小孩坏主意勾了出来，手中双竹不再打人，专一打马。刀短马长，防护难周，卢堃愈发乱了手脚。几个照面过去，这马已连吃了两下重的。尚幸马是良马，小孩也把马爱上，只和人为难，没有伤害之意。否则，卢堃胜负虽尚难定，坐下的马却早送终了。

卢堃恨极小孩，又知早晚马必重伤，气得大骂小孩："不敢和人对打，却和马作什对，难道你也和马一样，是个畜生？"小孩也骂道："不要脸的白日贼！打不过人，却拿畜生晦气。我要不看这匹马比你有出息得多，我早一竹竿把它扎死，叫你日后只骑狗去。**嘴太刻薄。**全仗这畜生，才没现眼，还敢强嘴！惹得小爷爷性起，连马带你一齐出脱，看你还骂人不！你既爱它，是好的，滚下来，和小爷爷分个高下。赢了小爷没的说，输了把马留给小爷爷骑着玩，再磕一个响头，我就饶你。"卢堃不吃激，又嫌骑在马上不好交手，却忘了满地泥水，地下打，一样不好施展，怒喝一声："小狗，依你！"跟着双足脱镫，抢开手中刀，使了一个"风扫落花"的解数，舞起大片刀花，飞身离马，观准水浅之处纵去。才一落地，觉着鞋底又粘又滑，方忖不妙，小孩早一个"仙鹤亮翅"之势，手擎双竹纵将过来，蹿前跃后，照准卢堃一路乱打。

卢堃既要应敌，又要顾住脚底，本就吃力，小孩又是一身特别解数，手中竹竿始终不和刀碰，**果然是独门功夫。金庸笔下尼摩星、段延庆的武功皆由此化出。**上头用竹梢点人要害，底下同时准备退路，一击不中，紧接着凌空跃出老远。

遍地水坑泥洼，深浅不一，稍不小心，一脚踏到，便是尺许来深，拔时还颇费劲。卢堃武功原本不弱，虽未受伤战败，**未败，便合情理。**可是起落远不如小孩轻灵便利，枉溅了一身泥水，用尽平生之力，也没占到丝毫胜着。小孩专一引逗，卢堃越来火气越旺，章法更乱，暗中咬紧牙关，反正全身已然湿污，也不再管脚底，使开手中刀向前追杀，脚底略微疏忽，吃小孩引向水泥深处，下面淤泥厚达尺许，纵时又用力过猛，一下陷进里面，左脚刚刚拔起，右脚一用力，又陷了进去，急切间休想挣脱。小孩见他陷住，哈哈大笑，倒立坑边，先用手中双竹点了几下，一见隔远，不能刺中，又挑起地上烂泥杂草，照准卢堃满身乱甩，也不下去。**如画。有趣。**卢堃恨不能把小孩生吃下肚才能解恨，无奈有力无处使，干生气着急，一面还得挥刀防御，无法进攻。

相持了一会儿，两健仆看出情形不妙，意欲回马相助打那小孩。李锦章因前晚也是一个小孩闹得神出鬼没，卢堃尚难取胜，何况别人？连忙喝住，吩咐快往前赶，与玉麟等送信。主仆三人刚拐过山角，这里卢堃急怒交加，拼着多淋一点水泥，运足平生之力，猛从泥里跃起，也到了好地上面，刚准备拿镖打那小孩，忽听有人喝道："兴儿快些停手！"小孩正持竹竿打来，闻声立时跃走。到此打住，恰到好处。卢堃抬头一看，小孩身后来了一人，没见脚底怎么急跑，晃眼已到面前，看年纪约在三十左右，**注意，不可被他瞒过，驻颜有术耳。**寒士装束，貌相清癯，两眼精光闪蕴，沿途那么多的水泥，积水深处几达二尺，并还无可绕越，这人连鞋帮都似没有湿污，知非庸流。方要开口，来人已含笑开口道："小徒顽劣，不察事体，多有冒犯，卢兄念他年幼，恕他不知之罪吧。"

卢堃一听，来人竟认得自己，好生诧异，人家已把话说在头里，不便再与小孩计较，忙道："我本不愿多事，是他无故追来，纠缠不舍。既有大人管束，自不能和他小孩一般见识。只是小弟与兄台素昧平生，怎知贱姓呢？"说时，微闻小孩在来人身后用手羞脸，咕哝道："这大年岁，当面说假话，谁吃饱了闲得没事做，找烂泥鳅、癞蛤蟆耍？你不私入人家翻我师傅东西，我就会寻你？"卢堃闻言，触动前夜受黑衣摩勒戏侮之事，脸刚一红，来人回脸喝道："兴儿，再要胡说，就打嘴了！卢师父虽然光降萧斋，也不过避雨无聊，看看而已，这也值得认真么？还不给我回去！"小孩应了声，回身自去。

来人随道："小弟凌风，就在诸位避雨的破庙后偏殿中居住，今早偶因急事出门，恰值小徒前村有事，不在庙内。我因那庙以前闹过鬼，附近居民无人敢进，愚师徒住了两年，怎么开说，他们终是胆小。地又僻静，向无人迹，萧斋素寒，也不值梁上君子一顾，以为小徒一会儿即要赶回，只将房门虚掩而去。谁知小徒遇见一位小友，贪玩忘归，忽然天降大雨，又多耽误了一会儿，路上遇见阁下一行人等似往庙内走出，回去一看，前殿遗有马粪火炉，屋外石桩阶檐窗下俱有泥印，室内也留有一人足迹，连案上书信都似有人翻过。他那小友也随后赶到，年轻喜事，以为借人地方避雨原属无妨，即便寻觅庙内有无主人，想借讨点食用之物，入内访问，均在情理之中，似此隔室窥探已觉欠通，何况擅自开门深入人家卧室？若非盗贼，未免说不下去，非将来人寻回，问个明白不可。"**先占住理**。

"其实那位小友原是另有用意，特地要他来和阁下开这玩笑，并还对小徒说，阁下等会武的共是三人，他在前途见过。那两位人甚忠厚，决不会作此事，定是阁下所为无疑。小徒因归途曾见有三位戴油笠的骑马壮士，他却说只阁下一人喜戴油笠，本认不清，他又将容貌衣着和马的颜色一齐说出。小徒年幼无知，被那位小友几句话激动，立时追了下来。那位小友本领比小徒胜强得多，但他初学'白鹭踏波'，用双竹代走，行走不快，此来又没带得换洗衣履，嫌水泥太多，没有跟来。又隔一会儿，小弟回庙，方觉室内有人来过，他才笑说了经过。我知小徒顽劣，虽经常时训诫不许伤人，一则恐他情急惹事，二则他那一点微末技能，岂是高明人的对手？**抬一句卢堃。是老江湖。**不问如何，终是不好。手边有事，都没顾得办，连忙赶到。我知阁下已是江湖上知名之士，这等顽童，胜之不武，如非苦苦纠缠，决不会与他一般见识。无庸深说，我已令其回庙，少时定治以不奉师命、擅出多事之罪，请阁下上马吧。"

卢堃入庙避雨，当时忙着烘衣，不特未曾深入，连后面有无殿房，什么形相，都不知道，平白和小孩纠缠了好一会儿，弄得周身泥污水湿，话已说过，事情终是自己人做的，不便改口再说别的，来人气度神情均非易与，小徒如此，乃师可知，只得强忍忿恨，敷衍了两句。对方说话虽然不亢不卑，语中带刺，总算人还客气，直到作别上马，方始往回路走去。

卢堃觅路前行，先就崖旁雨后新瀑略去身上泥污，那顶油笠污秽狼藉，已无法再要。正越想前事越有气，忽又想起，路上水泥如此之多，来时至少也要经过十几处泥坑水地，深都过人，短处尚可纵跃，长的地方，势非踏水而过不可，这人鞋帮上没一点泥污，那是怎么走了来的？回头一看，就这盏茶不到的工夫，人已不知去向。来路甚直，可以看出老远，一边傍着危崖削壁，最低也六七丈高，下一边又是苇坑洼地，野草高过人肩，里面水泥更深，不能通行。直似遇见神怪，晃眼无踪，好生惊讶。

等跑过山角，玉麟业已得信，纵马来援。听他说完前事，暗忖这人行径奇怪，卢堃真个粗心，对方既知自己姓名，怎不探问他的来历，就此错过？见他余怒未消，劝慰了几句，一同上路。到了浦城，没有进去，只在城外觅地打尖，悄将前事告诉良夫诸人。都觉这师徒二人必与自己这一面有点关联。看他杀死二贼，又将人头带回，外人窥知他的机密也毫不计较。所说小友，指名唆使和卢堃开玩笑，也颇像是黑衣摩勒行径。纵非有心助己，也必与泥中人同仇敌忾。盗党平添强敌，而且一见面便伤了他两个能手，多此意外之助，自然是好。只不过此人手狠，不似泥中人稳健周密，盗党靠山正在当权，将来难保不有遗患。这一来，反倒添了心事。最好不理，早日过省，方保平安。无奈关山难越，路又阻雨，今晚能否到达白茅镇还说不定。玉麟更因卢堃连遭幼童戏侮，不问居心如何，总觉镖师面子难堪，加了愁烦，**荣辱一体，方合情理**。一面暗中叮嘱卢、周二人，小心谨慎，忍耐为高，有什过节，俱等交镖之后再说，千万保持镖行名誉，不可即时计较；一面给众舆夫重加犒劳，催促赶路。

打完了尖，匆匆起程。尚幸前途地势较高，又多石路，积潦甚少。只是一过浦城，便入乱山之中，山高谷深，几于步步险阻。相隔仙霞，本不算远，无如蹊径弯环，盘旋上下，行路甚是艰难。等赶到鱼鹰嘴附近一个山坡上面，短短一段路程，闹得舆马皆疲，轿夫们俱都停肩休歇。玉麟见那经行之处，四外山岭杂沓，危壁如斩，竹茎参天，森森蔽日。驿路恰走山坡上面，坡下三条岔道，右通都天王庙，丛林深处微露红墙一角，山麓人家，三五隐现，相隔约在半里以外；中间峡谷幽深，悬崖之上微有一线樵径，素少人行，料难绕越；左边一条，回环出没于山谷林野之间，看去也不甚好走。和周平一计议，说："这三条路，除走右面，经都天王庙侧走过一条大峡谷，那是由闽入浙的官驿正路外，中路谷径狭险，舆马不能通行，只左路可到白茅镇，但须多绕十来里路。现因众人踊跃争先，无什休歇，山北雨降甚少不碍跋涉，多赶出一段路来。如今日头刚偏西不久，如走左路，真要卖力急赶，趁着月色也可赶到，不过到时天就入夜得多了。"玉麟一想，此地敌人路熟，高山又多，居高临下，多远也看得见，如真发难，走哪条路也遭堵截，人马已疲，何苦还绕远路？还是装作不觉意，给他硬闯的对。仍命周平前导，舆马并行，一个紧接一个，便到仄处，至多改作单行，不许调开。

往右走未半里，行经崖上，周平匹马前行，见前面谷径虽宽，形势非常险恶。右侧不远，悬崖之下，黑压压大片树林。适见庙宇人家田畴，俱藏在其内，近前反一点也看不见，只闻隐隐犬吠之声。想起黑衣摩勒别时嘱咐，回顾后面舆马尚还未到，如有敌人，必定隐藏林内向外偷观。方自勒马缓行，心中踌躇，忽从左边断崖上面飞落一物，周平手疾眼快，接住一看，乃是一枚石卵，用刀尖划着："速领原队，崖后有道，可通前路，切切无误。"刻画零乱，几难辨认。回顾崖顶甚高，不见一人。知有缘故，连忙回马迎上大队。

玉麟看那石卵，字迹不整，不似大人所书。日已偏西，山径荒凉，措施稍一不慎，难免疏虞，舆夫又说官道之外并无路径，只有适才坡上可以改道。恐中诱敌之计，误入埋伏。本想见怪不怪，由他自去，真要遇上就打。周平受过黑衣摩勒指点，力说："那地方形势已甚险恶，敌人如有埋伏，用不着再改地方，此石必是自己人所为。反正打了遇敌主意，不如暂缓前行，我往崖左探道，看看到底人马能否通行，再定方向。"玉麟首肯。周平绕向崖左一看，乃是大片苇塘洼地，细视水光隐隐，除了两边苇塘，当中还弯弯曲曲夹着丈许宽一条野草，蜿蜒到了前面，被山挡住。草长甚长，与苇相混，如非定睛注视，决难看出。上下相隔，少说也有两丈之高。暗忖这里三十年来，曾经好几次地震，陵谷变迁，官道屡经改易，莫非那是昔年故道不成？想到这里，找了一个斜坡，飞驰下去。才走了三五丈远，果然所料不差，不但两边苇塘，当中有道，而且路侧草里还有屋舍遗址，分明旧官路经了地震，山洪暴发，成为泽国，年久水涸，逐渐出现。心中大喜，忙向上面挥手示意。

玉麟也看出影迹，催众速下。走了一段，**这一改道，便使得这场打斗与下文那场明显不同了。金圣叹讲，长篇小说的情节难免有所重复，高手追求的是"犯中求避——故事类型一样，具体展现不同"。**才知塘洼甚低，草与苇齐，故道不宽，地被草隐，由上望下，只似草苇连成一片，实则草深还不过膝，人马都能行走。走出数十丈，苇地渐高，人被隐住，便从上望，也难发现。这一认明官驿故道，前面即便遇阻，至多费上一点事，也不至于无路可寻。不但路近好走，免却好些登降绕越之苦，还躲过一场惊险，众人自是欣幸。周平暗忖，掷石之人，不是泥中人，也是黑衣摩勒，看他那么艺高人胆大，尚令避道而行，必有一场恶斗无疑。正悬揣间，忽听远远兵刃交触，厮杀之声由右方隔崖传来。细一端详途径，路转山回，恰走到适才探道时所经高崖背后，翻崖过去，许就是都天王庙树林前面，便和玉麟说了。

玉麟也闻得争杀之声，忙令众人小心前行，不许出声呼喝。周平随将马交从人牵行，自己据上崖顶探看。那崖还隔着一片苇塘，正想觅路绕过，猛一眼瞥见乱苇中插着四根细竹竿，颇似来路山口外所见用双竹点地那小孩手中所持之物，只多了两根，心疑小孩与乃师凌风同来，也由此处上崖。就插竹之处细一查找，果有一条似断还续的塘埂直通崖脚，分开两傍芦苇，居然走到崖下，上面还有一条斜缺不全的磴道，足可攀登，知是地震前当地居民所遗。循径上升，未达崖顶，杀声已然清晰入耳。及至上到崖顶，掩向崖口，往下一看，那地方已离适才回马之处不远，正当都天王庙谷中最宽之处。崖顶离地好几十丈，又有危石遮蔽，居高望下，一目了然，由下仰望，却难看见，真乃绝好观战所在。**这场龙争虎斗，却从一个趟子手眼中看出。**周平久走江湖，眼力最好，一见便知双方都是劲敌。

原来崖下动手的，一面人数甚多，为首一人中等身材，说话南北语音相混，站在一旁指挥手下，并未上前动手，大骂来人："无知鼠辈！藏头藏尾，有眼无珠。太爷实是姓杨，一不避官，二不怕事。只为洗手多年，隐居纳福，改姓为柳。你既知太爷威名，如何还敢在我境内冒犯我的朋友？太爷决不以多为胜，**此系"有道"之盗。一笑。**也不用太爷亲自动手，自会有人拿你。"一面又喝动手诸人："别教这三个浑蛋小子跑了！我非掀开他的盖头，瞧瞧他是个什么花狸猫野鸡蛋变的不可。"

　　旁立诸人，俗家僧道都有，一个一个精神抖擞，身材雄健，不似弱手。场上打的，共是三对。姓杨的这面适已有人战败，一个刚接下场，自称姓刘名伟；一个口操南音，是个矮子，手中一对短刀，钻前纵后，上下翻飞，动作身法十分轻灵；另一个便是昨日颜庄投宿以前所遇面带刀瘢的北方大汉，武功也自不弱，正与敌人苦斗，满嘴乱骂。对方三人俱是软纱蒙面，寻常短衣，一味哑斗，不似敌人喧嚷叫嚣。有时还两句口，声音颇低，话似刻薄挖苦，引逗得敌人忿怒已极。断定那为首的必是杨标无疑。先以为这三蒙面人中许有泥中人在内，继一想，泥中人以两行人的安危自任，还命合在一起上路，本领何等高强！看目前这两方人的神气，已打了好一会儿，敌党虽似有两个受伤，为首的尚未下场，毕竟胜负难说，如照这样，怎能保得安全出关？又觉不是。如说是破庙中主人凌风，那持竹飞翔的小孩却不在内，另两人不知是谁，还有黑衣摩勒，既嘱到此留意，可见早已料到，如何未见？**"蒙面"，既有情理需要，也为制造悬念。**

　　心方奇怪，忽听狂吼一声，刘伟好似中了蒙面人一下重的，翻身跌倒在地。杨标身侧一个中年道士把道袍脱下，往侧一甩，纵将出来，余党也有好几个抢出救护。蒙面人虽将刘伟打倒，却不伤他，指着来敌喝道："你们不必惊慌！先把刘朋友扶送回去，让出地方，消消停停，再打好了。"道人喝道："鼠辈莫狂！祖师爷多年不曾出手，今天休想放你活着回去！"随说一顺手中兵器，朝前一晃，似要分心扎去。那兵器约有三尺来长，前头像只人手，拇指小指向下微勾，食指无名指也弯曲如钩，只中指挺立；离手二尺有护手月环，手便握在其内；柄尖作三角形，精光耀眼，甚是锋利。蒙面客所用也非寻常兵刃，左手拿着二尺多长、茶杯粗细的铁拐，右手一个带着软链的铁锤，其大如拳，当中有寸许长手指粗细的一根短桩，突出向外，式样甚是奇特，**写奇形兵刃，增加诡异色彩。**一见道人扎到，先使铁拐往旁一格，当的一响推了开去，口中喝道："你这贼道叫什名字？快说出来，我好定你死活，否则想和姓刘的一样活着回去，就无望了。"

道人冷笑道："瞎眼鼠辈！自己始终不敢报名，还敢请教你祖师爷的名讳！祖师爷法号，就在这兵刃上面，你连它都不认得，竟在太岁头上动土么？"随说，又是一掌扫到，蒙面人一点也不着急，左手拐往起一迎，二次挡开，笑道："你先莫动手，等我问完再打。我不认得你，却知道这件兵器的来历根脚。"道人闻言，猛的想起一事，心中一动，停手喝道："且容你多活片刻，看你说得可对。"蒙面人哈哈笑道："你这件兵器原名日月仙人掌，又名恶鬼手，昔年恶道鬼手真人何冲以此成名，*随处生岔，点到为止，所谓"无文字处却有无限烟波"*。本是一对，尺寸也没这长。我先见你用这兵器出场，误以为是恶道何冲的徒子徒孙，继一想，何冲虽然可恶，但他收徒最严，决不收半吊子，你连兵器尺寸都不对，便做恶道徒孙也不配。意欲手下留情，容你活两年，故此问你名姓，看该杀你不该，你怎不知好歹哩？"道人闻言，又惊又怒，大喝："祖师爷的法讳说出来，怕吓破你的狗胆！纳命来吧！"

蒙面人喝道："你既不敢通名，又用这样家伙，必是当年衡山回雁峰漏网之贼，*又一个岔*。今日万万容你不得！"随说，拐锤并用，施展开来。道人见他解数精奇，迥与前斗两人时不同，再听他所说的话，知道遇见对头劲敌，出时不该心存轻视，悔已不及，更不答话，也使出全身本领拼命迎御，暂时打了一个平手。

还有两蒙面人，一个使宝剑的，敌住那北方大汉；一个使铁棍的，敌住那口操南音的矮子。都是能手，一时难分高下。杨标见自己这面已然连伤三人，敌人还是越杀越勇，又气又急。隔了一会儿，北方大汉渐渐只架无还，有点手忙脚乱。知道形势不妙，无奈适才已把话说在前，不便上前相助，自食前言，招人笑骂。不上前，眼看非糟不可，一样丢人，并且求助的老朋友已在眼皮底下被人伤了一个，这一个再要当着自己受了重伤，面上太已无光。想了想，一情急，把当年仗以成名的暗器连珠金莲子取了出来，表面仍装观战，双手交叉，将右手藏左手背下，把真力运到手指头上，一发三粒，观准持宝剑的隐面人双目和太阳穴打去。

周平在上面早留神到敌人有此一着，全看在眼里，料知杨标意欲暗算，怀里所取必是一种极厉害的暗器。蒙面人一口宝剑只顾围住北方大汉，好似急欲取胜，全神贯注敌人，并未留意侧面。明知自己万不宜于出声，自惹祸事，但情势已迫，杨标手已微拍，就要发出，激于义愤，不禁脱口喊道：**给周平一点"戏份儿"，叙事便灵动。**"留神暗算！"言还未了，杨标手中三粒金莲子已然发出，盗党发觉上面有人，纷纷昂首往上观察，方道"不好"。说时迟，那时快！只听"当当当"三声微响，跟着一声呼叱，就在众人斗处不远，一座平地突起的小石峰腰上，现出一个蒙面童子，扬手打出三点寒星，头两点已与杨标所发暗器相撞，激落一旁，末一点却照人打去，跟着纵落，口中大骂杨标："鼠贼！吐出来的口水又吞回去！有本领出来和小爷爷分个上下。我们师徒叔侄都是暗器的祖宗，你想暗算，如何能够！"

周平这才看出蒙面人暗中也在戒备，杨标第三粒暗器便是他用剑背挡落，好生惭愧。小孩一纵落，群贼只当先喊的是他，正乱之际，才行岔过，没有再往上看。小孩手法又快又准，杨标骤出不意，几为所中，不禁羞恼成怒。大喝："哪里来的小杂种！快去与我拿下！"盗党中随有两人，一个手使折铁单刀，一个拿着一根铁鞭，争先抢出。使刀的一个先到，已和小孩打上。使鞭的仍往前进，刚说："吉二哥，让我打这小杂种。"忽然"嗡"的一声，不知从哪里飞来一枝小钢镖，正打在口鼻之间，透进多半截去，打得门牙粉碎，"嗳呀"一声，鲜血喷流，倒于就地。跟着空中有一小孩口音喝道："讲好不许两打一，这不是硬要找死么！"盗党立时一阵大乱，一面将人抢回，一面寻声注视，搜查那放暗器的敌人。杨标怒喝道："何方鼠辈，暗算伤人！"空中又哈哈大笑道："这都是你自己开的张嘛！"周平听那口音，颇似黑衣摩勒，发声之处仿佛就在脚底，可是下面崖壁平滑，寸草不生，决难藏人，见盗党不住仰看，似未发现敌人踪迹，知黑衣摩勒与凌风师徒都来。再查两边情形，优劣胜败已可逆料。藏处地势高险隐秘，盗党上崖不易，心神一定，也就不再畏缩，仍然往下窥探。

就这盗党一乱的工夫，那北方大汉益发心慌，支持不住，微一疏神，吃蒙面人伤了一剑，反身纵起欲逃。杨标见状，不能再顾前言，忙从门徒手里接过一对铁怀杖，一个箭步纵落场内。正赶北方大汉受伤纵起，蒙面人一个"飞鹰击兔"，暗藏"逃蛇归洞"之势，飞身随后刺去，眼看剑尖就要刺中后背。杨标身法绝快，恰由斜刺里飞身纵来，迎个正着，知势危急，身子还未落地，左腿起处，把北方大汉踹出老远，躲过一剑之厄，同时左手杖朝剑往外一挡，右手杖便照蒙面人连肩带头打去，手足并用，端的名不虚传，迅捷已极。如换旁人，事起仓促，又在贪功之际，非受重伤不可，幸而蒙面人武艺精纯，觉着侧面风生，人影一晃，未等剑杖相触，早向横里纵落，指着杨标怒喝："无耻败类！狂说大话，稍吃点亏，立时背信食言，真乃鼠窃狗偷之辈！"杨标愧忿交加，索性把手一挥。盗党只为杨标上来便朝敌人夸了大口，言明单打独斗，不便违背，不想连伤数人，愤恨已极，巴不得有此一举，呐喊一声，纷纷杀上前去。那北方大汉挨了一踹，幸得活命，刚想纵过一旁裹好臂上剑伤，二次随众拼命，忽听持拐蒙面人喝道："这个吴龙，莫放他跑了！"

一言甫毕，半崖空际又有人应道："他跑不掉！"盗党一听，仍是先前用暗镖伤人的口音，正往上看，忽见一块磨盘大的石头从崖腰上打将下来。盗党忙往后退时，跟着崖腰上又现一石窟，一个头戴面具、周身全黑的小孩由内钻出，乘着碎砾纷飞、满地石火四溅、盗党惊慌奔避之际，飞鸟一般往下纵落。人还在半空中，双手小钢镖便似连珠一般打下。大汉吴龙一看，正是昨日所遇对头，心方一惊，黑衣小孩镖已打到，连忙闪躲，想要逃走，无奈臂伤失血，苦斗力竭，小孩镖法又准，头一镖刚闪过，二三两镖又到，心慌神散，纵避不及，连中了两下重的，身子一晃，迎面又中了一镖，翻身栽倒，死在地上。黑衣摩勒随即纵到，从身旁取出一柄短刀，只一抹，便把头割下，喊道："兄弟！我到前面等你去，快些来吧！"说完，也不再和盗党交手，提了人头，如飞往谷中跑去，疾如星驰，晃眼没了影子。**神出鬼没。便有别趣。不加入战团，全因胸有成竹。**

杨标被蒙面人绊住苦斗，不能分身。盗党见小孩捷逾鬼物，暗器厉害，口里呐喊，也有戒心，追不多远，便即回转；任他把吴龙人头取走，如何不怒，气得山嚷怪叫。先现身与盗党对敌的小孩见黑衣摩勒一走，也高喊道："黑哥已走，没我的事，少时我再找师父师叔们去吧！我也懒得和这种无赖贼打，要找黑哥去了！"小孩使的也是一样怪兵器，有六尺长，酒杯粗细，通体密鳞，又黑又亮，直似一条蟒蛇做成的软鞭。梢上有一枣核形的钢椎，约有半尺来长，两三寸粗细，施展开来，可刚可柔，招式非常特别。

对面盗党没见过这种兵器，简直不知如何应付，仗着久闯江湖，本领尚非庸流，并未小看敌人，一见情势不佳，连忙收势，改攻为守，专一封闭谨严，才得勉强敌住。方自内怯，谁知小孩话一说完，立时改了解数，手中鞭直似活蛇一样，上下飞舞，只觉寒光闪闪，冷气飕飕，无数黑影在眼前掣动乱窜，心中大惊。微一疏神，手中刀忽吃软鞭裹住，未容回夺，小孩用大力一抖，立时虎口痛裂，不由手便松开，刀落就地，暗道"不好"，方欲逃纵，小孩的手更快，跟着往前一送，那铮光明亮。半尺长的钢椎，连同后面软鞭，活蛇一般，朝着胸前笔也似直点到。眼看无法躲避，非死即伤。持拐蒙面人，想早看出小孩要下毒手，忽在一旁且斗且喝道："你自去好了，不许无故伤人！"**师徒态度都有几分怪异。**说时，小孩手刚发出，闻声立即收住喝道："你不比他们可恶，姑且饶你一命！小爷爷走了！"说罢，纵身一跃，径往回路跑去。那盗党幸得活命，觉着左肩穴微微沾着了一点，低头一看，衣上已穿了一个小孔，蒙面人如不喝禁，这一下又是要害地方，势非送命不可，当时愧愤交加，把心一横，向众喊道："杨大哥与诸位仁兄！小弟崔援学艺不精，无颜再在江湖上走动，只好告别了！"杨标忙喊："二弟慢走！少时还有话说。"崔援连地上刀都未拾，只看了持拐蒙面人一眼，便自朝前跑去。**血性汉子，不枉放了他一马。**

这时双方已成混战，三蒙面人仍是应付裕如。**打多打少一样，游戏神通。**周平方讶小孩既说去寻黑衣摩勒，为何一走来路，一走去路，背道而驰？**又留一悬念。**隔不多时，持拐蒙面人忽然哈哈大笑道："我当你是谁，原来就是当年大闹衡山白雀寺的罪魁淫贼、铁掌燕裴鸿举么！**又藏一段故事。**你以为改了道装，留了胡须，便可遮掩人的耳目，你那左耳上的剑伤须瞒我不过。我向例不肯轻易伤人性命，既然是你，可见天网恢恢，报应不爽。快快拿命来吧！"随说，手中兵器立时加紧。道人斗不几个回合，见觉出蒙面人招式精奇，颇似当年仇敌家数，又想起动手前所问的那些话，深悔不该听旁人两句话一激就冒昧上场，口里说着大话，出手却极小心。斗了一会儿，打了个平手，可是任凭用什么招，对方总是应付从容，不以为意。自觉敌人守多攻少，本领决不止此，尤其二目神光炯炯，老似在留神自己的容貌，心中有病，本就在惊疑内怯，一听敌人竟将自己隐晦多年，连杨标都不知道的底细一口道破，这蒙面人必是平日想起就胆寒的对头克星无疑，大吃一惊，暗想：今日之局，就算能逃毒手，那杨标虽是北方绿林出身，素以侠义自命，平日偷偷做点小事还招他不快，这一知道自己真实名姓，也决难相容。可惜辛辛苦苦隐名出家，好容易七八年的工夫经营下这片基业，败于一旦，不禁又恨又怕，一面拼命迎御，偷眼一看杨标，恰巧杨标也在怒目看他，分明所料不差。

当时一着急，把心一横，一边动手，口里怒喝道："不错，你的狗眼还没瞎掉！祖师爷就是当年探花使者铁掌燕裴鸿举，你不就是在衡山用飞针杀我师父姊姊的仇人云……"底下话未说完，先是裴鸿举情急拼命，施展杀手，假作"力劈华山"，一掌斫下，等敌人用拐上挡，往起一横，倏地改招变势，将手中仙人掌往右一偏，横过柄尖上三角钢锋，照准敌人右腕便扎，同时双手钢轮又朝胸前推去。他这日月仙人掌，一物三用，解数繁多，最是厉害不过，这一下名为"神仙三煞手"，更是最狠毒的绝招，说着无什希奇，手眼身法步，一毫也差不得，动作尤极神速，不是功夫到了火候，遇见劲敌当前，逃敌两难，非拼命败中取胜不可时，轻易决不施展。

裴鸿举原因深知敌人厉害，想逃脚又不如人快，如被追上擒住，戮辱更甚。除却用这最后一招拼个死活，孤注一掷，更无别法。口里答着话，想分敌人心神，一面猛施毒手，又将袖口里几番想用未用的暗器，乘机扬手连珠射出。以为敌人任是武功多好，就破了这一招将己打倒，至少也必中上两枝毒箭，同归于尽，稍一侥幸，受伤不重，立时便可逃生。谁知事太行险，未免心动气浮。蒙面人武功精纯，久经大敌，虽然看出仇敌不肯放松，手法加紧，因已多年不见，兵器又改了尺寸式样，料非吴下阿蒙，始终留意，沉着应战，并无一毫轻视。见他且斗且答，眼珠略动，料定必有狠毒手法，加了防备，不但没有急进，反把势子略缓，静以观变。裴鸿举哪知厉害，以为可以乘虚而入，见敌人果横拐来挡，心中大喜，自料必胜。仙人掌往右一横，往前一进身，口里刚说到"云"字，蒙面人身手真个神妙，竟似胸有成竹一般，那一挡也是一个虚势，仙人掌往右一偏，拐头也随着往下直着磕去，势子既急且准，其力更猛，正磕在护手下面。裴鸿举便觉虎口一震，掌头被压，往上重又挑起，**一招一式，工笔画法。**方道"不好"，身已前进，与敌对面，闪躲不开，明知无幸，一发狠，右手一紧，仍欲施展未完的绝招，左手跟着扬手放箭。

说时迟，那时快！蒙面客左手拐一磕，乘着他上路门户没有封闭，竟不容他缓手进招，右手软链铁锤往下三路绕腿一抖，上面一口啐去。裴鸿举弩尚未飞出袖口，猛觉左腿被链锤缠住，上面又在动手，百忙中方欲用千斤力法定在地上，冷不防又有一股刚劲之气夹着两三丝寒光迎面啐来，**这种暗器，一般不会用到"正**

面"人物身上。直似好几根钢针飞刺脸上。右眼先中了一支，奇痛攻心，眼睁不开，哪还站立得住脚步，当时翻身栽倒。倒时知觉未失，情知反正一死，随着倒地之势，不问能中与否，仍将袖中毒弩连珠发出，射未两支，蒙面客气他不过，上前一拐，将他左手骨齐腕打折。连受重伤，方始痛晕过去，又朝穴道上点了一下。

余下那几个盗党，先曾过来三人，俱吃了蒙面人的苦头败退下去，都看出他厉害，没敢再上。蒙面人一手夹起裴鸿举，大喝道："杨朋友！你也是个汉子，助纣为虐，欺压善良，已非丈夫所为，怎又容纳这神人共愤灭伦昧良的淫贼？岂不把你一世英名丧尽？如今我等事了，知你受骗，也不再和你计较，如能听劝，就此停手，回去闭门思过，免得将来官私两面牵缠，累你在此安身不得。悬崖勒马，也是英雄行径。如不服气，改日定约，另请能手再分高低。今日你是难于想占上风的了！"**放他一马，出乎读者预期。这样安排，给下文更激烈打斗留出空间。正是"犯中求避"之道。**杨标何等眼亮，也知手下这一伙人俱非三蒙面人对手，再打下去，只多伤人，无如面子难堪，不能不苦拼下去，闻言正好下台，忙将身纵出圈外，喝众停手。杨标照例单打，不要人助，一干盗党俱都围攻持棍的蒙面人，打得正紧，连声呼喝，方始住手。

杨标对三蒙面人道："今日杨某甘拜下风，改日还当领教。三位朋友请留名姓。"持拐的接口道："杨朋友如欲再见高下，请定日期地点，我们到日必来赴约，真实名姓，暂难奉告。按说这淫贼我们不该带走，但他积恶滔天，机诈百出，稍一疏懈，容易被他逃走，再寻他就难了。现有许多公案待他去了，不得不在台前放肆，还望阁下原谅一二。人以类聚，此贼淫凶刁狡，藏此多年，难保不有一二心腹党羽。他们见淫贼行藏败露，贵处不能立足，必要生事。他们行同禽兽，什事情做不出来！阁下还以早回为是。"杨标闻言，暗中查看众人，果然是裴鸿举庙内常住的两个好友，一名风火居士陈大彪，适才助战，吃了一拐，早已受伤，退回都天王庙去；一名夜明镖赛张郎罗文英，恶道倒地时，仿佛见他往来路跑去，也都不在面前，心方一动，忽听身后树林深处呐喊之声，跟着锣声大作。回头一看，火光隐隐，黑烟业已透出林梢，不由又惊又急，情知有人作祟。家中老弱甚众，佃农虽有多人，俱不会武，只有一二能手，便可闹得稀糟。当时忙于救人，不顾多说，忙道："此贼底细姓名我实不知。便是这次与人助拳，多一半也由他而起。现已深秋，明年正月十五，我在仙霞岭青石坪候教便了。"**其实大可不必。面子害人不浅。**蒙面人含笑应诺。

说时，盗党已有数人抢先往火场跑回，等说完回身要走，又听林内众声呼噪，齐喊"拿贼"。晃眼工夫，由林内箭也似蹿出一人，正是适才后走的那个小孩，兵器插在背后，还添了一个小包袱，左肩上担着一人，如飞跑来。后有三人追赶，小孩身小，肩一大人，行走较慢，就快追上，一看杨标手持兵刃对面迎来，忙把所擒的人推向地下，回手取出身后兵器，高声大喊："师父快来！你适才捉的，就是平日所说久访无着的淫贼裴鸿举，我把他党羽生擒来了！"话才说完，杨标已先赶到。小孩手持兵器，当先便打。

杨标已看出被擒的是罗文英，本意不和他斗，方欲架住喝问，猛听脑后一声断喝："徒儿不许动手！"声随人到，急风过处，一条黑影径由肩侧飞过，落在面前，正是那持拐的蒙面人。火势未熄，这里又生事故，估量敌人俱非庸流，决不致做那暗算无耻的事。所可虑者，就是恶道两个死党，一个已被小孩擒住在此，另一个身上带伤，即便火是他放，有手下诸人回去，也不妨事。忙令追人速回救火，自己暂留盘问。

及听小孩一说，才知小孩行前忽想起乃师曾说，闽抚所遣刺客，身旁藏有闽抚亲笔信札，如能得到，将来可省好些事情。今早杀那两名刺客以前，偷听他们说话，得知有一包袱内藏书信，存放在都天王庙道人手里。意欲乘着众人动手，庙中空虚，将它盗来，就便查探杨标家中虚实，开他一个玩笑，所以故走回路，暗中绕道入村。掩进庙时，正值风火居士陈大彪受伤回庙。庙中还有好些道人，虽非善良之辈，看神气都是一些狐假虎威的饭桶。

正想等人散去，陈大彪卧床静养时，下去制倒，喝问那信下落。忽然罗文英急匆匆跑回，一进云房，便令徒众回避。小孩伏身后窗户上一听，那和师父对敌的道人，竟是匿迹多年的淫贼裴鸿举，现已受伤被擒。罗文英见踪迹败露，杨标神色不善，少时回来，轻则将庙中诸人一齐逐走，重则还有后患，为此见机逃回商量，意欲盗些金银逃走。同时又恨杨标不够朋友，平日遇事干涉，好名心重，出身是贼，偏要恨贼，意欲行时放火烧庄，一则阻住追兵，二则泄恨。陈大彪伤本不重，心粗性暴，闻言怒极，立时应允；罗文英并说起刺客所留书信，取到手内，将来可以挟制闽抚，予取予求。当时商定，令陈大彪各取一些金银，前去放火先逃，自己前往观主房内搜寻书信，随后赶往接应，烧他草谷，约地会合，一同逃走。

陈大彪走后，罗文英朝他身后扮了个鬼脸。小孩因书信关系重要，悄悄跟在后面。罗文英进房便即取出，越墙而过，并没照约行事，反往林中疾走，意似卖友独吞，想绕过打场，由官驿大路逃走。刚跑进林不远，吃小孩由后面骤出不意，一下打倒，跟着点了哑穴，闭过气去。回顾庙侧人声呐喊，火已放起，忙把包袱解下，束在背上。因罗文英在庙中自称与恶道多年至好，无事不知，疑他也是师父所说衡山漏网之贼，打算生擒回去。肩起往来路走不多远，便闯见回去救火诸人，适才见过，疑他放火，立即分人追赶。小孩肩扛大人，虽觉累赘，仍是不舍丢下，未便迎敌，一味飞跑，不料双方业已停手一会儿了。

蒙面人细看罗文英，并未见过，知是无名之辈，正要点醒喝问，杨标在旁已是怒愤填胸，说道："贼道师徒人等，我并待他甚厚，便是今日阁下泄了他的机密，心虽厌恶，至多也不过令其迁走，并无他意。不料这厮恩将仇报，如此狠毒。闽抚所遣，前后共十一人，只有两人与我有点瓜葛，另一人与恶道交好，我因情面难却，才允相助。当时曾和他言明，我与谭镇南以前有点过节，只劫他镖，不助闽抚行刺，更不出境。断定此地必由之路，今早敝友哨探未回，另两人去往前途报信，走不多远，便遇诸位，不胜逃回。在我境内，自难坐视，不料竟非阁下等对手。杨某生平不吃回头草，既有诸位出头，我落在下风，此后也只向诸位请教，与别人无干，恶道任凭带去。但是罗贼平日在我村中极不安分，村民惧怕恶道，知他和我交好，只得隐忍。前日死了两个妇女，风闻于他有关，查问受害之家，答话含糊，方自疑心，恰遇敝友到来，纠缠耽搁，如今又作出此事，打算带回拷问，不能再任诸位走了。"**细节处，也要参差错落。**

为首蒙面人答道："阁下如此行径，可算光明磊落。此贼与我等并无过节，谨遵台命。不过这等败类，千万不可轻放，免留世上害人。此番闽抚所遣刺客必遭惨败。我等尚不足计，另有比我等本领胜强十倍的高人和他为敌。先时不知，因与所害的人有深交，不能坐视，才随护下来，先后杀死四个刺客。早知有这位高人仗义，我等实在无须多此一举。此辈心性不一，阁下身家在此，谨防贻祸。好在这四人存有私心，想在中途约人劫杀那两富商，把红货吞没。前边同党与为首之人，并不知与阁下有关联。现时四人都死，暂时不提此事，便可无害。信否任便。"杨标闻言，猛想起刺客中还有一人受伤甚重，当时忙着应敌，未及命人抬回，随又忙着回庄救火，好似无人理会，忙赶回原处一看，先伤刺客也被人将首级割去，和那同伴一样，只剩无头尸身放在那里。暗忖这长少几人不知哪里来的，连两个小孩也有这大本领。口里不说，心中佩服已极。遥望火势渐小，料已无害，正要唤人抬去掩埋，恰有两名手下，见他久不回去，跑来探望。报说："火乃陈大彪和两恶道徒弟所放，幸在白日，人多手众，赶救迅速。陈贼放完了火，本可逃走，他偏持火把乱点，人上前去，拿刀便砍，似非烧完全庄不可。庙中道人也都跑出。他向众大嚷，说罗文英回庙说的，杨某如何不够朋友，他现在被对头绊住，正好烧抢泄恨。众人又要救火，又要迎敌，连伤了好几个，败退下来。眼看不好，幸而会武诸人赶到，陈贼和诸恶道已然杀进内宅，正抢了金银，往出点火，一下遇上，围住一打。众人在旁，相助拿人，连死带伤，一会儿全数拿住，一个也未跑脱。现在忙于救火，决可无碍。"杨标闻言，略微舒了点气，便命来人，作速将尸首抬去掩埋，趁着路无行人，用土掩去血迹。一面唤了人来，将罗文英点醒，抬送回去。吩咐完毕，双方各自拱手作别。三蒙面人径往前途扬长而去，那小孩却向回路沿崖走，一会儿不见。

周平话虽未怎听真，事都看在眼里。敌人连死四名，无形中又失去一个大助手。休说还有泥中人，就眼前这长少五人已足应付，好生心喜。正要下崖，赶前报信，忽听身侧喝道："人家死人，你却在这里看热闹么？"周平大惊，回头一看，正是那小孩，就这晃眼工夫，不知从何处缘上崖来，知是自己人，忙拱手为礼道："适才多蒙诸位英雄相助，去了对头一条臂膀，足感盛情。先走的那位黑摩勒，是我小师兄，弟台既与他一路，定非外人，尊姓大名和经过之事，可能见教一二么？"

小孩失笑道："周朋友，你这人真个不错。人在背后，都不改口，无怪黑哥哥说你好。你要问话，我此时事忙，这里也不能多说，下面还有几根竹竿不能丢掉。好在走的是一条路，等我取来同走。我听说你有匹好马，如在下面，一同骑着走，更好说了。"周平闻言大喜，往下面定睛细看，那马正在远处路上找野草吃，众人早走没了影，料知玉麟等走远，回顾自己尚在伏崖注视，好在马都驯过，野径无人，不会遗失，令从人系在树上等候，正用得着。当下同了小孩下崖，追上马匹，一同骑上，边跑边谈。

原来持拐蒙面人，果是破庙偏殿中异人凌风，小孩姓童名兴，原是凌风故人之子，幼承家学，父亲死后，**又一孤儿**。来投凌风为师，才只两年。相传庙有鬼怪，终年无人敢住，凌风表面上像个落魄寒士，除一好友外，从不与人往还，昨晚接那好友来信，说闽抚暗害善良，邀他相助，凌风看完走出。童兴年幼，巴不得有事，一显身手，因见来信有"刺客难免要由前途翻回，寻找所害之人"等语，师父一走，立即悄悄拿了兵刃，照所说来路，迎上前去。此时天已渐亮，正走之间，忽见对面跑来两匹快马，上面坐定两人，老远便喝让路，满口北音，猜是盗党，故意借词将路拦住，想要询问真实再行动手，谁知对方甚是强横，内中一个见马受惊，勒马扬鞭就打，由此两下动手。童兴身手轻灵，又在步下，马上人打他不过，便和同伴跳下马来，两打一，口口声声说童兴是连日戏弄他们的蒙面小贼。童兴毕竟年幼，敌人武功不弱，只打了个平手，正在着急，忽从敌人马肚子底下纵出一个头戴面具、周身穿黑的小孩，大骂敌人以大压小，倚多为胜。空手上前，只一照面，便将一个高身量的打倒。

童兴说："这时双方都使有兵器，我顺手一下，将他打死。还剩下一个瘦的，见势不佳，想跑，黑衣小孩不叫我再打，却将他拦住，说：'我本想放你，无奈我这位小兄弟手太狠点，打死你的同伴。你们一路来的，他死得有多可怜。再说又为你先拿鞭子打人，才送的命。你如活着回去，大不够朋友了。你的事，我暗中跟了好几天，实在亏你们想的，不过这些法子，阳间有我师叔和我黑衣摩勒，实在行不通，最好还是和他走一路，到阎王那里告一状，不比找你衣食父母告苦强得多么。'那瘦鬼被他逗得哭笑不得，他纵得又高又远，跑哪里都被纵过去拦住。这位黑哥哥真把人笑得肚痛，逗到天光大亮，一脚踢倒，趁着那条路太早不会有人，用马将两死人运到山中无人之处，他叫我把人头切下，用他装马料的麻袋装好，带回庙去暂存，再回去帮他掩埋尸首，放走马匹。"

"我回庙一看，师父已然回来过一次，拿了东西又出去了。我匆匆跑出，助他埋了尸身，问起情由，竟是一路，把马也放到远处深山之中。回来遇见大雨，我二人找地方避雨，拜了把子。他看我会用竹竿走路，硬要我教，我知这样大雨，庙里不会有人，耽搁了好一会儿。回时他也用竹竿学走，自然比我慢些，落在后面。才进山口，正遇你们由庙那边走出，知道庙前无路可通，料定在庙里避风雨。因想师父这时也许回庙，真要上门寻事，凭我脚程，也追得上，没有拦问。等我回庙，刚看出麻袋有人动过，黑哥哥随后赶到。他原认得你们，也不说出所以，只说：'出门人不愿惹事，看破无妨，再说我们也不怕事。但内中有个戴油笠的福建人，最是臭嘴，外号烂泥鳅、癫虾膜，手里会点武艺，目中无人，又狂又傲，如能把他制住，逼他服输起誓，不许泄露，省心多了，**过分了。已经惩戒过，再缠着不放，实有欺软之嫌**。就怕你不敢惹他。'我吃他一激，当时拿了竹竿就走。行时他又说：'这个人姓卢，是保暗镖的，我师叔和他镖头认识，人并不坏，千万不可伤他。'嫌我所用腾蛇软槊厉害，连兵器也不叫带。"

"谁知我走后，师父回庙见了黑哥哥，两下一说，竟是同道。才知师父昨晚也到都天王庙杨标家中去过，探知一切底细，只没认出恶道真面目，说我两个不该杀死刺客，恐事闹大，须另设法补救。黑哥哥的师叔，就是你们喊他泥中人的那位异人，与我师父也是熟人，现时往来于仙霞关、白茅镇两处，暗中监查刺客行动，忙命黑哥哥速去送信，就便托带一封信与前途相候的几位朋友。说最末一批盗党共是四人，两个被杀，还剩两个，正在劫杀红物之前赶往前途，假作报信，与前一批人会合，洗清自己没有劫镖之事。如若相遇，最好一不做，二不休，连他们一齐杀死，回来去至都天王庙谷口埋伏，以防万一，自来寻我。我刚把姓卢的困在泥塘里，师父便到，解开以后，说了经过，命我也去谷口与黑哥哥会合。我回庙吃点东西，就跑了去。因爱在山中乱跑，知道以前被地震堵死的那条驿道，由那里上到崖顶埋伏再好不过。前一段路湿，又没有师父'渡萍登水'的轻身功夫，仍把竹竿带上。到了一看，黑哥哥不知怎的也发现了那条驿路，正弄了两根竹竿，在草地里来回乱跑呢。我一问他，才知路上遇见他师叔，看完信，略皱了皱眉头，说：'事已尽知，既已伤人，由他去吧。杨标本领甚是了得，与他一同洗手归隐的颇有两个能手。镖行这面虽然寡不敌众，但在到达谷口前后，另有几人要寻盗党晦气，不放他们往仙霞关去。杨标势必出头袒护，双方难免一场恶斗。

你可寻一地方潜伏，一面观察敌人动静，等日色偏西，算计你们将到以前，迎上前去，嘱令缓进。杨标必败无疑，等双方打过再走，以免误伤。事出预计，别处无路可通，你们势非耽搁，乘黑赶路也无法了。只今晚非赶到白茅镇不可，仙霞岭九龙沟还有厉害敌人，也须前往查探。'他师叔走后，他想这阵仗不知何时打完，你们夜晚行路又走不快，太已艰难。无心中发现这条旧驿道，高兴已极，见天还早，削了两根竹竿，在此练习。我二人见面，上崖等了一会儿，先见两个盗党由都天王庙那面走来，一出林，便打马往前飞跑。黑哥哥知道我师父的朋友必在去路相候，也未去追他。正商量要迎上你们报信，我忽然想起，这旧驿道，山水不发时可通白茅镇，现在正是时候。虽然来路是在崖坡上面，地势高陡，要下去，总有法子。黑哥哥连说好极。因这崖高，你们来路看得清清楚楚，我二人又谈得高兴，便在崖上等候，也未迎去，直到你骑马走来，遥望大队正快走到驿道上面，我二人这时已看出林内有人埋伏偷看，寻杨标晦气的人尚还未到，料已紧急，不便纵下相见。我投石报警，刚把你惊走，林内便传了暗号，三个一群，五个一伙，走出二十多人，四下埋伏，静候你们跑来自投罗网。我二人恐机关泄漏，你们来不及走下去，心想敌人久候不至，势必派人去到前面哨探。我们就不管人来与否，下去和他们动手，阻挡一阵。嫌崖太高，又换了两个藏的地方。一处就在你适才伏处的下面半崖腰上，是一个极仄的石缝，除了小孩，大人决藏不下；一处是对面那座孤立的小石峰。我二人分别藏好，准备敌人出面时，先用暗器打倒几个，再纵下去。才换地方，没有一碗茶的工夫，便见五个蒙面人，将先去两盗党追赶下来。双方都骑着快马，快到谷口，我师父忽从前面崖顶飞落，朝第三骑马上人说了两句，便有两人下马步行，和我师父一同追赶敌人，下余三人，连两匹空马一齐带走，如飞往来路跑去。两盗党跑到谷口，见人追上，也跳下马来迎敌，一面打着呼哨求救。我师父也和来人一样，蒙着面纱，追上并未动手。那两盗党一个被那用宝剑的蒙面人连伤了两剑，倒在地下。同时林中埋伏也冲了出来。跟着杨标和恶道也得信赶到，将人喝住。先吹了一片大话，说他住此多年，永没人敢动他一草一木，竟敢上门欺人，伤他朋友，非将命留下不可，但他决不倚多为胜，只凭单打独斗，见个高下。两次问我师父等三人姓名，俱没肯说，直到杨标情急混战，我二人才出场。黑哥哥走后，我本想赶去，忽然想起，那死的四人是后一批刺客，有两个是恶道朋友，带有狗官给他们的亲笔手谕和致地方官的机密信。我听师父说，泥中人成竹在胸，已有制那狗官之策，到底能多拿他一点把柄总是好事。这里道路原本熟悉，我又绕路进庙，正赶二贼商量放火。我把主谋的一个打倒，夺了刺客机密文件。底下的事，都是你亲眼看见的了。"**这一大篇话，真正有用的就是交代三个蒙面人的身份。实在啰唆了一些。**

周平便问："你既路熟，想必常来。众人只你没戴面具，不怕打你身上泄漏踪迹么？"童兴笑道："你在庙中出来时曾和我在山口相遇，相貌总还有点记得，此时你再仔细看看，我可是本来面目么？"周平猛想起，适在崖顶看他衣着身材，都似山口所遇童子，后来对了面，转觉与前见之人不像，尤其两眼皮太厚，面皮太紧，没有一丝血色，脸上还有不少麻子，好些不同。初遇时，见他持竹代步奇特，曾经注视，再说凭自己眼力，便隔多年，只要见过也无错认之理，何况共只半天的工夫？因是胸有成见，再听童兴所说的一套话，分明破庙中童子无疑。心中虽然奇怪，匆匆起行，并未寻思，闻言回头，越看越不像是见过的面貌，不禁"咦"了一声。童兴笑道："你只顾看我，留神马冲到芦塘里去。"周平见他嘴唇皮也厚得出奇，笑时更是难看，那一副丑脸，在暮色笼罩之下，除了一双精光炯炯的眸子外，直和死人相似，**人皮面具。杨过仿此。**笑答道："我这马久经训练，前面有我们的人走过，决不会再错走芦塘里去。倒是老弟生具异相，不像适才见过，太不解了。"童兴道："我还是我，并没换人，一会儿你到前面就知道了。"说时，马行如飞，已朝山角拐过。

周平刚朝前看，又听童兴笑道："你再看我，像你所见的小孩么？"周平二次回头再看，童兴忽然换了容貌，端的神清骨秀，英气勃勃，与山口外所见童子一般无二。方自惊异，猛瞥见他手里拿着一个软皮脸壳，这才恍然大悟，笑道："江湖上所用面具，我都差不多见过。你这是什么东西做的，怎和人脸上揭下来的一样？"童兴把手中面具递过答道："这东西原是我师父的，我收拾竹箱，无心中找出，多年未用，又干又硬，重用药泡软，尺寸已小了好些。师父不能再戴，被我要来，戴上便换了个人。好在脸上还有麻子，如不说穿，多细心的人也认不出来。我听人说，都天王庙有一姓柳的财主，和庙里道士常时欺侮过客，形迹可疑，在你们未来以前，就到村里去探过两次，所以路熟。嗣知姓柳的是绿林中人，今已洗手归隐，并未怎样为恶。那道士却不安分，常时勾结他手下人，倚势横行。前数日探得他师徒还有逼奸害命之事，正和师父商量要去除他，第二天夜里，便接了好友求助的信。我日里出门就戴着，黑哥哥如非我先招呼他，也认不得哩。"

　　周平要过一看，那面具好似人的脸壳所制，其厚如钱，甚是柔软，只没眼珠和两耳，余者俱和人面一样。用时往脸上一蒙，由前额、下颏直到耳后。一边另有一洞，与耳一般形式大小，恰好齐耳根套住。就是对面细看，也不过觉出眼鼻口三处生得较厚，面带土色而已，不说决看不出是个假脸。赞了两句好，仍还童兴戴上，乘机又探问他师父的好友是否便是颜庄主人。

　　童兴道："这事原瞒不了你们。但我师父说，颜师叔乃本地世族绅富，又在狗官辖境，风声不宜走漏。因知杨标半生享名，甚是自负，如若吃亏太大，早晚必要报复牵缠。只能软硬兼施，除刺客外，点到为止，不使难堪太过，又使知道利害，甘拜下风，方为上策。休看他叫阵，定了明年约会，实则还是无用，不过当时遮遮面子罢了。真要我们赴约讲打，必不让颜师叔出头，以防一个不巧惹下后患。他们一共六人都戴着面具，便是为此。余下四人俱是颜师叔的好友，有两个已去白茅镇暗中保护，论本领，只用棍的稍差，个个都是能手，跟你说明也好。少时一到镇上，我便离开，务请嘱咐大家，不但今日，便事完之后，说我师父无妨，颜师叔身家在此，千万泄露不得。这皮面还有一段来历，我在黑哥哥家中等你，你送完镖回来，再细说吧。前面已离白茅镇不远，你到尽头拉马上坡，再绕道下坡，朝有灯光处跑去，就到了。"

周平耳听童兴并肩畅谈，一边打马前驰，正觉有趣，忽然不听再说，回头一看，身后空空，童兴不知去向。暗忖自己奔走江湖已有多年，怎这里聚着好些高人，竟一个也未听说起？**猜疑，便是悬念。**那凌风必是一个成了名的英侠之士，隐居在此，本人不说，便童兴那么一点年纪，本领也似和黑衣摩勒差不了许多，可见天下之大，人才甚众。自己凭借谭家旗号鬼混，终非了局，难得遇到这好机缘，岂可错过？决计事情交代，便寻黑衣摩勒引拜名师，另求深造。一路寻思，不觉马到坡前。跳下来把马拉上，正遇卢挚，久候周平不至，恐他不知途径，来此眺望等候。二人相见，周平问知众人已在白茅镇客店内住下，因他嘴敞，不曾实告，**不这样，下文便生不出故事来。**略说几句，便同去店里与众人相见。

玉麟见周平语焉弗详，料有原因，背人一问，周平才把详情说了。卢挚见二人密语甚久，心中不快，现于辞色。众人知他性情如此，均未介意。玉麟初意以为既有不少能人暗中相助，镇去仙霞甚近，仇敌必在过关以后发难，当晚想不致什么变故，老早便令安歇，养好精力，以备应付过关以后那场恶斗。众人晚饭后俱都入睡。只卢挚一人越想前事越有气，又恨玉麟行事专断，看不起人，好些事都不使闻知，只在床上翻来覆去，没有睡着。挨到二鼓将尽，暗忖自从受了两个小鬼侮弄，好似众人都看不起自己，再这么依人行事，实在无味。大概盗党俱在关上等候行刺，离此甚近，镇上必有同党哨探，趁此夜静无人，何不前往探查一回，也做点事给大家看看，显得自己并非没有本领。

主意打定，悄悄起身，结束停当，带了兵刃暗器，掩好房门，纵上屋顶一看，月明如昼，清风萧萧，前望雄关矗峙，仙霞诸山，耀碧浮金，遥亘不断，山净云高，更显雄丽。镇上店肆繁多，人家栉比，正不知往何方去好，偶一低头，瞥见隔壁一所小屋里面灯光外映，人尚未睡。心中一动：这里人家都是早睡早起，怎这时还有灯光？盗党如来，定在附近藏伏，现时既拿不准地方，何不下去查探一回？想到这里，越过屋脊，纵身下去，伏身窗外一听，并非盗党，竟是在关前做小本营生的弟兄二人，当日因事归晚，又多赚了点钱，夜饮相劳，所谈均不相干，好生失望。方要离开，猛觉后颈凉冰冰一样东西，顺着衣领贴肉滑下，心中大惊，回头无人。先疑是什虫豸之类飞落，伸手背后摸来一看，乃是一枚钱大石卵，断定有人戏弄。纵身上房四顾，明月当头，屋瓦如霜，到处静悄悄的，哪有一个人影？方道"不好"，和以前两次一样，莫非又有小儿暗中作对？猛一低头，见自己住房窗下扒着两人，往里窥探，俱都是一律夜行人打扮。

卢堃知道来了盗党，忙把身子往屋顶烟囱旁一掩，将身藏弩箭取去，比准正要发去。内中一贼似已探知室中人已睡熟，本要拨门进去，忽又似遇见什么警兆，倏地回身，朝同伴互打手势，四下张望，又把手朝上扬了一扬。顺他手扬处一看，侧面屋顶上又现出一个同党，朝下面摆了摆手，意似无警，催二贼即速进屋下手。卢堃先忿玉麟当他废物，见二贼举动慌张，不像能手，自问还应付得了，意欲等他用刀拨门，快要进去时，再给他一箭，事后好臊玉麟的脾。及见屋上还有一贼巡风，猛想起这几间土房共是前后六间，二贼所窥探的一面，里间住着黄、李二人，外间住的恰是玉麟和自己。房门本未上闩，自己偷偷出来，连中堂房门都是由外虚掩，并未告知玉麟。来贼轻轻一推，便又悄没声的走进，月光正照窗上，里面虚实看得颇真，如若出点乱子，休说难脱干系，大家都不好看。贼党已现三人，不知还有余党同来没有，事关重大，岂是闹闲气的时候？趁着侧面房顶较低，巡风之贼只顾注视下面，没有看见自己，还不给他几箭，打伤他一两个，将人惊起？真要放贼进屋，再射冷箭，等一出事，就来不及了。念头一转，恰值前贼又要往当中堂屋前走去，手中刀刚往门缝里一试，卢堃的箭二次比准，还未及发，贼又似遇警，倏地纵回，身法甚快。卢堃箭幸未射，否则决想不到他会斜着纵逃，难免虚惊，反而打草惊蛇，弄此一个，也伤他不了。料有缘故。好在居高临下，一暗一明，敌人恃有同党巡风，必不防到上面，乐得静以观变。细看二贼身材俱不甚高大，一持铁锏，看去颇有斤两，一持单刀，腰挂镖囊，神情虽似怯敌，动作却极矫捷，不似易与。持刀的一个二次退回，持锏的连忙迎上，又如前状张望，各打手势。下面二贼又低声说了两句，忽把兵器插好，朝着堂屋，作起揖来。**花样繁多。趣笔！**

　　卢堃这才看出，必是有人藏在暗处戏弄，闹得二贼疑神疑鬼，祷告许愿呢。店房甚多，众人住的是一所偏院，坐北朝南，两边厢房，对面房顶高大，下面是前进上房的后墙，东墙外是片邻山的野地，只西厢角有一小门可通前面。店伙早经遣走，全院一个外人也没有，月光甚明，照见中堂前，房上地下通无一点影迹。怎么看，也看不出那人藏处，心已奇怪。

　　二贼揖还没有作完，忽听正房檐间似有人"噗吃"一笑。这一声，房上下四人俱听了个逼真。二贼先当敌人是在房檐伏着，闻声大惊，忙先纵退，往上一看，到处一片空明，哪有人影？卢堃虽疑心人藏檐下，但那房檐，仄还不足一尺，人藏不下。如在瓦垅里面，正房较低，一眼可见，并无人迹，也颇纳闷。心想难道真个有鬼不成？二贼经此一笑，神情立改，似已料出有人捉弄，退时早把兵刃取在手内，只顾朝那檐口一片寻视，却未走到檐下往上抬头。卢堃见他背向自己，给他两箭，正是时候，便把手中弩箭觑准下面，一按弩簧，两支三寸的弩箭分向二贼射去。

　　二贼虽在仰面呆望，恃着房上犹有同党全神贯注前面，不曾留心有人从后暗算，但都是久经大敌的绿林中好手，身法矫捷，长于应变。持铜的一个闻得脑后寒风，知道不妙，连头都未回，身子往下一矮，那箭恰中在软帽上前，"噗刺"一声，由后向前贯穿过去，只剩一点箭柄挂在帽檐上面，颤巍巍搭向前额，头皮隐隐作痛，好似划破了些。虽未受着重伤，不由也吓了一大跳，低喝"风紧"，左手拔箭，正要往旁纵开。百忙中似听持刀同党刚喝得一声"在这里了"，语音未歇，又是"夺叽"两响，跟着窗户响动，有人喝骂纵出。立定回看，房中睡的敌人已然纵出相斗，还有一个头戴面具、周身穿黑的小孩相助。同时房上也有两人交手，一个正是那巡风的党羽，一个似是镖行中人。知道敌人有了防备，忙举手中铜迎上前去。恰好房上下六人三对，斗将起来。

原来当晚三贼，一名阮强，一名林本，一名田小秋，俱是福建黑道中有名人物，也是闻说黄、李二人带有大批红货，背人来此偷盗，想找便宜来的。**斜生一枝小岔，避免一泄无余。**到时，由阮强在上巡风，林、田二贼下来行事，先在窗外窥探，见室中人已入睡，呼声四起，刚要下手，忽觉有人轻轻拍了一把后脖，心中大惊。四顾无人，再看对方睡得甚香，与来时所料一样，通无一点防备。二次方要下手，头上又被什么东西打了一下，等一查看，又无异状。正赶上卢堃回来，看在眼里，二贼连用手势询问巡风之贼，俱答什么未见。刚疑店中狐仙捉弄，等林本第三次用刀拨门，又被人在头上打了一下。这三下，一下比一下重，打得后脑生疼，不由大惊。三贼连耳语带手势一计议，因月色如昼，房檐又窄，起初没想到檐下不到一尺的凹处会藏得有人，林本首先断定狐仙作祟，正在敬礼祝告，忽听檐间"噗吃"一笑，这才起了疑心。

卢堃向下发弩之时，田小秋人最好狡，只管随着祝告，并不甚相信，再听笑声奇怪，益发断定是人无疑。正查看间，猛想起屋檐底下尚未看到，不由前走了两步，往起一抬头，果瞥见檐凹里藏着一条似人非人的黑影，身子不长，两眼闪闪有光。因那形相太小，又是漆黑一条，略具人形，不见头脸，先还未当是人，疑是狐鬼之类，心中一惊。恰值卢堃箭到，田小秋比林本还要机警迅捷，一听脑后生风，往侧一闪，箭擦耳旁而过，"夺"的一声，中在窗框之上。箭刚避过，猛的眼前一黑，方觉不好，舞刀一挡未挡上，"叭"的一声，左脸早被人打了一个大嘴巴，疼得头昏眼花，金星乱冒，左腮的牙都似活动。知道劲敌，不敢怠慢，一面挥刀护住面门，赶紧往侧纵开。定睛一看，适见黑影已然纵落，看形相颇似一个十二三岁的小孩，头戴面具，通体皆黑。骤出不意，挨了一下重的，怒火攻心，也不问是人是怪，正要上前动手，忽又听正房窗户响处，纵出一人。黑衣小孩低喝道："这个交给你！我已给他吃了点小苦，把他打跑就是。"说完，正值林本回头，恰好迎住。阮强在房上观风，见林、田二贼在下面时进时退，神情张皇，老似疑心敌人设有埋伏。月光甚明，细查上下，俱无迹兆，方自奇怪，忽见两点寒光由左侧房上飞下，直射二贼，才知敌人果有防备。未及出声报警，跟着又是一点寒星斜射过来，忙使手中刀一隔，流落房上，忙朝那发箭之处一看，烟囱后面闪出一人。两下见敌，都不相容，相距只一房之隔，互相两纵，便到一起，同在房上打将起来。六人三对，约有三两个照面，地下斗的林本首先吃黑衣小孩迎面一掌，打了个满脸花，顺口流血，几乎仰跌在地。田小秋不知敌人虚实多少，加以上来就难，料定找不着便宜，怕吃眼前亏。见玉麟身手不弱，决难取胜，本就有些胆怯，想要逃退，再见林本挫败，越发心寒。两个不约而同，各喊一声"风紧"，一个是就着倒退之势往墙头上纵去，一个虚掩一刀随声而起，纵得更快更高，连墙头也未沾，竟自越墙而过。

玉麟还欲追赶，黑衣小孩喝道："钟朋友快回去安睡！还有一个没吃我苦头的，等我找他去……"话还未完，人早跃上。阮强和卢堃打了个平手，两下都是鲁莽刚直性情，俱未顾到下面，只是一味拼命恶斗。直到林、田二贼双双出声逃遁，阮强才想起客主异势，敌众我寡。二人一退，更难支持，忙即让过一招，刚想由房顶跃向墙头，往下纵落，不料身子跃起，猛觉脚底一紧，双足似被铁抓勾住，低头一看，脚跟已被那黑衣小孩抓住，身子当然悬空下落。心还想敌人是个小孩，自己不过遭了暗算，意欲落地再行挣起，谁知敌人虽小，竟比大人厉害得多，哪容他挣脱？才一落下，便吃小孩将他转风车一般就势抢起，在院中滴溜溜转了三四圈，口中喝道："他两个一人挨了我一巴掌，你总算便宜没挨上。你三个人出来，家里大人也许还不晓得。回去告诉姓严的，叫他安安分分，**又出来个"姓严的"。步步荆棘。**白天做庄稼，晚来做点偷鸡摸狗的事，还没多大乱子；要受人蛊惑，要起贪心或是助纣为虐，他弟兄的吃饭家伙就保不住了！我把你送到墙那边去，跌不跌，看你自己的造化吧。"说罢，顺势提起，往下一扔。

阮强出生以来，几曾受过这等欺侮？无奈身在人手，无法施展，连气带甩，急得头昏眼花，正要破口大骂，敌人业已撒手。还算身法矫捷，快过墙时，身子一挺，双手一按，搭在墙上，就势站稳，回头怒喝："你们这些小辈，都是南胜镖局里的么？是好的，报上名来，爷们前面不见不散！"玉麟未及接口答话，黑衣摩勒已似一条黑箭蹿上墙去。阮强方欲抵御，吃黑衣摩勒就势迎面一掌，打落墙下，喝道："贱骨头！人家挨打的都走了，偏不死心，非挨上一下，面皮痒得难过。你把眼睁大些，耳朵扯长些，我叫黑衣摩勒，不是什么镖局，只是抱不平，和镖局也没相干。你那话对，前途不见不散，可是凭你要和我动手还早呢。快滚吧！没的再挨一个嘴巴。"阮强方觉敌人虽然年幼身小，可是捷逾猿鸟，动如鬼物，见同党已逃，知不好惹，只得忍着气忿，连说"好好"，逃了下去。

周平也被惊起，守在屋内，听出黑衣摩勒的口音，连忙追出，刚要请下相见。黑衣摩勒遥望盗党走远，才回身向下低声说道："这三个是黑虎沟严氏弟兄手下党羽，他们新近才与敌人勾结，也是想来占便宜的。这座客店虽常帮他们做眼线，乃被逼无法，不得已偶然通点消息，既不分赃，也不害人，买卖仍按本分去做。各装不知道好了。今晚不肯伤人，为的明日免有纠缠。过关越早越妙，只为走迟了一两天，又被对头勾结了两处盗党，前途还有两处埋伏，大约严氏弟兄决不甘休。再往前就没你们的事了。"**自出洞来无敌手，得饶人处且饶人。**

卢堃料定适才耍自己的又是他，想起前恨，又不便发作，见钟、周二人一味请人下来叙谈，只站在旁边望着，一言不发。黑衣摩勒也没理他，话刚说完，忽听房脊那边微微击掌之声，黑衣摩勒举手道："我还有事，钟朋友和大弟，我们前途再见吧。"声歇人起，月光之下，只见一条黑影，和飞鸟一般，由墙上跃起七八丈高远，径向屋脊那边飞越而过，一点声息全无。玉麟、周平暗忖：无怪他性傲，这等本领，便目前成名人物也是罕见，何况小孩？真令人佩服已极。卢堃是神伤意沮，闷在心里。三人见面，又互说了几句前事，回到屋内。双方动作轻灵，胜负见得甚快，全店人等一个也不知悉。天已将近四鼓，三人也就不肯再睡，略待一会儿，便将众人唤起，收拾行李，唤进店伙，进了饮食，趁着天色黎明，赶路进发。到了关前，经过一番例行故事，便走了出去。

这时天才巳刻，玉麟因前途尽是山道，敌人埋伏在此，即有恶斗。吩咐众人先打一尖，各自饱餐，轿脚夫们多带干饼，以备中途食用。暗嘱众人结束戒备，振起精神，以防万一。周平早已一马当先往前驰去。行至午正，驿道已入乱山之中。周平在前面放趟子，先见路上行旅不时往来，方忖这里虽然山径，但是浙、闽两省官驿通路，难道当此太平年间，光天化日之下，真个成群结队出来劫杀，毫无顾忌不成？忽见前途山岔口上有两骑马，由斜刺里山径中飞驰而出，向前途远远跑去，不时勒马高处向后眺望，一会儿跑远不见。

周平看出蹊跷，因相隔尚远看不真切，回顾左近地形，不似设有埋伏所在，新有几拨商客过去，也未走远，忙把马一抢，赶前查探。由此向前便没再遇见一个商店，山重水复，林草繁茂，到处静荡荡的。跑了一程，见路侧有一石峰，四顾无人，心中奇怪：这时正是过客频繁之际，怎这清静？那两骑马也跑得不知去向。料有原因，忙跳下马，攀上石峰一看，原来附近有一横岭，由浙入闽的旅客，不知怎的，已在前途改道，径由岭后绕行，十八为群，前后不下一二十起，出没于岭后苍林翠霭之间，登涉上下，似颇艰劳。居高俯视，情景如画。心想山中小路虽多，并还有两条近的，但是崎岖难行，没有驿道好走，这些行旅忽舍正路，改绕难远山径，必是前途盗党派人打了招呼，中途阻截，令其改道，以便行事。看这情景，发难之处必不在远。**金圣叹批《水浒》，提出情节设计有所谓"弄引法"，也就是大戏的高潮前面，要有一两个铺垫，把气氛逐渐渲染起来，而不要陡然而至。下文才是大对决，前面都天王庙之战，只是铺垫。旅店戏弄严家三小贼，都是衬托主干的小枝叶。有铺垫，大对决才更显其惊心动魄；有枝叶，主干才不突兀。**一路留神，泥中人和凌风师徒、颜氏诸人一个未遇。事变顷刻，须要速回报警才是。重又看了看形势，估量埋伏当在前面山坡下危崖附近。连忙跳下峰去，策马往回飞驰。

走不多远，忽听鸾铃汤汤，侧对面跑下三骑快马，马背上坐着三个梢长大汉，一色短衣紧袄，快靴绑腿，身佩兵刃暗器，人强马壮，其疾如风。因从山角拐来，先闻蹄声，晃眼即至。周平因颜家五人也是骑马，先不知是敌是友，刚把马一偏，才得看清，来人已然擦身驰过，料是盗党，方自惊异。不料来骑马过时，竟自若有意若无意地骂声"浑蛋"，朝后挥手一鞭打来。周平手中原握得有暗器，见他如此无礼，又听出北方骂人口语，不由大怒。来人马快不便追去，气头上未暇深思，扬手就是一袖箭。箭才脱手，飞出不过丈许，忽听一声微响，箭头一歪，竟往斜里飞去，坠落土里。**意外。小悬念。**就这微一怔神之际，那三骑已飞蹄亮掌跑出老远，尘影中似有回顾之状。也没看出那箭中途自落，是何缘故，知道厉害，再说也寡不敌众，只得重又回驰，赶回好几里路，才迎上众人。

玉麟等早在意料之中，早有准备。既已探出端倪，只命到时小心，向众晓谕："大家聚在一起行走，不要扯长，难于照料。遇事不可惊慌，自有我们上前。"轿夫们因客人厚道，又有镖师随行，不但没有惧色，反倒高兴。异口同声，自告奋勇，愿与强盗一拼。玉麟笑道："按说强盗不伤脚夫，原没你们的事，不过这伙强盗与寻常不同，决不容留活口。你们如若跟着动手或是出声呐喊，更是自寻死路。我们如拿不准，也不叫你们等死，到时只聚在一起不要乱跑，免得事后招人麻烦就很好了。"这些抬长路的轿脚夫，多有把子蛮力，那长受镖行雇用的一批，耳濡目染，多半练过几天，内中一个名叫阿根的，最是胆大多力，闻言心颇不服，不敢和镖师父强嘴，当面笑应，背地却悄嘱同伴，把随带防备蛇狗的家伙放在称手之处，以备应用。玉麟等明明看见，也未理会。因知盗党志在行刺尧民宾东，坐轿太险，虽有能人暗护，终以谨慎为是。择一僻静之处歇脚，命周平登高眺望，请出尧民、良夫、新民和黄、李五人，换了衣冠，改舆为马，与诸从人对调。那红货早有专人捆在身旁，见机行事。容到一切停当，上马前行。**备战谨细，写玉麟才干，衬紧张态势。**

刚刚拐上正道，行经山坡上面，便见前面尘土飞扬，跑来两骑快马，马蹄踏地声如播鼓，晃眼便离坡下不远。周平见那马上人，与适才所遇三骑，装束神情一般无二，刚和玉麟打招呼，叫他留意。来人好似特显身手，马到坡前，朝众人望了一眼，微微一声狞笑，倏地把辔头往侧一勒。马跑正急，吃他一勒，双双人立起来，马头顺势往侧一偏，后蹄略微错落之际，前蹄才一沾地，立时四蹄腾空，往斜刺里窜去。坡下左侧恰有一条溪涧，宽约丈许，对面野地，蔓草杂生，大小山石，棋布星罗，本来无路。那两骑马却飞一般隔老远跃过溪去，依旧疾驰，一路闪转腾越，绕行于山石草树之间，出没若电，等众人走到坡下，**身手不凡。**已不知去向。

钟、卢、周三人久跑江湖，知道已入伏境，盗党这等行径，一半示威，一半探看对方虚实人数，有无走漏增减。方议论盗党目中无人，走不半里，忽又听来路坡那边蹄声踏地，势甚急骤。估量来马少说也在五骑以上。玉麟心疑盗党发动，但那行处正当旷野，如有埋伏，必在前面险恶僻静之处。泥中人等一个未见，又觉不似。忙命众人暗中戒备，仍装无事，缓缓前行。一会儿蹄声渐近，卢堃回顾来路坡上又飞也似驰下六骑快马，适才示威两骑也在其内，俱是北方绿林装束，各自卖弄身手，扬鞭争前，泼剌剌撒开坐下四蹄，疾风暴雨一般冲下坡来，由一行人身侧疾驰而过。末后一人过时，突把马一勒，步法放慢了些，眼露凶光，斜视众人，用鞭梢点指，口里似说着数目。到了前面，又向钟、卢二人回看了一眼，哈哈一声长笑，两脚一夹，回手一鞭，那马便似弩箭脱弦，四蹄登地，朝前飞蹿，晃眼追上前骑，在急尘飞卷中并驰而去。**猖狂至极，欺人太甚。**

卢堃与玉麟并马前行，见盗党欺人太甚，手举袖箭，一声怒叱，正要追上。玉麟见状，伸手一拦，劝道："不用忙，今天还怕打不上么？等见贼头再说，这时惹他，有何用处？"卢堃遥望人马去远，只得忿忿而止。由此往前，风头越紧。骑马盗党，三个一群，两个一伙，不时前后出没，往来驰骤。走不多远，不是飞骑迎面驰来，便是由后赶过，每次都作侮慢轻视之状。玉麟严命镇静，不可轻举妄动，气得卢堃咒骂不绝。后来盗党见玉麟神情自若，仿佛胸有成竹，依旧从容前进，也不按江湖保镖规矩报号打点，渐渐觉出是个劲敌，面上俱带惊奇神色。末次过时，竟减了狂傲举动。

玉麟见前途形势愈见险恶，盗党已不再出现，情知变生瞬息。自己这面的人，过关以后始终不见一点音迹，盗党不但人多，还有好手在内，凭自己三人决难应付。只管黑衣摩勒说得那么容易，但天下事难说，能人背后还有能人，惟恐万一出什变故，表面镇静，心终不免忧疑。周平也因助手一个未见，危机将临，抱着同样心思。正和玉麟商量，打算寻一高地，上去看看，忽听隐隐马嘶之声，**这个小插曲大出人意料。后文大战便生曲折。**以为盗党又来示威，留神四顾，山岭杂沓，菁密林深，前面两峰矗立，中间一条大道，危壁悬崖，绵亘不断，形势异常险恶，那马嘶之声便出在附近山岭后面，已不再听见，心想敌人埋伏必在山口以内，难道口外还有埋伏？因恐少时遇变，挟宝先逃的人受了阻截，意欲前往查探一下，玉麟仍旧率众缓缓前行。

周平立即下马，飞步援上高崖，遥望崖那边，隐着一条素无人行的死谷，谷甚宽大，草树繁茂，不见一点人马踪迹，细查形势，也非设伏之所。暗忖：马嘶之声明明在此，怎的不见？方自奇怪，瞥见谷尽头绝壁之下野草波分，草皮上现出一个马头，全身俱被杂草隐住，只剩马头昂出草外，由壁脚树林内冲将出来，势颇迅急，跑没多远，马头一偏，又跑了回去，马颈斜昂，好似有人拉住缰绳强扯回去神气。定睛注视，林内草却不深，树均松杉之类，高达崖腰，林隙中望过去，隐现水光。除前马外，似还有三四匹在内，俱聚集在一株大树之下，毛色不一，隐约可辨。相隔既远，又在草木山石掩蔽之下，不是行家绝看不出，人却不见一个。**诡异**。

正谛视间，周平目力记性绝佳，忽想起这几匹马的毛色都颇眼熟，心中一动，方要等它走动，查看马的全身毛色是否果如所料，猛见草皮又动，纵出一个小人，纵跃如飞，只在草里几个起落，便纵到对面崖上。定睛一看，正是凌风弟子，昨遇小友童兴。料定这里既是藏马之所，凌风等诸人必已到来无疑，心中大喜，方惜隔远，不便出声呼唤。童兴也看见周平，立舍对崖不走，一路纵跃攀援，赶将过来，转瞬到达，两下相见。

童兴道："我们早就来了。我师父叫我先把马藏起，不令现形，以免日后由马身上生出事来。昨日盗党中添了好些人，山中地理颇熟，这五匹大马如何能隐得住？我又忙着和黑哥哥去凑热闹，急得心慌，偏巧颜师叔那匹白马性烈，一下把缰索挣断，满山乱窜。等我追上，马因早来吃过我的苦头，一害怕，竟往谷底窜去。我以为好几丈的高崖，马非受伤不可，下去一看，不但是好好的，并且还是绝妙藏处，知道盗党主要人等聚集鸡鸣岗破庙里面，他们算准时候，不到近午不会出来，天亮不久，地势隐僻，忙把马系在林内。费了好些事，找到一个斜坡，把四马一齐牵下，系在一处。林内水草俱全，马也被我制服，不再犯性。我乘机到前途查探了一回，正赶上盗党分好几段沿途堵截行人，假说奉了官家之命来此办案，搜索犯人，勒令他们改道。不久你便骑马来探。你恨盗党欺人大甚，想射他一箭。**——解释前疑**。我知那用马鞭想顺手打你没打中的，是个笨贼，并不怎样，前边两个却是厉害，凭你决打不过。盗党因想一名活口不留，从关前就下了埋伏，等你们一过，便一步一步远远包围，尾随下来，等进了北天关山口险地，埋伏一齐发动，前后夹攻。"

"那山口长有六七里，路虽宽大，两边俱是人不能上的悬崖陡壁。当中有一山坡，地名鸡鸣岗，形势更险。附近有一绝壑，深不见底，打算把人杀死，扔了下去灭迹。他们早知你们人数，认作釜底游鱼，一点未放心上。此时惹他，岂非自找苦吃？我伏在坡上见你放箭，来不及拦阻，随手抓了一点泥土，想将你箭打落。不料泥中人也在那里，没见他用什东西，只把手指往下一甩，一个虚矼之势，隔好几丈远的袖箭便即坠落草里，真叫人佩服已极。他和我说：事情还有一会儿发作，盗党中为首之人赵连城，已与本山九龙沟一个匿迹多年的大盗两面神魔伊商勾结。**情况与杨标类似，同中有异，别样精彩**。这厮与谭镇南有仇，肯出死力。赵连城只觉你们都到了白茅镇，那第二批四名盗党没来送信，人也未到，心中方自奇怪，还不晓得他们已死，定心定意等你们前去入网，所以我们踪迹越隐秘越好。盗党常时骑马往来，藏马之处相隔大路颇近，怕他们听见马嘶，命我速回，给马塞上口，免它嘶叫，等过一个半时辰，再赶往鸡鸣岗，足赶得上这场热闹。"

"我回到藏马之处，心想时候尚早，给它吃个饱，刚喂完，那匹白马见我给别的马嘴内塞东西，笼头套，昂头便叫。我过去给他一掌，二次性发，又把缰索扯断，逃出林外，刚把他追回套好，你就来了。鸡鸣岗离山口还有五里多路，一进山口，盗党必要派人把口堵上，以防有人逃脱。我看你最好不随大队行走，乘他们进山口以前将马送去，交别人骑着，或是藏过一边，然后和我尾随在他们身后。等人过去，盗党出来断路时，再上前相机行事，给他来个螳螂捕蝉，黄雀在后，一个算计一个。至于前面，我们已有能人在彼等候，显不出我们，也插不下手去。等我两个破了他山口埋伏再往前杀，与大家会合，岂不有趣得多？"

周平一想，主意倒好，今日局势，仇敌势盛得多，假使没有外人相助，凭原来同行诸人，非败不可。再看敌人设伏如此周密，那带红货的人任多机警腿快也难走脱，此时已将深入虎穴，有己不多无己不少，照此行事有益无损，童兴本领已然目观，至不济也可给逃走的人开条退路，不过总得通知玉麟一声。遥望前面，大队轿马正走得颇缓，相隔山口仅只半里左右，走上坡，玉麟在马背上不时回望，意似要等回报，忙要赶去。童兴拦道："我想起来了，盗党既在口内埋伏，难保不来口外窥探，他们都认得你，你还是不要去吧。此地可以看进山口里去，由下往上却看不见。我人小，路比你熟，盗党等藏伏窥探之处多半知道，瞒不了我。去时不敢说，回来总可绕避，不让他看见。如要和钟兄说明，我代你去好了，好在单走快得多。如真要你同行，只说得出道理，我再放马回来接你也来得及。"周平应了。童兴问明马系何处，看了看前面形势，立即飞驰而下，晃眼到地，由崖脚僻处将马牵出，飞身骑上，往前驰去。

周平见他不走正路，径由乱山坳里穿行绕越，时隐时现，路似熟极。人轻马快，骑得又好，伏身马背之上，远望直似一匹溜了缰的空马，本来相隔不远，晃眼之间，便在大队前面出现。行处林木颇多，轿马忽被遮住。等二次见马，似已换人乘骑，童兴不知何往。暗忖自己从小就在江湖上跑，也不少年了，能人尽有遇得，似童兴和黑衣摩勒这小年纪却有这大本领聪明的，真头一次遇到，连听也未听说过。呆了一会儿，方自寻思，忽听身侧低唤道："周大哥快随我走。"回头一看，正是童兴，竟未看出由什么地方跑上来的。

童兴引了周平，径由侧面崖上绕走，越过那条死谷，才行觅路下去。周平边走边谈，才知玉麟闻得前计，甚是赞同。盗党自恃轻敌，不曾出口窥探，童兴来去并未被他们看破。归途遇见黑摩勒，也是奉了泥中人之命，到此抄断敌人后路，和童兴打的是一样主意，现在前面隐秘之处，等候二人前往，一同下手。二人脚程俱快，绕到山口附近。玉麟等一行轿马也只刚到，还没进完。那山口外面奇石磊砢，极便藏身，人行道路偏在右侧。二人遍寻黑摩勒不见，只得对着山口寻了一个藏身处，伏身石隙里面，向外眺望。眼看轿马人夫陆续走进口去，玉麟指挥统率，意态昂藏，行列齐整，前呼后应，明知变起顷刻，但全无一点怯敌之状。周平暗忖，玉麟允文允武、智勇兼全，的是一个将才，可惜寄身保镖行业，无处展布，将来必享盛名无疑。方自慨惜，猛觉头颈一紧，被人掐住，不能转动，耳听身后喝道："你两个有什本领，竟敢窥探咱们踪迹么？"**随处戏耍，黑摩勒"标签"。**

周平听那说话的好似南人，装着北方口音，颇觉耳熟，心方诧异，又听童兴急道："黑哥哥闹什么，我服你了，还不行？"接着颈上手便松开，回头一看，正是黑摩勒，不知何时从后走来，冷不防用擒拿手将二人一齐制住取笑。童兴埋怨道："黑哥哥，什么时候地方，这么闹法！敌人近在咫尺，一个不巧，误伤了怎好？"黑摩勒哈哈笑道："鬼脸儿，还不服气么？凭你那几煞手，对付别人还可以，怎能伤得到我？"童兴笑道："我不过是你兄弟，适才已然输嘴，暂时不能不让你称雄罢了。不信，等到事完之后，到你家里比它三天三夜试试，到底比你能差多少，就知道了。"说时，周平瞥见前面山口内玉麟等业已走远，右边崖上纵落两人，正往口外走来，忙指给二人观看。

黑摩勒道："不用忙，盗党埋伏山口里的共有四人，三个是两面神魔伊商的手下，一个是赵连城的兄弟赵连璧。他们没出息到极点了，必是看出大队里少了一人，又知你们镖保得滑，遇上强敌常时带了红货先跑，恐有别情，来路上他们还下有一道卡子，特地分出两人赶往询问查探你的踪迹。这四人的马就藏在口内岩洞里面，洞后通着一条暗壑。适才我已把马缰落壑底，此时必往洞内寻马，**插上一段"趣斗"，便与旧武侠写法大不相同。**正好前去耍他一耍，我们快走。"说罢，首先飞步绕了出去。周、童二人跟在后面。

周平悄问："今日面具为何不戴？"童兴笑道："昨日是怕敌人看破行藏，由我师徒身上寻根，给颜师叔惹事，不愿现出本来面目。今天反正他们有多少死多少，一个不留。**小疏漏：前文藏马时刚刚讲过恐露踪迹。**这伙盗贼虽然可恶，难道临死还叫他做糊涂鬼么？"说时，黑摩勒忽然回顾童兴道："你领大师弟由左侧石堆缝里绕进山口，贴着壁走，只五六丈远，靠壁根有一六尺多高、三尺多宽的洞，外面挡着一块怪石，还有杂草和些竹子，不先说明决看不出，那便是他藏马所在。前边崖石突出一大片，两贼决看不见我们，定比他先到一步。你两个到了且莫进去，藏在侧面，放他入洞，再把洞门堵住，一个也跑不脱了。我有点事，要先走了。"刚把头一点，黑摩勒已由乱石缝中微微纵起，向山口内看了一眼，喊声"快跑"，一路鸟飞猿跃，向前驰去。

那藏处相隔山口甚近，为避敌人眼目，径由石后绕越，也只十几丈远，晃眼跑到。二人一看，黑摩勒已无踪迹，山口内两盗党果被前面突壁遮住。知也快到，忙照前策，贴着崖壁掩了进去，一连几纵，便到黑摩勒所说的洞门外面。见洞外修竹成丛，野草高没人肩，再加上一块玲珑透剔、苔藓密布、高广丈许的怪石挡在那里，谁也看不出会藏有一个岩洞。二人探头石后一看，见洞门甚狭，仅容一马出入，料无差错，连忙退向石侧，就着石上天然孔窍向外窥探。身刚藏好，那两盗党也跑离洞门不远，正走前面突壁之下，内中一个穿青的忽然立定小解。另一个同伴是个高长子，往前走了两步，也乘机取出身畔烟袋潮烟，击石取火，想抽一袋。

周、童二人正看之间，忽见穿青的背后飞起一样东西，笔直沿崖升起，朝上一看，悬崖上忽现半截黑影，飞起之物似是装暗器的口袋，**枝节横生，增趣**。一晃到了崖腰上面，连那黑影同时不见。穿青的尿适正急，想也觉出腰背上有了动静，刚一回头，崖上又飞落下一块土，正打头上，忙又上看，就此错过，竟不知自己业已失盗。仰望崖顶空空，当是泥块自落，嘴里骂了两句，尿已撒完，匆匆拽上裤子就走。**小枝叶**。前行高长子刚把火引燃，用烟袋就火要抽，也是不知从何处飞落一堆干土，正好打在烟袋锅上，打了个火灭烟散。**小枝叶**。这个比较机警，立即拔刀跳起，护住面门，四下观望。穿青的也走到，说自己也被打了一下，许是崖上泥土自落。

高长子说："崖是石质，就是落土，也无如此巧法。适才这一下力大，连手中烟袋都几乎打落，颇似有人暗中打来，事情太怪，须要仔细。"穿青的道："你也是太多虑了，请想我们人有多少，哪位不是好手？肥羊都已落网，即便咱们北方新来不知底细，凭伊爷的威名，谁还不知道？恐无人有此大胆。你看这崖又高又陡，猴子都扒不上，人能上得去么？再说我们四个一直看着肥羊来路，有人上去还看不见，眼又不是瞎的。倒是肥羊队里少了一人，那厮好似一个跑趟子的。据甘二哥说，他骑得很好，看神气颇有两下子。我们前面设有卡子，关家兄弟和甘二哥都在那里，如走来路，自跑不掉。这伙保暗镖的比什么都鬼，别的不怕，就怕他带了红货不走回路，径由西红岭翻山逃去。闹个空欢喜，未免有点美中不足了。"

高长子仍是边走边望答道："红岭那面有万丈悬崖，平日只采药人能用长索往来飞渡,这厮怎能通过？我看青竹沟既下了卡子，旁处无路，决跑不脱，我们前去都是多余呢。"说时已行抵石门，正往洞中拐进。周、童二人听了个逼真，知道二人本领有限，等他们入洞，也悄悄随后掩了进去。穿青的又道："我先前也如此说法，后来想起西红岭还有一条险道，伊大哥忘了安人，韩、张二位又和你争执，这才定规往前面探看一下。肥羊虽走得慢，那姓钟的颇为扎手，他已明白有险，还那么安然自在，一点不现惊慌，必要闹点故事。伊、赵二位昨日曾说，这回不比往回，有那狗官在内，一个不能放他逃命。我们和甘二哥说完了话，还须即刻赶回呢，快些拉马出去走吧。"

高长子刚答一声"我们马快"，忽然失声惊道："马呢？"穿青的道："马适才不是都系在石桩上么？洞中太暗，地方又大，我们由外进来看不清楚，洞口放的石条尚在，决不至于跑出，许是挣脱了扣，跑到后洞深处藏起了。你快把火摺子打开看看。"言还未了，隐隐听到马嘶之声，穿青的道："我说的怎么样？"高长子道："马倒像是在后面，怎么叫声在地底下，隔得这么远呀？"**奇。生趣。**随说，火摺子也没打开，同往后洞便跑。周、童二人见洞口内斜架着两块石条，绕过跟踪追去，一看洞内深大，只是怪石突凸，平坦处少，不甚好走。童兴听二人口内唠叨，心中好笑，乘着光景黑暗，纵到那高长子背后，先伸手一碰他左肩。二贼原是并行，已快要到后洞尽头，高长子只当穿青的有什么警兆，忙一回头。童兴就势把他腰间所悬镖囊盗到手内，掩过一旁。周平恐被觉察，连忙藏起。

这时恰又是几声马嘶。穿青的刚喊："糟了！马掉到深沟底下去了。"高长子以为适才拍他为的是这个，就此忽略过去，跟着就跑。后洞比前洞要大得多，是个四五丈方圆的大缺口，口外隙地无多，残石齿列，下临绝涧，深逾十丈，洞壁藤蔓盘生。盗党的四匹马不知由何处下去，正在洞底啃嚼野草。穿青的一见便发急道："该死的畜类，怎跑到山涧里去了？这深的山涧，一时半时哪弄得上来？这不耽误事吗？"**真难为黑摩勒，怎么弄下去的？**

高长子怒道："这马明明系在前洞石桩上面，就是挣脱了扣，也不会全数挣脱一匹不留，楞往山涧里跳。我看今儿的事，太他妈的怪！连刚才咱们那两块泥都算上，准他妈小子们要在太岁头上动土。不信，待会你再瞧。要不，四面没有可下的路，这马一匹不伤，是怎么会下去的？"穿青的劝道："二哥，我想不会。要说有人为难，他把马弄到洞里头去，挡得了什么？现在一时半时弄它不上，事在紧急，没的真被那厮带了红货逃走，遭伊爷埋怨，我们不用马，也一样赶得回来，快些走吧。"高长子闻言刚要回身，一眼瞥见穿青的腰间空空，失惊道："你那百宝囊呢？来时还见你掖在腰带上，怎不见了？"穿青的回手一摸，果已遗失，不禁大惊。高长子一摸自己身旁，也失了盗，又惊又怒，暴跳道："今儿阳沟里翻船，我也着贼偷了！记得进洞时还在身边，**处处照应，枝叶丰满**。适才你碰了我，刚要问你便听马叫，一同跑来查看，仿佛觉着镖囊在石桩上微微挂了一下。因想这里不会有人，没有在意，定是那时失去无疑。照此情形，来贼定还没有走开，准能搜他出来！"各举兵刃，背对背立定，东张西望，口中大骂："何方鼠辈，敢来太岁头上动土！是好的你滚出来，跟咱们爷们较量！"边骂边走，不时又打开火摺子照看。洞中昏黑，奇石如林，二盗党表面上说着狠话，实则恐人暗中狙击，火光照处，均满脸惊疑之色，神情甚是狼狈。

周、童二人藏在暗处，看得逼真，甚是好笑。童兴因听乱骂，气他不过，心想这等笨贼，举手便可了账，趁黑哥哥未来以前，耍他一耍开心多好！当下悄令周平到前面洞口埋伏堵截，**俱是童心童趣**。刚要纵将过去，忽见后洞口外一条瘦小黑影一闪，箭也似飞将进来，知黑摩勒已到，忙即止步，绕到前面，拉住周平，看他闹什把戏。**小枝节，也要生出曲折，不肯直笔简写**。那高长子耳朵颇灵，周平行时，衣襟略微在石上挂了一挂，竟被警觉，互相把手一握，装着前行，挨到二人先前立处，倏地虚张声势，指着石后大喝道："鼠辈快滚出来！大爷看见你了……"言还未了，忽听侧面喝道："两个蠢贼，活见鬼了！小爷爷在这里呢。"

盗党一听声在侧面，忙举手中兵刃，一同纵去，刚刚纵到，未及发话，倏地眼前黑影一闪，"叭叭"两声，每人挨了一个大嘴巴，又痛又急，挥刀乱斫，敌人已不知去向。高长子拿了火摺子要晃，倏又一块石头飞来，正中手腕上面，将火摺子打落，左手骨几被打折，疼得甩手，不禁"嗳呀"一声。童兴看出便宜，将适才盗的镖取出，照准高长子拿刀的右手打去。高长子惊慌急痛中，瞥见暗影中有一点寒星飞到，知是敌人暗器，横刀一格。穿青的站他肩侧，来镖吃刀一挡，"当"的一声往侧斜去，正中穿青的肩上，虽然镖尖横过，没有透肉，但右肩骨也打了一下重的。穿青的觉出敌人厉害，为数不止一个，洞又黑暗，久了非败不可，悄喊"风紧"，仍和高长子肩背相贴，手中刀上下乱舞，意欲往外逃去。童兴便喊："黑哥哥，狗强盗要跑了！你下手，还是我们下手？"黑摩勒道："他跑不了。这高长子是赵连城的兄弟，最好捉他活的，还有两个送死的也快来呢。"

二人正遥遥问答间，高长子本领较高，气大心粗，适才吃了点亏，恨得咬牙切齿，偏生洞中黑暗，不见敌人，无法施展，叫阵又不答理，虽然随着同伴往外逃走，心却不甘，一听说话的竟是两个童子口音，又那么小觑人，越发加了忿恨。听准前面发话之处就在一块大石后面，好似十分轻敌，身已临近，还在说话，心中暗喜，把全身气力运向右臂，猛往侧一探身。盗党眼力本来不差，只为黑摩勒等三人以静制动，藏跃敏妙，洞中怪石林立，地甚宽大，盗党主客异势，心里先乱，所以不易见敌。这一循声注视，自然发现，目光到处，果见石后站着一个大人、一个小孩。怒火头上，也没看清敌人手里拿什家伙，暴喝一声，纵起就是一刀，原想先斫大人，回刀再劈小孩，谁知身还不曾着地，猛觉小孩由大人肩侧抢纵过来，身法绝快，手往上一扬，两腿一紧，立被缠住，往起一抖，身不由己往侧一歪，跟着右手又吃敌人用兵器打了一下，刀握不住，随手松落，头往侧倒，正撞在石角上，当时跌晕过去。穿青的见他忽然丢下自己向前纵去，情知未必讨好，想拦已自无及，只得随着前纵。因较高长子狡猾，只管随纵，目光却注定洞口出路，又往石后探头，准备高长子胜不了敌人，乘隙逃走，见势不佳，吓得往外飞纵。

周平见他想跑，忙从石后纵出，方欲拦阻，忽听黑摩勒道："送死的来了，这倒省事。"随听门外呼哨之声。穿青的一听，如得救星，一面挥刀迎敌周平，口中大叫："黄、余二位兄台快来，这里面有贼了！"一言甫毕，黑摩勒由后面一跃而至，骂道，"不要脸的狗强盗！你打不过，乱叫什么？"穿青的见面前来了一个小黑人，心方吃惊，眼睛一花。黑摩勒已纵身跳起，劈手一把，将刀夺去，跟着一踩腿，将他腿骨踹折，"嗳呀"一声，倒于就地，随对周平道："把他杀了，我对付那两个去。"

洞外盗党闻得同党在内呼唤，循声赶进。为首一个忙从石条上跃过，由明入暗，尚未看清，黑摩勒已纵过去喊道："小黄鼠狼！**照应前文，又生趣味。**今天你是跑不脱了，拿命来吧。"那盗党名叫黄腾，先是北方绿林中人，为人最是刁狡狠毒，自赵连城将他引到闽抚门下做了走狗，益发无恶不作，勾结伊商，一切筹谋俱是他一人的诡计。因在路上屡吃泥中人和黑摩勒戏侮，虽然到了仙霞便不再见，似是事出偶然，终存戒心。自忖本领有限，又知湖广路上保暗镖的俱不大好惹，安心取巧。明知有伊商等能手相助，敌人万跑不脱，故意讨这后路差使，假作断后，以防走漏活口，**反被聪明误。**遗下祸患。赵、伊二人却认了真，好在手下盗党甚多，足敷分派，便命他和赵连璧，同了伊商两个同党防守山口，另又派了三名伊党，防堵来路上一处要口。

适才四盗在伏处查见对头过时，众人好似少了一人，坐轿的几个都改了骑马。黄腾便怂恿赵连璧和一个名叫何胜的前往探看。走不一会儿，忽见一个愣头愣脑的小孩，拿了何胜一只钢镖如飞跑来，说是本山采草药的小孩，因往山口内崖洞后壁采药，看见四人打架，一个已被打倒，还有三人正动着手。内中有一姓何的将小孩唤住，命来报信，催去相助。并说马已被敌人推往涧里，以镖为证，须要快去。黄腾一听对头两人，一个已被打倒，也没细想，便跑了来。跑到洞口，何胜果在对面叫喊。一时贪功心盛，

贪功者戒。忙着纵身入内，脚才点地，便听出黑摩勒口音甚熟，极似沿途所遇穿黑衣戴面具的对头小鬼；同时又听何胜在地下一声惨呼，似已被人杀死，方道不妙，举刀护住面门。待要观看，猛觉近面风来甚劲，想躲已自不及，面上似着了一下铁锤，鼻梁打断，牙齿进落，头晕眼花，疼痛非常，身摇后退，刚喊得半声"嗳"，"呀"字不曾出口，跟着心窝里又着了一下重的，立时震伤心肺，气断血逆，死于就地。

余天雄进得稍迟，才入门便听出不妙，方欲退回，无奈洞口窄狭，又不甚高。身还未及旋转，童兴在洞口内窥见，飞身纵出，手起腾蛇软梁，只一下便打中胸膛，仰身跌倒，过去再一下打死，将尸首倒拽进洞。黑摩勒随命周平解下三条腰带，将赵连璧馄饨般绑起，撕下一块衣襟将嘴塞上，将三盗尸身拖往后洞口外，用藤缒到壑底，人再纵落，寻了一僻处藏好，斩去首级，脱下一件长衣包上，堆上一堆石块，一同纵上。黑摩勒喊了一声"徒弟"，跟着洞外跑进一个小孩，见了三人一一行礼。周平一看，正是黑摩勒日前路上所救姓田的村童黑牛，笑问道："小师兄，你这一路办许多事，难道都带着他么？"黑摩勒道："谁说不是？这真是我一个累赘，老怕我不要他似的，走到哪里，定要跟到哪里。本事又没学会，只跑路快，有点蛮力，那如何行？一路之上，害我费了不少心思。还算听话，叫做什么，就做什么，一点也不偷懒，所以我还喜欢他。早知收个徒弟如此麻烦，我也不当这师父了。如今已然收下，有什法子？"

周平见这师徒二人，一个是刁钻精灵，一个是愣头愣脑、厌里厌气，配在一起甚是好笑。**配对写人，事半功倍**。童兴在旁接口道："我也欢喜他，黑哥哥不要，我收他做徒弟也好。"黑牛把眼一瞪道："你也配？"童兴怒道："小鬼无礼，等我教训你一顿，就知道了。"说罢，便要伸手，周平忙将他拉住。黑摩勒也喝道："黑牛不许这样！他是你师叔，快滚过去磕头赔礼。"

黑牛也真听话，朝童兴跪下就要叩头，童兴一把拉起，转怒为笑道："黑哥哥，你真行，等过天我也学你的样，收个徒弟玩玩。"黑牛道："反正我跟我师父，谁也别打算收我。"黑摩勒道："你还当你是个香包，人人爱呢，除了我，谁也不要。这狗强盗，得容他与强盗哥哥见上一面，有个把时辰活命。还不过去将他背走！"黑牛应声走过，就地上拉起赵连璧，往背上就背。无奈人小身矮，赵连璧身子本较常人高大，又是手足反剪向后绑着，怎么也不合适，半截拖地，甚是累赘。周平道："你身子矮小，怎背得了？还是交我夹着走吧。"黑牛死心眼，因师父叫背，执意不让，好容易半拖半拽地背出洞外。**写黑牛，生动。**

赵连璧跌闷过去早已回醒，见身子被绑，同党皆死，旁立两小孩和一个镖行中人说笑甚欢，才知敌人不但有备，还有后援，又惊又急，未了吃了黑牛胡乱一背，受了不少跌，气忿填胸，眼珠怒凸，红丝外绽，直要冒出火来。无奈身落人手，口中塞物不能出声，只把身子乱挺。这一挣扎，黑牛越背不好，等到拽出洞外，急累了一身的汗，气他不过，踢了两脚。赵连璧狂傲凶顽、趾高气扬已惯，不料阴沟里翻船，会落在小孩手里受尽侮折，当时急怒攻心，身子一挺，双目紧闭，背过气去。黑摩勒见状，过去一摸鼻孔没了气，埋怨黑牛道："我因这厮在省城借着官势欺压良善，霸占人家媳妇，逼死民女，比他哥哥还要凶横可恶，想给他多吃点苦头，不然叫你背他则甚？他已受伤不轻，你怎把他踢死了？"黑牛道："强盗最会装死，我看见过，师父莫急，我能救他回来。"说罢解开裤子照准赵连璧头上，哗哗哗撒了一泡热尿。赵连璧本已缓过气来，**顽童！不过也是报应不爽。**觉得热水浇头，臊气冲鼻，睁眼一看，小孩正对他头上撒尿呢。这一急真恨不能当时死去，偏死不了，急得鼻子里怪声哼哧，以防尿由鼻孔冲入。无如口不能透气，全靠鼻子，越用力往外呼，回吸之力越大，反倒多点享受。再一发急用力，伤处越发疼痛，简直求死不得，无计可施。周平见状太惨，想拉黑牛，尿已撒完。**厚道人，也是老江湖。**

童兴笑道："讨厌东西，他这一头臭尿，看你怎样背法？"黑牛便向黑摩勒道："师父，我不背他，拖了去，行么？"黑摩勒道："前去有好几里路才到地头，我们又走得快，还不把他拖死？"黑牛道："我还有法子。"随要过一把小快刀，斫下两根竹竿，削去枝杈，由赵连璧绑处插进，再解下腰带，将他身子扒伏反绑，脚朝上倒绑竹竿上面，一头拖地，另一头两手一旁一根，夹在胁下，拖了就跑，竹竿划在石土地上沙沙乱响，竟比牛马拖车还快。**外拙内秀，形象定格。**

周、黑、童三人，想不到黑牛憨憨的，也有如此巧思，俱引得哈哈大笑。见他跑得飞快，忙即飞步赶去，晃眼追上，一同行走。赵连璧这个活罪却受大了。黑牛为了便于拖走，身子绑得甚低，相距地面不过三两寸，又是倒悬向下，地面凸凹不平，行到山石磊砢之处，黑牛受了夸奖，一路欢蹦乱跳，赵连璧连震带控，心都要被抖落，顺鼻孔直流苦水。再要过有高一点的石块凸出路面，黑牛不管三七二十一，看也不看，两根竹竿径由当中夹石而驰，头脸恰由石上擦过，一回皮破肉绽，因此痛极，二回再由破肉碎皮上硬划过去，更是痛上加痛，哪还禁受得住？忽然走到泥沙地上，路较平坦，震伤虽然稍好，偏又时当秋令，风干土燥，浮尘随着竿头飞扬四起，满头满脸都是。微一呼吸，便随破鼻子进了喉咙，咳又咳不出，只是一味鼻子干呛，再加上尿臊余味犹存，一恶心，便往外吐，吐到口里，被塞的满口衣襟挡住，塞得又多，湿透发涨，哪里还吐得出？越积越多，呼噜呼噜都聚在咽喉左近，偶然顺着鼻孔淌出一些馊水，再与尘土血污相混，难受自不容说，赵连璧外号青竹蛇，又号二剁子，狐假虎威，无恶不作，也是天理昭彰。**不这样交代几句，便显得过于手辣。**报应临头，单遇上这么几位刁钻古怪、疾恶如仇的小英雄与他作对，临死还要叫他饱受活罪。似这样走不多一半的途程，头上已是血肉污泥糊成一片，人也晕死过去好几次。

周平终是不忍，边走边问道："前面就是战场，我们这么公然前去，不怕被盗党看见么？"黑摩勒道："等我们赶到，也许已然动手。原因狗强盗可恶，要他们看看榜样，还怕他看么？不过这两个为首恶人，要他自己见面，说两句遭受报应的话。徒弟这样拖法，还是要死，他也拖了好些路，这狗强盗罪已受够，还是我和兴弟抬了他走吧。"童兴笑道："你心疼徒弟怕他劳累，与我无干；谁耐烦抬他，怪尿臭的。"黑摩勒道："你抬前头，总可以吧。"说罢暂停，将人绑上了些，由周平持着盗党首级，吩咐黑牛，到时不许上前，老远避开，自和童兴抬走。**小处也要一波三折。可谓是还珠的"就事增文"法。**

周平心软，就势将赵连璧口塞衣襟扯了出来，嫌它臭秽，意欲扔去，黑摩勒说："等一会儿。"这一平抬，赵连璧倒了些积呕之物出来，又渐渐醒转，嘴皮刚动，黑摩勒便喝道："今天是你作恶报应！休说出口伤人，你只一出声，这块臭布仍塞你嘴里，照前处治。"赵连璧百难千灾之余，气馁心寒，平日凶横之气早化乌有，哪敢还言？略待一会儿，才惨声哀告："只求速死，免得到前面现世。"黑摩勒道："你如不是害得人多，也不会这样。死罪自是难免，不过还没到地头，你如不听话，到时不叫你张口，偏张口，那就莫怪叫你现世更大，此刻休想。"赵连璧明知难惹，不敢再说，越想越难受，不禁呜呜哭了起来。童兴回头喝道："你这狗强盗，怎没出息？平日欺害善良的气焰往哪里去了！我黑哥哥不叫你嗥，再哭，我又来了。"赵连璧无法，只得呜咽忍住。四人遥望前面尘土上浮，登高一看，玉麟等尚在前面，相隔伏地还有二里来路。黑摩勒道："我们事情已完，山外要口埋伏的三贼，已有我师叔将他们除掉。前面按说没我们的事，乐得看个热闹，到时再说。"随令童兴改道，三人先由右面翻上崖顶，缓缓尾随上前不提。

且说玉麟等一行在山口外见到童兴，童兴说：**这是补说前事。由此把叙述视角转到玉麟一边。还珠此法可使故事讲述灵动一些。**"盗党埋伏在前途鸡鸣岗，相离还有好几里路。山口以内虽然伏有盗

云海争奇之儿女恩仇记（上）

党，多是无用废物，另有人去处治他，也不会出来堵截。须到地头，盗党才行发动，好些位能手都等在那边，只管前行，无足为虑。只周平另有要事约会，不能随众同行。"说罢自去。

玉麟闻言，精神一振，便令卢堃断后，自己当先领队，按辔徐行而进。进了山口，连走四五里，果然不见丝毫动静。又行里许，两边山势突然开展，中间现出大片盆地，右侧崇岗隆起，林菁深密，红墙掩映。方算计将要到达，遥闻马嘶之声，隐隐銮铃响动，好似来自后面。勒马回顾，身后不远，崖坡上跑下四匹马来。马上人仍是适才所遇骑士打扮，手中俱都持着器械，相隔众人身后约有十多丈远近，缓随了半里，倏地一声呼哨，径向路侧榕林中驰去，一晃不见。

玉麟因盗党虽是轻敌，但他们埋伏设计却极周详。今日胜了还可，败就不可收拾，一行上下人等一个也休想活命。表面镇静，当然也不无戒心，见盗马一出现，舆夫们各用本行隐语互相告警，忙即分别喝令禁声："只身照常行走，如有变故，守在一处，自有我们的人抵挡，不可冒昧上前送死！"吩咐已毕，暗忖：为首敌人现在岗上破庙之内，另着盗党埋伏堵截，以逸待劳。环着这片盆地，除了当中通路，四面皆山。崖高势峻，菁密林深，谁知哪里伏有敌人？如不事先觅好地址，遇上事，自己和卢堃如若上前应敌，这些客货交给谁来保护？反正是要拼个死活，莫如不到岗前便觅适当地点停下歇息，等盗党自出，免得仓促之中多上一番忙乱。**有大将之才。**

主意想定，所行之处已到盆地边上。左侧恰有一片危岩，上突下凹深广约数十丈，一行舆马正好容下。遥望岗上树林内已有人影出没，不敢怠慢，忙令众人速赴崖下歇息，少时再走。各人拿出干粮来吃，装着若无其事神气。自和卢堃下马，站在众人前面，倚马谈笑。正要观察动静，忽又听来路上蹄声奔踏，銮铃冲风凌乱，不成音节，仿佛来势甚骤。以为先见四骑盗党驰马追来，忙即飞身上马，手按身佩兵刃。回头一看，果是适见的四匹马，人却一齐伏卧马上，不见起立，直似战败受伤。伏马逃走之状。马也疯了一般，一路连蹦带跳，争先乱跑，如飞而来，晃眼经由身侧驰过，径向高岗一面跑去。钟、卢二人为防不测，已将兵刃暗器持在手里。及至马由身前驰过，才看那四个盗党身子都绑伏马上，头垂马颈，侧面手正松搭，兵刃全无，似已重伤身死。马认故槽，又吃敌人重打，惊窜回来。心方惊异，忽听"当当"两声钟响，跟着呼哨四起，岗上树林中，连骑带步冲下一伙人来，当头三骑快马刚冲下坡，**前面铺垫繁多，大戏一开锣，便声势夺人。节奏变化，叙事要领。**喝得一声："大胆鼠辈……"微闻飕飕两声，忙乱中也没看见是什暗器，第二骑忽然坠落马下。

　　盗党本朝钟、卢二人这一面驰来，前三骑有人落马，立即一阵大乱，齐声呐喊："左边林内藏有奸细，留神冷箭！"哗噪未息，盗党队里倏地一声断喝，跟着纵走出一人，生得猿臂鸢肩，身材瘦长，头却又圆又大，秃顶浓眉，狮鼻鹰眼，两只大耳，左边的削去一只，青渗渗一张脸，再衬上些黑红颜色条纹，越显丑恶；背上背着一把精光耀眼的厚背阔刃大环刀，另外三支长约三尺的梭镖；身法甚是矫健，猛一纵足有七八丈高远，直落场中。盗党经他一喝，全部静了声息，只抢到侧面，将那四匹载有死尸的惊马截住，环在这大头长身的盗首后面，站立不动。**身手、声威，具非前遇小贼可比。如此方有看头。**

　　盗首落地之后，先用目光四下一瞭，见钟、卢二人站在侧面，仿佛旁观神色，意似省悟，忽然"磔磔"怪笑，朝着林内说道："冤有头债有主，我虽受人之托，闻说姓虞的做官不错，如非有南胜镖局之人在内，我也不管这闲事。今日之事，你死我活，既敢暗中伤人，别人谅他无此大胆，不是谭镇南，便是他的爪牙，怎不出来一会？"语声才住，林内便有一人接话道："我们除暴安良，去恶务尽，别的都没相干。适才两箭，那是给你们送信，自不小心，怪得谁来？如是暗中伤人，你们早都没命了。出来容易，不过我们这壶酒还未吃完呢。你既心急，转请你喝一盅吧。"随说，林内端整整飞出一杯一壶，朝伊商头上打去。**好整以暇。若是"大喝一声，跳将出来"，就不是剑侠身份了**。伊商一伸手全都接住，方要发话，林内跟着闪出两个蒙面人来，兵刃俱都挂在身旁，没有取下，从容走至场内，指着伊商道："你的人多，我们的人却也少不了哪里，高下死活一定要分，我们先礼后兵，也许能够就此拉倒。你把姓赵的叫出来，还有几句话，我们说完，再打不迟。"

伊商一接那酒壶，再听来人说话，便知不是好相与，枉自精密布置，终于反客为主。看镖行和众客商从容神态，料定敌人必不在少，想叫敌人一齐现身，再行动手，强忍忿怒，正要答话，赵连城已由盗党队里应声走出。两蒙面人指道："你就是姓赵的么？我们远客到此，无以为敬，昨今两日，在路上给你二位寻了一点礼物。好汉作事好汉当，姓伊的和姓谭的有仇，与我们无干。打架不恨帮拳的，看在已故南极老人面上，**凭空又点出一位"南极老人"，给读者留出想象空间。无文字处有无限烟波**。只要赵朋友同来，诸位了此一段公案，与伊朋友无干，好么？"

赵连城比较气浮，闻言大怒，拔刀便要动手。两蒙面人倏地纵开，内中一个年老的怒喝道："姓赵的！你先莫动，姓伊的还未回话呢，看了我们礼物再说。按说他们都觉事类儿戏，不让我们两个这样做的。我因老南极曾有旧交，不愿他家亲丁尽绝，才打你们一个招呼。姓伊的正主人还未说话，你忙什么？"说时，林内又有一个大人，手里提着一个大麻布口袋，两个小孩，用竹竿抬着一件东西，上面堆着不少树叶，如飞而至。同时岗上也走下五个盗党，俱都步行如飞，由盗党队中穿过，来到场上。伊商因听来人提起南极老人，心中惊疑，正揣测这两蒙面人是谁，未及答话，双方的人都到。

赵连城虽猜敌人所送礼物不是什么好东西，还没料到会有丢脸的事，见竹竿上枝叶披拂，堆得甚高，方自纳闷。忽听内中一个小孩喝道，"姓赵的！你哀求了我半天，要想痛快，该你的时候到了！"跟着便听树枝堆中有人哀声惨气地叫道，"小爷，小祖宗！

这也是我赵氏弟兄平日狐假虎威，奸淫杀抢，横行霸道，今日遭此恶报，这个活罪我实受不了，请你老人家给我一个痛快吧！"赵连璧连受折磨，嗓音已变，众盗党先未听出是谁，还是伊商久经大敌，知道树枝底下必定绑有自己这面人在内，不禁勃然大怒。方要喝问，另一小孩已从大人手里要过麻袋喝道："我师父和诸位伯叔前辈说我们远客到此，须送你们一点礼物，不成敬意，请收下吧！"随说，倒提袋底往外一抖，咕噜噜撒了满地人头。

这时赵连城似已听出兄弟口音，刚举刀想将盖身树枝挑起观看，伊商倏地警觉，大喝："赵兄莫动，这等现眼没骨头的人看他则甚？送回老家好了！"说罢，扬手就是一梭镖，照准树枝堆中打去。前发话的小孩手里正拿着一件短兵器，似有防备，一见镖到，右手兵器往上一格，立时斜打出老远，精光摇曳，斜插草地之上，骂道："姓伊的，你也不要脸么？姓赵的快接着你的好兄弟！"跟着将手一扭，往前一推，那两根竹竿上面树枝倒散，赵连璧便现了出来。说时迟，那时快！伊商和那后下来的五个盗党，原均非好惹人物。只缘伊商见今日形势不佳，心又忌着一人，想问明虚实再说，一梭镖被小孩隔去，未将赵连璧打死，又见自己这面人头滚了一地，自觉丢人大甚，不由暴怒非常，回手取下厚背大环刀，手指对面，厉声喝道："彼此交手，胜者为强，为何欺人太甚！是好的现出原形，与伊某见个高下。藏头掩面，匹夫之辈！"话声甫歇，旁边赵连城一见兄弟满脸满身，血泪模糊，泥污狼藉，绑在两根竹竿上哀号呻吟，形态惨痛，当着众盗党实在不好看相，又听他声声求死，知决难活，把心一横，喝声："兄弟太没骨头！你且超生，等愚兄给你报仇吧！"随说，朝他心口刺了一刀，悲愤填膺，追纵过去。

这一大两小，正是周平、童兴、黑摩勒三人，本意由崖后绕到岗前树林之中看热闹，等双方杀到酣时，再现身出去。不料中途遇见颜尚德，说适才有一个老前辈甘同路过，遇见凌风，得知此事，甘同与伊商之兄有点瓜葛，**又生一岔**。想保全伊商，凌风不肯。后来商定，姑且由甘同先借了面具，和尚德的好友朱文燕出场，吩咐三人，到时将沿途所杀盗党首级交与盗党。伊商如果见机，只将赵连城等刺客交出，两罢干戈，并劝将赵连璧一齐杀死，**到这里与都天王庙几乎一样。下文陡转，全缘于前文插入的"山洞捉贼"。勿为已甚**。黑摩勒说这厮兄弟二人罪恶如山，非此难于蔽辜，执意不肯。

尚德去后，三人随命黑牛藏好，赶到树林之中，见了甘、朱二人，得知凌、颜诸人俱在附近，另有安排。一会儿四马驮了盗尸跑过，伊、赵等盗党出现，便随甘、朱二人出场。黑摩勒心恨盗党，惟恐打不起来，立意要出赵氏兄弟的大丑，老早把赵连璧制服，当场出彩。休说伊商豪横已惯，便诸盗也忍不下这口恶气。赵连城杀弟之仇更不容说，纵过去持刀就砍。黑摩勒知他武艺在众刺客中最为高强，也挥动手中兵刃三棱护手钩迎上前去。伊商发完了话，正要奔过，后来五盗党争着抢上，后面群盗也都齐声怒喊，意欲上场。伊商知道今日之事，不是凭仗人多可以取胜，忙喝："诸位兄弟门人，只须单打独斗，不可乱了我们规矩！"喝罢，纵出圈去，留神观察敌人是何家数，一面盘算应敌之策。

五盗党中，一名铁砂掌刘开邦、一名黑虎胡四的，各持钢刀铁鞭，首先通名，向甘、朱二人杀去。一名神刀无敌张小福的，想扑周平，吃童兴用腾蛇槊敌住。还有两盗，一名飞虎施正方，一名蛇王王挺，见对面有两镖师观战，刚在通名叫阵，忽听树林内又有两蒙面人应声而出。童兴一听声音，一个是颜尚德，一个是尚德师弟八仙剑韩文约，心中大喜。见周平未退，忙喝道："周大哥，此事与你们镖行无干！等我们宰不了他，你们再上好了。"这一句话却将伊商提醒，暗忖：今日之事，一半因为帮助朋友，发泄自己私念；一半还不是为了那些价值连城的珠宝红货？管他来的是什么人物，凭自己这些人，也未见不能应付。客货现在对面，看神气只有两个镖师守护。还不乘机劫杀，待在这里则甚？想到这里，朝后面众盗党把手一挥，再一指前面。**生出变化。**

盗党会意，连马带步，共有十余人，分两路跑向崖前冲去。钟、卢二人见四蒙面人和黑衣摩勒、童兴等助拳的朋友已然相继现身，动起手来，正主人还在旁观，未免说不下去。无奈盗党人众，声势汹汹，如若上前，客货无人保护。想分出一人应敌，又恐照顾不周。方在为难，一见盗党马步奔腾，蜂拥而来，玉麟暗道"不好"，忙嘱卢堃守住崖口，意欲先挡一阵。因嫌马上动手没有长兵器，寡不敌众，纵身下马，待要迎上前去，按江湖规例，交代几句过节，不能免去混战，再行动手，好歹也嘲骂敌人几句。盗党原奉有伊商预示，与镖师动手时，仍是一对一，另命多人劫杀客货。因知谭镇南手下俱都不弱，准备和镖师对敌的，都是好手。这时为首三个骑马的盗党已然驰离玉麟身前不足十丈远近，人强马健，一路翻蹄亮掌，其疾如飞。玉麟一挥手中刀，纵迎上去，喝道："来马且住！容我一言……"谁知盗党记住谭镇南的旧仇，并不听这一套，理也未理，依然飞骑赶来，眼看就到。

玉麟看出敌人个个厉害，情知寡不敌众，当时把心一横，刚骂得一声"无耻小辈"，猛瞥见日光之下，似有几点寒光由头上飞过。对面四骑，适才在来路上往返驰骤，耀武扬威，早看清镖行底细，知道能动手的不过三数人，自恃本领高强，骄敌太过，只顾一味前冲，全没把敌人放在眼里。又见玉麟横刀待敌，只得一人，卢堃已然退回崖口，心还暗笑，万没想到会有这么又准又厉害的暗器飞来。马跑正快，忽觉眼前微微一亮，马势迅速，正朝敌人暗器迎去，想躲已自无及。头一骑刚"嗳呀"一声，被暗器透穿面骨，翻身坠落。紧随后面的三骑也同时遭殃。有一骑"嗳呀"之声都未出口，全被伤中要害。这里玉麟连暗器是什形式都未看出，对面四盗党便自人翻马窜。一个是身坠马下，还吃后马踏了两脚，两个脚挂镫上，身朝后仰，头搭马股摇摇欲坠，两脚兀自夹紧马肚，不曾松落。那些马俱都受过极好训练，只往前蹿出丈许，便把头一偏，驮了受伤主人，往侧面飞驰，绕了回去。只有一个手持铁锏的盗党，受伤时妄想用锏去挡，不曾挡住，伤重疼极，铜头往下一落，正套在马颈上面，那马如何能吃得住？负痛受惊，径偏了头颈，往斜刺里连蹦带跳如飞窜去。四盗党只他一人伤中左颊，虽将半边牙齿打碎，牙根全裂，并非致命所在。偏巧惊急痛晕中，马倏地在跑得飞快之时，一蹦一蹲，身不由己，跟势往侧一歪，左足脱镫，翻坠下来；右脚不但未脱，反因歪落，套进镫里。马也受伤疼极，不暇再顾主人性命，竟由他挂在镫上，亡命一般往前飞跑。盗党重伤之余，如何挣扎得起？就这样性命已在呼吸。偏生又值周平看见群盗合攻钟、卢二人，一时情急，跑回相助，恰巧迎着这匹惊马，一见便认出所拖盗党，正是来路上拿马鞭戏侮自己的仇敌。看他虽然满面流血，脚挂镫上，头却往上昂起，似还未死，马已自身侧驰过；想起前恨，黑摩勒又有"今日群盗一个不留"之言，忙飞步追上，一刀杀死。

　　四盗党手还未交，全都惨死。后面十多个步行的，也相次赶上，见状不由一阵大乱，因没看清四盗死状，俱觉玉麟所为，又惊又恨。内中两个，瞥见周平杀了他的同党正往回跑，如何肯容？忙即返身，向侧赶去，余人仍扑玉麟。还未到达面前，也和方才一样，由岩上飞下十数丝寸来长的寒光，追周平的两个首先受伤倒地。**火力封锁。有现代意识。一笑。**余下还有十二三个盗党，步行比较易躲，势子也没有骑马的来得急骤。头前几人一受伤倒地，后边的便留了神，除有九人被暗器伤中要害，当时毕命外，剩下四人，伤都不曾致命，一见敌人这等厉害，俱都胆寒，哪里还敢应战！吓得手按伤处，回头就跑。钟、周二人会在一起，也不再追赶。

第九回　破金钹　凶僧授首
　　　　　　伏白刃　巨盗轻生

　　伊商老远望见，大吃一惊，飞步追来。还未赶到，迎着一个逃回的盗党，递过一件暗器，说："敌人崖上还有埋伏，只用暗器伤人，也看不见藏处，众人便为此物所伤。"伊商接过一看，乃是一寸二三分长、纸煤粗细的一根钢钉，上面刻有一个篆书"凤"字，识得来历，这一惊更非同小可。事已至此，不能不硬一硬头皮。回顾岗前，还有许多同党也正要赶来。知道敌人对手没有几个，上前无异白送。刚把手一摇，口喝暗令，止住众同党，待要独自上前叫阵，忽听一声长啸，由对面崖腰上飞落一个蒙面人，手持一技佛手拐，落在伊商面前，喝道："想你兄长老南极在日是个侠盗，人虽骄横，**又隐含一段故事。还珠大量使用这种手法，使文本呈现充分开放状态。既给读者留出想象空间，也为自己日后创作预埋"暗桩"——报刊连载的成功法门。**真正大罪恶尚少。他以一念之差，用人不当，惹下祸根，弟兄子侄全家六十余口全被仇人杀害，只剩你一人彼时年幼，在外从师学艺，幸免于难。江湖上人因忿那仇敌行事太惨，多半都愿助你复此大仇。谁知你前半截虽然苦心孤诣，哭请你师父下山，广约能人，报了兄仇，后来日渐骄横，多行不义，终于立足不住，几乎身败名裂。这几年听人说你改了姓名隐居此地，以为痛改前非，不料暗中仍是党羽四出，无所不为，如今又助贪官走狗杀害善良之士。本意要将尔等一齐杀戮，为世除害，因有一老友念你伊氏满门只你一人存世，看在你兄老南极身上，给你留条活路，略斩几个盗党示儆，使你知难而退，只将赵连城几个走狗交出，便可宽容。你仍执迷不悟，妄想以多为胜，白白送却多人性命。听我良言，即速缩头回去，一任我等处置那几个走狗，晚来另有人向你说话，自知分晓，否则一个也休想活命！"

伊商人甚阴鸷，一任敌人数说，站在那里并不还言，只顾端详来人言动神情，总想查看是个什么来路，闻言冷笑一声，答道："朋友差了，大丈夫行事光明磊落，要我不管闲事不难，终须有个交代。你们都是妇人女子一般，见了人连面都不敢露。素昧平生，就凭几句话便要伊某甘拜下风，我便三岁顽童也无此容易。看你们行径，未必敢通姓名。我向来单打独斗，你偏说我倚仗人多，真是笑话！杀死姓虞的是我朋友所为，不过适逢其会，遇在一起罢了。我本心原是要留老谭的暗镖，既然有人代他出头，再好不过。你们连大带小来了十来个，我也还有几位好友，不妨随我去到前面草场上，一对一见个胜负高下，你看如何？"

蒙面人冷笑道："无知狗党！起初妄想派出多人劫杀客货，如今尝着天门钉的厉害，知道此镖难劫，又妄想把庙中两个不要脸的凶僧恶道请出以求侥幸一时，岂非作梦！怎么交手均可，你先走吧。"伊商也不再还言，道声"沾光"，径自当头往来路草场上纵去。纵时施展平生本领，暗运真力，足有十来丈高远，自以为这等好的轻功，世上真没几个，谁知敌人轻功比他还要略胜一筹，他这里脚才沾地，也没听得身后有什么声息，那持佛手拐的蒙面人已在身前立定，点手招呼，微笑道："请"。心方踌躇，倏地又是一朵红云自空飞坠，落在二人中间，**突如其来。这样写，才是压轴人物出场**。朝蒙面人哈哈大笑道："适才有人给我看了一支天门钉，才知十二年前的老相识也来此随喜，为此出来领教。阁下头戴面具，又有那么高的身法，想必就是此钉主人了？"**好大口气，统不放在眼里。**

蒙面人见那来的是个和尚，生得身材高大，面赤如火，突睛高颧，狮鼻阔口，却生着一部雪白的胡须，身上披着一件大红袈裟，说起话来声如洪钟，甚是威猛，知是盗党中最厉害的人物，本领比伊商还较高出一筹，闻言冷笑答道："大斗和尚，你看差了。用天门钉的主人此时正在维护善良，不使受鼠辈侵害，再说也用不着他出场。我这面具原是前日朋友所赠，是今日到场的，差不多每人都有一个，我不过从众，戴着好玩，看看你们眼力如何，并非借以遮掩本来面目。闻说你平日向来自负，活在世上将近百年，交遍天下，哪一派的英杰都曾会过，怎连我这枝佛手拐都不认得呢？"

那和尚法名大斗，年已九旬开外，乃滇西数一数二的凶僧，平日最擅采补之术，内外功均臻绝顶。近年所作淫恶太重，青城、峨眉诸正派到处搜除，在川、康间存身不得，逃到江南。伊商是他后辈师侄，在仙霞岭无心巧遇，接往寨中供养。先听伊、赵二人要劫杀几个官商镖师，以为些须小事，凭着伊商诸人决可手到成功，本没想着参与。嗣因赵连城无心中谈起在闽、浙道上被泥中人戏耍，好似有心为难，出了闽境却未再遇等情，忽然心动，暗忖此事决非偶然，料定对方难保不有能手暗中相助，口里不说，推说观战，随到破庙，准备万一不济，好助伊商一臂之力。先听人报，在前面埋伏的四名盗党被人杀死，尸首为惊马驮回，便猜自己如不出去，今日胜负难知，便和伊商生死之交恶道芙蓉山主岳重一同赶出，正值攻劫客货的群盗纷纷伤亡，明明眼亮，早看出崖上有人发暗器，跟着又有受伤逃归来的盗党将钉献上。凶僧认得那钉乃西川大侠彭谦之物，不但百发百中，擅专破贼人的气功，端的厉害已极。自己当年也曾吃过它的苦头，几乎废命。**又是一段历史公案。**此人终年夜宿山行，踪迹莫定，除非他要寻你，你如寻他，休想见得到一面。自从受了他一钉之苦，多年来竟未再遇。怀仇多年，不料突然在此发现他的暗器。此钉长才寸二，一头光平，一头微突，些微有一点尖，内中藏有机簧，可以突出半寸，发时伸缩随意，别人不会用，他也决不传人。有了此钉，人必在此。想起前仇，又惊又愤，忙告恶道岳重："你看场上几个蒙面人，连那两个小孩，本领都有来历，我们这边未必能敌。你往场中相机接应，并去引那仇人出来，免得他居高临下，乱发此钉伤人。"说时，崖上忽有一蒙面人飞落，与伊商同去场中，待要动手。

凶僧料是仇人彭谦，估量伊商未必能是来人对手，忙即纵身飞去。及听敌人一挖苦，再一注视敌人所用兵刃，乃是一枝二尺三四寸长、酒杯粗细、弯曲曲的铁拐，拐头上铸就一个大中二指微伸的铁手。这才想起，这佛手拐乃内家最厉害的兵器，近三十年能用此拐出名的只有两人，俱是隐居天山的川东五老的门下。一个姓萧的已然出了家，此外还有一人，随着五老在新疆隐居，姓康名成，也久未听说起，想必是他无疑。这几个蒙面人都是一色打扮，如均此类人物，今日伊商等人恐怕要糟，这头一阵务要给他一个厉害，不然相形之下太难堪了。念头一转，狞笑道："照此说来，你是康成了，我还当是彭谦呢。你们藏头盖脸，这使佛手拐的又不止你一个，你不报名，谁认得那许多！老僧长了些年纪，与你无怨无仇，又和你师父五老有一面之交，不犯与后生小辈为难，快叫彭谦出场纳命。"**卖老腔。**

康成戟指喝道："好不要脸的老秃驴！当年我师父往北天山访师叔狄梁公，见你和他门下为争雪芝苦斗，见你年老，居然会点手脚，不知你的来历底细，以为出家人远涉天山不容易，强劝狄、文二位师兄将自己采到手内的雪芝分你一本，事后见了狄师叔，得知你许多恶迹，如非有人劝阻，当时便用飞剑将你这秃驴追上诛戮，今日还敢得了便宜卖乖！赢得我这枝佛手拐，彭道友自会出来拿你。少说废话，你把你那双环十三钹施展出来吧！"凶僧闻言，一撩僧袍，由腰间取下一件软兵刃，顺手一抖绷簧，"铮铮"两声，立即挺直。

康成见那兵刃通体共分七截，长约三尺二三寸，宽约寸半，厚约半寸，每节长四五寸，用机簧接连，首节是个带锋棱的铜圈，圈头上顶着一个精光耀眼的月牙，**都是些古怪兵器。**不用时可以环绕身上，看去甚是锋利，随指凶僧喝问道："你这日月双环还有一个，为何不取出来？"凶僧接口狞笑道："老僧今年已然九十八岁，与后生小辈交手，向例只用一环三钺，你只管先发手吧，没的又说我倚老卖老欺负你。"康成原知凶僧自恃生平极少遇见敌手，最是逞强好胜，所用日月双环和十三面飞钺却也真个厉害，闻言益发故意激他道："秃驴少要夸口！趁早把长衣脱下，取出全副兵刃暗器与我交手，我等着你。免得少时说了不算，现拿丢人。"凶僧怒道："你有多大能为，敢敌我日月双环！就这一环三钺，如胜得分毫，你家佛爷立时就走，从今不踏尘世了。"康成应道："世上本容不得你这等败类！"说罢，一佛手拐朝凶僧面门点去。凶僧也将日月环迎敌，两下动起手来。**日月双环、佛手拐、天门钉，均出自文人想象。稀奇古怪的兵器，便适合"传奇"读者的心理预期。金庸笔下的陈家洛用剑盾珠索便是这一路数。不过，终不如"亢龙有悔""无招胜有招"等武戏文写的感觉。**

伊商见二人已交上手，自己还在闲着，回顾场中，敌人势盛，自己这面先动手中的黑虎胡四，已吃一个使铁棍的蒙面人打倒，岳重赶前救助，已自无及，尸横地上；余人除岳重尚能打个平手外，都有不支之势，尤其神刀无敌张小福，手忙脚乱，只有招架之功，更无还手之力；暗道"不好"，忙即大喝："张贤弟你且退下，待愚兄取这厮的狗命！"边走边飞纵过去，眼看将到，忽听一人喝道："姓伊的！你闲得难受么？"听到末两字，声音已被带起空中，声歇人到，跟着面前纵落一人，挡住去路。

伊商见来人身法精妙，捷如飞鸟，也是头戴面具，左手横握着一根铁拐，右手一根链子锤，**又一奇怪兵刃。**两只眼睛似有奇光内蕴，突从左近林中飞出，一跃就是十来丈高远。估量又是一个劲敌，顾不得再替张小福，也不再问话，把牙一挫，抢刀就砍。这蒙面人正是凌风，见他情急，一面举拐相还，哈哈笑道："你的规矩不是一打一么？他们两家胜负未分，要你上前则甚？实告诉你，休以为你们人多势众，不中用的！"伊商性多疑忌，见自己这面只一有人出场，敌人方面也必有人出斗，暗忖：赵连城来时，屡说敌人只有两三个镖师，一则保暗镖的人十分奸猾，常把红货带了先溜，恐有逃脱，他带的人怕不够用；二则和自己有交情，特地送点财喜，大家享受，九龙沟严氏弟兄为此还不愿意。**严氏弟兄，又是一条开放线索。**说得十分好听。但照此情形看来，分明他见敌人能手太多，恐吃不下，才来怂恿自己助他成功。否则他奉闽抚之命，杀的只是三个文人，事极容易。就说那三人与商客镖师结伴同行，打算顺便劫夺，一举两得，他这奉派出来的两拨人也有十多个，尽可够用，何必还要如此劳师动众？定是上了他当无疑，如今为他伤了许多党羽。所来敌人，连小孩都是能手，眼看自己英名事业毁于一旦，还说不出的苦。百忙中再偷眼一看赵连城和那穿着一身黑、身材精瘦的小孩交手，也是有点应接不暇，方料他要败。赵连城边打边退，忽地使了一个滑招，挡开小孩的三棱峨眉刺，纵起身来，便往左侧树林中逃去。小孩并未追赶，只把手一扬，仿佛打出一件暗器。劲敌当前，忙于应付，也不知打中没有。大家为他拼命，死伤多人，他竟不顾脸面怕死逃走。越想越有气，神微一散，几乎中了敌人一下重的。没奈何只得振起精神，竭尽平生之力强为应付。凌风受人之托，本来不想要他性命，只是一味软缠。

一会儿工夫，神刀无敌张小福首先吃童兴一腾蛇槊透穿胸膛，死于非命。紧跟着铁砂掌刘开邦吃朱文燕一棍打死。蛇王王挺和飞虎施正方也各受了点伤，眼看都在危急。岗前观战的三十多名盗党见强敌势盛，人人忿怒，知道头领方才说了大话，顾全面子，不好意思发令混战，刘开邦一死，便齐声呐喊，杀上前去。伊商所有党徒俱都不弱，无如事有凑巧，颜尚德所约五人本无一个不是有来历的，途中因友及友，又遇上泥中人等三大侠明暗相助，盗党如何能是对手？黑摩勒和童兴更是灵活滑溜，一见盗党齐来夹攻，正中心意，也不和人一对一明斗，一手兵刃，一手暗器，只管纵前跃后，时东时西，在人丛中兔起鹘落，往来如飞，遇上机会，就是一下。不消多时，盗党死伤了十来个。那和颜、朱等大人对敌的，有败无胜，更不消说。盗党同仇敌忾，只管拼命，毕竟本领悬殊，丝毫便宜也占不了去。场中除了伊商和一僧一道能够应敌，未分胜负，赵连城同来还有四人见机先逃外，余者不消顿饭光景，便死伤了一多半。

伊商见众人纷纷伤亡，又见赵连城同来诸人全数溜走，连急带怒，心似油煎，两眼里都快冒出火来。回顾凶僧格斗，仍用单环，和康成杀了个难解难分，飞钹也未取出使用。自己这面，只他一人本领最高，临敌之时，也不看看今日来的何等人物，偏要说这大话，把门关住，有了本领，不好意思施展。一时情急，厉声喝道："大师伯！仇敌欺人太甚，你还不施展本领给他一个厉害，和这后生小辈一人纠缠则甚？"凶僧本意，康成虽是五老门下，看去年纪尚轻，过信自己日月环没有敌手，一时轻敌夸口，仍照惯例，日月双环只用一柄，僧袍也未脱掉，等一动上手，才觉出康成竟是一个劲敌，身手敏捷异常，凭自己虽不会败，但已无法缓手再取暗器，那佛手拐专破内功，敌人动作又极神速，一毫也怠慢不得。打了一会儿，也是看见盗党伤亡太众，心中忿怒，正打算卖个破绽纵向远处，好将身藏飞钹取出伤人，忽听伊商急喊，立时乘机向康成喝道："尔等上门欺人，情理难容，你老佛爷要不客气了！"随说，虚晃一环，便想纵起。

康成胸有成竹，知有制他之人在侧，忙先抢纵过去将他拦住，喝道："我早知老秃驴言而无信，你想脱了衣服取出双环十三钹，明说好了，这个容易。我不逼你，停手相待如何？"说罢，不等凶僧还言，自己先往后退纵了一步，将佛手拐往怀中一抱，点手说道："老秃驴，有什么法宝，你就献出来吧。"凶僧自知业已丢人，除将此人杀死不能遮羞泄恨，大喝："无知鼠辈，自找速死！你佛爷今日说不得要大开杀戒了。"随说，早就康成后退之势，甩脱僧袍，将另外一环取出，解了十三钹活扣，倏地两道长眉一耸，一声狞笑，一晃手中日月双环，纵将过来。

康成也迎上前去，接住动手，一面暗中留神观察。见凶僧那十三飞钹，大如茶碟，俱用一根黄丝绳穿上，所穿紧身也是黄丝绳结成的。钹一个搭一个，做十字花般，一边五钹，贴绑胸前。那常用三钹却叠在十字花上面，结束甚是巧妙。料知活扣已解，只不知他双环在手，所遇又是劲敌，彼此身手迅速，捷如风雨，决无缓手之功，怎能抽空施展暗器？**想象奇特**。方在盘算，谁知凶僧双环同时应用，比起单环解数又自不同，端的变化无方，手法神妙。

康成如非深得名人传授，久经大敌，几乎难于应付。这才知道凶僧名不虚传，非同小可，暗忖这老秃驴果如老彭所言，真个有点厉害，看神气飞钹既然亮出，必要使用无疑。自从两下天山，名震江湖，极少遇见对手，适才抢先出阵，莫要一时疏忽中他一下，即便轻伤也是笑话。想到这里，益发慎重，聚精会神，拿出本门心得，把一板佛手拐力敌双环，使了个风雨不透。双方兔起鹘落，晃眼又是二十多个交手。战场之上，一条毒蛇也似的灰色拐影和那日月双环，在阳光之下，随着僧俗两条人影，精光霍霍，电跃星飞，奔腾跳掷，分合无方。只听一片金铁相触之声，有时"叮叮当当"密如贯珠，有时却又只得两三声哑响，疏密相间，仿佛自成音节。地上尘沙，随着二人的追逐起落，小旋风般，贴着地皮一团团滚来滚去，那脚步声音却一点也听不出。

似这样快斗到第三十个交手上，康成忽觉敌人又变一种解数，手法没有先前精妙，接触之间，力量并不少懈。敌人面带狞笑，好似精神更旺。疑他要出花样，不敢大意，只把心眼手运合为一，注定敌人动作，一意加急封闭，却不十分进攻。方自心想，照此斗法，那十三面连珠飞钹就都施展出来，凭我这枝佛手拐也能应付。猛听左近林内一声清啸，知真帮手已由崖顶绕到近侧观战，适才他已说过，凶僧暗器专破内功，不可使其沾身，想是看出凶僧暗器厉害，自己不易抵御，出声示警。但凶僧神态手法，急切间又不似就要发出，自己既不欺敌自傲，这佛手拐敌他日月双环，虽不能胜，未必便败。难道这老秃驴，还有什别的花招么？

说时迟，那时快！康成念头刚一瞬转过，凶僧左手日环正朝迎面打到，来势又沉又猛。康成因敌人练就内家真力，知他不是藏有巧招，这一下不肯轻用。如以实力迎御，这百炼精钢的佛手拐虽不怕被他打折，硬碰硬终不上算。料那巧招必是藏在月环之上跟着发出，便将身微纵退，一横拐柄，不往上挡，却觑准环圈，斜着往下，朝侧面点去。借力使力，**杨过侧点金轮法王的飞轮，师此故智耳。一笑。**原是五老心传，日环往斜刺里立被荡开。康成照势本应进攻，因有高人在旁示警，加了十分仔细，正一意留心凶僧右手月环变化，满拟他左手日环必有绝招。凶僧突地一声狞笑，就左手日环下垂之势，脚跟在地上微微一顿，身子微仰，向后倒纵，退出去两丈来远近。

如换先前康成，势必跟踪追去，决不容他缓手。这时虽料凶僧不败而退，必有诡谋，一则怀着戒心，知道凶僧双手持环，劲敌当前，施为不易，又是对面倒退，双环未并一处，不像是发暗器的神气，也许还有别的厉害杀手；二则凶僧飞钹名震江湖，如若追去，至多仍是和他打个平手。他见自己不肯上套，必乘机施展暗器。久战难胜，转不如容他缓手，放出飞钹来见识见识，到底有多厉害。心念微动，势子略缓，方想说"贼秃驴你败了么？""贼"字才一出口，话还未完，就这一晃眼的工夫，凶僧忽将右手环上月牙朝胸前一挑，上层三面飞钹，跟着一面随一面，转风车也似，先照直向上飞起。康成一句话才说完，见飞钹不朝人打，知有原因，正想运用佛手拐假作追赶，静以制动，不料凶僧手法真个快到极点，竟不容人思索。康成这里才一动念，凶僧已手起双环，朝钹上连击，"铮铮铮"接连三响，三面飞钹便相次飞来。**金庸《神雕侠侣》之金轮法王，"前缘"在此。**

双方动作都是异常神速，难于描写。当第一钹飞来时，康成原本全神贯注敌人动作，见凶僧不用手发暗器，却将暗器先往上飞，再使兵器外打，忽然悟出一个道理。**金轮法王的飞轮，驱动原**

理与运行轨迹全与此类似。**还珠似可向金庸讨要专利费。**那飞钹电转般飞来，又急又劲。先是直飞，临快到时，忽然往侧歪斜出两三尺，仿佛力竭将要坠地，又似受风吹歪神气，临了仍是直的，照人头上打到，而且越快到时势子越急。如换常人，见它一歪，势必不以为意，那就非被打中不可。幸而康成因见凶僧双环击钹声带错音，悟出其中玄妙，知他厉害之处在此，不是寻常暗器可比，见钹急旋着往侧一歪，赶紧往侧迎去，侧让了尺许。果然那钹旋向直路，由身侧飞过。方幸得计，哪知凶僧本领尚不止此，这头一下只是试探深浅和观察敌人的闪躲应付的地位方法，真正厉害手法全在后面。康成头一钹才得让过，跟着二三两钹联翩飞来。**多弹头导弹的前身。**第二钹改照直飞，第三钹一出来就是歪歪斜斜，但那来势却迅疾无比。

康成见状，知道凶僧声东击西，这次再躲，恐中道儿，忙将手中拐一提单臂用力迎去，意欲先将第二钹打落，跟着再打第三钹。不料第三钹，凶僧用足真力，变化巧妙，虽然后发，临快到时，倏地一个歪斜超出前面，竟朝康成头上砍到。康成只顾先敌第二钹，没想到凶僧暗器如此神妙，不禁大吃一惊，慌不迭把身子往下一矮，同时拐柄倒转向上一挑，"铮"的一声击中钹边，一片寒风拂面而过，钹从头面近处带着冷森森的耀眼寒辉被击向上，朝身后斜飞出去。说时迟，那时快！挡第三钹时，第二钹跟踪飞到。康成忙将拐头佛手顺来势往外一击。这钹更是奇怪，来是直的，一碰就拐弯，只往侧一歪又向直飞来。尚幸康成内功深纯，使的是真力，钹已侧飞数尺以外，先后与前钹一同旋落地上。康成觉出其力又劲又沉，暗自惊心，虽然未被击中，情势也是险极，几乎闹了个手忙脚乱。尤其超出前头那第二面飞钹，相去面门不过三寸，略缓一瞬便非被击中不可，功候稍差一点，不死也必带重伤。**名不虚传。这样才是对手戏。**

康成这里刚挡罢三钹，忽见凶僧哈哈大笑道："姓康的！果然不愧五老门下，居然躲过我三面飞钹。你佛爷还有十面飞钹，从来用它不着，除想寻找那放天门钉的鼠辈一试外，还不曾全数用过。难得遇见对手，你既有本事，老佛爷就益发作成你开开眼吧。"随说，身子一纵，早又纵近丈许。

康成方欲答话，猛听林内有人答道："你这老贼秃要寻我么？康贤弟，且让愚兄一场，我老彭来也！"跟着一股寒风带起一条人影，由侧面林内飞出，直落当场。同时凶僧把话说完，也将飞钹放起。这次并未用一条环上月牙去挑，只身子一摇一抖，穿钹的十字花离胸自解，顺绒绳滑到两臂上面。凶僧只将臂往上一扬，十面飞钹高高低低先凌空起了四面。凶僧原意康成必定难逃毒手，一听仇人上场，又惊又喜，更不怠慢，怒喝一声："姓彭的！佛爷寻你不是一年了。"随说，日月双环起处，"铮铮"几声，四钹相次飞出。

来人正是那化名凌风在破庙中隐居多年的彭谦，仍是一手持拐，一手持链子锤，头上面具已然取下。康成知难而退，应了一声，便自退向一旁观战。彭谦脚才沾地，凶僧第一面飞钹已如疾风吹叶，斜旋着砍到。彭谦落处相隔凶僧约有丈许远近。深知凶僧以内功真力用错劲发出，不容人用兵刃抵挡，一挡便顺敌人挡劲激旋起来，直砍面门要害等处。如若躲时，后面还有数面飞来，都是练就多年的巧功夫，发时觑准敌人躲的方向地位，看它直飞却又侧击，上下左右无不由心所指，如针附磁，躲哪里打哪里，**真正"导弹"**。极少不中，端的虚实莫测，变化无方，躲也伤，不躲也伤。暗器练到这等地步，已臻神化。康成与他初会，居然躲过前三钹，已是难能，凶僧怀恨多年，复仇心切，必以全力拼命，非将这一面飞钹给他破去不可！又恐康成失闪，累他盛名，一上场就打好主意，将手中兵刃舞动，迎着那钹而来。

两下动作都是快得和电一样，连答话工夫都没有，见钹迎面飞来，也不躲也不挡，只将左手钢拐朝来钹右边沿轻轻一点，"铮吱"一声，那第一面钹吃彭谦用顺势逆转之力借劲使劲，径由拐头上往右肩侧旋飞出去。第一面才得打空，后三面跟着品字形、精光闪闪，电一般飞来。彭谦会者不慌，看出来势，知道一三两面必定易前为后同时夹攻，第二面反倒要超出前面先到，三面中独这面歪斜飞来，临了却照直打，非实击不可。又因这四面钹一破，**既然是和尚从来不用的独门功夫，老彭从何得知？**那六钹也跟着飞起，稍缓一瞬便难对付，忙将真气运足。果然第二面钹快到时，超出中左两面，改弯为直，当头打到。彭谦右手锤早已抖直，恰好迎住，"当"的一声，锤头往上扬处，钹被激起空中数十丈高，星驰电转，精芒飞射，径向斜刺里树林之内落去。锤才打中，另外两面，一霎眼中已然迎面飞来。彭谦身子不动，把左手拐一横，又是微微一挨。这次钹离面门甚近，只"吱吱"两声，径由彭谦肩侧急旋而过，飞没多远往下一落，深深砍入草泥地里，康成在旁暗暗喝采不已。

凶僧以为仇人必难躲闪，一见又是打空，双臂一振，下余六面飞钹又向上空飞起。内有三面飞高，径有十来丈。满拟这次杀手六面同发，神仙也躲不过。谁知彭谦早防到他这最后一招杀手，四钹一破，手先朝上一扬，人也捷如飞鸟，跟踪朝空纵起，朝钹起处飞去。凶僧万想不到多年未见，仇人轻功竟臻绝顶，方觉不妙，先听"叮叮叮"三响，接着又是"当当当"三响，只见日光之下一条人影飞过。定睛看时，空中精光映日，四下飞舞，那六面飞钹上三面吃暗器打落，下三面更妙，径吃彭谦就着一纵之势，身在空中锤拐兼施，全数打落老远，纷纷斜飞坠地。再看仇人，已落在身后七八丈远处。

凶僧恨极，未容张口，彭谦一跃，又到面前，拐指凶僧喝道："一别多年，新近听人说你以双环十三钹号称无敌，原来不过如此！钹已领教过了，我再见识见识你那日月双环。"凶僧急怒交加，无话可答，一摆双环，恶狠狠杀上前去。彭谦长啸一声，纵身迎敌，两下杀了个难解难分。足打了个把时辰，未分胜负。

这时盗党中，是好样一点的，多被蒙面人和黑摩勒、童兴等杀死。因为伊商素得众心，除了赵连城一伙刺客见机先溜外，下余盗党明知本领不济，依然拼死上前，不肯逃退。无奈武功一道，优胜劣败，丝毫勉强不得，这几个蒙面人又都是成名英侠，以卵击石，如何能是对手？不消多时，除却伊商和凶僧而外，场上只剩下一个叫铁叉手飞燕屠义，一个叫死脸子林松的，尚与两小侠相持，余均伤亡殆尽。蒙面人中，甘同、朱文燕、颜尚德、韩文约四人业已停手，走到康成一起，站在一旁观战。屠义、林松原非童兴、黑摩勒二人敌手，只为甘同虽知众盗党平日手辣心狠，做事不留活口，杀孽太重，理应全数诛戮，不为过分，但念二人俱是老南极的旧部，推爱故人，意欲网开一面，特喝两小侠不可伤害，须要生擒问话。原意二人素来腿快身轻，只两小侠听出语因不下绝情，总可逃命。谁知两小侠紧记师长之言，今日这些盗党一个也放逃不得，听了甘同之言，便以假作真，硬捉活的。屠、林二人见伊商情急，志在拼死，决不肯就此退去，回想老南极相待之厚，自己从小便随他兄弟二人吃绿林饭，眼看冰消瓦解，大势已去，后进诸人都没一个逃去，如何好意思丢下一走？也抱着拼命的想头，奋勇苦斗，终无退志。

黑摩勒暗忖：这姓甘的老头尚是初会，看神气与兴弟师父颇有交情，如若听他的话将两强盗捉住，难保不放他们逃生，将他们打死，又与此老面子难堪。看两强盗年都半百左右，渐渐气力不济。不如借着生擒为由，也不伤，也不放逃，只是一味软缠，活活将他们累死，岂不两全其美？乘甘同被人拉去观战走向远处，朝童兴使了个眼色，低声拿话一点。童兴久闻群盗罪状，知道师父除恶务尽，适才只是迫于甘同情面。闻言领会，立即改变打法，和黑摩勒一样，不再求胜，仗着身手灵快，只是一味引逗拦堵，纵前跃后，围住屠、林二人，在场上乱转。**一场打斗，旧武侠大多单调，轮换交手，若干回合。还珠每每别出心裁，改变交手方式，以期变化多姿。**

二人久在绿林，武艺虽然不弱，一则年老血衰，自从老南极死后，二次随着伊商啸聚。伊商见是亡兄旧人，甚是尊敬，轻易不甚差遣，养尊处优，功夫抛荒了好些，先时鼓着一股勇气，义愤填胸，还不觉得怎样，时候一久，吃两小侠一路软磨，越往后越觉力乏。战既力竭，罢又不能。到了后来，简直气喘汗流，臂麻手软。敌人偏又刁滑异常，一味引逗，互相对说便宜话取乐，直和开玩笑相似。气得二人破口大骂，无计可施。斗到后来，二人只觉头晕眼黑，口里发甜，力竭神疲，再也支持不住。林松暗忖：看两小贼这等打法，分明是想使自己力竭现眼。今日之事，反正无计求活，与其受小孩子捉弄，何如在被擒以前落个痛快，免受凌辱。主意打好，朝屠义看了一眼，喘吁吁喊道："屠二哥！小弟本领不济，说不得要先走一步了。"一言甫毕，回手一刀，立即翻身栽倒，尸横就地。

屠义原和他同样心思，尚在踌躇，见林松自刎，把心一横，连话都未多说，只应得一个"好"字，左手一铜照头便打。童兴正往前进攻，看出他要自尽，恐血溅身上，脚刚往后一撤。不料屠义愤恨已极，死前忽生毒计，左手回铜自杀，同时却将右手铜照准仇敌打去。童兴幸是手疾眼快，举起腾蛇槊一挡，"当"的一声斜振出老远，坠落地上，就这样，还几乎没被铜把扫中肩际。屠义自是脑浆迸裂，死于非命。童兴火起，正要纵上前去打他两槊，黑摩勒喝阻道："人已死了，你还打他则甚！强盗业已斩尽杀绝，只剩贼头、老秃驴两个未死，和你师父、师叔打得多么热闹，还不学两手去？"

童兴闻言停手，刚随黑摩勒要走。神魔伊商在百忙中看见手下诸人全都死亡净尽，凶僧飞钹被彭谦破去，敌人身法特异，日月双环更占不得半点便宜，可知厉害。最怪是和自己动手这一个，除了头戴面具而外，不但口音穿着，连所用兵刃以及身法解数都和彭谦一样。战久以后，凶僧似还能够应付，这蒙面人竟是越杀越矫健，尤其那柄链子锤能软能硬，使起来笔也似直，灵奇神妙，变法无穷。自己连遇几次险招，几乎丧命，再打下去非败不可。想起今日之事俱由赵连城一人而起，越想越恨，觉着早晚无幸，就这样死不甘心。念头一转，倏地卖个破绽，将身纵向一旁，大喝："朋友且住！"同时把手中刀往地一掷。刀未沾地，蒙面人已自纵到面前，见状停手喝道："姓伊的！你待如何？"伊商两道浓眉往上一挑，怒冲冲答道："我自认亏输，今日之仇今日决不能报，我也无颜在世上立足。但是一件，我还有口恶气难消。你如信得我姓伊的是个好汉，结个鬼交情，让我一步，容我十天。我连家都不回，只消却这口恶气，十天以内仍回原处，自己交代。你们如不放心，错以为伊某不是寻人报复，另有诡计，或是做那不要脸的勾当，借此逃走，我已不愿再打，此时任凭杀死，姓伊的皱一皱眉不是丈夫。"**大出意外，又生变化。伊商这个形象因此而树立。**

蒙面人未及答话。那旁凶僧自从飞钹破后，打了一阵，觉出仇人本领高妙，自己任是如何也只打个平手，心气已馁，情知此仇决报不成。又见大势已去，和伊商动手的蒙面人直似仇人化身，伊商内功不如人家，久必无幸，早有退志，无奈平素受人供养礼敬，不好意思舍了便走。一听伊商停手发话，暗忖：这些人都有来历，伊商不论是死是走，他们都不致上前助战，以多为胜。自己要走，却难免合力堵截。看神气，这些人哪个也非弱者，尤其和伊商交手的蒙面人，竟和仇人是一样家数。还有康成这小辈也不是个好斗的。一个劲敌已难应付，何况三个？此时如不见机，**这一场景，与《神雕侠侣》中金轮法王落入周伯通、一灯、黄药师三人包围颇为相似。金庸"偷意"于还珠之处多颐。**再想走时，那就难了。想到这里，振起精神，招式一紧，杀上前去。

彭谦万没想到，凶僧已是成名多年的人物，在这种场面上还会贪生逃走，没有骨头。见他加急进攻，只当是敌忾同仇，情急拼命，方欲变招相敌，凶僧欲退先进，只一个照面，乘着彭谦用拐一格之势，施展轻身绝技，下面日月环借劲使劲，身子微扭，双脚一蹬，由"蛟龙翻身"，化为"惊燕穿云"之势，斜着飞起，凌空扭转，径朝左近林中纵去。彭谦也跟踪追去，两下相隔不过丈许远近，凶僧纵落林边，彭谦也自纵到，方要施展轻功抢先入林堵截，猛听林内哈哈一笑，飞出一条人影。凶僧正提气上升，骤不及防，来人身法又快得出奇，凶僧双环竟吃来人双手捋住，一抖便自夺过，骂了声"不要脸的老贼"，随手扔去。凶僧知道遇见克星，后面又还有对头，暗道"不好"，方想往侧逃窜，不料来人竟未容他二次起步，上面一掌打向胸前，喝道："老贼找地方挺尸去吧！"凶僧便倒退了好几尺，知道身受内伤甚重，连声也未哼出，如飞往斜刺里跑去。

彭谦自那人出面，便没再上，见将凶僧放走，上前说道："老贼虽中了这一掌，但他内功很好，远非昔年之比，莫不又活着害人吧？"来人答道："这一掌我足用了九成力，他曾用右手来挡，也吃我斫折，到了胸前，我也加上按劲。除非在这一昼夜中寻到肉芝之类灵药，三日必死，还不能走出百里以外。他既内行，也必知道。念在他偌大年纪，苦练一世，我向来作事不为已甚，且容他寻个隐秘所在藏尸骨吧。"彭谦又问道："司空兄照顾许多刺客盗党，临终还在暗中监防老贼逃走，本领真高。那几个刺客在哪里呢？"

来人答道："这伙没出息的败类，已吃我擒住点了哑穴，绕到林内交给黑牛看守。今日所杀盗党没一个不带几条人命，死得不冤枉。伊商心辣手狠，害人更多，万万容他不得！可笑甘同老儿因和他兄老南极有交情，再三向愚兄求说，饶他一命。我知此人虽然从小就在绿林中讨生活，人却任侠尚义，极有骨头，不肯服低，故意给甘老儿一个整面。他果然不肯悬崖勒马，适从林内遥望，已然停手，正和凌老弟答话。想是痛恨那几个刺客不够朋友，临难先逃，打算要几天期限，去将这几个败类杀死，出了怨气，然后回来纳命。**怎么"想"出来的？简直神算子。**江湖上这等行径原有，这厮性情刚直，也决不会作出不要脸的事。一则事涉官场，这厮本恶闽抚一类人，推原祸始，难免不连带着同下绝情，恐其连累我那三位朋友。再说这厮杀孽太重，死得委实不枉，休说刺客全数落网，无一逃走，就是逃走，也不能容他自己走动。看那旁两人还在争论，甘老儿也在那里，必定推在我的身上。此着我已想到，待我前去发付他回来好了。"说时，康成也赶了来，三人一同走向场上。

凌风早看出三人神色，知已大功告成，先开口道："伊朋友，这便是我那位朋友。我不过因这几个小毛贼不值费手，让你稍待片刻，并非不讲江湖义气，这不是来了么？只要那几人有一个漏网，伊朋友只管随便好了。"甘同在旁，见三人一同走来，并未擒着什人，私心还代伊商希冀。谁知泥中人听完了话，便对伊商笑道："这几个小毛贼太可恶了，平日做人鹰犬，倚势横行，遇上乱子，连累好朋友受害。一见不好，偷偷夹了尾巴，丢下一跑。这样绿林中的败类，休说你不饶他，我也怎肯轻放？适才逃没多远，都被我擒住。因恐伊朋友恶气难消，连毛皮都未稍动，如今俱在林内。待我着人取来，任凭你给他一个报应吧。"说罢，将手一挥，两小侠便飞也似往林中跑去。

伊商闻言，哈哈大笑："我本意亲身擒杀这个猪狗，不想劳动阁下又多费事，怎过意得去呢？我纵横半生，今日跌倒许多能人手里，死得总值。不过彭家双侠，以前只知彭谦一人，今春才稍稍听人说起，还有一位孪生过继外家的兄弟，也同拜在天寒老人门下，一向在山中随师，近三年才辞师下山，为寻多年未见长兄下落，没有多时便名满川湘。今春又听一位好友说起，他已访得乃兄隐居江南，不久要来，彼时很想见识见识。适才谈起，才知乃兄借用他的雅号，易名凌风，就在附近古庙中居住。弟兄二人，前日在此无心中路遇，本领我已领教，果然话不虚传。司空老侠盛名为人，更是不消说起。只惜道路各人不同，无缘亲近，末路相逢，也算幸会。余者诸位，除却甘老大哥是先兄好友外，想都是有名人物，可能将姓名来历见告么？"

这时除彭、凌、甘、司空四人外，康成、颜尚德、朱文燕、韩文约，还有奉泥中人之命去往盗巢搜杀留守余党、遣走伊商爱妾幼子的赤城山人金彝，五人面具仍在脸上戴着。虞尧民等一行，只周平一人站在左近，钟、卢二镖师正在崖下守护，相隔尚远。韩文约闻言首先答道："我等隐却行藏，实是为了颜兄是虞老先生世侄，不愿使他知道，并无其他缘故。我等姓名来历有何不可告人之有？"随说，五人一同卸去面具，各自通了姓名来历。

伊商听完，两道浓眉往上一挑，刚要发话。恰值两小侠和黑牛三个小孩，分用竹竿将赵连城等五人似僵尸一般挑了跑来。这五人均吃泥中人点了哑穴，两小侠只就各人腰带拦腰笔直挑起，并未捆绑。刚放地下，泥中人迎过去，每人给了一掌，全都醒转。伊商见了五人，不由怒火上升，霍的一低身，将地上那把厚背钢刀拔起，待要砍上前去，忽又眼珠一转，笑对众人道：**这"一转"，好。心理形于面容。如此方是剧盗行径。**"这五个鼠辈并不是我亲手擒到，我此时已不屑和这班猪狗答话，仍烦诸位自己料理，伊某要告辞了！"说罢将刀往颈下一横，便行自尽。

甘同见伊商右手紧握刀柄，刀夹颈内，鲜血顺刀口突突往外直冒，凶睛怒突，满脸厉气，尸首兀自不倒，**盗中雄杰**。首先厉声喝道："伊二弟！这几名猪狗决难活命，我让他死在你的眼前好了！"说完，纵身到了五人身前，伸手便抓。赵连城被泥中人点倒了好一会儿，醒来四肢麻木，见了众人和伊商，又惊又愧，明知难逃公道，私心仍万一之想，正乘伊商自刎之际，和同党使眼色，令分路逃走，逃一个是一个。不料甘同见伊商惨死，爱莫能助，心中忿愧，恨极了这几个罪魁祸首。赵连城还想抵敌，才一照面，便被甘同用重手法劈折两臂，左手一把抓向胸膛，五指立即连衣服深深嵌入肉内，疼得赵连城"嗳呀"一声，几乎晕死。甘同手法真快，左手一斩掌砍向面上，随松右手抓向面门，往前一推，微听"咔嚓"一声，赵连城颈骨立即折断，搭向后背身死。甘同双手举起，**由甘同下手，笔笔皆不平铺直叙。**刚向伊商尸前掷去，就这瞬息之间，下余四人见势不佳，不顾腿麻，纵身便逃。却不想有这些能手在场，如何能够，泥中人等还未动手，两小侠早有准备。四人才一起步，两个吃黑摩勒一人一镖打倒在地。一个逃得稍慢，刚觑好方向逃路，身子一转，童兴正站身后，见伊商自刎，刺客又想逃走，喝声"毛贼敢走"，声到人到，手起一槊，立时扎中那人面门，死于非命。另一人身手比较灵活，早相好了逃路，故作前纵，身于微往侧翻，却使个"风刮垂杨"的解数，一跃两三丈，往斜刺里纵去，方觉无人追赶，脚一点地，慌不迭二次待要纵起，忽听急风过顶，跟着眼前人影一闪，迎面落下一个待铁拐的，暗道"不好"，想逃无及，吃康成一拐打向头上，脑浆迸裂，翻身栽倒。先中镖二人也吃童兴补了两架，全都扎死。

甘同将四贼尸身一齐提在伊商尸前，说道："二弟阴灵不远，家事自有愚兄照料，安心去吧！"说完，伊商眼才闭上，身子往后便倒。甘同一纵步抢上前去，将尸首扶卧地上，劈开右手，轻轻取下颈刀拭去血迹，撕了赵连城一块衣襟裹住，倏地脸色一变，仰望众人，待要说话，一眼望见泥中人正含笑看他，忽又低下头去，泪便夺眶而出，叹了口气，**写直性人，传神。**二次抬头向众说道："诸位兄台老弟，并非老朽不知爱脸，只为生性耿直，不会耍弄花巧。我与老南极原是至交。今日他兄弟遭此大祸，老朽见不能救，已然愧对死友。闻他尚有一妾，生子年才数岁，他弟兄为人如何，已死无须说了。诸位都是英雄豪侠之士，今日他的党羽全尽于此，剩此寡妾孤儿和寨中一些男女下人，想可稍看老朽薄面，从轻宽饶了吧？""**不会弄花巧**"，此老不呆。**奈何技不如人，势亦不如人！**

彭谦知道此老心仄，昔年曾受老南极恩遇，伊商一死，心中悲愤，连在场诸人全都恨上，只为泥中人决非对手，不便发作，忙接口道："甘老仁兄不必难过，今日之事不只为了维护良善，还有许多因果在内。当年朱、韩二弟好些亲友，还不是为伊氏兄弟所杀的么？我们早知他虽家居本山，自从纳妾生子以后，便作长久打算，为他年地步。家中除了几名丫头，妻亡多年并未续娶。只有二十来名喽罗当佣工使唤，也不随出打抢。平日非值不劫，每出行事多在千百里外。此次如非贪心过重，报复念切，也不会有此一举。我与他相隔不远，已连探查过几次，委实凶残已极，事主从无活口，便他下人稍有违忤，如想辞退他去或是逃走，也休想活命。近年性愈暴烈，几于人人自危，巴不得离此他去，适才已有人前往遣散。难得他为听赵连城之言，惟恐对头走漏，又疑心镖行求人相助，倾巢而出。他那侧室又非寻常无知妇女，所以事情顺手，未伤一人。如今寨房火焚，这一母一子已然上路，取道江苏投亲去了。"甘同闻言，牙关微挫，答道："如此也好。老朽与他弟兄相交一场，寸心未尽，待老朽寻口棺木安殓，免遭消骨化尸之惨吧。"说罢，朝众人一个环揖，道声"再见"，一手扶着伊商后颈，一手托起尸身，飞步往山僻之处走去。**这里关于伊商多说几句，后面《兵书峡》便接榫生出一连串热闹情节。**

颜尚德便问："这些尸首如何处置？"彭谦答道："这几个鹰犬的尸首，为防累人，只好连山口洞后几具一同化掉。马由我们分别送回颜庄。下余死人死马，寻个隐僻山洞收藏，外用大石将口堵死。此辈盗党虽然死有余辜，我等也不为已甚了。"

这时钟、卢、尧民等人见事情已完，想亲身拜谢，见识见识泥中人和这些位蒙面英侠。正商量间，泥中人老远看出来意，忙令周平过去拦阻，并令即速起程。说完向众作别，往适树林中走去。周平因听黑摩勒说，众人谁也不愿现露名姓行藏，忙即回赶。玉麟见状，料有缘故，便请众人止步，问明来意再走。一会儿，黑摩勒和周平近前相晤，传了泥中人的意旨，说众侠士都有事，无暇相见，吩咐钟、卢二人速护尧民等一行上路，不可迟延；一面告诫脚夫们，今日之事不许对外泄露。尧民等主宾三人忙抢前拉住黑摩勒礼谢之后，再三相烦，务必代为致意："请令师叔途中一晤，同去舍间盘桓些日。"黑摩勒笑道："我师叔着实说你三位老先生是好朋友呢，我想许能答应。不过他老人家脾气古怪，勉强他不来，我定把话说到。听说虞家花园很好，将来说不定我还寻了去玩玩呢。"尧民道："老弟光降，再好不过了。"玉麟还想与众侠士见上一面，无奈黑摩勒力促速行，只得称谢而止，好在一切早已准备停当，一声令走，便即启行。黑摩勒直看着起了身，方始作别自去。

　　玉麟回顾场上诸人仍然戴着面具，正牵着马匹在那里捆载尸首，隔得既远，又都以背相向。盘问周平，只说众人曾应伊商之请脱了一回面具，语声甚低，只知大有来历，枉在江湖多年，竟一个也不相识。玉麟料这些英豪侠士不肯与镖行中人来往，回去将来见了谭镇南，也许能够知底。既不愿见，且自由他。因前途已入康庄，至多只有伊商在山口前后假充官人办案，设来拦阻商客的一二盗党，照今日局面，想已做掉，无足为虑，便乘途中无人之际，告诫脚夫，推说："适才那场恶斗，乃江湖上正邪两派相争。途中所见，全出盗党误会，并非有意劫镖。这班人都不好惹，如要胡说，留神性命！"好在两行人不久分路，黄、李一行脚轿夫久受镖行雇用，见过阵仗，自不必说。尧民等所用轿子，原是沿途零雇，没有一定去处，此时脚夫们都晓得一点江湖行道，客人相待又厚，闻言齐声应诺，谁也不敢乱说一句。这场争杀，只便宜了九龙沟严氏弟兄没有遇上，后文另有交代不提。

民国通俗小说精粹导读丛书

陈洪　主编

云海争奇之儿女恩仇记

（中）

还珠楼主　著

陈洪　导读、批点

南开大学出版社

天　津

目 录

（中）

第十回　活火烹茗 深山来旧雨
　　　　只鸡斗酒 古庙戏神偷

当晚住店无话，早起又赶了两站。良夫因明日便须分路，老早到店，将脚轿夫重赏开发回去，次日过午，方始另雇轿马起身。早上黄、李二人辞行，送了好些贵重礼物。尧民等三人执意不收，各定后会而别。单走了几天，行抵杨墅关镇上，相隔永康只有二百余里。尧民算计离家已近，此去沿途青山绿水，人家繁庶，便走过了镇集，也不愁没有食宿之处，这还是自己在外年久，又不愿露出行藏。如再提名道姓，休说附近各县远亲近戚甚多，到处逢迎，便那些村民，听说永康虞家，也无不延纳之理。见天色不过将近黄昏，急于还乡，意欲多赶两程。良夫、新民征尘仆仆，也愿早到，吩咐张福给了轿马加班的钱，主仆四人当即起身前往。

尧民久未还乡，地理不熟，只知这一路民殷物阜，鸡犬相闻，却忘了中间还要穿三十来里山路，**这一忘，又生故事。反过来讲，欲令情节枝繁叶茂，可借鉴还珠此类手法。**虽有山民，人家都在山谷里面，不当大路，生人不易寻到，时又下旬，没有月亮。走了一段，眼看山色迷蒙，暝烟欲收，夕阳西逝，天已入晚。良夫看沿途村舍逐渐稀少，此时已入山径，不见一处人家。繁星渐晦，仿佛云生，野风吹凉，似有雨意，方想起适才因听尧民之言，只顾乘兴忙着赶行，忘命张福打听途程歇处，自觉疏忽，路已赶走大段，势无退理。心还以为轿马虽然雇自邻县，此间地理不会不知，看他们踊跃争先神气，料不致无可投止。哪知轿夫们因客人厚道，路上又吃饱了酒肉，只知赶路得赏，别的通没理会，见天一黑，各将灯笼点起，一味抬着轿子，前呼后喝，朝前急跑。后来还是张福见黄昏以后，路绝人踪，恐怕迷路，回马到良夫轿前请示。良夫先问轿夫，俱说以前走过几次，都是白天沿山常看见种山田果园的山民，因非落脚之所，何处有人家村舍，不曾留意。良夫问不得要领，黑夜看不清切，只得命众留心查看，见有人家，速即打听借宿，一面仍就赶行，准备将这一段小路赶过。

正走之间，张福在前，瞥见前面山坳树林之内灯光掩映，忙向三人禀报。尧民方命张福前往借宿，忽听前面兵刃相触之声，揭开轿帘一看，只见两条黑影，各带着一道白光，此蹿彼跃，上下翻飞，除了兵刃相触，叮当乱响，听不见一点步履声息，黑夜之间也看不清二人面目。良夫阅历较深，又和钟、卢二人相聚些日，得知江湖上许多过节。适见林内灯光，因当地民风勤俭，黑夜张灯料有缘故，听要借宿，本想拦阻，再见道旁有人苦斗，更生疑虑。无奈一行俱都持有火把，踪迹已被发现，无可隐藏，故作不知，就此过去。对方如怀恶念，几个文人和轿夫也抵挡他不住。**这一会儿，连卢堃那样的角色也没有了。时危思良将，信然。**如若故示大方，朝他问路，人家正在拼命争杀之际，上前打岔，又觉不妥。

方寻思间，轿子已然走近。良夫恰是第一乘，抬前肩的偏是个不识事务的乡愚，见那两个动手的，有一个好似吃了敌人的亏，忽然当的一声格开敌人兵刃，往斜刺里纵起老高。乡下人几曾见过这等相打，不禁脱口高叫了一声"好"。这一来竟将那人激怒，大喝一声，落在轿前，拦着轿子喝道："不睁眼的东西！我们自家弟兄相打，与你何干？要你放屁！把轿子放下来，不许走了！"良夫轿内外看，火光照处，那人竟是一个身着短袄、年约十五六岁的小孩，生得貌相甚是清秀，手持一根锃亮的白铜棍，正拦轿发威。因黑摩勒和童兴年比这人还小，竟有那大本领，不敢轻视，听语气不是歹人，忙命停轿，准备赔话。偏那两名轿夫都是阿戆，欺对方是个小孩，不肯将轿放落，嘴里更强。小孩冷笑道："你要连坐轿子的都放倒么？"良夫见势不佳，再三呼叱，张福也从旁喝骂，轿夫才行放落。当头一个自恃有几斤蛮力，未容小孩开口，先发话道："这是客人叫我落轿，不是听你的话。你一点点年纪，恶形恶状，拿着根哭丧棒，敢是要打人么？皇帝的街，百姓的路，喊声好也不要紧，不让走试试看！""强龙不压地头蛇""好汉不吃眼前亏"，对于时常出门在外者，此千古不易之理也。小孩等他说完，冷笑道："小少爷打你这样猪猡，还要这个？二哥接着！"右手将棍抛给缓步走来的同伴，迎面一掌，跟着底下一腿。等良夫走出轿外，张福下马相劝，轿夫已被打跌在地。后面轿子也都停歇，见同伴被小孩打倒，不容分说，齐声喊"上"，各将轿后打野狗的木棍取出，只留两个擎着火把，下余五六人一拥上前。这班轿夫多是邻邑山民，性情粗野，气势汹汹，良夫等阻喝不住。

正在为难着急，忽见火光影里多出一人，好似喝醉了酒神气，步履歪斜，挡在众轿夫前面，又像解劝，又像说醉话道："你们不许相打，不听好话，一个个都给我量量地皮再走！"先被小孩打跌的一个轿夫恼羞成怒，最是愤激，抢着爬起，也抽了一根木棍抢到前头，见有人出来解劝，喝道："我们相打，关你什么事？"说罢，伸手想推，却不料醉人力大非常，臂微一振，便吃撞退出丈许远近，几乎跌倒。下余五人也都赶到，当醉人是小孩一边，出来解劝，越发忿恨，有的用手推，有的举棍就打。醉人竟连头也不回，仍是东倒西歪，口里说道："不听我话，谁也不要打算过去。"说完，只见众轿夫纷纷倒退，有的震得手疼，抛了手中棍，直喊"嗳呀"。

对面小孩正在点手叫阵喝道："我今天非叫你们这群猪猡，一只只爬了过去！"忽见醉人出现，晃眼工夫，众轿夫全都退倒，心方奇怪，醉人已走到面前，指着小孩喝道："你叫他们爬着过去，我的朋友叫谁抬呢？"朋友"？见首不见尾，设一小悬念。小娃儿不安分，前村放着现成喜酒不吃，半夜三更出来闯祸，乖乖回家睡觉，还要我抱你去见你家大人么？"小孩闻言大怒，迎面就是一掌。醉人哈哈笑道："凭你也敢和我对敌！"黑影里也没见怎动手，语声歇处，小孩已被挟起。另一小孩本在旁观，见状大惊，大喝："何方野狗！敢欺负我兄弟，还不放下？"声随人到，一跃丈许，脚才点地，手起一棍，朝醉人下三路扫去，叭的一声，正打腿上。醉人竟似不曾觉察，右臂下挟着一人，也未放下，反笑骂道："你这不识时务的小娃儿，更非抱去叫你家大人打几下，教训一顿不可了。"随说，伸手便抓。这小孩比较机灵，一棍打中，不但敌人未倒，反震得手臂酸麻，便知不好，方想纵起拔刀应战，敌人业已抓到，连忙回棍抵挡。谁知醉人身法真快，抓住棍往回一带，跟着松手，往前一上步，身子微俯，伸手一捞，连人带棍，又被挟起。小孩手脚乱舞，还待挣扎，醉人喝道："放老实些！"小孩也真听话，便不再动，任凭醉人一手挟着一个朝前走去，晃眼没入黑影之中不见。轿夫们各吃了一点苦头，气已中馁，心犹未甘，还待鼓勇再上，刚赶近前，人已走去。因醉人这般说法，再加良夫、张福不住喝阻，也就收风，好在除了打人的吃亏稍大外，都未伤筋动骨，略微结束，仍然抬起轿来上路。

走了好一路，再经此一闹，众人均觉有些饥疲。良夫暗忖：适才两小孩和醉人行径，都非歹人，所说前村喜酒，必系张灯之所，照此看来，决可无虑。便命张福骑马先往借宿，众人随后跟去。张福先听醉人说话耳熟，黑里看不真切，又忙着和良夫喝阻轿夫，都不及留意细听。走到路上，忽然想起禀报主人，醉人已跑没了影子，骑马自去借宿不提。

那人家位置在前面山坳以内，无数红灯掩映林樾，仿佛相隔甚近，顺着山径，曲曲弯弯走了二三里路，黑夜之间虽然看不真切，火光照处，到处流水弯环，竹树丰茂。估量日里山青水碧，风景必然清丽。遥望灯光仍还未到，山路却越走越仄，野草渐深，高低不平，甚是难走。方疑走错了路，忽听蹄声得得，响动山野，由远而近。知是张福回转，却不见人马和灯影子。

良夫忙令停步，高举火把等候。约有半盏茶时，忽听张福高喊："轿夫回轿，不要再往前走了！"跟着坡下黑影里闪出两枝火把、一盏灯笼，近前看时，骑马的正是张福，还有两个步行的壮汉，相偕赶来。到了三人轿前禀报，说这条山径名叫碧螺弯，七弯八拐，外人到此极易迷路。**仿佛《水浒传》祝家庄盘陀路。**有红灯之处，全村只十来户人家，地最幽僻，主人姓何，隐居山中已二十年，当晚正为长子完娶。张福也是把路走迷，正在为难，忽见两名壮汉持着火把赶来，将他唤住，说他家主人知有贵客经过，特来迎接。并说轿子必定迷路，再不追来，恐怕误走蛇牙口等险地，黑夜里难保不出事。问他别的，却答不知。因此着急，忙同回赶，直到转过那片崖壁，才见轿子火把。跟着两个壮汉也说："家主人闻说三位老爷路过，刚好今天小主人娶亲，备有薄酒粗菜，正好留客。本当亲出迎接，因家中还有几位不常到的远客，不能分身，只在家中恭候。命我两人来接三位老爷，务必光降。"**又启悬揣。**三人一听主人未到先知，想起适才所遇，越发心喜，随口谢了。两壮汉便在前面引路。

一行沿坡而下，走完一段草地，所行之处，左倚峭壁，右有小溪，流水汤汤，与人马步蹄踏石之声相与应和，倍增幽静。山径不宽，倒也平坦，前面红灯早已不见。走了一阵，路转峰回，由一片果林小径中穿过，再顺林侧危崖转将出去，倏的眼前一亮。只见前面大小红灯千百盏，**还珠是有山间夜行经历者。**高低错落，灿如繁星，烟火光中现出一丛庄舍。舍前广场上摆着数十桌酒席，每席三五七八人不等，正在划掌轰拳，笑语如潮。再行数十步，又是广溪前横，上面架着一道赤栏杆桥。两壮汉早往庄中跑去，张福下马请示，问："递名帖不递？"良夫算计主人必非庸流，看情景行藏已露，便命投帖拜会，张福连忙牵马跑去。一行过桥不几步，便见当中一所悬灯结彩的大门内，走出一个身着吉服的老者。尧民等三人忙命轿夫落下，走上前去。张福知是本家主人，抢前请安，投了名帖。一会儿宾主相见，老者先开口道："老朽何异，佳客远来，适值小儿完婚，未及分身远迎。山居无多美撰，不嫌简慢，请至里面先用一杯水酒，略洗长途征尘。"

良夫暗中查看，门前广场上残席未撤，赌酒方酣，坐客只主人出时略加欠身，外客来直如未见，装束神情均不似土著山民，口音更不一样。**可惊可疑。**主人却气度闲雅，吐属从容，迥然不类，愈知不是寻常人物。一同谦谢了几句，和主人一同入内。门里院宇宽阔，碾墙粉壁，甚是整洁高大。屋内外到处灯彩辉煌，有十多桌筵席坐客已散，肴核满地，七八个青衣壮汉正在打扫。耳听笙歌细细由里院传来，入耳清娱，不同俗奏。三人心正惊异，主人已领了三人，绕了两处回廊，走过大片菊花畦，一幢高约千丈的云骨忽然当路。转出峰侧，数十盏纱灯涌现出一所精舍，琴书在壁，陈设无多，别饶清丽之致。东头一张大理石的紫檀雕花圆桌，围着五个紫檀圆凳，桌上设着五份杯筷，都是极精雅的好瓷。**还珠自家梦想。**除两个供役使的青衣小僮外，并无他客。

何异先请三人随意落座。一僮打了手巾，端上漱杯，一僮便到室外峰脚下，将风炉上双耳铜吊取到阶前放下。尧民见那铜吊形如大肚石鼓，四边俱有篆文，双环无嘴，盖有通气验水的活眼，知是用极讲究的隔水煮法，知主人精于此道，以上宾之礼相待，忙起致谢。何异见他内行，越发高兴，手微一摆。前僮便走向室角茶具架上，取了一把形式古雅的紫金砂壶，走下台阶，忙忙奔去。另一僮便将铜吊水盖往上一提，跟着一把砂壶随手而起。新民坐离门近，见那砂壶也是定制之物，用玉根做成方形把手，煮水时恰好可以嵌在铜吊盖底凹槽以内，为免烫手，盖、柄也似黄色玉质所制。小僮提水进屋，随将门侧矮条几上原放的宜兴壶盖打开，三起两落，倒水下去，将盖盖好，取过一个茶盘，上放五具明瓷细碗，先将茶倒去一杯，重又加水，略隔分许，一一斟捧了敬客，动作甚是敏练。事完退下，将壶中余水倒入吊内，退出门去。**精于茶道。绿林中竟有如此雅士！这种铺排，有《红楼梦》韵味。**

尧民等三人一尝那茶，果然色香味三者俱胜，知是明前嫩芽佳制，各自赞美。何异见尧民擎杯微笑，直夸水好，便知他不以茶为尽善，笑答道："此茶只是龙井春芽，只供远来解渴之需，不值高人一品。这水却是本山白雁峰顶小天池中灵泉，经老朽每年冬至先期涸干石池，然后亲率家人僮仆挑了砂瓮，由后半夜交子时起，用竹制汲管，对准池底七个小泉眼汲取入瓮，缒下峰来，平抬回家。按着汲取时刻，标明封识，原瓮不动，埋入地底。大小三百余器，逐日取用，以子时所取者为最佳。**过于复杂。也是《红楼梦》渲染"茄鲞"路数**。只惜泉源不畅，一个时辰所得，不过一二十瓮。老朽嗜茶成癖，不遇知音，轻易不以款客。山泉乃灵石法乳，每年只冬至后半夜起十日前后，旧泉渐涸，新髓初生，是其精华所萃，真比金山、惠山二泉尤胜。十日以后，泉源日畅，涨满全池，虽比常泉尚佳，与此不啻霄壤之分了。三公所饮尚系末两日所汲，既遇知音，当以同享。适才已命小僮锄烟往汲当夜灵泉，理好茶具，以备三公评赏。远来腹饥，请先入座小酌吧。"

说时，另有二僮端了食盒酒菜放在圆桌上，来请入座。贤主佳宾，更不客套，随意坐定，主人举杯劝饮。良夫见样数不多，肴酒精美，桌旁虚着一份杯筷，连座未撤，方欲动问，何异已先说道："少时还有一位老友要来共饮，到时早晚无定，山野之人脱略已惯，请各自先用吧。"良夫心中一动，忙问："此公何人？"何异道："此人性情古怪，老朽暂不为之先容，等到见面再谈吧。"良夫不便追问，只得住了。**一连串疑窦**。何异随把谈锋又转到茶上，由选茶谈起，直谈到采摘焙制、洗泡烹煮，以至于汲泉养水、火候茶具，一炉一炭之微，条分缕析，无不精绝微妙。**金庸小说中写琴、棋、书、画，酒及酒具，以文化增趣味，一脉相承**。尧民望族显宦，久居大江南北产茶名区，于茶尤有夙嗜，平日极为讲究，闻言也愧弗及，倾佩不已。

四人正谈得高兴，忽听门外有人笑道："都要像你们这样吃茶，人都麻烦死了！"**好！斩截痛快**。跟着湘帘起处，走进一个身材短小的中年人来。尧民等一看，正是屡次深夜投函拔刀相助、自称泥中人的那位侠士，连忙起立为礼，称谢相救之德。泥中人一旁还礼，笑答道："我虽山野之人，三位也非俗宦，主人有的是美酒名茶，何苦多此一番俗套，耽误清谈？我已忙了半日，这份空着的杯筷，定是主人为我备下的。我们仍各坐下，且吃且谈如何？"三人知道这类风尘异人多半脱略形迹，便道"遵命"，各自归座。何异给泥中人斟满一杯，笑问："老弟事体如何，停当了么？"泥中人道："自从那年在此分别，已有四次过门不入，今日你却料我必来，我的事想必也早在你的算中了？"何异笑道："那个自然。你此次帮了新朋友的忙，又为故人报了大仇，真乃快意之事。不过那贼是姜家内弟，照今日算起，连我也沾了亲，你的手脚做得干净么？"泥中人道："做得干净，还会落到你的眼里？今日到此，原为向你打个招呼，并请你会会我这三位朋友，代作一个东道。我早就想往华岳、太白两山一行，满拟把他三位送到永康即可动身，不料会有一点波折，说不得只好去永康虞老先生花园中暂住些日子再定行止了。"

何异略微沉吟，笑道："司空老弟，你一向行踪诡秘，不肯以真姓名示人。魏兄适才问我，未曾奉告，难得你自要往虞公家下榻，我想世上哪有主人不知来客姓名之理？你们相交在前，还是你说，还是我代说呢？"泥中人也笑道："你真老奸巨猾！人家与你谈正经，却拿闲话打岔。我和他们三位此去相聚，非三五日可了，什话都说，不必忙此一时。我只问你，令新亲可知今晚之事是我做的么？"何异道："凭你老弟，还忌他不成？"泥中人冷笑道："适在路上，见他儿子同他外甥野地里过手，魏兄轿夫不合叫了一声'好'，乡下人晓得什么，他竟恼羞成怒，意欲横行。我往劝阻不听，吃我一手一个挟去交他以后严加管束。我如忌他，也不在他嫁女儿的好日子给他难堪了。投鼠忌器，此人又喜迁怒，你晓得么？"

何异一旁劝着酒菜，随口答道："我怎不知他为人？今晚的事对你一说，就不足为奇了。今晚为了酬客，并未出门，事先也并不知你来。因有一位多年未见的老朋友，本是看了一门好亲，赶来给我送信，不想来晚一月，小儿已然聘定姜女，今日恰好完姻。他还后悔，早有此心，为何懒散，直到听说女家要移居才行起身，迟了数月，误此良姻。**隐指江小妹。**姜女虽然不差，比他所见之人却有逊色，说过也自拉倒。我和他原是背人私谈，说完正要请他入席，忽又说起他到时天近黄昏，在山口内遇见那两个败类，掩身林石后面取出干粮酒肉在吃，行藏鬼祟似有用意。他原见过二贼，深知来历，以我隐此多年，恐怕于我有什么鬼谋，也把身形隐起，暗中查听。才知二贼不是为我，老姜也洗手在此，乃是受了老秃驴之托，专为行刺虞老先生三人而来。老秃驴因被能手伤中要害，逃出不远，自知难活，打算寻一山洞藏身等死，巧遇二贼。这厮枉活这大年纪，只知对头名叫彭谦、康成，乃五老门下，用内功伤他那人，竟没看出是谁。说完受伤经过，便托二贼往闽抚那里报信，再去行刺，先给对头一个难堪，然后寻找他的爱徒孙璧，探听仇人姓名来历，约请能手报复。二贼听那对头是五老门下，又有仇人康成在内，同病相怜，更想借此结交孙璧，于中取利，增长声势，立时应允。偏有急事在身，耽搁了两日，等把事办完一商量，这几个对头俱是有名人物，老秃驴尚非对手，何况自己？便那保暗镖的也不好惹。好在事无人知，打算变计行事，只给孙璧送信拉倒。因他姊丈在此，多年未见，绕道来此看望。冤家路窄，昨晚宿在前途店内，遇见虞公主仆四人，容貌、口音颇与老秃驴所说相似，半夜往窗下偷听，果然不差，并听出与镖师们早已分路。心想五老门下均尚侠义，决不甘为达官显宦所用，必是镖师请来。现既分路，杀这几人，岂不易如反手？这一来，不但给对头种下祸根，还可挟制闽抚，得他一份重酬。镇上人烟稠密，不便举动，算计此间必由之路，又从轿夫口里得知客人心急赶路，特地到此，就着野意吃喝个饱，静等三位过时下手。不料老弟忽然同一小孩出现，借着讨酒吃为名，将二贼逗急动手。二贼俱吃小孩打死，移尸化骨。他见你二人分路走去，才到我家。

我已料你这次要来，随后小徒殷铭又来说你要我准备食宿，代延佳客，越发知你必来无疑的了。"**释疑解惑。**

泥中人道："原来还是这样，我当你真有什玄妙处呢！老醉鬼想必还在这里，我代他把昔日大仇一掌打死，适才为何掩掩藏藏，不肯见人，是什么缘故？"何异道："他一见你，便知老秃驴死在你手。这厮年已近百，仗着双环十三钹，不知伤害多少英豪之士！近十年间，自知树敌太多，青城、峨眉两派门下誓欲杀以除害，川、湘等地难于容身，潜来江南匿迹销声已久，不料仍有今日。如论武功，目前休说除他，连和他能打对手的都没几个，不是你是谁？"泥中人道："那不一定。你是不常出门，现在各派中后起之秀尽多着呢。"何异道："话虽如此，毕竟火候还差，你去永康，能住日子多么？"泥中人道："这也到时才能定准。醉鬼何在，何不请他来此一谈？"何异道："他此时代我在作主人呢。你只去永康，他必前往寻你，此时不见也罢。"泥中人笑问："何故？"何异答道："少时再说。只顾和你一人谈话，连客酒都忘敬了。"说罢斟酒，二人更不再谈前事。

尧民二次称谢，请问姓名。才知泥中人复姓司空双名晓星，乃武当派中名宿。**至此才露姓名。**看虽中年，实已古稀，比起何异才小三岁，武家内外功均臻绝顶，到处仗义任侠，济困扶危，行踪飘倏隐秘，如神龙见首，不可端倪，又善内家缩骨敛神之术，貌相身材均可变易。江湖枭恶之徒死他手下的，不知多少，但知道他真实姓名来历的，百无二三。近年自悔疾恶太过，杀孽日重，屡拟寻一名山隐居学道，无奈好些世情未了，迁延至今。中间又遭了一次仇敌暗算，乘他锐身急难，由苏赴闽奔驰于炎天烈日之下，支使出两个死党，在山路要口上买了一家茅舍，在门前设摊卖茶，茶内下有极厉害的毒药，旁边用山泉浸着两个上好西瓜，将毒药抹在刀上，到时应用。惟恐不易上钩，又令一人手持收敛瘴毒炼制而成的毒砂，埋伏相待。**补叙前文。此可谓"犀牛回首望月"法。**

毒药并无异味，按说不易觉察，谁知晓星久经事变，机智若神，过时见那敌党虽然居室衣服都与山民一样，双手却是筋粗骨健，只有浮污，并无皱纹，尤其农间卖茶略博微利，应是勤俭人家，可是舍旁耕具干泥丛积，**有生活经验**。至少数日未往田间操作，茅舍三间，不见一个妇孺。再稍留意，便看出那山民身轻步捷，许多做作。当时明白，不合艺高欺敌，意欲耍笑一番，再行处治。敌党见他端茶不饮，反劝主人，忽又放下索瓜，等举刀代切，又被拦住，说向来脾气，吃瓜须用手开，不然不香，吃后须喝缸中热茶，才能免去肚痛，边说边吃，话多讥刺。等吃了一点瓜心，假作拿碗舀茶，又装失手，用半边残瓜暗运真力，将茶缸砸成粉碎。敌党知已看破，不动手也难逃公道，手抓袋藏毒砂，未及撒出，已吃晓星点倒，问明来历处死。挟了尸身，准备寻一僻处用药化去，免得遗害。不料敌党情知必死，诡计只吐了一半，容到晓星移尸化骨重行上路，行经山崖之下，崖上埋伏的敌党早看出他的行径，愤恨已极，乘他经过，猛将一袋毒砂全数向下撒去。晓星正在下风，连忙屏气纵起，鼻孔中已嗅了好些进去，心中大怒，只一两纵，便追上敌党一掌打死，照样移尸化骨。寻着山泉，将身带解毒诸药乱吃了些，一面运气呕吐。先还以为闻嗅无多或可无害，走不十里，忽然烦渴昏晕，知道不好，意欲奔到省城求一名医救治，赶急飞驰，又跑了数十里。中毒之余，又在暑天烈日之下急驰，只觉浑身酸痛，喉间腥燥欲裂，腹中烦恶闷胀，头晕眼花，两眼直冒金星，神志已乱。瞥见左近崖侧似有一条白影，下面还有小溪，当是瀑流，急不暇择，纵身一跃便自到达。眼花缭乱中，仿佛迎头有条东西打到，**"仿佛""似是"，写昏迷情状如画**。顺手一捞，似是活物，奋力一扯，猛觉大地旋转，脚软如绵，再也支持不住，往前一仆，倒在水泥里面，失去知觉。

溪旁崖上原有一条瀑布，酷暑久旱，水源已将干涸，剩下一缕细流，涓涓滴滴缘崖下注。溪水虽也将涸，溪泥未干，尚有余潦，野草得此滋润，怒生满溪。毒蛇恶虫之类日间怯热，贪此浊泉，纷纷奔赴饮息其中，上有酷晒，下面地气郁蒸，丛草遮蔽，无所宣泄，加以蛇涎虫沫所萃，蕴为奇毒。常人休说饮此溪水性命不保，只在日午郁蒸之下闻着里面那股瘴气，也要中毒昏晕。尤其适见白影并非瀑布，乃是山中一种最毒之蛇，名为白美人，生得通体雪也似白，角腮红眼，长信如墨，口嘘黑烟。人如迎面被它嘘上一口，百步以内立死。其行甚速，见人就追，追上便照直往人头上蹿去，一个扑空，落在地下，旋身再蹿，不死不止。此蛇虽然厉害，但有一样短处，骨节甚脆，尤其颈骨是它要害，别的骨节碎了，仗着皮韧坚实，不易斫断，只被逃走，日久自能长好，颈骨一击即碎，碎便毕命。山中居民一见此蛇，手中如无器械，总是赶紧拾两石块，抢向上风立起，容它迎头蹿来，切忌心慌，眼要看清来路，屏着气息往旁一闪。蛇是直劲，转折较缓，掉过头还要蓄势鼓劲，才能蹿起追人，不等全身转过，赶上前去，照准颈间一击立毙。晓星奔到溪边，蛇见人来，立即下扑。晓星终是武功精纯，晕死前余力尚还未尽，捞的又正是颈骨要害，再一扯一甩，立即毙命，人蛇一同坠落溪里。

晓星本来中了重毒，万无药救，这一来恰好以毒攻毒。跟着天天雷雨，人连浸带进水，凉气一逼，悠悠醒转。只是人吃大亏，四肢无力，不能挣起。彼时如无人救，崖上洪瀑下注，溪中水涨，也要淹死。幸而巧遇尧民等主仆三人避雨崖洞，**诸般巧合，凑成故事。正所谓"无巧不成书"**。闻得呻吟之声，前往寻视，救了回去。先给服了自带珍药，又请名医诊治。晓星为人肝胆，此行原为救援故人之子。病榻寻思，行藏已为对头所悉，保不乘隙加害？越想越不放心，竟不顾病后体弱，强自挣起，留一纸柬，不辞而别。事完以后，又到福州，闽抚与尧民作对，屡在暗中维护。尧民卸任时，探知闽抚派遣赵连城等刺客沿途狙击，以晓星之力，本不难夜入抚衙惩除贪顽，因闽抚为全省大吏，恐将事情闹大，牵累无辜，想给他个哑巴亏吃，使他手下爪牙一人不归。一面向尧民投书报警，一面暗中布置。

这时小侠黑摩勒适奉师命前往常州寻他，听说晓星在福建许久未归，入闽寻访。相遇途中，随侍身旁，正好相助。等尧民遣走家眷，随后微服起身，二人总在暗中保护。晓星滑稽玩世，沿途仗着本领机智，大开众刺客的玩笑。因悉刺客要借公济私，劫杀黄、李二富商，夺取他们的珠宝财货。晓星久闻黄、李二人乐善好施，一试果然。知所请镖师，官私两面俱非刺客之敌，有心救他们，自己又不能兼顾，便在暗中撮合，将两行人连在一处。刺客经他戏侮，也有了戒心，暗请绿林能手相助。晓星方觉黑摩勒一个帮手尚嫌太少，打算寻人相助，尧民恰在无意中遇见颜尚德。尚德感念旧恩，又是父执世交，立即锐身急难，星夜请人暗中护送。所请的人，正是晓星多年未见，隐居山中破庙，化名凌风的好友铁衫客彭谦，余人也都英侠之士。**巧而又巧**。刺客时已约了好些退隐的盗党，次日路过都天王庙前峡谷，不等一行出境就要发动。

晓星因约人路远，缓不济急，为求万全，只有先下手为强。夜入盗庄，给他一个厉害，又觉这些盗党，平素行径尚有可原之处，况已洗手家居，上门寻事，势必群起拼命，不死不止，难免增重杀孽。方自踌躇，忽遇故人，好生欣喜，商定行事。次日尚德同了朱文燕、韩文约、康成、金彝等一行五人走出不远。巧遇彭谦的过继给外舅家的胞弟凌风。尚德等虽和彭谦交好多年，尚不知他真实姓名，因见来人步履非常，知是武家名手，下马请教。一听姓名，再一问所寻的也叫凌风，好生诧异，两下气味相投。尚德说："贵友现在前面相候，不妨同去。"那人大喜。

到了约定地头，彭、凌二人见面，谈起前事，才知彭谦为避一仇人，隐名埋晦，彼时凌风尚未下山，便借了他的名姓，以便日后下山，易为寻访。彭谦武功精纯，与晓星不过伯仲之间，实因误信流言，伤了仇人丈夫。仇妻一个女流，师门中有好些瓜葛，一误不堪再误，诸多碍难，只率引避，并非怯敌。为免泄露，再惹烦恼，连爱徒童兴日常侍侧都未明言，尚德等更不用说了。

兄弟二人叙完阔别，凌风久闻神魔伊商等一干盗党的恶迹，便没尧民这场事，早晚也要前去相会，尚德请他相助，自是乐为。事有凑巧，临动手以前，又遇见甘同，他和伊商之兄老南极是患难交情，和彭、凌、颜诸侠多半旧好新知，见后问明众侠士行径，听说司空晓星也在一起，不禁大惊。暗忖：以前曾听传言，说伊商背后常说姓甘的，乃兄死前故意规避，不为助场，死后不为报仇，反与仇人交厚，种种不够朋友，提起就骂。乃兄在日，本就气味不投，多年未见，又有前嫌，如往相劝，徒自取辱，一个不巧动起手来，胜也不好，败也不好。再三向众商恳，说晓星为人闻名多年，共只见过两次，并无深交。此事是他主持，此人以前出了名的手狠，除恶务尽。事涉官府，关系重大，不便向他求情，务请看在老朽薄面，设法转圜，平息这场干戈。

彭谦早和晓星商定。敌人方面个个恶迹昭彰，无一善类，为免后患，刺客固在必诛，盗党也不能容一人漏网。无奈甘同情面难却，想了一个计策，一面答应，先由甘同出面劝告伊商，晓以利害，令其交出刺客，便可两罢干戈。一面暗中部置，使伊商无法下台，非打不可。甘同为人忠厚，明知伊商未必肯听，此外别无善法，只得允了。到时朱文燕受了彭谦之教，与甘同一同先出。伊商刚愎自恃，素不服低，再加朱文燕话说得一点也不客气，黑摩勒、童兴两小侠再把刺客首级和赵连璧往外一献，面子上如何能挂得住？当时便动起手来。

甘同本想和伊商打对手，好把他引向一旁再行苦劝，谁知铁沙掌刘开邦和黑虎胡四两名盗党不容分说，首先杀到。伊商为了指挥全局，观察敌势，反往后退了几步，甘同竟未得便。后来伊商、凶僧连同群盗全数毙命，甘同心中难过，却说不出，越想越恨，抱了伊商死尸，径自走去。**是个老实厚道人。**

晓星遣走尧民等一行，因料前途无事，便命两小侠带了黑牛暗中护送，自己晓夜飞行，赶往闽抚衙内，将闽抚长辫剪去半截，再用刺客口气留下一封书信，**这招巧妙。**大意说：闽抚待人太薄，诸人每月薪金还不如从前在绿林时所得之多，这次又令行刺。虞某虽然告老，终是朝廷监司大员，早晚事情败露，都遭杀身之祸。况他为官清正，口碑载道。绿林人最重义气，杀害忠良必遭天下人唾骂。现已决计不辞而别，但是盘川缺少，拟向闽抚借用十万两银子，如蒙慨允，请换成金叶，次晚放在后衙楼上，自会来取。此事余人不知，切忌张扬，彼此不便。行时所给密函手谕敬为保留，异日得便自当奉还。**妙计！**

闽抚不知刺客已死，还当众人叛他，看完纸束，吓得目定口呆，通体寒战，把柄在人手内，事关重大，没奈何只得自破贪囊，依言行事。后越想越害怕，身旁还有十几名护院武师，万一再生变故，如何是好？便和心腹幕宾密商遣散之策。好在事还机密，众武师各有私心，互相嫉妒，众刺客以赵连城为首脑，这伙人本领较高，自成一党，平日趾高气扬，恃宠骄横，与残余诸人只是表面和气，私恨甚深，行刺一节并不知情，一听闽抚说，近接京中大老密信，日前御史奏参抚衙养有不少江湖之士，每日在外欺压平民，将要派员密查，先去诸人多半互相援引，来路不明，业已遣走；昨日又接京信，风声越紧，为此请众北归，等风浪过去再行通知聘请。因平日相待优厚，突然遣散，刺客遗留的衣物行李，又经闽抚命心腹人装着运走，另行藏起，多当真事，纷纷告辞起身。内中也有两个疑心先走武师闹鬼的，**只疑心到这一层，足见"泥中人"计策高明。**搬在外面候了些日，委实无一回衙，更无新人到来，同时闽抚行径也谨慎了许多，也就相信，仍理故业去了。闽抚遣散爪牙，心中稍安，不料又受幕宾挟制，**贪鄙诡诈者戒。**太阿倒持，任凭胡为，日久满盈，终于恶迹败露，无计弥缝，各受刑诛，不在话下。

晓星盗走黄金，交给那故人子女藏放山中，以备异日济人之用。自己追上尧民，护送了数日，见离永康不远，便命黑摩勒回去，**"二贼俱吃小孩打死"，脱榫！**等候周平来访。准备将尧民等送到永康，前往华山访友。快要到达，又生波折。那二贼一名金眼施威，一名两头鼠冉明扬，乃何异新亲、以前江南侠盗六指飞侠姜继尚的内弟。二贼自受凶僧之托，因听对头有两个是天山二老得意门徒，余者也都能手，一想大斗和尚仗着一身内功、双环十三钹，纵横天下几近百年，就是神魔伊商和手下一伙人也都不是寻常绿林，俱死在敌人手内，无一幸免，凭自己这两个人，如何能是对手？加上手边有事一耽延，连闽抚那里也未去送信，本想不办。冉明扬和姊姊多年不见，意欲便道看望，因姐夫虽也出身绿林，但是性情刚直，与自己极不投机，如非惧内，碍着乃姊，直不愿认这门亲戚。施威手辣，又爱采花，姐夫最恨这种风流人物，如与同往，自找无趣，便施威也不肯去。打算请施威在附近镇店里住一两日，单身入山看完乃姊回来，再同往寻找凶僧爱徒孙璧。

这日到了黄义渡村镇上住店，恰与尧民等四人同宿一店。二贼看出尧民是微服行路的官宦，以为必有珍物随身，先想顺手牵羊偷他一水，及至留意查考，颇似凶僧所说之人，于是起疑，夜往窗下偷听，果然不差。断定诸侠士俱是镖行请来，尧民等不过结伴同行，无心脱难，此时无人相助，杀他易如反掌，事后将人头送到闽抚那里，不但可得巨万重酬，还可告知孙璧，**贪念一起，鬼瞰其室**。居功露脸。沿途官道村镇栉比，只杨墅关过去有一段山路甚是僻静，便于下手。偏生姜、何两家隐居山内，如被知道，决不容许。加以沿途山内颇多行人，须候黄昏以后才能行事。尾随了一日，正想如无机隙可乘，宁到永康下手，也不在附近露出形迹，使姜、何两家得知是己所为。偏偏尧民归心忒急，日里打尖时命张福传话：“轿夫加急赶路，多备火把，到了杨墅关天如未黑，仍往前赶，如能在明晚或是后日午前赶到永康，加倍给钱。”二贼探知，好生心喜，忙在镇上买些酒肉，先期赶往山中冷僻之处埋伏等候，以为对头自己找死，杀人之后，将尸首携弃涧壑之中，带了人头，连姜家都不照面，神不知鬼不觉去见闽抚索酬，以此要挟，不特予取予求，还有无穷好处。心中打着如意算盘。

谁知螳螂捕蝉，黄雀在后。二贼落店时，晓星早把他们行藏来意探查明白。当看见二贼抢前先走，便料定要在前途山僻中动手行刺，随即赶去。二贼虽然隐伏深林僻静处，正把带去的酒肉摊在石上，开怀畅饮，商量行刺之事。晓星本心看在冉明扬姐丈分上，不想杀人，便上前讨酒吃，拿话点醒。也是二贼恶贯满盈，明看出晓星不是等闲人物，偏倚着酒兴，自恃本领，不问来人姓名来历，先自下了辣手。晓星久闻二贼恶迹昭著，见他们恣已凶横，不可理喻，留着也是祸害，这才用重手法将二贼打死。**前文讲"二贼俱吃小孩打死"，脱榫！**因地当往来孔道，相隔姜、何二家甚近，明日尸首发现，既恐良民受累，又恐六指飞侠姜继尚说他上门欺人，又生嫌隙，急于化尸灭迹，匆匆挟了二贼尸首去寻隐壑僻涧消灭，却不料山石后面还伏有一个多年未见的老友，踪迹已被看破。

　　事完回来，闻得村中鼓乐之声，红灯点点掩映林樾，暗忖：山中只有姜、何两家是大户，今晚必有什么事，二贼老远来此，不知老姜事前得信也无？登高回顾来路，尧民等一行相隔尚远，预计还有些时才到。抽空往探，才知姜、何二人结了儿女亲家，姜女小飞仙姜渭珍嫁与何异之子神叉何憬，当晚正是婚期。两家各来了许多江湖上的老朋友，施、冉二贼竟无人提起，也不知是否为了道喜而来。在姜家绕了一圈走出，忽想起尧民等必将站头错过，此时无处安身，必然人困马乏，饿渴交加。老姜固为旧交，但平日嫌他鲁莽，未脱绿林积习。何异虽也做过几年江湖行当，人品气味都要高明得多，近年退隐纳福，起居饮食俱甚考究，更喜结交雅士，与尧民等三人一定投机，乐得借他地方食宿。于是径往何家，且不与何异相见，只令下人传了话，便自回赶。

　　那和轿夫动手的两少年，一是姜继尚之子姜绍祖，自幼爱武，天分却比乃姊相差过甚，性情又暴，常在外面惹事。老姜管束颇严，时常受责，兀自不改，因愧本领不如乃姊，颇下苦功，遇见比他本领高的同辈亲友，便百计苦磨请教。这晚喜事，老姜妹夫吴江钓客许一山，命子许明前来道贺，表弟兄见面甚是亲热。他知许氏父子水旱两路俱是能手，许明家学渊源，打得一手好鱼梭，强着要学。许明不便推拒，女家席散较早，吃完晚喜酒，乘着诸尊长相聚谈笑之际，各带兵刃暗器溜出，跑到大道旁边空地上过手练武，打得十分起劲。姜绍祖自非许明之敌，一个失着，正值尧民等路过，轿夫无知，喊了声"好"。绍祖恼羞成怒，要拿轿夫杀气。眼看出事，恰巧晓星赶来，适在姜家窥探，认得二人，上前解劝。

绍祖性傲，不肯输气，才一照面便吃晓星擒住。许明较长两岁，人甚聪明，先和绍祖过手，只是虚应故事，及见他学了两招仍是老不休歇，意似要占一点上风，恐出来时久，舅父寻人，这才给他一个败着，不料迁怒轿夫，拦路发横。自己不愿助他欺人，但是轿夫蛮野，气势汹汹，倚多为胜，也是可恨。意欲等绍祖打倒两个，再行过去劝解，暂时只作旁观。忽见能手出现，绍祖已吃人亏，不容再为袖手。其实许明不是没看出来人不好相与，彼时如若过手，说几句好听话，唱个喏，晓星也就不为己甚。也是年轻好胜，自负家传武功，羞于服低，欺来人未持兵刃，上前开口便骂，持棍便打。凭他如何能是晓星对手？照样被人挟来。晓星本意，老姜为人尚可，老姜继室冉金红，乃五台派门下大盗冉杰之女，旧日同门徒党俱信服她，如知乃弟被杀之事，定非报仇不可。自己虽然不值一虑，热火头上，保不住迁怒尧民，前往生事。意欲借此探个口气：二贼到此，姜氏夫妻是否事前有信？好代尧民预防。一面招呼尧民等一行前往何家投宿，自挟许、姜二人前往姜家，许明还不知晓星是谁。

晓星道："老远到来，我知你二人同出，一人有过，彼此难堪。我和他父亲是朋友，如若纵容，惯他下次，事非面告不可，你们只想个遮羞之法好了。"许明答道："只老前辈高抬贵手，容我二人自行投到如何？"晓星点头应允。姜绍祖最怕父亲毒打，身落人手，又羞于求饶，只是心头发怵，放下后仍是一言不发。许明忙拉他行礼拜见："请问老前辈姓名？"晓星道："我的真实姓名，南明老人知道，你回去问他好了。"许明原非南明老人门下，只是见过两次，想要拜师，未蒙收录。因见晓星武功出奇，口气甚大，一时急智，冒充老人门人，以求脱身免辱。晓星虽觉他手法不类，但知老人与许父颇有渊源，也许新近拜师尚未学艺，或有口约，便不为己甚，将二人一齐放下。姜绍祖知道如被来人押见父亲，仍是一难，几番想溜，都吃许明暗扯衣服止住。

晓星随问南明老人近况，因而得知尧民弟兄说不定还有一场事故，**从何得知？侯绍之事，许明似不应知晓。**好生惊异。再加上当日之事，只得把华岳、太白之行作罢，且去永康虞家住上些日，看事而行。当时只作随便听过，姜家住在后山，地势更僻，一会儿走近。许明又向晓星婉求："里面亲友甚多，好歹请老前辈当众留脸。"晓星笑道："你舅父不会当着许多人见怪，知你两个在我手底跌倒，也不觉难过的。"许明又问如何通报，晓星道："你二人先进去对他说，秣陵旧识，**又文气，又神秘。**路过相访好了。"许明笑道："那底下就说我二人正和路人相打，吃老前辈喝住同来好么？"晓星颇喜他聪明伶俐，无意中又探知了一桩奇事，甚是高兴，点头笑道："我知你谎要说圆，却失去我来时本意了。念你二人初犯，少时我见老姜，话说好些就是了。"绍祖闻言，才放了点心。说罢，许明、姜绍祖抢先奔去。

许明见了乃舅，并未十分隐瞒，只把过错揽在自己身上。说二人出外练武，受人嘲笑，动起手来，遇见一个中年瘦子强行解劝，全吃点倒，数说了几句，一同走来，自称秣陵旧识，要见阿舅等语。老姜闻言大惊道："这个魔头，你们怎敢惹他？"**一句话，暗示了"秣陵旧识""魔头"又有热闹的往事。文本开放。**瞪了绍祖一眼，赶忙跑出，将晓星接到里面密室之内。宾主略叙阔别，晓星便说："绍祖本领太差，今晚与人相打，错处虽不在他，终是浮浅无知。幸遇是我，如换旁人，你只一子一女，为人所伤，老来怎处？我看他颇能用功，只气太浮躁，以后务要严加教管，不许和人争斗才好。"老姜知他好意，不然也不会进门。平素看着儿子不济，想不到会将生平敬畏的人引来，可知还有点希望，不但不怒，反倒高兴。一面称谢，一面又唤二人入室，拜谢老伯父教训。二人在外偷听，先还以为是场羞辱，及见老姜比客人年老得多，相待那么恭敬，引见也不提名姓，料非等闲人物，礼毕侍侧。

老姜笑道："小弟不是不想儿子成器，无奈他天分太劣，内人只此一子，又爱护短，我一教他不会，就有气。**易子而教，古今通理**。如今随便内人有一天没一天的胡教，也懒得管了。"晓星笑道："古者易子而教，参也以鲁得之。天分差的人，越肯用功。你把独子放在家中，素又惧内，怎生教得好？这不怨娃儿，实是怪你自己不会想法。"老姜笑道："那我求老兄台成全他一下怎么样？"晓星道："你知我不会再收徒弟的，行踪不定，一出门往往好几年，也没法教。目前江南有本领的明师只三数人，我看小许与南明老人还有交情，不妨托他转求，或者能行也说不定。"老姜性直耳软，连声赞好。许明惟恐晓星再说他是老人门下，忙插口道："老伯父远来，可要吩咐备席么？"老姜大笑道："我真该死！一喜欢，连杯水酒都忘了招呼。这正是他爱的。快传话去，今晚须要畅饮一回才好。"晓星拦道："这个无须。我来时才知道你和老何联了姻亲，既到你处，也须往他家一行。道完喜，还有别的事。闻得老何近年讲究饮食，我要试试真假，酒扰他的。天已不早，要告辞了。"老姜知他脾气，只得作罢。晓星随问："今日亲友可多？"老姜说："洗手多年，隐退已久，无什惊动。连内人想给他没出息的兄弟一封信，都因久无音讯，无处投递作罢。"晓星闻言，知不会再生枝节，当即作别起身。由此许明想拜南明老人为师之念更切，次日坚辞回苏，和乃父说明，径往南明山白水村投师不提。

晓星赶往何家，途中遇见何异得意门人追风手蒯钦，说奉师命黄昏前得报，知他有事路过，只为长子婚期，远客众多，不及分身出迎，适听下人传语，有同行友人借宿，知师伯必往后山姜家一行，特来迎请等语。晓星方以为今日之事做得干净，不知杀二贼时有人伏侧窥伺，泄了机密，闻言暗赞老何毕竟比老姜强得多，瞒他不过。姜、何两家已是新亲，早晚难隐，倒不如把话言明，由何氏夫妻透话与冉金红，免得异日贻累尧民。及至见面一问，才知泄机的也是一个老朋友，事情只他和何异知道，并未对第三人说，多一事不如少一事。凭冉金红和所约党羽，虽非自己对手，终难免牵扯到别人身上，既能无事，自然平息为是。料知何异不会告人，也就罢了。

宾主五人正谈之间，门外忽来一人，小童锄烟连忙走出，问了几句，进屋向何异低声回禀。何异笑谢尧民等三人道："三公辱临，蓬舍生辉，怎还赐此厚礼？"尧民等谦道："令郎嘉礼，适在客中，无以为赠，微物戋戋，不足挂齿。"何异道："我只顾延款佳客，还未及令小儿参拜呢。"随命小童传话，着新郎来此拜见。原来良夫在路上已和尧民商好，命张福到了何家，即将行箧中所带的文具书籍和两匹文锦取出，作为贺礼，所送俱是精品。管礼的人见来客素昧平生，投宿路过，送此重礼，不敢做主，径来请示。何异因尧民等三人不是风尘俗吏，一见如故，又是晓星知己患难之交，颇愿结纳，并未客套。来人闻命去后，晓星笑道："老何你明知我身无长物，难道叫我白受小辈的礼么？"何异道："我因三公渊雅端凝，一见心折，故令小儿来拜识，日后也好得些教诲。还不知你随身法物只是一领青衫么？你便说得怎俗？"晓星笑道："现有三兄在此，虞公固今之名宦，便魏、钱两兄，戟门揖客，铃阁上宾，也非寒酸一流，便看得我辈落拓文人一钱不值么？老姜那里我没有送礼，也没扰他。凭你这一说，我倒不能空手，反正慷他人之慨，连你那新过门的令贤媳也叫出来我见见吧。"

尧民闻言，见晓星深秋天气只穿着一件单布衫，连个荷包都没有，一想自己身上带着几件汉玉，良夫、新民也都各有精巧玩物随身，方欲开口，良夫忙使眼色止住。**世事洞明，人情练达。**何异已命锄烟进去传话，一面答道："数年不见面，居然世故起来，这倒出我意料之外。拜见应该，只是姜女幼得父母钟爱，金珠珍饰非其所好，你又名满天下，不比寻常人物，莫拿出手来叫人看低了你，连我当老的也不好看相。最好把你那三十六形掌法略微传授一点，算做见面礼儿，一文不花，他们还感激一世，你看如何？"晓星道："人说你老奸巨猾，果然不差。怪不得当着生朋友一点也不客气，我才张口，立时喊人去叫，原来看准我来得荒疏，身无长物，就有也是一些世俗东西，就势取巧。说倒容易，此掌非一朝一夕所能传授，我哪有心情、闲空在此久留，是件礼物就拉倒了。素不好名，管她看高看低呢。"**先抑后扬**。

何异因长子何璟武功颇好，知晓星不肯收徒，意欲请他略微指点。一听这语气，料定晓星不给则已，只出手决非寻常物事。但是晓星凭着一身绝艺游戏人间，平日挥手千金，取之盗泉，挹彼注兹，晃眼辄尽，往往身伴一文不名，也不携带一件兵器。来时仓促，有什出奇之物带在身旁？内心寻想，不禁对晓星看了几眼。晓星笑道："你看我囊中空空，拿不出东西来么？"何异笑道："我知你神通广大，诡异莫测，但这仓促之间，常物不足为奇，如真罕见之物，却也难得呢。"晓星含笑不答。

一会儿工夫，锄烟入报：两小夫妇请见。何异吩咐进来。跟着两个身容俊秀的侍儿手持红灯，引了新郎夫妇走进。何异一一引见，先命拜过尧民等三人，再拜晓星。三人见那新郎年约二十左右，生得猿臂蜂腰，英姿飒爽，却不带一毫粗犷之气。新娘长身玉立，貌颇美艳，略嫌凤目含威，英芒闪蕴，性情好似不甚柔和。拜罢起立，尧民等因与主人一见如故，既以父执之礼来见，自免不了一番祝勉之辞。好在三人都爱收藏古玉，身带零星玩物颇多，各取了两件作见面礼。何异对于此道也颇内行，见三人所赐俱是精品，心中另有打算，并未客套，径令新夫妇拜谢收下。何异见晓星望着两小夫妻只不作声，随向何璟使个眼色笑道："你司空伯父见三位老伯赐你夫妻这些精品珍物，早就说有好东西赏赐你们，只是来得匆忙，不知你今日授室，未曾带来，你夫妻先上前拜谢罢。"

何璟夫妻来时，早得锄烟报信，知道父翁意欲僵激晓星，好学他一点手法，闻言恭恭敬敬走近前去，礼谢起身。何璟笑道："老伯父以前答应过我，早晚教我几手，如今又是好几年了。重赐我不敢领，只求略微指点，便感谢不尽了。"晓星笑道："这话不错，我原答应过早晚偷人家一点门道给你。但见面礼是见面礼，与传授手法不同。照你这样说来，你用得着的东西也不要了么？那么贤侄媳这一份呢？"何璟方欲答言，何异却听出晓星所赐之物果在身边带着，既称合用，必不寻常，忙插口笑道："司空伯父厚赐之外，仍要传授手法，我儿何修得此？还不快谢！"**凭空生出一个小枝节。显出司空晓星重然诺之处。但也由此引出姜氏。可谓"无心插柳"法。**

　　何璟重又单独拜倒。晓星叫道："老何，你要儿子做磕头虫么？告诉你有，一定是有，这忙作甚？"又对何璟道："你老子欺我身无长物，想叫你僵我呢，如何信他？再磕头，我就走了。"何憬笑答："小侄不敢，明早我多敬老伯父几杯新开坛的陈酒，走时再带上两坛如何？"晓星笑道："一窑里烧不出两样好瓷，几年不见，也学得这么坏法。实对你说，我随身哪会带什么好东西，这原是日前无心中捡的。当时有我一个师侄想要，我因他手辣，不许学这类东西，没有给他。本意还你昔年愿心，不过要等事完回来或是异日路过再送，没想到会在今日来此。这东西恰好是一对，用双的你已无此功力，小夫妻二人各用一柄，再好没有。我适才是看你二人秉赋，好用哪一种手法练习，你老子以为我耍赖，就猴急了。今晚我下榻此地，天明即行，无多余暇。其实一说就会，不用怎教。如要多学两手，少时客眠人静，略来片刻，即可学会。不过你正新婚之夜，误你洞房吉时，却来从我学武，未免有点煞风景罢了。"**司空游戏风尘，趣人也。**

　　新娘原是巾帼英雄，久闻晓星大名，一听便知是一对珍奇武器，巴不得也随着从学。听晓星只令夫婿到时往前，忍不住答道："家父也是老伯父的朋友，为何只传授他一个，莫非这还分什么厚薄么？"晓星笑道："姜贤侄女莫挑眼。我因世上俗礼太多，弄不清楚。**"不清楚"，恰是很清楚**。吉日良辰，新夫妇都离房他出，恐有什么禁忌，故此只教贤侄一人前来。我教他，他再教你，不是一样？既然如此好学，东西给你们看过，暂放这里，先各回房，三更后一同来吧。"随说，伸手衣内，由腰间取出两件软兵器，两手分持，微微一抖，铮铮两声，立时挺直。

何璟夫妻见那兵器长约三尺二寸，共是七节，每一节一寸半宽、四五寸长、寸许来厚，首节直柄，是个上有锋棱、七八寸大的钢环，环上横着一个比环略大的月牙，另一柄没有月牙，环上却有二十四个寸许长的芒角，精光湛湛，锋利非常，通体都有机簧连接。不用时可以化成一条铁环带束在腰间，用起来能刚能柔，运用随心，**至此才细加描绘**。不禁喜出望外，忙又拜谢。何异知是大斗和尚的七星日月环，适听凶僧死在晓星手内，本想询问此环下落，不料会落在爱子手内。晓星身材瘦小，又只穿件单蓝布衫，围着这么两件易现棱角的兵器，来了半日，竟未看出，又是惊喜，又是佩服，称谢不已。尧民等遇盗时，相隔战场尚远，只觉凶僧所用兵器精光闪闪，上下翻飞，不是寻常刀剑，并未看清，这时近前看了，也都惊赞不置。晓星却是冷冷地对小夫妻道："你们想必尚有许多礼节，先回房吧，三更人静，再来好了。"两小夫妻只得放下铁环，分别拜辞而去。

何异问凶僧飞钹下落，晓星道："当时在场人多，除甘老头子自觉不好看相，抱了伊商尸首先走外，下剩还有六七位，每人取上两三面，都分散了。"何异道："此钹聚五金之精，千锤百炼而成，能砍断好几层铁甲，端的人间少有的利器。休说全得，只要有三四面，加上精钢，找一个铸刀剑的极好工匠，重新化炼鼓铸，打成刀剑，足可吹毛削铁。贼秃是你杀死，怎不取他几面？"晓星道："那十三面飞钹俱是彭谦、康成二人打落。人家把贼秃追到林边，我乘机纵出，将贼秃一掌打伤，本心连日月环都不想要，还是我师侄黑摩勒想捡便宜。因他素来逞能自恃，留在身边不问能否使用，早晚必有一场大争端，想起以前曾经答应过令郎，徒弟未收，早晚送他一点东西。老着脸皮，许了小黑一点愿心，**给小黑留了一点后福**。强要过来，怎好意思再分一份？我这些年来，虽然老想物色一口宝剑，如用这类东西化炼打造，却不合我的用呢。"何异道："干、莫之类神物异珍，世上能得几口？照你这样胃口，慢恐再过些年，也难如愿吧？"晓星答道："那也不能一定，心坚意诚，神物自能求主，早晚终会遇上，你自听我好音吧。"何异又代爱子探问练那日月双环之法，晓星一一告知，只嘱："这类功夫须要循序渐进，不可任性求速，须知大斗和尚内外功均臻上乘地步，练此数十年，并非一朝一夕之功。我虽另一手法，与大斗不同，年轻人多好胜，还是稳一点，慢慢加功，免有不到之处弄巧成拙，尤忌资禀功力不够，妄用双环，遇见能手，易现破绽。"何异与晓星虽门路不同，武术一道终是行家，自然一说便透，全部记下。

宾主五人又略谈了片时，何异早命人来，照晓星意思将客榻安好。中间张福只进来回了一次话。尧民见主家已有精洁铺陈，小童伺应，灵敏周到，便命退去。何异见夜已深，请客安歇。尧民等知主人已累了一整天，明日还要饯别，无法辞谢，如若早起，定累他不能安睡。好在离家已近，多耽搁半日一样赶到，临时变计，说明日过午方走，少时还与晓星对榻夜话，恐起不早，务请主人不必早临。晓星笑道："这两三天正是他作牛马的日子，啰里啰嗦好些礼节，便没我们，他能睡得早么？人逢喜事精神爽，他自为儿子高兴，用不着承他空头人情，还是一早起身，早到永康的好。"何异笑道："我正嫌礼节不诚，挽留不住佳客，难得虞老先生说多留半日，使我稍伸地主之谊，稍得快聚。你不代我留客，反倒强劝客走么？"晓星道："他三位什么时走均可，反正我一天亮非走不可，你那令郎贤媳都等急了，还不快些进去？"何异又向三人叮咛："莫听晓星之言，务必再聚半日，他爱走，走他的好了。"三人话已说出，自然诺诺连声。何异辞出，三人便问晓星：

"是否真个先行？"晓星说："自己有事，一早必走，就同起身，也不同路，你们只管后走，行抵永康，自会赶来相见。"三人知他行踪飘倏，形迹脱略，**还珠笔下的老辈英杰，生动可爱的大多脱略行迹，如《蜀山》的凌浑、乙休等。过于庄严端凝如齐漱溟，就不免面目模糊了。**也就不再深问，因新人夫妇尚等学武，各自就卧。

一会儿便闻窗外有人低唤"师父"，晓星取了日月双环开门出去与来人见面，听口音，果然新妇也同到来，双方略说几句，语声颇低。良夫静心细听，好似晓星嘱咐新夫妇不许前往永康寻找，免生是非，跟着便听日月双环舞风之声，已在传授武艺，暗忖何异谈吐风雅，不似出身绿林一流人物，今日相见，已成知交，以后当然不免来往，乃子人虽英俊，也还端重，怎会生出事来？晓星不令前去，好生难解。途中疲乏，略听一会儿，也随尧民、新民相继入睡。

次早三人醒来，红日满窗，天已不早，一看晓星榻上空空，被盖并未翻动，好像昨晚教完武艺便即起身，连枕头也未沾的神气。二童侍侧，一见客醒，忙去打水，捧进面盆。三人起身洗漱，问锄烟："可知晓星何时走的？"锄烟答说："昨晚传授武艺，主人不许旁观，客睡即去。天快亮时来此侍候，那一位客人已不在此了。"

正问答间，何异忽然走来，进门笑道："晓星真是怪人，他的事情也真多，平生竟极少安宁时候。昨晚我再三挽留，依旧非走不可，他说此番去到虞公府上，许能住些日，不过请三位不要拿他当客，一任他孤云野鹤、自去自来才好。"尧民道："晓星今之奇士，我等知他脱略形迹，当然不以世俗款客之礼相待，何兄生平之愿已了，山居想多清暇，难得晓星也下榻舍间，良友相聚，人生乐事，何妨日内枉临，共图平原之聚呢？"何异道："便虞公不邀，老朽也有永康之行，只目前还有一些琐事，不消十日便可办妥，彼时必定专程拜访，谋一快聚呢。"四人闲谈了一阵，下人摆上饯行酒宴。菜肴不甚多，却比昨日还要精美。尧民席终稍坐，即行辞谢，新郎夫妇也赶来拜送。何异父子直送出村外，双方才殷勤订了后会而别。**叙事加快节奏。**

　　一行加急赶路，行抵永康，天已昏黑。离家还有二十来里，忽见一伙人各持灯笼火把，对面赶来，近前一看，俱是家中子侄下人，因知尧民当晚到家，特来迎接。尧民还当晓星送信，问怎知道，长子虞庶答说："前者家眷平安抵家，因接父亲福建来信，说尚有耽搁，归期未定，以为暂时不会起身。昨日全家商议，久未接信，正要专人入闽探望，今日午后忽然来了数十名壮汉，挑着四十坛好酒、四十坛山泉，另外四瓷瓶好茶叶，说父亲已在途中，当晚准可到家，茶酒山泉乃一好友所赠，赶先送来。放下礼物，讨了名帖，便蜂拥而去，脚力酒钱一文不要，人都一色蓝布短衣裤，足登草鞋，说话神气却又不像脚夫乡夫。问他何人所赠，他说父亲着一姓张的管家所雇，别的一概不知。走得更是飞快，晃眼出村，便没了影。事后越想越觉可疑，无奈人已走远，追赶不上，姑且照他所说，沿路接来，果然接到。莫非父亲还不知此事么？"尧民知是何异所为，见来接人多，不便明言，说："事是有的，只想不到这么快就送到罢了。"边说边走，一面分人骑马赶回，准备酒饭。

　　一会儿抵家，脚夫轿马自有下人开发。尧民等三人正往里走，晓星忽在人丛中出现。**神出鬼没。**良夫知他用意，装着同来，邀了进去。尧民便命子侄先去上房相候，自和良夫、新民把晓星陪到后花园精舍以内，还要陪用饭。晓星力促尧民入内与家人团聚，自和钱、魏二人同饮，无庸作陪。尧民知他性情，只得进去。由此晓星便住虞家花园以内，每日只和尧民等三人聚谈饮宴，不见外人，常时独自出游，也不过去个一天半天，来去多不告人。尧民等三人听其自然，并不过问。侍客下人仍是前在福州官衙第一次服侍晓星的侍琴、侍棋，俱是虞家世仆。侍琴姓王，侍棋乃张福之子，均极聪明勤谨，一句不往外走口。晓星也颇喜欢二童，有时还带了出去。良夫最是心细，又和晓星晤对时多，渐觉二童临睡以前必往花园僻处去上个把时辰才回，日间常在晓星房内背人密语，对于晓星更比谁都亲热周到，自从客到，不奉呼唤，随时都在花园以内，永不再和前院同伙厮混。这晚托辞早睡，与新民各自进房安歇，伏窗偷窥。不多一会儿，便见二童悄没声地走过。**写二童，实为写良夫。**

魏、钱二人所居乃是五间一幢的精舍，当中一大敞厅，隔旁各有两间，一明一暗，俱是紫檀雕花隔断，满壁图画，陈列精雅。舍后一座小土山，两旁环植芭蕉，杂花夹径，红紫芳菲。舍前种着几株抱多粗的梧桐树，奇石三五，嶙峋矗列，溪水右来，到北汇成一池，与精舍正门相对。夏日荷花满开，碧梧高柳，鸟声吵吵，为园内纳凉消暑胜地。晓星住室在右侧假山侧面竹林以内，中间曲曲弯弯通着一条石子铺的小径，两下相去并不甚远。因晓星喜静，魏、钱二人不在前面，便在晓星屋内相聚，日里回房时少，晚间安歇，俱由二童两边分值。除却张福时常进出和几名后园门住的花匠外，下人轻易不许走进。二童夜间去处在土山后，良夫住室窗外乃是必由之路。良夫发现二童又复走过，悄悄追出，掩在后面。二童想不到会有人跟他，一过土山便飞步往前面月亮门内跑去，跳跳蹦蹦，互相说笑，甚是高兴。

良夫知道门内有楼五槛，楼外有一平台，为尧民藏书之所，日常封锁，无人上去，二童到此作甚？好生奇怪。跟踪掩进去一看，二童已然援着楼前一株桂花树扒到平台上去，一到上面便没声息，也未开动楼门窗户。心恐二童年幼无知，做出不好的事来。尧民穷途知己，患难至交，身虽是客，既然见到，不容不看个明白，仍掩在墙角背隐之处暗中查听，**是良夫身份。**等了一会儿，仍无动静。平台离地丈许，又看不见上面人影，想不出二童在上面做些什么。后来越想越怪，见对面院墙有一大桂树，相隔平台较远，似可仰望。试贴墙根绕将过去，掩在树后，抬头往上一看，二童竟在平台上，面对面相隔三尺来远，盘膝而坐，仿佛老僧入定，态甚庄肃。只两手不时抬起，各把掌心朝外，互相徐徐推抵，此进彼退，往复不已，当中明是空的，却做得和有实物相似，间隔远近总是一样。双方都是聚精会神，目不旁注，认真已极。

　　良夫对于这类内家功夫虽是个门外汉，但在各地奔走，颇有阅历。自和钟玉麟等镖师长途相处，更增了好些识见，不难想像。深知二童素不习武，参禅打坐更谈不到，忽然有此举动，再想起晓星和二童相待情景，益发明白了大半。只不知晓星与何异多年老友，乃子何憬再四请业，俱都坚持不肯传授，反垂青到二童身上，是何缘故？有心等二童下来盘问，又觉深夜偷蹑僮奴踪迹，未免失了身份，晓星也必不愿人知，说破反而不好，既未为非作歹，仍以不去惊动为是。仍轻悄悄绕墙退出，**是良夫做法。**回转房内。睡在床上，暗忖漫游半生，直到此次闽浙之行，才知江湖上隐伏着如此凶险，设无异人相救，岂不宾主三人全死贼手？看来防身之道不可不有。自己两个儿子俱颇聪明，前接来信，次子幼弱多病，何不乘此时机，托托晓星，拜在他的门下？就不练到他那地步，学点防身本事，大来出外也可免却许多危害。即便他闲云野鹤，行踪靡定，不肯亲传，托他另拜一位明师，想必不致坚拒。

　　盘算了一夜，次日见了晓星，拿话一探口气，先以为他性情古怪未必肯收，多半转荐旁人，谁知晓星并未推却，只说："老弟品学心地我所深知，雏凤声清，十九不差，不过我们所学，与目前读书猎取功名的人不同。一个是只要读些高头讲章，略熟经书便望成就，有的还可凭着遗泽命运去撞。一个不但要有恒心，能下苦功，天资禀赋尤其缺一不可，并不在身子强弱，心志也是最关切要。我对别人矫情，实是做作。谁不愿有衣钵传人？只是太难罢了。休看何憬老友之子，我不肯传授，那是他早把功夫用错，从头再来，无论恒心毅力，资质也还不够，将来难保不为门户之羞，所以老何怎么说，也不答应。我多年来简直未有传人，心里实在随处物色，此事暂难定准，也不必把令郎唤来，半年之内，我自论处，至不济也必传他一点强身健力之法。好在书香子一个，自有正业，学成与否，只不到处炫露，便无关紧要。既承重托，必有以报，休再对人提说好了。"良夫大喜称谢。**也是惺惺相惜。**当天晓星出游未归。

尧民到家数日，因舜民游杭，尚不知自己辞官之事，年老弟兄，急于见面，恐在西湖还有耽搁，专人送信，赶了回来，也恰是这一天回到家。弟兄见面，谈起前事，舜民听说老兄也结识了这样异人，极欲见识，偏又他出，以为一二日内准可见着，偏生晓星这次出游时久，舜民连等数日俱未回转。虞妻因兰珍有救命之恩，人更美丽温淑，甚是看重，不以侧室之礼相待。到家安排好后，便择吉日与舜民合卺，一切多按正室行礼如仪。虞氏望族之家，虞妻又看得这事十分隆重，虽因忙着举办，不及知会远方戚友，单是本地的亲族朋友就非少数，办得甚是火炽，直热闹了好些天才住。舜民见室人和美，亲如手足，燕尔新婚，也颇得意。又值苇村家信催归，还有邻县得信赶来道贺的戚友也要陆续告辞。因是贺喜而来，席俱设在自己家内，尧民、良夫、新民日常在座，未听提起晓星，以为尚未回转，本想把乃兄经历告知兰珍，偏生虞家留有几个女客，兰珍日随虞妻陪客，未得其便。这里后走的戚友又都是至好，宾主相聚，往往谈至深夜才回上房，人已疲倦思眠，加上些家庭琐事，就此岔过，忘了提起。**终是富贵中人。与良夫大不相同。**过有十来天，客才走完。

舜民天性恬静，接连应酬多日，未免觉着劳乏，正打算休歇一两天，忽然下人来报，江氏母女应约前来。舜民夫妻三人想不到江小妹来得这快，闻报大喜，连忙迎了进去，落座欢叙。舜民见小妹虽然英秀如前，玉容却清减了几分，眉宇之间隐含孤愤，随身行李只带了一个换洗包裹、一个铺盖卷和一个似装兵器的旧蓝布套，衣着更是朴素，料她有什心事，也不便问。虞妻因有前约，早为她母女在后园中备下静室，陈设用具无不齐备。午宴接风之后，便同陪往后园中，看是合意也不。小妹见虞家花园布置风景无一不佳，所备房舍自成一个院落，门外假山屏蔽，修竹成丛，门内只靠东北墙角一所房子，对面两株梧桐树粗均合抱，时正深秋，落叶飘萧，树下分列着石几瓷墩，想见夏日碧荫映窗、清风送凉幽静景象。**置于《红楼梦》之大观园中，浑然一体。**西南面又是一座假山，山角一亭，可供登眺，通体苔藓鲜肥，杂花满生，山下玉兰数株，均在半抱以上。屋侧还种着七八株梅花树，也都丈许高下。进房一看，房只四间，内有两间打通，余下一明一暗，江氏母女宿处便在其内。外有一小间，藏在屋后，另门出入，不与相通。

　　小妹见屋宇宽敞，陈设精雅，床上铺陈以及妆具一切无不华丽，不禁苦笑道："主人情重，样样周到讲究。已然备就，辞谢固觉矫情，有辜主人盛意，就此领受，怎敢当呢？"虞妻笑道："家中现成东西，并非重新购置，况且愚夫妇前者富春江上与妹子曾经约定，等老伯母光临，便择吉日行礼，与外子结为兄妹，既是一家骨肉，何分彼此呢？"小妹凄然道："妹子命薄，幼遭颠连。家母暮年，饱尝艰苦。自恨女子，无以为养，衣食起居，无一安舒。不想得遇大哥大嫂垂青，视若骨肉。如此厚待，盛意殷勤，我也无法推谢，不过以后相处日长，仍望守着前约，只此已足，不再厚施。此院既借妹子暂住，最好赐我炊具，除兄嫂三人外，不必再令他人来此。尤其家母的服劳奉养、饮食起居须由妹子自理，以便略尽女儿之责，才敢在此久住呢。"**既是久处之道，也是自重身份。**

　　虞妻本派有两名使女住在小屋以内，供她使用，闻言方要劝说。兰珍知道小妹性情用意，在旁使了个眼色，**数日间，已换过亲疏，嘻。**虞妻只得改口道："伯母高年，哪有不要人服侍之理？贤妹的话，我也不能不遵。这样，今日贤妹新来，什么都不熟悉，暂时仍叫她们服侍，等炉灶安好，一切停当，再行遣走如何？"江母看了小妹一眼，意似允可。小妹笑道："贤嫂盛意，我所深知。妹子实有难言之隐。过承厚爱，只好遵命，但以三日为期好了。"虞妻答应。江母手挂一根漆杖，老态龙钟，一双眼睛半睁半闭，舜民夫妻殷勤慰问，只含笑答谢，沉默寡言，**传神**。神态却极庄凝温蔼，不似寻常老妇。

谈了一阵，使女端来点心。虞家肴点原极精美，虞妻因老人多爱吃甜的，添做一样珍珠汤元，江母吃完夸好。小妹见那小汤元比龙眼核还小，都一般大，颜色雪白，里面包着三两种细而香腴的甜馅，放在极清的紫色枣汤以内，端的色香味三绝，隽美无匹。便问："怎么做的，这样灵巧好看？"虞妻道："与普通汤水元一样做法，不过小些罢了。那馅子是用黑芝麻、瓜条、核桃仁、花生米、桂元肉分别磨碎，先用肥母鸡腹中板油加蜜生酿，这时取来和在一起，用石臼捣烂成泥，再加上自制花露拌匀，用模压成黄豆小粒，外皮是好糯米七成、香粳稻三成磨成了粉，再入小磨重磨，过一次过筛，加水揉匀备用。另有木模一副，共是三块：一块是底，上有一百零八个大半圆的小木槽；中间一边是百零八个和馅一般大的圆球，湿粉放在槽内，木球对槽一压，正好成了一个馅窝，把馅放在里面；上层一块，也有同样木槽，只是浅些，也放湿粉压过；两边一合，倒出来放在筛内，略加点干粉一滚，便颗颗均圆，大小如一了。汤用北方带来的好红枣，洗净蒸涨去皮，加冰糖冷水煮开，文火熬汤，去枣不要，再用细绢滤过，等汤元煮熟捞起，放入枣汤以内，就成功了。**也是《红楼梦》笔法。**另外两种馅子，一是豆沙，一是莲泥，并不费事。后园花多，居家无事，任其开败可惜，每当花事，我便带着下人，在天明日出以前，择那含苞半开的采摘下来，去掉须蒂，和蜜装瓷封紧，有的是蒸，有的用隔水炖，制成元叶花留露，原坛封藏，用时取一半勺，便有极浓郁的香味了。"

小妹说："先君在日，与家母一样，都爱吃甜，曾用过几个川广名厨。彼时小妹年幼，记得肴点样式也还不少，哪有这等精细？一个汤水元便许多考究，别的更不用说了。这固然是大嫂能干，也可见得大家世族的起居饮食，绝非一般暴发户所能梦见呢。"**不过，也未免近于豪奢。**

兰珍插口道："这话实在不错。就拿我说，小时光的事情记不甚真，可是义父抚养这些年，也到过不少富户人家。他们多半谷米成仓，金银满库，当时宾朋满座，尽量摆些山珍海味，酒肉欢呼。再不叫些男女倡优，吹弹歌舞，闹得乱哄哄吵人头疼。他们也有花园，有的还比这园大好几倍，到处油漆得金碧辉煌、红颜绿色，楼台亭阁，满眼都是花木成双配对角。栽上许多树，无一株不是整齐齐的。地不是三合土，便是方砖。房内陈设也是以多为胜，朱红漆的家具和一些不论真假的古董字画，乱糟糟聚在一起，塞得满满，而且每一个地方必有匾额对联和那"吉星高照""四季平安"的金字红牌，挂在一齐凑热闹。是墙都有八仙过海、封神、西游等彩画，说不出那一种火辣辣的味道，叫人走到哪里，看着都不舒服。说它不好，哪样都费了不少金钱人力，心里还自奇怪，极好的地方物事，为何做得这么不顺眼？那没经人布置过的荒山野景，倒比它强万倍呢。**还珠讥刺当时没文化的暴发户，绝想不到六七十年后，不仅如此"富户"千百倍增加，而且扩而大之，各地名胜景观遭此劫者不在少数。**及自这次随姊姊到家，从进大门起，就与以前所见迥乎不同，家居礼节也不似平日所闻富贵人家那样繁苛。可是下人们老是恭谨得那么自然，自家主以下，永没见人有过疾声厉色，个个满脸春风，和和气气。这大一片花木园林，还有前院好几进房子，陈设家具有多少，共总男女下人带花儿匠不过十多个。老爷好客，常时家中宴会，还有留客住的时候，我永没见他们手忙脚乱。连桌椅背底，都摸不到一点灰。所来的客也都浅斟低酌，谈笑从容，听不见怎样叫嚣吵闹。园中景物陈设更是不伦不俗，浓淡相宜，各具匠心，别有佳趣。到处叫人看了心清神爽，日常都是恬静安逸景象。花木有很多异种，这还是秋尽天气，要到春夏之交，想必更好。**还珠的理想。有自我指涉的成分。**大老爷那边也有一所大花园，我只去过一次，因住有外客，不曾走完。地方差不多，布置不是不好，要比这边，就不如了。饮食两房，一发现好的，便彼此仿作。长房大嫂也颇能干，倒差不多一样精致考究。这些都是我姊姊亲督家人布置管教，才能到此境地。这么精细能干，亲友全家，不佩服称赞她贤惠的，真正少有。"

虞妻忙拦道："兰妹不要说了，伯母贤妹虽非外人，哪有自己把自己夸得这样过火的？要被外人听去，牙都笑掉了。"小妹道："书香世族的气象固与暴发之家不同，但现时的主人能干与否，是否俗物，最关紧要。否则虽有名园，也作践了。兰姊心直口快，早年所见多半土豪暴富和绿林中洗手人物，有了许多臭钱，一意仿照富贵之家，自然满眼俗恶，不伦不类，难怪她说。可是草泽之中也大有人在，不能一概而论。即如在离这里二百来里的杜仙山碧螺湾隐居的何老先生，他那'且住园'中，便具泉石台榭之胜，茶酒尤极精美。听醉鬼说，他与苏伯乃是至交老友，兰姊可曾到他家去过么？"

舜民在旁闻言，忽然想起老兄经历，尚忘向兰珍询问，听小妹口气，颇知道这些人的来历。刚想插口，忽然使女入报，**一顿一挫，叙事便生曲折。**说："前面来了金华来的生客，说是刘老爷托他来的，有信面投。"舜民因刘氏父子为富不仁，好好绅绅，与贼通气，拿亲戚往虎口里送，如非遇见异人，转祸为福，岂不葬送他手？自己虽得无事，苏半瓢仍因此送了性命，心中恨极，喜事并未通知，刘家送礼璧回，也不补帖，原是借此示意，以后两家不再来往，就此疏绝。刘氏父子想已明白，也未来贺。这时忽命人投信，还要面见，料定没什么好事，便叫使女传话，说："老爷有病，不能见客，留信与否听便。"使女应声要走，小妹正和虞妻说话，没有听清，问是何事。舜民说了。小妹道："来时妹子听说，恶妇迁怒刘家小贼，怪他既要立功，就不该顾全亲戚，将图记钉在了隐秘之处，以致走眼，惹出乱子。今日来人必无好意，不见他不是事。大哥还是出见，**侠见，侠语。**妹子和兰姊隐身屏后，见机行事。说话时据理对答，无须客气。不论来意如何，对大哥决无伤害之理。"

舜民应诺，先命使女传话，着一心腹下人将来客延入里花厅待茶。略等一会儿，便同小妹、兰珍走出。虞妻不放心，也跟了去。**细。情理之中。**那花厅在中进偏院里面，共是五檩敞厅，院落甚大，对面堆有太湖山石，窗前有几株合抱老树，厅内屏门后面有一小门，与内院可以通行，地颇幽静。舜民夏日午睡或与人对弈于此，平时绝少在此会客。小妹问明路径，教舜民由前面角门绕进，自和虞妻、兰珍三人由内走出。舜民到了前面，来客已然先到，下人报过，宾主见礼分坐。舜民见那来客穿着齐整，年约四旬上下，手里拿着一柄黑漆的扇子，比常用折扇约长半倍，貌相举止也颇开展，看不出是何路数，便问姓名来意。来客见下人献完了茶即行退出，微笑了笑，答道："贱姓单，名子铁，与令亲也只新交。明公近月所经，我已尽知，无须再说。不过明公暂时虽然无事，后患实多。令亲更是一时失着，眼前便有性命之忧。此事只我可为两家解厄，**"只我"，口气不小。**但有一物必须割爱，惟恐无因至前，难以征信，特请令亲写了封信，前来面商。我知令亲对于明公颇有负咎之处，但他也是实逼处此，后悔无及。仍望念在多年戚好，不以前事介怀，慨允所请，令亲固可免难，明公也永保平安。至于详情，请看完令亲的信就明白了。"说罢，从怀中取出一封信。

舜民接过正要拆看，忽听厅门外有人骂道："好不要面皮的东西！凭你也配看相人家的东西么？快滚出来吧！"单子铁当是舜民先伏的人，且不答话。冷笑一声道："姓虞的，想不到你有这大胆子……"底下话未说完，厅外又接口骂道："瞎眼狗贼！太爷路见不平，随你到此，与人家姓虞的什么相干？还不快滚！要太爷在别人家里给你好看么？"言还未了，物随声到，跟着飞进一溜黑影，其疾如箭，朝单子铁面门打去。单子铁也真手疾眼快，使手中黑漆扇一挡，叭的一声落到地上，乃是一根半尺长的树枝，敌人新折下来竟当了暗器，才知劲敌尾随到此。心虽一惊，**陡然生变，是传奇手法。**仍装镇静，一面留神防备，笑向舜民道："适才误怪明公，幸勿见罪。割爱与否，明日奉访，再行领教，现有鼠辈作闹，须我管教，先告辞吧。"舜民虽信小妹"来客不会伤人"之言，见了这等情势，终是心惊，信也未看，不知如何答好。

说时迟，那时快！舜民话未答出，单子铁已起立外走。舜民还要出送，忽见小妹轻悄悄纵出，摇手示意，只得止步，小妹跟着掩向厅门庭柱后面。单子铁一意防了前面，竟未觉察，走出厅门，厉声喝问："鼠辈何处相见？我同你去。"话才出口，一眼瞥见大湖石后帽影一闪，嚓嚓两声，却无人答话，以为对头在彼，戟指喝道："我来是客，主人并无失礼之处。你既找死，不必贼头贼脑，掩掩藏藏。快滚出来！随我到外面见个高下。"正说得起劲，忽听头上喝道："凭你也配！"单子铁猛觉头上有风，知道不妙，想躲已自无及，暗器竟比话还快，叭嚓一声，头上着了一下重的，汁水淋漓，满头都是其臭难闻，**趣，恶趣。**无名火发，不顾得再装斯文，使袖往脸上一擦，屏着气息，跟踪往房顶上便纵。纵时舜民瞥见小妹追出把手一扬，仍缩回来。单子铁好似微微哼了一声，略停一会儿。

小妹把舜民夫妻三人招出同看，地下打碎了一个破瓦坛，溅了满地浇花用的臭肥水。房上人影已不知去向。再找太湖石后，却留下一顶旧帽，一根与石一般高的树枝，一粒黄豆大的石子。**迹近儿戏。也是铁扇子过于托大。"只我"二字，跌此一跤。**小妹见了，恍然大悟，和三人一说，不禁笑得肚疼。原来单子铁的对头仍只一个，早就埋伏厅外，不知何处弄顶旧小帽来，用树枝撑向太湖石后，略露帽顶，以为疑兵之计，人却端了一罐臭水，伏在厅外大树上面，等将来客引出，用石子一打石后帽檐，活似有人藏伏，使其全神贯注，再把一坛臭水当头打落。来人武功虽好，未受重伤，可是这满头满脸的臭水如何承当？不追心又气忿，不甘忍受，末了小妹乘机又打他一暗器。来时自问手到成功，那么从容，去得如此狼狈，啼笑皆非，怎不好笑？当时唤进下人打扫干净，**确乎好笑。由此开始，樊秋、侯绍、葛鹰，以致黑摩勒的纠葛冲突渐入高**

潮。说客已走，不顺多言。一同回到园内。

　　小妹、兰珍已知打人的是自己人，但看来人情景，必非无名之辈。这一来，冤孽转到别人身上，此去如不占尽上风，决不再来，只是单子铁这名字太生，竟从未听说过，方道奇怪。舜民正看那信，忽道："这人怎么又姓铁呢？"小妹忙要过信来一看，上面词意，先是极力认罪，说自己一时糊涂铸此大错，愧悔无极。尚幸舜民吉人天相，不但化险为夷，反成就一桩美满姻缘，从此金屋藏娇，宜男有庆，可喜可贺。继述自己却是失足在前，难于弥缝。对方异常嗔怪，早晚必有不测之忧，全家惶急，眠食不安。日前铁老前辈驾临，才知如夫人不特将门之女，巾帼英雄，**樊秋既知这一背景，似不该如此托大。**而且还有奇珍异宝与之同归。铁老前辈为了此宝，物色多年；新近才知下落，知刘、虞两家老亲世戚，特嘱函恳，愿以重酬转让。明知负罪如山，不应再有不情之请，无奈全家老幼危机已迫，非铁老前辈不能挽救。况且这类神物最受江湖上人觊觎，不比金珠珍玩，非你我这类人家所能保有，强留适足贾祸。**这倒是明白话。**如夫人虽然武勇，终亦保存不住。与其早晚因此受害，何如转让出去，既获重酬，还保平安。自己事迫倒悬，万般无奈，为此肃函奉商，务望宽宏前愆。念在多年世戚之情，特赐俞允，即将此宝面交来人，恩深再造。铁老前辈，今之侠士，昆仑、押衙一流人物，本来取如探囊，为知德门善士，不愿强取，故令函介面恳，至祈详为斟酌，审慎慨允。

　　小妹看完，不由大惊，秀眉一皱正要说话，回顾虞妻在旁，恐她受惊，又复忍住，只对兰珍道："适才那厮，竟是你义父去年和我说的那铁扇子，他把同音的字故意颠倒，所以先没想起。老侯适才乘他骄敌，出其不意，给他吃此大亏，照这厮平日为人，怎肯甘休呢？"虞妻看出小妹兰珍辞色有异，便笑道："两位贤妹不必吞吐，有什话直说无妨。我虽文弱女流，自从上次江行遇险得蒙救脱后，长了不少见识，胆子也大了许多。真要有事，岂是胆小就能躲过的，倒不如明说的好，省得叫人胡猜。**虞妻虽无武**

勇，确是可人。"舜民也跟着追问。

小妹道："说否俱是一样。我因嫂嫂虽然明白事理，不似庸俗女流，大家闺眷，终是文秀，哪知江湖上凶恶粗野行径？反正事已有人担去，不致妨害尊府，说来难免虚惊，任它糊涂过去倒好。既然大哥嫂嫂都想知道，只请安心，不要害怕，我说就是。今日来人真名叫做樊秋，因他武艺精强，惯会点穴，平日不携兵刃，只用一把精钢打成的铁折扇，江湖上都称他铁扇仙。当年在西北甘陕一带，着实有大名望，提起铁扇子，几于妇孺皆知，他就此把真名隐起，改姓为铁。此人虽是一个独脚强盗，却极讲理，也颇义气，以古侠盗自命，专一锄强扶弱，劫富济贫，不轻欺压良善。只有一桩短处，手狠心辣，睚眦之怨必报，树敌太多。六七年前，不知为了什事，跌翻在一个仇家请出的能人手里，由此一气，遁入陕西黄龙山内隐居苦练，立誓不报前仇决不再在江湖上出头露面。兰姊来时所带有两件宝物，内中一件分量极重，乃是一块顽石，内含至宝，名为金母，又名金髓，为西方庚辛之精所聚，比起常金重约百倍，用铸刀剑，胜于古之干将莫邪；惟以良工难得，开铸无方，至今仍藏石内，尚未取出。先父当年为了此宝，不知费却多少心力，没等神物铸成，便吃仇人暗算身死，临终遗嘱，命家母第一教养小妹；第二保存此宝，俟小妹长成，访求能人，将它铸成利器，为父报仇。彼时小妹年幼，**金母，是全书一大"关目"，但情理上稍欠推敲。即使倚天剑、屠龙刀，也不是号令天下、报仇雪恨的"必要且充分条件"。**石重千斤，不是寻常人力所能取携。最可恨是仇人心毒，害了先父，还欲杀我母女斩草除根。尚幸家母机智，本领不弱，又得一义仆相助，忍着悲痛，将先父草草埋葬，将此宝移运山中隐秘之处，连小妹一齐藏起，自装殉夫假死，棺木四角暗留气眼，又由那义仆弄来一个死女孩同放棺内，才将仇人瞒过。

"棺中原暗藏有食物，家母在内卧了好几天，仍由义仆乘便冒险开棺，换了一具假尸，主仆连夜逃走。在山中藏了数月，方始带了此宝，母女主仆三人展转逃亡到富春江边，隐居避难。**真难为一路的搬运工了！**先父当年为防外人觊觎，置弄了一块假石。仇人得去，也因物色不到良工，至今尚未开视，因系至宝奇珍，风声传出，倒给他惹了不少乱子。我母女住了几年，义仆陈英忽得一身奇症，入陕求医，从此不回，也无音信，我母女益发孤苦无依了。家母逃时，悲痛愤激，竟未想到多带金银，事后想起度日需用，已无法往取，又不善于治生，更为先父之死悲愤成疾，时发时愈。陈英走的前两年尚能勉强度日，嗣后日益困苦，尤其老病犯时必须珍药始能调治，典质俱尽，无可奈何。我母女虽学有一身武功，为守先人之戒，决不取一无义之财。近年实在无法，才由小妹仗着家传识得水性，入江捕鱼，又受渔人之气，只能驾船在江心打鱼，不能傍岸，所得无多。幸蒙兰姊义父苏翁和一老渔人，时常相助，始得苟延残喘。

"前月家母老病复发，较前更重。苏翁最精星命之学，算出日内贵星照临，不久便入佳境，命小妹去至江中等候，正值大哥船过，仗义相助。谁知苏翁却因此丧命，死前又为小妹占算，说小妹复仇机缘将至，但须离开当地另投居处，不然仇报不成，此宝还有被劫之忧。苏翁神算，本人福祸俱早前知，无不应验。小妹方在踌躇，第二日苏翁去世，他有一好友，正助我姊妹二人办理身后，义仆陈英忽然回转。谈起别后情形，才知他前番入陕，乃为代主报仇，伺隙行刺。不料仇人厉害，历时数年，仇未报成，反受了许多艰险伤危。本心不成无归，因那仇家到处延请良工开石取宝，近被能人识破那石头是块假的，**这里脱榫**。宝不在内，因而料出先母殉节破绽。说此宝真金精英，所在之家，必有宝气透出，但有原石包藏，非近前数丈以内不易查见。那厮也会占算，并还算出落在江南一带，现时各派中人得了信，赶往江南寻访的已然不少。

"陈英着了急，连夜赶回报信，正与苏翁卦象相合。知道府上德门望族，庭院深广，外人不会走进，也决想不到此。这才与兰姊商妥，决照苏翁遗言，先将此宝由兰姊带来，然后奉母托庇宇下。因太沉重，人力难胜，更恐泄漏，由寒家起运上船，沿途搬卸，直到尊府，都是苏、侯二人旧友相助抬运，外人无一经手，机密仍然泄露。刘家来信口气，似把此宝当成兰姊陪嫁之物，尚不知此中底细。据小妹猜想，此事定是苏翁至友酒后失言，被姓樊的听去，因大哥一乡德望，不便强取，违他平日信条，知道刘家现受金贼责难，日夕忧危，借他与府上亲戚的一点因由，前来善说。看他来意，真要善说不成，也必不能就此罢休。这厮本领高强，虽我母女在此，胜负也还难定。即或能胜，展转传扬，仇家得了信，定必跟踪查访，府上固然不免虚惊，我母女和兰姊势须暂避凶锋，均难在此安居了。总算这厮行径被侯老英雄探悉，暗中尾随到此，给他一个大无趣，把仇恨先移在自己身上，免与府上磨缠，我们也可早做准备。虽得缓和一步，但他二人劲敌相逢，高下难分。最好乘他不知我母女来历以前，.将事办完，否则日子一久，难保不被仇人探悉，仍有后患。所幸仇人洗手多年，便平日对外人也讲过节情理，不肯无故欺害善良，我母女只一走，即可无事。今晚明早，侯老英雄必来与兰姊相见，便知就里。如真无法，说不得只好向大哥大嫂告辞了。"说时，秀眉轩举，粉颊红生，秋波莹莹，隐含悲愤。

舜民夫妻自从回舟遇救，重会小妹，先还当是江湖上成名英杰之后，继见她不但英姿侠骨，至性过人，而且举止安详，吐词娴雅，大家闺秀也难有此风范。江母虽然衰病，极少言笑，神态也极端凝大方，举动不类庸俗。因江氏母女对于流亡经过还略吐露一二，故乡家世和先人名讳却是讳莫如深，苏翁萍水相逢，只说小妹是个奇女子，也未及深谈，虽然怎么想也猜不透她的来历，却打心里钦佩敬爱，再加上感激救命之恩，真看得跟同胞骨肉一般。开言齐声说道："妹子怎如此说法！自来吉人天相，事有命定。以伯母和妹子的贤孝，至行孤谊，神佛均当默佑。况且妹子也服苏翁神算，既说舍间安乐，可以同居，定必无差。愚夫妇脱险入生，皆出两妹所赐，即便相累，也所心甘，**真正侠骨义气！**何况天道决无如此梦。我们方得快聚，'走'之一字再莫提起，有什事情，大家从长计议好了。"小妹道："兄嫂高义，我岂不知？无如事到临头非走不可，就无法了，其实小妹从小便从家母朝夕下苦，五年以前，又蒙一恩师间月一至，时来指点，**有此一笔，身手高妙便合情理**。自信不是无力防身。一则仇人势盛，顾虑尚多；二则杀父之仇深如山海，不是伺便一击可以泄恨，必须手操必胜之方，到时能力所欲为，方不负母女二人茹苦含辛十多年来薪胆。义仆陈英私行己志，幸而未成，不是小妹力劝，几受家母重责，便是如此。兄嫂厚爱，盛意殷勤，但能不走自然不走，自等到时再看罢。"

虞妻仍往下劝勉，江母本在倚榻静听声色未动，忽然唤道："妹儿过来。"小妹忙走过去。虞妻当她要茶，也忙端茶赶过问道："伯母要茶么？"江母笑谢，对小妹道："大哥大嫂不愿你走，我也觉得这里一家祥和安舒气象，有点不愿离此而去呢。那姓樊的什么东西，也敢无理欺人！**口气不凡。露出本来面目**。你怕给大哥家惹是非，半瓢不说何异住家就在附近么，明早把你爹的金环拿去，请他为我母女举一回手总可以吧？""举一回手"，**轻描淡写，身份令人遐想**。小妹笑道："娘这多年来从不愿人帮忙，怎么今天脾气改了？"江母叹道："我因仇人厉害，不愿贻累别人，更恐泄露行藏，所以不肯找人。自从小英回来，才知老何为了你爹，居然不辞艰危亲捋虎须，虽然汉中一挫便即归林，**无字句处隐多少风波**。不再出问世事，好像借此下台，也是实在力有不敌，况他已早洗手的人，为了此事特意出山，千里跋涉，几受重伤，为朋友的心肠总算尽到，比起那一班平日逞强夸口，临难退缩，事完置诸脑后，不闻不问的人就强多了。便不为此事，早晚也须见他一面。我看这厮，侯绍一人决难打发，事机贵速，索性今晚你就找老何去。报杀父之仇，不应借助外人。我因老何仗着机巧本领，生平未怎吃亏，汉中之行虽然过节还好，终算吃亏的事，此去无须提起，更不必向他道谢。只说我母女隐姓埋名，韬晦多年，受尽艰难辛苦，好容易才到大哥这里，有了安身之处，又受这姓樊的侵扰。我自这次大哥赠金服药之后，许是心愿将了，日前运气已能自如，不似前者不能过于用力。按说可以应付，一则手法生疏，二则恐累居停，不便出面，最好能由外人出头，问他如何？这多年来，他也把我母女假死当成真事，他退隐颇早，你小时不曾见过，你爹金环必须带去，但决不能使第二人知道！此去不妨深入内庭，见了本人，请其屏退从人，始可交付，大意不得！"**形象迥然一变。**

舜民早听出他母女和何异是至友，本想插问，因见江母向无多言，这一开口，真有条有理，滔滔不绝，两目开合之间仿佛有光，端的气足神完，不现一丝老态，多生惊异。候她说完，才接口道："伯母说那何异，我也知道。妹子不便跋涉，将他请来，岂不更好？"江母、小妹惊问："这类退隐人物如何相识？"舜民道："我倒不相识，他与家兄却是新交莫逆之友呢。"小妹问起详情，舜民随把尧民辞官遇盗、屡遇异人之事，从头至尾一一说出。小妹益发惊异，回向江母道："想不到星叔也在这里，还是虞府佳客呢！"江母道："晓星本不知我母女尚在人间。如真在此，事更隐秘易为，连何异都无庸去找了。"**两条线索至此交集。**

舜民问故，小妹答道："司空老人比先父只小一岁，此公今之奇士，武功精绝，少与伦比。如得他出援手，多大的事也可无碍。不过我母女还不到见他的时候。难得他是大长兄患难知己之交，又下榻在此，苏翁与此公也是旧交，正好求助。大哥可密告大长兄，把事情全推在兰姊身上。只说兰姊是苏翁义女，苏翁为侯绍所误伤，死前将兰姊嫁与大哥，妆奁中有一宝物，大哥不知底细，先未过问。今日樊秋忽带令亲之函前来，正强索间，不料侯绍因误伤至友，心中难安，力任托孤之重，暗中保护兰姊，探知樊秋来意，乘其无备，给了他一点颜色，将人引走。兰姊恐侯绍制不住樊秋，早晚仍有隐患，甚是愁虑，作为大长兄出面求他相助。

他虽不知我母女在此，兰姊身世来历却极明白，论哪方面，也无坐视之理。此公著名手狠，近年虽听说他立志不轻伤人，以减杀孽，但他生就疾恶如仇的天性，任做什事都要做彻，从不肯留尾巴。这一来，连何异都不用找，我母女踪迹不更隐秘了么？"

舜民大喜，不禁又勾起结识晓星的初念，忙整衣冠，正要往见尧民，依言商托，忽听下人回事，说魏师爷到。舜民心想：良夫和晓星最好，连日忙于酬应宾客，因晓星不见外人，未便约请，也忘了询问归未。今日独自前来，定是晓星回转，约往相晤无疑。等赶向前厅，与良夫见面一问，不禁大失所望。原来晓星前三日便自回转，经尧民、魏、钱三人一说，也因舜民应酬无暇，打算过一二日客去清闲，才行相见，已然约定明午由尧民在园中设筵，为乃弟引见，并专人将何异也请了来一同快聚。不料早起晓星偶出闲游，适才回园，告知良夫说现有要事，必须即时启行，归期至多十日，不特明午之约只好改期，此事还关联着何异，回时定约同来，此时恐他也不能赴约等语。**还珠叙事，惯用此"顿挫法"。**舜民一问，只刚走不多一会儿，如与江氏母女说话时赶去，还可见面，好生悔恨。

良夫走后，入内告知江氏母女。小妹道："真是凑巧，看这神气，何老前辈也不会来，还是小妹自找他去吧！"江母道："晓星此行既说与他有关，不定在家与否。晓星刚走不久，要去即刻动身。万一他去，早点赶回，好打别的主意。你到何家，晓星在彼自难隐瞒，如若不遇，可告何叔请对晓星暂时不要提我母女之事。"**一再叮咛，有些莫名其妙。**小妹应诺。舜民便命使女传话，准备轿马。小妹道："要坐轿子，至快明晚才能赶回，那如何行？这条路要经过几处人烟颇密的村镇，又在白日，路上急跑，也惊耳目。改了男装，戴上一顶斗笠，骑马尚可，但马却要好马。这时走，不过想早到些时。如无好马，转不如黄昏起身，由我加急赶行，往返得快呢。"舜民道："这个容易，大舍侄生长北方，最爱骑马，听说颇有几匹好的。妹子且自装扮，我就命人将马牵到花园后门。

那里是片竹林，又当山崖之下，地最幽僻，妹子由此起身。岂不是好？"小妹闻言大喜。舜民随命使女传话，赶急照办。

两家相隔本近，不多一会儿，便由一亲信仆人将马牵到后花园门外。小妹也把平日准备下的一身半旧男装和一顶宽边软笠换好，和江母商量几句，随即起身。舜民夫妻三人送到门口，说明途径方向。小妹接鞭拢马，朝三人举手含笑道："大哥、大嫂、兰姊，请回去吧！"牵来那马，甚是神骏高大，顾盼桀骜。虞妻刚答："妹子当心，早去早回。"也没见小妹怎样动作，眼一花，人已脚尖踏镫，稳帖帖落在马上。跟着马头一歪，四蹄乱动，绕林跑去，鞭丝帽影出没林中，晃眼不见。

三人仍回原处。虞妻道："刚才老爷只说马要越快越好，不怕性劣，这定是大侄常说的青玉骢了。连马夫都不敢骑它跑长路，小妹竟和骑熟了似的。先只知她有本事，想不到一个红闺幼女，会骑得比大房家的马夫都好。兰妹本事我已见过，一定也会骑了？"兰珍道："我因从小便随义父隐居江边，水里倒还去得，马上功夫却未练过，骑许能骑。看小妹骑得那么稳熟，决不是因会武功便自能骑，定有传授无疑，我也是头回看到呢！"江母笑道："小妹为报父仇，苦就下得多了。这还是她三四年前练的，自己养不起马，只好虚练，从没骑过。**过于"全能"，只好说明两句。**今年每遇夜静无人之时，把福生的马借来骑过几次，你都不在跟前，所以没有见过。什么都得在行，如用武功气力，虽能将马制服，马却要受伤了。"舜民便问："福生是否上次借马给自己回船的汉子？"江母点头。舜民又问："此人与伯母可有瓜葛？还有兰妹来时，均在何处？"

江母答道："福生姓王，原是富阳富家子弟，多武好骑，不务正业，吃一班下等江湖架骗，家业荡尽，只落了两骑舍不得出卖的好马，赁给人骑，以为度日。那里虽是江乡水国，因他那马又稳又快，他多远的路都应，又会一点拳棒，人更忠实可靠，赁价多贵也愿。只他脾气古怪，照例只一匹受雇，如不投机，再多给价也是不应。因此得罪恶人，又看上两马，从邻县约来几名打手暗中埋伏，一人假作游山，将他诱到无人之处动手劫夺。二马均经教练，能识主意，虽然连蹄带咬挣脱缰索逃去，他却吃人扑下马来，寡不敌众。眼看危急，恰值小妹因我病后想吃诸葛菜，往后山挑取，路遇不平，将恶人全数制倒，救了他命，由此他便执意要拜师。小妹自是不肯，最后被磨得无法，才把他引介到给兰姑挑行李的醉鬼奚醒门下。奚醒与何异是同门师兄弟，与先夫闻名却不相识，我母女近年才与他认识。奚、何二人以前在江湖上都有醉鬼之名，但是一贫一富，相差悬远。何异为人机智，善于营运，归隐不久，日益富厚。奚醒好酒既甚于何异，性情又极古怪固执，一醉之后百事不问，钱更和他是仇人，只一有钱，非即时花得精光不舒服，非其人，从不妄取分文，常时闹得衣食不周，只酒不缺，从不在意，每日以酒为命，**真正酒人。堪与刘伶同游。**自得其乐。他只知我母女是江湖旧家，身世来历都不知道，他的事情我母女却所深知。半瓢与他也是故交。他一没钱买酒，便寻半瓢和我母女来借。我两家虽非富有，几杯酒钱尚凑得出，但他挥手千金从无吝啬，多的却供给不起。每次只是小女卖鱼所得分润一些，从无不给之时，彼此处得交情颇深。他也知我多病，得钱不易，度日艰难，屡想寻些钱来补报，无如天生奇怪脾气，无钱时不管闲事，也碰不上要钱的人；只钱一到手，首先买醉，醉后总遇上有人为难，几句话一说，钱便出手，不等见着本人钱已散光，徒呼相负了。论他本领也不在何异以下，一则日前出游未归，寻他不易；二则他那嘴太敞，容易走漏。来时挑那宝物，小女做了不少手脚包扎，假说是半瓢贻给爱女的黄金，并还先将他灌醉，才得瞒过。现时此宝，连侯绍都当是兰珍陪妆之物，如找他相助，虽他不知底细，难免传扬到仇人耳中，露出马脚。便使我母女此来，都没对他明说呢。"

舜民闻言，也就不再提说，夫妻三人陪伴江母。到了傍晚，小妹忽然越墙飞入，说是途中遇事耽搁，预计骑马回得较晚，且易被人觉察，因此步行赶回，马由何家明日派人送来。今日之事已另有人解围，只踪迹难免由此显露罢了。行止曾与何异熟商，据闻目前仇人已然发觉前事，侦骑四出，必欲得而甘心，哪里也难免不被寻到。除却这里，只何家可以安身；但他那里最容易被人想到，算来只有住在舜民家中较妥。一则华门世族，从不与江湖上人来往，只要深居简出，仇人念不及此；二则小妹来时，为防万一，不特行踪隐秘，还令义仆陈英借往江西访人之便，故布疑阵，至不济也引得仇人缓上一步。只刘家知道宝物在此，是否深悉底细，均有后患，但已有人相互预防，当可无害。三人闻言，甚为高兴。

饭后问起详情。才知小妹走到离村十几里的上官塘，因知村上人烟稠密，意欲由左侧山中小径绕越过去。路本不熟，行时匆忙，舜民语焉不详，那条山径偏又荒凉冷僻，岔口甚多，一个不留神将路走错，岔向碧螺弯，绕驰了两回，仍然回到原地。四面野草繁茂，落叶萧萧，更无人迹。后来心急无法，瞥见左侧有一危崖，甚是高峻，意欲登高查看途向。将马系在树上，攀援上去一看，认出所行之路是个倒退死地，自己一入山便把路走错，只有往回退走，回到山口才能上路。欲速反缓，好生烦躁！赶急纵下，寻路退出。不料系马之处，正蟠着一条七八尺长的乌梢蛇，**总要生出点事来，才有传奇味道。金圣叹批点《水浒传》，提出"驾胶续弦"的结构技巧，就是欲使两条线索交集，可在中间设计一个过渡性小情节，从而制造出一重因果关系，避免过于"巧合"的阅读感受。这里的毒蛇惊马正是类似的"驾胶"，因惊马而寻马入林，于是碰到樊、侯恶斗，于是与司空、黑摩勒一线开始交集。一切显得因果关联，环环相扣，而起初毒蛇惊马却纯属巧合。**马一啃草，将它惊动，昂头欲咬。幸马灵警，缰绳又是活扣，瞥见有蛇，抖脱绳扣拨头飞跑，蛇也在后昂首急追。小妹援至半崖望见，连忙纵落，取出身藏暗器燕尾梭，飞步赶上，从后面照准蛇的七寸打去，蛇头立即飞起老高，撞落山石之上，蛇身也窜出两丈来远，才行止住。

那马惊骇之余，依旧绝尘飞驰。小妹本来一纵便可追上，因见马行之处正是去路，心想马多识途，自己不必疾驰，左就由此走出，随它跑跑也好。跑了一段，方觉途向与崖上所见仿佛不差，那马倏地将头一偏，往路侧树林中窜去。小妹方始心急，清叱一声，跟踪追入。马本挣脱而驰，入林不远便吃树岔绊住，只管奋蹄喷沫，苦挣未脱。小妹自己赶到，将它制服，匆匆整理好马缰肚索，正待上路，忽听前面大树后呼呼乱响，**这里遇到樊、侯，便有了一重因果。**势甚劲急，连树枝也跟着摆动，远处树上枝叶却是静静的。小妹行家，一听便知有两能手在彼恶斗，不禁心动，忙把马拉到远处，装着人已离林，然后施展轻功赶将回去。隐身树后，探头往外一看，树前乃是一块亩许方圆的空地，四面都是合抱不拢的松杉。动手两人正是小铁猴侯绍和铁扇子樊秋，两下都未用兵刃，各凭一双铁掌，施展平生绝技，一声不响，在那里拼命一般苦斗。二铁相遇，**"二铁"，趣。**俱是能者，只管蹿前跃后，似两团灰色影子，在场中滚来进去，神速如飞，脚底连一点声音都没有；那抬手动足之间却是呼呼乱响，尤其二人掌风过处，只离树一近，树上枝叶便即震撼摇动，刀削也似纷纷坠落，煞是惊人。

小妹见二人功力悉敌，高下难分，不禁起了同仇敌忾之念。暗忖："事真凑巧，侯绍此时一心一意保护兰珍，不负死友，义侠端的可取，如暗中助他一臂，将樊秋除掉，免去何家之行，岂不省事？虽然樊秋罪不致死，这等行径也欠光明，但为父仇，免露形迹使舜民多受虚惊，也就说不得了。但自己不愿与侯绍见面，事后哪有不见之理？方想侯绍目力不济，精于闻声下手，认人非隔近不能真切，下手之后不与接近说话，又是男装，也许瞒过。"

想到这里，因适在虞家，樊秋中了自己暗器，并未显出受伤之状，安心想打他的要害。刚把手伸到兜囊以内，侯绍忽向樊秋说道：**这一岔，便把小妹一线搭到摩勒一线上。**"你这几下手法想要赢我，那还早呢！久闻你仗着一把破扇子在江湖上吹大气，叫你耍上一回，你又不肯。"樊秋怒道："我向来行事光明磊落，你不取出兵器，我也只凭双手，谁似你这无耻鼠贼暗算计人，早晚自会要你这瞎贼好看！我如取出铁扇子时，你早没命了！"话刚说完，便听左近有人接口道：**突如其来。**"姓樊的，你那把破扇子还在你身上么？叫花子早没了蛇耍，还吹大气呢！"

樊秋闻言大惊，一边动着手，抽空一摸身上，果然自己珍若拱璧、多年来仗以成名、刻不去身的这把铁扇子，早已不知去向。这才想起从虞家追赶侯绍不知去向，嗣往溪涧洗涤身上秽气。刚刚洗完，侯绍忽然出现，两下动手时，因侯绍未带兵刃，为他言语所激，将铁扇子收起。打不一会儿，侯绍又说溪旁邻近官道，要打须寻僻静之处。说完撒腿先跑，自己随后追赶。赶到此地，不想林内奔出一个小孩，对撞了一下，自己还恐将小孩撞伤，不甚过意。当时忙着追敌，什么也顾不得，谁知中了敌人道儿；扇子必在对撞时被小孩乘便盗走。自己昔年曾有神偷之名，却为小孩所算，大白日里，随身兵器会失了盗，别的不说，这人先丢不起，怎不急怒交加？

百忙中偷眼一看，前面老松树后似有两条人影一晃不见，料是敌人同党，忙向侯绍怒喝道："无耻瞎贼，先时鬼鬼祟祟施放冷箭，这时又埋伏同党盗我宝扇，你到底有多少同党？是好的，都滚出来，看樊某只一人双手，惧你不惧！"侯绍也没想到他在追赶自己的工夫会失了盗，闻言也颇惊异，随说道："天！哪有这样的笨贼，连自己一把破扇子都保不住，还自说嘴，真不怕寒伧！你侯四太爷，生平走到哪里都是单人独骑，永远没搭过伴。天下高人甚多，像你这样，拿斗量都数不过来，你偏目空一切，满嘴放着邪屁现世丢人，还不是你吹大气吹出来的。四太爷哪有什么同党！"樊秋骂道："瞎贼还说没有同党！适才在虞家追你这瞎贼时，那支冷箭莫非是那主人放的么？"侯绍道："放你娘的屁！四太爷的话你偏不信。盗你破扇子的这位朋友想必没走，即便他是我的朋友，我事先也没和他见过。你不会磕两个头请出来问个真假？

连我也见识见识。"

樊秋未及答话，便听先说话人接口道："侯老四说得对！**口气很大**。他的确事前没见过我。因你口出狂言，我师侄当你真有本领，想要开眼，先打算等你把侯老四打倒，我和你比划几下，他好偷学两招。你两个老打不完，年轻娃儿性子急，才把你扇子盗去，谁想你一点也不知道。他觉出你没什意思，一赌气，把扇子交给我就走了。我也等得不耐烦。打算走吧，又想你仗着这把破扇子，在江湖上跳了好些年，吃饭仗门面的玩艺，要是因为丢失，一气上了吊，我师侄岂不造了大孽？有心还你，才提醒你一声。你人还没见，硬说我是侯老四的同党，这不是笑话么？想要扇子容易！我看你也赢不了侯老四。他也是个有种的人，既敢拿屎盆子打你，事情没完，你请他走，他都不干。你不会跟他商量一下，暂且停手，等跟我要回这块门面招牌，再回来寻他见个高下，省得一心挂两头，干生气。几千里跑出来，想谋夺人家孤苦女儿的东西，煞非容易。要气坏了回去，岂不罪过？"樊秋一听，这番话真是又刻薄又挖苦，比侯绍还可恶可恨！无奈劲敌当前绊住身子，两下虽说着话，却打了个风雨不透，枉气得怒火填胸，只是分身不得，还口乱骂又失了自己身份，只得强忍忿恨，怒喝道："你这猾贼！欺我与人对敌不能分身，信口胡喷，算何好汉？是好的，报上名来！此时由你说嘴，我除了瞎贼，自会寻你算账！"侯绍因那人口音甚生，喊自己"侯老四"，说话老气横秋，心中也有点不快，左就和樊秋打个平手，虽占上风，想看来人是何路数，忙接口道："姓樊的不用发急说狠话。我先宽你一步，你向人家取那破扇子去如何？"樊秋闻言，正中心意，喝道："好了，少时再见！"两手一封面门，纵出圈去。侯绍也自收招停手，再往那发话之处看时，树上空空，哪有人影？樊秋高喝："猾贼休走！"朝前追去，侯绍见那人身法如此神速，越想见识，也跟踪拔步追赶。

小妹自那人一发话，便知侯绍有能手相助，把暗器停发，暗中仔细查看，先觉人在树后，只看不见，后来又见枝头人影一晃便不再现。等侯绍说完，方见一条瘦小人影由树侧飞起，转瞬不知去向，好生惊讶。有心追上看个水落石出，自己又不愿显露行踪，坐下还有一匹马，是个累赘，骑马决追不上。听盗扇人口气，虽似帮着侯绍，但与樊秋无什仇怨，未必便下毒手，反正早晚要去拜望何异，仍以寻他为是。樊秋如为人所杀，免却后患，自然快意，否则今晚侯绍必与兰珍相晤，自知就里。此时既有外人在场，形迹还是隐秘些好，便不再追，回身寻马，又绕了两个山环，才寻到适才的山岔口，归上正途。这几下里一耽搁，不觉多延了个把时辰。

赶到白雁峰，业已斜阳满山，炊烟四起，尚幸后山只有姜、何两家隐居，路上又遇见何家一个佃工，没费什事，便自寻着。当即下马，烦下人入内通禀，自称是何异世交后辈，姓关，由远道来此，还给别人带来一件紧要东西，必须见着主人面交。何家下人多半都是江湖眼，看出来人必有所为，不是无故登门，知道主人隐居多年，不再出问世事，假说："主人出游未归。尊客如有什事，不妨把话留下，或是示知寓所，家主回来，再派人相请。"小妹方觉失望，忽见里面跑出一个清俊小童，一见小妹，便笑道："少爷请里面坐吧。"下人恐前言不符，忙插口道："烟兄弟，我已对客人说，家主人没在家，请改日来呢。"小童使个眼色答道："老太爷刚回来，叫我来看，有客就请呢。"**世故**。说罢，便领小妹往里走，更不多言，直领到后院静室之中，请客落座，献完了茶，才行退出。

小妹见何家院宇阔深，陈设精雅，证以平日所闻，方觉此老真会享受。一个白发矮叟已掀帘而入，见面便含泪道："想不到贤侄女，劫后遗孤，居然尚在人间！令堂老夫人还康健吧？"小妹本没见过何异，一听所说，竟是深知自家底细，不由大惊，连忙拜倒行礼。何异唤起落座，寒暄之后，互述了一些经过。何异听小妹说明来意，又听小妹寄居虞家，乃尧民之弟，也是一个有侠气的正人君子，越发高兴，便对小妹道："我与令先君，知己患难之交，当年我两次大难，全仗解救，热肠高义，终生不忘。近年我对外人声言，隐居终老，不再与闻外事，实因那年为了令先君之事间关赴难，强弱不敌，几遭挫折，当时仗一朋友居间解免。他与那贼至好，我又承那贼容让，死里逃生，并免屈辱，始终以贵客之礼相待，无颜再谈报仇之事。又听说令堂与贤侄女俱已遇难仙逝，无可奈何，只得归隐山林。满拟把你世哥教练成材，代我完此一段公案，偏他本质太差，又寻不到胜过我的名师，极自用功，苦少进境，前月蒙好友给他一件兵刃，方觉有一线之望。不料贤侄女奉母永康，居然无恙，又这等卧薪尝胆，苦心孤诣，故人有女，可见天道不是梦梦，令我喜极。至于贤侄女今日之事，我已得信。有一能手暗中相助，此人本领高我十倍，本来无须我去，一则想向令堂请安；二则贤侄女既来寻我，义不容辞，不论用着与否，均须一往；三则令居停长兄尧民，与我原有前约，今早还专人到此，也须前往相聚。去是必去，不过我今日还有一个约会，有些耽搁，今晚恐难相见了。樊秋尚有一同伙，随后赶来，人比樊秋还要蛮野，更有能人撑腰，虽然无妨，居停主人一家文弱，终恐虚惊。贤侄女将门之女，定非弱者，骑马容易被人觉察，仍以步行速归为宜。此事至多三两日即可了结，以后只管住在虞家，即便被那贼闻风寻来，也自有人挡他，不必多虑。尧民学识器度迥异庸流，听贤侄女之言，舜民似乎不在乃兄以下，我以后必也交成朋友，常时往来，真有什事，总可商量。请转达令堂放心，并代问安。天已不早，我不多留，等到虞家相见，再行细谈吧！"

小妹本想询问晓星是否来过和他近况，因何异催走，料有缘故，不及细说，匆匆辞出。将马交给何异，明日着人与虞家送去，自己运用轻功步行赶回。见着舜民一问，且喜无事发生，铁扇子樊秋并未再来。

吃完夜饭，小妹算计侯绍必来送信，便请舜民宿在正房，自和江母舍了园中居室，同住兰珍卧室里间藏宝室内，静听消息，并作万一之备。到了二更过去，仍无动静。小妹因白天除侯绍外，又多出一个能手，当时没有尾随，不知结果如何。听何异之言，故我两方俱还有人，虽说无妨，终恐事情闹大，累及舜民夫妻受惊，问心不安。那能人既肯为己出力，必是昔年父亲世交，偏何异藏头露尾，**怪哉，"正方"诸人多"藏头露尾"**。不曾明说，很想得知一点底细。久等侯绍不来，和兰珍一商量，知道本村不当往来官道，虽无旅店，可是西市口和巨集两大镇离此不过五里，人烟繁富，客舍林立，附近还有几处野庙。暗忖：自己既居在此，地理形势总须熟悉，即是侯绍来了，自己也不见面，何不乘着月夜前往一探？便和江母说明，带上兵刃暗器，由虞家越墙而出。

到了外面一看，野风萧萧，吹袂生凉，人家村舍、田畦畹圃都沉浸在月光影里，白如铺霜，到处静悄悄的，景甚幽寂，看不出有什朕兆。想往西市口大镇上，微闻犬吠之声由左侧野地里隐隐传来，乍听似乎很急，叫不几声忽然止住。**忽闻犬吠，也是类似"鸾胶"的叙事小技巧**。附近村犬闻声惊起，倒纷纷应和起来。知道两个大镇，一在村南，一在村北，这狗叫之声却在西北，深夜犬吠，照例一起百和，这时远近相应，怎原叫处倒会没了声息？不禁心中一动，加以犬声大作，恐惊村人出视，便施展起陆地飞行的功夫，径由野地树林中往犬吠之处跑去。沿途俱是果林竹林，并无人家，一口气跑出好几里，方觉无什意思，意欲回走。一回身，猛见来路左侧还有一座小山，来时吃树林遮住，这时出林回顾，才得发现。暗笑真个粗心，连山都没有看见，适才犬吠之声明明在此，如若有事，必在近山一带，便往那山跑去。行抵山前，仍无朕兆，寻觅路上，绕过山腹。刚往山那面一探头，便见后山坡上有一座庙宇。庙基不广，墙顶颇有坍塌之处。庙前却有三亩方圆一片平地，稀落落种着十几株松杉之类的大树，蓬蒿野草随地杂生。倚崖而建，左右地形斜削陡峭，惟独庙前却极平整，近坡脚一带还有两段石级蹬道。想见昔日香火必尚不差。心想：野草这高，庙中十九无人住持。这类无主野庙，最是江湖上人往来寄居之所，相隔虞家又近，来贼许藏身在此也说不定。

小妹来路是横着山腰的一条仄径，危崖突出，草树繁茂，正当庙前右侧，中隔一条山沟，两边差不多高，如往庙内探看，甚是不便，否则便由崖际猱升，攀援横渡，到达庙后，居高临下虽便窥探，但是沿途没有大树隐蔽，月光正照山上，也容易被人发现。正定去取，忽发现坡下还有一所茅舍和两亩菜畦，菜畦尽头，便是上庙石级。路中心蜷腿翻卧着一条大狗，看神气似已死去。想起适才犬声略吠即止，不禁心动，止住脚步，隐身树后，往坡上仔细观察。松涛吟风，清辉四彻，万籁萧寥，并无人迹，越看越觉那狗奇怪，便往沟中纵落，奔向狗前一看，全身不见伤痕，一摸额骨，已然碎裂，分明蹲起急咬，吃人用重手法打死，皮毛不损，头骨由里陷裂，伤处不过二指。此人硬功之强，可想而知，越加惊疑。

小妹细查地上，还有两三处湿泥脚印，天色连晴，算计那人不知何处涉水而来。刚上坡去，时还未久，便舍了茅舍，沿着石级掩身而上，到了庙外。见庙前一边各有一块方整青石，左右不远有一老松，虬干蟠伸，清荫在地，景殊清幽，石旁还有两把竹凳，相向对列，更料庙内有人无疑。方欲入内探看，微闻庙内有人咳唾之声，忙往老松后一掩。身刚立定，猛瞥见一条黑影自墙内飞鸟疾坠，纵落面前。定睛一看，乃是一个须发花白的老者，穿着一身粗布衣服，身材不高，鹰鼻鹃眼，阔口掀唇，两粒眼珠灼灼有光，貌相诡异，一望而知不是江湖上寻常人物。

那老头手里拿着一叠荷叶包、一大瓶酒、一个粗碗、两双竹筷和一蔑盘生煎馒头，一齐全放石上，将包打开，里面尽是由镇上买来的熏鱼、熏虾、油鸡、白肚、酱鸭、酱汁肉之类的酒饭菜，又从身上掏出两大纸包豆腐干和长生果肉，通放青石上面。将酒斟上满碗，端起一呷，就去了多半。随手捞起整只酱鸭撕下一腿，放在口边一阵乱啃，晃眼剩了一根空骨。又抓起一把果肉满塞口里，嘴皮乱动，喳喳直响。跟着又抓了两个馒头同塞口内，方始坐下。一样跟一样，酒菜馒头接连不断大嚼起来。**可参加世界吞食热狗大奖赛。**小妹见那些东西便七八个人也吃不完，他却狼吞虎咽，吃得那么难看，有似饿疯了一样。正在暗中好笑，忽听坡下有人微"噫"了一声，老头一手端着酒碗，一手拿着半边油鸡，刚一偏头，见一条人影飞驰而来，转眼到达，正是日间所见铁扇子樊秋，跑到石前，举手为礼。老头只看了看，仍吃他的，并未起身答睬，樊秋径往对面竹凳上坐下，问道："那厮可曾来么？"老头道："你先不要忙，这样好酒好菜，且吃了再说。"樊秋笑道："你这老馋痨，傍晚吃了一桌整席，这歇又饿得这种样子，你有够的时候没有？"老头一面大啃鸡骨，断断续续地答道："小樊，你晓得什物事？人生于世，吃穿二字，吃比起穿来更要实惠得多。我老葛生平别无所好，惟独一饮一食大有考究，尤其今晚这酒是醉鬼祝二分给我的，说是白雁峰老何家中陈酒。难得这好月色，有这种好酒凑趣，为找下酒菜，我足跑了好几十里才得买到，能空放过去么？这时候我什么都顾不得，豆腐干和果肉同吃，名叫素火腿，别有风味，你先跟着吃完，再说的好。"说时，扔了手中鸡骨，又把豆腐干和果肉塞口咀嚼，自不则声。樊秋随把竹筷拿起捡菜，跟着吃喝起来。

小妹听老头自称老葛，说酒是醉鬼祝二所送，心便一动，暗忖："醉鬼前月间曾说要往友家贺喜，还借了自己两吊钱去。舜民乃兄尧民，归途往何家投宿，主人正办喜事。白雁峰姓何的只何异一家，他又好酒善制，此酒必是他取来无疑。醉鬼嗜酒如命，有多少也须吃完，怎会留到此时，还肯送人？这姓葛的老头必有来历，只母亲平日所说江湖上有名之士偏无此姓，醉鬼既肯将自己从好友那里讨来的美酒留送给他，可见交情甚深，听语气，醉鬼还是刚去不久，以他为人，怎会和樊秋这类人如此亲密？好生不解。

正寻思间，樊秋忽问老头道："我刚上坡时看见一条死狗，看那伤势，分明是你做的事。一只畜生也侵犯不到你，何苦下此毒手？"老头鹞眼一翻，答道："我先并无心弄死它。自从酒楼分手，遇见醉鬼，给了我一瓶酒，沿途买了些酒菜，回到庙里放下。忽然想起日落前，县城里还定做了一百个生煎馒头，没等做好，便吃一小鬼将我银袋偷去，追了一阵没追上，便遇见你。钱已先付，本来懒得去取，因那铺子欺生势利，看我穿得破，定要先钱后酒，不愿便宜他们，便赶了去。到时铺家已早打烊，却有一个堂倌，托住这一竹盘新出锅的热馒头，恭恭敬敬对我说：'日里和我先要钱的堂值是个替工，有眼无珠，认不出人。适才你那朋友回头，说这是他故意开你玩笑。你老人家并非诓吃的坏人，还是一位大财主哩。知你准回，怕你老年人吃冷馒头隔食，闹秋后痢，代你给了加倍的钱，把冷馒头散给穷人，重新升火，加料另制一盘，在此等候，刚出锅不久，不信你摸，还是热的。日里多多对不住，请你老人家不要见怪。'我一问他说那朋友，**如此便有趣**。又是日里小鬼。我跑了这多年，真头一回被人吃瘪，还是一个毛头小鬼，怎不有气？不便深说，接过馒头就走。心想小鬼必还跟在后面，假作不经意，又去夜酒担上买了豆腐干长生果，往回路走，暗中留神查看。这时城外人家多已熄灯，快要走到，果见小鬼在树后探头。我已气极，纵起就追。小鬼腿跑颇快，绕着树木人家，带逃带躲。追了一会儿，瞥见小鬼藏在人家墙外一丛小树后面。因他人小鬼大，甚是滑溜，装作未见，仍往前赶。等追过头去，暗使"神龙掉首""惊燕斜飞"的身法，倏地倒纵回去。满拟相隔不过两丈，这一下任他身法多快也跑不脱，谁知又上了他一个大当。小鬼竟是安心恶闹，算出我要由此追他，早安排下一个同样大小的假皮人在彼，底下是个上盖稻草的大粪坑。我去势本猛，非掉在坑里不可，还算临变机智，往下落时，见小鬼低头蹲伏一点不动，心刚起疑，倒还没想到稻草下是粪坑，等脚踏地往下虚沉，同时小鬼替身也被看破，方知不妙，赶紧提气向上一个侧翻，虽未沉底，两脚已然沾了好些积年粪水，倒还没什臭气。如换别人，定要全身坠落，灌满一嘴了。这还不算，等我起身要走，又将乡下人惊动起来，说我是贼。我不愿欺负老实人，分辩了一会儿才走。再找小鬼，哪有影了？随在附近坡脚小溪中，将鞋袜脱去，连脚洗净，穿上湿鞋。正往庙走，那狗不声不响，从山石后蹿出来就咬。我已将它抓起甩开，那畜生偏不识相，索性连叫带咬扑上身来，本就有气，顺手给它一下，不想用错劲头，将它打死。**说明打狗事。事虽小，不可或缺。无狗叫，小妹来得便唐突；不说明，葛鹰形象便受损。**我知坡脚下住着一个聋老婆和一个寡妇儿媳，明早给她几两，也就完了。本想把鞋烤干再出来，等我回庙一看，小鬼非但把日里偷去的钱包送还，还给我弄了一双新缎子双梁鞋。我一生惯好戏弄人，不料会在此遇见定头货，还是一个十二三岁的毛头娃儿，真叫人又好笑又好气。其实那小鬼，我真喜欢，算计他必有来路，定是受人指使，和我来开玩笑，许还就在附近藏起看我。哈哈，我现时一半等你，一半等他，越想越有意思，气倒没有了，便捉到手，也决不与他一般见识。不过我的脾气，你知道的，只要有人占了我的上风，我当时没捞过本来，哪怕手操必胜之券，对方本领多不如我，也是一走了事，不再过问。今晚不能将这小鬼擒住，天一亮我就走了。"

樊秋闻言惊道："我知你和空空儿一样，一击不中，便不再击，但不是这等说法，一则你今日与那小畜生只是无心遇上，他又鬼头贼脑，没有出面，与我们的事无关；二则你偌大年纪，一世英名，从无人敢捋虎须，却吃一个乳臭小儿欺侮，就此拉倒，说出去已太丢人，何况事关重大，稀世奇珍非比寻常，这样罢手，也未免可惜呢。"**樊秋的"贼品"低了一个档次。**

老头道："我素来说一句算一句，休说身外之物，哪怕与人拿命来赌，只一输便算数，决不更改。照例有什过节，都是当日找回，除非来人躲开那是不算。我心里既知小鬼必在附近，天明前找不回来场面，仍还厚脸在此，那算什么人物呢，休看他滑溜，我吃完酒，只一伸手便能擒住。真要被他跑了，那是活该！"樊秋道："其实你不帮忙，我不过多费点力，也没要紧，不过你人丢得太不值罢了。如若人家摸准你的性情，故意使这一手，叫那小畜生偷偷摸摸乘你不留神开个玩笑，事完藏起，叫你无从捉摸，等你走了再来说嘴，又当如何？你说时，我已四外看过，这地方如藏有人，未必能逃我的双目，只恐未必在此，静等你上当吧！"老头冷笑道："为人不能亏心，我心里的话也得照办。要论目力，你还差得远呢，我说在此，一定在此！"樊秋忽似省悟，朝小妹藏树看了一眼道："既然在此，还不早些擒住？我也看看他是什么东西下的。只恐未必如你所料吧！"

小妹见状，已看出樊秋疑心松后有人，故激老头早些下手。虽然艺高胆大，也自心惊。方自盘算，如被误会，如何应付？老头冷笑一声，倏地站起，朝古松看了一眼道："你不要忙，等我啃完这点鸡骨头，自会当场出彩。"樊秋已自明白，知道老头向例不要人助，意欲再激几句，刚说："小鬼如在，我早替你拿下了。"老头未及答话，猛听对面一株枯树上有人发话道："你也配！凭你那双狗眼，休说是我，再多两个，也看不见。"**摩勒救场，可爱。**樊秋看那株枯松粗逾两抱，枝叶早已凋零，稀落落只剩几株老干横斜盘曲，杈丫如戟；旁边并立着两株大杉树，浓荫繁密，恰将枯树遮了一半，枝空无荫，不能藏人，语声又明自树梢上发出，心疑听错，人在附近杉树上藏住，正在仰视，喝骂："何方鼠辈，如此大胆！"阴影里枯树上，一株短干忽然无故坠落，竟是个小孩影子。原来那小孩，借着邻树荫蔽和枯树形势，假作半段干枯，早已藏身树上好些时了。

这一来，休说小妹觉着奇怪，便老头也觉小孩胆大聪明，所作所为大出意料之外，又是好笑，又是好气，心想给他一点苦吃，随手在石上抓起一把长生果肉，刚笑骂了一声"小鬼"，往外一扬。小孩机警非常，似早防到老头有这一下，身才着地，便往树后一闪，十几粒果肉全打在枯树干上。小妹听那响声沉着，知道老头内功一定超群，好生骇异。忽听小孩叫道："老头子，听你说话像人，不像姓樊的那么没有骨头。又见你东张西望的，我明在你对面树上，却看不见，恐你奈何不了冬瓜，又去奈何葫芦，寻别人的晦气，才出来和你见面。你还倚老卖老，吹大气呢！怎也和姓樊的一样厚脸，没说一句话，就想暗算人么？是好的，请我吃点酒菜，谈上几句，再斗他一个高低，莫被我这小孩把你吃瘪，也还还我馒头、新鞋的情，大家客客气气多好。"说时，樊秋几番想要纵起，俱吃老头摇手止住，嗣听小孩嘲骂自己，实忍不住气忿，怒喝："乳臭小儿，也敢放肆！我非管教你一顿不可。"说罢便往树后纵去。小孩更是滑溜，由树后一闪身，两脚点地轻轻一纵，便落到老头面前，手指樊秋道："凭你这样人，胜了你我也不光荣，我不和你一般见识，你们想两打一，随便好了。"

小孩动作轻灵，小妹远看，只是一条瘦小黑影，落地便闪入树后，势绝迅速，没有看清。这时落在石前，小妹才看出小孩头上戴有一副面具，也是黑的，连头包没，只露出一双灼灼有光的眼睛，气定神闲站在当地，直没把强敌放在眼里。知道两人俱极厉害，便樊秋也是成名多年的能手，老头虽还未知是谁，看那神气，必更在樊秋以上，他却嘲笑从容，没把强敌放在眼里。因所说语气，分明早知自己藏身松后，恐老头起疑看破，妄下辣手，特为自己解围而来。日里舜民曾说，晓星救护尧民时有一师侄同行，外号黑摩勒，十有八九是他。他与老头如此厮缠，定奉晓星之命行事，自己万难袖手旁观。

正自寻思，说时迟，那时快！樊秋二次又复追纵过来，小孩仍说他的，神色自如，竟连理也未理。**沉得住气，也是信得过葛鹰之故。**樊秋怒骂"畜生"，刚要伸手，老头倏地站起，圆睁起两只鹞眼，把手一挡道："没你的事，各自吃你的去吧！"樊秋知道老头习性，再如硬来，说翻就翻，只得忿忿归坐，指着小孩怒骂道："小畜生，少时再和你算账，连你家大人都休想我容让！"小孩吃吃笑道："姓樊的，不就是你么，怎这样不要面皮！你忘记日里我取你的那把唱莲花落的破扇子么？彼时要你的好看，不是和破扇子一样吗？我师叔看你猴急得可怜，硬和我要去，赏还了你，还有好脸在此说嘴！你看这位馋老头，就比你强得多，人家真懂过节，说话算数。**挑拨得巧妙。**某京官外放，向座师辞行。座师告诫地方复杂须处处小心。某称"携一百顶高帽，逢人便送，当一路畅通。"师言未必人人皆吃捧。某称"当今之世唯吾师清高也，他人岂能及乎！"师微笑不语。某出门，回顾笑道："只剩九十九顶矣。"黑摩勒得此京官秘诀。你既和他在一起，也该学点样，免得自己丢了大人，还叫你朋友脸上无光，那是何苦？"

樊秋气极，反无话说，暗忖："日里盗扇竟是小贼所为，看他神情动作，确是受过高人传授，不过小小年纪如此刁恶，无论如何也容让他不得！今日已然丢了好几次人，如连这小鬼都斗不过，异日何颜再混？老馋鬼常说，跑了多半世，老想寻一个刁钻古怪和他一般的徒弟，多少年来，从未遇上。那怪脾气的人被小鬼吃瘪，会不动火，就许看中也说不定。这小鬼欺人太甚，少时如见不行，不问青红皂白，便硬下辣手，管他身后是谁，再树强敌，也说不得了。"

他这里只管胡思乱想，忿怒填胸，老头仍是毫不介意神气，笑嘻嘻望着小孩把话说完，笑答道："小东西，你小小年纪，倒真刻毒，你也挖苦得人够了，不是嘴馋想吃么？可惜你晚下来一会儿，好的我啃完了，这还剩有不少酱猪肉和果肉、豆干，生煎馒头也还有些，你且吃点再说如何？"小孩道："老馋骨头，谁吃你那剩的！肥肉我更是向来不吃。菜我倒带得有，只你这酒，没处找去。我想向人讨吃，老没工夫，知道你还剩有半瓶，我已给你带来，连菜都在树上放着，等我取下来，用你的酒就我的菜好了。"老头一听，酒也被他盗来，暗忖：出时酒瓶尚在庙内，以后未离此地，小孩又是藏在对面树上，稍有动作，万无不见之理。正想不起那酒如何被人盗去，小孩就地一纵，已往枯树上飞去，晃眼纵落，手里提着两个荷叶包、一葫芦酒。**自黑摩勒、葛鹰出场，书中便多了不少"趣笔"。**

老头见不是自己原瓶，欲言又止，揭开瓶盖用鼻要闻，小孩一把拦道："我嫌你脏，你不要闻。以为不是你的酒么？实告诉你，你掉粪坑里时，我便带了这一只风鸡，一只酱鸭跑到庙里，将你那半瓶子酒倒换了水，才出来不久，你就跑来，无缘无故打死了一条狗，进庙前，还东张西望，看看哪里藏得下人，预备少时出来，手到擒拿。却没想到，我会算计你看暗不看明，料远不料近，假装一株枯干，悬在你对面树上。我已盯了你一天，你连点影子都不知道，到头来，还是自己出现，你还有什么说法？"

老头哈哈大笑道："你这小鬼，也真算行！遣你那人必知我生平心口如一，说一不二，既不愿和我明斗，伤了多年和气，拦又拦我不住，这才把你支使出来，乘我不备，这么一开玩笑，只不被我看破捉住，便可将我打发回去。适才我实算你藏在身后老松之下，没想会在近处。我明知虞家藏宝，凭我这人，不能有此福份，即便到手，分来一半，也是留待异日转送与我有缘的人。天下事不可强求。现在总算被你吃瘪。虽然一伸手就将你擒住，也不光鲜。只管放心转告教你那人，此事不但不再过问，从此提都不提，你自在吃完回去吧。"**莴鹰不俗。**

小孩闻言，立即满面喜容答道："听我师叔说起老前辈的威望为人，还自不信，果然话不虚传。这才真是英雄行径，我以后也要学样呢。"老头笑道："你这小鬼，不用给我前倨后恭的假客气。这不过你灵巧胆大，什事都快了一步。适才真要被我发现，我这只手一动，你连块整骨头都剩不回去，就是教你那人也都不能放过呢。"说时，把手一伸。小妹见老头右手上多出两个小手指头，适才只顾看见他吃得野相，竟未留神，猛地想起一人，不禁心中一惊。又听小孩答道："老前辈又料错了，我今日所为，实无人教，并且来时还有人再三拦阻呢。"老头略一寻思，忽然站起问道："是真的么？你这小玩意太讨人欢喜了。"

刚说到此，樊秋素来量小，不能容物，睚眦之怨必报，见小孩与老头越说越好，已然气上加气，嗣听老头自甘下风，末了果将小孩看上，不由怒从心起。恐底下再说出收徒的话，小孩奸猾非常，受人指使，摸准老头脾气而来，现已改倨为恭，如再乘机两下一凑合，等他拜了师父，处着老头面子，更不好下手伤他，忙抢口道："老馋骨头，你和这小鬼今晚的过节，就这样算完了么？"老头道："那是自然，我自己大意失着，哪还有什说的？你自办你的，我到明早就走了。"樊秋道："你只管走，我一人也办得来，那没什么，只是这小鬼太已可恶，他又是侯绍一党，不能容他在我面前猖狂。你话说完，该我和他算账了。"小孩方要答言，老头连忙拦住，笑对樊秋道："樊老二，你当我让么？休看他人小，他还未必把你看在眼里呢。不过事情总应有个分寸，他虽和你开玩笑，却没和你交手。你在江湖上跑了多少年，大小有个名头，管他何人门下，你终比他年长得多，按理你应找他师长算账才对。如若以大敌小，倚强斗弱，胜之不武，不胜为笑……"**立刻开始护犊。葛鹰可爱。**

小孩从旁抢口道："老前辈，我师父已然坐化。那姓侯的更是不相识。现在只有一位师叔，凭他十个，他也不是对手。本来我不值和他动手，因他专做以强凌弱之事，明知虞家是个文弱好人，他会厚着脸皮登门欺人，强讨人家女人的陪奁，便是明例。他既想和我斗，也让他碰一回钉子，知道小孩比大人还不好欺，**偏不领情。这才是黑摩勒。下次就老实了。**"

樊秋闻言，气得方要纵起，吃老头举手拦住道："等话说完，再打不迟。你忙什么？他又不跑。"樊秋愤愤重又归座，老头道："你和他明打，大小悬殊，不好看相。你恨他，不是为他日里偷你扇子而起么？桥归桥，路归路，他偷你，你不会即以其人之道，转治其人之身，也去偷他？再不教他限定时间，再偷你一回。日里你不经心，难道这回也不经心吗？过时没有被他偷去，凭你按小贼处治；如再失盗，不问他用什方法到手，总算你本领不济，连自己贴身东西都保不住，那还与人再动什手？只可认输罢了。"樊秋明知老头偏向小孩，知自己手辣，怕有伤害，心中气忿，吃话僵住，又说不上不算来，狞笑答道："你主意倒想得不错，不过你这老馋骨头最是善变，随心所欲，做事没有一定。小贼偷我，你帮他不帮？"老头道："他有人帮没有，不管，我是中人，怎能帮他下手呢？"樊秋怒道："好了，那就教小鬼从今日起一日夜间，再盗我这把铁扇子好了。但是一节，如被偷去，我万事皆休，不再留此；如小贼偷时被我擒住，那休怪我手狠！你说他人小，我却愿意会会他家大人是谁。扇子在我身上，只你不暗中助他，不问他有多少党羽，只管都来，盗去就算，并不限定他一个。"小孩方要答话"只自己一人，无须帮手"，老头使了个眼色，**终是老江湖**。抢口答道："这样办法很好，谁也不许再有改口，一言为定好了。"

这时小孩因要饮食，把面具掀起，露出一张小大嘴，站在石旁，一边喝酒，撕鸡脯子下酒，把鸡鸭腿剩下，递与老头去吃，一边往口里乱塞馒头，对于和强敌打赌一节，直没放在心上，吃相也和老头一样，馋得难看。老头见了，喜得直笑，**"馋得难看"与"喜得直笑"，巧对，得趣**。边吃边说道："你这小鬼，不要过于自恃逞能。适才听你所说，你那师父师叔必是我的熟人，不知怎么会选到你这么一个淘气玩意，我就没地方觅像你这样的宝货。"小孩道："你喜欢我么？我师父已死，当时跟着师叔鬼混，**是黑摩勒口吻**。他老人家正嫌我呢。你要愿意，把你那正反七十二解，形分太乙掌法传授给我，练完就跟你当几年徒弟去。除了每天陪你玩，还供你好酒好菜吃，你看如何？"**黄蓉忽悠洪七公，偷意于此**。

老头道："我早算计你有这心思，偏要挤我露出口风才说，真鬼透了！我收徒弟不重仪式，以后行事，必样样得合我的心才行。还有我一生没收过徒弟，既收，当然不能受人欺负。今晚你偏和人打赌在先，休看我和樊老二日里中了你的道儿，那是万没留心你一个小孩会有这么灵巧。如真动手，你再加几个也是白饶。我老头子不说，和你打赌的樊老二便不好惹。他会用铁扇子点人穴道，又会内功，练成劲气，还会用铁豆打人。你去偷他身边东西，越在十步左右，越容易被他打中要害。虽然有法子破，日里你已偷过，知道偷他时最好对面下手，不问成功与否，须往右纵。他这右手，功夫不到家，是他短处，至少也伤不了你。这事总归太难，我又说过不能帮你，你如盗不成功，我是收你不收呢？"

小孩道："凭他这样草包，没有不成之理。他的毛病短处我全知道，你不用借话指点，*得便宜卖乖，是黑摩勒！*免他生气，说你偏向。"

樊秋听这老少二人一吹一唱，一个明帮暗助，指点预防；一个学了乖去还不承情，觉着小鬼固然可恶，老头也太不讲交情，有心翻脸，又觉许多不便；更恐老头拿话绕住自己，无事生非。越听越有气，实在不愿再坐下去，忿然作色道："扇子现在我腰间挂着，小贼你看清了，莫要白学些乖，到头仍把一条小狗命送掉，累这无儿无女的老馋骨头没有接代的人，断了香烟。我自去庙中安睡，看你这一日夜间显什鬼门鬼道。"说罢，不俟二人答言，离座接连两纵便到庙前，再纵身一跃，越墙而去。

小孩嚼着满嘴东西，未暇回答，笑问老头道："老人家你看我逗得他有趣么？"老头道："你休得意，他因今日连次吃瘪，一半吃你盗扇的亏，不然侯绍就不死他手，也必重伤无疑。把你二人恨入骨髓。他手太黑，你难于近身，这把破扇子，看你如何盗法！你一个小孩子，和他这样成名人物相敌，败了都有面子，何况你在事前已占上风，他吹大气，再妙不过，你怎还想说满话呢？"小孩道："我听去世老恩师常说，事在人为，天底下什么艰难，都有法想。我守定他这句话不是一天了。任他手黑，我定将他扇子盗到手内。此时虽没打好主意，不是还有一对时吗？"老头道："放屁！你盗不来，我这徒弟怎么收法？这般大意，如何成功？还有黄昏时他和我说，日里和小铁猴打得正紧，忽听有人在旁边树上答话，仅见人影一晃，随即停打追去。追出老远，只见着一张纸条，说师侄又将扇子要去，须得玩够才还，叫他今晚单人前往原斗处取扇，并无具名。不但那人没有追上，侯绍本在他后面尾追，不知何时他往，也没了影。那是大人口音，再说脚程如此快法，决不是你。打时林中还有一骑马人，也未寻到。适才他往林中赴约，我因遇一旧友，没有同往，去到这时才回。扇虽在手，神气沮丧，我正忙吃，没有问他，你就来了。其实我不是虎头蛇尾，中途变心，**解释两句，是蔺鹰身份。**一则他近年交了许多下作江湖，改了人性；二则来时，他没约我帮他夺人东西，只请我助他开石取宝，铸成之后，各分一半。我还说虞家世族文弱，如若恃强夺取，我决不干；他又说对方文人，留此无用，已托人先容，以别的珍宝相易，并非谋夺，我才来的。谁知他竟瞒头盖尾，话有虚实，侯绍一出来为难，没得如愿，又遇见别的能手，简直无法下台，和我再三好说，请为相助。本就不甚愿意，又遇见醉鬼，说起虞家为人和新娶之妾的来历，自然更不肯再管这事了。借你一淘气，恰好收风。他恨我无妨，你却必须小心。那说话人想是你师叔了，适才我已想过，照他这等行径，目前只有两人能做得出。但这两人，一个是我旧友，他已多年不再问事，并且听说人在西北诸省，按说不会在此，不过事情难说，看你身法家数，好些像他传授呢。还有一人，这些年来屡想和他相见，有人说他也很想见我，只没机缘，老是彼此错过。**惺惺相惜。这样说才合情理。**你且说说这人是谁？你叫什么名字？你的师父是谁？看我猜对没有。"

小孩道："我倒有个名姓，这几天有点烦心的事，不想再用，如今把我外号当名字用，你叫我黑摩勒好了。至于我那师叔，向不许我对人说他名姓，说了他要打我，他本事又大，我怎么掉花样也掉不过他。弄巧他这时候就许在我身后头站着，我破扇子还没到手，师父拜得成拜不成也不一定，先挨一顿冤枉打，那我太划不来。你一定要问，且把你猜的那两人先说我听一听，如猜得对，我便点头，话不打我嘴里出来，他就不高兴，**刁滑可爱。**也不能打我了。"

老头闻言，四外瞥了一眼，笑道："你这小玩意倒会捣鬼。你们这一套把戏，此时我已看透，还想掉枪花么？我看帮助小铁猴，和樊老二作对那人，不是丐仙吕渲，便是司空晓星，知道我已受人之托，不愿明斗，摸准我的脾气，合谋算计，等我不管闲事，对付樊老二一个还不容易？弄巧连老醉鬼都是你们一党，那是准备弄翻了脸，出来做小花脸的。除此二人，**老江湖，水晶心肝**。别人既无如此本领，也不敢轻易就来惹我。只有一桩奇怪，连我那么素行不羁、想到就做的人，都不愿欺压良善，这两人都是正人君子，素不与官府绅富交往，虞家与他们有什瓜葛？这般用尽心机代为出力，难道说因为那是天材地宝并世难逢。和樊老二一样，见宝起意，连人家妇女的陪奁物事都想据为己有么？尤其醉鬼，终日昏昏，一塌糊涂，身外之物一件不爱，这件东西分到手里，决无此恒心和长岁月去炼它，也这般跟着垂涎做甚？"

小妹早从话里、形貌上辨出老头是谁，先颇骇然，不料变得这快，竟会把黑摩勒收为门徒，又听出晓星暗中相助，与何异之言吻合，方觉此老不出作梗，再有能人暗助，事决无妨，忽听脑后有人低语道："赶快随我一同出去。"大惊回顾，正是何异，同时又听树前哈哈大笑道："老馋鬼，吃了我的好酒，还要背后说人，可惜你今番被小孩吃瘪，全料错了。看你日后还有什么说嘴？"小妹一听语音，便知是醉鬼奚醒，因何异令她速出，不及细看，随往前面走去。

老头本觉出树后有人，未及回看，**这才合理，否则难称神偷**。奚醒便自斜刺里纵将过来一嘲笑，恰将何异、小妹二人踪迹掩过。老头见树后走出两个生人，瞪着一双鹞眼，方要张口。奚醒知他生疑，仍做不知，接说道："这位便是酒主人，杜仙山白雁峰的何老兄同他侄女儿。你不是想到他家去么？他适才与我相遇，听你在此，要请到他家赛一赛酒量，约我一同踏月拜访。我因有点别的耽搁，叫他慢慢走一步。适才事完赶来，樊老二正和小黑拌嘴。我懒得见他，藏在一旁，本心想等老何到了再出来，不料你们说来说去说到我的头上，我才出面，老何也到。"老头望着何异，刚把怪眼一翻，何异已抢前施礼道："久仰葛兄大名，今日才得拜识，幸会得很。"老头也转了笑容，**好拳不打笑脸**。还礼道："何兄不瞒你说，起初我听人说你那出手双绝的本领，久意想和你斗上一斗，老没机会。后又听说你已入山隐居，也就罢了。今日遇见醉鬼，才知你还会酿这好的酒，把我瘾头勾起。你若不来，早晚之间非去偷酒不可，你这一来，我倒不好意思了。"

奚醒笑道："老何你听听，我说馋骨头自会寻上门来，你偏要引贼入室，这不是自招了么？"何异听二人玩笑，也半庄半谐答道："葛兄素有神偷雅号，酒量食量更是并世无双。小弟不才，饮食一道粗知料理，家藏陈酒也还不少。葛兄如欲一过酒食之瘾，便可即日命驾，下榻舍间，作一平原之聚，聊尽区区东道。欲过偷瘾，也请早赐光降，小弟定当厚固墙宇，率领家众日夕小心戒备，好让兄台施展神偷妙术，俾得一开眼界。**谑而雅，何异可人**。不过心仪已久，不论以偷来或以客来，均盼从速好了。"

老头哈哈笑道："久闻何兄快人快语，果然话不虚传。只是酒还没吃你一杯，先说平原十日之聚，未免小气一点。"奚醒道："听他呢！他说恨不能和你赌饮十年酒，每日不醉无休，怎说十日？这是他近十年来染了假斯文习气，动不动抛文引典，酸上两句，却吃你笑话了。"何异方要答话，一眼瞥见小妹站在身侧，老头正打量她，忙道，"我只顾说话，还忘了给你引见。这便是七指追魂、神偷葛鹰葛老前辈，快些上前拜见。"小妹听那老头果是适才猜想那位名驰西南的七指神偷，连忙躬身施礼，喊了一声"葛老前辈"。何异指着小妹道，"此女姓江，乃我故人之女，本领资质俱非庸流，尤其是她幼遭孤露，韶龄奉母，隐居江乡。母又衰年多病，只她孤身弱女，每日冲冒风涛，以奉甘旨，从无缺欠，孝行至性，实为少见。适听我说老兄来此，久仰老前辈当世义侠，要想拜识，故此带来。她还做得一手好菜，此次驾临，定要精制几样奉敬呢。"

内行人眼里一看便透，葛鹰本看出小妹二目精光湛然，英芒内蕴，气质凝炼，有异寻常，分明上乘内外武功均有根底。可是听何异这番说词，从小奉侍病母，不曾离开，哪有余闲寻求明师传授？再一细加观察，此女功候竟比黑摩勒还要深纯，小小年纪能到此境，定是家传无疑。只是近数十年江湖有名之士，纵不尽识，也都知底，从没听说有这么一个姓江的，好生惊奇，便问："此女之父叫什名字？"奚醒故意抢答道："交浅不能言深。老何你先不许说，由他猜去。小妹不是还要做菜请他么？等到你家，是做客人是做贼，身份定了再说不迟。"**奚醒，似醉而实醒。**

小妹一想：何、奚二人明知自己住在虞家，事前不曾商量，却代自己出口请客。这七指神偷，以前母亲曾说过，他与亡父还有一点小过节。父事母所深知，独这一件，生前不知什事岔过，没说结果如何。仅知他右手大拇指上多出两个枝指，武功绝伦，除亡父外，极少与之比肩。更精点穴和用那怪手练成的掌法，能十步抓空，并打伤人的要害。生性好酒好吃，滑稽玩世，喜欢偷富济贫，常和朋友以偷盗打赌为戏，本领高强，脾气古怪。每以喜怒为好恶，随心任性，不拘小节。手底更是又黑又准，最重先入之见，心以为是，决不更改。稍一勉强含混，被他识破，翻脸便不认人；又生就一对灵耳，哪怕睡梦之间，稍有动静便被听出。仇敌越来越多，谁也不愿多和他亲近。母亲因他厉害，还详说了他的形貌神情，命将来外间遇上时格外留意。何异与亡父深交，有什过节料必知道，这等说法定有用意。醉鬼又说第二次，恐是点醒自己，不能再不答腔，随接口道："小女子幼侍家母，学了几样粗肴野蔬，不过聊表敬意，哪有何老世叔家庖精美？但不知老前辈何时命驾？也好当晚赶回禀明家母，赶往何老世叔府上准备制办，以免过于草率，更重不恭之罪。"

何异所说原有深意，奚醒倒是听出话里有因，才随声附和。何异见小妹慧心领悟，心中暗喜。葛鹰笑道："我常说好资质女子难得，何况已有一半成就的小孩，不想一夜之间竟会遇见两个。我知宴无好宴，吃人嘴软。这黑头小鬼受人指使，把我要了个不亦乐乎，末了却拜我为师。如非三年前受那死狗暗算，将我双耳震坏，也没这糟。现在樊老二那把破扇子尚未盗来，如盗不成，我算是白吃了亏，连徒弟都收不成。这个小姑娘心里灵便，都由眼睛隐隐现出，保不定你们又是打我什么主意。可是我生平偏爱像他两个这样的小孩，见时我已心许，且不管这里头有什故事，我一准等这小鬼事完，不问盗成与否，定去白雁峰何家，先做些日子酒客，走前再大偷一回，过过我的偷瘾如何？"

黑摩勒原装不识何异，**做戏，只瞒一人。趣。**人来仍吃他的，并未理睬，听到末句，忽然喜跳道："这酒是何家制的，我听你说过，好吃极了！不论如何，师父总要带我同去，你做客，我帮着吃；做贼，我也帮偷，你看如何？"葛鹰笑道："呸，不要脸！这里就喊师父，你扇子到手了么？"黑摩勒胸中已有成竹，料定可以盗来，笑道："这有何难，你不用忙，酒已下肚，再等我吃完这半只酱鸭，肚皮吃饱，走进庙去，手到拿来。但是一件，我有我的手法，这次偷人东西，你们都在庙外头等，不许进去。一则省得这厮说你想收徒弟，暗中帮我；二则免得被这两个老头子学了乖去，还让那厮说我人多。"

奊醒哈哈笑道："老鬼，你收那小鬼油腔滑调，和你一样调皮，真像是一个炉里铸出来的，没二样货。这倒不错。几时我也收个小醉鬼，接接我的衣钵。"葛鹰没有答理，瞪着一双怪眼朝黑摩勒看了又看，正色说道：**该说笑说笑，该办事办事，葛鹰厉害。**"说归说，做归做。当着外人，你话莫说太满。你如盗他不来，虽说年纪小不要紧，到底不好落场呢。"黑摩勒道："师父只管放心。你在这里至多等到天亮，我如不把这厮破扇子盗来，你说你不收我做徒弟，我从此也不再见人了。不过扇子到手，他要追出来不认账，我却不愿和他这样不要面皮人相打呢。"葛鹰道："那是自然，只扇子一沾你手便算他输，底下都有我呢。他定在庙里练内功，未必想到你敢当时一人下手，立竿见影，看是繁难，或者还有机**会，积年惯偷，经验之谈。**试一试去也好。反正要到明天夜里盗不成你算输，去试试看也好。"

黑摩勒随把手中鸭骨往草地里一扔道："如若我不出来，不到天亮，谁也不要走去，把我戏法弄破，**黑摩勒留悬念给在场四人；还珠留悬念给读者**。盗不来破扇子，却莫怪我。"葛鹰笑道："樊老二真要把你弄死，我也饶松不了他，依你就是。"黑摩勒道："我如被害，只能怨我没有本事。你说这话，岂不又叫他说你偏心？"奚醒道："小鬼头，此时由你说嘴，到了天亮要不成功，我们都等在此地，看你有什面孔出来见人？"黑摩勒道："那也不要紧。我师还没正经拜，可是他拿话绕人的本事我已学会，盗不出来自有一番交代。反正有你酒吃，你等着吧。"说完，仍把面具戴上，纵身越墙而入。

奚醒笑对葛鹰道："这小鬼头顽皮透顶，你将来不好好管教，留心给你现世呢。"葛鹰把眼一瞪道："没这种事！因为举动说话像我，才喜欢他呢。实告诉你，今天在酒馆才一见面，我就把他看中了意，便今晚盗不成功，我也收他做徒弟，不过不许再管这闲事罢了。"奚醒道："你向来做事心口如一，小鬼头有什好处？你这样看重，连为他瞒心昧己都愿意呢？"葛鹰道："你哪知道，樊老二这次的约我帮忙，本就是当时利用，没安好心。此宝目前只有我和寒山老尼能开取锤炼。因寒山老尼精于剑术，难请，人又正派，连我都不肯强夺好人东西，何况是她？又不相识，无法请教。此外还有一人也能勉强开炼，与樊老二倒是相好。这厮偏出了名的心黑，遇上便宜六亲不认。实在无法才找的我。起初怕我不来，一意苦缠，说得满好，等我答应，渐渐露出私心，意欲炼成之后，借着我曾说过'我非此宝主人，得后无此恒心功力去长日习练，如作防身，又用它不着，分得来也是留待有缘'这一番话，变方设计和我掉枪花，我已不大高兴。后来他往金华刘家捣鬼，我料他对我所说不实不尽，暗中跟去。一查考，才知那刘家父子为富不仁，俱是衣冠禽兽，勾通狗盗金鹏、白凤娃夫妻，想拿至亲虞某送礼，不想被隐居富春江边、化名苏半瓢的独叟吴尚看破，他和虞某新交至好，暗将狗盗图记摘去。狗子金庭玉本和他有仇，怂恿侯绍埋伏中途，老吴受了辣手暗算，不久身死。侯绍吃了目力不济的亏，误杀好友，悔恨已极，逼着狗盗夫妻从优埋葬。

"老吴隐居，原为抚一幼女，那情节也和侯绍伤他大同小异，误伤好友全家，意欲以此减孽补过，不想仍遭同样报应。他素称神算，不知怎的，竟未算出狗盗夫妻为恐天门三老得信不肯甘休，来为老吴复仇。害怕都来不及，怎还敢来寻他义女的晦气？只恨事由刘家狗子而起，喊去责骂了一顿。都是你这酒鬼醉后胡说，被樊老二听去，知道此女已奉老吴遗命嫁给虞某，妆奁中藏有此宝。先把我约定，再去恐吓狗子，逼他写信，向虞某诈索强取。我素不肯欺压良善，何况又是故人给养女之物，当时便改了主意。只是心中奇怪，此宝另有主人，与我还是旧交，后来为人所害夺去。我因双方都是朋友，死者全家丧尽，没有后人，无从暗助为力，心虽不忿，未便出头。为防他请我开石取宝，特命人寻我几次，俱都未去。闻他得宝以后，无处寻找良工，我又坚决不去，迟延至今,已有多年不曾听人提说,怎么无缘无故到了老吴手里？想借便看看真假，故意叫樊老二先来，另约地点相见。不料侯绍受人之托，忠人之事，早探明他的行径，埋伏在彼，给樊老二吃了一点苦头，当时丢丑。我原意由樊老二自去胡闹，我自往街上买醉，等他将宝取来，看出是假，奚落他一场；如若是真，再绕着弯，原封送回。才端起酒杯，便与小鬼相遇。"

葛鹰滔滔不绝，正往下说得起劲。忽听一声"师父"，黑摩勒已在庙墙头上现身，晃眼纵落，笑嘻嘻跑来，手里拿的正是那把铁扇子，连去带来，总共不过吃顿饭的工夫。**大出意料。读者同样惊讶**。这一来，休说小妹看了惊异，连葛鹰也都万想不到会盗得如此神速，鹞眼圆睁，未及发话，醉鬼奚醒已先笑道："老头，你终算有眼力，先收他做了徒弟，顶多叫人说是青出于蓝，不致再有别的笑话。要不的话，你那神偷的好招牌今夜就算倒了。"葛鹰道："放屁！除开樊老二甘心送上，这里头必还有别的隐情。凭小鬼一人，看他那么机警聪明，不是没望，决没这么容易。你当樊老二是好吃的么？"黑摩勒暗忖："这老头果然厉害，师叔再三劝我拜他为师，倒是不算冤枉。这事必须如此答法，才没褒贬。"便笑答道："师父不必追问，刚才我不说么，戏法人人会变，各有巧妙不同，做贼不是什么体面事，纸老虎戳穿，一钱不值。不管我是怎么偷来的，反正我从樊老二腰间亲手解下就算成功，不信你找樊老二问去。定要追问详情，法不传六耳，没人时再说好了。"葛鹰一听黑摩勒竟由樊老二身畔亲手解下，知无虚假，又是喜欢，又是惊奇。何、奚二人原知司空晓星暗中相助，先未觉异，及听这种说法，也是暗中惊赞不已。

葛鹰刚夸了一句："好徒弟，你真行！"忽见庙墙上又是人影一晃，随听怒喝："畜生小贼，快纳命来！"声随人到，箭一般直向黑摩勒立处扑来，隔老远便将双手伸出，带起虎虎风声，眼看抓到。小妹见来人正是樊秋，两下相隔十来丈，一纵即至，纵时用"飞鹰攫兔"的身法，身子往下一矮，足蹬庙墙，头前脚后，双手微拳，临快到达，倏地掌心向外，左右平分，由外转内画一圆圈，收向前胸，将力运足，再化成"神龙探爪"之势，向前发出。这等极恶毒的掌法，非内外功到了上乘地步不能施为，看神气，真力已用了足够九成，常人挨着一点固然筋断骨折，万无生理，便被那掌风击中，轻则身受重伤成为残废，重则也必震伤内腑，也难幸免。不是深仇宿恨，急怒攻心，怎会下此毒手？樊秋一面情急拼命，黑摩勒竟似没怎在意。暗道"不好"，刚想施展暗器，何异在旁已有觉察，忙使眼色止住。

说时迟，那时快！就在小妹同仇敌忾、心念微动这瞬息之间，猛听葛鹰厉声喝道："樊老二！真正不要面孔么？"同时又是一个声随人起。这次却是改进为退，葛鹰双手迎头往外一推。樊秋扑近黑摩勒头上尚有数尺高远，脚还没有沾地，竟在半悬中倒震出去三丈来远，落于就地，怒气冲冲指着老少二人喝骂道："这事我不认输！扇子还我，叫这小贼畜生二次再偷，输了，我从此不在人前出面。如若不然，任你老馋鬼怎么护犊，我也取他狗命！"葛鹰本觉黑摩勒盗得太易必有原因，笑道："天底下也有你这样厚脸皮的人，且把你那篇歪理说出来我听一听，当着众人，只讲得通也行。难得你这个年纪，多少也有过一点名头，输了赖账，还用辣手伤人，真正混账透顶！"

樊秋怒道："老馋鬼，少要口里不干不净！你这种反复无常的小人，本来不值和你多说，你问小鬼，他可恶不？"黑摩勒笑嘻嘻道："你还好意思说哩！我和你有什客气头，反正破扇子是我亲自由你腰带上解下来，并没假手他人，你也亲眼看见。再想抵赖，一则情理上讲不过去，二则我也没有这多工夫和无赖纠缠。亏你先前还说，让我找帮手，只盗去就算数，怎又厚脸抵赖起来？实告诉你，今晚认输一走，是你便宜，我那帮手本领比我胜强十倍，如要和他较量，你再饶上十个，也是白送！破扇子是你一生招牌，先说的话算数，你就认输拿走；此时不拿，我要它无用，**气人太甚**。明早就当路拾交官了。"

樊秋怒火头上，一出来便把话说错，答不出个理来，自己纵横江湖数十年，何曾受过这等奚落？闻言不禁羞恼成怒，暴喝一声，又要扑上。葛鹰早听出樊秋虽吃了冤枉亏，扇子确是黑摩勒亲手盗下，见他话答不出，又想伤人，如何能容？立即乘机变脸，把双鹞眼一瞪，厉声喝道："樊老二，且莫妄动！先前我原说，他盗来扇子，我才收他为徒。彼时只做中人，两下均无偏袒。他进庙以前，说是一进去便手到拿来，我还不信。谁知果然如此容易。他便假手于人，你也不能不算，何况亲手自取。他既成功，便是我的徒弟，打算欺他，从此休想！你如不服，来来来！你有什么本领，只管和我施展好了。"

樊秋气得把牙一挫道："小鬼畜生欺人大甚！我不杀他，情理难容！你这老贼，虽狗往里咬，但此次是我约来，如若和你动手，显我量小。我错把疯狗当人用，只好自认眼瞎。老贼不必逞能，暂时我先让你一步，明早离开此地，再如相遇便是仇敌，我自会寻你这老贼小贼一齐算账。我失陪了！"说罢，怒气冲冲转身就走。黑摩勒知他敌不过葛鹰自找台阶，高喊道："樊老英雄慢走一步！你这把仗它成名的铁扇子还没带去呢！放在这里没人照管，被别人拾去，我们不赔啊！"樊秋只做不听见，头也未回，竟自走去。

葛鹰道："他已气得够受的了。你这小娃家怎如此尖酸刻薄，一丝不让？"黑摩勒道："我一点也不刻薄，不然，方才就要他命了。凭他那点本领就想欺人，还差得远呢。谁还怕他不成？"葛鹰道："樊老二比我虽差一筹，目前也没几个能占他的上风。据你说，好似当面亲手解下，难道他是死人么？"黑摩勒道："没对你老人家说，法不传六耳么？拜师之后，没人时自会对你老人家实说，忙什么？"葛鹰笑骂了一句："淘气小鬼！"更不再往下追问。**不追问，便为读者多保持一会儿悬念。还珠狡狯。**

何异知他受了司空晓星叮嘱，不便明言，看了小妹一眼，对着葛鹰笑道："樊秋今晚不但吃亏受气，因他急怒太过，连言谈举止都失身份。我们不知盗得这快，也没避开。明早回味，必然省悟。此人素来好强任性，对贤师徒虽恨切了骨，虞家倒不致再有扰害了。"小妹明知何异借话点醒自己放心，也将头微点。何异又接说道："今晚好月色，难得老兄新收弟子，令高足又如此争气。破庙荒凉，何妨即时移寓舍间，先谋一长夜之饮。明晚再由小弟设筵与贤师徒作贺，就便行那拜师之礼。后日再开几坛陈酒，同尝我江侄女的佳肴如何？"奚醒首先拍手称妙。黑摩勒也抢说道："师父，我替你取那破包袱去。那半瓶假酒和破鞋不要了吧？"葛鹰笑骂："混账东西！"黑摩勒笑嘻嘻越墙而入。何异笑道："有其师必有其徒，头天认师父，便当人掀你头皮，这小玩意忒刁钻，你这师父不好当呢。"葛鹰道，"不劳费心，我正要他这样，才开心呢！"黑摩勒去有盏茶时光，方把包袱取回，说是适才吃多，拉了泡屎。何异算计晓星必然还在庙内，便对小妹道："我四人走了，你见令堂代我请安，后天到我家宴请葛老前辈再见吧。"小妹连忙应了，当下五人分作两路，一同起身。

行时，何异故让葛鹰居前，手指古庙，朝小妹打了一个手势。小妹会意，遥望四人去远，重又返回。因为图近，由横里路上，相隔庙前约有四五丈长，便听两人问答之声。闪身树后一看，庙前老松下忽然多了两人，一个中年，一个长身老者，银髯飘萧，貌相奇古，宛如图画中人一般，看神气好似新由庙中走出。紧跟着庙墙内又纵出一个小孩，也和黑摩勒一样打扮，如非头上面具搭向脑后露出本来面目，几疑黑摩勒重又回转，心方奇怪。小孩忽向二人低声说了两句，老者说："唤她来吧。"语声才住，小孩倏地反身一跃，便到了自己身前，几乎吓了一跳。因自己正秘行藏，虽知三人决非敌党，但不欲多见生人，以为小孩有事他往，忙往树右一闪，待要闪开。谁知小孩一落地便站住不动，朝树后唤道："姊姊快出来，我是兰珍姊姊多年不见、乳名丑儿的兄弟，不是外人。我师父萧隐君和司空师叔喊你过去说话呢。"小妹一听小孩是兰珍之弟，那中年人竟是司空晓星，尤其萧隐君，久闻大名，从未得见，居然在此相逢，还给自己出力，怎不喜出望外？**萧也在此，大出读者意料**。忙即走出，笑问道："你就是兰姊之弟么？她想你不是一天了。"小孩把怪眼一翻道："那个自然。不是为她，我还在黄山不来呢。只她被仇人嫁给人家做小老婆，太没有出息了！要跟我学，今生不讨老婆，她也不出嫁，寻一好女师父，学本事多好！师父喊你，快走吧。"

小妹见他长得一张又凹又扁的脸，短鼻如山，却往横长，又宽又厚，阔口嘻唇，偏长着上下两排白细整齐的牙齿，圆额坟起，浓眉高凸，几乎簇成"一"字，眉下紧接着一双暴眼，偏是白多黑少，碧睛如豆，说起话来滴溜溜乱转，身材尤为矮小，端的又丑又怪。再听说话，**怪相怪理，孰料后面丝毫不怪**。也是怪声怪气，杂乱无章，心中好笑，见他已然催走先行，随走随答道："令姊此事，也有苦衷，况且虞家仍是按礼娶妻，未以侧室相待呢。"小孩又翻眼睛，回脸答道："人家已有老婆，还说不是做小！你告诉她，要想见我，自来这里，我不能上门去认这家做亲戚。"

小妹因将走到二老面前，不愿再多争辩，含糊应了，先开口叫了声"司空世叔"，正要下拜行礼，晓星抢拦道："侄女莫忙！这位老人家，便是三十年前名满天下，人称乾坤八掌地行仙，后来隐居黄山天都、始信两峰的陶元曜。陶老世伯与令尊生平莫逆之交，这次特为你事而来，快先上前拜见。"小妹闻言大喜，忙向二人相次行礼拜见，起立躬身问道："侄女常听人说，黄山天都峰隐有一位姓萧的老前辈，始信峰顶也结有茅棚，陶世伯可与这位老前辈同在一起么？"

司空晓星道："岂但一起，那便是他的化身呢！你陶世伯自从得了一部玄门炼魔秘籍，便即改姓为萧，隐名避世，移居黄山，连令尊和我那样好友，先都不知他的踪迹。不料世缘未了，情出不已，入山不几年又管了几次闲事，旧名虽隐，新名又复大著。因他有姓无名，江湖上都称他做萧隐君，其实是二实一。本心迁地为良，偏又难舍黄山松云之胜，迁延至今，惹下好些牵缠。他隐退时你还未生，定不深悉，归问令堂，自知底细。当年令尊遇害，如我二人有一在侧，也不致闹得那么糟法。后来我们得信，已然无及。

"这多年来，并非忘却死友，视若路人。**必须有此一番解释，方合情理——虽然理由颇为牵强。这个基本框架被金庸"偷意"，移到了《笑傲江湖》中，变成了东方不败篡夺任我行基业，孤女任盈盈复仇。但在情理方面，比还珠处理得合理多了。**一则令堂应变，智计过人；更有志节，立志抚孤，使亲女手刃父仇，宁可十年薪胆，受尽苦辛，不向外人求助，不特仇敌为她所愚，连我二人和天门三老都把传言信以为真。心想令尊身后无人，对方与我诸人也有一点交谊，又非庸手，独往既难制其死命，约同下手，一则以众凌寡不是我辈所为，他如认低服罪，更难遽下毒手。你陶世伯心肠最热，为此筹思多年，恰巧他去年路遇天门三老中的马野尘，发现他昔年所收的一个徒弟，并非俞家丑子，实是令尊骨血，此事只可问你义姊兰珍：丑儿亲母是否名叫添香，难产将亡由马野尘用延命丹保全，生子以后便闭居高楼不再见人，后来自尽的？便得知端倪了。

"虞家有一表弟名叫周鼎，也是你陶世伯的门下。我本不知你事，因化名苏半瓢的吴独叟为侯绍误杀，暗护遗孤，日前无心相遇，我疑他要往虞家闹鬼，暗中监察了几天，觉他行径难测，又遇醉鬼奚醒，追问出一点真情，正遇樊秋投函诈宝，暗助了侯绍一臂。随往何家，恰值你陶世伯在彼，才得全知，侄女便去。我知那老偷儿生平从不输气，甚是难缠，又有别的瓜葛，不愿和他明斗。主意还没打好，我师侄黑摩勒竟和他路上相遇，见他在酒店里开人玩笑，**这样好。如果全是司空策划，黑摩勒的形象就减色不少。**看出是个有本领的能手，心中不服，乘机将他银袋盗来，见我一说。我知他闯祸，本意叫他送还，继一想，这样老偷儿仍未必甘休，莫如索性叫他跌翻在小孩手里。此人有一古怪脾气，当时不能找回面子，哪怕别处遇上，你死我活，所行的事立即作罢。**葛鹰是全书最具个性的形象，喜感十足。**对手又是一个未成年的小孩，如被吃瘪，真是哭笑不得，明日必走无疑。他一走，剩下樊秋就好办了。可是老偷儿一双鬼手厉害非常，人丢太大，稍一疏忽，命便难保。于是想到他那功夫正对黑摩勒的路数，事后如乘他无法下台、面子难堪之际，拜他为师，十九应允。于是教了黑摩勒一番话，命其夜来前往。他先说世上除他师父和我而外，决不再向别人低头。后经劝说，已然应允。安心想学人家本领了，依然把人家戏耍了个不亦乐乎。我没想到他如此逞强任性，会当时就走。等我按时赶到，他已露面，和樊秋打赌盗扇了，我看出老偷儿爱他已极，拜师之说已有成议，才放了心。

"这小孩真正胆大包天，淘气透顶，未从拜师，几乎把师父送到粪坑里去。那樊秋那样强敌，竟敢公然和人定约，盗取贴身之物。总算运气太好，一方是化敌为师，从此学得不少秘传；一方又遇见陶兄师徒到来，暗中相助，处处都占了上风。可是樊秋决不甘心吃亏，此仇非报不可，第一是寻小铁猴，第二是老偷儿师徒。更有你那藏珍是他多年梦想之物，宁肯丢人舍脸，自坏品行，受人唾骂，也必要弄到手里才算。照他今日那样气急败坏不要脸的行径，说不定假作负气他去，等事稍冷，使人料他仇未报前不会再来，突然乘机篡夺。此番不是明抢就是暗盗，宝物虽重，却难不倒他。固然令堂与侄女俱非庸流，未必不是对手，但也除不了他。失宝自是不好，动上手再被逃走，传说出去，踪迹定被仇人知晓，也是不妥。

"樊秋至今不知萧隐君就是当年的陶元曜，以为目前只有两人能够开铸，此事正好借重小铁猴，用鱼目混珠之计，由我做一假字帖，代兰珍编造些先人得宝根由，寻块假石贴在上面，令小铁猴盗去，寻一深山古洞藏好。故意显些踪迹在他眼里，再把虞家失窃之事传出，看是如何，再作计较。好在他二人深仇早结，不这么做，也是一样，无什相干。你那对头近来声势浩大，手有名剑，加以同党能手甚多，要报父仇，非将石中金精取出炼成宝剑，难望成功。**开石铸剑以复仇，是全书一条主线，但逻辑上有些问题。对手强大，甚至有剑术、妖术，岂是利器所能解决？**放在虞家，除启外人觊觎，日夕操心，别无用处。最好拜托你陶老世伯带往黄山开出，用水火磨炼，铸成利器，再交还你，方是善策。适才我已和他说过，相约同来，想等事完，再对你兄弟丑儿把他出身来历说明，令往寻你来此相见，不想你竟在此。那老偷儿手辣心狠，何等厉害！你只顾树后窥探出神，立得那近，只被稍一留神，听出鼻息，你再疏忽，定遭毒手。尚幸你何世叔赶来，看出是你，将计就计引出相见，令你请客，还有用意，到时务必前去才好。"

小妹听那老者竟是当年乾坤八掌地行仙陶元曜，曾听母亲说过，他与晓星俱是亡父至交，父亲在日，曾有"金精至宝如能铸成刀剑，便是干将莫邪一类的利器，可惜陶元曜隐名避世不知去向，无法开取"之言，难得这般相合。尤其自己平日打算父仇报后，奉母百年便即出家，只为本门无后，想起愁急。父亲会有弃儿寄在兰珍本身之父家中，更是万想不到的事。此事平日虽听母亲说过，但知父亲死前年寿已高，生具异禀，精力过人，大奎修龄，竟如壮夫，生母乃是三次续弦。父亲老年忽然思子，因三娶尚无子嗣，**精力过人，却三娶无子，岂不怪哉！**膝前只已一女，屡欲纳妾，俱为母亲所阻，又有一点惧内，不愿为此相争。又得番僧延嗣之药，于是暗中置了几处外家，不久便为仇人所害。生前惟恐母知，就有儿子寄养友家也不肯说。死时事起仓促，母女二人俱不在侧，自更无从知晓。陶世伯既由天门三老口中查出真情，自不会假，这一来，把昼夜在怀的两桩心事同时如愿相偿，怎不喜出望外？等晓星把话说完，立即拜谢应诺。

陶元曜随唤丑儿过来，丑儿正在一旁发怔，闻言应声走近，说道："师父，你不是说我爹是被吴尚老贼害死的么？怎么又是江家儿子呢？"陶元曜笑道："我还是新近才知底细，本想把他两姊妹唤来，对面明说，恰好你姊来此，事已商定，我就无须再见兰珍了。你生身之父也为仇人所杀，但非吴尚，另有一人，因你性情太暴，学养尚差，此时不能明说。你母姊现因避祸隐藏，指江为姓，你也相从姓江好了。想我初收你时，年才四岁，正在顽皮，我爱你资质，带往黄山，问你名字，说叫丑儿，常居山中，并未取名，由我喊到如今。再不几年，你便出山，与你姊同报父仇。还有你那嫡母衰年多病，此后不断探看母姊，往来黄山、永康两地，难免不见外人，仍用乳名听之不雅，现在赐你一个单名，叫作江明。此中曾有一点用意，先不说它。至于你那以前出身，可同你姊到虞家去问兰珍，如她彼时年幼，不能深悉，天门三老家中尚有她家一个旧仆，异日前往一问，自知就里。"江明喜道："我说凭我丑儿的姊妹，怎会受仇人抚养，认仇为父，还嫁人做小呢。这一来。那吴尚与我无干，也不去翻他死人骨头了。但我亲爹的仇人是谁，师父怎不说呢？"

陶元曜正色说道："这个不比吴尚，还能看我情面，人也还好，你去寻他，遇上就没了命。你本领尚差，怎能去得？如未到说时，不但不对你说，以后还不许你向你母姊盘问。我不知你真实底细时，曾再三对你说，吴某事出误会，一时失手，并非故意，为此无心过失，弃家抚孤，力图补过，以对死友，用心尚是君子。况且你父原有致死之道，临危还有遗嘱，不许家人戚友报仇，此纸尚在吴某手里。此仇难报，你当面应允，如今人已死去，适才自吐心事，竟还要翻他的尸骨，固然真相已明，不会再有此举，论起居心，终是违我教训。还有吴某生平精于占算，虽然自身的事依旧脱不出一个数字，可是他那星卜之术的确其验如神。他因算出兰珍命赋小星，又思接延女家嗣续，费了许多机谋才作成这门亲事，临了，自己竟以身殉，临死仍心心念念为故人之女打算，要给侯绍以托孤之任，*托孤寄命，义侠精神，赵氏孤儿为第一经典。*对于自己，死生恩怨全不置念，用心可谓良苦。你那义姊兰珍受他多年抚养，爱逾亲生，到此地步，自然惟命是从，还有什话可说？况且虞某又极感恩知德，并未以侧室之礼相待，有似英皇，无分正嫡。是你的亲姊，又有什不体面处？你却一口一个小老婆，不屑与之相见。殊不知你虽非她父所生，汝母从小就受她家恩养，后来闻你父死殉节，又以优礼厚葬。你自出生便在她家寄养，也有几年父子情分。平日随我山中读书，为年不少，怎气质仍如童稚，言行一点不假思索？此后再如任意胡行，一定逐出门墙，不要你了！"

江明急道："师父不要生气，徒儿下次改过，不敢这样了。"陶元曜道："念你初犯，不来怪你。小妹年纪不过比你长两三月，你二人同具至性异禀，得天独厚。只管你文武两门都能将就，但你久处山中，习于粗野，既没她心细，也不似她从小流离，艰苦备尝，懂事得多。论名分，她又是你长姊。以后除我以外，务要遵从母、姊教诲，天已将明，侯绍少时到此，我二人对他还有话说。可随你姊同往虞家见母。你姊越墙先进，你等明透，自己叩门请见。小妹到家，便把藏珍取出，晚来放在屋外，我自有人往取。虞家尽可安居，即被仇人知道，你司空叔如不在此，速往黄山送信，我自有处。"

小妹姊弟一一领命，随即拜辞起身。走到路上，小妹一旦得了这么有本领的兄弟，又是喜欢，又是亲热，满肚皮话，不知从哪里说起？仰视星月已隐，天色转暗，晚风侵肌，似有欲雨之状。知道再不一会儿，田家人起，因弟新来，不愿他一人门外久候，想陪他说一会儿话，便和江明抄小路绕到虞家后门竹林隐秘之处，边走边谈，渐渐说到昨晚盗扇之事。**在此做一交代。**

　　原来昨晚黑摩勒，只是一股子勇壮之气，与樊秋打赌时，心中尚无一定主见，口里说笑，暗中盘算，忽见奚醒、何异、江小妹出现，暗忖："奚、何二人既到，司空师叔必来无疑。"回脸一看，果见司空晓星隐身树后，用手朝庙一指，随即飞身入内。这时葛鹰正在打量何、江二人，毫未觉察。黑摩勒见晓星要他进庙，知道今晚盗扇之事十九成功，后来奚醒用话一引，乘机起身。那庙外观地方不大，内里却有三层殿房，因是乡民报赛之所，管庙人因地太僻静，平日又有闹鬼风说，虽不住在庙内，每年也来打扫两次。后两层并不残破，内偏殿还设有床榻几案。樊秋以前曾经来过，因当地离虞家颇近，又极隐僻，用作下榻之所，决无人知，便和葛鹰定约，在此落脚，同住偏殿之中。

　　黑摩勒适才戏耍葛鹰，已然入内两次，知道地头，本想会见晓星之后再行下手，不料身才落地，瞥见外大殿拐角上，一条人影闪了一闪，顺便道往里跑去，身法快极。黑摩勒眼尖，看出那人身材比自己高不了许多，脚程迅速，一点声音俱无，最奇怪是也穿着一身黑，头戴面具，和自己打扮得一般无二，好生惊奇，连忙拔步追去，一直追进后殿，并无踪影。晓星也不知在哪里，因右偏殿便是敌人卧处，轻轻蜇过，隔窗眼往里看：樊秋坐在榻上，长衣已脱，尚未倒卧，铁扇子插在腰间板带上面，两手反掌朝下，分按两膝，微微颤动，满面怒容，时作狞笑，好似愤恨已极。如旁人看去，不过见寻常闲坐，黑摩勒受过高明传授，一见便知敌人正在运用内功，将全身真力聚于两掌，准备伤人性命，照此情形，休说进前无幸，便隔着窗户被他发觉，吃他用百步打空真力打中要害，也是不死必伤。可是这种功夫最为难练，运气时火候稍一不纯，气与力失了匀称，或是遇见行家，冷不防照准穴道一点，便能将气闭住，不等解救，无法动转，自己漫说无此本领，就有此本领，敌人背墙而坐，室只一门一窗，如何近身？知道厉害，屏着气息在窗外偷看了一会儿。樊秋似料葛鹰不会令黑摩勒当时就来犯险，只管运用功夫，准备一击立毙，并未防到来得这快，自信过甚，以为万无败理，始终侧脸向窗，一点也没留意回看。

黑摩勒见无法下手，来时又吹了大气，方欲再寻晓星，猛觉头颈被人弹了一下，不禁大惊。回头一看，身后无人，适才所见黑衣小孩又在往二进便道拐角上出现，闪了一闪，立即跑去，疾如电掣，一瞥即逝。**穿插进另一"小孩"，才有波澜。编织故事的小窍门。**

黑摩勒追到二殿，又无踪迹，暗忖：师叔平日虽喜游戏三昧，对我却极庄严，只管亲若父子，轻易不假辞色。今晚关系甚大，决不会在这要紧关头来此相戏，再说身材又矮，许多不像，如是外人，师叔已先进庙，不会不知，怎能容他向我作梗？况且此人不像大人，脚程比我还快，除却得过本门中真传，从小练起，还生具一绝好资质，哪有这等本领？我这身打扮，不知哪里学来，莫非荒山古庙真个有鬼不成？且追且想，不觉追到头层外墙，又纵向殿顶四下瞭望，除后偏殿敌人居室隐隐有烛光由窗上透出外，别无迹兆。心中纳闷：师叔明明令我入庙，怎会不见？只得纵落，坐在大殿石栏上打这盗扇主意。寻思了一会儿，知道敌人恨己切骨，此去如不能手到成功，必为所伤无疑。有那一日夜工夫，老虎也有打盹时候，守定了他，不会一点时机没有。偏又好胜，对人吹了大气，时候过久，便盗得成功也欠光鲜，何况无法下手。

方自寻思发急，忽又瞥见适遇黑衣小孩在殿角便道上出现，将手一招，如飞往后殿跑去。黑摩勒暗骂："这厮又来引我，今番不管你是人是鬼，好歹总要叫你尝尝滋味！"念头一转，纵起便追，心还怕追他不上，转到二殿又复隐去，谁知今番对方反恐他不肯穷追，竟未中途隐退，一晃小孩转向后殿。黑摩勒因后偏殿住有仇人，回手先取出兵刃暗器，以防不测。稍停了停，容到追进后殿天井中，眼看前面小孩已立在偏殿门外，二次回手招了一下，轻悄悄蹓身而入。黑摩勒疑是仇敌党羽，先还不敢冒失前进，在便道转角上立了一会儿，不听动静，忍不住纵向窗外，试探着往里一看：樊秋已侧脸向外卧倒，身子看去似乎发僵，满脸俱是恨急，那黑衣小孩站在床前，不时偏头外望，后来觉出黑摩勒在外窥探，随指窗外和樊秋身旁铁扇，打了一阵手势，意似说：敌人已无能为，要黑摩勒乘机入内盗扇。比完随即退出，也没见他出门，便即无踪。

黑摩勒虽看出樊秋似被人点了哑穴僵倒，因事突兀，真假不定，仍疑小孩是樊秋党羽，恐中诱敌之计，在外踌躇。约有半盏茶时，小孩好似明白黑摩勒的心意，二次又复进房，走到樊秋面前，竟作了一个恶剧：先似打算解中小衣，想了想，回手抄起黑摩勒盗换葛鹰的那瓶酒水，微掀面具，含了一满口，轻悄悄放下酒瓶，将身微俯，一鼓腮帮，喷了樊秋一脸，重又比了回手势，纵将出去。樊秋受人捉弄，不声不动，直似失了知觉一般。

经此一来，黑摩勒方始大悟，知道小孩有心助己，不知用什方法将樊秋制倒，特意将铁扇子留给自己亲手盗取，**这才合情理。若再写黑摩勒独自盗取，既不合理，也难构思。**以符适才打赌定约之言；还恐多疑，又将自己引来，加以指点。平日以为师父临去遗言说自己生具异质，并世少有，异日再随司空师叔加以深造，小一辈人里当无敌手，常时想起自负，除师叔外，什么人物也看不上眼里。想不到今晚遇见一个年岁相仿的小孩，本领会高出己上，拾人唾余，自觉这般到手面上无光，方在寻思，委决不下，猛听耳际有人悄声说道："黑师兄还不快点进去？我师父不愿伤他，还要解救过来呢。老偷儿还等着你，时候久了，如何能行？"黑摩勒闻声回顾，见来人正是那小孩，身量比自己高不了半头，身法灵巧，矫健已极，来到身后，竟未觉察，好生惭愧。等他说完，方要比手势，与他一同入内，小孩一纵身，已到了二殿便道拐角上。

黑摩勒无法，心想他喊我师兄，总算没在外人面前丢脸。知道时机紧迫，稍纵即逝，也就不再迟疑，径由正门跑进，走到樊秋面前，将扇取下。因知樊秋真气岔入腰穴，五官四肢全失效用，反正结怨，乐得说他两句便宜话，扇子到手，大声喝道："姓樊的！破扇子我是取走了。此时取你性命，易如反掌，我不肯无故伤生，识进退的，天亮各自走吧！"说完一回头，见黑衣小孩又在身后站定，不住挥手催走。黑摩勒很想与他亲近，又要拉他。小孩将手一摇，指了指榻上，知是等己走后，解救樊秋。暗忖："樊秋本领不弱，将他制倒已是难极，对面解救，他又和我一样打扮，醒来岂肯甘休？这个我倒要看他如何下手。"随比手势，约小孩外间相见。小孩也比手势，说当日不行，日后自会等他。黑摩勒随即退出，伏身窗侧偷觑。

小孩略待了一会儿，约莫人已出庙，一纵身抓住房顶椽角，将上面碎砖取下一块，随即纵落，全神注定樊秋，右手指朝他胸胁间微微一点，同时将碎砖抛落，意似防樊秋暴起动手。紧跟着再一纵身，朝樊秋所卧墙壁上飞去，两手一抓，两腿一蜷，回脸望下，竟和猿猴一般粘在墙上，继见樊秋只将两脚徐伸，仍是口眼均闭没有暴起，更不怠慢，手足并用，就墙壁上一撑，便轻轻纵落门外，随即跑出。黑摩勒忙迎上去，小孩见他未走，附耳低喝道："还不快走！留神这厮追出拼命呢。"说罢先跑。黑摩勒才想起樊秋受制时久，现正调气，否则早已追出，忙往外跑。小孩在前，回手一摆，径往二层偏殿纵去。黑摩勒料他必还有事，不便追蹑，决计先行出庙交代，刚见葛鹰，说不几句，樊秋便自追出。

樊秋气量偏狭，睚眦之怨必报，从没受过人的当面奚落，把黑摩勒恨入骨髓。打赌进庙以后，本心还想暗出窥伺，继一想，老葛素来说话算数，此次约他相助，本就勉强，又不合藏头露尾，中间还拿话绕他，全都看破。傍晚时，听他口气，已恐中变，果然这样，只恨他不愿意应当早说，不该临时撤台。这老贼耳目最灵，自己行动未必瞒他得过，只到明晚，扇子不被盗去，他纵心爱小贼，也是徒然。此时虽护小贼，不能公然相助，露出形迹。暗出窥伺，吃他看破，保不讲些歪理，有了借口，反而不美，只得中止。心料黑摩勒受了指点，来必乘机，不会即时下手。就他年幼无知，胆大冒失，葛鹰知道自己厉害，也必劝阻。独个儿斜卧榻上，暗忖成名半生，今日竟跌倒在一个小孩手里，真叫人恶气难消。凭自己本领，除非老贼相助前来，扇子在身，决盗不去。可是小贼点点年纪，竟有这好资质功力，对头已然做定，不乘此时除他，日后再得到人传授，成了劲敌，不但除他为难，一世都是短处。越想越恨，反正闲着无事，决计施展轻易不用的辣手，把全身真力劲气调匀为一，运于两掌，等敌人一照面，只在十五六步以内，便用劈空掌法将他打死，至多再招老贼一个不快。人已他虑，再说也无如此眼力。正在志得心安，黑摩勒来到窗外窥伺，已被觉察，因恐葛鹰随在身后，隔窗打去，一击不死，对头是个小孩，又有葛鹰袒护，至多认输，不能再下毒手致他死命，略微踌躇，黑摩勒便被江明引走。樊秋哪知克星甚多，还当敌人想什方法就快下手，正在聚精会神，静等施展毒手。

不料司空晓星和乾坤八掌地行仙陶元曜师徒已有安排。黑摩勒追赶江明一离开，陶元曜便进了偏殿，行家眼里，只一照面便看出樊秋气走腰间，在纽丝穴，正是要紧所在，气一闭住，人立僵倒，口眼紧闭，不能转动。忙用真力，照准穴道隔空一指。樊秋猛觉真气一岔，将气闭住，一着急，人便随着歪倒，五官四肢多失效用，只心里明白，干着急无计可施。直等黑摩勒将扇盗走，江明遵奉师命如法施为将他救转，始终不知中人暗算，还当是久未练习，将气运左，岔入要穴，全仗屋顶坠下碎砖巧将哑穴击开，才得复原。想用毒手伤人，反倒作成仇敌，容容易易捡了现成便宜。并且还遭戏侮，不知用什脏水洒了自己一脸，小贼适在外面饮酒，那水正带酒味，弄巧还许是尿也说不定，如何不刻骨刊心的痛恨！偏生岔气时久，恐受内伤，不敢骤然暴起，还须闭目宁神，使本身真气调匀归元，方能动作。此中利害，樊秋原早想起，所以醒时并未发动。容到樊秋强捺岔气，徐徐伸动四肢，将真气归原，活动好了血脉，睁眼一看，扇子已被敌人盗走，跑没了影。这才发动无名怒火，追出拼命，气急败坏，人已糊涂，只知痛恨仇敌，言行未暇思索，张口便错。吃葛鹰和黑摩勒师徒二人一个挖苦，一个逞强出头，话既答不上来，动武又非敌手，急怒攻心中猛一转念，君子报仇，三年不晚，小贼扇子到手，老贼成了他的师父，如何肯容自己下手？今夜人已丢到了家，此仇已不止小贼一人，如不找回场面，一世英名全都丧尽。适才老贼已有逞强翻脸之势，再不见机退去，决无幸理。牙齿一挫，略微交代，径自一怒而去，由此与葛鹰师徒结下深仇不提。

　　至于江明为何要学黑摩勒的打扮？原因司空晓星近十余年在古兰陵原籍隐居，除偶出游山外，日常静坐研习内功，极少与闻外事。近年闻得黄山有一姓萧的隐名异人，在天都峰顶结茅修道，疑是昔年旧友，前往寻访。一见面，竟是多年未见的乾坤八掌地行仙陶元曜，并见着申林、江明、周鼎三个新收的徒弟。彼时江明还叫丑儿，生相既怪，资质又好，晓星甚是器重，渐渐谈起黑摩勒的身世行径，说二人瑜、亮并生，各有长处，不过黑摩勒比较机智一些。人生缘份，如磁引针，江明一听黑摩勒小小年纪已然出道，有了声名，十分歆羡，磨着师父照黑摩勒的衣着面具做了一身，意欲学样，只是无从施展身手，常时穿了黑衣在山中跑来跑去，早想和黑摩勒相见，交个朋友。这日陶元曜想起独叟吴尚误伤至友以后的行径，甚是嗟叹，又闻他带了义女兰珍，化名苏半瓢，隐居富春江边，知他是天门三老生死之交，**这个"天门三老"始终是个影子，从不正面出场。这也是一种手法，所谓"无文字处亦有无限烟波"。**江明生具至性，异日下山必报父仇，迟早闹出事来。死者行为原多不合，吴尚为人正直侠气，且是无心之失，事后补过，如此苦心孤诣，情有可原。打算带了江明往见天门三老，如能设法解却这场恩怨，固是佳事；万一此子阳奉阴违，拼受师责，将来仍往寻仇，人子之道，理应如此，打过招呼，日后也有许多便宜。江明志切父仇，已是十年薪胆，梦寐不忘，巴不得有此一行，只管嘴里遵奉师命，百依百随，心中却有一定主意：哪怕把小命送掉，也非报却此仇不可！及至到了天门岛，才知吴尚已于日前死去。陶元曜背人向三老提起此来用意，无心中打听出江明竟是生平至好的遗孤，兰珍乃他义姊，已然嫁与永康绅富，甚是心喜。因要测看江明心志，当时并未对他明说。在天门岛盘桓了些日，又听人说兰珍有一姓江的义姊，韶龄弱质，奉母江干，现正寄居兰珍夫家。细问母女二人年岁神情，倏地想起一事，当下别了三老，前往永康追访，就便使江明姊弟相见，说明前情，巧遇晓星，得知小妹母女来历和那块宝石，故人有此佳儿佳女，更喜神物未落仇手，便和晓星计议，决计将宝石取往山中，代为铸造利器，并解樊秋之厄。江明只听说黑摩勒在此，喜出望外，还不知道个中底细，特意穿上那身同样的行头，老早便要前往。

晓星虽料黑摩勒初出犊儿不怕虎，难免不闹点花样，却想不到会如此胆大妄为，竟把这位将要拜门的老师戏耍了个不亦乐乎，如非葛鹰脾气古怪，期爱太过，差点没把小命一条送掉。以为时候尚早，又加好友相逢，有许多话说，晚去了一步，到时正遇见黑摩勒打赌完毕，樊秋刚刚负气入庙。晓星知道葛鹰耳目甚灵，凭自己和陶元曜的本领，隐身在旁窥他，虽不致于觉察，江明毕竟功力尚浅，没上坡前，便命绕向庙内等候。嘱咐行迹务要隐秘，无论遇见什人，不许妄动。如不遵命，以后便永在山中，不许出外走动了。

江明进庙时，恰值樊秋纵入，因是生性直率，又不似黑摩勒没有管头，在外日久，放纵已惯，倒是听话没敢招惹。樊秋的神情动作却被看明，知道这是极厉害的气功，心想此人有何深仇，如此用功准备？看了一会儿，不见别的动静，师父师叔老不进庙，黑摩勒不知在此无有？忍不住偷偷绕出庙侧，遥望前面大树下坐着一老一小，相对说笑食饮，那小的正和自己同样打扮，好生欢喜，方想偷偷趄近前去看个明白。**逐渐给江明"加戏"，形成"黑衣双侠"格局，故事也就随之丰满。**陶元曜和晓星的初意，是想樊、葛二人真非夺取宝物不可，便先礼后兵，出面强阻。及至到后，看出葛鹰此来并非本意，又和黑摩勒成了师徒，只剩樊秋一人，足好对付，乐得省下这场仇怨。正想樊秋不是庸手，葛鹰意虽偏袒，并非露出相助口风，黑摩勒口出狂言，看事太易。一回首，瞥见江明在庙墙边探头，恐被葛鹰觉察，又恐有事，一面摇手示阻，忙即赶去，行时稍快，葛鹰竟些微觉出有异，未即回顾。无巧不巧，奚、何、小妹三人先后赶到出现。葛鹰顾此失彼，几面都被岔过，又在酒兴将发之际，略微怀疑，也就罢了。晓星深知樊秋本领，事前既然说明，不比日里：一个胆大心灵；一个气急，只顾追人，对方又是小孩，骤出不意，一撞便到了手。凭黑摩勒一人，此扇决盗不来，但他话出如风，无法收转，再看陶元曜师徒已打手势，一同纵入庙内，便乘葛鹰、何异二人对谈之际，走出树外，朝黑摩勒打个手势，命他随后赶来，也往庙内纵去。**两大剑侠合伙算计，未免欺人太甚。**陶、江二人正在庙墙内相候，见面说起樊秋情形。

晓星闻言大惊，幸是自己在此，否则黑摩勒扇盗不成，小孩和前辈成名人物打赌还不十分丢脸，人却非死必伤无疑。为想挫他锐气，使其知道天下能人甚多，便小辈中，胜过他的也有人在；因知陶元曜不愿江明速成，教时专扎根基，各种拳法器械虽较黑摩勒稍有逊色，气功轻功却比黑摩勒胜强一筹，加以从小生长黄山，居于险峻之地，攀援纵跃成了习惯，端的身轻飞鸟，捷于猿猴，商量停妥，便教了江明一种做法：由江明把黑摩勒引到樊秋窗下看个艰难，如不知进退，再用劈空掌警觉，引向前殿，这里陶元曜乘空下去制住樊秋，江明重到前面，二次引进，盗给他看，却不真盗，让他学样，捡个便宜，丢个大人在同样年岁的外人手里；并嘱事成不要即时与他相见，等到明午晓星数说过后，他自再三请见之时再见。江明心地忠厚，不敢违逆尊长之命，惟恐明日相见扫了好友面子，使他不好意思，所以百忙中抽空私告黑摩勒，说师父立等救转樊秋覆命，不能延缓，先安个根，准备明日见时全盘托出，**忠厚，周全。** 推在师长身上，不是自己有意卖弄，以免有碍交情。

谁知惺惺相惜，黑摩勒因此一来不但没有忌恨之心，反倒自愧弗如，**这样才好。否则彼此存了机心，成什么样子？** 两下声应气求，彼此倾心，由此互相引重，成了生死患难之交。不但交情深厚有胜同胞，连言行动作都是互相模仿，技艺切磋更无庸说，又都爱滑稽戏弄，捷于神鬼，不可端倪。日后黑衣双侠之名威震大江南北，不深知底的人真辨不出是二是一，此是后话不提。

姊弟二人在虞家后园竹林内聚谈了片时。小妹见天色业已大亮，便嘱江明稍候，自己择一隐僻墙角纵身入内。兰珍因小妹彻夜未归，虽是智勇双全，武艺高强，终不放心，几次要想追出查探，毕竟江母持重，长于料事，力说："女儿为人决无差错，况还有晓星、何异等人在此，他们做事都不先说，此时不归，定是遇见他们有什事故发生，必须小妹在彼，否则小妹聪明机警，行藏极秘，终日关心老母，稍有不合，连面都不会露，早已见机抽身，怎会落在人手？舜民世家大族，你总算是一个主母，新婚不久，谁不认得？深更半夜潜踪私行，休说遇见本家戚友无法自圆其说，便遇见本村乡民人等，也滋物议，**深明人情世故。** 这冤枉怎当得起？真要遇见劲敌出什差错，小妹不行，你去也是白饶，仍以听天由命为是。"兰珍见江母如此说法，只得罢了。

二人谁也不肯去睡，坐待到了天明。兰珍知小妹素孝，决不在外久延，使老母家中悬念，却不料小妹忽然得了一个有本领的亲兄弟，此后不特本门嗣继有人，并还得一个有力的帮手，共报父仇；同时那多年梦想开铸、苦无良工善法的宝石藏珍，也有了告成之望；再见江明天性笃厚，甚是亲热，一时得意忘形，**四字**

传神。疼爱兄弟，恐他新来人地生疏，枯守无聊，以为天已快亮，也不忙在这片时之间，只顾姊弟二人谈话高兴出了神，却不想出来时久，当早又是阴天，这一耽搁，累得老母和兰珍多着了好些时急。兰珍急得无法，要和舜民去说，命人飞马与何异送信探询。江母皱着眉头，方说"无须"，小妹倏地飞身纵入，见室中残烛未灭，老母、兰珍对坐灯侧，愁容遽敛，忽然想起自己疏忽，累母忧急，一肚皮高兴话立时堵了回去，脱口说了句："女儿该死！"刚要认错，一转念，又觉为慰母心，仍以先报喜信为是，忙扑到江母怀中，改口说道："恭喜阿娘，我家有了后了！"**这个误会不小！**小妹原是狂喜奔入，及见老母愁急之状，欢喜中添了两分悔恨，恨不能把满腔中的话全倒出来博母欢心，转闹了个语无伦次。

江母听她一进门先说自己该死，跟着道喜，说："我家有后。"自家只此一女别无亲丁，女儿又是喜容满面，不禁起了惊疑，方一沉吟。小妹见母闻言并无喜容，面色转板，也不想想自己喜极忘形，口不择言，事情还没说出丝毫头绪，以为乃母仍不愿闻父亲外室所生之子，这新得的爱弟怎好领来见面？念头一左，只顾愁急，寻思善处之道，更不再往下开口。还是兰珍听她没头没脑，语多可疑，十分惊异，见母女二人不再开口，忍不住问道："妹妹，你那么聪明人，怎说话没点头绪？你去了这一整夜，到底有什么喜事？室无外人，快点从头明说呀！"

小妹闻言，猛想起所说话头不对，心里的事，母亲如何知道？不禁好笑道："我真该死！昨晚事情直似喜从天降，喜欢得我话都不会说了。阿娘不晓得，我昨晚遇见爹爹生前在外面生的一个兄弟，还是乾坤八掌地行仙陶老世伯的得意门徒，年纪只比我小两个多月，本领却比我还好，岂不是喜事么？"江母不等说完，便惊喜道："真有这事么？你父昔年常借访友出外，一去就是三月五月，他那几个好友，我都有数，问起来，一处未去。有人向我密报，他在外面设有侧室，闹过两次，他始终没说真话。你父虽服梵僧毒药，不是不能生子，也许有子在外。只是他行得太秘，连地方都不知晓，无从访起，这些年来，想过便自拉倒，不料果有此事！你既相见，怎不领来见我？"小妹闻言，又想起天已不早，江明尚在竹林守候，忙答："明弟随我来了，阿娘且等一等。"随喊："兰姊，快去告诉大哥，叫他去至厅房等候。少时有一小孩寻找，领他进来。他没衣服，我找我那男装去。"随说随取日里所着男装。

刚往外走，正遇虞妻早起，听兰珍房内丫头去说，江老太大和新太太昨晚一夜未睡，江小姐未在房内，不知何往，新太太似有发愁神气。虞妻原知小妹昨日之行，尚不算是有头绪，一听小妹夜出未归，疑心寻贼出事，不禁大惊，恐舜民知道忧急，把丫头数说了几句，嘱咐不许再对人说。那丫头名唤春云，原是虞妻贴身爱婢，十分聪明向上。兰珍爱她伶俐，自己家务事又欠明晓，特意要去使用，以备遇事咨询，免有不周之处。春云竟从上次随往杭州的女仆口中，打探出新太太是女中英侠，本领高强，羡慕已极，几次背人苦求兰珍教她武艺。兰珍恐招声气，不认自己会武。春云偏是立志坚诚，终不死心，及至江氏母女到来，知道小妹本领更胜兰珍，益发心动，要想求着太太，把自己拨去服侍江母，以便伺机求学，又恐两位主母见怪不允，没奈何只得对江氏母女特献殷勤，尽力服侍，以博欢心，为异日开口让步。所以昨晚兰珍只管假托夜谈，命仆婢们先睡，她仍悄悄守在房外，以备夜间用茶用点，有什差遣，好显她勤谨，小妹外出未归以及江母兰珍相对愁急，全被暗中偷看了去。小孩子性情，惟恐小妹走失，少了师父，一天明忙去上房报信，不料却吃了一鼻子灰。

虞妻持家有道，起身最早，刚梳洗完毕，正等舜民往书房写完两张例字回来，好去兰珍房内看望江氏母女，同进早点。闻报立即赶来，见小妹正由房内走出，这才一块石头落地。方欲询问昨晚是否外出，小妹已先开口，笑喊："大嫂请房里坐，妹子到花园取东西，有一点要紧事，办完马上就回来。如今昨晚的事已然转忧为喜，我还有事奉托，请问兰姊好了。"说罢，不等答言，匆匆走去。虞妻觉小妹虽比兰珍美秀得多，因她平日老是父仇母病时刻在念，忧多乐少，性情又近刚烈，言笑不苟，不似兰珍笑口常开，妩媚柔婉，总嫌她过于冷艳，不是福相。这时见她星波明净，玉颊春生，满面喜容自然流露，宛如初日芙蕖含露临波，容光照人，竟是相识以来初次得见，背影又是那么婀娜轻健，游龙惊鸿之喻差堪比拟，不禁看得呆了。**"我见犹怜，何况老奴！"** 心想这个好妹妹生得真美，便画儿上也挑不出这样人来，将来不知谁人有此大福娶了去呢？兰珍听小妹在唤大嫂，忙赶出来，见虞妻正望着小妹后影出神，笑喊："姊姊怎不进来，站在门外作什？小妹才回，江伯母和妹子三人都未睡呢。"

虞妻一听，春云所说果然是真，又渐引起惊疑，回顾身侧无人，悄问："昨晚事情怎样？"兰珍笑道："小妹梦想不到，会无心中遇见她多年未见有本领的好兄弟，高兴得了不得。昨晚经过，照她口气神情来看，大约很好。此刻小妹给她兄弟往后园门外去送衣服，要由前门来见老爷，叫我告诉姊姊，请老爷到前面相候，等下人回报，把她兄弟领来拜见江伯母，别的细情还没顾得说，忙着就往外跑。姊姊来得正好，请到房里稍坐，便向老爷去说一声吧。"虞妻笑道："你倒会偷懒，支使姊姊！我因听说小妹一夜未回，急得心里乱跳，又不便喊人扶我同来，独个儿跑到这里，苍苔露滑，差点没跌一跤！老爷现在书房写字，静等江伯母、小妹梳洗好了，派人请他来此问候，同用点心，你不会去喊他么？你走路，听说比马还快，偏支使我这无用的人！我自陪江伯母闲话，**写虞家，全用《红楼》口吻。**你自家到书房去对他说吧！"

兰珍笑道："好姊姊，娘姨丫头因小妹要出去，我已隔夜招呼：昨晚谈天，今日起晏早，不喊不许进来。妹子熬了一整夜，直到这时头不梳脸不洗，像什样子，怎好出去见人？这里到书房要由便道穿出去，一点不远，这事不能叫丫头去说，还是好姊姊辛苦一趟吧。"虞妻笑道："你倒会说，自己丈夫，不洗脸碍什？你头又没乱，有什样子不好见他？书房只有一个十二岁的书童伺候，老爷爱清净，别的下人不喊又不进去，怕的什么？我走不动，你快去吧！我这里唤人，与你们打面汤水，同时传话等开点心。等你说完回来，梳洗完，正好老爷陪了客人进来多好！"兰珍笑道："我不晓得书房里只一个小书童，别的男下人不会进去。既是这样，我就去吧。"说罢，含笑自去。**妻妾"团结如一人"。**

虞妻随进房内见了江母，寒暄之后，便唤下人进房服侍。春云脚大，早由别路绕回，在后房听信，闻呼即至，并把别的婢媪唤来，虞妻一一安排。一会儿小妹赶回，说江明随身带有衣服，去时已然换好，现在正往前门求见去了。说时，兰珍也自赶回。小妹这才说起昨晚姊弟相逢经过，兰珍惊讶道："这话果然有边。彼时我年尚幼小，不知详情，只知他是父亲过去的兄弟，从血胞里抱来，便交给寄居我家的天姑娘喂养。那天姑娘原有丈夫，头两年还住我家后园以内，自从带了我兄弟，便改住楼上，终年不下楼门一步，食用东西，是都用绳篮缒上，带没两年，不知怎的忽然痛哭了几天，便上吊死了。天姑娘有一次病得要死，由姓马的将他治好，都是有的。我还奇怪，怎有姓'天'的人？原来她的名字有个'添'字。我父亲为人严厉，房子又多，我由一个乳娘、一个小丫头带着，轻易不许到后园去。下人们都怕我父亲，谁也不敢多口，不久便遭家难，虽然不甚清楚，就我所知，却与陶世老前辈之言诸多相合，此事料无差错了。更可喜是，那块宝石，当义父临危之时，再三叮咛：'此乃天材地宝，旷世奇珍，如能将它铸成宝剑，小妹要报父仇，易如反掌。**这话似乎讲过了，再好的宝剑也不能"易如反掌"。这样的问题，在金庸《倚天屠龙记》里，有较好的解决。开端也讲"屠龙刀号令天下，谁敢不从"，但最后揭示出是刀中隐藏的兵法与思想信条。这样就合理了。**我又遭此飞灾，命在旦夕，不能为它物色异人开铸。我死之后，可随时提醒小妹，务要随时小心，隐秘行藏，否则不但仇人知道必来加害，便被各派中能手知道，也不肯放过，定出全力，巧取强夺。'我们为此，常时想起愁烦，既恐日久泄露，宝落人手，又无处寻找良工，即便找到，外人也放心不下，难得遇见陶老前辈这样朋友至交，又有这大本领，从此免却许多担心，不消两三年工夫，便有神物利器为小妹报仇之需。我虽有弟，变成无弟，妹子却是无弟变成有弟。我两姊妹情逾骨肉，他弟即我弟，我弟即他弟，分什么彼此？岂不是梦想不到的喜事么？"正谈说间，春云来报，说："老爷同江少爷来了。"兰珍笑道："我只顾说话，脸还未洗呢。我到后房梳洗完毕再来。"小妹一把拉住道："兰姊，怎么出阁不几天，就有许多做作？明弟待不一会儿还要走，这又不是外人，在这里梳洗不是一样？"

说时，舜民已领江明走进。众人见江明生得那般丑怪瘦小，都觉可笑。小妹忙拉他到江母面前，说道："这就是阿娘。"话未说完，江明早扑地拜倒。江母行家，看出他人虽瘦小，筋骨坚实，行动矫健，知是从小受了高明传授，功力不在小妹以下，想起去世丈夫，不禁悲伤交集，一面伸手相扶，口喊"乖儿"，两眼眶早忍不住扑簌簌落下泪来。小妹知老母想起前事伤心，也自悲苦，忍泪劝慰道："有这好一个兄弟，以后光大门庭，继承先人之志，还难过作什么？"

江母当着一屋的人不便深说，勉强把泪止住，先命小妹代为引见诸人，然后拉着江明的手温言问道："你陶老恩师、司空世叔，俱是你父亲生死患难之交。只为你父晚年被梵僧的妖言所愚，误习邪道，他二人苦劝多日，后以绝交相挟，你父口应心违，不肯听信，才致分离。自他二人去后，你父越发闹得不像，终于身败名裂，死在仇人之手。以后多年，不通音信。我因你父在日，交遍天下，当世贤豪英侠，十九都有交情，死时身边还随有些日夕相聚的朋友，都怕仇敌厉害，仅仅内中有一个姓秦的，嘴上能说，才保得全尸回转，余人竟是坐观成败，无一出手。死后多年，平日那多好友，除何异世叔外，竟没听说有一人为他报仇的。我还当他二人看出你父倒行逆施，事体将败，借着强劝绝交，以便全身远害呢。今早你姊姊回来说起，才知他二人都是各具深心，不肯骤然下手，原有许多难处。我儿能得这等高人为师，真乃莫大福气。你父武功，幼得异人传授，独创一家，彼时你姊尚幼，生平不肯收徒，只我得了他一点真传。我因当年骤遭大变，母女二人颠沛流离，悲愤冤苦，曾于一夜之间将头发急成半白，因此得了心痛之疾。又在棺中诈死闷卧，受了湿气，百病丛生，时发时愈。幸蒙你虞家兄嫂仗义周济，买来贵药，得以全活，如今又令寄居此间，视若一家，百般优礼厚待，处境舒适，用不着再和从先一样江边打鱼，冲冒风涛，也许还能多活几年。你恩师知我底细，他命你以后从师省母，往来于黄山、永康两地，必是想我传授你父心法，助你进益。见时可对他说，盛意我极心感，所说的话无不遵办。只我尚想见他和晓星一面，客居不便延宾，他也未必肯来这里。可请定一地点，今晚我母女自去寻他好了。"舜民最仰慕这类英侠隐逸之士，闻言忙插口道："陶老前辈世外高人，平日要想见他，自是极难，且喜伯母在此，司空老先生也正下榻家兄后园，地甚清静。如因舍间驾临不便，何妨约他同往家兄那里，到时随请伯母同往相晤，使小侄乘此机缘拜识一番，领点教益，岂不是好？"

江母心料陶元曜不比晓星与尧民是生死患难之交，未必肯来，但不好意思拒绝舜民盛意，便对江明道："这样也好，你向师父致意，说虞氏昆仲人极正直风雅，乐善好义，对他甚是仰望，亟欲一晤。后园幽静，并无外人，晓星住已多日，如能在彼相见最好。主人情意殷殷，休要辜负。你师在此不会久停，你也急于覆命，吃完早点，可速前去寻他。等规定了见面地点，看是如何，再作打算。"舜民夫妻三人同声说道："明弟新来，与伯母、小妹骨肉相逢，话还没说几句，怎便叫走？"江母道："小孩此来，哪能便放他走？自然要多聚些日。不过此时他师父定还有好些话要吩咐，以后往来两地，相聚日长，还是把正事办完再聚为是。"虞妻道："那么至少也让江弟多坐一会儿，吃完早饭再去吧？"小妹道："舍弟此后不免常时厚扰，也不在此一时。陶世伯行期甚速，再说家母和兰姊都没有睡，与其熬着精神相聚，还不如任他先走。等我们吃完早点补上一觉，明弟也快回来了。"舜民夫妻只得罢了。

江明虽然心喜骨肉重逢，又得了小妹这样英侠贤孝姊姊，一面仍悬念着与黑摩勒相见，又因师父昨晚虽有两地往来之言，并未说明可以在此暂住，惟恐带回山去不知何时方能再来。正在忧疑不定，闻言知道师父叫走，母姊也不放行，甚是高兴，巴不得早些回去见师覆命之后，好去寻找黑摩勒会面，当即垂手应诺。

舜民又和他谈了一阵黄山风景，兰珍也梳洗完毕，下人端上早点。江明自幼生长黄山，日以黄精野菜、山果粗粮为食，后随师父下山，吃了些寻常食物已觉美味，几曾见过这样精美点心？再加熬夜之后腹内空虚，吃得非常踊跃。**吃得"踊跃"，有趣。**小妹心疼爱弟，知道富贵人家吃东西细致，一天点心有好几道，数量却不甚多，见他吃得香甜，连照例多做的两份都快吃完，忙把自己一碗莲心汤和一碟烫面饺移将过去，笑道："明弟想必饿了，我这里还有一份，才吃了一点莲心，今早格外高兴，反吃不下了，一总照顾你吧。如还不够，还有稀饭呢。只是大哥和你情如骨肉，想吃就要，无庸客气，以后如有外客在座，却要放斯文些呀！"

虞妻早已想到江氏母女和兰珍食量较大，从昨日起，便命厨子一切多加预备，以防客人喜吃，随时好添。适才听说江明一会儿就走，除点心吩咐多做外，暗中又命春云告知厨司加做了一样汤面，还未送到。见小妹推食与弟，忙拦道："小妹你吃你的，还有好些汤面呢。"小妹道："那我吃面好了。明弟吃完要走，让他先吃吧。"兰珍抿口笑道："就这点，他也不够呀！这烫面饺做得特别好、你和明弟分着吃吧。"江明嘻着一张丑嘴，笑道："姊姊，这烫面饺真好极了！只是小些，再大一点就好了。这甜汤也好吃。我等吃面，你先吃吧。"

小妹捡起一个，入口一尝，果然鲜腴细嫩，味美非常，便问："是什馅子，这样好吃？"虞妻道："其实这是寻常点心，不过猪肉、笋丁、香章、虾仁泥四样和成，厨子拌和得法罢了。那汤面倒还不错，适才叫厨子再添一样。他说汤已隔夜吊好，只有这个快些。做面以前，先用鸡鸭隔锅吊汤，撇去浮油，再用顶上口蘑和瘦金腿腰峰布包吊浸在内，文火煨上些时，将渣弃去备用，借那火腿卤味，不用点盐。那面也与外间不一样，用鸡蛋清和，不加滴水，褂得极薄，切成分许宽、四寸长条，先放滚水内煮个半生，再放原汤煮熟，好使汤味浸入面里，汤仍是清的。吃时另备四个小碟，看是一碗清汤面，厨子却要费不少事。**全然《红楼》之"茄蓋"笔法。**我夫妻并非省钱，因要糟蹋不少东西，如是待客也还可说，一个点心，何苦暴殄天物？轻易不叫他们做，本为伯母备中点用的，如吃得好，反正这次汤吊得多，再做只消和面，午后点心仍吃这个好了。"说时，春云已用朱红漆托盘端进四个凉碟，放在八仙桌上，撤出残点，换过碗筷。另有小大姐端进来一大鼓子汤面，放在当中。虞妻、兰珍分别忙用空碗代江氏母子将面挑好。小妹见那冷盘一是凉拌新笋，一是自制油菌，一是自制瓜松，一是白淡油鸡脯。雪白细瓷鼓子里，盛着淡紫色的清汤，面是又白又细，一根是一根，松松的淹在汤里，还没到嘴，便闻着一股子口蘑火腿交和的香味，全没有一点油腻，到口却是滑爽香腴，味美无比。正向江母夸好，江明已然一碗下肚，还吃了不少的菜。虞妻、兰珍均都抢着给他挑面、舀汤。小妹微笑道："明弟，这面真好吃吧！莫说你初次出山，连我还是头一回吃到这样好东西呢。"江明嘻着丑嘴笑道：**"嘻着丑嘴"，形象定格。**"大哥大嫂这里真好！将来我只要能常做这些东西，与娘和姊姊同吃，就好了。不过地方须在山里，好与师父一起，那地方也比这里好些。"江母叹道："听说仇人占了我家，一切都和你父在日一样。只要你姊弟报得父仇，夺回家业，**"还乡团"！** 当年厨子想还尚在，只没大哥这里讲究罢了。要说芙蓉坪故居，地虽没黄山大，那里风物还不亚于天都、始信之胜呢。"

江明先就盘问小妹仇人姓名和本身真姓、亲父是谁与旧日家乡何在，小妹只是缄口不言，一听提起芙蓉坪，立即想起在天门岛时，好似听师父和三老也曾说过，立时勾起报仇心事，忙即追问："阿娘，芙蓉坪现在何处？"小妹看了江母一眼，江母自知失言，便叹道："这事早晚必对你说，不过还不到时候，对你说了，无益有害。以后你往来两地，只可说作姓江，乃萧隐君门下新收弟子，别话休说！如不听我言，便不孝了。"

江明急道："杀父之仇，不共戴天！娘不肯说，姊姊不肯明说，师父更连问都不许。一个人生在世上，连自己的真姓和父母的名字都不知道，有什意思？真急死人！到底何年何月才对我说实话呢？"江母见他放碗不吃，满脸俱是愤悲激烈之容，便慰解他道："听说我儿在山中也常读书，如何还这等暴性？可知子胥逃吴乞食，终于覆楚；勾践卧薪尝胆，遂致灭吴么？此时正是你两姊弟忍辱负重，增益其所不能，以待将来一举复仇之际。如若不问轻重，徒仗血气之勇贸然行事，凭你二人此时本领，决非仇人对手。倘有失闪，不特仇报不成、饮恨终古，我家只此一线，也由此前斩，娘老无所依还提不到，岂非大不孝么？"江明道："我也不说就去寻找仇人，不过藏在心里知道，又不泄露于外，怎么说不得呢？"江母故意作色道："我儿读书，应知明理，怎不听娘话呢？此时不寻仇人，问他何用？如寻仇人，无异送死。年轻人血气方刚，口头不稳，稍泄机密，便成大错，哪能说呢？我儿想知此事，只等你恩师将宝石取去铸成兵刃，有了克敌制胜之具，便娘不说，你师父也会对你说的。这面还有不少，大哥大嫂这里无庸客气，尽量吃饱快走。早去早回，赶来吃夜饭吧。如有闲空，也补上一觉，虽说年轻人不怕熬，终是睡足的好。"

江明想起父仇，心中悲愤已极，哪里还能多咽？恐被众人看破，便把剩的半碗两口吃完，站起说道："我已吃饱，谢谢大哥大嫂，叫人领我出去，我要走了。"舜民见他天真豪爽，又是高人弟子，甚是敬爱，知是即回，不再强留，便说道："我送明弟去吧。我已招呼门上，再来时径入后园，无庸等下人们通报了。见着令师和令师叔，务必代为致意。老伯母和令姊们还要歇息。我寻家兄托他再向令师叔代向令师致意，想必不致见拒吧？"说罢，江明便向江母、众人辞别，由舜民送了出去。江明去后，舜民自去寻找尧民代约晓星、陶、何三人一聚不提。

江明走后，虞妻、兰珍便请江氏母女安歇。小妹道："我少时还要往白雁峰何世叔家去呢。"兰珍道："我听义父说过，那七指神偷脾气古怪，不是什么好相与，小妹此时已有陶和司空两位老前辈相助，这等人不与他打交道也好。"小妹笑道："这倒说得好，一旦做了官家大太，连江湖上过节都全忘了。**这两个人物合起来，恰是一个十三妹。**休说何世叔一番好心，此行必有用意，便是外人，我们答应了他，怎好不去呢？个把夜不睡算得什么？"虞妻道："那么你要去也等吃了午饭，此时不过辰刻，稍睡一会儿也有时候，饭后再走正好。"小妹道："何世叔要叫妹子做菜请客，晚去如何来得及？"江母道："闻说何世叔家庖甚是精美，这只是一种假门头，去到那里，他给你备好，不过叫你应个名儿，当真要你亲手下厨房去做么？大哥再三留你饭后走，也无妨呢。"小妹道："我昨日来去匆匆，连世婶都未请见，今日再去得忙，成什礼数？况且何世叔昨晚和我细说，想必还有一番嘱咐，早去的好。娘和兰姊先睡吧！昨日的马不知何家送还这里没有？我仍男装去，大嫂派人去问一声。如未送来，再借一匹快马有么？"

虞妻应诺，正要唤人往尧民家中去问，春云入报说："大老爷接了白雁峰何家来信，说司空老爷也在那里，并送还一匹马，说请这里江大少爷速骑此马前往，门上因见老爷刚把江少爷送走，正回报他，恰巧老爷出门撞见，说江少爷少时还回来，也许要用此马，嘱咐牵往后园门外，系在树上等候。老爷本要回来自说，走到穿堂，遇见春云，叫与大小姐说一声。"小妹闻言喜道："司空世叔既知此事，必关重要无疑。来信明是催我速往，决非明弟，所以说江大少爷，否则明弟要什马骑？事不宜迟，就此去吧。"虞妻便请江母和兰珍安歇，自送小妹换了男装，遣走园丁，亲带春云送出，叮嘱早回，看小妹上马，经过竹林，自回料理家务去讫。

第十一回　舐犊情深 空山强侠女　原鹡念切 暗语托神童

小妹上马，绕出前街，仍择山僻小路，往白雁峰驰去。快马熟路，无什耽搁，自然更快，不消多时，到了白雁峰前。眼看溪桥在望，正要放马赶去，忽见路侧树林内闪出二人，拦住马问道："尊客可是江少爷么？家主人命我在此迎接，说少爷到时休走前门，请由后园门进去。家小主人和少奶奶在那里相候，有话说哩。"小妹一听，知有缘故，下马答道："既然这样，好在不远，那我这马也不必骑，就烦引路，走了去吧。"二人答道："这样更好。"便分一人将马往来路上牵去，另一人引了小妹由村外绕行，过了另一溪桥，又行一箭多地，穿出树林，方是何家后园。

那地方正当白雁峰下，到处山石嶙峋，黛色参天，甚是幽静。小妹正在暗思，忽听前面有一女子口音说道："这就是么？我接他去。"抬头一看，声随人到，紧跟着由前面绕过竹林内，飞步走来一个长身玉立、容貌英秀的布衣少妇，走近身前，先立定脚向小妹仔细看了一眼。引小妹同来的人刚说得"这便是我家的"，底下"少"字不曾出口，少妇已满面春风抢上去，一把拉住小妹的手，首先说道："你就是江家阿妹么？想了我一夜一天了。快快里面去吧！你的菜蔬我都代你做好了。"说时少妇身旁又赶来一个英俊少年，向小妹拱手道："愚兄何憬，这是内人。家母现在后园相候，世妹请园里坐吧！"说时，把手一摆，引路人便自退去。小妹知是何异子媳二人，忙喊"世哥、世嫂"，为礼称谢。何憬之妻姜氏原是将门之女，昨日傍晚因听翁姑说起小妹贤孝英侠，仰慕已极，渴欲相晤，及见小妹生得那么美秀，越发喜爱，一面寒暄，并肩携手，同往园内走进，赞不绝口。小妹反被她说得不好意思，**这对夫妻，有王熙凤与贾琏的影子——当然，只是就性格与关系言。**没法还口。

进门以后，小妹见那花园就着原有山石林泉布置而成，虽没虞家花园房舍精美、陈设华丽，而形胜天然，别有一种幽趣。暗忖：常听娘说，芙蓉坪故园经阿爹四十多年惨淡经营，几乎把整座山林包在园内，所有景物都经名手筹计，各有妙处，这些年来又经仇人加意修缮，想必比这两园还好得多。只不知能否在这三年内报了父仇，奉母还乡，使老母略享晚年之福呢？正寻思间，姜氏已领小妹走到一所四面修竹环绕的精舍以内。何憬抢先入报，何异之妻刘氏早在里面相候，闻报便接了出来。小妹称"世姆"，忙即下拜，刘氏一把拉住她道："贤侄女远来不易，自家人，何须如此礼数？请到里面坐谈吧。"姜氏也从旁代劝道："这里也不是行礼所在，进房里去再说吧。"小妹只得住了，随至里面重又拜谢，并说："昨日来去匆匆，因世叔催行，未得与世姆、世哥、世嫂请安，还请见谅。"随着又向何憬夫妻行礼。姜氏笑道："闻得妹妹巾帼英雄，人极豪爽，怎会有这许多礼数？"小妹道："长辈世交，理应如此。妹子命生不辰，幼遭孤露，避仇流亡，奉母荒江；原是无法。多蒙谬奖已是惭愧，巾帼英雄更当不起。嫂嫂家传绝艺，学有渊源，异日少不得还望多多指教呢。"姜氏笑道："对对，不知谁能教谁，且等过日再看吧，反正不许藏私就是。"

说时，见何憬在侧未去，又回眸佯嗔道："阿爹老早就望江家妹妹早来，你也不说一声去，等在这里作什？"**生动，似阿凤声口。**何憬笑道："我是想听世姆还有什话说没有，听完再去。"姜氏道："你这人怎这样笨！阿爹和钱伯伯在一起，你又不能调开来说，不过暗中打个招呼，就妹妹有什话说，你也没法带去，还不快走？"何憬笑应去。小妹细看姜氏，星眸流动，凤目含威，生相言动虽然明艳俊爽，但是当着婆婆和初次见面的外人随便呼叱丈夫，毫无顾忌，似乎稍差，神采也过于飞扬，比起兰珍静婉端淑大不相同。心方动念，姜氏随把乃翁之意说出。

小妹一听，原是何异昨晚陪同七指神偷葛鹰回转白雁峰时，中途黑摩勒惦记和晓星、江明等人相见，便说自己要回取衣物，还要补睡。葛鹰本知他有人指使，此去分明覆命，便笑道："小鬼头，少在我面前掉枪花。我因没有传人，爱你资质，起意收你为徒。你说现在没有师父，只要是真，我不问你以前来历和你身后那人是谁，你向那人覆命原本应该，**这才是葛鹰。若完全被摩勒操控，也就没意思了。**也不拦你，此时没有正式拜师受我规条，便此去不回也是无碍。可是异日拜师受教之后，却错不得一点规条。如因见我什事随便，欺心犯上或是犯了家规，你这条小命就活不成了。叫你那人定是你的尊长，去时可和他商量，拜我为师值与不值？不值便罢，决不勉强，从此无须见我；如值的话，有未了事只办完再来，并不限定今日要回。好在我还住在何家盘桓几天，何日均可。要是有心戏侮，莫要怪我手辣心狠！"**如此，才值得摩勒一拜。**

葛鹰貌带狞恶，这一正色说话，两只鹞眼灼灼放光，瞠合之间威芒四射，迥非初见时嘻嘻哈哈随便神气。适才惊走敌人时，黑摩勒已看此老真实本领，心中已起了敬慕，见状不禁凛然，忙也改容，躬身答道："一日为师，终身为父。弟子已然诚敬拜师，怎敢欺心犯上？但我师叔从来不愿人知，否则今晚早已出场。弟子所为并非受他指使，不过事情他是知道。即拜你老人家为师，理应向他明言，才是正理。他素说师父本领高强，一定心喜。此外弟子还要寻一新交好友，少不得有多半日耽搁。师父不问我以前来历，免得弟子隐瞒不好，说又不便，再好没有。**自重身份。也是君子相交之道。**弟子至迟不过今晚，必定回转了。"说罢拜辞而去。

葛鹰闻言甚喜，笑对何异道："这小鬼头真个聪明，胆子更大得出奇。你看他前倨后恭，立时改样，多么心灵！不是我吹，如经我再加传授，小辈中恐寻不出几个呢。"何异自免不了奉承几句，抵家以后，便托辞进内喊来何憬，写一纸束，命将昨马送回，请尧民代寻小妹，防她托辞不来，还说晓星在此。

其实何异深知小妹仇人与葛鹰昔年颇是交好，终因二人意志不投，语言失和，葛鹰拂袖而去，已有多年不曾来往。可是那仇人仍想拉他一起，屡次命人往访，道歉邀约。也不知葛鹰是否成心不见来人，或是外出相左，俱未遇上。小妹此时乘机待以前辈之礼，给他一个整面，异日不但少却一个强敌，弄巧还有许多借助之处。黑摩勒又拜他为师，就此结纳，下一闲着，**何异有心人**。再好没有。便乘葛鹰好酒口馋这一点短处，假说小妹烹调精美，因敬仰他的本领为人，要亲自下厨操作，借何家客馆恭恭敬敬款待他一顿，一面命人去唤小妹，暗嘱何妻指点厨司抛去陈套，照家常做法备下十来样菜，再把自家最拿手名贵的菜添配两样，不重形式，务求味美，作为小妹亲制敬客。并命人出村迎接，小妹到时改由后园门走进，由何妻把话教好，告以机宜，听请再出相见，吩咐停当，然后自出陪客。到了前面一看，葛鹰已酒气熏熏，倒卧客榻之上。何异也是一夜未睡，暗嘱二童守侍，客人一醒立即来报，自往别屋睡了一会儿。醒来天已傍午，去看葛鹰，尚还未醒，便在旁坐观书守候。小妹未到以前，已命人入内问过两次了。

小妹听何氏婆媳说完其事，便笑问道："世叔如此关切，感激万分。既催早来，敢莫是要侄女承名做午饭么？"姜氏笑道："那位贼伯伯原知妹妹家不在此，又是一夜未睡走的，如做午宴，倒不像了。你不知道，阿爹平时不显，只一遇上点事，便是星飞火急，适才两次命人入问，乃是见妹妹昨晚辞色略带迟疑，怕你看不起贼伯伯，万一不来，岂非弄巧成拙？早知不来，好再专人催请，告以利害，说不定还是派我去接呢。此时贼伯伯刚醒，因不知妹妹何时才到，里面午饭已开。只我夫妻算计妹妹必来，恐无人陪，特意先吃点点心，等妹妹来了一同吃呢。果然被我算准，等你世哥回来就吃吧。"随说随唤使女传话厨房，准备开饭。小妹未及开口道谢，姜氏又插口抢说道："好在妹妹请客的菜早已备齐，时候还早，阿娘快睡午觉，乐得我两姊妹清清静静多谈一会儿。以后你如看得起我，务必常来呀！"

小妹笑答："以后自然要常请安讨教的，只是世伯、世婶、世嫂这般厚待，太不敢当了！"姜氏妙目一转，似嗔非嗔地笑道："妹妹，我这人素来爽直性情，阿娘都知道。要是我钦佩喜欢的，他不理我，我偏要和他好；寻常人想我多和他说句话都不行；讨厌的更不必说了。客气的事我是弄不来的，妹妹再要拿外人待我，一说话就有许多的客气，我就不快活了。"**阿凤声口。可爱。**小妹幼遭孤露，母氏出身大家，从小规教颇严，只管风尘寄迹、流转江湖，对外虽然脱略形迹，落落大方，毫无寻常儿女的俗态，但到父执世交家中，室有长辈，应对礼节自然仍守故家法度，姜氏那么豪放不羁之状，怎能相与同流？闻言起立，含笑答道："世嫂这等错爱，妹子怎敢自己见外？不过情发于中，不由自己。既然世嫂不愿妹子说出，以后铭之于心，不再言谢好了。"口里说着话，眼望何妻刘氏对自己点了点头，仿佛口角微动，看了姜氏一眼又复止住，神气是知道姜氏这样脱略，乃姑心中也有一点不满，方自暗笑。姜氏尚未觉察，随手拍了小妹肩头一下，笑道："算了算了！刚说不客气，你这'铭之于心'，不更客气么？我没法再说，肚皮有点发空，开饭吧，不等你世哥了。"

一言甫毕，何憬已掀帘而入。姜氏笑问："你把暗号递到了么？阿爹和贼伯伯说什没有？"何憬道："爹爹正和葛老先生赌酒呢。我陪了几杯，装闲话提起世妹菜做得真好，葛老先生当时便要尝尝味道，爹爹叫随便拿两样去，我借因头出来，恐葛老先生住长了，厨司务不留心，做出与世妹同样的菜。知道糟烘鸡和风鸭腰，一个非娘和你隔夜自配作料，厨司务做不来；风鸭腰的数目不多，只留供我爹一人下酒，一年难得待一次客。已吩咐厨房，把昨晚两只浸好作料的肥鸭和糟泥，取一只先烘出去，给他享受了。"刘氏笑道："这老头子真好口福，这两样菜虽不值钱，他却没处吃呢。我去睡一午觉再来，你夫妻陪了世妹吃饭，等我起来，再同去厨房转上一回，就没事了。"小妹恭谢，送出以后，跟着开饭，姜氏对于小妹殷勤已极。

饭后无事，姜氏又坚邀小妹过手。小妹推辞不掉，只得勉强和她对敌；先比拳法，意存客气，自然不肯全数施展。姜氏本领虽出家传，因是从小娇惯，极为自负，见小妹本领和自己差不多，口说小妹客气，不肯施展，心却高兴，正在得意，喜形于色。毕竟旁观者清，小妹一上场，何憬已听父亲说过她的来历和名家的传授，早就留心。见她出手虽似和爱妻不相上下，但是一方是极力讨俏，打点起全副精神迎敌；一方却是气定神闲，手眼身法步无不从容，有时做出进攻神气，暗卖破绽，让对方略占上风。最难是处处相让，却把假事做得逼真，不由临场人不相信她。便是自己如非胸有成见，逐处留心观察，也看不出。武功造诣之深，可想而知。如真比斗，夫妻齐上，两打一，也不是她的对手。父亲极口称赞，说昨晚虽没见她动手，功夫已见一斑，老眼无花，果然不差，好生钦佩。打了一阵，见爱妻累得粉面通红，兀自不肯道罢；小妹神态从容，手法却渐迟缓，看神气似想让姜氏略占上风，以便认输停手，又不愿被人看破，在等机会。暗笑爱妻不知深浅进退，如若叫破，恐羞了她，晚来惹气；**趣。过来人语。**不点，让小妹卖个破绽，输了去，岂不被她笑话？连自己也成了不识的蠢才。忙乘二人胜负未分之际，插口说道："你嫂妹二人都是一夜未睡，歇一歇力，泡碗好茶，吃了再说吧。这样打法，要打到什么时候？"

姜氏只是矜浮，人却聪明，稍点即透。闻言猛想起自己身已见汗，小妹却是神色自如，即此已见高下。况且有两三次连用险招，小妹一避便开，明有破绽，从不还击，分明相让无疑。丈夫定在旁看出她武功高强，故意点醒，幸而未见胜负，自己败了还好，如被她让出一个胜招，就此停手，丢人更大。念头一转，佯嗔道:"不要你管!我知不是妹妹对手,故意和她纠缠,想学两手,要你说破则甚。我已两三次败在她手,俱承相让,你只道你眼亮,我就不知道么?"**这样写便好。**小妹道:"哪有此事?"姜氏乘机跳出圈去,指着小妹笑道:"你真调皮,我不和你打了。歇一歇再说,少时再行领教。反正今天不显出真功夫,决不放你过去。"小妹见被他夫妻识破,知道不拿出点颜色不行,只得含笑答道:"家母素常多病,妹子所得有限,只家传几手剑法尚还用过两天功,少时献丑,请嫂嫂指教如何?"姜氏笑道:"怎么样,这才说出一点实话不是,再等一会儿阿娘便起,妹妹难得到此,索性等到晚来请贼伯伯吃过酒席,再行施展。今夜便住在此地,明日午饭后,我再陪妹妹一道回去,专程给老伯母请安了。"

小妹知道陶元曜要往虞家取那宝石。又想把江明留在虞家,多聚些日,有许多话要面说。便陶元曜也必有一番吩咐,当夜必须赶回。此次前来实因何异再三相强,并还藏有深意,非来不可。出于无奈,怎能留住在此,闻言慌道:"妹子今晚有要事,又没有向家母说明,恐不等终席便要赶回,还是趁世姻未醒以前献丑吧。"姜氏意似不快,微嗔道:"我一片热心,满想对榻畅谈一夜,明日同行。妹妹怎这样情薄,一夜工夫都不肯留呢?"小妹凄然道:"嫂嫂不要多心,妹妹生来命苦。这些年来,母女二人相依为命,除有一去世的义父和虞家义兄嫂三人外,更无一个亲故,巴不得多有一个亲人近友才好。似嫂嫂这样一见知己,又是世交,喜欢都来不及,岂有见外之理?实缘昨晚无意之间遇见多年失散的兄弟。他现在黄山萧隐君门下,此次师徒同来。妹子意欲留他在此聚上些日,今晚必须见萧老师一面,否则嫂嫂厚爱,焉有违命之理?好在以后相隔不远,见面日长,处得时久,妹子是否不知好歹,就明白了。"何璟原听父亲说过小妹近事,也插口道:"江世妹所说,我听阿爹说过,俱是实情。依我看来,阿娘快起,世妹晚来又要赶回,索性改日领教吧。"姜氏道:"我们姑嫂相好,与你男人家什么相干?偏你多说话!**娇妻、骄妻。**我原是存心激她,你当我真个怪她么？妹妹身世，我也听阿爹阿娘说过大概，真教人听了难过。妹妹既忙着回去，我想一会儿工夫也施展不完。我们在此谈天也好。"

小妹听她不再强留，心才放宽。暗忖主人如此殷勤，何况将来难免借助她家之处，理应和她亲近一点才是，于是也打起精神，随和姜氏说笑，谈了一会儿。姜氏见何憬还守在旁边，便笑道："你还不到前面去看阿爹有什事没有，一径跟着我们做什么？"何憬道："你当我愿意在此吃你排揎么？我是等娘起来，到前面去，好有话说哩。"姜氏赌气道："那你一人等在这里，我和小妹妹到房间里说去。"何璟道："原来你和世妹有背人的话，何不早说？我走好了。"正说之间，何璟之母刘氏恰好走来。见三人在此说笑，姜氏绑着裤脚，笑问道："你们定向世妹领教过了吧？我听你阿爹说过，小妹年纪虽小，手底只是耳闻，没有亲见。单昨夜看她身法脚底，差一点的老辈成名人物还赶不上她呢，你们莫又现丑了吧？"何璟道："丑倒没现。"才说了一句，姜氏便瞪了他一眼，接口笑道："不用你代我遮盖，自己人，便丢丑也不要紧，等我自家说。阿娘，你不晓得，这个小妹妹，人是又聪明又标致，武功更好，就是一桩，略微有点小刁，明明一身好本事，偏要怕人学乖，不肯施展出来。我正故意逼她施展，少爷看出我不行，怕我坍台，又在旁边叫穿，真无趣向。"**姜氏可人。**

刘氏原本也是个中好手，虽然多年未动，手法生疏，目力依旧高明，早看出小妹动止端凝，二目神光满足，英芒内敛，非比寻常，姜氏如何能是对手？便笑道："姜氏你真胡涂，世妹初来，怎么不是外人？终要客气。何况她家规素严，哪似我家这么随便？你叫她独自施展本领也还可说，偏要和她打对儿，如何肯伤面子将你打败？与其这样，还不如等夜来席散，由我做主，请她施展一回家传武功，连我阿娘也可见识见识呢。似你这样不客气，逼人对手，世妹回去被老伯母和虞家夫妻知道才笑话哩。"小妹闻言，不住谦逊。姜氏道："都是妹妹，才叫阿娘说我没规矩。你还要客气哩！这还不是阿娘惯的，又借世妹来说我。"小妹正觉不好意思，刘氏笑道："你这世嫂聪明能干，什么都好，就是人太爽直一点。自你世叔归隐以来，轻易不与外人来往。我想我们山野之人去掉拘束，享点天伦之乐，全家亲热和气多好！我就这一个儿媳，又不要做样子给别人看。只要他们大体不差，也就是了，要那许多礼节做什么？可是太随便了，世家大族听去终是笑话，侄女不要见笑吧。"小妹道："一家人原应如此。侄女也是初来，心又有事，如在平日，早放肆了。"姜氏道："凭你这神气，会放肆？我要相信才怪。"刘氏笑道："天不早了，中点该是侄女出面，我们一道厨房里去吧。"小妹谢了。何憬问明用何点心，自去前面随父陪客。刘氏便率姜氏、小妹，同往厨房中去安排茶点，并告做法，以备少时出外陪客时对答。

　　小妹到了一看，见那厨房甚是整洁，所有肴点用具无不丰盛精美。看了一阵，三人正待走出，忽然何憬跑来，朝姜氏招手喊道："你到这里来，我有话说。"姜氏笑道："除了阿娘就是世妹，有话就这里说不是一样？还避人么？"何憬看了小妹一眼，欲言又止。姜氏才知碍着小妹，故作不经意道："你没什么正经，我倒要听你说点什么。"随说随往前走去。小妹已随刘氏走出，见何璟夫妻站在厨房侧面梧桐树下卿卿哝哝说话，不时偷觑自己，好似于己有关，忽听姜氏道："凭他也配！真想昏头了！我就对她说去。"何憬不住摇手，**插入这一段，一则为江小妹再添一些"戏份"，二则为葛鹰多一个表现机会。葛鹰的"喜感"，由此开始。**似叫姜氏低声，回顾小妹行近，正拿眼望他夫妻，知被听去。知爱妻脾气，与小妹正在要好头上，必不肯瞒，只得说道："你就是这样，事情不过刚提，并不一定，你急什么！何苦又得罪你那晚娘？"姜氏道："我有我的道理，不关你事，你自请吧。"说时，小妹已随刘氏路过，何憬说了声："世妹停歇再会。"回身向外走去。小妹听那口气，似是姜氏娘家的事，方觉误会。姜氏忽然冷笑了一声，对刘氏道："阿娘，你看这位晚娘见了风就是雨，为了我那没出息的宝贝兄弟，什么念头都瞧得出。我这位亲爷偏信她的话，也不想想自家儿子有什么出息，真叫奇怪。"刘氏先听他夫妻争论，已然明白两分，便问："是否昨日夜里，你所料之事？"姜氏点头哼了一声。刘氏道："这也难怪他转念头。人是真好，只是这事情办不到啊。"姜氏道："谁说不是？如非世妹在此，立刻我就挖苦她去。现在我打算和世妹说明，一同对付她呢。"刘氏道："事既由我嘴快所起，自有我来承当了，用不着你操心，你何必心急！等阿爹进来商量过，由阿爹去回覆她吧。"姜氏且走且答道："阿娘不晓得，阿爹早晨已回覆过她，进来没对她说。这位晚娘也不量量力，竟要等人家回去时当面敲锣鼓呢。如不对世妹说明，闹起来多不好看相！这都是我不好，单单昨天在婆家头一回过生日，她要端出做娘的架子，不能不来。一时口快，被她无心听去，知我决不作成，索性自家下手，朝来不过给阿爹打个招呼罢了。"刘氏道："你阿公既知此事，必有安排，还是不要心急的好。"小妹这才听出，果然于己有关。正寻思自己怎会在此有事发生？对方又是何家姻亲？叫人难解。姜氏又道："不管怎样，终归明说才是。"说时，正走过一个亭子下面，姜氏便请刘氏、小妹入亭落坐。先唤随侍在后的小婢去端茶点，随将前事说出。小妹闻言，好生气恼。

原来姜氏之父六指飞侠姜继尚，原配崔氏，昔年因见丈夫中年无子，先劝纳妾。姜继尚夫妻情重，始而不允，后来遇见红娘子冉金红，乃大盗冉杰之女，武艺高强，人极美艳，两下由打成了相识，彼此倾心，经人一撮合，言明以礼迎娶，与崔氏姊妹相称，无分嫡庶。姜氏性情柔和，表面上处得颇好；可是冉金红私心特重，觉自己后来，姜氏人既聪明，又知爱好，从小便随父亲学武，十分用功；冉金红最讲外场，对于前房孤女，休说责打，连重话都不说一句，起初心里也没什么过于歧视之处。只为治家严刻，不似前房宽厚，下人们心存怨恨，日向姜氏挑拨。姜绍祖人颇聪明，却无恒心。姜继尚因姜氏自小聪明伶俐，又因结发恩爱，只此一点骨血，终觉无母之女，格外爱怜，事事偏袒。姜绍祖自不服气。姜氏听信下人离间，以为母亲是因父亲纳妾气病而死，怀恨金红，时常背着父母，借练武为由，拿话去激姜绍祖和己对手，打他泄忿，于是姊弟成了仇人。姜绍祖虽然好强，挨了黑打，不肯说出。日子一久，仍被金红知道，自己好名心重，不便凌虐前房女儿，气在心里。后来实忍不住，告知丈夫。姜继尚不但不听这枕头状，反说："绍祖和姊姊差不多年纪，一样家传武艺，还有你这好娘长日指点，又是一个男子，怎会打不过姊姊？平日偷懒，不知向上，怨着谁来？当长姊的打兄弟，有什错处？这样正可激励他下功练武，你我都不用管。"金红得丈夫宠信已惯，不想平日做尽乖面子，力说女儿怎乖怎好，**好人难"做"**。丈夫听了不过一笑拉倒，稍说她不应该欺负兄弟，背人重打，句句真情，竟碰钉子，当后娘的就这等难法！有心大闹一场，又恐旁人议论，把以往贤名付于流水，只得忍气说道："你已人暮年，我也半老的人，就这一个独子。小娃家知什么轻重，不论谁失手打伤，全是自己儿女，不比外人打了还可出气，那时怎生得了！"姜继尚却说："听你说话，绍祖决非女儿对手，当然不会伤她。至于女儿，最知轻重，万无伤害兄弟之心。两小姊弟比武练习，各长本事，再好没有。你看他本人都未向父母告诉，可知无关紧要，至多落个下风，有何妨碍？不信喊来当面问，只他挨过一回重手，或是伤了哪里，我说女儿就是。"

　　随唤绍祖来问。绍祖每次过手都吃姜氏激僵在先，少年好强，以告父母为耻，又怕父亲，惟恐说出自己本领不行，又受责骂，不肯用功。不但不认账，力说从未受伤，反说自己也有胜时。这一来越发把金红的嘴堵住。状未告成，还使丈夫疑己偏心，气得直哭，心中怀恨，无计可施。话被下人偷听了去，立即偷告姜氏。姜氏闻言越发胆大，直把此事看成家常便饭，每隔三二日，必把绍祖引向无人之处，激他比武，打上一顿。打时非常留心，皮面上永不留下一点残破痕迹。对于金红更是极恭尽礼，所有下人使女又多半是姜氏的党羽。金红永拿不到她的错处，气得没法，屡次想给她当面闯破，以便就此变脸。不料人还未到，姜氏早已得信，仍作没事人一般，依旧动着手，却不再打。至多略占上风，拿出长姊指点兄弟的派头，说他不肯用功，教训几句，存心让金红偷看了去。等金红走开，再打一回，仍找补上。

过了些时，又被金红看破，知道下人中有了奸细，算计好了地点，预先加了安排，到时假说往看二人比武。快要行近，忽然改作不去，暗中留神回顾，有一使女正往前急走，知她去向姜氏送信，说己不去，爱子一定挨打无疑。忙把预行约定的丈夫喊来，一同飞步前往窥视，以证己言不谬。那地方相隔打场甚近，骤出不意，事无人知，使女都早遣开，自料这次定十拿九稳。谁知姜氏比她更鬼，除买通她房中使女，一得信便即赶来报知外，还恐突然闯来不及防备，每次相打，都另派有一名贴身爱婢藏伏在隔院假山上面，金红人还未到，早被望见，把平日放惯的鸽子放起，立即警觉。这两种报信人俱用暗号报知，无一近前，金红如何知晓？这次姜氏改变故伎，**此人可怕。如同凤姐，还有这一面。**不单打是做样子，还对绍祖一招一式的细心解说，应该如何防御，如何进攻，何者为对，何者为非，叫人看去，真比老师教徒弟还要尽心得多。

金红一见，便知自己又上了她当，方自气恼。偏生那不争气的儿子挨惯黑打，怀恨在心，见姊姊今日忽然改打为教，不但不屑从学，一点未听进去，反想借着她身手迟缓，乘隙报仇。借着姜氏说话比喻之际，冷不防上头用力一拳，底下跟着又是一脚。姜氏早已暗中留心及此，故意挨他一下，立时跌倒在地。可笑绍祖还不知趣，大喝："我教你这不识羞的母老师，挨我一顿好打！"说时飞身纵起，扑将过去。姜继尚见儿女过手指点，方觉有趣，一见儿子乘姊不备竟动真的，不由大怒，大喝："狗东西！你敢打你姊姊，我要你命！"声随人起，当先飞纵出去。金红知道儿子中人诡计，要吃乃父毒打，一时情急，也抢纵出去，身法终不如姜继尚的快。绍祖早吃打了一下嘴巴，当时肿起。金红又疼又急，一把抱起儿子纵过一旁，气得说不出话来。姜继尚大喝："没出息的狗东西！"还待往前追打。姜氏早装作护痛纵起，抱着继尚的腿，直喊："兄弟和我过手玩，爹爹打他做什么！"金红见她用计暗算，又充好人，颤声指道："大小姐，你真做得好，我佩服你！"**这段写得好，场面、人情俱十分到位。**继尚益发大怒："他姊姊如论本领，明比他高，好心好意教他，不肯用功，又不服善。自己亲姊姊，有何仇恨？却乘她比教手法没有防备，暗下毒手，打倒在地，还要赶尽杀绝，赶上毒打。这些事我都耳闻目睹，你偏心袒护已大不该，还要冤枉我女儿么？"

金红因来时亲见使女报信，以为姜氏必是料定自己还来，故意如此做作，只要把那使女唤来拷问，便可将姜氏阴谋一齐透露。闻言勉强把怒气压下，冷笑答道："我不错，实在不忿我儿挨人的冤枉打。因为年轻好强，又不认账，常年吃亏受气，出来主张公道。无奈这位大小姐太聪明了，每次都未被我捉到。可是今日天网恢恢，会有真赃实犯落我眼里。你只见眼前，自然难免怪我儿子。你先不要急，我定还你父女一个公道就是。"姜氏闻言心中暗笑，表面仍做出冤枉气极之状，一言不发，珠泪直流。继尚见状，一面安慰女儿，怒冲冲答道："任你说得天花乱坠，我总眼见是真。你如说不出道理来，我决容他不得！"金红冷笑道："那个自然。"随转问姜氏道："大小姐，你做得好事：你兄弟年纪轻，多不好，也该看在你爹分上。你日常借练武打他，却叫小丫头代你巡风。今日本要打你兄弟，因有丫头阿桂给你通风，知我和你爹要来偷看，改充好人，假装教你兄弟手法，故意露出破绽。你那没出息的孪兄弟平日吃你苦太多，不知你这当姊姊的，自己打得不高兴，还要借你阿爹的手打他一顿好的，以为可以还你两记，才上的当，是与不是？天日在上，年轻人花开正在好的时光，须莫要红口白牙的瞒心昧己呢！"

姜氏闻言，装作气得周身乱抖，含泪颤声说道："女儿和弟弟当时过手，原是想这样大家可以长进，几时在存心借此打他？还有娘说的话，简直连点影子女儿都不晓得。女儿因昨晚伤风，不大舒服，适才还是弟弟前来寻我，再三要我比武。刚来此地，练了不多辰光，除女儿和弟弟外，不曾见过第二个人到来，怎说丫头报信？又是什么假装破绽，好害弟弟挨打。女儿因弟弟不肯服善用功，说他几句，动手时，彼此难免破不开，那是常有的事。不过弟弟人很有志气，从不肯瞎说赖账。娘如不信，可当面问他，看有丫头来过没有？"金红冷笑道："你答得真好！"一面高声命人去喊阿桂，一面拉着绍祖的手，忍泪说道："乖儿子，阿娘因是晚娘，从不肯落人闲话，以致我儿受尽欺负。我知你好高，让人僵住，答应在先，宁甘吃苦，不肯赖账。可是你要知道，娘为你不知生了多少闲气，着了多少次急！人家欺负我母子，娘还闹个偏心，差点没伤了多少年夫妻的情分。我也不要你帮我作假，只要实话实说，让你那糊涂阿爹晓得晓得，我连重话都不说人一句。只要你躲开，少吃点苦头拉倒。今日脸闹翻，你再上人的当不肯实说，娘气苦难伸，还要做人不来？你看值得么？"金红说了这番话，满拟儿子说出实话，即使丈夫不肯深信，总可借话下台，免却儿子一顿好打。绍祖偏秉着乃父遗传直傲性情，不肯说谎，闻言气忿忿的答道："我和姊姊过手时，谁赢的时候都有，不过她占上风时多。她比我强，赢我不难过，只不应该占了上风，每次总要说上许多闲话，她又不是我的老师，谁能服她！至于每次过手，我两个都不愿丫头们看。姊姊说，我两个是姊弟骨肉，谁输了不要紧，不能叫外人看了失面子。今天才打不多一会儿，更连一个走过的人都没有见。"

姜继尚心存先入之见，闻言越当女儿对兄弟纯是爱好之意，不是挖苦，是意在激励，并还恐兄弟打输了失面子，连丫头都不许在侧观着，有时还故落下风，以提兄弟兴趣，用心周密，无微不至。爱妻还要说女儿奸诈不好，真乃活天冤枉！有心数说一顿，继一想："多年恩爱，从未反目，今日由她儿子口里证实她所说全虚，已够难堪，再把脸扯破，不特夫妻参商，女儿日后益发难处。

虽不是她亲生，名分终是母亲，何况耳目相待，也无什不好之处。女儿年长，不久也就出嫁，只自己拿定主意不听闲言，便不致有什亏吃，还是给爱妻留点面子的好。"想到这里，故意对姜氏道："你兄弟虽不用功，你挖苦他也是不该。自家骨肉，和美才好。你娘不愿你们相打，以后两人不许再过手了。绍祖再不用功，留神我的鞭子！我还到前面有事，你母子姊弟三人各自回房去吧。"说罢，头不回转身就走。**姜继尚还算大丈夫，虽然有点颟顸。**金红先见儿子说时，丈夫不住冷笑，脸上气色不善，暗恨爱子太不争气。明是这样，也应改个话头，何况实上人当。以为这顿打必要挨上，自己反正没脸。刚准备丈夫一发话，索性翻脸大闹一场，不料这等轻描淡写，说了女儿两句便自走开。先颇奇怪，继见姜氏朝乃父背影看了一眼，忽然省悟，知道丈夫仍是信爱女儿，不过不愿扫自己面子，虽然有气，但也不便再说什么，只得拉了绍祖转身就走。姜氏依然含笑相送，气得金红暗中咬牙，无计可施。

回房把阿桂喊来拷问，问她何故看见自己转身就跑。阿桂一口咬定："忽然内急，觅地小解，始终没见小姐的面，不信请问少爷。"绍祖也从旁边劝说："阿桂适才并未去打场，哪有通风之事？"金红虽料定有诈，打了几下问不出道理，也就拉倒。由此把姜氏恨到极点，只是无奈她何。好容易第三年上，姜氏与何憬行猎相遇，互相爱好，时常背人往后山相会。被金红发觉，刚想设计破坏，报复前怨。不等发作，姜氏得信，告知何璟，暗禀乃母，托出人来求亲。两家门当户对，姜继尚本来见过何璟，深喜他少年英俊，一说便允。金红害人未成，反倒促成姜氏嫁了个好夫婿，表面上还得为她尽情尽礼，细心安排嫁妆，真叫有苦说不出。因姜氏嫁得好，自己只此一子，终日筹思，想给爱子讨一房才貌双全、武艺超群的媳妇，便和丈夫絮聒，托人物色。姜继尚总说："儿子年轻，文武两门都来不得。平常的你不愿意，真有好的，人家看不上这无用女婿。我们也没法向人张口。再说年纪也轻，无须忙这一时。讨亲太早，每日恋着老婆，更无心用功向上了。最好先把你儿子管好，或文或武，只有一门来得，我便舍脸求人也值。"

金红见丈夫百事都肯听从，惟对爱子一点都不通融，决计自己暗中物色。无奈六指飞侠姜继尚退隐以来，除了有限两个老朋友隔一半年一聚外，久已不与外人来往，山中居民，除了姜、何二家的亲戚，便是佣人佃工，共总一二百户人家，哪里找这样好的女子？金红挑选既苛，又因自己娘、婆二家俱是江湖上有名人物，以武为重。丈夫以前仇人甚多，爱子本领不济，为了异日免受仇家凌欺，更非有一个武艺高强的儿媳不能相助爱子支持门户。自己又不能独自出门寻访，终日为此悬念。上下人等全都托到，连个回信都无。偏生姜氏嫁后，上得翁姑欢心，下得丈夫敬爱，百事随心，每回娘家一提到婆家便得意洋洋神气。越想越气不忿，正打不起主意。也是活该出事。小妹到前一天，正是姜氏生日，何异请姜继尚夫妻吃早面。金红不愿意去看姜氏狂态，叫姜继尚先往，到时装着心疼病发，命人辞谢。姜继尚知她心意，午饭后回家再三劝说："女儿过门头一个生日，你门都不登，亲家面子不好看相，无论如何也该勉强应酬一下。亲家今晚好似有事，没留我吃夜饭，女客无关，最好傍晚前往，就说病好赶去，圆一圆面子，免人说你母女不和。"金红、刘氏两亲家母尚还投缘，心想何家来往尽是江湖名流，亲家母也是行家，怎忘了托托她去？便即依言前往。刘氏人甚和善，姜氏虽和金红心里暗斗，当着人前却会做乖面子，有说有笑，假亲热。金红家中人少，没有何家热闹，谈高了兴，主人再一挽留，竟没舍走。

饭后何璟进来取何异许久未用的软兵器。金红觉着奇怪，便问："亲家有何急事，深夜外出？还携兵刃？"姜氏素来口快，便把小妹来约之事说了一个大概。除了小妹真实姓名来历，因何异知道事关重大没向何憬明说，姜氏只知是公公故人之女，没有说出外，至于小妹如何孝母，如何长得美貌，本领又是如何高明，俱都加个渲染，活似亲见一般。姜氏原是酒后高兴用作谈资，无心之言，金红却一句一句都打入了心坎。心想：这样好女子哪里找去？女家是亲家公世交至好，家又寒苦，凭自己的身家名望，还不一说就成？真再凑巧没有。本想当时就托刘氏做媒，**可怜天下父母心**。事成不但不要女家陪奁，情愿把亲家母请至家中与乃女同居，送终养老。因有姜氏在侧，既托刘氏，不能不带托她两句，又恐从中破坏。以为此事何异一言九鼎，决计暂时不提，回去和丈夫商定，明日一早由丈夫突然出面，托何异求亲。只一点头，何异说话决不反悔，姜氏想要破坏也来不及了。

　　盘算定后，天已不早，告辞回去，到家和姜继尚一说。姜继尚虽不喜儿子早婚，一听小妹如此贤孝多能，又是大家式微，幼遭孤露，备尝艰苦，也活了心。再说爱妻一阵苦磨，非要他出面做成此事不肯甘休。想了想，笑答道："你不必多话。这样好的女家我自然愿意，不过何亲家的好朋友，差不多我都知道，只有一个姓朱的奇人，身死多年，但是此人死后并未留有子女。余下几个有本领的，虽然年老，都还健在，不但没听说有姓江的，近五十年中，江湖上有名人物全数得出，并无此姓，你们却说此女本领由于家传。其中多少总有一点原因，不是假姓，便是此女先人与何家无甚深交，也非什么了不得的人物。女儿过甚其词。她既求亲家帮忙，早晚必常来往，好歹也看上两眼再说。人还一面未见，这样心急作什？你恨不能给儿子娶个仙女。似这样捡个封皮便当信用，要是所说悬虚，将来不又后悔么？"金红因刘氏也说小妹美而且贤，决无虚假。又因姜氏非常仰慕小妹，曾说早晚和她结为密友，此时错过时机，等她二人一亲近，姜氏素看不起爱子，又有仇隙，这段婚姻必吃她破坏。说什么立竿见影，非逼丈夫明早去说不可。

　　姜继尚也实愿意成功，当即允诺。次日一早，往寻何异商托。何异对于姜继尚以前并无深交，只由两家同隐山中，相距不远，由近邻偶然来往。儿女互相爱好，姜氏也还美貌多才，方始结为新亲，如论性情习尚，俱不相同。尤其何异文武皆通，晚年退隐，更耽风雅，总嫌姜继尚未脱江湖习气，心中看他不起。姜继尚也嫌何异终日茗碗壶觞，泉石啸傲，喜欢结纳文人，带着几分酸气，不是英雄本色。不过一个性情和善，极有涵养，一个粗野简率，胸无城府，恰好刚柔相济，再各看在儿女分上，两下虽不长日相聚往来，却也无什恶感。这时何异一听姜继尚要为他儿子提亲，觉他夫妻这个想入非非，凭小妹这样身世人才，怎会嫁到他家？无奈姜继尚话颇近情，什么都替女家想到，小妹真情来历又不能告诉他听，怎好径直拒却？心想老姜人虽粗野，总在江湖上跑了多年，难道还点他不透？始而故意沉吟，做出为难之状，继而闪烁其词暗示：小妹大仇在身，行藏隐秘，来路不明。休说人家十年薪胆，日以亲仇为念，婚嫁一层决谈不到，即便能娶了来，未必是福，弄巧还许是个祸水。以亲家的名头和富有，令郎又是少年英俊，要娶一门好亲，哪里会寻不到？既承大托，自当留心物色，早晚必有报命，何必非此不可？

谁知姜继尚是实心眼，**傻实在**。话已出口便难更改，昨晚已然盘算一过，在爱妻面前承担下来，碰了回去怎好交代？便笑答道："我这人痛快，亲家所说这些话我都想到。昨晚我屋里和我说时，就料亲家一些好朋友，虽不会都认识，也有耳闻，再说江湖上有名人物也没有这姓江的，其中必有隐情。无奈我屋里听说她贤孝，才貌双全，非叫我来托亲家做媒不可。我又想到此女再有许多隐情，却都难我不倒。凭我为人，亲家自然知道，看她情景，不过有个极厉害的大仇人，父仇未报，所以不愿嫁人。这一层只她答应亲事，是我家人，她的仇敌，也和我的仇敌一样，无论有何为难，我夫妻父子三人必助她成功，岂不还靠住些？第二层，她还有位老娘，惟恐无人奉养，这更寻常。女婿本算半个儿子，我家多这一位亲家老太太，无论怎样好待承，吃穿用度，自问也还养得起。此外除了她是公主皇亲，嫌我门户不当配她不上而外，还有什么说的？"

何异闻言心中好笑，暗忖：此女如论出身，比你所说也正相仿，这还不说。就论你儿，人品本领，哪一样也配她不上。你想得倒好，口气如此坚决，婉言相劝还是不行。小妹日后要常来往，老姜尚可，冉金红自来任性，老姜又管她不了。此时一推托，保不闹出笑话，彼此都有不便；转不如直截了当将他妄想止住，碰个整钉子，还免却许多麻烦。便笑答道："男婚女嫁，事本寻常，不过难言之隐甚多，我也不便明说。你我至亲，亲家既来托我，空言搪塞实是不对，我只能说此女目前决谈不到'婚嫁'两字。请转告亲家母，如要小弟为媒，代令郎物色佳偶，一年之内必能寻到。如想此女嫁给令郎，休说本人不愿，便小弟也无法和她开口。此中详情，日后自知，暂难奉告。事情与我无干，如其能成，我不过说几句话，何乐不为？实在难办，只好敬请贤夫妇多多原谅罢了。真要不信，昨晚巧遇七指神偷葛兄，约同到此盘桓饮酒。此女借我地方做菜与他接风，今日必来，可请亲家母命令爱一探口风，便知小弟不是推托了。"

姜继尚闻言已自不快，又听葛鹰在此，加上一惊，何异言已坚决，不便再说下去，只得讪讪地起身告辞。何异也未挽留，径自送了出去，何家菜肴精美，金红知道丈夫每去必留午饭，以为归来尚早，一心盼着好音，及见丈夫去不多时便自气忿忿的回转，与往日一进门必夸亲家菜好大不相同，好生奇怪。未及发问，姜继尚就迎头埋怨道："我说如何？都是你心急！明放着女儿在他家，自己又不是不能去，等把人看过，探出口风，再找老何做媒多好！你偏不信，累我吃碰，这是何苦？"金红急问："老何怎说？"姜继尚素好面子，因昔年与七指神偷相遇，不是有人解围，几乎把一世英名扫个干净，心里始终忌着他，对金红也曾提过，知道爱妻性情偏执，亲未提成，正气头上，如说出来，必吃挖苦两句，只将何异答话说了。只隐葛鹰现在何家下榻，与小妹也是相识一节。**留一伏笔。**

金红闻言，以为姜氏素来奸巧，又得翁姑丈夫宠爱，必是昨夜看出自己心意，知道要托何家为媒，暗中破坏，否则自己因是想说一房好儿媳妇，惟恐不成，如照女家目前情景，遇见这样好的男家，百依百随，什么都代想到，哪里还有地方找去？只要有人一说，焉有不允之理？老何和女家人还未见，便代做主坚拒，不是有人先下烂药，怎会如此？只不答应，偏又糊里糊涂，说不出个理来，真个可恶已极！越想越恨，因丈夫偏袒女儿，说出也是不信，徒找烦恼，一赌气，连何异也恨上。心想：你们如此可恶，我定将此女娶给你们看。事如不成，决不甘休！当时也未向丈夫答言，**赌气、执拗，不计后果，其极致当属老虎园中下车的那位女司机。虽有古今之别，其理一也。**只冷笑了两声，在暗中盘算如何下手不提。

小妹一听姜氏说出金红为子求亲之事，不禁又好气又好笑。心想：身为女子，便有许多烦恼，昔日如非为了金家狗子逼婚不允，半瓢义父何致惨遭毒手？不料到此不久，又有同样的事发生，真个可气！这冉金红连我人也未见一面，便即力托何家做媒，可知也是冒失鬼呢。听世嫂口气，何世叔并未将我身世来历吐露，否则姜家也不会有此一说。世叔既代坚拒，他两家儿女至亲，料不致和金贼夫妻一样生出枝节。当时只淡淡地顺姜氏口气敷衍两句，没怎表示。

姜氏心热口快，见小妹不以为意，便道："我知世妹巾帼英雄，无论怎样也不会允许这头亲事，所以阿爹一声不问就代回覆了。可是我这位晚娘是怪脾气，要做什事，非成不肯甘休。我那亲爷却又宠她，不识相起来什事都做得出。她在阿爹前碰了钉子，不会再跟阿娘来说，背着我们，难保不出花样。世妹好好要当心呢！"小妹微笑道："这太奇怪了。休说小妹今生不会嫁人，就便嫁人，婚姻的事要两厢情愿，哪有强逼之理？人家不允，难道还强抢不成？实不相瞒，这类事小妹已然遇过，实比这厉害。要是真不讲理，那又好办了。"姜氏知小妹本领高强，话已说明，必要提防，也就不再说起。一会儿何憬来说："葛鹰酒兴勃发，现时便想入席，先吃起酒，好早点尽兴，免得世妹回去太晚，伯母悬念。

父母吩咐进来，告诉世妹，等吃过一半出去，见他时话要少说。他并不知世妹底细。此老机智多谋，莫被他看出破绽，心思便白用了。"小妹原急于赶回和兄弟相聚，并等陶元曜取那宝石，闻言正合心意。双方把对答的话商量了一阵，何憬自去。好在菜做好，小妹也去看过，知道菜名做法，只准备葛鹰问时能够回答即可，无须再往厨房中去，仍在上房谈笑守候，又吃了些点心。挨到傍晚，何异着人来唤，出去与葛鹰相见，姜氏亲送出去。

　　小妹见何家庭园俱是依山傍水而成，精雅之中，别有一种山林逸趣。晚来各房舍中灯光荧荧，高低错落，映耀明灭于林樾泉石之间。仰视空中，夕阳甫收，残霞欲暗，大半轮明月沾附左右侧峰角上，若沉若浮，待要离峰而起。天际明星，也在三三五五相继出现，不时有二三孤禽，在星月光下飞鸣而过。晚风阵阵，吹袂生凉，顿觉襟怀清旷，烦虑不生。**随处点缀景物描写，不落浮泛，是还珠一大本领。**方和姜氏指点夸好，忽听姜氏说道："到了前面短墙，你由月亮门走出去，往左一转走上土坡，有一排四间竹楼，客人便在里面。我在墙里面假山亭子里等你。竹楼窗户大开，你们吃酒我都看得见，你说好么？"小妹道："世嫂还没吃晚饭，请回去吧。"姜氏道："你不用管。我因送你，已叫陪房丫头阿桂去拿杯箸，告诉厨房拨点酒菜，就在这亭子里吃，隔远陪你呢。"小妹见她如此情长，也颇感动，笑道："世嫂待我真好。可惜今晚实有要事，少时席终即走，恐世姊那里都不及面辞，未能作那长夜之谈，只好改日再来拜望了。"姜氏将嘴一撇，笑道："你刚才不是和阿娘说过，席散不回头就走么？说过算数，为什么还不放心，说我牵住你不放么？"小妹道："我是说不得已才走，世嫂又多心了。"姜氏道："我气气你哩！快些去吧。明日你不要来，我还去拜见伯母，带接你哩。"说时，二人已行抵假山之下。小妹便向姜氏说了"再会"，匆匆走出月亮门。刚往左转，便见坡上跑下一个小童，说道："江小姐，快请进去吧，饭菜都上了。"

　　小妹忙随小童上坡，见满地菊花，迎面一所楼房，连瓦带椽，通体皆是竹制。还未进门，便听葛鹰在楼上短着一个舌头粗声怪叫道："菜都被我吃光！主人还没到，把这一碗鸭子留给她吧。"那竹楼用海碗粗大毛竹为柱，凌空而建，当中设着楼梯，小妹忙即拾级而上。主客俱在靠右一间突出的楼亭以内纵谈豪饮。葛鹰坐在上首，舌头已然发短，两只鹞眼酒醉以后满布红丝，**写醉态可掬。也是伏笔。**衬着那对又突又亮的眼珠，越显威严。看见小妹进屋，将手中大杯往桌上一放，嘻着一张丑嘴笑道："江姑娘忙了一天，快来吃杯酒吧。"小妹连忙走进，向葛、何二人分别行礼，将酒斟满，随同落座。葛鹰笑道："我老头子虽然嘴馋，轻易也不肯扰人。今天这顿酒饭吃得太舒服了！你能孝母，我已喜欢，还做得这好的菜，有的我连菜名都叫不上来，真太好了！"小妹红着一张脸谦谢道：**不惯说谎。**"老前辈太夸奖了。我不过会做几样家常粗菜，好些都是跟何家世姊世嫂新学来的。老前辈如觉对口，改日再做一回奉请吧。"

葛鹰把那双和蒲扇差不多的七指大毛手不住乱摇道："来不得，来不得！常言受人点水之恩，须当涌泉之报。你不比老何，他的钱财来得不明，我吃他多少都不见情。你哪怕没用什么钱，只跑跑路出出力，都值得多。酒虽说是老何家的，这许多碗汤汤水水能变多少点水！菜还不在其内。一回已够我老头子受的，你还要亲手来做二回，这个情实还不起。你在何家学会的菜，留着去请别人吧。"小妹只当醉话，**锣鼓听声，说话听音。此老乃成精之人。**免不了谦谢几句。何异听出他话里有因，似乎知道小妹请客只是承名，但忖口气却好，知道将来对小妹必有许多照应，心中暗喜，便也不再思索。葛鹰又指新上的蒸鸭对小妹道："你吃鸭子。"说罢便自伏桌睡去。何异朝小妹使个眼色，暗示今日之聚甚为圆满，随劝小妹用酒。小妹辞不会饮，刚端起一碗饭要吃，葛鹰忽又抬头，醉眼朦胧的说道："你早点吃完，回去看娘也好。但这鸭头，你恐吃它不消，我替你吃了吧。"说罢使筷一夹，将鸭头夹断，整个放入口中一阵乱嚼，连脑带眼一齐吃下，吐出许多碎骨，也不管油污，*有趣。《射雕英雄传》，黄蓉烹饪请洪七公，思路受此启发。笔墨各有千秋。*双手往桌上一搭，重又扶桌睡去。

何异早已吃完。小妹匆匆吃了半碗，洗漱之后，和何异打手势，问是可否告辞。何异低声说道：**精明如何异，竟被此老瞒过！**"葛老前辈已醉，你自回家。等醒时，我代你说吧。"小妹方欲答话，忽又听葛鹰说醉话道："天黑路远，燕儿会飞，莫要忘了燕脚。"底下的话便迷糊不清，也不知说些什么。小妹归心似箭，立起说了几句转致葛鹰原谅的套话，便即起身。何异也没听出葛鹰语意，亲身送到楼下悄告小妹说："此人于你用处甚大，黑摩勒又在他门下。看今日神气甚好，归告令堂，说我数日之后，葛鹰一走，即去请安，并与虞氏兄弟相聚。见着陶世伯，代我致候，异日必去黄山拜望。老葛今天先后吃了两大坛陈酒。我那酒量比他少吃两倍，都几乎醉了。此时酒性逐渐发作，定然大醉无疑，昨晚未睡，恰可安歇。你无庸再到里面，各自走吧。如骑原马，走过桥去，有人在彼相候。否则明早我仍令人送往虞家好了。"小妹说，"骑马不如步行迅速，恐陶世伯到来，须要早去，仍由世叔明早命人送还吧。"说罢重又礼别，由小童领路走出月亮门，回顾假山亭内，姜氏不在，方以为回转上房。刚往外走，忽听路侧有一女子呼唤："锄烟！客由我送，你回去吧。"定睛一看，路侧桂花树下闪出一个急装女子，正是姜氏。笑问："嫂嫂，怎这客气？"姜氏笑道："不是我客气，怕你路上不大好走呢。"小妹忙着回家，知道姜氏性情直拗，看她打扮是准备远送一程，定拦不住。山径不熟，有人引路也好。闻言当是笑谈，未做理会。小童锄烟自去，小妹便与姜氏同行。有人领导，径由屋旁菜圃中走出，几个转折，便即过桥出村。小妹笑道："还是世嫂送我要快得多。世叔花园地方真大，布置得又那么好法。天已不早，请世嫂指点抄近的路，请自回吧。免得回去晚了，世婶世哥悬念。"姜氏笑道："我又不是三岁两岁，要人悬念作什？安心送客，须到地头。实不相瞒，你的武功我已心服。但有一层，我因从小生长山中，我母家后园紧靠着本山险要地方，从小我便在上面扒上跳下，自信脚程也还将就。我想妹妹轻功一定满好，我没试过终不算数，今晚借着送你，还要试上一试，索性都输给你，也好让我佩服到底。到了分手地头，你叫我送我也不肯。自家妹妹不必客气，你就拿出来吧。"

小妹劝姜氏回去，本为一人可以加急速行，不知姜氏含有深意，当她真个想和自己比赛脚程，暗忖：这位世嫂真个有趣，明明比我不过，还要不知进退。按照客礼本应相让，不应屡占上风，无如归心忒急，也就说不得了。想了想笑答道："小妹虽然练过轻功，以前终日江边打鱼，实练得少，未必比得上世嫂。好在世嫂对我甚好，处处都能原谅，我又回家心急，且陪着世嫂试一试吧。"说罢，问明去途，脚底加劲，各道一"请"，双双飞步往前驰去。

小妹犹存客气，不肯使姜氏一上来便落了后；加以所行不是原路，与其等她追到再问，何如稍慢一些，给她留点面子。初上路并未尽力施展，及见姜氏脚程果然迅速，走得飞快，暗自吃惊，忙即加速飞驰。起初二人或先或后，两下相差至多不过十丈以内，后来小妹见姜氏路熟行速，也恐落后，一见前面只一条路，无什转折，不致走错，便把全身本领施展出来，不消顿饭光景，便抢先了一里多地。这时小妹之处左有崇山右有峻岭，月光恰被峰头挡住，**一个"恰"字，所谓无巧不成书也**。阴阴暗地，回顾不见人影，以为姜氏落后不会很远，依然加急前驰，打算跑到有月光处再把脚步放慢。谁知中间应该穿行一片野草地，越过一条横岭方是出山正路，无巧不巧，二人偏在此时分隔。姜氏在后面，料她到此必然走错，又不便喊，也是着急。

小妹只管顺着山径曲折向前行走，刚把那片阴暗地走完，地下有了月光，只见松影横斜，清阴在地，两边山峦仿佛蒙了一层白霜，矗立于月光之下。到处松杉稷稷，发为清韵，四山秋虫卿卿，鸣和如潮。碧绿的天空，只有几簇白云缓缓移动，云边映月都成彩晕，方觉夜色幽清，佳景难得。**果然"佳景"**。左侧山麓，忽然闪出数十点灯光，似有人家庄舍在彼。暗忖：闻说此山只有何、姜两家庄舍，看这气派，房舍不少，难道那是姜家不成？心才动念，忽然两条人影，由右面脊岭上疾驰而下，相隔五六丈倏地停住，交头接耳说了两句。一个立住不动，一个仍由斜刺里飞驰下来，恰当小妹去路。两下跑得正急，山径又仄，几乎撞个满怀。小妹身灵眼快，一照面便看出是个中年妇人，当是人家夫妻夜游经此，无意相遇，仗着身法轻灵，身子微侧，刚让过去。来人也自立定，唤道："江家小姐，请留贵步。前面不远便是我家，同往一谈如何？"小妹听那妇人邀往家中谈话，穿着又似富家，猛想起姜氏所说之事，忽然省悟。心想：彼此如通名姓，因亲及亲，有何家面子，反倒难说，莫如装作不知，一上来便给她硬碰回去，还省麻烦。随把脸一绷道："我和你素不相识，有什话说，况且此时有要紧事急于赶回，也没工夫和人说什闲话。对不住，我要走了！"那妇人闻言忙道："江小姐不要怪我冒失，说出来你就明白了，我们不是外人。"说时见小妹仍然不理要走，一着急，伸手便拉。

小妹已料定她是冉金红无疑，忙把手一甩道："我是路过，这里没有亲友。你不要错认了人，闹得无趣。"冉金红还当小妹不知她是谁，连吃抢白，仍就前赶，拦路说道："江小姐不要忙，听我说完，再走不迟。我姓姜，是何家的儿女亲家。因慕江小姐的才貌贤孝，知道今晚要赶回去，前山乃是必由之路，特地赶往相候。不知哪个坏人从中破坏，深怕我和你亲近，明明前山路好走，却教你抄小路。明是想躲开我们，不想我早料到，分出一人在山头上盼望，反正两条路总有一条要过。我家明是住在山后，其实只隔一条高山，等人最是方便。适才我正等得心焦，有人看见月亮底下远远跑来一人，和我打招呼，连忙赶来，果然不错。你的轻功真好，差一点没被跑掉。如今话已说明，可知我不是外人。快请到我家去，我还有几句心腹话要对你谈哩。"

小妹先因姜氏领路改道，致与金红相遇，她又落后未到，还在有点疑心她存心捉弄。闻言才知姜氏是早见及此，特意使己避开，不料仍旧遇上。见金红拦路堵截，絮絮叨叨纠缠不休，好生不快，不等说完便变脸答道："休说我在何家没听说起过你。就算你是何家亲戚，怎不到何家去与我相见？似这样半夜三更拦路拉扯，还说差一点被我跑脱。我又不该不欠，像什么话！我和你素昧平生，谈不到说心腹话。我去你家也须凭我愿意，再者我有急事回家，也无工夫与人闲谈，各自请吧。"说罢一闪身，夺路要走。

金红一听口气不善，想起避道行径，分明胸有成见，早已受人蛊惑，对己厌恶。人家连亲戚友情一概不认，话怎说得进去？再看小妹，本领不说，单那人品，竟比耳闻还强得多，月光底下看去，真和天仙一般美丽，如何舍得放过？偏自己被人问住，说不出一点理来，又恨又急，又气又爱，不禁恼羞成怒，也把身子纵向前面，双手把路一拦，忍着忿恨对小妹道："江小姐，你当真听人一面之词，定要给我难堪，不留一点情面么？"小妹见她如此强蛮，没好气答道："你说的话叫人全不明白。我和你风马牛两不相干，无缘无故，有什一面之词可听？有什么情面可讲？半夜三更拦路缠夹不清，真个笑话！"金红闻言，立即变脸怒道："我留你少停，说几句话再走，全是彼此为好。你偏上了人当，狗咬吕洞宾，不知好歹。乖乖跟我到家商量一桩事，只容我把话说完，愿与不愿随你自家的便。否则你叫我这样坍台，我就不客气了！"小妹也自怒道："真不讲理也倒好哩。你不客气，又当如何？"金红笑道："实不相瞒，我听人说你能干标致，只为父仇在身不肯嫁人。一时可怜，想起我儿与你年貌相当，要娶你做个媳妇。休说我丈夫六指飞侠姜继尚天下闻名，便我冉金红的鸭嘴软鞭和三支燕尾梭，也没遇见几个敌手。只你答应亲事，不但我夫妻帮你大报父仇，还把你老娘请到我家养老，终身受用。你如不知好歹，我便亲自把你抱了回去。"底下话说没完，小妹已气得手抖，怒喝道："你这泼妇，还要乱说什么！小姐有事在身，不与你一般见识，改日相遇，再要你的好看！"说罢，将身一纵，便由金红肩侧飞跃出去，飞步待走。

小妹原是急于回家，又因金红是何家至戚，宁甘忍气让退，不与硬争。谁知金红固执成见，看中小妹，非娶来做儿媳不可，自信本领不弱，哪里能容小妹走去？一面高喊："江小姐不要走！"一面早将多年随身不离的看家兵器鸭嘴软鞭由腰间解下，纵身追去。小妹听她追来，暗忖："这泼妇横不讲理，今夜如不叫她死心，早晚仍免不了纠缠，就此跑去也太示弱。"一眼瞥见路旁疏林以内地颇平旷，忙即纵进，喝道："你苦缠不歇，当我怕你不成？"金红笑道："江小姐，并非我缠夹不清，实在看你人太好了。既不愿随我回家，如有兵器，可取出来，免得说我当长辈的欺你。"小妹喝道："好不要脸的泼妇！你配做谁长辈，凭我一双空手，也能教训你一顿好的。有本领施展出来好了。"

　　金红毕竟行家，一见面便看出小妹身法得过高明传授。心想：此女定是听了对头谗言，早知我的心事，今晚事已闹翻，只得硬做，休说胜她不了做人不来，便吃溜脱，明日被那贱人知道，也是一场莫大笑话。自家多年不曾和人交手，一个不巧立时丢人，全身本领只凭这条软鞭，离了它怎能成功？她既嘴狂，乐得承受，反正能胜不能败，且先擒回家中再说。只一成了我家的人便无所谓了。心里打着如意算盘，表面却故意巧笑道："听说江小姐武艺高强，遇敌不用兵器，专以空手赢人。我且领教一回，看是如何？"小妹急于打发走了回家，闻言懒得答理，身子往后略退，丁字步立定，双手一分，左掌齐胸平托，右掌斜立，使一个"托钵渡江"之势，双目觑准敌人，静候进攻。金红见她动作轻灵，娉娉婷婷立在当地，山风吹动，襟袖飘飘，**我见犹怜**。越显得丰神明严，绝世出尘，把爱和恨都到了极处，巴不得一鞭将她撩倒，抱了就往回走，口说："江小姐，这是你自己说的，不要输了赖口。"说罢，一抖手中软鞭，便向小妹胸前点去。

　　小妹先颇欺敌，及见敌人软鞭长达七尺，一出手竟和笔也似直，才知不是庸手，立起戒心，不敢伸手硬夺，假作往右一闪，脚底暗中加劲准备。等那鞭头鸭嘴让过，倏地舍鞭扑人，朝前纵去，照准金红右肩就是一掌。原来金红这条软鞭出自家传，练得刚柔如意，神出鬼没。这头一下看是虚招，中藏不少变化，敌人如被点中固是受伤，如若闪避，头鞭穿空，过了腰身立即拐弯，只一缠上，十有九跌倒被擒。小妹如非临机变计，几乎上来就受挫折。金红见小妹往右闪，心还暗笑："你虽刁滑，欺我软兵器反手无力，怎知此鞭神妙？"念头微动，同时手中鞭已用抖劲向横里缠去，刚待张口道："着！"不料小妹捷如飞鸟，拔地飞来，急风过处，人影已在当头。金红自思必胜，力全用在鞭上，急收不转，小妹又自反手方飞来，难于抵御，不禁大惊，忙即纵避，已自无及，肩头早被小妹一掌打中，尚幸应变得快。卸了点劲，否则这一掌其力甚大，不倒也必受伤。就这样倒纵出去，身子还晃了一晃才得立定。当时羞恼急怒，大喝："不识抬举的小鬼丫头，叫你知道老娘厉害！"随骂随将手中长鞭舞动，龙飞蛇掣一般向前打去。小妹因何家世交，行踪又复隐秘，兵器无用，不需携带，虽有暗器随身，毕竟想到金红是何家亲戚，不能不留情面，未便施展，虽然本领高强，无奈软鞭这类长兵器，赤手空拳最是难破。金红本来家传绝艺，又横了心，一条鞭使得风雨不透。小妹全仗身轻腿快，纵跃闪避，虽未打中，却是吃力异常。

金红见小妹矫健滑溜，久战不胜，中间又被打中两掌，一时情急心狠，竟将身藏燕尾梭取出。那梭乃冉家秘制，其形扁薄，长只两寸，头狭尾宽，后有两须，形如燕尾，分两极轻，十三片为一套，不用时做一叠放在皮套内。可以联翩同发，伤人不重，只是梭尖上有两个小孔，中藏毒粉，只一见血，立时毒性发作，不出十步以内必要昏迷倒地，仍须本门解药始能救转。冉氏父女仗以成名。金红手法之准更胜乃父，昔年外号又叫十三燕，便由此得来。因是小巧灵便，自幼带惯，从不去身，平日软鞭束腰，梭囊便附右边带上，成了装饰，当晚恰好用上。满拟小妹本领任怎高强，这一发十三燕尾梭也难闪躲。不过心爱小妹，还想她做儿媳，不愿伤她面部，只想在腿臂等处打中一下，等人一迷倒便由爱子抱回解救，**整个一"王老虎抢亲"**。醒过后再用甘言逼她允婚，梭取到手，忙喊："我儿快来！"一面扬梭待发。不料手才一扬，猛听对面有人怪声怪气的喝道："我家有个丑丫头，找不着小老公，恰好你正找媳妇。你那乖儿子已被我抢回去，准备做姑爷了。"**《鹿鼎记》韦小宝戏弄郑克塽，全偷意于此。**

说时迟，那时快！金红手中梭已然发出三片，那发话人也声随人到，落在当场，手伸处全部接去。小妹一听声音，便知来者正是葛鹰，好生惊喜。这时葛鹰衣衫不整，步履歪斜，说话本就粗声怪气，酒后再短着一个舌头，一身都是醉态。尤其是脸上还戴着一副黑面具，头大面具小，也不知怎么结束的，脸只遮住口鼻等处，露出一头乱发和两只灼灼有光的鹗眼，身相端的又丑又怪。金红倒被他吓了一大跳，知非善与，话未听清，小妹又未与来人招呼，摸不准是何来路，忙即住手。方要答话，葛鹰已指小妹道："你这女娃儿是什么人家的？半夜三更出来和人相打。鸭子头是好吃的么，我招了姑爷，你要在此地耽搁我和亲家母讲亲事，我便对你不客气。还不快走！"小妹一听口气，料他隐迹来此解围，不愿对方知底，立即顺风收帆道："是她瞎缠不清，谁愿和她动手？老伯伯既要和她攀亲，**聪明人，一点即透**。我走了。"说罢将身一跃，便向林外纵去。

金红一见发了急，忙喝："小鬼丫头往哪里走？"待要追去。葛鹰只一闪身便拦在前面，笑道："亲家母追她作什？趁此无人，我两家头商量亲事吧。"金红又急又怒，大喝："你这醉鬼，如何来此捣乱！难道你就不知六指飞侠姜继尚、十三燕冉金红夫妻两人的厉害么？"葛鹰还未答言，旁边树后又有一小孩口音哈哈笑道：**黑摩勒再一到场，喜感更强。**"你夫妻四只手，才比人多出一个指头，就要吹牛气，拦路抢亲，那一只手要生出七八个指头的老人家，不是人也吃得了么？你那宝贝儿子，什个好物事！也只有我师父看他得中。要照我看，只配给人家倒倒马桶，什人要他？"还要往下说时，葛鹰喝道："亲家母问我话，还没回答呢，要你小鬼多开口！”

金红闻言，才想起适才叫儿子暗中相亲，后来曾见他掩进林来藏身左侧树后偷看，怎喊他不见答应；这醉鬼行藏诡秘，看身手着实是个会家，所说虽像醉话，多有骨子，莫非我儿真个吃了他亏不成？想到这里好生惶急，不禁把追小妹的心思全都打掉，忙喝：“你这醉鬼说话颠三倒四，到底你叫什名字？因何来此笑闹？”葛鹰笑道：“我虽喜欢吃两盅，人满明白，不似你糊涂心肠。不是对你说过，因我朋友屋里有个丫头，本事着实比你儿子强得多，长得丑点。适才由此路过，见你正在强讨亲，你说得天花乱坠，人家偏不情愿，我想你那儿子和那丫头，一个夯一个丑，两家头刚好扯直。你这样着急讨媳妇，《鹿鼎记》如出一辙。对这自送上门来的大媒一定情愿。不过那丫头从小没娘，我朋友一向拿她当女儿看待，年纪虽有三十多岁，早就该出阁，但她心高气大，差一点人还看不上眼，再说女儿家要到男家来相亲，也失点身份，因此我叫徒弟把你儿子抱走，明早赶到南京给那丫头看看。怕你老夹缠别人，多费气力，特意告诉一声。话虽这样，你先不必高兴，女家看你儿子没出息，还不定情愿不情愿呢！情愿更好，要是不情愿的话，包退回人，请你放心。再会吧！”说罢便要转身。

金红原因看出来人不是好相与，打算问出来历再行相机应付，一听儿子竟真被人劫走，难怪没有应声，这一急真非同小可！来时丈夫说：“这样行径有伤体面，一个不成，传出去是笑话。”再三拦阻。负气同了儿子出来埋伏堵截，不料会遇上这类逆事，想不叫知道也不行了。当时急怒攻心，一撮口，先是一声极尖长的口哨，一面怒喝：“醉鬼休走，还我人来！”话随身起，抢上前拦腰就是一鞭。因觉强敌当前，特把实招虚用，等敌人纵避才将绝招使出，同时再发手中燕尾梭，自料绝无败理。谁知葛鹰好似醉后疏神并未躲闪。金红见鞭已打中，越认为必胜，使足力量，右手一抖，以为这下敌人势非倒地不可，谁知竟是纹丝不动，心中一慌，赶忙手一缓劲将鞭掣转，脚底一点劲退纵出去，落地时又将右手燕尾梭似雪片一般朝葛鹰打去。

　　葛鹰立在当地并未追赶，见梭飞到，将手往前一探，接连撮了十来下，一片呛呛微响过处，全被接去，哈哈笑道："你为什么这样心急？人家不一定愿意不愿意，你就要我把定礼带了去么？有心还你一样，又怕你吃不消，算了吧。"说罢回身，步履歪斜又要走去。金红知遇魔头，打了两声哨子，救兵不到，这一来没了主意。要打决非对手，想退下去，爱子尚在人手，如何能舍？急得通体汗流，心和油煎一样。眼看敌人已将走出林外，如被走脱，姓名来历全不晓得，以后何处追寻？想了想，只得老着面皮高喊道："老英雄请留一步！我有话说。"葛鹰先未答理，金红且追且喊，又喊了几声。快要追上，葛鹰才回头答问道："你喊我作什，莫非你嫌那定礼太轻，想换一样带去么？"金红强耐着心气，赔笑答道："老英雄不要取笑，适才恕我眼生，多有冒犯。到底你老人家贵姓大名，因何与我母子为难？还望说个明白。"葛鹰笑道："有什不明白？刚才不都说过了么？亲事说成，少不得明媒正娶，此时问我姓名，难道怕我把你儿子拐走了么？"

　　金红见他只是一味诙谐，又不述说姓名，忍不住发急道："我夫妻隐居多年，自问与你无仇无怨。就照你所说，是真给我儿子做媒，也须两厢情愿。这样硬做，将人抢去，是什么道理？"葛鹰哈哈笑道："这还不是跟你学的么？你说我硬做，那么刚才你为什么拦住人家孤身女子，强说亲事呢？"金红料定敌人是小妹一面，不是适才逞强提亲，决无这场波折。被人问住，无话可答，方自发急。葛鹰道："你既不愿，也倒好说，不过儿女的事须问本人，你的儿子如若愿意，你却做主不得。"金红想不到他转口如此容易，慌不迭答道："那个自然。我儿子不愿。不信你把他叫来，当你面问。"

　　葛鹰还未开口，那小孩又在树后答话道："师父，这种绣花枕头，什人肯嫁他？刚才我才问几句，便急得要哭，大约这样大还吃奶奶呢，一刻离娘不得。你叫我带他上南京，你自家又不去，走到路上要哭起来，实在讨厌，我已放他逃走。师父就这样拉倒吧。只要现在两厢情愿，将来晒梅子酱不要紧，送上门去相亲，人家看不中再送转来，往返须两千里，何苦叫小囡坍台，罚我吃这种白累！"葛鹰喝道："小鬼这懒骨头！也不告诉一声就将人放掉，停歇再来问你。"随对金红道："你那宝贝儿子连我徒弟都看不上眼，这媒我也懒得做了。照你所说，你夫妻好像有点名气，像这种有人养无人教的儿子，要想攀亲，最好量量自己家是什么作料，不要仗势欺人。只要儿子教得好，我既管了这场闲事，早晚给你做个好媒便了。"

金红听他师徒一明一暗互相讥嘲，爱子未见，所说虚实难知；既不便过于示怯追问真假，又不敢发作，正生着闷气，暗中忧急，忽听对方又拖尾巴，将来还要做媒，又自惊心，慌不迭气忿忿答道："我儿子没出息，让他去，碍不着你们什事，这个免劳照顾。我夫妻也没什名气，不过向来敢做敢当，从不藏头露尾，鬼头鬼脑，暗放阴刀。我知你们必与江家丫头一党，才出来帮一腔。好的将姓名来历留下，便佩服你。"葛鹰笑道："你当我怕你夫妻不说么？我的姓名本不想说，就一定不说。好在我的脾气什人都晓得，什事都自己做，与人无干。今晚原想隐过，到底仍隐不住。你是自家糊涂，你刚才吹了几回哨子，为什不见一个救兵，回去问你丈夫，就晓得你宝贝儿子已然回家。这些小铁片还你，以后少用为妙。幸碰着我，要是别人，坍台更大了！"说罢，将所接燕尾梭掷向地下，转身便走。跟着便见树后纵出一条小黑影，追上前去，微闻嘲笑之声，**一笔传神**。其行如箭，转瞬没入前面黑暗影之中。

金红眼看敌人从容同行，无可奈何，生平几曾吃过这般大亏？越想越恨。呆了一会儿，猛想起儿子始终未见，丈夫也未出援，又惊又急，不顾生气，忙急往家飞跑。刚一转身，便听爱子在喊"姆妈"。定睛一看，果是爱子姜绍祖，由回路小径上如飞跑来，忙迎上前去，一把搂在怀里，问道："乖儿子你在哪里？怎喊你听不见？当真被老醉鬼捉去了么？你从家里跑来，可曾见你爹么？"绍祖闻言泪眼直转，忿然答道："姆妈，说出来真个丢人，都是我自家不肯学好用功，累得爹娘惹气，丢人吃亏。我已和阿爹说了，明早就要出门，寻好师父练本事，家主婆我也不要讨了。"**是小纨绔口气。**

金红惊问何故，绍祖拭泪一说前事。原来金红母子算计小妹当晚必归，埋伏在要路口上。后来看出小妹改道出山后，金红迎头堵截。当争斗时，绍祖隐身树后偷看小妹，美丽绝尘，正自心爱，猛觉脑后有人摸了他一下，回头一看，面前站定一个小黑人，头戴面具，甚是狰狞，身又瘦小，暗影中看去，直和庙里小鬼相似，不禁失惊，脱口要喊。那小黑人已伸手朝肋下点到，想要抵御，通体已然麻木，不能言动。小黑人便将他抱起，走不多远，有一醉人在彼等候，也戴着一副面具，说是要给绍祖做媒，明早由小黑人将他送往南京相亲，醉人随往林内走去。小黑人将他放下，去了一会儿回转，又将他拍醒，说那相亲地方太远，女貌奇丑，却有本事，问是愿去不愿。绍祖先想逃跑，无奈小黑人甚是机警，稍有动作立被点倒，白受一顿极难堪的挖苦，除了就话答话，连想呼救都难。最后无法，只得力说不愿，小黑人才将他送回家去。

走到半路，正值六指飞侠姜继尚由家跑出，人却藏在附近树林以内。不知怎的被小黑人看见，告诉绍祖："你阿爹在路旁树后，你只去寻他。如往寻娘，我依旧把你点倒带走。"说罢自去。照他所说，果遇乃父，好似又急又气，听乃母连打哨子，只气得直顿足，也不出援，见了绍祖，举手要打，叹了口气，又收回去。**写窝囊人，得其神。**绍祖最怕父亲，吓得站在一旁不敢作声。姜继尚随悄声对他说："今晚来人名叫七指神偷葛鹰，虽是何家住客，但你姻伯以前与他原无交情，此次留住必有原因。此人是我生平第一克星，决斗他不过。都是你娘不好，硬要逼那江家女子做亲，才致惹出这事。我如出援，丢人更大，只好在此干着急。"绍祖闻言，几番要往寻母，俱吃乃父阻住，想起事由己起，和适才许多羞辱，越想越愧，立志明日出门寻访名师，学成武艺以雪此忿。正和乃父述说心志，忽听乃父道："事情完了，这还是好，快见你娘去吧。"绍祖忙即赶去，果见乃母回转，母子见面。金红听完前事，才知醉鬼竟是葛鹰，也吓了一身冷汗。回去见着丈夫，自不免一场争论。

且不说绍祖明日寻师之事。再说小妹听出葛鹰语气，忙则抽身，顺着小径走不多远，忽见半山上纵落一人。先还疑是金红家中帮手，定睛一看，正是姜氏，满面俱是笑容，近前说道："妹妹你走错路了，快随我来。"随领小妹上山，越过山脊。小妹认明日间来路所经，便问："世嫂适才何往？"姜氏边走边悄声答道："我因娘家有人送信，说晚娘要拦路说亲。心想她虽不好，关系着娘、婆两家面子，日后你又要常来常往，不愿你们伤了和气。打算领你避开，明早我自和家父说去。特意叫我那一个在山前正路登高窥探，以备临时改道，亲自送你抄山后小路出去。你如走得稍慢，走到适才小山环，翻出山前，渡过一条山涧，略绕里许，便连前后两条要路全都避过。那里有峭壁遮眼，他母子虽在山脊睬望，也看不见，不就没事了么？偏你有本领，先要客气，不肯施展，后来又抢在前面。我正愁你要把路走错，你世哥忽然翻山跑来，说我家住的那位葛老先生，同了新收徒弟黑摩勒，为护送你，也相继追了下来，并还赶在你的前面，叫我夫妻回去。我终不放心，独自悄悄赶来。不想我晚娘如此不讲理，害我爹爹丢此大人，真叫人难过。当她取出燕尾梭时，我躲在一旁偷视，正替你担心，想纵出去，那位葛老先生已自出现。这事丝毫与你无干，你始终退让，她苦苦纠缠，连手都未怎还。见了家父，我自会说。你如因此不常来，却对不起我了。"

小妹耽搁了一阵，越发归心似箭，闻言随口应了，便谢姜氏，催她回去。姜氏执意不肯，直送小妹到了虞家村口，方始辞别。小妹因恐陶元曜见面不便，也没邀她到家小坐，竟自回转。到家见母，江明已早回转，陶元曜刚走不久，宝石也取出带走，行时嘱咐小妹住在虞家最好，何家也可常去，不可再行移居他处。小妹只差一脚，没有遇上，**行文有"脱卸"一法，即如此处。**好生后悔。再问江明，答说："师父事情已完，就在当夜取宝石回山。我在此也无多日耽搁。黑摩勒已然寻到，聚了半日，甚是投缘，约为异姓兄弟。他今晚往见新师七指神偷葛鹰，复命之后，明早便来登堂拜母，并见姊姊。司空师叔尚有他事，约等葛鹰师徒去后，才能约了何世叔同来。小铁猴侯绍昨日和铁扇子打了个难解难分，后来因是目光不济，眼前吃亏，幸得黑摩勒将敌人利器盗去，司空师叔再在暗中相助，将铁扇子引开，勉强算是占了上风。自觉铁扇子厉害，以后决不甘休，恐他约人寻仇，自己敌不住，有误死友之托，趁着司空师叔在此，料无什事，连夜赶往杭、嘉一带寻一好友，以备万一去了。"小妹因未见着陶元曜，好生懊丧不置。舜民在座闻得黑摩勒明日要来见江母，因听尧民说他小小年纪本领高强，直似空空、精精一流人物，好生喜欢，忙命人当时通知尧民、良夫、新民三人，一面传话厨房，准备盛筵相待。大家谈了一会儿，分别安眠。

次日江明见尧民备了酒席，惟恐黑摩勒来晚错过，自家面子不好看，一早起便赶去送信，一路飞跑，到了何家一打听，黑摩勒已然出门，料他是往虞家，不知怎的沿途未遇，忙又赶回。到家时已傍午，一问小妹，说虞尧民等俱早到来，只黑摩勒未到。江明不好意思往前厅去，急得又到门外观望，才出村口便见黑摩勒穿着一件长衫，由去方岩那一面匆匆走来。心中一喜，忙迎上去，拉住说道："你往哪里去了？今早我到白雁峰何家去寻你，说你早走，赶回你也未到。虞家舜民二哥，因听大哥尧民说你如何侠气，有本领，听你要来非常高兴，今午特备上好酒席，专为请你和我老娘，还约了尧民大哥和一个姓魏、一个姓钱的朋友作陪。如今人都齐了，静等你到吃酒。幸亏你来，不然我才丢人呢！"黑摩勒闻言喜道："虞舜民他请我么？我今早出了点事，正想去寻他呢。"江明忙问:"什么事?"黑摩勒道:"这个不忙说,先引我见了老娘,等我见过舜民之后再说。"

江明道:"前面已来催请娘和姊姊两回了。我娘因尧民大哥尚是初见,想你到先见之后,再同出去,免得当众行礼不便,还在后园等着你呢。"说时忽有虞家心腹人跑出,朝江明请安道:"江少爷,江老太太和小姐已到内花厅,叫小的来看。客人到来,不必再到后园,请到花厅入席吧。"江明笑道:"这倒省事。"便对黑摩勒道:"小哥哥,我们一同去吧。"说罢,二人并肩而入。下人早跑向前去通报。舜民因江氏母女不见外人,这次请宴,还是虞妻再三劝说:"座无外客,除长兄尧民外,魏、钱二人俱是心腹患难、通家之好,况和司空晓星、黑摩勒俱都熟识。席又设在花园前厅以内,服役都是近仆,外人不知。"小妹方始允诺。

花厅隔前门有好几层院落,黑摩勒见院进既多,房舍陈设无不华丽精美,多半初见,笑道:"虞氏兄弟,幸是预先知道他们世家大族,富而好善。如换旁人,我一定当是许多民脂民膏,不偷他两回代做点好事消灾才怪呢。"江明因各院落中多有僮仆往来伺候,恐被听去,忙悄告道:"哥哥说话当心,不要如此随便。"黑摩勒笑道:"那有何妨?你还说要学我,连说话都小气,这样如何能行?本来我就任性,新近师叔又叫我拜了这位贼伯伯做师父,你等过两年再看,脾气还要怪呢。"江明虽少历练,到底在黄山读了十年书,陶元曜又常指点晓谕外面的事,颇不以黑摩勒之言为然,悄声笑说道:"黑哥哥,话不是这样说。为人言行,须看地方事体。我们只管游戏三昧,却不可任性胡来,毫无检点。听师父说,天下能人甚多,好坏都有,过于放浪形骸,便成了故意做作,反为识者所笑。"

黑摩勒方笑他酸,未脱头巾气。花厅诸人闻报,舜民是主人,又都受人救助之德,俱都赶迎出来,分别礼见,迎接进去。江明引了黑摩勒拜见江母,并与小妹、虞妻、兰珍三人一一引见落座。黑摩勒幼遭孤寒,小小年纪学成一身惊人本领,在江湖上跑了两年，不曾遇见过敌手，越发心高志傲。因在平日喜欢拯济孤穷，无形中便把富贵中人视若刍狗。对于虞氏弟兄，虽有晓星先入之言，知是世宦中通人，富而好善，不同流俗，也不过去了厌恶，本心不怎重视，所以一进门便肆无忌惮，随心开口。谁知到了花厅，宾主相见之后，才渐渐觉出在座诸人各有各的言论风度。休说尧民弟兄举止端凝，那一派雍容闲雅的气象与众不同，便魏、钱两人那样举止安详，语言隽雅，也非寻常所遇专一咬文嚼字摇头晃脑的酸丁腐儒所能梦见。至于几位女主人，更是庄重温和，端丽娴雅，说不出一种华贵高洁的风标。回头自己，一身都是野气，由不得把来时的锋芒收敛起来。**天机、人事，须有个度。**

江明初次出世，见着外人有点口钝，又受小妹叮嘱，恐怕脱节贻笑，不多开口。黑摩勒自惭形秽，再一矜持，把一肚皮放肆话全咽了回去，反倒无话可说。还是良夫聪明机智，看出黑摩勒矜持之状，先借称谢为由，渐渐引到江湖上行径，谈风既好，见识又高，恭维又很得体，甚合黑摩勒的脾胃。几番引逗，黑摩勒大为投机，方始由拘泥难受转为兴高采烈，以往轻视文人之习也全都改去，变成衷心敬服，只管因话答话，不再似前放肆了。谈不片刻，下人来报开席，宾主随往中间席次。江母以次，男女分别落座。

虞家酒菜本极精美，黑摩勒和江明俱都爱酒，吃得甚是欢喜。席终之后，舜民又把黑摩勒邀至后园江母房中坐谈。江明问起黑摩勒来晚之事，才得知无意中引起的一场纠葛。

第十二回　胜地挥金　黑摩勒初逢异丐
开门揖盗　小铁猴再戏奸人

原来永康山水最为幽秀，山名方岩，计有五峰并峙：一名固厚，一名瀑布，一名鸡鸣，一名桃花，一名发釜，峻险高耸，大似桂林山水。更有历代先贤遗迹，名胜甚多。上有胡公庙，胡公名则，字子正，永康县人，宋端拱二年进士，历典藩郡，累官兵部尚书，为宋名臣。因他奏免衙、永丁钱，屡平冤狱，功德在民，殁后又屡着灵异，捍卫乡邑。据县志上说：宋徽宗时，方腊作乱，乡民登山避难，贼众缘大藤，将由绝涧攀升。突一大赤蛇出现，啮藤立断，援藤贼皆坠涧死。贼又将援间道攀登，夜梦神人骑白马饮涧中泉，次日水涸。贼知公显灵，皆惧，遂降逃。人民由此信奉益虔。宋绍兴中，锡爵至公位，复加圣惠永佑之溢，历数百年，奉祀不衰。现在乡民称之为胡公大帝，每年春、秋二祭，远近千百里人民朝山还愿者络绎不绝，香烛极盛。**煞有介事。虚构之文，衬以真实背景，有特殊效果。**

那岩四面壁立，宛若方城，由岩下上去，当极峻曲，只有一条道路。行至山甫腰上，山径突断。再上，垒石为蹬，势愈逼险，行数十丈，经八九转，始有两亭可供稍歇，名为百步峻。再上，架石为飞桥，有类蜀中栈道。过去两石对峙，名为峰门，入门始履平地。由上俯视，下临无地，势绝奇险，可是山顶却又平坦，广逾十顷。池水莹碧，竹树森列，置身其间，如在平野，胡公庙便在其上。

这时正当秋季庙会的末两天，远道香客还有来的，岩上下热闹异常。彼时每值开庙之期，远近各县的乞丐，成群结队纷集岩上下，向香客们乞钱，每年两次，成了定例。可是他们俱有常例地段，各不相侵，行乞时也不强追恶讨，多少给点就行，只无故得罪他们不得。黑摩勒昨日与江明会见结为弟兄以后，回到何家。何异先当葛鹰真醉，不料刚回转上房，黑摩勒恰好到来，葛鹰便带他往追小妹，事完回转。何异听锄烟入报葛鹰忽然失踪，情知有故，也赶了出来，正在房中等候。听葛鹰说了经过，不禁发笑。葛鹰又讨酒吃。

黑摩勒因听何异偶然谈起永康方岩胜迹，**由此转入黑摩勒"本传"**。意欲见江母时抽空一游，次日一早起向锄烟略问路径名迹，便往方岩跑去。刚走到岩下街，便见各民家内走出许多背着香袋的善男信女（胡庙春秋二祭，远道香客云集，近岩民家多以住房出租，改充临时旅舍，供客食宿，至今犹为常例），连同远道坐了山轿和独轮车刚赶来的香客，正在陆陆续续往方岩走去。沿途香烟店摊，饮食挑担，更是摆满一街。有那虔敬香客，更是一出门便一步一拜，五体投地，用身体量着地皮往山上拜去；装饰不一，口音各异，熙熙攘攘，形形色色，此呼彼唤，端的热闹非凡。黑摩勒看着有趣，便把脚步放慢，赶着香客行人，取道田岸，渡过溪涧，经历五峰，循山而行。到了昔年朱子读书的五峰书院前面，香客游人更多，向人乞钱的花子也不在少数。

黑摩勒性爱济贫，又见当地乞丐与别处不同，稍有打发便去，不争不闹。固然香客十九多肯施舍，间有不给的，也一回报便去，不出恶声，也无怨色。尤其是香客不问给多给少，只少数人上前讨要，除香客自愿广施、按人散与外，并不遇见好人便蜂拥齐上，**"遇见好人蜂拥齐上"，乞丐常态，足以吓跑"好人"。印度行乞者甚多，余偶动善念，瞬间被包围，当时情形相当恐怖。**不禁起了怜惜。心想看看方岩乞丐到底有多少，明日好作打算。一摸身旁，昨日司空晓星给的十两散银尚还未用，便取出来换了制钱，沿途散去。因为不便一个落空，重又回向五峰书院前散起。

开首散时，无意中会见一个断了一只手的中年乞丐，坐在院前山石上向阳扪虱，身旁摆着一把缺了点嘴、擦得铮亮的锡酒壶，见人走过也不伸手。黑摩勒看出他爱酒，本想别的钱记人数，单取出一两先给他，面前适有两丐走过，等唤住给完钱，再找那断臂丐时，只这一晃眼的工夫，竟不知何往。问那两丐，答说："这厮不在我们地段以内，因怜他残废，又不自向人讨，凭客自与，没和他计较。想是适才得了几钱，又买酒吃去了。"黑摩勒一想这人好认，忙着散完，好到虞家见了江母，约江明出来同吃午饭，痛饮一场，便没再找，仍一路散着往上走。

黑摩勒一次换了七两银子，七八千康熙制钱背在两肩，一手捏住散的一头，顺钱串往下捋，见了乞丐就给。人小年幼，长得那样瘦小干枯，钱是又多又重，一个头几乎埋在钱堆里。加以身轻敏捷，手疾眼快，心里更忙，偏一个不会脱空，嫌那隔远的走来太缓，便自纵将过去施舍，不住蹿东纵西，跳来进去，**确有张扬招摇之嫌**。引得香客游人俱都注目。不多一会儿，身后顽童跟了一大群。有那爱管闲事的见他年幼，以为富有香客带来的顽皮小孩，这类举动大人不知，少时发生是非，上前盘问道："小官人，你做好事，你屋里的大人晓得么？"黑摩勒把一对小怪眼一翻道："我家向没人，谁是小官人！我可怜他们，又有钱舍，今天不过记个人数。看你这人也有一些年纪，怎这样不开眼？"那人一赌气转身刚走，黑摩勒这时正走山崖下面，微闻头上有人发话道："这地方打算硬充大好佬，真个笑话！"黑摩勒闻声仰视，石崖高耸，松藤杂沓，不见人家，以为游人闲话，当时忽略过去。一路施舍，到了胡公庙前，那里乞丐更多。

黑摩勒虽然沿途施舍有些耽搁，但他举动灵敏，行走迅速，比起常人仍快得多。并且自头山门以上路只一条磴道，盘旋曲折于危峰峻壁之间，上仰飞岩，下临无地。石磴窄狭，不容数人并肩而行，像百步峻等最仄之处，宽距二尺许，香客多走得慢。沿途只有黑摩勒越众而过，再无一人超出前面。不知怎的，庙前群丐竟已得信，黑摩勒才进大门，便有一个中年花子，似是丐头，迎头笑道："大老倌，想散制钱给我们么？"黑摩勒笑问："你们怎么晓得？"那丐头道："刚才有人来对我们说，五峰书院前来了一个没有大人的野小倌，拿着十两头散银，兑了铜钱散给我们用。每人十钱，打算人人有份，一个不叫落空，想不到还是落了一个。野小倌不晓得为什么心慌，见他怕得可怜，叫我点清人数，等他来时，做一回交我一人，好教他省事。还教我几句话，说那野小倌脾气古怪，年纪轻轻偏要硬充大人，喊他小官人便不高兴，可喊他做小老人、大老倌。我们说，人家送钱给我们，这般说法不好，也许动气。他说不要紧，他如变卦不给，岂不又成了小孩脾气？并且话是他教的，有本领自会寻他，与我们无干。走时又说，今天同伴捉了一条大蛇，约他吃酒，今早没工夫和人瞎盘。如有人寻他，明早五峰书院后面山亭子里碰头好了。"

黑摩勒一听心中有气，先还当是适才那人吃了抢白，有意借丐头代口挖苦，以图报复。继一想，到百步峻时，那人还在身后老远，决不会越向前去，那行径举止俱是寻常乡民，又觉不似。算计有人暗中取笑，自己一变脸更落笑话，强忍忿怒，装着笑脸把话听完，问道："那人是我寄儿子，是因我有钱，看着心痒，想弄几个，才拜我做寄爷的。他怕我老人家一个一个散铜钱费事，先来通知你们，表他孝心，倒是不错。不过冒认我的寄儿子的也有，那人是什相貌，你记得么？"**江湖常态。**

丐头闻言好笑道："那人天天在此，我们怎不认得？他也算我们同道。这方岩上下花子，每年各有地段，也有外来的，但必须向本山两处团头挂号，拜过祖师，才能讨生意。**插入乞丐行规。**他本外来，没照规矩挂号拜山，不能吃这碗饭，坏我们的规矩。本心赶他出去，偏他从不向人伸手，每日拿着一把断命酒壶，有时岩上有时岩下，寻块石头一坐。有那善心的人给钱他就接过，不给不讨。我们暗地里候了他好几天，准备他一开口便做他一顿，赶出山去，一直没有人候着。团头说他残废可怜，现在庙会快完，没有两天，只他不叫我们扳着差头，就迁就点，由他去吧。他倒也好，永不往人多里轧，只够上两壶酒钱，立时就灌黄汤去，也不和人多话惹人厌烦。过了些日，大家看惯也就拉倒，前日有两个同道和他盘熟，问他姓名来历。他说从小没有姓名，只是讨酒，不是讨饭，他徒弟却是讨饭的多。后又盘问两次。昨日他问起会期快完，才说他是本地善人虞二老爷请来的客，**与前文关合**。原说是好好待承，不料失信，害他每日连酒都没吃够过，过了会期就要走了。昏昏颠颠，瞎说一气，谁会相信虞二老爷有这样客人，听过一笑拉倒。他不醉酒，照例一句话都没有，刚才代你传话，说了好些，还是头一回见他醒时开口。他真是你的寄儿子么？"

黑摩勒心中一动，忙问那人：是否断了一臂的花子？此刻何往？丐头答说："正是这人，刚才来时，左手上还盘着一条毒蛇，大约得到几钱，又灌去了。"黑摩勒回忆适见断臂丐，料非常人，仍作不以为意。问明花子人数，往前一看，果差不多，知无虚假，便把钱数明，连同山下所散，又补了一两银子，一总交给丐头，自去兑散分施。故意进庙游行了一周，便走出来。全岩乞丐都觉他小小年纪有此善心，所过之处俱都含笑称谢。黑摩勒觉着有趣，决定明早向晓星、何异二人借了银子，前来重加施舍。见天已不早，心又惦记寻那断臂丐，一出峰门，便连纵带跳往下飞跑。山径陡绝，稍一失足，掉到岩下立时磕粉，吓得那些新上山的香客游人，多代他捏着一把冷汗，纷纷惊叫："小倌当心！快点让开，不要撞着！"黑摩勒也不理他，一会儿到了五峰书院前面，正立定端详去山亭的路径，忽一花子迎上前来笑道："大老倌可是要寻那断臂膀的么？他就在书院后头亭子里请客，我领你去。晚一点他就走了。"

黑摩勒知又是那人遣来，心更气忿，也不答话，便令引去。到了峰后，见离书院后墙不远有一山坡，坡上有一碑亭，亭栏上坐着三个乞丐，正在说笑。望见前丐到来，一个笑喊："大老倌来了！请到亭子里吃一盅吧！"引路那丐便自走去。黑摩勒见那断臂丐并不在内，欲向三丐盘问，便往上走，还未走到，便闻见一股清腴的香味。进亭一看，亭栏外有砖瓦新垒成的小灶，亭栏上放一坛酒，地下堆着枯枝木柴，火烧得正旺。灶上炖着一个大沙锅，香味便自此中发出。那三丐中，先发话喊黑摩勒做大老倌的一个年纪最大，约有四五十岁。还有两丐生得俱极异样：一个生就一张鸳鸯脸，齐鼻中分，半红半白，红的半边略显浮泡，好似以前长过毒疮神气，乍看年纪很轻，身量也颇矮小，小头却既扁且凹，衬上浓眉大眼，阔鼻掀唇，越显神情丑怪；**奇事须怪人**。一个身量瘦长，赤足穿着一双藤皮结成的草鞋，衣服虽然破旧，却极干净，尤其手指纤长，连脚一样都是又白又细。三丐中只老丐一人起立，含笑点首，其余二丐，一个正打酒坛泥封，一个手剥大蒜，神色甚傲，并未理睬。

黑摩勒目力最佳，岩上下千百群丐，虽只散钱时一面，全都认得。知除老丐外，那两丐尚是初见，因觉有异，暗中留心，一边向老丐盘问断臂丐何往，一面观看另两丐的神情动作。老丐笑答道："他适才还在这里，本心只想请我和两个同道吃酒，恰巧有他两个朋友赶来，一条长龙不够吃。我想做东道，他不答应，如今找酒跟下酒菜去了。走时晓得你要来寻他，叫我回报，他今天有远客，没有工夫跟别人瞎缠，有什话告诉我。反正他是虞家请来的客人，不管主人讲不讲交情，不见面不会走的。你要寻他，明早也是一样。"说时，黑摩勒见那鸳鸯脸的不时望着自己冷笑，情知这两人既与断臂丐同道，也不是什好相与。心中有气且不露出，便将身旁所剩二百铜钱取出，故意笑道："我找他没有什事，只为今早想送几个铜钱与岩上下的苦朋友。适才曾见他在书院前，后来不见，特地寻来送钱与他，想不到还有两个没有得着的。你们没钱买酒，刚好我还剩有一点，索性都分送给你们，明早见面再说吧。"说罢，笑嘻嘻将钱由草串上捋下，一手一半，朝那两丐喊声"接钱"，脱手递去。

黑摩勒心想物以类聚，原是想借此试试两丐斤两，到底是否果如自己所料。表面递钱，离手时暗中却用了潜力，对方如非会家，劲头决吃不消，势非坠手散落不可。谁知两丐见状也不起立，只各微微一笑，各伸中拇二指一掐，便全掐住。互看了一眼，冷笑道："朋友，你一叠破铜，也送我们吃酒么？"随说，手指一放，花琅连响，二百余制钱全都碎裂，散落满地，无一完整。

黑摩勒见状大惊，一瞟地上碎钱，片数不一，有大有小，知道二丐内功虽好，自问尚还能敌，因断臂未见，深浅难知，劲敌未见，决计且不发作，先忍下去，只还给他点颜色，明日见面再说。也假笑道："钱店老倌真会闹鬼！兑些碎铜片与我，适才散了半早也未看出。幸亏身边还有二两头银子，想必不假。不过我还要用一点，不能全数奉送，且分点你两家头用吧。"随说，随将银子取出，暗运内功，轻轻用手一掐，便似掐糕饼一般掐成两半，递了一半过去。鸳鸯脸见状，看了黑摩勒一眼，笑道："客人真个弗错。我两家头谢谢你，今夜又有酒吃了。"黑摩勒看出二丐神色已不似前轻视，见他托银端详缺处，索性炫露道："银子被我拗缺，莫要兑钱时吃亏，换一块吧。"随说，随将手上半块双手合拢，一搓一捏，团面也似，依然成了锭形。正要递过去换，不料那鸳鸯脸口里笑答："好用无须。"手里也和他一样动作，容到黑摩勒递过要换，将手伸开，也变成了一绽整银。

黑摩勒只得笑说："明早再见。"转身走不几步，忽听二丐笑语，一说："虞舜民人还不错，定是忘记，不然照师父说他为人，哪有食言之理？"不禁心中一动，暗忖：那断臂丐自称虞家赴约之客。二丐这等说法，必有原因。看他们内外功都好，不知何等人物隐迹来此？舜民书香世族，怎么会和这类江湖上人有交道？好生奇怪。天已不早，不知江明吃饭也未？且去虞家见了江明，拜过江母，托他母子向舜民问上一问。晚来再向师叔打听，就便托他设法弄点银子，明天约了江明，仍往方岩散放。做完善举，再寻那三四个奇丐，看事行事，好的便交个朋友，如是下三门的匪徒恶丐，便将他除去，以免为害地方。即或他的徒党太多，众寨不敌，有师叔、何异、江明等人在此，再加上一个神偷师父，怎么也不致跌翻在别人手里！还是先去赴约，暂时不怄这闲气为上。想到这里，脚底加劲往虞家跑去，江明已等得不耐了。**先还看不起富贵人，以上为补叙，这里接回正文。**及至宾主相见中才觉出真正书香大家，与寻常所见土豪劣绅、贪官污吏，完全另一气象，不特言动举止相去天渊，迥乎不同，便是陈设用具，一饮一食之微，也有雅俗美恶之分。一个是见了令人憎忌厌恶，一个是令人置身其间觉着心身恬适安舒，自然安乐，主客又那么谆切诚恳，不谀不骄，纯任自然，气度清华，由不得生出几分敬意。相形之下，自惭粗野，竟把满肚皮想问的话都咽了回去。直到了江母房中，江明问起前事才说出。

舜民在旁，猛想起昔日西湖湖心亭赛韩康之约。本定到家便即照办，只为沿途遇险到家，惊魂甫定，忙着与骨肉长兄欢聚，跟着又忙着与兰珍举办婚礼，酬应甚多。好容易忙完，又遇铁扇子来强索宝物。日前还是虞妻提醒，命张福去与胡公庙住持商量，回报：庙期只剩数日，山上下乞丐，只有几十个是土著，余者都是来自外方。每年两次赶庙，奇形怪状什么样人都有。虽说多少年来轻易不会出事，可是他们多非善良之辈，人数又多。每来，地方官府和庙中人都担着一分心。尚幸山上下各有一个辈分尊的团头，情面既宽，规章又严，不见扰害。可是这班外来野丐，不出事则已，一出事乱子就不在小处。早施舍还可，如今好容易盼得一期庙会平安无事过去，若风声传出，他们耳目最灵，势必闻风咸集，去者复回。自古善门难开，**俗语，至理。**必须慎重。真非举办不可，最好由明春起通盘筹计，立出规条，才保不致滋事闹争。这短短几天举办，万来不及。

舜民知那老住持居庙多年，颇有阅历识见，所说甚是，原准备明年春祭开始践约，不想人家早已来此守候。一问那几个奇丐形相，断臂丐未见过，那阴阳脸的一个，正是赛韩康的徒弟，湖亭让药的人。兰珍本月信水不至，所占已验，这信如何能失？一着急，不禁"噫"了一声。黑摩勒看出舜民知底，便问："这类人，虞二先生如何认识？"舜民便把前事说了。虞妻素信神佛方术，惟恐先说了不验，湖亭卜卦之事，对于兰珍只在船中说了大概，并还嘱咐舜民不要说出；小妹来不多日，更未提到，所以二人均未深悉。舜民一提赛韩康，小妹朝江母看了一眼，刚要开口，黑摩勒已先惊道："照此说来，那赛韩康不就是那丐仙吕瑄么？那三个叫花子定是他的徒弟无疑了。先师临化去前曾对我嘱咐，此人本领高强，不在司空师叔和南明老人以下，尤其精于易理和内外科医道，灵效如神；早年曾经隐身乞丐，游戏人间，后又精通剑术，性最嫉恶，遇者极少幸免，丐仙之名便由此而得。近年装作游方郎中，带卖草药，暗中济世救人，积修外功，以消昔年杀孽，端的名头高大，厉害非常。适在方岩，幸亏不曾冒失，否则当时即便占了上风，老吕人最护短，徒弟又多，结下嫌怨，永远没法解消；其次，师叔知道，非怪我不可。其实我是好心，他倒故意为难，岂不冤枉？"

说时，小妹正和江母耳语，忽然走过，说道："黑弟明早定往方岩，去见吕老前辈那几位门下了？"黑摩勒道："自然非去不可，不然岂不变了怕他？我只把话点到，彼此虽未见过，师门各有交情，一定不会闹翻。可是他们真要欺我，不讲交情，那我也就说不得了。"舜民刚接口说："都是自己人，千万不可伤了和气。"小妹便问："依了二哥，该怎样是好呢？"舜民道："此事实在怪我粗心贻误。我想黑老弟不要前去，或我亲往相见，或是暗命妥人下帖请宴，尽了地主之谊再作计较。"小妹道："这样不好。江湖上人行藏多喜隐秘，不愿人知。二哥当地绅宦首户，好端端延些乞丐来家饮宴，未免惊人耳目。吕老前辈以前门下流品甚杂，自在嵩山苦练学成剑术之后，清理过一次门户，比前虽好得多，到底内中有无害马也是难知。**若都是纯良，就没有故事了。**当初既与吕老前辈相晤订约，别人无什么交代，仍认他一人为是。如恐失信，可着下人再与庙中住持去说：今年许下善心，因事遗忘，令他传话，全山乞丐由明年起，春秋两季每期施送白米多少石，散尽为止。后来因为那断臂花子自露口风，恐不是什善良之辈，休去招惹，对他们几个到来，仍作不知好了。"舜民也想起延宴他们诸多不便，闻言深以为是，当即唤来干仆，赶向庙中住持人商办不提。

黑摩勒见江氏母女关心此事，便问："伯母、姊姊也和丐仙相识么？"小妹答道："先父在日，家母曾隔屏风见过此老。先父与他相识时他刚练成剑术，在长江上游清理门户，只来寒家一次，不久他便隐迹。第二年先父也为仇家所害，从此未听人再说起。黑弟明早可与明弟同去，暂时且自容让，看是如何，回来我们同吃中饭，再作计较。今晚如见司空叔，可把前事和今日所遇告知，并请代问吕老前辈：昔年曾代人向家母手内借去一件皮短衣，久未掷还，现他门人在此，必知他的踪迹，可否托其转致，索讨回来？司空叔必有一番交代。如与我母女有关，还请黑弟先来知会一声。我知那皮衣早不在原借人手内，此时要不回来，但是此事日后关系愚姊甚大，**一块石头、一件皮衣，成为报仇关键。情理上欠斟酌。**吕老前辈总该有一交代，得他一言也好放心。"

黑摩勒本不知江氏母女底细，先想一件皮衣看得这重，江姊女中英侠，不似小气人，怎会如此？听到后来，猛想起师父坐化时所说的一番话，不禁省悟，脱口答道："姊姊你说那皮衣，可是当年丐仙代唐……？"小妹知他明白自己身世，立时面容惨变，惟恐江明觉察，忙递眼色抢口答道："黑弟不必乱猜，见了司空叔自知就里。明弟年幼心粗，性情又暴，本领虽得名师真传，天下能人甚多，相差太远。他远不如黑弟机智聪明，既是骨肉之交，寒家只此一线骨血，以后还望随时留意指点，免为仇敌所算，愚姊感激不尽。"黑摩勒何等机灵，心里打着别的惊人主意，却不往下再说，连忙答道："我二人情胜同胞，祸福与共，这个姊姊只管放心。若论本领，他却比我高强呢。"

江明生来内秀，只为初次涉世，外表浑厚，显得不如黑摩勒太多，实则心中大有机谋。一听二人问答口气，便知有因。心想：黑哥哥和司空叔常在一起，定知我家身世。一件皮衣如此看重，必有原因。姊姊已拿话打岔，我如盘问，必不肯说。便装着与兰珍说话，没有听见。小妹更灵，见他没有追问，料少时背人要去打听。适才忘了黑摩勒与司空叔在一起，怎会不知己事？竟漏了口。他二人交厚，早晚泄露，如何是好？越想越悔，只得乘人不见，朝黑摩勒又打了个手势。黑摩勒见小妹用手势央告，面带忧急，知恐泄露，也将头连点，示意不会吐口。小妹看出他性情爽直，料不会对江明说出，才放了点心，舜民夫妻见状虽然不解，料非寻常，均未再提。

黑、江二人俱都好动，坐不一会儿，便商量出去游散。江母见天还早，便说："黑摩勒日内从师他去，聚首时少，你弟兄两个在此拘束，出去转转也好，不过胡公庙今天不要再去了。"黑摩勒道："那断臂膀的本约小侄明早相见，今天自然不便前去。我只和明弟到村外走走，也许到尧民大哥家去看看师叔回来没有。还有那小铁猴侯绍，前日师叔引走樊秋，他在后面紧追，大约想看师叔是谁。他的脚程本快，只吃了眼睛的亏，再被小侄从横里一引，将他引向岔路，闹得他和樊秋各追一面，没有追上，自觉丢人，不是意思。又知樊秋还有一厉害帮手快到，恐敌不过，连日连夜去四明山中求南明老人相助去了。师叔说这人勇于补过，不负死友，有他长年在此，可少好些顾虑。

"因樊秋颇有几个厉害党羽，小铁猴武功虽好，目力不济，还扇子时，还特地约醉叔奚醒代交，自己藏过一旁，口风若对，便即出面将话说明，为双方解去这层嫌怨，化敌为友，免去不少是非。好在师叔和樊秋已死前师生杀手秦碱昔年相识，论辈分和名望，他吃点亏都不能算是丢人，这样完结岂不满好？谁知樊秋真正皮厚心黑，而且量小，一任星叔连软带硬劝了一大套，不但不听，反说连日老少两人都是他的仇敌，只要遇上，决不甘休！不论对方多大名头辈分，就是他的师父转世还阳，也须拼个死活。

一面再三探问日里盗扇老少二人到底是谁，见醉叔不肯明言，又极口称赞师叔为人本领，并世能与比肩者只三五人，你论那样都差得多。这厮闻言，气得几乎和师叔动武，大骂师叔和我是鼠窃狗偷之辈，分明怕他，才掩露形藏托人转致，不敢出面，是真英雄好汉，他没不知和不相识的。

"师叔气他不过，戴了皮面具，当即将他头上帽花暗中盗摘，再突然出面，叫他认看是谁。那人皮面具，原是前送大哥回乡，走在路上，朋友送的。师叔人瘦，刚合适，又是月亮底下，直似生成一张死人面孔，加上这头气得糊涂，目前似师叔这好武功的，屈指数来共总没有几个，师叔身量有名瘦小，当时竟未想起是谁，始终认定我师徒二人是小铁猴党羽，狼狈为奸，不是好货色，吃师叔挖苦了个够。这厮恼羞成怒，还想冒失动手。师叔冷笑了一声，将帽花还他，并将他胁下正对要穴的外衣一个小洞指给他看。师叔又从中警告，方始拿了扇子，说上几句不要面孔的鬼话，忿忿而去。**留一条尾巴，下文好再生波澜。**彼时我没在场，要知此事，前夜庙里还得教他多现世呢。昨日师叔叫我寻小铁猴，寻了一天也未寻到。我料他不问南明老人来不来，今日必回，趁此无事，也想同了明弟再寻他一趟去。"

小妹闻言，才知侯绍至今未来之故，忙问："侯老前辈的住处，黑弟知道吗？"黑摩勒道："怎么不知？我到此地，头一个便看中了他，本心还想和他斗斗。幸亏师叔告我，说他以前虽是个极厉害的独脚强盗，现时双目半瞎，又在无心中做了一件大错，如今闹得他终日悔恨，长年守在此地，为人暗中保镖，谁也不似他这样苦受活罪，可怜极了，还去怄他则甚？我这才明白。他便借住在离这里不远的一个破三官庙里。我只遇见他两次，一次挑着一副糖担，一次空身走过。师叔说他日常在这村里出进，不来时很少。只要回来，一寻就能寻到。"小妹便嘱江明："如见侯绍，可把恩师所说的话和樊秋走的情景详为告知。"舜民说："晚来备有便饭，只家中诸人，务请早回。"二人应了。舜民因长兄尧民和魏、钱二人俱承黑摩勒仗义相助，已订明日请宴，黑摩勒进园未出，尚在前厅相候，意欲陪往，略谈几句再行送出。小妹力言："无须。黑弟和明弟一样，都是自家人，不消客套，好在傍晚即回，由他二人自向后园门走出，二哥去向大哥转致一声好了。"舜民只得亲送二人出了后园，自去前厅不提。

江明才一离开虞家，便向黑摩勒盘问自家身世。黑摩勒因受小妹暗示嘱托，又知江明出世未久，不甚识得利害轻重，便答："你家的事，我想只你师父和我师叔知道。我随师叔不多几年，从来未听提起。便伯母、姊姊寄隐虞家，师叔也是近才得知。前日和葛师父暗斗，他先还不许，后来我将樊秋气走，便随老葛同走，你是亲眼见的。次日虽然和他见面，只匆匆嘱咐了我几句，随师同行应如何学习本领，并订后会，便即分手。事前师叔曾说，有一故人之女，家有藏珍，现受恶人觊觎强夺，已约了两三好友暗中相助。我只说你和姊姊真个姓江，所以未加细问。适才姊姊叫我对师叔说，想问丐仙讨回前向伯母借去的皮衣，也是奇怪：姊姊一件衣服，事隔多年，看得这重。又想起以前师叔说过，前辈高人中，有两位在南山行猎，与一山酋结交，各得到一身洪荒异兽珍皮制成的衣帽，穿在身上，入水不湿，遇火不烧，多锋利的刀箭也砍射不进。如是此物，很值一讨。刚开口想问是否，姊姊便拿话把我拦住，意思好像怕你因此问出来历。我知她和伯母对你十分关切，只好住口。后一想那衣服连帽儿，全身共是三件，不会只有上身。再者有这衣服的共只三人，俱已出家仙去，并无遇害之说，决非此衣。姊姊定疑我和师叔常在一起，不会不知底细，恐说漏了口，被你听去惹出事来。你家只你一条命根，仇人非常厉害，万一你激发孝烈，自投罗网，岂不大糟！故此拦我。其实我也一点不晓，这一来反倒令你生疑。你我生死骨肉之交，真知底细何不对你明说呢，你先莫急，等我偷偷盘问师叔，只要套出话来，全对你说就是。"

这一番话说得很巧，江明又信服他，暂时竟被瞒过，只嘱黑摩勒，务要即为探问，以便放心，并说："师父母姊均曾再三叮嘱，不等师父利器铸成、经过熟虑深筹能操必胜之时，即便知道仇人近在咫尺，也不冒失下手。只不过虚生世上，恍眼成人，枉自随师学了本领，直到如今不特父仇未报，连本身父母名姓来历都不知晓，想起太叫人伤心罢了。"说时气得眼红要哭。**孤儿复仇是全书主题，而孤儿情态各自不同，才使全书摇曳生姿。后面的阿婷、阿泉又各有差别。**黑摩勒见他情切父仇，十分悲楚，不由也动了悲愤，几次想要说出，俱因关系太大，欲发又止。只得劝慰了一阵，一同先去尧民后园门外，叫江明等在外面，择一僻处纵身入内，约有顿饭光景才行纵出。江明见他去久，以为司空晓星必在，方自欣慰，见面一问黑摩勒，说："我懒见外人，每见师叔俱都背人，已这样去过两次。适才入内，因师叔房外有人扫地，等了一会儿，才得偷进。师叔已然出门，只留给我一个纸条。"江明要过一看，上面只写着"徒侄黑摩勒有话面陈，乞赐一见"，底下画着一颗星光，好生失望，便问司空叔留条之意。

黑摩勒答说："那是昨日商定的事，两三日内，葛师如仍贪酒不走，便叫我拿条到富春江上游去寻他一位朋友，告诉太白、华岳之行，年前已不能去。因那人隐居江滨，怕去了不能相见，才给这个字条。师叔不在，我们找小铁猴去吧。"江明信以为真，二人同到村侧三官庙。一打听侯绍行踪，老道士说："他孤身一人赁居在此，据说本是当地人，离家数十年，在外积了点钱回来。昔年亲故，死亡殆尽，现打算在此买几亩田耕种终老，不再出外。无奈合村的四围都是虞家产业，无法买进，远处他又不要。新近和贫道商量，将几亩庙田和一些空地全卖给他，他也跟着出家。每年得利仍归贫道，不足用时也由他贴补，但须反客为主，由他经营布置，不得过问。贫道薄田所入本不够用，清苦异常，好在上代传继，不是公产，侯绍只是性情古怪，人极慷慨手松，也就允了。前日由外回庙，说往金华讨账，回来再修整庙宇。适才刚回进房，放下一个包裹，将门反锁，匆匆走出。"说时因二人自称虞家亲戚，来向侯绍买糖的，穿着又非乡间幼童打扮，震于门第，让茶让座十分殷勤，一点不疑有他。**老道势利**。

黑摩勒一听侯绍带回一个包裹，料有原因，假说："他糖好吃，我们特意来此，他偏外出，不愿空跑，请开门往取，就便查看。"老道士笑道："他脾气怪极。无法拗他。孤身来此，无什行李，出外从没锁闭过门，锁门尚是初次。包中定是讨账所得银钱，走时曾说不许开进。不久他便是这庙主人，怎好强他？再说他卖糖，乃是日前想不起做什生理，想起生平爱吃糖食，一时无聊，做了几样卖。谁晓得嘴馋，又最爱小倌，每挑糖担进村，连自己吃再送些与村中那些没钱买吃的小孩，一回来，全光，钱却没卖几个，一赌气，把卖来的钱也都给了我，共总卖过几次，转转这样。虞家大房里曾来定做，又值他不高兴，给多少钱也不答应，不知何时高兴才又做呢。少爷想吃，我还每样存了一点，是他做好送我尝新的，味道真好，我去取来请少爷吃吧。要开他门，我却不敢。并且他屋糖也没有。"说罢便去取糖。

黑摩勒无词令其再开，便和江明打了一个手势。等老道士取糖出来，问出庙基原有两三亩大，只是破败，除了神殿，只有四间可以往人。老道士住着三间偏厢，侯绍住的一间更为破旧，僻居神殿之后，蒿草没胫，蛇虫窜伏，加上好些合抱老树，阴森森的，连老道士都不轻易走进。明说不行，可以暗往，便把身旁余剩银子取出，笑道："这糖真好，这点碎银送你做香火吧。不过我们家人多，想跟他商量，再定做点。这茶不热，你去烧点开水，我们到殿上拜拜菩萨，吃碗热茶再走如何？"老道士素无香火，推谢了几句，接银在手，喜欢已极，哪会想到贵家公子会有什别的举动，立即应诺，忙往左间灶屋内烧水去讫。

黑摩勒暗嘱江明在殿门外将他伴住，故意高声说笑两句，如飞转向后殿。到了侯绍卧室外面，施展手法，撬开那大才尺许，连小孩都钻不进的小窗眼，穿将进去。室中有一片门板搭的小床和两三件破旧桌椅，另搭着一副新木板，上面却放着多许甜咸小吃酒菜，俱极精美。锅瓢碗盏，一切用具无一不备，样样新制，都是上货。再看床上，仅是一领草席、一个布枕，被也破旧，只得一条。暗笑此老和葛师一样，也是饿痨得可以。见包裹就在枕边，打开一看，乃见几件新制的粗布衣裳、二百来两银子。方觉无什么意思，顺手一翻，忽从衣服里掉出一面竹牌，宽约寸许，长约三寸，上面刻着山水人物：峰峦环绕，溪流映带，一所房舍位列于山限水涯之间，无数松篁环室而植，庭院宽广，奇花杂荷，驯鹿胎禽往来其间，中一老叟，正在负手看山。**神秘**。景物既极清旷高雅，刻工画法尤其精细绝伦，方寸之中包罗万象，细入毫芒，偏是处处显出闲远空灵，一点不见堆砌拥挤。竹色年久，已作深黄，除景物外，不着一字，也未刻有印章，不知何用。把玩一阵，知水将开，不便久留，细查无什出奇之物，忙照旧包好放置，由窗口飞出，回到殿前。

江明悄问："怎样？"黑摩勒摇了摇头。见天尚早，便喊老道士说："我们怕家中盼望，回去吃茶，你不要烧水了。侯老头回来，可对他说，虞家新太大说他糖好，叫他做点送去。"说完同走。老道士追送出来，二人已经走远。江明问："适才见着什么没有？"黑摩勒道："真个晦气！我当老侯带得有什好东西，原来只有二百两银子和些衣服。只内中有面竹牌，刻画好极，不知何用。我都没有动它，就出来了。听说老侯当年出名好眼力，如今目力不济，我来去都干净，不知会被看破不会？"说时，似觉身后有人走动，回头一看，乃是一个秃头少年。这时路上行人不断，那少年约有十六八岁，面色发紫，穿着一件新布长衫，好似乡农人家子弟到亲戚人家走动回来神气。三人走的是一条路，黑摩勒觉无可异之处，因不愿人听话，拉了江明，脚步一紧，便将少年落后老远，回望已然拐弯，走向别路，越发不以为意。

依了江明，本要回去。黑摩勒不惯拘束，又因和江明分手在即，打算找一僻静之处多谈些时。**必找个由头，与断臂的交集才不突兀**。走着走着，看见前面有一树林，正待走进，忽听里边有人说笑之声。黑摩勒听去耳熟，心中一动，忙把江明一拉，掩向树后看：林中坐着五个花子，早来所见诸丐俱在其内。当中大青石上放着许多食物看点，旁边有两大坛酒。阴阳脸的中坐，互相纵饮欢笑，甚是高兴。一会儿那断臂丐道："老郭怎不见来？"另一丐道："他本随我同来，被胡公庙住持着人唤去，想必是有外来弟兄和当地人有什争吵，叫他管束吧。"断臂丐道："胡公庙善地，当地多是好人。老郭在此辈份不大，规矩却好，人又公道。况且我们来此，谁敢无事生非？莫不是邹二哥早晨所说发作了吧？当初师父承了老郭他们一点情，帮忙回数也不少了。就说要给这里弟兄每年弄着点实钱米，凭他老人家，还不是一句话的事！就我师兄弟几个，要什么弄不来？偏要朝人募化，还恐经手人办理不善，上来乱了规矩。谁知来此一月多光景，一点信都没听见，也不知人家无意忘记，还是舍不得，有心赖账？如非邹、韦二位师兄到来，我几乎找到他家门上了。"

阴阳脸答道："老三你多年没和师父在一起，知道什么！他自从老大老六借着偷富济贫为名做了不少坏事，清理门户之后，永不许门下借名取财，气得改名更姓，换了装束，连那随身法宝都丢掉了。现在哪能似从前，要什么随便向人去取呢？如不募化，钱从何来？仗着他老人家道行近年越发精进，占算如神。我们一没钱用，找他开口，永远和现成放在那里一样。他生平疾恶如仇，更不爱理富贵中人，居然肯开口朝人募化。况且这事我也在场，那人神气实在不差，定是忘记举办无疑。师父原叫你顺路在此候信，看他办得如何归报，又无什么责成。你怎在南山去了些年，还是老脾气？"断臂丐道："这话又不对了。师父算得那准，怎没算出人家到时忘记，叫我来此空等。"**说得对。但露出"反骨"——类似《三国》魏延质疑孔明。呵呵。**另一瘦长丐答道："话不能这般说法。庙期还有两天，焉知人家这两天不想起，师父只叫你看他到时情形，没说别的。况且这是每年两次，长久举办，不是一回拉倒，费用委实不少，人家又到家不久，也须通盘筹算一下。会完没信，再作道理。"

阴阳脸道："我看今早那小孩有点意思，弄巧他会去提醒虞家呢。"断臂丐笑道："这小鬼真不识相，仗着会点功夫，故意借散钱来卖弄，亏他还敢到山亭里寻我！我如在时，一定好好管教他一顿，教他拜我为师，做个小告花子，就便带往北山，让他开眼见见世面。"黑摩勒已知诸丐是丐仙吕瑄门下，俱非常人，本意不去招惹。及听断臂丐末了一说，不由有气，暗忖：这倒不错，看中我的，不是贼便是花子。就此用师叔手条出见，太没意思，好歹先斗他一斗再说。想到这里，正和江明打手势，叫他避开，现身出去，忽一老丐由对面坡上穿林走来，向五丐一一行礼。

黑摩勒见那老丐通体清洁，年约五旬上下，直看不出是个花子。刚把脚步止住，阴阳脸的已先问道："老郭，庙里着人喊你么？"老丐答道："这是一桩好事。本地虞家原是出了名的善人，那位二老爷人更心善，每年好事不知要做多少，还不好名，除了受他好处的，谁也不知道。夫妻两个，都是这样，谁找去也有求必应。适才老住持偷偷和我说，虞二老爷自从西湖回来不久，便叫人暗中和他商量，每年捐几百石米，分春秋两季散给方岩上下花子苦人。老住持胆小，知道近年客帮越来越多，加上岩下添了天台帮，上年存心作斗，虽仗各位老前辈硬压，表面安静，早晚仍难免出事，再要有人散米，他们更认做一块肥肉，非争夺不可。说时又正是会期中间，有来有去，一个分散不匀，闹出事就不在小处。再三劝虞二爷明年通盘筹算，通知官府，想好主意再办，回覆了去。谁知人家心愿已许，非办不可。他怕得罪，找我商量，问我们情形。我知天台老杨见缝就钻，仗着拜了广帮祖师做寄爷，横行霸道。**伏笔**。上次还是勉强卖点老面子，否则连岩上都被占去，这事还有纠葛。好在会期没几天，也想缓缓再说，当时还没回覆他呢。"

阴阳脸道："我说师父不会弄错，人家早就想办不是，老郭你真懦弱，师父原为昔年爱你父子和此地弟侄后辈帮忙，才向人家募化，为何不敢承受呢？出了事，有我们担。老杨虽不要脸，也只和你为难，不会扰闹善地，犯大规矩。我们这次北山讲理，他既是蔡乌龟的干儿，必定到场，久意寻他，再巧不过。难得人家好心，你吃两盅先去回覆：会期已完，事情只管明春举办，此时必须着手。索性先把风声传出，看是如何，到时也好开销。"老丐应声，随众略吃酒菜，便自走去。

五丐随议论舜民人好，不轻然诺等等的言词。渐渐断臂丐又谈到金华北山讲理，事因广帮恶丐蔡乌龟纵容门下越省欺人，吃杭州上天竺邢飞鼠用酷刑吊打，背上刻字，钉封回去，因此成仇，约在金华北山讲理。五丐奉了师命前往观场，到时必有一场恶斗。黑摩勒一想，这倒热闹，意欲到时往观，只顾听出了神。因五丐未再提他，江明见天已晚，恐母姊久候，再三拉劝，也就息了出斗之念。

正听得起劲，江明一眼瞥见林外田垄上跑过一条人影，脚程甚快，便拉黑摩勒一看，正是适才由三官庙出来，尾随身后的少年。觉着那人形迹可疑，心中一动，忙和江明悄悄纵出林去，跟踪追赶。二人脚程都极迅速，不消片刻便快追上。那人发觉身后有人追蹑，先颇惊慌，后一回头，见是两个小孩，神色稍定，依旧前跑。嗣见二人离身相隔仅有丈许，只得停步，忿忿问道："你两个无缘无故追我作什？"黑摩勒笑道："你问我，我还问你。方才我们在三官庙出来，跟着我们是什意思呢？明人不做暗事，永康方岩有我弟兄在，不能由你扰害，做了什事，放漂亮些快说出来，免招无趣！"

江明见他无故追一素不相识之人，又未看出什么，硬要盘问人家，方觉冒失。**欠历练**。少年一听黑摩勒口气，只是无心发觉，一看来路无人，心中一放，只顾有气，竟忘了对头脚程能将自己追上，不是常人。欺他小孩，倏的把脸一变，狞笑道："小畜生，你管呢！"随说便要伸手。哪知黑摩勒比他更快，当胸就是一掌。少年武功也自不弱，一手挡开，大骂："畜生可恶！今天叫你知道厉害！"黑摩勒手已挨近少年胸前，觉着怀中藏一块硬东西，便留了神。二人打了一阵，少年觉着黑摩勒身手矫捷，掌法精奇，不消几个照面，便自相形见绌。人家本不知道底细，早知小儿如此厉害，适才忍点气敷衍过去多好！旁边一个还不曾上前相助，照此情形，非跌倒他手里不可，倘再有人追来，如何是好？心里着急，想卖破绽纵身逃走，微一疏伸，吃黑摩勒一脚踹倒，跟着赶过，用分筋错骨之法朝脊背上一捏，当时擒住，转动不得。料知少时还有人追来，先把他拖回深林以内，然后低声喝问。少年虽然满脸忿急，却不出声。黑摩勒见不说话，又朝脊背上软筋捏了一下，疼得少年咬牙切齿，满头是汗，状甚惨厉。

江明看不下去，便问："黑哥哥你收拾他作什？这人还有点骨气，放他走了，回家吃饭吧。"黑摩勒道："这厮定是一个猾贼，弄巧刚偷了人家东西跑来。你翻他身上就知道了。再不答话，我还叫他吃足苦头，再送他上西天去。"少年闻言方始有了惧色，急喊："你不要翻，我说好了！"江明虽觉黑摩勒处置太过，心也不能无疑，早伸手解衣搜索。少年怀中只得十来两散碎银子和一根铁丝、一面竹牌。黑摩勒见着眼熟，要过一看，竟和侯绍所有一般无二。自己正不知那竹牌用处，侯绍出时锁门好似为此，其中必有原因。心料少年和侯绍相识，一时心粗，脱口问道："你和侯老先生相识么？"话才出口，猛想起少年曾经尾随自己，重又改口喝问道："你定从三官庙偷来，要它何用？快说实话！"少年人颇机智，听出小孩与侯绍相识，故意忿忿答道："那是我侯四叔。为要此牌去救我哥哥，新近才托四叔由南明老人那里借来。已到庙里看他两次，刚见面讨到手里，要赶回去，被你这小鬼无故欺人，早晚和你不得甘休！这牌是南明老人的令符，别人拿去一钱不值，哪个贼肯偷它？话已说完，由你好了。"

黑摩勒虽觉自己莽撞，误伤了自己人，毕竟心思较细，还在踌躇盘问几句再放。江明已忍不住，过去解活筋骨，放起说道："我哥哥不知你是侯老前辈一道，对不住，包涵点吧。"少年立即整理衣服，**君子可欺以方**。转怒为喜道："也是我赶路心急，错当你们小孩，不肯明说之故。既是一家，还有什话，只请不要告知外人，留点面子好了。"黑摩勒见他辞色从容，也自相信。正要请教姓名来历，还他竹牌，忽从林隙中瞥见一条人影由来路上如飞驰来。黑摩勒眼尖，老远认出似是侯绍，身形脚步都像，恐怕跑过，忙即纵身出林，迎上前去，晃眼对面。侯绍一见面，便看出是日前相助自己盗去樊秋铁扇子那小孩，又听醉鬼奚醒说过他的来历本领，见面便问："适才你到庙里找我么？可曾见一红脸少年由此跑去？"说时一眼瞥见黑摩勒手上竹牌，一把抢过，发话道："小兄弟，你真胆大，这也随便拿在手上玩的！我还当我终朝打鱼，却让乌龟咬了大腿，人财两丢呢，原来还是你跟我开玩笑拿了去。"黑摩勒听出话因不对，见江明也随同赶出，只少年没有随来，喊声"不好"，不顾回答，飞步赶回一看，哪有人影！黑摩勒仍当不会走远，仔细一瞧，林后恰是一条横溪，对岸林木蓊翳，歧径四出，料已逃走。侯、江二人也都明白，一同搜索了一阵，全无踪影。夕阳在山、该是归时，黑摩勒生平没上过人当，气得大骂不止。

三人归途谈起，原来小铁猴侯绍的本领足能应付樊秋得过，添上一个神偷葛鹰，却不是敌手。近年目力不济，好些吃亏，又知樊秋虽是个独脚强盗，却有两个极厉害的朋友，都是昔年对头。踪迹已露，早晚必来寻仇，如有失闪，怎对死友！因从醉鬼奚醒口中得知暗中助他的是司空晓星，心中稍慰。断定晓星闲云野鹤，不会久留虞家，心想晓星能敌樊、葛二人，莫如趁他在此找出一个帮手，就现时用不着，将来也好有个后场。生平独往独行，除受过独叟吴尚救助，从未开口求人，胜得过自己的人也实在不多，比较可找的只有天门三老，和吴尚生死患难之交，偏生没什么交情，既必勾动误伤吴尚之恨，自己枉杀好友，连个孤女都保不了，也实不好看。相隔又远，现用尚可，不能常备缓急，一招即至。

只有南明老人公孙潜，辈份既尊，本领又高，相隔更近，可以朝发夕至，便于接应，和二女上辈有·点渊源，自己也算是他后辈。好是好，无奈昔年为在山东道上劫人镖车，明探出那镖师是他爱子公孙寿的好友，故作不知，依然下手。后来公孙寿出面，因恨镖师岳鹏张狂，虽看公孙父子情面将镖发还，但在人前用话挤兑，要断岳鹏保镖行业。当时如非吴尚在座，几和公孙寿翻脸动武。由此无形中两下生嫌，多年不曾上门。后来岳鹏自觉话已出口，不好意思再保北路的镖，改走南路。不料走不两年，又遇凶僧大斗和尚，在长江上游将镖劫去。公孙寿和凶僧素不相识，为友热肠，不听父言，仗着家传本领，得信私自赶去，死在凶僧日月双环之下。**又藏起一段往事，将来可写"前传"。小伎俩，呵呵。**老人痛子情切，苦寻凶僧报仇，多年未遇。事情总算由己而起，保不迁怒怀恨。但是此外更无值得可找之人。寻思至再，只得老着面皮，借着得知凶僧伏诛之事，送信为由，赶往他家，相机而行。

老人自从长子死后屡寻凶僧不获，便率孀媳幼孙和两家门徒隐居四明山深处。依山傍水，因势利建，风景绝胜，人口不多，甚是安逸。门徒一名谢徵，夫妻二人；一名苗万嘉，新收才只数年，也时常外出访查凶僧下落。老人本是天台富家，本乡财产俱交族侄代管，随时可以取用。生性好善，晚年尤甚，移家四明，只为爱那山水清幽，气候嘉淑，并非与世隔绝。近山一带居民穷苦者多，常时受他周济。老人近年辟了几顷山田，招了几家穷人代为耕种，所得全充善举。**还珠接触了一些"新思想"，所以在作品中一再描写世外桃源的管理问题。**这时正当秋收之际，因老人庭园幽雅，景物清旷，蔚有不少名花异卉，驯鹿仙鹤对对成双，性又爱静喜洁，不愿人多烦嚣，佃农无几。每值农忙之际，近山受过好处的穷人争来相助收获，俱都日出而来，日落而去。事完犒劳和每年两次散放钱米，都在附近一个天然石洞以内备下酒肉菜蔬、柴炭用具，由那几家佃农为首，率众山民自做自吃，天暖时便改在打麦场上。老人自携门人幼孙时往指挥，观看为乐，不令人往家中去。山民都知他爱干净，也永无人走进他庭园中去。常做佃农共只四家，男女老幼约三十名，连人带牲畜都住在农场附近，相去老人家中约有半里。老人之子公孙寿，前妻无出，早死，续娶三年，便为凶僧所害。孀媳年才三十多岁，两孙一名继，一名承，年只十四五岁，俱从老人学成一身本领。

侯绍原是连夜赶往，**仍用补叙**。到时天已深夜，才进山口不远，赶上两三起持着火把肩扛农具的山民，一路说笑往山中走去，所谈多是收获之事，觉着离亮还早，怎夜起农作？山中又无田亩，心中奇怪，试一打听，山民闻知是老人家远客，甚是恭敬，有问必答，把老人近况全行说出。侯绍听了，暗忖：在江湖奔走，劳碌一世，几曾享过像老人这样一天福过？临老还因一时疏忽误杀好友，为了补过，代保遗孤。兰珍还不怎样，江家母女却有好些先世深仇，不知异日要有多少忧患！看吴尚临终遗函，说小妹是他义女，与兰珍情胜同胞，不可分离，又令江氏母女往依虞家；分明是要自己一体维护。江父原是前辈旧交，以前又有负他的事，借此释嫌挽过，原属一举两得。无如前路方长，来日大难，事情忒关重大，无事则已，一旦有事，孤掌难鸣，略微疏虞失事，生死愧对，一世英名俱付流水。今晚便为此事连夜奔波，还不知老人允助与否？

心方感叹，忽听山民中有一人向同伴道，"这姓陈的小伙子真吃斗，初来还什么事不会，半天工夫全学了去，比我们都做得多，真正奇怪！"另一老农答道："我总疑心他来路不对。"先说话那人问道："你这老头子总是多心。南老太公这样好人，什人不敬重他？难道还有人转他坏念头么？"老农答道，"你年纪轻轻晓得什么！你不要看他穿得破，你只看他手脚，一点不粗不皱，像个种田人么？再说又不是此地人。我听金升说，太公全家上下都是好本事，小伙子一定有点缘故。我留神他好几天，本想告诉金升，叫他对太公说一声。因吴阿二说是他亲眷，怕得罪人，不好意思，打算再看他两天。真要是坏人看中太公有钱，也就说不得了。我们都得过太公好处，大家留点心好。"

侯绍一听，便知其中必有原因，来人不是仇家，便是借此进身，入门学艺。这样鬼祟，多半不是好路道。故作闲谈，插口一问，山民答说："那少年来日不久，自称老人家长工吴阿二的远亲，姓陈。本在天目山中与人看坟，新近解雇，无事可做。因知老人慈善好施，众山民每年相助农作均得厚赏，每晚还有酒肉犒劳，为此随众赶个短工，希图秋收完毕得点酬赏。别的也说不清。"侯绍算计离天亮还有些时，来人不问是何用意，必已早到，忙又探明年岁形相，借故别了众人，绕向前面，飞步赶去，又赶过三个赴农场的山民。正往前赶，忽听山头有人低唤"大哥"，忙把身往路侧崖壁上一贴，仔细查听时，那人又唤道："大哥快起！到田场上去。我已望见那些山民打着火把走来，不多一会儿就要到了。当初我就说你吃不落这苦头，最好让我到田里去，你在暗中下手，偏要和我掉换。你看你共总几天工夫，累得什么神气！手和脚全是伤口，事情一点影子还没有，这怎好呢？"另一少年答道："我兄弟二人出生以来，几时吃过这样苦头？我以为田里收割，还能比小时练功夫吃力么？谁知累还在其次，真正讨厌不过，心里又急，还怕被老头子看出破绽。我因听你说小的功夫都那样好，还不甚信，昨日去得早些，才亲眼得见。幸是日里看出点颜色不敢冒失，否则非吃大苦头不可。我看过了今晚再要没法下手，只好丢了这里，早点回去，另打主意吧。阿爹要在这里也好一点，真正急杀人！"

侯绍才知来者两人，一明一暗。听那口气，好似要盗什东西，并非寻仇而来。南明老人威名远震，竟有人敢起意偷盗，觉着奇怪。因崖上草树甚多，离地又高，上去不免惊动。嗣听二人语声渐远，似已起身，才纵将上去。一看原来崖上还有一个高约两丈的石堆，中央一个方丈大洞，洞内铺有干草，用石块支了一个行灶，一把水壶，水还甚热，旁有半条初熄灭的残烛和吃剩下的肉骨熟菜之类。再往山崖那边一望，适才来路所遇山民，三三五五各持火把，正往前面孤峰脚下绕去，才知心忙将路走错。估量崖洞中人，一个必已跟入人丛之中，另一个有事他去，少时到了田场自会见到。南明老人此时必还未起，未明叩门稍嫌突兀，莫如就在崖洞中等上片时，饮点热水，天明再往求见。重回洞内饮了点水，一会儿东方有了明意，方始下崖。心想时候还早，不如先去田场，看那少年是何来路。

遥望晨光稀微，前面山环水抱中，南明老人庄舍田园已然隐约在望。田场上人甚多，正在力作。纵身下崖，循路赶去，假作闲看，内中果有一个少年，与来路所闻相似。虽然也是山中农民打扮，但那举止神情，一望而知是个新出道的江湖中人。心想我这半瞎子尚且看出，南明老人目力何等灵细，连这样的笨贼通看不出，万无此理！因那少年见自己看他，低了个头，只顾乱割田中稻草，意颇惊惶，心中好笑。仰望日头已高，便往老人家中走去。

行不里许，便见前面现出一所庄舍。屋外松竹围拥，一道清溪绕屋而流，上架小桥，水声潺潺，与四围松声竹韵相与应和。溪中碧波粼粼，游鱼可数，清澈见底。时当秋暮，丹枫透红，遍地寒花，映着朝阳，愈显清艳。遥望对岸，屋宇修洁，朴而不华。庭前土地平旷，花木参差，两只白鹤，高几过人，正在对日梳翎，徘徊苍松翠竹之间。另一垂髫童子手持长帚，正在打扫庭前落叶。看去景物幽静，直和画图相似，令人到此尘虑一消。**如画。还珠心中乐园**。心想老人真个会享清福，多年未来，这里越发布置得好了。脚刚踏上小桥，小童回身瞥见来人，忙放下手中长帚，抢步迎上，喊问道："你是侯四叔么？"侯绍料是老人爱孙，忙即拉着他一双小手，笑道："我是侯绍，专程来此给你爷爷请安，你怎晓得？"小孩道："我天亮前到田里踏草练轻功，听做短工人说的。回来告诉爷爷，说'侯四叔手上功夫很好'。你教教我吧。"嘴里说着话，小手在侯绍掌中倏地用力一震。

侯绍虽知老人二孙俱得家传，功夫很好，万想不到见面就上，而且力量大得出奇，如非自己钢爪功候深纯，稍差一点定将虎口震裂无疑。这点小孩竟有这等造就，心中又赞又爱，不愿扫了面子招他不快，故作不知，随他一震，将手松开，笑答道："四叔的功夫还比不上你爷爷十分之一，算得什么！贤侄小小年纪手上功夫就这样好，将来一定出人头地，请你代我禀告爷爷一声吧。"小孩见侯绍神色自若，没有试出深浅，又笑道："四叔哄我呢！爷爷这时还有点事，到吃中饭才能见你。我哥哥也等在屋里。四叔今天非把你那天猿掌法全数教给我们，不放你走！"

侯绍本来最爱幼童，见那小孩生得修眉星目，面白如玉，貌相既极英俊，人又那么伶俐聪明，一片天真，实是爱极。再想起昔年与乃父公孙寿的交情，一言不合便生嫌隙，我虽不杀伯仁，伯仁由我而死。对于故人之子，自应格外看待，况又有求于他祖父，只得含笑说道："我那几手掌法，实不如你爷爷独门公孙掌。况我还有急事在身，少时就走，也无工夫呢。"小孩不依道："我听爷爷说，不论什么家数，总是多学一样好一样。四叔没工夫无妨，有这半天，我兄弟足可学会。**半天功夫，一看便是老人故意安排**。反正四叔此时也见不到爷爷，乐得教教我们多好！你只肯教，不论多大急事，我弟兄也能帮你的忙办去，不教却是不行！"

侯绍闻言心中一动，暗忖：看这情景，老人并未见怪，平日误信人言，自己生疏。早间不见，也许知我掌法从未传人，不便当面明言，授意如此。自己本该对两小弟兄尽点心，老人又素爱两孙，如若教了，求他也容易些；何乐不为？只是掌法奥妙，两小虽然聪明，岂是半日之间所能学会？方自寻思，小孩催道："四叔走呀，还好意思不教么？"侯绍笑道："阿侄，我真爱你。不是不教，是恐半早晨学不完，打算下次空了再来。"小孩喜道："这个四叔不必操心，如等再来，却没地方找你去。"侯绍还想问他弟兄名字年岁，小孩看出了允意，已不由分说，拉了就走。

侯绍见他并不领己入门，径由庭侧一条松径绕向正屋后面，又穿过一片竹林，对面便是屋后山下，小孩仍说笑往前拉走，笑问："你两弟兄在山上住么？"小孩道："有时也在山上亭子里睡，那是夏天，难得的事。不过每天练功夫都在那里。四叔，我听说你近来上点年纪，眼力没从前好，耳力却比先更好，遇上暗器能声听手接。早年'乱点飞蝗'的功夫一点没因眼睛吃亏低了成色，是真的么？"侯绍道："哪有此事！如今差得多了。"小孩意似不信道："我哥哥还要想看四叔接暗器的功夫，且等走到再说吧。"说时已到山脚。侯绍见山势陡峭，山脚一带壁立十数丈，再上始有斜坡和人行路径。石壁上下俱是尺许小洞穴，每穴上下相间丈许数尺不等，像是人工凿成，备练轻功之用。小孩忽然放手，说道："四叔，我在前领路吧。"说罢将身一纵，脚便踏到石壁穴里，跟着再由第一穴往上连蹿，晃眼连踏十余穴，到了半崖腰上，两手贴石，回顾下面直喊："四叔快来！"侯绍知他卖弄，小小年纪到此境地，也颇惊赞，笑道："你先上吧，我这就来。"声随人起，也不纵跃，只将两手贴壁，施展平生绝技缘壁而上，恰好一同到达。

小孩见他上时，身子竟似粘在石壁之上，和壁虎扒墙一般，游行自在，好生欢喜，才落实地便大喊道：**安排一段，集中写侯绍本领。**"四叔轻功真好啊！"侯绍笑道："你要学这个，只下功夫就行。我还要有攀附，你爷爷简直什么不要，二三十丈高下一耸就上，不比我强得多么？"小孩笑道："爷爷不肯教我们呢。哥哥想必早见四叔走来，等急了。由此上去，拐过一处山坡，见了平地，尽头有两间竹厅，哥哥就在里面恭候。四叔请前面走吧。"侯绍只当让客，仍拉他携手同走。走完山径，往右一拐，果见半山腰有一个大广场，半边设着百多根木桩，余者凡是武家所有器械设备，无不齐全。快到竹厅门外，小孩忽说"小解"，脱手走开。侯绍正待往门里走去，忽听头前有一小孩声音唤道："四叔来接镖！"这才想起小孩问他目力，并说乃兄要看他"乱点飞蝗"接暗器本领的话。听说老人两孙均极聪明，武功已有根底。先打招呼，镖却未见飞来，明是怕自己近年目力不济，骤出不意，受了误伤。看小孩借着解手先走神气，这暗器必是连珠乱发，不只一件。想不到两小如此淘气，莫要轻视年小，吃他打中，做人不来。一看对面屋门敞开，并无人影，语声又自高处发出，料定人在屋檐底下潜伏，便笑喝道："大贤侄要寻找开心么？看我捉着你，告诉你爷爷去！"一言甫毕，便见一点寒光迎头飞来。

侯绍久经大敌，手接暗器更是练成绝技，手扬处早撮到手中。见是一支三寸多长的小钢镖，心想：远客难得上门，晚辈幼童这样顽皮，老人纵然溺爱幼孙，不至于此，分明授意无疑。小的一个资质相貌都好，大的想也不差，莫如看在亡友面上，索性放大方些，把这两样生平不传之秘技传了他们吧。念头才动，跟着又是三支钢镖朝肩、臂、前胸飞来，去的并非面门要害。自己一身气功，就被打中也无伤害，越知受了指教。一面将镖接去，口中喝道："大贤侄不必顾忌！有什暗器只管施展。我且站远一些，怎样接法要看清楚了！"说罢回身跑去。刚跑出两丈左右，微闻脑后丝的一声，与钢镖破风之声不同，料是弩箭之类。也不回身，施展绝技，左手三指向后一撮，便接到手里。未及注视，后面又是丝丝连响，仍用前法，边接边把身子旋转，连接了几根一看，竟是七寸来长的竹筷，知是老人昔年惯用的飞竹。这东西与寻常用来吃饭的竹筷相仿，只是一头略微尖些。发时托在掌上，先用拇指和四指紧捏当中，中指用力向竹头一按，拇、四两指齐松，斜飞出去。妙在手和臂一点不动，全凭这三指之力，势比镖弩还要劲急。**奇想。只是动力何来，是个问题。**不遇劲敌不肯妄用，多半假作败退，暗将飞竹由腰间袖底取出，齐着腕臂向身后敌人斜射出去。射时早觑好准头，连身都不用回，相隔既近，敌自后来，一点看不出发暗器，人丝毫无动作。练成以后，端的百发百中，厉害已极。可是练时极难，不特手法巧妙，难于学习，更须恒心毅力，毫无间断。第一先要把手掌托法练得平稳，到了手接高处坠落之物，不论轻重大小，俱是全掌平伸，稳静如死，毫不摇动。再练手指上的劲头，竹轻发飘，不比镖弩金铁铸成，如非硬功有了根底，便能发射也只三数丈远，过此便成强弩之末了。最后再练目力，由明而暗，先对朝晨阳光练上几月，再去室中注视墙上所画拳大黑点，同时兼练掌法、手劲。练到所画黑点逐渐减到米粒大小，由三尺远近移出七八丈远近，注视时光也由下午日色偏西改到昏暮，才算到了火候。对面发射，是改用中、四二指夹竹，拇指用力猛按，比朝后射要难得多，怎不惊异！**讲得煞有介事。**

这时数十支飞竹正如飞蝗一般射到，侯绍也打起精神，蹿高纵矮，不是双手乱撮，便用飞脚让过竹尖，踢飞出去，将全副身法一一施展。末了再张口衔上一支，朝对面屋檐喷去，其激如箭，夺的一声，竟将檐口的瓦打碎了两块，飞竹也俱接完，才行收势止住。两小弟兄一个由檐间纵落，一个由门后出现，双双飞步跑来，恭恭敬敬纳头便拜，齐喊："四叔不要见怪！小侄因想学四叔武功，太冒犯了！"侯绍问知大的名继，小的名承，大的相貌尤为英爽，对客也彬彬有礼，应对从容，便夸奖道："照你两弟兄的聪明和家传本领，定能和老伯命名相符，继承先志了。"两小弟兄同声谦谢。公孙承也改了恭敬，不似初见时随口说笑了。

侯绍深幸故人有子，便拉两小同进厅中一看，内中陈列，俱是图史文具之类，才知两小文武兼习，俱由老人亲授，赞不绝口。落座之后，由里套间走出小童，献上茶点。两小相陪用罢，重请侯绍正坐，跪拜行礼，坚请传授。侯绍一面拉起，说："教是一定教，但有急事，当日必须赶回，半日工夫决难学会。"答应先教一些，改日再来传授，并告凶僧遭报伏诛之事及求见老人。两小先欲强留多住半日，及听父仇就戮，倏地面带悲愤，将足一顿，掩面辞出，如飞跑去。隔了好一会儿方始回转，泪痕犹未拭净，对侯绍道："小侄因听爷爷说凶僧厉害，要报父仇，本事越学得多越好。这几年只要有出奇本领的伯叔尊长前来，从不轻放，死求活求也要学到了手才罢。今早听四叔来，正在高兴，又有两样出奇本事可学。不想仇人已然伏诛。未得手报父仇，真个伤心已极！适才去往前面报信，爷爷说：他在上月已然得信，因怕我娘伤心，没有说出。我们总想砍仇人几百刀才称心意。照四叔说，他那几根狗骨头，还离他伤之处数十里内山洞之中，将来定能找到。小侄弟兄心思已乱，少时还要祭告先父。四叔既然无暇，改日传授也好。四叔的话也都代达，爷爷说：他自退隐以来，已谢绝世事，亲友来访，只要是想约他出山的，一概不见。本心想见四叔，但又不愿破例，异日无事来访，便可快聚了。见虽不见，四叔所保吴家义女兰珍，却与爷爷有点渊源，无奈不便有食前言。命告四叔，如觉对头厉害，可将昔年竹令拿去。只我家门户中人，不论知交门徒，持令往见，立即出面相助，便对头认得此令的，见了也不敢相犯。小侄并知浙东四友中的石、焦两位世叔，**又安下两条线索，备不时之需**。近已移居金华、兰溪两地，相隔永康，比四明还近，如有什事，正好约他，岂不比找爷爷容易便当么？"

侯绍闻言大喜。公孙承随由书展中将竹令取出。侯绍知那竹令乃是一面竹牌，老人壮年性便恬淡，自刻了一幅山居图在牌上面，暗寓他年归隐之地。后来隐居四明，风景竟与此图吻合。当年老人交遍天下，门人众多，行令所至，无不惟命而行。这等珍贵之物，随便放置，厅屋孤悬山上，常无人居，如被外人偷去惹出事故，岂非笑话！方讶老人疏忽，公孙承道："我正拿竹牌做香饵，捉老鼠呢！今已无此闲心。四叔顺便将这贼引走吧。省得他不知趣来偷，爷爷又说我顽皮。"侯绍一问，才知那假装短工的少年竟为盗这竹令而来，才来头天，便吃老人看破，先以为不是仇家，便是借此进身，投师学艺。后来暗中查探，才知他还有一个同党，俱是神拳无敌钱应泰的门下。为了钱应泰的儿子钱复被一对头擒去，老人竹令可以救出。恰好佃户中有一熟识，分出一人假装短工，每夜在僻崖顶上相聚，合谋偷盗。

老人因钱应泰品行不好，门下决无好人，本想点破。两小弟兄闻说此事，觉着捉贼可试身手好玩，再三磨着老人，先作不知，将竹牌也强讨去，故意炫露，想引二贼往盗，捉住取乐。公孙承偏又自不小心，往田里踏行衰草，练习草上飞的轻功。二贼震于老人威名，本就心虚胆怯，无意中发现老人幼孙已有这大本领，如何还敢冒失？两小弟兄见他久不下手，正等得不甚耐烦，一听父仇就戮，另有心事，无意淘气，所以才托侯绍将贼引走。侯绍含笑允了。有此竹令，无异老人亲临，问明浙东四友石、焦二侠居址，便托两小代向老人致谢，订了后会，起身告辞。由两小先在田间等候，取出竹令闲玩，被侯绍走来看见，另备一件玩物掉换去。**犹如儿戏。**

冒充短工少年，便是本书首集神拳祖师钱应泰门人马连之子马琨。另一红脸少年，乃钱应泰之侄陈业。二人为了盗取此牌，已来多日。当初陈业因见无法下手，惟恐误事，意欲另打主意。马琨阴狠狡诈，颇有父风，不肯白费苦心气力，最后商定分途行事。陈业另往别处求人相助，马琨仍借做短工隐身，相机下手，再守三日无成，方始变计。早来见侯绍看他，已觉有异，先疑侯绍是老人门下，好生闷气，嗣向同伴一打听，恰有一个多嘴的短工，来时曾与侯绍相遇，知是来访外客，对他说了。这时见两小兄弟和来人并不认识，竹令又被骗去，毕竟阅世还浅，侯绍做作又极自然，以为侯绍如是老人家客，两小决无不识之理，再说也决不能骗取小孩的东西，可见也是为了竹令而来。先当小孩难惹，想不到如此易骗，自己提心吊胆，日夜辛劳，连候多日，一点影子没有，却被别人一到便是骗去，如何不急。

偏生同党又恰巧走了一个，见侯绍似恐露出形迹，还在引逗两小说笑。算计所住崖洞，必由之路，居高临下，可以远望，忙推腹痛，赶回洞内。由石穴隐秘处取出包裹兵刃，急匆匆装束停当，走出往下一看，侯绍已和两小分手走来，走到崖前，便舍正路，抄山僻小径往山外跑去，不时登高回望，大有防人发觉追蹑之状。看出脚程并不甚快，因恐侯绍没有逃出，吃老人祖孙发觉追来，没敢当时下手，跟在身后尾随。眼看前面盗牌人神态慌张，脚步渐紧。

马琨到底得过高明人传授，赶随一久，渐觉出侯绍不似寻常人物，暗忖：来者不善，善者不来，既恐滑脱，又恐敌他不过。只管迟疑，不觉将四明走完，共追了百十多里。遥望前面，山深地僻，路无行人，再不下手，更待何时？难得掩藏甚巧，对方直未觉察，方要加急赶上，忽见逃人往路侧树林内跑去。两下相隔尚有十多丈，沿途歧径又多，惟恐失闪，暗道"不好"，忙即飞步追去。赶到林内，人已不知去向，估量对方脚程与己不相上下，必是适才发觉有人追蹑，穿林逃走，去必不远。恰巧林侧有一高坡，忙跑上去四面查看，山径纵横，哪有人家？只得纵下。正想不起往何方追索，忽听树后衰草索瑟有声，回头一看，正是那骗竹令的矮子来此出恭，刚由草地里站起，一见有人，吓得连裤子都顾不得紧，**侯绍亦有童心**。提着裤腰，纵身便往林外逃去。

马琨只当侯绍心虚怕他，边追边喝道："大胆毛贼！竟敢向小孩手里诈骗南明老人竹令。我奉主人之命追来，快将竹令还我便罢，不然被我追上，休想活命！"连喊数次，对方头也不回，只是朝前飞跑，任你奋力急追，只追不上。时久路长，累得马琨满身大汗，气喘吁吁，不得不把脚步放慢，稍停追逐。他这里势子一松，前面逃人也似力竭难行，步法散漫下来。马琨见状，重又鼓勇追去，眼看追近，对方也自惊觉，加急前奔。似这样紧追紧逃，慢追慢逃，两下相差总是十丈左右，永追不上。追到黄昏将近，不觉到了永康地界。马琨力竭神疲之余，已看出对方决非易与，即便追上，也难讨好，又知山中僻径将完，前行已到人稠的镇集，事更难办。看对方明是往永康去的途径，保不定还有同党在彼，自己孤身一人，怎吃得消？正自愁急，遥望左边坡上驰下一人，与前面逃人擦肩而过，径向右侧野地里跑去，脚程快极，看神气好似与逃人一路，却未见双方停住说话。心中惊疑，脚底才慢得一慢，再看前面之人，倏地脚底加快，已然跑出老远，夕阳光下，不一会儿便剩了一个小黑点，晃眼没入烟霞之中，不见踪迹。

这才觉出对方有心戏弄，快到地头，才施展出他的脚程，不特并未力竭，比起自己直强得多。情知追赶不上，只得停了下来，一面喘息，一面寻思：老人竹令如能到手，事便立解。来时自己夸口，任是龙潭虎穴，也须将它弄到手中。那骗竹令的人看去虽像个能手，难道还有南明老鬼厉害？并未和人交手，就此畏难缩退，算什好汉！再者事关太大，没有此物解围，万一真个对头下了毒手，老头子回来怎生交代？越想越不甘愿，断定所追的人前途如有去处，必是金华、兰溪一带，正是师弟陈业的来路，恰好遇合，否则他也整日奔驰，既往城镇大路跑去，不是在此居住或有事逗留，当晚也必在此食宿落脚。永康昔常往来，路地均熟，此时腹饥，且找饭铺大吃个饱，就便沿途查看踪迹，饭后破着一夜工夫，好了总可查出一点眉目，看是明索或是暗取，再打主意。

　　一看对方所去，正是转向城关大路。这时夕阳衔山，尚犹未堕，又是方岩秋祭香汛期中，一上大路，便见来往行人甚多，颇为热闹。猛想起胡公庙香讯还有数日，客帮花子前年曾与本帮争过地段，后经好些有名人物出来调处，事虽平复，客帮仍不甘心。金华北山不久还有广、浙两帮一场恶斗，这厮骗取竹令，许是与此有关。永康素无城垣，前行二三里便是县衙，记得衙前有一五福楼，酒菜甚好，吃完再往方岩一行，当可寻出线索，随往五福楼赶去。进门一看，楼上下酒客甚多，刚令堂倌寻一僻静座头坐好，要完酒菜，忽听邻座上有人向堂倌道：“告诉你多拿酒来，就我老头子没带钱，也自有人会钞，这不是来了么？”马琨见那人是一矮身材的老头，衣服既是破旧，面前酒壶已堆了八九把，菜也一桌，正向堂倌索酒。堂倌似与他熟识，赔笑答道：“老伯伯不要发急，店里今夜吃客太多，忙不过来。要不够量，和上回一样，搭一小坛来冷吃好么？”老头笑道：“你倒知我胃口。也罢！横竖有人会钞，多吃点就多吃点，停歇我那朋友来，我要吃醉的话，告诉他，今夜竹牌务要藏好，留神被贼偷去，没法子还给人家。”

　　堂倌想是知他酒后疯言疯语已惯，顺口敷衍了两句，转身取酒去讫。一会儿抱了一坛酒来，敲去泥头，揭开封皮菩叶，放在桌旁。老头叫堂倌自去，自己下手，用大碗倒吃。马琨闻言早留了心，一面饮食，暗在查看，方觉老头酒量惊人，老头又自言自语埋怨道："说是就来，如今会钞朋友倒来了，他还不到，莫非掉我醉鬼枪花么，无缘无故叫别人会钞，这丢人的事我才不做呢！幸亏是熟店，欠赊得动，不然酒已下肚，老四真要不来，这台戏坍得落了！横竖不怕没钱，管他来不来，我先来个爽快！"随说，随将手往桌旁酒坛口虚按了一下，只听得呼隆一声，坛中之酒立即随手而起，粗水箭也似冒出坛口尺许高下。老头将头一低，便自张口吸住，咽咽连声，狂吞了七八口，回头又再吃菜，直喊"好酒"不迭。

马琨见老头气功如此精纯，方自惊讶，又见一个矮人急匆匆直向老头座前走来，近前还未及落座，老头已先喊道："老四！我当你不会来呢。我又没钱会钞，多吃了怕人不赊，馋得我好不难过！好容易盼来会钞主顾，你又不来，到底往哪里去了？"马琨见后来这矮子，正是适才所追骗去南明老人竹令之人，愈发惊惶，趁他没有看见，自己座又相背，忙把脸偏过，暗中留神静听。只听矮子对老头道："今天我去时，真个再巧没有！连门都未进，便从小孩手里把那竹牌骗到手里。不想中途遇一小贼，看出便宜，想要趁火打劫，一直被他追到小石口才得滑脱。先错当他是老头子手下，只顾赶回，无心与他怄气，但已认准他的相貌。早知是个冒充，我早把他蛋黄都挤出来了！我因那竹牌，南明老人归隐之后久已不用，他又永不许人上门，用起来不但令到必行，只听持牌人的吩咐，无不遵办，并且一时半时还决不会露出马脚。可是目前想借此牌一用的人甚多，保不定追我那小贼便是一个。闻说金华北山，广、浙两帮不久就有一场恶斗，不论哪一面，能得此牌便占上风。放在身边，真比什么都珍贵，还要危险！我老怕人偷去，交给你这醉鬼又不放心，想来想去，还是放在我住的那个破三官庙里比较妥当。一则那庙十分破败，庙里只有一个穷老道士；二则我住那间房子在尽后面，又破又脏，门外野草甚深，像人家供祖宗牌位的地方，不是子孙，谁肯前去？三则那地方只是一个小村，都是本地大乡绅虞家一姓，外人不会容留。我想来想去，放在我房里将门一锁，比放在身上要强得多，因此赶回去一趟。累你久等，明日请你再灌一顿如何？"《群英会·蒋干盗书》。

老头只管豪饮，闻言只淡淡地答道："那个随便，反正眼前你已无事，由你寻开心吧。"马琨闻言喜出望外，自己正愁这两人难惹，难得他东西不在身上，自吐机密。矮鬼新来，必要吃喝些时，趁此时机，前往三官庙中偷盗，再好没有！无奈矮子坐处虽和自己相背，如若起身下楼，却非从他面前走过不可，如被他看破，不特竹令难盗，弄巧还吃苦头。自己酒菜还未上完，忽然算账一走，和堂倌说话，只他一回头，便不免露出马脚。方自胆怯情虚，矮子忽说："腹泻，要出恭。"下楼走去。

马琨一想，此时不走，还等何时？仗着老头不认得自己，推说："业已吃饱，还有急事，不再等菜了。"随便打开包裹，取出二两银子丢在桌上，夹了包裹便往外走。刚到楼梯，忽然匆匆跑上一人，两下势子都急，竟被撞个满怀，胸前被撞生疼，几乎仰跌出去。方要发作，一看正是对头矮子，不知为何恭未出完又跑出来，撞了人一言不发，只把身一侧，埋头往里跑，心中大惊。侥幸对方冒失，未被看出，哪里还敢寻去理论！耳听矮子正和堂倌在要草纸，知他心急，脚步又快，晃眼取纸跑出，慌不迭顺梯而下，一心记着盗那竹令，也未想到别的，出门先跑。走出里许一间，与虞家乡绅邻近的三官庙，相隔只二十来里，并可只走田岸僻径，不走大路。回顾对头并未发觉追来，高兴已极，自信手到成功，由大街找到田野，路上四顾无人，撒腿就跑。

一口气跑了好几里，才想起胁下还夹有包裹，竟不知何时失去。心想内中不过衣服银两，等把竹令盗来，就便往乡绅人家走上一遭，取点金银决非难事，先办正事要紧，也就不放在心上，依旧加紧飞驰。眼看庙墙在望，刚打算越墙纵入，忽见后墙根影绰绰好似蹲着一人。心中一虚，刚把脚步停住，便听那人自言自语道："县衙前偌大一条街，竟找不到一个干净毛厕，害得我一泡稀屎还要赶回来拉，连酒饭也未吃好，白便宜那醉鬼一人享受。出完货色再赶回去，也许都吃光了，真正气煞！"马琨一听，正是酒楼所遇对头，不知怎的竟会赶在自己头里。估量不是对手，尚幸见机，没有冒失，行处野草甚深，相隔也不甚近，忙把身子蹲在草丛之中。心仍未死，妄想对头解完手重回酒楼，仍可下手。

等了许久不见对头起立，回想前情，渐觉可疑。忽然省悟对头有心戏侮，不禁愤恨，刚将身畔暗器取出，准备相机行事，对头又在自言自语道："我侯老四生平最恨吃屎的野狗！适才因怕野狗舔屎孔，才跑回来蹲野坑，想不到这只野狗竟等在草里想吃现成，真教惹气！再不滚蛋，等我给点颜色你看！"随说，将手一扬。马琨当是暗器，往侧一闪，未见动静，竟是虚的。心想矮鬼你不要欺人太甚，我已知你闹鬼，且给点真颜色你看！念头才转，敌人手又一扬，一躲又是虚的，心中恨极，正待用师传手法，将掌中镖连珠发出，猛觉迎面风生，知道不好，想躲已自无及，叭的一声，满脸开花，觉着火辣辣有点麻痛，臊味刺鼻，不像是什暗器。用手一摸，掳下满手污泥，还是热的。猛想起适听敌人撒尿，用瓦片在地乱划，知是尿和成的臭泥，同时又觉口鼻两处也进了些，当时一恶心，也忘了敌人在前，哇的一声，将适才所用酒饭全吐出来。正在反胃难过，耳听对面敌人哈哈大笑道："野狗也会伤风反胃，真真奇怪！可是挖空肚皮，好享受这一堆么？"

马琨急怒攻心，哪还计及利害！大骂"矮鬼"，一扬手，三只飞镖连珠朝前打去。忽听"嗙郎"两声，刚想起敌人厉害，自己不是对手，那三只镖已原封退回。幸是练就手眼武功，得有本门真传，敌人又只存心戏弄，不想伤害，接镖之后顺手甩出。镖头朝前，倒打出来，没用什力，就中上也不妨事，否则以侯绍的手法，马琨早没命了！马琨一听头镖没有落实之声，已料被人接去，果然镖才发完，便有三点寒星飞回。因镖是己物，不舍弃去，忙即施展师传接镖之技，边躲边接，打算将镖接回，立即逃走。饶是目力敏锐，纵接灵巧，仍只接到两只。第三镖因与第二镖同时甩回，斜行打来，两头相差不足五寸，前后间隔也只尺许。马琨心慌胆怯，手脚微乱，第二镖才抄手，那第三镖来势最急，到时忽然抢前了些，几乎同时打到。马琨左手握着头一只镖，又想用右手连接，当时措手不及，恰被打中右手臂上。虽是镖头，没有穿肉透骨，却也打得骨痛欲折，几乎连第二只都把握不住，哪里还敢再将坠镖拾起！连痛带吓，咬紧牙关，甩着痛手，纵起身来，便往回路逃跑，敌人也由后追来。孤身异地遇着强敌，如何不怕？嗣听身后追逐越近，方自心惊，恰好前面有一片苇地，慌不迭窜了进去。**着力写恶作剧，为的是让马琨吃点苦头。**

　　跑到里面，刚择地隐起，敌人便自追到，耳听脚步到了苇边止住，以后便不再听声息，仿佛人在外面守候情景。天上日光又亮，知道敌人以静制动，略微移动必被发觉，耐心苦挨了半个多时辰，终无声息，实忍不住，试往前移动几步，又将芦苇摇弄作响，均无回应。估量敌人已去，胆子较大，因拿不准，仍然轻悄悄由苇缝里擦身而过。眼看走完，快上平地，忽听外面哈哈一笑，敌人已在苇外等候，方知上当，忙拨回头又往里钻。这次敌人却不似前老实，竟用石块由外往里打来，上面苇梢只一晃动，便有成群石块打到。苇密地狭，苇叶锋利如刀，为防敌人看破踪迹，还须隐着身形，缓缓潜移。身上被石子打中好几下，虽幸打得不重，手脸等处均被苇叶割破，难受已极。好容易挨到芦苇深处，敌人方不再发石抛打。

　　喘息定后，自觉伤口疼胀，地又污湿，秋蚊飞虫之类更多，一齐来咬，委实痛楚难禁，忍不住又试探着往外走出。提气稳形，走不几步，便见石块如雨雹一般打来。后渐觉出苇外敌人不止一个，疑心那同伴醉鬼也赶了来。适才眼见那好气功，如何心里不怕？知被擒住，决无幸理，只得强捺性子，准备忍着苦痛，颠顿苇地污泥之中，提心吊胆，专候敌人时久自去，再行出苇逃走。谁知敌人竟是死了心，也不出声，只在外面干熬。几次算计敌人已走，可是一等起身要走，不论声东击西，用什么方法，俱逃不过他的眼目。不动还好，稍一行动，就不被石块打中，至少也必受些虚惊，委实智穷力竭，无计可施。勉强苦挨到了天亮，以为路上有了行人，对头也守了一整夜，当已走去。谁知仍是走东打东，走西打西，上面芦苇稍一摇动，便有石块飞落。

后来阳光照入苇地，仔细一看，鞋绽袜穿，周身俱是污泥，整夜蚊虫乱咬，加上石块横飞，挨了好些下，手脸等处满是包块，伤痕累累，又胀又疼，端的狼狈已极。越想越恨，暗忖：我又没有赃物在身，吃这矮鬼欺侮了一夜，还是不肯饶松，难道大白日里还会要命不成！想到这里把心一横，分着芦苇，一路戒备着就往外走。走不多远，方觉外面石块虽往芦苇动处乱飞，并无准力。有的从头越过，有的未到便落，再不就打歪。就有打向头上的，也容易闪躲，直不似有功夫的人手上发出，心中奇怪。忽听右侧有一小孩喊道："塘里笨贼跑出来了！阿毛还不快跑！"声随石止，跟着便听苇外脚步之声往左侧跑去。忽然省悟：白担了一夜惊，外面竟是几个小孩。料是受了对头指使捉弄，自己在苇地里受罪，**侯绍真有闲心！**真正对头早已走去，不竟气往上撞！忙赶出去，顺着苇地往左一追，果见有三个年约十六七岁的乡童如飞逃去。

马琨忿火中烧，意欲暴打一顿出气，又想拷问对头姓名来历，自是不舍。乡童怎跑得他过？接连几纵便快追上。乡童见他追来，一声呐喊，早分两路逃去。一个年纪较大的不但不逃，倒反身立定，先问马琨为何追他。马琨打算盘问明了底细再打出气，怒喝："小贼！可是受那矮鬼所教，用砖头向苇里乱打？"小孩闻言并不害怕，冷笑道："不错，那是侯老伯伯教我们这样做的。他说昨日从四明山回来，有一小笨贼想偷他的东西，被他追到苇塘里去，缩了乌龟头颈不肯出来。侯老伯伯要回庙里睡去，不高兴再弄白相，寻来我们，装他老人家守候在外，打算叫小贼在里面避一夜风。走时还说：天亮后小贼出来，可对他说，侯老伯伯现在三官庙后进，那面竹牌也在屋里床上放着。有本领只管寻他偷去，如要欺负我们，不是好汉。看你满面污泥，头青脸肿，急猴猴的神气，莫非你就是那小贼么？"马琨为人阴险，虽早心头火发，尚能强耐住气把话听完，刚怒骂一声："小鬼畜生！"伸手要抓时，小孩似早留神，忽然高喊："侯老伯伯快来！这小贼要欺人呢。"

马琨吃了一惊，回看身后，哪有人影？就在这微一疏神之际，小孩业已拨转头，如飞往野地里逃去。马琨才知小孩是诈语，对头并未赶来，益发气忿，口中连声怒骂，如飞追去。那小孩虽没马琨跑得快，却极滑溜灵巧，追不多远，便扎入苇塘之中。马琨怒气不息，还想跟入追擒。偏那片塘里尽是泥水，深几没膝，苇又生得特高，不比昨晚苇里还有干地，只得忿忿退出，连寻了好几处，俱无法钻进。静听小孩在里行走，水泥蒲塌，也颇艰难，知难走进。容到想起用石块循声往里打去，已不听得小孩动静。气得顿足大骂，抬些石块朝里乱打了一阵，渐觉饥疲交加，伤处胀痛，气终不出，想将小孩打伤，等出了声，略微解恨再走。正打得起劲，忽听塘侧脚步之声颇众，偏头一看，乃是一伙乡民，由几个村童领导着，均都绕苇塘轻悄悄掩了过来，先进入苇塘的小孩也在其内，各持镰刀棍棒锄头板斧之类。马琨才一照面，便听一声暴噪："贼在这里，大家快上！"跟着一窝蜂似如飞赶来。**再起波澜。一环扣一环，不似铁猴行径，直如诸葛亮风格。**

马琨在苇地里苦熬了一夜，痛楚饥疲之余，孤身异地，自是心虚，料是对头引来，本人必在后面。乡民强悍，众寡不敌，如被捉住，有口难分，这顿打先不好受。如再取出兵刃暗器伤他两个，光天化日之下，乡民再一鸣锣聚众，更跑不脱，哪里还敢挺身上前！吓得回头就跑。那些乡民原是小孩引来，马琨一跑，越当是贼无疑，纷纷呐喊追赶。那苇塘一带地虽隐僻，却与官道邻近，附近田里俱有乡民农作，闻警到处响应追截，身后砖头石块似暴雨一般打来。马琨见状越发心慌，不敢再顺田岸逃走，径自落荒，往山野里窜去。仗着脚程迅速，仍逃了好一会儿，后来逃进附近山里觅地藏起，才没被乡民追上。

喘息定后，又饿又累，加上周身痛楚，难过已极，包裹已失，衣财俱尽，恐被乡民认出，还不敢公然出面。后来一摸身上，只剩有些许碎银，强打精神，先寻山泉洗净头面，略去身上污泥。又寻到一家山民，将余银买了些食物略微充饥。囊中空乏，又恐被人认出。幸天气还暖，先寻了一个僻静岩洞，在山石上睡醒一觉转来，越想越恨，又不舍弃竹令不盗，打算赶往金华，寻来陈业，二人合力一同下手。刚由山中穿出，巧遇陈业，因所寻能人未遇，正往回赶。二人见面，说知就里。陈业一听，便道："那些乡民不过受了敌人愚弄，并未失落东西，你这样心虚作什？昨日我在金华，顺手盗了三百多两银子，原准备买通老头子家下人用的。既然竹令被人诓去，落在此地，任他厉害，总比老头子好对付些。难得我二人早已分开，他只认得你一个，你索性放大方些，先到大街，将周身衣服鞋袜全数换去，再装香客，在方岩附近寻一人家住下，矮子猜你再来，还要用那竹令为饵，二次引你偷他，给些苦头你吃。你如不动，他当人前不会有什动作，等衣服换好，我跟在你身后。等遇此人，与我一个暗号，他见了你，定必跟踪尾随。容他看出你是孤身在此，你将他引向远处，由我到他窠里试上一试，竹令如在，手到成功。否则那东西放在身上，如今天气，只稍留神，隔衣也看得出，我们再设法或是暗取或是明夺。真要二人合力也吃他不消，另外请人相助，料无不成之理，你看如何？"马琨虽觉矮子用心思诓来竹令必有用处，未必没有同党，那酒楼所遇醉鬼便是劲敌，但是自己需用太切，急切间更无善法，只得冒险一试。商量定后，立即如言办理。**陈业又来，别生变化。**

　　侯绍习性难改，自将马琨困入苇塘，把平素相熟的顽皮村童寻来几个，教好应付之法，便连夜赶往南溪，寻到一个能手家中，将老人竹令取出看了，定下后约。赶回问知马琨已被村民当贼赶走，料他还不死心，只不知要这竹牌何用。反正清闲，意欲拿马琨开心，诱他来盗，在庙中擒住，问出底细再行放走，给钱应泰一个难堪。回庙嘱咐了老道士几句话，便即赶出四下查找，马琨尚在山中熟睡，竟未遇上。次早出门遇醉鬼哭醒，说要他去同往酒楼痛饮一顿。刚刚作别走回，便见马琨向人打听往方岩去的道路。相隔不远，有一红脸少年正由对面走来，看脚底是个练家。侯绍前在四明，原只偷听二人谈话，陈业并未见过，见少年虽是路人，与马琨并不认识，手里又拿着香烛，当是外来香客，轻敌过甚，就此疏忽过去。心还想引逗马琨，故意约些平素相熟的村童去逛方岩，走到半途再退回来。

马琨先见侯绍没有跟他，却往方岩走去，猜透侯绍用心。因不知那竹令是否留在庙里，回望侯绍走远，忙把陈业招至拐角僻静之处，将原定主意改变。令陈业藏过一旁，不问敌人是否尾随，只作不知，径往三官庙求见。敌人如肯露面，索性借着道歉为由，打出师父旗号，和他说明，请借竹令一用。这等行径，照江湖上规矩，人以礼来，虽然敌人决不允借，不过受他几句不中听的话，决无他意，至不济总可问出姓名来历，否则也可踩明道路，向庙中道士打听一点底细。自己歇了一夜，衣装全换，昨日村民又未认清面貌，今日故意走往苇地附近，并无一人指认。大白日里好好登门，敌人虽设圈套，自己不钻，想必不会有什么花样。等去后有点眉目，再将敌人引开，骤出不意，由陈业暗入庙内一行。竹令如真在彼，岂不唾手而得？边走边想，估量侯绍必已返身尾随，格外走得从容，也不回望，到庙叩门直入。

这时庙中老道士刚把黑摩勒和江明二人送走，**到此再接前茬**。问明来意之后，因侯绍行踪飘倏，出入不定，有时一出数日不回，忽然又在他房里走出，当是侯绍朋友，不敢怠慢，便照适才对答黑、江二人的话说了。年老神昏，竟忘了钥匙尚在自己身上，将马琨让至房中少坐，自往后进，看侯绍回来也未。马琨乍听敌人姓侯，还没想到那就是小铁猴侯绍，侯绍偏又是一生自负，独往独来，从不肯更名改姓，略微探询，老道士便自说出。马琨闻悉大惊，知道此人软硬不吃，遇上非吃他亏不可！再听老道士口气，仿佛人已赶前回庙，把来时念头全数冰消，哪里还敢停留下去！老道士一走，赶即抽身逃出。凑巧侯绍见马琨公然直入庙内，也想将他诱向后面擒住拷问，径绕后墙赶回，见老道士走来，便令出唤来客入内。

老道士看人已不辞而别，侯绍得信，嘱咐了几句话，便即赶出。行时懒得再开房门，艺高人胆大，也未进房取那竹令。等他走后，老道士才想起虞家有人来寻，忘了告诉。忙追出时，人已去远。侯绍先当马琨已不在，入庙踩访道路，再来不问明见暗偷，俱在庙里。先想看他落脚之所有无党羽同来，出庙一打听，恰巧有一村童路过，看见马琨由庙内慌慌张张走出，往方岩的路上跑去。当地村童均和侯绍交好，便对他说了。侯绍便照直追赶马琨。马琨因知侯绍比南明老人手辣得多，原意寻着陈业另打主意，本已变计。吃侯绍这一追，马琨害了怕，路过陈业藏处，不敢相见，人多处不便急跑，回顾侯绍追来，径自落荒飞逃。侯绍由沿途村童指点，一会儿便自追上，见他窜向野地，也想将他逼向无人之处擒问底细，依稀辨出前面逃人影子，便不再急追，只是紧紧尾随不舍。直追出十里以外，到一僻崖后面，方始纵身上前拦住去路。马琨情急，还想动武，只两三照面便被侯绍点倒。马琨倒是知机，一落人手立即输口，说出此行用意。

原来那神拳祖师钱应泰，自在千松岩寒花嶂，为天山飞侠狄遁、乾坤八掌地行仙陶元曜逐走，率领手下门徒，离去所占的崖洞，先在附近山中暂居，暗命门徒取回洞中复壁内所藏宝物，不料已被恶徒尤嘉先期盗走，闹出许多事故，又丢了一次大人，自觉无颜再在江南称雄。他和已死恶徒马连原是连襟，外家俱在西天目深山之中，当时忿愧之下，便将所有门徒全数遣散，自往西天目隐居。马连遗有一子，便是马琨，马妻贾三姑痛夫惨死，再三托妹子四姑，磨着钱应泰传授武艺。钱应泰自从娶了四姑，也生有一子，名唤钱复。本因自己年已半百过去，又娶妻破了元身，怎么下苦勤练，也非仇人对手。如今两家幼子从小练起，将来为父复仇，实是再好不过。无奈两子资禀俱差，尤其马琨，人虽聪明机智，练武却无恒心。仇人何等厉害，就把自己本领全数传与尚且非敌，照此如何能行！一晃十年来，正打不起践约报仇主意。

这日山中闲游，无心中遇见狄家一个对头。那人姓陈名松，**不断节外生枝。**乃甘、新道上有名的独脚大盗。也是十年前，在凉州城内劫取一家富绅，不合伤了事主，恰是狄家门人好友，狄遁又恰巧路过得知此事，苦苦追逼，终于吃了狄遁大亏，几乎废命。西北诸省不能立足，逃到江南隐姓埋名，居然寻到名师，学了一些绝技。眼看再为精进便有报仇之望，谁知师父与狄家竟有一点渊源，不知怎的忽然识破行藏，不但不肯再加传授，反极严厉告诫，说他便练到老也非狄氏一家对手，去了只有送死。最终竟下了逐客之令，不认他是本门弟子。陈松无奈，只得辞出。原意师门心法已得了多半，况且狄遁的短处已从师父口中探悉，只要再下苦功练上几年，将师传专打穴道的暗器手法练成，也还可以寻找仇人一拼。打算先择一处深山幽静之地隐匿用功，闻说西天目风景甚好，地又幽僻，自来寻看。行至中途，遇见一个孤儿，问知父母双亡，年才十岁，孤苦无依，恰又同姓。自己正因山居岑寂，无人料理琐事，便把那小孩认为义子，取名陈业，同带了来。寻到后山无人之处，正在端详地势，忽与钱应泰相遇。

行家眼里，一看便知，两下谈得甚是投缘。钱应泰便邀他结邻同住。始而两人都有避忌，不肯吐出真名来历。陈松更因对方是个行家，自己所练暗器乃师门不传之秘，恐被看出，偷学了去，连住一起都非所愿。后来还是钱应泰吐口试探，渐渐彼此各把真情说出，敌忾同仇，自然一拍即合，不久结为生死之交，并在一处居住。每日早晚，各率儿子徒弟同练武功，轻易也不出山一步。二人功夫原本各有短长，钱应泰见闻较多，功夫较深，对于克制仇敌的短处却不深悉；陈松生性直率，巴不得多一帮手，便把投师所得尽情说出，于是二人互相指点。钱应泰虽然年老，又破了身，到底是武功精纯的人，一点即透，因此二人艺业大进。

一晃四五年光阴，依了陈松，功夫已然练成，足可寻找仇人一试。钱应泰却比他机智得多，一则年老虑远，处处都留退步；

二则自己以前与仇人订有约会，必须明去拜山，约期比斗。强龙难敌地头蛇，何况狄氏一家，连他门人，个个厉害，此行实无把握。不比陈松，只一寻到狄遁，随时随地便可暗中下手，无须自往登门。主客异势，手还未动就吃了亏，意欲再得一个可操胜算的能手同往，到时能胜固佳，不能逃了回来，仍可安居养老，以终余年。再三劝阻，勉强又挨了三年。

钱应泰知道狄遁之叔梁公父子俱精剑术，此行虽可单约狄遁比并，拿话封住，使狄梁公父子不好意思出面相助。但是狄家门人俱是能者，来往又多异人，当时如若侥幸获胜，这班人必出找场，如何应付？有心先往千松岩寻找申林，令约狄遁到江南来交代过节。一则以前曾和人说，二三年内必往北天山拜访，早已过期，自觉无颜启齿。更恐把那化名萧隐君的乾坤八掌地行仙陶元曜引来，比起狄遁更难抵敌。表面上劝陈松不可轻举，暗中却在约请能人相助。所约那人名叫郎腾，原是五台派未传的一个余孽。当五台派剑仙势盛时，也着实出了不少能人。只因从教主混元祖师起便行为不正，后到许飞娘这一辈上更是江河日下，无恶不作；**事见《蜀山剑侠传》**。连经三次峨眉斗剑，吃各正派剑仙诛戮殆尽，总共漏网不多几个，多是惧于峨眉、青城两派声势，自知不行，到时没敢随着飞娘附和，先期隐避，事后更知敛迹。

各正派中人见劫运已过，这几人平日恶行也未大著，只要迷途知返，不再横行，也就不为已甚。郎腾的师父，缙云清虚观邢徽便是其中之一。他有一爱徒刁聪，与钱应泰昔年颇有交情。钱应泰出事以后，便想借刁聪之力把邢徽搬请出来，不料头一次便碰了钉子。嗣后钱应泰每隔一年半载，必抽空背人带了厚礼去往缙云清虚观拜望他师徒，一面暗托刁聪伺机商求。邢徽素抱人不犯我、我不犯人主意，家规又严，钱、刁二人空自发急，说不进话去，可是每次送礼，邢徽都照实收下，又觉希望未绝，一晃十多年过去。

这日钱应泰因陈松催行甚急，再不去便要独自起身。钱应泰也被说动，明料邢徽不会相助，心仍不死，意欲再试一回，便和陈松说了。陈松一听，再细盘问邢徽貌相，左手背上有五粒朱痣，不由喜出望外。原来邢徽原籍也是甘肃，乃陈松母党长亲，年才十岁便被人拐走，家有老父孤侄，全仗陈松之父接济。事隔三十年，邢徽忽然穿了一身道装还乡省墓，问知家中境遇，便往陈家致谢。彼时邢父已死，侄也成人娶妻，得陈父之助，已成家业，陈松年才九岁，问知邢徽已是神仙一流人物，甚是歆羡，邢徽也颇爱他，因陈家只此独子，不能令其出家，只给了些轻身益气的丹药，便自别去。不久陈父老死，陈松生来好武，父母死后，便投名师学了一身本领，因家为自己学武败尽，便做了独脚强盗。自从小时一面，并未再见邢徽，以为人已仙去，不料隐居在此。当时说完，第二日备好礼物，便即同往缙云山拜望。

这些年来，邢徽见钱应泰礼重意诚，本已心许，不过与狄家素无仇怨，不愿事由己开，又因修炼正勤，无暇分身，所以不曾明允。事有凑巧，二人前去，邢徽恰命门徒邹彪天山采取雪莲，配炼丹药。那雪莲南北天山都有，本不难见，偏生邹彪年少性刚，受了师兄刁聪怂恿，故意走上北天山，去向狄家叔侄寻隙。谁知还未走到穿云顶狄梁公所居别业，便遇见狄家所养狒狒大金、二金两只通灵的神物。邹彪虽有一身法术，竟奈何它们不得，末了反吃二狒戏侮个够，方得觑空逃下山来，在北天山所得的一株灵芝也被夺去。这还是二狒奉有主人之命，不许伤害生人，只驱逐吓退了事，否则早被撕裂，死于非命了。

邹彪受此重创，不敢再在北天山逗留，改往山南绝顶采掘雪莲。又遇见天山大侠老少年神医马玄子的门人郁进，两下言语不合，动起手来，又吃了些亏苦奚落，气急败坏逃回缙云。见着师父，添枝加叶一蛊惑，竟说狄、马诸侠有意为难，使这野兽出面，自在一旁破法，以示邢徽门人还不如他所养的畜类。邢徽闻言不由大怒，恰值所炼丹药法术俱已告成，欲往天山去寻狄、马诸人晦气，刁聪自是高兴，**"祸福无门，唯人自召。"**已然禀知师父，想将钱应泰唤来同往，以酬前愿。钱、陈二人来得正是凑巧，邢徽本是无德不报的人，何况陈松之父有恩于他，谊又至亲，连同邹、刁等人一怂恿，益发志在必行。当下略微安排山中之事，留下两徒守观，率领刁、邹、钱、陈四人。当日即行起身。因钱、陈二人不会遁法，难于携带。为求迅速，并便道约一能手，径由浙江海道，用遁法催舟渡海，经淮河海口穿入黄河，逆流上驶，直达黄河上游皋兰以西。然后舍舟而陆，由甘入新，先到哈密约那帮手，同往北天山进发不提。

钱、陈二人一走，剩下马琨、钱复、陈业三人。除陈业幼遭孤露，饱历艰辛，性较和让外，钱、马二人都是独子，从小娇惯。又知父师是南派武家中有名人物，生平只在千松岩寒花嶂受过一次挫折，从未遇见敌手。各人又从小起练会了一身武功，都是狂傲成性，不把人看在眼里。钱应泰颇爱讲求饮食，所居离市镇甚远，每隔些日便须置办，自己怕遇熟人，轻易不愿出山。两小好动，山居寂寞，巴不得借买东西为名，往城镇闹市中走走，去时钱应泰虽嘱咐买了东西即回，不可闯祸，两小自恃本领，年轻喜事，哪里放在心上！开头还好，去过几次便出花样。始而去时暗向两家母亲讨些银钱，在城中镇上买些零食玩物，看个草台戏，游逛会集，尚未过于任性，后来逐渐年长，胆子越来越大，常时与人相打。**补叙，又开了一个叉。报刊连载的一个特色，利于铺演。**

这一年春天，离山十里的马王庙镇上有了会集。时正承平，四乡各县香客众多，加上一些赶会的商贾生意人，热闹非常。钱应泰恰巧缙云访友，被刁聪留住未归，这时陈松父子已早到来。两小竟和乃母明说，讨些钱前往游历，并还约了陈业同去。陈松虽受钱应泰之托，代管两小，监督学艺，因三姑、四姑各对儿子溺爱，放纵已惯，两小已快成人，虽是父执，并未拜门，不便管束。又知两小出游常事，自己为复前仇正下苦功，也就听之。三人在马王庙镇上逛了大半日，胡乱饮食一阵，正随着香客游人起哄，忽见庙前空地上添了一档走江湖卖艺的。挤进人群一看，卖艺共是两人，一个十七八岁的少年，正耍着一趟刀，虽是生意人的手法，舞得也颇精熟。场中还有一人，接着又扎了一套花枪和一些扑跌功夫，样样都极花哨，引得四外看客齐声喝采，不住往里抛钱。

三人中马琨最工心计，暗忖：这种玩法多好！又得钱多，还有人恭维夸赞。母亲小气，每讨银钱，总不够用。何不与钱、陈二人商量，趁师父还有好些日才回，明早偷偷拿些兵刃暗器来此卖弄，赚点钱用，省得向娘讨费事。便把二人拉向旁边一说。钱复最是莽直，首先说"妙"。陈业见二人高兴，当时未便深说。三人重又入场旁观，还各给了些散钱。马琨暗把上场索钱时的一些套子切口全数记下，直到夕阳在山、快要散场才走，本心想连陈业一起去。陈业虽然从师才只三两年，因比二人肯用功请益，江湖上行当规矩以及南北有名人物都有一点路数，深知武家不到情急事迫不肯卖艺，钱、马二人又是名家子弟，此举不特丢人，人家先有场子在彼，本不需此，无故夺人衣食，大犯江湖之忌，弄巧就是乱子。劝必不听，只得推在义父身上，虽不随往，但也不为泄露。钱、马二人知陈松对他管束甚严，功课又紧，也就没有十分相强。

次日一早，先把素常用的兵刃暗器，盗运出去，仍以逛会为名赶到马王庙前。那两个卖艺的已然先在，围了不少看客。二人也不去管他，径在对面空地上用白粉画好场子，由马琨一喊生意口，招了些人来，便自开始。二人原练有一身轻功，长于纵跃，虽没有卖艺的刀枪花哨，但都是家传的真功夫，如"飞渡长索""竿顶惊猿"等等轻功，俱非从小下过幼功，得有真传的人不能办到。看客虽然十九外行，对于真正拳法兵刃看不大懂，似这样奇危绝险的真功夫却是有目共赏。二人为想开门红，一上场便把由山里斫来的一根三四丈长去叶留枝的大竹竿插在地上做幌子。略微交代几句，钱复立即援上竿去，先练了一回"松鼠穿枝"，在离地三四丈竿顶竹枝梢上施展身法，上下盘旋，穿梭飞跃。末了再用重手法，将上面枝梢一齐斫落，单手掌按着顶尖，拿了一个大顶。倏地装着失手，凌空下落，等观众失声惊呼之际，人已比狸猫还快，双手倒援而下，离地丈许，身子一挺便倒翻过来，从从容容立在当场。观众几曾见过这样绝技？二人年纪既轻，打扮得又漂亮，由不得轰雷也似喝起采来，钱像雨一般儿往场中抛去。二人乍得彩头，喜极忘形，一面再练别的功夫，一面狂傲自恃，说自己是家传真功夫，与专一混饭骗钱的江湖卖艺不同，用意自然明指对方。其实那竹竿又高又大，多老远的人都能看见，人再在上面一练，不必再拉生意，观众自会舍此就彼。

那两个卖艺人正练了一段花刀，瞥见对面也有了把式场子，上来便竖竹竿练起轻功，不多一会儿，自己这面观众纷纷散去，**真正"对台戏"。**对面看客却挤了个风雨不透。开场以前曾向镇人打听，当地并无有名武家和痞棍一流人物，地处乡僻，卖艺的场子也不每年都有，忽然来了抢生意的，自己居先，也没按着江湖规矩，先来递话打个招呼，直似有心为难一样。见人已逐渐散尽，没法再往下练，又不愿就此被人吃瘪，便令一人守住场子，分出一人挤入对场观看。见所练功夫委实得过高明传授，学着几句地道的江湖话，连讨钱都学的是自己腔口。细一谛视，二人昨日曾在场中看了一日，并无开罪之处，这神气又非江湖上人，方自不解，打算散场时见面套问明白再作计较。不料马琨练完飞索下来讨钱时，又发狂言，**犯忌：所谓"打九九不打加一"。**直说："那两个卖艺的是刀枪架子，并无一点真实本领。我二人所练这些功夫，他就不会。"

来看这人正是昨日练刀少年，闻言大怒，立即纵身入场质问。先还忍气，按照江湖规矩说话，谁知钱、马二人全不懂得。钱复性子最暴，自己正在得彩头上，疑心他不服气前来扰闹。话没几句，连姓名也未说便动了手。那少年原也不弱，双方正猛斗间，忽听人群中高喝："三弟快走！家中来人有事。且让这厮一步，暂时先不计较吧。"少年闻唤立即纵出圈外，大声喝住道："是好的，明年可去金华北山寻我。老爷身有急事，失陪了！"说罢，纵身一跃，便由人群头上飞越出去。马琨又刁又坏，心恨来人搅场，气他不过，加以昨日少年未施展什真本领，当是寻常江湖生意人，少年已然纵身飞出，仍不肯放，意欲暗算，顺手拾起地上一只钢镖，照准少年右肩头打去，口里大喝："小爷与你留点记号再走！"话未说完，**得寸进尺**。镖先飞出，满拟必中。谁知少年并非庸流，早有防备，闻得脑后风生，身子还在空中，回手一撮便自接去，人落圈外，才回喝道："无耻小辈，你们留神！老子此时有事，明年今日你不寻我，我必寻你！"马琨闻声还待追出，一则人多拥挤，少年一纵，观众见二人动了家伙，恐出人命或受误伤，场中立时大乱。人群一散，已难跟踪纵出，有几个好事的更出劝阻，说："人家已然让你，何必追逼大甚？"

二人只得拉倒，满拟重整场子再练，谁知当地民风朴厚，当二人也是江湖卖艺之人，这等行为太无义气礼让，又觉人太凶横，万一再起什别的争闹，受累太嫌不值，当面不愿多事，心中老大不满，互相传说。一任二人练得多好，除了不给钱的乡童，再练，看客全都走散，更不再来。二人知是适才一闹所致，虽然扫兴，还以为明日仍可重来。见钱已得了不少，还有好些散锞子，数完所得，又喜欢起来，拿起家伙，竹竿仍令插在当地，兴高采烈，一边嘴里乱骂那两个卖艺的混账，不是物事，再要碰见，定打他一个半死，少年尤其可恶等语，一边往庙会中走去。手中有钱，一路连吃带买，连说带笑，**无知纨绔嘴脸**。得意洋洋。

镇上人本就对他们不快，瞧见二人掉臂游行，乱吃乱买，目中无人之概，越当不是善良分子。幸而时际承平，邻近各县没听说出过什盗劫案子，当方地保又是一个忠厚老头，虽看出二人来路不对，不愿惹事，否则早把二人当成窃盗中人，前去报官来捉了。二人未始不觉所到之处众人多半让避，与别人不一样，只说乡人香客们见自己本领太大，恐怕砸着误伤，先暗笑他们胆小，后来遇到适才抛银钱的熟脸香客，为表谢意和拉明日主顾，特意赔笑点头。谁知这些人也无一答理，装着未见，老早偏头避开，匆匆走去。连遇多人，多半如此，自觉无趣，也就不再招呼，自去各处游荡，到晚方归。

哪知地保镇人虽不愿多事报官，却也怕他们凶横惹事，暗中互相告诫，顷刻传遍。二人还在睡里梦里，次日一早仍往庙侧，竹竿仍立在那里，等到上去一练，简直不是昨日境象。练了两套功夫，不但不似昨日才一上竿人便一窝蜂跑来，甚至乡童不给钱来白看的都没有了。凭高细视，有的还在远处仁立遥望，有的各自游行，正眼都不朝自己这面来看。强又练了一阵，虽有远道初来的香客，因听传言和地保、庙祝暗加告诫，只管在场前来来去去，通如未见，气得二人没法。钱复还想换些新花样再试一会儿，马琨已自看透不会有人再来，立即拦阻，二人俱疑两卖艺人暗中使坏，仍不知咎由自取，口中乱骂。收了场子想寻对头晦气，找遍全镇俱无踪影，向人打听，异口同声都说昨日早走。问"怎无人来看"，俱都笑答"不知"，口敞一点的便告以"胆小，怕你们打架，受了误伤不敢近前。"

二人老大无趣，越恨那两卖艺人切骨，又疑对方当自己是外路人，想等自己得不到钱愤而别去，他好再来。对于明年金华北山之约全未在意，只想给他一个重创，以出恶气，每日均往镇上守伺。直到庙会已完，那两卖艺人也未再见，日久恨消，也就淡忘。自从得了这次甜头，老想乘师父不在再出一试。钱应泰偏是离山日少，又因两小年长，教练加紧，每出只许半日，不能常出。二人每出山一次，多少总爱惹点闲气，一出就与人打架，习与性成，横行无忌。乡民老实，又不知二人来历住处，无奈他何。日子一久，闹得附近各镇市上人人侧目，见了便即远避。二人先还得意，嗣见走到哪里都无人理睬，白眼相加，打又打不完许多，又听人说再闹便要报官，虽然不怕，终恐老头子知道，责罚难受。方觉闷气，恰值钱应泰、陈松一走，**至此这层补叙完结，又向主线回接**。没了管头，于是又把陈业拉入。少年人终是好事，不几天便成了一党，日常结伴远游城市，高兴已极。

不多些日，又值马王庙会期。马琨忽然想起前事，想再往卖艺弄些钱花。陈业才告诉他："这事丢人，还不如往大户家中偷盗，只不常做便不会发觉。何苦拿精神气力败了自家名头，伸手朝下？"于是商量往邻县偷了一次。因初出手，心有顾忌，陈业更是深悉江湖情形，预加告诫，既未多取，偷得也见灵巧，行时还用借盘川的口吻寄柬留刀恫吓。事主是个绅富，见未伤人，所失金银无多，也就没敢声张。三人不听有报案风声，方自得意，归途想起马王庙会正热闹，拟往游逛。才到镇上，便见两个乡下小孩迎来，把三人拉到僻处，说去年两卖艺人昨日命人来寻，问知马、钱二人常去镇上购物，想必还来，给了小孩点钱，命如相遇，代为传话：已在金华北山等他数日，为何不敢赴约？再等五日不往，便要往西天目去登门讨教等话。钱、马二人虽然乃母溺爱，因师父隐居山中不愿人知，如在外惹祸，将人引在家中相打，决不能容。闻言又怒又急，匆匆回家，假作去游西湖，讨了些钱，第二日便往金华北山赶去。

到了金华，先在江边镇上寻一客店住下，准备歇息半日，问明去北山的路径再行前往。除陈业稍知戒惧外，钱、马二人都是胆大狂妄，没把敌人放在心上。落店以后，便同陈业渡江，往城里游逛，寻了酒楼，痛饮至夜才回到店里。陈业因对方只令往北山赴约，并未说出详细地址。似这样双方都不按江湖规矩行事，明日能胜不能败，吃苦还小，人实丢不起。再三劝告钱、马二人："身已来此，约期未满，不必忙在一时。可再迟一日，先向近山一带居民打听山中有无能人隐居。等查出那两卖艺人的来历，由自己按江湖礼数先往投帖拜望。以钱、陈二老的威名，对方不会不知，如能套上交情释嫌修好，免去干戈，再好不过。真不懂情面，再约时约地比斗，至少也可稍微观查对方虚实路数有个准备，免得一败涂地，没有退步。"**老成持重之论，往往不敌虚骄狂妄之说。**谁知钱、马二人执意不听，反说陈业胆小。对方曾经眼见，并无真实本领，至多仗着土居在此有点帮手，或是约了助拳之人。果真这样，到时也可拿话把他僵住，先寻本主对敌，自己先胜两场。即便对方人多齐上，真个不敌，也不算丢人，凭着脚程，万无不能脱身之理。爹爹师父立誓不报前仇，不在人前出面。打他旗号出去，天山得胜回来不说了；如再挫败，得知此事，岂不生气？我们年轻人应该出来闯练，遇敌首先胆小退缩，如何能行？

陈业劝说不进，料知强龙难斗地头蛇，听对方口气，分明已知钱家居处来历，还敢约人上门，必非寻常之辈。偏生师父平日所说各方成名人物，并没有住金华北山的。如果本主不济，只约能手相助，还稍好些。如是个隐名能手，卖艺时并未施展真实本领，照钱、马二人去年那等行为，去了决无幸理，心中好生怙惙。果然次日早起，三人唤来店伙算还店账，并问往北山去的道路。才一开口，店伙便答："一切店账俱有三相公会过，客人如还用什东西，只管说话，立时预备，惠钞却不敢领。"三人闻言甚是奇怪，钱复脱口便问："三相公是谁？"陈业一听，料有原因，恐钱复说错了话贻笑，忙插口问道："三相公什时来此？"店伙似已明白三人不是佳客，微笑答道："三相公如何会自来会钞？不过说句话好了。**先声夺人**。昨晚来人说，三位为寻三相公而来，怎倒不晓得呢？"

马琨已料敌人故意示威，不禁怒道："不错！我们是来寻两个去年在马王庙会场卖艺，吃我弟兄赶走的生意人。因为去年才见一面，便自吓退，今年约我们到北山相会，大家都没说姓名，谁晓得什么三相公五相公！什人要他会钞！到底他们叫什名字，你说吧。"店伙微笑道："怪不得来人和寻常待客不一样，连客人的面都不见就走呢。三相公的名头什人不晓？客人要知底细，进了北山自会晓得。昨日来人只说三位当中，有一个姓钱的小拳师和一个姓马的要找三相公，还有一个姓陈的是搭头。如不认路，可以指引。别的没说。我们不知细情，恐说错话担当不起。请三位客人多多包涵吧。"钱、马二人见店伙虽是满脸赔笑，意颇轻视，无奈话说得和气，不便发作，给钱也不肯收。

马琨还想套问虚实，钱复怒道："他不敢说，还问什么！这厮既派人来此会账，已知我弟兄驾到，难道还找不着他么？快些走吧！昨天酒楼金腿真好，早点教训完了这厮，回来再吃一顿，明日好走。"陈业偷觑店伙似在暗中窃笑，情知此行决难讨好。只不知对方连钱应泰都没放在眼里，有此本领名头，何以还会在离家近的邻县中卖艺？实在奇怪。事已至此，只得硬着头皮到场再说。随将二人劝住，问明路径，将包裹留存店中，带了兵刃暗器，同往北山进发。马琨机智，虽和钱复一样口硬，已觉出敌人在本地名头高大，不是能手也是恶霸一流，此去未必容易应付，心中也是有点情虚。只钱复一人趾高气扬，狂妄到底。**谚云"惯子如杀子"，老钱夫妇之谓也。**

三人各有各的心意，又知身在异地，敌人土著，党羽众多，恐漏了口，互戒不要多说。一路无话，不消多时赶到北山。见山内外山田众多，正想上前打听，才进山口，便见道旁一个青衣壮汉拦路喝道："你们是往老鸦嘴去见我们少师哥的么？快快通上名来，好领你们进去！"陈业不等钱、马二人开口，忙即抢上前去说道："在下陈业，那是我两位盟兄马琨、钱复。他二位以前和本山主人，彼此在马王庙逢场作戏，偶然误会，事后已然忘却。日前本山主人令村童传话，约到此地相会，才得想起。彼时双方见面匆忙，稍会即散，不曾请问姓名。日前传话村童，只说北山，也无详细地点。今早会还店账，说已被人付去，仅称主人为三相公，不肯述说姓名。我等数百里应约而来，向主人负荆领教，连名姓都不知悉，岂非笑话？我想主人定是有名英雄，我三人虽是后生，父亲师长俱非无名之辈，既承领路，还望将朋友和贵少师哥尊姓大名见示，也好称呼。"

话未说完，来人冷笑道："我姓霍名祥生，你三人所见地主，便是当年隐居天台的双铜翅铁腿女丐花四阿婆。我少师哥三个是他娘家侄儿，前年方从天台移居北山。你们在马王庙遇见的，便是大师哥水虎苗成和三师哥铁洞箭苗秀。还有一个神偷赛方朔苗良，不在此地。去年少师哥们因帮一人的忙，将身上钱用光，路过马王庙，见有庙会，一时高兴，打算换点零钱买点吃食，回家孝敬师父。本欲只摆一天场子就走，偏巧三少师哥想代师父在庙里烧几股香，嫌钱不够，打算再留一日弄点钱，等三日烧完香再走。其实我师哥们要用钱哪里都有，一则仗义助人，分文未留，自用不算，更不愿空手回家。所救那人，本留有些做生意用的家伙，托他顺路带回，又赶镇上有庙会，正想借用。苗成、苗秀为了向花四阿婆表孝心，用真力气换钱买物和敬神，不想被两个不识相的后生看红了眼，学了一点套子便摆对台，按说已犯江湖规矩。二位师哥因自己不是以此为生，不过想看是个什么路数，并未打算怎样。才一进场，先听他随口伤人，后又不说情理，连姓名也没问，就逞凶动手。三师哥本意当场教训他一顿，偏巧家中有事，师父传话迎头寻找，追了回去。行时他们还放冷手，打了他一镖，如换旁人，岂不受伤？初出道的人便如此蛮横狠毒，情理难容！这才约他二人来此，看看他二人到底得着老钱几分传授，就敢这等横行！此事已然禀过师父，你们姓名来历俱已尽知，不必再撑出什旗号。因他二人不通人情，所以我们也没按江湖过节相待。你今在场，说话也还知道一点分寸，少时只要能知进退，便没你事。话已说完，快跟我走吧。"说罢拨头便走。

这一套话何等难堪！如换平时，钱、马二人早破口大骂打上前去，无奈三人都久闻那老丐婆的威望，不曾见面，陈、马二人首先胆寒。只钱复莽撞，心虽内怯，还想回骂两句。一则说话人霍祥生已先走，陈、马二人又在摇手示意，明知身入虎穴，就说两句也占不了什便宜，气终不输，略一寻思，仍高声冷笑道："姓霍的慢走！冤有头，债有主，我们应约而来，是寻你家主人领教的。你多不会说人话，也不值计较，不会要你好看，你忙什么？"霍祥生已走出三五丈远，闻言回头笑笑，并未答理，仍又向前走去。**不予理会，轻蔑之至。**陈业情知不能善罢，人是丢定，钱复话已出口，只得听之，当下一同加急追去。谁知领路人脚程飞快，你快他也快，不消多时便落了后。三人见一个领路的徒党竟有这等身法，敌人不问可知。马琨恐再追下去越发落后，主人未见，先输他一场，不但不好看，气力还要耗散好些，暗将钱、陈二人止住，笑道："想不到这里山景真好，时光还早，没有不见面的亲家公，忙些什么？"说罢便把脚步放慢，指点山景，故示从容，缓步向前走去。前面霍祥生竟连头也未回，马琨的话也不知听见没有，一会儿便转过山环，跑没了影子。

这时人家水田渐少，已快到北山深处，到处危峰怪石，清溪映带，又是二三月间，红桃呈艳，绿柳摇青，端的山容如锦，景物幽丽。三人表面故作镇静，心却忙乱已极，只顾筹思对敌之策，也无心情观赏。再走里许，略一转折，前面便现出一个山峡，危崖翼张，高矗天半，中间一条峡谷，广约三丈，通体苔痕绣合，间以山花，雄奇之中添上几分浓丽，越发美观。谷径弯环，虽然静荡荡的看不见人家烟树，隐隐闻得犬吠之声，知隔战场不远。陈业看出无人窥伺，便劝钱、马二人："强龙不斗地头蛇。来时我看出钱世伯和家父的威望都压不倒他，便知是个劲敌。果然对头之母，竟是我们去年听钱伯父所说江南三异人中的花老太婆，论辈份和本领，哪样也比人家不上。就是认罪服输，也不算丢人。到了那里，最好低首下心，仍按江湖后辈礼数请见对头母亲。只说少年无知，一时狂妄，并非有心冒犯，特此真诚求见，解说经过，请她母子原谅。这样虽是有点服输，终比当场吃亏，饱受凌辱要强得多。真要不肯相容，便说起初不知是她，所以贸然来此，现知不是对手，真要当时较量，任凭处治，决不还手。等套出她的话来再另订日期一决胜负，也有个退身步。否则，我们行为本就不对，再如话说不好，使他们恨上加恨，丢人不算，弄巧得个残废，还有性命之忧，那是何苦？"

马琨早就胆怯，虽觉这样行径太给师父丢脸，心中已自踌躇。钱复却忿然道："拿她那大名望，还倚势欺人么？到时我自拿话僵住，言明你们人多势众，真要一拼，只许各找对头，一对一，不论胜败，各凭本领打过一场算数。那耍花刀的两个我曾亲见。老的名望大本事高，我们不惹，还怕何来？"马琨一想也对，因那日与铁洞箭苗秀交手的是钱复，到时仍由钱复上前答话，自己无须首当其冲，如见不妙，再看事行事。敌人姑侄既知钱家来历，到时拿话一僵，至多把老头子挤将出来，未必便遭毒手。当下附和钱复，不肯照陈业的话行事。

陈业不知马琨用意刁猾，见二人不听良言还自说嘴，一急，只管寻思，不由落了点后，猛觉后衣襟被什么东西扯了一下，回头一看，离身不远站着一个老头，**再出一岔，不是枯枝秃干。**也不说话，手指自己连比了几个手势，末了又指钱、马二人，将手连摇，意似不要使二人知道。比完忽就平地一跃三四丈，径往右边崖壁上飞去，只一晃便没了踪迹。再看他那落处，危崖如削，上下都是藤草苔藓遮蔽，一色浓绿，只离地三丈来高，突出丈许大小一块危石，上平下凹。离石不远，有一株尺许粗细的华盖松，由左近石隙中盘行曲屈，虬龙般撑将出来，虽不算甚高大，可是枝叶茂密，虬干纠错，活像一柄大伞盖，将那危石罩住，**细写形势，自有用意，不可轻轻放过。**两下相隔仅只五六尺高下。壁上这类奇形怪状的松树本来甚多，岩石磊磊，有凹有凸，无足为异。如非随踪注视，极易混过，决想不到上面有人藏伏。

那老头身相瘦小，穿着一件黄布衫，满面俱是皱纹，摇手时仿佛指甲甚长，别无异状，动作却那等敏捷轻灵。身入重地，大家都在留心，不时前瞻后视。自问武功，虽非高手，也曾得过真传，竟以三人的耳目，让人由崖上纵落身后，并无丝毫惊觉，比完手式，再纵回去，也没听一点声息，真比猿猴还要轻灵得多。揣测那手势，是约自己归途相晤，只不知为何不使钱、马二人知晓。这里已到敌人老巢，外人怎得在此停留？看他踪迹如此隐秘，必有原因。微一迟疑，方想告知钱、马二人，二人业已走前了两三丈，经自己适才一劝，反倒有说有笑，且谈且走，甚是高兴，同伴落后，也不停立催唤，那神气好似嫌自己胆小怕事，不打在同伙之内一样。

心方有气，忽又听头上低语道："你年纪轻轻，不犯跟混账东西吃苦。去了请要少说，回来我在山口外等你，不许对他们先说。出口就到，快走吧！"扬头一看，仍是先见老头，又在石上探头，往下说了两句便自缩回。再看钱、马二人，又走远了丈许，只得赶将上去。钱复闻得脚步之声，回脸笑道："我当三弟害怕，回去了呢。"陈业明见马琨先肘了钱复一下，知他自不用功，还恐别人下苦，老防自己因子近父，得了钱家真传。同是一盟兄弟，只钱复和自己一亲近，他必从中阻梗，这时已到了患难关头，还要乘机挑拨是非。一赌气把想说的话止住，笑道："兄弟不过临事慎重一点，一任二位哥哥抢先，自己临阵退缩，这类不是人的事还做不出。即便真个强弱不敌，上去白送，也无置身事外之理。同船共载，到时自知，此时说多好听也无用处。"钱复还要答话，马琨接口道："我知三弟决不会的，莫要我三个都吃人亏，留一个送信或是找场也好。"陈业知他一半卖好，一半挖苦，心中鄙憎，却不说出，由此和马琨互相生嫌不提。

峡谷弯环，长有五里，越往前走，谷径越窄，那出口处宽才数尺，崖势益发险峻。三人瞥见前面山口外现出平野，各把腰带一紧，正待走出，忽听呐喊之声，仿佛外面聚集多人。心料仇敌人多势众，未免失惊，但无缩退之理，只得壮胆走将出去。到了口外一看，不禁暗道惭愧。原来口外山环水抱，当中一片广约顷许的空地，四围桃秾李艳，花树成行，灿如云锦。树外平畴罗列，片片新绿，俱是水田，农夫们正在艳阳光中劳作。更有二三牧童，骑着水牛往来其间。南面一条大溪，远望春波溶溶，水光如带。溪旁设着两架水车，一些农妇各赤着双脚，在那里一边踏车往田里廓水，一边唱着山歌，状甚安豫。北面空场尽头聚着数十户人家，多半苑瓦犹新，好似建立不久。当中一所屋宇最是高大，右邻空地上堆着砖瓦木料，聚着不少人在打地基，吭唷交作，适听呐喊之声实由此发。空场上并无大人，只有七八个小孩在彼驰逐纵跃为戏，见了生人仍玩他的，并未一顾。那气象甚是安然自如，哪看出一点准备对敌相打情景！

三人见状好生奇怪。钱、马二人方疑不是这里。村童中有一年长的，偶见三人停步迟疑，忽然高叫道："你们不是找我三阿叔的么？四太婆和三阿叔他们都等久了，还不进去？"陈业早看出这些小孩俱都练过幼功，身法轻灵，忙上前笑问道："我们正是拜望四阿婆的。初次登门，不认得路，请阿弟们领去。"话尚未完，只听有一老头声音在内闻声走出喝道："何方小鬼在此啰嗦，吵闹你家老太爷的午觉！"三人闻言抬头看时，**节外再生枝节。**见那老头身材胖大，虽然躬腰驼背，还比旁人高着一头。满头白发乱蓬蓬的，加上一部又长又密、其白如银的落腮胡须，连头带脸一齐蒙住，只露出圆脸上一双眼角满饰皱纹的蜡黄色眼珠、一个又阔又扁的鼻头和血红也似的嘴唇。此外还有两条紧压眼帘的寿眉，长得更是出奇，直似两缕银丝，又硬又密，由眉梢挂落下来，翘出须发之上，乍看决想不到那是眉毛。面皮深黄，右手缺了两指，看年岁少说也在八旬左右，一出来便指着三人开了教训。

钱复初生之犊不怕虎，**虽不怕，却难免终膏虎吻。**再给马琨背人巧激，益发心横气粗。见老头出来，方觉生相奇特，一听说话这等难听，不由大怒喝道："老狗休得狗仗人势，倚老卖老！我三人来此赴约，会你主人，你只照你奴才本份，快去通报，什么事没有。再如混账胡说，小爷也不再问你年老可怜，连狗骨头都给拆散了！"老头闻骂先不答言，只把黄眼珠微翻，望着钱复，满脸俱是藐视之容，等他说完，才冷冷地答道："真的么？我不信这几根老骨头会这样不经拆散。凭你，做我孙子还不够啦。乳毛未干，就敢这样混账无礼，倒也有趣！好在你走不了，等见完本主，我再让你试试。"钱复见他仍立着不去通报，话更难堪已极，实忍不住，怒骂道："大胆老狗！你也禁不起小爷一个手指，还不与我快滚进去！"随说将手朝老头微微一推。**如此狂妄，不伤不残，岂有**

天理！

这时连马琨都觉出老头异样，口出狂言，未必好惹。身在强敌家中，对方又是衰迈之人，胜之不武，不胜为笑，许多不合之处，方想插口拦说。钱复已忍不住气忿，怒喝："老鬼竟敢无礼！"伸手一推，本心未始不知主人未见，不应和下人动武，又见对方年老，恐不经打，手上只用了二三成力。满拟老头不倒也被跌退一边，谁知手到老头身上，竟似推在一根铁柱上去，丝毫没有动弹，幸是未用猛力，否则那反震之力自己先吃不消。知道老头硬功绝好，方自失惊。老头霍的面容往下一板，那两道七八寸长寿眉，钢针一般根根直竖，上下银发银须，和斗急了的大雄鸡一般，一齐张开蓬起，身子似暴长了尺许。三人虽然未尽得父师所传，毕竟都能识货，方自失惊，作势后退。老头一只手掌已然扬起。就在这间不容发之际，猛听重门内有人大喊："老人家快请停手！太婆午睡已醒，叫他们进去呢。"老头闻言哼了一声，将手垂下，身随伛偻，面上长盾须发也随着缓缓收落，渐复原状。

三人看出老头厉害，俱各戒备，仍是目无旁注，那说话人也自赶到，一看，正是先前山口所见引路人霍祥生。见面也不理三人，先向老头躬身说道："老前辈，何苦与这类无知后生动气？请回房吧。"老头笑道："也是老三不好，既叫他们来，也不和人说清楚，又没人引。我正歇晌午，他们还未进门先就鬼吵，又往里乱闯，把我老人家惊醒。有胆子来，竟连我这位老祖宗都不认得。出来问他，还敢大胆和我动武。拿小钱来说，他们还不是儿孙辈么？这等混账，再不管教，没的长小钱的志。既是四姑要他，且令前去。那两个与我无干，这小鬼回来须交给我。如若放走，须知我老人家向来脾气！"

霍祥生赔笑答道："其实这次依了大师哥，本来不屑与他们计较。三师哥因他们手太黑，出场退让，为事所迫，已然不快。临去他们还放暗箭，本叫人气不忿。日前恰巧走过马王庙，才叫村童带口信，以为他们日前到期不来，必是知道来历，胆小害怕，不敢前来，气已消了好些，正准备过期寻到老钱家中当面教训一顿。谁知他们荒唐已极，去年闯了奇祸竟会忘记，得信想起，倒真有种，立即赶来，一百个不买账，三师哥才决意给他看点颜色。

"不知怎的，昨晚会被太婆她老人家知道，说起老钱，自被萧隐君、狄遁二人轰走，因追叛徒，夺回所失宝物，为凶僧所伤，命在旦夕。多亏萧、狄二人不念前恶，将他医愈，当时颇知悔悟，回去便遣散门徒，意欲洗手学做好人。不料他和恶徒马连是襟兄弟，马连因暗算狄遁，为内功震伤，死状甚惨，再加送尸的人对马妻说起死时遗嘱，令妻哭求老钱教他儿子本领，以报前仇。马妻夫妻情长，约同她妹，向老钱日夕哭诉，连僵带激。老钱耳软心活，禁不起爱妻、大姨终日悲哭怂恿。**家有贤妻夫祸少，反之则易招致祸患**。此是他出世以来未有之辱，又将秘藏多年的至宝和仙书失去，追原祸始，十分痛心，再又想起狄遁相救，全由萧隐君特为二人解怨，授意如此，不是本心，事前既极勉强，事后神情又复倨傲落寞，越想越难受。觉得萧隐君为人忠厚和平，自始至终只有顾全排解，未存敌意，可以无怨；狄遁之仇如就此拉倒，不特难对妻、姨二人，**不止钱应泰，多少"大人物"被枕边风所激，罔顾一切，轻举妄动，害人害己！** 自己便从此隐退，也是终身奇耻大辱，于是不多时日便勾动前仇，誓非报复不可。**这些，老花婆由何得知？** 无奈狄氏三侠俱精剑术，自己万敌不住，十多年来用尽心机，听说新近才觅得两个会剑术的能手，同往天山寻仇，不在家中。凭他为人，也不会有好儿子徒弟。这两个小人多不好，此时如若伤他，他反当我们大人不在家欺他小孩。既已喊来，明日待我亲自问话，你们不许胡来。等老钱天山回来再寻他理论。真要不服我教训，也自有处。

"三师哥不敢违命，今早叫我出山引他三人进来。走到半路，也不知是跑不快，还是故意装腔，忽然踱起方步。这一慢走，便到了太婆歇午时候，等睡过一晌起来，见人未到，疑心他们冒冒失失，在路上遇见那位穷爷。不要一个铜钉没有碰透，又遇上一个铁钉。这位老人家喜怒无常，古古怪怪。在我们这里闹出事来，不好看相是小事，再为此伤点和气，更是不值。刚叫我赶去，不想又把你老人家得罪。枉自他们还是钱家子弟，这样不开眼，真个少有出现的笑话！"

三人听他说个不休，句句刺耳，陈、马二人还能忍受，钱复性气刚暴，早耐不住，几番想要发话，俱吃马琨暗中拉手禁阻，心中委实也有一点内怯，只得装着冷笑，傲立相待，以示不屑，强为解嘲。好容易盼到霍祥生把老头劝进屋去，才过来笑嘻嘻说道："你们随我走吧。刚才走快一点多好，省得又惹得这场是非。"钱复实忍不住忿道："朋友，冤有头，债有主，有什么过节，各人交代。既请来此赴约，任你天大人物，龙潭虎穴，我们来此是客，什么真章没见，你先闲言语一大车。就我们今天跌倒这里，只要有三寸气在，青山不改，绿水长流，终归后会有期，怎便这样小看人！倚你们是坐地虎，人多势众不成？"霍祥生见他色厉言粗，说话没有筋节，也懒得和他多说话，冷笑道："我这说话，还顾全你呢。等见完太婆和三师哥，出来就明白了，嘴强有什么用？少时如不服气，完事，我再陪你走两趟如何？"

钱复怒极心横，竟欲就此翻脸动手，霍祥生已扬长往里走去，遥望后进堂檐口，已有多人排立，心想今日快落下风，马琨又再三劝他耐性，免得乱了步数，不好落台，只得忍气吞声，同了马、陈二人一同走进。连穿过两层花木扶疏的院落，直达后进。三人见后进院子更为宽广，当中一排七大间房舍，曲槛回廊，檐牙高拱，甚是宏敞整洁。两廊外俱是各色各式的兵器架子，无不锋利明亮。当中堂屋廊檐下，高高矮矮分立着十几个青衣少年，俱未携带兵刃，先还互相低声看着来人嬉笑，等霍祥生往堂屋门一走进，立即住声排列，状甚肃敬。三人看那神情，明是在此比并，不便随入，同立院中相候。

钱复少年好胜，难关将到，依然是东张西望，指指点点，故作目中无人之概。**"故作"，传神**。陈业从遇老头起便捏着一把汗，见他只管做作，对面排列诸人多半窃笑，无一面有不忿之色，暗忖：适才敌人口气，似与钱应泰相识颇深，如稍服输，便不致大跌；倒是那老头一关好似难过。到了这时，怎还如此狂妄？当着人又不好明劝。马琨更鬼，起初说得那么义气，这时不但把头偏过，反当着敌人做出为事所逼莫可如何之状。**传神**。钱复见二人不随声附和，冷笑一声正要发话。忽听内里传呼："太婆驾到！"由当中堂屋以内，缓步走出一个身着粗黄布衣服、手持一根粗红漆拐杖的老太婆。霍祥生之外，身后还随有两个中年妇女和前见卖艺人中年长的一个，另有一少妇端着一把木椅，到了檐口放下。老太婆随即坐下。左右随侍诸人俱都正色恭立，不敢稍动。

陈业偷觑那老太婆，身材瘦小，满头白发飘萧，脸上满是皱纹，眼皮微搭，小鼻小口，除一双老眼特别细长、几于斜飞入鬓外，并无惊人之处。面容也颇和善，如非眼见，决想不到当年那大威名的铁腿女丐花四姑就是此人。见这气派必非善与，方向钱、马二人递眼色，令其按照先前所说，一同上前以礼参见。花四姑才发话道："哪个是应泰儿子门人？叫他过来。"霍祥生忙即应声。钱复已不等招呼，手朝陈、马二人一招，挺身上前，略打一躬，便上前说道："子不言父名。这是我师兄弟马琨、陈业，我名钱复。只为去年马王庙见有两人卖艺，因是外行，一时见猎心喜，照样立了一个场子卖艺取笑。本是两不相干，不料那两人中有一年轻的，自不施展，却看旁人不服，下场吵闹，动起手来。他约我今年来此，以为不相干的事，已早忘记。日前又叫村童带话。应约前来，直到今朝，才知他是老前辈的门下。想当初双方都是不知误会，引起争斗。既与家父相识，想必不是外人。如能解忿相交，固是心愿，否则老前辈这大名望，也不会以大压小，就请吩咐，一对一，各寻对头，分个上下，一场拉倒。败了任凭处治，决不皱眉；如若侥幸得占上风，**倒也利口，只是到了这步田地，说甚也无用了。**便由我们自走，不得倚势阻拦。公平交易，老前辈以为如何？"

花四姑冷冷答道："你们当初狂妄无知，我已深悉，也不值与你说理。本意稍微儆戒，谁知你们过于胆大冒失，来时又将我一位老友得罪。谅你一人也经不起两次生活，不要你和我儿比斗，你也不服。可是他平日虽然不肯下苦用功，我那家传铁手掌法，想必也有耳闻。以前因奉我命，不是遇见深仇大恨，存亡交关，不许随便施展。去年动手时，因看你年幼无知，不似有心为难，未下辣手，后见你们行为太以可恶，刚想施展，又被我派的人唤止回来。走时你们还用冷手打他一镖，有何仇恨，下此绝情？如换旁人，岂不送命？今日见我，还敢发狂。就此拉倒，情理难容！你休看我名高势众，决不倚强欺弱。这一场你先难过，还用别人么？不过冤有头，债有主，当初我儿只见两人，如今多出一人。如是有心助拳，我也凭你挑选对敌，否则只作旁观，与他无干。还有那发镖人最是可恶，却更容他不得！是否你那同伴，也须先为说出，免累旁人。**赏罚分明，不愧江湖枭雄。**"

马琨偷觑花四姑说到末几句，白眉下一双细长眼睛突然睁开，青瞳炯炯，精光外射，看神情对那发镖人忿恨已极；知道难逃公道，无法抵赖，欲待挺身自承，又无此胆量，方自惊疑不决。钱复暗忖去年和苗秀交手，也颇是个劲敌，谁知他还有厉害掌法未露，如无真实本领，这老花婆必不发此狂言。看来今日多一半要落下风。既是一对一，老花婆不能说了不算，乐得充回好汉，把事全揽在自己身上。胜固得脱，败了也可放走陈、马二人，免同受伤。万一自己不能脱身，或是伤重身死，还可归报家人设法报仇。念头一转，便抢先答道："大丈夫敢作敢当，镖也是我发。他二人原当我与江湖上人争斗，特意陪我同来，意欲从旁解劝。既然讲好各寻对头，一对一，一场拉倒，你们又不倚多为胜，要他二人上前作什么！如说助拳，还有你们人多吗，不必多言，请把三令郎唤来分一高下好了。"**倒也光棍。愈显马琨小人。**花四姑冷笑道："你倒光棍，我成全你的义气。就算是你一人所为，暂且便宜那无耻小人好了。"随顾左右："喊三官来！"立有一人应声而去。

马琨虽然刁狡，毕竟出道未久，天良还未丧尽，想起以前所为，全是自己起意，有祸却任钱复一人承担。再听对头语气，明已看出真伪，相形之下太已难堪，再说实也问心不过。方想自白，四姑已命人往唤苗秀。停了一停，又想此时争做好汉，平白吃亏，苗秀曾经会过，钱复未必便敌不了，自己登场，换一别人必比苗秀还要厉害。先既未认，这时认了，徒增笑柄。二弟明是想我二人脱身，好便报仇送信。目前胜负未分，焉知必糟？莫如先看一场，真要为此一镖吃人大苦，再挺身自认也还不迟，何苦又饶一个？**临难苟免，却需自我正当化，算是"天良还未丧尽"一证。**

陈业在旁实看不过去，便朝上躬身施礼道："老前辈暂请息怒。小侄陈业，家父陈松。我二哥钱复年幼莽撞，一时贪玩，得罪这里三相公。适听老前辈之言，与钱世伯颇有交情，老辈何必与小辈一般见识？还望高抬贵手，念其事出无知，等三相公到来，由小侄劝钱二哥与他赔话，就此说过算完。真气不出，小侄等三人异姓骨肉，义共生死，情愿代他领责，任凭处治好了。"花四姑说道："你父亲前在雍、凉路上与我曾见数面，颇义气直爽，看你说话，果与他们不同。钱复虽是可恶，也还有点义气，像那人面兽心、藏头露尾之辈，日后自有报应，我还不屑教诲呢。看你父子情面，命三儿下手留情，不使他残废就是，不过须略吃苦头，使知儆戒。我老朋友这一关，他却难过呢。没你什么事，立过一旁，事完回去，想法求人便了。"说时，钱复仍自发狂怒说："我自敢作敢当，只要公平交手，说出算数，死也决不皱眉。我钱家子弟从来不曾与人赔礼。"花四姑也没理他。

陈业知难挽解，便说道："多谢老前辈盛意。但是小侄等年幼初出，门房那位老前辈尊姓大名全不知晓，可能见么？"四姑道："他向不愿人提名道姓，他那白发白眉白须便是名号。你回去一打听就知道了。"陈业还要往下追问时，苗秀已随去人赶来。陈业尚是初会，见那苗秀年只二十上下，貌相甚是英秀，衣履也颇整洁，决不似和人打架神气。苗秀一径走向四姑面前说道："儿子因听祥生回说那厮路上装腔，还得些时才到。娘正歇午，吉老先生今日是要往兰溪去看朋友，**可谓"枝外藏叶"——"吉老先生"云云，乃行文备而不用的闲招，既可后文随时取用，又显得枝繁叶茂、文体丰满。**不肯多耽搁，心想机会难得，正向他老人家讨教呢。那厮见了娘有什话说？肯服输么？"

花四姑道："这小鬼又笨又横，**四字确评。**全不知天高地厚！我这里事还未完，进门时又把那位老人家得罪。祥生久等不来，赶出看时老头子三白已一齐飞起，**"三白飞起"，创一说法，却好似习用之词。**一个不巧，怕不要他小命才怪！适才见我，又是满口大话，就此责罚，他必不服。老头子性急，又立等要人。故此命你和他见个高下。只要他得胜，便算我儿学艺不精，自找无趣，非但别人不许再上，我还命人送他出山，由我亲劝老头子暂时停手，等他家大人回来再说，**枭雄气派。**否则事完再交与老头子去。那镖他已揽到自家身上，不过照你所说，动手时情形不像，这倒是他义气的地方。我老太婆眼里不进一粒沙子，这暗算人的最是可恶，暂时成全钱复的义气，将来你们彼此终有相逢之日。今日他既缩头，且自放过。这厮魔难尚多，我儿点到为止，不许伤筋骨，免他少时吃苦头，承当不起，就上场吧。"

钱复闻言只是冷笑。苗秀先不理他，听完四姑的话才回身打量了他一眼，笑嘻嘻道："去年马王庙临走打我一镖也是你么？这次与上次不同，莫要代人扛木梢啊。"钱复怒道："不管是谁，反正有我承当。少说闲话！动手就是。"苗秀道："去年你年轻初会，我娘因朋友太多，恐和我一样，都是新出道的后生，怕伤了两家老辈和气。我弟兄一时高兴，又非指艺为生，故此上场未下辣手。谁知你们赶尽杀绝，今日之事全由那一镖引出。你还同有朋友，我娘的话已然事先讲好，胜负只此一场。你在客边，带的家伙如不合用，我这架上兵刃暗器任你挑选。我也没什么真实本领，只不过从小学会一点花刀毛拳和家传几手掌法。虽会袖箭，娘不许用，你要用时，我还可借与你去玩玩。现在话已说完，拳脚兵刃悉听尊便，只你够得到，挨次全比也行。并还给你一个便宜：无论你会多少，我哪怕赢你十次，只有一次比输，就算你赢。旁人决不下场，省你说我拦门欺人，你看如何？”

钱复哪知苗秀平日虽和他一样，自恃聪明，不大用功，本领却比他高。去年回时又受乃兄激励说："对方本领不弱，你既约人来此比斗，到时如若不胜，我家威名岂不扫地？"后又命人窥探，知是钱应泰名人之子，益发有了戒心，暗中下苦，勤练了一年，本领大为精进；钱复仍自荒嬉，两下相差何只一倍？这时吃苗秀一奚落，心中忿怒，气更浮躁，添了败着。心想花家铁掌虽然闻名，家传神拳也非好斗。父亲曾说，自己所学虽只家法十之二三，寻常武家已能抵敌。尤其这类拳法一入手先学封闭，最精防御，敌人手法任多厉害，只要不妄进攻，难于挫败。去年和敌人曾经交手，虽未分出高下，好似也无什出奇之处，仍以先比拳脚为是。看他百忙中飞身接镖情景，暗器必有功夫，不比最好，便怒答道："公平比斗，什人要占你便宜！先比拳脚，后比两项兵器，两败一胜便算是输。我先领教你家铁掌好了。"

苗秀笑道："这样你更没什么生路，非输不可，那家伙也比不成了，你太吃亏。还是换一样，末了再比拳脚吧。"钱复大怒道："要动手就动手，哪有许多废话！如被你打倒，怨我学艺不精。不要耽误辰光！"说罢，将背上单刀取下，向陈业抛去，喊声："快脱衣动手！"苗秀见他长衣脱去，腰间微凸，知带有软兵器，一面从容脱去长衣，又笑道："你那身边还带着别的家伙。如想动手时，一同应用，不必讲了。要是无用，何不取下来交给你的同伴？也轻松一点。"钱复围的原是一条蜈蚣软鞭，因是炼精钢和上金银秘法打就，能刚能柔，斤两不重。本意家传绝技，寻常武家直未见过，比完头场再突然取出，使敌人见了心惊，所以不曾取下，原未打算同时施展。一听苗秀语气，好似挖苦他要在动手时取出暗算，忙即摘下，怒冲冲说道："你看这条软鞭还有套子，能在动手时取用么？我因带惯，忘记解下，你这样说法，我将它放过一边，省你多心。"随又脱手向陈业抛去。花四姑自然识货，一见钱复由腰间摘下一条长蛇也似的圆皮条，长约七尺，两头微大，那软的东西一抖便直，陈业接过，手握两头一弯，便向腰间围成两匝，粗才比酒杯大不多少，看去刚劲柔韧无不随心；又听是条软鞭，知道当中藏着一件奇形厉害兵器，急切间设想不出来历，当场不便索观，不由多看了两眼。

陈业见四姑对鞭注目，暗忖：此鞭乃钱世伯当年防身利器，平日什袭珍藏，极为宝贵，从不轻用，也不轻与人看。只为钟爱独子，去年新春，和世伯母谈起世兄不肯用功，所得家学有限，为想他多学一件防身利器，取出传授。世兄因知此鞭珍奇，初练时居然下了好些日苦功，将解数学会多半，常和父母絮聒，说用别的软鞭代练，不能起劲，非要真鞭练习。世伯见他习鞭颇勤，也甚心喜，方许常时取用。只再三叮嘱，说他本领不够，此鞭名望太大，恐外人见了生心窃夺。练只管练，不到功候纯熟尽得家传本领，万不可带出山去。行时重又告诫，命每日练后交给乃母收藏，最好先用别的代练，等天山回来再行取用。世兄为人无恒，近半年来已不似初得时下苦。还是自己见那鞭法神妙，每日借来，背他父母练习。他只应名，三五日也不演习一次。马琨为此心还不快，来时偏又劝他瞒着乃母偷偷带出，壮胆惊敌。昔日世伯只说此鞭来头甚大，单那皮套便是云南深山中乌金藤所制。藤性奇毒，未制以前触手便烂，产自深山绝顶，坚而柔韧，刀斫斧劈均难折断，火又烧它不燃，取制无不艰难。产处又多毒蛇恶虫，人不易近。山人用秘法泡制成鞭，毒蛇猛兽一见这样藤鞭立即逃遁，跑不及的，吃山人打中，多坚强的蛇兽也要伤筋动骨。再如留着半截毒性，不令泡失，伤处更要溃烂入骨，真比山人惯用的刀矛更厉害得多。只是产量奇少，幼藤细才如线，比铁丝还要坚韧，长却仅三四寸，除奇毒外，不能制物。过了一尺，再难长大。山人心急，又重取毒，不论大小，见即掘取，照此鞭套极长，少说也有三四百年，所以珍贵非常。虽然制后毒性已失，**煞有介事**。

渲染兵器不凡，也是传奇（甚至神魔）作品一个套路。年久越发坚韧，非有干将莫邪一类刀剑不能斫伤。寻常兵刃，碰上便即卷口，功效不在此鞭以下。只惜制后太软，非软硬功俱臻上乘不能与鞭分用，以后遇敌，如非深仇大恨情势危急，无须将鞭拔出，连套使用，也比别的兵器胜强得多。说得那么珍奇罕有，对于来历详情却是支吾不吐。世兄问过两次，反受申斥，其中必有难言之隐。老太婆如此注目，就许是能知底、心存觊觎也未可知。今日情形，世兄定吃败仗无疑，照约败后凭人处治，此鞭如在他手，难保不被强夺，岂不可惜？念头一转，也留了心，准备少时设辞应答不提。

这时钱、苗二人业已打在一起。初上手时，苗秀成心怄他，又为证实去年未用煞手之言，且斗且说："姓钱的，我为请娘观看背后能守母教，这便是去年和你初会所用几手毛拳，不是传家掌法，你看没两样吧？有什煞手趁这时施展，还许捡点便宜略占上风，再不下手，等我换了掌法，你就要跌倒了。"钱复先见苗秀本领和去年初会相差无多，心中暗喜，益发加急用煞手进攻，打了一会儿不分胜败，听敌人又出语奚落，脱口怒喝道："姓苗的！你有本领只管施展，说这些便宜话作什！"苗秀笑道："是真的么？那我就要得罪了。三照面以内不叫你倒，我不姓苗。"说罢略一招架，倏地长啸一声，往后倒纵出去。

钱复毕竟得过高明传授，起初忿火头上，出语不曾思索，闻言猛想起敌人掌法尚未施展，既说大话，必要换招变式，也留心了。见苗秀往后纵退，更不怠慢，忙即施展家传本领，双脚尖微一点地，两臂一分，连身纵起，一个"翔鹰扑兔"的身法，双手由分而合，用"饿猿摘果"暗藏"盘花盖顶"的家传三煞手，跟踪纵扑过去。这一下运足全力，恨不能手到成功，将人打倒，身手也颇矫捷灵速。连陈业替他捏着一把汗的人，都想不到敌人会自现破绽，吃他乘隙施展本门绝技，胜算要占多半，方自代他暗幸。谁知苗秀故意用此诱敌之计，身法竟比他还要快，倒纵出去，脚尖才一点地，早又朝前纵回，身子离地才现出解数。两人恰好撞上，势又都急。钱复瞥见敌人忽又纵迎上来，还在妄想用本门绝技取胜时，不料苗家掌法惯于死中求活，险中取胜，动作快极。他这里双手刚朝前一迎，猛觉掌风劲急，迎着前胸打来，暗道"不好"，吃苗秀"分花摆柳"，隔开来势，紧跟着"推窗望月"，双掌微朝钱复前胸一按，喝声道："着！"钱复立被打中，当时眼前一黑，两太阳直冒金星，再也禁受不住，凌空倒仰出去。苗秀就这胸前一按之劲，人又高起数尺，"狂风断筝"，两腿一分，径由钱复头上飞过，抢向前面，反腿朝肩头一踹，方始轻轻纵落。钱复本朝后倒，经此一踹又改朝前，直似提线傀儡一般，歪歪斜斜，跌趴地上，几乎晕倒。

说时迟，那时快！双方同时纵起，才一接触，晃眼之间便分出胜败，跌倒了一个。苗秀纵落地上，指着钱复喝道："姓钱的！拳脚已分上下，有什别的花样，只管上手好了！"花四姑本想令二人再比一回兵刃，好看那皮套内所藏何物。不料忘了出声示意，苗秀下手太急，虽未使钱复重伤残废，这一掌一踹着实不轻。等陈、马二人抢过将他扶起，人已头晕眼花，胸胁剧痛，微一用力，腰便酸痛欲折，知已岔气，敌强我弱，再比兵刃力已不济，乐得放光棍些，暗握陈、马二人双手示意不可失言妄上，徒自取辱。听苗秀发话，强提住气，双臂一挥甩落二人，挺身叉手大喝道："姓苗的！适才说过算数，拳脚不分胜败，自然要比兵器。现败你手，死不皱眉，决无二言。只有三寸气在，终有相逢之日，何在今天，你如发狂，多说闲话，休怪小爷骂你！"随告陈、马二人："三弟大哥请先回去，不必管我闲账，只不使阿娘知道好了。"说完人已不支。

花四姑见他虽被打败，气终不馁，听到末句颇有怜意，**老花婆的可爱之处。写得颇近情理。还珠高明也在于此。**又看出略受内伤，气已岔住，见苗秀张口又要发话，忙使眼色止住，亲身下阶笑道："瞧你不出，倒还光棍。"随说将手一伸。陈业知老的下手更辣，当她闻言发怒，自出处治；一时情急，忙侧向前面，口喊："老前辈高抬贵手！"暗用真力往上便挡，底下话未出口。四姑笑道："你错会我意了。他已受了点内伤，如不早治，便有三丈气在，将来也报不成仇了。**老花婆颇有可爱之处。**年轻人这等气盛，何苦自找苦吃呢？"说时手仍照旧伸出，朝钱复前后心微按了两按，顺势往腰胁间一理，陈业手挡上去竟自弹回，纹丝未动，方知厉害，退向一旁，不敢多言。钱复一听身受内伤，盛气为之一馁，心想关系一生不小，且忍气由她治好再说，虽不输口，却未倔强。等四姑按下去，先觉伤处脏腑震动，又换了一样痛法，胸略舒畅，不似先前剧痛中还带着扭结酸胀。按过两按，手再往下一理，立觉气血舒畅，腰间酸扭若失，胸前如释重压，只胸骨还在隐痛，余者已减轻许多。身受重伤，还受敌人医治，并还有一难关未过，尚有下文，不能脱身。这母子如此本领，门前所遇老鬼定不好惹，说不定还有凌辱，端的急不得恼不得，满脸惭惶，做声不得。

　　四姑笑道："你今日虽然被三儿打败，照此行径，只不过平日不知下苦，年少无知，尚没给你父亲丢什大脸。看你为人忠厚，以前定受小人愚弄，才至于此。如能由此愧悔发奋，焉知今日不是你的好处？**可叹钱某，终是少爷羔子势派，不知变通，辜负此语。**这里已算交代，异日报复与否由你。可是我那老朋友性情倔强古怪，你惹了他，必吃大苦。他为人更狠，不似我虽恶名在外，到时还有商量，如今年老退隐，对于后生小辈更能容让。如能听我忠言，他也喜欢那硬汉，见时不服输无妨，任他暴怒辱骂，只管还口。打由他打，你只不动，千万不可还手。否则任你是什么来头，也非残废不可。他那两道长眉往上一立便是怒极，更须留意。可说：'我无心得罪你，不错，但我找的是姓苗，与你无干，谁叫你自己出头将路拦住？我又不知你是什么人。现在我被苗秀打败，言明任凭处治，身受内伤，也无力和人相打，死活任便，决不还手。'他照例永不出手先打人，奈何你不得，气又不出，不是将你放在他房内故意放你逃跑，他好动手，便转交给我，等你父亲到此要人，给你父子一个厉害，或令你父打你半死。不论如何你都逃走不得，否则不死必落残废。如能交我代禁，你不特吃不到亏，只稍知悔悟，还可学些乖去。**此是老花婆真心。如此写，才是这等年龄、这等性别的枭雄。**我因不便说他真名实姓，你那两个同伴出去向稍有年纪的江湖上人一访问，只说出此形貌，便即知晓是谁。如能访出他的两个老友，一言立解。再不只好等你父亲回来。但我料你父北天山之行十有九败，狄遁不比萧隐君，你父能回故乡与否尚不可知。虽然我也能为说情宽放，那就三年五年日期难说了。信与不信也在你自己。忠言说过，该命人送你走了。"又对陈业说："你二人速出设法，此地不可久留。同见老人，更是有害。"

陈、马二人知强不得，因见四姑意转，随口应谢不迭。钱复到此地步，啼笑皆非，强答了句："多谢你老人家指教。"底下再说不出。陈、马二人各自含泪向他宽慰。钱复笑答："死生有命。大哥三弟最好暂时不要同回。或是代写一信，或是差人回去，就说游杭遇见老辈中能手，拜师学艺，设辞支吾，千万不可令阿娘阿姨知道。"马琨见花家诸人都以白眼相看，甚是鄙夷，急于早走。陈业偏是不舍，又想陪去同见长眉老人，看了下落再走，后来还是花四姑说："你们同见，无益有害。"钱复又再三拦阻，方始作罢。四姑原命霍祥生送出，苗秀道："钱朋友人倒血性，不似那种欺软怕硬、敢作不敢当的鼠辈。祥生送陈朋友和姓马的出去，我自送钱朋友去见老阿伯好了。"祥生道："你肯送钱朋友去，自然要好得多，我们走吧。"

钱、陈、马三入随向四姑各打一躬作别，由苗、霍三人分别率领，往外走去。陈、马二人随祥生先行。陈业终不放心，走到前门故把脚步放慢，意欲窥探动静，因霍祥生摇手示意劝阻，马琨已当先走出门外，只得随同走出。到了谷口，祥生笑道："今日钱朋友会得我师父怜惜，**"怜惜"，确是。**真大便宜。我们这一段已算过去。他有三师哥同往，只要稍微留神，决无大碍。陈朋友颇有义气，人也明白，快点出山，照我师父的话，请人来此救他回去。我不再远送了。"说罢微一抱拳便自走回。马琨适才备受轻贱讥嘲，又见花。苗、霍诸人只和陈业一人对答，无一理睬。以前怂恿钱复妄为，陈业俱所深悉，临难退缩，实在无词自解，心中愧悔，又急又气，走在路上越想越难受。

陈业见他不住唉声叹气，一言不发，心想：如今钱二哥陷身花家，吉凶难保。钱世伯和父亲隐居多年，一些父执能手俱只知名，从未见过。平日情胜骨肉，说得那么义气，三人同出只回两人，有何脸面去见二哥母亲？设辞写信仅能哄过一时，终非了局。何况二哥性情太暴，万一夜长梦多，有什不测，岂不生死愧对！大哥人虽阴刁，不够朋友，但他会出主意，当此急难之时，多一个人商量也好，莫不剩下两人，再生心疑忌，闹得事更棘手，仍以敷衍商量，合力同心为是。四顾无人，便把马琨唤住，在谷中寻一僻静山石坐下，说自己也是知事无济，不敢妄上，先拿话把马琨的心安住，然后以义相激，共商营救之策。马琨被感动，指天誓日，只要能把钱复平安救出，任受千万辛苦也所心甘等语。陈业看出他天良发现，才说："我三人义共死生，当时不动手，是恐全数失陷不可收拾。难得二哥知机，把事一人揽去，大哥又能忍辱，未致一败涂地，更无救法。为今之计，第一须先打听那长眉毛老头是什么人物，请出谁来可以营救；第二是在晚来人静时，暗往花家窥探一回下落。二人分途行事，大哥以为如何？"

马琨明知敌人对己厌恶，如往窥探，一被发觉便无幸免。身是长兄，不便舍难就易，如说此举太险，又恐他道胆怯，方一沉吟。陈业料定他不敢再往花家，本是借此支开，好往见来时途中所遇异人，**虽厚道，却不蠢**。忙又说道："我看对头因去年我没在场，相待还稍客气，就被发觉也可免害。大哥却去不得。我看大哥先去打听，我在附近村落中买点吃的，夜往一探，今晚明早，金华江边见面再议好了。"马琨闻言自合心意。陈业便与他立即分开，二人分途可多几处查访，议定分别。马琨因往山外查访，又因金华城内住有钱应泰一个老友，以前也是成名人物，颇有交情，虽然不曾见过，事急往投，说明原委，也许允为出力相助，一分手便急忙赶去。**这一分手，便再生枝节。似是写马琨不堪，实为再引出阿婷母女——又一个复仇的孤儿。**

陈业等他走远，先赶往异人栖身的谷壁松石之下，低唤了两声"老前辈"，不见答应。纵上突石一看，半壁腰上还有一个石洞，大只方丈，洞口更小，仅容一人低头出入。那株古松便由洞侧石隙中蹿出，虬干盘纡，枝叶繁茂，宛如一个曲柄伞盖，连洞口带洞前突石一齐遮盖。近根横干上，松鳞磨去二尺来宽一块，露出白木，甚是光滑，分明有人常在那里落座之状。洞中只有一短矮竹榻，也因为用年久，又滑又亮。贴门一白木条案，一个坐人的石鼓，案头有一石灯檠，另用石片架着一个小黄泥炉，炉中炭火未熄，旁置陶制一壶一碗。一块大端砚以及纸笔之类，**"文侠"，还珠所爱。**均极精雅。壁角有一小缸清泉、一小缸米、几件零星炊具。洞浅面阳，日光斜射，松影当门，清荫满地，并不怎样昏暗。陈业在洞口探头略望了望，看出人去未久，不敢冒昧妄入。知异人已往山口外相待，估量马琨去远，忙即纵落，飞步赶往。**没见到，便生波澜。还珠组织情节的诀窍就是从不做一直笔。**出口四望，农民忙干春耕，正在田里操作，时见三五村童横骑牛背，往来于桃柳相间的田岸之上，只不见异人踪迹。以为来迟错过，心中惶急。门外村镇颇多，歧路四出，正不知往何方寻好，忽见路侧二村童聚语说笑，一说："那陌生人不识相，小老头应该给点苦头他吃。"一说："小老头真有本事，也没动手，就把他甩出去两丈多远。"等语，边说边拍手，又笑又跳，甚是起劲。

陈业听那语气，好似有一生人由山内走出，遇一小老头，不知为何争吵，生人强横，首先动手，连跌两跤，狼狈逃去。想起马琨适自山中走出，那异人又生得瘦小，所说极为相似。心中一动，忙凑过去笑问："小弟弟讲点什么，这样有趣？讲给我听，停歇请你吃糖。"说罢便抓了几十个制钱递过，二童齐喜道："你这陌生客人真好，我讲我讲。"一面接钱，都抢先要说。陈业劝住，一一盘问，果然所料不差。二童说的小老头，正是适遇异人。人只知他在北山深处居住，起初当是花家住的外客，问他，却说："凭那老花婆，也配请我到她家去住！"花家姑侄师徒威名远震，虽不逼强欺压乡民，可是有人招惹也不轻饶，当地人民都尊称"四太婆"，苗氏弟兄都称"相公"，从不敢道她家一个"不"字。见小老头公然大声喝骂，不敢再行盘问。因他身量瘦小，又不肯说姓名，都称他做小老头。性情古怪，大人们都不爱理他。山口外有一望山镇，面山濒河，环柳成行，人家均甚殷富。河边有一老处女蔡一娘，卖火肉烧卖和馄饨，味甚鲜美，每日清早和傍晚出卖，过时不卖。一娘带一十四五岁的养女阿婷同住。小老头是她老照顾，差不多每日必有一次。母女二人对待顾客总是冷冰冰的，给钱就卖，不赊不欠，也不多话，邻里更不来往，独和小老头一见如故，有说有笑，每去必加意精制，任其饱餐，去晚收摊，还破例蒸煮，三人同食，也不见讨钱付账。有时小老头吃完，赶上一娘母女有事，便去河岸青石板上大睡。马琨想是走饿，向人打听，寻到蔡家吃烧卖，因见阿婷美秀，说话不规矩。恰值小老头走来，故意把一碗馄饨泼向马琨身上。马琨不知有因而发，见老头手持银子甚多，索赔不允，动起手来，连跌两跤，方始见机逃去。老头代人出完了气，因蔡家生意正忙，仍去河岸上睡觉，村童来时，尚未见醒。

陈业听完前事，忙即问明途径赶去，到了一看，蔡家共是四间竹楼，上搭茅顶，门外围起两丈方圆的竹篱，种有不少花草，楼宇院落收拾得甚是整洁清雅。并不设肆，只在篱外放着一副大挑担，一头蒸烧卖，一头煮馄饨，现卖现蒸煮。篱上挂一木牌，上写："蔡家点心，清早下晚两次，过时不候，风雨停业。"下面小字注明："烧卖每件一文，馄饨每碗五文，价目先惠，不赊不退。"字甚秀挺。这时正是下午申、酉之交，附近富户好些命人持盒候买，聚有十多个主顾。蔡一娘年约五十多岁，亲自当垆应客。阿婷不时由屋内端了先包好的生烧卖走出上笼。客多主少，依着付钱先后，如数拿了就走，并无一人争执闲话。再看小老头，果在前面不远的河岸上仰天而卧，睡得甚香，不敢惊动。见顾客也有一半立等出笼现吃的，各自赞好，香气扑鼻。

陈业正觉腹饥，便照村童所说，取了数十制钱放在担上，笑道："蔡老板，我买点吃可以么？"一娘正往锅中下馄饨，听人问话，摇头道："时光快到，这些都是先付的，卖完收担，明早来吧。"说到末句，一抬头见是生人，端详了两眼，笑问："客人从什么地方来？"陈业答说："由北山望个朋友，来此拜望一个老先生，正遇着他睡觉，不敢惊动。肚皮有点饿，走别处去，又怕醒来错过。既然卖完了，下趟再来买吧。"说罢，取回担上钱转身要走。一娘道："小官人不要忙。你寻那人贵姓？在哪里住？"陈业不说不知小老头姓名，便答："这位老人家，在前面河滩石上睡觉的就是。"一娘越发喜道："客人阿是姓陈？这一来你有得吃了。你寻这人是我家老主客，他刚刚才定下一笼烧卖、四碗馄饨。等人一散，将他唤醒，就同吃了。"陈业一听大喜，忙取出二两银子代小老头会钞。一娘笑道："他这人脾气古怪，只许人吃他，轻易不要人请。我也不能收这钱。我知你初次见面不好意思，都有我哩。"说罢便朝旁立阿婷一使眼色，阿婷低头一笑走去。

陈业听出小老头必已先对一娘说过，知这家母女也非常人，只得谢了，把银收起。阿婷虽未细看，仿佛甚美，不敢大意张望。便在小老头卧处附近轻轻闲逛，欲等小老头一醒，便即趋前拜见。候到日色西沉，吃客已然散尽，一娘也收了担，小老头仍还未醒。又饥又渴，方自强忍。**黄石公之故智也。**阿婷忽从篱内走出，到河岸石前，摇着小老头的肩膀，娇呼道："三阿叔快醒！有人寻你，等有不少辰光了。"小老头随即翻身坐起，哈哈笑道："你好，你好！"阿婷杏眼微嗔，生气道："饭菜点心我全做停当，娘叫我来喊。我好点什么？"小老头笑道："说你好又不好了。难道要说你不好才好么？"阿婷娇嗔道：**"娇嗔"，阿婷形象出来，与小妹迥然不同。**"三阿叔枉自老长辈，总是这样讨厌！"小老头笑道："算我讨厌，不要惹小姐生气，我走好了。"阿婷鼓着小腮帮子，玉颊红晕，更不再答。陈业恭立在侧不敢插口，等二人说完，刚凑近前深施一礼，喊了声："三老前辈，小辈陈业遵命来此，恭候多时了。"小老头竟似未见人一般，不等说完，便往蔡家走去。

陈业不知因何失错，不便同行，僵在那里，方觉进退两难。阿婷随在小老头身后，忽然偏头回望，朝前一努嘴，意似令其随往。陈业仍觉一娘母女素昧平生，小老头也是先前初见，姓名未通，先密后疏，不知何意？人家设有酒食，怎好意思擅作不速之客？意欲在外守到小老头吃完出来再行相见，便朝阿婷拱手示谢，仍立未动。阿婷走近篱前，回顾不曾随来，又微瞪了一眼。陈业见她有了怒意，主人如此，料知随往无妨，连忙赶去。阿婷方始回嗔作喜，抢向前去喊道："阿娘！你叫我去请三阿叔和他约的那客人，都来了。"这时院中已放好一桌四椅、四副杯箸。一娘闻听迎出，笑道："你叫人家老远寻你，自去睡觉。刚才人家就饿了，又等这一大会，有什话，快来吃完再说吧。"小老头望了望一娘母女，又望了望陈业一眼，笑道："你的福气倒不错。我还有点饿，阿婷拿酒和烧卖来，索性吃完再说。"陈业忽然福至心灵，**天降之福。莫知所从来，只能说是"缘分啊"**。立向一娘行礼，改称"老伯母"，又向阿婷行礼，喊了"阿姊"。小老头已连催："快点拿来吃！少来虚套，我见不惯。"

陈业知他性情古怪，随着一娘指处，恭敬坐下。一娘自坐上方，阿婷便喜孜孜跑到屋里，端出一盘咸煮长生果肉、一盘豆腐干、一盘风肉、一盘风鸡、四个姜丝醋碟、四碗清汤、一大笼热腾腾烧卖，随又进去，用开洋肉丝菠菜炒了一大盆炒面出来，自坐一方同吃。陈业见她容光清丽，宜喜宜嗔，神情更是落落大方，不作丝毫儿女之态，又坐对面，不由拘束起来，一娘见他低着头，又吃得慢，意颇矜持，笑道："既到我家，就非外人。年轻人吃得多，不要客气。这烧卖要热才好吃，**直似"丈母娘看女婿"情状**。本该后上，因这位老弟向例酒饭菜点同吃，所以一齐端出。你不要拘束，尽量好了。"陈业也觉肴点样样味美，又当饥极思食之际，暗忖：这家母女必有来历，忸怩不安反吃见轻。再看主客三人俱都随意饮食，这才放从容了些。偷觑小老头，饮食甚豪，一言不发，不敢轻易开口，吃了八成饱，道谢放筷。

阿婷已早吃完，端了面汤水来。陈业不肯先用，嗣见一娘要命阿婷为自己绞手巾，只得赶快走过，自拧一把洗了，小老头随向陈业道："你吃了个酒足饭饱，你知人家姓什叫什？我是什人么？"陈业面嫩口拙，不由脸胀面红，应答不出。小老头又对一娘母女道："有这种吃白食朋友，也会有这种主人，问三不问四，随便就叫进来。这是你们自家请客，我不领情。"一娘微笑了笑，还未回答，阿婷抢口答道："三阿叔不要装腔，寻老实人开心。这样粗菜粗点心，本来不成敬意，也不值一说。请客人进门，却是阿娘情愿。休看三阿叔面子大，来客要是不三不四，就是三阿叔自家带到，阿娘让进，小侄女也不能容他进门，要吃只好门外头吃去。不过这位客人你来时早已说过，这时要说不是你领来，却不成功！"小老头立即怒道："这话一点不通！不错，我早晨曾经多事，答应帮忙。你问问他，为什么我叫他到山口外寻我，他却偷偷到我洞前乱喊一气？末了知我不在家，又贼头贼脑到我洞里去。这种小贼一样的人，谁愿跟他打什交道！刚才明明见我没有理他，你偏把他引来，气得我一顿酒饭也没吃好，还要卖我面子！既然你愿当他朋友，我走好了，省得日后什么事都赖在我的身上，如何？"说罢起身，便往外走。

陈业才知自家不该小心过度，惟恐错过，又见马琨走不多时，以为反正顺路，就便先往小老头所居崖洞拜访，遇上更好，不遇再向山外寻找，不想将他触怒。闻言又惊又急，忙即接口道："老前辈千万恕罪！后辈实因在花家耽延时久，恐老前辈业已回府，专程拜望，只在洞口略望即行，并未妄进。"话未说完，小老头竟不容人说话，已然走了出去。陈业急喊：**再生曲折。**"老前辈暂留贵步！"连忙追出。刚到篱门，忽想起忘向一娘母女道谢，匆匆回身行礼，说了句："多谢伯母阿姊。"重又拔步往外追去。转身时似听阿婷小语道："他特意这样，白跑一趟作什？"陈业见小老头虽未急走，人已相隔四五丈外，知他脚程甚快，也没听清底下什话，只顾向前跑去。

时已入夜，天阴欲雨。蔡家房舍背村面河，此时甚是清静。初意可以追上，小老头忽往右侧人家屋后一拐，等追过去，已无踪影。再前行不远，便是入山路径。心料小老头必已回洞，暗忖：来时便道往访，并未妄入。小老头出山已久，还和马琨交手，人不在洞，如何知道？一娘母女是他至友，并还早知自己来历。真要触怒，犯了忌讳，当阿婷延客时，早已拦阻斥责，也不会等酒足饭饱之后才行发作，一娘母女也必不那样殷勤款待，许是有心相试也未可知。越想越对，便飞步往山口内跑去。进口不远，忽然下起雨来。想起小老头性情古怪，他既不愿人到他洞前窥伺，又是一怒而去，到了那里，自不便冒昧再上，又不能出声呼唤。那洞口离花家近，听村童口气，小老头似与花家有隙，久立崖下，有无妨碍？雨是越下越大，归途路远，种种俱是为难。倘真有心相试，如若畏难退缩，必误良机，怎对得起钱复结义情分？正在忧急，向前狂奔，忽听左侧有人呼唤："停步！"

陈业跑得正急，已然跑过，闻声方略迟疑，就这欲停未停之际，瞥见一条黑影，由左侧山坡斜行而下，其疾如飞，抢前拦住去路。心方惊疑，便听对面一个女子口音低喊道："你这人怎不听话？快些随着回去，阿娘还有话说。"陈业听出是阿婷口音，见她脚程比自己要快得多，益知先料不差。一听小老头他往，冒雨追来，必有好音，忙即止步称谢。阿婷随领陈业舍了原路，改走坡上山径，且行且低语道："山口颇多对头耳目，只这里僻静。你走不久，我和阿娘说了几句话便追了来。恐被人看出，翻山到此，路远好些。对头此时明说洗手，贼性依然未净，她家仇敌太多，山口外本设眼线。只三阿叔，他们干气无法。现在听说也寻了一个好手来，准备两不相犯便罢，随时有事，随时应付。除他一人，外人休想到她窝里去。休看日里老花婆发了善心，这是她一时高兴，再如回去，定吃大苦。你那姓钱同伴，一则有他阿爹面子，二则进门时先惹了杀星，又吃三小贼用重手打伤，人更光棍，才得饶松。姓马的人既下作无义气，又用冷镖打过小贼，早晚必死在他们手里。老花婆本心想借此因头，代了杀儿子一桩事，所以放你和姓马的出来。如知三阿叔破了旧例，居然事不干己，平空出手，你与她对头一路，被她捉着，难有生路。你只要往前走五六里，不等你到三阿叔那里，便被捉住了。先前你看不见，你看那是什么？"

陈业随手指处一看，来路山口中，果有一盏天灯悬空浮沉，知是信号，好生惊骇。阿婷随说："我和阿娘隐居在此多年，无人知底。去年起，因三阿叔常来走动，他们才有点疑心，曾借买点心来试探过两次。阿娘比他们先来此地，从未见过，访查不出来历，我们又做得像防得好，只当三阿叔好吃我家点心，肯在暗中周济，因此相识，才未出事。这条山路又险又远，从无人走，外人更不知道。难得刚才落雨天黑，他们只见进了生人，没看出是你还好。再由山路出去，今晚他们又要活见鬼，好些人白忙一夜了。"说时已将山头翻过，走上险径。雨势渐小，二人迎着朔风细雨，黑夜山行，上下攀援于危崖峭壁之间。陈业路径既生，又复险峻，全仗阿婷随时指点，有的地方还用抓索飞渡，虽得勉强学步，已是汗流浃背。阿婷却是身轻飞鸟，不特履险如夷，更能暗中视物，无不清晰。**又一奇女子。**

陈业见她盈盈弱质如此本领，为追自己通身雨湿，语言又那等隽爽，意甚关切，不由又是佩服又是感激，谢赞不绝于口。阿婷笑道："你人倒还好，就是虚套太多。我从小便随阿娘遇过不少风波，这一点路和场把小雨算什么！我娘还好，三阿叔最不喜欢这样。前面下崖就到了。你到我家，日后常要来去，随便点好。再这样，我就不高兴理你了！"陈业自是奉命惟谨，诺诺连声。因将到达，崖更险陡，崖下还有人家，便不再说话，仍由阿婷用抓索相次援下，落处已超出蔡家一二里的村外。同抄小路，急驰回到蔡家。一娘已升火烧水，暖酒相待。阿婷一到，先奔向竹楼上去。陈业衣已全湿，当着一娘不能脱下烘烤。一娘升有火，却不令陈业近前，以防寒气为火所逼，致受感冒。陈业行礼道谢之后，喝了两口姜汤，正想问话。阿婷已换去湿衣，抱了几件衣裤鞋袜走来，说："这是我哥哥的旧衣裳，你把湿的换了吧。"说罢放下，便同一娘走向内室而去。

陈业见她母女行时目蕴泪珠，似有悲容，好生不解。**留一悬念。且为善待陈业略做铺垫。**见衣履均极华美，知道不应客气，忙掩向壁角，先用手巾将身拭干，匆匆换好。待了好一会儿，才见一娘母女各红通着双目走出，陈业重又伏地拜谢。阿婷笑道："你这人就是喜欢虚套！落雨天急跑，这两日又有春寒。你也是孤苦零丁，有个寄爷，又到北天山去了，不知何日才回来，眼前又有急事不能回去，受寒病了，如何是好？反正今夜，有力都无处用，何况无力。那姓马的是个小人，不用管他，乐得消消止停，先吃两盅热酒避避寒气。少时阿娘和你一说，就明白了。"陈业听她母女竟连自家身世也都深悉，好生奇怪。对方俱是巾帼英雄，不便再为谦逊。见阿婷一边说话，一边由菜柜里取出几样菜肴，已摆好三份杯箸，答声"遵命"，自从热水盆内提了酒壶斟上三杯，说道："伯母阿姊请用。"一娘笑道："我不想吃，你和阿婷自家吃吧。跑这一路，肚皮想必也跑空了。吃完酒，我叫阿婷泡两壶茶淘饭同吃，省得半夜里饿，你又面嫩，不肯明说。"

陈业少年老成，虽与钱、马二人结拜，并不同流合污。日里初见阿婷，只觉此女甚美，持躬拘谨，并未留心注视。及至入山急跑，雨中追回，既佩服阿婷本领高强，又感激她种种关助，不知不觉种下情根。这时觌面相对，举杯同饮，情分益发亲切，越觉她身材美秀，秾纤得中，丰神明艳，容光照人，一言一动，无不可爱。不过身世孤寒，百不如人，自惭形秽，尤其正在求人之际，稍一不慎，事便立败，一意矜持，只顾庄容正色陪同饮食，不敢稍存妄想。阿婷见他这样，暗中好笑，有意作耍，不住提壶殷殷劝饮，一杯甫干，二杯又复引满。陈业幼遭孤露，虽得陈松做了义父，平日相待，无异严师。生平所遇诸人，纵不尽数凌践，也都落漠，比较起来，只钱复一人，虽是少爷脾气，喜怒无常，总算还有几分真情，结拜也是钱复拉他加入，依了马琨，还说不配。这次对钱复甘出死力，也由于此。此外更无一人对他亲近。一旦遇见阿婷这样天仙化人，殷勤慰藉，亲如家人。哪不刻骨沦肌，感深五内，受宠若惊？一点也不敢拂她盛意。量本有限，几杯热酒下肚，脸更成了红布一样。**穿插小儿女情事，有趣。**

　　一娘对于阿婷钟爱娇惯，看出陈业量浅，微作色道："阿婷便这小囡脾气，你要把他灌醉么？"陈业酒已半醉，误当一娘嗔怪阿婷，忙代分辩道："伯母不要生气，小侄还能陪阿姊再吃两杯呢。"阿婷听他舌音发短，忍不住笑道："你真没醉么？酒有不少，我再给你烫一壶去。"陈业忙道："随便阿姊。"阿婷道："你随便，我却不能随便你呢！阿娘还有多少活没对你说，吃醉了你怎听得进？舌头都短了，还要吃呢！"陈业忙道："是我不好，我不吃就是。"阿婷见他语无伦次，全随己意而答，益发忍俊不禁，一娘又微瞪了她一眼，才忍着笑，盛了两碗冷饭，**其乐融融。**用开水淘过，泡上热茶端来，将多的一碗递与陈业。一同吃了，阿婷撤去杯盘，抹擦好桌子，又泡了壶好茶，自往里间走去。一娘这才详说旧事。

　　原来陈业生父陈公亮，也是淮扬一带有名的豪侠之士，五十无子。那年游杭，一时酒后乘兴，纳一船女为妾。陈业生才周岁，便遭父丧。生母不为嫡室所容，自带孤儿逃往故乡，中途失盗，银物荡然。没奈何以女红佣工谋生，流落三四年，忧急气忿而死。小老头姓祝名三立，乃山东道上数一数二人物，因他身怀奇技，生平独往独来，从未挫败过一次，性情又最孤僻，量浅喜饮，酷好文墨，不轻易管闲事，下手却辣，如与为敌，极少幸免，自称龙湫醉叟，江湖上人都称他为生死判。虽是鲁籍，偏爱江南景物，每到一处好山水，必要穴居野处，留连些时。陈公亮也是一个山水癖，生时二人交好，常共往还，游湖纳妾便是三立作成。公亮死时，曾有遗函托孤，被嫡室吞没。三立适往新疆塔平湖白马山中访友，被人留住，一去五年始回山东，途中闻悉公亮已死，甚是悲痛，赶往慰唁。嫡室将遗函隐没，假说陈业在丈夫死前数月出痘夭殇；侧室年轻，不耐久守，夫死三年，改嫁北方商人，业早北去。三立知她素不老实，半信半疑，亲往侧室娘家访问，并无音信，时久也自罢了。

五年前，公亮嫡室老病身死。死时天良发现，托一门人将遗函与三立送去，并说遗孤面作红色，眉有朱痣，和乃母去处。三立行踪不定，那门人展转访问了两年才得寻到。三立故人情重，见信大惊，照着所言之路又访查了三数年。虽访得一点踪迹，无奈陈业早被陈松收为义子，带往天目山中隐居，怎访得到？三立也真心细坚诚，百折不回。因在昨年访出陈业生母死耗和孤儿被一中原汉子带走之事，仗着交友众多、耳目灵敏，与自己绝技行步如飞，一面到处托人向远地打听，一面以所居金华北山为起点，每隔一日四出查访。到了本年正月间，居然探出孤儿下落，亲往天目山中窥探了数次。细心视察，看出陈业甚是爱好，用功刻励，所习也非寻常家数。故人有子，甚是欣慰。只惜所交不善，马琨尤其是个败类。恐其年少无知，习与性成。陈松是个热肠汉子，孤儿蒙他收养教诲，得有今日。乘人不在，给他引走，未免不合情理。正在打定主意和孤儿相见，说明前事，恰值钱、马二人因卖武得罪花四姑的内侄铁洞箭苗秀，约往比斗，正由所居崖洞经过。三立深知花四姑为人底细，原意暗中指点，给陈业指条明路，就便挫折铁女丐师徒姑侄的威焰。等陈业往花家去后，忽想起一娘母女与铁女丐结有深仇，正好合力，随往一娘家中告以机宜。

一娘原因敌人势盛，守伺多年迟迟未发，虽喜得遇世交旧友，仍自有些顾虑，闻言还在踌躇。阿婷情切父仇，日夕在念，常和一娘絮聒，巴不得早些下手，心想：照三阿叔说，陈业为人忠厚，本领有限，花家多是恶人，保不失陷在彼。恰巧花家有一丫头，因买点心与阿婷相熟，屡次约往游玩，就便做点热点心与主人吃，并还许去厚酬。一娘母女恐是花家疑心自己，如知仇人，一经邀约，定必乘机进身窥探虚实，故推生意大忙，婉言谢却。阿婷暗忖：正好借题往探。见天还早，应卖点心已然做就，静等上笼出卖。仗着家传本领，地理又熟，可明往无须闪避山口眼线，也没和一娘商量，便偷偷赶去，徐行进了山口，走出半里，折入小径。四顾无人，立即施展轻身功夫，如飞前进。所行之路，要上下穿行好些山峡崖壁，甚是险峻，途程却要近一半多，到时正值陈、马二人分手。阿婷以为花家别有用意，不会这样轻松将人放出，恐有党羽潜踪追蹑，暗随陈业身后窥伺，不曾露面。嗣见陈业在崖下喊了两声"老前辈"，纵上崖腰看了看方始纵落，往出山路上走去，始终无人跟踪，这才放心，仍由小道驰回。**补叙一下，顺便交代前文祝三立知道陈业行踪的缘故。**

阿婷脚程比陈、马二人要快得多，路近一半，陈业又恐追上马琨，脚程转慢。马琨由花家出来，**补叙马琨。前已借村童之口讲过，这里再以全知视角写一遍。这种"反复皴染"，逐步加戏的方法，用于重点段落，给读者以深刻印象。**又是一肚子气闷，边走边想，暗中咒骂仇人。一个不经意误入歧途，绕行了好些冤枉路。阿婷反倒越向他的前面。马琨也是饥渴交加，一出山口便打听哪里有卖饭点的，经人指点，寻到蔡家。见阿婷生得美艳，急难未完，色心又起，妄想以银钱打动，又欺对方是个女流，居然出口调戏。一娘母女已早知他来历姓名，念在同仇份上，才破例提前先卖给他一些点心。马琨上来没听人说清楚，误把一娘母女当作寻常当炉妇女，母女本已不快，如今再听他出言无状，阿婷本要当时给他一个辣手。一娘恐露马脚，禁止发作，方欲暂时容忍过去，随后再令阿婷追去给他苦吃。偏生冤家遇见对头，小老头正由别处走回，见马琨在一娘馄饨担前风言风语，走近前去，假作痴呆失手，将一碗油汤泼在马琨身上。马琨见阿婷玉颜含嗔，一双凤目隐射威严，哪知厉害？以为美人薄怒，愈增妩媚，正在心中得趣，神魂欲荡之际，**不作不死**。忽听身侧一人老声老气地喊道："阿囡，你呆在这里作什！想让小野种描了喜神去当祖宗供么？还不快点到屋里去将烧卖做好！我老头子停歇困醒好吃呢。"

众吃客买主先见马琨撒野，俱都有气。因知一娘母女不好惹，早晚必要发作，各自闲立不散。一会儿小老头到来，这位更是厉害，益发想看笑话，闻言知为马琨而发，不禁好笑。马琨一心在阿婷身上，先未觉出众人神色，及听语声刺耳，阿婷闻言悄骂了声："不知死活的下作坯！"转身便走。再一回头，瞥见众人笑视自己，面带鄙夷之色，有的更在冷语相嘲，才悟出这几句说笑全为己发。心中有气，刚想看那发话人是谁，身才一扭，便碰在一人身上，跟着胸前一热，淋漓满身，油汤碎皮到处都是。定睛一看，身侧站着一个矮瘦老头，方自怒发，待要理论，老头已破口先骂道："娘卖的小野种！眼乌珠戳瞎了不成？快赔还我这碗馄饨，便放你生，否则，今天叫你倒爬回去！"马琨见老头儿如此蛮横，益发大怒，骂声"老鬼"，伸手便抓。吃老头一把掠住手腕，三指往脉门上微一用力，**还珠是行家。余五十年前从师习拳法，入门基本功之一便是叫拿脉门**。马琨便半身酸麻，再也吃不住劲。口刚"嗳呀"一声，老头紧跟着往外一甩，马琨身不由己，便往右侧草地上抢掼出去。众人见状纷纷喊好。阿婷闻声赶出，也在一旁拍手笑骂。马琨想不到会吃这亏，当着阿婷和众人面前，愧忿交加，急怒攻心，更不寻思，一面纵起，就势取出身带钢镖大骂："老狗！今日小爷要你狗命！"纵身上前，左手一拳，右手镖便照左肩打去。老头只冷笑一声，镖到身上，左肩微震，镖便自弹回来，正打向马琨右臂。因是镖头朝前，老头又未下辣手，否则右臂非断不可。马琨疼得骨痛如裂，到此方知厉害，哪里还敢再上！忍气负痛，喊声"后会有期"，转身便逃。纵出才只数丈，人影一晃，老头又在迎面出现。马琨也颇学会几下煞手，急迫间还想伤人要害。**乃父基因**。谁知手才一伸便吃老头掠住，这次不往旁掼，就势往上一扔，便将马琨向空抛起两丈多高，转风车一般往下跌落。马琨恐防跌伤，凌空一个"鲤鱼打挺"，将双脚转下，意欲好好纵落。说时迟那时快！这里双脚快要点地，老头笑立原处，将左手朝前虚推了推。马琨便觉一股极大的劲力当胸撞来，再也稳不住势，往后一仰，径自跌倒。众人又是一阵哄然大笑，采声四起。马琨吓得惊魂都颤，二次翻身纵起又想逃跑。跑不多远，老头凌空一跃，仍赶向前头拦住去路。一交手，依旧跌倒。老头也不怎伤他，口口声声要他倒爬出去，恶剧不休。每跌一次，必换一个花样。

　　如在平日，马琨早已跪地伏罪，免吃苦头。一则年轻气盛，自觉老头无故欺人太甚，心中恨毒；又当阿婷在侧，旁观诸人齐声哗笑，讥嘲不已。觉着打人不过无妨，似此倒爬出村，日后怎再做人？只管又急又怕，先还不甘服输，不消片刻，便被跌得头破血流，目眩耳鸣，再也支持不住。这才转念，大丈夫能屈能伸，何必白吃苦头？便赖地不再爬起、累得直喘。小老头容他喘息，也不走过，只笑问道："你这匹小野马，也敢到我这里来放肆么？我还是看在别人面上，不然今天就要叫你好看！识相点，赶紧爬上两步，我便饶你。"马琨只得喘吁吁答道："老头子你本事大，怪我不好，我服你了。"小老头一任怎说，仍非马琨倒爬不可。马琨无奈，只得强忍怨忿嘲笑，勉强爬行了两步。老头又笑道："我量你爷也不会有什好骨头的子孙。你如强到底，我也服你。白做了一回倒爬乌龟，给你爷娘师父现世，滚吧！"

　　马琨闻言又愧又悔，怒火中烧，起身掸了掸土，怒目问道："韩信曾受胯下之辱，只你老不死，便有见面之日。是好的，把你姓名住处及这家卖点心的是你什人说出来，早晚自会寻你算账！"老头笑道："凭你也配？你的来意我已尽知。今早你往花家，还由我崖下走过。我是山东人，姓祝行三，现时就住在你今日走过的山谷古崖壁上。适才来吃点心，见你年纪轻轻不规矩，存心寻事，给你一点教训。如不服气，只管把你师父搬来。**从狄逋开始，萧隐君、大斗和尚、花四姑，现在又有祝三立，谁也没拿钱应泰当回事。可**

见标号"神拳"者，如同"铁胳膊"之类，大多注水多多。再如唠叨，我便叫你爬回家，不是三步两步应景完事了。"马琨见状，吓得拨头便跑，众人也自哄笑散去。

第十三回　志苦情真　长路遄征急友难
　　　　　　言甘币重　假名拜寿肆凶谋

　　一会儿陈业赶到，祝三立怪他不该在崖下唤人，给自己惹事，虽说不怕，到底花家知道以后，要多费好些心思对付，又想将一娘母女拉在一起，敌忾同仇，所以见时故作不理，吃完自去。

　　后来阿婷冒雨往追陈业，三立由别处走回，和一娘商议前事。说起广帮丐头金龟神蔡海金爱徒越境欺人，在西湖灵隐扰闹，犯了帮规，打伤当地丐头，吃上天竺侠丐邢飞鼠赶往擒去，当众拷打，背上刺字钉封送回。蔡海金当时暴怒，便要亲身率众报仇。恰值义子天台恶丐火赤练杨开泰拜寿新来，闻说此事，给出主意，说："丐仙吕瑄现在湖亭卖卜，邢飞鼠与他门下颇多交往，此去恐难占得上风。女铁丐花四姑现居金华北山，不如给她一个全面，借地讲理。丐仙和她相识，有老面子，必不好意思上门欺人。就被邢飞鼠苦求了去，花四姑只肯受我们这份重礼，就不得敌，也必想法袒护，有胜无败，还显我们知礼能让，并联上一个好帮手，岂非绝妙？"蔡海金立赞好计，依言行事。

　　花四姑人极好胜，先颇高兴，继而想到邢飞鼠颇有义名，不是蔡敌。丐仙定被请来，不允借地，面上无光；如允，丐仙无人能敌，一遭挫败，盛名全失。想了想，只有老友金眼神猏查洪是个高手，以前为防祝三立近居肘腋，万一生事扫脸，想约他来。无如此人是年轻时情侣，脾气古怪，为娶自己未成，独身到老。每见时，仍和少年一样，喜欢风言风语，当着外人，不好看相，因此搁下。如今寻他，正好两便，随令苗成、苗秀带了重礼将查洪请来，静待时至应付。三立却知丐仙吕瑄自从二次出山以后，日以积修外功为务，不再过问闲事。邢飞鼠前往相求，至多派两门下能手出场，不会亲到，未必能制得住查洪。自己和查洪也是半斤八两，何况蔡海金、杨开泰都是徒党甚众，定有能手同来。查洪为人只是刚愎古怪，不似花家姑侄为恶多端。趁着还有半年工夫，最好先把此人去掉。知道查洪一生受有两人大恩，立誓生前必报。无如这两人本领高强，一个还远在他以上，又都富裕安乐，苦无报恩之机，至今耿耿，引为恨事。无论天大的事，有此二人一纸一言无不立解。内中一个，便是隐居四明山的南明老人。惜乎此老丧子以后久不问事，去了白去。还有一个，远居湖北黄冈，姓莫名全，水功最好，外号老龙神，最喜救人之急，不问生熟，只求到他，无不勉为其难，彼此还有交情，求他比较容易，不过行踪无定，难于定准，便令一娘告知陈业，先往湖北黄冈。如寻不到莫全，最后再想法子，或是明见南明老人借他竹牌一用。查洪对南明老人又是感恩又是佩服，竹牌一到，无不惟命是从。**到此方回主干。**

　　陈业一听求人相助还须前往黄冈，都是远水不救近火。惟恐钱复失陷日久，夜长梦多，甚是忧虑。一娘母女却说此中别有原因，非此不可。至于钱复，因花家老丐婆生平说一句算一句，她既答应不伤他命，任怎忤逆也不妨事，至多受点闲气，无什关碍，否则，除非等他父亲回来，登门负荆，别无法想。钱应泰也是成名多年人物，怎能在老丐婆前丢此大人？彼时事情闹大，反多不妙。仍照前议，方为上策，陈业只得允了。商定以后，阿婷便在中间备好竹床被褥，令其安歇。

　　次日一早，雨又下大了。阿婷先起，去备点心。陈业想了一夜心事，入梦不久便听脚步声惊醒，见阿婷忙着和面，正待爬起。阿婷笑道："你忙什么？阿娘和我谈了一夜，刚睡不多会。你要起来扒东弄西，把娘吵醒么？我知你昨夜也未睡好，反正你总要寻着那姓马的小鬼，到天目山钱家走一趟。现正下雨，午后或能起身，怎么晏起也来得及。好好再睡上两个时辰，点心做好，阿娘起来，我自会喊你。我这人最是强横，说怎么办就怎么办，不听我话，比什么都难过。"陈业虽然心正无邪，不敢稍涉遐想，已早为她柔情所醉，闻言方答："阿姊一人受累，这样怎么对得过？"阿婷把脸一板，径持面盆往里便走。陈业忙即卧倒，连喊："阿姊少停，我不起来，再睡一歇就是。"阿婷回眸微嗔道："不听好话，什人理你？"说罢自去。陈业仍盼她回，等了片刻，也自迷糊入睡。嗣听耳旁一娘说话之声，二次惊醒一看，桌上冷盘杯箸已然摆好，地下湿阴阴的，阿婷正就烘炉上将新烤干的湿衣取下折叠，窗外春雨依然未住，看神气似在等他起来吃饭，知时不早，赶即起身。阿婷打来面汤漱口水，笑道："你还睡不睡呢？可知现在什辰光么？天都近午，把两顿并一顿吃了上路吧。"一娘见陈业面有愧色，笑道："你们年轻人都是这样，也能熬也能睡。阿婷做好点心，见你未醒，也是倒床便着。我见你两个都睡得香，也没有喊。今日下雨，路不好走，阿婷快去端饭，陈贤侄还要回天目山去呢。"当下由阿婷取下热饭点心，**穿插这一类文字，故事便有人间烟火气。**三人一同吃完。

陈业要将借衣换下，一娘母女俱说："无须，我家也无人穿。将来由你代衣主人办他未完之事，这兆头很好，就送你穿吧。"陈业看出一娘母女语重心长，不便推辞，只得称谢领受。一娘料他盘缠不多，又取出一百两银子与他作路费。陈业已知一娘母女与花家世仇大恨，以卖点心隐迹，暗中伺机复仇。虽然日浅，双方情如一家，成了一条跳板上人，便不再推谢，径直收下。阿婷方说："你放大方些多好！老是这样，我就不会再怪你了。"一娘又命二人叙过年庚。陈业幼遭孤露，颠沛流浪，备受世人白眼欺凌，几时受过这等真诚关爱？心感一娘母女高义深情，欲拜一娘为义母。一娘等他叩完了头起立，才笑说道："你的人品性情俱是上选，只是本领差点，日后还要深造。我幼得师门心法，论起功力，虽比不上祝三叔，比你义父似胜一筹。阿婷原是我世侄女，因认义母，便不大爱用功。与其拜我为母，不如拜我为师还实惠得多。不过学艺须待一年以后，你算是我的徒弟吧。"陈业不肯，仍随阿婷口称"阿娘"，一娘只得罢了。这一来双方情分更深。阿婷说："阿哥本领平常，此去黄冈长途千里，不大放心。"要一娘取出本门信旗带在身旁，以防万一。一娘笑看了阿婷一眼，**"笑看"，有深意**。随上竹楼，取了一面上刻双龙首、三寸大小的三角铜旗交与陈业，正色叮咛："因为日浅事逼，我母女身世来历你还一点不知。此我先师遗留下的双龙铜旗，当年威镇湘、川一带，几乎无人不知。至今人虽死去，老交情尚在，此去途中万一有人为难，你先照本门暗号报一'关'字。对方如知底细，索取此旗观看，方可取出，立有照应。否则便是新出道的无知一辈，凭你也可应付了。长江路上，是成名的人物，敢说没有不另眼相看的。先师本领虽高，总以恩义服人，仇敌只有花家。但她党羽都在江浙一带。尤其我师弟父子被害以后，动了长江路上公愤，花家徒党益发绝迹。即或就有因事去的，也装作常人往来，不敢稍微滋事。对方如问你来历，你答以'龙祖徒孙，现奉大师伯之命，有事川、鄂，来时奉命谨秘，余者不能奉告'，便可过去。千万随身密藏，不可遗失。将来见你义父陈松，不奉我命，也不可告以昨晚今朝之事。"

神秘人物，神秘历史，又埋伏下一个"生长点"。母女二人亲送出门。

一娘所居僻在村后，午后恰是清静。陈业行至拐角，回顾阿婷尚在眺望，追忆一日夜间遭遇，宛如梦境，尤其阿婷款款深情，令人没齿难忘，方觉心神欲飞，又想起身世孤寒，自惭形秽，不禁爽然若失，一路胡思乱想，不觉走出村外。继想救人要紧，况还关着一娘母女，且先办正事要紧，忙把杂念屏除，飞步往金华江边跑去。到了原住客店一问，说马琨昨日并未回转。陈业知他所寻的人姓章名文豹，乃钱应泰生平好友，现在府衙后街。忙即渡江赶往一问，才知章文豹山东访友未归，已有三月；马琨昨晚先来未遇，今早又来留话，说自己昨晚住店，无人肯留，现已回家，陈业如若寻到，烦其告知。陈业知马琨为人刁狡，惯于卸责委过，必是昨日在村中吃了祝三立的亏，又见自己夜雨未归，疑心失陷花家；客店又不容他居住，知道花家势力厉害，不敢再在金华停留。如其先回天目，保不向母姨设辞乱说，一听才走两个时辰，估量或可追上，重又渡江往回飞跑，行近天目山口，居然赶上。

马琨原料他十九失陷，恐再留下去也被波及，意欲到家向母说明，打听世交前辈还有什别的能人可求，再打主意；忽见陈业追来，仗着老脸，又在章家留话，反怪陈业何事昨晚不归，害他担惊一夜。陈业知道问他也是支吾，假说："我昨晚夜雨探敌，见花家防范周密，狗又乱咬，恐被觉察，未敢久停，归途大雨，勉强出山，冻饿交加，不能再走，只得向一富绅家中投宿，因谈投机，还承借了一身衣服。今早去至章家，听你寻人未遇，忽想起义父有一至好可以求助。虽然离此甚远，但我昨晚已探出花家相待还不甚坏，日久决可无事。为此追来与你商量，最好仍照前议，以在西湖从师为由，先把二位伯母稳住。到家取了行李衣物，各自分途寻人相救，你看如何？"

马琨因陈业所寻父执从未听说，又不肯说出姓名去向，心中生疑，便说："章伯父出游未归，无人可寻。一人计短，二人计长，最好不要分开，我跟你同行好了。"陈业不善诳语，只得说："所寻老前辈性情怪僻，不见生人。我去还可得见，有你同行，必致连我同拒。况且所居远隔千里，事又难定，有你在此，就便探查对方踪迹，异日下手也方便些。"马琨料他有诈，执意不允。力说："我别无法想，我同去，不过暗中给你划策，并不露面，有何妨碍？"陈业只得瞒起祝三立和一娘母女一节，把遇见异人指点，吩咐一人前往湖北武昌约人之事说出。马琨重又百计探询异人姓名，陈业矢口不吐。马琨料定陈业藏私，也不再问，仍要同行。陈业无奈允了。二人同返天目，由马琨向母姨编了些假话，推说同在西湖深山之中从师习武，讨些银两上路，加急前赶。途中并未生事，那三角铜旗也未用过，便到了湖北黄冈。陈业路上听人谈起老龙神莫全本月七旬整寿，正在家中。寿期恰是后日，再妙不过。只照一娘所教的话见面一求，必能应允。心中自是高兴，便和马琨先寻了一个住所，备下一份礼物，准备明早前往求见。

马琨沿途暗查陈业说话神情，仿佛胸有成竹，随身银钱也颇富足，知他素来钱紧，那晚必有奇遇，好生嫉妒，暗忖：自己和钱复世交至戚，又同拜盟结义，卖艺也是自己发动，生出事来却是他一人承当。照理应由己手救出才有光辉，显得义气，如由陈业营救出险，异日相见岂不难堪？可恨这厮全无义气，一味藏私，不特人名不肯明说，已然同来，所求的人仍不令见，总想抛却自己，由他一人居功。**小人心态，都在以己度人。**越想越恨，表面不说，心中暗打主意。陈业仍自未觉。

到了次日，陈业备礼去后，马琨因已答应陈业不一同去，独坐店房，正打不起主意，忽见外面进来一伙人，后面搭进不少礼物。为首一个生得猿臂鸢肩，貌相英俊，一望而知是个来与莫全拜寿的江湖健者。马琨闲立房前，正与来人对面，互相对看了一眼，来人便往里院走进。隔不多时，店伙来说："后进客人请往一谈。"马琨知是适才到的那人，心中奇怪，便问店伙："那客人素昧平生，何事相请？"店伙答说："那客人也是千里赶来向莫家拜寿的。因听我说起马客人是莫家好友，因朋带友，都不是外人，故此请往见面。"马琨闻言，私心大动，也没仔细思索，立即允诺，随了店伙去到后院，果是适见那人，已在门前迎候。二人见面叙礼，进房落座。那人自称姓邱名义，人甚豪快。两下谈得甚是投机，渐渐谈到莫家拜寿之事。马琨毕竟初涉江湖，又好虚面，竟说先辈和莫全是世交至好，只在小时见过。今奉师父神拳祖师钱应泰之命，同了师弟陈业前来拜寿。因为途中耽搁，恐误了日期，连走了两天一夜不曾歇息，疲困已极。适才已令陈业先往送礼，稍微歇息，明早再当亲往。

邱义随说："莫老人这次七旬大庆，又值上月添两重孙，故甚高兴。各省亲朋和平日慕名的，不远千里而来，多已早到。今日正是暖寿预祝，怎好不去？马兄左右无事，何不同往走遭？"马琨吃他一挤，无辞推托，又想师父与莫全就不认得，也应彼此知名仰望。照邱义说，好些慕名前来的，都一样接待，凭自己岂能受陈业挟制？何不假作代师祝寿，前往开个眼界？只礼物还得现备。邱义已然探知底细，不俟马琨开口，迎头先说："马兄千里远来，礼物适才已由陈兄送去，未曾同往。莫家客多，来客多是礼到时挂号，派人接待，忙乱中决无暇查看礼簿，反道空手而来，似乎不宜空手前往。小弟带有礼物甚多，不妨联在一起。"

马琨私心自用，哪知邱义别有机诈！闻言口里虽然连说"太不好意思，万无此理！"心里已先愿意。**凡天上掉馅饼，必有诡诈在内。天津有俗语："大梨赚财迷。"意谓上当受骗都源于贪图便宜。**邱义不等再推，便说："四海之内皆是兄弟，何况都是自家人。小弟生平爱友如命，性情直爽，这一点点算得什么？再说小弟备礼也颇不薄，马兄客边礼已送去，再与小弟同送，多了不值，少了相形之下似乎不妥。你我一见如故，相交日长，如为些须钱物计较，算什朋友？马兄还是大量一点的好。"马琨并没听出邱义语带讥嘲，反当是热心交友，再不依从转显小气，便笑答道："邱兄盛意殷勤，令人可感。既承知己，小弟只好恭敬不如从命了。"邱义笑道："这便才是交朋友的道理。以后患难相共，彼此不分，哪还计较这点？"说罢，随令店伙打洗脸水，请马琨回房更衣，即时同行。又与马琨重叙年庚，改称"老弟"，自居老大哥。说要招呼从人料理礼物，并未回看。等马琨忙着更衣回来，见那礼物共是八色，十分隆厚，已由随来四壮汉抬好，越发高兴，自觉也有旁遇，交上这样江湖豪侠之上，暗中得意非常。欲使陈业事后失惊，还他几句冷语，以消路上闷气。去已好一会儿，惟恐归来撞上，反促速行。邱义问道："老弟与莫家世交，名帖备好了么？"

马琨脸上一红，答说："小弟恐大哥久等荒疏，还忘备了呢。大哥怎衣服也未更换？"邱义笑道："愚兄有名的随便，不拘小节，生平最厌长袍短褂，莫老头素知。如换别人，也不值我亲自登门。

我就这样前去，老弟礼帖，因你不知所送何物，我已代为准备了。"
马琨索看，邱义说："只是谨具寿仪八色，奉申祝敬，愚兄年长，
忝居头名，下款却是'世愚侄顿首拜'。照例文章，有什看头？老
弟莫家情形不熟，恐难摸头，账房里还有熟人，须叙阔别。到时
由我亲自押礼投帖，你自随人先见莫老好了。"说时，随手将桌上
一张新写的大红名帖取藏身上。马琨见上写自己一人名字，便问
何用，邱义答说："此是另备名帖，乃是交与他家执帖人的。礼单
另备，进时由我家下人持帖前领，须先到账房，随后进见，也由
他们持帖领进，不与老弟一起了。天已不早，我们走吧。"马琨心
中只有感激，**如此反常，竟不起疑，所谓"利令智昏"**也。自无话说。

　　二人随带礼物起身。莫家住在黄杨坝，相隔还有十来里路。
地居山环之中，沿途松树成林，修篁夹道，风景甚是美妙。因莫
老是乡邦重望，人又好善，这次一作整寿，几乎全县轰动。尤其
当地乡风，每遇举办喜寿事，只稍微沾亲带故，多是扶老携幼，
举家前往。何况莫老成名多年，知交各省都有，从前数日起，便
是亲朋云集。当日又是暖寿预祝，人数越多，二人刚转上去莫家
的路途，便见远近各地送礼祝寿的人，提盒抬筐，夹包捧盘，络
绎不绝，直和朝香赶会一般。男女老幼，三三两两，十八为群，
走的都是同一路向。前呼后应，笑语相和，所说也都是莫家拜寿
的话，端的热闹非常。两三转折，走入黄杨坝山谷。只见谷旷土
平，花树参列。右有高崖环峙，左有清溪映带。当中一条大路，
由谷口起，两旁树上都悬有红灯，一眼望不到底；碧树参差，花
光掩映，益以风和日丽，气朗天清，衬得人人面上都笼着一团喜
色。

　　马琨见莫家相隔尚遥，已有如此繁昌祥和气象，心方赞美，
觉着邱义行稍落后，偶一回顾，瞥见邱义面有憎色，方欲问故，
忽听邱义怒道："那是莫老心爱，最难得见的礼物，你们就如此大
意！要损毁了怎好？还不快走！"马琨看礼物均在二人身后，邱义
一名亲信从人名叫毕保的，刚由邱义身后跑来，接口说道："回二

爷的话，我已招呼他们仔细了。"邱义将头微点，怒容稍敛。马琨当是申斥从人，便未做理会。邱义又笑道："莫老多年名望，果然与众不同。今天是他生平第一个好日子，见了我们，不知有多喜欢呢！"马琨随口应了，方想说明日才是正日，身侧不远适有一花子，因为抢路，和抬礼物的人争吵起来。

众人劝开以后，花子口中仍是不干不净地乱骂。马琨见那花子无理，想说两句，才一张口，便吃邱义摆手拦住，低声悄嘱道："今日拜寿人多大乱，我们远客，知道谁与莫家亲疏远近？最好不要管人闲事。"马琨自是听从，便不再说，也没有问。那花子已自察觉，回顾二人一眼，自言自语冷笑道："他娘的！不服气么？是好的，我们到了地头再算账。莫看老子要饭，一辈子光明正大，有什么难过，白刀子进去，红刀子出来。找地方一刀一枪，你来一万人，也是老子一个人对付。断膀子，断脊梁骨，没个叫唤。鬼头鬼脑，耍花巧做什么？既要做，又害怕，没的叫人笑掉下巴。"

马琨明听花子所说为己和邱义而发，不禁怒起。无如邱义仍自说笑，装未听见。心想：邱义为人豪爽，决不受人凌辱，许为寿辰，不愿与下等人计较，在他家门附近惹事。但是莫老今日这等大举，谷口应该有人延宾照料才对，似这样远地佳宾任受无赖花子恶气，也似于理不合。邱义如此，自己只得强忍过去。心中忿怒终是难消，未免对花子多看了几眼。见那花子年约四旬上下，一件半长布衫，东一块补丁，西一条联缝，虽然七穿八孔，洗得却极干净。下身穿着一条旧单裤，足登一双新草鞋。一手持着一根方节竹杖，打磨得又光又亮，竹色已然发红。另一手提着一个尺许长、三两寸宽、寸许来厚用红绳系扎的草纸包，看去很沉，不知何物。适才没留心他的面貌，仿佛冷笑时微露一口白牙。照那口音和神情，好似雪地花子向莫家行人情去的。平日伸手向人，一旦自居为客，所以见人发歪，气焰暴涨。正又好气又好笑。邱义见马琨注视，伸手一指，马琨这才看出那花子双手上俱留着极长指甲，手皮也不似寻常花子粗滥污秽。跟着又发现花子走路脚尖对直，起落甚轻，连那满口白牙都是异处，方忖：莫老交遍天下英雄，难道这花子竟是个异人么？邱义忽又用手示意，故作等候从人，将脚步放慢。那些抬礼物的也将挑担放向路旁歇息。

等花子向前去远不见，邱义说："我找地方小解，老弟你去不去？"马琨知有话说，便答："我也正想小解，一路去吧。"二人同到路侧林中无人之处，马琨笑问："大哥是否为那花子？"邱义埋怨道："你得罪人了！亏你还是名家子弟，几千里出门，连这样人都看不出。他哪是什么花子，不是江洋大盗，也是成了名的人物。休看穿得破旧，他那纸包，至少也是两根大金条，弄巧还许是什宝物都说不定。他一手拿着极轻的竹杖，一手提着沉重的金铁之物，左右身和脚底，轻重一样，已是少见。最难是点尘不起，硬功夫不知道，重功轻功已好到了家。你会看不出深浅，还敢多事，真难为你。如不是我，你今天定闹大笑话无疑。适才我想了好一会儿，想起目前隐身在这一类的大人物只有两人。一个年纪较长，貌相神情均与他不符，那不说了。此外还有一个，出名的奸刁狡猾，手辣心狠。但盼我猜得不对才好。如若是他，大苦头你不会吃，小笑话迟早总闹一个。你我一见如故，交深手足，万难坐视。偏生这人在江湖上行辈甚高，尤其是在莫老家中，休说未必打得过他，就是对手，也不便和他为敌。何苦白丢这人？此去到了莫家，不遇那人便罢，如与对面，第一先以后辈之礼上前请教，任凭丧谤，只是忍受，拿礼把他拘住。这样一来，不特不会丢人，日后还有多少便宜照应，千万大意不得！"

马琨既信服邱义，安心结纳，又实看出那花子轻功绝伦，当作知己之交真诚待友，知无不言，忙谢指教，随问花子姓名。邱义道："此人姓车，无人知他真名。江湖上都叫他神乞，与丐仙吕瑄、女铁丐花四姑，称为'江湖三叫花'，独他不曾见过。我此时虽还不能十分拿定，照那方竹杖和长指甲，正和人说一样。你见他时，称姓也许犯忌，你只说：'老前辈天上神仙，后辈肉眼凡胎，适才路遇，竟失拜见。现时方始想起，务望恕罪。'等他问你来历，再把令师钱老先生说出。如若投缘，当时便能得他好处；否则，日后多少也有一点照应。无如此人性情古怪，初见时越是爱你，越要故意欺凌辱骂。好在我已对你说明，只不还口罢了。莫家座上高人甚多，你能忍受，不但不算丢人，必还道你受了父师教益，有涵养，格外看得起你。须知越是有本领人才越谦和呢。"**虽出于自私，却是至理**。马琨诺诺连声。说完重又上路，杂在人群之中往前进发。

又行六七里，耳听笙管和鸣，锣鼓喧天，黄杨坝村场全景在望。那地方是一片盆地，三面环山，一面带水，当中绿野平畴。全村约有数十户人家，俱是莫家的亲友。当地产竹最富，粗逾碗口。屋宇多是竹木所建，瓦也竹瓦，上覆茅草。莫老生性爱洁，更喜周急济穷。房舍均极整洁高大，庭院宽敞。因是背山面水，地形长方，建时经莫老指点，都做一字儿向阳排开。门前留出大片广场，以充农隙习武取乐之用。田亩多在河的两岸，通以朱栏小桥，罗列着十多架水车水磨。河旁碧柳成荫，杂花丛生，景甚清丽。

莫家偏居村角，园林亭榭颇具匠心，因势利建，并无墙垣遮隔。因是七旬大庆，到处张灯结彩，越发焕然一新。数千百株垂柳花树，全都挂起大小纱灯。大席棚搭了好几十座，戏台搭了四处，昆弋湘戏，随客所欲。两三顷大小的广场也成了宴饮之地，酒席似流水一般开上。全村男女老幼齐着新衣，帮同照料，人人欢笑，喜溢眉宇。那远近四方的贺客，直同过江之鲫，车马舆轿，肩挑背负，结队而来。单账房就设了十来处。来宾一到村口，先就有襟缀寿字彩条的知宾接待，问明来处，分别远近，领入账房交礼。取了回帖，无论亲疏，只是贺客，先由执事人道谢申歉，说主人年老失迎，引去安排食宿之地，请客稍息征尘。进了饮食，再定时往见主人。是近处亲友晚辈，无什要事的，都是当晚和明早随众公祝。如是慕名远来，或是久别老友，随到随见。一切俱有专人办理，井井有条。只管八方云集，人多热闹，一点也不显杂乱。休说马琨出世以来没闻见到这等世面，便邱义久跑江湖，自信已知莫家底细的人，也未想到这样周密，暗中好生惊奇。

按照预定，原是邱义先领从人交礼，马琨往见主人。经此一来，二人势须连络在一起。邱义和马琨又作耳语，说自己有事须求莫老，事前要和他亲信交换。这里执事人等多是新来，人多须按主规，不便令其更改。只可装作卑下一点，以马琨为主，自居副手，如此方能有济。交礼时马琨未同往账房，本是深信，见知宾对客甚为谦和隆厚，受人优礼，自是好事。又想起陈业原说交礼即回，明早再往恭祝，沿途未遇他回，看莫家待客情形，分明到此受人款留，住宿宾馆。他这里好吃好玩，却把自己一人冷清清撇在客店相等，连派个人送信都没有。自己白白几千里随他跑冤枉路，事完回去，功劳和面子都是他的，实在令人难堪。难得遇见邱义这样好朋友，一文不费，白享现成，自己还居主体，哪找这好的事？邱义必是有求莫老，想走内线，托他身侧近人说话，惟恐一居正客之位，便有知宾陪侍，行动托人都不方便，所以如此。于己无伤，乐得趁这现成。等到拜寿时节，人前出面，使陈业小狗吃上一惊，省他日后说嘴，也是好的。一路只往好处想，**"只往好处想"，是坏事根源。** 越想越高兴，加上莫家所有知宾，俱按客的来历路数因人而施，个个善于词令，周到异常，一路陪着马琨说笑，也无心再作细想。邱义和一从人始终肩随在马琨身侧，一言不发，穿着又极平常，那知宾也没和他说话周旋。久了马琨自觉不安，两次回望，邱义俱朝他使眼色禁止，只得罢了。莫家宾馆设在村后大片竹林之内，共是新建的数十所竹屋，间数大小不等。除女客宿居莫家外，男客无论远近亲疏，只有限几人下榻花园，余均宿此。

马琨等已将到达，忽见一个少年由后跑来，唤那知宾道："魏三大爷适看礼簿，说马客人乃神拳钱老先生高足，不是外人，命我传话，请引往花园水竹厅暂住。大约今晚，老人家还要单独亲见呢。"马琨闻言，愈觉当着邱义面有光辉，**面子害死人。** 忙向来人和知宾逊谢，改道折回。来人随先跑去。马琨因来人不提邱义，心还恐他不快，偷眼一看，仍是神情自如，且有喜色。这才想起，邱义直似退居仆人地位，好生不解。因邱义又在摇手示意，料有缘故，索性居之不疑，更不再觑邱义神色。折回半里多路，转入莫家园林。花园甚大，一半用竹篱隔断，款结女宾。马琨等所去之地是在前半，到处茂林修竹，花树溪流，数十处楼台亭榭，参差错落，掩映其间，形胜天然。园外那等喜喧热闹，园内却是清静静的，彩也未扎，只各山石林泉间点缀着一些红灯，越觉清丽脱俗。沿途也没遇见多人，七八转折以后，由一大石山侧转过，再听水声潺潺，面前忽然开爽，现出一片池塘。水源本是前面溪流，经过匠心布置，由地底用竹筒引水，从七八丈高的假山缺口倒挂下来，化成五六道大小飞瀑直注池中。池大约有十亩，高木垂柳环绕池边。对面一座竹制敞厅，厅前约有亩许平地，芳草芊绵，绿净无尘，厅侧厅后，修篁千竿，撑霄荫日，映得几案皆成碧色。**还珠忙里偷闲，不忘描绘景物。还珠写景，难得之处在于因题各异，不出套语，亦不重复。他日有闲，把还珠写景文字抽绎出来汇为一册，既可把玩，又可作为范文指导儿孙。**

马琨等行抵厅前，便见先传话的少年，率领两名壮汉，挑了几床铺盖走来，入厅陈设，随同知宾延客入内，笑道："马兄暂屈这里下榻，厅房三明两暗，贵从人可住西里间，等一过餐点，略歇，小弟再来奉请。这两名仆人，一名吴新，一名陈禄，乃是派来伺候马兄的。白日随侍，夜来就住厅后小屋，如有使命，一呼即至，恕不奉陪了。"随命下人备水洗漱，自和知宾推忙告罪而去。马琨巴不得二人离开，好与邱义说话，洗漱之后，见二仆侍立不去，笑道："主人作寿，二位管家想多受累，此时无事，可往后屋歇息吧。"陈禄哈哈笑道："客人还没用点心呢！"

马琨见邱义自来，便和那从人在外闲立，洗漱也不和自己一起，明居仆位。人去以后，疑心渐起。见二仆遣不走，也装观赏风景，才走出厅，邱义已迎面走来，悄语道："你可装着我的主人，有话少时再说。如不听话，必致两误。"匆匆说完，便装饮水，往厅走进。马琨未始不觉蹊跷，心终信着邱义，以为少时屏人，自会明言，姑且闷在心里。一会儿寿面肴点开进，邱义便即进房随侍，马琨心自难安。两下人偏守伺不离，看去执役甚谨，不能全数遣开。方愁无暇向邱义盘间底细，吴新忽自走开，邱义恰未在侧。马琨见只剩陈禄一人，忙对他道："陈管家，我还有一个同伴在屋里。原定今晚回去，明早再来与老太爷拜寿，不想主人情重，款留在此，不便推谢。意欲请你辛苦一趟，着一闲人与我带个话回去，说我在此下榻，叫他不必等我，如愿来也可以。"陈禄便问同来尊客的名姓，马琨只说姓陈，住在福来店里，一问便知。陈禄随即应声走去。马琨见他送出时隐有笑容，也未在意。陈禄刚到门侧，正遇邱义走人，便笑道："贵主人命我有事，敝同伴解手去了。烦劳这位大哥偏劳片刻，我去说完了话就来。"说罢，不俟邱义答言，径自含笑点首走去，邱义遥瞪了马琨一眼，近前作色道："我自有事，老弟你想法把人调开，是不相信我么？"

马琨急得脸涨通红，答道："小弟承大哥萍水相交，如此厚爱，焉有不相信之理？只为大哥话未明说，如今反主为仆，一则问心不安，更恐应对不好，反误大哥的事，负罪更大，为此想背人请问一声。你我知己，休说于小弟无伤，既为兄弟，便是骨肉一样，祸福相共。只大哥说出来，无不照办。"邱义起初犹有怒容，听到未两句方始领首，悄答道："说来话长，此时也无此闲暇。总之老弟交我有益无损。实不相瞒，先前我交礼单，虽是来人出面，并未用我本名。我说你是浙江世家公子，自幼好武，拜在钱老先生门下，因慕莫老之名，恰值师父因病难来，特地讨这差使，不远数千里备礼恭祝。我却说是自小随你一同习武的仆人，少时当着人前，你越故意差我做事越好。我现有一急事，非莫老一言不能解围。我原可见莫老，但在二十年前，我父亲和他曾有点小过节，老头量小性傲，恐他万一推托，岂不误事？难得你我一见知己，正好借此掩藏。人有见面之情，他小时很喜欢我，曾说大来只去寻他，有求必应，要老命都给。任他多记家父旧日过节，只能见到，立即成功。事成愚兄对老弟还有一番酬谢，真是两全其美，再好不过的事。一切详情也说不完，日后自知，你就不用细问了。”

马琨未及答言，吴新、陈禄二下人随同走回。邱义也装作主人问话已完，躬身送出。马琨和陈业同是打着钱应泰旗号前来拜寿，陈业先到，知宾不会不知，未听提起，几次想要打听，又恐陈业藏私狡猾，所说不实。邱义来时又再三叮嘱，此去莫家，话要少说。移居水竹厅后，本想向下人探询，又因借口着人与店中送信，支开陈禄，不便再问。以为无关紧要，就此放过。

其实陈业打的是一娘旗号，并未提是钱应泰门徒，一到便被留居竹林宾馆。他是谦和自重，知主家下人正忙，一则生客新来，不便差遣，更恐马琨不知轻重，得信追去误事。好在事先约定，事由己办，功由他分，自己原可便宜行事，无什交代不过。只消当晚或明早见着莫老，觌面把话说到，得了允诺，立可如愿以偿。纵使马琨心中见怪，至多赔几句话，有何妨碍？便安妥当心，住在宾馆以内，与同居诸客周旋聚处，还自欣慰。万没料马琨忌刻贪顽，初涉江湖不曾历练，利令智昏，竟与素昧平生之人一拍即合，成了莫逆之交，相约同来，如若同住一处也可相遇。陈业人虽忠厚，不善愚弄取巧，但以幼遭孤露，饱历艰辛，又得义父陈松常日教说，颇能鉴别轻重贤愚，见事机警。邱义行踪诡秘，言词闪烁，纵不能断定事之如何，也必有几分防备打算，何致闹得两不接头，生出好些事故？这且不提。

马琨在水竹厅内闲坐到天近黄昏。下人掌灯，端来极丰盛的酒筵。方想来时曾说魏三大爷因我是钱家门下，十分看重，不令居住寻常宾馆，专人通知，移寓来此。来人并说老人家夜来还要亲自延见，所谓老人，不知是莫老，还是这位姓魏的？知宾和那少年，一是莫老徒孙牛玉庭，一是莫老晚亲张瑞，人虽谦和，所说都是客套。问他魏三太爷的名字，只答江湖老辈，与令师相识，见后自知。随即岔过，并未说出。现时静中想起，两人语多含糊。

起初颇似另眼相看，容一有了息处，便由两名下人在此承应，一任枯坐，更不再来招呼作陪。园外只管鼓乐交奏，欢声四起，也无人领往观赏。疑念才动，忽又自解说，以为莫家贺客八方云集，人数太多，知宾太少，不敷分配。所居水竹厅又是例外，本不在宾馆之列，所以照应不到，主人情意仍是厚的。方自寻思，二仆已将酒肴摆设齐整，来请入座。马琨不便招呼邱义，只得独踞一席。酒筵本极丰美，马琨为了暗示礼让，留了几样好菜，不去动箸，赶忙吃完洗漱，令众即席自吃。自避厅外，偷觑邱义，正乘二仆不见，在和同来亲信从人名叫邬小的打手势，面有愁容。马琨未始不觉事有蹊跷，无如利欲所惑，稍一生疑，便自宽解过去。**自宽自欺，最为可怕。**

这时天已入夜，远近楼台亭榭、山石林木上的各色花灯都已点起，银花火树，灿若云锦。到处笙歌嘹亮，随风吹送，想见热闹非常。可是水竹厅左近，因在园中僻处，只厅外竹子和山石垂柳上，稀落落点起二三十盏大红竹灯。除适才有两点烛人和送席来过外，更未再见人行。便园外灯景，也只从假山石隙中遥窥一二。灯月之下，翠竹青森，池水溶溶，遥相陪衬，越发显得清静枯寂。

马琨偏又是个喜动好事的性情，一心想看当地风光热闹，只不能去，越待越无聊，深悔适才不该来此。见厅中诸人饮食已毕，二仆正忙着撤去残肴。方想把邱义点出商量，可否出园看戏游玩？邱义已自走来，进前垂手说道："少爷不说饭后求见莫老爷么？小的已和吴、陈二位管家说，请他们少时代回一声，并代候那位魏三太爷，已然答应了。"马琨巴不得邱义葫芦里的药早见分晓，听他递话，见陈禄已往外走，以为是往告主人，立即接口道："我们几千里路专程到此，只为仰慕主人威德，求见赐教。明日拜寿人多，不便详说。能在今晚赐见，了我们多年仰慕心愿，实是三生之幸。"

马琨原意向邱义讨好，说话总带"们"字，暗引亲切。不料言者无心，听者有意，话方说完，陈禄已然走过，忽然回身立定，笑嘻嘻道："家主人和魏三太爷如非看重尊客，也不请在这水竹厅屈住了。便尊客不说，也是要单独请见的。只不过今夜是暖寿日子，家主人有好些位远道而来，多年未见的老朋友，须要叙阔，一时没有闲空请去同见，又觉辜负尊客数千里远来美意，故此今夜见是必见，大约至多只有魏三太爷在座，决无外人，只时候早晚不定罢了。"说时撤取残席的厨人走来，吴新正招呼进厅收拾，听陈禄这等说法，走来接口道："小陈，客人要见主人，你只照话回上，哪有这许多空话？你这样乱说，客人如若走开，偏巧主人立时请见，一时找请不到，主人还好，那位魏太爷的怪脾气，**反复出现"魏"某，却又不做交代，一个影子悬在空中，是为悬念。**你不自寻烦恼么？"陈禄笑道："这个我自信还不要紧，再说客人就有走动，也不会找请不到。这位三太爷脾气虽怪，莫非今明天主人千秋大好日子，还有要命的事不成？你如胆小，怕误了差事，我一人承当如何？"说罢，不俟吴新答言，转身走去。吴新也回说厨人，埋怨道："你看小陈近来越发不像！只上人不在，当着外客嘻皮笑脸，信口开河，成什规矩？没的令人见笑，真是该死！"马琨通未理会，见陈禄已然走远，邱义仍由假山石隙中向外探望，双眉皱了两次。若有什事，暗中愁思。

　　一会儿，吴新说往左近去烹好茶，与客解渴，随同厨人走去。邱义见无外人，忽问马琨道："听说令师神拳之名威震江南，内外功俱都高人一筹。老弟从小随师，即便没全学到，遇上能手，对方深浅总可辨出的了？"马琨便问："大哥此言何故？"邱义道："我闻莫家上下人等都是好功夫。这两下人好像他的亲信，当然不弱。以我眼力，适才暗中留神他的行动，除体质和眼神略显得比常人好些外，别的却看不出。老弟你可看出有什异处么？"马琨闻言，忽想起适才令陈禄着人往店中送信，邱义和邬小俱在厅内，自己正立窗侧，对面便是假山石上那条裂缝。山在他前，出路偏在西北，中有山、池横亘，须由东南石洞小径绕过，两下相去数十丈。马琨刚见陈禄重转过山径，晃眼已在石缝隙中望到，一瞥既逝，这快脚步身法，从未见过。既疑眼花，邱义又在埋怨，恐被说是大惊小怪，不曾告知。这时想说，又因邱义自到园中便忧喜无常，似有满腹心事，迥非初遇时情景，又看出有些自居老大哥神气，便随口奉承道："大哥久闯江湖，见多识广，真是好手，哪有看不出的道理？小弟未怎留心？只觉那陈禄脚底轻快一点罢了。"邱义冷笑道："他们下人整天跑来跑去，即在莫家为奴，多少总学过两天。年轻小伙，哪有跑不快之理？"马琨见他辞色不甚高兴，便即住口。

吴新烹茶先回。隔有好一会儿，陈禄方始回转，说："主人陪着几位老友饮酒，尚未终席，席散即来奉请。"马琨心急，又问："约在何时可以终席？"陈禄道："那没一定。他们都是好量，听说已吃了六七成，想必不致太晚吧。"说罢退向一旁，马琨见二下人只初来和邱、邬二人略问姓名，轻易不再说话，彼此却在暗中偷眼打量。时光易过，不觉夜分。厅外红灯已换了两次蜡烛，主人仍无请见之信。邱义等久也觉不耐，正和马琨使眼色，欲令陈禄再往探询席终也未。马琨会意正要张口，忽见二小童端来两个大朱漆圆盒，中盛精美酒菜点心，说："老太爷因今日寿辰，天已夜深，不愿客人饿着肚皮见他。过了这一会儿，没法再找好饮食吃，叫客人吃完消夜再去见他。老太爷少时便往行健场大厅以内相候，吃完饭就随我们去吧。"

邱、马、邬三人见二童怔怔的语直无绪，都当村童无知，不善说话，没有在意。饭吃得早，正觉腹饥。马琨仍装主人先吃，吃完再叫邱义吃。邱义道："莫老太爷正等主人相见，小的少时再吃也是一样。"一童把眼一瞪道："你说什么！少时再吃，谁个再来收拾这家伙？明天是正日子，早晚几千桌酒，厨房都忙不过来。今晚你们吃完这一顿就没得吃了。再说老太爷也不会这早就去，依我想，你们还是吃饱了去的好。"邱义虽急于见莫老，一想少时真没处找吃的，吃饱也好。念头才转，二仆也来劝用，便就剩的同吃，又喊二童："小哥也来吃些！"二童齐道："我们吃的多呢，此时不饿。你自用吧。"陈禄忍不住要笑，吴新看了他一眼，陈禄随笑问道："邱、邬二位跟贵上去不？"邱义道："我和邬贤弟从小就陪敝上习武，朝夕不离，多年来只学会了几手毛拳，不曾见过世面。久闻莫老太爷威名，极想拜识拜识。想倒是想跟去，尊卑悬殊，不知可否？"陈禄忙道："这有什么不可？休看老太爷一世英名，人极随和。不论人物高下，多么鸡零狗碎，只来见他，没有挡出去的。并且今明日是他老人家千秋，是随客来的下人，都令随主进见，给拜寿钱。你二位随去，包管有好。"二童也附和笑道："谁说不是？真有好处，你们不想去，还找你去呢。这样再好不过。本应该吴、陈二位大叔领帖的，好在时候还早，你们吃完，喝一碗茶，等我两个送还家伙，也赶去看看这位魏三太爷有什俏皮话说。"邱义以为小童口敞，不似二仆谨言，便问："魏三太爷也在那里么？想必是位大名头的人物了。他叫什么名字？"一童答道："连我还未见过，知他叫什名字？只听说他说话俏皮，是主人老朋友。你们如不见他，今晚不会与老太爷相见罢了。我如见过，还跟去做什么？"邱义估量魏三太爷必与钱应泰旧交，是个成名老辈。多此一人，虽觉此事难办，但是莫家这等人物甚多，早在意中。探问不出底细，也就放开。马琨避在里间，见二童不时耳语，眉眼灵活，似甚伶俐，与说话不类，颇觉奇怪。

一会儿吃完，二童收了残肴，和陈禄耳语两句，如飞跑去。陈禄笑对吴新道："你看这两个，近来越发顽皮。等过寿辰，非告大的管教不可了。"吴新道："你就是个孩子头，还说他们呢！我已闷了半天，又不是什么要紧事，要这多人做什么？你同这两娃随去服侍，明日还要早起，我不同去了。"陈禄道："这也一样。"说罢便同起身。绕过假山，吴新自去，由陈禄一人领了三人前行。马琨遥望四外，灯火错落，灿若繁星。管弦之声，远近交闻。问是终夜演戏，明日还要热闹。心正艳羡，先二童忽从反径上赶来同行，说："老大爷已然得信，我们到时，也必刚到，快些走吧。"

三人见所行多是僻径，灯景只管繁丽，人却没遇多少。陈禄说："园内外连当晚客人新送的，共支起七处戏台。除老主人和三五老友外，所有人等俱由本家弟侄门人，陪同看戏，所以只听远处欢呼，途中不见人影。"邱、邹二人，闻言暗喜。行约半里，又绕了两处亭榭假山、大片松林。遥望林中，木杆四五，高出林端，上面各悬着一盏大红纱灯，由林外估量，少说离地也有五六丈高下。邱义见似寨围中所用灯旗信号，心中一动，便问陈禄道："陈二哥，花园内树这几根旗杆，有何用处？"陈禄未及张口，一童已先抢答道："难为你还从小就随主人练武，这练轻功的五云梯都没见过？我跟你说吧，我家老太爷，门人后辈很多。这花园后半截直到山脚，平时都是练功夫的地方。翻过那山，便是去邻县的小路。如在平日，这行健厅里热闹着呢，可惜你没福见识罢了。"

邱义受了小童奚落，自是有气，当时不便计较，心想：这五云梯，只听师长说是轻功练到绝顶的人才能使用。照小畜生所说，那行健厅好似一个练武场所。今日寿辰，怎在这等地方见客？一路猜疑。不觉由林中穿出，面前忽现出一个大空场，当中一座大厅。那五根木杆，便在厅前空地上，每隔两三丈一根，做梅花形植立，另外还散列着许多武家练功夫的器具。厅前后左右房舍甚多，到处灯彩辉煌。居人似均外出观剧，除两个照看烛火的老园丁外，静悄悄的不见一人。邱、邹二人见状，方自喜虑交集，陈禄已当先赶去。那行健厅共是七开间五明两暗的大敞厅，当中屏门后还有一大间。这时一童紧随马琨，另一童便傍着邹小身侧。邱、邹二人遥望厅内灯明如昼，却不见人，以为主人还未到来。瞥见二童面带冷笑，正使眼色。方觉二童说话神情处处显出轻视，令人可恶，忽听陈禄高呼："客人请进！"邱义忙向马琨悄悄一推，马琨会意，忙即应声上前。邱、邹二人也各对看了一眼，振起精神，紧随马琨身后。刚到门，便听一个老人口音说道："管他主人从人，都叫进来就是。"二人巴不得有这么一句，一行五人随同走进。

马琨当先见厅中只侧面临墙放有一张大红木炕，上首一个身材高大的老头，鹤发童颜，长眉入鬓，凤目含威，双瞳炯炯，精气外露，光头跣足坐在那里。一手扶着炕口，另一手搓着两枚核桃。见马琨等入门，放了手中核桃，拖着一双朱履，起身走下。**富贵寿考，与南明老人气象迥异。**马琨知是名震江湖的本宅主人莫全，不敢怠慢，忙说："后辈马琨，与老前辈叩头。"当即拜倒在地，莫全也伸手来搀。马琨震于威名和当日所见排场声势，神情本不自然，心又惦着邱义曾说与莫老世交，只见着便可相求，此时业已见到本人，应该上前叙礼，怎未听说话？百忙中方回脸偷觑，猛听丝丝丝接连几声，自头上耳旁等处飞过。说时迟那时快！马琨连念头都未及动，方觉有异，耳听两声呼叱，猛觉腰间中了一下重的，就地被人跌倒。同时又听一声怪笑，叽咻连响，似有两人挨打栽倒。急痛慌乱中想要纵起，身已被人踹住。这一挣扎，吃人将脚一紧，肋骨几被踏断，痛极失声，不禁"嗳呀"，不敢再动，只得老老实实贴卧地上。暗忖：来此是客，并无冒犯，何以进门不问青红皂白，动手就将人打倒？想要喝问，又恐吃苦，话才忍住，忽听身后一人笑道："狗崽子，你认得三太爷么？太岁头上也敢动土？便莫老头饶了你，我也饶你不得。"

马琨听语声甚熟，好似以前听过，只想不起。因无应声，猛想起邱义行径可疑，自己远来拜寿，并无过错，先听声音，明是暗器，这厮必是莫老仇家，无法进身，利用自己，假充下人，暗算行刺，被人擒住，连自己也饶在里头。知道主人厉害，心中又急又怕，正在盘算少时如何应付，忽听莫老笑道："老三偌大年纪，还是这等气盛。你这样做法，他们肯心服么？快把穴道解开，孙儿也把这小贼放起。等我问明来历，到底他们自信有什本领，敢到我这里来？"先发话的一个道："这两狗崽子，合用五毒针打你面门要害，都吃你一口气吹开。我不过怕你老寿星好日子懒得动，替你代了次劳。那做幌子的狗崽更是脓包，着小孙孙一脚踢倒，连动都不敢动。又不曾要什人帮忙，还有什不服气么？今明日不动刀，叫他们拖出村去活埋了就是。"莫全笑道："老三动不动就活埋人，这暴脾气，怎老不改？当真就不怕带命债么？无论什事，总要弄清白，到底他们是什来路，我们还没问明白呢。我生平不喜与人作对，此在三十年前，还许气盛，有得罪人之处。近年自信与人无争，就有什事，也是卖我老脸，做个中间人，不偏不袒，向双方化解。看这厮行径，与我仇恨不小，年纪却都这轻，叫人奇怪。你过去，先把那行刺的一个穴道解开，省他有话憋在肚里，张不开口。"

先发话人冷笑答道："管什来路去路！他既用这类下作暗器，便不能容他活命。刚一来时，我在路上遇见这两狗崽，就看出不是善类。等我故意拿话一逗，越发看出情虚。心想这两狗崽来做什么的呢？如说有什么仇家，想借拜寿拉拢，求你出手相助，又不该那么暗中咬牙切齿神气。后来我跟他们交礼，见主谋的一个装着随从下人，叫那孩娃打着小钱旗号投帖求见，这才断定他们藏有奸谋。我也没来见你，**补叙，说明前文之悬疑。**先令二贤侄命人将三个狗崽子安置在水竹厅。以防惊动亲友。我自出去，将那六个装着抬礼暗伏一旁，准备得手时放火接应的党羽，擒往林后僻静之处拷问底细，竟未吐口。先还当他们熬刑不说真话，后经我连用锁骨缩筋之法，六贼齐声哀告求死，才知这为首二贼心机甚深，真正本身姓名来历，连他多年心腹、共患难的同党也不知底。拜寿行刺之事，前晚快到黄冈时才行说出，也只激励了同党一番。说你与他不共戴天，细情仍未说出。被我点倒的一个，自称姓邱名义，还有一个叫邬小，大约都是假名。我知你这老头生平没做什错事，且慢点解开他们。先自想想，如想得起，照他们这等阴毒，死也无亏。那还是我那话，一埋了事，问他则甚？大好日子，没的怄气，白饶狗崽子骂你两句，舒服么？"莫全闻言想了想，笑道："三弟不必管了，他们既敢来此，总算好的。我决不伤他们。"随喝："孙儿放这厮起来！我不放时，他们也没法逃走。"**气度，源于实力。**

马琨随觉背上一紧，刚自忍疼，已然松开，连忙欠身，仍跪地上，不敢起立。偷眼　看，先说话那人，果是来时所遇花子。邱、邬二人各倒地上。莫全已起身向二人走去，伸手各向胁间点了一下，二人相继起立，晃了两晃才行站稳，看神气四肢已然麻木。莫全随对马琨道："我已放了，你还不起来？"马琨刚讪讪地立起，花子忽然喝道："像这样松鸡蛋，也配出来充人样子！我见不得这样小狗崽，没的叫人看了恶心。荣儿将他掖到后屋里去，等问完这两狗崽再说。"先将马琨打倒的那小童便走过来，对马琨喝道："三老爷爷不要你在此现世，快跟我走！"马琨不敢倔强，一言不发，随了就走，行过邱、邬二人身前，邱义道："老弟不必忧疑，事情都有我呢。"小童怒喝："狗贼少放屁！"手刚一伸，莫全喝道："孙儿不许胡来！这厮也不要走。叫他三人在板凳上坐，缓一缓气，我有话说。"**小曲折，随处生波，所谓"不作一直笔也"——如同看 NBA 高手竞技，浑身都是假动作，并无一次简单出手也。当然，顺手也为人物增加色彩。**花子在旁怒道："老头你总不听我话！这是你的家，该由你做主。我算多事，我仍和老偷儿他们吃酒去。贼由你放，离开这里，我自会寻他们算账好了。"说罢，踢踏着草鞋，径往屏门后走去。莫全唤道："老三回来！少时我对你一说，就明白我的心思了。"说时，草鞋声音已然走远。

莫全回坐炕上，朝着邱、邬二人苦笑道："这是何苦，当初你父母虽说由我而死，但他夫妻所行所为，何等阴毒凶残！就拿末一次说，还不是他自设陷阱，想把受过深恩的师长和同门师兄弟一网打尽，为所欲为，以致身败名裂。自行不义，惹火烧身，怨得谁来？你弟兄长大，又受凶僧蛊惑，苦心积虑，重蹈你父母覆辙。上前年有人说起，有一伙新出道才几年的黑道上人，横行山东道上，无恶不作。适才着人假作仆役，往水竹厅查看，你两个竟是那为首之人。休说今日行刺，便照平日所为，遇上我辈也难活命。我终念在你父母虽然不仁，以前终是结盟之交，不肯下那绝情。**又隐隐道出前事，无限烟波。**其实你弟兄三人，在你父母死前一年，你兄年才十五，自恃练了点武功，带着你两个出外行猎，为狼群所困。眼看送命，恰值我受你父之请前往赴约，因彼时已看出你父心有凶谋，戴了面具先期前往窥探，探明诡计回转，归途天黑，闻得狼叫寻去，将你三弟兄救出险地。你大哥再三问我姓名，又请取下面具，我都未允。后来你父死后，他不知怎的竟知我是他的救命恩人，给我来了一封长信，以后便无下落。当时如不是我，早都野死在外了。今日虽犯我手，仍不难为你。但是适才那位老前辈，你们在江湖上跑，总有一个耳闻。他因你用那下流阴毒暗器，痛恨非常，你们今日离开这里，他一定随后赶去。无论走到哪里也难躲脱，可有什方法避免么？"

邱义先听莫全发话时，意颇忿恨，及至把话听完，忽然起身说道："我弟兄八九岁时为狼群所困，救我们的也是你么？无怪大哥走时那等说法。父母之仇不共戴天，我想杀你全家，报我父母师长之仇，已非一日。无如我父母被难时，我已十岁，你常来我家。我弟兄手脸，均有记认，你为人心细，本领又高，惟恐一见便被看破，无法近身，迟到如今。上月听我师父说，你做整寿，才想你年岁已老，再不下手，万一你老死，我弟兄抱恨终天。本意就打着近年假名姓旗号，装着慕名拜寿，乘你见客之际，用我师父所传毒针行刺，偏生路有闻说，你年老喜静，这次做寿，全出门人子侄怂恿，不是本意。仗着辈分名望，倚老卖老。贺客中只见有限几个老友，此外只一些上交情而未成名的后生小辈能够见到，余者不论生熟，俱由门人子侄款待。那针打近不打远，又想多杀你家几人雪恨，为这样仍难近身。恰巧落店时遇见马琨，由店伙口中得知是浙江来的贺客，试约来谈，问出是钱应泰的门人，并还有一同伴，已然送礼先来。我探出他实是钱应泰门下，有些不实在的话也未深究。他又说师父与你交情甚厚，这才起意拿他做幌子。我弟兄们装着从人脚夫，意欲到此一试。如能因他得见固妙，否则到了明晚，客多人乱，再不能下手，便放上几把火略出怨气，回与师父商量，再想法子报仇。马琨实是新近相识，事情与他无干。你虽救过我弟兄的性命，但是父母之仇不共戴天。今日你虽放了我，此仇终于必报，**《史记·刺客列传》味道**。将来不能得手，怨我所学不精。万一得手，我也决不想活，必以一死谢你，也决不伤你家人好了。**是条汉子——此书写孤儿复仇，正面的有小妹、江明、阿泉、阿婷等，反面则有洪家兄弟、马琨之流。每人境况、性格各有不同，可谓"孤儿恩仇大全"矣。**还有我大哥因感你救命之恩，父仇难报，已然披发入山。今日又知此事，我弟兄为报父仇，均未娶妻。这是我三弟洪亮，那你告他，最信你话，请对他说。既落你们的手，放否和事后为难，一任尊便，我洪明决不皱眉。但今日话已说开，报仇之事是我主动，以后也由我一人下手，决不要他人相助，与我三弟、马琨和同来诸人全不相干。是好的，容我三年，他不寻我，我还寻他呢！"

还要往下说时，旁立小童已忍不住，对莫全道："爷爷莫信他的话。那马琨小贼最可恶，明明是他同党，他偏说新认识。二叔曾见他们在水竹厅，背人你哥我弟的，鬼头鬼脑偷偷商量见爷爷行刺。就刚才进门时，孙儿还见他两个递眼色、打点子呢。如今事败，怕三爷爷不饶他们，知爷爷厚道，想开脱他兄弟和同党。花言巧语，想哄哪个？洪明、洪亮说为父母报仇，还有可说。最可恨是马琨这贼，想害人没本事，已经该死，连点骨气都没有，就三爷爷饶了他，孙儿都不能放他好好走的！"莫全笑喝道："小娃家晓得什么？我已答应放他们了，管他所说真假。不过你三爷爷正气头上，离开这里，别人不说，他三个休想活命。你和陈应龙把他们领到后面石屋中去暂住一日。过了我的生日，或是和你三爷爷说好，或想别的法子再行打发好了。"

马琨已尝过小孩味道，闻言自料难犹未已，也不暇再顾颜面交情，扑地跪倒，哀告道："老前辈在上，小辈实是奉了师命，千里远来与你老人家拜寿。不料同伴师弟陈业讨好先来，闷坐店里，久候不归，因而受人愚弄，做人不得。"莫全道："那你师父到底是谁？"马琨以为乃师偌大名望，**"神拳"可笑**。与莫老至少也是神交，总有几分情面，便答："家师实是钱应泰。"莫全笑道："你这小崽太没出息了！自身作事自身当，我已答应放你，怎到了真人面前，还接二连三地说假话？似你这样行径，连我听了都有气，无怪乎小孙孙们容你不得了。昨天果有一陈业，乃我老友遣来，那人虽然年轻，甚是老诚忠厚，我很爱喜他，何曾说有你这样师兄候在店里？至于你说那师父，休说他因听了枕边之言背信忘义，辜负萧隐君成全美意，约人同往北天山寻仇，还未上山，便吃狄家两个后辈女客淳于姊妹，一个对一个，将他制住，所约帮手的飞剑也被毁掉，如今同在哈密郊外庙中养伤，不知我有做寿之举。即便他在江南，也决不会前来与我拜寿。他那对头狄遁前日来此，倒是住在这里。你这信口胡说，倒是何意呢？"

马琨因莫老和易，没说出钱应泰因何不会前来，闻言惟恐莫老认他是洪氏兄弟党羽，惶急羞愧之下，只顾证实前言，也未思索，便没口子分辩道："家师去往北天山未归，也是实情。后辈和陈业实是仰慕你老人家威名，又因有事奉求，故此假名拜寿。如有虚言，任凭老前辈从重处治，决无怨言！倘再不信，陈业此时必然尚在宾馆，唤来见面，一问自知。"莫全略一寻思，问道："陈业有一结义弟兄名唤钱复的，你可相识么？"马琨觉洪明暗中用手点了他一下，**一小小闲笔，洪明人品便高了一分**。也未理会，仍脱口答道："那是家师心爱独子，偶因一件不相干的事，误犯了女丐花四姑的侄儿苗成、苗秀，约往比斗，先吃苗秀打伤。去时遇一白发白眉老头，因不知他是谁，没有行礼请教。老头生了气，将师弟钱复擒去。经人指点，才知那老头便是江湖上有名的金眼神獝查洪，只你老人家能制他。恰巧后辈们正商量要来拜寿，一举两便。也是师弟陈业存有私心，他不令我同来，我一人守在店里，才有这场是非。"

还要往下说时，莫全眉头一皱，先低声自语道："这就是了，差点又受人骗。"随唤孙儿往宾馆中将那陈业唤来。小童闻言，且不起身，悄问道："陈世哥人很好，莫非他那事爷爷就不管了么？"

莫全微愠道："我生平最恨人骗我。以德报怨，君子所为，也非不可，但那厮师徒行径太可恶了！这等人正该绝后，不找他已是便宜，如何还管他事？快唤陈业去。"

小童恶狠狠瞪了马琨一眼，低骂："不要脸的臭狗！自己不是东西，还累别人。早晚遇上我时，叫你好受！"边说边往外走去。马琨觉莫全祖孙口气不佳，方自寻思。莫全朝马琨看了看笑道："你这人品行心术、本领气骨无一可取。此番回去，务要痛改前非，才能立足人世呢。你师弟为老乞婆与查洪所困，我已答应陈业，过了后日前往相救。也是你没有义气，不明事理，白累陈业千里远来。如非我念在他老友所差，还要给他吃点小苦，不是你私心所误么？我虽不知底细，听你二人昨今两日之言，分明他对你有难言之隐，不令同来。你偏想分功讨好，同来了又不安分，将他机密无心泄露，反倒说他私心。**真正老江湖，神目如电。**我免去一番跋涉，钱家余孽却吃苦不少了。"马琨这才悟出，陈业此来并非打着钱家旗号，所以不令同行。听莫老之言，分明与师有仇，先已应允往救钱复。因己走口，听出钱家独子，忽又中止。好容易得有救星，这一来竟为自己所误。再受莫全一顿训斥，不由愧汗交集，枉自愁急，无计可施。**这一顿挫、反复，故事便曲折有致。金圣叹讲叙事之法，主张珍惜核心情节，不可简单处理，使其一泻无余；而应曲之、折之，使其精彩最大化。**

莫全也不再理他，又问洪氏兄弟："你那随来诸党羽俱已被擒，虽因问供时受点苦楚，俱未受什么伤，养息些日便可痊愈。我那老友念在他们都有点骨头，本是为友义气来犯险难，并非主谋正凶，又都吃过苦头，想必也能容让。你弟兄二人必不宽容。除了依我，更无活路。如真不愿在此留这一二日，我也不能勉强，随你们便。总之我心已然尽到，此去如有失闪，休埋怨我小气。"洪明、洪亮互看了一眼，同声慨然说道："我知你所说俱是真话，盛情心感。我们此来跌翻已是没脸，怎再托庇仇人宇下？被你擒住，杀剐任便。不放由你，既肯容我将来再报前仇，只一说放，立时就走。老叫花只管容我不得，我们也明知他的厉害，姓洪的此去如若相遇，便死也须一拼。人都有生有死，谁还怕他不成？"**倒是好汉。也为反衬马琨。**

莫全闻言，两道寿眉往起一皱道："不想你们如此倔强。既是这样，我也不再拦你。明日是我寿辰，我决不放你对头离开此地。但他号称'七日追魂'，脚程素快，耳目又多，只安心寻你，无论多远，不出数日必能追上你们。此去第一人要分散，再则踪迹务要隐秘。只要在七天以内不被追上，**莫老可爱，宽大是真。**当年便可无事。少时我仍再劝阻一回，听否难料。话已说完，应龙，你领他们出村去吧。"先在水竹厅装下人、后领三人入见的陈禄立答"遵命"。洪氏弟兄昂然立起，道声："多蒙宽让，后会有期。"各自一揖，随同走出。莫全也自起身，走向屏后静室之中。

马琨见当日诸人对自己俱极轻鄙。行刺之事虽已辨明，钱复出险脱围却没了望头。只说此行不特分功，还可见点世面，扬眉吐气，谁知弄巧成拙，万一钱复因此出了什事，陈业回去势必说出真情，花家乱子又是由己怂恿卖艺而起，日后怎见得师父母姨的面？方自悔恨交集，先前小童已领了陈业，急匆匆由外跑进。陈业满面俱是愁容；见着马琨喊声"大哥"，底下的话未说出，小童已抢拦道："爷爷现在里屋等你，这样没有骨气的狗东西，和他称什么兄弟？"边说，拉了就走。马琨想和陈业分说两句，刚站起身喊得声"三弟"，吃小童回手一推，喝道："你老老实实跟我坐在那里，有你好处！"

马琨不敢招惹，只得愧怂坐下，**急赖人，处处受窘。**眼看二人往屏风后转去。墙厚屋深，也听不出里面说话声音。待了一会儿，陈业垂头丧气随着小童一同走出，先指小童对马琨道："这是莫老前辈的侄孙莫准，年才十二，已学会家传八拿手法。长于以轻胜重，有铁手箭小神童的美号。年纪虽轻，论起本领，着实比我们弟兄高得多呢。"马琨立时起身，一躬到地道：**与洪氏兄弟相比衬，不堪。**"这位世弟的本领，适才我已领教。铁手神童的美号，果然话不虚传呢。"莫准虽看不起马琨，幼童多喜奉承，不由减了好些恶感，一面回礼，笑答道："我这一点毛手脚算得什么？不要说了。反正你们想办的事已难如愿。陈叔索性再玩两天，看完这里热闹再回去吧。"

马琨知求救之事已属无望，不禁面涨通红。陈业随答道："我此来虽说为救钱复而起，内中还有别的原因。初见祖老太爷，曾说过了明后再定行止，本已有了允意。不料马大哥自不小心，受人之愚，闹得事败垂成。适才再三向祖老太爷陈说，颇蒙见信。不知为何，仍是不允前往。本意再等一二日，求准弟帮忙代为进言，打探口风，有无转圈之地。何况明日又是他老人家千秋正日，自然要拜了寿才走的。"

莫准喜道："爷爷意思，本叫你过了明日再走，连你那同伴一起，省他一人走在路上又出乱子。我看爷爷还有什话未说，否则不会留你。能多住两天最好，我必尽心尽力为你想法。天已半夜，我今晚为那两个狗刺客，好戏也没顾得看。好在还有两天，索性我们回到宾馆睡上一个好觉，明天早起拜完寿，高高兴兴陪你玩一天好的。"陈业道："你明日不在寿堂行礼么？"莫准道："我爷爷不喜虚礼，来客拜寿都在早上，一会儿工夫就完。多远的客也都早到，像今天到的就最晚了。午后伯叔哥哥们都陪客吃酒看戏。我年纪小，更无什事，我只和你最投缘。现在我陪你玩，将来我到江南，你成了主人，再陪我玩，不是一样？"马琨道："那个自然。世弟如去，我必作个小东道。那里山明水秀，好玩的地方多着呢！"莫准笑道："是真的么？我适听陈叔劝说，也不恨你了。我们尽在这里有什意思？同往宾馆去吧。肚皮要饿，还可要消夜吃。"**是小孩子口吻。**说罢，三人一同起身，往宾馆中走去。

马琨一看，那地方正是初来时知宾引往的竹林以内。一问陈业，彼时正和莫准在林内谈说江南景物，走得稍快，只一进竹林便可相遇，何致引出这场是非？莫准又说："那花子便是江湖上有名的三叫花之一，神乞车卫。洪氏弟兄一来，便吃他看出破绽。

先没拿准来是刺客，爷爷又不愿在自己寿日闹事，故此将人稳在水竹厅内。那派去服役的下人，连送食物的，都是爷爷门人弟侄，个个好手。原意夜间探明来人底细，拿话点醒，轰走了事。车三爷爷疾恶如仇，偏是心急，硬背了爷爷，将那假充挑夫的党羽擒住，拷问出行刺实情，硬要爷爷严加处治。爷爷力说："来人不过偷偷摸摸，公然当众行刺，决无如此大胆。生平不与鼠窃狗偷一般见识，还是放掉的好。"车三爷爷执意不听，为擒真赃实犯，故令爷爷延见。洪氏弟兄见了爷爷，如若知难而退，交代几句话退出，原可无事。偏生不自量力，一见便下毒手。车三爷爷见刺客使出这等阴毒暗器，如何能容！其实不必二老动手，便水竹厅侍客诸人，哪一个本领也在来人之上。可笑洪氏弟兄久跑江湖，竟未看出一点动静。"马琨闻言，才想起二仆身法绝快，已然看出又忽略过去，悔恨莫及。

那宾馆竹屋竹楼虽是新建，里外都悬有彩灯，陈设整洁舒适。来客分屋居处，各有专人侍候。陈业到日，首遇莫准在村外随众延宾，一见投缘。又知是一娘所差，越发亲近。所居偏在竹林一角，**补叙，解释何以投缘**。是一小楼，不与众客相连，甚是清静。主客三人到了里面，马琨随问陈业："倒是何人引见？为何先不明说？"陈业道："小弟非不说，有约在先，不许泄露。当初不令大哥同来，也是如此。谁知大哥依然上了人当，真是可惜！"马琨道："这事都怪愚兄不好，太对不住你了。引见那人，想必是位成了名的老辈。现在事已过去，终可说出了吧？"陈业方一迟疑，莫准正色对陈业道："陈叔，这话你却说不得！不要为他这个无用黑心人一句话，惹出事来，你吃不住呢。"马琨已知厉害，听出语风不对，忙道："我不过随便问问，实有不便，不说也罢。"莫准冷笑道："事情与你无干，你不过问才好呢。"陈业也道："小弟实有难言之隐，大哥日后自知。此时恕不奉告了。"随用闲话岔过。

马琨知莫准轻鄙自己，心中忿恨，不好现出，只得老着一张脸，净说好听的话。莫准年幼，胸无城府，陈业再从中拉拢，一会儿便自有说有笑，混去猜疑。三人谈了一会儿，莫准早令宾馆中下人给马琨办好床铺，自和陈业同榻安卧。次早起身，莫准因昨晚一来，对马琨已减去若干厌恶，便令陈业告知马琨：神乞车卫性情古怪，疾恶太甚。最好令马琨在宾馆相候，不必同往拜寿，免被看见，自受奚落。好在行礼为时不久，再同看戏游玩也是一样，何必多此闲气？莫准原是好意，马琨本意想在此多见识一些人物，以为昨日陈业已和莫老说明真相，既非刺客一党，来了是客，为何不令同往？疑心莫准始终不把自己当人。但这小孩年纪虽轻，说话尖利，逆他自遭无味，不便不听，只得强笑应诺，二人走后，越想越恨，由此与莫准结下深仇不提。**狭胸之人，随处记仇——此为一典型。**

莫家门人弟侄恐老人家酬应多劳，事前约好，所来贺客，除莫老自愿单独延见外，都在正日这天早上同时拜祝。莫、陈二人到时，寿堂人已聚满。来客不论亲疏远近，俱按当早到时先后，分行排列。行礼时辰一到，莫老穿了吉服，款步走出，站在寿堂神案侧面。立时鼓乐交奏，知宾一排排领客入堂拜祝。因客太多，就这样，还拜了两个时辰才行毕事。拜完寿时已近午，知宾陪了众客纷纷入席。莫家除却花园有一多半不在内，加上两邻莫家门人弟侄的房舍，共有百十处院落，酒席全都摆满，还不够用。一切不相干的来客和本地邻里，都在现搭的席棚以内，有的就在露天底下。酒席由莫家门外设起，延出三里远近地面。天又助美，风和日丽，柳暗花明，端的肉山酒海，盛极一时。

莫准礼一行完，便就人丛中寻到陈业，本约同唤马琨，寻一好去处，另约几个世兄弟一同畅饮。陈业知莫老名动江湖，交游多是有名人物，颇想借此认识，每遇一个异样点的人，便向莫准打听，莫准也有好些不认识的，又去转问别人，因此耽误了好些时间。莫准见陈业问得殷勤，笑道："陈叔既想多见识，好在不饿，索性在这里，等人散完了再走，你看好么？"陈业自是愿意，连经莫准指点，认识了不少成名人物。有和莫准相熟的，更引了陈业上前通名拜见，陈业欣幸已极。等客由寿堂散尽，那些成名人物多是莫老多年至友，也经莫老自行延向静室另行款待。二人方始起身去寻马琨。

陈业路上想起寿堂上没见到神乞车卫，便问："是否追赶昨日刺客去了？"莫准道："适才我在寿堂偷问家兄，昨晚刺客走后，车三爷爷执意过了今日往追。经爷爷再三劝说，方始应诺，便宜他们多活一年。可是今早车三爷爷依然起身，他已答应，决不中变，又在今天出走，必然还有别的要事。我爷爷隐居多年，从来安静，近来并无什事。爷爷昨日曾命你暂留，他今此行，莫非为了你吧？看他老人家过午回来不回来，我再去打听，就知道了。"说时，走到竹林以内。

马琨正等得心焦，在林内闲蹀，瞥见二人回转，迎将出来。莫准便不再提前事，说："这里客都走完，不必再寻地方。楼后有小厨房，你二人在此稍候，我先喊人开席，再找陪客去。"随唤宾馆中执役小童传话准备，径自走去。一会儿领了三人跑来，一名莫猛，是莫准的堂兄；一名崔宁，一名夏正霆，俱是莫老的二辈门人，年纪都比莫准大不几岁，个个英俊。各自引见之后，因陈业是一娘命来，莫准应低一辈，唤之为叔，莫猛等三人也跟着称呼。陈业执意不肯，不便当着马琨说一娘，只说各交各的，定要兄弟相称。莫准因他自来已说了多次，只得改口依了。一会儿酒席开上，就设林内，诸小弟兄同饮谈笑，快乐非常。众人虽看马琨不起，因他口齿灵便，久了也都亲近。席终同往各戏场中看戏。

陈业以为莫老既命暂留，或者还有希望。到了黄昏，吃完夜席尚无音信，心中愁急，又托莫准前往探询。莫准去了好一会儿才行回转，乘着众人目注戏文，悄把陈业拉向僻处，说道："车三爷爷已早回来，我去时，他和爷爷正在席上和同席诸老辈谈说此事。原来爷爷对朋友心肠太热，所以昨日你一交信，立时答应过了这两天就起身赶去，不料午后车三爷爷来到，他对花家的事早知底细。那老刺猬受过爷爷大恩，本来去到没有不听说之理，无奈这次蔡老太姑本意是想爷爷去赶掉老刺猬，好去花家羽翼。信上明说也好，偏又不肯。只说你是他属望最殷的门人，有一结义兄弟被老刺猬困在花家，请爷爷即日前往解救，并叙多年阔别，别的一字不提。经车三爷爷来说，才知花家为给广帮恶丐撑腰子，近闻丐仙吕瑄要替浙帮出头，慌了手脚，到处约请能手，不知是何因缘，竟把华山派几个妖道请了前去。爷爷知到那里，不问老刺猬肯不肯听话，将人交出，必与花家争执。所约妖道，个个都精通邪法，多好武功也难抵敌。恰巧钱应泰当年曾用重手法伤过家叔莫云鹤，害他残废。后来自知不是爷爷对手，又托出人来求情赔罪。爷爷看了中间人的情面，未予追究。后知老钱为人卑鄙阴毒，他打伤家叔，先兵后礼，竟是预定的好谋，恨恶已极，无奈话已出口，不便再往寻仇，如何还肯救他子孙？乐得借此反口，表面回绝了你，对于蔡老太姑之约仍是不曾忘德，特请车三爷爷到邻县去寻访一个异人，意欲约了同行。叫你候上一日，便是为此。现在诸位老人家商量停妥，说丐仙吕瑄也是剑侠一流，花家约人不会不知，终还约有同道相助。两帮讲理比斗是在九秋，为期尚远。既不管钱复的事，何必这早前去？正好乘老乞婆不知有一世仇强敌要乘隙和她为难，暗约上两位能人，临期突然赶到，出一奇兵，使她措手不及，岂非绝妙？爷爷信已写好，大约今晚明早必定命我转交。你那同伴阴刁无耻，你既拜在蔡老太姑门下，最好以后和他绝交，回到路上务要小心。此信和她那面信符更该贴身紧藏，不可失落。须知蔡、花两家深仇大恨，志在必报，可是老太姑现时势单力薄，如被花家知道行藏，凶多吉少，丝毫不能大意呢！”

陈业闻言好生着急。所幸一娘母女之事并未曾误，除莫老外，还得了好些助力，终算不幸之幸。知再求说无用，只得罢了。当晚哪还有什心情看戏？不等终场，催着马琨同回安歇。莫准知他心中烦闷，便陪回宾馆再四安慰，方始别去。次早天才亮，莫准便自跑来，悄告陈业：“爷爷回信已令专人送往。先意还想命你将那面双龙铜旗信符留下，因有人说你拿了可以防身，太姑本意也是为你，并非用来作此凭证，这才作罢。爷爷颇喜你为人老成，此间人多口杂，无须拜见辞别，由我送你起身吧。"陈业知作客套，便即应诺，一同回转店房，收拾行囊起身。莫准又送了一程，互订后会而别。

马琨因在莫家饱受惊恐累落，陈业对他仍是始终敬礼，也无一句埋怨，背着人又再三宽慰。想起事情实坏在私心自用不明事体上，不禁天良发现，**复杂人格，可信**。觉着陈业实是忠厚义气，一到路上无人之处，好生引咎自责。陈业见他赔话，便答道："我们三人骨肉之交，都是为好，谈不到谁误了事。我想二哥难星未满，该有这等波折，不然哪有如此巧法？已过的事不必说了。现时莫老既记钱老伯前仇，不肯往救二哥，此路已断。除了他，只有南明老人，如肯援手，力量比莫老还大得多。不过这位老前辈隐居南明山中，已早声明不再问世，尤其听说与钱老伯又是素常不和。我们素昧平生，前往相求，休说请他出马，连面都未必肯见。我曾答应过那指点我的前辈异人，如找莫老，还有多少话不能对第二人说；如找南明老人，什事都可和大哥商量。要是容易，也不必几千里远赴黄冈，先就寻找他去了。道路只此一条，明求不行，只有把他那块上画山居图的竹牌盗到手中，走向花家明白要人，用后再给送还。此牌只能到手，不特老刺猬查洪怀德畏威，不敢倔强，便花家姑侄也必买个情面。无如此老厉害非常，岂是我们两弟兄之力所能近身的？听莫老说，钱老伯在新疆不但仇未报成，还受了重伤，困在那里，连想豁出丢人受过，等钱老伯回来去向花家要人都难办到。事已至此，别无善法。且先回到金华，由我寻见那位异人，请他另示机宜。如求南明老人，应该怎样行事，再作计较。"

马琨叹道："这事都怪我一人不好。听贤弟口气，那异人是谁我也能料到几分。又是我有眼无珠，不知进退轻重闹出来的。这次往救二弟，除了贤弟这条路，还有何法？此后我也不再多问，任凭贤弟一人调度，愚兄无不从命。"陈业见他素日狂傲自大，居然降心相从，也颇喜慰，以为受了自己感动，暗忖：人谁无过，只要能改便是好的。由此对马琨不但没有轻恶之心，反倒加了亲近。

第十四回　危崖夜灯红　失路无心遭巨寇
　　　　　　荒山凉月白　穷途遇救见高人

　　二人白跑了一趟，惟恐夜长梦多，归心似箭，不分昼夜加急前行，走了些日，算计再有两天便可到达。这日行经浙皖交界，误走歧路，错了宿头。好在二人野宿已惯，也未在意，仍往前行。走到天黑，忽见山麓深林内有灯光透出。依了陈业，过了前面九盘岭便入浙境，道路已然打听明白，带有干粮，索性乘着月夜，不必再绕上大路，径由九盘岭山径小路穿越过去，到了浙境，再行觅地打尖歇息。马琨见月旁有晕，加以从早上路，除了两次打尖，脚不停步，觉着饥疲交加，便说："少时恐有风雨，日里已因心忙将路走岔，徒劳跋涉。九盘岭山路从未去过，只听山民指说大概，语多不详。万一行至乱山之中又将路走错，岂非求快反慢？再要遇上风雨，更受颠连。前面现有人家，还是在此投宿住一夜，明日赶早起身，仍旧抄回大路行走，凭我二人的脚程，多绕三五十里也不是赶不出。省去走小路的翻山越岭，多费筋力跋涉，仍是一样，还免得又走错路。"**有"福将"、"时医"之说，谓运气特别好的将领、医生。其实，反过来也一样，可称之为"灾星"，沾着便倒霉。某官员，因时疫丢官，好容易异地复职，不弥月又因矿难下台。马琨正是此类"倒霉蛋"，并不完全是心术不正之故。**

　　陈业明知穿越九盘山的途径，中间虽要越过几处险峻之地，路却近去五六十里。已向山民打听清楚，怎会走错！但念马琨是长兄，近日颇又谦和，闻言知他畏难，不便勉强，只得应了。彼时江南诸省物阜年丰，人民安乐，甚是太平。虽见荒山野林，人家孤立，并未生什戒心，高高兴兴一同前往投宿。那人家紧靠山崖而建，共是两层楼房。楼前大片空地，外有密林环绕，地极陋僻。空地尽多，却未种有庄稼，连个寻常山民人家隙地必有的菜畦花果都没有。楼角却一边一个，悬着两盏红灯，适见灯光便是由此透出。陈业见那楼宇甚是整齐，附近并无田亩，不类山中民户。说是富家大族别业，当地只是危崖掩护，杂树丛生，偏僻晦寒，景物一无可取。再说沿途十余里，榛莽载途，险阻荒凉，设如无特别缘故，怎会孤零零住居此方？心觉有异，方低唤"大哥留意"，忽听飕的一声，由门内箭也似蹿出一条黑影，直朝马琨迎面扑去。幸是马琨手疾眼快，未被扑中。刚一闪躲开，那黑影矫捷非常，脚才点地，二次又复扑到。马琨这才看出是条大狗，因要在这家投宿，一面纵身闪躲，口中高唤："楼内主人快请出来！我们并非歹人，乃是山行迷路，来此投宿。"连唤数声，陈业也随声在旁急喊，终无回应。那狗生相又长又大，是个异种，动作轻健，神速异常，尤其是个哑口，一声不吠，只顾猛扑不已，势甚激烈。就这几句话喊过，人狗已是七八个照面。始而只有一狗专扑马琨。陈业因见楼中无人应声，马琨竟不如狗轻快，差一点没被扑中，早已激怒，将刀拔出，边纵边在呼斥，恐将狗杀死惹出波折，乘着狗向马琨飞扑，纵将过去，伸手一把抓住狗的后腿，待要抡起擒住，再和狗主人理论。不料狗腿才抓到手，又是一条黑影由楼门内飞蹿出来，直向陈业扑去。陈业见那狗又是哑口，而且和前狗一样，有小驴般大，上来一声不哼，专一扑咬人的咽喉致命之处。楼角灯才点起，内里不会没人，连喊叫多声，并不答理，又放一条恶狗出来，心中未免有气，又加那狗来势猛急异常，急切间委实也难于抵御，恰好前狗在手，顺势抡起一抡，叭的一声，两狗相撞。陈业随即松手纵开，二狗吃了亏，越发不肯甘休，双双撞落，脚才沾地，回身纵起又扑，本朝陈业一人扑去，似听楼上有人呼斥了一声，二狗立即分开，各扑一人，这才狂吠起来。那狗俱是异种，久经训练，灵警多力，上来吃了点亏，越发狡狯。陈业想再将它擒住，也办不到，又怕伤了狗惹出事来，喊是无人答理，退又不行。二人俱是长途跋涉，晓夜奔驰之余，忽然遇见这样有长力的异种恶狗，时候久了，渐觉气力不加，狗却越来越猛。

陈业正想主意，马琨已忍不住暴怒，大喝："三弟！我等远客拜方投宿，允否听便。似此人不出面，纵狗伤人，连喊不应，和他有什情理可讲？还不如将这两孽畜除去，各自上路，免得留在世上害人。"这时楼上已有人答话。马琨忿极之下，再加人狗急斗，乱做一堆，也未听清。说到末两句，镖已连珠发出。那扑马琨的一个由丈许远近纵起，张开一张利齿森森、鳄鱼一般的大口，舌伸老长，刚刚近面扑来，大约斗时已久，见人并没携有家伙，又见人力渐弱，骄敌过甚，不曾防备。哪知马琨为人阴毒，取镖发出，均经苦练。发时又快又狠又准，轻易看他不出。狗又身子悬空，来势似箭直射。马琨扬手一镖，恰好由口里打进，直透颈腹。一声惨号过处，仍朝马琨扑去。马琨料这一镖必然致命，将身一闪让过，那狗直蹿出去三丈来远，才笔直趴伏地上，口喷鲜血，死于非命。说时迟，那时快！当马琨用镖发出时，楼上人已纵落。偏巧陈业听出马琨口气，似要对狗下毒手，急喊："大哥，且慢！"百忙中偏视侧看，微一分神，对面恶狗已自纵身扑到，相去迎面不过尺许，喊声"不好"，忙将身往下一矮，正待让过迎面来势，一掌打向狗肩，借劲一按，往旁侧纵出去。猛觉左肩一痛，耳听连声惨吠，狗已斜迸起老高，落地身死。**前有武松打虎，今有马琨斗狗，一笑。**

原来马琨镖早发出，刚避开死狗，一眼瞥见另一恶狗已和箭一般射向陈业头前。斗这一阵，深知该狗厉害，休说被它咬中咽喉等要害非死不可，便这猛力一冲和那钢钩一般的利爪，如被扑中也是承当不起。一时情急，不及再顾什来人，扬手接连三只钢镖打去。说也真巧，马琨由狗的身后向前打，势子稍偏，本来打不中它的要害，那狗偏吃了灵警太甚的亏，竟会闪躲暗器。马琨头镖到时，那狗已离陈业头颈不远，忽然听出钢镖带起的风声，知道有人暗算，身子猛地用力一偏，头往下一低，那镖竟从狗股间斜擦而过，虽未透体，狗已受了微伤，才怒号得一声，不料二三两镖连珠发来，这一歪，人狗方向恰好对直，狗前半身再往下一低，狗股正对来镖，全被打中。末一镖更是对准股窍打入，直穿胸腹。那狗多么凶恶也难禁受，情急负痛，一声惨号，悬空连身弹起，四脚飞舞滚转，朝侧前纵蹿出去，叭的一声，四腿齐蜷，瞪着一双火也似红的凶睛，死于就地，胸前兀自喘息不已，死状甚是惨厉。**小处也细加描写。**

按说陈业本不至受伤，因是马琨突然发镖，事出不意，身子正往右躲，恶狗躲镖，身向左闪，恰好成了一边。狗再吃了一镖，情急怒蹿，左爪正擦向陈业左肩，这时又连中两镖，奇痛钻心，一意护痛闪避，正无着脚之处，自然就势向陈业左肩一用力，腾空翻跃而起。狗爪如钩，这一来又加了许多力量，于是陈业吃狗利爪连衣带肉一齐抓破。马琨见陈业纵向一旁，手抚左肩，料已受伤，刚跑过去，口问："怎么？"忽听脑后风生，仍没顾到来人，只当又是恶狗。身才纵起，想躲来势，来人的棍已拦腰打到。还算陈业因觉肩头伤处麻痛，正侧脸查看，忽瞥见一条人影纵将过来，对准马琨扬棍便打，料是狗主，见马琨并未防备，不及出声招呼，纵身一脚向来人腕间踢去。来人是个身材矮小的短衣壮汉，身手颇矫捷，缩手避开，怒喝："何方野种，敢伤我的神狗！今天不叫你们给狗抵命，我不姓张！"随说随将手中棍和雨点一般朝二人打去。陈业边躲边说："你要打架，说完情理再打。"来人仍是口中乱骂，纵身打来。

马琨因是连杀二狗的对头，手又有刀招架，追打更急，差一点没被打中。不由怒上加怒，大喝："三弟！这类野狗一样的山贼，和他有什情理可讲？打就打，谁还怕他不成？"说罢，也将刀法施展开来。陈业因身在异地，楼房甚多，主人决不止这一个，惟恐再有劲敌出来助战，想自己站个地步，便大喝道："我兄弟两人，你只一个，两打一不是好汉。既要动手，一对一，随你挑好了。"马琨明白陈业心思，觉出敌人纵跃虽然矫捷，棍法寻常，忙喝："这样满好！三弟你且退下，待我教训这贼。"

陈业便退下去，暗中留神戒备，偶一抬头望见屋角红灯，竟是一方一圆。方的一盏三面皆黑，只向外一面是红的，下面灯角还有绳系住，固定悬在那里，颇似义父所说绿林中夜间用来传号令的信旗灯，越料不是善地。闹了一阵，饥渴交加，肩头伤处，又红肿老高，疼痒非常。尚幸楼中无人出门，敌如再多，更是不了。方自愁急，敌人不是马琨对手，棍法已自散漫，口用土语乱喊，也不知说些什么。一会儿瞥见楼窗内有人影闪动，定睛一看，乃是一个女子，正由窗中走出，颤巍巍手攀窗根，似要沿窗桎往那方灯移去，料是转灯用信号求救。**描写细致**。敌人呼喝越急，意似催促。对方偏是女子，正不知如何拦阻。那女子攀窗移了几步，似颇胆小，朝下叫了几声，不敢再进。敌人又喝两声，女子便转回窗内。方疑她另有动作，敌人倏地冷不防抽空纵起，直朝悬灯的楼角飞去。当女子和敌人用土语喝问时，马琨也自觉出有异，暗中将镖取出，本意想打女的，还未动手，人已回窗，一见敌人纵起，如何能容？抬手一镖，打个正着，"嗳呀"一声，坠落下地，伤在股间，不是要害，一落地便往左近林内窜去。

马琨又打了两镖，跟踪追往。偏巧此林乃全林最深一处，一面连着山崖，等追进去，再找人已无踪影，不敢深入。陈业见状大喜，忙催快走。马琨只答了句"三弟快来"，便往楼门内跑去。陈业连唤不住，心想适见女子扒窗情景，楼内未必有什能手，不知是何用意，只得跟踪追入。见楼中俱是一些妇孺，内中一个年轻的颇有姿色，装束甚是妖艳，其余皆似媪婢，迥不类山民人家，见马琨进门，齐喊"饶命"。马琨喝道："你们不许跑动！我不是强盗，新由山里迷路出来，只和你家讨些吃的。"少妇便唤使女："有什现成饮食，快些取来！"口音是湖北人。陈业才知马琨饿极，已然入内，不便再拦。自己恰也饥渴，心想前途不知有无凶险，吃点也好。那妇女们多半小脚，这家恰正开饭，不多一会儿，急先取到。马琨不甚放心，见少妇手拉一个小孩，手还在颤，便令先吃，觉无异状，方始大吃起来。吃完，又把余下菜饭好带的，讨布包了，方始出门。陈业便说："那灯是信号。"马琨扬手二镖，陈业想拦，灯已打落。**处处灾星。**

陈业急道："此间必与盗党有关，速行为是！"说罢，一同脚底加劲，到了山口。回顾无人追赶，忙掩身形，往里飞跑。到了高处，回望来路，红灯未见悬起，料知敌人伤重，尚未回转。正猜谈这家是何路数，陈业忽觉被狗抓处热痛如炙，兼以麻痒，难受至极，始而还能勉强急行，走出十里以外，全身皆被扯痛，由不得把脚步放慢。身在异地，人单势孤，心又惦虑追兵，强忍痛楚。又行里许，这才禁熬不住。眼望前面，高山连亘，形势陡峻。山脚东面不远是条黑谷，淡月光中望去，密林蓊翳，境甚幽僻。想起来时山民所说，不甚相符，匆促行路，也不知走错没有。抚摩伤处，越肿越高，微一动转，奇痛攻心，委实寸步难移。没奈何只得咬紧牙关，由马琨半扶半抱，走向右侧矮树林中，寻一平坦草厚之处席地坐下。陈业忽觉奇痛难支，偏身卧倒。情知狗爪有毒，弄巧就许危及生命，无如荒山野地，休说延医，连寻个人家讨个歇处养息都办不到。

马琨也知事情又是全由自己而起，先依陈业，一直入山，固不会惹出这场灾害，就是遇见恶狗，以陈业的身手，决躲得过那狗一扑之势，如非自己急发三镖，何至为狗所伤，**灾星倒自觉。**看陈业伤势十分凶险，深悔不该冒失。正自着急，忽听远远呼哨之声，料是敌人纠众追来。陈业已万难行动，弃他独逃，一则问心不过，二则途径不熟。万一逃出撞上，岂非自投罗网？想了想，乘敌未到，纵出林外。一看伏处形势，那丛矮树就在路侧不远，稀落落高不过人，内里却有几处草地，尤妙在树干甚低，叶密枝繁，密草高二三尺。由外看内，仿佛一目了然，极易混过，决想不到内有逃人藏伏。那藏处紧贴一株矮树根下，特意走近树前，探头查看。陈业已为丰草所掩，看不出丝毫形迹。马琨从小顽皮，生长山中，小时常与钱复等捉迷藏，深知虚实明晦之理，适才只为陈业痛苦难支，敌人久未追来，戒心已去，还是陈业力说"小心"，这才稍微留意。先只图近，顾虑不深，想不到反得了这等绝好藏身之地，心中略宽，决计不再移动。赶回悄告陈业，一同将身卧倒，静心相候。不消片刻，那呼哨之声便由远而近。

马琨听出敌人竟分东南西北四面合围而来，料知敌人土著路熟，且幸适才没有背友独逃，否则看这形势，定非撞上不可！方自咋舌，暗道"惭愧"，遥窥火光点点，敌人已有两三股合拢。还有一股由山上下来的也将到达。一会儿便在林外不远聚集，七张八口，纷纷议论。人均粗野异常，语声颇高，容易入耳。大意说这等搜法，山那边还有弟兄迎堵；月亮底下，逃人决无藏处。他说由山里出来，定是真的。

有的说："如是真话，他已闯祸，又把号灯打灭。明是行家，岂肯自说去路；他伤了两狗，已该万死，又将这位小舅爷打伤，小夫人吓病。人再跑掉，连个姓名去处都没有，改日老头子到来，这责任谁担得起？我们不能说山外几条路都有人追，这里便可疏忽。如若两头落空，全未捉到，大家都不得了。这两小狗是走长路的，看他那么又渴又饿，地方又生，定跑不远。这里路虽难走，共只有限几处可以藏躲。各路口子早已把好，插翅难飞。水东村那片水，他过不去。再说那老家伙近年脾气越怪，虽然可恶，却不许外人入村一步。前年连他老朋友来寻几次，末了也只隔水说了两句，便把来人僵住在那里，各自回去，怎会容这等小野种停留？我们还是不要偷懒，宁愿白费气力，免得日后吃老头子的排头。"

一个又说："你说老家伙性情古怪，一点不错。他专做人讨厌的事。那年被狗咬的外路人，不是他救去医好的么？弄巧就许逃到他那里去了呢。否则，如在山里，怎寻不到？"这人一说，全都住口。呆了一呆，便有人提议往探，似又有些顾虑。商量了一会儿，齐往东走。底下因多争论，话未听清，大约村里还有敌党熟人，到了再见机行事。敌党共有二十多人，立处相隔马、陈二人卧处只三两丈远近，地势还较高些。只觉议论纷纷，并无一人注目及此。二人料他还要回转，又恐还有一些未赶到的，哪里还敢再动？仍在原处守候。约有半个多时辰，敌党忽然急跑回来，语声嘈杂，似有埋怨咒骂之言。路过近侧，忽有一人在高处喊道："山北号灯连闪，**绝处逢生。传奇类小说的一个诀窍，就是制造一个"绝境"，然后出其不意跳出**。定是两小狗出现，和我们的人动手。这野种脚底真快，不知怎会被他绕向山北去了，必定扎手，还不快追！"这人凌高一呼，众声齐应，一窝蜂似往山上跑去，一会儿便翻过山去，端的脚程身手俱非寻常。

马琨惊魂乍定，一想当地夜间虽好，日里恐自难说。再说陈业伤势沉重，出路全断，其势不能久伏野地。想起适才来人曾说，水东村老家伙前年救一为恶狗所伤的外路人之言，不禁心中一动。暗忖：所说老家伙，必是一个精于医治狗咬的异人，不特医道高明，还有极大声威，否则来人不会那样又厌恶又害怕，连探问一下都不敢冒失前往。如今实逼处此，陈业总算对己还好，舍他逃走，一则有点问心不安，二则钱复出困更无指望。莫如为他死中求活，见机行事。乘敌走远，姑试走上一回，真要不行，再打独自脱身主意。**小人心理活动，细致真实**。想到这里，俯视陈业，已然昏晕在地。只听传言，前途难料，带了他反倒累赘，且去村中寻见那能医老人再说。低唤两声"三弟"，不听答应。四顾无人，便即纵出，飞步往谷中赶去。行约里许，走出先见密林，忽听泉声震耳。向前一看，对面悬崖如削。当中一条阔涧，宽约八九丈。俯视涧底，深达二十来丈，山泉自上流头银龙也似飞来，撞在涧中危石之上，珠飞云舞，映月生辉，波涛荡荡，与附近松涛相与鸣和，空山回响，越显清洪。

方疑迷路，忽瞥见右侧一条独木桥由对崖顶斜挂下来，搭向这岸，对面桥尽处还有灯光掩映，不敢冒失走过，先隔涧唤道：

"我等山行迷路，有一同伴为恶狗所伤。闻说老村主备有灵药，起死回生，特来求救。对岸大哥，可否容我过去么？"连唤了三数声，才听一个老年纪口音的人遥答道："你这样说法，你那受伤的同伴呢？"马琨听出口风，有了允意，心中大快，又知对方必已看见自己，才如此说法，忙即躬身答道："多谢老人家的厚意。在下同伴为恶狗咬伤，人已昏迷，现在困倒离此里把路的野草地里。因不知路，背着他不大好走，没有同来。"言还未了，对崖老人已喝道："你这年轻小伙子好没道理！你向我们求救，却不背了来。莫非还叫我们替你抬人去么？枉自你们还是朋友，同在患难之中，你独自跑开。休说你那对头厉害，捉去凌迟碎剐，休想活命，就是对头被人引到远处去，如今天暖，乌牛山草地里常有青狼毒蛇来往，他受么重伤，遇上还能活命么？还不快去！"马琨自免不了又辩两句。老人又喝道："你这人，我看不大够朋友！好在村主的意思救的又不是你，废话不要说了，越描越花，快背人去吧！我还告诉你，你那对头，遍山都有卡子，除了我们这里，无论逃到何处，迟早被他捉去。我们独木桥不能常放，你去了不论人在不在，快点回来。如见此桥已撤，可在涧底找个地方藏好，等我们今夜明早有人出进，放桥时再逃过来，免得出去送死。再不，你要有本事，能纵过来也行。凭你这样人，顺便过来还可，再要劳动我为你搭桥，却办不到。听明白了，去吧！"

马琨虽听对方说话老气横秋，一则近日连遭挫辱之余，已知江湖上厉害，又在急难之际，照着对方口气，明是仇人克星劲敌，英侠一流人物。如得登门，陈业伤势安危还在其次，第一自己先保无忧，如何还敢计较？连忙躬身施礼，谢过指教，往回路飞跑。赶到原处一看，连陈业带随身小包均无踪影，不禁大惊。知他伤重，就是醒转也必寸步难移，何况人已昏晕，如何能行？包裹同时不见，定被敌人寻来，一齐劫去，此时必在搜寻自己踪迹，众寡不敌，遇上便无幸免。再不见机，一落敌手非死不可。逃是逃不出去，除了水东村或可保全，此外更无生路。当时一害怕，吓得连在附近找都未找，翻身又往崖前飞跑。途中回顾，且喜无人追赶。行抵涧旁不远，那木桥已然离地，渐渐往上悬起，似要往对崖撤去，高喊："老人家且慢一点！容我过去。"连喊两声，不听对崖应声，也不见有人出现，那桥已离地丈许，眼看就要撤回，一时情急，慌不迭奋力一纵，到了上面。手刚抱紧，木桥倏地往起一扬，势忽加快。马琨骤出不意，几被甩落涧底，直似有心捉弄神气。方暗骂"老鬼可恶"，忽听来路涧岸有人拍手之声，木桥忽又稳住势子，往下沉落。偏头一看，涧边站着一人，正是仇敌一般装束，料是发觉追来，后面必有多人，退是无路，直似亡羊逃兽，不暇再顾前途如何，得路便闯。乘着木桥落势稳缓，急忙扒起，慌不迭连纵带跳，飞奔过去。等到对岸，后面追人也由桥上赶来，瞥见崖顶下面灯光点点，水影星罗，明是大片人家水田。正要朝下纵去，忽从侧面纵出一人，老声老气喝道："你这后生太没道理！这里好由你随便乱闯么？"

马琨定睛一看，面前站着一个身材高大的老头子，手里提着一串大钥匙，面上似有不快神情。知是先说话那老人，觉出适才这一挡斤两甚重，不敢怠慢，忙赔笑躬身道："我回到原处，同伴已被仇人捉去。听了老伯之指教，恐敌人追来，不敢停留，连忙奔回，桥已快要悬起。连喊两声，不听答应，只当没人在此。请老伯伯不要见怪吧。"老头把眼一瞪，怒道："没人在此，那桥怎会自己起落的？"还要往下说时，后面那人也自赶到，朝老头将手一摆，便舍了马琨，同往先出现处走去。马琨这才看出，那地方是个石堆的小屋，微有灯光外映，地甚幽僻，耳听轮声辘辘，知道起落木桥的绞盘设在屋内。自己被老人僵在门外，话未说完，既不能随便下岸，又不便冒昧走入，更恐仇敌追来发现，自己后来那人，又不知是否仇敌一面，满心忧惶。看那老人，却似毫不介意神气，没奈何只得提着心，掩向屋旁侧耳偷听。屋中人语声低微，头几句未听真，到了后来，心思略静，才听来人道："祖老太爷自前年起，又爱管闲事了。人家既然怕我，也就算了，半夜三更差我们做这险事，要被这群草贼看破，就说不怕他们，终免不了麻烦，何苦来呢？何况又是这样没什起色的人。"

老头道："你知什么！我说这个虽是没起色的小鬼，但那一个身边竟会带有双龙令，**双龙令至此方起作用**。你说多么怪事！今晚幸亏你兄弟多事，刚巧他老人家在崖下田岸上闲踱，你兄弟一告诉，立时答应，命你弟兄二人分头行事，还命我在此守候，真要有事，好给你们打接应。老人家本为双龙令的主人隐居到此，一想起就难过。他家人又打听不出一点信息，**又是"枝外藏叶"，既向前拓展空间，又为后留出可能**。适才听我孙一说，恰好那人被你兄弟给他用了灵泉乳救醒，一见人便摸身旁，稍微谈问，才知这双龙令只他一人知道。老人家听说，高兴得了不得。我看这个还不错，哪能一样比呢？"底下语声高低不一，大意似说，救了一个与村主极有关系的人，为救此人，还犯着大险，几乎被对头识破。马琨心想陈业幼遭孤露，义父陈松又是西北路上人物，怎会与这类隐名归老的江南英侠之士有什瓜葛？方自寻思出神，屋中老少二人忽然相继走出，一见马琨贴屋而立，老头便怒道："我说你这后生不是好人，一点不错。怎鬼头鬼脑偷听别人说话？"马琨忍愧答说："实是怕仇敌追来看见，彼此不便。这里地较隐秘，并非有心偷听。"老头冷笑道："由你强辩！这些话料已被你听去。你如在外走口，自送性命，与我何干？你那同伴已有人救来。"随顾后来那少年道："老三，你领他去见你祖父吧。说我少时再去。这厮品行心术不好，少和他说话。"

马琨闻言虽觉难堪，且喜对方并非敌党，陈业已然遇救，心中一块石头落地，也就听之。少年却比老头和气得多，一面请问姓名，一面揖客上路，往屋下走去。马琨路上回问，才知村主年已九旬，姓蒲名芦，子孙众多。全村皆他一家，并无外姓。看守崖前独木桥的是他堂弟蒲菰。少年是蒲芦的第三孙子，名唤蒲青，还有一弟蒲红。当晚弟兄二人在村中高峰上闲眺，遥望山外盗党外家竹楼上，红灯明灭了两次，后即闪动紧急信号。蒲红年轻喜事，因以前救过一人，知道盗党常用红灯信号传令。先前灭而复明，必有外人误入盗室，还是个有本领的。否则那里恶狗厉害，来人决逃不走，也不能将信灯打灭。忙即过崖探看，正遇盗党搜索逃人。略微偷听了几句赶回去，便和叔祖蒲菰谈说此事。恰值老村主蒲芦闲步田岸走来，问知此事。蒲芦本已不愿管事，吃蒲红一阵软语央告，也就答应，当即部署救人之策。盗党搜寻逃人，不见踪迹。内有一盗，和蒲菰见过几次，知他天性孤僻，喜欢孤身一人住在崖口小屋之中，与木桥相隔甚近，可以隔岸探问，便跑了来，吃蒲菰排揎回去。盗党刚走，蒲芦深知山中地理，料定逃人难于隐伏，再一算计程途，人又受伤，必是藏在山脚一带的丛林茂草之间。盗党粗心，只知搜索浅处，所以未被看出。蒲青已往后山行那疑兵之计。夜中不易辨别远近，再把灯光缩小，盗党当是大寨号灯，必然赶去，便令蒲红尾随，等盗党走远，急速寻到逃人，救回村来。蒲红领命，寻到二人藏处，马琨业已先走。见陈业伤重，便用乃祖所制灵药塞向口里，连人带衣包一齐背回，因有捷径，脚程又快，马琨恐遇盗党，又是一路掩藏而行，所以赶到头里。过桥不久，马琨、蒲青也相次到来等语。适与蒲菰在小屋所说之言，好些均未说出。不便深问，只得藏在肚里，极口称谢不迭。

行约二里，穿行好些田垄，转过一个满种果树的土山，便见左侧宽约两丈大溪，水平几将齐岸，流波荡荡，势甚迅急。右侧峰峦矗列，峭拔奇秀，月光照上去，都幻成了银紫色。峰腰崖隙之间，孤零零建有三四处楼舍亭台，间有灯光掩映。对面大山横亘，**有气派**。山坡上高低错落着十来户人家，灯光点点，望如疏星。中有一家，居近山脚，屋宇最多，颇似村主之居。前行不远，蒲青忽然揖客右转，穿过一条短短的行径便到崖下。马琨方想：这崖如此陡峭高峻，怎么上法？蒲青忽又说道："马兄请在此暂候，待小弟禀过家祖，放下绳梯，再行奉请。"

马琨才谦谢得一句，蒲青已手脚并用，援崖直上，晃眼便到达崖腰一块突出的山石上面，一闪不见。那地方远望原有一所小楼阁，崖势壁立，又在中腰突出一大块，所以近前反看不见。待了不多一会儿，马琨正仰望间，猛见一条黑影，带着呼呼风声，怪蟒也似自峰腰飞坠，当头压下，吓得慌不迭往旁一纵，躲开来势。反身回顾，蒲青已同了一个十八九岁的少年并立面前，笑指少年道："这是舍弟蒲红，梯已放落。家祖现在半峰楼相候，请上去吧。"马琨一看峰上果悬下一条软梯，才知蒲氏兄弟下时手抓梯头，人与梯一同飞坠。那梯离地尚有丈许高下，虽然不会伤人，似此一声不出径直飞落，不是有心相戏，也是卖弄。暗忖：平日不肯用功，妄自恃强，才一出门走动，便到处遇见能手，真是惭愧。既然本领不如，还是老实些好。一面应诺，又恭维了蒲氏弟兄几句，方始纵身援梯，一步一步援了上去。

上到峰腰一看，那块突石大约亩许，甚是平整，楼共两层，上下只得六间。蒲氏弟兄已然援崖先到，同立楼前相候，说道："家祖已给贵友服药医伤，同在楼上。贵友受伤，为时太久，沉重异常。另换一人，就遇家祖，也未必有回生之望。家祖现出全力救他一命。仗他童身，体力坚强，望是有望，痊愈恐在半年之后了。"蒲红接口又道："那豺狗是贼党由西藏木里府附近荒山中捉来，狗爪的毒比嘴还凶得多，所以陈兄伤势比上次那人要厉害。我救他时，已然晕死，再有个把时辰不救，就没命了。因须静心调养，不能随意言动，家祖特意把他安置在半峰楼，便是为此。马兄此去，只能见到家祖，陈兄恐家祖未必许见呢。"

马琨急难投止，但求有人庇护，不受仇敌之害，陈业安危本未十分在念，闻言只是略作惋惜，诺诺连声。蒲氏弟兄又闲谈了几句，仍未延客入门。马琨方觉奇怪，瞥见来路岸上似有一星火光闪动，蒲红便道："家祖手边有事未完，不能即时见客。下面来了一个朋友，请和家兄在此少候。小弟少去即回，再同马兄入见吧。"说罢，不俟答言，便往崖边跑去。也没听绳梯响，人便下落。马琨天性多疑，身居异地，所遇三人，言动闪烁，身已及门，忽又设辩延挨，尤其陈业不令会见，不知村主葫芦里卖的什药？蒲红去后，蒲青便借话引话，重又套问身世米历。马琨自打钱应泰的旗号，连受挫辱，长了阅历。萍水相逢，前途难料，既不敢尽情吐实，又恐对方轻视，便说："家居临安天目山中，与陈业是师兄弟。新近由湖北黄冈与一老辈拜寿回来，迷路至此。不想在山外望见灯光，误投贼家，先遇恶狗猛咬，不合将狗杀死，致与贼党结仇。"

话还未毕，忽听楼上有人呼唤："青孙领客上来！"蒲青刚刚应声，又见一条黑影跃上崖石，正是蒲红回转。蒲青随问："人来没有？祖父正叫客进见呢。"蒲红闻言忙道："我先进去，你陪客人随后来吧。"说罢，蒲红当先往内跑去，随听上楼之声。蒲青跟着让客入门。马琨看他弟兄二人一快一慢，好似有什话要先向乃祖报告，故意延挨神气，测不透是何用意，只得听之。楼内陈设极为精雅整洁。楼下一排三间，大房两明一暗。明间左角有一小门，进门一边是上到二层的楼梯；一边是两间通连的小房，临窗设有炉灶，似是童仆居所，到处灯光朗照，只不再见什人。缘梯上楼一看，除楼梯口一排小房外，因是倚山贴崖就着地势建成。上一层崖石恰往里面缩进，于是前楼也往后展，本就大了好些，再加此为主人登临养静之所，生性又喜欢爽朗，将三大间楼房一齐打通，只靠右面用湘妃竹镶嵌成一个玲珑剔透、样式精雅的隔断，以作点缀。全楼四面皆窗，稀落落十余件桌椅几案，多半傍窗而设。当中几乎全空，比起下面一层更是宽敞。明灯四垂，亮如白昼，哪里也是干干净净的不见一点灰星。加以地居峰半，青山排闼，明月当窗，自楼顶以上直达峰顶，遍生虬松古树。楼左右隙地又栽有不少修竹，偶然清风吹过，黑影交加，松竹互喧，如引洞箫，景物端的清幽绝俗。**又是一番描写。开阔清幽，映衬主人胸襟，亦是作者之向往。**

马琨方自入门，暗赞"好地方"，蒲红已由隔断内现身迎出，笑道："家祖刚给贵友上完药，现正洗手，一会儿就出来。请这边坐吧。"遂和蒲青邀了马琨，同往右壁竹椅坐下相候。蒲红又在旁几上端过三杯茶来待客。马琨自进门起，处处留神，见两层楼房虽不能算间间走到，但全楼地方间数只此，门户又皆洞开，偏不见陈业踪迹，多生疑虑。细查那湘竹隔断，除两头贴壁处各有书画隔扇外，余均半截，孔洞空灵，人在里面行动均可窥见，似与外间一般大小。适在楼下还听老人楼上相唤，怎么蒲红由里走出，却不见乃祖人影？主人既把自己延向右壁远处落座，可知不愿来客走近，其势不便向前窥探，到底隔断里面是否还有暗间在内？主人形迹诡异，诸多可疑，事尚难测，不在事前查探出一点端倪，终觉放心不下，老提着一个心，无计可施。其实马琨也是惊弓之鸟，私心太重，平日枉自刁狡，临事则迷，只管盘算利害，全不想对方何等人物！正主人不说，便蒲氏兄弟也非对手。如有恶意，何必还费这许多事？不过陈业刚才救醒，一息奄奄，语多不详。主人又是一个智虑周祥的老辈，故交情重，惟恐处置不慎，以致平添出这些周折。就看马琨不起，既然伸手，也必救人救彻，并无他意，却害马琨独个附会猜测，疑心生暗鬼，越想越左，白白提心吊胆，着了好些冤枉急。**自家格局偏狭，世界便处处荆棘。**

　　他这里神志不宁，蒲氏弟兄也渐看出，暗中好笑，互一使眼色，又吃马琨觑见，心里越毛，正在忧急出汗，瞥见隔断内有一人影晃动，跟着款步走出一个长身鹤立的老头，蒲氏弟兄随即起立。马琨见那老头生得长眉秀目，面白如玉。稀落落三绺胡须长垂飘胸，根根见肉，又黑又亮，貌相甚是清瘦。一身葛巾野服，芒鞋布袜，净无纤尘，直似画中人物。知是村主蒲芦，以前虽没听师长说过，照着当晚经历，对方决非庸流，不等蒲氏兄弟引见，赶即抢前跪拜，口称："村主老前辈在上，后生小辈马琨拜见。"蒲芦冷冷地说道："不要多礼，起来说话。"马琨仍叩了几个头，谢过收留解救之恩，方始垂手起立。蒲芦随就旁设竹椅坐下，叫客也坐，马琨为对方仪表所慑，再四谦谢。蒲青复说："家祖性喜疏放，不愿见人拘束。我们都坐，马兄还是坐吧。"马琨这才偏身就座，蒲氏弟兄也各坐下。蒲芦随问："听你说由湖北黄冈拜寿回来，几时起身的？"马琨说了。蒲芦又问道："如此说来，你们想是给莫家拜寿去。你两方是什交情呢？"马琨暗查语气，无什憎恶，自己又是适在楼下说到黄冈拜寿，才命入见的，料定他和莫老必有渊源。本意借此拉拢，忽想起前为好胜说诳吃了大亏。师父的旗号从未响过；陈业打的旗号又没明说，对方底细摸清前，先不抬出师父，留个退步，过后见事行事。如是莫全好友，陈业身后那人必与有交。早晚陈业自会说出，爱屋及乌，一样也受厚待。如是师父老友，更无庸说。反正总有一面，暂时以含混一点为是。便照实答道："后辈与莫老前辈并无渊源。只为盟弟陈业，他有一位师长是莫老前辈的好友，奉命前往拜寿，弟子慕名同往。陈业与后辈原是患难至交，这次不知何故，始而不令同行，后见无法推托，虽然答应，命他代往拜寿的师长名姓却未言明。他为人谨慎忠厚，料有疑难，也就没有深问。到了莫家，只他一人和莫老前辈密谈过一两次，后辈只是随众行礼祝寿、听戏吃酒，并未交谈，过了正日，就起身回浙江，陈业始终未提前事。不料山行迷路，误往贼家投宿，被贼放出恶狗伤人，苦苦追逼，定要置人于死。后辈实气不过，将狗杀死，陈业竟为狗爪抓伤。多蒙老前辈搭救，感恩不尽。"

蒲芦忽道："这就是了。莫家我也曾有人去，不知何故，今尚未到。那里人多，你也许不会交谈。你们所遇恶贼，老巢不在此地，这里只是他屯粮之所。本意除他，一则我已归隐，不愿再管闲事；二则他在本山，人不犯他，从不轻易害人。近年贼头在山口外置了一处外家，养有两条西藏来的豺种恶狗，虽伤过几次人，也都有因，并非无故寻人晦气；三则又略看他师父一点情面，反正早晚有人除他，既知怕我，也就未为已甚。此贼疑心特大，性更惧内。置下外家，恐有人勾引，特地在山口僻处建了房子，另外再养下两条恶狗。又恐孤悬野外，除那美妾之兄外，俱是女流，万一受什外人欺侮，在楼角悬上两盏号灯。他那恶狗深通人性，除他当面招呼过的，无论生熟，见面就咬。**蒲家情报工作厉害。**狗嘴和四爪都有奇毒，遇上十有九死。他每隔些日，假着巡查来此一次，满以为防范紧密，不料那看守本山粮食的两小头目，俱和他美妾有奸，**天要下雨妾要偷，岂是两条狗能防范的。老贼糊涂！老贼自辱！**妾兄图财，恐事败失了衣食父母，勾串一气，那两盏红灯，反做了通奸私会的信号。狗虽猛恶，因受妾兄管理日久，和对贼头一样听话，全没用处。他们虽然凶恶，却不敢越桥一步，你二人在此无妨。不过你那同伴伤势太重，便不残废，也须过了夏天才能痊愈。此时他尚不能言动见人，等过几日体力稍复，你们见面，再定行止好了。"说罢，转唤："青孙，你领他到下面找个住处去。"径自起身入内。马琨忙即起立，还想探询陈业并请见上一面，人已步进隔断以内。马琨假作相送，偏头往里一看，里墙并无门户，竟不知适才祖孙二人由何处走出，蒲芦坐在画案前，正取纸笔，似要写信。不便再为偷觑，蒲氏弟兄又在旁边邀客同行，只得一同走出。**处处贼头贼脑。**

　　蒲红到了楼梯，便即停步作别。马琨借着说客套话的闲空，暗查正房墙后，两间小房俱都打通，望过去一目了然，也没见有门户，此外更看不出有什房舍，主人偏说陈业在此养病，好生不解，忍不住问道："这所楼房孤悬峰腰，景致很好，可惜地方还小一点，上下只得七八间房子。还有此楼虽只丈高，除却像贤昆仲这等本领，常人就有那绳梯也难上下。祖太爷在此养静，不曾带有佣人，想是下人们上不来的缘故吧？"蒲青知他有心探问，仍作不解道："这里人不论老少男女，都学过几天粗功夫。此峰只家祖和三家叔能够随意上落。别人因为弄惯，有的还须用梯上落。好些都空手缘壁而上，下去只要一纵，更是容易。家祖生性好洁喜静，除偶有一二老友来访，一住楼中，动辄一两月外，平日也有在峰下全家同住的时候。如住峰上，便只令孙儿们轮班服侍，就便传授一点功课。有时高兴，也许把孙儿们都叫上去，住个十天半月，轻易不许下人们走上。后楼几个小间和下面楼房，都是愚弟兄来时住的地方。此次许陈兄在此养病，还是自有楼房以来头一遭，你莫轻看了呢！"

马琨听了，好生惊异，陈业住处终未问出。蒲青随领马琨走向下面坡上一所平房以内，说道："这里是三家叔的房子，因三家叔好道，终身不娶，常年在外，难得回家，房子常空。去年家祖命红弟过继与三家叔，才搬来此，又邀我作伴同住。今该红弟在峰上轮值，马兄在此，倒也清静。只是家祖素不愿子孙安逸偷懒，下人甚少，又都各有各事。小辈享受只管享受，一切起居饮食，却要自己下手去做，无人服侍马兄，太已简慢罢了。"

马琨见那所房舍建在山坡高处，一排五间。灯光下几净窗明，素壁如雪。陈设精雅，起居用具无不舒适清洁，不染纤尘。屋外花木萧森，桐荫匝地，又是倚山而建，左有奇峰矗立，右有清溪映带。时已深夜，星月云遮，虽看不出全景，如在日里，这四外的山光水影，树色泉声，不知又有多少享受！闻言极口逊谢，称赞不置。房是短工字，中间一长间，两旁各一明暗间。蒲氏兄弟因便夜谈，将左边二室打通，同住在内。在暗间虽有席榻，向无人住，此时用作客房。马琨坐定，蒲青便即走去，一会儿端了一大木盘，托着好些茶酒肴点进来，笑道："客来匆促，山居无什食物，家人睡得又早。适去厨下，只取了些日里剩下的肴点，连同二位住客自带食物都带了来，不成敬意。夜行劳顿，请用完了安歇吧。"马琨本还有些狐疑，及见那菜肴果然是由山外贼家吃完上路时包带的食物，这才断定陈业实在当地。看情景主人决无恶意，心越宽放。二人一同吃完，蒲青又将吃残的收拾，放入托盘，作别走去，马琨实也倦极，卧倒床上，便自睡熟。次早起来，忽闻鸟声关关，十分娱耳。睁眼一看，瓦窗上树影横斜，阳光由树影中透窗而入，斜射地上，重重交织，映得满室雪亮。估量天已不早，连忙爬起，穿好衣服，走到对屋一看，蒲青已然离去。回到中间书房，才见桌上压有蒲青所留字条，大意是说朝来起身，见马琨未醒，知昨夜倦极，没有惊动。因往半山楼拜谒祖父，傍午始回。室无童仆，房后丛竹下，在一火炉上有热水晨粥、小菜两碟，连同盥具，均在书桌左下层抽屉内，请自取用等语。

马琨一一寻到用了，闲坐室内，久候蒲氏兄弟，无一回转。难星已过，不由想起昨晚蒲氏祖孙之言。陈业被恶狗咬伤，须要医治数月始能痊愈，不知确否？追原祸始，又是自己惹出来的。**一个"又"字，道尽灾星晦气。**似此旷日持久，万一钱应泰由新疆回来，事必泄露，如何是好？有心独自回转，但又一点门路没有，不禁又急又悔，只想不起个主意。隔窗遥望，山坡下风和日暖，水碧山青，村人不分男女老幼，俱都忙于农事。田里稻麦一片青绿，菜花吐蕊，灿如黄金。天明前又下了一场小雨，土脉膏腴，石苔肥润。遥峰近岭，山光浓翠，到处点尘不扬，清景如绘。马琨人虽鄙俗，淑景当前，也由不得默化潜移，心襟一爽。暗忖：无怪乎一干成名人物，老来都爱归隐。这样安闲的清福，谁人不爱？休说莫、蒲二老这两处好地方，就是自家所居天目山中，好风景、好土地的地方也不少。如再加点人力开垦田亩，布置起来不也和这里差不许多么？可惜师父报仇心切，**一堕入魔障，便"辜负了锦堂风月"。**除弄些自吃的田地外，平日只凭姨母经管，概不过问，永没提起经营过。白有那好地方，真是可惜！此番回去，也学这两处的样，就势布置起来，招人开垦。不但住得舒服，人来看了体面，还可多进银钱。**不觉间露出部吝。**每日无事，再下苦用功，练成本领，以便报仇泄恨，又省得异日出门，再受人闲气欺侮。

正想在有趣头上，蒲青忽然走来，和马琨周旋了几句，便去当中房舍中端了酒菜午饭前来，一同吃了。马琨看他也甚谦和，尽力拉拢交情，想套问当地情形和贼党是何路数。谁知蒲青虽然年轻和气，却极口稳，马琨每一发问，便笑答道："马兄稍安勿躁，贵友固是伤重不能行动，即便能行，我们曾命人出山窥探，对头因在山内山外紧搜马、陈二兄没有寻到，已然疑心我们有人收留，没想到这次家祖也会做主罢了。今早贼头恰来看他爱妾，得知此事，暴怒万分，也断定人在这里。有心来此讨人，因恐惹翻家祖，不敢冒失。他不知陈兄伤得这重，知道村中不留外人，又和前年那人一样，治好了伤便即遣走，二位早晚终留不住。为此四下埋伏，这座九盘岭被他们堵个水泄不通。除非家祖亲送出山，你们插翅也难飞过，净忙也无用啊！"马琨后又连问数次，蒲青始终守口如瓶，不特主人详情没有问出，连仇敌姓名虚实都不吐露，**不告知马琨，即是不告知读者。设悬念之法**。陈业更见不到。蒲青每日天甫黎明，便往半峰楼上参谒祖父，除两顿饭时匆匆赶回陪客，吃完了饭，收完碗盘立即辞去，归卧都在深夜，说不几句话便道安置。蒲红更从当夜分手就未再见。马琨每日独自一人，枯坐室中，难受已极。有心出门走动，一则蒲青常说仇敌近日窥伺甚紧，颇有入村讨人之势，恐走出去被仇敌窥见，使主人难于处置。二则村中男妇老幼各有所事，自从来到以后，永无一人登门。偶在门外闲立，遇人走过，不等自己点头答话，便即匆匆闪开。蒲青时道"简慢，累客闷坐"，从没请向外间随意走动。冒昧游行，也许不便，没奈何只得罢了。似这样熬了十天。

这晚天雨，蒲青下午回来，吃完夜饭没有再出。马琨向蒲青商说："请向祖太公先容，求见陈业一面。"蒲红忽然冒雨奔入，先往里房换了衣履，再出相见。落座之后，蒲青便问："你那事办得如何？"蒲红道："人已见到，祖父只有一点料过了些，余者都对。那人得知祖父心意，甚是感谢，有封亲笔书信和些礼物带回。行抵山口，竟和去时情形大为异样。最可恨是，那班狗贼竟敢盘查一样，问我何时出山，由哪里回来。依我脾气，真恨不能砍他几个才称心，只为祖父再三叮嘱，回来必有贼党拦路，不许一般见识和他争斗。我身上又带有那人的信，只得骗他，说是黄冈拜寿回来。他们虽没敢深拦，却派人尾随下来。我过木桥时天正下雨，叔祖说对岸有贼窥探，叫我自走，不要回头，由他发付。随听老人家喝骂之声，也没回看，便到峰上。祖父见我没和贼打，甚是欢喜，看信时却流了眼泪，神情很难过。**又一悬念**。陈兄人已清醒，毒还没有提净，他也想见马兄。家祖说今日天雨，叫我回来歇息，告知马兄，明日午饭后同去半峰楼见面。我到正屋和各位尊长见了一面便跑来了，饭还没吃。我知哥哥遇到这样天气，回来必早，必定留有酒菜点心消夜。今晚有什吃的没有？"

蒲青道："你口福倒真不错！我因六弟年幼，半峰楼上又住有病客，怕他一人照应不到，每日前往服侍祖父，早出晓归，到家就睡，马兄来，一直没好待承。正赶今早十五叔由黄冈回来，祖父命他陪侍，谈说黄冈之事。午后天雨，叫我把莫太公送的礼物交与伯母收存，说是晚饭后不用回去，省得楼上拖泥带水。明早起又该十五叔的班，我趁这机会，想和马兄作一长夜之饮。和伯母要了两只风鸡、一大块熟卤肉、半缸桂花酒，又去坡后掘了几斤嫩笋，还有晚饭时剩下的火腿肚儿炖鸡，准备夜里消夜，剩的明日中饭，省得现做。我近来食量小了些，马兄比我还差。适才正想这许多东西做两顿，两个人吃不完，弟侄们又不肯来，要剩到明晚再吃就不鲜了。你来岂不正好？风鸡已托人代煮，少时五侄会送来。那笋一半已放在火腿汤里，一半想现烧来。蘸酱麻油吃。**年纪轻轻，已是资深吃货。一笑。**你要饿时先去做来，我们吃酒谈天，也是一样。"

蒲红道："我来时祖父正吃点心，我随着吃了好些，饿并不饿，没吃什么罢了。你既备有消夜，反正明日无事，自然半夜里吃有趣，况且风鸡也还没送来呢。见祖父时，十五叔不在跟前，急于去见阿娘和寻你，没待多时，也没听祖父说起。怪不得那伙毛贼听我说是黄冈拜寿回转，一个问我：'为什事耽搁，落在后面？'我不知十五叔先到，当他说俏皮话，没好气说：'你管我哩！这山是你们的么？走路还受你们盘查？'他们见我有气，又改笑脸，说：'大家乡邻，因见小哥由山外来，随便谈问两句闲天也不要紧，何必动气？既不爱理我们，你自己请吧。'等我走过，又听一个说：'看这神情不像，多少年的好乡邻，我们平日又尊敬老先生，永没失过什么，怎会为了外人来伤和气？'那话明是说给我听，我也没睬。原来十五叔竟赶在我的前头了。"

蒲青道："单是两个过路人伤了他狗，贼头不会如此看重，这里头定然还有别事。照连日紧急神情，你来时，凑巧有十五叔到在前头，他为人外表比我们和气得多，又认识好些贼党。他带有黄冈土物为证，你说黄冈回来，好些相符，贼党才放你过来。否则照着连日情形，贼头已然气极恨透，如非祖父难惹，虽断定马、陈二兄藏在这里，终无一人眼见。地方既大，其势又不能入山搜寻，暂时无可奈何。祖父料他早晚必请同党中能手来此窥探虚实，决不甘休，你如被他发觉形迹，且不容你脱身呢！他虽不敢明奈何你，只用话一激，不能和幺公一样倚老卖老，故意疯疯癫癫乱说，当然要说实话。只管我们仗义救人不算理亏，他却说我们有心和他做对头，事不就大了么？祖父因已洗手多年，不到万分不得已，决不愿再惹闲事，常说有涵养才是真英雄。他老人家打算不动声色把人救出险地，你没和贼党负气争斗，话又答得合节，再好没有。贼头深知幺公为人和他昔年威名、老来处境，**悬念中再套悬念**。虽在我家，无殊寄居，天大的事都由他自行打发。不和他认真，白吃亏；认了真话，打他不过，吃亏更大。这位老人家又无理可讲，徒子徒孙成名有势的，到处都是，稍微出点花样便禁不起，枉恨得牙痒痒，不能因他伤了人来做借口。其实借口还好，真要把两老当做寻常人家兄弟，事情更糟，转不如各算各账，或者还有翻本之时。所以我们只要不再惹事，贼党便没得说。祖父适才夸奖你，便由于此。"

蒲红道："照此说来，幺公又出手了么？"蒲青道："谁说不是？你走的那天早上，贼头便到，听说山内外追寻已遍，没将逃人追上，不由暴怒。先还慎重，及至发下转牌，分好几路四出查探，有见过像马、陈二位年貌装束的没有。回报俱是无人见到。这一带地僻人稀，生人走过，极为触目。如已逃出山去，万瞒不过人的眼目。陈兄负伤，在贼家强索食物时，又吃小贼婆看去。豺狗爪牙毒重，只一皮破见血，多么结实身子，纵然伤轻，也难逃出百里以外，尤其对时必死，只我家所配灵药能够起死回生。这一来，断定人被我们救来，以为祖父不会再管闲事，定和上次所救受伤人一样，又是幺公救下，向祖父讨药解救。始而打算先打招呼，以兔和上次一般，硬向他讨情将人放走。先命人来说，逃的是他生平大仇敌所派奸细，为了调戏他的美妾，为狗所困。后将两条训练多年，万金难买的异种猛犬杀死，逃来此地，务请看在多年乡邻情面，将人交他，或是自行放出，由他自捉。捉不到拉倒，捉到只要问明不是仇敌所差，也就放脱，决不加害。

"你想幺公嫌恶他们已非一日，正熬不得，如何有好脸嘴？阴阳怪气，真真假假，把来人挖苦一顿。来人识得厉害，没敢惹他。回去不知怎的，会换了个冒失鬼来。幺公始而不认人在山里，继又答说：'譬如人在山里，交你太失面子。我姓蒲的生平没吃过这亏。如由我放，你们不说捉不到拉倒吗？那就譬如捉不到好了，寻找作什？'来人吃他时有时无，疯疯颠颠，气得没法，情急拼命，中了诱敌之计，追将过来。不知幺公用什方法，来人才走上桥头，木桥倏地扬起，人便失足下落，偏又吃一根细麻绳套在脚上，吊在半悬空里。麻绳太细，如若用力上援，非断不可，落下去便粉身碎骨。尤其幺公养的那只小花猫，也跟着淘气，扒在桥上，那人一动，它便用爪乱抓麻绳，吓得那人不敢再动。还算学过一点轻功，提稳着气倒吊在那里，上下不得。幺公便叫花猫陪他，自去石室中睡午觉。**应了当今网语："一杯寡酒，唯花猫相伴"。一笑。**"

"直到下午，贼党见那厮久出不归，着人寻求，仍是干看着急，不能救他上岸。那宽的涧岸，吊在当中，如用套索，人是可以套到，撞在崖上还不是死！无计可施，只得忍气高喊，说好话。有好一会儿，幺公才半理不理地走出，大骂：'这厮犯了昔年各不相犯之约！照理不是我们答应，他的人不敢过涧一步，和我们的人不是他先答应不能踏他寨门一样。自己失信无礼，又没本领飞渡，以为木桥放落，可以现成跑过。不料踏错地方，桥自悬起，如非桥上有这么一根逗猫狗玩的麻绳恰巧将他套住，掉在涧里送命，你们头子还当我害他的呢！自不小心，活该现眼，怨着谁来？我老头子孤身一人，借住在堂兄家里，村中没有房子可住。爱这收放木桥的小房清净，出入方便，暂住在此。除一只小花猫外，室中并无一人。你问这厮，是不是自己骂人，硬要过来，桥自悬起，我老头子可曾动过什手来？真要打也容易，我决不过涧来欺负你们。桥这边又是我堂兄地界，他爱清闲，我在此只是借住，不能给他惹事，是人不是人都引了来。我先将这厮救起，不管你们人多少，我只一人，就在这桥上分个高下。还有那桥吃他一跳，压住机簧，收放不得。须先把人救起，才能放平。你们躲向旁边，省我过来时撞倒了你，又说我倚老卖老，以大压小。'说完，人早站在崖边，施展他老人家当年绝技，使一个'燕子抄水'的身法，脚登崖口，往对岸平穿过去，飞到中心，就势凌空捞了那厮，带将过去，同向对崖落下。

"这先后来的两个，都算是贼党中好手，本心还想人救下后，再拼个死活，遮遮羞脸。一见那么宽崖岸，空身飞越已属万难，中途还将吊的人救下，挟起同飞，身子和箭一般平直。这等功夫，他们做梦也未见过，如何还敢动手？无奈贼头法令太严，没有落实头绪，怎好交代？先一个连急怒带惊吓，目定口呆，忍气吞声；后一个又拉丑脸，假套交情，恭维幺公，说好话。幺公一味瞎说，也不说有，也不说无。二人软硬全没用上，含愤回去，由此连渡口带附近一带高处，便常有人在上往我们这里窥探。没有几天，忽有一贼乘着阴天黑夜，由下流僻静处用套索偷渡过来。你想幺公是什等人物，入山又只渡口一条必由之路，怎能瞒过？吃幺公一下擒住，制了个半死。因见来人宁死不说何人所差，是个硬汉，料是为友而来，本非贼党，儆戒了几句将他放掉。幺公手重，那人回去纵不残废，也须将养些时。贼头屡失面子，恨入骨髓，只不过心中顾忌，没敢十分叫明罢了。"

马琨一听，事正紧急。以蒲氏祖孙这等本领，对于贼党尚未轻视，仇敌厉害可想而知。细查主人对待陈业好似十分关爱。否则照蒲氏兄弟语气，蒲老早已高蹈，不问世事，如换别人，只管遇上，也不肯仗义援手，决不会如此尽心尽力。连蒲红次早出走，都似于此有关，不是偶然相值。明午见了陈业，就他不肯吐露，也可看出两分。自己久留在此终不是事，他如真和主人有什渊源，硬教他转求主人，勉为其难，好歹先把自己护送出去。一则省得强敌严伺，夜长梦多。一旦露出破绽，彼此都有未便。二则钱复被困日久，母姨均不知情。虽然独自回去无什效力，到底师父也还有些老友。这次回去，给他一个病急投医，乱钻乱闯，是知道的地方，挨次寻遍，也许能够寻出道路。天下事难说，万一凑巧将人救出，岂非绝妙？怎么也比枯守这里强些。主意打定，便向蒲青打探出山道路，可有什隐秘捷径无有？

蒲红笑道："马兄想抛了陈兄独自抄小路逃出去么？怪不得有人说你和陈兄虽是一盟结拜，心志迥乎不同呢。"马琨吃他道破心事，索性老了脸皮答道："并非不顾朋友，临难先脱。只缘家中尚有急事，家母独居山中，盼归甚切，好些难言之隐。便此次误走山路，也为心急回家之故，不料求速反缓，惹下这场祸事。如非祖太公和贤昆仲仗义相救，岂能幸免！如今敝友伤重难行，外有仇敌环伺，本不应即时离去。无如家中之事，关系更重于此。明知此行险难甚大，无奈事情急如星火，也说不得了，心迹久而自明。敝友归心之急更胜小弟。事情本应奉告，只为丢脸之事羞于启齿，现时又系敝友一人主持。前者已为小弟心粗糊涂延误至今，不堪再误，所以未便明言。实不相瞒，小弟身虽在此，每一想到家母和那急事，心便如刀割。兄久居在此，不特山路熟悉，更有家传绝艺，令祖老太公更不用说。好在敝友托庇府上安如泰山，小弟留此并无益处，如蒙鼎力设法救助，使能起身回家，感谢不尽！"

蒲青闻言，只望着蒲红微笑。蒲红初听时面色似稍不快，听到后来方始转和，笑答道："贼党与我们居此山中年月差不许多。

家祖入山，算来还在他后。纵有捷径，双方俱都熟悉。此时防守正严，要想偷渡陈仓，如何能行？明走倒可。他和我们邪正不能并容，只不过他们恶行虽著，本山只供屯粮之用，素少劣迹，又知敬畏，才得容忍至今。本来一水一火，无所顾忌，也不怕他那些埋伏堵截。一则家祖说反正他们今秋俱当遭报，乐得听其自生自灭，何苦多费手脚？二则马兄的事虽然未说，小弟年轻愚直，有口无心，不怕见怪。以马兄行径，独自回去不特无什效果，或者还要因而多事都说不定。最好稍安勿躁，等陈兄伤愈复原同行稳妥得多。荒山僻野难留嘉客，马兄行意已决，自然未便强留。我们既能延客入山，自会送客出去。且等明午见了陈兄，从长计议。如真非走不可，愚弟兄自会禀明家祖，或明或暗，总使马兄平安出境，渡过一切难关好了。"

马琨听他语多讥讽，钱复的事也似知底，虽然有些难堪，且喜如愿以偿，居然允将自己护送出门。蒲青并无异言，可知实能办到，乃弟所说不是大话，不禁宽心大放，暗中欣幸已极，也无心再计及主人话中有刺，没口称谢不迭。

正说之间，忽听中屋外间有人叫门。蒲青出门，一会儿端了一个提盒走进。蒲红急问道："送东西的是刚侄么？"蒲青把头一点，蒲红忙即追出，推门喊了两声，并无回应，进房埋怨道："我正想见他，哥哥怎不把他留住？同玩一夜多好！"蒲青道："我怎没留？他偏仍咬定那晚的话，说在平日我们不要他，还赖在这里呢；今夜却不愿进来。随便吃酒闲玩，不好拿出长辈架子强逼，外面雨大，周身通湿，只得放他走了。"说时，蒲红已将提盒打开，内里装着两只新蒸就的风鸡和大盘热气腾腾的笋肉包子。马琨瞥见盘底压着一个纸条，上写："侄儿不愿见那人，今晚恕不奉陪。明天想到西山口逗老兔子，红叔当有此胆智也……"底下还未及看清，**始终影影绰绰**。已被蒲青一手拾起，略看了看扯碎，塞向字纸篓内。

蒲红正撕风鸡，没什留意，笑问："刚侄又有什花样？"蒲青道:"总归顽皮,他还有什好事?停歇再和你说,没的叫外客笑话。"随对马琨道:"这是六舍侄,名叫蒲刚,年纪才得十四岁。因他小时多病,从断奶起便随家祖起卧了六年,颇得家祖怜爱,学了一点手脚,专门爱打抱不平。他如看人不得,什顽皮事都做得出。幸是个眼软不服硬的脾气,有那晓得他性情的,看他年轻,让他一点,也就罢了。否则闹起来,不做到淋漓尽致不肯歇手。后山毛贼常吃他的苦头,虽然暂时还不晓得对头是我家一个顽童,我总怕他将来撞到定头货,吃上苦就不小。劝又不听,真没有法子!"蒲红看了马琨一眼,笑道:"其实遇上他作对,只消服个低,不就完了么?至于碰钉子的话,他一个小孩子家吃点亏,也不算十分丢人。何况还有那位老人家在后头呢,怕点什么?"蒲青道:"你还说呢!他一个人反还不够?都是你们老小两个给他长的志,要不也没这大胆子。"蒲红笑道:"你说老幺公还差不多,我本事还没他大,能长他的志么?"蒲青道:"你少说。好些坏主意,不是你给他出的么?早晚被祖父晓得,看你两叔侄受用!"蒲红道:"你当祖父真不晓得么?我们有什事情能瞒得过他老人家?还不是疼爱刚侄,装不知道罢了。"蒲青微怒道:"红弟连祖父也议论起来,胆也忒大了!"蒲红脸上一红,不再答言。

这时雨势更大,四围竹树吃风雨吹打,汇聚繁喧,聒耳如潮。蒲青早把小泥风炉搬来房内。三人一边烧剥竹笋撕些鸡肉就酒,一边随口谈笑。马琨恃能说,心欺主人年幼,不曾出山远游,便把近来足迹所经当作谈资,尽情加以粉饰。先说起黄冈之行并莫家做寿盛况,渐渐谈到故乡各县景物。蒲青还不怎样,蒲红只是微笑,不赞一词。马琨忽然警觉,想起蒲红离山多日,看这神情,莫非所去之地便是金华?心方一动,猛又听得有小孩敲窗,高唤"红叔"。蒲红忙答道:"刚侄怎不进来消夜?这般大雨天还不睡,雨地里跑来跑去作什?"窗外小孩道:"你快出来,太幺公喊你呢。"蒲红闻言,答声:"你等一等,我换好雨衣就来。可要带点吃的去?"小孩答道:"不要,那里都有,家伙却要带上。今晚我们就睡在那边了。"蒲青喝道:"刚侄!大雨夜深,你们闹些什么?"小孩答道:"青叔你不要管,这是太幺公做的事,我不过传句话吧。"说时,蒲红已急匆匆跑向里间,一会儿穿了一身油绸子制的雨衣帽裤,背插钢拐,腰佩镖囊,走将出来,说:"哥哥陪马兄吃完早睡。太幺公喊我有事,明日午后,峰楼见面再说,今夜我不回来了。"说罢转身就走。蒲青连忙追出。

马琨听二人语声颇低,寻一窗隙往外一看,窗外大雨如注,由明视暗,什么也看不见。一会儿微闻门响,便见一大一小两条黑影,在窗前灯光微映中横越而过,其疾如飞,一闪即逝,除雨声哗哗外,更听不到别的声息。尤其那小的一条黑影,身法更快,知是蒲刚,好生惊服。暗忖:小小年纪如此身手。蒲青弟兄的本领虽未实地领教,看行径也比自己要强得多。平日自恃师传本领,解数神奇,别有心法,妄作聪明,不肯下苦用功,连那十几手绝招杀手也都不曾到家,便心高气傲,目空一切。虽知这一次走到江湖路上,到处都是荆棘,蒲氏全家老少个个能手,师父对于江西诸名家都常述说,单没提他,此老已隐此多年,难道师父就会毫无所闻么?正想着奇怪,忽听蒲青笑道:"马兄不日便可回里,不必愁思。再吃点东西,请安歇罢。"

马琨回头一看,蒲青已早回坐原处,知被看破,自身是客,不该窥觑主人动作,随口遮饰道:"令侄一点年纪,竟有如此本领,令人佩服。小弟枉自痴长几岁,什么都未得着门径,真愧杀了!"蒲青笑道:"令师钱老先生有神拳祖师之称,马兄是他高足至亲,岂有不济之理?舍侄算得什么?听说近来江浙一带小辈弟兄中,着实出了几个好手。有一个外号黑摩勒的,天生奇资更是出奇,年纪也和舍侄相差不了多少,那才令人佩服呢。"马琨听他提起钱应泰,分明自己来历行径俱已深悉,只当陈业所说,起初未打出师父旗号,不便多说,随口敷衍过去。蒲青又说起黑摩勒的身世为人和那一身本领。马琨一听,世上竟有这等年幼的异人,越发惊奇,由此便记在心里。谈过一阵,各自安歇。**插一笔,照应主干。**

次早醒来，听中室内有人说话，好似蒲氏兄弟之外，还有一人。语声甚低，听了一会儿，没有听出。蒲青忽在外唤道："马兄醒了么？"马琨答道："刚醒，今早又起晚了。"蒲青道："晚并不晚，家十五叔来了。"马琨知来人是蒲青的堂叔蒲江，新从黄冈回来。他拜完了寿，又耽搁这些天才起身，和莫家交情深厚，可想而知。自己出丑的事，不知晓得也未。又没不见之理，只得应声赶即扒起，穿好衣服，蒲青已把洗漱水端了进来。马琨慌忙接过，歉谢连声。

蒲青低语道："事也真巧。马兄昨晚想家，送你出山虽非至难，到底也费手脚。今早天才亮，十五叔便冒雨来此，说昨晚贼党要乘雨夜偷入村中查探，马、陈二兄如仍藏匿在此，自非大举约请能手，借口与我们拼个死活不可。便不在此，只要探出了我们放走，也是不肯甘休。不知怎的被刚侄知道，将红弟约去，同到白龙涧吊桥附近埋伏，先已吃幺公擒到一个，后又来了两个，用索抓飞渡的。刚侄容他渡过，冷不防抢过索抓，丢向涧底，断了来人回路，再和红弟同出动手。这时天交半夜，雨也渐住。来人武功实是不弱，按说刚侄还可应付，红弟却是稍差。幺公脾气，照例只许人一对一，不许倚多为胜，见来人只得两个，便在旁观战，没有上前。所幸路生天雨，来人久闻家祖和幺公威名，自觉深入重地，势孤境危，不免有点心慌胆怯。刚侄又刁又狠，和他动手的一个，才一照面便中了一三棱刺，和红弟换了个，才得打个平手，整打了一个更次，未分胜败。贼党后面还有一个望风的不曾过涧，闻得对崖同党喝斗之声，情知不妙，忙即归报。老贼原在附近等候，因后来这两个俱是他的好友，路过相访，自告奋勇前来，如若失陷，丢人不起，得信情急，忙即率众来救，准备与幺公拼命。刚到涧边，正待喝骂，向幺公叫阵，恰值三家叔回家省亲，还和一位姓甘的老前辈同来。因在路上管点闲事耽搁，到晚了些，恰好遇上。同时幺公见红弟、刚侄久未得手，也自不耐。又听先擒那贼供说，贼头近听爱妾兄妹之言，说我们近年屡屡恃强欺人，与他为难，两雄不能并立，必有一伤，与其等将来吃了大亏再破脸，何如乘他隐藏逃人，其曲在彼之际，和蒲氏祖孙分个高下。能将蒲家轰走自好，不能，索性弃了这里，并入老巢，日后再打报仇主意，也倒省心。老贼耳软，竟信枕边之言，连日四处约请能人，不是同党中还有几人持重作梗，早来犯了。今晚决定先探逃人下落，以定计较。就你二位不是我们救走，人早出山。因他手下已被幺公连伤了几个，怎么也要捞回一点面子才罢。反正仇怨已结，便将红弟、刚侄喝退，空手上前，将来人一齐点倒。

"甘老前辈和双方都是熟人，**此老又来。一生和稀泥也。**先遇老贼，问知底细，硬行出面打圆场。老贼久知三家叔不但自身本领高强，又精剑术，尤其一些师友俱是当世最负盛名的人物，真比幺公还要难惹。他不知三家叔每年必定归省，只听说出家入山，从师学剑，永无归期，想不到会在此时回来，如非有甘老前辈同行，当晚这老贼定吃大亏，弄巧身败名裂，命都不保。起初只当家祖不会管这类闲事，来和幺公拼命，也只凭着一时盛气，原无把握，只已率众来到，不做也得做。到时心中恐已发寒，再见三家叔，自然越发气馁，巴不得有人出头解围，立即卖了面子，说了几句场面话。意思仍想查问人在这里也未，不交出也行，至少必须说出来人姓名来历，看是他仇家所差不是。三家叔不知就里，但知老贼不会无因而至。他性情宽和，不轻与人争持，又看朋友面子，**性格各异，故事发展的向度便随时有变。**与甘老前辈一同飞身过涧，见了幺公，问知就里，因明人不做暗事，已将二位来历说出。告以实是路过，因贼党故纵恶狗伤人，逼得无法，将狗杀死，现被幺公救来，尚未痊愈。令老贼回去追究，如果所说不实，我们必将二人交出，不伤多年邻里和气。否则我们不能见死不救。济困扶危，谁都应该。不但人不交出，还要令他处治他那无故纵狗伤人的贼党。老贼素性多疑，本料定你们是他仇家所差，一听不是，知我们决不会假，所说如实，情理上说不过去，只得认了晦气答应。反是那被幺公点倒的二人不肯甘休，约我们下半年在一个地方相见，说了几句过场话，径和老贼作别而去。先擒小贼被三叔放掉，只家祖一层未对老贼说起。事情都推幺公和红弟所做，总算交代过去。家祖得知此事，便令十五叔传话，说三家叔午饭后尚须出山一行，正好送你。早点后，可往峰上去见陈兄作别，不必等到午后了。"

马琨闻言大喜，忙即感谢。蒲青还要往下说时，马琨洗漱早毕，觉蒲江一人枯坐外室，尚未礼见，笑问："我们谈得久了，十五叔在外，等我拜见之后一同领教吧。"蒲青低语道：**蒲青宽和，与红、刚、江均异，利于叙事。**"家十五叔性情古怪，难和生人投缘。最好不要理睬，由他去，也不可见怪，嫌他简慢。他实是天性如此，只一处久，就自然好了。马兄今日要走，何必白费口舌，我尚有事，不能奉陪。你只在房中，等吃完点心再出去相见，稍微请教，便随他走。十五叔也是爱干净，昨夜一场大雨，现仍小雨未住，多好功夫的人，上半峰楼去，也难得不会弄脏的。我如非有事覆命，今日不该班，正好不上去，省得受十五叔的教训。我是小辈，又没法分辩，你没上惯想必更难。要是一身水泥糊涂，怎见家祖？你可将我雨衣鞋帽穿去，到了上面一齐脱下，扔将下来。回时身上湿污与否就无关了，三家叔又不在乎这些。"

马琨屡听老主人生具洁癖，随口谢了。时天还早，蒲青也是刚起不久，未用早点。依了马琨，不吃就去。蒲青说是不忙，自去端来点心，和马琨吃完。出房一看，蒲江已早走去。蒲青取来雨衣鞋帽，与马琨换停当，才见蒲江走来。马琨礼叙之后，见蒲江年比蒲青略长，身材瘦小，二目炯炯，神光足满，通身整洁，暗忖：外面雨还未住，满地污泥，他衣服干净，还说打得有伞。这鞋靴怎会又新又干净，一点湿迹俱无？心中奇怪，便留了神。蒲青笑问道："祖父早课未毕，十五叔就上峰去么？"蒲江道："可令他两个先会面，早点无妨。"马琨因有先入之言，自居后辈，执礼甚恭。蒲江只是冷冷地说得声"走"，便当先出门。

马琨见他随手在门外拿了一样东西，跟出一看，乃是一长一短两根木棍。长的一根，上面张着一个油布伞，一到门外便腾身平起，脚不沾地，以手代足，鹤行鹭步一般向前走去，却不甚快，才知靴鞋不湿之故。只不知那峰如何上法。回顾蒲青，挥手催行，忙择水泥较少之处，一路纵跳赶去。一会儿相次到了峰下，绳梯已先悬在那里。蒲江道："我先上去等你。"说罢，将左手短棍往泥地里一插，深入尺许，跟着身子往上一起，轻轻落在棍头之上。随将伞放落少许，成了活的，不会撑满，然后一手握着伞轴，一手握柄，倏地一收一放。下面单足在棍头上一点劲，**此中直升的动力原理可用来改进阿帕奇。一笑。**人便凌空直起。上到三丈来高，势子一衰，眼看快要下落，蒲江又将右脚踹着左腿，身子一屈一伸之间，手中伞又是一收一放，人更高起，接连两三下便飞向峰上，不见人影。耳听峰腰上喝道："你就上来好了！"这类五禽轻功，马琨虽常听师父说天山狄家叔侄弟兄俱精于此，但是运起来，也只平地飞身到了空中，只能在停处显些解数身法。前后左右改道斜飞，至多作上两个盘旋，上时快慢由心，除狄梁公已成剑仙，绝迹飞行，又当别论，如想节节升高，却是万难。蒲江身法虽与所闻不类，似这样只凭一把伞便可平地升天，休说眼见，连听都未听说过。蒲青还说他本领不过比己略强，在蒲氏全家中比起来只算中中，余人可想而知。哪里还敢怠慢？闻声立应，飞步往上便纵。

那绳梯最下一层，离地也有丈许，大雨之后，泥泞土软，又滑又粘，峰腰上更挂着好几十道大小飞瀑，风一吹过便淋漓满身，凉气逼人头面，气都快透不出。马琨又恐把衣服弄污，越矜持越使不上劲，纵了两次才到梯上，冒着积溜新瀑，援梯而上。梯是软的，下面又没系住，由峰腰上直垂下来，长而且仄，本来无风自摇，风势再大，越发左右摇晃。中间好多处都扭结成条，无法解开，足不能踏，只得用手援上，有好一会儿才到峰腰石崖，**还珠有软梯经历，深知甘苦。**崖口藤草附生，水泥杂沓，等翻身而上，通体已是水泥污染。因上时蒲江催唤，到了崖上，雨势忽又转大，见蒲江已早纵向楼门以内，一时疏忽，忘了蒲青之诚，冒雨往前便跑。快到楼门，还未走进，蒲江忽又跑出，低喝："你快停步！这样就往里跑么？"马琨这才想起主人父子俱有洁癖，并且雨衣帽兜也还未往峰下扔落，不由脸上一红，连声道歉，自告冒失，拨头往外便跑，才一转身又听蒲江喝道："回来！雨这样大，你就落了泥衣，岂不还是淋湿？"马琨回身立定，进退两难，不知何是好。蒲江仍寒着一张脸，指着左角道，"那楼角底下有一鹤棚，鹤早有事飞出。由那里可沿楼檐进来，不走雨地，你可那边去，将雨衣鞋套帽兜一齐脱下，再进门来好了。"马琨赔笑道："来时青哥叫我上峰时把雨衣抛下，想必还要穿着呢。十五叔有伞借一把用，好么？"蒲江道："叫你脱你就脱，哪有这些啰嗦！"说罢便自回身，先往里走。

马琨见他声色俱厉，实是难堪，无如托庇人家檐下，无可如何，强忍着一肚子气。**典型情景：身在矮檐下，怎敢不低头。**转过楼角，果有一鹤棚在彼，甚是洁净。忙把雨衣鞋帽一一脱下，就着檐溜略微冲洗污泥，叠好放在棚架之上。由棚侧纵向楼檐台阶，再向正门绕进，因蒲江未在，人又不好相与，未便冒失乱走。守候了半盏茶时，蒲江才由楼上走下，低语道："老太公现在习静，不喜吵闹。你那同伴现在楼中屋里，不能够下楼来，你须轻脚轻手上去，说话也放低声些。否则我这人不会客气，莫怪我说话不好听。"马琨一面忍气赔笑，心想早起还听他叔侄们在外屋有说有笑，蒲青还说他从十四五岁起便在江湖上跑，年纪不大，交游甚广。自己初会乍见，自居小辈，十分谦恭小心，并无一毫开罪之处，为何这样说话丧谤，又干又涩，一点不近人情？蒲江说完了话，依旧先上。马琨见他脚点轻极，知老人耳音更灵，连受叮嘱，哪敢大意？随着提气蹑足而上。

蒲江到顶回望，面上又带轻鄙之容。马琨只一味谦恭忍耐，恨在心里。先以为对待陈业必也如此，及至随进前楼一看，仍是那晚初会老人的房间，陈业卧在一个铺有厚毡的小竹榻上，马琨进门才睁开眼，低唤了声"大哥"，并未坐起。面容较前清瘦，看神气似是大病初愈，先不在此，新由别屋搬来。蒲江对他却好，不特神情和悦亲热，招呼尤极周到。马琨自从避难遇救来此，和陈业尚是初见。连日暗中观察，蒲家定是隐名前辈英侠，决非寻常人物。底细来历，蒲青毫未吐露。自己这一面的实情，不知陈业对人说出也未？见蒲江老在榻前盘桓，不肯离去，人又机智异常，惟恐漏口惹出事来，正想措辞探询。蒲江看出他迟疑神情，作色低语道："这楼上没你多待的时候，陈世侄重伤初愈，本难见人。因他说和你已做一路，想要回去，知你行时必有话和他说，定要见上一面，为此才许你到此。他须保养，不能多说，也实没有什话和你说，你如无话，就该回去了。"陈业见马琨脸带愧色，忙代答道："世叔不要见怪，马大哥原是听我嘱咐在先。初次见面，恐把话说错，所以踌躇，小侄对他一说，就明白了。"

蒲江拦道："你元气亏耗太甚，不可再劳神耗气。他既吞吞吐吐，我来代你说罢。"陈业谢了。马琨见陈业只说这几句话便自面红气喘，知道起初必甚危急，嗣听双方口气，直是世交至好。自己是陈业盟兄弟，理应爱屋及乌，为何待遇相差，如此悬殊？心正不解，蒲江道："你奇怪么，陈世侄以前和我们不特素昧生平，彼此连姓名都不知道，到此才论的世交。这些与你无干，不必说了。他每日只有子时服药后那一会儿，可以多说几句话。你的来意，他已说了一个大概，本来不算什么。一则事不干己，老太公近年不愿我们无故和人生事，你那老姨父为人又太好一点，所以不愿插手。只好等陈世侄体气复原，再作计较了。你回去任便，不过现时江南各省，除却黄冈莫老、丐仙吕瑄、南明老人和老太公等有限几位，要想向花老乞婆和老刺猬手里将人要出来，不论明做暗做，全办不到。你此番回去，最好老实一点。瞒着你母姨，静等陈世侄回去再办。老乞婆见小钱还有点骨头，想磨折成她的党羽，只不胡乱想逃，或犯她的大忌，不过多在她家住些日子，人决无害。你如胡乱找人，闹出些事故来，就难说了。我们是无心相救，你不用承情，但老太公隐居以来最爱静，不喜人来走动，你不可再向外人乱说。凭你这样，也决寻不到高人。你那姨父钱应泰，现在新疆焉耆八角洼朋友堡中养伤，一半年内不会回家。他那儿子也未必是什好种，就此磨练，于他反倒有益。陈世侄体复回去再办，决来得及。话已说完，听不听由你。至于那贼是谁，你也应该知道。日后遇上，好有防备。我懒得说，你到下面去问青侄吧。"

马琨听他说话带着教训口吻，心虽不快，无可如何。陈业不能多言，蒲江已知己事，明说出来，再多说话，徒受抢白。便和陈业略微叙别，并对蒲江说，求见老村主，拜谢告辞，蒲江道："三哥未回以前，老太公本打算容你同见。现在时候提前，老太公现正用功，如等下午，三哥走得如早，没人再送你出险了。话我替你说到，我三哥吃完午饭，说走就走，没有准时。你快回去，早点弄饭吃了，等着吧。"

马琨原知蒲老孤僻，蒲氏全家，对己轻视，见也无益。倒是目前因杀狗而起的对头声势颇大，不知何等人物？现得蒲家护助虽可无害，异日狭路相逢，却是吉凶难料。以前屡问蒲青俱未明言。蒲江既令问他，想必肯说。行期匆促，实应问知底细，好作打算。随向蒲江客套几句，托向老村主代为叩谢救助之德。蒲江微微点头，便催起身。马琨见陈业面目凄然，似颇惜别，满肚皮话无从发问，心里也觉发酸。主人已示逐客，不便久留，只得致了保重，作别下楼。先到鹤棚，见雨衣帽鞋尚在，重又穿上，走向崖口，援梯而下。

回到坡上住处，蒲青已不知何往，午饭业俱已备齐，放在火旁，菜颇丰美。因想打听山外对头底细，不知蒲青何时归来。蒲江恃强孤傲，乃兄本领更大，想必更难说话。方自发急，无意中推窗遥望，偶一抬头，瞥见左侧半峰楼崖上有一条白影飞落，到地化为两人。一个正是蒲红，另一人是个中等身材的白衣少年，落时直似飞仙下坠，身法之轻灵美妙，从未见过。这时雨势又小了些，空中湿云似奔马一般急驰，天色似有晴意，到处林木，烟笼雾罩，满地都是积潦。少时落在一块山石上面，手里依旧挟着蒲红，朝那无水的石地上纵去，一纵便是七八丈远近，接连十几纵便到坡前。马琨正看得出神，忽听身后有人唤道："马兄回来恁快，陈兄见到了么？"回看正是蒲青。随又说道："那便是三家叔，红弟便过继在他名下。有家叔护送出山，当可放心了。"马琨便把前事说了。蒲青道："十五叔生来这样脾气，不似三家叔有涵养，只一投机，头都割得下；那人行为要不对他心思，不愿意全拢在脸上，谁劝也无用。我们相处这些日，总算缘分。依我看，马兄为人不过忒聪明了些，所以容易生事。听说陈兄人就长厚，因此到处受益，被人看重。其实我们年纪都轻，如能处处反躬自省，行事一合轨道，日久不特样样进境，也受人看重了。"**热心人，衷心语，其奈对牛何？**马琨不知蒲青为人情热，语有深心，暗想：初来不久，无什劣迹落在人家眼里，陈业更不会背后道人短处，为何说出这等话来？随口应了。回看窗外，叔侄二人已无踪迹，笑问："三叔令弟怎未到来？"蒲青双眉微皱，答道："三家叔定往中屋去见二伯母说话去了，须要午饭后才能来此。我们先弄饭吃，吃时再谈那老贼来历行径吧。"马琨也觉腹中饥饿，便帮同料理。一会儿盛好菜饭，蒲青又把昨晚吃剩的家酿美酒取出同饮，一边谈那贼党之事。

马琨才知为首之人名叫胡南旺，昔年乃浙、赣交界水陆两路的大盗。**揭开谜底。**因他生来面白如玉，现年已逾六十，并未留须，依旧一头黑发，看去不过四十来岁。又练就一身好轻功，江湖上都称他为"老玉郎""飞天神虎"。近年本已算计退隐，只为手下人多，相从年久，徒党不肯离去，食用浩繁，昔年所积金资又被妻妾把住，**大强盗也是"气管炎"，呵呵。**虽有好些田庄，仍不够用，为此每年中总要出两次手，做上两批大的才罢。九盘岭是他粮仓，他又好色好酒，老不死心，新近得了一个美妾，因恐悍妻知道不容，在山口外置了一份外家，借着巡岭为名，常来盘桓。自忖年老，妾又淫荡，越爱越不放心，特地把他两条最心爱的豺狗弄来。又因妾兄杨和原是心腹党羽，便命他调养恶狗。除他以外，无论何人，只一进门便纵恶狗，咬杀勿论。以为这样外人决难入门。谁知那妾天生水性杨花，先见乃兄把她献给头子为妾，本已不愿，只为从小失母，素畏杨和凶狠，不敢倔强，胡南旺虽老，身却健强，望如中年，初还相安。无如胡南旺的老巢在雁荡后山，相隔颇远，不能常来相伴。山僻烦闷，渐和杨和吵闹，要出门游逛。杨和因妹子最得头子欢心，不敢过于拘束，先只陪了在附近山中游玩。

那管本山粮仓的头目名叫柴梁，是个色鬼。胡南旺原命他就便留心照料，并在楼角设有告急灯号。久闻妾美，心痒痒的，不得见面机会。这日听手下人报说，看见小夫人入山游玩，立即备了酒食果点往献殷勤，就便一看如何美法。柴梁乃胡南旺的外甥，年轻体健，又善巴结体贴。两下一见，便有了心思，终于由那妾将杨和用酒灌醉，将狗锁好，与柴梁勾引成奸。等杨和知道，两下已打得火热。既不敢举发，奸夫淫妇再一胁迫利诱，反被说通，拿楼角红灯做了通奸来住的信号。日久被蒲氏兄弟路过探出，**狗仔队！**蒲老不许子孙多管闲事。胡南旺爱那妾如命，上次杨和带着狗，随奸夫淫妇出来闲逛，恰值一人路过，也是纵狗伤人，见不能取胜，一拥齐上。那人名叫卞真，武功颇好，寡不敌众，落荒逃走，吃狗追上，刚抓伤了一点臂膀，本难活命，因在无心中惊动崖上蟠伏的一条大蟒，和二狗恶斗起来，才得逃走。仗着受伤不久，所逃之处正是入村路径，村中刚有人出，洞桥放落没有悬起，遇的人恰是蒲菰，般般凑巧，没三天便即治愈。二贼寻来，人未交出，硬给送出山去放掉，本已结下嫌隙。这次马、陈二人一来，结怨自然更深。现时虽畏蒲家祖孙叔侄本领难敌，终于不肯甘休。

马琨曾听钱应泰说过胡南旺的厉害，好不心惊，且喜底细得知，日后遇上还可趋避。当时谢了指教，又托蒲青代向蒲老诸人一一致谢。说完，饭已用毕。马琨终觉蒲氏全家这好武功，定有极大名望，况且隐居江南，竟未听人说过，枉在人家住了这些日，名号来历全都茫然，岂非笑话？随又设词探询。蒲青笑道："马兄在外面没听说过家祖么？这也难怪。实不相瞒，这里本是寒家世业。家祖同母弟兄共是三人，家祖居长，幼年离家，远赴巴蜀深山之中从师习武，年满三十才在外走动。时值明季，逆阉柄政，爪牙密布，流毒天下。家祖专行侠义之事，因恐连累家中，只管威震江湖，也不回家看望，从未用过真实姓名。二位叔祖谦和方正，治家甚严。全家老少男女虽从家祖学会武功，只用以防身御寇，从没和人争斗。家祖夫妻又远居异地，江湖上只有限几人知道底细。近十年来，家祖母去世，家祖才率了本房子孙归隐。寒家人丁虽多，家祖只生先父和三家叔二人。先父名源，三家叔名漪，在外也是轻易不露真名。胡南旺因是近邻，加以年老，见多识广，才被知道几分。倒是家族叔祖昔年门徒甚众，性情率直。江湖上提起蒲菰，知道的人还少；若提起天山鹏，就没有不知道的了。"

马琨一听，那守涧桥的蒲幺公，竟是当年名震西北的天山鹏。前听师父说他，已被仇人暗害惨死，不想隐居此地，心中一震，忙接口道："幺公便是当年在甘肃兰州金天观雷坛大会擂场上，独力劈四魔，飞脚踢死'滚地雷'，外号又叫'生死战笔'的天山大鹏卜五先生么？那'卜五'二字一定也是同音借用的了？"蒲青答说："正是。"马琨连受挫辱，本意回家办完钱复之事，便从名师下苦习武，这一得知蒲氏诸人底细，忽想起现放着好些盖世高人在此，为何还要回去，舍近求远？心方一动，又想这些人都重孝义，方以省亲为名求他护送，忽然中变，不好措辞。

正踌躇间，蒲漪、蒲江二人已然笑语走进。蒲青忙即起立，为马琨引见。蒲漪人果谦和，与蒲江判若两人。礼叙之后，蒲漪便说要走，令蒲青借身雨衣与马琨。将衣包取来，用油布包好，又问马琨:"盘川够不?"马琨极口辞谢才罢,随向蒲氏弟兄作别,随了蒲漪走出。马琨见蒲漪中等身材,看去不过三十来岁年纪,貌相谈吐无不文雅,一点看不出有什惊人的武艺。因和马琨同行,穿着蒲江的雨衣从容上路,和常人一样,也不矜才使气。一会儿走到村口危崖,先去崖上,见了蒲菰,马琨又称谢一番。蒲菰仍那么老气横秋的,略微应声,转对蒲漪道:"三侄见了那人,急速回山,我还有话对你说呢。老贼为人阴险,经了昨晚这一来,表面似已说开,日后终于难免生事的。天门三老,他虽相识,请来与我们为敌,人决不肯。你父子再加上我,差一点的,哪敢虎口拔牙?据我猜想,他只有狗贼秃和花老乞婆可请。一个有点邪门鬼道;一个自身本领还在其次,好些老相好都有一两下辣手,可以转请,弄巧他都约来,好让我尽情跳进一回,省得精力老没处发散,也是好事。"蒲漪笑道:"幺叔想左了,花家老乞婆现时有事,怎能来此?老贼秃行踪不定,听说花家也正寻他。老贼交情没花家深,就肯来,也必等那群叫花子金华北山讲礼分出胜败之后。可是这面请有丐仙吕瑄,外加那多年薪胆的仇人劲敌,如何胜得了呢?到日我们本应前往助威,爹爹亲往都说不定。这样倒好,一举两便。等侄儿回来,探明老贼用意,索性两下叫明,令他自去约人,就在花子讲礼那天分个高下好了。"

蒲菰又问:"甘老头走了未?"蒲漪笑答:"这位甘朋友真是好人!他和我做平辈相交,还可说年岁差不太多,秋来北山之行他也要去。问是何意,他说双方都有好些朋友,一动上手,当场不让,兵刃又没眼睛,一胜一败,彼此仇怨循环,永无了结。他实不愿大家为几个臭叫花子失和,意欲约出几个有名望的好老先期赶往,能把大事化小、小事化无最好。否则也釜底抽薪,得保全一个是一个。我说花家老乞婆人最势利,不懂情义,此时如无查洪老刺猬助纣为虐,以老大哥的情面,或者还能说动,劝她给双方善了。现时她已党羽众多,妄想借此长她威望,你去了不但不会听,还许闹个无趣呢!他只不听,我又不便把我父子为何必去的事对他明说。适才吃完了饭，由十弟和刚侄陪他往半峰楼去。爹爹和他倒很谈得来，命我留他住在楼上，等我回来才定行止呢。"蒲菰道："那小老头为人爽直好心肠，我也喜他。今秋金华我必前往，决不能使他偌大年纪跌翻在老花婆手里。"蒲漪喜道："我和他道义相交已逾十年，金华之行，我有好些事，分不开身。他又那么性情固执，劝是不听，其势不能兼顾。照我猜想，他去了，非当众受辱不可！老头子心性刚直，受不住话。花家能手甚多，又是些无赖，一动手，非吃大亏不可，以后叫他如何做人？有幺叔暗往相助，再加两个老乞婆也无足为虑了。"

蒲菰见他口角含笑，喜形于色，眼珠一转，忽然作色道："好娃儿，我上你当了！明是你爹恐我记着当年的事，**又是一篇"前传"，隐隐约约，发人遐想**。到日不肯同去，借着姓甘的，拿话绕我，等吐口允去，再由他出面明说差遣，是与不是？回时对你爹说，无论怎样，我总是他兄弟。再说近年我也闲得够了，正没处出火去。他有什事，只管明说，不必藏头露尾，套我口气。至于昔日的事，人死不结冤，并且本来是我脾气不好，自找没趣，不能怪人，此时为死人出力，**影影绰绰，指向蔡一娘家**。才是英雄行径呢。"蒲漪笑道："幺叔既这么说，那更好了。少时请幺叔到半峰楼去吧。"蒲菰点首。蒲漪随即离别，同了马琨上路。

那独木吊桥，已早放落。涧深崖陡，独木滑仄，蒲漪笑问马琨："你自问能走过不？如觉胆小，可由我挟你过去。"马琨暗忖：此人本领比我强胜十倍，就有一点功夫，也不在他眼里。何如藏拙到底，还大气些。便笑答道："小侄初涉宝山，曾由桥上走过，一则天晴，二则追兵正紧，不曾细看。跑过之后，才见桥宽虽有尺许，并不平整。着脚一面最多不过三寸，有一多半还是圆的。日来大雨还更险滑难行，实在不敢自信呢。"**又要里儿又要面儿，自找没趣**。

言还未了，蒲菰已在旁发话，怒道："你能过则过，不能过，我们自会送你过的。哪有许多噜嗉！三侄先走，我来送他过涧。"

说罢，左手一伸，便将马琨右臂抓住，往前微送。马琨身不由己往前便倒，以为蒲菰必是提送过桥。一则这样送法未免难看；又觉手重难禁，方喊："老幺公快请放手！不敢劳动！"猛觉得腿腕也是一紧，连身被人提起，往回一悠，方觉不妙，耳听一声："不许乱动，去吧！"腿臂同时一松，竟吃蒲菰脱手将人扔出，凌空笔直往对岸飞去，势急如箭，只觉两耳生风，头晕目眩。两岸相去十余丈，下临绝涧，对岸又是山石，不论落下或是撞上，都是死路，暗道"完了"，这时休说施展身手，竟连转念头的工夫都没有。心方一紧，猛又觉身子吃人把住，放立地上，兀自心颤神摇不已，惊魂乍定，睁眼一看，身已过涧。蒲漪立在面前微笑道："幺叔粗鲁，你受惊了吧？"回望对崖，蒲菰已懒步往小屋中走去，只得赔笑答道；"小侄实没出息，倒吓了一大跳。"

蒲漪道："幺叔天性如此，不要见怪。对头已知人在我处，话已叫明，决想不到你今天会走。这场雨下得也好，免被留心看见。否则你有我同行，当时无妨，可是难免无人尾随。我再一离开，你就有事了。"马琨谢了救护。蒲漪道："救人危难，份内之事，何须言谢？你出道不久，谅无什多过处，以后持躬对人，只往好处行事，到处都是康庄。就遇上事，也不愁没有人相助，你自思忖去吧。"马琨随口应了。

那雨是大一阵小一阵，到处烟笼雾罩，一望迷茫，只听雨声潺潺，与溪流泉瀑之声相应，四面山道没一个人影。马琨随着蒲漪一路蹿高纵矮，超越积潦，冒雨急驰，不消多时，已离来路山口不远。正走之间，忽听蒲漪低喝"嚛声"，跟着一手挟了马琨，竟往路侧一个两丈来高的峭壁上纵去。壁上原有不少松树，枝干繁茂，蒲漪放下马琨悄声说道："老贼法令真严，这般大雨，明料你不会出山，防守巡逻依然严紧。今日如不是我送你，必落他手无疑。我们且待一会儿，等这些鼠贼过去再走。这里地势甚好，他们奉行故事，目力又差，绝想不到有人在上面。你隐在那株老松后面，先看东南，后看东北，就知道厉害了。"马琨依言低头先往东南山口一看，雾沉沉的，并不见有人迹；再看东北是条曲折的谷径，一头深入山中，一头通向来路，雨虽渐小，水气甚重，光景模糊，不能看到远处。看了一阵，蒲漪问："看见人没有？"马琨答说："小侄目力不济，大雾甚重，看不清楚。"蒲漪笑道："他们现分两路，一由东南山口，一由东北贼巢出来，到右面谷口会哨，再往我们来路一带巡逻。待一会儿就看出来了。"

马琨重又往下注视，一会儿工夫，果见有四五笠影出没前面烟树之中，逐渐走向空地，现出全身。共是七个盗党，各穿着一色又黑又亮的油绸子雨衣，手执刀枪，腰悬镖弩等暗器，由山口一面急行而来。走着走着，当头一个梢长大汉忽然撮口一声呼哨，跟着便听东北方有呼哨响应。再看羊肠谷内，也有好些笠影刀光隐现出没。这两拨盗党和走马灯般绕着山径急驰，行动甚速，直似发现敌人，前往兜拿神气。不消片刻，前拨七人便由崖下驰过，往谷中奔去。蒲漪道："鼠贼已过，山口也许还有余党守望，我往前面引开他们，你顺大路快赶来吧！"说罢，一同纵落。蒲漪当先急驰，其速如飞，晃眼穿林而入，不知去向。

马琨惟恐先过去的盗党折回追来，也忙加速前奔，行抵山口，还不见蒲漪人影。正悬着心，忽见口外有一身背包裹、头戴雨笠的壮汉迎面跑来，心中大惊，忙往路侧大树后一闪避过，暗中拔刀戒备时，那壮汉像是赶路心急，一味超越路上积潦，竟没看见马琨，径自跑过。过时马琨觉着来人好生面善，方自寻思，**面善而不识，既关联前文，又留一小小悬念**。忽听呼哨之声，来路左侧林中又跑出两个盗党，手持刀枪，与壮汉做一路赶去。随听谷中呼哨四起，此应彼和，由远而近。马琨恐口外还有盗党埋伏，出去撞上，正在探头张皇，举棋不定，忽听身后低喝"快走"，回顾正是蒲漪，料已将防守人引开，惊喜交集，忙随急驰。刚出山口。便听山里隐隐喊杀之声。回顾口外，日前斗狗肇事的树林，已有红白二旗升起，知有盗党在内用信号指挥。陈业未走，自己已然逃出，所格杀的，必是适见大汉无疑。边跑边想，一会儿走出山外野地，满地水塘泥泞，树林颇多。蒲漪又令在林中觅地稍候，自向来路驰去。

马琨见他脚底，快得如飞一般，越加赞羡。在林中候有半盏茶时，才见蒲漪跑回，不等开口便先说道："我因山口有人防守，怕你撞上，当时无妨，事后定吃追去，难免受害。已然诱开，山外恰巧来了一人。事虽合笋，无如老贼心毒，那人虽还不弱，好汉终打不过人多，特意回去看个下落，意欲为他解围。不料那厮竟是来访他们的自己人，动手不久便自说明来意，已由盗党引见老贼去了，白叫我空跑一趟。"马琨便说："那人看去面熟，只想不起何处见过。"蒲漪道："那人是个老江湖。你虽是老钱门下，隐居多年，初次出门，怎会相识？你除花、莫两家，还到过别处么？"马琨闻言，忽想起那壮汉正是黄冈拜寿所遇刺客，自己还曾和他结拜，怎好出口？不禁面上一红。蒲漪何等心细，见状知有难言之隐，重又追问道："那厮自称山东来的，姓白，要见老贼才说来历，必有深意在内。你既认得，却不肯说。你们与花家有仇，将来如有什事就来不及了。"马琨暗忖：此人本领神出鬼没，既留上心，早晚必被探明，隐瞒反误交情。不好意思全吐，只说："此人不姓白，名叫洪明，先改姓名邱义；兄弟洪亮，改名邬小，曾往黄冈莫老前辈家中行刺，被莫老拿获放掉。"话未说完，蒲漪笑道："如此说来，我明白了。十五弟拜寿回来曾说此事，洪明就是他么？真个妙极。我们上路吧。"马琨一听自己的事原来人家早已知道，怪不得蒲家诸人均多轻视，越想越觉内愧，只得把前情重又委曲说出。蒲漪听了倒不怎样，只道："你年轻初出，未免荒唐，以后遇事不可轻狂，就无事了。"**道高者量宏。**

二人边说边走，沿途俱是荒野，极少遇到人家，盗党亦未发觉追蹑。走到黄昏，上了正路，天忽放晴，寻一镇店打完了尖，恰好云开月上，重又乘月起身。马琨佩服蒲漪本领，不住小心巴结，想要拜门领教，蒲漪总以婉言推却，只得罢了。蒲漪道路极熟，所行多是山路捷径，脚程又快。马琨虽觉劳乏，也能勉强举步。半夜里又吃了顿干粮，略微歇息又走，回上官道，眼看天近黎明，蒲漪忽道："日里本该分手，因你道路不熟，沿途与老贼通气的人家店户颇多，以前难免不有知会，恐你遇上又生波折。救人救彻，特意送到此地。前面乃赴临安的大路，险境早过。我已为你耽延好些时刻，必须分手。你到家后，最好在家奉母，听天安命，不要轻举妄动，胡乱寻人。陈业复元回来，自有救人之策。否则无益有害，你自上路吧。"马琨料蒲漪所去之处也在金华、兰溪左近，路上连问两次未说，不便再问，闻言只得拜谢作别。蒲漪回身自行，其走如飞，晃眼无迹。

这时天已向明，镇上人烟渐动。马琨所借雨衣早已包好，交托蒲漪带回，跑了这一天一夜，也实力尽精疲，又饥又渴，便往镇上寻了一家客店，弄些早点饱餐之后，先睡一觉，睡到午后方始起身，往天目山中赶去。到家一看，母、姨二人因上次陈、马二人走时，曾说不久当同钱复回家一次。人不回来，也无音信，正在悬望。马琨不敢明言前事，仍说："钱复、陈业俱在杭州从师习武。因恐母姨悬念，特地回家看望。"两老姊妹俱都记着夫仇，巴不得子侄能知上进，只嘱咐去时多带银钱衣物备用，最好能令钱复回家一行。马琨只得推说："世弟因在西湖会见好些名家，深感自家本领不济，曾立大志，不等学有进益，决不回家。己曾劝他数次，至快也须等到冬天，把所学根基扎稳才肯回来。大约过年时总回家的。"一番鬼话，虽将母、姨二人哄信，但是钱复失陷以后音息全无，*一个谎言，必须要另一个谎言来圆*……为日已久，欲往窥探，又觉胆怯。已说在杭从师，其势不能在家久停，出门又没个待处。陈业复元尚须数月，钱应泰和陈松新疆养伤之事，不知真假。如在此时回来，更是糟极。越想心越烦，勉强在家中住了数日，决计仍往金华寻人，碰碰运气，也许得到一点门路。当即向乃母取了银两衣物，起身到了金华江边，摆渡过去。

马琨求救之人，一名虞干，一名章文豹，俱是当年江南有名武师。前番往访，章文豹山东访友未归，出已三月；虞干更是出门多年，从来未回家一次，有时托人带信，也未明言身在何处，家中只有老妻孀媳，抚两孤孙虞德、虞厚，年虽十三四，向不出门，什么话都问不出来。想了想，还是章家比较有点指望。谁知到后一问，笑面虎飞叉章文豹已早到家，偏是身染时瘟，不能见客。马琨原料章文豹也不是花家对手，出力无望，只想由他指点门径，便将自备礼物送上，假说奉钱应泰之命前来看望，有话面陈。待了一会儿，文豹长子章焕出来，接到里面。马琨见章焕生得一表人材，英气勃勃，料非凡庸，便背着人宛转说明来意。章焕闻说与花家结怨，人已被困多日，沉吟了一会儿答道："家父实是病重不能见客。家父能了的事，小弟一样能了。不过此事十分棘手，尤其花家老太婆近年似想重整旗鼓，一意孤行。她虽令你寻人说情，事隔多日，保不又出变故。虞世伯与钱世伯，当年刎颈之交，一向隐居江边，你可曾寻过他么？"马琨听那口气，虞干在家，有心不见外人，假说尚未去过。章焕笑道："家父常说虞世伯本领高强还在其次，第一是机智绝伦，加以交遍天下，南北各省到处都有知交，就许花家和老刺猬都能卖他一个情面。只惜归隐故乡之后便洗手杜门，专一教养两个孤孙，不问外事，见他难点罢了。你就去未必能够见着，他长孙虞德倒常和我来往，你可住我家，等我着人请来，先请他探一探老人家的意思再说。"说罢，招呼下人为马琨安排住处，往外走去。

马琨听说要请虞德到来，颇悔先不该说未去他家的话，方想措词挽转，*尴尬人自陷尴尬地*。章焕人已走出。隔有片时，章焕同了虞德走来，马琨前本见过，忙起招呼。各自叙见之后，虞德笑对章焕道："我说是这位马叔不是？"马琨见章焕此番回来，神情没有初见时亲切，以为先说假话之故，忙赔笑道，"上次曾往虞世伯家求教，没有见着。这回还未登门，不知世伯可在家么？"章焕道："虞世伯归隐了多年，怎会不在家中？只不肯见无聊的人罢了。我已将大世兄找来，你什意思可对他说。家父正该吃药时候，我须进去，停歇再会。"说罢自去。马琨知他不快，但也无法，便和虞德商量求助。虞德道："马叔上次走后，家祖曾往北山。大约听了什闲话，家祖是不会见你的了，去也见不到。章世叔这人说一句算一句，只答应过，多不情愿也无反悔。既允你暂住在此，最好不要离开，免得再来时无人容留。花家人多势众，没个落脚之处易吃他亏。"

马琨听出两家均对己不满，好生不解，便用甘言套问就里，虞德人颇爽直，笑道："你说花家是对头，当然不说你好，这话也对。但向家祖说闲话的不止花家，还有别人呢。不过家祖总看老友情分，虽不见你，仍就尽心。先去北山，只听老太婆说起钱世叔因为性情倔强，差点被老刺猬弄成残废，又不合屡次想逃，以致没法待承，本人并未见着。前日乘便又去，在花家住了一日，还带出一封信来。那信是给一个姓陈的，家祖因他再三求说，此事不能让他家中老人知道，姓陈的又不在此，无处投递，只得暗中托人照料，静等姓陈的来了再交，如今信还在我家呢。事情不过如此。听家祖说，除了姓陈的来，简直谁也无法可想。就肯见你，不也无用么？"马琨便说，陈业是盟弟，同为钱复之事奔走，现在友人家中养病，约须交秋始能痊愈。自己惦念钱复，迫不及待，才赶了出来。那信想必于己有关，可否交己带去，或是借来一看？虞德道："我起初听说，也觉马叔不对。今见马叔行径，并非无情无义，就此置身事外，可见传言太过。那信上原提到你，等我回去和家祖商量再说吧。"

马琨听虞德口气，花家起衅之事似已尽知。钱复单给陈业一人写信，明有怨望，信上所提料无好话。否则虞氏祖孙也不能如此见轻。此时如经己手将钱复救出，或是让人知道自己曾出死力相救还好，不然钱复已悟自己奸刁无义，到家向父母一说，怎得做人？到处受劳受怨，事还不容不管，不禁愧忿交集，越想越难过，假意叹道："听世兄的话，定是钱二弟对我有什误会。老世伯听了他话，所以不愿见我了。论和花家结怨，原是钱二弟和我起的。因他先拍了胸脯，不叫我们上前，又见花家势盛，敌他不过，三人一齐陷住更不好办，这才忍气退出。这多日来，为了请人救他，千里跋涉，受尽苦楚，他反恨我，岂非冤枉？我们情同骨肉，他终年轻，心迹是非，久而自明，这时且不去管他。我总尽我心力去做好了。"

虞德原听了乃祖详说马琨为人经过，见他仍自护强辩，忍不住笑道："钱世叔不明白你的好心，我也明白。总之黄冈之行你要不去，什事都没有了。"马琨听他连自己在黄冈丢丑的事都知道，好生奇怪，方要开口，虞德又接说道："事已过去，不必提了。听说花家还住有两个会邪法的妖道，气焰甚大。除非南明老人有信，人决要不出来，便家祖也是不行。如想尽人事的话，章世叔人最热心，少时我代你把话说开，必能帮忙。试上一回，你看么？"马琨一想，已成众恶，连钱复都在怀恨。老钱只此一子，爱逾性命，言听计从。老钱耳软，为人险刻，如被说上两句小话，以后母子二人休想存身。只有做些尽心尽力之事，使众周知，以为异日相见之地，此外更无善法。便向虞德商托：但盼钱复获解，任何劳怨讥嘲，皆非所计。虞德毕竟年轻性直，马琨又说得恳切，竟为所动，以为祖父所知尚有虚实，马琨只是求好太过，粗心疏忽，以致招来重谤。

一会儿章焕走进，虞德先把他拉向旁边，力为解说。章焕是个直肠热心汉子，又和虞德世交至好，也当马琨诸多可原，心中去了厌恶，允为帮忙。因父病重，马琨的事并未告知，就此未提。虞德随回家去，又向祖父虞干解说。虞干虽然老成练达，明知马琨不是善良，无如怜爱长孙太甚，又听说马琨为友实是热肠，细一寻思，也觉好些俱似无心之过，便对虞德道："他的事那日祝三叔和我说过，已尽知悉。避重就轻虽不义气，也算是人之恒情。陈业黄冈之行本可如愿，他偏执意随往，误人误己，争功好胜，全出私心，也可原恕。但他好友被困，自身刚得出险，便往一娘家调戏少女，似此为人居心还堪问么？我看此人终非善类，见决不见。钱世叔人虽稍差，总是多年老友，他老来只此一子，万无坐视之理。起初只是一时闲气，便我也能将人要出。无如此子性情忒急，老花婆早把话说明，明知无济还想逃出，已觉轻率，更不该在人追急之时放火泄忿，打伤花家好些下人。**交代前后因果**。此时花家非钱应泰亲自登门负荆，赔还所烧之物，当众施责，不肯轻放。除却南明老人和莫老亲来硬要，直是休想。我如下手，未始不行，偏又身家在此，后患堪虞，不能轻举妄动。我也不是不管，一二日内便去花家相机而作，能救出更好，只此子不再生枝节，陈业回来，或是等到花家今秋群丐讲理之时，也必出困无疑。事缓则圆，忙则偾事。信可带与他看，使知利害。孙儿心好，切勿受他甘言诱激，轻往犯险。要知花家与去年孙儿去时不同，气焰嚣张，今非昔比。稍一不慎，便连我同丢大人，于事仍是无补，不可大意呢！"

虞德道："现时他也深知花家难斗，只盼祖父为力，并没有要孙儿和章世叔做什险事。说他轻浮没品，许是不错，心并不坏，祖父放心好了。"随将钱复与陈业的信索去，往见马琨，告以祖父日内即往北山相机行事。马琨已恨钱复，此时本是做作，再一看信，越发愧忿。

原来钱复在花家失陷的头一天，已觉出马琨胆小畏事，言行不一。及至晚来去见查洪，仗着年少气壮，豁出性命，一味硬上。虽然投了查洪脾胃，略吃苦头便罢，没受重伤，可是查洪咬定钱应泰亲来赔礼始能放人，将他交与苗秀，带去困在花园以内。本来安居无事，偏生钱复性暴，不知身落人手，四面皆敌，万逃不出，见居室清静，看守人只是两个执役童子，以为逃出容易。到了夜深人静，将二童打倒绑起，越墙逃走，走没几步，便被花家山口守望党羽发见，一声信号，人便云集，几个照面立被擒住。第一次逃走，女铁丐花四姑还爱惜他，不曾动火，只把他受人愚弄之事说知。因此对于马琨，逐渐想起怀恨。及至待了几日，实待不住，又起逃意。花家对于钱复视若婴童，知道罗网周密，决难逃脱。除告诫他不许私逃，再逃捉回便即无幸外，并未十分拘束，园中各地均可自在游玩。

这日钱复正烦急间，偶登假山遥望，见墙外不远有一草垛，忽然想用调虎离山之计，夜里又把看守人绑起，盗了苗秀所用刀镖，越墙逃出。先往垛上纵火，然后觅地藏起，等人往救，再行乘隙逃走。**自作聪明，是膏粱子弟通病。**那晚恰值风高月黑，转眼光映重霄，火势弥漫，连后园房舍一齐引燃。花家果然慌了手脚。钱复见人多忙于救火，暗幸得计，一路蛇行鹭伏，往山外逃去。不料花家久经大敌，临变一丝不乱，得报便知是他所为。一面令人救火，一面暗中派人去往各出口堵截。钱复逃到山口，伏兵忽起，知道这次擒回必吃苦头，情急拼命，连用钢镖打伤了三四个。眼看可以突围而出，猛觉背上奇痛，周身发麻，不能动转，等被擒住才看出是老刺猬查洪突然出现。回到花家，那火救到天明才灭。老花婆年老吝财，不似昔年慷慨。虽未用刑拷打，却是怒极，把钱复辱骂了一顿，说："小狗不宜好待承，烧的房舍什物，等老狗回来领人时，定令加倍赔偿！"一面把人困在山石洞里，外有铁栅封锁。衣食起居如常，只能隔着栅门和防守小童说话。看看当前园景，一步也不能走出，这已够受。还有被擒时，被老刺猬用了分筋错骨法，下手又重，脊骨本已受伤，老花婆忿怒之下只顾乱骂，忘了解开，容到想起，已过了两三个时辰。如今背脊常痛，气血凝滞，又生背疮，痛得眠食不安。自又负气好强，不愿找仇人医治疮伤，越来越重，痛苦万分。

直到日前，虞干探明底细，入园看望，见钱复面容消瘦，忍痛流汗。背人询问，自述姓名来意，始行告知，夜来私往送药。老花婆为钱复本备有书籍笔墨纸砚，供他写读解闷，以示管教故人之子，未怀恶意。钱复早写有一信，准备买通守童，代为送出，恐有差迟，延未敢发，便向虞干哭诉，求其相救。一面在信上添了些话，托其转交陈业。除非自己遇害，只可照老花婆的话寻人解救，千万不可使家中父母知道。即使父亲日后回来，也只可说是遇见异人拜师，现已从师远游在外，惟恐母亲悬念，故未实说。

此外历述马琨平日如何引诱同玩，不肯用功，教他卖艺惹事，临到出了事，又拿话激他上前，自己却置身事外，去之惟恐不速。深悔当初不听陈业之言，吃这大亏等语。**再次补叙，反复皴染之法。**

马琨看完一想，怪不得虞、章诸人看轻自己，原来听了钱复之言。强压忿怒，长叹道："钱二弟真个小孩脾气！他平日和我至厚，所以责备我也最甚。他只见我营救无信，以为置身事外。哪知这些日来为他受的苦呢？日久见人心，他既这么说，如真不能将他救出，自有明心之法，总使知道我不是坏人便了。"章焕人最忠实，经虞干一解说，马琨做作又好，也就不再嫌恶。由此马琨在章家长住下去。

虞干和花四姑原来相熟，曾和花四姑明说，自己和钱应泰是老朋友。他子在此，虽因所行不善，不便求情放他，但应常来看望。钱复的疮伤，也是虞干和花四姑说了，才行延医诊治。自马琨到后，又连去了几次。因见钱复终日烦躁，忿急成病，日渐消瘦，气恼过度，疮伤也是时发时愈。恐他少年人气盛心仄，因而伤生，便向花四姑婉言劝解，说钱应泰归期遥远，小娃儿家，何必和他一般见识？况已折磨些日，意欲将人领走，等钱应泰回来，必令其登门负荆。至于烧毁的房舍财物，由己先代赔垫。花四姑始而推在查洪身上，等虞干二次劝说，恰值花家来了钱应泰两个对头，花四姑受了忿恚，不但未允所请，反而口出不逊，说了好些不中听的话，两下几乎变脸。闹得虞干也不能再去花家看望。想要硬来，又以花家党羽云集，人多势众，万敌不住，只得罢休。过了些日，恐久不去，钱复失望忧急，冒着奇险夜往北山，暗晤钱复，明告以此时无法，非等秋后不能脱身，劝以耐心静守，不可忧急。话完归途，几被花家察觉。幸得一异人暗助，才免失陷。花家也有了警兆，没料是虞干所为，当是对头入山访听虚实，防备渐严。

马琨在章家，总算已知利害，还能安分，未出什事。光阴易过，一晃经秋。这日虞干得那异人相助，又往花家访看。钱复已是骨瘦如柴，问知花家自从虞干失和去后，相待日酷。有一次苗氏兄弟陪了两客来看，俱是钱应泰的对头。免不了指着钱复，大骂数说。钱复自觉给老父丢人大甚，怒极欲和来人拼命，无奈铁栅坚牢，拆毁不能，平白多吃对头来顿讥嘲。行时怒说，此时钱复已是花家笼中之鸟，不与一般见识、打落水狗。只等老钱到来，向花家磕头赔礼之后再行处治，非令老贼绝后不可。钱复见来人年老，相貌仿佛像是孪生兄弟，疑是昔年父亲的大仇人，福建名武师林飞虎、飞彪兄弟，连声怒喝："老贼留名！小爷只有三寸气在，必不与你们这般狗男女甘休！"来人连理也不理，便被苗氏弟兄劝走。后来盘问看守小童，必是林氏兄弟，想起所受屈辱，愤不欲生，一场大病，几乎危殆，近日方始痊愈，人却憔悴异常。随说花家来了不少党羽，不时同了苗氏兄弟来园习武。老少人等个个狂傲异常，迥与初来时神情不类。因已秋深，算计陈业将回，盼望愈切，再四泣求虞干和那同去异人相助。虞干去的一晚正是苗秀寿日，花四姑设筵庆贺，连日各地新来人多。值天阴雨，钱复所居山洞偏于园中西北山脚下，地甚僻静。二人便由洞后削壁飞落，一到，先由那异人将防守小童暗中点了哑穴，走时才行解开。二童本已入睡，有一个醒的，也当梦魇混过。假使钱复能够攀越那洞后百丈高下的危壁，便毁栅将人救走也是易事。

花家这次本来不会警觉，同行异人偏行痛恨花家当晚刚到的党羽小飞燕吴禄，先助虞干援上危壁，重又设词纵落下去，暗入客厅，将吴禄唤醒点倒，用刀挖断脚筋，仍由危壁逃走，因此将邻室党羽惊动，追将出来。仗着艺高人胆大，上下危壁捷逾猿鸟，敌人又误以为后园无路，齐向园外山口一带追逐，没被追上。可是花家能手甚多，事后一查问，便知敌人来路不由山口。闹到天明，终于发现泥中脚印和壁上痕迹，百余丈高的峭壁，来人竟能上下自如，又惊又怒，总算没想到钱复身上，还是幸事。异人下手时戴有面具，吴禄是个淫贼，仇敌太众，也没断定仇人是谁。花家自觉丢人，一面给吴禄医伤，一面加紧戒备。除了手下徒党，连外来宾客中能手俱都派了职司，昼夜巡守，插翅也难深入了。

马琨闻说，方恐钱复忧急病死，自身脱不了干系。每日愁急，无计可施。陈业忽然赶到，好似一切均已前知，径住章家相陪。略问前情，便同往南明山去。行时虞干深知南明老人厌恨钱应泰，并已立誓不见外人，不问世事。明求必然不允，反倒绝望，只有出其不意，将老人刻有山居的竹牌信符盗出，立即赶往花家向老刺猬要人，或者还能有望，便对陈、马二人告以机宜。马琨为表义气，立拍胸脯，身任其难。不料竹令符又被小铁猴侯绍取走，白吃了多日辛苦。想起北山群丐讲理会期在即，花家如胜，至不济还可熬到钱应泰回来，忍辱领子，否则林氏兄弟恨钱应泰入骨，又有老贼应使绝后之言，见势不佳，必对钱复暗下毒手。为此惶急万分，明知侯绍难惹，但也无法，只得尾随下去。本商量将牌盗到了手，立去金华北山，救出钱复后即行奉还。以侯绍为人，这类事如与明说，未始不可暂借一用。偏生胆小怯敌，又恐江湖上人多通声气，事由侯绍口中泄露，立成画饼。这一起意偷盗，累得马、陈二人白吃了许多的亏。最终虽然将牌偷到手，又吃黑摩勒截住夺走。侯绍见黑摩勒手持竹牌，误以为有心作闹，一把夺过，正在埋怨。黑摩勒忽然省悟那盗牌的红脸少年尚在林内，连忙追入，人已逃走。归途各叙经过，侯绍才知黑摩勒和江明也是追贼的，只不知这两少年盗牌详情。**至此方完全接回故事主干。**

侯绍随说："昔年曾和钱应泰相识，擒到马琨以后，经他哀求苦告，也就放了。不想他同伴陈业回来，将牌盗去。其实借他一用无妨，就此被他盗走，却是丢人不起。何况我还要用它应急呢！"江明便把樊秋走时情景对侯绍说了。侯绍喜道："照此一说，他既和老偷儿作上对，没个交代落场是不会来了，何况宝物又被令师携走了呢。这南明老人的竹令符暂时已无用处，还是拿去还他，以后要用再借的好。"那盗牌少年正是陈业。黑摩勒天生侠肠，先受他骗，也颇有气，及听侯绍将马琨口里所得大概情形说出，不由感动，觉着陈业为友义气，又想起适才受擒时诚恳之状，忽然心动，笑道："四叔现既无用，我看陈、马二人甚是可怜，何如成全他们朋友义气呢？"黑摩勒这一侠肠激动，便把三条线索拢到了一起：黑摩勒的故事、陈业的故事、丐帮恩怨的故事。

侯绍笑道："钱应泰为人该遭此报。马琨我也见过，更是阴毒险狠，江湖上败类。他师徒两个一家人，不会有什么好物事！陈业却像是个好人。老刺猬出了名的不好惹，只南明老人竹令符能够将人救出，此外别无法想。而且我知林氏兄弟与老钱有杀叔杀妻之恨，曾经立誓：一旦报仇，必杀老钱全家。自从在武夷山练成了两件暗器，已寻老钱好几年。不料老钱自从败在天山狄遁手里，一直隐居天目山中，难得出门，也不与昔日朋友见面，一点不知仇人寻他。林氏兄弟也访他不到，难得他子被困花家，正好借此引老钱上门，连父带子一齐下手。如无南明老人令符，小钱固然早晚不保；就用令符，老刺猬向例要做就做，林氏兄弟多不愿意，也必拦他不得。真要硬拦，老刺猬必然变脸，说：'人是我擒来的，现在并不知他家住何方，我现看老友情面放掉。你寻他父子报仇，我不管；是好的，须等他走没了影，你自设法寻访，才够交代。要打我老查手里趁现成，他家大人又不在此，休说不是丈夫所为，我这里先办不到！'林氏兄弟嘴和手都吃他不消，又在花家作客，白碰一鼻子灰，自然更恨。当时由他放走，必定随后尾随下来，或是就手杀死，或是将人擒去，要老的出面来索，那日子就更难过了。我们打算救人，就当救彻。固然林氏兄弟不是好东西，如非当年叔侄三人在福州称霸，横行欺人，也不致吃钱应泰的大亏。但是我和老钱无此交情，人又不好。此时自家受人重托，在此熬日子，何苦管这闲事呢！"

江明道："那年钱应泰霸占我师兄申林的山洞，狄师叔往抱不平，便有师父在场。听师父说，他阴刁耳软，武功颇好，人还无什大恶，四叔怎这恨法？"侯绍道："我最恨不义气和阴刁人，所以我和他熟识好几年，见面老谈不到一气。他也厌我，只不敢招惹罢了。"黑摩勒笑道："不久各南省恶丐均往金华北山讲理，听说丐仙吕师伯也要到场。就这机会，前往凑个热闹不也好么？"侯绍笑道："我知你救人尚在其次，实想淘气趁热闹，对不对？你不说他们义气么？这样办，他们除此无路，如真义气，逃必不远，定还尾随下来，或是二次再来偷盗，并且我也有话想问。他只要有此胆子毅力，为友不避艰险折辱，不得不止，等他来时就借与他，否则作罢，你看好么？"黑摩勒何等机伶，闻言暗中回顾，果见身后树林内有人影一闪，知被料中，故意大声笑道："这样说来，人家不来偷时，四叔是不借的了？可是这次我和明弟不管闲事，四叔也不许将它藏向隐处。如被偷去，便须借与，莫又说丢了四叔的人生气呢。"侯绍答道："那是自然。"

　　黑摩勒因原经过的树林，有丐仙门下五丐在彼议事，适才断臂丐曾说大话，立意斗他。此时不欲相见，特意挽了侯、江二人绕道回庙，所行俱是僻静田野。且谈且行，不觉到了三官庙门首。黑摩勒回望身后无人，庙中老道士已闻声出迎，见三人一路，笑问侯绍："怎与两位少爷遇见？"侯绍也没理他，径引二人往后院房中落座。黑摩勒说起明日要往方岩施散银钱并斗断臂丐事，侯绍闻言惊道："你怎如此随便？那断臂叫花名叫楚生，乃当年丐仙门下心爱弟子。二十年前夜行山中，一人独斗四虎，虎虽杀死，一臂也因虎口咬伤，有毒断去，重又苦练十年，练成一身好功夫，江湖上都称他为独臂金刚。丐仙昔年清理门户，因他也曾犯有过错，为了是爱才，想保全他，特意事前遣往云贵深山之中。一去多年，今始回转。听说这厮常说学无止境，生平练功夫从未间断过一天，至今仍是童身。丐仙格外垂青，也由于此。但是这厮记仇心重，手又狠辣，你如小败，他觉占了上风还可，如落下风，休想和你甘休。好鞋不沾臭屎，惹他则甚？何况党羽又多，那鸳鸯脸的，现算丐仙嫡传高足之一。此人性格比那厮好，本领更比他高，也不是好斗的。令师叔和丐仙至好，本是自己人，为了不知底细的两句闲话无事生非，何苦来呢？"江明也从旁力劝。

　　黑摩勒方自沉吟，老道士忽然跑进，说有一红脸少年求见。

侯绍笑道："这小孩果是不错，居然敢明来相见。叫他进来吧。"
道人一会儿领了陈业走进，告退自出。陈业随说："后辈陈业，拜
见侯老前辈。"人随拜倒。侯绍笑骂道："滚起来，我不喜欢这样
子。"陈业只得起立。因见黑、江二人年轻，疑是侯绍门徒后辈，
口称"二位大哥"，过去一揖到地。江明忙即起身还礼，黑摩勒仍
坐那里，把头略点，笑道："我和你才第二次见面，屋里三个人，
你怎单和他一人叩头，轻看我年纪小么？"陈业口齿本钝，日里
又吃过黑摩勒的苦头，闻言益发惭沮，呆在那里答不上话来。江
明过意不去，笑道："我黑哥哥爱说笑话，不要当真，我们都不是
外人，你有什话，只管说吧。"侯绍也笑道："他叫黑摩勒，他叫
江明，都是我的忘年之交。我屋里只一把椅子，你三人可并排坐
在床上。再要偷我东西，先和我说一声。就没得苦吃了。"

　　江明见这老少二人都是油嘴滑稽，闹得陈业满脸惭惶，不知
如何是好，心中不忍，便伸手拉他坐下道："四叔和黑哥哥都是这
样滑稽性情，你越随便越好，一拘泥就受罪了。我们已知你为人，
要不也不请你进门了。"陈业闻言甚是感激，这才躬身说道："后
辈的事，老前辈想已知道。此次并非敢于轻犯虎威，只为师兄钱
复年轻，不知利害轻重，被困金华北山女铁丐花四姑家中，吃查
洪阻住，不能脱身。现染重病，又有钱家两个仇人在彼，命甚危
险。经人指点，往盗南明老人竹令符，不料被老前辈取走。一时
情急无知，来此偷盗，又吃这位英雄擒住，侥幸逃脱。明知不能
再盗，来必无幸，无奈别无生路，逃后并未远去，一路尾随下来。
再盗实是不敢，迫不得已来此跪求老前辈开恩，暂借一用。等将
钱复救出，即行奉还。后辈年轻识浅，去时并望多加指教，免致
误事，感激不尽。"侯绍便问："此策何人所教？"陈业因和马琨
同往黄冈途中闹出许多故事，几乎失落铜龙符。日前回到一娘家
中，大受阿婷埋怨，说他不应允许匪友同行，几乎误人误己。并
说："似此荒唐，如非蒲世伯来信夸你，力为解说，阿娘几要将你
逐诸门外了！"陈业对于阿婷已种情根，见她说时满面娇嗔，眉目

之间隐含幽怨，懊悔已极，哪里敢再泄露一字？

侯绍见他答语含混，越要追问，不然符便不借。陈业细查侯绍口气，与花四姑似无什么渊源，被逼无法，把一娘一节隐起，说是虞干和祝三立的指教。侯绍喜道："老祝是我朋友，一别多年，不通音信，竟在此么？他为人何等义侠，怎会与老虞这样的自了汉一起？"陈业一听，侯、祝二人至交，好生欣喜，便把相识经过略微说出。侯绍问道："现在花家党羽云集，卧榻之侧岂肯容人，难道此老还和他是邻居么？"陈业道："三叔也是偶住在那里，只不常在家。夏天有人劝三叔移开，三叔执意不肯。挨到上月，果然花家命人往他所居崖洞中寻事，恰值三叔不在。第三天回来，得知此事，当夜便去花家，闹了个河翻水转，可是花家并未再往扰闹。听虞干世伯说，三叔本另有一个好住处，因防花家说三叔怕他，所以原住山洞仍就常去。"侯绍道："老祝既肯帮忙，你为人必还不差。不过你没人打接应，一有失错，人救不出，连南明老人也丢了大人。老祝是明面，我也不便出头。最好黑、江二人同去，我再教你们一套话，方得无失。林氏兄弟见人被老刺猬放走，必要追出生事，但有祝、虞、黑、江四人相助，只能在花家脱出，便无碍了。"

陈业闻言大喜，方欲向黑、江二人恳求，黑摩勒道："这个不行，明日我还有事呢。"侯绍笑道："你没事时找事。适才还说去凑热闹，现有这好的玩意，你又拿架子了。"黑摩勒道："不是拿架子。一则断臂叫花说话太狂，须给他看点颜色；二则星叔还有一字条命他转交丐仙，怎能丢下不管呢？可叫明弟前往，我事完再去好了。"侯绍道："此事非你同行不可。再说那些花子也算自己人。令师叔还有信着你面交，怎再和人作斗？金华之行越快越妙，不能迟延。花子们暂时又不会走，并且他们也要往北山去，不是没见面的日子，忙他怎的？至于散钱一层，金华回来也不为晚。庙会期中，他们都不愁没吃用的，你忙他作什？"

黑摩勒不知侯绍暗中为他解围，信以为真，暗忖：断臂丐横顺暂时不走，金华回来也是一样，说要回到虞家，与江小妹等说一声，当晚一同起身赶往金华，次日黎明去往花家将人要出。归来再往方岩，许能赶上。侯绍道："这样不妥，就当晚起身，也是黄昏时往花家好些。大白天里没个闪躲。"黑摩勒只得应了。侯绍随即指示机宜，令江明回家禀知母姊。黑摩勒乘有余暇，赶往白雁峰何家，将花家和断臂丐事一齐告知七指神偷葛鹰。次早径由何家起身，与江、陈二人约地相会。到了金华，先见虞、祝二老，略微歇息，傍晚再行入山。商定，陈业谢过，便请老少三人往酒楼同饮。侯绍道："你这算酬谢么？他二人有好去处，我也有我的酒友，谁吃你的？各自散吧。"陈业不敢再说，随向三人拜谢而去。侯绍也将南明老人竹令符取出，交与黑摩勒，各自分手不提。

黑摩勒赶往白雁峰，见着何异，一问师父，说葛鹰出游未归，行时说，昨夜归途遇见旧友，约往金华北山观场，并说黄山萧隐君和门下弟子也接有丐仙吕瑄请帖，不日还要同来。黑摩勒听出师父和萧隐君都与丐仙一气，心越欢喜，知道有些日耽搁，愿和江明同聚，略进饮食又往回赶。到时天才三鼓，先去尧民家中，见晓星不在，留下一字，说："明日所命之事，须待金华回来。"再往舜民后园一看，江氏母子姊弟三人，和舜民夫妻三人正在挑灯说话，言笑方欢。消夜后，舜民夫妻告辞归卧，小妹因江、黑二人明日早起，催睡早安歇，并嘱江明遇事仔细，不可冒失。

黑、江二人同榻，天甫黎明，便既起身。小妹强留二人吃了早点，才令上路。先往昨日所约之处，陈业已同马琨先在等候，见黑、江二人走来，忙代马琨引见，并谢相助之德。马琨嘴甜，长于恭维，黑、江二人终是年轻，同走一程，谈谈说说，也渐相投。四人到了金华，先去章家见了章焕，说明来意，忙令人把虞德请来，托向乃祖先容求见。马琨因虞干不许相见，这次又和两生人同来，以为虞德不是坚拒不见，便是只令陈业一人前往，弄巧还许别人都见，不见自己，当着外人岂不难堪？方自怙惚，不料虞德匆匆跑回，一会儿祖孙二人便一同走来。

黑摩勒听说虞干不甚肯见外人，见时还要命人请示，心中不快。这时江明出便，未在室内。虞氏祖孙一进门，章焕首称世伯，黑摩勒明知来人是他，故作不知，坐在一旁装睡。陈、马二人见状，恐虞干生气，忙即上前行礼，并喊："黑兄，虞老前辈来了！"虞干只向陈业含笑点头，略一让手，也未理睬马琨，便笑道："我本不来，因听小孙说，新来两位佳客，内有一人是我生平知友的末传弟子、司空老友师侄、葛老偷儿新收高足，现在这里么？"黑、江二人只陈、马诸人说过名姓，来历根源未吐只字。陈业适对虞德，也只说是南明老人竹符已然取到，并还约有黑，江二人相助，意欲往见商谈，详情也未说出。黑摩勒嫌虞干倨傲作态，北山之事并非离他不可，意欲借此掘他斤两，及听说话竟是师门知友，并与司空晓星旧交，不敢怠慢，忙作惊醒起身。章、陈二人正有僵意，忙代引见。行礼之后，虞干笑道："我闻令师仙游以后，你随司空老友出道。才只一二年的工夫，便异军突起，名满江湖，渴欲一晤当世神童，得信便忙赶来。今见贤侄，果然精气内充、奇光外蕴，不必再问学业，已知梗概了。**法眼无讹**。听说还有一位同伴，自来名驹不与劣马并驰，想来也是良材，怎未在此？"

黑摩勒见虞干白发飘萧，童颜温润，身材瘦长，笔也似直，二目神光炯炯，语言爽朗，声如洪钟，师门旧友，知非常人，骄慢之心不由全数去尽，躬身答道："老前辈夸奖，实不敢当。那是盟弟江明，乃黄山萧隐君门下，刚出解手，一会儿就来。"说时，江明正走进屋，见了虞干，知是老辈，未容陈、章二人引见，先自礼拜。虞干见江明英仪内蕴而举止端厚，彬彬有礼，不似黑摩勒锋芒外露，越发惊喜，笑道："老夫奔走江湖数十年，后起人材也见了不少。似你二人这等资质禀赋，又这么年轻的，直是初见。适听黑贤侄说，江贤侄乃隐君高弟，小孙又说来客年纪比他还轻。心还在想，陶公人最持重，小小年纪便许出道，必有过人之资，果然所料不差。我和南明老人曾与陶公至友，司空也是旧识。陈贤侄往求竹令符，多日无信，忽与你二人同来。难道南明老人不念旧恶，惟恐老刺猬难弄，借符之外，还命二位贤侄来此相助么？"陈、黑二人随把来意说出。虞干恍然道："我原料南明老人未必肯管闲事呢，果然还有许多周折。陈贤侄一片为友血诚，居然感得侯四弟与二位贤侄仗义相助。不特人可要出，还免却林氏兄弟寻仇加害，可称因祸得福，祝三兄日前已有事他去，人不在此。老刺猬心感南明老人救命深恩，常时慨叹彼此年老，南明老人又不出问世，金珠玉帛非其所爱，只恐此生永无报恩之日，一想起就难过。只要竹令符取到，休说侯四兄转借，无殊老人同意，便是偷来，他志在报恩尽心，也认牌不认人，当时必放，就和花家变脸，也非所计了。你们只管前去，其实连我也无须同往。不过我和花家早已变脸，北山讲理，我也在约之一。不去，将来知道，反说老夫怕他，仍照侯四弟所说做去好了。"于是便照预定方略行事。

饭后陈业见有余暇，借词欲出。马琨因虞干不大理睬，一则心烦无聊，又恐时久黑、江二人因而轻视，也想随往。虞干看出陈业面有难色，知他往会一娘母女，作色道："那一次都因你误的事！当日黄昏便须起身。陈贤侄此去，乃是入山探听虚实，何用多人？你不在此陪客，同伴作什？"马琨知虞干对人和易，惟独对己深恶痛绝，背后所闻已多难堪，初次见面又复如此，当着众人懊忿交集，还不敢现于辞色，只得赔笑道："小侄只当三弟去买款客果点呢，不去就是。"虞干也没再理他，径和黑、江二人叙谈，语多奖赞。马琨又是一气，暗骂："老猪狗势利眼！无非人家师父名望大些，便这等拍捧。老钱和你还是多年患难之交呢，我那么找你，面都不见，还说许多坏话。今日我们请得人来，手有南明老人令符，知必成功，便狗颠屁股跑来凑现成，既倚老卖老，怎又见黑、江两个小孩就低头呢？真不要脸！此番把小钱救出，回家有了交待，便和娘说明，另投名师。学好本领，不把你们这些老小畜生全家杀死，出我这些日来恶气，我不姓马！"由此马琨与虞干也成了不解之仇不提。**写小人心理入木三分。**

第十五回　黑摩勒三探女丐村
老少年两试劈空掌

陈业由章家走出，便跑向北山口外溪头去见一娘母女，到时蔡家馄饨刚卖完。所居僻在村后，甚是清净。陈业四顾无人，飞奔入内。阿婷正在堂屋擀面，见陈业满面风尘的跑回，起身笑迎道："你从哪里来？晒得这等红脸，吃饭没有？"陈业笑道："前在蒲老世伯家养病，每日总晒两次太阳。这回又和马兄在南明山做散工，每日田里晒秋阳，晒成这张丑脸。连自照镜子都认不得了。"阿婷叹道："你为朋友真叫义气！看神气，那东西想必到手。南明老人不是好惹，必是你诚心感动，假做不知，借你一用，未必是真能偷到手的吧？"陈业道："偷哪有如此容易？这只能说是上天鉴怜，遇见好人罢了。娘呢？"阿婷问故，一娘也自里屋走出。陈业拜见之后把前事一说，一娘母女大喜道："如此说来，不特人可救出，我们还添了好些能手相助，真是快事！你上次黄冈之行做得不好，这次足可将功折罪了。你那同伴小贼可知底细？"陈业道："我已怕上当，哪里还敢大意？今日特为抽空来见阿娘和妹妹，一会儿便须赶回去和他们同去要人呢。"一娘便叫阿婷："做点你哥哥爱吃的东西，少时他吃了好走。"**完全是丈母娘待承姑爷的势派。**阿婷口里答应，只不动身。陈业力说："才吃午饭不久，无须。"

一娘笑道："那么你们谈天，我做好了。你说那黑摩勒，我听你祝三叔说过，他是司空老人师侄，定知我们来历，只没想到人隐此地罢了。今晚事完，能背人引他来此最妙，否则我们的事暂时不提也好。你初见他时，如说我母女在此，司空老人必来看望无疑。这次北山恶斗，他们必来。有一个丐仙，已够老花婆受的，何况还有这些老少能手！这些人平时一个也访问不着，想不到要来都来，如此容易，这还有什么说的！"说罢，含笑而去。陈业便和阿婷叙阔，一娘把点心做好，与陈业吃了。陈业要走，阿婷说："时候还早。这时正卖馄饨，外面人多，你出去万一有花家的人看见，岂非不好？何如帮我在屋里忙完再走。虞世叔知你在此，到时自会走来。就晚了，他迎得上，还省得多此往返。"陈业也恋着阿婷，便即应了。正在屋内说笑得高兴，忽听一娘道："两位小官人想必不知我们这里规矩，既是远来，请到里面吃吧。我这生意是按先来后到，不能破例的。"二人暗忖：阿娘此时怎会领吃客进门？隔门偷眼一看，正是黑、江二人。陈业大喜，忙和阿婷说了。一娘领进黑、江二人，取了包好的馄饨走去，陈业偷觑门外，无人留意，便拉黑、江二人同往里屋落座，又代阿婷引见。阿婷便到门外，取了两碗馄饨进来待客。

　　陈业一问来意，才说自他走后，虞干最善相法，因见马琨力向二人套交情，知两小兄弟是正路聪明，如和马琨订交，迟早受累，想把话说在头里，暗中示意章焕将马琨支走，把他劣迹一一告知。二人俱是疾恶如仇性情，闻言好生厌恶，对于陈业益发生了好感。因久不归，便问何往。虞、章三人知北山发难在即，一娘母女已快出面，黑、江二人俱是同气，不会泄漏，便即说了。二人一听，惊喜交集，便要往寻陈业，就便拜访一娘，以备归时告知晓星。虞干拦劝不听，话已说出，只得嘱咐二人："去时装作城里去的吃客，不可显露形迹。少时便由蔡家动身，在北山口内约地会齐，同往花家索人。索性连马琨撇下，不令同往。"二人应了，立即赶来。

　　一娘何等机智，又早听陈业说过二人形相，见面略微问答便引入内。阿婷闻言笑对陈业道："我说如何？不然还跑空了呢。"说罢便商量预备晚饭，黄昏时吃了好走。黑摩勒拦道："今晚虞家备酒相请，走时太早，不饿。回时人多，来此恐被花家生疑。这馄饨好极，从未吃过，我们每人多吃两碗，比吃饭还好。"阿婷知是实话，笑道："这真不成敬意，那么索性等门外人散了再吃吧。"黑、江二人，见阿婷秀美隽爽，谈起武功，也颇有根底，甚是投机。又谈片刻，一娘把生意做完，备好家常肴点，然后进屋相见，请往食用。二人也不作客套，同往外屋吃了。吃完夕阳在山，天近黄昏。黑摩勒恐虞干先往久候，催走。一娘便令归告司空老人，暇中来此一晤。

黑摩勒应了，当下辞别起身，行抵山口，天已迟暮。陈业知道山口内外居民好些俱是花家眼线，一路掩饰前行。陈业旧地重游，又经阿婷指点，人更谨细。黑、江二人俱是小孩，暮色昏黄，人家多忙于饮食，就遇一二人，也未怎注目。混进山口，到了无人之处，一同放步，往所约地点飞驰。虞干已然在彼相待，也是刚到不久。老少四人会合前行，直到花家村外峡谷中间，虞干觅地藏伏，以为接应。三人依旧前驰，眼看出谷，快到花家村口，忽见左侧危崖上有一盏红灯，晃了两晃后隐去。三人知是崖上瞭望人的信号灯，仍作未见。正走间，路侧倏地闪出二壮汉，高喝："来客何事？"陈业忙照预定，抢前拱手答道："我们三人现有要事见查洪老前辈，烦劳通报一声。"两壮汉闻言好似有些诧异，一个将手中火摺晃燃，朝三人略微端详，也不再问姓名，便道："请随我来。"当先引路而去。

三人随在后面，走不多远，出了峡谷，到了村内。陈业暗中偷觑，表面仍和上次情景差不许多，只迎面广场中聚着几十人，正在搭台、添置长凳椅之类，到处都有灯火照耀。这时引路人已有一个往当中大门内如飞跑去。三人还未走到，便见一个须发如猬的高大老头缓步走出，老远便喝问："是谁寻我？偏在此时惹厌！如不对路，我不把他撕成两半才怪！"黑摩勒闻言，便知金眼神猬查洪，心中不忿，应道一声："是我。"声随人到，相隔七八丈外，平空一纵便落在查洪面前。查洪正说话间，瞥见一条黑影随声飞坠，也颇惊奇，疑是来了仇家，以为善者不来，来者不善，不禁身子往后微缩，暗中戒备，定睛一看，乃是一个瘦小孩，有些内愧，大怒道："小辈！素不相识，敢来寻我？"黑摩勒还未及答话，陈业惟恐偾事，早拉了江明相继赶到，抢口说道："老前辈休要动怒，我们现奉南明老人之命来此，并有竹令符为证。"随说随道："黑哥哥千万可怜小弟，把令符取出，不要闹吧。"**可怜陈业。**

黑摩勒本不愤气查洪狂傲，继一想现有令符在手，查洪必定相让，有什意思？且等过日再说，便将令符取出，交与陈业，冷笑道："世上高人，我也会过几个，似此狂傲、倚老卖老的还是初见。我懒得同他说话，事完我再寻他好了。"说罢又手而立。查洪将竹牌接过，立即转怒为喜，黑摩勒出言无状，竟如未闻，也不再往下说，便令先行引路人："告知里面：说我借酒一席，款待来客。"一面对三人道："小朋友不要见怪，只老恩人派来，什事都行！你们便骂我，也不计较。请到里面饮酒详谈吧。"黑摩勒还要想说"我们奉命办事，事完即行，不来搅你"，因陈业已然躬身应谢，江明又在暗扯衣襟示意，只得罢了。**三人性格、心态各有不同，如画。**当下三人随着查洪同进二门，往右一拐，便到一间敞厅以内。花家下人便忙着陈列筵席。

查洪原认得陈业，知为钱复而来，进门落座便问："你们除了要走钱复，老恩人还有别的吩咐？"陈业答说："老人只此一事，并无他言。"查洪哈哈笑道："想我查洪轻易不肯受了恩惠，不料还是免不掉。偏这两位恩人，像莫老恩人我虽没直接报恩，总算还尽过一点人心；独于南明老人，我不是他，早已身败名裂。死不要紧，人却是丢不起的。我受他恩最重，偏没一个报法，最难受死。他只一位令郎，已为贼秃大斗所害，两孙又小，我这年纪如何等得？今天的事虽不能说尽心，但我这老怪物最是倔强，**自称"老怪物"，可喜。**况我已赌过咒，不是老钱自来叩头服罪当众责子，决不轻放。除了老恩人，谁还能要得了去？你三人既能要来令牌，必和老恩人有点瓜葛。适才怪我心粗，万没料到老恩人会有人来，以致将这小朋友得罪。休看你挖苦我，似你这大胆子和那身功夫，真不愧南明老人所差。连陈小朋友都算上，有今夜这一局，以后只要和我遇上，无论什事，只肯说出，我老头子决无推诿！来来来，酒已摆上，三位小朋友快请入座。一会儿小钱也来，吃完我自送你们出山好了。"**痛快！**

黑摩勒见查洪豪爽信义，感恩情切，诚表形外，不禁去了厌恶之想，落座后笑道："查老先生这等行径，令人可佩。只是我黑摩勒年纪虽轻，说话算数，异日少不得还要请求指教一回呢。"查洪闻言，定睛喜视道："你就是现在传说的黑摩勒么？难怪有此气概呢！我老头子立誓不与老恩人的亲友作对，适才怪我不好，罚酒三大杯，认输如何？"黑摩勒闻言反觉没趣，心中佩服，不便再往下说，正要设词掩饰，忽一小童跑进，朝查洪附耳说了几句。查洪立即暴怒，当时金睛怒凸，直射异光，满头银发银须根根倒竖，银箭也似，**生动！特异！**厉声喝道："他敢！"将手中巨杯往桌上一顿，便自离席走去，到了门口，似又想起有客在座，重改笑容，回头道："三位小朋友自饮，我暂失陪，一会儿就到。"说罢走去，满头脸的白须白发也自放倒，起落之间真和刺猬一般。

三人看出查洪动了真火，料是去放钱复有人作梗，故而大怒。再看那只酒杯，已然连底大半只嵌入桌面，表面完好，实已碎裂。因酒溅淋漓，杯又碎裂，知是激怒所致，并非有心对客炫能，俱觉此老热肠血性迥胜常人，便这手底功夫，也是上乘地步，难怪多年盛名，好生赞叹。陈业料那作梗的必是钱家对头林氏兄弟，虽知查洪是花家上客，能够力排众议，自己身在虎穴，人未出险，终拿不定，嘴里随声附和，心中着急。正在盘算对付，忽见查洪带了钱复一同走进。陈业见钱复半年多不见，人已憔悴异常，只气概还能振作，不禁心中一酸，当着外人不便垂泪，忙赶过去拉手说道："我蒙黑、江二兄相助，来接二哥回去。又承查老前辈相谅，一会儿就走了。"钱复新自花园走出，知道花家尚有不少仇敌，即便当时脱身，后患也自无穷，父亲又未回来，更恐因己一走，这些仇敌跟踪前往，自己不说，还要害及乃母，比起独寄虎窟还要凶险得多，心中忧疑，向黑、江二人礼谢之后，故意冷笑道："这都是我年幼无能，学艺不精，受了欺侮。此番出去，决计连家都不回，便往寻师访友，不报此仇，誓不为人！"查洪笑道："好好，这都由你。今晚且先吃我杯酒去。"**老查可爱。**

陈业见钱复怒容满面，恐他久困烦躁把话说错，难于转圜，忙接口低语道："二哥，伯母正在倚闾相望，怎说这话？我们因知查老前辈必重南明老人情面，但是这里难免还有仇家，为此与黑、江二兄同来，沿途并有高人接应，决无妨害。"查洪怒道："我放的人哪一个敢拦？你们虽有防备，但我须略尽主人之道。酒饭之后，我亲自送行断后，决不容人拦阻，也不许人暗中跟随。假如你们双方各不服气，等我将人送上了路，事后谁寻谁为仇，没我相干。反正事既由我而起，便由我收，不能由我身上给小钱生事。冤有头，债有主，既然记仇，有本领的怎不自去寻他？要想乘人家大人不在，以大压小，以强欺弱，还想在我老查手里捡现成，直是不要面皮，在那做梦呢！"边说边劝众人饮酒。

黑摩勒暗忖：这老头实在不错，适已说过大话，就不和他相斗，也该显点颜色他看。只陈、钱二人本领不济，久闻花家势盛，能手众多，万一动手时照顾不到，因我债事，不特脸上无光，弄巧多生枝节，白费心力。难得此老能把人情卖到底，钱复此去已无妨害。乐得借此和江明试试身手。便笑对查洪道："查老先生快人快语，真个英雄行径，不是鼠窃狗偷之辈。此番我奉师叔之命来此，原知你老必重情面，交人自无庸说。但闻这里现有钱家仇人，知道老的不在，小的在此，正好拿他出气。如听放掉，必不甘休，当时拦阻不成，必要随后跟去，暗下毒手，杀害人家眷属老小。这等无耻行为本非人类，不去管他！我们救人救彻，他有爪牙，我有手脚，怕他何来？所以特命明弟和我保护同行。原定你老放人，便领盛情，现下任有千军万马，自有我们对付。适听你老如此仗义，这班鼠辈自不敢再强，可是那么一来，显得我弟兄因人成事，太没出息了！倘使你老这次只将人放出，不加护送，难道我们遇见追兵，就束手待毙任人宰割不成？钱兄念母心切，急如星火，自然到家越早越好。老先生既有盛意，不便坚辞，就烦相送出山。那追的人，也不必去拦他，自有我小弟兄二人打发。他有本领的，不妨将我二人留下，你看如何？"

查洪早听人说过黑摩勒的英名，闻言笑道："黑老弟，我知道你的心意。你这脾气，直似我小时行径。小小年纪能到这样，不枉享名。江小兄弟我不知来历，料也不是平常。这里能手甚多，俱能重我情面，又与老钱无什过节。那记仇追你们的共是三人，一个是下江黑门中的鼠辈。你如定要断后也可，就便我看看你的本事。"黑摩勒喜道："既然如此，我等来时已然吃饱，钱兄归心似箭，这酒饭他也吃不下去。盛意心领，改日得便，我再陪你老痛饮。就此告辞起身如何？"陈业本觉花家不是善地，虎口之内仇敌环伺。虽有查洪袒护，但是此老脾气古怪，说话伤人，时候久了，保不生事？如与仇敌说翻，动起手来，即便能走，终费手脚。夜长梦多，越早离开越好，巴不得黑摩勒如此说法，也随声附和，极口辞谢，话甚谦恭。

查洪知他怕事胆小，笑道："我地主之谊，已然尽到。既然你们不愿久留，就走也好。不过黑老弟这人我早就想见，难得相会，行径为人又最投我脾胃，实在难得。没谈几句就分手，未免可惜。来来来，且干上两杯再走！"黑摩勒原是好量，便和查洪谢饮，各干了三大杯。查洪越发高兴道："黑老弟，你这人太爽快了，我很想和你交朋友。三日后，你再单人来，我和你痛饮两天，便是老朋友花四姑的寿日。你愿见她更好；不愿，这里还有一场热闹，看完再走如何？"黑摩勒见他不甚和江明说话，便答道："这是我的结拜兄弟江明，他师父是黄山萧隐君，想必你也知道。这里热闹，早听我新拜的师父七指神偷葛鹰说过。到日主人不请，也来见识。况有你老下交，期前必来就是。"

查洪闻言惊道："想不到你还是老葛的门下么？十年前我曾与

他相遇，他真把我气苦了，后来成了朋友。他酒量真好，我都胜他不过。到日他能来此么？"黑摩勒道："那我不知道。我和明弟必来，可未受人约请，只看热闹。到时也许手痒，逢场作戏，但决不会帮主人一面。我到你这里作客，到时万一和你朋友相打，你不难堪么？"查洪笑道："你年纪虽轻，真个老辣。常言道得好：桥归桥，路归路。你是我的客，与房主无干，只管先来好了。这位江小兄弟，原来竟是陶老先生门下，怪不得你们都有这大胆子，果然仙鹤群里找不出癞母鸡来。我见他说话小心，还当小钱、小陈朋友，你如不说，还真失敬了呢。江小兄弟，你我对干一杯，算赔不是。"说罢又斟满一大杯，一饮而尽。江明只得陪他干了。

读查洪、黑摩勒结识一段，直欲大呼"痛快"！

陈业侧耳细听，门外似有人往来走动争论劝阻之声，心料查洪怪僻孤傲，说话容不得人。林氏弟兄吃他当面嘲弄，硬将钱复带出，面子上太已难堪，必不甘休。见查洪已然站起，又和黑摩勒说之不已，心中焦急，没奈何对黑摩勒道："天已不早，恐他们久候不耐，还是走吧。"查洪先在主家席上已有了几分酒意，及见南明老人令符，心中一喜，又和黑摩勒一见投缘，前后又连饮了十几大杯急酒。花园带人时，林氏弟兄闻信出阻，两下争论，几乎动武。气把酒一撞，更添醉意，与黑摩勒越说越投缘，高兴头上，见陈业打岔，正要申斥。黑摩勒看出陈、钱二人满面忧急，江明也在示意催走，知道此老已醉，再说永无完时，**得醉态之三昧，有趣**。抢口答道："就是这样，过日再来赴约。有话我们走到路上说好了。"查洪方始住口，令黑、江二人前行，钱、陈二人居中，自己断后，紧随同行，并嘱路上如有阻拦，由他上前发付。黑摩勒道："你不是只管送人出山么？"查洪道："出了村口峡谷，再行由你。在谷以内，我总算是主人，哪能叫来客费事？"说时已然转向中门。陈业见外面往来人众各佩兵刃，擦身而过，神情甚是匆迫，迥非初入门时安静景象，料有事故，见这老少二人前呼后应，目中无人，随口说话，暗捏一把冷汗，忍不住悄悄向前去，拍了黑摩勒一下。黑摩勒回顾，见他忧急之状，心中好笑，便也不再多口。一同出了花家大门，越过门前广场，俱都无人拦阻。

钱、陈二人方在暗幸，忽听身后查洪怒喝道："此事我早说过，不懂得圆什面子！和你娘说，他如念我是老朋友，不要管这闲账！"二人闻声惊顾，正是苗秀，诺诺连声，飞步回头往大门内奔去。黑、江二人头也未回，仍自前行，跟着走向出村峡谷。行快一半，黑、江二人在前，忽听身后一阵劈风之声向头上飞过，相隔却颇高远，疑心身后查洪和人动手。方欲回看，跟着便听叮叮之声打向前侧山石上面，随又听查洪在后怒喝，掌声呼呼，近侧山崖石地之间叮当连响，知有敌人隐伏崖上，用镖弩等暗器冷箭伤人，不由大怒。抬头一看，右侧悬崖上已现出一个身着黑衣身材瘦小的敌人，双手暗器，朝着钱、陈二人一路乱打。查洪也不伸手去接，径用劈空掌法斜挡上去。掌声到处，所有暗器全都打歪，凌空自往斜刺里坠落，撞在崖石地上，石火星飞，叮当连响。查洪已是怒极，大骂："无耻鼠辈！有本领的下来与我见个高下！"对方暗器甚多，有好几样中间还杂着一些石块，一任查洪喝骂，只将暗器乱发，不作一声，所立之处危崖如削，离地二三十丈，居高临下，又是双手连发。查洪其势不能舍众上去，枉自暴跳，满头须发倒立如猬，兀自奈何那人不得，正令陈、钱二人挨近身侧，准备仍用劈空掌平空遥御，防护着冲将过去。

黑、江二人见状大怒，因见那人立处，地居全谷最仄之处，崖顶似甚平坦，隐现由心，又以沿崖追逐，随心下击，下面的人却不能用暗器打他，极具优胜。互相一打手势，黑摩勒便喊道："查老先生，你护他们随后来吧！这等藏头缩颈的小乌龟，仗着地势对人暗算，太不要脸！如被打中，一世做人不来。我们要先走了！"说罢，各把身子往崖脚山石下一贴。**这一大段，可命名为"黑查合传"。**

那黑衣人报仇心切，认定陈、钱二人乱打，先颇自恃所练暗器百发百中，查洪虽难伤害，打这两个无能之辈，一任查洪怎么善于接收，居高临下双手连发，也缓不过手来，势无不中之理。事后查洪只管不依，但是适才得报，早有深心，查洪和林氏弟兄争论时，隐身一旁并未上前，查洪所说，尽可推作未闻，至多当众赔话。大仇已报，又有许多朋友在场，料也无可奈何。谁知查洪久经大敌，比他还精，一进谷口便在逐步留心。一见暗器飞落，料定来人是谁，不用手接，只用劈空掌向上遥击，枉自镖弩横飞如雨，全被老远劈落，眼看全身暗器用去多半，仇人衣服也未沾上，只得随手拾些石块夹杂乱打。正在发急，忽听前行两小孩出声叫骂，越发有气。他本不知黑、江二人来历，因听南明老人所差，又见年幼身小，当是老人所用小童，本意不愿伤害，及闻骂声，随手两石块打将下去，人已没入黑影之中。只查洪恃强，仍自居中护送，不向崖脚闪躲。满拟两小孩必沿崖脚外跑，连击两石未中，不能兼顾，只得任之。

　　他这里全神贯注下面，伺隙而动，沿着崖顶，连暗器带石块且进且打。下面黑、江二人早让过查洪等三人，贴崖往后溜去，后退约十余丈，打个手势，各运轻功，手足并用，援崖直上，一会儿上到崖顶。前望敌人，只得一个，相隔不过二十多丈，正用石块往下打得起劲。二人接连几纵便到那人身后，按照预计，一个往左，一个往右。黑摩勒首先戴上人皮面具，咕的一声鬼叫。那人做梦也未想到，这高危崖，两小竟会援将上来，如非黑摩勒想擒活口，随便一击，便自坠崖而死了。那人闻声失惊，方一回顾，右侧江明已如飞赶到，一指点向哑穴，当时擒住。黑摩勒便朝下唤道："查老先生，这黑乌龟已捉住了！崖太高，没有绳子缒他，你接得住，我便丢下，不然弄死也好。"查洪虽料黑、江二人必有举动，因要防护陈、钱二人，无暇回望，也没想到这快就会将人擒住，好生称赞，忙答："崖上附近也许有人，快丢下来吧！"黑、江二人应得声"好"，先是一条黑影抛落。查洪纵身一跃十来丈，刚刚迎上，接到手里，黑、江二人已自疾如飞鸟，凌空飞坠，恰与查洪同时落地。查洪见状惊喜道："无怪你们胆大，果有这样本领。这厮虽是可恶，看在主人份上，且留在这里，等我送客回来，见了主人再行发落吧。"黑摩勒笑道："客随主便，这个由你。不过我江家老弟所点的穴是萧隐君本门传授，另有一功，外人恐不好解呢！"查洪道："你小看我了。这轩辕百十八解我还记得，不要说了。这厮一来，前途必还有人，快些走吧。"说罢，径把那放暗器的敌人放立大路中间，重又上路。

黑摩勒道声"失陪"，含笑随众向前驰去，刚出谷口，便见对面林内闪出两个手持长剑的老头，手指查洪发话道："老查，我让你送小畜生出谷，也给你留下报恩情份了。我也决不伤他，只留下小畜生作押头，等钱应泰老贼回来，自作交代。本来等你将人送出山去，我弟兄二人一样也能将小畜生寻到，只为有人对我们说，今晚来人中有一乳毛未干鼠辈，口发狂言，要与我们见个高下；再者你适才说的那些话，太看不起人。如若任你将人送走，再去寻捉，我们面子也太难看了！我们让你也有步数，故来此地相候。如念大家交情。人已交出并已送出谷口，心已尽到，就此罢手，免伤和气。"说时，查洪早已须发猬立，眼里似要冒出火来。几次想要怒声喝骂，俱吃黑摩勒含笑阻住。**"含笑"，好，是大家风范**。听到末几句，实忍不住怒火，不俟话完，劈面怒啐道："不要脸的老贼！老祖宗不屑与你废话，快滚过来送死！"说罢，纵身便要上前。

林氏兄弟虽有助手暗藏身后，只等查洪出语伤众时，现身变脸理论，心终惧怕查洪气功，急忙往旁一闪，一面暗中戒备，一面喝道："姓查的不要倚老卖老，随口胡喷！真要变脸成仇，等我们把话说完，动手不迟。"说时，黑摩勒已将查洪强行挡住道："难为你偌大年纪，说话还不算数么？你不说桥归桥路归路么？我们怎约定的？你自送他两个出山，由我弟兄断后，包你有趣，这也值吹胡子么？是好的，这两只老狗又不离开花家，他如没打短命，你回来再寻他算账，不是一样？"查洪虽在怒极之下，因知二林既敢出面，还是适在花家言语激烈伤了别人，约有帮手同来。花家所约的人，除了广、潮两帮身居客体，不会和己为敌，下余主要人俱在明后日才能到达。目前这班人，并无一个能胜自己。但是二林如非人多，也决不敢有此举动。一恐负了南明老人之托，二则生平言诺必践，不能反悔。适见黑、江二人身手实是不凡，估量能够应付一节，与其在此相持，转不如依照前言分途行事，将人即速送向山外再行赶回。黑、江二人能胜更妙，如若众寡不敌，再来助他也不为晚。念头一转，哈哈笑道："小兄弟定要这样，我就送人出山，由你对付这两老猪狗好了。"

黑摩勒闻言，立时纵向前去，笑嘻嘻对林氏兄弟道："你们听见么？我叫黑摩勒，他是我兄弟江明。你如有什靠山，只管出来，把我二人擒住，走的人自会回来受绑，用不着鬼头鬼脑绕路到前面去拦他。再说要拦也是白拦，如连我两个都打不赢，别的更不用说了。"说时，查洪狞笑一声，带了钱、陈二人，道声"停歇再和你们算账"，如飞往外走去。二林中林飞彪心急性暴，大喝："老贼慢走！"身刚往前一纵，江明早一纵身拦住去路道："我两弟兄也非无能之辈，有本领的，拿我们做押头，不也一样么？"林内两人原是新到，不知底细。一则不料查洪会走，再听黑摩勒那么叫阵，知道这两小孩非比寻常。不胜自然好笑，胜了事更不了。因与林氏兄弟有点交情，又吃一阵明劝暗激，才允相助，本非心愿，二人又都好强，暗忖：查洪未说错话，无因可借。这两小孩口齿伶俐，如照年纪名望，林氏兄弟和他交手已觉不合，再出去两打一，传说出去，胜了都是笑话。如将他身后诸人引出，树下强敌，更是不值，意欲静以观变，相机而作。

二林见查洪已走，所约帮手不出拦阻，又急又愤。偏生两个小敌人又都拦路讥骂，口出不逊，不由心头火起。黑摩勒嘻皮笑脸，对林飞虎点手道："老东西，要动手就动手，哪有这许多啰嗦！"林飞虎随朝林内怒喝："方、苏二兄请追老鬼，我来捉这小鬼！"说时，手方一扬。黑摩勒脚点处一纵十余丈，到了江明身侧，落地喊道："明弟，还有贼在树林里做缩头乌龟。这里是路口，留神他们溜过去，吃老查笑话。你去对付那老贼，这个嘴边无毛的交我好了。"林飞虎见黑摩勒忽然往侧纵退，身法那么轻捷，心方惊奇，闻言才知黑摩勒想将去路挡住。那地方一边危崖刺天，一边绝壑无地，除正对谷口一片树林平地外，只当中丈许宽的山路，是通往前山必由之道，但自己已是成名多年的人物，方、苏二人更是个中能手，这两小孩竟没放在眼里。今晚如真被他拦住，传说出去岂非笑话，又见黑摩勒生得那么瘦小枯干，不禁又好气又好笑，怒喝："无知小贼！"正要追上。这时江明已和林飞彪动上手，听黑摩勒一说，应道："依你"，便舍敌人，朝前纵去。**直接交手，便似简单。这一交换对手，便有曲折。**

　　林飞虎只知黑摩勒近在江湖上异军突起，对江明未怎留意。刚将纵起去追黑摩勒，脚才离地，猛瞥月光底下，一条小黑影弩箭脱弦般迎面撞来，不由大惊，两下势子都是迅疾非常，身又悬空，变招换式均来不及，自恃武功，更不躲闪，百忙中运足气功，双掌运力，"顺水推舟"朝前一挡，喝声道"着"，方以为对方一个小孩，休说被双掌打中，就这一下硬撞，不死也必重伤。说时迟那时快！眼看双掌快要打上，猛觉小孩头往下一低，双掌同时打空，方觉不妙，当的一声，胸腹间已被小孩的头撞上，直似着了一下千斤铁锤，当时眼花口咸，两太阳穴直冒金星，头重脚轻，身子凌空往前一扑，奇痛昏眩中，还在妄想用杀手，顺势将敌人双足打折。敌人已在上面擦身飞过，两条小铁腿一曲一伸之际，借势又在林飞虎前胯骨间踹了两脚。虽因去势已成强弩之末，无什力量，一样也是难禁，身不由己，直撞出去三丈远近才行坠落。虽在重伤之后，因恐跌扑地上更是丢人，勉强提着气，将身一个翻折，仍用原式纵落。身在空中，以为一时疏忽，误中暗算，虽觉受伤不轻，为了半世英名，还想强打精神遮遮体面，落地便寻敌人，欲将他碎尸万段，以泄忿恨。创巨痛深，神志已乱，竟忘了内腑受伤，用不得力，当时只顾体面，未计利害，这一落地，便觉头昏眼花，手软筋麻，胸头作恶，口里发咸，"哇"地喷出满口鲜血，立时天旋地转，再也立脚不住。想起前情，不由急怒攻心，狂吼一声，鲜血似泉涌般喷出，就此晕死过去。

原来江明从小便在黄山苦练，深得师门真传。尤其练就一双神眼，敏锐异常。所习百禽身法，尤具无穷变化。人又持重虑后，不似黑摩勒轻率，自觉身在虎穴龙潭不可丝毫大意，贻羞师门。虽随黑摩勒行动，一言不发，心中常自戒惧。林氏弟兄出面，知道敌不止此，暗忖：敌众我寡，上来如不打倒两个，少时即能脱身，也是丢人。再和林飞彪动手，便知不是易与，越发小心。和黑摩勒一换，正想给敌人一个下马威，一眼瞥见林飞虎待要纵身追来，正合心意。忙把兵器腰间一围，觑准敌人发脚，纵身迎上。林飞虎哪知他是黄山萧隐君爱徒，所习百禽身法变化无方，妄想以硬功取胜，致有此失，如非武功精纯，就这一下，当时便毙命了。江明心善；落地回顾敌人落地便倒，又觉于心不忍，忙即纵回，朝林飞彪喝道："你那同伴弟兄起意不良，害人反害己，身受内伤甚重。我怀里带有伤药，你还不看看去！黑哥哥，他们也打我们不过，没人再出来，我们也走吧。"

林飞彪瞥见乃兄倒地，知道受伤不轻，手足情长，又恐敌人乘机赶来伤害，无如身被黑摩勒绊住，休想走脱，正在又痛又急，闻言只当仇敌有心说便宜话，方欲切齿喝骂，黑摩勒已接口道："我们照例不打死狗。那老头想是你哥哥，快看去吧，如要药时，我这兄弟带有萧隐君自配灵药，给你一块也行。"说罢，身刚往侧一纵，出了圈外。那林中隐伏的方、苏二人，听黑摩勒拦路喝骂，心中有气，本要出来将林氏弟兄换下，给黑摩勒一点厉害，忽见林飞虎受伤倒地，林飞彪也非黑摩勒对手，越觉面子难堪。心中有气，刚刚奔出，正听尾句，心内一惊，忙喝："你二人谁是陶老前辈门下？"林飞彪不料敌人松手，救兄情切，不顾答言，已向林飞虎身前跑去。黑摩勒明见林中二人奔出，身法绝快，知是劲敌，表面故作未见，暗中准备迎敌，出语讥嘲，未及开口，来人已先发话。江明最敬师执，一听方、苏二人口称"陶老前辈"，知非外人，恐黑摩勒说话难听，忙迎上前去道："只我江明便是。二位贵姓？"方、苏二人定睛朝江明细看了看，同失惊道："原来是你！十年不见，竟有这等本领，可佩服了！我二人名叫方倬、苏振春，当年曾在始信峰见过，那时老弟还小得很呢。这次花家的事，陶老前辈也要来么？"江明也想不起二人来历，随口答道："我们受人之托，来此只为救人。师父大约不会来吧。"方倬笑道："如此甚好，我二人也是友情所迫，并非得已。今晚之事，闻说主人谁也不帮，只我二人受林兄之约。今人已走，令师灵药烦赐两块。如见司空老人，请代问候。二位请上路吧。"黑、江二人万不料如此易于脱身，也颇心喜。当即由江明取出灵药，与二人匆匆作别走去。

林飞彪见所请的帮手反与仇敌成了朋友，又见兄伤太重，除却敌人灵药，万无生理。即他能够上前拦阻，也非对手。坐视两个小孩般的仇敌扬长而去，愧忿交集，自觉一世英名付于流水，无颜再回花家，含着老泪，方和方、苏二人商量，打算背了受伤的人不辞而别，忽听谷中脚步奔腾之声，正是花四姑因闻林氏弟兄不听解劝，约了新来二客同往谷外去截钱复、陈业，自己和查洪多年至交，知他脾气古怪，手又狠辣，怒发时什事都做得出，林氏弟兄又是远客，万一为查洪所伤，诸多不合。又知今晚来人是南明老人所差，善者不来，来者不善。如不参与，无论闹出什事，还可以查洪老友诸须相让，成心不问，来做借口。如若参与，一个不巧便丢大人。身是主人，其势又不能不问。正在左右为难，举棋不定，忽接谷中守望人报："新来的山东路上黑道朋友黑影子神偷何亮，在崖上用暗器乱打陈、钱二人，因有查老先生随护，人未打中，反吃今晚接人的两小孩偷上崖去，将他点倒，扔将下来，被查老先生擒住，放在路当中。因吃点了穴道，呆立在那里，言动不得。"

花四姑闻言，见同坐来客好些面有忿色，觉得太不像话。惟恐林氏弟兄再有伤亡，于面子上更下不去，偏生在座诸人一个也拦不住查洪，明知无用，于理不能坐视，便命苗氏弟兄同了两个有本领的好友赶往谷口，拦劝二林、方、苏四人，且罢干戈，即速请回。如要报仇，事完包在自己身上，决将钱应泰父子寻到，千万不可伤自己人的和气。苗氏弟兄走到路上，又接人报，林飞虎已为一小孩打伤，查洪业送钱、陈二人先走。少年气盛，越想越恨，暗忖：查洪惹不起。这两小辈如此可恶，须放他不过。难得查洪不在，正好下手，先将两小狗打死。查洪回来，他们先动手伤人，料也无话可说。越想越气，忙命人上崖晃动号灯，集众来援。苗氏弟兄出时，原有好些人随后赶来，想给双方排解。号灯一动，花家不知有何急事，立命能手出动追去。

方倬已由附近守望人那里取来温水，与林飞虎将药服下，人也渐渐醒转，只是急怒交加，受伤太重，不能出声行动。林飞彪和方、苏二人正在极口劝慰安心养伤，徐图报仇之计，苗氏弟兄和后援诸人已相继如飞赶到。问起前情，无不忿怒，当时便要追去。方、苏二人说事关查洪，敌人虽然年幼，身后却有司空晓星和假名萧隐君的乾坤八掌地行仙陶元曜，今晚保不同来？他们来意不过为救钱复，正好把人情卖在老查身上，任其自去。如因事生隙，寿辰这日岂不又多树好些强敌？苗氏弟兄终觉气忿难消，仍然率众追去。

方、苏二人心想：黑、江二人走得很快，况又隔了些时，决追不上。劝既不听，只得任之。苗氏弟兄随和众人顺着山路飞步往前追赶。刚追出五六里，行经平旷之处，遥见山口外信号灯连连晃动，跟着沿途三四处守望号灯一个挨一个也晃动起来，相隔时候并不甚多，却又不是报警信号。花家除山口设有眼线外，平日由谷口到山口这条长路，并未没有望楼灯号。近因村中不时有人窥探，家人一个也未擒获。江湖上朋友越来越多，广帮中人就在日内到达，才在沿途添了几处守望。本意防备加密，多些耳目，实则山路多歧，又易攀升，除非公然直入可以发现，来人地理若熟，或是本领高强的能手，踪迹稍微隐秘，便难觉察，只为壮点声势，并无多大用处。苗氏弟兄一查灯号，便知山外来了远客。适走敌人，并未发觉。查洪是自己人，带人出去，不用灯号报信还有可说；这两个敌人，自己出谷时已命人用灯号传知，前途发现踪迹立传信号，以便追赶，怎会一处也无人发现？暗骂道防守人都是饭桶，方自有气，率众加急追赶，前面不远山角上灯号接着晃动，看出来人甚多，已快临近，猜是广帮中人集众同来。远客初到，丢脸之事便被遇上，未免不好意思，忙嘱众人速将兵刃佩好，由苗成上前相机答话。刚刚说好，便见十余条黑影由远而近，如飞走来，相隔三五丈便即立定。

内中纵出一人，手举名帖，到了面前答话，果是广帮恶丐蔡乌龟约来的一干党羽，尽是广、潮帮中有名人物。正应答施礼间，金眼神猊查洪独自一人也如飞回转，见苗氏兄弟率领多人，各佩器械，灯火齐明，径前喝问："你兄弟领人出来作什么？"苗秀方要答话，苗成比较年长持重，正和来客叙话，瞥见查洪辞色不善，暗忖：此老既回，敌人必已逃出山去，再追也是徒劳，不如忍气圆过这一场为是。忙插口道："适接山口信号，因报信人今晚酒醉，说话颠倒，不知是敌是友，忙即追来。出谷又接信号，才知远客光临，不及放下兵刃，沿途迎接到此。适见名帖，俱两广路上有名英雄，为应蔡老前辈之约而来，内中还有你老人家两位朋友。我们还未及上前拜见去呢。"

查洪原是护送钱、陈二人出山，路还未出一半，便遇上虞干。虞、查二人本来相识，查洪问知入山接应，行踪甚秘，无人觉察。回去走的又是昔日阿婷接引陈业出山的那条僻径，即使林氏兄弟命人埋伏堵截，也遇不上。加以虞干因听黑、江二人在谷口外遇敌争斗，虽然两小兄弟本领高强，终以身在虎穴，二林等人均非庸手，寡不敌众，恐吃人亏，再三劝他回去。

查洪便别众人回走，途中恰与黑、江二人相遇，问知前情，查洪好生夸赞。因已无事，便拉二人就路侧崖石上坐下，谈了一阵，才订后约而别。因送虞干等人走了一段，岔入歧路，所以广帮来人走过，不曾相值。查洪却见号灯连晃，心疑花四姑受二林蛊惑，不给自己面子，派人追赶，心中本就有气，归途又见苗氏弟兄大队人众明火持械，越发忿怒，正待发作，闻言方始气平。便问："我那朋友是谁？"苗秀便接口答道："乃是广西白象山的铁手箭狮王雷应和他小姐玉钩斜雷红英。"

雷应与查洪是十余年前老友，原在北五省做独脚强盗，自从隐居白象山，已然洗手多年，不知怎会和广帮中人一气，并还带了女儿同来。方待往下追问还有何人，对方雷应认出查洪，已和一僧一道带了爱女雷红英走将过来，同时苗氏弟兄见来客走近，不愿再说，也忙率众迎上前去，纷纷请问姓名，各叙寒暄，同往回路走去。

查洪见一僧一道正是自己上半年专人前往约请的河南新蔡县宏化寺方丈神力罗汉志朗、福建兴化长清观住持火真人哈妙通，余下俱是广、潮帮中有名人物。问知蔡乌龟因听对头方面约有丐仙吕瑄等剑侠助场，虽然花四姑也约有几位精通剑术的人物，到底帮手越多越好，卑词厚礼，费了不少心力，竟将罗浮山神女崖隐居的剑仙三光真人郭云璞约请出来。近日又由郭云璞转约到湖南长沙桃花村主吕宪明，准在花四姑生辰前二日一同赶到等情。

查洪当晚只为报恩心切，又和黑摩勒一见如故，本心看不起二林兄弟，所以独断独行，任性而为，实则始终仍是女铁丐花四姑的死党，并无二意。钱、陈二人一经出山，未生事故，便算对于南明老人交代过去，不复再在心上。当广、浙两帮借地讲理，事一发生，早就担心浙帮势盛，能人太多，不惜破例向人求助，专人往请这一僧一道。自己也知性情不好，以前都得罪过，又是多年生疏，未必能够请到。只为花四姑再三恳托代约能人助拳，以免到时丢脸，不得不试碰一下。后来去人归报，僧道俱往两广云游，不在庙中。花四姑因这一僧一道本领高强，仍不死心，径命原人又往两广追去。

查洪眼看日期越近，音信全无，方恨二人不给面子，忽见应约同来，并还代约了雷应父女，不由兴高采烈，喜出望外。他本气壮声洪，加以酒后兴豪，旧友重逢，越发肆无忌惮。苗氏弟兄得信欢喜，**老查喜怒任性。**自不必说。那些来客，见一入山口便有人盘问，晃动号灯，没走一半路，主人便即率众迎出，又见查、苗诸人高声笑语，俱以为防备周密，外人不会走进，都是自己人，无庸避忌，于是主客双方全都随意说笑，空山回应，听出颇远。

查洪满拟黑、江二人已早赶出山去，哪知黑摩勒胆大心细，查洪走后，号灯晃动，看出由外而内，自己人又未被他发现，并由僻径先走，料是来了外人。凭高遥望，看见灯笼火把簇拥多人跑来，山口一面又有十几条人影顺着入山大道前行，脚底俱都甚快，沿途守望人的号灯也随着来人行进，接连向花家一面晃去，越知所料不差。暗忖：适才花家大闹，查洪虽是他们自己人，行事也极令主人难堪，说话更犯众怒，而所遇先后共只三人动手，还俱是钱应泰的仇家。如有能手高人在内，见此情景，决不容让。知有本领的都还未到。夜间忽有多人入山，相隔老花婆寿辰又近，再看身法，定非庸手，决意冒险赶往探个虚实人数，归报晓星，好与浙帮中人通知，早作准备，便拉江明重又反身追去。**所谓"胆大包身"。**

二人脚程迅速，查洪又是刚走不久，一会儿便被掩在身后。及至查洪和双方来人见面叙话，同往谷中走去，黑、江二人尾随在后一听，才知花四姑和广帮所约能手甚多。单自己知道的那雷应父女和那一僧一道，已然够人应付，何况内中还有郭云璞和吕宪明在内。这两妖道俱是昔年华山派烈火祖师门下，不但精通飞剑，还擅好些邪法异术。因当年峨眉派教主妙一真人承继道统，光大门户，到处诛戮异派妖邪，无处存身，郭、吕二人同门至好，又最好猾，看出情势不妙，竟自背了师门，借故滇南访友，一去不归。彼时各正派正举全力扫荡妖邪，二人忽然失踪，以为又遭正派毒手。二人却偷偷同回吕宪明的俗家，变卖田产，隐姓埋名，隐居长沙桃花村中，避了多年，不曾出世。近年来因对头强敌多已道成仙去，重又出现，仗着飞剑法术，渐渐故态复萌，并在闽、浙山中辟了两处道观，各收恶徒。所幸惊弓之鸟，仍有许多顾忌，不常出头露面，恶迹还未十分彰明。**作死作死（作读平声），不作不死，作则必死。**

去年黑、江二人便又听师长说起，还嘱遇时务要小心退避，不可迎敌，闻言不禁骇异。因见对方只管高谈阔论，往谷中拥去，意还未足，仍打算尾随深入，探个仔细。眼看随抵谷口，正要掩身深入，二人猛觉眼前白光微晃，方觉不妙，身已不能转动，被人挟去，凌空而起，和腾云驾雾一般往来路飞去。

江明先虽吓了一跳，离地以后，便觉出来的好似熟人，又朝山外飞去，料知不是外人，始终未动。黑摩勒自从出世以来，从来没有吃过别人亏，未免气忿。飞起不远，觉着身能转动，因脸朝侧面，看不出来人形貌，正在暗运真力，待要强行挣落，忽听身旁喝道："强敌少时即至，快随我走，不许妄动！"黑摩勒听出语气不似敌人，这才明白来的是位前辈高人，方停挣扎。来人已挟二人舍却正路，往斜刺里高崖上飞越过去。刚刚飞过崖顶，便听一种极细微的破空之声由山口那面远远传来，跟着身也落在实地。未及回望，来人已先低语道："你两个先见识见识敌人是什来路，省得日后专一胆大妄为。"二人本已瞥见来人是个矮胖长髯老者，并非所料素识人物，闻言不暇回答，那破空之声已由远而近，忙抬头一看，只见几条红线夹着一道尺许长的黄光，流星过渡般由高空中飞过，直往花家所居深谷一面投去，一瞥即逝，知是剑仙一流，好生惊异。回顾老头，仍立身后，连忙一同下拜，叩问姓名。

老头含笑道："贤侄起来，我姓马，家居天山。近往雁荡访友，本不知这里的事。昨游武夷，无心中遇到一个峨眉漏网的五台余孽，探悉广、浙两帮丐头在此借地讲理比斗。本无心管此闲账，一则华山派余孽郭云璞、吕宪明也在助纣为虐；二则浙帮中有我老友在内。既知敌人势盛，不容袖手，本定到日再来，今日闻得晓星住处，赶来探望，又遇到江贤侄的令师，得知郭、吕二贼已和广帮恶丐动身前来。算计今晚必到，你两个此时恰用南明老人令符往花家要人，难保碰上。惟恐人小胆大，不知利害轻重，吃了人的亏。他二人尚有他事，无暇前来。我已听狄遁说起过你二人的资质，颇想一见，特意赶来，到时正值你们送走查洪，尾随在后。小小年纪有此胆智本领，果然可爱。先想由你们闹去，好在有我暗中保护，纵被识破，也无妨碍。快到谷口，忽听远远飞剑行空声息，知是妖道等赶来，这两妖道俱是以前华山派烈火祖师门下，妖法飞剑，厉害非常。便我也只能勉力抵御，难占一点上风，**欲抑先扬。把对头渲染的厉害一些，便吊起读者胃口。否则如前文，黑、江摧枯拉朽便收拾了何亮与林氏兄弟，未免太平易了。**因此将你二人带走。你所接的人已在途中。先遇此事，已告一段落，由他自去，无须再往相见。可随我回到虞家，乘这四五日期限，早作准备。我送你们到后，尚须往约能手，迟恐无及。我们走吧。"

二人一听，知道来人便是闻名已久的天山飞侠老少年神医马玄子，与司空晓星、陶元曜诸位师长俱是多年莫逆之交，双双重又下拜。正述仰慕，马玄子已催二人起立，一手揽住一个，将脚一顿，一道白光凌空飞起，先顺崖后低飞，快到山外，方始破空入云，疾如电射，不消片刻，便达永康，径往尧民后园之中落下。

二人一看，只江明的师父乾坤八掌地行仙陶元曜一人在彼，忙即上前拜见。马玄子和陶元曜匆匆说了几句，便自飞去。黑摩勒一问，才知晓星已因约人外出未归，陶元曜为等马玄子回来商量，来此相候，已就要走。二人禀过花家虚实，陶元曜行前嘱咐二人："广、浙两帮约会已定日期，还有五天。在此期中，不许再往金华，到日自有吩咐。"

黑摩勒因已答应查洪，不便失约，当时未怎么回答。尧民后园自从晓星久住，便不许人再进园去，只有执役二童司空见惯，又因晓星嘱咐，守口如瓶，勿须避忌，所以诸人随意往来，一点也未惊动主人。

黑、江二人恐江母、小妹悬念，送走陶元曜后，便即越墙飞出，赶往舜民家中，径由江母所居后园入内，见了江氏母女，说了经过。江母听说一娘母女现居金华，便朝小妹看了一眼。江明恰好看见，便问："阿娘、姊姊，认得蔡大娘么？"江母未及答话，小妹先抢答道："我和她母女素昧平生，怎会认得？"江明见状越觉可疑，便存了一分心，知小妹不会吐口，便不再问。谈了一会儿，黑摩勒始终惦记和那断臂丐斗上一下，对小妹说："持有司空叔手条，托方岩一个断臂花子转交丐仙吕师叔，实为姊姊取衣之事，明日须要早起，告辞先睡。"

小妹知道二人天亮起身，行前不会再见，又听出黑摩勒口气，日内欲赴查洪之约，江明定必同往，不便拦阻。便劝二人说："花四姑家中既然约下精通飞剑的能手，常人决非其敌。好在陶世伯、司空叔俱是此道中人，马、吕二位前辈也是剑侠一流人物，况又约有别位高人。你弟兄二人虽有一身本领，毕竟飞剑不是可以力敌，能随诸位师长同往，相机进止最好。如为应了查洪，不便失约，也只可作为查洪约往看热闹的朋友，不俟正日诸位伯叔师长驾到，千万不可多事，动手更来不得。"

黑摩勒知江氏母女不放心，力说："伯母、姊姊请勿担忧。花家煞有能人，此事不同儿戏。我弟兄不去便罢，就去，也必先对司空叔说过，定必小心在意就是。"小妹喜道："只要不多事和人动手，郭、吕二贼和老乞婆即便明知仇敌，见你二人这点年纪，也必顾全颜面，不会为难。查洪又是怪脾气。除非你们自找无趣，就有嫉恨的，也干看着没奈你何。大弟既听愚姊之言，还有什不放心处？请安息吧。"

两小弟兄回到卧处，同榻抵足，又商量了一阵。黑摩勒虽然胆大，也觉别人尚可，郭、吕二人俱精妖法飞剑，实不好惹，这二次前往，锋芒务要敛起。江明却说："此去既不出手，有何意味？坐视妖道猖狂，反而生气。与其在花家枯守，还不如候到正日，随诸位师长伯叔同去呢。"黑摩勒从不失信于人，闻言暗忖：江家大姊正不放心他兄弟，**亲疏有等差，也是人情之常**。就此撇下独往也好。笑道："我的意思也是如此。且等明日方岩回来再打主意。各自睡吧。"江明信以为真，竟自睡去。黑摩勒直盘算了一夜，略微合眼，天色已明，匆匆爬起。洗漱完毕，小妹走来，叮嘱二人归吃午饭。黑摩勒说："今天须往方岩散钱，恐赶不回。打算在外买吃。"并把北山查洪之约业已作罢说了。小妹闻言好生喜慰。**一点私心，合情合理**。

二人辞出，先往尧民家中去寻晓星，仍未相遇。黑摩勒昨要的银钱已代备好，放在桌上，共是百十两碎银子和百十串大钱。江明说："这多的钱，多有累赘。"黑摩勒说："我有法子，你不要管。"随命小童向厨房借来两个竹篮、一根扁担，将银钱分两头挑起。正开后门往外走，魏良夫和钱新民忽然走来相见。一问黑摩勒，只得说了大概。良夫便说："方岩会期仅剩两日，早欲往游。二位小侠有此义举，我二人也有一点余钱，同往施舍如何？"黑摩勒不便拦阻，便请二人将钱取来，由己代散。同行无妨，到了那里须作素不相识神气，须俟散完招呼，始可同在一起游玩。良夫也没想到内中还有文章，忙令人将钱取来。二人共凑了三百银子。尧民昨受感冒，在上房养息，也没告知。新民欲令下人将银子全换成制钱挑往，人随后去，黑摩勒力说："无须，银子也无须兑换。"良夫因二人腿快，既作不识，何必同路？便和二人约定地点，请其先走，一面命人向厨内备好酒食，另外着人挑去。自和新民随后起身。

黑摩勒知道此时尚早，二人还有好些耽搁，如有什事，到时早已过去，银子又多出一两倍，越发高兴。随后作别，由后园门溜出，转向岩下大路，如飞往方岩胡公庙跑去。香汛将终，沿途游人香客络绎不绝。二人年纪既轻，黑摩勒身更瘦小，长就一副怪相，却用一根长大扁担挑着百多串钱，步履如飞，朝前疾奔，加上跑起来快得出奇，晃眼便被越出老远。游人见了，无不惊奇万分。有那上次见过他散钱的人，再添枝加叶一说，于是越传越远，连那本不打算去的人，也三三五五随后赶去。

黑、江两人一心想在良夫新民到来前和断臂丐较量一下，只顾飞步前驰，别的均未在意，一会儿到达方岩。正走之间，忽见七八十个乞丐齐声呐喊"来了"，蜂拥而上。黑摩勒先只当是上次散钱群丐多认识自己的缘故，眼看迎头，暗忖：以前连来两次，这里叫花极为本分，从不强讨恶索，施舍由人，永不争抢。并且散在沿途，各有地段，岩脚下人数寥寥，怎会聚了这多，声势汹汹，一拥而来？念头一动，猛想起前日断臂丐相戏之事，料又是他怂恿，不禁有气，这时双方相隔只得丈许，立即厉声大喝道："这里不是地方！可去书院前空地上，由我看人发放。"

群丐意似不服，刚刚一声呼噪，黑摩勒业已身随人起，脚点处一跃十来丈，连人带挑，竟从群丐头上飞越过去。江明紧傍黑摩勒身侧，见他越众飞起，也跟着纵身飞起，因没挑着重担，又是有心炫耀，比黑摩勒飞得高远得多。岩上下游人见状，不由轰雷也似起了一片喝采声，半晌不绝。群丐原是受人指使，见此情形也都相顾失色，不敢再闹。黑摩勒仍若无事人一般，飞跑赶上江明，头都未回看一眼，径直往书院前空地上跑去。经此一来，上下游人俱往一处凑拢，纷纷尾随在二人身后，等到书院前，人已越聚越众。

黑、江二人先择一平地突起两丈多高的怪石，带了钱挑纵身上去，朝下面高声喝道："适才苦朋友们俱请过来，我有话说！"群丐闻呼，齐声应诺，朝石前围去。黑摩勒见断臂丐等均不在内，好生扫兴，心想且将银钱散完了再说，便笑对下面道："实不相瞒，我和诸位一样都是穷人，此来散钱，既非炫富，也非沽名。只为昨日来游方岩，恰巧身上带有别人给我的酒钱，看见诸位沿山上下募化，心想会期将完，我虽穷人，还有长辈伯叔随便给我花用，诸位却是没有，意欲慷他人之慨，讨些来分与诸位。因不知道人数多少，才把银子换成零钱，按人分散，借此查点人数，以为再来分送之计。无心之举，不曾想竟把贵行中一位断了臂膀的朋友得罪。后寻他不在，留话旁人，要我第二天来此寻他。昨有要事，无法分身，今日一来为践那日送钱之约，就便向断臂朋友领教。现时他未在此，他爱吃酒，想必还在醉乡，没有到来。天气还早，不妨多等他一会儿。日前计算，岩上下共是三百四十六位苦朋友，另有五位不在其内，也许还有遗漏。照我今日向人募来的钱、银两样计算，大概每位可以分得一两多银子或是一千多钱。不过银子多是整块，来时匆忙，忘带夹剪戥秤，懒得回取，全凭手掐，分两不会一律，各人凭运气，请不要争多论少。我知这里苦朋友岩上下各有地段，如能破例，都请到这里来一同分散，省我点事最好。否则也请把本段的都请了来。如若来迟，我只照着面前的人散放，只一离开现地去往别处，任人多少，也不再补送了。如有人遇见断臂朋友，也请关照他一声，说他想收作徒弟的小孩，现来应约寻他，向未来的师父先学点乖，此时他正向苦朋友们送钱。他虽也是穷人，但还不是贵行，既不犯贵行中规矩，也未背人发狂欺人。只是拿尊长朋友赐赠银钱，对苦朋友们表点敬意，散完即去寻他。要想收我做徒弟容易，说点便宜话，或是支使人出来扰闹，大可不必，徒自耽延时候还在其次，如再因人一闹，我见诸位不肯容我尽心，我将这钱留来买醉，岂非无趣么？"**口舌闲气。**

说时，瞥见群丐中有七八个另立一起的，一面目注自己说话，一面带不屑之容。说到中间，内中有两个正在交头接耳，朝自己努嘴。忽由人群中挤进一个少年花子，跑到二丐跟前低声说了几句，二丐立向同立诸丐将手一摆，一个跟一个闪向人丛之中。

黑摩勒目光何等灵敏，先见七丐不随大众一齐上前，遥立旁观，面貌俱生，不似前日见过。方岩花子以残废和年老的占最多数，年轻的极少。这七丐都是年纪不大，内行人眼里看去，个个都是体格坚强，真力弥满。那说话的两个更生得年轻秀气，尽管风尘肮脏，精悍之气依然现于眉宇，一望而知为隐迹风尘中的奇人异士，便留了心。

江明更因侯绍说那断臂丐和阴阳脸的一个，都是江湖上有名人物，不大好惹，知道这类恶丐心狠手辣，阴毒狡诈，连丐仙吕渲那么严肃的帮规，门下都会出了许多败类，人性不一，可想而知。自己这一上来便即炫耀本领，黑摩勒适才又说出那样有骨子的挖苦话，惟恐遭人暗算，随处都在留神。**所谓"观敌掠阵"。**一见七丐溜去，并未向人丛中伫立，径自分别绕出人后，相继失踪；只有一丐身量最高，左耳只剩半个，比较易认；去时恰值山坡下爬上两个乡民，两下几乎撞上，这才看出去处是院侧一个崖坡，下面深草没肩，丛树密茂，极易隐身匿迹。七丐由此穿行，所以不易看出。再往前仔细眺望，当头一丐已在前面丛草中现身，正往书院后面树林中绕去，知道林内必是对头聚集之所，心中一动。暗忖：双方师长多半深交，本算是一家人。断臂丐说话虽然狂妄，黑哥哥也太气盛，本不知道来历，怎能全怪对方？昨晚劝他径寻断臂丐转交司空叔信柬，使其自愧，不和他斗，偏是不听。**写江明态度，便显出作者态度。不一味偏向黑摩勒，是还珠写人的长处。**那信现在自己身旁，何不偷偷赶往，见机行事？如能解脱这场是非更好，否则使对方知道彼此渊源，动手时节也可互让，不致真成仇敌。想到这里，便说要在野地出恭，悄悄循路赶去。

黑摩勒见话完群丐齐声谢诺，毫无异状，算计先走七丐敌党必是看见自己不好欺侮，偷偷溜走，径寻断臂丐、阴阳脸等首脑，商议如何设法对付自己，找回场面。下剩俱是庸庸之辈，懒得多说。决计先散钱，钱完上面群丐得信不来，必为地段帮规所限，说不得还须往岩上一行。好歹将银钱一齐散完，践了前约，再寻对头较量。便令下面群丐，十人一排，上面站好，随手将竹篮中钱抓起十整串往上掷去。彼时银价，每千钱也值两多银子，足够一个人三五月的用度。花子们自是纷纷喜谢，**慷他人之慨。呵呵。**欢声雷动。旁观的人众见此义举出诸一二幼童，又有那大本领，又是希奇，又是称赞，众口喧腾，议论不绝。

黑摩勒先见群丐拦路喧拥，似欲抢夺之状，以为这些穷人不知好歹，善门难开，如换旁人，岂不反为所窘？可见其穷，实由自取，不值怜惜。只为言出必践，心早凉了一半，断定散钱时必要闹鬼冒领，故作随意散放，漫不经心，暗中将一整串钱绳捏断，藏了几枚在手里，两眼留神偷视，准备一经发现便即加以惩治。谁知这些乞丐俱极本分，感德知恩，自经吩咐，老是十人一领，各找熟人相好，等在一旁，挨次而前，一点不乱。为首两人将十串钱扛向肩上，先率十人，朝上齐声唱喏称谢，便往左侧空地走去，按人分发，公平已极。第二拨也是如此，不用招呼，是得钱的站在一起，并且把钱都各扛在肩上，自显分别，始终没有一个取巧混领、想得双份的。益发断定以前喧嚣作闹全是受人所迫，非由本心，不由又回了好感。心想这些恶丐枉自还是前辈剑侠丐仙吕瑄门下，人既不通情理，还要仗势欺人，阻人为善，实是可恶。今天无论如何也须给他看点颜色。

一会儿下面群丐，全数散到，共是九十八人。黑摩勒便问：“还有二三百苦朋友未来，可是限于地段不能来么？”群丐中有两个年老的正在相对低语，闻言赶过，躬身答道：“本岩同行虽分有几个地段，遇上这类善举，又有善人招呼，远近都可前来。只不过向本段老大打个招呼，再客气的事后每人出个二三文钱的公份，送点公礼，就到底了。适才善人一说，我们派人往各地送信，其实不送信他们也早知道，定为人数太多，他们当家老大人极忠厚小心，此时必在齐众，排好人同来，大约也快到了。”说时，前去七丐忽有二丐回转，也不向前来讨，自往青石上一立。两老丐随即回身，将自有的两串钱交与，神态甚恭。二丐始而摇头，表示不屑。老丐躬身谢了，已重搭向肩上。二丐中有一年纪较轻身短面麻的，忽然伸手，向一老丐嘴皮略动，随手将他肩上成串大钱掳了一截下来。两老丐随率手下群丐缓缓走去。二丐仍是兀立不动，面有笑容。

黑摩勒料知不是好相与，此来必有所为。心方寻思，忽见拐角上游人纷纷让路，跟着转过一群花子，约有二三百名之多，由日前林中后来的丐头率领，排成行列蜿蜒而来，到了面前躬身施礼。黑摩勒照前说了，丐头领命，向众大声晓示。齐声应诺称谢之后，黑摩勒道："我钱已没多少，现散银子由我手掐，轻重恐不一律，不过相差也不会多大。请大家接到便下，不要争执。"那银多半十两一锭，本可交与一人拿去，自行分配。因见前走七丐又有两丐杂在人丛以内，旁立麻丐也混了过来，有心施展，江明久去不来，也未在意，径从竹篮里拾起一个五十两头大锭，拿在手里，暗中运用从小练就的内功神力，双手一撅，先撅成了大小两块。大的一块仍扔篮内，将那二十来两重的小半块，运用神力，合掌一揉一搓，立成了根尺多长的银条，跟着骈起右手双指往上一夹，剪成两许来重的碎银块，应手而落，随夹随朝下面并立的十个花子挨个抛去。夹分完毕，又取大锭。

旁观香客游人，见那成锭纹银到了黑摩勒手上，直似面团一般，揉搓夹铰无不从心，一点不见费力，不由轰雷也似重又叫起好来。花子们好似早已料到，十人一排挨次领完银子，齐谢一声，回身便走，直如未见，也无一唤好。

黑摩勒照样分完了两锭五十两头整银，不见对方出人答话，以为业已镇住，心中好笑。见剩下还有一锭大的，余者都是三五两的零碎银子，偷觑先后杂人丐群中的敌党四丐，并无动静，只杂众人闲看，也不上前索银，也不走去。敌人不来答腔，何苦费力？*真是小儿心理*。正想借词唤来丐头，令代分散，及早寻那断臂丐去，耳听众游人香客采声住处，似有一丐在说："这一百钱都不经用。我想向他换点银子买酒吃。"循声一瞟，正是那麻脸的。先前麻丐向老丐要了一截制钱，黑摩勒便留了神，闻言知要出手，乘着俯身取银之便，就势暗中抓起一把制钱，喝道："我和诸位结缘交朋友，可是银子和钱都是别人助的。银子成色不好，可以来换，或是添些与他；钱已被我散完，只剩百多个，如嫌不好用时，只这一点，一个换一个，换完拉倒。银子我不会折合，占我便宜卖乖，我没那呆；换少了我不忍心。要想拿钱换银子，这个不行，钱换钱还可以。"边说边取散碎银块往下撒放，暗中却在留神戒备。

麻丐原奉断臂丐之命前来约晤，顺便给他看点颜色。及见黑摩勒小小年纪功夫这好，也自赞佩，只嫌他狂妄，心中有气，本意受了丐头之托，想等他银子散完，游人散去，再借换钱开端，不料被黑摩勒耳尖听去，再不接这过节，未免难堪，不由气往上撞，心想：点到即止，使知厉害。随声喝道："我已拿了阁下百十个破铜钱，肯换最妙。人多我挤不过去，你接住吧！"说罢，手扬处，先是三个制钱联翩飞到。黑摩勒早有防备，一看敌人手法，便知是金钱镖能手，暗忖：我四岁起便随恩师学这玩意，还惧你么？随喝："我懒得接！一个对一个，对换吧！"说时，叮叮连声，手中制钱已然发出，恰向麻丐来钱打个正着。

麻丐满拟黑摩勒手法多快，这连珠打法决难全接，只挨上一个便丢了人，无法说嘴，不料三钱全被击落。手法灵准还在其次，尤难是下面人多，敌人身立高处以钱击钱，非误伤人不可，偏都打向身侧空地之上，无一飞落人群。方自失惊，黑摩勒哈哈笑道："麻朋友，你有百来个破钱么？怎只换这三个？莫非想把新换的拾起再换么，那就请快拾去。再迟，我不等了。"麻丐闻言勃然大怒，冷笑道："我是怕人着了误伤，辜负你的善心。既这样，你就接吧！"说罢，手扬处，一连三四十个连珠飞出。

黑摩勒早看出他会满天花雨撒金钱的手法，知道这类暗器全凭指力，练到了火候，发将出去不走直路，宛如蛱蝶翻飞，忽上忽下，倏忽变幻，耀眼生花，一碰就拐弯，略一转折，重又直飞过来，又劲又急，最难抵御。**金庸笔下的暗器颇有借鉴于此的。**且喜自己对于此道独得本门心法，单目力就练了三年，已入化境，喊声："来得好！"故显本领，竟将钱分双手一齐同发，并不远打，直俟临身四五尺，方照来钱打去。只听一片叮叮之声，密如串珠，两面五六十个制钱互相激撞，在日光下闪闪生辉，似一窝蜂般，高高下下，往左侧崖下草里飞去。引得众人又是一阵喧哗喝采，齐声喝骂麻丐不是好人！

麻丐也颇知机，见这情景，知敌人本领高出己上，便即住手喝道："小朋友果然不差！我们在那后山亭中候教如何？"说罢，不俟答言，便自闪入人丛之中。下余三丐也同隐去，黑摩勒应声"必到"之后，猛想起江明出恭，为何这久不来，莫非遭了这班恶丐所欺不成？心思一乱，加以敌人已然出面来约，丞欲前往，不愿再散下去，便把老丐头唤过，自己只将零钱留了三百，下余全数交与他，令其代为分散，随往石后纵落，避开游人眼目，绕道往院后山亭赶去。有那好事的游人跟踪赶过一看，已无人迹。

且不提游人香客纷纷议论，且说黑摩勒正走之间，忽见路侧纵出一个少年花子，将路拦住，年纪约有十七八岁，衣着尽管破旧，却洗得十分干净，皮肤甚白，二目有神，面容也颇英秀，看去短小精悍，不带一点风尘之色，直似一个落魄故家子弟，哪像什么花子？黑摩勒也颇有点眼力，情知善者不来，又是初见，暗中留神，故意笑问道："你是将才没有赶到，找我要钱的么？可惜你来晚了，钱已散完，只剩几百铜钱，要留着买老酒吃，不能给你了。我看你年纪轻轻，一表人才，像个读书人，什么生意不好做，却来做这行当？"

少年闻言，先只冷笑不答，听到末两句，忽然哈哈大笑道："小儿你知什么？小爷万金家私，全拿来散给穷朋友。人生一个戏场，要名要利则甚？我现时孑然一身，游行自在。宇宙之大，尽我逍遥。寄迹风尘，正是英雄本色。你懂什么！**义正词严，立论不俗**。起初听人说你小小年纪，虽然招摇，颇有一点门道，胆也不小，心中爱惜，特意赶来先见一面，不想说话这等俗气，真是可笑！你不是要寻那断臂膀的么？他是我师兄。他们恐怕引得游人来看热闹，惊骇世俗耳目，犯了本门规矩，现已离开山亭，往别处等你去了。以我想，你决不是他的对手。好在再有几天我们便往金华北山赴约。花家设有擂台，谁都可以上场，如在那里相见最妙。真要今日分个高下，你先把我打倒，便领你去。如连我都打不过，那就不必再去现世，他也不好意思收你这宝贝徒弟，请回去吧！"

黑摩勒暗查少年神情，知是一个劲敌，闻言忽然想起，近听司空师叔说，丐仙吕瑄三年前收一独身侠盗为徒，名叫卞莫邪，是吴中世家子弟，生得一表人才，自幼好武，学了一身本领，文才也有极深造诣，父母死后，遗留下数万家私，不到两年，全都济贫交友，散个精光，仗着轻功极好，便在江南路上做了侠盗。自从拜在丐仙门下，便又隐身为丐，游戏人间，不时仍做那偷富济贫生涯。丐仙清理门户以后，本已禁止门人再有盗贼之行，只他一人独邀特许。他也委实武功精纯，洁身自爱，永不同流合污。初会丐仙时，还是富家公子。丐仙有意试他，用一样新采得的药草，卖他万金重价。他竟一口答应，将草买下。本是少年任性不肯输口，成交以后，随手交与游山小童。不料小童竟给他带回家去，用一花盆种好。过了两日，此草果如丐仙所说，结一异蕊，夜发幽香。一时福至心灵，如言采服，一连睡卧三日方起，由此身轻力健，迥异往昔。此时年已三旬，因借灵药功效，身材又极清秀，看去只和十八九岁少年相似，江湖上都称他为美花郎。这少年花子破衣洁净，左颊耳际，又有一粒豆大红痣，正与平日所闻相类，断定是他无疑。知遇劲敌，不禁把骄敌之气敛了几分。暗忖：丐仙与师父师叔俱有渊源，如若给他叫明，彼此都难交手，久闻此人身轻如叶，练就一枝软藤杖，厉害非常，莫如先斗他一斗，看看名可副实。便笑答道："你少胡说！我是对哪等人说哪等话。你如同我换个，看见像你这样年纪轻轻的大家破落子弟，只恐教训得还凶呢。听你口气，定是断臂膀的同党了。我也不知你们来历，但是天下事有个情理。我在方岩见你们贵同道人颇多，想送几个，无如带钱不多，换了铜钱，按人发散，记个数目。我因有一约会要去，一时性急，散得快些。就算我是逞能，并无开罪之处。我和他素昧平生，无缘无故背后骂人，面还未见，便要收我做他徒弟。今早来此散钱，又两三次支使贵同道与我为难，自己却不露面。我辈中人行径，可有这样的么？你既代他出头，必也和他同是一类人物，真怪替你可惜的。"

那少年正是美花郎卞莫邪，平日本不怎喜欢断臂丐，因是同门先进，不得不虚与周旋。这次原奉师命，为了金华北山之事，向断臂丐等传示机宜而来。到后闻说有一幼童在此散钱之事，一听生相和情景，极似江湖上近一二年传说的神童黑摩勒。因先去的几个同门俱多半知难而退，只有一个心中忿怒，自恃满天花雨洒金钱的连珠钱镖，想给人家看点颜色，不料敌人功夫比他还强得多，虽然发话引了前来，看那神气，断臂丐也未必能占上风。初意自己这面来历黑摩勒不会不知，断臂丐素常狂傲，打算任他碰上一回软钉子。继一想，那多不好，总是同门师兄，既恐弱了师门体面，又恐双方胜败难定。黑摩勒纵然生具异禀，曾得高明传授，毕竟年轻，出道不久；断臂丐奇功别擅，为同门中有数健者，久经大敌，心辣手狠，万一在气忿头上，用阴毒手法伤了黑摩勒，不特从此二人结下深仇，司空晓星等老前辈决不甘休。那时曲在自己，连师父也跟着丢人。只有不等上手便自说破，两罢干戈，最为稳妥。一则想看看黑摩勒的真实本领，再则自己这面已然失挫，如不稍占上风，面子上也觉难堪，便对断臂丐道："这小孩必有极大来头，弄巧还是自己人都说不定。彼此来历不知，师兄领袖群英，胜之不武。莫如我去会他，就便套问来历。你看如何？"

断臂丐新自滇、黔回来，不知黑摩勒的来历，一心还想收服小孩，做他徒弟，再三嘱咐："打倒以后务带了来，不可放他逃走。"余下之丐如阴阳脸之类，多是丐仙门下有数人物，几次接报小孩是个劲敌。丐仙门下这些丐徒多是能手，司空晓星与丐仙又是知交，黑摩勒乃晓星徒侄，经他一手提携，两年工夫，在江湖上做了不少惊人的事，到处闻名。忖量形貌本领，岂有猜测不透之理？中有三人首先料到。也因断臂丐平日最为招恨，那年乃师清理门户，独他因为效忠师门，断过一条臂膀，独邀宽容，被他取巧逃脱。分别多年，仍未改了脾气，狂傲如初，言行刚愎，不把新旧同门放在眼里。俱想：那小孩如是黑摩勒，败了丢人；胜了也受师父责罚，乐得让他碰个钉子。互相看了一眼，谁也不愿开口。

人心惟危。到处皆然。

卞莫邪独自跑来，一见人，越发料定是他，满拟对方不知诸同门来历，年幼无知，打算激他说些无理的话，少时好扳错头，省得单是自己这面，不论胜败，都是理曲。谁知黑摩勒甚是乖巧，平日对敌虽极狂傲自恃，永不让人；对于自己人却极有分寸，况又深知诸丐来历，越把步数站稳，上来早已留了神。只管叫阵，口口声声咬定自己一番好意，断臂丐无故欺人太甚。不特对于敌人按江湖上规矩说话，便连岩上下受他施舍的花子也俱以苦朋友相称，并说自己也是苦人，钱由转募相赠，视若平等朋友。不骄不傲，没说过一句错话，如何会上他当？只和卞莫邪初会时挖苦两句，立即改口。

卞莫邪看出他年小刁猾，也算计他必已知道自己这面来历，只得笑道："你年纪不大，人却精灵。我们一切心照，不必说了。我很爱惜你。既是志在寻斗，不妨你我先打一架，胜得我时，自会领你前去见他。不好么？"黑摩勒故意把眼一瞪道："你爱惜我，可知我还爱惜你呢！我出生以来没欺过人，也不会受人欺。那断臂膀的无故背后骂人，许多可恶！我只寻他一人算账，与别人不相干。无缘无故，为什么和你打架？金华北山，就没你话，本也要去，但到那里再会，却等不得。那断臂膀的如知打我不过，请你来当救兵，或是他不要脸，想用车轮战把我打累了，他再出场捡便宜，那你就和我打。否则你只将他唤来，或是引我前去也好。我跟你作对有什么意思！"

卞莫邪见黑摩勒竟不愿和他交手，话更刁猾，情知自己行迹也被认破，笑激他道："你不愿和我动手，是怕我么？可知那断臂膀的是有名的五阴手，不大好惹呢！要不然由我出面给你二人叫开，不打也罢。你贵姓呀？"黑摩勒笑道："我和你交朋友倒还将就。像他这样人，我实高攀不上。你也不必替我担心，怕我遭他毒手，关照提醒我。除非他自己告饶，好歹也得跟他过过手。"话言未了，忽听路侧林内一声狞啸，跟着林鸟飞坠般平空纵出三人。黑摩勒见来人在侧伏伺，竟未觉察，知是劲敌，也自失惊，定睛一看，为首一个正是那断臂丐，一个是阴阳脸，还有一个是瘦长子。正要开口，断臂丐已向卞莫邪先喝道："八师弟，你不必多事！待我会他。"卞莫邪闻言意似不悦，哼了一声，自退下来。**以下这段比武，虽属"插曲"，却摇曳多姿，十分精彩。**

断臂丐随向黑摩勒冷笑道："这里路仄，草深树多，碍手碍脚。要分高下，随我到那边去。你有这胆子没有？"黑摩勒冷笑道："我不专为寻你，还不来呢。总说这些闲话有什么用呢？你们人多，就以为占上风吗？"阴阳脸接口道："这位小弟弟不是这种说法。我们弟兄虽多，却都不愿和你动手，不过赶来看看罢了。我们来时已然讲定，不论输赢，只将你和我们三师弟一对一分个高下。不论谁胜谁负，一场便完。我们只看热闹，无什么相干。你莫牵扯我们。"

黑摩勒一听，他唤断臂丐做三弟，知道丐仙门下，前有六个门人，俱是能手。这阴阳脸不是邹阿洪便是韦汉，不愿多伤和气，立即改了口风道："如此甚好，足见高明。"断臂丐已不耐烦道："你无须小看人，连我和你打都觉以大压小。一则你太狂妄无知，必须受点教训；二则我只一条断膀，你却双手，总算扯直。"黑摩勒冷笑道："你当我欺负你残废么？我也用一只手奉陪如何？"

断臂丐知他口巧，怒喝："小鬼不必尖嘴嚼舌，快随我走！"说罢，当先一纵，往来路丛草中纵去，一跃便是五六丈远近。黑摩勒应得声"好"，也是声随人起，跟踪追去，一心想要胜过敌人，纵时加了气力，打算越过断臂丐的前面。不料那地方是一条中隔丛莽的山径，再往前数尺便是一条丈多阔的深沟。断臂丐因是走熟，远近纵得合适，恰在山路樵径之上。黑摩勒地理不熟，纵势又猛，及至身起空中，一眼瞥见前面有沟，身轻势急，又是加倍用力，业已超出断臂丐的头上，无法收住。照势落下，必要掉在沟里。上下相去数十丈，以黑摩勒的功力虽然未必受伤，可是下面尽是泥水，不知多深。眼看陷身其中，湿污狼藉，难于起立，心刚暗道"不好"，忽然急中生智，忙将真气往上一提，不但不想收势，反运用全力，猛抬双手往外一分，"飞鹰攫兔"之势，上半身往前一扑，头上脚下，两足登空，一屈一伸，直向对崖蹿落。这一来平空多纵出了两丈远近，恰将深沟越过。快要及地，上半身往起一抬，使一"神龙昂首"的解数，依然还原，轻轻落在山石之上。心中有气，方欲挖苦两句，脚才站定，耳听身后风声，忙回头一看，眼前人影一晃，卞莫邪跟踪飞到。

原来卞莫邪见他起势太猛，知必纵远，惟恐落在沟中受了伤害，心中一急，连忙跟踪纵起，打算再纵远些，就空中一把将人捞住，一同带往对崖坠落。谁知黑摩勒轻功这等精纯，竟在空中改招换势，脱出危境，飞越对岸，自己竟未追上，不由又是惊奇，又是赞佩，落地便唤了声"好"。黑摩勒见他跟踪追到，也颇惊赞，先还不知来意善恶，及听脱声夸"好"，猜是为救自己而来，便笑道："我一时疏忽，几受小人暗算。朋友是怕我失足坠落么？"卞莫邪笑而不答，仍往对岸纵回。黑摩勒也自纵过。断臂丐见了二人，只冷笑了一声，便往前走。

因有卞莫邪这么一来，黑摩勒越发断定自己来历已为对方所知。不过自己这面假生痴呆，一味不让，公然叫明言和，觉着有失体面，意欲见过一阵，再叫旁人出来化敌为友，所以别人俱都撤开，只令原开衅人出面，略分胜负便罢。断臂丐的身法，限于地势，似未尽其所长，卞莫邪又预为点醒，此人决是一个劲敌。说起来总算不是外人，看情形胜负难知，好容易熬出这点名望，此时话说太满，败固难堪，胜了也是难处。何况他的同门师兄弟们已把话说在先，不与合力，其势已孤，自己少却许多阻力顾虑，还是小心忍气，放大方些，由他一人狂傲，好使旁观的人觉得处处俱是自己有理，便将他打伤，日后见了双方师长也有话说。念头一转，便把想说的话忍了回去，静静地尾随在断臂丐的身后。所经之地俱是荒林蔓草，有时依稀现出一点樵径，并无道路。绕行约四五里还未到达，偶一回顾，卞莫邪同另二丐并肩相随，似在指点自己说笑。心想听他说些什么，见前行四五步便是一个崖角，拐将过去，故作整理衣带，停住脚步。两下相隔仅只丈许，又都走得快，晃眼临近。耳听阴阳脸笑说："那姓江的小朋友，年纪和他差不许多，也有那好功夫。"还待往下说时，卞莫邪等三人已然拐过，见人便即住口。

黑摩勒听出江明已然先往，因口气不似含有恶意，乐得装没听见，故意整了整衣带，仍旧往前赶去。又绕了两里远近，方到后岩隐僻之处，那地方是一大姓人家坟地，松柏森林，林中恰有大片空地。黑摩勒未到以前，遥见三三两两的花子由别处山径绕行，急驰而来，均往林中聚齐。入林一看，断臂丐外，共是十三人，除散钱时所遇七丐，下余五个俱未见过，内有三丐腰间微微隆起，好似围有软鞭等类兵器。一到，便听断臂丐发话道："今日之事，只我和这小鬼两个人的交代，没有大家的事。本来我只嫌他年轻逞能，好意想管教他成个材料，谁知他人小胆大，目中无人，竟敢太岁头上动土，两三次在我门前卖弄。就此饶松了他，我这江南路上不能再来了。我也不管他是什么来头，就凭我这一只手，对付他的年纪轻。这点年纪，他师父既放他出道，必定他功夫到家，没当他小孩看待。好在我这几招寻常手法，八师弟已早对他点醒，他不会不明白。再如嫌我欺小，让他取出兵器，我只空手对敌也可以。我输给他，立时就走，从此江湖上永不走动，算是没我这人。**何苦来哉！好勇斗狠，争闹闲气，殊非修道之士所宜。**他如输了，我也不要他命，只当众磕个四方头，警戒他的下次拉倒。真要手脚没眼睛，谁伤了谁，那怨各人学艺不精，自认晦气。要报仇时，仍归自己的事，决不牵涉别人。"

黑摩勒见那断臂丐貌相狰恶，辞色凶横已极，暗忖：此人决非善类。丐仙吕瑄已是剑仙一流人物，怎会收容这等孽徒？听他如此狂妄，必有独到功夫。他已说了满话，就打死他，别人也无话可说，但却万败不得。心里盘算，越发把气沉稳，以静应变。

黑摩勒也真机智心灵，平日对敌那等狂傲自恃，这时竟会忽然戒慎起来，一任断臂丐趾高气扬把话说完，身后三丐也早赶到，才从容上前含笑说道："朋友，你说话完了么？你我虽有过节，但是事由朋友自先启衅，与我无干。现时姓名来历谁也不知。固然你输了，只消拨转屁股一走了事；我却要当众磕四方头，仿佛吃亏得多。不是谁胜谁败都不能准定吗？我如输时，就譬如原定你输了和我叩头，也是一样。谁教我学艺不精，这点年纪，师父就放我出道呢？我输不要紧，倒是你的手脚跟别位不一样，本心虽不想要我的命，禁不住没长眼睛，一下将我也打成了残废。虽然做你徒弟倒是合适，好好一个整活人，要少掉一点什么，本事练得多好，起居动作终归觉着有点不够用似的。我想彼此素无深仇大恨，要见输赢，法子很多，何必这么硬上？到头来，你胜了落个以大压小，我胜了也落个好人欺负残废，两手打你一手。倒不如请出公证人来，各凭各人的功夫练上几个，任凭公断，不论胜负，哈哈一笑了事，不但文雅得多，少时说明彼此来历，也许还拉个交情，不比两下拼命，内中必有一伤强得多么？"

卞莫邪等三丐首先夸"好"，余丐也都附和。断臂丐听黑摩勒冷嘲热讽，早已怒发如雷，因适才自己发话，敌人在旁静听，未便拦阻，正待说完还骂几句便即动手，一听众声附和，忽把念头一转，怒喝道："我本来不值和你这小鬼比论高下！你这等说法，必是害怕受伤，打算取巧。我原无心要你的命，依你就是。"黑摩勒笑嘻嘻道："那么，怎样比法呢？"断臂丐道："如比掌法，显我欺你。量你乳毛未干，能有多大本领！兵器拳脚，凭你出题就是。"黑摩勒道："兵器拳脚，各有师传，不对手，怎分得出胜负？莫如各把轻功、硬功、暗器三样各练一回，赢得两次便占上风。我输了磕四方头；你输了，爱走不走我也不管。你看可好？"

断臂丐道："少说闲话！到底比哪一样？"黑摩勒道："适才

见你跳得颇高，轻功定然不错。这个我不敢说在行，也曾练过几天。算你年长相让，我先练个样儿你看。练得上来，你练；练不上，你用你的花样，只旁边人说比我强，就算你赢。练完之后，硬功由你先练。你那掌法是独门功夫，我定比你不过。你如两样都赢，不必说了。至不济，你总可赢一样。这末一样，你如会打暗器最好，否则也不限定，比练别的功夫也行。"断臂丐怒喝："小鬼！我知你跳得高，你自练去。"

黑摩勒笑道："我共练三个样子请教吧。"说时，早把地势看好。先跑向右侧石翁仲前面相隔两丈处，手朝众人一拱，纵身一跃，向前飞去。眼看落到石人头上，倏地蜻蜓点水般，双脚微微一点，身朝前扑，紧接纵起；虽不甚高，身却放平，势也加快，箭也似直朝四五丈外的树林射去，一瞥即逝，没见落地，也无什么响声。众人定睛一看，黑摩勒双手紧握一株松树的老干，全身凌空往上斜起，钉在上面，不见丝毫摇动。约有半盏茶时，忽将身子一翻，就势手脚倒转，朝老干上一蹬，重又飞回，到了石人上面，又换了"灵蟾飞跃"之势，两脚一屈一伸，平射出去，又从第二个石人头上飞出两丈远近，方始落下。脚才点地，翻身一跃四五丈高下，又飞将回来，仍朝当中发脚之处落下，相差原位不过数尺远近。那两石人相隔三四丈，又从树上回纵，连落脚处不下八九丈远。最难是在树上发脚，树干多坚，也带弹力，不易发挥全力，又是身子向前平射，几与石人一般高下，势子那么迅疾，必须在快过头时暗中提气，将腿双蜷，前半身刚一飞过，同时运足全力，双腿突伸，向后一踹，方不至于失力。否则不特第二石人不能飞越，弄巧还要受伤出丑。这回身一跃，在内行人眼里虽无什么奇处，但在刚从远处纵落，脚微沾地便自飞起，又纵得那高，如非轻功到了绝顶的人，不能办到。众人虽不便喝采，也在暗中称赞不置。

断臂丐不知黑摩勒的本领未全施展，性更急暴，当时又惊又怒，狞笑一声，怒喝道："你不过仗着人小身轻，跳得高远，也敢在此卖弄！可知跳蚤也跳得高，蹦得远呢，有什么用处？我先试个样儿你看，我却不抄别人套子！"黑摩勒道："你忙，我就等你练完我再练。且看你有什么拿手，**又是陡生波折之法。假如黑摩勒如前言依次练上三桩，接着断臂丐再练，那呆板成什么样子！**使出来叫大家见识见识。"断臂丐口里哼了一声，将双足并齐站在当地，上下身笔挺。

黑摩勒暗中留神，见他两腿虽然直立不动，前后胸和手臂上却似有什么兔蛇之类，隔着衣服在内爬行，尤其那条断了的左臂，还有半尺来长的断桩，在里面颤摇更急，知在运用全身真力劲气。现时不是显硬功夫的时候，定施展轻功中"旗花火箭"的身法，"旱地拔葱"，通身笔直，往上硬拔。这种功夫为练习轻功扎根基的要诀，学习剑术也是必由之路，全以快慢高下来定功夫深浅。到什么火候一望而知，丝毫不能取巧藏拙。敌人想系断了一臂，身子又没自己轻捷灵活，知照适才的样，在石人头上纵跃飞越，必比不过，又以为自己年小就肯下苦，用这种功夫也为年岁所限，不能到家，想来个硬的显颜色。他却不知自己生具异禀，才四五岁便能手攫飞鸟，又承恩师、师叔倾囊相授，无论哪一种的功夫，所走都是上乘道路。彼时因师父不久就要化去，许多技能同时并进。这类功夫虽只练过两三年没有间断，仗着生来身轻气劲，恩师又赐服了两次灵药，已练够六分火候，加以这些年来，稍一得暇仍就温习，根基早就扎稳，每练必有进境，估量还可应付。不过这厮断了一臂，还敢用这功夫出场，口里又出狂言，必有过人之处。自己终没到那火候纯青境地，还是不可小看了他，一任对方运气，一言不发，只把双目觑准他的手脚，看他如何往上拔起。

断臂丐看出对头虽然年幼，大是劲敌，口虽怒骂张狂，暗中也自留意，惟恐一个失错便把英名扫地。站在那里，先把真气运行一遍，然后缓缓沉练，一齐运到右臂掌上，蓄势待发，自然耽延了些时候。这一来，休说黑摩勒看出他功夫尚未精纯，便连旁观诸人也觉他对着一个小孩尽力做作，太已失态，便能获胜也不光鲜了。

断臂丐在丐仙吕瑄门下最是性躁，又在云、贵各山寨中往来多年，一意孤行，从未遇见敌手，最后做了两年山酋，惟我独尊，**说明一下，免得读者质疑丐仙教训无方。**染上好些野性，益发暴烈，自尊自傲；加以生平好练，肯下苦功，永无间断，日有进境，除丐仙一人外，谁也没放在眼里。不想日前一时高兴，见黑摩勒资质甚好，心想能收这徒弟倒是不错，只命人传了几句话，人家便寻上门来，而且事前一些布置全未使上，派出的人全都受挫碰了钉子回来。怒火上升，立息收徒之念，正待将黑摩勒擒来处死或是毒打一顿解恨，忽然有人传话，说起对方来历，竟动不得。无如话收不转，恶气难消，只得和众同门说明，好歹也是稍压对方锐气，给他吃点小苦才罢。众人拦不住，只得言明：大家置身事外，任其独上。

这时卞莫邪已然先走，断臂丐等了片时不耐，也赶了来，把对头另引得一个地方，以免被人撞散。原意自己不比适去七丐，小孩任他经过什么高明人传授，打着必胜之想，及至亲临一试，黑摩勒的硬功真力虽不会比得上自己，轻功造诣似已伯仲之间，并且决没他纵跃轻灵，那么俏皮好看。功夫就比他强，也只能算拉直，不能算占上风。深悔适才不该心存顾忌，和他文斗。头场休说是败，只是平手，面上就扫了光彩。本就心烦，再看旁立诸同门神情，对于敌人大是赞许，自己运气时却在暗笑，越发忿怒，勉强将气沉压下去，终是不能凝练纯一，已挨了好些时候。其势不好意思再为延迟，只得运用本门心法，将先运到手臂上的劲力真气暗撤回来，导行全身，始而顺着血脉筋骨徐徐循环流行，一个周天过去，又由缓而疾，以后越运越快，随心所注，晃眼便是一周。五六周天又过去，才将右手掌平伸向上，缓缓提向腰间，倏地将周身之力运向手臂，掌心猛地朝下一按，真气上提，身便笔也似直平空自拔，向空中飞升起一丈来高，眼看势衰，翻掌接连几按，先后又凌空冒起六七尺高下。

断臂丐本还想再冒高些，无如这类功夫一面运用真力，还得提气使其互抗，方能排空上升。休说气散，稍失均平便即无效。先时暴怒气浮，勉强凝练，其功不纯，仅能到此为止，不能再上。自觉这是日积月累的真功夫，为武当剑术入门根基，对头决难办到，无须过于奋力，即此已足。念头一转，便把真气一散，落将下来，仍立当地。

黑摩勒暗中留神，见他落脚仍是原立之地，一点不差，心中也自称赞，暗忖：这厮无怪狂妄，想不到剩了一条手臂，还有这好功夫。幸而自己生具异禀，又得恩师真传，否则今日这轻功便须输他一头。卞莫邪入门较晚，和断臂丐尚是初次会面。余人虽是同门，因是一别多年，适才只见他做作可笑，也没想到他功夫一点未丢，还有如此进境，俱都暗赞不置。

断臂丐缓了缓气，瞥见众人面带惊异，益发得意洋洋，指着黑摩勒大喝道："他们是我自家兄弟，不便说话。小鬼你也学过两天，不会看不出香臭，凭良心说，比你那猴纵狗跳的花样如何？这头场你难道还不认输么？"黑摩勒也不着急，笑嘻嘻答道："我为什么认输？第一，我原说轻功共练三次。才练两样，你就抢上。我当你要一样和一样比呢，原来不过如此。难道我练的两样你一样没有照练，你只练了一样，我还没试，就硬派我输，哪有这种情理？我这人素来慷慨，决不和人狡赖。我知你吃了残废的亏，先练那两样你练不上来。我如叫你照练，又显我好人欺负残废。这样以前我算白练。事从新起，则当我让你先练头场。不过你是一手，我是两手，我不值学你的样。我且再练一回，请诸位朋友公断吧。"

断臂丐最恨人道他残废，无如骄敌过甚，对头还没照练，话先出口，白受挖苦，还不出话来，气得狞声怒喝："黑小鬼休要说嘴！等你练上来了再说。"黑摩勒哈哈笑道："那是自然，要不怎么叫对比呢？身法不同功夫同，好歹也等练上来了再说。尽吹大气有什么用处？"说罢，走向前去，从容指他说道："你的功夫也实不差，我早看明白，只是气浮一些，人又太夯。果真照你那样，遇上敌人，不等你气运完，身上早有好几处记号了。这是你的短处。"

断臂丐不知黑摩勒故意慢条斯理说俏皮话，实则暗中也在运气，准备一起就起，闻言怒喝："小鬼再说闲话，我就和你硬上！你益发难讨公道了。"黑摩勒笑道："你先不要生气，你还有长处呀。第一，你起落都在原处，大约连脚印都不会差。第二，脚底下土已被你上时硬力踏酥，下面已然陷有两个很深的脚印。我先给你说出来，免你少时说嘴。"断臂丐道："你明白就好，盼你能照样练上来。"黑摩勒又道："你总是忙，我话还没说完。休看我夸你，坏也坏在脚印上头，所以你的功夫这辈子莫想到家。轻功主气，硬功主力，各有成就，怎可混在一起？你这样力胜于气，彼此不能相抵，所以不能拔得太高，上到空中也是死的，无法变化，遇见比你高明的人立时吃亏。我如学你，不也差么？这个恕不奉陪。要比硬功另来，没的叫明眼人笑话。我年纪轻轻，还想做人呢。"

断臂丐再也忍耐不住怒火，厉声暴喝："小鬼只管耍花嘴，到底练不练！"黑摩勒笑道："说练就练。以为像你那样装腔作势，一点寻常功夫要做好些丑态么？大家看好了，我这是开口功，不怕说话散气伤神。"断臂丐未及还言，黑摩勒早把气力运纯，忽把双足一并，全身并没一丝动作，便自笔直凌空上拔，升高了一丈七八。众人看出就这一上去，已比断臂丐强得多，大出意料。有两个早由不得脱口喊出"好"来。同时黑摩勒上升之势已停，眼看下坠，倏地把前身朝前一扑，双手一分，双足一屈一伸，化成"白鹤盘空"之势，径往左侧平飞过去，并未往下直坠，晃眼凌空飞出两丈来远，猛把身子一折，双手连招动了两下，跟着往胸前一抱，双足蹬空，又化为"鱼鹰掠水"之势，头上脚下，箭一般飞射下来。离原起处约有六七尺高下，忽又将胸前双手一分，上身往起一抬，轻轻落在地上。凌空盘舞，上下起落，身法灵奇，直和飞鸟相似。尤妙是身在空中曾经飞翔转折，不比断臂丐是直上直下。落脚之处仍是原地，无什差异。小小年纪，这好功夫，休说旁观诸人暗中赞服，便断臂丐也觉高出己上，无话可说，不由又忿又愧，心想轻功已输给这小鬼，人算丢了一半，除比硬功挽回颜面，更无善法。不愿听敌人胜后挖苦，方想抢在头里发话。黑摩勒一落地便折转身去，已先向众人说道："我和这位断臂膀朋友的轻功，各有传授长处。他到空中能往上再拔，我却能在上面飞翔翻转，这是他吃了残废的亏，不能算输，可也不好意思说他是赢。**口才也是"神童"级别**。诸位都是行家，必有公断，就算我和他扯直吧。第二场该比硬功了。我身体太小，虽不要他也让我，但事先讲好，比的是功夫不是力气，仍是各练各的，不能一定学样。否则把这场免去，和比轻功一样，大家扯直。单比末一场收发暗器来定高下也可以。"

断臂丐早看出敌人狡诈灵巧，以为他人小力弱，不敢比硬功夫，抢口说道："放屁！适才讲好，想赖不行。你仗着人小身轻，头场由你卖弄。这第二场须由不得你。"黑摩勒回身笑道："我不愿占残废人的便宜，头场并没算赢。还有两场呢，你急什么？依我想，这一场免了最好。一则省得抵赖争执，头场既没算定输赢，这二三两场除非你都赢我，只败得一样，我便不能输这四方头。你要头一场便输，那更糟了。再则比硬功不消两只手，不能用残废来借口。你如输了，我简直替你不好看相。就拿这末一场来定输赢，岂不爽快？"

黑摩勒原因上场以后，看出众人虽是断臂丐的同门，对他神情都似不满。既恨断臂丐狂妄，加以头场已胜，乐得乘机怄他出气。硬功和暗器自己俱有专长，特意绕弯，把话弄结实些，以便三场全比，至多硬功比他不过，收发暗器万无败理，怎么也是赢的。断臂丐却当他人小力弱，怯敌取巧，大怒喝道："你才胜头一场，还是取巧赢的。不用装疯卖乖，就你把硬功赢了，也不能算了事。"

黑摩勒哪知断臂丐头场一输，自觉英名扫地，恨他入骨，不论二场胜败，安心要借收发暗器伤他性命，闻言笑道："我们以武会友，大家客客气气，有什么气可生？要比就比，请你先练个样子出来，我领教吧。"断臂丐道："你乳毛未干，长得还没一条狗大，如动大的，道我欺你。我在它身上做几个记号你看。你练得上来，就算你赢。"

黑摩勒道："这石人又没惹你，你要做什么记号？"断臂丐知他嘴巧，懒得再听下文，喝得一声："少说废话！看好了，我这也是一场三样。"说罢，双足一点便自纵起，朝左侧石人飞去。快过头时，手按石人左肩，身便倒竖起来，跟着忽上忽下，忽左忽右，在石人身上滚转，一手双足直和粘在上面一样。连这么滚了三次，倏地身子一挺，飞落场中，手指黑摩勒喝道："黑小儿，你去看清了再来！这是硬功中的头一样。"

黑摩勒已明白石人身上，凡断臂丐着手之处，尽成粉碎。笑道："人家坟上陈列好好的石人，坟主人也没得罪你，无缘无故给人家毁坏了，这是何苦？等把你这些手迹脚印显将出来。我刚才虽也曾借这石人练过功夫，要和你一样，乘人不在，无故毁坏人家的东西，丢人还在次，良心上太说不过去。"说着，早把周身真气运足，一扬手掌，朝石人遥遥打去。只听掌风劲气劈空之声呼呼连响，石人身上的碎石便似雪雨纷飞一般，随着手掌起落四散飘落。石人转眼之间变作百孔千疮，周身满是一些手脚形的空洞。这时人石相隔至少也有两丈远近。

断臂丐练就铁掌、铁脚，着手脚处，皮面乍看还似完好无伤，实则已被硬功劲力击成碎粉。黑摩勒因听卞莫邪点明断臂丐掌法厉害，知他只剩一手，必有独到之功。自己既经恩师传授，也许比不过他，便不和他硬比，另把本门拿手百步劈空掌施展出来。众人先见他轻功绝顶，多以为是占了人小身轻的便宜，没料到气功也会有这深造诣。一以力胜，一以气胜，都算硬功。非内家功夫到了上乘，均不能有此境地。殊途同源，实说不上谁是输来。

黑摩勒连问数声"请众评断。"众人便都一言不发。

断臂丐怒道:"他这分明取巧,莫非也算我输不成?"黑摩勒道:"实不相瞒,你我的功夫要是互换一下,谁也不一定准练出来。输赢固是难定,可是你我两人都没到家。你看我年小,本领不济,高人却是见过,你不到家,是手脚印有深有浅,不能个个一样。你说我取巧,并不尽然,和你一样二百五却是真的。我练这门功夫虽然也叫百步劈空拳,实则是练剑气的初步。我因比你调皮,练的是开口功,嘴里说话,暗中已把真气运足,不似你练哪一样都是周身筋肉乱动,看去文雅,要顺眼些,无形中神态上便占了一点上风。至于我那短处,第一大毛病,是只能用来比练,上阵和人动手,彼此势子都快,匀不出运气的功夫,虽也一样能用,力却不能使全,比起这个要差得多。真要随便可以运用,别位打不过,似你这样,再来两位也可奉陪了。第二是这类罡气贵于收发由心。平日仿佛人极文弱,用将起来说到便到,表面并无异处,内中却是有刚有柔。掌发出去,哪怕打的是当中嵌着一块石头的豆腐,石头只管粉碎,豆腐却不能损伤分毫,那才算是高明之士。像适才代你揭盖一样,本该掌风打到石上将浮皮撞破,立用回力将碎石吸离原槽,丝毫不剩才对。我却每一个洞都打两下,连撞带扫,硬用掌风给刷干净。这一来槽口却不能如你原样,多少总要破碎一些边口,虽然你已将它毁坏,到底也是罪过。我那取巧之处也并非一点没有。因我心细眼尖,只是你的手摸脚印我全记准,没错一处,所以我用劈空掌虚打,石屑应手而起。不信你看,管保一处不剩,也没将好的地方打碎一块,所以你觉得我功夫好。可是石人背后我却没长着飞眼,你的功夫也还有点根底,不近前决看不出。要等仔仔细细又摸又看,完了回来再打,多寒伧呢!我们恰好半斤八两,我不说我赢,你也不能强派我输。你看还公道吗?"

断臂丐先本忿怒,后来听出了神,直等说完才行想起,怒喝道:"好!这就算是平的,我还有两样呢。看你又有什么鬼门道可闹！"随说随往两株大可合抱的粗树下走去，喝道："小鬼，我如施展别的功夫，你这地梨一样的小鬼物事也没法学样。这柏树恰巧是两株一样粗细，你也能蹦两蹦，不算我出难题。这次却要照我样练，不许取巧。"

黑摩勒料他要施展铁掌绝技，这个决比不过。方要拿话绕他，断臂丐早独臂一扬，横掌往树中腰斫去，接连斫了四掌，喝道："小鬼，你自看去，难道还要我把它弄断下来才明白么？"话言未了，黑摩勒已连声高喊："坟亲快来，你们坟上有贼了！"断臂丐怒喝："小鬼狗叫点什么？你练不上来，想借此落台，那是作梦！今日我非教训你一顿不可，什么人来也是不行。"黑摩勒笑道："你这人天生贼脾气，一点天良没有。一动手不是损坏人家这样，就弄坏人家那样。我惹了你，难道石人、柏树也惹了你么？这类无故害人的事我向来不做，恕不奉陪了。"

断臂丐怒喝："莫非这就拉倒不成？"黑摩勒道："谁还比不过你！我只不肯毁那生得好好的东西罢了。刚才比轻功时也是各练各的，几时要你照我样练才算？怎就不通情理？"断臂丐怒喝："你不另拿一株树来练，如何比得出功夫深浅？"黑摩勒道："你又说外行话！各有各的巧妙不同，功夫深浅，旁观者清，自然我有我的练法。这树我本不想毁它，反正上半截已被你手斫断，我就借它一用如何？"说罢，走向前去，绕树走了一遍，冷笑一声，将身一纵，便到离地三丈来高的老干之上。断臂丐喝问道："现在是比硬功，树已被我铁掌斫断，一撞就倒，你上树去作什么？"话未说完，黑摩勒已折了三枝手臂粗细的短干，纵下地来，双手连搓带掠，干上枝叶树皮全都折落粉裂，又把一头在山石上接连磨，便成了三根二尺来长的尖头木桩。**各自花样百出。**

断臂丐当他想用手力争胜，狞笑道："你搓了两根柴火棒，就算是和我比么？"黑摩勒仍不理他，取了一根，回向树下，轻轻一跃，到了断臂丐适才手斫之处的上面，两脚夹紧树干，双手用力握着木桩，将尖的一头照树干上扎去，一下斜扎进去半尺多深，跳下地来，将下余两根如法炮制，纵向树干之上，分三面依次扎入树。跟着双脚盘树，起手掌朝那三个木桩头上依次打去，每打一下，木桩便深入三五寸。人似走马灯一般，头下脚上，手足并用，环树而转。不消片刻，三桩全数深嵌入木，方始纵落，树大合围，人小腿短，只足尖微微盘着一点圆面，算起来不过全干圆径十之一二，同时还须用足劲力打那木桩，身又悬空，环树而转，端的全身都是功夫。掌法不说，单这身法之灵巧，和精力之弥满充沛、运转随心，就非寻常人所能梦见的了。众人虽不便屡次叫好，也都暗中惊赞，点头不置。

断臂丐见这一场仍是难分高下，照此情形，再比下去也未必能胜。何况头场已算暗输，对头不认赢，原是故使促狭，卖乖显大方，越这等说，自己越不能不认输。自知败多胜少，如等对头占了上风，再借比收发暗器来伤他，难免为人所笑。念头一转，正改主意，用什么方法，变脸动手。黑摩勒已走过来，笑嘻嘻地说道："我先还当这树真个被你用千斤大力法斫折了呢。原来你硬功也是一样不曾到家。枉自斫了好几下，树心依旧连着。尺寸高下也不怎如一，不用力撞它，是不会倒断的。我想人家好好坟树，何苦给它弄断？万一有人上坟，走到树下，遇上大风，刮断下来打伤了人，也是罪过。有我这三根木桩插上，树心未断，也许还能活呢。我只为把树救活，免得伤人，还没和你比呢，你发什么急？不过你那手法我已领教，至多不就是把树斫断么，这也算不得什么奇处。实不相瞒，我现时已看出你一点来路，谁伤了谁都没意思。依我想，趁这输赢未定之际讲和最好。你一定要比，各人也把来历姓名说出，免得伤了自家的和气。"

卞莫邪等在旁一听，这小孩真坏，上来先把人气个苦，后比了几次功夫，明明占着上风，却故示大方，不争输赢，只使在场诸人心里明白。等敌人真火激动，比武也落了败着，无法落台之际，才说出这样话来，使人进退两难，而他却是处处站稳脚步，事后谁也无法挑他的眼。对方这个毛包，焉有不上当之理？正想乘机上前劝解，断臂丐已忍不住怒火，厉声喝骂："小鬼，怎么你也是闹鬼！这样比法分不出高下。什么功夫也是胜者为强。我又不想你的姊姊妹妹，通什么姓名来历？我先教训你一顿再说。"说罢，往前一上步，迎面就是一剁掌。黑摩勒脚点处已纵出有五六丈远近，手指断臂丐怒喝道："你真要动手么？一定奉陪就是。但你不肯明说姓名来历，我却非说不可。并非我怕你，借师长渊源使你手下留情。不过是防到万一你是自家人，我打伤了小的，将老的引出来，我赔罪时可以稍微卸责，不能怪我不好。"

断臂丐已不耐道："要打就打，哪有许多噜嗦！"随说，纵身迎面又是一掌劈到。黑摩勒重又纵身避开，厉声喝道："反正非交手不可，你忙什么？你不容我说完，决不还手。仅你一个人动手有什么意思？"断臂丐生气道："你说你说，看你有多少屁放！我是成心教训你。要叫你老这么烂地梨一样不再长大，留点记号，成全你那身轻功夫。你是什么变的，还当我不知道么？"

黑摩勒插口道："你既知道，还非和我交手不可，可见不是自家人了，早知如此，也不和你比功夫，白费许多事了。不过你这人靠不住。当着你诸位师兄弟，我还是说明了好。你识时务，你照着刚才各将功夫练完，也不论谁高谁下，心里有数，彼此哈哈大笑，就此拉倒，免得四方八面都不够交代。我的先恩师已在前数年坐化，借他老人家的威望，一则显我吓你，二则他那本领功夫，十成中我还没有得满三成，就在外狐假虎威，也惭愧一点。只说我这位师叔和我新拜的师父吧。一是司空老人，在场诸位都是高明人，想都有个耳闻，不必再说名字吧。一是七指神偷葛鹰，江湖朋友没有不知道他的。你只自问，你的师长与这二位老人家交情如何？相识与否？来定这一局。你如仍要交手，那我把你当作一个不相干的坏蛋，就不客气了。"

断臂丐怒火早已填胸塞脑按捺不下，自恃滇、黔之行立有不少功劳，拼受一场责罚，立意要把对头置于死地，闻言不但没有息念，反更气大，瞥见卞莫邪等同门弟兄互使眼色，似有劝解之势，惟恐上来叫穿，对头借口落场，毫未思索，厉声喝道："今日便把我祖宗抬出，也非管教你这小鬼一顿不可！有什乱子，我一人承当，好坏与人无干，也不要人管我闲账。你话已完，没什么屁放了吧？"

黑摩勒一听，他把众同门都僵住，立定心意，决计施展全身本领与敌人拼个高下，戟指怒喝："我已处处点醒，不愿与你这残废人一般见识。你仍不知轻重进退。今日叫你尝尝黑小鬼的滋味！"声到人到，这次竟比断臂丐还来得快。末两句话还未完，双脚微点处，捷如飞鸟，到了断臂丐的面前，扬面先是一拳打去。断臂丐因他每次都是巧言搪塞，万没料到来势这等迅速，也自心惊，瞥见人影飞落，知道敌人内外功力不是寻常，又在匆促之间，不及施展辣手，便把右臂往上一横，准备挡过这一冷拳，再施展手法反掌劈去。哪知黑摩勒身手灵巧，武功精纯，运用气力，都得了本门心法，来势虽急，依然虚实相生。这里才挡上去，敌人已然换了解数，上面改实为虚，右拳猛地缩回，同时身往下沉，抬腿便向敌人腹部踹去。

断臂丐一下挡空，见敌人右手缩回，只当左手跟着进招，未及还攻，腿已踹到。敌人手巧身轻，自己虽然铁掌厉害，只一打中，不死即伤，无如吃了断臂的亏。强敌当前，一世英名所关，稍有失闪便难再混。在没把手法使开以前，自己谨慎为是。这只独手势难上下兼顾，只得把身形往右一闪。初意敌人用的是左腿，打算上面防着敌人的诡招，身往右避让过这一腿，随即移步换式，用独门铁掌阴手，将敌人打成残废。谁知黑摩勒有心取笑，这末一招也是虚的。左腿往上一抬，右腿同时用力就地一点，故卖一个险招，对面平空纵起。

断臂丐往右一闪，恰将断臂的左半身空出。疑是敌人避实击虚，事在紧迫，不及闪避，忙将右臂往左一横，准备乘着敌人身子凌空，用削掌斫折敌人两腿，兼护右半身的短处，眼看斫中黑摩勒的前膝。猛见敌人小腿一蜷便自避过，身已上升。一掌斫空，刚觉不妙，未容再换手法，就在这间不容发之际，猛觉右肩头上轻轻按了一下，敌人已往身后飞过，急忙转身回望。黑摩勒已纵出两丈远近，转身喝道："明人不必细表，适才给你留点记号易如反掌。这还是我因见你残废，不愿用两只手赢你，那只右手还没动呢！你如听我好言相劝，趁这时还没什么大人在场，又都是你的同门兄弟，我也决不会对外人说，就此拉倒，最是便宜。"

断臂丐此时已把仇敌恨如切骨，如何听得入耳？闻言只狞笑一声，便赶将过来。黑摩勒见他目闪凶光，神情狞恶，来势也不似前两次轻率，知道这次暗中有了准备，一经交手，掌法便自发动。自己上来虽然给他一点小挫，略占上风，但那阴手铁掌十分厉害，仍是大意不得，便再往前纵去，静以相待。断臂丐也因敌人身手过于灵活，连挫之余生了戒心，赶离五尺远近便不再进，戟指喝道："黑小儿少发狂言！今番强存弱亡，才是在比真功夫。你还有什么鬼门道取巧，不妨全使出来。我如先动手，不是好汉！"

黑摩勒一面觑准敌人的手，笑答道："我知你狗肚皮里心思，因见我身法灵巧，摸不准用什么手法，想以退为进，让我先发手，你好乘机施展那残废脚爪，对是不对？其实先发手也没什么，一样叫你丢人现眼。不过我照例欺硬服软，一上来就让你比到末了，却先占你一步。不知道的人，又当我欺你残废。我已打算让你到底，所以你先前连打我两次，我才还你一次。这个例不能破，还是请你先发手吧。"

断臂丐骂道："黑小鬼，你只耍贫嘴有什么用？这是你自己找死！"随说，早把全身真气提向右臂之上，左脚微顿，右脚往前一上步，左肩一偏，右臂随着右脚往前一推，相隔黑摩勒三尺远近，迎面一挡掌凌空打去。黑摩勒见他人不近身，施展劈空掌法，摸不准敌人这只手到底有多大功夫，不敢硬接。有心怄他，只将左手单臂上横，微微一挡，仍以虚招相接，挡过一掌，再回手劈空斫去，两眼觑定敌人动作，只不动身。

断臂丐这一掌原用了十成足力，满拟黑摩勒还和适才一样，仗着身法轻灵，骤然纵起来攻，只一近身，便可打他一个重伤。即或不然，这一掌打过去，不知闪开正身，妄想乘势迎敌，对面撞上，受伤也不在轻处。哪知黑摩勒精灵已极，早就看出敌人掌法是独门功夫，两样均未如他预料，既未上前迎敌，也没有和他硬撞，仍按大敌当前对面交手一样，先将正面避开，只用横劲略微空挡一下，便在离身五尺以外一招一式施展开来，直似两人各站一圈对演拳法，不往一起凑拢。使了两三解，黑摩勒便跳出圈去。

断臂丐喝道："你这叫过手么？"黑摩勒笑道："刚才我的主意原是文比，这样再好没有，谁也伤不着谁，多妙！"断臂丐喝道："放屁！你怎配和我对手？休看我没近身，我这劈空掌法一样着实。只被打中要害，你这小鬼不死也要断掉两根骨头。你那猢狲脚爪打过来，我一点都没有觉着。你明知厉害，抵敌不住，鬼混两下就要滑脱，简直做梦！"

黑摩勒笑道："你说人放屁，你连屁都不会放。你说你能将我打伤，我还不是好好的么？这样空比，我没那工夫和你鬼混。真要对面过手，我早说过，无论如何你是残废，我让你一步，由你先上来动手。我让过几次，决不奉陪。要不这就拉倒，我还是找我好朋友去。对不起，要失陪了。"

断臂丐原因黑摩勒滑溜，想引逗他发动，看准来势，运足真力猛下毒手，一击便成重伤。闻言知被识破，又见黑摩勒乘机要下，如何能容？怒喝一声："我就先打死你这小鬼！"纵身便追。黑摩勒连纵带跳，绕着坟头飞跑，故意让敌人追临切近，运用全力由后面劈空打来，再往侧一闪避开。口中却喊："念你残废，我又让你一回了！你记着点，让够了数我却要还手哩。"嘴只顾说，脚底依旧飞驰，时远时近，不时回身扮个鬼脸，引得断臂丐怒骂不休，暴跳如雷，偏是追他不上。一个大人，一个小孩，走马灯般，绕着坟头追了十几圈。旁观诸人已忍不住好笑。

后来断臂丐实气不过，边追边骂："小鬼再不回身交手，我便要用暗器打你了！"黑摩勒刚回了声："随便！"断臂丐已早把暗器取出，脚底加劲，追离丈许远近，仍将全身之力运向掌上，猛地扬手照准敌人后心打去，同时当中三指缝内夹紧的三枚暗器也是作品字形发将出去。

那暗器纯钢所制，形如枣核，中刻一只三腿人立的白虎，名为白虎钉，**颇有独创精神。一笑。**乃断臂丐近数年在南疆苦心独创之物，分有毒无毒两种。毒的一种中贮奇毒，两尖头都设有机簧，内藏两支极细而含有毒液的钢针，一经打中，撞上便自发出，见血封喉，专能克制内功能手的死命，起初本是备来专打南疆所产鳞皮坚厚的蛇蟒猛兽之用。以断臂丐的手力，便是无毒，中上也是穿肉透骨，甚或对穿过去，何况恨极仇敌，所用是那有毒的一种。

黑摩勒自恃双手能够接发暗器，一味引逗，哪知厉害！终算身轻心灵，正跑之间，闻得身后掌风中夹着暗器之声，听出不是一枚，声音又极细微，知道来数必多，势疾不容回手再接。敌人不是不知自己内外功皆有深造，情急之下，如无几分自信，怎会随便妄发？就在这危机一发之下，心念微动，更不回顾，脚一点劲，径自避开掌风，斜行向上，平空纵起三丈高下，恰巧将这三枚白虎钉躲过，落在地上，一下也未打中。刚一提气，仍用本门心法，凌空旋转身子，同时手向腰间，将自用的小梭镖取出，准备还敬。那落处恰在群丐立处左侧，脚才沾地，耳听有人微语道："老三怎把这专破金钟罩混元气的白虎追魂钉也使出来了？"话还未完，断臂丐已是赶近，仍用前法，一掌三钉对面发来。黑摩勒何等机智，自然一点即透，忙往后一仰倒卧地上，头快着地，脚跟用力一蹬，贴着地皮直蹿出去。这一掌三钉又是躲过，没有伤着。

断臂丐先将毒钉用品字形发出，吃黑摩勒一纵躲过，这次改分上中下三路发出，以为万无幸免。哪知黑摩勒临机换了方法，既不上纵，也未来接，身往后仰，又是躲过。吃了独手的亏，发完三钉，便须重向囊中掏取，略微耽延，黑摩勒接连几纵，业已老远，再追便难似前隔近，气得不住毒口咒骂。

黑摩勒算计人在四五丈外，任他多准多巧的手法，也决打不中自己，便不去理他，一纵老是好几丈，落地回身相待。容到敌人追纵过来，重又纵起，最近时相隔也有四五丈，后来索性绕林而驰。添上树木掩蔽，断臂丐的毒钉越加发不出去，枉自咬牙切齿，无计可施。

又追逐了一阵，黑摩勒觉着引逗已够，正要还敬两下，猛瞥见前面人影一闪，定睛一看，正是江明。借着逃避，绕奔过去。耳听江明低喝道："丐仙就来，不可伤他！"说完，人影一晃，便向树后隐去。

黑摩勒得了江明报信，心中已有主意，回顾断臂丐飞步追来，似恐自己跑脱，甚是情急。存心怄他，越发加急飞驰。断臂丐本已疑心敌人想逃，忽见脚底加快，方自急怒辱骂，前面林树间，人影接连几晃便没了影子。正在张望搜索，猛听林外敌人遥呼："朋友回来，我在这里呢！"回头一看，仇敌已绕回坟场，站在卞莫邪等群丐面前，正指自己说话呢。当时怒火上攻，忙追过去待下毒手时，黑摩勒容他追离两丈远近，身子一晃便到了群丐身后，高声喝道："我还有几句话要说！真要拼命，也等把话说完了来。不然，你没我跑得快，一辈子也挨不着我。"

断臂丐见他掩在阴阳脸和卞莫邪身后，有了挡箭牌，人又滑溜，知打不中，又见诸同门面上均带不满之色，各立原地，一步不移，只得怒喝道："黑小鬼，你哪有许多屁放！今日不是你死，便是我活。快些滚出来纳命！"

黑摩勒笑道："我和你不过一时争执，有那么大的仇恨么？先我看你像是有来历的，问你不说，只好诸事奉让一点。适才忽然想起，目前江湖上隐迹风尘，像诸位这等行径的，多半俱是丐仙吕老前辈门下，先师、家师叔和我新拜的师父，俱和这位老人家是好朋友。我两人如若相拼，不特是个笑话，一个不巧，不论谁受了伤都不合适。最好还是那句话，趁这胜负未分，两罢干戈。你如嫌气不出，现在总算你是追我的，我甘拜下风，认输如何？"

断臂丐暴跳道："你这小鬼太已可恶！今日有你没我。不论你把什人抬出，也是难逃公道。你不是会躲暗器么？是好的不要逃。你在十步以内立定，我这白虎钉如打不中你，我改姓。"黑摩勒道："按说用暗器打人，也没有叫人家站在一定地方的。你既不讲情面，我也无法。但容我还手不呢？"断臂丐道："当然不能只我一面之理。只不许跑，谁先动手或是各发各的都行。凭我还会占你小鬼的便宜么？"

黑摩勒笑道："你这人反覆无常，一来便羞恼成怒，叫人让也不好，不让也不好。话须说明，胜败只这一场。我是点到为止，决讲师门交情，不会伤你的。可是你用的却是下五门的毒药暗器，打上必死。我如被你打中，怨我命短，学艺不精，人已死去，就想再和你作对也不行了。你要打不中我，你又不肯服输，另出花样，缠扰不清，我却不奉陪了。"

断臂丐怒道："要动手快滚出来！哪有许多啰嗦！"黑摩勒便高叫道："在场诸位仁兄俱听明白！我因看出他是吕师伯门下，不愿和他作对，从上场就让他，他偏苦苦逼迫。箭在弦上，万一有什么冒犯之处，不能怪我。"断臂丐还未答言，阴阳脸已先接口答道："那个自然。这是你二人私斗，与各人师长无干。各自请罢。"

断臂丐哪知黑摩勒知道丐仙护短，自己又不肯吃亏，有心借着说话拖延，闻言知道师兄弟们均不值他这等行为，日后见了师父，终难免于责罚，不由把心一横，喝道："我这些师兄弟们，哪帮你这小鬼作见证？快滚出来领死吧！"黑摩勒笑道："你准能打死我么？这等忙法！你先去十步之外立定，我定奉陪就是。"断臂丐只得气冲冲往侧前面退了十来步。黑摩勒方自缓步走出，在群丐前面立定。双方各取暗器在手，黑摩勒才道得声"请"，断臂丐仇人对面，已早按捺不住，手扬处，三枚白虎钉，两上一下照准前面敌人打去。紧跟着伸手入囊又取三枚，相继发出，势甚疾骤。

满拟相隔这近，下手又急，躲得了头三枚，也躲不了后三枚，只有一下打中，立可成功泄恨。

哪知黑摩勒练就一双神目，惯于收发暗器，得心应手，从无虚发。起初由后面打他尚且不中，这一对面，扬手即知来意。他这里暗器发出，敌人手中小梭镖也发将出来。先是叮叮三响，两下镖钉在中途相撞，各向侧面激飞出去。等第二次三钉打到，黑摩勒故卖险招，不再用镖击钉，觑准三钉一前两后品字形飞来，头一低，先避开当头一枚；那下余两钉相差不过尺许，与前钉相去也只二尺，势甚急骤，本极难躲，除非敌钉将发未发之际急速纵起，方能躲过，稍缓即便纵起，也被打中下半身，难于幸免。黑摩勒不往上纵，却往下一低，上头虽然躲过，这后两钉不论往左右何方闪避，均非被打中不可。断臂丐见敌人用镖打钉，站立不动，当他卖弄本领，以为第二次绝难躲免。眼看这后两钉必有一枚打中，猛见黑摩勒也没闪躲，只把身子微微一侧，那两枚白虎钉便一左一右正好擦身而过，打了个空，落在地上。

断臂丐毕竟久临大敌，只管自期必胜，手仍伸入囊中取钉待发。因见二次发钉不曾取胜，情急之下，猛然怒火上激，决计拼个死活存亡。一面照旧扬手发钉，暗中蓄势运力，准备钉一发出，人也相继追扑过去。急怒攻心，手势忙乱，自然更易被人看出，又吃躲过。可是人也追纵过去，施展内功毒着，将全身劲力运向独臂之上，扬掌便打。上身还未到，掌已发下。

阴阳脸见黑摩勒骤不及防，好似不易躲闪，方觉断臂丐这等闹法太不像话，又恐黑摩勒受了重伤惹出事来，忙口中大喝："不可这样！"脚一点，身刚纵起，脚未落地，瞥见断臂丐好似被什么潜力撞了一下，身子往侧一歪，横推出好几尺远近，几乎跌倒。同时自己也因断臂丐先后脚纵起，相差只有一肩，也被那突来劲力的余波带着了些，半身旁侧，觉着既劲且疾，力大非常，知道来了高人。方自暗忖：这是何等人物，有此本领？心方失惊骇顾，忽觉微风飒然，人影连晃，面前已多了两人。定睛一看，一个正是隐名赛韩康的师父丐仙吕瑄,另一个便是昔年随师出游曾经会见过几次,名驰八表的隐名大侠司空老人,赶即拜倒在地。下余诸丐和黑摩勒也纷纷上前拜倒。

二人一来,断臂丐只知自己仇报不成,难得讨好,还没想到要受师父重罚,司空晓星又是初会,见敌人和诸同门俱已行礼,强忍气忿,赔着笑脸走上前去,先朝丐仙吕瑄跪下,叫了一声"师父"。底下未及张口,吕瑄面色往下一沉,指着司空晓星道:"这是司空师叔,还不上前行礼?"断臂丐一听,这人竟是对头的师长,知道不妙,只得转面跪倒。司空晓星略把手一拂,便命起立。断臂丐正想少时如何措辞,向师父禀告。吕瑄忽问群丐:"这里何地僻静?"阴阳脸躬身答说:"此地乃是何家远年祖坟,本家离此甚远。坟亲只一老头,因赶庙会生意,平日也只在崖那边种田,轻易无人前来。师父只请在石供桌上落坐好了。"吕瑄便朝晓星把手一举。晓星道:"魏、钱二友尚在后面,此事不可令外人看见。他本约我小酌,吕兄既不愿扰他,夜来我在虞家后园候教。"又转面对黑摩勒道:"你近来行事也有好些错处。听完吕师伯教训,速去镇上酒楼寻我,还有话说。"黑摩勒躬身应了,晓星作别自去。

吕瑄正往前走,瞥见石人身上孔洞,便问:"何人残毁?"阴阳脸答说:"是范师弟和黑师弟比练武功时所毁。"丐仙冷笑道:"我知除了孽障,不会再有别人。"说时已到供桌前面。吕瑄居中坐下,首对阴阳脸正色说道:"阿洪,此事是非曲直一望而知。我虽未全在场,也如亲见。你是师兄,身为表率,随我多年,不是不知本门规矩,为何也不加拦阻?"

阴阳脸躬身答道:"此事起因,由于日前黑师弟来游方岩,忽生济贫之念,许是年轻好胜,散钱时略微逞能。范师弟不知他的来历,一时高兴,想收他做徒弟。不料彼此都认了真,互约见面两次,都各因事未得如期相见。今早黑师弟又来放钱与苦朋友,并践前约。弟子同卞师弟得信赶来,双方已然暗斗了两次,彼时弟子等仍没想起来人是什么路数。弟子因他本领出众,正想派一师弟前往问姓通名，恰值范师弟派出的几位兄弟全都吃碰回来，成了骑虎难下之势，非见真章不可了。正要同会来人，倒是卞师弟想起来人形相年岁本领，极似司空师叔的师侄黑摩勒，恐怕得罪了自己人，自告奋勇，往见头场。刚走不久，乾坤八掌地行仙陶老前辈的徒弟江明忽然寻来，先问了弟子等来历，然后说出黑师弟是自家人，最好化嫌修好。说了几句便自走去。范师弟因觉黑师弟连占上风，恐弱师门威望，先只执意见个高下。弟子等拦劝不从，只得随往，将黑师弟引到此间，未动手前向双方言明，此是两人私斗，胜败俱与各人师长无关。范师弟先也只想略占上风，点到即止，偏又依了黑师弟，各练武功文比。上来轻功先就输了一着，以后越闹越僵，终仍过手。总算黑师弟灵巧，始终滑溜取笑，未和范师弟一样硬拼，没有过显胜负，也未伤人。刚约定比暗器，师父和司空师叔就到了。"吕瑄迎面唪道："你还代孽障回护！当我不知道么？"阴阳脸看出师父神色不对，退立于旁不敢再说，吕瑄随唤断臂丐近前问道："你随我多年，难道本门规矩还不晓得？上次犯规，念你平日劳苦有功，特予宽容，命你前往云、贵南疆自立门户，不料你江山易改，本性难移。南疆数年，不但未如约期望，反在那里自为雄长，妄作威福。这还可以推说当地愚悍凶顽，非此难以慑服。这次将你召回，正值广、浙两帮在金华北山讲理，浙帮中好些旧友，我自不能置身事外。因你野性难驯，广帮中这次又约有几个能手，恐你不到时候赶去，给我丢脸，特意借着虞家施米之约，命你带了几个弟兄来此守候。实则以虞舜民的为人，焉有食言背信之理？不过将你拘束在这里，免在期前生事罢了。来时我对你如何说法？你仍是不守本分。虞家新回事忙，又听庙祝之言，恐仓促之间给地方上滋事，当年不能举办也是实情。你等了数日无信，时露口风，想把话透到虞舜民耳中，已然小气不对。黑摩勒本不知这里有我门人，因游方岩，忽发善心，即因年轻性急，想将人数早点查明，以备再来施舍打算，行动稍快了些，也不为过，何况事出无心，并非有意炫露。

你毫不知人根底，便妄想收他为徒，一时冒失，情犹可恕。既然命人带话，对方寻上门来，业已现出颜色，就该知道不是庸流。似此身手本领，岂是个无来历的幼童？按说当时便应打听人家下落来历，先分敌友，至少也应说出姓名，才能打算应对之策。你却狂妄自大，视若寻常小孩，粗心暴气，一点不以为意。及至人家来此践约，你自先出面也可，始而嗾使多人虚声恫吓，全用无赖行径，随后又令同门后辈去向人家卖弄暗器手法。也不想想对方有多大年岁，是几个人，你就胜了，有何光鲜？终于丢了那多人，用的还是满天花雨洒金钱的厉害暗器，却被对方一个小孩子吃碰回来。幸而黑贤侄是自己人，如是外人，这台怎坍得落？这时阿洪、莫邪已然觉出对方来历，向你劝说。稍微明白轻重，就该问明姓名，立时收风才是，你仍不知自返。最可恨是，莫邪想要调停此事，代你去说；江明寻来，说了对方名姓；你已明知就里，依然不听劝说，执意一拼。后来双方交手，你轻功不如黑贤侄的天赋，如比硬功劲气，本可占得上风，**虽似严厉，却还是"自己孩子"，恨铁不成钢也**。两下扯直。偏是蠢得出奇，心躁气浮，骄敌狂傲，真气不能凝练，吃了大亏，口齿又钝。一个本落败着，一个又闹成平手。黑贤侄本就知你来历，因你过于狂妄欺人，又不服小，意欲见过两场再行借势收科，所以上来不肯和你硬对，处处小心，只臊臊皮，不给你过分难堪，明明赢了，却不算赢，打算略占上风即止。几次递话给你下台，你偏不下，仍要和人硬对，并下毒手，使出那等下作暗器。他虽有点明知故犯，无如他年纪要轻得多，就错一点也不能计较，何况衅自你开，他话又说得巧，手更动得好，处处站好脚步，使人无隙可击。哪似你这孽障蠢材，人家已然打出师长旗号，还是不肯完了。适才你那卑鄙行径，无论谁也看不下去。休说是我，便你的同门师兄弟，有一个能无耻偏向你的么？如此不守家规，辱没师门，再若宽恕，情理难容！"

黑摩勒见丐仙虽并未在场，事却了如指掌，自己心机全被识破，好生惊服。一听要责罚对头，知道如此一来，异日必成不世之仇，树一强敌虽非所惧，当着他师徒多人，终觉不是意思，忙向前跪禀道："师伯神算，明如指掌。这事起因本小，范师兄虽不合认真，假使弟子头一次往书院山亭寻他时留了姓名，或是与卞师兄见面时先报来历，稍说两句客气话，也不至于闹僵动手。弟子年虽幼小，并非不知轻重的顽童，可以随便宽恕。并且来时还有人命弟子带话，转托诸位师兄代向师伯请安，打听师伯前在四川代一姓唐后辈借去的一件皮上衣下落。另外司空师叔还给有一张字条。弟子不办正事，却与范师兄来争闲气，实是大错。现在师伯责罚师兄，弟子也不敢代为求恩，不过弟子知道诸师兄来历在前，明知故犯之罪较他为甚。只责罚范师兄一人似欠平允，弟子情愿分任其过，同领责罚。"

话未说完，吕瑄道："我和你师父师叔都是多年患难之交，便你新师葛鹰也是熟人，你如有过，一样加责，有何客气？只是这孽障犯过太多，他还满心自以为是，一点不知，所以非罚不可。就说这次争斗是因一时为你激弄，负气闹僵，坟主人与他有何仇怨，何故用重手法将石人坟树残毁？狂傲无知尚还可恕，行同盗贼，已犯了我门中第六条的大戒，如何可以宽容？再不按着家规处治，以后无法无天，不知还要造出多少罪恶！你所说皮衣的事，详情已告令师叔，归问自知。此事关系甚大，你切不可对江明泄露只字。此子至性过人，血气正盛，莫要因此误他。我自督我家规，与你无干。江明尚在前边等你，即速去吧！"

黑摩勒见丐仙言温容肃，另具威严，断臂丐已跪伏在地，不敢出声。知这类行罚不愿外人观看，只得谢罪拜辞，又向旁立诸丐一一为礼，作别自去。行时瞥见断臂丐固是面容惨厉，便旁立诸丐也怀有惧容，料定责罚不轻。自己总算面面都到，占了上风。交代已过，便不再计较，离却坟地，便即加急向前飞驰，走不多远，路侧闪出江明。

黑摩勒问起前情，才知江明不愿双方结怨，又不甘示弱，任黑摩勒向众丐卖弄，偷偷溜走，意欲往见对方为首诸人，相机排解，偏生路径不熟，断臂丐等聚处又极隐秘，连寻了好几处才得寻到。未见以前，窥听出阴阳脸便是丐仙大弟子邹阿洪，说话还通情理，便现身出去，报了自己和黑摩勒二人的来历姓名以及排解来意。因断臂丐狂妄固执不肯善罢，只得退回原地，不料黑摩勒已去。正待跟踪寻去，忽遇司空晓星同了魏良夫、钱新民二人走来，说是黑、江二人刚走，晓星即回，问知黑摩勒去往方岩乞丐散钱之事，相约偕来。

　　江明拜见晓星之后，便把前事用暗语略微禀告，并请出场解围。晓星答说："无妨，我来便为此事。适听人说，丐仙吕瑄今日到此。黑摩勒固忒好胜自负，可是吕仙门下也是良莠不齐。那年虽曾清理了一次门户，只缘师徒情份太厚，害群之马终未去尽。他大弟子邹阿洪和最末的一个卞莫邪人算最好，余者多是瑜不掩瑕。**这句似讲重了。吕瑄门下若大多如此，岂非"恶势力团伙"了。**近年他已入道，决不会再似昔年护短。那断臂丐名叫范玉，最为强横凶狠，正该借此惩处一番。此人练就一条铁臂劈空掌，虽然厉害，黑摩勒内外功均有根底，天赋尤好，至多不胜，决无闪失，只管放心。等我寻到丐仙，再行同去好了。"说时，忽一少年花子如飞迎来，看见四人，先行礼拜，然后对晓星道："家师刚到，现在前面松林相候。"晓星点头笑应"就去"，少年花子走后，笑对钱、魏二人道："丐仙吕道友剑术高妙，得有青螺真传，久为同辈钦服。近年闻他假名赛韩康，来往六桥三竺之间，以卖卜卖药为名，积修外功，济世度人，端的占算如神，手到成春，二兄可愿同去相见么？"

　　二人近日已知晓星看似中年，实则年已百岁，闻言大喜道："前听舜民二哥谈起，在西湖湖心亭遇一异人赛韩康，不料竟是此公。如蒙老前辈携带，得见仙颜，实是万幸，哪有不愿之理？"

　　晓星笑道："我和吕道友虽非同门，但也算是殊途同归，尤其两辈师门渊源甚深。按说彼此均该早有成就，无如他以前性情过于孤傲，又喜袒护徒弟，以致见罪于师长，遗命罚他重积十万外功，并还定有别的戒约，以致这多年来流转江湖，备历艰苦，不知何年才得圆满。我呢，自暴自弃，更是难言。想起前数十年各正派中仙侠辈出，何等盛概！自从异派消灭，前辈同门十九道成仙去，如今只我辈寥寥几人流落人间。真惭愧极了。"**以此隐隐接续《蜀山剑侠传》《青城十九侠》。不过路数大有不同了。好比《水浒传》与《西游记》的差别。**

老少四人且说且行，走不里许，刚转过一片树林，便听林内有人发话道："司空兄许久不见，竟会在此相遇！人生聚散信无常呢。"晓星也哈哈大笑道："这不早在你的算计中么？"说时，林内那人也走了出来。钱、魏二人和赛韩康丐仙吕瑄尚是初会，见是一个中年游方道士，穿着极为破旧，但是丰架夷冲，精光内蕴，一望而知是个非常人物，不由肃然起敬，拜了下去。江明后辈，自无庸说。丐仙先将钱、魏二人扶住，只受了江明全礼，笑对晓星道："你自己隐迹埋名惟恐不逞，却专给我饶舌，是何理也？"晓星道："钱、魏二公通人雅士，与寻常俗幕不同，并对吕兄心仪已久，故此领来相见，江明更是你所愿见的人。难道这还有什么不对么？"吕瑄又指江明道："前听陶道友说，此子根骨迥异恒流，今日一见果不虚言，如非只此子遗，须留他家一线，岂不是个大成道之器？乃翁神若有知，当亦可以瞑目无憾了。"

江明料晓星知道自家身世来历，适才见面，便想请问生父名讳，母姊因何隐姓埋名流亡江湖，仇人是谁。因有外人同行，未便启齿，只在心中盘算如何问法，一听丐仙语意，又想起姊姊托黑摩勒转询丐仙索还前借皮衣之言，分明此人又是父执至交，想了想实忍不住，正要开口，丐仙忽然叹道："贤侄，你的心事我已尽知，无如此时不便明言，并且话说早了，于你有害无益。听令师说，你颇读书明理，当知鸿毛泰山之别。此事关系太大，到了时候，不用问也自有人对你详言，此时问也决无人肯说。徒多思虑，何苦来呢？"

江明见心事被他道破，只不肯说，心愤父仇，虽然发急，一想事关重大，当着外人实有困难，只得暂时隐忍，少时有了空隙，再行请问，便没言语。丐仙随对晓星道："孽徒狂谬无知，现在岩后坟地里与黑摩勒拼命，欲往责罚。离此不远，同往如何？"晓星因丐仙难得与外人见面，钱、魏二人均想一占休咎，又料双方争斗并无凶险，便令同往，好就便向丐仙请教。

　　老少五人且谈且行。当地相去后岩也有七八里路，有钱、魏二人同行，自走得要慢得多。行至中途，江明知黑摩勒对于敌人素来刁钻刻毒，有时直叫人看不下眼去，这次听丐仙口吻，断臂丐已受定责罚。他并不知丐仙会来撞上，万一只顾口头便宜，话不留神伤了对方师长，或是下手太辣，结局都难免于一同受过，便借出恭为名，**江明惯技。一笑。**由路侧野地里抄出前面，如飞往双方角斗的坟地里赶去。黑、范二人已到了不可开交，江明隐身在左近树后，见黑摩勒一味戏耍敌人，说出来的话又尖酸又俏皮，举动更是滑稽可笑，最妙是只断臂丐一人难堪，旁观诸敌党一个也没伤着，对他反有赞许之意。知他胸有成竹，站好脚步，无什过分举动，心才略放。正想用什么法子现身示意，恰值双方追逐，绕林而驰，忙相好地势掩将过去，等黑摩勒跑近，突然闪出，匆匆告以丐仙就到，好使准备。先还想丐仙来还得片时，意欲多看一会儿再迎回去。不料他走不久，丐仙便把钱、魏二人所问的话答完，对晓星道："岩后山路难行，钱、魏二公何必多此跋涉？可请在此稍待。我二人去发付完了他们再来如何？"

　　晓星便令钱、魏二人暂候，自和丐仙先去。数里之遥，剑侠一流自然晃眼即至。因二人还有要事相商，先在途中谈说，迟延些时，不然到得更快。江明见二人已到，不便再出相见，只得守在路上，先遇晓星说了几句，令等黑摩勒来，同往酒楼候命。**以上一段补叙。喜用补叙是还珠写作习性，也是其缺憾之处。此法用多了，不免板滞。金庸的《天龙八部》《笑傲江湖》，诸多过往之事皆自然讲出。古龙的《多情剑客无情剑》《边城浪子》《七种武器》亦自然讲述出来，**

行文便灵动。

二人相见，各说经过，便向酒楼赶去。到了一看，除晓星和钱、魏二人外，还多着两个生人。黑摩勒认得内中一个是晓星好友、山东兖州东叶沟隐居的老侠沈三楼，一个道装的是以前峨眉派剑仙陕西太白山积翠崖万里飞虹佟元奇最末收的一个弟子李镇川，和司空晓星算是同门师兄弟。此人和晓星一样，俱为世缘所累，又误犯了一点教规，受了公罚，致误仙业。晓星有时还在江湖上往来游行，一切委诸福缘，听其自然，虽仍修为不间，并不急求其成。李镇川却是不然，因自己昔年功亏一篑致误仙业，仍欲人定胜天，宁愿兵解，转劫重修均非所计，师父仙去以后，便隐居川东深山之中日夕虔修，准备按照师门心法重将大道练成，再出积修外功，重完仙业。

晓星和他已有数十年不曾见面，去年忽在苏州虎丘相遇。此时黑摩勒正随在侧，颇蒙奖许。后来问起他这数十年中虽然备历艰苦，可是成就也不负所期，二次出山，便为积修外功而来。黑摩勒见有这二人在座，便料定是师叔约来对付郭云璞、吕宪明两个华山派余孽的。提起李镇川去年见时曾许自己一口好剑，约定再见时相赠之言，好生欢喜，忙和江明上前礼拜。李、沈二人含笑唤起，问知江明是陶元曜的弟子，着实夸奖了几句。

晓星命在旁坐下，一同饮食。问起适才之事，黑摩勒一一说了。晓星便诫黑摩勒："下次不可如此。虽然曲在对方，一则明知他是自己人，须看亏仙份上；二则任你多好天资，功夫尚不到家，不知对方深浅，冒昧动手，遇见能手，白白吃亏。吕师伯规条最严，你只顾逞这一时意气，可知罚的人难禁么？他和你斗，其罚还轻，最不该是无故毁人坟树石人。说好的，打上几百荆条还是便宜；说不好，身上便须留下记号，弄巧逐出门墙都说不定。别人徒子犯规，赶出门去拉倒，吕师伯却没那便宜的事，只一离他门户，便以仇敌相视，不特犯了他固无幸免，在外行为稍有不合，立时便有性命之忧，绝无原恕。那厮虽然性气横暴，也是一条汉子，尤其他在云、贵南疆之中，极受当地爱戴畏服，以前吕师伯颇爱惜他。这次恰巧赶上北山之事，也许不加驱逐，却出一难题，命他将功折罪。你已应了查洪，必须期前先往，不可失约。此去如若相遇，务要想一方法解去前嫌。异日你难免有事南疆，也可多一大助，千万记住！"黑摩勒随口应了。

钱、魏二人原约晓星酒楼小酌，才转到正街上去，便与李、沈二侠相遇，知道晓星之友决非常人，请教姓名之后，意欲结识，约请同饮。晓星在虞家住了多日，与钱、魏二人本极投契，今日为他们引见丐仙，除却代问休咎外，本另具有一种打算，及见李、沈二侠又与二人不期而遇，又动前念，便代邀约。二侠见钱、魏二人气度端雅，不是俗流，也就应了。双方谈得甚是投缘。

魏良夫问知二侠初到，尚无住处，便请二侠到虞家后园下榻。二侠虽知尧民与晓星渊源，终觉他是富贵中人，素昧平生，还待推却，晓星力言："尧民高义风雅，知我喜静，后园只有两名小童执役。除非事先约请，休说外人，就他本人和钱、魏二君也不常来寻晤。他又杜门却扫，门无车马，端的清静已极。此间虽也有山，不少岩洞，但多住有山民，四处人烟，寺观僧道更是俗恶，不似川、陕深山之中，山行野庙到处皆可栖息。住在这些地方，易惊俗人耳目。白雁峰何家虽可借住，一则相隔稍远，他父子门人又深知二兄来历，难免早晚求教，反无虞园清静；二则丐仙今晚约定相会，另外还有两位老友要来，所约地点均在虞家。相隔北山之会已无多日，对方约有好几个异派余孽，不能不早为之备。为了行踪隐秘，和诸友便于相见，虞园下榻最好。"李、沈二侠见晓星如此说法，便不再坚持。钱、魏二人自是心喜。

会账起身，黑摩勒奉命前往北山去赴查洪之约，本想拉了江明同行，晓星说江明另外有事，不令同往。只得罢了。晓星等老少六人自回虞园。黑摩勒便独自一人往金华北山赶去，路上忽然想起一娘母女说代向晓星致意，忘了告知，已然走出老远，不愿再翻回去。**黑摩勒三进北山，每次皆有变化。此处"忘了告知"，正是**

为了有别于前次而设，并非着意于少年疏忽。一想江明少时自会向晓星述说，也就罢了。艺高人胆大，也未去见虞、章诸人。到了金华，天已黄昏，本意想在一娘家中稍歇，吃饱再行入山，因晓星忽然改令当日赴约，话未带到，恐一娘询问，无以为答，不好意思，便没有去。自在山口市镇上吃了一饱，径自入山。因为人小机智，进山口时又值天阴微雨，一混便过。

自从山中连番出事，虽然山口加了防备，沿途多添了几处望楼，并无一人觉察。黑摩勒本打算按照客礼通名拜山，进山以后忽然心动，暗忖：陶师伯见面时说北山会斗期近，老花婆约有好些异派中的能手，命我和江明期前不可再去。司空叔与陶师伯虽还未见，老花婆的底细不会不知，怎与陶师伯的心意全然相反？尤其师叔平日总说我胆大，每次奉命出去，总是一再叮嘱、指示机宜，这次大敌当前，反似毫不经意神气，只说句"走"便令起身，大有任我便宜行事之意。**似乎司空也能前知，成全他的奇缘。**自从师父坐化，多蒙师叔教诲提携，小小年纪居然在外称雄，此行正是绝好成名时机，岂可惜过？查洪虽是狂傲卖老，人却豪爽，老花婆全家对他均极敬重。既有此人作东道，乐得前去，先窥探个仔细，再作道理。能顺利得手更好，如真遇上不妙，再回来也还不迟。

主意打定，因前听陈业说起，祝三立住在花家要路山谷岩洞之中，只是时常出游，在洞时少。他与老花婆是对头，平日孤身一人寄居虎口。近日敌人声势大盛，势必恃强相迫，万无见容之理。可是此老成名多年，如若见强避去，岂不弱了威望？真是去留两难。他和师父师叔俱都相识。恩师在日曾向司空师叔说起一娘母女被难失踪之事，并说她家出事以前得有一口仙剑，被一姓朱的恶贼盗去，如能得到，异日练剑不特可省不少工夫，还有好些妙用。访问了许多年，毫无线索可寻。难得一娘母女在此相遇。那姓朱的恰又喜欢装着叫花，以前常在两广路上做那独脚强盗，劫杀由外洋发财还家的海客，与广帮恶丐蔡乌龟等必通声气。现时广、浙两帮在此恶斗，此贼纵不参与，也可访问出一点踪迹。三立对于一娘母女亲如骨肉，花家情形更所深悉，正好寻他一路，就便赴问此剑下落。想到这里，益发不愿明着拜山，一路藏藏掩掩，避开沿途守望贼党耳目，往花家前面峡谷中跑去。

快要到达，遥望谷口外面山坡上又添了一座望楼，对面谷口更有四名手持器械的短衣壮汉分立防守，正在东张西望。谷口两面危崖壁立，谷径宽只及丈，照直径入，必被发觉，此外危崖高陡，无路可通。掩身树后窥伺了一会儿，正想不起用什么方法潜行入内，忽见坡上望楼中有人急呼"野烧"，一倡众和，上下两地防守的人纷纷哗噪，跟着沿途望楼号灯明灭，传递信号，乱成一片。

黑摩勒往侧一看，斜对谷口，相隔里许有一大片草塘，忽然起了野烧，势甚狂烈，晃眼之间便蔓延开来。左近俱是果园和稻场，草垛更多。那地方想是花家产业，火势一大，防守诸人愈加忙乱起来，虽还不曾跑远，俱都离了汛地，抢往坡上高处跑去。心方一动，猛瞥见谷口不远一株老杉树后，飞也似纵起一条小黑影，由末一个离开谷口的壮汉身侧往谷中窜去，其疾如箭，一晃不见，端的轻快已极，身材高矮与江明差不多，也似一个十四五岁的神气。因是突如其来，身法既快，谷口一带，月光被左近山崖所阻，防守人为防外敌惊觉，手灯均藏在暗处，光又闭了两面。

黑摩勒虽然生就一双神目，也未看清那少年貌相。想少年人能有这等好功夫的，除了自己、江明和彭谦的弟子童兴外，休说是见，连听都未听说过。适才师叔不令江明同来，分手时节江明面容似颇勉强，自己到时又在山口外吃饭歇息，耽延了个把时辰，必是关心过度，恐己一人势孤，离开晓星，随即赶来，因谷口防守严密，在草塘里放了把野火，以便将人调开，暗入谷内，想到这里，忙贴崖壁暗处施展轻功，接连几纵便到谷口，乘虚追了进去。

由谷口起往里这前半段谷径颇直，两崖壁立如斩，决纵不上。

黑摩勒念动即行，相去谷口不过半箭之地，只途中几个纵步的工夫，虽然起身稍后，无多耽延，又在月光之下，按说先追少年任跑多快，也无不见之理。虽知谷中静荡荡的，只听村内鸣钟之声杂着人语喧哗远远传来，并无先见少年踪迹。知道红灯信号已然传到花家，正在齐人赶出救火，此去难免碰头，打算寻一僻静之处藏伏，等来人走过再说。于是一面留神前进，并查看那少年踪迹，一面寻觅藏处。脚程迅速，刚往前跑有里许，猛然想起，上次由此退出时，在崖上也有二处守望，正离前途不远，恐被发觉，便将身子贴向右壁暗处向前行进。正走之间，猛觉头上有物坠落，忙往当中一闪，落地一看，乃是一块蚕豆大小的干土。先意以为崖上自行松坠，未怎在意。略微观查，重又贴壁前行，走不十来步，忽又闻声息，避开一看，仍是同样大小一块干土，知道事无这巧，上下四顾，终无迹兆，故作不经意，暗中却留了神。

这次来得更快，才走两步，土块便由脑后打到，因已留神戒备，一听脑后有了声息，一面将头一偏，让将过去，同时身也就势旋转，朝那来路查看。恰巧对方见他灵巧，两三次不曾打中，发了一块，跟着又发第二块。黑摩勒这回改了方法，躲时自己旋转向后，第二块土又是迎面打下，自然更不会中。同时目光到处，早瞥见崖腰暗伏着一条小黑影，知道先前料错。江明为人忠厚，决不会赶来和自己开玩笑。因对方一再戏弄，好似有心称量自己一般，未免有气。**武艺高强而性格高傲，明代"奇书"中各有一名：关羽、武松、孙悟空。其中又性喜滑稽则独属悟空。在这一点上，黑摩勒差相仿佛。**此来只赴约，事前顺便窥探，并无一定用意。反正无事，仓促不暇寻思，径向回路追去。

那人伏处并不甚高，离地只四五丈，自地三丈以上满是多年老藤，南方地暖，虽届秋深，枝叶依然密茂，并未凋落。那人身形小巧，隐在藤蔓之中，又是背光的一面。黑摩勒入谷时，见崖壁削立，只高处偶然有些突出来的石块，余者均无法驻足，只管留意高处，致被隐过，不曾发现。追到跟前，想起这人身形甚小，定是适见少年无疑，所发全是土块，并非暗器，准头虽好，并未用力。看他入谷行径，分明花家敌人。许看出自己是他同道，有什话要说，特意引将回来，彼此联合下手，也未可知。念头一转，气便平了好些。细看那黑影藏伏得更是绝妙，衣服想是黑色，全身俱被藤蔓枝叶所掩，只两眼依约可以辨认。如非先时见他手动，认准地方和那一双放光的眸子，便自己这双天生神目，也未必能够看出。因已追到跟前，仍伏原处未动，越知所料不差。敌意一泯，不愿再往前追迫，耳听村中去路，钟声呐喊渐近，敌人守望密迩，大声问答易被觉察，便将脚步停住，仰面朝上想打手势，叫那少年下来，相见叙谈。不料手才举起，上面接连又是三四块干土当头打下，不由二次气往上撞，心想这厮虽非敌党，照这行径，明是卖弄他的轻身功夫，自恃居高临下占了上风，一再引逗戏侮，欺人大甚！难道这一点高还能把谁难住？管你是什来路，且先把你抓下地来，叫你识见识见再说。**争强好胜**。

主意打好，暗中把劲提足，一面仍假装作打手势，叫少年下来；倏地双足点地，一个垫步，飞身往上纵去。眼看纵到，正待施展师传飞鹰手法向藤蔓中少年抓去，不料对方竟和壁虎一般，藤枝微动，黑摩勒一闪，便向斜刺里游窜过去，身法轻灵已极。黑摩勒骤出不意，倒被吓了一跳，双手一齐抓去，正抓在老藤上面，只得和少年一样，暂且附身藤上。心正有疑。忽听左侧有一童音低语道："请不要动，敌人来了。"

黑摩勒何等机警，闻言不愿再和少年追逐，忙把身形稳住，偏头向来去两路注视，只见明月在天，秋风萧萧，除在近崖上有一处望楼的号灯仍在闪动外，不特敌人踪迹不见，连适才钟声呐喊俱似静止。心气少年诈语，头往右侧一偏，仍待跟踪追去，又听左侧低语道："我们俱是同道，尊兄不可误会。我知敌人必来，不论前进后退俱要相遇，只这里最好。内有两个会妖法的，我们决非对手，等他过了再进去多好。"

黑摩勒才知少年用土块引己上来潜伏，乃是好意，并非有心戏弄，再偏头外望，敌仍未至，低问："尊兄何人？"少年道："敌人即至，无暇多言，少时再当奉告。"忽又急唤"噤声"。二人语声才住，黑摩勒便听谷里面有了破空飞行之声，跟着两三道青黄光华，疾如闪电，循着谷径，由二人伏处的上空急飞过去。遥闻喊声又起，谷口外喊声也越喧哗。知道里面还有人来，便不再言动。候有片刻工夫，果然又有一伙人，各持器械，由脚底下急驰而过，往谷口外跑去。耳听左侧低声唤"下"，连忙纵落，少年也同时到地。

月光照处，只见那少年身材年纪均和江明伯仲之间，面上神情却要老练得多，不似自己和江明童心未退，举止轻率。貌相也极英秀，是个美少年，只看去十分眼熟，初似以前曾经见过，并还不止一次，仔细寻思这几年所见同辈少年，并无此人。自己目力既强，记性尤佳，决不至于忘记，何况年纪这轻，本领这大，以前如真遇上，惺惺相惜，必和江明一样订交，万万不会放过，怎会一点影子都想不起来？

心正寻思，少年已先开口道："尊兄恕我冒昧，你这好武功和这身材装束，可就是近年跟随司空晓星老前辈的黑摩勒？"黑摩勒知道自己近年常在外走动，江湖上已有了点名声。少年因己黑衣面具与传说相似，看出行藏，不足为异。晓星形迹姓名和陶元曜外人只知他萧隐君的假名一样，江湖上传闻异词，以隐名侠士呼之的居多，知道真实姓名的真没几个，此人年纪至多十六七岁，如何知道？便问："尊姓大名，如何得知家师叔与小弟行藏？"少年笑道："我名存周，家师姓祖。小弟命生不辰，幼遭孤露，**又一孤儿**。蒙家师恩养，现从师姓。司空前辈乃师门至交，常听说起黑兄为人本领，适见形貌身法，无不与平日所闻符合，妄自揣度，果然幸会。我已来过两次，此地不是讲话之所，前面不远崖壁老松后面，有一崖洞甚是幽静，昨晚便在洞中下榻，日间还有两位老前辈约定今晚在彼相会，许已先到。花家因知事情越闹越大，从前夜起，沿途连添了几处守望，今早还在谷口对面山坡上新设一座望楼，隔着山脚那片树林遥望谷口。虽然监防甚紧，那些守望人都是江湖上的蠢货，我们仍可任意出入。午后谷口又添了把守，要拦我们，自是无用，要想混进却非容易。一被警觉，各望楼上一起信号，敌党全都警觉起出，未免讨厌。我知斜对谷口那片果园山田，还有一处牧场，俱是花家新置的好产业，只得给他放上一把野火，将人调开谷口，先混进来再说。这类火他们自然一望而知是人放的，定必一面救火，一面搜索奸细。凭真本领也不怕他，内中偏有两个会剑术的妖人，不是可以力敌，刚想伏崖暂避，便见黑兄赶来。恐与妖人相遇，又不便高声相唤，一再冒犯，望勿见怪。"

黑摩勒谦谢了两句，边说边走，不觉赶到。黑摩勒一看，崖壁老松与陈业所说祝三立所居崖洞相似，正是自己打算去的所在，耳旁忽听低喝"噤声"，未及回望，同时眼前一暗，身已离地而起。因那势子太急，一点没有看清，误以为祖存周故意卖弄本领，就算是你发觉敌人快到，凭自己也不是纵避不开，何须这等虚张声势？未免心中有气。刚一用力，又听耳旁低喝："不可妄动！妖人来了。"方听出口音不似，对方手法也觉甚熟，自己踏在实地，目光到处，面前站定两个老者，一个正是那日暗随查洪窥探敌党动静所遇天山飞侠老少年神医马玄子，另一老者却未见过。立处正是崖洞外磐石矮松之下。因二老俱在摆手示意，偏头外望，祖存周也到了上面，本朝自己打手势，忽然一眼看到洞内，面上顿现惊异之色，迈步往里便走。因见二老似要自己回避，便也随同走入。一看洞并不大，靠壁榻上，卧着一个白衣少年，面容苍白，双目紧闭，身上盖着两床厚被。榻前小木几上点有一盏油灯，壁角小炉上熬着汤药。榻上下均有汤药痕迹，好似少年身受重伤，刚经过施治情景。

存周神气十分愁急，直奔榻前，朝着少年耳边低声说了几句。少年两眼忽睁，看见黑摩勒，面上微现喜色，说了句："这算什么！"意欲挣起，吃存周双手按住，低声说道："师兄保重，黑兄自己人，以后常见，不必忙这一时，仍请安卧养神吧。"少年好似伤势不轻，口虽说着硬话，吃存周一劝阻，也就卧倒。**留一悬疑。**

黑摩勒听存周如此说法，不便再近前去惊扰，正在盘算二人来历，洞口二老忽然走进，知道另一老者既与马玄子同道，当然也是前辈高人，忙即拜倒行礼。未等请问，马玄子已先指那老者说道："这也是你司空叔的好友，新由褒斜应约赶来，相助剪除妖孽，陕西太白山积翠崖铁行脚寇老前辈。"黑摩勒已然施礼起立，一听那老者姓寇，又是晓星好友，新自褒斜赶来，知是关中剑侠名宿寇公遐，早年隐居终南，自从峨眉派前辈剑仙万里飞虹佟元奇仙去，便迁居在太白山绝顶积翠崖洞府以内，不时往来褒城、汉中一带，隐迹风尘，专在故乡行道济世。恩师在日，因功果将完，行即化去，不及传授飞剑，曾有引进自己到此老门下之意。嗣闻人言，此老近已声言不收徒弟，才令先随司空叔在外历练，先积外功，静俟机缘遇合，不料在此相遇。拜师虽然难望，倒是此老剑术深得峨眉、昆仑两派之秘，性质豪爽，最喜奖励后进，只要心地纯良没有恶行，向他虚心求教，端的知无不言，言无不尽。此番巧值，怎么也能得到好些益处，好生喜慰，重又拜倒下去。

寇公遐伸手扶起笑道："你便是黑摩勒么？我和令师自古陈仓一别十余年，他归正果，想不到他在临去的短短十来年中，居然找到你这好资质的徒弟来作传人，真乃可喜之事。"黑摩勒乘机请求教诲，马玄子在旁接道："听晓星说，他师父起初本想令他转拜在你门下，嗣听你已决意不再收徒，方始中止。你既赏识他，何妨进而教之呢？"公遐道："徒弟我已不愿收了，遇上好资质的后辈，仍是心喜。其实晓星也是名手，无须多事。既如此说，且等事完之后，我再想法给他一点好处吧。"

黑摩勒忙即叩谢不迭。马玄子便同祖存周往伤人榻前走去。公遐又道："你新拜的老偷儿葛鹰，他本是要带你回去的，吃人用话一激，也来参与北山之会。因你和他前日分手便没再见，日间往虞家寻找，得知你已来此，想是放心不下，尾随下来。适在谷口外无心相遇。他以前在关中做贼，和我是偷出来的交情。这厮老不收心，实没出息，但他偷法极妙，实是偷儿中第一流的高手。顺便烦他去办件事，我看他答应时勉强，也许年老胆小，怕被本家捉住，坏了他多年贼名声。你虽是他徒弟，也许青出于蓝。意欲命你也去办这件事，以防万一老偷儿害怕临阵逃时，你好接着再上，免得落空，误了我事。”

　　黑摩勒方想起，连日只顾忙于北山之事，竟忘了去看葛师。正听此老口吻滑稽，猛觉壁角风生，灯光影里有几点黑影分向公遐和自己打来。黑摩勒只管屡经大敌，耳目灵警，出于天赋，一则洞中均是自己人，万无敌人埋伏之理，二则地势仄小，暗器是在挨近病榻的洞顶壁角间发出，相隔太近，做梦也未想到，骤不及防，肩膀早着了一下，只不甚痛。心中忿怒，脚一点刚要迎敌，同时近面微风飒然，眼前一花，灯光摇曳中，人影已自飞落，公遐也哈哈大笑起来。**大出意外。**

　　目光到处，看出来人正是日前新拜的师父七指神偷葛鹰，正朝公遐笑骂道：“我叫你这老怪物尝尝这老偷儿的厉害！”公遐笑道：“唔，你这点鬼门道怎骗得了我？适才进洞，早看出你鬼头鬼脑在洞角上面趴伏着了，不然还不骂你呢！要送我吃，送点好的，不知从什么地方偷了几个烂枣子来，却当作宝贝现世，看着都叫人恶心。”说时，手心里托着三枚小枣。说完便扔向洞外。葛鹰也笑说道：“你老不要脸！从分手不久，我去花家转了转出来，便跟在你和老马的后头，你两个一点也没察觉。直到你们把人救来此地，上来之后，你们就下崖去把我那孽徒抓上来。那一晃眼的工夫，我便乘虚而入。他们小孩不说，你两个人还是名驰西北的剑仙啦，又从你们耳朵旁边闪过，都没觉出。就算你们明知不说，和我耍赖吧，凭你这大本领的人，一个正把你恭维上天的后辈站在面前都看顾不到，由他被人打中。这是我闹着玩，要真是敌人的暗器呢？就不死也带点伤。你这台怎么坍法？单把自己挨的接去有什么狠处？”**分毫不让，是葛鹰口气。**

公遐笑道："你自打你徒弟，与我何干？有本事把说的话做到了，再说别的，才佩服你是贼精呢。"说时，马玄子已反身走过道："老葛，不是我偏向寇兄，你实地只会鬼鬼祟祟，遇上真事就没了主意。难为你收这好徒弟，看起来，你还真没他胆大呢。"葛鹰道："老马不用激，我答应这事乃是自出心愿，也不是你两个激出来的。这反回来，不过叫你们先看看我的颜色，行与不行，天亮前在这里见。老夫走了！"黑摩勒和祖存周一听要走，忙抢着上前行礼。葛鹰指着黑摩勒说了句："没出息的东西！"身形一晃已到洞外，往下便纵。

二人追出一看，正赶上一伙敌人由谷口如飞跑来，眼看就由脚底驰过，葛鹰已是纵落，方料两下必要撞上，晃眼来人便由崖下相继驰过。为首三人步履如飞，看那身法，明是敌方健者，竟未觉察崖上有人纵落。等末一人走过，黑、祖二人才见崖腰上有一黑影飞落，正在那人身后，尾随着同往村中驰去。**五十年前，坐蹩车到北京永定门，无票不能出站。踌躇间，见车尾下来十余衣衫褴褛者，两警员押送，疑为劳教人员（如犯人当更严紧），遂尾随其后，做垂头丧气状，由偏门混将出去。时年一十九岁，不觉间将近古稀矣。**照适才下纵之势，离崖已有丈许，不知怎会纵到中间，却附身崖上？敌人还说是跑急心粗，不曾留意；上面二人明明眼见葛鹰纵下，耳目又极灵敏，也竟会连点藤枝蔓叶之声俱未听出。**如此方值得摩勒一拜。**

黑摩勒正和存周相顾惊佩间，忽听寇公遐道："你师父去盗妖道法宝，你还不与他接应去？"猛想起师父行时之言似有用意，回视崖下，师父尾随敌人身后已然走远，连榻上少年姓名都未及向存周问询，**继续悬念。**匆匆纵落，到了崖下，才想起忘问公遐，师父所盗是何人的法宝。本想回问，又恐马、寇诸人笑他年少粗心，疏忽浮躁。再一想到，有金眼神猊查洪作东道主人，对方妖道不是吕宪明便是郭云璞，只须细心，不愁查看不出端倪。真要不行，也可向查洪探询，何况师父又在前面，只一追上，即知就里，便不再回问，脚底一加劲，便朝前面赶去。

黑摩勒刚进到谷中拐角之处，望见前行诸人身影，遥听破空之声起自身后，知二妖道已然救火回转，恐被赶来看破，恰巧右壁暗处有一凹洞，忙往里一闪。再往回望时，只见先前两道青黄光华，疾如流星，已由谷口飞来，晃眼临近崖穴上空，看神气仍和先前一样照直回飞，并无下落之意。眼看飞过，忽由对面崖顶飞起两道白光，长虹飞射，朝着对面青黄光华拦截上去，立即斗将起来。青黄白三色四道光华龙飞电舞，上下搏击，精光焕彩，照耀岩谷，势甚惊人。暗忖：寇、马二人尚在洞内，并还有一受伤病人，怎会无故与敌人争斗？剑光又起自对面，莫非另还约有能手来此？

方自寻思，微闻双方呼叱之声倏地分散，青黄光华仍往谷中飞行，那两道白光却越崖飞去，并未向崖洞中飞落，又似与寇、马二人不是一路。**横生枝节，再生悬念。**方自惊奇，晃眼青黄光已由头上飞过，向谷里面飞去。师父正尾随敌人入内，难免遇上，忙又加急赶去。前行敌人脚程俱快，这一停顿耽延，业已走远，一直追进花家村口，一个也未赶上。仗着身灵胆大，掩向傍崖大树后定睛往前一看，花家对面广场上的擂台已然建造停当，离地高约丈许，正中、左、右三面均有看台，地方几占全场大半，约有四亩方圆，**借机把重头戏的场面交代出来。**看台上有不少人在那里安排桌凳，上下往来，甚为忙碌。苗秀在旁指挥监督，呼来叱去，神态颇骄。暗骂："小贼不要张狂，到日我先要你好看！"窥伺了一阵，台上人语嘈杂，只听人问答，说："谷外稻场上野火是外来人放的，本来连草垛带果园都要烧光，多亏二位真人赶去，施展神通将火救灭。"并未提说有人混进之事。

久候无趣，有心深入花家后园窥探，无如场上灯月交辉，敌人耳目太多，中间非经过一段月亮地无法入门，连伏处都须格外留心，稍一疏忽，必被发觉。众目之下怎能飞渡？心想师父神偷之名果不虚传，在这多双眼睛中间居然闯过，所尾随的并且还是对方能手，竟会一点也不曾觉察。

光阴易过，不觉挨了个把时辰。正打主意，花家门内忽然走出三人，内中一人正是师父七指神偷葛鹰。虽未说话，看来好似一路朋友。再细查看，另二人的脚步功夫并未到家，神情也颇粗野。暗忖：师父眼高于顶，怎会与这类人物做了朋友？进来未经通报接引，突然出现，对方也未生疑。方自奇怪，三人走到一路，一伙扎灯彩的已近面前。葛鹰好似有趣，停住看了一看，另二人仍是前行。苗秀偶一回顾，忙迎上去，相对说了几句，没有听真。二人说完了话便自回身，似要往花家隔壁一家走去，走过那伙扎灯彩的面前，葛鹰忽然赶上，朝二人说了两句，利用对方的心理误区。1998 年秋，在北京某高级饭店参加高端电商推介会（当时还是极稀罕事物）。会议组织严密，为提高听众兴奋度，三个题目在三个会场轮换。中间十分钟茶歇。河北某官员由 A 场到 B 场，把提包放在座位上，向旁边的熟人点点头便出去喝咖啡。待回来，包已不见。询熟人，答曰："一与你同行，略落后一点者，紧跟你便拿起包，并向我们做一鬼脸，随你出去。我们以为是你的朋友开玩笑。"此贼想系葛鹰嫡传徒孙。二人便把脚步放慢。葛鹰随朝自己奔来，到了面前撩了撩衣，低喝："避开正面，在我前头走！不许说话！放大方些。"

黑摩勒何等机智，闻言知有缘故。一看苗秀，正偏过身去。由黑影中轻轻一纵，便到了葛鹰身前。始而葛鹰紧贴黑摩勒身后，等快将那两人赶上，才笑道："二位受等。"声音不甚大，苗秀恰可听见，也未作理会。等人闻声回顾答话，已快走到门口。

葛鹰忽指那门，朝黑摩勒低喝道："郭真人住在花园西边竹林内，怕服侍人少，叫你去伺候，还不快走！要我打你这小狗么？"黑摩勒猛然醒悟，料定师父和那两人并不相识，全仗随机应变，朝双方蒙混，"朝两边蒙混"，是此举诀窍。但必须随机应变，深谙对方心理。并将自己引进，告以妖道下落。闻言微应一声，便往门内跑去。不料才进门待要西拐，迎面走来两人，以前来过，恐被识破，立生急智，装着和葛鹰怄气，未见来人，重又回身朝外，遥指葛鹰骂道："村主不过叫你传话，没教你这老不死的管我，你只敢打试试！"**有什么师傅便有什么徒弟，全在心思灵动。**说完，葛鹰同那二人也是走进，瞥见黑摩勒朝外指点，意似大怒，喝骂："小狗敢强！"追去要打。黑摩勒一害怕，回身便逃，脚一绊滑倒在地，跌了一跤，回顾葛鹰追上，爬起身来，慌慌张张顺西边碎石小径往里跑去。葛鹰没追上人，几乎滑了一下，累得喘嘘嘘，咒骂不休，引得旁观四人俱都哈哈大笑起来。**所钻空子在于外来各路人等与主人方面半生不熟。20 世纪 70 年代初，某势焰熏天人物"视察"北海舰队，事后发现现场有一活跃人物，不知何方神圣——因当时至少有四个方面共同安排。后来几乎列为"事件"。情况与此颇为类似。**后出二人与前二人本俱相识，略微点头便自分手。葛鹰偏头偷觑，后二人出门往左，所去不是广场搭台之所，便没理他，只朝前二人说道："想我当年也曾在江湖上混过些年，不该五十岁没到就洗手将功夫丢下。偏我老头子脾气又古怪，有钱不爱置产业，专好讲究房子，将银子埋在床底下，打算过一辈子快活日子，哪知道七八十岁上，一把天火烧个精光。心想银子总该在地下埋着，由火里掘开一看，只变了一千多坛白水。有人说花四姑贪图我的银子，火是她放的。银子被她用搬运法盗走，换了白水。当时气迷了心，好在我孤老头子只一个人，以前虽有好多贼子贼孙，多因招我生气，被我一把把他掐死，如今还剩几个在外头现世，不敢见我的面。眼看断了贼根，全都绝种，没什么牵挂，我一赌气把水泼掉，把一千八百多个空坛子卖了三十六个制钱，赶到此地来寻花四姑拼命。等到见面，我的理说人家不过，我没法拼命，回又回不去，她还说是好心，要留我在此养老。我几百万银子被她盗去，末了落个吃人家，还得承情，每日上不上下不下的受小孩支使，今天连这小鬼都来欺我，你说气人不气？"**胆大包身，游戏三昧。**

这两人原是江湖上的惯贼，一名黄小山，一名裘全，俱都家传贼功。只为女铁丐花四姑未成名时，受过她上辈的好处，此番听说花四姑约集广、浙丐帮讲理摆擂，不远千里赶来助威。花四姑问起二人近在西北诸省连受人欺，最近一次遇见天山大侠狄梁公之侄狄遁，几乎送命，心想复仇，又怕斗人家不过；恰好华山派余孽郭、吕二妖道在彼，二人身边又带有两件稀见珍宝，便劝二人以此为贽，拜在妖道门下。

妖道见二人饶有机智，又重主人情面，便收下来。二人当晚原本随众救火，吃葛鹰暗中追了下来，由谈话中听出二人根底。仗着胆大机智，一直尾随，混入花家，觅地藏起。等二人见了花四姑，吃完残席要走，花四姑命他们传话苗秀，在正面古室上多添两处灯彩。葛鹰瞥见二人走过，便装着花家闲住的江湖佬，随同走出。到了外面，故意看人扎彩，等二人说完话要往花园去见妖道，因在里面听人说起妖道当晚新由正宅移入后园竹林之中，估量二贼还没去过，又装着苗秀命去引路的人，赶前引道。

连日花家来了不少外客，除却几个首脑外，虽然每人各有一个铜环扣在衣带上，为分别敌友标记，**还是不够严密。应更明显，且设稽查——那样故事就没法进行了。呵呵。**葛鹰一则举止从容，**"举止从容"，成功关键。**二则所经均非出入路口，又与二贼同出，这一来，苗秀误以为是二贼一路，二贼又误当作主人所差，不但蒙混过去，还把黑摩勒也带入了重地。

二贼园中本是来过，先没看得起葛鹰，连姓名也未问，及至同进园去，越听所说的话越觉离奇，以为年老糊涂，说的是疯话，心只好笑，仍未想到别的。二贼园中路径虽然不熟，昨日却曾到过，依稀记得，只顾听说疯话有趣，不觉走出老远，**"疯话"为的是分神。老贼成精！**见路越冷僻，这几日花家延待远方赴会宾客，凡名望大本领高的，多在正宅和花园中居住，到处灯彩辉煌，独这经行之地，因是园中林木多处，后面便是危崖绝壁，地最隐僻，向无人行，以前连番出事，花四姑疑心有人由后崖上下，在崖顶设了一处守望。自郭、吕二妖道来，说是无须，如真有人敢来，无论跑得多快，凭自己飞剑立刻追上，决跑不脱。留人守望，上下艰难，反易受敌人劫持。花四姑已命撤去。月光为危崖所挡，只疏落落两三盏红灯掩映昏林之间，甚是幽僻。二贼不禁生疑，问道："老人家，我听说二位仙师就在园西竹林以内，昨日我二人还曾走过，怎领到这里来了？"葛鹰把眼一瞪道："要知道，我还不领你们来呢！少说话，前边就到你们的好地头了。"二贼竟未听出言中之意，觉着暗影中对方目光极强，不似寻常人物，猛想起来时当他是在花家吃闲饭供奔走的旧日伙计，没怎看得起，只觉貌相奇怪。未及深谈，他便说起疯话。一直忘了问他名姓。苗老三既令引路，这里也是竹林，也许真个师父住在后面竹林深处，常人决无这一双亮眼。老年人多喜诙谐，莫要轻慢了他。

裘全首先问道："来时荒疏，还忘了请教老人家尊姓大名呢。"说时，葛鹰已然立定，答道："你问我么？我老头子姓要，名叫贼命。起初贼子贼孙甚多，只可惜都快要被我绝种了。适才你没听我说，是贼遇上我，都要掐死么？不过我近来年老眼花，一些大小毛贼、贼子贼孙，见了面全认不甚真切了，因此常受子孙的骗，明明遇上，偏被滑脱。事后后悔，再找他们就不容易了。你适才忘了问我是谁，我也忘问你们是我贼子贼孙不？快点告诉我，好打主意，是掐死，还是送你们到地头去？"

可笑二贼死到临头，仍不自知，只当老头疯汉，虽觉说话无礼，仍没觉出是凶星照命，越听越有气。黄小山忍不住怒问道："老人家，你就是位老前辈，也应明说姓名，受人尊敬，怎说话这等颠三倒四？幸是在主人家内，如在外面无心相遇，不知底细，岂不伤了和气，彼此难堪？"

裘全疑思较深，一面暗中查听，口中仍在谦问："老人家休得玩笑，请道其详。"葛鹰全都不睬，依旧自言自语道："贼遇见我，照例支吾，不说实话无足为奇。我老头子上当太多，也被你们蒙骗怕了。这个不难，贼身上多有贼味，是贼不是，一闻就闻出来。"说时双手齐伸，朝二贼脸上摸了一把。二贼见他如此戏耍，便真是主家中请来的江湖老前辈也是不该，不由大怒，刚喝："老匹夫！

意欲何为？"葛鹰笑道："我闻出贼味来了。等我把你两个掐死，省得现世！"话到手到，身法真个快极。二贼觉出不妙，方欲动手，葛鹰那只蒲扇不差仿佛的七指怪手，早就一摸之势，随着身形微晃，到了二人颈间，一手一个，一把抓住咽喉，往两边一翻。二贼手也格向葛鹰臂上，觉着刚硬如铁，疼痛非常，一点没有格动，心中一害怕，待要往后纵退，哪还来得及？连第二句话也未顾得说出，当时咽喉被勒奇紧，气管闭塞，眼珠往上一翻，闭过气去。

葛鹰更是手狠，将人翻倒，且不摔落，双手用力一扭一撇，二贼颈骨便被扭断，死于非命。随将二贼所佩铜牌，连囊中金银一齐搜出，**是老偷习惯**。入了腰包，把尸首拖向林中隐僻之处。出林侧耳一听，园中静静的，只各宾馆笑语之声不时随风吹到，估量黑摩勒踪迹尚未被人觉察。刚要往吕、郭二妖道所居宾馆赶去，猛想起二贼尸首大可利用，重又回向藏尸之处一看，二贼中裘全身子比较瘦小，忙把二人腰带解下，身子团成一圈，用带扎好，仍放原处，藏起备用。再把黄小山也做一圈扎起，收口之处打上活结，由身畔取出一根长索，系上一头，提起跑出林去。在崖前黑影里寻了一株大柏树，援将上去，把尸首吊在高枝之上，另取松香引火之物涂在左近枝叶上面，这才飞身纵落，往园西竹林跑去。

花家园林广大，傍崖修设，横宽直浅，一多半俱是竹林果园，所有亭台房舍，十九在近门一带。葛鹰知道近日来客甚多，所有房舍均改作了客馆，因在夜间，又值宴请外客三五成群，邀了同伴各回房去聚谈作乐，休看进门时未遇什么人，实则人数不少。尤其是在园中下榻的，都是江湖上有点名头的人物，一被看出破绽便难脱身，何况还有两个精通剑术邪法的妖道在内，尽管本领高强，软硬功夫俱臻绝顶，依然全神贯注，不敢大意。一到前面有人迹往来之处，便舍了平地，纵上房去，一路鹤行鹭伏，上下纵落，赶到妖道所居竹林以内。中间经过好几处外客聚居之所，连遇见两次江湖好手，均仗身轻胆大，长于临机应变，避将过去，没被发觉。

　　初意来时天色尚早，下手不便，又料定寇、马二老侠当面故意激将，自己去后，必要命人尾随接应。行时又示意黑摩勒，使其跟来。自己怎么都无妨，就使踪迹败露被妖道擒住，事后也能脱身。只是花家几道口子防御严密，外人难于通过，少时盗宝成功，敌人发觉如早，追出搜索，随来接应的人便难飞越。虽然本心是想爱徒历练，故意要他犯险，暗中仍须为他准备，使到危急之际可以脱身。先混入花家探了一些虚实，正要暗入后园，遇见好些敌人党徒衣带上均带有一枚铜环，以作标记，灵机立动。正赶二贼走过，乘机诓入前园杀死，将环取下，打算寻到随来的人各给一枚。**补叙，说明前面的行为。如进来直接盗宝，与黑摩勒便少交集，而且直干秃枝，全无摇曳之态了。**及到竹林一看，妖道住处乃是一座楼房，约有七间宽广，三面竹林环绕，前面临着一个大池塘。地颇平旷，左边还堆有一座四五丈高的假山，山顶有一六角亭子，地势甚巧，外望只是一片竹林，看不出里面景物。来路正当楼的前侧面，因见楼内灯光明亮，笑语喧哗，内中还夹着妇女浪笑之声。估量这伙妖道淫贼弄了些妇女正在作乐，此时还难下手，便在楼房周围转了一转，将地形和出入道路先行选好，回到竹林深处，寻了一块石头坐下，静待时机。忽又想起爱徒黑摩勒，自进后园便没见出现，敌人方面也无什么动静。他年小胆大，性情又急，如见无法下手，必要寻找自己，怎会踪迹全无？还有寇、马二老侠派来接应的人也未相遇，于理不合，好生奇怪。

　　等了片刻，耳听楼内笙歌细细，越发热闹，随又见三五下人往假山亭上搬运桌椅，铺排酒宴。潜踪绕过去伏身探听，才知当日来了几个女贼，貌相妖淫，在席间被郭、吕二妖道勾搭上，席散同来后园相聚。这伙人花家俱视若上宾，由苗秀之兄苗成长日陪伴，看出妖道当晚格外高兴，女贼们又正请他试演飞剑，在旁凑趣，特地命人在山亭摆下一桌酒席，由诸女贼作陪，请妖道赏月饮酒，当筵演习飞剑。同时并探知二妖道都住在上层楼内。郭云璞住的两间正与假山相对，两下有什动作都可看见，暗忖：本来我早等得不耐烦，想要乘乱下手，越在你眼光所及之地越容易偷窃，**内含妙理**。实是再好没有。算计席已摆定，妖道等即往亭上，这伙人目力都好，不能似此鬼混。忙由山侧绕向楼后一看，见后楼门窗恰有一扇虚掩未闭，因是园中赏景所在，前后门窗甚多，甚是宏敞。

这时下人报说："酒筵已备。"苗成正向妖道等延请入席。下面又是一个大敞厅，主客下人共有二十余人，前后楼厅门窗洞启，耳目甚众，相去咫尺。

葛鹰是由楼右绕来，如欲纵往楼上，必自后厅正面走过，休说极易被人发现，况这伙敌人差不多俱是能手，吕、郭二妖道更精邪法飞剑，微一举手立即被擒，任有一身多好的真功夫也非其敌。倘由最后面竹林之内绕越，危险虽然稍减，但时候来不及，容俟绕到妖道居楼之下，敌人已早入席落座，二三十对眼睛，倒有一多半对着那两间楼房的。**难题。是对葛鹰的考验，也是作者自我挑战。答得好，作品就有魅力——所谓"置之死地而后生"。**拨开后窗进去，休说是看，便听也被听出。

葛鹰老谋深算，知道只有乘着敌人出厅上到假山这瞬息之间上楼下手，看似危险异常，实则有隙可乘。否则少时不是不能下手，一则须俟妖道席散，同了女贼回房淫乐，熟睡之际，为时太久，不耐久候；并且妖道女贼俱都耳目灵警，所有仇敌又都回到楼上，彼此不过一墙之隔，稍一盘算不到，弄巧成拙，似易实难。想了想，决计冒险行事。本来想乘敌人一齐转身外走之际，侧身混过正门，施展轻功，上楼下手，哪知内有二贼格外谦恭，吕、郭二妖道已经外走，还在互相推让不休。苗成侧身相待，三人倒有两个面向着后厅门。再若迟延，妖道等上了山亭，即使混过正面纵上楼去，对亭有人，也不敢推窗而入。心正暗中怒骂：该死狗贼！敢误贼祖宗的事，我认得你！等过两日比播时，我不把你生劈了才怪！正自愤恨无计，待要冷不防用极快身法飞越过去，忽听亭上有人急喊："诸位快看！那是什么？"厅中诸人闻声立即追出。

葛鹰更不怠慢，只一纵便到了妖道所居楼上，攀着窗栏，隔窗缝偷觑对面山亭，亭中诸人俱朝后崖凝望，齐说"怪事"。越发心喜，忙即推窗而入，身贴墙壁四下一寻，便将寇、马二老侠所说的法宝寻到。见床前还挂有一个小革囊，因知妖法厉害，先将带去的一道灵符向上照了一照，然后轻轻一同摘下，藏向胸前。掩向前窗后往外偷觑，原来后崖树林梢上起火，火光影里似有一人在内手舞足蹈。一想那地方正是适才悬放贼尸之地，火中人影定是所悬贼尸无疑，只不知那悬人的绳索何以火烧不断，料是后来接应之人看出敌党耳目太众，彻夜淫乐，恐自己无法下手，特意放火调虎离山。**照应了前文，通体联络，枝叶繁茂，便见精彩。**弄巧来的还是两人，一人放火，一人乘机来此盗宝。耳听楼下众声喧哗。内中有人正在提议，说："火中如何会有人在内，必是敌人用什么障眼法儿闹鬼！现看号灯，虽有人前往查看，只恐无济于事，还是二位真人辛苦一趟，以免敌人乘机逃脱。"暗忖：妖道知道他那法宝外人不能盗走，又当花家防御严密，自己又未远离此楼，耳目众多，外人混不进来，稍有动静，立即觉察。没想到强中还有强中手！东西又多又重，不愿随身携带，就走也未必来取。那革囊是他随身携带之物，如往救火搜敌，必要回楼来取，难免撞上。忙由原后窗户退出，将窗掩好，纵身下楼，刚要跑出，一想这样走不好，妖道飞行迅速，此时回来警觉，定被追上。心念一动，便即停住。不但不走，反往前楼假山后掩将过去。恰好假山前后洞穴甚多，均可容人穿行。乘着众人俱在议论纷纷，目注后崖之际，由后面寻一洞穴，钻将进去一看，山腹虽是空的，里面尽是些低狭的洞径，最宽处不过丈许，高仅容人，好似当初砌出这些洞径，专为幼童捉迷藏用的。有的地方休说大人，连半大的幼童都难通行。自来无人走进，到处蛛网密张，虫豸伏窜，霉湿之气刺鼻。细查形势，占地不过亩许，却是通体玲珑空透，山石嵯峨，共有一二十条洞径，往复循环，高低错落，曲折异常。白天光景俱极黑暗，况在深夜，生人决摸不着门径，出入两难。他仗着多年练就神目，心思灵巧，略一观察，便悟出当初堆砌山径人的匠心。暗忖：这地方真个绝好藏身之地，有这些螺蛳形的山径石窍，便有人疑心，持火入搜，也发现自己不了。忙把四外出路相度清楚，在靠近前面半山腰上，寻了一个仅能容得下三四岁幼童的小洞，用缩骨法将身子缩小，钻了进去，隐身穴口，安心朝外偷觑。

见吕、郭二妖道正要说"走"，忽然跑来一人，报称："后崖火已救熄，树梢火光中人乃是一具死尸，面皮已被人整个揭去，身着衣服，已被烧毁，皮肉也是烧焦，看神气好似经人杀死，再用一根细铁链吊在树梢之上，涂洒松香等物，再放的火。因那死尸面上血污狼藉，衣履皆焚，认不出是什人。先当敌人用的是调虎离山之计，连用号灯信号沿途查询，直到山口均无可疑之迹，各路口也未见有一个生人影迹，全村各处也未出什事故。因主人内行，知道日期将近，敌人难免来此扰闹，防备周密。遇上这类事故，救火御敌均有专人。是要紧所在，不但不离开人，反倒加了戒备。敌人计未用上，人没调开，无法下手，又知二位仙长在此，见我们遇变丝毫不乱，恐弄巧成拙，赶急逃走也说不定。但那死尸必是自己人无疑。园中贵客俱是能手，敌人如若动手，不会无人觉察。如由外面弄来，抬着一个死尸连过许多出入要路，飞越好些屋宇园林，也是办不到的事。三相公和诸位英雄断定是园里服侍客人的佃工下人、花匠之类，现已命人满园查看死人是谁。问了几处，人都现在，未少一个，还没查出下落。四太婆料定来人既敢深入，胆大包天，必非庸手，此时决未离开，特命来此转致，说隔墙是库房要地，请二位真人与诸位仍在这里，暂时不要离开，以备有什么警急可仗大力相助。全村布置人位均经通盘筹计，各有专责，呼应甚灵，除却真像丏仙吕瑄等强敌到来，必须二位真人出马外，决不怕他反上天去！一有动静，便全往一处赶。自己人一乱，反容易被他乘虚而入。好在各地都有号灯传递消息，一望而知。些许毛贼，简直无须睬他！请少村主陪二位真人、诸位尊客，仍自饮酒赏月好了。"说罢辞去。

葛鹰一听，这倒省事。知二妖道骄横自恃，决没想到变生肘腋。最可笑是老花婆对二妖道倚若长城，正仗他们统领全局，不料变故竟会出在他们身上。众目之下，这人怎么丢法！估量妖道这一席酒，少说也需两三个时辰，如非有人去往后崖放这一把邪火，使敌人多了些戒备，此时逃出实是容易。可是适才盗宝，事机瞬息，全仗机警神速，间不容发，此时妖道和敌人徒党多半走向山亭上去，厅内敌党还未走完，上下内外俱是敌人耳目，没有这一把火将敌人目光引往一面，许混不过去，等全上了山亭，对楼而坐，便无法下手了。放火人把悬尸的绳子换了铁链，想得如此周到，决非庸手。爱徒从未再见，不知是他所为不是？

正在寻思，盘算出路，忽觉身侧衣袖扯了一下，疑是蛇虫之类。地窄黑暗，难于施展。正待使重手法，就势反手一把捏死，那东西已缩了回去，没有抓到。同时目光到处，瞥见藏身的小洞外怪石之上倒悬着一条黑影，眼睛一闪一闪，在暗影里放光。定睛一看，好生高兴，将手一点。那黑影已早将手扳住穴壁，头凑过来悄问："师父得手了么？请把那两枚铜环给我。"葛鹰点了点头，取环递过。

原来那黑影正是黑摩勒。葛鹰附耳低声一问经过，才知黑摩勒进园以后，先照乃师所说，往西竹林转了转，也因楼厅内外耳目众多，门窗洞启，觉出没到下手时候。又不知所盗是何宝物，以为师父随后即至，出林一看，不见踪迹。知道师父决不放过同行二贼，必是诱往后面僻静之处，逼供妖道底细，便往后园一带寻去。不料后园地甚广大，林木又多，葛鹰老练，处置二贼，连那藏尸之处地势隐秘，掩蔽巧妙，极不容易被人发现。黑摩勒又专往自己认为隐僻之地寻找，两下途径相左，又均善于掩藏，所以不曾遇上。

黑摩勒找了一阵没找到，意欲重往竹林等候，见着师父，问明所盗之宝再作计较。刚往回走，忽见路侧竹林内黑影一闪，疑是师父，又觉身太瘦小。未及追踪入林查看，那黑影忽又现身，悄没声纵将过来，身法极快，**强中又有强中手**。甚是眼熟。落地一看，正是祖存周。见了黑摩勒，笑道："果然黑兄在此。令师现将二贼杀死，正在前面掩藏尸首，我知这里虽然僻静，一到夜半，花家便派有专人巡查。特意为他望风，不料与黑兄相遇。"

　　黑摩勒闻言便要寻去。存周拦道："来时听寇师伯说，令师今晚盗宝之事虽然太险，但他生平从不喜人相助，并且所盗法宝，乃是妖道准备将在场敌人一网打尽的太阴旗门，有些旗幡尺寸不大，甚是零碎，当时不能毁坏，须藏怀中带出。我们人小衣瘦，无法藏掖，盗时又没有禁制妖幡的灵符，无法下手，此来只可暗中援应。这位老人家性情古怪，如若见面，全不令我二人伸手。万一非得一人相助不能盗出，岂非误事？我们只跟在他身后，暂不露面，相机接应最好。"

　　黑摩勒一想也对，忙同前往一看。正值葛鹰二番回去，将藏尸取了一具，用长索吊向高树之上，然后走去。二人先不知是何用意，方欲尾追，祖存周说："葛老前辈好似在死尸和树枝上涂抹了些东西。反正他必往妖道竹林，不愁寻找不见，何不看明再走？"随上树一看，所涂之物俱是用硝磺松香秘制的火药膏，另外还洒了些干松香末，这才明白。笑对黑摩勒说："令师果是准备在此放火，调虎离山。少时火发以后，绳断尸落，虽可诱敌，还不十分离奇。再者此索乃麻筋、弓弦、头发拧成，原是令师自备，又细又结实，甚是得用，烧了可惜。前面演武场侧牢洞外放着好些细铁链，请黑兄取来，将索换下带走。我再给它添上花样，使这死尸在火里远看跟活人一样，就许能将妖道引来了。"

　　黑摩勒连声赞好，依言赶往，见牢旁还有一些铁丝，便连铁链一齐取到。上树一看，死人脸皮已被存周用小刀齐颈间往上生剥了去，变成一个血球；见有铁丝，笑道："这样少时更像活的了。"

当下二人合力，先把长索换下，用铁链齐颈吊起，再用树枝将铁丝绞成螺旋形软簧，把死尸双手一高一下吊向树枝之上。臂肩两处的筋掘断，免致僵硬。另用几根铁丝将尸缩住，不会旋转，弄好一看，果是灵活非常。

祖存周道："少时火发风生，手脚乱动，近看都像活人，再如远看，更像一个浑身发火的怪人在闹鬼。"黑摩勒笑道："这狗贼不知造了多大罪孽，死后还要遭此恶报，身受火烧，连面皮都被撕去。"祖存周道："我花家已来过三次，死的这两狗贼，我都知道来历，这样收拾他，实在不多。不过葛老前辈本领高强，神出鬼没。他这只是未曾下手，到处安根，备而不用。我们费了些事，少时是否用它，还不一定呢。"

黑摩勒道："用不上多么可惜。我这里有个新交的老朋友，好歹你和师父走后，我也把它点燃，看看你火里跳死人是什样子。"存周笑道："那老花婆甚是厉害，防范更严，遇上事一点不乱。我用了很大心机才得巧混进来。少时火只管放，千万小心。尤其那两个妖道，虽然号称不和不会法术飞剑的人交手，真要来人厉害，照样说了不算。他们内行已极，专留心暗处，故意闪出两条僻静的路给人上当。越是看着容易藏伏逃走的地方，暗中越有人埋伏。昨夜我们便有人在此吃亏。我适给令师把风，便是为此。你放火后，最好先闪在附近明显之处，相机掩藏，不要心慌，等乱过一阵再想法逃走。我暂时不想和令师见面，妖道所住楼侧有一座人工堆成的假山，洞穴甚多，得手以后，如被妖道发觉，剑遁迅速，只一逃，不论跑出多远必被追上。也是最好暂时不逃，藏在山洞以内，妖道万不会想到来人得手不走，反在他耳目之下潜伏。这就从容多了。"

黑摩勒见存周不仅本领高强，心思尤为细密，不禁佩服。随同往竹林内赶去，由此始终尾随在葛鹰的身后。葛鹰那样高明的高手，竟未觉察。后来二人看出葛鹰掩前掩后，没法下手，意似焦躁。二人也知非俟妖道回房不知法宝藏处，可是下手更难，此时冒险乘虚而入虽较容易，偏生楼内耳目大众，门窗四启，一出竹林便被发现，代为了一阵难。忽听苗成传谕：置酒山亭赏月。葛鹰急匆匆绕到厅后，面有喜色。存周猛触灵机，偷告黑摩勒道："快下手了！你快放火，我在此接应，越快越好！"黑摩勒忙往后园奔去，到了崖下，纵身上树将火点燃。立时火光照耀，全树皆燃。紧跟着便见各地号灯晃动传警，园中各地敌人也分持兵刃暗器，照着本来部署赶来，一面救火，一面搜索奸细。黑摩勒得了高明指教，放火之后并不往远处逃走，只在火起不远的大树后面藏伏窥伺。果然敌人俱当火场地旷偏僻，又无房客，奸细只是声东击西，人早窜向别处，决不在此。把火救灭，死尸放落，留了两人看守，以防余烬重燃，便即招呼着蜂拥而去，对于火场左近看也未看。

黑摩勒暗中观察敌人，不仅有条不紊，罗网周密，动作尤极敏练整齐，全由号灯传达消息，来人多寡强弱，双方胜负，一望即知。来救火的均是附近轮值的专人，敌人首脑一个未至。因未发现奸细行踪，只管暗中传令埋伏搜索，表面上一点看不出，如非预有准备，便自己这样灵巧身手，随意行动也难免不被发觉。心颇惊异，自觉无可留恋，仗着偷听到一些虚实，略知园中布置，偷偷由林中绕越，紧紧尾随在苗秀等为首诸人身后，重返竹林探看。一到便遇见祖存周，说起葛鹰果是老手，得宝不逃，现已进入山洞。这火放得真巧，虽然得手，可是花家能手甚多，见奸细没有搜出，少时再发觉死尸是谁，必然戒备。要想从容逃出，定非易事，还得有人大闹一场，始能混乱敌人耳目。适见令师得那两枚铜环，大是有用。可去取来，分带身旁，以备相机行事。

黑摩勒见了葛鹰，说完前情，要过铜环信牌，匆匆走去。葛鹰见两少年如此灵智，也颇喜慰。耳听上面山亭妖道敌党纵酒，笑语喧哗，全没发觉失盗之事。暗忖：祖存周说，外面把守得紧，难以混出，必然又用调虎离山之计。凭自己多年威望，难道还要两个后辈帮忙？因人成事，太下不去。何如趁着敌人未觉，姑且走走试试。心念刚动，忽听对楼有人失声惊呼，情知不好，连忙止步。侧耳一听，果然妖道有一门徒无心走往对楼，发觉法宝不见，隔窗向着郭云璞禀告。山亭上立时一阵大乱，咒骂之声四起，敌人纷往对楼纵去，随又听见呼喝搜寻奸细，议论纷纷。大意是妖道在赴晚宴时，曾将法宝带去席前，当众演习，回来挂在墙上，便即下楼饮宴。因吕、郭二人各有一个门徒在楼上守候，两室相连，稍有动静立被警觉。楼厅又坐立中央，门窗四启，人数很多。服役的人往来穿行，进出不绝。外人走过，一望而知。

妖道以为敌人无此大胆，直未想到失盗一层，事发之后，想起适才后崖起火并未将人调开，山亭与所居楼房相对，怎会不见敌人？如擅隐形之法，决不会再放那火。许是回楼不久就已被人盗去。主人倚如靠山，却在会期前夕被人盗去重宝，不特心血可惜；关系重大，这人先丢不起！不由又愧又急，暴怒如雷，先向二徒厉声喝问。说也凑巧，二徒就在隔壁吕宪明屋内，一时无聊，聚在一处下棋。活该葛鹰成功，盗时因敌人精通妖法，俱是能手，虽不知隔壁有人防守，仍然异常戒备，手脚甚轻，容容易易便自盗走。

二徒恐受重责，心料此事不是常人所能，知道师父心怯峨眉、青城两派中人，失盗以后早将答话想好，异口同声说："适在隔室门内，亲见对屋法宝革囊均在墙上挂着，忽然眼前金光一亮，再看墙上，已无踪迹。"却把葛鹰所留柬帖藏起不献出来。妖道一听，分明来人隐形入内，失盗还在放火以后。明知来人既有这等法力，绝追不上，追上也未必定能取胜，再一想起，头次谷外救火，回来在峡谷上空所遇剑仙，越料强敌众多，难以讨好。不追，法宝可惜，恶气难消，当着众人，面子上也下不去，只得各驾剑光飞起，往谷外追去。

妖道走后，苗成话也传到。各地号灯招展，搜寻奸细下落。葛鹰知道此时更难走出。暗骂二妖徒可恶，将柬帖藏起，否则妖道必当早已失盗，敌人走远，无从追赶，岂不大家省事？这一来，爱徒和祖存周尚在虎穴，岂不易为人所发现？勉强等了一会儿，心中不耐。估量二妖道已然去远，凭自己本领，除却妖法无从抵挡，遇上多厉害的能手俱都不怕，先恐出去敌人发觉，被妖道追上，所以暂避一时；久待这里终不是事，随又起身欲行。葛鹰终是老谋深算，只管想走，又防到万一出去，被敌人发现动手，彼此相持之际，恰值妖道回转。自身失陷还有法想，所盗法宝如被夺了回去，却是日后大害。来时寇公遄曾说："那法宝共有一个主幡，几面旗门，不论去掉哪一样，急切间便不能应用。如被发觉追来，真个紧急，可将它毁了。不能毁时，便设法隐起一样，给它拆散，到日便失灵效。"知道这类邪法祭炼成的妖旗大多附有凶魂厉魄，毁时难免现出形迹。试运真力一扯，果然纹丝不动，越发不敢大意。

略一盘算，取出一座旗门和那主幡，就在当地山石洞内寻一隐秘之处，将土扒开，埋在其内。本心还想将另一革囊打开观看，因为不知底细，惟恐惹出乱子，便连余下旗门一齐藏向怀中。先由石隙外看，已然一阵乱过，因事情关系太大，都发了急，敌人十九持了器械，四出搜索敌踪。楼内只有二妖徒和执役下人仍在议论不已。葛鹰不知二妖徒深浅，看准形势掩出洞外，乘人不觉，轻悄悄先掩进了竹林以内。再顺前面，绕着大半圈子，到了侧面出口。仰望园外山崖上，号灯微微闪动，此外通没一点声息，也不见有什么人走动，各处都是静沉沉，反比初进园时还要清静得多。情知敌人高明，内有能手主持，一经发觉出事，只起初略乱了一阵，随即部署停当。里面仿佛无事，暗中四设陷阱，一点不乱。越是这样越难混出。艺高人胆大，也没放在心上。由黑暗中跑到回廊前面，便飞身上去，顺着廊脊往前飞驰，已快出园，均未遇见一人。沿途路口，均有三二黑影潜伏暗处不动，只一有警，前后十来处立即发动，首尾相衔，地势既佳，彼此更有呼应。方赞老花婆果然不愧老手，应敌如此缜密严紧，有条不紊。忽听右侧树后有人低语，便把脚步停住，闪向一株树后面，暗中窥探。

小枝节，添一点趣味。

那说话的共只两人，埋伏路侧花畦之内。因有暗影挡住，月光不明，附近的灯多已熄灭，只有一盏纱灯还点着，反更衬得光景昏暗，埋伏的人又是蹲伏花丛以内，多好目力，不是知道藏处，特意走近，决看不出，也决不会想到花中有人。葛鹰如非耳目敏锐，老远就听出地方远近，预先掩藏，也几乎显露了形迹。藏好以后，只听内中一人道："我还当那厮穿着一身道装，真个飞剑法术厉害呢。哪知和二位真人一照面，便把他飞剑铰断，障眼法儿破去。如今四太婆正在用刑，拷问他的口供呢。"另一个道："依我看来，奸细既来作贼，人数必不会多，就近有一个同党也早吓跑了。偏要叫我们在此呆等，地这么潮湿，秋蚊子又凶，真叫难受。"前一人又道："你哪知道，现时各要路口把得紧紧，还有二位真人驾着飞剑在空中往来策应。谷中右边上崖顶的那一条路虽没埋伏，容易逃走，连我也是今早才听王三哥和二相公说起，外人如何得知？"前一人又道："你不要说了，留神被人听去。"底下便不再说。

葛鹰暗忖：这被擒的是谁？想必又有什新到朋友入了罗网。崖上这条要路，怎的不设埋伏？急于走出，也懒得寻这两人的晦气。谁知走到花园门口，又听右侧丛树后有人低声密语。掩将过去一听，与前两人所说语气大同小异。只把被擒人改作小伙。**创意挺好，执行不力。**葛鹰暗忖：既然埋伏，如何两处都在说话？意思又多相同，心中起疑，索性再等一会儿。这两人比较性急，待不一会儿，又照前言重说了一遍。葛鹰听他们说得和背书一样，一字不差，不禁好笑。知是对方诱敌之策。一面在各地设下埋伏，一面故意低声说话，引人偷听，好去上当。因拿不准盗宝人的形貌，所以一处说老，一处说少，实则一个也未被他擒到。崖上那条路当然也是假的。这些埋伏一层接一层互相连系，牵一发而动全身，如想过去将那说话人擒住盘问，立即全数发动，有心不理，又气不过。想了想，就地下拾起两块干土，悄悄绕向二人身后，相隔三两丈远近，用大中二指捏紧，施展内家劲功，照准二人左右肩打去，同时将身一纵，便到了二人侧面不远另一矮树丛中蹲下，看他闹什么花样。

脚才落地，先听两声"嗳呀"，跟着叭的一声，一道火花由二人身畔飞起，直上云空。晃眼工夫，便见十余个江湖上好手各持兵刃，四面八方飞驰而来，都是身子轻灵，一点声音都没有。那被土块打伤的二人立即迎上前去，见面略说两句，便由身前驰过，同往假山一带搜去。葛鹰看出敌人果是敏捷周密，再闹下去，踪迹难免显露，便乘敌人齐往园内追赶之际，往园门外跑去。

出门一看，花家门前广场上，木台灯彩已将竣事。适才那多做工的人，此时却是静静的不见一个人影，连危崖上那盏号灯也不见晃动。自恃本领高强，目力敏锐，上下四处略一瞻顾，只一纵便到了危崖底下暗影里。正打算贴着崖壁转向谷口，忽听前面有一老人声音暴喝道："大胆鼠辈！竟敢太岁头上动土。快滚过来等绑！免得老太公费事。"

定睛一看，相隔丈许，谷径当中青石上坐着一个老头，手里拿着一个吃潮烟的半截烟袋。葛鹰练就一双神目，虽在黑影里，看得逼真。见那老头身材高大，白发蓬松，毛茸茸一团，连同满部络腮胡子，随着语声起伏。看着年岁虽高，神态甚是威猛，尤其眼睛一闪一闪直发黄光，未曾见人，先见到这一双眼，连那戟立如猬的须发，一望而知是个内外功俱臻绝顶的劲敌。凭自己的威望，既已被人发现，更无退避之理。刚要应声，猛地想起一人，脚步才停。老头把话说完，已随手将烟袋掖向腰间，缓步迎面走来。同时又听四面黑影里有好些人应声，纷问："老太公，贼在哪里？"老头老声老气地喝道："就在这里，就落在我眼里。不怕他飞上天去！你们都是废物，许还有党羽，各自埋伏，不要管我闲账。"说罢，众声齐寂。**老刺猬、老偷，是本书老一辈人物中最生动的两个。萧隐君、司空虽着墨不少，但终不及此二老生动。**

葛鹰低头注视，敌人掩伏极巧，只来路近侧上方似有人影潜伏。情知脱身不易，忽生一计，乘着敌人还没走到，将身一侧，把怀中卷藏的旗门偷偷取出，倏地施展劲功，暗用全力，直朝身后崖缝里硬插进去，随手抓裂两块石土，照准上面黑影便打，口中大喝："我和老刺猬相打，要你们狗叫什么！"吧嗒一声，火光溅射处，打中的并不是人，乃是一块石头。葛鹰原本借此掩藏所盗旗门，石块出手，便往场上纵去，在月光底下点手叫道："老刺猬不用发狂，你们有多少人，都滚过来！葛老太爷不在心上。"

原来那老头正是金眼神猬查洪，不知怎的，看中黑摩勒像他死去的好友秦川宋晋，人又那么智勇灵巧，喜爱已极。知他年轻胆大，恐其来访时自恃本领径直擅入，不按客礼通报，发生争执，一个不巧吃了妖道的亏，由白天起便不时出外查看等候。当晚闻得敌人来此放火，又闻妖道法宝被人盗走。他平素凭真功夫和人动手，最厌妖术邪法，与二妖道大不相投，见他们当众丢人，虽是称心，毕竟主人交厚，有人来犯，不容不问。觉出敌人不是庸手，花四姑只管防护周密，未必有用。心想对方果如妖徒所云是个道术之徒，此时早走，贼走关门有什么用处？要照花四姑的看法，定还未走。谷口是必由之路，独往谷口暗处，搬一石块居中坐下，暗中伏伺。等了一阵不见动静，方料敌人已走，心中不耐，意欲离开。也是葛鹰忙中有错，虽也沿途留意，但只观察那易于藏伏之处，闪避过去，不料查洪会大模大样拦路坐候，容到看见敌人，已无法再躲了。

起初查洪没怎看得起葛鹰，及听对方答话，纵向场上，猛然想起来人是谁，不禁高兴哈哈笑道：**"不禁高兴"，好，把查洪性格、气度写出。**"我当什么人，原来是你么？"声随人起，只一纵便到当场，落在葛鹰面前，且不动手，先朝四外喝道："这人是我的老相好，有名的七指神偷老葛！我和他十四年前有过节，难得在此遇上，你叫他走，他也不走。现在已成了我和他两人的事，与别人不相干。你们快着一人告诉花四姑去，叫她招呼那两个唱三官经的朋友和那一群人物，就说我老查生平从没要人帮过，就老葛把我打死，也是认命，不要他们出场，给我落老葛的话柄，丢人现世。快去！"说罢，便有两人应声由崖树后纵出，往里跑去。

葛鹰听他不令妖道相助，正合心意，仍用当年滑稽声口，笑嘻嘻望着查洪道："我们分手多年，老没听人说你，只当不行了呢，居然还有一点硬骨头，真是难得！我今早路过此地，一时手痒，犯了爱偷的老毛病。闻听人说，老花婆近年着实积攒了几个，后日又开什么叫花大会，来了不少的客。我想顺便进来捞摸一点零碎，过过偷瘾。到此一看，来人跟我一样，都是穷鬼，没什么可偷的。要偷老花婆吧，不论年纪大小，她好歹是个孤孀。你当年那些对头，不知哪里去了。也不知是没到时候，却没睡在她房里。怕坏了我老偷儿的品行名头，只得退将出来。末后寻到花园竹林以内，看见你说那两个唱三官经的老道。我见他们装腔作态，许有点好东西带来，乘着他们上山吃酒，用分身法往后崖树上火炼活人，将他们眼光引住，抽空混上楼去，找了半天，什么也没有，只墙上挂着一个化缘用的小皮口袋，还有黄麻布做的小幡小旗子，像是老道应法事，用来骗人的小摆设。我照例贼不空回，一古脑儿给他带走，顺便在花园里闲逛了逛。越看那些玩意越觉腥气烘烘，不得人心，让我随手撕毁了些，剩下讨饭口袋和一面小幡，我撕它不动，觉得奇怪，是我掐诀念咒，把当天土地拘来一问，他说那幡是老道婆骑马布做的，劝我不要拿。气得我连那讨饭口袋都甩掉了。那土地有点鬼头鬼脑，也许给土地婆捡了去。我嫌脏，也没有管。玩得腻了，便往回走。正想起今晚晦气，触霉头，老花婆养的狗多，出去怕要碰上，不想遇到了你。难为你还认得我，没有走眼。"

这一大套说时，四处埋伏的人们听出妖道法宝竟是这位江湖上有名的七指神偷葛鹰所盗，又是二老对面相问，相隔却在五六尺外。一个满嘴疯活，嘲笑不休；一个好似气急，须发皆张，倒立如猬。月光下看得逼真，身子都是稳如山岳，钉在地上，纹风不动，与寻常人对敌，一上来便伸手的迥然不同。可是二人目光却是正对，各不旁瞬。行家眼里，早看出二老神情一松一紧，表面虽各不同，实则都知劲敌当前，暗中各自都有了准备。一个是想运足全力，一下制敌于死；一个是想激怒敌人，使其气浮心动，乘隙发难。因葛鹰神态比较自如得多，名望又那么大；查洪性情却是暴烈异常，照理说来，好似先吃了一点亏，俱都代他担心，于是三三两两各往挨近处凑，交头接耳。

正在议论查洪必要激怒，忽听查洪发出极重浊的口音，缓缓说道："老葛，你不必来这些花腔。实告诉你，我平生只两三个敌手。我最恨你，也最爱惜你。**真心话，亦见出身份不凡。**你偷老道东西我不管，只为和你算十四年前的旧账，你要有种，却不许溜！休看花家人多，我已说过，决不要人帮忙。论手底功夫你不如我，要讲跑，我却上了年纪，没你跑得快。打到半截，你要逃走，却不是个汉子。"

葛鹰见他毫不动火，便笑道："老刺猬，你只口能应心，说了算数，打到明年我也奉陪。那你就先动手吧。"查洪冷笑道："你还当我和那年一样，容易上你当呢！日头西起，没那样的事了。那年承你相让，按理我在此地，好歹站的是主位，应该让你占先一步。你既这样说法，想必叫你先发，也没那大胆子。我先上就先上，你站稳了。"说罢，倏地目射精光，大喝一声："接手！"便听呼的一声，查洪身子一挺，倏地通体暴涨，高出一二尺，白须白发根根倒竖，两只大手一分，便朝四五尺以外的葛鹰作势抓去。旁观诸人，知道查洪用的是内家绝技达摩老祖大鹰爪力手法。照着此老功力，相隔二三丈以内，不论是人是物，无不应爪立碎。何况先前又蓄好势子，暗中早把全力用足，这一抓上，敌人万无幸理。

哪知他这里快，人家比他更快。紧随查洪掌风，呼的一声，葛鹰人已上身笔直，拔地腾空而起，径由查洪顶上越过，端的迅速轻灵，无与伦比。查洪忙回转身时，葛鹰已在身后立定，笑嘻嘻道："老刺猬，你忙什么？这回交手，不是一时半时可了，多年未见，也该叙叙阔别才对。我的话还没说完呢。怎么老改不了这炮仗脾气？这样要吃人多少亏！真叫我替你担心。"边说边摇着头，唉声叹气，仿佛非常关心，神气又那么懈怠，一点不似大敌当前和人拼命之状，引得旁观诸人都忍不住吃吃窃笑起来。

查洪原因对方所炼气功和自己是同一道路，并且火候都到了极顶，自己因是生具异禀，气力较强，轻功却不如敌人。必须上来先给敌人一下重的，才有得胜之望。无如双方势均力敌，全凭真实功力取胜。这头一招最关重要，一发不中，再胜便难。又因当年初会葛鹰，才一照面，便吃看破，故意拿话激怒，使己先发，卸了真气，迎门三煞手没有用上。等一交上了手，双方都是疾风骤雨，如影随形，休说重运真气施展全力，连转个念头的工夫都没有。直打了一天一夜，不曾歇手，终于过了所约限定时刻，未分败胜拉倒，白生了许多冤枉气。这次再会，料定葛鹰又施故技，一任讥嘲，只不发怒，暗将真力真气运足，想等对方先发，再以全力猛击。

葛鹰诡计多端，知道这开头两招关系全局，自己天赋神力稍次，又是轻功硬功全练，不比敌人，一生偏重一门。上来一被盖住，从此相形见绌，想再缓过势子便非易事。拿定主意，无论如何也不先发，嘴里尽情讥嘲，说着懈怠话，暗中提气运力，觑准敌人来势，以便闪躲这迎门三招，卸他真气真力。自己仍是全力，对方只要减去一二成气力，便可应付。

查洪吃了性暴的亏，本就强自按捺，将气沉住，后听敌人絮叨不已，实耗不过去，改了主意，打算冷不防用"怀中抱月"之势，施展大鹰爪力向葛鹰抓去。这类大鹰爪力的功夫，查洪由幼小便练起，一直到老不曾间断，一经运用，全力发出，掌风所到，十步以内，敌人任是多好功夫，不死也必重伤。

查洪性情奇特，最具爱将之癖，生平不曾遇到过几个敌手，除对南明老人敬服外，对于葛鹰也极赞许。虽记恨他昔年仇怨，一面仍爱惜他，只为葛鹰说话可恶，一时激怒，把这生平从不轻用的煞手施展出来。所有全体真力真气全运在这双手上，以为目光注定敌人，一任纵高跳矮左右闪躲都逃不过去，竟忘了敌人会用险招径由头上越过，那起身动作恰是时候，分毫不差。双掌真力已向前合拢，敌人偏自掌圈里纵起，其速如矢，连想回手向上都不能够。知这一下抓空卸了真力，就此动手，和以前一样，只能彼此相持，难于取胜，只得停手，怒喝道："你无非是推宕取巧闹鬼，还有什屁好放！"

葛鹰笑道："不是别的。我两人以前打了一日夜也没分出高下，十多年未见，你要长了本领也好，如仍和当年一样，打个没完，有什么意思？我今儿只愿过偷瘾，酒饭还没吃呢，没心和你多缠。要打须说出一个期限，不论胜败，过时不候，各走各的。要打整夜的，恕不奉陪。你估量打多少时候才能赢我，你输了是由我走，还是徒弟打不过把你师父请出来？都要事先讲好才行。"查洪怒道："我早说过，一对一单打，不要人帮。谁是我的师父？"葛鹰道："那唱三官经的老道，不是你师父么？"查洪道："放屁！凭他也配！还有什么话没有？我要动手了。"

葛鹰答得一声"好"，声到手到，迎面就是一斫掌，查洪只当他和前次一样，想等自己三招使过，真力卸散了两三成然后发动，万没料到来得这快，又是蓄足了的势子，力量何止千斤！查洪骤不及防，如非手疾眼快，本身功夫到了火候，这一下几被斫上，就这样仍被掌风扫中了一点肩头。幸是查洪，如换别人，当时便筋断臂折了。最可气是，葛鹰一交上手更不怠慢，势如狂风骤雨，迅疾非常，口里还说："叫我动手，我就动手，省得老让你先上，说我取巧闹鬼。"

查洪见他占了便宜还卖乖，这气就生大了，怒火往上一撞，真气越发不能凝炼，身法手法再没葛鹰的快，处处吃亏。也就仗着硬功真好，身如坚钢，本来气力太强，稍差一点早就受了重伤。后吃葛鹰掌风连斫中了好几下，虽能禁受，也是酸疼异常。心想一世英名快要丧尽，如被敌人打败，哪有颜面做人？这是双方比真功夫的事，枉自急怒交加，气得满头银须银发，钢针也似根根倒竖，眼里快要冒出火来，通没一点用处。正在无计可施，忽听葛鹰喝道："老刺猬，且歇一歇，我有话说。"说时，呼的一声，人已飞身退纵出五丈以外。

查洪百忙中把气微沉，纵身赶过，喝道："还没到时候，你便想逃走么？"葛鹰笑嘻嘻道："你不要急，我是爱惜你。你看我这一身跟你那一身，你吃了多大的亏！我这人向例不喜占人便宜。再说你我都有这大岁数，到老来还有这身功夫，也非容易，何苦急死累死呢？你我以前又不是没打过，先当你功夫长了呢。我如退时，显我老葛怕人。这时一看，我两人仍和当年一样，谁也伤不了谁，白费气力作甚？再说我偷的是老道，又是两件不值钱的玩意，与你何干？依我想算了吧！真要打时，你也把长衣服脱下，打个公平的。我两人年岁本领都差不多，我决不愿丧却一世英名，你也无须倚老卖老。"

这一席话，葛鹰救了查洪，也无异于救了自己。无奈查洪适已夸口，其势不能停手，只得喝道："你本来取巧！占了我的便宜，这时又卖大方。我脱了衣服再打，却不似方才。你可要放小心些。"葛鹰笑道："那也没用，照样谁伤不了谁，不过你少累一点。你我生平俱未遇过真实敌手，索性我们来回真的。我一点不取你巧，看看你我到底谁行，也叫老花婆和这贼子贼孙、小叫花们开开眼见识见识。"

查洪不知葛鹰早瞥见吕、郭二妖道业已回转，两次想要出场，俱吃女铁丐花四姑与广帮恶丐蔡乌龟等人阻住。惟恐妖道上场施展邪法，抵敌不住当场跌翻，白白吃一回亏。知道查洪连中几掌功力已差，乐得彼此顾全，故意延宕，好打脱身主意。

查洪闻言大喜道："既是这样，那我两个索性到擂台上打去。"葛鹰笑道："由你。"当下二人一同飞身上了擂台，二次交手。众人一看，这次打法更是特别。二老上场，先分上下手立定，相隔约有七八尺。喊一声"请"，葛鹰便用挡掌环胸，右手一左挡，平打出去。查洪左手齐眉，横着往上一挡，跟着左右脚连环上步，右手顺水推舟，朝葛鹰当胸推去。这一掌虽然前进了两步，两下相隔也有四五尺远近。

葛鹰算计查洪要用这一下杀手，早就蓄势相待。先前那一掌并未十分用力。一见掌到，并不躲闪，一翻左掌，由胸前反手向外，猛挡出去。这一招双方都是运足了全力，只听呼呼两声急响，真力真气相撞，势子都过猛烈，互相震了一震，各自撤招后退。又回到七八尺间隔，变招换式重又打起。由此互相迎拒劈斫，一招接一招打将起来。两下都用的是劈空掌法，隔得最近也有三四尺光景，各不沾身。并且只稍隔近，一招交过便各纵身后退，有时竟远出两丈以外，直似二人在台上各练各的功夫，并非真个对敌。只管势子猛烈，身法灵奇，掌风劲急，打得满台呼呼乱响，却不往一处凑拢。

旁观诸人俱是行家，知道二人各自施展全副精神应敌。这类内家真气真力练就的真功夫非比寻常，一个不是对手，被掌风扫中，立时筋断骨折。难得是二人年纪这大，**打法奇特**。都是这好功夫，半斤八两，各不相下，不禁看得呆了。

只花四姑一人难过，因和查洪是数十年的至交，知道此老性情倔强刚直，说一不二，平素讲究以真实本领取胜，最恨左道旁门卖弄玄虚，与吕、郭二人初见便不投缘。这时又看出查、葛二老惺惺相惜，只管各以全力应敌，可是谁都带着几分爱惜。查洪如胜还好，否则打到约定时限，必让敌人从容走去，不论是谁上前一拦，认作伤了他的颜面，当时就要翻脸。功夫多好，也敌不住飞剑法宝。蔡乌龟虽是借着自己势力投上门来，又是所约，同来的人都是个中能手，有几个比主人所约还要厉害得多。吕、郭二人本领最高，关系全局胜负，人却只是闻名，素不相识。敌人所盗偏是他的紧要法宝，如何不急？休说查洪，便自己也分解不了。适才二人回时，得知盗宝敌人已被查洪截住，两次都要出场，俱吃自己勉强拦阻，尚幸到得稍晚，没听到查洪骂他的话，否则当时便是僵局。少时葛鹰如走，二人必然不放。如换别人，便令他跌翻丢丑也无妨害。无奈生平过命的朋友如为外人所伤，查洪性情宁死不辱，一世英名为己断送，还丧了老命。一则问心不过，主人面子也是难堪，真个为难已极。眼看双方相持，老是棋逢对手不分胜负，所约时限已快到来，正自愁急，想不起善法。

忽一徒党来报："树上火起以后，各处查询，只吕、郭二位真人新收弟子裘全、黄小山二人，自从三相公见他们同一老者走往花园，便即失踪。适才三相公发觉与裘、黄二人同行的正是和查老英雄对敌的老贼，断定二人是在园中遭了老贼暗算，重行命人满园搜寻。果在邻近后屋的竹林深处发现裘全的尸首，被人用重手法伤了性命，死后还将尸首背脊腿骨拗折，用原有衣服扎成一团，搁在靠崖一株老松树权上，离地又高，活似一个鸟窠。如非事前看到地上血迹，细加搜索，万找不到，死状极惨。黄小山尸首却未寻到。此外全体人们都在，先前树上被人剥去面皮衣服的死尸，定是黄小山无疑了。"

花四姑和众徒党闻言大怒，立即乘机大喝道："葛鹰老贼心毒手黑。裘、黄二贤侄受他暗算，身遭惨死，不留全尸，欺人太甚！老哥哥千万不可容他逃走！"来人报时，因受苗秀之教，为想激动众怒，免使仇敌拿话僵住查洪因而漏网，声音甚大。葛鹰听得逼真，暗忖：裘、黄二人被点中死穴以后，一个悬在树上，一个藏入后崖石洞以内，并未如此狠毒。裘全面皮剥去，乃祖、黑二人所为，已然料到。黄小山死尸拗折，何人所为？这半夜不见祖、黑二人动静，难道闲得没有事做，又拿死人寻开心？知道这等行为非有深仇大恨不可，最犯江湖之忌。这一发现，只恐查洪一人纵肯践言，也拦不住众怒。人多无妨，这两妖道却是难当，看来今晚非栽跟斗不可！

正想接词再僵敌人几句，查洪已厉声先喝道："四妹！话不是这等说法。适才如不是我，老葛已早脱身逃走。即便被我们的人遇见，要凭真实本领，谁也拦他不住。我已和他言明，这次是算十四年前旧账，此时被我打倒没有话说，否则只能由他自走。我不能活了这大年纪，说出话来不算。你们有什么过节，要想寻他不难。他也不是无名之辈，敢作敢当。不论刀山剑树，没有不到之理。等我二人完场，谁气不出，可和他订下时候地点，我准保他到时必来赴约。此时除非他自己不走，立地现彩，没我的事。要不，等人走后再寻了去也可。想等人家和我打累了换人另上，我先不行！"

葛鹰见众敌人闻言其势汹汹，俱都大忿。查洪又有自愿在此之言，照此局势，反正难逃。妖道重了查洪情面，故意放行，等人出村，再飞行追赶，任跑多快，也难免不被追上。反正是糟，转不如放光棍些，到时临机应变，看事而行。立即哈哈大笑道："老查，你枉自在江湖上称雄多年，怎跟这些鸡零狗碎说起人话来了？你有这一套话，就够交代，不必再说了，免得为我伤你和老花婆的老交情。**葛鹰此时口才，可与前文黑摩勒对付断臂丐时的口才相媲美。**要论真实本领，除你老刺猬还可对付，这些鸡零狗碎，上来一万也是送死。我知他们不过仗着华山余孽郭、吕两妖道能卖弄障眼法儿罢了。这个有什么希奇！我既来，当然就不怕邪。动真功夫，我奉陪，要动妖法，我也不在心上。你就准知我不会飞剑法术么？要真一点不会，他那些小幡小旗连同讨饭袋里的玩意，我是怎么毁去的？我今晚没有吃酒，几时一犯酒瘾，说走就走！"

郭云璞、吕宪明因将法宝失去，扫了初来时威望，忿恨已极，追敌回来，发觉盗宝人是个不会法术的老头，不由气焰重炽，自信手到擒来。因却不过主人情面，在旁静候，欲俟查洪不能得手再行上前。及听人报新收两徒惨死，已是激怒，再听花四姑一发话，查、葛二老相继回答，一个更比一个不中听，不由怒火中烧，再也按捺不下，双双厉声大喝。待要飞身纵出，忽见吕宪明的爱徒火燕子冉祥云如飞驰至，一到便高声叫道："竹林有人放火！来了三个蒙面贼。另外一个小贼还会飞剑。二位师兄抵敌不住，已然连伤三人。请师父师叔快去！"**时机正巧。**

原来吕、郭二人所居明楼，地最僻远，楼中除却妖道门徒，还有好些人，俱想等候妖道回来询问追敌之事。尤其那几个女贼，生性淫浪，自从勾上妖道，得意非常，眼看好事将成，更是不舍离开，随众在楼内说笑相候，并未留心外面的事。花家把这伙人待若上宾，无事不去惊动。手下徒党忙着搜索失踪的人，也无人去通知，吕、郭二人由外飞回，便在旁观战，不曾回楼。所以外面动手，楼内诸人都不知道。

正说笑得有兴头上，内中有一女贼，久候情人不归，欲往亭眺望。刚出楼厅，便见右侧竹林有人影一晃，看出不是自家人，自恃本领不弱，意欲人前显耀，连声也未出，便把身带的刀和暗器摘下，跟踪掩去。刚到林前，黑影不等人追，竟自纵出。女贼见来人头蒙面具，身着黑衣，手持一根形似软鞭、头上有一鸭嘴、又细又长的奇怪兵器，身法又轻又快，丝毫声息皆无，知是劲敌。意欲出其不意，先发制胜。一言未发，左手刀往前一指，装着要发话的神气，右手连珠三棱弩迎头打去。

那女贼名叫八手嫦娥甜娘子冯春仙，惯以左手使刀，会打好些样暗器，百发百中，乃江南路上有名的女淫贼，在同来诸女贼中最是美艳妖淫，人更奸巧，二妖道最中意的便是她。满拟这独门毒药连弩发无不中，况又相隔这近。骤出不意，定能一举成功，想将人打倒，再行出声唤人擒贼。哪知头一支箭刚由弩筒射出，猛觉一股气斫到，双手腕直似被刀斧斩了一下，剧痛如折，手中刀和暗器再也把握不住，唧呛两声，全都坠落地上。情知遇见劲敌，大吃一惊，"嗳呀"一声，回身便逃。还没纵到厅前，便是痛彻心肺，跌坐在地上。痛急悲楚中，回顾蒙面人，正从容往林内走去，并未追赶。忽想起生性好强，吃人大苦，还忘了出声报警。忙急狂喊"有贼"时，偏生楼内多是郭、吕二人徒党，趁着师父不在，正和诸女贼勾搭，笑语方酣。冯春仙倒处，相隔楼厅还有七八丈，头两声竟未听见。等喊到第三声上，面前微风，黑影晃处，由林内又飞出三个蒙面人来。

冯春仙见状知道不好，要想强挣起来逃走，不料手腕已被敌人斫折，起势大骤，手一撑地，"嗳呀"一声，腕骨便断，本就痛极欲晕，刚惨嗥得一声，耳听内一蒙面人道："竟是她么？万留不得！"随觉一股重力当胸压下，心头一震，往后便倒，尸横就地。

楼内诸人方始听出外面有了动静，各持兵刃，纷纷纵出。蒙面人武功奇特，才一照面便倒了两个，内中还有一个会飞剑的，剑光如虹，更是厉害。尚幸吕、郭二人门下多是能手，也有几个会飞剑的，才得勉强敌住。双方打不一会儿，忽然林中火起。又由林内飞来一道白光，现出一个年约十五六的少年，手指白光，上前助战。

火燕子冉祥云比较机灵，一见火起，敌人势盛，立即飞身跑出报警。花四姑闻报大惊，仰视左近望楼，号灯虚悬，不见闪动。情知不妙，敌人必是大举来犯，连望楼上守望人也遭了毒手，又惊又愤，传令各要口加紧戒备，不许慌乱，一面命人去分往左近望楼查看，一面率人救火御敌。

吕、郭二人一心惦记那心爱女贼，竟连葛鹰也是丢下，**重色轻敌，呵呵**。双双不约而同，早纵遁光往后园飞去。到了一看，楼前地下躺着几具男女死尸，众人忙着救火，朝空叫骂。问知敌人已由两个会飞剑的，各带一人驾剑光腾空飞去。因敌人飞剑神奇，自己人连遭失利，没敢穷追。共计死伤六人，最心爱的一个女贼恰死在内，并还折了两口飞剑。不由怒火上攻，暴跳如雷。这时各地救火的人尚未赶到，火势颇盛。原有诸人正在纷纷抢救。

郭云璞手指剑光过去，化为一片罡气，将火势逼住，任下一压，立即熄灭。救火的人也抬了水桶唧筒赶到。吕、郭二人说是"无须"，各指剑光四下施为，转瞬依次熄灭。二人正向一女贼询问敌人所去方向，咬牙切齿，厉声咒骂说："此事皆由葛鹰老贼而起，待去擒来，碎尸万段！"

猛见一道白光细如游丝，由斜刺里飞来。二人骤出不意，大吃一惊，急忙飞身遁向一旁，放出飞剑迎敌时，那白光已电一般掣了回去。只听"嗳呀"一声,纵避匆忙,忘了救护女贼,竟被白光当胸穿过,应声而倒。同时又听左侧竹林内喝道:"不知死活的妖道,还敢背后发狂!有本领的可去空中,与小爷见个高下。"说时迟,那时快!一道白光已飞向空中,略一盘旋,便往西北方飞去。吕、郭二人急怒交加,大喝一声,一纵剑光便往空追去。一干同来徒党俱都痛恨敌人,仗有吕、郭二人在前,也各驾剑光随后追去。

这几个人哪里来的呢?原来是黑摩勒和葛鹰说完了话,要过铜环符记,出寻祖存周,已是不见。暗忖:"自随司空师叔在江湖上历练,所遇人物并不在少数。休说年轻新出道的,便是年长的成名人物,不论明来暗去,多少总占一点上风,从没吃过人亏,因此气壮心粗,目中无人,可是近月来所遇便大不一样。先遇着一个铁扇子,自己只管占上风,论起真实本领,并不是对方之敌,并且盗扇时还有人暗中相助,又承师父看中,才行得手,没有吃亏。先后遇到童兴、江明,都是各有专长,不在自己以下,年纪还轻一岁。今晚所遇祖存周,只比己年纪略长,本领似还在自己之上,心思更是细密周详。师父软硬功夫均到出神入化之境,终敌不住妖道的飞剑邪法,宝物已然到手,还不敢随意行动。此次事完随了师父回去,至多学得和他一样,将来遇上妖人仍是吃亏。人总要往高处走,与其白练多年苦功不免受气,何如上来便由上乘功夫下手。难得有好几位正派剑仙在场,正是绝好时机,岂可错过?还有好剑也须先弄一口。司空师叔便因十年前遇见强敌斗剑,将所用飞剑与敌相拼,同归于尽,多年物色,没有到手,至今只凭所练罡气御敌,遇上吕、郭等妖道,便须借助于人,吃亏不小。二妖道剑术虽是旁门,剑的本质决然不差。这次万一能够混水捞鱼弄它到手,索性和师父言明,先拜在李、寇等前辈剑仙门下,岂不是好?"

一路寻思,掩藏前行。正在寻找祖存周踪迹,忽看见望楼上红灯招展,随有两道剑光,挟着破空之声横空而过,往谷外一面飞去，知是盗宝之事已然发觉。惦记葛鹰安危，正待回往竹林探看，人还未到，便见祖存周迎面驰来，说："现时各地均有埋伏。我们来了四位能手，内有两位均精飞剑，铜环已用不着。葛老前辈法宝虽然得手，东西太多，走出艰难。他那性情，又不便由人带他同回。他恐中途为人截获，必给拆散，藏起一半，只带一半逃走。他又把吕妖道的法宝囊也顺便盗走，内中还藏有两件法宝。他那藏处，必仍在假山洞以内，一个不巧，逃时被妖道擒住，再有细心人一搜查，难保不被搜出。那旗门关系最重，此层现已有人防备，等他一走便即往取。黑兄不必再去寻他，现在这两位侠士飞剑虽然高强，但是二妖道尚精邪法，也不一定便是妖道对手。凡事须留后步，有劳黑兄，趁此无事即速往见查洪，以防万一老前辈有什么失闪，便好救援。"

黑摩勒闻言，便往花家赶去，遍寻各地，查洪未在，倒发现了好些埋伏，都在暗中故意说些诈语，比葛鹰走时所闻花样还多。黑摩勒暗中好笑。因正紧急，也没理他。二次重进花园，想先探看师父走未，见一伙人抬了死贼尸首飞驰，内中有人传说，葛鹰已和查洪动上了手，花四姑等俱都出观，吕、郭二人已回。不禁大吃一惊，料定葛鹰凶多吉少。一时情急无计，暗忖：此时敌人空虚，何不乘机给他放上几把火试上一试？也许能将妖人调开。因那地方去竹林较近，意欲先去假山洞内，探看法宝是否在彼，然后点火一烧。才到便见一条黑影在竹林深处乱绕，往竹树上涂抹引火之物，赶过一看，正是祖存周，说："新来四人，已在楼厅前和妖道徒党交手。假山洞内法宝被内中一位姓方的先行取走，还打死了一个女贼。葛老前辈出时，有他跟随在后。葛老和查洪交手前，曾出不意，将那几面旗门插在路旁山石缝里，查洪不曾留意到此。两下一动手，便随过去，乘着群贼观战之际取到手中，今已无妨。为了葛老多年威名，想给他放把火。妖道迷上那几个女贼，也许能够引来，让葛老前辈脱身。真要不行，再打主意和他明斗，好歹也要保护葛老出险。我们放完了火，不必出战，乘乱同去前面，相机行事。"

黑摩勒闻言，分过火种，满林乱点。二人身手俱快，一晃便点燃了七八处，一时烈焰腾空，八面火起。黑摩勒点到楼侧，果见四个蒙面人在和敌人争斗。除一身材瘦长手指青光和一手指白光约有十六七岁的少年不认识外，下余戴面具的两黑衣人，分明是上次和晓星暗中护送尧民以及粤中富商李锦章、黄学文等一行，在韶关交界遇见的彭谦、康同两侠士。心想这几位如来，好友童兴必也一路。方自欣喜，祖存周忽喊："有人立往前面送信！火势大作，妖道必来。你我此时出面，不是他对手。我们快到前面接应你师父去。如非紧急，你假作为是寻查洪的，不必动手。"

黑摩勒忙同掩身往园外广场上赶去。刚出竹林，遥见园门有人跑进。二人往侧一闪，不料被左侧矮树后面埋伏瞥见。那埋伏两人也是该当送命，虽觉出二人行迹可疑，且见年幼，手未携有兵刃，恰巧连日花家来客中也有几个会武的幼童，既存轻视，又一迟疑，恐被弄错，同党笑话，意欲先问口号，分别敌友，再定动止，没有同时发动火箭报警，谁知正遇上两个恶星。黑摩勒手就够狠的，祖存周比他还狠，动作更极机警神速。一听树后有人喝问，只答一声"是我"，声到人到，扬手一镖，朝头一人迎面打去，连看都未看，同时手早到了第二人的胁下，只一点，往后便仰。头一人一镖正由前额贯脑而过，第二人连声都未出。祖存周也未容他栽倒，左手一把将那人的手腕抓住，顺着倒势，往他颈上一抹，紧跟着反腕往下一扎，噗喇一声，将头一人当胸透穿，钉在地上。黑摩勒跟踪纵过，埋伏二贼已然死于非命，暗忖：这人看着温文和气，下起手来却这等又辣又快！

祖存周神色自如，拔出所放钢镖，又往前跑。见正门人多，又有两三道剑光由空中往竹林内飞落，便由正门越墙而过。到了外面，正赶上查、葛二人也快打到时候。二人正伏身近侧，等候时机。查洪也真说了便算，打着打着忽然大喝："老葛且慢！"葛鹰立即停手，问是何事。查洪道："我们胜负未分，时辰已到。可是他们还不饶你。是好的，后日再来。"

葛鹰未及答话，花四姑一见查洪要将葛鹰放走，休说吕、郭等人决不答应，并且所盗法宝关系全局胜败，又见广帮恶丐蔡乌龟等未随吕、郭二人同往后园，尚在旁观，就此让敌人走去，也实不够交代。一见不好，大喝："老贼盗去二位真人法宝，又暗算了我们的人，就此放他逃走，没有那么便宜！"声到人到，手持铁拐，只一纵便到当场，指着葛鹰正要说话。

查洪一见，好生不悦道："我活了这大年纪，从没说了不算的事。吕、郭二人既有本领法力，自己紧要东西怎么被人盗去？老葛不被我撞上，打这些时，我也不管。如今人已打累，却想倚仗人多，挨个和人打，那办不到！他也是个人物，要有过节，只管另约时候。我保他到日必来好了。"

花四姑道："那你叫他把所盗宝物留下。到日他来，只等有人和他见个高下。老贼如能获胜，便将此宝归他，期前我也决不使用。"葛鹰接口笑道："老花婆你当我怕你们人多么？那些小孩都玩臭了的玩意，我看着无什意思，早给弄毁了，你还要，真没法还你。我如说现时犯了酒瘾，非走不可，倒显得我借词怕你们似的。你要不服气的话，我就陪你玩这后半夜，省得你一个人，连老伴都没有，孤孤单单的。"

花四姑闻言大怒，怒喝："该万死的老贼，敢跟你老姑婆耍贫嘴！今天谁要拦我，我便死在他的面前！"随说手举一铁拐打去。查洪虽是强横刚愎，终和花四姑生死之交，又听葛鹰自己叫阵，话太伤人。不由己动了心，想这是你自己狂妄不肯落场，并非是我的话说了不算。正想发话，叫花四姑不要动手。既是老葛愿意再打，仍由我和他交手。哪怕打上十天，不见真章不完。念头刚转，花四姑手中铁拐已朝葛鹰当头打下。

葛鹰知她厉害，非比寻常，刚要喝骂抵斗，说时迟，那时快！就在这三方引满即发，各自出声怒喝之际，猛觉微风飒然，一股猛劲的罡气迎面飞来。花四姑首当其冲，立被撞退了好几步远，五官俱似闭住，透气不出，查洪扫着一点，身也撞歪了些。同时面前人影一闪，月光之下现出一个丰颐广额、大耳垂轮、二目神光炯炯的矮胖长须老头，空着双手，先指花四姑笑骂道："老乞婆多活了好些年，还是这等不要脸！人家空着手，却拿打狗棒暗算。告诉狗妖道和那些老贼们，后日等死，老葛后天必来。今天有朋友等他喝酒，没工夫和你们纠缠了。"说罢，回顾葛鹰道："你怎一去不回？老寇他们都在江船上赏月，等你去比酒量呢，祖存周这娃还不走过来，这有什么可看的！"祖存周闻言，立由黑暗中纵身飞出。葛鹰笑顾查洪道："老马邀我比酒量，恕不奉陪，后日准来就是。"

花四姑一看来人，便认出是昔年吃过大亏，为他洗手的大对头新疆大侠老少年神医马玄子。他剑术精奇，尤其所练罡气厉害非常，如何还敢还手？正日未到，当着许多外人现眼丢人，不禁又急又愧又怕。正想交代两句场面话，微一惊疑之下，敌人已扬长走去。

查洪也认出来人是马玄子，虽只昔年见过一面，久负盛名，不曾对敌。但那股子罡气，仅仅扫中一点，已然尝到滋味。知道自己和花四姑两个好手合力全上，也不是人家对手。瞥见花四姑惭惶失措之状，好生难过，情急智生，故意反身把双臂一横，作出暴怒神情，暗运真力往上一提气，须发皆张，厉声大喝道："我已答应人家，四姑今天无论如何也须看我薄面，不能追赶！到日老葛如做缩头乌龟，把我这颗老头切去抵他好了。"**老刺猬真情种也。**

花四姑老江湖，何等机警，明白查洪是给自己圆场遮羞，不等说完便厉声喝骂，作出向前拼命之状，吃查洪拦住，不令追去。不料一旁却恼了广帮丐首蔡乌龟和广西白象山主铁手箭狮王雷应、河南新蔡县宏化寺方丈神力罗汉志朗、福建兴化县长清观主火真人哈妙通以及雷应的女儿玉钩斜雷红英等五人。

原来雷应人颇刚直，生平只有晚年纳妾所生的一个女儿红英，平日钟爱非常。这次原是受了广帮中人辗转卑礼延请，心想自己出身绿林，女儿难得配到好亲。因闻这次北山讲理，明是广帮群丐约人恶斗，实则什么样的英雄人物都有。意欲借此物色爱婿，看中以后，当时不说，事后再凭老面子，想法辗转请人前去提亲，**又添一枝叶**。就便还可与老友查洪叙阔。本非实心帮忙而来，到后偏又看见好些男女淫贼、鼠窃狗偷，越发看不顺眼。惟恐女儿受了熏染，便借好赌为由，每日除却席间与众一聚外，饭后便约了几个老朋友斗纸牌。红英照例随侍老父，片刻不离，也从不与人交往。

雷应当晚正和同来二僧道在花家所备静室之内斗牌，两次闻说来了敌人，伤人盗宝。三人因闻被杀的正是平日痛恶的淫贼，吕、郭二妖道为人更是淫凶万恶，乐得任他晦气丢人，置若罔闻，连门都未出。后听火起，觉出事渐闹大，众人都出，关着花、蔡二人情面，不便再行袖手，只得收牌走出。刚到外面，遇见蔡乌龟，说起前情，三人倒有两个与葛鹰有过节的。神力罗汉志朗是昔年和查洪一起为在人前说狂话，吃葛鹰戏耍个够，还被偷了个精光，后来寻找到人。和查洪一样，白累了一整天，打了个不分胜败而散。哈妙通是为了一个镖行朋友吃葛鹰将所保红货盗去，寻到人后，镖未夺回，反被打倒。这还不说，最可气是葛鹰知道镖头人情太宽，本领也高，不愿树这强敌，明要不说情理，等将自己打倒以后，才说镖头是好朋友，本心没想开这玩笑，只为那镖落在所辖地面，特为闹这一手来臊自己皮的。挖苦了一顿好的，却当着自己和原镖师将镖如数放下，扬长而去。当时愧得恨不能要寻死。那镖师偏又是个新出道的，不懂过节，只向自己略微安慰，起镖就走，无法找场，不过当时找场也真来不及。如此一怒出家，另投明师苦练了十年，自觉仍非葛鹰之敌。无法中想法，练了两件火药暗器。在江湖上虽成了名，仇人行踪飘倏，无可捉摸。一直又是多年不曾相遇，俱都痛恨入骨。

这时一听，今晚来的竟是葛鹰，本就眼红，再经蔡乌龟一说仇人如何狠毒可恶等情，连雷应父女也都大怒。正骂查洪古怪脾气，意欲候到二人打完上前拦阻，忽见飞来一个矮胖老头，身法快极，只一照面便将仇人引走。因相隔不近，花四姑是个老手，吃马玄子罡气一撞，退得形势极好，活似发觉敌人突如其来，有心纵退之状。查、花二人再一做作，越像真事。三人和马玄子俱是闻名不曾见面，仇敌如此猖狂，查洪还不令花四姑追赶，不由怒火上升。火真人哈妙通首先大喝："葛鹰老贼慢走！可还记得你哈三爷么？"声随人起，接连几纵追将过去。跟着神力罗汉志朗、铁箭手狮王雷应、玉钩斜雷红英父女以及蔡乌龟等一干不知来人底细的党羽纷纷呐喊怒骂，各持器械一同追去。

花四姑见状知道要糟，自己尚还做出不肯甘休神气，其势不能再行劝阻。查洪又是一个古怪脾气，心目中只向着花四姑一个，余人无一看得上眼，尤其痛恨二妖道和一干恶丐盗党。雷应等三人虽是多年老友，因和妖道恶丐做了一路同来，连带着也生了恶感，这时又见花四姑当人丢脸，巴不得众人追去，吃马玄子碰了回来，好同扯直，只厉声朝苗氏弟兄、花家众徒党大喝道："大丈夫做事光明磊落！不能倚仗人多势众。你们做主人的不能拦客，但是他们只管各有过节，我们却不能坏了规矩。"

花四姑一想，自是主人，负着重望，落在自己家中失了盗已是丢脸；这一干人再因追敌受伤挫败，其势不能和查洪一样，讲着横理，坐视不管。真要讲打，又打人不过。吕、郭二人在此也好，偏又追敌未归。干看着吃亏丢人，无计可施。相隔会期只剩两日，自己所约请的两个异人尚还未到。起初还把吕、郭二人倚若长城，照一看今夜情景，正经对头好些未露，随便来了几人，已被搅得河翻水乱。未来胜负可想而知。本可退隐安居享福的人，偏为了一时好胜，又为钟爱苗秀，多年未营旧生涯，起了贪心，打算明春出马再做一票大的，回来给过继侄儿苗秀成家立业，然后正式金盆洗手。恰值广帮丐头求助，要借地方和上天竺侠丐邢飞鼠讲理，拼一死活存亡。以为这是使爱侄成名露脸的时会基础，不料兆头这恶。眼看一世英名就要断送，连急带气，加上适才吃马玄子罡气一撞，当时不觉怎样，实则内里受伤也不算轻，怒火上攻，全都发作。只觉头晕眼花，喉间发甜，哇的一声喷出一口鲜血，几乎晕倒在地。查洪一看不好，忙即扶住，一面急唤苗氏弟兄，一同扶进去不提。

这时火真人哈妙通等已将敌人追上。神医马玄子、神偷葛鹰同了祖存周本已行抵谷口，闻得身后呐喊之声，马玄子道："老葛，你的好朋友邢飞鼠来了。他们坐船来的，大家都在金华江上。我来对付追兵。你快去吧。"葛鹰道："老马，不行！这里头有一个是我亲家，我不上前，好像怕他似的。"马玄子刚说了句"放屁"，哈妙通已向三人身前纵落。葛鹰忙道："亲家来了，老马你先莫出头，省得把他们吓跑，就没意思了。"马玄子道，"只一打一，我就不管。好些人在船上等着你，放快一点。"葛鹰道："晓得。"二人说时，雷、蔡等人也相继赶到。

哈妙通喝道："葛鹰老贼，你当哈三爸倚多好胜么？你们三个人，我们也只要三人陪你，有什么本领，使出来吧！"雷应、志朗闻言，手指祖、马二人，正要发话问名叫阵。葛鹰喝道："且慢！这红脸胖老头，你们都上去也不是对手。他不比我，只一出场就没戏唱了。还是我和哈老道先打一场的好。"末一句话才脱口，照准哈妙通，扬手便是一劈空掌。**晚清武侠小说，大多枯燥难读，原因之一是"打得太笨"。还珠写武打，一是注重变化，二是添枝加叶，便打得有趣了。到金庸，更是"武戏文唱"，创出了"亢龙有悔"之类的"文招"。**

哈妙通因是多年积仇一旦相逢，自恃炼就烈火飞蝗弩，又练了十多年的气功。自己这面人多，敌人神态从容，照例不先发难。想要交代几句，把话表明再行动手。万没料到这次葛鹰看出敌人腰间革囊内露出两根铁管，闪闪放光，知是火器，口里说着话，暗中早打好了一个坏主意，冷不防先发制人，**不"坏"不是葛鹰**。这一掌足用了八成力。哈妙通骤出不意，如何抵挡得住，当时猛觉一股极大劲力当头压到。知道葛鹰心狠手黑，恐被打中头部要害，忙使左手护住面门，同时将头一偏，身往侧闪，待要避过，猛又觉敌人身形电一般由左侧闪过，腰间好似碰了一下，暗道"不好"，惊愤匆迫中，赶急往斜里纵出两丈远近，心中忿怒已极。脚方落地，正待上前拼斗，忽听红脸老头笑骂老葛："你怎么老改不了这贼脾气，又偷人家东西？"

葛鹰道："你不是要快么？存周，这讨饭袋送你将来聘老婆吧。"哈妙通见敌人仍在原地，神力罗汉志朗已然接着动手，听出话因不好，忙摸腰间藏暗器的革囊，已然不知去向。原来葛鹰上来，骤出不意一掌打下，就势飞身蹿过，乘着敌人惊慌闪避之际，手一探便将左胁革囊摘去。这原是一个猛劲，全仗身轻胆大心灵手准才得成功。

哈妙通先用左手上挡，左胁已是空虚。再以敌人来势神速，措手不及，那么久经大敌的有名人物竟致受人暗算，才上场便失了风，不由急忿交加，厉声大喝："老贼无耻，我与你拼了！"声随人起，只一纵便回了原处。葛鹰笑道："你和秃驴想两打一么？"哈妙通方喝："老师兄退下！等我一人会他，省他说嘴。"同时忽听哈哈笑道："说好不许两打一，你们想倚多为胜，一齐都上。那倒可以，还有我老马呢。"

狮王雷应父女本也跃跃欲试，忽然苗成着一徒党赶来，告知他红脸胖老头是新疆大侠老少年神医马玄子，当时醒悟，适才人才出现，主人便自纵退，实已受伤。久闻此人剑术自成一家，更擅有无形罡气，所炼飞剑尤为出色，众人都上也非对手。不禁大吃一惊，一听发话，便知不妙。忙喊："我们单打独斗，不可伙上，哈贤弟且慢一步！"话未说完，只见马玄子左手一扬，志朗首觉罡气对面撞来，先自平空后退，几乎撞跌。哈妙通也似扫中了些，歪向一旁，侧退了两步。紧跟着又听马玄子发话道："老葛你已胜了。和他们这些死不认输的玩意胡缠什么？还不随我到船上吃酒去！"说时，手朝众人又是一扬。雷应一见不好，不顾招呼别人，忙把女儿拉开。众盗党本就忿怒，都想上前动手，只听呼的一声，志朗、哈妙通相继侧退。方自奇怪，猛觉一股绝劲的罡气撞将过来，全都立脚不住，纷纷撞退，总算马玄子未下绝情，追来这些人武功俱有根底，未受重伤。可是敌我强弱已分，谁也不敢讨没趣，各自面面相觑，做声不得。眼看三个敌人从容说笑转身要走，心正难受，忽听破空之声起自谷口来路上空。飞来一白二青两道光华，**再生枝节。总之，绝不平铺直叙。**疾如流星，到了头上直射下来。众盗党看出来人飞剑与吕、郭二妖道不似。当是敌人又来党羽，方自惊疑。来人已然现身，乃是三个中年男女，一落地朝马玄子看了一眼，意似失惊。正要开口，马玄子已先笑道："上月我在江西，闻说你们为老花婆卑礼所动，要来助拳，我还不十分信。果是真事。今日相见，意欲如何？"

来人中有一年纪较长的躬身答道："后辈等新来，还不知这里的事。来时听谷中人说村中有人扰闹，赶来才知老前辈在此。如已事完，且请回去。等见主人问明详情，看是能了与否再作计较。后日方是正日，后辈也许前往观看。老前辈同贵友们请先行吧。"

马玄子笑道："只恐你们也难了呢。邢飞鼠这面请的有好几位都是令师好友。不要把事做错，挽不过来。"来人答道："后辈知道。"马玄子冷笑了一声，便和葛、祖二人扬长走去。

众人中只狮王雷应认得来人中有一个是昆仑派前辈名宿小髯客向善再传弟子跛师左心的爱徒赤铁剑夏云翔，为方今剑侠中有名人物。看那来势，剑术并不在吕、郭二人以下，见着马玄子都以后辈自居，甚是谦和。又听邢飞鼠这次约有好些人俱是夏云翔师父跛师左心的好友，当然也是剑仙一流。仇敌厉害可想而知。个个气沮神丧，心中难受说不出来。这时花四姑也缓过气来，闻说山外号灯传信，来了三个自己请来的高人。已然乘机装病，不便出迎，只得推病到底，由查洪和苗氏弟兄代出迎接。狮王雷应等也纷向来人请教姓名，互致钦慕，接了进去。还有二人，一个是夏云翔的师兄仇去恶，一是二人的同道好友秦瑛。

夏、秦二人乃花四姑昔年辗转交下的好友，尤其秦瑛，未出家前是个侠盗，为仇人所伤，中了毒箭命在旦夕，幸遇花四姑路过，只为慕名倾心接纳，亲身为他日夜飞驰，往返三百里，当夜求来解药，才保性命。**花四姑当年成名，并非幸致**。因仇家势盛力强，大仇难报，费尽心力拜求高人为师，学成飞剑，得有今日，本就感恩怀德，花四姑又以卑辞厚礼请求相助，谊无恝置，所以连仇去恶也强约了来。虽听马玄子说对方有好些前辈高人，依然要帮到底，不肯中途罢休。到了花家，苗氏兄弟领入内宅，花四姑再一扶床哭诉，知道事难善罢，自恃剑术高强，尽得师门真传，来时因闻对方颇有高人，惟恐不胜，并还约了两个极厉害的朋友，觉着还能一拼。对方那些老辈不过与师父相识，并非本门尊长。师父正当闭关修炼，谁无知好？就知道也不至于十分见怪，至多看老面子，不与正面交手，改由别人应付好了。想到这里，心气一壮，一面安慰花四姑。退到外面，三人背后一商量，对方虚实难知，不如先礼后兵，假作拜望诸老辈，前往江边船上，看看邢飞鼠约请的都是几个什么样的人物。能敌更好，不能敌，乘着明日这一整天，还可赶急多约两个能手前来应付。

刚刚议定明早由夏云翔前往，忽报吕、郭二人回转。苗氏弟兄陪进来，与三人引见。双方因是门路不同，三人拜师炼剑之时，吕、郭二人已然隐遁匿迹多年，新近才又出来走动，都是闻名未见，互相客套一阵。苗氏弟兄摆上接风酒宴，席间问起追敌之事，才知中了诱敌之计。那三个蒙面敌人剑术甚高，一味循环引逗，并不十分猛斗。略一交手便即遁去，神速已极，竟不及施展别的法宝。欲待罢手，他又回身来追。闹得不追不舍，追又没奈他何，说的话更是气人。起初怒火头上，欲罢不能，后被越引越远，引到西天目左近，到一山头落下，方自省悟欲回，三人忽来夹攻。吕宪明怒极之下，暗施法术，意欲一网打尽。不料山头上出来一个老和尚，竟将法术破去。众寡不敌，只得退了回来。三人一听西天目山顶和尚，**按一伏笔，留一悬念**。心中一动，当时不便追问，席散各自安歇不提。

第十六回　闲窥秘隐　无意得仙兵
　　　　　　假作痴呆　有心擒巨寇

且说黑摩勒伏身暗处窥伺，见祖存周已被马玄子喊走，敌人退去，也栽了跟斗回来。知道花家来了能手，查洪与来客相识，尚须陪侍，此时不宜往见。正欲择一隐秘之地稍歇一会儿，候到查洪回屋再往相见。忽听苗氏弟兄命人传知，近崖守望速传信号，吩咐沿途卡子防守人等，如见敌人走过，只用号灯报信，不可拦阻，由他自去；并说敌人已然全走，今晚大约无事。除前后庭各处仍照前例轮值外，另派两拨巡逻已定。所有新派出的埋伏人等一齐撤退，各归安歇。

黑摩勒暗忖：敌人只当来人已然走尽，正好窥探他的虚实。因对方能手甚众，好些俱精剑术，花家正门出入人多，不敢大意。乘人不觉，重又溜入后园。见各客舍中静悄悄的，好些俱已入睡。妖道未回，竹林楼厅正忙着装殓男女死尸。料定新来这三个上客必在隔壁正宅内款待。艺高人胆大，仗着旧游之地，便由房顶越过。

查、苗诸人宴客之处，乃是花家里进的一个大偏院，一排五大间。院落甚是宽大，栽着一些梧桐芭蕉，还有一座假山，地甚幽静。本是花四姑燕居和自己人聚谈之所。查洪原因当晚三客虽也是道教门下，人却正派；后园住的全是一班盗党丐头和吕、郭二妖道，男女混杂，品行不端，难于合流。特意告知苗氏弟兄，把三客安置在此，和后园只有一墙之隔。黑摩勒才过墙便撞上，一点不曾费事。恰巧邻墙有株大梧桐树。天正刮风，月被云遮，大有欲雨之势。里面明灯辉煌，院中漆黑，南中地暖，梧桐渐黄，犹未凋落，树上枝叶又极浓密，隐身其间，室中人言动全可闻见，外面纵有声息，也为风声所乱，真是绝好藏伏之所。便由墙上悄悄援上树去，择枝干密处坐下，偏头往里窥伺。刚刚藏好，吕、郭二妖道便自回转。幸在前面降落，否则剑光映照，就难免不被看破了。挨到夜分，觉出敌人所谈无关重要。正觉不耐，忽见吕、郭二妖道和新来三人作别回园，查洪尚无行意。心想妖道今晚丢人失宝，决不能就此甘休，行前又互使眼色，也许还有别的诡谋。这里的事已然知道，何不随往一探？

主意打定，略停了停，估量妖道已回到楼内，然后起身。这时天已夜深，花家主客人等十九安歇。风势渐住，下起小雨，到处静悄悄的，偶有值夜巡逻人在暗中走动。黑摩勒仗着一双神目能在黑暗中观物，老远看见。因对方高明，巡逻人不敲锣梆不点灯火，四人一队，相隔丈许，一个接一个遥为呼应，身旁俱带有火扇子、旗花信号，本领也都不弱。前人有警，后面的立即放起旗花告急，敌党立即四方蜂拥而来，不似寻常巡逻可以随便伤害擒问，便不去招惹。一路闪躲，掩向竹林楼厅，潜伏窗外，往里窥探。

妖道当晚连遭失利，最心爱的一个女贼已然惨死。回去看见厅上又列着几具棺木，益发愧愤。欲念未消，虽然还有两女淫贼在旁献媚，仍鼓不起兴致。到后连卧室也未回，一同聚集在左偏间内。先把追敌经过愤愤说了，最后郭云璞道："你看今晚来那三个么？未曾和敌人交手，便先说了许多泄气扫兴的话。表面和我们敷衍，口口声声却说：'敌人不必再约能手，眼前知道的就够受的，明早去往江船探过虚实，便须另请高人相助，否则万无获胜之望。'那口气明是看我弟兄不起。照今晚情势，敌人实也狡猾。只管我们法术法宝未及使上，后日正经动手，敌人不能随便逃走，但内中有好几个俱未对过，还有先前救火回来在峡谷上空所遇两人，飞剑不弱，也须留意。我们隐遁多年，近才出世。昆仑派颇有几个出色的，虽然同是为了朋友，今晚已然受了暗算。再要被人比下去，威名扫地，颜面无光。莫如乘这两日闲空，我去把翁家弟兄请来打个后场。你看如何？"

吕宪明道："我先前也有这个意思。虽然我们失盗，除那旗门有用外，法宝囊内只两件寻常法宝，无关紧要。敌人如此张狂，又有昆仑派这三个后辈在此，不可不早作打算。能把二翁请来，自是好极。"

正商量间，忽报"蔡当家到"，随即走进一人。蔡乌龟原随查、苗诸人陪客，因觉吕、郭二人为己吃了人亏，心中不安，随后赶来赔话。双方原是至交，无话不说，便将前事说了。蔡乌龟知道二人性傲，这次约人实出不已，为讨喜欢，故意巴结道："今晚敌人全是出我不意，鬼鬼祟祟。二位真人法力尚未施展。看他为救老贼，先命人放火调虎离山，可见情虚。依我想，有二位真人，万无不胜之理，何必多此一举呢？"

郭云璞微笑道："话虽如此，翁家两老弟兄魔光厉害。多两人来助助声威、吓吓敌人也是好的。就此去吧。"蔡乌龟早看出形势不妙，巴不得多约能手，也就不再深说。郭云璞随向众作别，驾剑光飞去。**作者写郭云璞去请二翁，真实用意在于让黑摩勒有理由离此回转，从而无意中得剑。否则再去见查洪，故事不免拖沓乏味。**

黑摩勒暗忖：前听司空叔说："丹徒金山后岩有一伏泉洞，外观洞口极为狭小污湿，向无人迹。由洞底石夹缝进去，曲折下降五六里，便到一所极华美的洞府。内里隐藏着两个左道中的异人，一名翁持，一名翁果。本是滇西蛮僧屠盘伽的门下，因犯教规，弟兄合谋，弑师还俗，逃往江甫。为避同门师兄弟复仇，又是生俱茶癖，知道伏泉洞内有一股灵泉，乃江心第一泉的分支。泉量不大，比起郭瑛墓下面江泉还要醇甘芳洌。长年隐居在内，将洞中十七间石室布置得和皇宫一样。除每年春秋两季，弟兄二人轮流往武夷、龙井、洞庭等产茶名区采购佳茶，并制办别的食用诸物外，行踪诡秘异常。洞中设有法术禁制，轻易无人能见他面。

精于飞刀吐火之术，能用魔咒，咒人立死，厉害非常。异日如游金、焦等处，如见身材格外瘦小、目闪黄光的中年人，务要小心。任是什事，不可招惹。"自己因是好奇，本想几时往金山暗中探看，未得其便。二翁与外人绝少往来。近年因新取艳妻，不耐洞中枯寂，常时迫令同出，也只偶然在镇江、南京一带城市中出现，为时甚暂，向不理人。不知郭、吕二妖道，怎会与他兄弟结识。此事关系不小，今晚见查洪已不是时候。司空叔和师父、丐仙等人想必已在江船上聚集，正好趁此时机赶回去，先送上一信，看看邢飞鼠约来的都是一些什么人物。明早返回来，见过查洪，做了客，再找地方安歇。于是便离了花园，往回路赶。

出了园门一看，各地防守比前更紧，只表面上看去静悄悄的。仗着天阴下雨，人又瘦小轻灵，武艺高强，又有极好目力，一路闪躲纵避前行，居然把头层出口闯过。到了谷中祝三立所居崖石之下，心想来时曾见洞中卧着一个少年，是祖存周的同伴。这里正在敌人卧榻之侧，花家又不是不知三立居此，如何能容？不知被寇、马诸人迁走了未？何不顺便上去探看一下？想到这里，也不顾身上污湿，便援崖上爬。

快要援到崖左边上，忽听洞内有人叹息说话之声。黑摩勒先当少年伤势沉重，不能行动，还有自己人在内守候，方欲翻身纵上，洞中人似已觉察。忽然悄道一声："鱼儿来了！"语声随住。跟着便有一道黄光自上射下。总算黑摩勒心灵机智，一听口音甚生，立即警觉，忙往石台右下一翻，施展轻功，足尖抵着崖石，双手指紧抓石角儿，屏息凌空，贴石孤悬，没被来人看出。那雨忽然大了起来，耳听一人说道："敌人已然得手走去，就有事也在明天。今夜天都快亮，这大风雨，哪还会有人来？定是风吹树枝，倒淋了一身雨水。还是回洞喝酒去吧。"底下便不听声息。

黑摩勒也真胆大，因那洞穴是祝三立的住处，又有人在内养伤，明知对方俱有飞剑，仍想探个水落石出。略待一会儿，不听动静，轻悄悄翻上去，卷向老松后面。先相准地势藏好身子，探头往里一看，见少年所卧竹榻已然拆毁。却另换了一些坐具，对面坐着二人。一个缺了一只耳朵，一个面赤如火。当中小凳上放着许多熟菜，正在对饮。

缺耳道："师父也忒大意，那么关系重要的法宝竟会失去。自不小心，却说花家防守太松，致被敌人混进。好好待承不能享受，却被派到这小山窟里受活罪。"

红脸道："适才师父师叔追敌回来，都是苗老三说起这里以前住过一个姓祝的老狗，本领煞是了得。起初双方路道虽然不对，因无什事发生，只看着有点惹厌，没去睬他。日前想起现在正紧急，肘腋之下难容外人，何况老狗又专喜做那惹厌的事，他常年留此不走，就许含有深心。花四姑本疑他是仇人派来的奸细，知道迟早是害，想就便除去，连派三起人来此查看，他俱未在，可是东西还留在此。第二次来，炉中炭火犹温，料定老狗平日狂傲，仍要回来，只遇不上。这里又上下艰难，没有真功夫的人不能上下，遇上老狗，反白吃亏，其势不便请人常日在此守候。今晚师父师叔救人回来，恰又在这一带遇见两个对头，斗了一回飞剑，未分胜负。越疑老狗勾通敌人。尤其这内外防守谨严，他又是个熟脸，竟会来去自如，行踪诡秘，无人觉察，实是一个隐患。如此请师父派两个精通飞剑的门人来此，一半蹲窝待兔，一半防守，做两头要口的策应。明早便有人换班，又非永守此地。一会儿天就亮了，你还等不及么？"

缺耳答道："不是不能耐，是想一个寻常老狗也值费这大的事，知他什时前来？实是闷人。我想睡了。"红脸道："我知你是惦着那个姓施的小浪货，这时人家早陪师父师叔们睡了。就回去，也轮不到你，息了心吧！休听苗老三说敌人不会剑术，今晚师父所遇飞剑哪里来的？就不是他，也是他的党羽。就老狗那身武功，也不是好对付的。如今我们反在明处，第一留神暗算。惟其不知何时到来，才不可大意。你酒后照例想睡，你如困时，你自睡去，有事我再唤你便了。"

缺耳的随打了一个哈欠，往旁边榻上一倒，晃眼便打起呼来。只剩红脸一人对灯独酌。黑摩勒暗骂："这类蠢猪狗，也配修道炼飞剑！"适才只见一道黄光，这醉猪不像是个高明人物，许是红脸所放飞剑，有心骤出不意，用连珠暗器将他打死，又恐对方邪法高强，一个打不进身，立即送命。方自踌躇进退，忽听前面崖下有极轻微的呼哨之声。红脸耳也真灵，立即警觉，用手推了缺耳一下，没推醒，随即飞出。黑摩勒知道此时一逃，反被发现，敌人顺着发声之处追寻，必不注意近处。仗着人小，又是一身黑衣，紧抱树后，往侧略闪，便和树成了一体。那株老松虽然蟠屈横伸，夭矫如龙，但是又矮又短，枝干更是繁密，大人万容不下，又是当洞而生，红脸万想不到树干后面斜盘着一个小人，近在眼前，竟致忽略过去。

黑摩勒胆也真大，强敌就在身侧，还敢回头往那发声之处探看。只见相隔二十余丈对崖腰上，接连发现了两溜绿火。雨中看去光并不亮。敌人立飞起一道黄光，跟踪追去。猛想起洞中还有一个醉猪，此时下手，岂非天与其便？念头一转，立即纵身入洞，取出身藏小钢镖，双手各持一只，照准敌人命门、咽喉两处要害打去。那缺耳乃郭云璞新纳爱妾之兄，只有一身好功夫，仗着裙带关系，学了点邪法和剑术。因是入门不足三年，只能将郭云璞给的一口好剑，用邪法随意收发，飞出伤人，便即倚势骄狂。人又粗鲁，好酒如命，一醉即睡不醒。黑摩勒不知他的深浅，惟恐一击不能致命，反起厉害，竟用了十成力，一镖深陷入脑，直打到胸腹中去；另一镖也由头颈当中连榻透穿，落于塌下。当时手足微一伸动，声息未出，便即毙命。

黑摩勒这时赶即退出，红脸敌人未回，原可无事。因那小钢镖乃师叔司空晓星五十年前故物，百炼精钢所制，共只十余只，失去可惜，一只打向敌人腹内，急切间自难取出。想把榻下这只拾起，又见死人身畔有口宝剑，腰间悬有革囊，想就势一起取走。稍微呆了一呆，红脸敌人已追到发光之处，看出石隙里插着三个竹筒，俱有火药引线，两筒燃去，一筒为雨飘湿，尚还完好，料是诱敌之计，只测不透是何用意。一见雨大，连各望楼号灯都为水雾所掩，看不出来意，欲飞回唤醒同伴，商议下手，免得风雨深宵，徒自张皇，一无所获，招人轻笑，忙即飞回。

黑摩勒刚把东西取到手内，忽听洞外崖石上有人降落，知道敌人回转，出去已来不及，急中生智，决计一拼，忙往榻侧一躲。红脸已是走近，还不知同伴已死，进门急唤："师弟快醒！有敌人来。"随说人已到了榻前。

黑摩勒心有成见，原意洞穴窄小，敌人生得高大，洞口出路已被挡住，除用暗器冷不防一下将他打死，否则要想逃走，直是万难。恰巧刚拾起的一只钢镖正拿手内，猛一长身，扬手便照来人面门打去。这时红脸已然瞥见缺耳颈间血迹。穴小无处容人，黑摩勒占了身材瘦小的便宜，敌人匆迫中决想不到榻侧伏得有人，必当刺客已然走远，追将出去。黑摩勒走固可以脱身，下手若是稍迟，以他功力准头，相距这近，对面发镖，也万无不中之理。这一稍微心急，几误性命。

红脸刚觉同伴被刺，又惊又怒，猛瞥见榻侧冒起一条小黑影。黑摩勒人既瘦小，穿着一身黑衣，又戴着一个人皮面具，残灯影里，简直不类生人。红脸乍见，疑是鬼物，吃了一惊，不知不觉口里大喝一声："打鬼！"人早往侧闪避，同时黑摩勒手中镖也是发出，竟吃无意之中躲开，擦脸而过，只把右边颧骨擦碎了些。铮的一声，石火星飞，钉向壁上，人却没有倒地。当时暴怒，扬手正要放出飞剑。就在这情势万分急迫之际，黑摩勒手快，双手俱能发镖，头只镖发出，囊中镖已取到手内，见状知道不妙，一时情急，扬手便打，跟着身随镖起，准备和敌人拼死，同归于尽。猛听敌人身后有人发话。敌人双手一舞，往后便倒。那镖未听坠落，也不知打中与否。定睛一看，乃是一个瘦小老头，已由后面用重手法，将敌人头颈紧紧扼住，一同倒向桌旁。初倒时，红脸的还想挣扎，吃老头哽的一声，双手一使劲，黑摩勒也怕他挣起，又朝太阳穴一镖，就此了账。小老头随松手纵起，因地势大窄，将红脸死尸由桌旁提起，搁在先死的缺耳敌人身上。

黑摩勒虽知祝三立，却只听司空晓星等说起，从未见过，料定是他，忙即行礼，笑问："你老人家是祝三叔么？"祝三立笑道："你这小孩倒真不错。那缺耳朵的，先同红脸外出看你时，因恐当时点倒，启那红脸疑心，只在暗中点了一下睡穴。即使不醉，心里明白，也不能起身为敌，还不怎样。那红脸的一个，不但飞剑、内外功俱都甚好，如非你先发镖伤他，分了心神，正不知鹿死谁手呢！再如不好，吃他放出飞剑，我这里路熟，又值风雨深夜，或能躲脱，你却没有命了。我早不愿居此，无如这时一走，显我怕他似的。上次他们来寻，曾见我留的字条，上写：'这里是我的家，如有外人来此侵扰，遇我回来，休想活命！'老花婆明知我难惹，以为有了几个略通剑术的，便又想杀我除害。且叫她看个榜样，我说的话是否虚假。现时一班朋友俱在江边大船之上聚会，已然席散，差不多都睡了。我因嫌人多太挤，冒雨回来，倒做了一快心之事。令师叔说你要见查洪，此去明早还须再来。雨大路远，去了也不一定能见他们，何苦雨中奔驰，多此一番跋涉？现有敌人留下的好酒好菜，那边提盒内好些食物也还未动，乐得享受。随我在此同住一夜，天亮再往花家去寻查洪，岂不是好？"

黑摩勒便把敌人要寻二翁，自己意欲回去送信之事说了。祝三立道："这个无妨。我听说丐仙因昆仑派有人来，早已防到。预拟敌人所约能手比二翁还要厉害，马玄子回去便有准备。即便匆匆不能再约多人，就眼前诸位也足能应付，怕他何来！何况天一亮我便回船，自会通知。你不必多此一行吧！"

黑摩勒一想也好，随将前发的镖寻到，又想将缺耳腹中镖取出。三立道："来人须在天明以后，此时不会有人来。你不要忙，我少时会代你取。快些吃完，你自睡吧。这崖顶上还有一条道路，我不唤醒你，就是天明也无庸起。乘这雨天，许能多睡一会儿，养足精神，后日好和人打去。"

黑摩勒本也饥疲交加，见桌上好些美食，便即依言吃喝起来，吃完向榻上睡倒。醒来一看，业已雨住天明，祝三立不知去向。对面小榻叠置的尸首已然不在。地上干干净净，不见血迹。小桌上吃残肴酒连那提盒也被人取走，却放着一只小钢镖，料自尸腹取出。不知怎会收拾得这么清楚，好生佩服。忙即起身，把镖揣好，走出洞去。见朝阳正照崖上，山谷清洁如洗，那一带多是石崖，不留宿雨，只崖隙生着小松藤蔓之处犹有水点飘坠，余者多已干涸。下望谷底，却添了两三道急溜，由村口那面，银蛇也似随着地势蜿蜒奔驰而来，与沿途积潦相会，往谷口流去，水光闪闪，迅疾异常。路上已有人涉水行走，都是花家佃工之类。暗忖：昨晚敌人曾说天明便有人来此接替。日色已是辰刻，怎还不见人来？祝三立说崖上还有一条道路，昨晚忘了问。此时往见查洪，也无什事。何不寻将出来，万一事急，也是一条退路。

想到这里，回望身后，只是危崖高耸，通体削立，向外倾斜，又滑又陡，不比下半截，中途还有着手之处，便是猿猴也攀援不上。正寻思间，忽听谷口人声嘈杂，偏头一看，一个手持器械的少年领着一伙人，用木板抬了两具死尸，由谷口如飞跑来，一会儿到达。认出那少年乃是苗秀，所抬死尸正是昨晚和三立杀死的两个敌人，头面上血迹似被雨水冲净，衣服却是湿透。记得昨晚睡时已离天明不远，由当地直达山外，有十多处望楼，各要口均有人把守，尤其谷口防守人多，最为难过。不知祝三立用什么方法，把这两具死尸运向谷口外去？事前竟无人觉察，直到了清早才行发现。端的神出鬼没，令人难测了。觉着崖上已无可留连，遥望苗秀押了死尸已然转过崖去。谷中正无人迹，便把外罩的夜行衣脱下，卷成一个小卷夹向胁下，轻轻纵落。猛觉被人一把抓住，心中一惊，方欲还手，忽听身后低喝："莫动！是我。"语音甚熟。回头一看，正是祝三立。笑问："你老人家真个本领高强，神出鬼没。哪里来的？小侄自信耳目甚灵，竟一点也不知道，倒被吓了一跳。"

三立道："你也不往谷口那一面细看，就往下跳。这两人虽还无妨，吕、郭二妖道同了人就在后面。下去岂不撞上？弄巧还许到这来。快随我走吧。"

黑摩勒闻言，才想起崖势曲折，紧前面突出一块，看不到底。知来人正被山崖挡住，上面无路，只这一点地方，离地两丈许，虽生着一斜条老藤，只三四丈长一片，相隔崖顶不下二十多丈。至多也只纵到藤上，贴壁隐悬一会儿，再上势决不能。方自寻思如何走法，三立已用轻身功夫平地拔起，一手抓住藤根，一手将藤蔓往起一翻，身子一闪便到了藤盘之下，略微颤动，藤盘仍还原状。

黑摩勒暗笑这藏身之处果然妙绝，再上却难，许在下面暂避一时，等敌人过后再行逃走，遂也跟踪纵上。手刚抓藤，便听三立低喝："快钻进来！妖道来了。"语声发闷，相隔似在十丈以外，大是惊奇。如法掀藤钻进一看，原来藤下面竟隐着一条尺多宽的山夹缝，藤根便在缝口，三立人已不见。料定上有通路，刚把藤蔓还原，便听破空之声由远而近，晃眼光华电掣，自空下坠。适才立处落下二人，一个是吕宪明，还有一人似是初来，不曾见过，一落地便连声咒骂，走入洞内。转了一转走出，同往村中飞去。再一回顾，那山缝既深且窄。纵到缝底再往前进，便是一条极狭小的洞径，大只通人，大人尚须蛇行始能穿过。前行两丈，洞径忽改向上，时窄时宽，势颇陡斜。常人便到里面，也无法上去。又进约十数丈，才得一两丈方圆平坦之处。内中也有一具竹床和些零星食物用具。

三立已点灯相候，笑道："你看这里好么？由左角小窟里钻出便到崖顶。我昨晚已弄得好好，本想花家不会有人来，由你睡醒去找老查。因听前面望楼人说今早尸首发现，妖道亲往查看，并在搜寻敌人。恐你被他寻见，又赶回来。到时遥望谷口，已有两人往里跑。你还不知，正往下纵，这才将你抓住。稍晚一步便遇上了。这里原是我避寒之处，洞虽不大，到了冬天却是温暖异常。

由此往右一拐，脚底有一极深的洞，眼大才尺许，深有十数丈，石滑如油，连我这身子都不易下去。又怕滑下去嵌住，上下不来，生生在里憋死。虽断定洞底必藏有什么奇怪东西，还没去过。越过洞眼，便和你来路一样的洞径，只是宽些，越往上越仄，再前行十多丈，由一尺许长、半尺多宽的穴口钻出，便是崖顶，外面长着乱草矮松。全崖只谷口附近有花家用云梯接成的半截山路，外人是无法上去。后崖壁立百丈，四无攀附，下去便是乱山绝壑，荆棘丛生，比人还高，毒蛇又多，除我以外，自来无人上下。即便有人发现，那么窄小的穴口，只似你这小身子出入都难，大人非精内家锁骨功夫无法进入，所以我在里面甚是安静，自来无人惊扰。尤妙在是，到了雨天，崖上积雨顺着地势往穴口倒灌，顺流而下，俱吃拐角洞眼接住，落将下去，水一点也淹不到这里，水声却是好听已极。就是春夏天，我每月初一十五总要来此住上两夜。我听说今早老刺猬因是口直，差点没和妖道反脸，多亏主人他们劝住。此人权势现已太差，如愿现在进村，还是由崖后下去，绕到前面谷口，照客礼求见均妥。如俟无人之际，不经谷口，由前崖纵落，遇上老刺猬还好，一个不巧，中途遇上妖道徒党或是苗氏弟兄，他们未接信号，定必疑忌，说话不中听，你一计较，立即吃亏。你看如何？"

黑摩勒道："谁耐烦再绕谷口去和小贼们打交代！只请老前辈把崖上通路指示，留一退步，仍由前崖入村好了。"祝三立笑道："你年纪轻轻，胆真不小。我正要到江船上去会他们。既是这样，趁时候还早，你在此歇上些时，吃点东西，中午入村好了。"黑摩勒一想也好，三立随将现成酒食取出。老少二人吃完，三立随领黑摩勒去看崖上出路。先顺洞径往上行走，往右一拐，便到洞眼上面。黑摩勒见洞和井一样，也是长方形，洞旁好些缺裂，洞口以下却甚整齐。旁边石壁上有一大铁钉，悬住一条极长绳索，心中一动，也未言语，径随三立上走，又是十余丈方见天光。到了出口，三立首先用锁骨法将身子缩小，钻了上去。黑摩勒随同钻出一看，那穴口也和里面洞眼相似，俱是方形，只稍微大些，隐于乱草之中，不近前决难看出。由上下望，黑洞洞的，相隔丈许便是实地。外人到此，万想不到里面尚有洞径可以藏人，端的隐秘已极。再看崖后，绝壁百丈，下临深渊，杂树稠密，草莽怒生，黑压压一片，对崖又是连嶂排云，无可攀援。料是向无人迹，方欲问讯。三立指道："崖左俱是藤蔓，你如想由此走，由那藤蔓倒援，先向右攀援到无藤之处，将身倒悬下去，便看见底下崖窝，那里崖势缩进，隐藏着一条道路。顺路再往左走出十来丈，用轻身功夫由荆棘之上飞行不远，便见两旁草树交掩之下，隐藏着一条山泉冲刷的干沟。沟中无草，俱是沙石，蜿蜒行至尽头，有一个三尺大山窟，乃是昔年山泉故道。由此钻出去，深才两丈，到一涧岸之下，外有藤草掩蔽。沿涧北行，到了狭处越过，又是一片乱山。虽仍崎岖峻险，我们走起来却不吃力。越过两个山坡、一座危崖，循着樵径出去，便到山口外了。这路只前段走起来艰难，但比正路差不多要近两倍。你也许用它不着，姑且备个缓急吧。我要走了。"说罢，轻轻往下一纵便到藤上，手足并用，捷逾猿猱，晃眼到底，回身向黑摩勒一扬手，嘱咐"看准"，便照所说途径，施展"渡水登萍"的轻功，由草树荆棒之上飞越过去，几个出没，便即不见。

黑摩勒望不见人影，才行回转洞内，暗忖：此老成名多年，生平所经名山胜景何计其数？这所崖洞，景物既不出奇，洞又狭小，为何恋恋于此，数年不去？就说为了一娘母女复仇之事，要潜伺花家踪迹，以他本领，来去飘忽，随时均可入庄探看。这等暗做的事，怎反把自己踪迹落在仇敌眼里？近居咫尺，对方又是能手，肘腋之间决不容人盘踞，迟早寻事，一个不巧，立受挫辱，丧失多年英名。无论谁也不肯如此做法，此中必还另有深意。那洞眼他说深不可测，壁间却挂着长索，内洞深居山腹，又小又气闷，出入又极艰难，他却说每月必要住上两天。那洞眼和后洞出口虽说略有大小之分，形式差不多是一样，好似以前有人故意开通，但不应那么窄小。祝三叔何以每次来往，均在朔望两日？这些无心露出的活，均多可疑。反正时候还早，那洞眼估量自己身子还下得去。现有长索，他走时又未禁止，何不缒到底下探看一回？许真藏得有什么宝物或是有什么奇景也未可知。**深洞见宝，传奇故事的"母题"之一。**

主意打定，先回到中心石室之内，细一寻视，又发现了一件形制奇特的火筒，中有机簧和引火之物，比夜行人所用火扇子灵便得多，用时只一甩，便将筒口油芯引燃发光。柄上还有一条极细的铜链钩，匠心独运，甚是精巧。内功好的人都能干暗中视物，目力极强。祝三叔又不做贼，何须此物？那条链子更是奇怪。心疑此物和壁间长索均与那洞眼有关，随手取来揣向怀里，重又走到洞眼上面。先把火筒系在长索之上缒将下去，那索乃精麻结成，细而坚韧，长约二十丈，已然放完，还未到底。抖燃火筒一照，底下似和上口一般窄小。通体直立如井，黑洞洞的，只见火光荧荧，望不见底。又去取了两块石头打将下去一试，仿佛再深也没有多少，半晌不听动静，估量下面并无蛇兽潜伏。索长只此，想必祝三叔早下去过，为防万一，便将钢镖取出插向领间，手里再握上一只，又寻了两块石头揣向身上。

顺着洞眼援索下去一试，仗着身材瘦小，那扁狭的洞眼恰差不多大，无须再用锁骨缩身之法，便可穿将下去。只身子不能转侧，手脚不能随便抬起施展，身不能俯，要看足底，必须吸气凹腹将头略低，始能向下微觑，甚是吃力。初意下面一段总该有宽大的地方，哪知直桶般上下如一，偶然遇到一些四壁碎裂之处，可用手足攀抵歇息，地均不大，一会儿长索只剩了三两丈，心想：这么又深又窄又滑又溜的洞眼，下面还不知有多深。一不小心失手滑落，果真一直到底都和上面一样，也可施展轻功，脱去鞋袜，手足并用，援着井壁而上；最怕是洞底突然宽大，离洞眼过高，纵跃不上，这一下去休想上来。祝三叔回来发觉还好，否则不闷死也饿死在内。再说，下面有无大蟒毒蛇之类潜伏，也不能十分拿定；要是睡熟在内，适才石块没有惊动，等人快到才行警觉，蹿将上来伤人，洞眼逼仄，就有钢镖在手，也是施展不开，岂非太糟之事？

想到这里，不禁有些胆怯。便把势子放缓，提气缩身，一手援索徐徐下坠，一手握了钢镖，将头微低觑定下面，加意戒备：一见索头火筒微有异状，便即往下发镖，加紧上援。这等地方如有蛇怪之类，必定厉害，不是常物。正寻思横手往下发镖不能施展全力，如何始能脱险？长索已快援到尽头，火筒的光就在脚底晃动，不敢再降，意欲脚底壁间石裂之处稍微歇息，探出下面深浅、有水无水，再行下去。随把火筒扯上一照，四壁俱是滑油油的青石，无可着脚，只头上滑过之处似有缝隙颇大，洞窄尽能容身。恐火烧衣，便把火筒熄灭，往上略援便到。

那石隙就在迎面，也是一个洞眼，大小形势俱和上面所见一般无二。下时正看脚底火光，不曾留意，这时觉着身后也宽。晃燃火筒四下一看，从上到下，只这一处，四壁裂缺累累，身后也有一处同样洞眼，只是一斜向上，一斜向下，洞口正好斜对火光照处，身后这洞深只数尺，面前的洞眼却深不可测。细看之后，不禁心中一动，恍若有悟。便把双足分踏壁石裂处，仗着四外俱有空隙，先将怀中石块取出，朝下打去。遥听叭的一声，相去上面并不甚深，也无别的回应。再取一石朝壁间斜口打去，再听咕噜噜顺着壁滑下，也没多深，铮的一声，好似打在钟磬上面，声甚清越，好听已极。空洞传音，余韵悠然，半晌不绝，益发触动灵机。双手挽索一试，甚是坚韧，只不存心断它，足可寄身其上。便把索头取上，系在腰间，以防不测。镖和火筒一一插向襟间备用，又把壁间未碎落的裂石扳折了两块，顺前面洞眼打去。头一下滚到尽头便住，第二下又似撞在钟磬一类的乐器之上，铮的一声立起回应，晃漾不息。估量洞底必要大些，那有金铁之声的必是一件宝物，也许如己所料，不禁心神一振。先把气息匀住，手援长索，悬着身子，双足往起一提，插向穴口，身子往下一顺，缓缓滑将下去。沿途留心查看，那洞眼势极陡斜，石滑如油，相隔穴口才只数丈，也是上下笔直，大小如一，毫无弯曲。索已放尽，还未到底，因是仰面朝天，头不能低，勉强取出火筒，也照不见下面。寻思无计，只得援绳上来。**故做顿挫。**

到了外面，足踏穴口略微歇息，暗忖：这条长索已然结长了好几段。祝三叔又说上面到下只十八九丈，看神气已用此索来此探过，用心不止朝夕，怎的两处洞眼俱都不能到底？洞径虽滑，凭自己这身功夫，如将双手附石，倒退向上，也能爬出。仔细寻思之后，决计再试一回。这次改用双手先进，头上脚下顺着洞径滑入，身子仍由长索系住。滑到索尽头处，回手取出火筒，晃燃往下一照，相隔洞底仅止丈许，满地碎石堆积，深穴空空，并无一物。只是四面洞眼甚多，有七八处。有的比原下两处大出两三倍，深浅不一。适才明听金铁之音，怎会不见？便用火筒一一照看。见那些洞眼横三斜四，虽有大小之分，俱是长方扁狭，与来路两处一般形式。中有两个大的，乃两三个洞眼并在一起，直似一片新堆的泥墙，未干以前，用铁条在上面捅了一些窟窿，越看越怪。见底下四壁崩裂之处甚多，比较上面宽大，可以将身掉转。猛地心胆一壮，回手解开腰间索扣，一手持火，一手附石，缓缓往下滑去。快要到底，见下面果要宽些，身子一挺，翻将下去。拔出镖来，四下乱敲一阵，并无前闻金铁之音。再取火筒照见地上大小碎石，竟是有新有旧，有好些直似刚崩裂的一样。暗忖：这个洞眼甚是狭小，莫要石壁松脆，突然崩裂，将自己埋葬在此，死得就太冤枉了！瞥见右侧壁间斜立着一个洞眼，用镖头一敲，石质竟是坚硬异常。遍视全壁，都是通体浑成，不用强力坚铁，休想击碎分毫。这么坚厚石质，怎会有这许多洞眼？尤其壁间凹缺之处，都似有人用极坚利的铁器撞碎情景。断定有异，决非无故崩裂，适才发声之物也许藏在别的洞眼之内，不在底下，决计查看个水落石出。一数壁间洞眼，连大带小共是六处，都与立处洞底相近，口都斜行向上，便挨个查看过去。洞眼俱不甚深，最深的不过丈许，一一纵身入内，用火照看。洞底只有些碎石，并无别物。快要找到第四个上，因是较高，纵势稍猛，脚底一滑，忽听咯咯连响石块落水之声，仿佛甚深。低头细查，原来洞底靠前一面有尺许宽的裂缝，下面通着一个暗潭，因有碎石堆没，将口堵住，看不出来。人在石堆上用力一踏，将近缝口的石块挤滑下落。忙将石堆扒开，又丢两块下去。一听甚深，别无他异，知是天生石窍，便即舍去。还剩两处洞眼，并列一起，高低相差只有尺许，离地才只六七尺之间。黑摩勒人矮，站在地上，手够不着。恰巧左近石壁有一缺凹，势又倾斜，为图省事便纵上去，双足一踏壁凹，一踏左穴口边，意欲先看右穴，再看左穴。正用火筒往右穴中照看，猛觉左脚冷气袭人，如近寒冰。急将左脚缩回，手攀左边洞口，悬身过去。待用右手火筒往左洞照看，头还没有探进，忽觉左手凉气侵肌，筒上火光一闪即灭，不禁心惊。惟恐内中藏有蛇蟒突然暴起，洞中逼仄，施展不开，就此舍去，心又不甘。心想洞眼斜上，如有蛇怪之类潜伏，一有警觉，出时必先向上冲起。反正是福就不是祸，何不先用石块投入将它惊动，等到冲起，探头出穴，再用兵器、飞镖除它？

　　主意打定，且喜下面地势较宽，虽不能任性施展，如若守在穴旁伺出一击，足可有为。便把火筒晃燃，插向壁上，腰间围的兵器取上抖直，连珠镖取在手里，再拾起两枚石块，故作由上下掷之势，往上一抛，径朝穴口落下。石块出手，赶即伏身戒备。只听铮铮两声，与前闻一样甚是清越，心中大喜。等了一会儿不见动静，重又纵上。手攀穴口刚往里一探，猛觉冷气森人毛发。目光到处，瞥见青莹莹一道光华在下面跃跃欲动。知是神物，恐其突起受伤，忙把头缩回，纵落地上。正打主意，忽听穴中金铁振动之声甚激，实忍不住，第三次纵上去，想看清是否心中所疑之物。因刚才冷气逼人，青光似有欲动之势，又想起上下许多洞眼可疑，未敢大意。只将双手分附穴外，将头微微凑近，用眼往下偷视。目光才到，猛觉青光倏地大盛，暗道"不好"，赶即缩头退回。说时迟，那时快！身子还未纵落，一声龙吟，眼前倏地奇亮，穴底青光已是迎面擦过，向上飞起，其疾如电。**这一段与《蜀山剑侠传》中李英琼莽苍得剑相似。意外得宝剑，可同时满足少年奇遇获宝与功力大增两方面梦想，故为作者所喜。**幸是这次早存戒心，否则正好撞上，休想活命！不禁大惊。脚才落地，青光所及之处，上面山石又被洞穿，顺着原下斜径纷纷滑落下来。黑摩勒连忙避向一旁，双脚不住纵起，避开那些碎落石块，一面抬头仰观。那青光竟与连日所见飞剑相似，芒尾甚长，通体约有丈许，尾尖朝上，已然在来路洞径上另刺穿了一处洞眼，深深嵌入石内。青光犹自洞眼中下映，照得全洞径皆成碧色。初起时势绝猛恶，芒尾所到，碎石粉裂，落到当中洞径之上，潮水一般往下溜来。晃眼地面碎石又积高了丈许，因是石质坚硬，好些整块崩落，大几径尺。尚幸下面地势较宽，青光出口略偏，正对来路洞径中间，深没石中之后，余势渐衰，坠石渐止，人又纵跃轻灵，长于闪避，否则纵不埋葬压死在下，任是多好功夫，多少也必受伤无疑。黑摩勒好容易发现宝物，下手晚了一步，又被飞走。最难是起初宝物在下，看去长只数尺，事后想起，只稍微胆大便可得到。这一谨细胆小，吃它飞嵌洞顶，上无通路，如何钻进去取？此宝如是刀剑之类神物，非把刀剑柄握住，不特不能制服，一个不巧，轻则受伤，重则送命！这时它嵌在顶上石洞眼里，不上不下，摇摇欲坠。休说取到手内，连上去都有奇险。万一上时自空下坠，如何能挡，岂不白白送死？守在底下也不甚妥，如再似前惊起，就是不向人飞来，吃它上下击刺飞舞，壁间大小碎石雨裂雹一般当头打下，人禁当不起。越想顾虑越多，仰视洞顶，不知如何才好。忽见洞眼中青光好似缩灭了些，下面光景渐暗，以为陷入洞顶越深，光被遮住，不能下射。照此情形，更无法取它。只有上去和祝三叔商量好了再来，较为稳妥。想到这里，晃亮火筒往上一照，适才所援长索，已被碎石砸断了半截。洞径倾狭逼窄，上还不难。正想纵上，猛见洞顶青光摇曳，荦荦欲坠。心疑神物活动，又似先前一样，发威乱撞乱刺。方自失惊，一道青光已如流星下坠，到了斜径之上，往地滑落，火星四溅，沙石惊飞。赶即闪避过去，觉着光并不甚长大，赶急定睛注视，正是一口宝剑，横搁在脚底乱石堆中。

这一喜真是非同小可，赶急俯身拾起，果是一口极好的宝剑，连柄只二尺七八寸长短，宽约二寸，只有铜钱厚薄，晶莹明澈，宛如一泓秋水。若可透视，寒光耀目，冷气逼人。最奇怪是剑尖上放射出三寸长的虚影，芒尾奇亮。剑柄长约七寸，上刻蟠螭石篆，稍一抬动，剑尖芒尾便往外伸长好些，只不知剑匣所在。知是一件神物利器，至宝已到，恐有他变，不敢稍停。仗着洞径斜仄，便用右手持剑，左掌附石，足登两边石壁，蛇行而上。到了长索断处，将索头捆在手上，走到口外。因上去洞眼笔直，石滑如油，难于踏壁而上。宝剑光芒森利，吹毛可断，如用手援，一手持有宝剑，一不小心，剑芒挨到长索之上，立即折断，连身坠落，再想上来更难。想了想，只得把鞋袜脱去，塞向腰间，仍用前法足登旁壁上行，并将长索一头系向腰间，以防万一滑坠。一手握剑，一手紧握长索，运用轻功，提着气，借着手劲，往上一纵数尺。足踏双壁，放过一段，再照前法上升。似这样小心在意，手足并用，单手上援，费了不少气力，才到顶上出口。

大功告成，喜得乱蹦，心想：此剑不知何名，祝三叔为它长年居此，费了无限心思，并未得到，却被自己半日之内无心获得。他是长辈，想必不好意思要了回去。只是这等神物，如用凡铁铸一剑匣，一插入便即粉裂。剑匣没有，终是缺点。锋芒太利，任多坚韧之物挨上便折，身边不能插放。稍时还去花家寻找查洪，拿在手内也不是事。算计剑匣也许在正面洞眼之下，有心再下寻找。想起适才此剑自行长大飞腾情景，恐一失手又被化去。如持手中带了同下，一则手被占去一只，行动累赘，更须防得变生不测。剑匣寻找不出，反送性命。再四盘算之后，祝三叔既为此剑费了无数时日心机，许能知道它的来历底细。花家现有好些精通飞剑的敌人，就此持剑前往，难免不被抢夺。不去虽与师叔之命有违，但是自己久欲学习剑术，苦无好剑，便师叔精通剑术之人，也为昔年飞剑被敌人所断，虽然练成剑器，遇见强敌行家便觉吃亏。此剑关系自己太大，中道折回，想也不致见怪。再者此行只为践约，师叔和诸老命己前来，并无深意。查洪只为人尚好，初无渊源。如说是作内应，邢飞鼠这面能人甚多，并且虚实已得，也用不着。江船上师叔丐仙和连日所来诸老，俱是成名剑侠。与其持在手内时刻担心，防它化去，何如仍由祝三叔所指崖后路径赶回江船，向诸老请教一番，至少也将制剑和用法学会，免得变生手底，得而复失。**此后，围绕该剑展开一系列情节，成了黑摩勒的"标志物"。金庸笔下的杨过，有"玄铁重剑"，袁承志有"金蛇剑"，都是从山洞中得到，且奇特而锋锐无敌。思路由此而的，但处理更加灵动。**

　　念头一转，立即起身，由后洞穴穿出。照着途径攀援纵落，到了崖下施展轻身功夫，急驰前行，由丛莽矮树中飞赶过去。辗转绕行，到了祝三叔所指水洞一看，那洞穴在涧溪尽头，侧面岭崖之下，甚是狭窄。最奇怪是洞口形势也和三立所居后洞出口、藏剑的几处洞眼一般无二，只是稍微大了一些，不致挤身而进罢了。暗忖：祝三叔还在数千里外来此住了数年，对于宝剑，还可说是由于望见剑气宝光，或是预先有人指点来此，他以前住在崖洞中，出入自如，无用避人。这条隐藏山溪的出路怎会寻到？心中又是一动。及至钻将进去一看，初进去也是惊心：前行约有半里，洞忽大出好几倍，遍地碎石堆积，上下四处满是扁狭洞穴，因有剑光映照，到了暗处越发光明，又分明是神物变化，纵横击刺所留剑痕，才知手中宝剑竟是由此飞出，不由便留了神。正在用心查看前进，猛觉手中宝剑自行振动，剑光虽未变化增长，却似要脱手飞出之状。大吃一惊，赶紧用力紧握，才渐宁息。又前行了十多丈，并无异状，方幸发觉尚早，未被挣脱化去，忽见迎面有一危壁，出路便在危壁之下。方欲俯身钻进，无意中一抬头，发现左壁角钉住一根石条，好似原来有洞，后叫人用石条将口塞住，露在外面约有二尺，粗约半尺，石质纯白，坚滑如玉，与洞壁青石不类，剑光照处甚是触目。纵身上去，用力一拔，右手持剑，又在高处，身子凌空，单手难于用力，连拔二次没有拔下。

黑摩勒本来童心未退，要做什事，非做彻不肯甘休，心想：手中宝剑，一举动便有芒尾伸长，只顾赶路，还未试过，不知用时到底能有多长光芒？此石离地丈余，正好一试。人在下面，看能撩中不能。念头一转，随手往上撩去。剑尖上芒尾电一般倏地伸长，恰好撩个正着，石条应手而折，迎头坠落下来。黑摩勒忙往侧一闪，方喜宝剑神妙，竟有如此威力！待要再舞一下试试，猛又觉手中一震，一道光华已脱手而起，径向那钉有半截石条之处飞去，嚓嚓连响之后，跟着一声铮呛，壁上石块纷纷坠落如雨，剑已深没石内，无影无踪。这次因避上面坠石，心中狂喜，微一疏神，剑脱手内，力又较前为大，虎口震得生疼，竟不及紧握，被它挣脱化去。方知道此剑穿石如腐，不知遁向何方。上面所现洞口又小，只能容手，无法钻进搜寻。不禁痛惜悔恨，急得在下面顿足乱跳，心想：看祝三叔洞中情形，分明筹备停当，只等时机到来下手。适才如取不出，或是自己到手，都有可说，如今闹了个得而复失，空喜欢一场，还不如不得呢！自己得不成，反误了别人的事，如何有脸见人？越想越烦，知道剑光甚亮，穿石之声不长，若入石不深，也许还有法想。**故意生些曲折。**

及至晃燃火筒，援上石壁一看，剑穿之处只有剑柄握手大小，连原塞洞眼的石条均未全裂，望去黑洞洞，哪有光亮！使火一照，也看不出一点形影，也无冷气透出。剑芒不见，剑定已入石不知多少寻丈，也许将此山壁穿透，飞向别处都说不定。惶急失望之余，忍不住伸手入内探查，手臂还未伸完，隐闻玱的一声，有物撞指。洞长手短，伸出手指一探，似是剑柄，不禁惊喜交集。忙用手指夹紧，往外一拖，觉出甚松，再用力紧握，一扯便出。快要出口，心说：怎会无光，莫非不是原剑？正自犹疑，那东西已随手而出，目光到处，当时喜出望外，竟忘了附身壁上，微一疏神，手脚一松，跌落下来。总算有一身轻功，见势不佳，凌空一个"鲤鱼打挺"，身子轻悄悄落在地上，没有跌伤，可是还不十分拿稳。及至把手中所得抽出一看，谁说不是适才所失的神物利器？原来壁间石条所塞小洞里面，正藏着那口宝剑的剑囊。想是剑有灵性，自欲还鞘，故脱手飞去。洞并不深，原伸手可即，只为宝剑还匣以后，剑上光芒已掩，全洞本就黑暗，又是壁间小洞，火筒外照，光射不进，心更有剑上发光的成见，只当化去，不料一伸手便将剑柄摸到，连匣一起带出！

黑摩勒的师父本是有名剑仙。只为收他恰值兵解在即，又见他煞气太重，性过疾恶，年纪更轻，一任央求，不肯传授。后随司空晓星奔走江湖，见了不少异人，学剑之心愈坚。晓星说："你资质心地都够，只短了一口好剑。如习剑器，不仅多费心力年岁，并还有好些弊害。此时你正在外历练，与其旷日持久在山中苦修，何如在外留心物色？等将好剑寻到，或由我亲自传授，或另给你物色名师引进，均无不可。"所以朝夕梦想，时刻留心。满拟师叔失剑之后，物色多年尚无遇合，自己更不知何年何月才得碰上，忽然无意而得；先愁有剑无匣，想不到机缘如此凑巧，定是命中早注，该做剑侠一流人物无疑，怎不惊喜欲狂，喜出望外？初得时还恐那剑又生花样，将匣佩好以后，老是手握剑柄不敢松开。后渐觉出宝剑归匣，仿佛物各有制，顽徒遇见严师，有了管束，由此安静下去，更不再有变动。

剑已有匣，想起该往花家去赴查洪之约才对，但是心终不放，老想等一会儿，看看此剑到底有无变动再定行止。似这样踌躇不决，延了不少时候。也不知外面天色早晚，肚皮倒饿了起来。心想：日期只剩了一天，老挨在这里也不是事。还是先寻老查，就便扰他一顿。花家有事便罢，如无什事可做，再赶回向诸位老前辈请教好了。想到这里，拔剑一看，除一舞动仍是光芒异长，山石扫中一点芒尾立即粉裂外，别的并无异状。将剑还匣以后，故意将手试探着松开，虚拢剑把，又用左手连摇剑匣，均未见有变动。连试多次，不觉又挨了好一会儿，才行钻退出洞，回到三立所居洞穴。由原路走到崖腰洞口，微微揭开藤蔓，探头出去一看，日色已自偏西，两头谷口均无人走动，侧耳静听也无声息，忙钻出去，手援山藤，一手握剑，觑准下面崖石，贴壁纵落。脚才点地，忽听右侧有人"噫"了一声，疑是花家派来守伺三立的党羽，赶急纵过，那人已由洞内探头，低唤："黑兄快来！"

定睛一看，正是昨晚所遇的祖存周。随同入洞，问："你怎会在此？"才知祖存周自从昨晚随马玄子出村以后，回到江船上面，见了诸位长者，互说完了经历，便自安歇。存周道："今日一早，先是昨晚后来三人中的赤铁剑夏云翔前来拜望，才一落座，便吃司空老人、马玄子二人连讥嘲带规劝说了一顿。夏云翔人颇深沉，支吾了几句便即辞去。不多一会儿，我们这面又来了几个闻风赶到的前辈高人，说起在路上曾遇一人御剑飞行，斜对面驶过，互一询问，正似适才走去的夏云翔。断定他必是看出我们势盛，往别处另约能手相助去了。随后祝三叔命人来告，说你探出的事也与诸老前辈来时所见相符。我们已有意想不到的能手相助，就不去理他了。司空老人先没想到事情会闹这大，又想保全查洪，故此命你赶来赴约，就便探询虚实。现因来了一人等你相见，命我前来唤你回去。我以为你还在花家作客，由午前起，费了好些事才得混进。到后遍查，并无你的踪迹，后擒一人问询，也是没有，好生奇怪。后又想起祝三叔曾说他行时你还未走，也许尚在这里，又费了好些心力来此试探，仍然不见。算计你决不会落在敌手，遍寻不到，打算二次入村，谷中敌人老是往来不断，中间还有两个能手，为了早间妖徒被杀之事，上来查探了一回才行走去。如非来人粗心，我隐闪得快，几被发觉。适才谷中刚有强敌走过，你便在崖腰上探头出现，出来稍早一会儿便遇上了。你怎会藏在上面？难道藤底下还有洞么？你佩这口宝剑似非凡品，哪里来的？给我看看。"

黑摩勒才知崖腰通路三立未对存周说起，尚还不知，可知此老对于此事甚是机密，看得自己独重。因恐祖存周看剑时，不留神又被飞去，一面紧握剑把，笑道："祖兄先不要忙，等我说完了得剑经过再看，免我闹个空喜欢。"存周见他从一见面便全神贯注在这剑上，甚是矜持，好生不解，笑问何故。黑摩勒把得剑经过一说，存周失声笑道："你太多虑了。照你所说，此剑实是神物，能够飞腾变化，但你要知物各有主，祝三叔用心多年不曾到手，你却半日之内无心而得，明明该为你有。看那情势，明是祝三叔听人指点，或是发现剑气上腾，根寻到此。眼看得到，不知怎的被它化去，只得到一个剑匣。本欲收剑，不料定数不该为他所有，竟制不住，被它刺破崖上山石飞入腹地。祝三叔又跟踪追寻，查见藏处，偏奈何它不得。那剑到了一定时候便思还匣。无如祝三叔也深知这一层，又知那剑厉害，还匣时，如持手内，必受其害，将剑匣藏起，准备想好方法再用以收剑。那剑还匣不得，到时便自飞跃。**智能型宝剑。一笑。**无如深陷山腹，故道难寻，在在洞中上下飞腾，穿击刺穿了许多洞眼，过了火性依旧落下，终飞不出，时日一过，重又坠落。祝三叔每月朔望来此，定是此剑发挥威力飞腾的时日。现既还匣，又为你所有，经你把持之后已认主人，焉有变化飞逃之事？"

黑摩勒恍然大悟，才把患得患失之心收起，将剑摘下递过，便问："老查我还没有见面，是去是不去呢？"存周一边看剑，答道："按理是应该去，不过那位老前辈业已等久。此剑如此神异，便眼前各位老前辈所用飞剑的本质，我想也未必有胜似它的。家师那口寒金剑比它便有逊色。有了它，简直无须炼到身剑合一，只略传剑诀即可施用。村中会剑术的敌人颇多，你带此剑进去，被他们看见定必生心劫夺，去了也是可虑。还是回到江船，见了诸位老前辈，问明它的来历，将剑诀传授，使剑能依主，不为他人所夺，较为重要。"黑摩勒本想先去村中见过查洪，践完前约再返江船，闻言便将前念打消。一同起身出洞，伏身崖松之后，觑准下面无人经过，由黑摩勒前导，纵身下去，手援藤蔓，由藤底钻入，存周依样施为。到了洞内，黑摩勒因值腹饥，又将祝三立遗留的食物取出，和祖存周匆匆吃了些，再由后洞穿出，顺前行途径出山。

路上黑摩勒和存周商量：祝三叔为了此剑。曾费许多时日心力，却守了个空。有心还他，无如自己想学飞剑，珍视如命，万分不舍。少时见了他如何说法？存周笑道："这有何难？剑已为你得到，他是成名老辈，又和令师叔至交，怎好意思索还，他虽成名大侠，只是武功绝顶，不擅飞剑，年纪已老，也难再下那等苦功，前守此剑不去，必也是无心发现，觉着神物难得，恐落外人之手。就他得到之后，也是拿来送给和他有交情的后辈，未必留为己用。你见他时，可说你无心中发现洞底放光，缒绳下去，那剑正在洞中飞跃，竟会自来就你。后来寻匣不遇，寻路回船，走过涧壁水洞，剑忽脱手飞去，斩断壁间石条，冲入石内。上去一看，连剑带匣俱在，随手而得。说完随将剑献出。他知定数归你，必以转赐，决无话说。"黑摩勒又问："新来高人，是什路道？"存周道："那都是一娘母子引来的，到后就知道了。"黑摩勒知来人必也是剑仙一流。司空叔明知敌人防守紧密，出入不易，仍命祖存周涉险入村寻找回去，十有八九必为引进拜师，不禁喜出望外。

二人且谈且行，不觉由泉眼故道山腹中穿出。到了外面，又越过两处峰崖，便到了出山路径的中间一段。按照祝三立所说途径，当地来去两路均有敌人所设望楼，走不多远便被发现。如图省事，不由正路出口，往横里走，只再越过一山一涧，到了对面危崖之上，便是阿婷上回雨夜接引陈业出山的山僻捷径。黑摩勒前在蔡一娘家，陈业、阿婷也都说过。偏生二人都是年轻，好胜喜事，又听存周说，把守山口的只是几个心粗无用的废物。金华北山，名胜之区，春秋佳日，游人不绝于路，虽然花村峡谷是全山最幽僻难行之路，不时仍有足健好奇的游人走进。现当秋末冬初，满山丹枫照眼，正是启人游兴之时。女铁丐花四姑近年已算是退隐，难得出去做一水好买卖，本乡本土，绝不肯露出形迹。这次如广帮恶丐帮场，只管江湖上传说宣扬，绿林云集，由山口起直到花村，单望楼就设了二十多处，势派浩大，但终不肯现形明做，使风声传到官府耳里。那近山一带望楼，只给她做眼线。真要发现敌人，不过传递信息、通报出入，或是借故寻隙，诱向无人之处才行合围下手。除了夜间游人绝迹时另以能手增防外，日里即便被他们看出，轻易也不致动手。就动手，凭这类庸流也不在二人心上，况在黄昏以前，尽可装着游客入山走迷了路，忘却寻常游山的归途，误绕小道，从容走出，加以由山腹通行，跋涉峰崖颇为吃力，俱懒得再去绕越攀援。略微商量，径由来路走去。

二人脚程极快，忙着回去，又都想试脚程快慢，一到路上便施展轻身功夫，飞也似往前驰去。全山出入口，除游山正路以外，连同上下山道樵径有七八处。只走花家这条路僻在山的东北，近山口一带的山民农村，十有八九是花家的党羽耳目。这时炊烟初起，斜照黄昏，口内两边山坡上，人家三五，梯田上下，还有人在。二人还未走近，连望楼带这些与花家通气的山民全都警觉。二人急行向山口人字望楼，未走近，便见了望楼首点号灯分向左近望楼通知：乘来人未出山口，上前拦截！那些村民也各抄器械，纷纷聚集，等候动手。先还有点疑心是自己人，及见连用号灯打暗号不曾回答，走得这等快法，断定敌人，便前后夹攻，迎赶上去。

存周正走之间，一抬头，瞥见望楼号灯连晃，前面聚集多人，猛想起只顾和黑摩勒比较脚程，一时轻敌大意，忘了闪避望楼上的耳目，方笑自己疏忽，嘱咐黑摩勒说："敌人看见我们了！"忽听飕的一声，由前面拐角岩腰上，灯光闪闪，飞投下一枝镖枪，一下插在草地之上，跟着便听崖上有人大喝："来人是什路道？快快停住！答明白了话再走！"说时，声随人到，又纵落下两人。一个人手持长矛，一个人手持厚背钢刀，拦住二人去路，势甚凶恶。

黑摩勒方要上前，吃祖存周用手拉住，故装不解，怒喝道："你们是山贼，还是打猎的？拦路作什么？我们游山走错了路，也碍你事么？要是山中猎户，快领我们出山，我赏你一个小银锞做酒钱。要是山贼，你们光天化日之下，竟敢在这名胜之区拦路打抢，我必将你送官严办，休得后悔！快说！"那持刀的一个，是苗秀的族兄金刀苗旺，起初凭高遥望，来人身法绝快，料是敌人脱出，及一对面，竟是两个小孩。一个貌相英秀，年纪稍长，装束整洁，活似一个会武的贵家公子。一个装束虽较可疑，但是年纪更轻，生相又瘦又干。苗旺新从外路赶回，虽听说昨晚村中来了几个敌人，年纪有老有小，本领俱都不弱。万没想到这等小法，以为真是官绅子弟游山迷路。想起花四姑再三叮嘱，不遇真正敌人不可上前拦阻交手，致招声气。闻言方一怔神，还未及答，四外乡民和前后守望的人也自追拥上来，都是见人以后觉着不像，恐犯村中规令，不敢妄动。存周见对方迟疑，假作有气道："你两人耳聋么？问你的话怎不答应？我问他们也是一样，有什么希奇！"

　　苗旺见他气派谈吐像是官绅人家子弟，一面用暗号收风转口。不令众人招惹，一面赔笑道："少爷不要动气。我两个俱是本山猎户，只为前面村里昨晚被人掘了壁洞，偷去好些铜钱，又把一条黄狗弄死。我们看出，贼已逃进山里，找了半天没找出来。适才我二人正在前面崖上打山猫野兔，看见少爷们跑得太快，只当是昨晚来的小贼，在山里待不住要逃出去，故此下来拦阻，不想看错了人。顺这条山径往右一拐就是出山的路，到了口外往西南一绕，见有山口再走进去，自会绕到你们来的出山正路，走回城去。北山只这一带地方偏僻，人也粗野些，无什景致好看。山里还有青狼山猫，当心撞上。下次不要再到这里来了！"存周道："你这一说，我才明白。我们带了好些人来，不过喜欢爬山，走迷了路，没在一起。如把你们认作强盗歹人，回去喊了人来，你们就要被衙门里捉去，吃冤枉苦头了。既是这样，我们走吧。"随说，随和黑摩勒坦然由人丛中走出。众人俱未敢再拦阻。

二人已然走过，微闻身后有人说道："这两小官出来游山，怎会一人佩着一口好宝剑？又都带有镖囊，如不是年纪太轻，真像那话儿哩！"存周闻言，故意对黑摩勒道："只说今日游山还可打猎，不想白费气力。翻了好几处山头，除去野兔，连只大一点的野物事都没遇上，真正扫兴！那两猎户甚是强壮，他说这里有狼，还叫我们当心，恐怕来了撞上，却不知道我们找的就是这类物事。可惜天晚，怕家中大人惦记，要不和他们一起打猎，定能打到。多么有趣！只好明日再来了。"黑摩勒闻得身后脚步之声甚轻，知道对方尽管放过，不能无疑，派人在后尾随偷听，心中好笑，暗忖：这类废物俱都不值一打。便知我二人来历，有什么用处？存周不令动手，必有用意。闻言乘机答道："谁说不是回去太晚？阿叔又要说话了。他们这些乡下人以为我们年小，怕让狼咬了，劝不要来。我们明早偏来，打些花兔花狼给他们看。"说时已到山口，回顾身后尾随的壮汉，已往右侧梯田上走去，知他信以为真。山口大树底下虽有几个假装乡民围坐闲谈的敌党，因已得了口内暗号通知，连问也无人问，便自走出。

黑摩勒还想便道去往一娘家中探望，存周说："无须。附近俱是敌人耳目。一娘母女虽已来了能手相助，事前还是隐秘些好。"黑摩勒回顾无人，悄声说："那些废物怎能拦住我们？祖兄不肯动手，是何心意？"存周笑道："这些人虽不值我们一打，但是，敌人信号传递迅速。此时花家颇有能者，俱精剑术，飞行迅速，如被闻警追来，我们到底势孤。尤可虑是黑兄所得那口宝剑。好在明早便是双方交手正日，也不争此一晚。真被识透，那是无法。能不动手，终以暂时隐忍为是。"

且谈且行，不觉到了前面小村，村后便是蔡家。二人已不想往访，正待将脚步放快。忽见村侧小径上飞也似跑来一个壮汉，相隔约有十丈左近，手握一柄厚背阔锋的金刀，右臂似已受有重伤，神色甚是张皇。二人俱不认识，因自蔡家一面跑来，料有缘故。黑摩勒首先迎纵上去，未及喝问，跟着前面拐角上又追来两个少年男女。女的一个正是阿婷，男的却不认识，俱都手持兵刃暗器。断定前跑壮汉必是蔡家仇敌，刚往起一纵，那壮汉正跑之间，瞥见身前纵落一个小孩，拦住去路。因是先前吃了小孩的亏，又见轻功如此好法，并未轻视，一声不发，左手放了右臂，扬刀就矽。黑摩勒喊声："来得好！"身子往侧一闪，右手拿镖，左脚往起一踢，猛觉一阵风过，一条人影落向壮汉身后，只听叭当两声，壮汉翻身跌倒，同时手中刀已被自己踢飞，脱手坠地。一看那人影正是存周。壮汉一倒地，阿婷和那少年也同赶到。少年就地上将刀拾起，插向腰间，双手铁爪也似抓住壮汉一腿一臂，高举过顶，如飞往来路上跑去。阿婷随向黑、祖二人低说："二位大哥快到我家，一会儿人就来了。"

二人依言，刚跑过转角，便听有人向阿婷询问："适才是什么声音？阿妹看见没有？"阿婷笑答："一只黄鼠狼偷了我家的老母鸡。我和阿娘两头追拦，阿娘用厨刀矽了一下，可惜没有矽中。"随和那人互说了两句闲话，便道"再会"回转。黑、祖二人见她走来，正要询问。阿婷把手一摇，催促快走。到了一娘门前，二人走进。阿婷急匆匆取了一把糠谷，出外唤鸡，嘴里念叨，直骂："黄鼠狼可恶！养得这肥的一只下蛋老母鸡，被它咬走了。"神情甚是自然。存周暗佩阿婷心细，料定后面尚有人追蹑，忙拉黑摩勒同往堂屋走进。内中并无一人，前见少年忽由左间卧室内探头出来，打手势请进。二人入内一看，靠墙的床绷先已挪去，所擒大汉不见。一娘正往床架上安放床绷，回首看见黑摩勒，问："阿婷可曾露出马脚？"黑摩勒答说："阿姊现在门外唤鸡，刚才所擒那贼现在何处？"一娘悄答："小声！"随指少年道："这是我家世侄蒲红。陈业也在这里。大约愚母女踪迹已露，不过，要走还有时候。如何应付，已然告知红侄和阿婷。二位贤侄不要出去，我去做些吃的，大家吃了，好准备一同走吧。"说罢，随即走出，转向后面去讫。**这个小插曲，是一个大缩结，把一娘与蒲家、摩勒与一**

娘，陈业与摩勒，以及洪明等头绪连接了一下，显得整个故事有机联络。

祖存周见阿婷还未进来，便走向外屋，隔着壁缝往门外偷觑。阿婷已将鸡收笼，只剩一只，在篱外广场上乱飞乱跑。阿婷只管在草地里追逐，兀自捉它不到，一不小心，吃树根绊了一跤，气得阿婷娇声怒骂："该死的鸡！刚才让黄鼠狼吃了倒好。今天捉到手，就把你杀来吃了！省得讨人厌，每日都是这样费事。"又喊："阿娘做啥去了？也不来帮我一帮。"边骂边追，气得没法，拾起砖头土块乱打，也未打中，一会儿便见人影由身侧闪过，定睛一看，正是一娘，腰系粗布围裙，一手持着笤帚，身法甚快，出了堂屋才改了寻常步法，极似在内扫地闻声赶出之状。人还未到篱外，先唤："阿囡，什么事这样发急？"阿婷手指逃鸡，娇嗔道："我家十几只鸡，就这只断命公鸡讨厌！天都什么辰光了，还要死在外头不肯归笼。几次要杀它，娘总不肯，黄狼偏又咬它不死。为了捉它，跌这一跤，差点没把一条新上身的裤子跌破，外人看见，怎么好意思呢？娘也不来帮我捉捉。"一娘笑道："阿囡总是心急。天一黑它会回来。捉不到拉倒，为它生气多不值得！"阿婷道："我偏要捉到它给吃点苦才罢。"一娘笑道："阿囡又发戆气了！那么你替我到灶间烧火，我捉它去。"阿婷才气忿忿往里走，来到了堂屋。蒲红迎出，悄问："有事么？"阿婷道："大约先前因听刀声，起了疑心。只盼那贼是孤身到此，没有党羽，就无事了。"一娘随将逃鸡捉回笼内，又在院内取了两束柴草，才行走进。

存周暗赞一娘母女机智心细，做作绝像，忽听床底作响，地板起处，移向一旁。阿婷由地底探头，悄问："阿娘，王家那两小贼走了么，适才纵向前邻屋顶，隔着房脊探看，前街和房左右俱都无什动静，想必可以无事了。地窖那贼只不开口，女儿气他不过，踢了两脚。这厮平日想必造孽不少，我们把他做掉了吧！"一娘道："胡说！冤有头，债有主，好歹也须盘问出个来历。看今日神气，弄巧还许不是花家派出的人都说不定，哪能这样做法？王家两子，自从上半年来吃馄饨看见蒲世兄起，便起了疑心，常来窥探。本想给点苦吃，因念他爷洗手多年，近年因和苗氏小贼山中打猎相识，才做了仇人党羽。他爷在此装脸多年，知老花婆手没洗净，常时偷偷摸摸到外省打飞食，闻说老大不悦，屡次告诫。多年乡邻，由他去吧。"阿婷微嗔道："阿娘真是心好。这两小狗，比今日来贼还要可恶！适才又和女儿嘻皮笑脸，后又悄悄跟来，累女儿假装跌上一跤，衣服也弄脏。如非顾全大局，早开销了。等事一明，定要给他一点厉害，管什近林远树呢！"一娘道："我偏不许你这样！灶屋点心现成，已然上笼，你还不快去，老在地底作什？"

黑摩勒笑道："江船上有的是酒席，伯母何必费事？"一娘道："我也是近来才知道，这小南村里竟也有好几家是老花婆的眼线。亏我母女自来韬晦，不露丝毫痕迹，才未被看破。其实明日便和仇人对面，何必这样怕人？一则我母女在此多年，众邻舍相处颇好，不愿在此伤人，使受牵累。二则恐怕仇人警觉，存下逃意，连明日对面，尚须骤出不意，多请好友相助防范，以防滑脱。如何可在事前露出马脚？好在村里人都睡得早。村后只我一家，连日推病，未卖点心。除邻近王家二子偶来窥伺外，往往终日不见一个外人。我们吃完，天早黑透，正好暗中起身。明早已改装，同去山里，便有人知道前往报信，说我母女弃家出走，也没工夫考查了。倒是适才所擒那贼大是可疑。那人颇像个汉子。地窖不大，原为藏东西的，既不忍杀他，暂在这里，等人来救，也是不便。阿婷替我在蒸点心，待我问明底细再定主意吧。"随将床绷揭向一边，揭起地板，纵将下去。

黑摩勒好奇，拉了存周随同纵落。见那壮汉，吃存周所点哑穴已被人解去，另用分筋错骨之法将他制住，不能行动，呆立当地，见人纵落，怒目而视。黑摩勒笑嘻嘻问道："朋友，你脊背酸麻，不大好受吧？何不把姓名来意说出来，多好呢！"壮汉只是怒视，一言不发。一娘道："我母女隐居此间，向不与人争执，自问生平只有一人难说，此外并无仇家。你如实话实说，即便是仇人所差，我也放你，否则莫怪我手狠。"那人闻声，半晌答道："我名邱义，本来与你无仇无恨，只为前在黄冈欠了一个不相干朋友的情。日前往金华北山花四姑家送信，路过兰溪，遇见那朋友，说起你母女诡秘，他又在此吃过一个小老头的亏。我疑心你母女和那小老头是我的仇人，今日正赶路过，借买馄饨为由，来此窥探。你家生意停歇未做，我看不出个道路，小老头又不在此，刚打算要往山里去，不料小狗已早识破我的行藏，转疑心我是你们对头遣来，和小丫头拿话套拢，将我稳住，等河边洗衣服的人走开，两打一将我打伤。逃到小巷，又遇见你们同党，合力将我擒住。我从小起，为了父仇半生奔走，未得遂愿，日夜悲愤。现在既落你们手里，死活任便。只是你们真实姓名来历，连那小老头一起，是否仇人党羽，我尚不知，未免死得太冤。不论死活，务要明说，免我不得瞑目，做鬼也不和你们甘休！"

一娘闻言，笑道："你弄差了。那小老头便是祝三立，你那仇人我们虽也相识，但你父之死却与我们无关。我母女姓名来历暂难相告，你的来历和在黄冈所闹把戏，我也闻知。当年你父之死实属咎由自取，怪人不得。莫老以直报怨，不特将你释放，并还再三代向车三爷请求，你才留得一命，如再不知自量，就难说了。我母女与你无怨无仇，决不杀你，但须委屈在此暂留一日夜，一则免误我事，二则……"

话未说完，邱义急道："老太太，我此来原是自己冒失，死而无怨。你们既非仇人，又肯大量放我，便请人情到底。你们行藏我也决不泄露。否则，我受人之托去往北山，就应在明早。如若留此一日，不特误事，将来何颜见人？"一娘笑道："我留你在此实非恶意。一半固是为我机密，一半也是为你。留此一日，可以免得明早前往送死。因车三爷也在那里，上次黄冈，你在他老例日限之内，能够逃脱，今年也许得免。无如心里已有成见，你又在他对头方面助拳。不出场，你去则甚？一出手，立有性命之忧。平白送死，这是何苦？此时放你可以，只还是不要往山里去吧。"

说时手指一点，邱义便自解开，想了想，苦笑道："多蒙老太大良言相劝，但我生平不肯失信于人，就不助拳，也须把话带到。不相信我，那是无法。你就放了我，不过这一日夜，我也不逃。如蒙见信，我去送完了口信，再回转来如何？"

一娘先微笑了笑，突然正色说道："世上哪有此理！我不放你，原为保我一夜机密，既然放你，要你回来再住一日，是什意思？我此时已将你筋骨解开，去留任便，不过你平日虽有不善之处，尚非寻常绿林中人行径。看你性情，却是心直口快一流，有心泄露自是未必。此去这一日，无论所遇何人，须不能提我母女只字。否则不论你是有心是无心，只因你走嘴，误了我的事机，任是跑到天边海外，我一样能将你请来，那时却休怪我事前没打招呼！你刀在上面桌上，言尽于此，你自去吧。"邱义见一娘只手一指便解了分筋错骨法，除时久筋骨有些酸麻外，别无所苦。言谈行事那等明爽痛快，落落大方，极合过节，料定他是昔年江湖上成名女杰。因一娘有"此时暂难相告"之言，知道问决不说，心想：这是何人？有此本领气魄？她这一日夜的机密，明对花家，但花四姑除近日为广帮中人张目，结怨江浙帮中人外，并未听说有什么仇家。昨遇马琨，又说他母女隐此多年，如若报仇，已早下手，何待今日？尤奇是她与黄冈仇人莫家老鬼和神丐车卫二人又是旧交，却隐居在这等隐僻小山村内，带了绝色女儿，做那卖馄饨的小本营生。实是令人不解。闻言方自寻思迟疑，忽听暗影里娇叱道："这厮放他不得！要放，也等明日午后。阿娘今天怎如此大意？"跟着烛影摇摇中，阿婷由后面入口纵落。

一娘道："你年纪轻轻知道什么？他便是你陈世哥黄冈莫家所遇刺客，并非对头派来。莫老尚还不肯杀他，我们如何不容？我看此人不忘父仇，定明恩怨，能守信义。事已讲明，由他去吧。"阿婷朝邱义嗔道："今天真个便宜了你！"邱义不便还言，只得向一娘举手作别道："我知老前辈必非常人，只是想不起来。既承宽容，后辈决不食言背信。诸位后会有期，我自去了。"一娘道："你此去可由房左来路绕向正街，途中如遇人询问，可说你是花家至友，因在途中闻人说起我家馄饨，寻了来的，便足感盛情了。"随使眼色止住众人，不要上去，只令阿婷送去，不许多口。阿婷笑道："我如早知他是洪家子弟，也不会伤他了。"邱义闻言心又一动，当时不便追问，径与阿婷同上，取了行囊，作别自去不提。阿婷直送到转角，看他转入正路，无人出问，才行回转。

第十七回　石洞获藏珍　夜月荒村寻侠女
酒楼逢刺客　平林古渡戮神奸

　　一娘已将阿婷蒸好的点心家肴取到房中，唤上黑摩勒、祖存周、蒲红三人同吃，床铺收拾还原，见阿婷回来，便命陪客，自去收拾应带衣物，一会儿停当，取了两大包袱细软出来，还有两个剑匣、一个铜套。阿婷正拿了黑摩勒那口宝剑，和蒲红相互传观，听他说那得剑经过来历。一娘见状大惊，忙令还匣道："二位贤侄来时，我已觉出此剑不是常物，不料如此好法。这类希世奇珍，所在之地保不有金精之气上腾，内行眼里，一望而知。仇敌那里不少能手，黑贤侄新得此剑，尚无传授，易被夺去，隐蔽尚且不暇，如何可以随便拔出？万一吃那会剑术的仇敌发见，立被追踪寻来，岂非讨厌？阿婷速去换了衣服，我到近邻招呼一声，回来就起身吧。"说罢，母女二人，分头去讫。祖、黑、蒲三人本互知道各人来历，惺惺相惜，谈得极为投机，没有多时，阿婷先自结束停当走来，跟着一娘回转，把屋灯熄灭，出外将门锁好。由黑摩勒等三小弟兄分别提了包袱，同往金华江边赶去。

　　这时天已三鼓，山村之中人早睡熟，众人又是绕道而行，未经正路，一点没有惊动。侠丐邢飞鼠和诸英杰侠士，俱扮作杭州来的商客，共乘三只大船，停泊在上游野岸无人之处。绕过江边镇街，穿行野地，仰望星月在天，清明如昼，到处阡陌纵横，水光片片，夜景清幽已极。正走之间，遥闻前路犬吠。一娘侧耳一听，低喝："前面有人！快快藏过一旁，看是什么来路。"蒲红笑道："这条路上想必没有外人，许是我们船上下来的。"一娘忙答：

"这事难说。后面还有追的，许有敌人来此窥探，被我们的人赶来也未可知。乘他未来，把人分开藏起的好。存周和红侄可到前面树后埋伏，如是敌人，可打一暗号，以便两下夹攻，免使脱逃。"祖存周、蒲红应声纵向前面，两下分别藏向路侧大树之后。

存周在前，悄问蒲红："这位老人家耳音还灵，我们一点没听出什么，她就知道人来，后面还有追的。"蒲红道："你还不算深知。我家和她家交情最厚，知得详情。她全家老少上下就无一个软的。休看女流年老，当年着实有好些成名英雄败在她的手里哩！本领不说，她那机智深沉，尤其高人一等。她因当年老花婆手刃主人，恨之刺骨，立誓亲手报仇。**插一往事，又含糊其词，制造悬念**。这些年来，功夫不但没有荒废，反倒练得比前厉害，尤其是那独门暗器'指上开花'，听说仇人遇上，休想活命！"说时，前面先闻狗吠之声忽止，仅别处稀落落略有几声，因先起处没有回应，已然停歇。人却不见跑来，细听远方，并无脚步奔驰之声，有这一会儿，人早跑来，方疑一娘听错。忽见一娘率领阿婷、黑摩勒如飞驰至，悄道："适吠的狗已被人制住，被追的人已然反身迎斗。前面非但敌我正在相持，据我猜想，敌人方面恐又添了能手相助，我们快赶去吧。"说完，一同前驰。存周算计程途，适才犬吠之处，离大船约有十多里，暗忖：本船上人颇多剑侠道术之士，何人有此大胆，敢挦虎须？必是花家来的远客经此，无心相遇。正寻思间，里把路的途程晃眼驰至。还未赶到当地，便听前侧面树林之内，兵刃交触之声隐隐传来。

五人忙把脚步放缓，轻悄悄由树后绕将进去，探头往里一看，林中乃是人家坟地，有四个人打得正在热闹头上。内中一个正是蒲红之兄蒲青，同一青衣少年，和两不相识的敌人相持，双方本领俱都不弱。蒲红方要出去，一娘忙即拉住，悄声说道："那旁树后还伏得有人，不知是否敌党？人数多少也不知道。在场敌人已有一个受伤，那一个虽然不弱，青侄这面足能应付。且不要忙，只留神敌党对青侄他们暗算。你们先等一等，看清了敌人虚实人数再说。"

众人闻言，再往前面细一观察，果然左侧树后还有两人藏伏，往外探看。同时又发现对面树枝上，影绰绰坐着一人，也断不定哪是敌友。尤其树上坐的那人，看着奇怪。树枝甚细，不能容人，坐在上面却不弯折，也不避人。方估量此人轻功必有根底，猛一眼瞥见接连两串寒光由左侧树后发出，一串直射场中对敌的少年，一串径往树枝上那人打去。众人虽听一娘嘱咐，只顾分辨敌友，竟未想到敌人突然发动。这类连珠暗器本极厉害，蒲青和少年又与敌人打得难解难分之际，照说极难闪躲。不禁又惊又怒，因此一来，已辨出树后藏伏的两个是敌人。同声暴喝，刚刚飞身纵出，忽听哈哈一笑，一片铮铮连响暗器坠地之声。同时呼的一声，一股又劲又疾的寒风，扶着一条人影飞落当场，哈哈笑道："不要脸的忘八羔子，想两打一么？三太爷今天叫你尝尝滋味！"说时迟，那时快！声到人到，竟落在众人前面，也没见怎么动手，那和蒲青对敌的两人首先倒地。树后两人见那人用劈空掌法将两串连珠铁梭一齐击落，人如飞鸟下坠，才一照面，场上两同党先自倒地，知道不妙，吓得回头就跑。那人只说了句："忘八羔子，你跑不了！"人影一晃，便拔地纵起，飞越而过，落向左侧树后，如飞追去。

众人见那人正是树上坐的一个。因敌人诡诈，不做一路，分向东西两面逃去，俱想相助追赶。一娘挡道："无庸。那两人无论如何逃法，均无幸免。此人古怪脾气，最好由他。可在此稍候一会儿，将这两具死尸安置，免累乡人。事完他也回来了。"黑摩勒过去一看，倒地两人已然断气，笑问："此公何人？如此手狠。"一娘悄道："贤侄说话留意。这便是江湖上称为'三太爷'的神乞车卫。他近年已不肯无故取人的命。这两人必有取死之道。"蒲青随领少年拜见，才知那是乾坤八掌地行仙陶元曜的门人申林，因陶元曜自从化名萧隐君隐居黄山以来，一意清修，轻易不肯人前露面。西天竺侠丐邢飞鼠的师父莫敏，原是陶元曜的至友，邢飞鼠自在西湖激于一时义愤，将广帮两名极恶穷凶的丐党按照规例处治，钉封回去，虽知乱子惹下，蔡乌龟决不输这口恶气，先还自信本领高强，朋友中能手颇多，足能应付。及至接到对方通知，约在金华北山女铁丐花四姑家中借他讲理，方得知对方不仅有花四姑和金眼神猸查洪等能手相助，并还约了几名精通剑术的能手。恰巧丐仙吕瑄刚离西湖，眼前一些预拟的朋友均非对方之敌，不禁着起忙来。一面命人寻访丐仙下落，一面信使四出，辗转约请高人。这时会飞剑的有力助手一个未到，正自忧虑，无意中听人说起，黄山萧隐君便是当年名震江湖的乾坤八掌地行仙陶元曜，喜出望外，当时赶往黄山，遍寻文笔、始信二峰，均未寻到。嗣在文笔峰顶遇到那只守山灵猿在那里舞剑，看出是陶元曜的家数，便上前去恭恭敬敬告知来意。灵猿本通人言，用手势问答，告知陶元曜师徒已离山他往，不知何时回转，如回定必转告。

邢飞鼠无法，只得和灵猿要过纸笔，写了一封求救的信托令转交，作别回去。人未请到，败兴而返，方自悬虚。不料到了天竺，见着门人一问，所期大出意料。丐仙吕瑄首着门人送来一封信，说女铁丐花四姑，近年号称洗手，隐居北山，颇能敛迹。虽然每隔一二年，仍要率领子侄徒党出外作那无本生涯，但行事极为谨慎，长于趋避，行踪尤为诡秘，被害的人又都是贪官污吏、土豪恶霸之流，所以一直无人寻她。这次竟敢明张旗鼓为广帮恶丐张目，必是恶贯满盈无疑。不但我们放她不过，她生平两个大仇家到时也必前去。人已代约了好些能手，对方虽有妖道剑术之士，无足为虑，叫邢飞鼠只管放心大胆，到时前往赴约等语。邢飞鼠看完，喜出望外，但他为人持重，知对方约人甚多，依旧见人就约。这日往西天目访友，无意中遇到申林，两下一见心倾，谈得甚是投机。后问出是陶元曜的弟子，便请相助。

申林为人孝义任侠，加以师门渊源，立即锐身自任，说师父近已回山，当代前往搬请。别了邢飞鼠，便往黄山赶去，到了一看，师父还未回来。一问灵猿，用手势比说，又将陶元曜留与邢飞鼠的信取出，才知师父因门人功夫与日俱进，本应该出山历练，自上半年起，带江明出去走了一趟回来，又连着出山两次。日前永康归来，便将几个新旧门人叫到黄山，指明途向，示以机宜，令其各走一路。因申林母丧期中，正在庐墓，为要成全他的孝道，不曾通知。又以江明是他最末收的一个爱徒，上辈渊源更深，看得最重，期许尤切。这次本嫌他年轻，没打算就令下山。恰巧上次带了江明至永康见母，遇见两位知己之交，力说江明聪明浑厚，虽是年轻，却智勇双全，如令出外历练，必不玷辱师门。江明又再三苦求，加以江母爱子，江姊爱弟，骨肉重逢，意欲长时相聚。陶元曜知他尚有大仇强敌在世，比别的同门不同。天性厚烈，万一被他发觉杀父仇人踪迹，定要舍命犯险，前往报复。尽管得有师门真传，一则功候尚差得远，一去无异自投罗网，终不放心。只准以后分居永康、黄山两处，奉母随师，除这一条道路，别的地方仍不许去。邢飞鼠和广帮恶丐结仇之事早已知道，自己已然决意避世清修，除有时暗助门人作些义举外，不愿再在人前露面。但是北山之会，双方均约有不少能手到场，正是门人历练机会。这一面更有好些知交旧友在内，并还关系着一娘母女复仇之事。邢飞鼠又曾亲来黄山求助，语气恳挚。除令江明就近随同司空晓星加入外，已代约了两位会剑术的同道。前日走时，算定邢飞鼠必另托人来请，留下此信，令来人看完，转告邢飞鼠放心，他这面颇有几位意想不到的有名人物仗义相助，万无败理，不必忧疑等语。

申林为友心实，看完心中大喜。一算日期还有七八天，立即赶回杭州，想给邢飞鼠先报一个喜信。不料途中遇到一件不平的事，既以侠义自居，不容袖手。当时激于义愤，心想事已定局，不过先使邢飞鼠得信喜欢，无关重要，还是救人要紧。那事偏又有些纠葛，耽延了四五天才得办完，北山会期仅剩两天了。连夜赶到杭州，问知邢飞鼠为防招摇，订雇了两只大船，陪同各方前辈。好友扮作商客，去往金华，人住在便船上，静等到日往北山赴约，已早起身。于是又往金华赶去。到时天已入夜，见江边埠头上停的商船甚多，俱都不似。正值腹中饥饿，算计那两只船必泊上游无人之地。见镇上酒楼有好几家，还未到打烊时候。心想：明日方是会期，人已赶到地头，不至于误。那泊船之处不知相隔多远，现在饥疲交加，莫如先找地方吃上一饱，就便稍微歇息，再寻邢飞鼠等人下落不迟。瞥见临江一家酒楼，出进人多，堂倌呼来唤去，甚是热闹，便信步走了进去。申林平日自奉俭约，见那酒楼势派甚大，进门未入雅座，走过穿堂，在后厅内择了一个临窗的座位坐下，把堂倌唤来，要了一壶陈绍，一碟排南、一碟凉拌四季豆下酒，另外再要一个雪笋炒肉丝、一碗清汤，吩咐连饭齐上。

彼时南方生活便宜，本地名产金华火腿才卖三十六文一斤，一碟排南才二十四文。申林所要各物，连酒菜带饭，不过钱许银子。这家恰又是金华最著名的"万福楼"，食客都是上等官绅。堂倌眼孔大，见他所点俱是贱价，连汤菜都舍不得点，自没看在眼里，又值客多，正忙的时候，问完走去，隔了好一会儿才摆上杯筷，送来凉碟，饭和菜便没了音信。申林人最和厚，看出堂倌太忙，也没去催他。独个儿侧望窗外大江，正在倚栏独酌，忽听身侧不远，有两人用江湖上暗语说话，语声甚低。这两人原和申林前后脚走进，起初申林当他寻常食客，后见两人要了不少酒菜，堂倌甚是趋奉，不由多看了两眼。觉出内中一个生相威武，身旁椅上还放着一副行囊，颇有分量。看神气不官不商，颇似两个走长路的镖客。看过也就放开，没怎在意。这时一听对说黑话，竟提到北山讲理的事。知道自己衣著简洁，神态文气，像个读书人，对方不曾看在眼里，此时如若回顾，反致生疑，仍装不解，静心偷听下去。

那二人先只议论广帮与浙帮结仇经过。听到后来，忽又多了一人，似与前二人约好，新由外走进。三人略叙寒温，唤堂倌添要了些酒菜，接说前事。大意是说：本来同应苗氏弟兄之约，去往北山助威，中途遇见寨主生平大仇人，还有蒲家一个小狗种，同往上流头野岸邢飞鼠大船上去。二人尾随在后，并未觉察。寨主为了此人，怀恨十年，一提到便咬牙切齿，顿足咒骂，并当众声言：无论是谁，如能将仇人首级盗来，必有重谢；要是小一辈没有娶妻的，除重赏外，并还将他两个爱女许配为妻；即便遇上时，自问本领不能下手，只寻到那人真实踪迹，前往报信，因而报仇，也有千金重赏。不料在此无心发现。寨主两个女儿生得美如天仙，想做他女婿的人不知多少。二人私愿也非一日，难得有此机缘。明知不是老怪物的对手，但是此人本领虽高，爱酒如命；更有怪脾气，饮时不喜正经筵宴，专爱半夜里跑到荒村野地或人家坟堆里，弄些酒来，呼号痛饮，哭笑无常，尤其一醉便和死人一样，往往经日不醒。今既相遇，大有可为。好在还有一夜工夫，为此暂时不去花家，意欲在此吃个酒足饭饱，俟夜将深，同往江边埋伏，等老怪物半夜里上岸，饮酒醉时一同下手。

　　后来那人听完，说："邢飞鼠船上能手甚多。老怪物何等厉害！他那独饮荒郊，一醉如泥，人事不知，只恐传言，未必是真，否则他生平那多仇家，无一弱者，照此行径，焉有命在？"前二人力说无妨，那是他运气太好。邢飞鼠能手虽多，老怪物犯酒瘾时，照例不要人作陪，并且走时人也不知。今晚之事，十九可以成功。后来那人是个北方口音，便说："洪二哥脾气特别，前在黄冈，如非莫老鬼假仁假义，想给子孙留点余路，买点好名声，差一点没死在老怪物手里。据说，当时受了老怪物不少恶气，虽听莫老鬼的话，没有伤他，依然被他追上，奚落了个够。洪二哥为了大仇未报，明知决非对手，不敢惹他，只好捏着鼻子忍受。**既补叙前情，又再次绾结联络。**事后一谈起便咬牙切齿，立誓要寻异人为师，到那一天，必把老怪物碎尸万段，才能解恨，直看得和杀父之仇一般重。可惜他以前不知老怪物酒后无德这件短处。否则，我想他也早用心机向老怪物下手了。昨日我二人本走一路，偏遇见一个姓马的。洪二哥说：以前曾累人家为他吃苦丢脸，须得和他聚谈些时，叫我先走。定在今日，花家见面。我看那厮鬼头鬼脑，就料他不是玩意。今早到了花家，和人一打听，才知是钱应泰的徒弟，果然是个鼠辈。洪二哥莫家行刺，便用他做的桥，简直不要脸到家了！要是我，决不会再理他了。"

一人答道："你不知道我们洪二哥最讲究大丈夫恩怨分明么？他花家去了么？"北方口音的答道："我不为他，还不出来呢！我在花家等了一天，他也没去。路上遇见张五，才知你们在此。明天就是正日子，他就有什么耽搁，也应把老头子信传到，办完正事再去，怎不见人影呢？那姓马的，和莫老鬼他们多少有点渊源，莫要中了他的道儿吧？"一人道："这你又把洪二哥看扁了。他虽胆大，从来精细，毛头小子决吃他不了。那厮如在他身上想主意，分明自寻死路。我看他和这厮亲近，不光是欠了人家情想要补报，也许因这厮为他在莫家受辱，心中自然不免怀恨，打算由这厮身上找敌人一点便宜呢！你离花家是什么时候？就许你出来时他也赶到，途中相左，没有遇上。他又不是废物，这也值得担心？倒是今晚收拾老怪物，他不得在场解恨，是个缺点。否则他出了气，我们也壮点胆，省点事，多好！"

另一个道："这倒实话。为防老怪物万一在被擒时警觉回醒，谁也制他不住，说不得，只好一上去先用迷药将他七窍闭住。虽然冤有头，债有主，为了报仇，是法子都可以使，到底我们三个人服侍一个醉泥鳅，还要用这下三滥的东西，就成了功也不大光鲜。如有洪二弟在，凭他那双手，上去先把对头上下四条软筋错开，成了残废，天大本事也使不开，那时再把人弄醒，和他明说，照样挖苦上一顿出气，末了再把人头切下，给老头子带回去，免得中途出事。这有多好！"北方口音的答道："你真老实。咱们背人行事，由嘴说，不许不和人说用迷药么？倒是咱们自从跟了头子，照他规条，是只准他玩娘们娶小老婆，不许部下采花。早就无人带这玩意了，难为你们这多年来还能留着。别是平日没安什么好心吧？"前二人急道："你莫瞎猜！传说出来让老头子知道，还当我们真犯他规条走私道呢！这还是昨日路上，听一朋友说起老怪物习性短处，想这主意。恰巧以前有一黑道老朋友配有这玩意，还是比谁都得用。他当初倒不为采花，专为偷盗人家，永不肯伤害事主，特意用秘方配制而成，因多少年从没犯案，老来置有不少田业，洗手已近十年了。今早寻去，费了不少唇舌，我两人还发下重誓，答应他决不采花，伤害事主，只用一次，才取了点来。你当是旧有的么？"

申林在侧闻言，心中一动，暗忖：江湖上用迷药，最有名的便是昔年杀兄仇人偷天燕王云虎。**顺便又生出枝节，为后文伏笔。**自己为报兄仇，才弃文习武。近年学成本领正要寻他，忽然匿迹销声，无人知他下落，听这口气，莫非便是此贼？正寻思间，堂倌已将菜饭送齐，便一面吃，一面仍作不解，用心静听。

果然北方口音的问道："你们所说的，莫非是老偷天燕么？几时隐居在此的？"前二人闻言埋怨道："人家不要人知他行藏，你怎随便乱喊？幸亏时候不早，只有一个不相干的饭座，要吃外人听去，传到他对头耳里，岂不是给好朋友找了麻烦？"北方口音的又问道："凭他老先生也怕事？对头想必是个有名有姓的人物了？何妨说出来我听一听，因亲及亲，因友及友，将来遇上也好打个主意。"那人答道："他原不怕事，一则当年自己有点理亏，二则仇人的师父便是黄山隐居的异人萧隐君。此人不仅精通飞剑道法，近来并还有好些人传说，姓萧的竟似昔年在江湖上突然隐迹不见的乾坤八掌地行仙陶元曜！这怎能不加点小心呢？至于他那仇人，只知姓申，大约初出茅庐，还无人与他见过真章。王老英雄杀死的是他哥哥申天爵，这人生得又黑又丑，只是举动文雅，性情温和，又使得一双奇怪兵器六阳戟，故此有黑温侯的外号。他兄弟想必也漂亮不了。"说时，天已不早。酒楼准备打幌，不好催客，便各收掇桌凳，洗涤器具。

申林已得虚实，料定三贼要往上流头埋伏，暗算自己这面一位成名老辈。再听下去恐起疑心，恰好吃完，便唤堂倌打来面汤水，洗漱会钞，从容走出。那三人原没把他看在眼里，只顾谈得高兴，毫未觉察。申林走到街上，见沿街铺户已然关了大半，剩下不多几家也在纷纷打幌上板。本打算寻一僻处，伏伺到敌人走出，尾随下去。继一想，敌人口气，暗算那人本领甚是高强，竟敢在虎口附近合谋下手，想必也非弱者。敌人三名，自己孤身无助，彼众我寡，深浅难知。看三人饭刚盛上来，与其尾随犯险，还不如赶在前头去与大船诸老辈送信，将计就计一网打尽来得稳妥。念头一转，便往前赶去。走完镇街，回顾身后无人，脚步一紧，加速飞驰。又走出三四里，望见前面一河前横，有一小桥却在侧面，路径往右弯折，必须绕出两丈始能由桥上走过。赶路心急，那河是金华江的支流，河面宽只两丈，为图近便，打算飞渡过去。跑到河边，将身一纵，便自越过。对岸本是一片草地，过前业经看好，空无一物，等落地时，脚上忽吃东西绊了一下，因势太猛，几乎绊倒，仗着得有师传，身法灵巧，忙用"风贿残花"之势，直蹿出两丈远近，才将身子站稳。以为绊脚的必是树根之类，方笑自己粗心，不曾看出。忽听身后有人骂道："哪里来的懒骨头，放着现成桥不会走，要跳河！又没生着眼睛，差点没把我老人家踩死，也没个交代，就赶丧去吗？"**这一插曲比较有趣，所以还珠多次使用，金庸也借鉴并改造，如《神雕侠侣》杨过路遇洪七公一段。**

　　申林闻声回顾，月光之下，一个形容枯瘦的中年花子正由河边颤巍巍爬起，好似负痛神气。无故伤人，心颇不安，忙喊："对不住！"一面回身，正待安慰几句给点钱了事，猛一转念：自己曾炼多年目力，黑夜之中尚能视物，何况这好月色，河边只是一些浅草，如说树根石块，也许一时粗心，没有看到。这大一个活人睡在那里，哪有不见之理？还有一节，纵时心急求快，势子极猛，适才绊这一脚，力量不小。休说是人，便是石和树根，也须踢飞断折，怎会一点没动，自己反被硬绊了一下，蹿出老远，脚也撞得生疼？这人不论敌友，决不是个好说话的。暗中留神，走将过去一看，那花子生得瘦小枯干，好似揣着一个葫芦，看去一点也不起眼。如换旁人，早已忽略过去。申林一则性情谦和，心思谨细，又在高人门下多年，本领知识俱是高人一等。适才一绊，便有先入之见，知道对方如先开口，必无好话，不犯白受。见花子正斜着白眼相看，还没走到，相隔丈许远近，先自躬身施礼，口称："老先生不要动气，在下身有急事，赶路心切，图着近便，见隔河无人，慌慌张张纵将过来。不料老先生正由旁边走过，以致冒犯尊颜。无心之过，还望宽恕。"

那花子本以盛气相向，就待发作，闻言白了两眼，笑问道："你这小玩意倒挺有意思。我适才喝醉了酒，在右边河岸上正睡得香。梦见几个小贼要剥我的人皮，我又醉得和死人一样，正着急呢。多亏你这一脚将我踢醒，才没被人将皮剥去。本来我应当感激你，但你不该说鬼话，明明自己眼力不济踢了人，还说是我走过撞上的。如不罚你，以后你再撞了别人，人家没我好说话，又没有梦中解围的情分，必不甘休。要你赔钱，你这小气鬼必不舍得，打又打人家不过，不是我这一次宽容就害了你么？你如受罚，便好商量；要不听好话，我老人家一生气，你再想认罚就来不及了！"申林见他说话虽疯疯癫癫，二目睁合之间隐隐精芒四射，断定不是庸流，益发不敢怠慢，忙躬身答道："在下情甘认罚，请老先生吩咐吧。"

花子又道："我说出口，你却不许不算。不过我向例不强人所难，你办不到的事，我也不会出口。"申林初意对方形同乞丐，也许想要点钱，但真高人又决不会有此行径，心想：他既表明不强人所难，决无什么作不了的事。脱口应道："哪有说了不算之理？"花子突把双目一翻，笑嘻嘻道："我没别的，生平有个小脾气，爱喝点酒。我身上带了一葫芦高粱酒，刚喝了一半就睡着了，兴还没尽。如在往常，我一个人喝倒没什么，因为我穷，人世上的富贵功名永远没我这一号。我也想得开，拿它倒过来看，照倒拿梦当真事。适才那梦太怕人，准知道我一睡着，贼羔子准定还是把我人皮给剥下来。我喝醉酒，就为的是想睡熟了来做梦。这梦一定还连着来，并且来得还快。我想叫你在旁守着，等到梦里小贼羔子要害我时，再将我一脚踢醒，你再走你的。我知你花两钱打发我花子倒行，这样耽误你时候必不愿意。但你已然答应，如是反悔，我不等梦里小贼剥皮，我先醒着把你剐了，好永远做我梦里的帮手。你干不干呢？"

申林虽看出对方是一高人，听他如此说法，也不禁心里暗笑，暗忖：欲速不达，真是不错。只图求快，反遇上这类纠缠。已然应允，不容改口，此是去往前途要道，敌人走过，还能看见。既不愿得罪此人，估量那三贼也许能够应付，且敷衍完了这人再说。如能赶在三贼前头固好，否则只好等他过时，再尾随下去相机行事也是一样，便问道："老先生尊姓大名？酒是在这里吃，还是另换地方？"花子答道："我向来没有名字，你不必问。适才睡在河边挨了一脚，再要有几个和你一样心急的人走来。不用剥皮，先把我踢死了，那如何行？下流不远，松林内有片坟地，那里最好，再往前，还泊有三只大船。酒不够时，可和他们讨去。既然答应，快跟我走。不然这梦要做不成，留到改日，还不把人急死！"申林一听，邢飞鼠船就在前面，自合心意，立即应诺。为想试试对方脚程，笑说一声："老先生请！"暗中提劲，往前驰去。花子急喊道："我跟不上！你到那坟地里等我去吧。先到先等。谁要说了不算，准是杂种！"

申林一边应诺，仍自加急前驰，耳听后面无什声息，回顾人迹已杳，心想：看这人神情，好似内外功都有根底，就赶不上，也不至于如此落后。他说的本是疯话，也许真醉，中途闪腿，或是岔个别路，没有追来。已然答应人家，管他是真是假，不可失信。反正顺路，且寻到那松林，等他不来再走。心虽想着，脚步并未放缓。前去不足二里之遥，申林脚底本快，一晃便到。正跑得快，瞥见前面道侧松林在望，以为路是直的，沿途俱是野地田岸，仅起步不久，有十余株杂树当路，余者纵有田舍园圃，均与江边一带隔远，没法抄走近路。花子不是根本没有追来，便是后到，及至纵身入林一看，内中果是一片大坟地，正暗笑花子疯言疯语，不知是什用意，略等片刻不来，再去大船上送信，忽听当中正坟后面有人念道："年轻人靠不住，这时还不见来。酒也吃醉了，非睡不可，这一做梦，非让贼羔子把我剥了皮不可。不睡又不行，这却怎了？谁要吵醒我的好梦，休怪我和他拼命！"

申林侧耳一听，正是那花子的口音，知遇异人，不禁大惊，且喜不曾造次，忙喊："有劳老前辈受等，后辈来了！"说完，没听应声。绕到坟后一看，哪有人影？地上却放着一个大葫芦。连喊两声，不听答应，细一寻思，猛想起花子自称"一醉必睡"，颇似酒楼三个人所说的老怪物。如果料得不差，照此行径，分明早已知道有人暗算，只不知将自己引到这里作什？敌人将到，不便再喊，满松林找了个遍，也无花子踪迹。因已认定花子便是三贼所说的老怪物，并又有了准备，三贼决非对手，心中也就坦然，打算看个水落石出，不再作往大船送信之想。独自在坟前等了一会儿，还无动静，估量三贼此时离酒楼赶来，寻人行刺。花子也许迎上前去。在此呆等，有什意思？边想边往外走，刚到江边路上，瞥见一条人影顺着沿途树林，掩掩藏藏往下流头去路走去。定睛一看，颇似酒楼所遇三贼之一，忙掩在那人身后，尾随下去。

这一带江岸多是坟地，虽然荒僻，相隔村落较远，沿途也有些零星人家散置其间。前行人正走之间，忽然汪汪两声，由附近林内蹿出一条野狗，扑向前去，张嘴就咬。那人一闪避过，那狗仍是追扑不休，远处的狗已随声应和，连吠起来。那人连闪两次，似恐被人警觉，未次狗扑上前，吃他一手抓住狗颈皮按在地下，抬腿一脚，踏了个肚肠崩断，顺口喷血，死于就地，跟手抓起，往江心掷去。申林已然跟近，相隔不过丈许，见那人下手残忍，正待上前。那人也自警觉，认出申林是酒楼所遇之人，知道机密已泄，拔出背上钢刀，一言不发，迎面砍来。申林早就将身旁软鞭摘下，刚迎上前去，猛听忽的一声，当是敌党来了暗器，赶急纵过一旁看时，紧接着叮当两响，那暗器乃是一只钢镖，竟朝敌人发来，吃敌人横刀一挡，落在地下，并未打中。跟着由侧面树林内纵出一个少年，手持宝剑，照准敌人分心就刺，双方便打在一起。

申林留神那少年，身手矫捷，功夫颇深，确是名家传授。敌人本领也自不弱，棋逢对手，一时正难定他高下。估量少年突如其来和那身法家数，必是自己人无疑，未曾动手，先问道："这位兄台尊姓大名，怎知此贼鬼祟行为？"少年答道："我名蒲青，此贼名叫勾云，还有一个贼弟勾霆。前在敝居附近盘踞，屡次扰闹，新近又引一老贼入村行刺，未成逃走。适才我由船上走出，见他鬼头鬼脑，知又耍出花样，便留了神。先还疑心尊兄也是他同党哩！后见拔刀斫人，才知不是。这厮弟兄二人，素来胆大，伤人甚多，万万容他不得！"边动手边说，又问申林名姓来历。申林家世书香，又以奉母山居，虽在陶元曜门下，因随侍时少，多是领了传授独自练习，江湖上有名人物见闻不多，蒲氏祖孙又是隐退多年，所以不知底细。初见蒲青独斗勾云，一则师门规矩，无故不许两打一，以强凌弱。又况少年好胜，不欲争功，并且敌人还有两同党在后，意欲暂作旁观，看事作事。及见蒲青急切间不能取胜，又似恨极敌人神气，一面答说："小弟申林，家师萧隐君。"一面纵身上前，手伸处，那条软鞭便笔也似直朝勾云点去。

蒲青原知萧隐君是谁化名，闻言大喜，方要答话，哪知勾云一听也发了毛：一个蒲青已应付不了，何况加上一个！申林又自称是化名萧隐君乾坤八掌地行仙陶元曜的弟子，偷天燕王云虎所说仇人正是姓申，陶元曜的弟子，与这厮所说正对。偷天燕那样成名人物尚且怯阵，自己如何能行？适在酒楼眼力太差，没有看出，话不留神全被听去，机密定已泄露。就老怪物此时真个醉倒野地，也万难下手。这厮适才先走，再要被他先寻到老怪物一献殷勤，今晚不特自己，同来三人一个也休想活！并且再前数里便是敌人的船，什么样的能人都有，微一惊动，便难幸免。但盼老怪物在别处野地醉卧，这厮不曾寻到，方是运气。知道再斗下去，时候越久越是危险。越想心越寒，一纵身闪过申林鞭头，蒲青的剑又向肩膀刺到。

勾云身手也真不弱，初动手时早把地势看好，料定敌人两下夹攻，下手又辣又快。一见剑到，故作手忙脚乱，卖个破绽，将左背交与敌人，略往侧一闪，一面避过剑尖，一面右手用足平生之力，横刀往外一挡，同时，提气用力，脚底一垫劲，拔地而起。乘着宝剑往外一荡之势，径往对面路侧一株老枯树的秃干之上纵去。

这里蒲青见申林头一鞭只是虚势，敌人一让，便流水般掣回去，改向中路扫来。自己这一剑也是以虚为实，估量敌人必也虚实兼用。照此形势，两下夹攻，无论哪一面，敌人均来不及应付，势非重伤倒地不可。万没防到会用这死中求活的险招，这一闪反是虚势，竟连身后这一鞭全未顾及，专注自己这一面，来势绝速，刀沉力猛，虎口被震得作痛，如非家传真实本领，剑都几被震脱出手。心方一惊，敌人已纵出两三丈，到了侧面树上。忙和申林飞身追纵过去时，勾云到了树上更不停留，飞燕掠水般，脚蹬秃干，只一点，又纵起五六丈之远，往丛树中飞去。二人只得穿林追赶。遥望前面人影出没林树之中，蒲青连打了两镖也未打中。晃眼追到来路大坟地内，申林在前，忽听金刀劈风之声由侧飞到，刚使鞭挡过来人钢刀，便听蒲青喝道："这贼放走勾云，比勾云还要可恶！不可放他逃走！"二人这次有了经历，各自留神，将敌人困住，正要下手。

说时迟，那时快！双方动手不过几个照面，忽听前面有人哈哈笑道："小勾，我向来不喜人两打一，你听我有什么用处？你兄弟被人围困，你却一个人先溜，太不义气了。趁早给我滚回去！莫惹我老怪物生气。你两弟兄只把那两人打败，我便放你逃走。要不，人家把你宰了也行，只你们不做缩头乌龟，临阵脱逃，决不伸手。这事再也公平没有，你看如何？"申、蒲二人一听正是花子声音，料知勾云逃走不了，方自心喜，勾云原非舍了兄弟不顾，因见申、蒲二人本领高强，自知占不得便宜，又恐大对头和邢飞鼠等强敌警觉，初意想到林内招呼同党一同逃走，不料勾霆正在林内搜寻醉人，瞥见乃兄被人追下，想给敌人一个冷不防，也没和勾云对面，便冒失冲出。勾云回顾，兄弟已被敌人困住，心想：一对一也取不了胜，不如由他先支持一会儿，将那北方口音的同党寻到，再仗着林树掩蔽施展暗器，打伤一个，便可逃走。主意打定，刚往前跑，猛觉眼前人影一晃，闪出一个花子。

勾氏弟兄对那花子虽未见过，形貌神情早有耳闻，不由大惊，心一发横，扬刀就砍。花子手一伸，便将刀连锋抓住，话说到半截才行松开，并不还手，只不令过去。勾云深知此人话出必行，他要将谁恨上，决不容人求饶，除了照他话办，或许还有一点生路，吓得连话都不敢答，便退回来，等四人动上手后，花子也不见踪影。勾氏弟兄本来不弱，又自知强敌在侧，死星照命，除照所说硬做，将申、蒲二人杀死，或者可以拿话僵他，逃得一命。这事虽也悬虚，老怪物决无如此好说话，申、蒲二人也不易对付，但是此外无法。即便仇敌别有诡谋，人总显得光棍，二则自己临到绝境，拼得一个总觉值些。这一情急拼命，益发奋勇，恨不得把吃奶的气力都使出来。申、蒲二人虽不致败，却也无奈他何，于是杀了一个难解难分。

那与勾氏弟兄一起的北方人，名叫赛花荣尹明。练就好几种毒药暗器，为人狠毒，手底极黑，他和勾氏弟兄从酒楼出来，事前因听人说，仇敌连日俱在江边一带出没，仍是当年酒性，一到夜间便独自携酒往野地坟树中痛饮醉卧，并还指出地点。三人找了两处未找见，便分头搜寻，约定一有发现，再行会合下手。勾氏弟兄走得最前，尹明将路走岔落后，寻到坟内，闻得兵刃交触之声，探头出去一看，勾氏弟兄正与二人对敌，双方都是一言不发，打得甚急。心中纳闷，怎仇敌未见，却和这两生人打上？尹明好狡，看出申、蒲二人确是名家传授，心想自己出去相助，也占不了胜算，不如用暗器助勾氏弟兄一臂。猛抬头一看，斜对面树上还坐着一人，先也不知那正是今晚打算行刺的对头，因觉那树干不粗，人在上面，枝稍并不下垂，估量轻功极好，是个劲敌，一个打人不中，反倒添了麻烦。

正自寻思，忽闻身后草树微响，回头一看，飞也似跑来一条人影，才到月光底下，将手一扬，看出同党相见暗号，恐冒失走来撞上，忙迎过去。果是同党天耗星神偷梁栋，本和勾氏弟兄一路。他听人说，对头近日常在江边野坟地里醉卧，一面又须去至花家挂号，事完急着赶来，正是时候。一半为勾氏弟兄接应，一半想分功劳，也不和人明说，假意和花四姑讨令，来探敌人虚实。花四姑还恐有失，再三拦阻。梁栋执意不听，硬告奋勇，飞驰赶来。他来得早，已然走过当地，见那邢飞鼠大船在望，并无动静，窥视了一阵，不敢前进，折了回来。也是死催的，归途已又走过了头，忽想起沿途树林均经探索，敌我俱无人影，右侧这片树林离江较远，好似尚未去过。刚一停步，微闻兵刃交触之声随风送到，赶忙入林探看，老远便看见前面树后隐着一人，恰巧回顾，一打手势见面，果是自己人，匆匆略说两句，便重赶到树后。各把暗器取出，一上一下往外便打。

二人所放钢镖、铁弩，俱是百发百中的连珠毒药暗器，敌人便是耳灵眼快，早有防备，也未必能躲得过，何况地下两人俱都聚精会神，应敌方酣，决防不到变起仓促，来势又那么急骤。树上一个更似好整以暇，凭高观战，目不旁瞬的情景，按说断无虚发之理。就这样，尹明还不放心，料定树上坐的一个，比下面动手的两敌党还要难斗得多。因自己所用出风毒弩装有机簧，一筒十二支，只把簧一按，便又紧接发放，不似梁栋飞镖还要抬手费事。打定"蛇打七寸，先取主脑"的心意，悄令梁栋去打下面二敌，自己去打树上坐的一个。初意以为共总三人，就不一举成功，全数伤亡，至不济也去掉一两个。只把那不知深浅的一个先除了去，剩下两个，即便全被躲却，自己这面四人齐上，以多为胜，也无不胜之理。何况梁栋连珠镖又极其快，决不至于一个不伤。

稳瓶端定,这还有什么说的?这里相隔敌船太近,赶急了事,不管大仇人寻到也未,先回花家,改日再计为是。一被敌人惊觉,再想脱身,那就难了。一边转急,一边互打手势,各人暗器已自离手。

树上那人本来背亮,相隔又在四丈以外。尹明只管炼就目力,隔着一片月亮地视人,衣着形貌也看不真切,不过自恃力强弩劲,平日十丈以内能打落香火,敌人双目隐隐有光,已然看出,又是连珠急发,十拿九稳,命中无疑。不料手才一扬,瞥见对面敌人倏地往起一长身,树影闪乱,月光照处,竟是一个身材瘦小的花子,分明是今晚所寻的强敌大仇人神乞车卫。这一惊真非同小可!当时情势也真快极,他这里自知无幸,刚低唤得一声"风紧",连身都未及回,那两支弩箭也没有看出去向。怪笑声中,仇人已疾如鹰隼飞坠当场,同时还有几条人影也自侧面纵出,勾氏弟兄首先跌倒,益发心寒胆裂,转身如飞逃窜。

尹明毕竟奸猾,百忙中瞥见梁栋照直往退路逃去,心想:久闻老怪物神出鬼没,遇上便是死数。但他追起人来,不问多少,向例不许人助。如和梁栋同逃,决无幸免。想到这里,不往前逃,反往侧一窜,闪向一株大树后面。刚待加急往斜刺里穿林逃走,一条黑影已自身侧不远飞过,定睛一看,正是那花子。暗中不住念佛,回顾敌党无人追来,脚底更不怠慢,径朝相反一面,轻悄悄穿绕林树落荒而逃。惊弓之鸟,知道脚程不如仇人远甚,只被查出方向,多远也能追上,转不如冒着奇险,就在乱树林中择地潜伏,或者还能逃命。想到这里,回顾无人追赶,自觉机智胆大,不但不往前跑,反倒提心提气倒退回来。满拟只能绕回到原斗之处,择一隐秘之地藏起,人总忽略近处,**蔿鹰、黑摩勒也都使用这招,全都成功。可怜的尹明,到他这儿就不灵了。唉,作者的情感态度太重要了。**决想不到追的人还会自己跑回。待到仇敌一离开,便可无事。

这时,一娘母子、蒲氏弟兄、申林、黑摩勒等俱知神乞车卫性情，同在当地等候，不曾追敌，居然被尹明绕了回来，好在就是车卫存身的大树后面，他既背亮，又出仇敌不意，自觉再好没有。藏定以后，往外偷觑，场上敌人甚多，男女老少都有，勾氏弟兄尸首已被敌人抛向江中，正在互谈前事，车卫追敌，尚未回转。暗忖：梁栋逃时，老怪物明明在后尾随，万无不被迫上之理。这厮又是著名手黑，追上决不容活，怎这时还不见老怪物回来？心方狐疑，忽听脚步梯他梯他之声，定睛一看，正是今晚所刺的仇敌——老怪物神乞车卫！梁栋已被擒住，人似死去一般，也没有捆绑，只用一根山藤系在脚上，朝天躺着，直拖了来。在场诸人，只申林、黑摩勒尚是初见，也都闻名。先听一娘一一通名引见，各向车卫躬身施礼。车卫略微点首，便各叙述经过。

尹明一听一娘姓名来历和船上所有厉害敌人，不由吓了一大跳，料知明日花四姑胜负尚自难料，自己的头领更是凶多吉少，多亏自己机智，这一来不但逃了性命，还把敌人虚实得去，至少可使头领事前避开，花家也可作个准备。方在暗中欣幸，忽听一娘手指梁栋问道："这厮怎还活着？车三哥带他回来则甚？莫非还要放么？"

车卫笑道："我近来不知怎的，心肠软多了，轻易不打算弄死人。本来我想送他回老家，是他迎着我跪在地下苦求，又说他是展老四的外甥，名叫梁栋，只要放他，从此学好，回家种田，永不做贼。我被他哀告软了心，再说用暗器打我的又不是他，便问他学好有什么凭证，以前用毒镖伤过多少人？他再三说伤人不多，用时不遇大敌轻易不使有毒的；便用，贼头也不许，只是暗中带作防身，以备万一之用。适才因见我们这面人多厉害才取用的。我知贼头专讲假仁假义，说得倒是不假。我想放了吧，替死的还没想到；弄死吧，又没人给贼头带信，大是为难。他见我怪他使用毒镖，又苦求愿将手断去，只求饶命。我想人活在世上，要没有手，还活他做什？就此放吧。我照例不受人欺，只惹上我，便要有个交代。这事不能破例，总算他命好，只是从犯，还有一个首恶。又看在他娘舅面上，可以通融办理，只是这样放了，不能警戒他的下次。中间他又不合听我话风不顺，明知逃不脱，会情急心疯，妄想纵起逃走，吃我点了残穴，皮肉筋骨现时已吃点苦。放了也是残废，净剩张嘴，行动都要人扶，有什意思？只好成全到底，拖了前来。你们休要防他走口，泄露明早机密。这绝不会！我看人最准，休说他知道我的脾气决不容人捣鬼，只犯在我手里，便跟影子一样，粘在身上，便上天去也休想跑脱！他已吓破了胆，决计不敢。就心里有这不要命的打算，也施不出来，只管放心。有这一会儿工夫，他的罪已受够，我该如约放起，叫他代我把事办完，该回船去见耗子了。"

黑摩勒见他神情滑稽，出口大夸，心中好笑，忍不住问道："老前辈，你追的小贼还有一个呢！"车卫瞪眼喝道："小娃儿晓得什么！我凭什么放他？一半看他娘舅分上，一半还不是为了今晚多灌了两壶，懒得动，责成他去把那小贼捉回来，做替死鬼么？"说时人已俯下身去，伸手一捏，梁栋脚上山藤便断，跟着手朝身上一拍，再向双腿一理。梁栋便狂叫一声"嗳呀"，纵起身来，扑地跪倒，叩头称谢。车卫道："你不要谢我，你的事情还没去办，那用毒弩打人的小贼，一会儿如不给我捉回，还不能算完呢！"梁栋好似为难又不敢不应的神气，吞吞吐吐答道："小侄遵命就是。"人却只往后退。那身后便是尹明藏伏的大树前面。梁栋吃车卫系着脚倒拖了这一段，路虽不远，又是土地，仍短不了石子树根之类磨擦。先被点了死穴，非此一来便难解救，救转也是残废，只得咬牙忍受。

这时，众人见他背上两层衣服全碎，皮破肉裂，血泥模糊，受伤不轻，又值点穴法刚刚解去，行动都似不甚活便，加以所擒同党早已逃远，手无寸铁，就追上也难战胜，何况不能，如何可以当时追擒回来？除一娘外，均觉车卫行事刻毒，将人欺侮凌践个够，还要强他所难，明明办不到的事，偏要这等作恶，不知是什心理？黑摩勒先吃碰了两句，存心看他如何收局，心中不满，却不发话。蒲红年轻气盛，申林心地更是和善，忍不住同声劝说："先逃那贼想已逃远，这厮怎追得上？老前辈既看朋友分上，索性成全到底，放了他吧。"车卫瞪眼喝道："你们这些小娃儿随便胡说！就不知道三太爷永不无故放人么？这厮以前虽是作贼下流，还能悔过，这才许他捉个替死鬼来赎命。否则哪有如此便宜？手到擒来，现成的事。不过这厮还有天良，只管那贼以前曾和他作对，终是同党，不忍心就走罢了。你们一点看不出，还当是艰难么？"

尹明在树后闻言，想起梁栋因自己屡在头领前设词中伤，心中怀恨，貌合神离，平日还枉自负人物，不料到了敌人手里如此脓包，这必是和仇人求告，放后寻到自己，不是设词诱骗，便是冷不防暗算，擒到以后献与仇敌，保他一命。万不料全落在自己眼里，这可活该！少时仇敌去后，先尾随他到了无人之处，故意出现，将计就计，使他身遭惨死，惊落骂名。又听仇敌说得越发容易，梁栋竟是手到擒来，心方一惊，又想必无此理，定是梁栋只图活命，和老鬼不知吹了什么大话，老鬼信以为真，才如此说法。一看梁栋背朝自己，已离身前大树只有三尺，方骂：不知死活不要脸的鼠辈！此时如非老鬼在此，惟恐打草惊蛇，只一举手，便先叫你送终！

念头刚转，面前人影一晃，瞥见梁栋往侧一偏，倏地转身到了面前，面带愧容地道："尹兄果然在此。我并非报仇，也是被逼无奈。你已落在三太爷手里，还想活么？"底下话未说完，尹明骤出不意，知道行藏早露，无怪仇人说得如此容易，不禁惊了个魂飞天外。惊慌失措中猛一转念，想到梁栋可恶，本领虽和自己不相上下，但是身受重伤，手中没有家伙。自身难活，杀他泄忿总还可以。哪知梁栋早得了高人指教，尹明做梦也没有想到这当晚片刻之间学会点穴，加上在场仇敌全赶了来，心又发慌，手中刀刚扬起，梁栋手已先到。车卫的点穴法乃是内家最高手法，按照月令和天时早晚，与人身气血流行对照。**看来要有极高的数学水**

平、心算速度方可习武。一笑。金庸《笑傲江湖》中，岳灵珊使出"岱宗夫如何"一招，先需屈指计算一番。思路偷意于此。全学虽是极难极繁，当时运用，只限一时，却极容易。学的人并不需要练习，只要自身会武，经他略一指点，告以当日当时气血度数，按图索骥，用手一点或是一拍一斫，对方便似中电麻木，不能行动。重的不出一日夜必死，轻的也只保得三两日活命，而所点之处随时变易，又与寻常武家均有一定的要害不同，极难防范。梁栋手到，尹明口中怒骂："无耻鼠辈！"用手一挡，同时右手刀未及砍下，臂上早被点中，断了气脉，周身一麻便失去知觉，举着个刀，泥塑木雕般呆立当地，干自心急，动转不得。

车卫笑对众人道："你们看是如何？这厮任怎狡狯，如何能逃得过去？这厮比梁栋先来，用毒镖暗算人也是他起的意，可是逃起来一点也不义气，故意闪开，让我去追梁栋，他却反回来藏在近处，以为我决想不到他会回来，心思倒鬼。却不知三太爷更鬼，什么都想得到。要把谁看上，除他会飞，在三百里方圆以内，连毛都跑不了一根！我把梁栋治倒以后早赶回来，容他藏好，知道我们不走远，他不敢逃。这可活该梁栋有了替代。又反回去把梁栋教好，拉了回来。我照例说一句算一句，梁栋要让这厮把他宰了，自是认命。就不这样，他已负伤，要点这厮不倒，只我一动手，他仍是得陪这厮回老家。可见他这条命得来也非容易呢。"

尹明闻言，知道仇人手黑，万难活命，心更刁毒，不比别人，可以破口大骂求一速死，一得罪更糟，不知要受多少活罪，照例连硬汉也都不容人做。还是自认晦气，口软一点，能免却死前活受便是幸事。想了又想，没奈何只得颤声哀告，先还作万一之想，苦求饶命，从此洗心革面，永脱绿林。车卫只把腰间酒壶解下，咕嘟嘟一口接一口狂饮，也不答理。黑摩勒想往江船上去，见人已擒到，还不处治，心中不耐，又想开口，吃一娘止住。车卫等尹明把话说完，才笑道："你主意想得倒好。可知我这老怪物已是年老成精，琉璃蛋一样。你稍微放个响屁，便知你是什么东西变的，素来软硬不吃，只看你说的是真是假。你如真个胆小怕死，和梁栋一样，也还有个商量。你分明知道我不能饶你，惟恐不给你好死，才假做脓包，求个痛快。这已是有心欺我，情理难容！再者你以前在山东道上，奸淫杀抢，无恶不作，适才暗放冷箭，尚可说是奉令行事，对于仇敌，本以能下手为强，不用客气，只不该用那下作毒药暗器而已。我先不知道你是谁，依我本心，略微做戒拉倒。及向梁栋问明你的姓名来历，想不到五年前想寻的人，会在此相遇。漫说你自行投到，便今晚不来，我知道你在哪里，也非寻去不可！在你心想，至多把条命交我就完了，却没算出我这人最讲'公平情理'四字，也不想想，没投到老贼门下以前，害死了多少人？今日只拿一命相抵，天底下哪有这便宜的事！反正你到阎王那里也饶松不了。与其你死后去受，我们看不见，老以为上天无眼，心里有气，不如叫你稍微受点罪，既可使阎王少着急，还可使你交个朋友，免我老怪物日后想起心烦。这不是现成人情么？哪怕你觉这样死法冤枉，做鬼再寻我呢！现在我们心先痛快，你留一个想头，不是好么？"

尹明性暴心刁，本是口中告饶，心里咬牙咒骂，闻言知道好说仍是不行，老怪物必用毒手处置自己，反正难免，气往上撞，不由破口大骂起来。黑摩勒听他伤众，连一娘、阿婷也骂在其内，车卫仍不动手。心中忿怒，大喝："你这猪狗！自作自受！车三老太爷为世除害，与别人什么相干？我先把你这厮狗嘴封了！"说罢纵身过去，手向尹明口边一捏，下巴便掉了下来。尹明又疼又急，瞪着一双凶眼怒视众人，似要冒火，只说不出一句话来。车卫将余酒饮完才笑嘻嘻地走过来道："你这厮孽也造够了，今日你就多受一点。凭天理说，你也无什么不值之处。我本想当夜处置，无如他们都想到江船上会小耗子去，没有工夫看这新鲜玩意。想来想去，只有找你姓梁的伙伴把你送到老花婆那里住上些日，由她给你送终。你看如何？"

尹明一听，不知又出什么点子，心中着急，只苦于说不出话来，暗忖：反正是死，只能活到花家把下巴捏好，就中了老怪物黑手无法求生，梁栋卖友求生的仇想来总可报复，正在忍痛胡想，车卫已把梁栋唤至面前，说道："老花婆那里颇有两个会鬼画符的妖道。这厮虽吃你照我所教手法点倒，也许能够活命。今晚的事只他一人知道，你又须送他去，休说救活，一张嘴动手，你就成肉泥了。我哪能放了你，又令你往火坑里跳呢？人身五官四肢，各有一两条主持的经脉，送去以前，我先将他手、足、口、耳四处的主筋毁去，另外再给添点零碎，也够他受的了。"随说随走向尹明面前，二指往舌根底下一点，回手再向喉管捏了一下，往上一托。尹明任他做作，直恨不能咬他一口。先是口张不能合拢，干痛，后觉下巴已然合上，方欲开口咒骂，才知声音已失，用尽气力不吐只字。跟着车卫又向耳根和四肢各点了一两下，末了照背一拍，人便丢刀倒地，好似点穴法已解，只四肢绵软无力，不能转动。先还不知厉害，及至车卫教了梁栋一套说词，过来背他上路，这才觉出不动还不怎样，这一动，周身上下又酸又麻，随着梁栋走动，奇痛奇痒刺骨攻心。这罪孽真比刀山油锅、千刀万剐还要难挨！有心想到中途哀求梁栋抛向江中得个痛快，无如疼得泪汗交流，偏说不出话来，只得任人摆布，背往花家去讫。

　　蒲红终是年轻，笑问："三大爷，这厮还能活么？"车卫道："这厮全身主要经脉已断其六，休说背着走这一段，便是一张纸挨到身上也痛如刀割，连痛带痒，活受上三个对时，终于痛断心脉，口喷黑血而死。我生平照此处置恶人仅只两次，如非这厮罪恶太多，又曾害过我故人之子，也不会如此刻毒。此时便有仙丹服下去也活不成了。事情已完，你们自见小邢他们去，我酒葫芦尚在坟后，内中酒还不少。我要找地方一醉一倒了。"众人知他怪脾气，好在外贼也害不了他，一同恭礼作别，往邢飞鼠所居大船上赶去。

　　经此耽延，天已半夜。因有新来助拳的高人，邢飞鼠等正在设宴接风款待。那船一共三只，俱是上下三层的头号大江船，所有老一辈的英雄俱在头一只船上，邢飞鼠和一班同辈朋友分住二、三两船。因是夜里已过，各老辈剑侠习于清静，席设邢飞鼠所居第三船上。那新来的高人名唤湘江老渔袁檀，司空晓星、老少年神医马玄子，还有峨眉派剑仙李镇川等七八人已在来时见过，因嫌人多，没到第三船上去，正在头船闲谈。众人听有生客，便没见邢飞鼠，径上头船。晓星等老辈剑侠多半与一娘相识，黑摩勒随在后面，等双方互叙寒暄、行礼落座之后，正想上前呈剑求教，诸老剑侠已然发觉黑摩勒身畔宝剑是个神物，大为惊奇。晓星首问："此剑何来？"黑摩勒忙把剑摘下，连匣呈上，说了经过。

晓星笑道："此剑本名灵辰剑，是前古仙人所炼神物利器。日间三立还向在座诸位谈起，说他十年前闲游终南，发现深谷之中剑气上冲霄汉，跟踪发掘。彼时剑上有古仙人所留符偈，眼看到手，被它连匣化去。嗣照所飞方向寻找数年，不知下落，以为不是飞往海外或沉入水底，便是中途遇见行家乘机收去，已然断了念头。又隔一年，忽在金华北山重又发现剑气，二次根寻，居然在一个崖腹水窍之内寻到。想是物各有主，已然拿在手内，又被脱手飞去，只抢得一个剑匣。剑却化成一道长虹，由那崖腹中穿洞飞出。当时持了剑匣，由所穿涧底石穴追出。三立尽管行家，无如此剑威力太大，神妙无方，不到停歇敛光之时人不能近，终于被它飞上崖顶，穿透在地，深深钻了下去。三立明知危险异常，心终不舍，料定剑必自行归匣。先回到原发现处将剑匣插好，外用石柱堵塞，以待飞回。又去崖顶守听，下面击石之声已住，犯险入探，才知下面竟有天生石窟，还有泉眼，只无出口，吃那剑给开通一洞，足供出入。剑已穿入崖腹原有井穴之中，其深莫测，便把里面收拾干净，又向朋友要了一道禁符，将剑匣藏处封闭。费尽心思守了数年，渐渐悟出此剑每月朔望或子或午，必在井穴中飞腾击刺，虽然威力神妙，裂石如粉，无如井穴太深，又被它自穿了无数洞穴，错综曲折，陷在里面便觅不到出路，每月朔望犯了性子，在内纵横上下，扎穿锥刺，枉刺穿了不少洞眼，时辰一过，性子犯完，势子便衰，依然还原下落，终脱不出。三立为嫌洞中久居气闷，又在去花家的谷内辟一小洞居住，每月朔望往来守伺。近来又查出那剑误穿旁穴，以斜为直，山石坚厚，更难自拔，下手较易。便在洞眼上面设下长索，连探了两次，俱几乎遇险而出。本拟花家事完，约了我们同往收取，不料你竟无意而得。我为寻一口好剑，物色多年也未得到。三立任用了数年心力，结局却作成你，因是物各有主。但是这类神物持善择主，以后必须善自修持，努力从善，不傲不狂，始能永久保有呢。"

黑摩勒躬身答道："弟子学力浅薄，怎配有此神物？并且祝三叔为了此剑已费多年心力，弟子无意巧得，怎可据为己有？意欲奉还与祝三叔呢。"马玄子笑道："这类神物利器非可强求。日间三立已说此剑如此难得到手，恐非他应有之物，只为那里密迩贼巢，恐为恶人得去为害，不得不守在那里。你是后辈，又有出息，现既为你所得，焉有再取之理？"晓星也道："还他无须，全仗自己能否善用而已。你屡欲学剑，未遇机缘，我又不愿传授，适才娄长老来，我为你引进，一说便有允意。恰巧你得此剑，岂非命中注定，致有这样巧事么？娄长老现在三船晤一老友，少时便来。"正说之间，面前微风飒然，人影一晃，现出一个矮子，见面便哈哈笑道："我在三船，听说黑娃来了。我看看，他配当我徒弟不配？"说完，一回首看见黑摩勒，过去一把将手抓住，上下端详了两眼，笑道："晓星说的黑娃就是你么？"马玄子在旁笑道："老娄，你偌大年纪，怎还是改不了这一身猴相？老是跳蹦，成什么样子？"

黑摩勒见那矮子身材只比自己高出半头，生得瘦小枯干，塌鼻凸口。一双圆火眼闪闪生光，两臂特长，身又太矮，下垂起来快要挨到地上，一双手掌又长又细，简直真似个活猴。听他进门语气，知道这便是隐居嵩山小天都的剑侠、昔年秦岭三公之一娄公明，不由喜出望外，不俟马玄子话完，赶即跪倒叩头道："师父在上，弟子黑摩勒拜见。"娄公明也喜道："黑娃果配做我徒弟。只是一节，我向不喜夺人所好。我适还听说，你新近拜了葛鹰为师。老偷儿虽和我们不是同道，但他为人也还本色，与我又是相识，他看得中才收你为徒，你还没随他几天便跟我走，于理不合。来时我已和他说好，我看你不上就拉倒；如若还可造就，先令你随他学点偷儿本事，三年之后再去嵩山寻我。"

黑摩勒刚得了一口宝剑，恨不能当时学成剑术才称心意，一听随师要在三年之后，心自不愿。但是葛师对己十分期爱，又无当时离去之理，方想三年之期太长，略一沉吟，瞥见晓星在使眼色，娄公明面上似有不快之容，灵机一动，忙答道："弟子自然应该先随葛老师学习数年，再去嵩山拜求师父教诲。只是这口宝剑今日刚得到手，先以祝三叔曾费数年心力，弟子一旦无意得来，于心不安。本意奉还，各位师伯叔又说三叔决不肯再要。弟子不会剑术，此剑如此灵异，带在身旁，定启外人觊觎。死活认命，如被左道旁门中得去，岂不可惜？弟子为此发愁，意欲奉与师父收存，等弟子到了嵩山，传授剑术，再行赐还，不知师父意下如何？"

娄公明闻言方转笑容道："我以为你见异思迁，现在就想随我走呢！原来不是。我一见你，便看出身佩这口剑不是凡物。先以为你幼随令先师和令师叔，也许剑术有点根底，不料竟是祝老三和我说的那口灵辰剑。不错，他为此剑心力费去不少，但照他和我所说口气，因他年岁已长，出家静修，不再与人争斗，此剑要它无用，得到手后，也是留送英年有志之士，自己并不想要。为怕落在坏人手里，所以留守不去，屡收不得，心已渐冷。本和我们商定，花家事完，合力同往发掘，不问到手与否，俱要离此他去，不再守候了。他空守了数年，你却无意得到，可知物各有主，事由数定，还他倒显作假，自是不必。老葛对于剑术虽也略知门径，但是道路不对，不能从他学习。昔年为峨眉、青城两派所灭的各异派旁门余孽，近来又思蠢动。这等珍奇灵异之剑，一个不会剑术的人带在身旁，不特引起他们窃夺之心，弄巧性命难保，所虑不为无见。但是此剑似知择主，老葛和你均极机智。就这二三日内，我传你初步功夫和收剑口诀，照此勤习，只要三月工夫，遇上事再多留神，不要骄狂自满，也就不致出错了。"

说时，晓星已把剑抽出匣来。娄公明接到手内一看，宛如一泓清水，冷气侵肌，寒光四射，可鉴毛发，最奇是剑尖上还拖着一段芒尾，长蛇吐信一般伸缩不定，连声夸赞道："好剑！好剑！这类神物真须积德虔修，始能保持长久，否则此时便得了我的传授，身剑合一，照样也要被人夺去，甚或身败名裂。你这黑娃小小年纪，满脸俱是精灵，聪明过于外露，偏会得到这旷世奇珍。如若不自警惕，从宽厚处存心接物，将来是福是祸正难说呢！"

黑摩勒闻言，不禁凛然生了畏心，恭答："弟子谨遵师命，此后必定力改前非，不敢胡来。"晓星携带黑摩勒多年，从小便看他长大，也因嫌他年小心志大，行事任性，锋芒过于外露。自己既爱他禀赋才力，又受乃师坐化以前重托，偏是素常亲切大甚，形迹脱略已惯，如在自己门下，不羁之马定难约束就范，所以一任力请哀求，不肯传他剑术，一心为他另觅严师。先因葛鹰对他看中，知道此老平日看似随便，法规至严，徒弟最是难当，意欲借此磨练，就便也可学习此老独门气功，为异日学剑之基。刚迫令拜师不久，不想机缘凑巧，得此奇珍异宝，同时，娄公明近年已声言不出山的人，也被马玄子强约了来，一见便将他看上。初意还恐黑摩勒心急，如欲舍了葛鹰往随公明，一言不合，只说出口便致两误。及听答话得体，尤其可嘉。向来心狂气傲，从没向人认过错的，居然深知戒惧，自称前非，诚中形外，一点不似作伪讨好，故作谦辞。料是福至心灵，改了脾气，好生欢喜，便对公明道："如论此子，秉赋聪明无不高人一等。只为幼遭孤露，身世可怜，他师父格外爱怜，才致养成一身傲气，性情又带偏激，必须多加磨砺始得成材。我素来懒散，又常在外游荡，随我磨练还可，造就直谈不到。惟恐误他前途，对不起老朋友。现得老葛与娄兄为师，少却好些心事。尤难得是此子天性尚厚，明知随了你去，有此好剑，不消两年便可学成剑术，他却感激老葛恩义，并不见异思迁。有老葛扎下根基，娄兄再传以心法，何患无成呢？"

娄公明道："我素重信义，如若忘本，多好资质我也不要了。"黑摩勒闻言方自惊幸，船头上又有人怪笑道："老娄，徒弟收成了么？这黑小鬼太坏！他不要时，我也不想要了。"

黑摩勒一听，正是师父七指神偷葛鹰。迎出一看，同来还有一个年约五十的老者，身材特别高大，竟比葛鹰还要高出两头，自己站在当地，只齐他的膝部，料是老辈中有名的长人湘江老渔袁檀，连忙跪倒行礼。袁檀含笑拉起，问了问名姓。葛鹰连理也不理，便同往舱中走进。黑摩勒知道葛鹰脾气，等众相见落座，笑嘻嘻凑近身旁，叫了一声"师父"。葛鹰见他又和往时一样亲热，把怪眼一翻道："小猴儿，人家不要你，又找我来了吧？"马玄子道："这个不要冤屈了他，他还想跟你学上三年偷儿，才到嵩山去呢！"晓星随把前事一说，葛鹰便没有言语。

因天已不早，明日便去北山赴会，祖存周随引黑摩勒去至二、三两船拜见各位老前辈和各路人物。头船后舱原没有女客住处，一娘母女和诸老谈过一阵，邢飞鼠得信赶来拜见，便和晓星陪往后舱安置。一娘见后舱客室共有两间，女客只一十五岁的少女在内，见人起身为礼。晓星给双方引见，说是丐仙吕瑄十五年前收养的义女，原是人家弃婴，**又一孤儿，却更是英雄了得**。丐仙终年云游，不便携带，收留的地方恰在湖南桃源绿萝山畔，第二日便送去附近仙锐石渔仙寺隐居的女侠闻一声那里，托其代为抚养。令从己姓，取名吕不弃，十二三岁便在江湖上行道。因她和乃师一样行踪飘忽，来去如电，不可捉摸，穷凶极恶之徒只被她访查出了实迹，往往正在和人谈笑，趾高气扬，晃眼工夫便身首异处，刺客连个影子都见不到；人又生得长身玉立、美秀出尘，平日独往独行，难得与人亲近接谈，只管性情高洁，落落无俦，偏生着一副笑脸，面上常带喜容，人都称她为小龙女闪电儿，共只三两年工夫，便名满江湖。这次因随师父往湖北黄冈访看老侠莫全，闻说金华北山之会有丐仙在内，前来省亲，就便凑个热闹。因是素喜静坐，用功甚勤，不愿人前出面，自请住在头船后舱，除早晚两餐前出向诸老辈讨教外，不轻走出，连随丐仙同来的那些丐徒世兄弟，俱只到时匆匆见了一面，不曾再晤。

一娘见她生得秀外慧中、英芒内蕴，比起阿婷只有刚柔冷温之分，资质不在以下，好生欢喜，拉着手夸赞了几句。猛想起来了半天还未见着丐仙，便问："令尊何往，为何未见？"吕不弃答道："家父同了一些世兄弟本另有住处，不在船上。本是常来头船与诸位老前辈聚谈，只为昨日司空叔引来江家世弟，索取家父昔年代人借去的一件前古异兽玄牦皮所制的衣服，此衣家父现寄存在另一好友所居山洞之中。本就算定此时归还原主，正欲往取，同时又算出敌人新近约到两个能手，而家师也恰在那友人家中，正是一举三得。本是独往，不知何人泄机，江世弟竟访问出自身来历姓名，行前向家师哭诉，必欲随往拜见。司空叔和诸老前辈因江世弟已知真情，自然多得些照应的好，也在旁劝说。家师无法，只得带他去了。"

一娘闻言，想起前事大力感叹，便问晓星："昨闻主公尚有一女，奉母江乡，就在近处居住，日内可能相见么？"晓星道："大妹不说我还要说呢。明日事完，大妹踪迹已泄，虽不似朱氏母子三人有强敌窥伺，隐伏危机，日后也难免于多事。现在她母女寄住在我一个好友家内。此友敬重世族，她母女又深居简出，外人决想不到。并还有一朋友，常年守在一旁，暗中照护。我和陶元曜兄也常来常往，定可无虑。大妹明日报仇之后，可对众声言投往云南云龙山去，暗中却由我接引，与她母女一起隐居，静俟时至，助她母子姊弟三人同寻老贼报仇，了却前人心愿，岂不是好？"一娘道："来时我早有此意，因此地人多，适才在座诸老虽非外人，终恐无心泄露，所以未说。既然这样，再好没有。"说罢，晓星、邢飞鼠相继辞出。阿婷和吕不弃惺惺相惜，自是一见倾心，甚为投机。当夜各自安歇。

民国通俗小说精粹导读丛书

陈洪　主编

云海争奇之儿女恩仇记

（下）

还珠楼主　著

陈洪　导读、批点

南开大学出版社

天　津

目　录

（下）

第十八回　艺高胆大　众侠山中赴会
　　　　　　奇才异能　诸丐台上施威

　　花家赴会原定次日午后。次早，众人分途起身，往金华北山进发。

　　那邢飞鼠本名邢福，原是嘉兴富农，因自幼爱武，生性好施，最喜周济乞丐。到了十四岁上忽得奇疾，骨瘦如柴，不食不饮。邢家两房只此独子，自是愁急。百计求医，全查不出病源来，眼看快死。正在举室号哭，呼天求神之际，忽一老年花子登门自荐，说："小孩前生孽重，不合投到你们这等富家。幸他还有善根，才得遇我。命虽可以救活，但须随我云游，当上十年乞丐才可减消前孽。"邢家人先当花子胡说，嗣见人将断气，束手无策，花子又只在门外高声絮聒不去，心想：反正绝望，死马当作活马医，也许有个指望，便叫进去治。那花子先给小孩前心后背抚按了一阵，又取了些草药煎汤灌服下去，不到一个时辰便自救转，吐了些许浓痰，索要饮食。邢氏全家自把花子尊如上宾，立命人置办新衣，安排食宿。花子却一概不取，只说："我是为人不是为钱。钱财衣物这些东西一概不要，只你们说了的话要算数才好，否则于我无关，他再犯这病，我如不在就难活了。我事甚忙，本应现在带走，但此时小孩刚好就随我走，照人情说你们必不放心，且留家静养，不要给他吃荤的，我隔三个月再来领他好了。"说罢便自走去。邢家人坚留不住，追出已无踪影，知是异人解救。**这是老套子：幼儿病危，异人施救，带走学道。不同的是，要求做几年乞丐。金圣叹讲"犯中求避"，就是故事类型难免重复时，局部、细节加以变化，可以产生**

特殊的艺术魅力。

小孩身子数日便自复原，反倒较前强健。三月之期一晃便到，父母家人自是不舍，等老丐到来再四求说，并许了不少好处。老丐笑道："我知你们不舍得，但这是他命中注定，没法挽回。我不勉强你们，只到时不要后悔。"说罢便要走去。邢父较有识见，看出老丐决非常人，见他要走不由着了急，强行跪求留住。和家人商议，又求老丐休将儿子带远，只在当地为丐，情愿多出钱财供养，施舍贫穷。老丐道："那也无须。行善只可暗做。你虽富家，并无势力，名声闹出去反倒惹事。念你父子情重，我除带此子各地见识学点本事外，平日只叫他在杭州西湖为丐，每年三月必在当地，可使你父子常得相见。但要依我的话，去时不许给他衣食财物。"邢父无奈，只得应诺，强留老丐在家中住了数日。行时，老丐仍是分文不取，只带邢福走去。由此邢福随师隐迹风尘，学了一身惊人本领。与父母家人也常时相见。因他轻功特好，都称他为邢飞鼠。等十年为丐期满，奉师命回家终养，家中生活反倒不惯。但他为人甚孝，一步也不离开。这年父母相继逝世，理完丧葬，服满之后，将家财托妥人掌管，以备日后可以常时济人之用。自己仍去隐身乞丐当中，也不常向人乞讨，专在暗中济困扶危，用的多是家财，侠丐之名遍于江南。这次和广帮恶丐结仇，因平日交游众多，风声传出，纷纷前来相助。

邢飞鼠因敌党颇有能者，心中盼望能请来的几位老辈，差不多到齐，并还代约了几位意想不到的人物前来。对于仇敌，已足可以应付。这些江湖朋友，虽也不乏武功高强之士，真好的少，只能略助声威，显得人多。像花家那等局面，真要出阵，多一半不是人家对手，一个不知轻重强行出头，自讨苦吃，还给主人丢脸添烦。又当太平年间，容易招摇，许多不妥。无奈自己爱友如命，有的交情深厚，有的慕名想借此结交，十九盛意殷殷，真有从数千里外赶了前来，如何好意思谢绝？只得一面请托有交情名望的好友代作主人，优礼接待，将来人分成几起：有的当作过往游客，分住旅店；有的寄居在远近可靠朋友家中。并托人以婉言相告，说他在上天竺隐身乞丐多年，全省官民俱知名姓，形迹稍一不慎，便要惊骇世俗听闻。起初没想到各方友好如此厚爱，只备了三条大船供客下榻，不料朋友越来越多，如今三船均已住满，后来的朋友只好另找地方安置。这三船中来客，又有好几位远道赶来的老前辈，身为主人，又是后辈，不比平等朋友，每日必须陪侍。为避官方和世俗人耳目，不便常在外面出头行动，因此不能与诸位日常聚首盘桓，多有失礼，请加原谅。

邢飞鼠名头高大，虽然隐迹风尘，本是富家，仗着资产付托得人，商、农两方均年有进益，平日挥金如土，肝胆论交，无论亲疏，有求必应。这一打招呼，和他有交情的自不必说，便那慕名结纳、千里来投的，也多知道：三船上住的不是剑仙一流，也是成名人物和本领高强之士，不能不格外周旋。一面又恐招摇，实有许多难处。况另托有专人款待，不能怪他失礼，多无什么话说。邢飞鼠一面托人如言行事，终觉朋友好意远来相助，事前不稍款待，到底说不过去，虽不得往各处问候，每遇新来的江湖朋友，当晚必要备上一席接风，自去陪客道谢，交代几句过场，再托友人照料。约定到日花家聚会，不再相见，方始别去。

头夜人来越多，又有一位是辗转请来的老前辈，必须安置船上，这客便是黑摩勒新拜的师父、关中剑侠、近隐嵩山的娄公明，酒量甚豪，一席欢宴竟耗了好些时候。中间忽听手下人报："新来了两位远客，一个叫樊于敬，名字甚生，自称只和主人见过一面，自知本领不济，此来不为助拳，是看热闹；另一人姓简，貌相猥琐，和樊同乡至好，走路直喘，更不是个会家，说话尤其丑得讨厌，口口声声说：'在云南便听人说杭州有个花子头，是个怪人，会强讨钱，比别的花子要加多少倍。讨了钱来自己不用，而交大爷去散别的花子，沽名钓誉，想看看是什样子。'并说他'是秀才出身，花子头不能向读书人端架子，怎我们来找他，他却不见？胆子不小！'"邢飞鼠几处接客的地方极为隐秘，来人多不知主人所在之处。外客多是先到杭州上天竺打听，那里有人接引，先挂了号，用一枚制钱作临时符记，行到金华，各往来要道均有徒党守候，看见来人用大中二指捏着符记，这才请教姓名来历，一面引向客馆，另有专人向前飞报。周密已极，外人决找不到门。独这两人突然投到，前半截话又颇在行，不能不认。已然请进，不便再拒。邢飞鼠又有"不问来人深浅，一体领情接待"的话，只好虚与周旋。他偏非见主人不可。那代作主人的，名叫乌云豹子崔华，也是个成名人物，颇有涵养，心想：也许来人和主人旧交，所说不实，便着人来送信，问有交情没有。

邢飞鼠正陪上客离不开身，又想崔华见多识广，不会看错，这必是两个不相干的人闻名来投，想了想，便令回告："正有事他出，有暇即往相见。来者是客，不问如何不可开罪。"因是离席出问，也未向席间诸人谈说。人去以后，觉这两人形迹可疑，果如所料是个江湖无赖，自己威名在外，哪有这大胆子？如是高人故意取笑，崔华老眼无花，人甚精细，怎会看不出来？尤怪是来人未向上天竺挂号，无人指点接引，又无相熟朋友，万里远来，一找便到，诸多可疑。**插入樊、简二人，既增加悬疑，又避免落入旧武侠打擂比武的简单窠臼。**本定来客必见一面，明早便是会期，更无余暇，何苦教人挑眼？打算席散往见。恰值一娘母女和众小侠到来，相见周旋了一阵，天已夜深，心想明日便是会期，这些远近助场的朋友多半早已安睡，以备养好精神明日上场。客馆人家，突然前往，势必连别位客人一齐惊动，又不是有什么要事，樊、简二人从未听说，弄巧慕名前来，以前并未见过。崔华老眼无花，见多识广，既说像是江湖油子无赖，料不至于看错。自己这面有名头渊源的人物已到得差不多，来人素无交情，即使是个有来历的，已然派有专人接待、婉说苦衷，日后相见也有话挽转。想了想便自丢开，上床安歇。

次早起床，邢飞鼠宴请三船老少诸人，忙着饭后分途起身，各宾馆中来客已另托人致意招呼，毋庸亲往，径把昨晚的事忘了个干净。头晚商定：各宾馆中人，各自结伴，装着游人同往北山花村谷口聚齐。俟人全到，再由邢飞鼠自递名帖拜山，由花家派出苗氏弟兄和金眼神猊查洪引往村中广场看台上入席，开始讲理。三船上人，除头船诸老或精剑术或是脚程忒快的后起身外，只一娘、阿婷母女因有报复前仇之举，与吕不弃、祝三立、娄公明一行五人另由谷中秘径老早暗入花村潜伏，暂不出面，俟机而作。其余众少年男女都忙着先走，也早结伴起身。邢飞鼠因要准算时候，不早不晚，恰在人齐之前赶到，又因自是主体，必须经由头层山口公然走入，行时并未和所约老少侠士一起，只带了四个徒党和当初原肇事的丐头一同起身。刚走到路上，便遇崔华着人来报，说："昨晚因见新来的樊、简二怪客，形迹言谈诸多可疑，表面忍气，谦恭礼待，暗中着人监防守探。适见宴客时，往他卧室延请入座，门窗户壁毫无痕迹，只二人不知去向。最奇是他那房外一直有人守候，到前还听二人在内说着主人名字尽情嘲笑。语声才住，等唤门不开推将进去，人已不见。那多眼亮的人，竟不知怎么走的，追出查看也查不出丝毫形影。我奔走江湖多年，竟会把人看走了眼。事后回忆，二人所说只管挖苦，细详语气，必有所为而来。尚幸昨晚只正主人未来接见，余者尚无开罪之处。照此行径，如非不辞而走，也许自往花家。我因要陪客起身，故此命人迎来送信，详述二人口音貌相。此去如若相遇，务要卑辞致歉，不可因了昨晚的话怠慢。"邢飞鼠闻言，暗忖：这样高人，同船诸老万无不知来历之理！不合昨晚一时疏忽，明已觉出来人行径可疑，因有崔华先入之言，误认来人无关轻重，未向诸老打听，致将异人简慢。心中后悔，便留了心。

花家偏居金华北山后面，外面山高崖峻，内里却隐藏着一条幽谷、大片盆地，为全山最隐避之地。另有一条出入路径，除却当地山民，或是游山迷路误入其中，外人足迹绝少走到。邢飞鼠知道山口内外居民十九是花家佃户徒党，近以会期将到，村中又连发生了几次事故，戒备越严。由山口外直达谷中老巢，沿途设有许多望楼，白日用旗、晚用红灯传递信号。外人只一入山，立接传报准备应敌。昨晚命人来探尚是如此，今当正日，防守必更周密。及至走进山口一看，并无一人盘诘问讯，四顾各处山田菜圃，只有三数老弱妇女，同些农家小儿女，在阳光底下挑菜、驰逐为戏，壮丁一个未见，迥与昨晚接报不符。再前里许，到一危崖之下。那地方本是入村必经的要路，危崖高耸，最是形胜，登高下视，全景在目，敌人无论经由何方，均难逃眼底。照理必定有人在上守望，却也不见人影。随行徒弟喊了两声，不见回应，走向对面高坡一看：上面果有望楼，只是无人，好生奇怪。一看日影已将近午，快到与众约聚之时，对方既无人接，少却许多过节闲话也好，便把脚步加快，朝前赶去。

眼看相隔谷口不足二里，行即到达。正走之间，忽见前面石上坐着两个身材瘦小的外方人，好似游山走倦，在彼歇脚谈天，因是背影，看不真切。邢飞鼠在江湖上多年，心细如发，暗忖：今日花家如此盛会，花家主人又系土著，身家在此，太平之世，无论如何也须避点声气，事前山口必定安排妥人守候，就不明面，也应暗中把守埋伏，以防有外人无心误入时好设法阻挡，免被闯见。适见沿途山口和望楼俱都空无一人，已是奇怪，这两外路人怎会到这向来游踪不至的山僻所在？忙使眼色，令从人缓步，打算赶将过去窥探，是否真的无心来此，还是有为而来，什么路数。行离二人约只两丈左右，刚刚警觉二人所穿破旧衣服，与适才来人所报昨晚二怪客相似，貌相虽断不准，人却也是瘦小。心方一动，那两人忽然站起，隐闻一个说："是时候了。到时你只对付那一个，别的都有人。"听到尾句，越觉有异，忙往前急走。那二人身形一闪，已蹿入路侧树林以内。

邢飞鼠益发十料八九，脱口忙喊："二位兄台留步！容我拜见。"跟着纵身赶去，脚才点地，便听林内破空之声，日光之下，只见一溜银色光华刺空直上，只闪得一闪，也未看出飞向何方，便没了踪影。心想：两位异人只飞走了一位，林内还有一人。内里背临危崖，高逾百丈，无可攀援，又是死地，既未一同飞走，必然在内。追纵进去一看，休说是人，地上连个脚印都未找见。地不过亩，别无出路，竟走得如此神速隐秘！人未见着，到底是敌是友，仍难十分拿准。看这行径，分明剑仙一流，不在丐仙、娄、李、马、寇诸老以下。两次疏忽，失之交臂，好生悔惜。时已不早，没奈何只得率领同行徒党往前飞驰。等到谷口，自己这面的人十停才到四停。回顾后面，还有不少赶来的，俱说沿途未遇一人，谷口也是无人守候，众人很觉不解。因大家都把时辰算准，到未片刻，人也陆续到齐。对方既无人出迎，已到门前，照江湖规矩，只许对方失礼，自己得讲过节，不便直冲进去。尤其敌人昨晚仍是戒备森严，一夜工夫变成这样，到处静悄悄的，如无其事，虚实令人莫测，越发不敢大意。正议选出一位本领高强胆智过人的朋友入内投帖，遥望谷中，拐角上闪出两人，看神气本由里面跑来，一见谷口有人，故作安详，缓步徐行而出。邢飞鼠料是花四姑命人出迎，令众停步相候。

一会儿，那两人走离众人约有两丈远近，站住将手一拱说道："诸位可是杭州上天竺来的么？邢团主可在其内？"邢飞鼠本心是想发作，挖苦几句，继一想：强敌当前，今日之事关系自身成败和许多老前辈、至交好友的威名，以及全省苦朋友的生路荣辱，不是单凭口舌上占点便宜便可争胜，话到口边，又复忍住，也把手一拱，走向前去答应："在下上天竺邢飞鼠，为应主人约请，与广帮团头讲理而来，因是初到宝山不知路径，一时无门可入，正想命人入内打听，二位有何见教？"年轻的一个答道："在下苗秀，这是家兄苗成，主人花四阿婆便是家母。自从下帖以后，准知道邢朋友光明磊落，敢作敢当，决无不来之理。原定未刻光临，如今天方过午，想不到邢朋友同了诸位高朋贵友先期驾到。这原是小事一桩，只邢朋友和蔡老先生双方约出人来一对面，三言两语便可了断，用不着大惊小怪，所以前面山口不曾命人守候，愚兄弟又是过午才出迎候，致劳诸位人等，真对不过了……"话未说完，隐闻谷口危崖上面有人"嗤嗤"冷笑了两声。

苗秀料定崖上伏有敌人，不由有气，方想发话，邢飞鼠已先答道："在下也知时候还早，只有好几位老前辈闻说此番盛会，特意赶来观光，又非一路同来，惟恐走在头里，疏于接候；又听说主人这里，各路英雄约请了许多，匆促之间，未暇一一请教，故此早到片刻。好在迟早无关，适才本拟打听清楚地方再命人登门投帖，多蒙二位出迎，就烦把贱名帖带了进去，转告令堂四阿婆，说在下同了诸位老少英雄拜山求见，如何？"

苗秀因有崖上笑声，误认着邢飞鼠所使，心中老大不快，故意答道："这倒用不着如此多礼。舍下地窄房小，也容不下许多高朋贵友。现在门外草地上，搭有客座讲台。广、浙两帮朋友，一东一西，愚兄弟前面引路，到了台上，径自入座，到时家母同了几位出头评理的老前辈自会出来。听说阁下交遍东南，上自剑仙侠士，下至狗偷鼠窃，多有来往，品类不齐。阁下又是家财万贯，挥金如土，高一等有交情的人物自不必说了，那些明知自己见不得人，为了报答阁下大恩起见，保不玩点花巧，向阁下讨好。阁下所约请的高朋贵友，是否尽在于此？全数光明正大，由此走进。如是另有一批，舍却人行大道不走，却是爬高纵低，鬼头鬼脑，学那小贼行径，也请知会他们一声：敝村人多粗鲁，管是人是鬼，即随阁下同来，便是客礼。最好光明正大走进，免得误当小贼，有伤和气。"**徒逞口舌之利，于事无补半分。**

邢飞鼠见对方出口伤人，太已狂妄，不禁气往上撞，冷笑一声。待要还敬，忽听崖上有一云贵口音的人骂道："不要脸的杂种，少放狗屁！老太爷为听人说，老乞婆约了两帮花子打架，觉得好玩来看热闹。见老乞婆昨晚还在惊惊惶惶，只为后半夜添了两个当年没被峨眉三英杀完的华山余孽，便做张做智，装模作样，把十几处狗堆子撤去；请了人来，山口连个引路的都没有。自家无礼，还卖大方，太不要脸！看着肉麻好笑。我自不爱走你这条叫花路，与姓邢的素昧平生，有什么相干？你自鬼心眼太多，人家既应约登门，怎么进来都是一样。除非像我这样，走到这里，嫌下面太脏跨了高步，或是嫌走路费事飞了进去倒许有之。但到花子窠里，仍要和这些妖孽对面，藏躲则甚，谁还怕你不成？"

苗氏弟兄闻言，越发忿火中烧，不等说完，便喝："老贼叫什么名字？快滚下来！随我到里面见个高下。"那人仍说他的，说完，苗秀二次怒骂叫阵。那人又哈哈大笑道："这条路老乞婆常走，她身上养活多年的虱子，嫌她年老血枯不中吃，溜下来盘踞在下面的想必不少，我怕沾上。你嫌我话不受听，不会上来么？"苗氏弟兄明听对头就在头上笑骂，无如谷口一带崖壁削立，满布苔藓，上下相隔甚高，纵是纵不上去，又无法攀援；再查对头行径口气，决非好相识，便上去决讨不了好。苗成比较年长，干自生气，心中还存顾忌；苗秀素来恃势骄横，如何肯听这个？**这个苗秀，败家根由。如今"二代"中，类似正不在少数。**忍不住怒骂道："大胆鼠辈，休要发狂！小太爷现要陪客入内，无此工夫与鼠贼缠夹。如有胆子，可在里面等我。"那人道："老人家我不来，你想见还见不了。既然高兴来了，想我不光降还办不到呢！如非见你这样小贼羔子不值计较，你早没命了。"说罢，一声龙吟般的长啸起自崖上，晃眼由近而远，听到尾声，已到村里。

苗氏弟兄才知剑侠一流，心虽一惊，仍恃村中约来高人甚多，无足为虑，表面仍装不介意神气，举手让客入内。邢飞鼠道："二位可曾听明，崖上这位老人家与我不是一路吧？在下虽还有几位朋友尚在后面，来者是客，朋友流品虽杂，自信尚无冒充光棍、目中无人、胆小怕死、鬼头鬼脑的鼠辈，二位只管放心就是。"苗氏弟兄明听出邢飞鼠发话还敬，无奈自己上来没分清楚，让人家平白笑骂了一个够，一点还不出真章。人已远去，再要还口咒骂，更要被人讥笑；同时又见对面众人纷纷礼让，走出几个老者。内有两人，正是前晚在村中杀人放火，用罡气震伤花四姑，大闹之后，从容走去的老少年神医马玄子和七指神偷葛鹰。知这两老鬼本领既高，手头又辣，说话更是挖苦，直不容人喘气，再不见机收口，更要取辱，强忍忿怒答道："愚弟兄误把鼠辈认着同来朋友，阁下休得过意。反正少时都有个交代，愚弟兄引路先行，请就走吧。"话刚说完，瞥见葛鹰一个"哈哈"，恐他接口说出不好听的话来，不俟邢飞鼠答言，便回身向前急走。真是来时猖狂，去时狼狈，引得黑摩勒等小侠哈哈大笑，齐喊："小大人慢走！我们初来还认不得路呢。"

葛鹰道："小鬼，要他回来，容易。"随说，便要伸手。寇公遐伸手拦道："你这大年纪也爱多事。好歹他是主人，这类无知之辈，拿他取笑有什意思？"葛鹰缩回手来答道："寇老头少说！一个臭烂老乞婆，谁和她论什主礼客礼！他们一巢子狗男女，仗着求爷爷告奶奶，请了几个妖僧贼道，便要张牙舞爪，兴风作怪。这类东西，除去一个是一个，哪能按人理相待？你也太把自己看低了。"寇公遐道："老偷儿不要说了，你比他们也强不多少。"葛鹰把两只怪眼一翻，怒嚷道："寇老儿，你怎拿狗男女和我老葛来比？这句话欺人太甚！少时完了事再和你说，谁要溜走，谁不是东西！"寇公遐笑道："我才不和你一般见识呢！"葛鹰怒道："那个不行！如不还我一个交代，我和你没有完。"马玄子道："你两个大哥莫说二哥，两下差不多。只一见面就没好话，还没和人招呼，自己先打嘴架，也不怕这些后辈耻笑？"

祝三立怡从后面赶来，闻言插口道："大家都不要说了。老葛自己偷偷摸摸，才收了一个徒弟，便学会做贼。昨天好心留他在崖洞里歇一会儿，竟把我的一口好宝剑也偷了去。常言'近墨者黑'，你们和他多说话，留神也染上一身贼气，做人不得。我们好歹是客，不管我们如何，小邢得按江湖上过节行事。你看老葛，吃老寇说了两句，气得直翻白眼，再说两句，一受不住，就许把两根小苗信手拔掉来出这口怒气，叫小邢为难，落个倚势欺人、不通情理，这是何苦？"葛鹰啐道："祝老儿，亏你好意思！自己为了那口剑，费了好几年工夫，受了无穷的罪，用尽心思，只干看住，却被我这孽徒走到那里，不消半日，容容易易，连剑带匣唾手而取，还要说嘴。休看我那孽徒人小，却极大方，你要真舍不得，立时我便叫他奉还如何？”

黑摩勒见祝三立来，本要上前交代称谢，因见二老斗口取笑，不便插嘴，已将剑摘下捧在手里，随行相待。及听师父这等说法，忙抢前一步，捧剑说道：“此剑小侄昨日无心发现，当时不知底细，几为所伤。到手以后，才寻想出三叔数年崖居便为此剑，曾费去不少心力。本意奉还，后听司空叔说三叔并不须此剑，因在数年前发现剑气，惟恐误落恶人之手，跟踪寻来，便得到手也留赠有缘，命小侄不必奉还。小侄久欲学剑，只苦于神物利器难得，幸叨三叔福庇，无心巧获。三叔提携后辈素来热心，又和司空叔至交，爱屋及乌，给别人也是一样。现剑在此，就请成全小侄了吧。”

祝三立点头，笑对葛鹰道：“你听你徒弟，就比你高明多了，实实在在，一点做作没有。适在路上，马玄兄已先和我说过，我因神物狡狯，百计难得，花村会后又须长行，不愿再留，昨日命他在洞稍歇，便为见他资禀过人，欲使一试，看有这样福没有，因此剑近来时常飞腾变化，并不似以前在每月朔望，还有一定日时。如知底细有了成见，反而有害。好在此子聪明机智，必能相机下手，面上又是喜气直透华盖，毫无晦容，即便无缘，也不愁受伤，所以不曾明说。他如不得，今日事完，再约诸位精于此道的老友同往设法收取。照他所历情景，分明此剑应为他有。神物通灵，竟能择主，实是可喜之事，我有什么舍不得处？我一句戏言，你这老偷儿便以小人之心相度，惟恐我要索回此剑，用话僵我。令徒如也和你一样心思，故意将剑交还，非但俗气，对于长者行诈，得了便宜卖乖，也就不配做剑主人了。小黑儿你自将去，此剑关系你将来成败不小，从此进德修业，不可骄妄自大，使它得而复失，致负诸师长和我数年来的心力。”黑摩勒敬谨拜谢。葛鹰笑道：“想不到这口剑会落到小鬼手里。”祝三立笑道：“老偷儿不要喜欢。他得一口好剑，你却丢了一个好徒弟呢。”

苗氏弟兄就在前面丈许远近，众人在后嘲骂谈笑，全听了个逼真。知道葛鹰素极强横，说到便做，什么江湖过节礼数，一概不讲，稍微惹翻，便有性命之忧。心中空自咒骂：少时便叫你们死无葬身之地！口却不敢则声。自己出来迎接客人，却不敢与来人并肩同行答话，明知丢人，无可奈何，心恨不能早到，敌人偏是慢吞吞的，其势又不便真个先跑进去。现时自己这面约来的人均在场上，虽说同党，到底外来，江湖上人的眼睛何等厉害，狼狈行径定被看破，岂不丢人？心想：等过前面拐角，快入广场，再把脚步放慢，临到再回身交代几句，好歹遮住羞脸。方自盘算，前面丈许便是拐角，一转过去，便望见前面广场台上的人，笑语之声已可听到。估量必有好些人注视谷口这面，刚把脚步一慢。哪知葛鹰比谁都鬼，早看出苗氏弟兄胆小怯敌，恐后面人不讲情理给他难堪，又要顾全面子，有心拿他取笑，**有葛鹰便有趣味**。故意高声对众说道："我们贵客驾到，老贼婆不亲自出来远接高迎，我已有气；真由我们进去也罢，偏打发这两个人事不知的野蛮小杂种出来装腔。她既没拿客礼待我们，有什么客气？老贼婆是个绝户，反正杂种，给她拔了根吧。"说罢，扬手就一劈空掌。

苗氏弟兄不知敌人有意吓他取笑，并不真要伤他，一听出话音不对，准知葛鹰心手黑，说得出做得到，暗道"要糟"。脚刚往前一紧，耳听身后极劲急的劈空之声，苗秀更似有重物快要击到，背上已有了感觉，不禁大吃一惊，吓得慌不迭双双朝前纵去。等纵出两丈远近，到了拐角那边，忽听身后碌碌怪笑道："小杂种儿不要害怕，我老头子逗你玩的。"

苗氏弟兄闻言才知上当，一看前面谷口外广场上已有多人面对来路观望，敌人嗓音甚高，必被看出，当时愧忿交加，却又不敢较真还骂，回顾敌人还在两三丈以外，再迎面回去不是事，前行又与所迎敌人相隔太远，正在惶愧为难，忽见对面飞也似跑来一人，一看正是金眼神猊查洪，当时心中一定，忙即就势迎上说道："邢朋友领同多人拜山来了。"查洪低喝道："我晓得。你娘昨晚不该听信和尚道士的话，装模作样。你快对她说，赶紧到台上来，不可自大，敌人方面着实有不少高手呢。我迎客去。”

苗氏弟兄出时，满拟今日之事必占上风，出来连遭挫辱，心中恨极，还想等翻脸动手时，和义母花四姑说，把来人全数杀死，一个不留，以泄忿恨。及听查洪这等说法，好生惊疑，后面敌人行近，查洪已代自己迎上前去，匆匆不及细问，且喜免却好些难堪，立即装着有事入报，入谷便往家飞跑。走过广场时，见正面主台和东面看台上，除了几个首要的人物尚还未出，人已将要坐满，西看台浙帮这面，只有一人，靠在台柱打瞌睡，坐处在正面主台和西看台之间，因那人穿得破旧，身材瘦小，其貌不扬，神态寒酸，又未佩有本村符记，料知邢飞鼠手下丐党，只不知怎会先混进来。**未免太迟钝了。**

弟兄二人一肚子气忿，边想边往里跑，也没怎在意。跑到家中一看，女铁丐花四姑眉头微皱，似有什么不快意事发生，迥非适才兴高采烈情景。广帮首领蔡乌龟已离座外出，只吕宪明、郭云璞等七八个首要人物和天亮前到达的那两位靠山，连同手下徒弟，共有十三四人，由花四姑陪着，尚在听信，未曾出去，正在谈笑。苗秀因觉查洪素讲究以真实本领取胜，最厌恶这些和尚道士，所说未必可信，当着外人，不便自挫锐气。进门时先扯苗成腿一下，叫他不要照说。刚和众人行礼，待要开口，花四姑已先问道：“秀儿，邢飞鼠来了么？”苗秀答说：“我二人还未接出，邢飞鼠已同了一大帮人在谷口外面等候，再如无人出去，便要派人登门投帖了。”花四姑闻言看了吕、郭二妖道一眼，随问：“你二人在谷口引接邢飞鼠，可遇见什事么？”

苗氏弟兄闻言心中一动，料有原因，只得照实答道：“我弟兄二人在谷口正和邢飞鼠说话，忽听崖上有人冷笑。先当是敌人党羽，心想：阿娘此次给双方评理，虽然明帮蔡老前辈和他为敌，但并没有叫明，在未交手以前，他们此来是客，得按江湖上过节礼数光明走进，不该鬼头鬼脑、暗伏隐处笑人，一时气忿，挖苦了几句，不想崖上那人明是帮助邢飞鼠来的行径，却说与敌人素昧平生，只为无心路过。闻说两家讲理之事，来看热闹，因嫌谷中路不干净，走高了脚，反将我二人辱骂了好几句。我二人气忿不过，叫他下来较量。他也不下来，说了几句便宜话，定规在村中见面，只鬼叫一声，便不答话了。适才经过外面看台，西看台上，只有一个像是敌人徒弟的穷汉，靠着台柱瞌睡，此外并没见有什么出色的人，也许还未进来，或是隐藏别处捣鬼都不一定。邢飞鼠等一干敌人已由查老太公迎出，命我二人入报，请阿娘和诸位禅师、真人早点出去，都快到了。"

郭云璞便问："崖顶那人，你二人想必未见他形貌，他走时可是一声长笑，人便飞出老远的么？"苗成刚答说："正是。"花四姑倏地面现怒容，朝二人啐了一口，说道："无用的废物！我常和你们说，外间异人甚多，尤其这次，对手一面有吕瑄、马玄子、司空晓星和老偷儿等人在内，他们手眼甚宽，什么人都能约到，什么事都做得出，更是丝毫大意不得。行时还和你们说：今日我们虽承诸位禅师、真人大力相助，表面装出大方，无什偏向，暗中却须格外小心在意，一不可招人轻看，二不可随便说话，生出别的枝节。你二人见了敌人，如会说话，怎会使那瘟神冷笑？崖上那人姓简名洁，无缘无故决不会强行出头，管人闲账。这厮从不说谎，'无心经过，来看热闹'的话不假。必是你二人年轻无知狂妄，将他招恼，本来不致出手的，平白为你几句话，受人讥嘲丢人不算，还多出一个强敌。虽说我们有诸位神僧、真人、各路英雄相助，不致挫败，不也费事么？这厮出了名的缠夹精，只一寻上谁，便没完没了。尤其是这厮不但精通飞剑，并擅隐形飞遁，来去无踪，极难伤他，他却可在暗中随时寻你晦气。我听人报，人已进村，现在理他不好，不理他也不好，好些为难。都是你两个冤家惹的麻烦，还不快滚到前面去！"

二人挨了一顿骂，知花四姑性刚气暴，不敢分辩，带愧辞出。花四姑随邀在座诸人起身。吕宪明边走边答道："眼前这些敌人，多半俱不是诸位道友之敌，只此一人惹厌。但有二位禅师在此，怕他何来？"**既不知彼，又不知己，未战已败。**花四姑心想：你们只说大话，可知此人太不好惹，今日固败不了，便胜也无宁日！当着这些请来的高人面前，不便再说气馁的话，随口应道："我是恨这两个蠢子年幼无知，有诸位在场相助，还怕他么！"

且不提花四姑等率众外出，那邢飞鼠一行正走之间，忽见金眼神猬查洪由内接出，苗氏弟兄迎住，略说两句，便往村中飞跑，改由查洪接出。葛鹰哈哈怪笑道："两狗崽子被我吓跑，且看这老刺猬对我们有什屁放？"查洪平日虽极刚暴，也知今日之事不是容易开发，使气不得，闻言仍就前迎，故作未闻。葛鹰见他走近，越众迎上，说道："老刺猬，今天我两个又对面了，少时还打不打？"查洪道："老偷儿少说闲话。今天的事，依我想，最好大家出头给广、浙两帮讲和，给江湖上留点义气，免动干戈如何？"**老刺猬一派天真，性格可爱。**葛鹰笑道："我是这一面的人，如何说法？再者今天除了本题，还引出别人的事；你那位老相好，又不该约了好些妖僧恶道；就我愿意，也作不了大家的主。还是听天由命的好。你这人性情直爽，平时也没做什么事。老花婆一生所行所为，你不是不知道。她年轻时嫌你长得丑，理都不理；到了老来，却用几勺米汤叫你给她卖命。现在仗着约了一些秃驴杂毛，已不把你看在眼里。有这些妖僧妖道在场，又显不出你来，言不听，计不从，却把你当狗一般支使。你也偌大年纪，何苦跟在里头蹚这浑水？玩笑归玩笑，休看我和你相打，却还喜欢你始终是个汉子，好话劝你。爱听不听，你自寻思去吧。"**离间计有急有缓，此为"缓释"类——埋下怨恨种子，待机发芽。**

查洪为人刚愎执拗，只为昔年爱上花四姑，剃头挑子一头热，到老心肠不变。虽不再有同穴同衾之想，依然甘为所用，花四姑又善用权术笼络，益发觉着对方看中自己，没齿不二。先总以为身是主人惟一老友，既尊且亲，交情至厚。及至连日来了许多妖僧妖道，花四姑竟把这些人奉若神明，日夕礼奉，言听计从，对于自己，竟与以前礼貌判若天渊。明明为好劝她几句，不特置若罔闻，一句不听，因自己素看不起这类左道妖邪，反恐为她慢了来客，时常叮嘱少管闲事，处处显出以前全是虚情假意。本就时常想起难过，终以为人诚实，对友热心，想过便拉倒，依然为她出力。葛鹰这一劝说，不禁提醒，把新仇旧恨一齐勾起，越想心越凉，不禁愤火中烧，须发皆欲倒竖，当着外人面前无从发泄，只怒答道："你哪来许多废话！今天人多，我不和你打了。又和前晚一样，平白耽延别人工夫。诸位请吧。"众人知他已被激动，暗中好笑。当下由葛鹰陪着，一直走到村内广场西看台上落座。

这时在台上假寐的那穷汉已不知去向，另有主人派出和邢飞鼠这面比较认识的知宾狮王雷应、甘肃兰州金天观主邱野鹤、江苏洞庭莫鳌峰震泽双雄尤植尤干、苏州玄妙观丐头歪嘴阿三朱洪福五人接待作陪。因时辰未到，双方约请的人均还不曾到齐，各坐两边客台上饮茶谈笑。待不一会儿，主人女铁丐花四姑，同了十来个准备少时逞强、哪方不肯听劝便和哪方较量的首要人物一同走出，走至当中主台上落座。邢飞鼠便命手下丐徒往当中主台投帖。照着规矩，遇到这等场合，双方无论约多少人，都是一两个主体当事人出头答话，同来的人，各归一面，除身分名头本领俱已到家、能够说一不二的，可在事前或是当场站出发话外，余下只在台上饮食，准备话不投机出场对敌。向例虽是不闻不问，但遇地主如真是个前辈成名人物，也须在事主之外另备名帖，打一招呼。**这些江湖规矩，还珠从何得来？**

这时邢飞鼠这面诸英侠既未把花四姑放在眼里，又以老丐恶贯满盈，早欲除去，只为内中还连带着别位忠义之士的仇恨，欲俟本人寻她报复，延迟至今。恰值老丐杀星照命，潜伏了好些年，放着现成福不享受，平白受人连激带蛊惑，妄自逞强出头，起初只是广、浙两帮丐头借地评理，如不暗助广帮恶丐蔡乌龟，本着江湖规矩公平处理，也不致闹出乱子；只为心贪，受了广帮一份极重的厚礼，一存私心，约了一些能手，想强出头，压浙帮赔罪。浙帮知道不敌，也去约人。花、蔡二人见对方所约更比他厉害，恐怕丢脸吃亏，又辗转约请能人抵挡。浙帮得信又向丐仙等求救，于是越约越多。双方势力俱极强盛，被一干成名多年的前辈剑侠知道，恰好花四姑的仇人蔡一娘母女也想乘机报仇，大家合在一起为邢飞鼠张目，俱想：难得这班妖邪之徒聚在一起，正好此时为世除害，一网打尽。哪会把敌人放在心上？除邢飞鼠一人还略讲一些过节外，余人俱未照江湖规矩行事。花四姑偏又自己立脚不住，昨夜听了妖僧妖道的话，恃有大力在后，故示大方，不把来人看在眼里，妄自尊大，并未派人沿途迎接，又不先去主台上相候，先予人以口实。

邢飞鼠见主人无礼，当然还敬。花四姑接帖一看，觉彼邢飞鼠年才四十，不执后辈之礼自己呈帖，却命徒弟投帖；同来诸人在西客台上各自放声谈笑，顾盼自如，也无一人来打招呼，只是尺许黄帖写着"邢飞鼠拜"四个茶杯大字，也未附有约请什么样宾朋候教字迹，分明狂妄已极，看自己不起。但对方虽是后起，以前道路不对，并无师门渊源，只管情理算是后辈，还不出他娘家，无法计较。当时怒火上升，朝来人冷笑道："这是你师父的帖么？你对他说，何时人齐，听请好了。"

邢飞鼠虽有侠丐英名，是浙帮中第一人物，但并不是丐头，徒弟也有限。这次原因广帮恶丐犯规，也不往总团头处挂号投帖，径在西湖恶化蛮闹，连伤多人，当地大小团头制他不住，反为所伤，没奈何往上天竺请出邢飞鼠，将两恶丐擒住，初意不为己甚，那两恶丐有一个是蔡乌龟的义子，外号粉头蛇，本是自告奋勇出来开码头，仗恃广帮声势，不敢把他怎样，不特破口大骂，并将家法黄棍打断，百折不服，这才惹恼邢飞鼠，将他钉封，连那同伙也留了记号，一起命人与蔡乌龟押送回去。

此时天下各省乞丐，只广帮最富，江、浙、湘、蜀次之。**关于武侠小说中的"丐帮"，似以还珠作品为滥觞。所写既细且神。**广帮丐首蔡乌龟，名虽是个乞丐，家中广有田园店铺，姬妾尤为众多，只为年已六十，广田自荒，一个人照应不过来，便由这些义子干嗣分任其劳，他也明知不问，乌龟之名也由此得来。粉头蛇便是他第十一房爱妾的面首。钉封，乃丐帮处置同类的酷刑，只有对方十恶不赦，犯了帮中大禁，人又凶狡蛮横不服管束，才行使用，身受的人情形极惨。蔡乌龟激令粉头蛇往外面开码头，虽是为了爱妾被占吃醋，对方这等不留情面，也实难堪。加以粉头蛇行时说走便走，那爱妾本不知道，一旦听说在浙江被人钉封回来，开箱一看，粉头蛇浑身糜烂腥秽，血肉狼藉，见了群丐和情人，只怒目吼得一声"为我报仇"便自惨死。爱妾当时一恸几绝，和蔡乌龟哭闹不休。蔡乌龟当即向押送人发话交代，同时天台丐首欲夺全省团头之位，早和广帮勾结，又把花四姑引了出来，名为借地评理，实则双方拼个死活。

邢飞鼠将人钉封以后，总团头知事闹大，再三和邢飞鼠商量，自己让位。邢飞鼠因一当丐首便有许多烦琐之事，哪有平日隐迹风尘专做任侠尚义之事来得爽快，可是总团头业已目残，照情势不当不行，没奈何，只得即日拜竿接位。因是为日无多，又忙于四处求援请人，手下徒党除近在杭州者外，好些都不认识。投帖这一个年纪三十余岁，初投到时，拿着邢飞鼠当年从师为丐时惟一的师兄萧山县丐首大头神罗三升一封亲笔信，说来人名叫金线阿泉，人极能干有本领，无论什事都可叫他去做。罗三升识字无多，信上尽是别字，并未说明行辈，本欲以礼尊待，及问本人，自称是罗三升新收徒弟，份是师侄，也就不再和他客气。照例总团头有事，各县丐首俱应派人前来，邢飞鼠因这次名是群丐讲理，实则关系甚大，不是寻常花子打架，或讲什过节，真有本领的人太少，来人多了反倒误事，所以事前不曾发帖传知。可是名头在外，各县丐首，除天台、萧山，一存敌意，一是老年师兄，不曾亲来，余者都是亲率有本领的徒弟赶来助场。

邢飞鼠见来人在乞丐队中虽是好手，这等大场面都出不去，只得勉强的留了些，余各用婉言谢绝。金线阿泉因是老师兄差来，又见谈吐不俗，精气内敛，对于江湖过节礼数又颇当行，便令随在身边，随时听派。因自己这面颇多高人，如以丐对丐，即丐仙门下徒弟便用不完，因此只命做些机密杂事，也没盘问他有何真实本领。阿泉人极本分，每有差遣，闻命即行，凡事俱如人意，办得十分圆满，却是不矜不伐，平日无事随在船上，见人老一张笑脸，连一句话也没有。有人问他以前出身来历，只是含糊答应。**悬念**。谁都料他出身必好，可是谁也没测透他的深浅，他也总没叫过邢飞鼠一声师叔，到必要称请时，只是官称。**伏笔**。邢飞鼠平日脱略形迹，不计人礼数，也未在意，为他长于应对，便命前往主台投帖。花四姑只当是对头手下寻常丐徒，见了名帖只顾发怒，竟未留意查看来人形貌神情。及至发完了话，阿泉冷笑应道："邢团头来时说，此次虽承各方友好老前辈厚爱，来帮场面，因是有理不在人多，公道自在，事前并未发柬相请，也不曾辗转求人想帮忙，多是本人自发自己驾临，更没有一位强出头打横的，人到齐否全不相干。客随主便，只要客人和蔡团头约请的人到齐，招呼一声，立即过来候教，无不奉陪！"

花四姑听他声高语亢，神色不逊，但颇得体，急切间想不起挑错的地方，心又气急，正想开口怒斥他说话为何如此大声，一眼瞥见来人年纪不大，却似一个熟脸，尤其那精光灼亮，隐蕴凶威的一双重瞳怪眼，黑眼珠特大，几把全眼眶撑满，直看不出什么眼白。分明以前熟见之人，只差了一个年纪。猛地想起三十年前一个熟人，**强化悬念**。不禁心中一惊，气焰顿敛，身上直冒凉气，话到口边，竟未说出。微一停顿，阿泉已满面狞笑，扬长往西客台走了回去。花、蔡两党先见来人无礼，知道姜是老的辣。花四姑隐身乞丐，在绿林中孤军独树，纵横数十年，威名远震，江湖上过节礼数烂熟若流，**江湖竟有偌多"过节礼数"，可发一笑，堪发一叹**。口头上向不饶人，照此情形不等动手便先发作，给仇人一个大下不来。哪知事出意外，已然眉勃目怒，就要雷霆暴发，只看了来人一眼，忽似想什心事，面带惊容，遽收威势，坐令来人昂然走去，人已回台，闹得连旁观不服想要喝问的人，都失去开口关子，发作不出，好生惊讶忿怒，只想不出久经大敌的人怎会如此？互相对觑，做声不得。

人去以后，花四姑忽然惊觉：受一无名小辈无礼顶撞，只顾心中想事，竟忘发话，当着许多人，相形之下未免难堪，不禁又愧又忿，只得故作自然，冷笑一声，喊道："秀儿，传知开席，并告诉邢团头，既是他的高朋贵友差不多到齐，可即过来入席答话。你再请蔡老先生一声。"苗秀应命，便站在后台，先朝西客台邢飞鼠这面把手一拱，高声喝道："浙江省邢团头听者！家母有命，既是阁下所请高朋贵友，无须等候，可即过来入席，少时当着在座神僧真人以及各路水旱英雄，与广东广西总团头蔡老前辈三对六面评理好了。"说罢，又朝东客台把手一拱，说道："家母有请蔡老前辈入席，以便少时三对六面，凭着江湖义气，与伍祖门中行规，和浙江省新升团头邢朋友评理。"一面吩咐鸣锣开宴。

这时，两边客台上人都在高声说笑，人语喧杂。苗秀在正台口高声一喊，东客台全都侧耳静听，西客台上，丐仙手下十五六个徒弟以及众小弟兄依旧言笑自如，一些老辈剑侠也在各自谈笑，直似无人理会。苗秀说时已看着生气，忽听身侧不远有人冷笑发话道："再有一会儿便报应临头，还要狂呢！"语声低而近，听不甚真。先还疑是自己人在说浙帮狂妄，说完侧顾立处，虽是台口，相隔两边客台各有十好几丈，身后主位也有四五丈，决非在座诸人所说。猛想得那耳音甚熟，明是谷口迎客时崖上发话的对头。**草蛇灰线式提点此君，为传统的擂台较技增加些变数、新意。**心中一惊，不敢招惹，恰值话已说完。邢、蔡二人俱已起立往当中主台走来，只得隐忍，退回花四姑身侧侍立。

彼时花子行规至严，**又讲"行规"。**这类席面照例是三盘七碗，当中一个大瓦罐，盛着许多杂菜，用具也极粗糙残缺，表面仿佛简陋，但是此乃规习所限，实则主人产业众多，钱财富有，又以当日之举关系一世英名，样样力求精美。明知蔡党早在里面吃过，邢党也必吃过才来，自摆盛筵只是应景，依然不肯草率。那瓦罐中所盛名为杂菜，有类乞食所得，内用却是山珍海味、鸡鸭鱼肉荟萃一起，无一不是上等材料；其余的菜肴也都品佳味美，便寻常酒楼菜馆也做不出。尤其是席面早已设好，执役人多，各有专司。一声令下，只见捧盘送菜的人上下往来如织，百十桌盛筵参差摆齐，自有两台知宾邀请入座不提。

蔡乌龟应声立行，先到主台。花四姑故示尊礼，起身迎接，双方行礼落座。邢飞鼠后到，花四姑便以老前辈自居，只略欠身，把手伸出略让。那座位是当中一字横列，用四张八仙桌拼在一起，正面坐着花四姑和两个和尚、五个道士；两横头仍是一东一西，分设着双方当事头脑的座位。正面主席之下，另各用四张八仙桌拼成两个大方桌，一边一桌，按品字形设好，当中却空出三四丈方圆之地。每桌俱空着外一面，余下三面各坐四人，共是二十四个花四姑约来助威的有名人物。邢飞鼠看出花四姑盛怒之下竟连面子都不顾，公然对客现出尊卑轩轾。心想：你既倨傲，不讲过场，我也乐得给你难堪！便不向在座诸人请教礼叙，将手微拱，朝众一个半环，随着主人手让，径往西横头席位昂然入座。花四姑和在座诸恶党见他目中无人之概，好不怒恨，无如对方是客，主人先不谦恭，无法责人简慢，只得强忍气忿，都想：少时便叫你死无葬身之地，暂且由你狂去。

坐定以后，花四姑便命进酒。当即有随侍徒党，提了一把有缺口的上上等宜兴紫砂壶，先给蔡乌龟把酒斟上。按理本该主人派出两人，同时为当事人敬酒，以示无所偏袒。先给蔡乌龟斟已是不合。苗秀因是恨极邢飞鼠，又见花四姑怒极，为想乘机屈辱敌人，暗中授意报复的人先给蔡乌龟斟酒，再给在座诸人一一斟完，然后给邢飞鼠斟上。邢飞鼠暗中好笑：这小家行径，于我何损？只坐在那里微笑，不以为意。花四姑老奸巨猾，江湖过节礼数烂熟如流，只为昨晚大拨到来，满心高兴，以为稳操必胜之券。谁知一早起，先听同党报说，昨晚归途曾遇一高人，看行径颇似邢飞鼠约请而来。一则恃有妖僧在场，自信还敌得过，又以那高人只是路过，事出揣测，并未看准他落脚之所。虽然有点扫兴，还不怎样着急，仍照预定方略行事。跟着拂意之事联翩而来：既因过于招摇，把相隔万里的强敌惹来，又因见着一个意想不到的人，勾动一桩心病，邢飞鼠再没把她看在眼里，连急带气，又存隐忧，无形中，心便失了主宰。只顾任性使气，竟忘了自身是主，越是仇敌，气派举止越应大方，苗秀再不懂事，酒斟过后，花四姑才觉出不对，但是无法挽救，微瞪了苗秀一眼，索性将错就错，不作理会。照例把手中杯朝众一举，说了几句客套。众人也各举杯相谢，只邢飞鼠坐在那里不动。

花四姑知一开口必惹无趣，只装不见，等三遍酒斟过，菜全上齐，再举箸横眉，做完谢菜仪式，便开始发话道："我们伍祖门中弟子，一向受着野狗恶奴欺凌。自从元朝至大年间创立七十四条行规，供奉三祖三仙，将天下割成十八行省，共设二十七个分团，由此日兴月盛，不仅不受外人欺凌，后来反助朱洪武夺了元朝天下。可恨朱洪武见我们上辈诸老前人功劳太大，人数太多，难得安排，听信沈万三的毒计，用药酒将凤阳府吴老师祖害死。假说当花子的人福命都薄，所赐田业不令终年享受，每年必须出外当上三月花子才保住平定无事。一面想下许多阴谋，命地方官和他手下爪牙随时暗算。不消数年，十几位帮他打天下的老前辈俱被害死。**野史。金庸《倚天屠龙记》结局袭用了此说而稍加变化。**首脑一失，我们只得重又过那吃苦受气的日子。

"到了明朝天启年间，我们花子中又出了一位高人，便是现在神堂所供的竹竿老祖，重订行规，因是上了官家的当，永不许徒子徒孙再与他们联合。同行全奉老祖之命行事。后来老祖升天，临终遗命：十八省地方太大，自己升天以后，决无人可以承继，为免互相争夺，便将平日处罚徒子徒孙的大小五根朱漆刑杖，分断成大小二十六节，传授二十六位门人，分任十八行省、二十六团的团头，各管各地，一直相沿至今。虽然互不相辖，可是本行中人最重义气，讲究吃遍天下，足踏万方。照例对于远方来投的一行弟兄，只要答话时还出娘家，不特许他随意行动，还应随时随地关照；来人要是和上辈有交情，或是辈分较高的，更须指地供养，格外款待，以见自家人的义气；不过来人也须遵守当地的行规，不论是自己出身和受人款待，除非路过，均须一到便向当地团头挂号，才能出身做生意。此是各位老祖前人遗留下本行人的规矩，相传多年，无人违背。中间也有不明事体的徒子徒孙，一时冒失犯了过错。向来多是主人让客，看在对方师长情面暂时容让，再去告他师长，事后处罚。即便双方起了争执不肯甘休，也只请出本行有名的老前辈，按着行规评理，结局总是各把徒弟当众略微处罚，使大家都过得去。谁也念在江湖义气，对自己人没有不了的过节。因当事初起时双方都顾情面义气，只管祖师前人所留家法极严，轻易无人做那绝情的事，所以有了过节也容易了断。

"这次广、浙两帮同行弟兄在西湖边上口角闹事，因为广帮徒弟犯规，不服当地团老劝诫，致将邢飞鼠兄弟惹怒，用家法毒打不算，还给钉封回去。蔡老兄弟见浙江帮一点不留情面，便想亲自登门办理。我老婆子昔年在北五省虽然混过几十年，并非浙帮中人，因蔡老兄弟是我好友，邢飞鼠兄弟虽只闻名未见，但我近年隐居在此，总算本乡本土。惟恐双方见面言语不忿，一个不好，失了本行义气，还要使浙江全省同行后辈受上多年的苦难，为此发帖，延请两帮头领和江湖各路英雄、诸老前辈、神僧真人驾临，与双方评理化解，作一了断。我想一只碗不响，两只碗才会叮当，事须两来，莫怪一人。双方闹事，我老婆子只凭耳闻，就有一面之词，难于作准。好在事有事在，双方俱都请有高朋贵友临场，谁也不能把谁硬吃下去。便我老婆子既作中人，说话也须有个理路，难于偏向一人，也不能听凭谁的人多势盛，便欺压人。为此三曹对六面，请双方各说以前经过，由老婆子等主人出头评判是非曲直。不论哪一面，如若自知理亏，看我老婆子和诸位神僧真人、老前辈的薄面，听从良言，知错认错，自无话说；

否则对面搭有擂台，可各凭本领高下，决一胜负。此事胜者为强，我们当主人的自不能置身事外，也只好谁有理帮谁了。话要说明在先，以免到时反说主人偏向。现在话已交代明白，应请双方先说以前经过和现在的心意，以便我们中人当众评判曲直。我们本乡本土，广帮兄弟远来是客，就请先发话吧。"

广帮恶丐蔡乌龟以乞丐隐身，平日不是在两广各偏僻要路上做那绿林生涯，便是在各海滨口岸杀人越货，勾结夷人做那种种不法之事，纵横数十年，向来无人敢惹，不料手下亲信徒党会被人钉封，押送回去。虽然死的是他情敌，面子总是难堪；一方又经爱妾极力怂恿，觉着此仇不报，一世英名全都扫地。为此不吝数万金银延请能人，率领徒党亲来报仇。自恃约有几个精通飞剑法术的妖人，气焰甚是高涨。及见邢飞鼠气概昂藏，甚是傲慢，越发忿怒，恨不能当时便把仇人碎尸万段才快心意。无如事先没想到事闹这大，人来这多，对方势力也不可侮。众目之下，既由花四姑出面，以评理为名，不得不有一番做作。闻言狞笑一声，朝主座诸人把手一拱，大声说道："姓邢的是什人物！我不值与他对话。现在当时同去的徒弟在此，待我唤他当众说那经过，看看可有这情理？"说罢大喝："阿彭快来！"

随有一个短小精悍、缺去一耳的汉子应声奔上台来，先朝中座诸人和蔡乌龟跪倒，磕完一个头起立，又朝四外作了一个环揖，然后转身向内，高声说道："诸位老前辈、师父尊长在上，小徒儿徒孙名叫彭三台，人都叫我阿彭，只因十六师弟粉头蛇张月东，前者一时高兴，约了阿彭到杭州游西湖。我们明人不做暗事，当着诸位老前辈和各路英雄好汉、高朋贵友，不说一句假话。起初只是随便游玩，看看景致，并无用意。因在路上闻说浙帮总团头是个年老无耻的废物，专一巴结官商，向人摇尾巴，显他自己好吃好穿过好日子，不管别人死活，我二人恨他给本行丢脸，想拔他的棒头是真的。不曾想他枉空带了多少徒弟，竟吃我二人不倒。他没奈何，派人到上天竺把邢飞鼠搬来。我二人本领虽打他不过，但是骨头却硬，不肯给师父丢人，始终不服，也是有的。邢飞鼠一心想我广帮丢脸，见我二人不肯输嘴，张师弟气忿头上又骂了几句难听的话，竟不顾江湖义气，将张师弟钉封送回。人已被他们毒打非刑，遍体鳞伤，这一钉封，自然非死不可。这厮忒也狠毒，竟在钉封以前，给张师弟口中灌了一些药，成心叫他多受活罪，挨着几天活命，好扫师父脸皮。阿彭愤极，叫他一齐钉封。这厮不肯也罢，却将我左耳削掉，算留记号。我为张师弟死得太惨，要想给他报仇，看这狗崽报应，再者人已被他制住，想死也办不到，只好由他派了狗党押送回去。这些全是实话。虽然我和张师弟上来有点理亏，但这厮不该如此凶毒。今虽承诸位老前辈出来做主，一则我师徒和他仇深似海，二则这厮狂妄无知，报应该到，也决不肯听话，不如免去虚文，双方拼个死活来得痛快。"

说到这里，倏地旋转身，戟指邢飞鼠狞笑道："姓邢的，今天是你出头日子，也是你报应临头日子。我阿彭上次不曾死，便有今日。现有诸位老前辈在，少时自必有人将你碎尸万段。我话已完，活着不能亲手杀你，先到阴间等你较量好了。"随说，手伸处，拔出腰间佩刀便往颈间抹去。这类事，照例得成全他的义气，不能拦阻；并且经此一来，双方更无和解之望。**老天津卫的"杂霸地"抢码头，也有"死签"之说，差相仿佛。**

在场诸人俱知蔡乌龟因上次阿彭不死在杭州，却让人押着，随了钉封回来，太没骨头，只管评理和解是口头禅，结局非拼个死活不可，仍想在事前把场面找足，以显他门下徒党有骨头、不怕死，特意嘱咐阿彭如此做法。阿彭知道蔡乌龟言出法随，不死也是不行，乐得大方慷慨，买个死后风光。哪知他那里刚把话说完，咬牙切齿待要自刎，场上同党也都准备给他喝彩，就在这横刀就颈、性命呼吸之间，倏地眼前一花，手腕一痛，刀便被人劈手夺去，同时人影闪处现出一人，来势迅速已极，连点声息全无。

邢飞鼠原意，按着评理规矩，等对方发完了话再行辩驳，不曾想阿彭前在上天竺被擒时那等脓包怕死，竟会舍命来这一套。

明知对方想借阿彭露脸，以当场的壮烈行径，洗那前番被擒之耻，好使理归一面；又加上一条人命，为花四姑等主持评理人先占地步，到时好派自己过错，不致被人指摘她有偏向。实则粉头蛇钉封致死之由，最关紧要的便是对杭州丐首和邢飞鼠的一顿臭骂，阿彭只说粉头蛇气忿头上骂了几句难听的话，把他犯上犯规的大过节轻轻混将过去，跟着人便自杀，闹个死无对证，无从还言驳话，计颇狡毒。自己不便亲身下位阻拦，心想：反正都是些虚套，终归破脸，且等人死后对方发话，迎头先碰回去，跟着比较强弱便了。念头才转，猛觉微风飒然，一条人影飞蹿上来，将阿彭的刀夺去。定睛一看，正是金线阿泉。

台上下人等见状俱都大出意料。这类事大都出于惜才爱将，不料却出自对头一面。人为救死而来，虽于己有碍，不便发话数责拦阻。尤其是阿彭之死出诸自愿，蔡乌龟一开口便有教死之嫌，只有主人勉强可以发话。无奈花四姑心中有病，见是适才投帖的人，由不得心动神悸，竟没开出口来。蔡乌龟还想：阿彭已经背人再四叮嘱，又曾自告奋勇，刀虽被人夺去，必能始终争气，还出一套话来，格外露脸，不如姑且听之。哪知阿彭本是迫于无奈，并非得已。就在众人惊顾之间，阿泉已把所夺的刀插向腰间，先朝上下四面作了一个环揖，说道："诸位老少英雄、高朋贵友承恕我冒失，我阿泉有几句话奉上。这位弟兄想给师父本帮露脸，不惜一死原本可以，不过大丈夫行事，死活都须光明磊落，不可含糊其词。一条性命有什么相干！须把话说明，不可亏心。这位弟兄，他说粉头蛇只骂了几句难听的话，这个不能算数。要知广、浙两帮平日无怨无仇，邢师父彼时还没接任，一向只在上天竺明波老和尚房里听经闲坐，除了救济苦朋友做点好事，从不管人闲账，无缘无故怎会使用家法？这位弟兄是个光棍，虽然受人指使不肯细说，但决不会抵赖。上次闹事，我也在场，现照老祖和诸老前人家规代他说出经过详情。我如有一句虚言，愿受家法处置如何？"

随把粉头蛇一入浙境便即横行，等到杭州益发猖狂，也未挂号，便在湖边终日恶讨强要，欺侮游客妇女的经过说明，并说："当地团头知是邻省弟兄，为求息事，始而好言婉劝，继又请他落地供养，月给规例，以外省来的老前辈之礼相待。谁知他不但不听，开口便骂山门。团头向他理论，吃他用铁沙掌一下将左膀打折。等报知总团头，带了徒弟赶来，仍是忍气，先礼后兵，问他有什么过节，如此上门欺人？因恐他难制，带了历代相传的神棒家法前来。初意只想暂时禁他横行伤人，然后约到公地里去，问明来意，再订约会过节，免得事情闹大。哪知他不说情理也罢，径将家法夺去扔向湖里，大骂：'我便是那里开山老祖，谁是老祖？凭这一根搅粪棒，敢来现世！'跟着将去的人打了个落花流水，立叫老团头带了全杭州的弟兄，在当日全数滚开，由他另外收徒开山，否则全数杀死，一个不留。这时已由湖边闹到里湖一家大坟地里。坟亲地方怕出人命，已去报官。

"正在不可开交，恰有人赶往上天竺把邢师父请来，先也不愿和广帮留过节，依旧和他好说，他仍是开口就骂，动手就打。邢师父见他无可理喻，才生了气，将他和同来这位一起擒住，到公地里去，把由湖里捞上来的家法取出，别的不说，只要他向老祖前人谢罪，便即放走。他仍不听，反倒大骂山门。邢师父被他骂火，逼得骑虎难下，不得已才用刑拷问他。因邢师父给广帮留脸，打时始终用神棒当先，算是代祖先前人惩罚。谁知他不特不自设法落场，反连本行各位老祖前人也一齐臭骂，并向邢师父怒喝：'你不用拿这和粪蛆用的哭丧棒耍花样，你要不是千人生万人养的畜类猪狗崽，便把我钉封回去给老乌龟看看。只怕你这狗崽没有这大胆子！'邢师父自然激怒，先没想要他命。也是他自己不好，起初是见浙帮人软，始终拿话开导，想借蔡团头的威势硬做到底，争一个全脸，还开出一个码头。不曾想他那点功夫还没到家，邢师父一出手，先将蛤蟆气功破去，**西毒欧阳锋嫡传**。呵呵。照家规打了一顿例棍，众老弟兄又恨他不过，只说真要钉封，搭过长箱。

他以为弄巧成拙，万难活命，长叹了一声，朝这位同道大骂蔡团头：'老乌龟可恶，必是见我占了他的小老婆，诡计害我送命，所以走时立命起身，不许我和心上人见一面。回去老乌龟如不给我报仇，千万要叫我那心上人知道。'邢师父最恨这类欺师犯上的淫贼，这才把他钉封。因拷问出这位同伴也和他三师娘有奸，想令他回去自诉罪状，只削了一个耳朵，不曾一起钉封。他回时为求免去钉封，还立下重誓：回去照实供上。谁知他怕死不要脸，说了一套鬼话厮混过去，今日又来混充光棍。你们不信，只问他这些话有一句虚的没有？"

阿泉话说得极巧，把伤对方的话全留到后头来说。蔡乌龟越听越刺耳，见敌我两方俱看自己，此时插口，一则失理，二则坐实，以为阿彭等人说完必要还话，他反正要死的人，难道还不知争气？只一反口不认头，或硬说说话人不曾在场，找着一点错，立时破脸，先纵出去把阿泉打死，然后和对方拼个胜负。也是忙中有错，花、蔡二人当日所约帮手只是好的，几无一个出身乞丐。花四姑想露全脸，不令对方扳一点差头，惟恐众人外行，不知本行规例，艺高气壮，未破脸以前先自动手，受人指责，事前曾经叮嘱："无论发生何事，自己如不开口，不可越俎代谋。"这时听阿泉一说，本是人人气忿，想要出头，蔡乌龟偏误会了意，花四姑又在那里盘算心事。一干同党见二人均未开口，以为规例如此，必俟对方话完始能发付，便由阿泉一气说将下去。蔡乌龟还在想阿彭口齿不弱，必有回击，哪知阿泉话完以后，连问阿彭："所说可是真话？"阿彭呆在那里，低着个头，竟会一句话也答不上来。照此情形，分明不真也是真的。等花四姑盘算好了心思，觉出情势不妙，不论终局如何，先自丢人：粉头蛇犯了最重规条，对方并非无理，要派他认罪服输，这话如何出口？心方着急，蔡乌龟已自忍耐不住羞忿，方怒喝："狗崽胡说放屁！阿彭快把前事照实说来。"金线阿泉已对众高声说道："邢师父命我传话：今日之事，在场诸位高亲贵友、老少英雄，想已看见这位弟兄自知理短，没什么话说了吧？不过今日之事决非几句话可了。双方只是应景，不过话要说明。我想主人也说不出什么道理，不必再做过场，爽爽脆脆各归本帮。由小而大，一个对一个，借着这好地方，冤有头，债有主，各寻一个了断。什么叫讲理？胜者为强。诸位看是好么？"话未说完，邢党自不必说，连蔡、花两党也有赞好附和的。

蔡乌龟怒火中烧，愤不可遏，纵身一跃，飞落当场，戟指阿泉，怒喝"狗崽"，方要动凶。阿泉一闪避开，插手冷笑喝道："姓蔡的，放光棍点！前面有比道行筋骨的地方，你不服气，我们到对台上走。如在这里倚势逞强，你不要脸，我却不能叫天下英雄见笑。要觉丢脸难过，你拿刀来搠我三百六十个窟窿，看我金线阿泉可会哼哈？"蔡乌龟原是怒极失智，吃阿泉这一来，自知丢人失礼。适才自居先辈，连和邢飞鼠对话都不屑于，令徒代说，如何亲身出去与对方徒弟交手？强忍怒火喝道："我不值打杀你这狗崽，我只问你本身来路。"阿泉冷笑答道："你不用装腔，妄自尊大，假作问我本身师父，日后去寻理性，好下台么，实告诉你这老乌龟，休看我年纪轻，你还差得远呢。"

说时，邢飞鼠惟恐对方蛮横，阿泉当场吃亏，虽然说出去是体面，到底受伤，也相继纵出，忙插口道："话已说明，有什么道理请到对面台上，邢某奉陪就是。"说罢，也不再答理，双手一拱，朝上一个环揖，说道："有劳主人和诸位高朋盛意，此时不必再以口舌分计曲直。就算邢某不听吩咐，前台候教如何？"说罢，回身径和阿泉双双下台，回转原位而去。蔡乌龟老大不是意思，回顾徒弟阿彭，仍是低头呆立，已丢大人，当众不好施为，低喝一声"快滚"，一面就着对方的话，已朝上座一拱，厉声说道："多蒙主人厚意解劝，不料邢飞鼠如此狂横可恶，便他服输我也不了。现在什么话也不用说，只好借着主人现成地方和他分个高下了。"花四姑也早把话想好，将手一举，答礼道："蔡兄弟请先归座，我自有个道理。"蔡乌龟应诺，回往东看台而去。

那阿彭站在台口，始终没有出声，乘着花、蔡二人问答之际，倏地往台下一跳，似想逃走神气。一干蔡家党徒，谁也不知他为何如此虎头蛇尾，全都恨他给本帮丢人，又知师父必不容他好死。虽不便当众下手擒拿，但想将他圈住，事完再向蔡乌龟下令处死，猛发觉他乘乱欲逃，如何能容？内有两党徒，素日手辣心狠，立即下台装着迎他回座，意欲堵截，暗用阴毒手法先把他弄成残废，押回台去，少时再作计较。

偏巧这时，由村外进来一伙花子，**再生枝节，变化多端便好看。**内有三人胁下俱夹有一个麻布卷，看不出是哪一面的，一窝蜂似进来，直奔当中主台，恰将阿彭隔断。二徒恐他逃走，还想由人从中挤将过去，才一挨近，内中一个胁夹布卷的好似不快，微微将身略挺。两徒党猛觉一股极大的力量平空直撞过来，当时口甜头晕，再也立身不住，身子直往后退，几乎跌倒。等强立定，再看阿彭已乘乱溜走，不知去向。那十余个花子到了四台中心，也不朝主人打招呼，为首三人将胁下黄麻布卷取出，拿在手里一抖，各是八九个麻袋，做三叠铺在地上，然后背向主台，面朝擂台一坐，下余八九个也各由腰间解下麻袋铺地，分列两旁坐下，好似东西两台谁也不帮，又非作客，只是来看热闹神气。蔡乌龟刚回东看台，因往回走，气忿头上没有留意，刚向徒党发令："速将阿彭狗崽看住。"正值追截阿彭的两人回去悄告蔡乌龟，说"台下来了怪人"，不欲再寻阿彭晦气，暗中留神查看。花四姑送走蔡乌龟，正待双方发话，忽见来了这伙花子，定睛一认，二人原都识货，俱大吃一惊。蔡乌龟特有妖僧妖道，还不怎样，花四姑却想：今日之事大糟！不论结局胜负，自己从此多事，一定无疑，心中叫不迭的冤枉苦。嗣见来人居中，面向擂台而坐，好似并非定有主见和谁为难，心才略放。事前托大，忘此要着，没请人家，对方自行到场，不以客礼自居，此时如再答理定找无趣，势成骑虎，想了想只得任之。所幸帮手厉害，飞剑法术神奇，管他日后如何，且眼前争了体面，然后相机行事。

想到这里，心中一横，便起身走向台口，朝两边客台把手一扬，高声说道："诸位老弟兄和门下后辈、徒子徒孙，请勿喧哗，听我老婆子一言。上半年广、浙两帮弟兄结下怨仇，为念本行义气和老祖前人所留家规，想给双方和解，免动干戈。但我老婆子洗手多年，又在五年前封闭山门，上了黄麻章表。虽念老祖前人恩德，供奉越发虔谨，照理已不能算是正经家门里的人。为恐说出来无人信服，因想今年今日是我落地日子，每年照例都有不少高朋贵友光临，正好约请两帮老弟兄到此，借着各路长老英雄会面，了结此事。没想到双方各执一说，两不相让。事情到这地步，我也无法再说什么话。不过双方都是成名人物，与寻常同行争执、打架不同。既凭手脚争道理，前面便是讲台，不论本人师徒或是外场朋友，也不论是比道行法力、兵器拳脚，均请依照规矩，一个对一个，捉对儿分个高下。讲台虽不算小，出场的人终不宜过多。尤其双方均要相称，自问不是对手，可以不必出去，免得自寻死路。还有此次双方约请高朋贵友甚多，主台上好些来客俱是蔡老兄弟的至友，浙帮也有不少老少英雄在内，十九不是本行的人。双方人众本领相差悬远，高的太高，低的太低，彼此不知深浅，先出场的人岂不吃亏？事情无论多大，终有一个了局。老婆子不才，忝居主人，在未动手以前，先代双方约定，既是本行的事，又是徒弟惹祸，理应由双方徒弟先见高低。这场如有一方大败，自问不敌，再请双方高朋贵友登场。两场人数、次数不限，如都一方大败，那也就不必再往下比，死活存亡，一切都听胜家处置，更无话说，如这两场不相上下，再由双方为首之人登场，各自出题比斗。诸位以为如何？"

起初花、蔡二人密谋，只想凭着人多势众，妖人飞剑邪法将对方镇住，杀了邢飞鼠，另派徒党去接全浙团头之位，并没想多伤人命。及见对方不但能手甚多，并把意想不到的有名异人招了好几个来，事是越闹越大，自己不能再照前定，一味逞强行事。身是土著，家业在此，一旦互相屠杀，死伤多人终是不好。知道蔡乌龟年老荒淫，酒色淘虚，决不能似昔年武勇，既恐双方混杀群殴，又恐邢飞鼠指名要蔡乌龟斗，所以这等说法。说完一看，蔡乌龟早站在东台口恭候回答，立即应声"遵命"。邢飞鼠自回西台原座，便和在座诸人说笑，若无其事。直到蔡乌龟答完了话，才由金线阿泉走向台口，说："邢师父和诸位前辈命我传话，今天的事都须办完，无论谁前谁后、如何比法，俱是一样。难得好些老前辈、远客光临，赏看热闹，正好请作临场。主人自叫广帮先派人吧。"阿泉说完退后。

狮王雷应等西台诸宾，虽和邢党这面所请诸人有好些位是旧交，无如双方业已翻脸，就待动手，劝是没法劝，自己是应花家之请而来，自然不便再留，只得朝众人客套几句，纷纷起身向主台上退去。对面蔡乌龟不知花四姑老谋远虑，存有深心，恨不能一出手便将西客台仇敌杀个落花流水，一听先令徒弟出场，口虽应诺，心中还嫌迟缓，不能遂快所欲。无如除吕、郭二人外，几个最厉害的都是花四姑请来，主人已费心力不少，未便拂逆。转念一想，早晚一样，如比徒弟，无论哪一省也没广帮人多，先给对方看一厉害，挫他锐气也好。答完话退回座去，刚要唤人出场，旁立二十多个恶徒已齐声讨令出场。这些恶徒俱是广帮千中选一的好手，各人都有一身奇异技能。内有三个最厉害的，乃蔡乌龟师兄雷州隐居丐首、蛇王陈长生的嫡传弟子，还有两个是广西帮象山老丐的爱徒，论本领真比蔡乌龟还高，都是凭着情面和重礼聘请而来，混在诸恶徒队中以装门面，防备对方要主对主、兵对兵分别较量的。

蔡乌龟生性好胜，见众徒党纷纷讨令，心想自己在广帮称雄多年，虽然都是自己人，这头一阵本应差亲传徒弟出去，才免日后旁人议论。但是仇人徒党决非弱者，况有丐仙吕瑄的徒弟混在其内，更非易与。若令单人出去，头场先败也未免不好看。略微盘算，便令手下五方太岁中的东方太岁八臂花郎罗洪章、北方太岁毒蛇神唐阿妹，连同广西帮借将象山老丐叶文生的徒弟铁手钩连郁潮生一同出场。这三人各有奇技在身，尤其是后两人，除一身好武功外，各驯养了一条未曾拔牙酥筋的毒蛇，咬人立死，矫疾如风。在蔡乌龟的心意，浙帮徒党纵有能手，这类毒蛇定制不住，照规矩又不能使用家伙，当然非败不可，自己这面再不济也有两人获胜，好歹先抢他一个锐气再说，心计原极周到，哪知浙帮素来文弱，邢飞鼠因这次名为同行乞丐相斗，实际双方所约皆江湖异人、绿林健者，到了真正动起手来，连自己也不过是应名承头，够得上出场与否尚不一定，一心只在对付对方那些妖僧怪道身上打算，没料到花四姑来这一手，会令双方主体人先见一阵，又以浙帮丐徒真有奇才异能之士无多，事前无什准备，虽带有二三十个徒党，俱是随时执役供奔走的，固不尽是无能之辈，要讲逞口舌、卖打、比道行还能应付，真要上场比武，却多半不是敌人对手。只有一个金线阿泉，还是新近才看出他身手矫捷异常，像是软硬功夫俱有根底，到底深浅如何尚自难说。主人已自出题，明知花四姑看透浙帮弱点才有此举，但就本题立论，说不出拒却的话。自己这面，丐仙吕瑄所带一干门徒虽然个个身怀奇技，本领高强，无奈不是本帮徒党，不到双方主体见过胜负，不便使他出场，只好硬着头皮拼输一场，打算挑三个胆大心细、口才灵巧、效忠师门、不惜性命的本帮徒弟出场相机应敌。

这时对方已派三人，已由东客台纵落当中空地，先驰向正面主台之下，朝花四姑等上面诸首恶，左腿朝前，单腿半跪，同时右手齐眉，横掌外反，各行了一个本行重礼。猛一翻身，便向主台对面的大擂台驰去，相隔还有两丈左右，脚尖点处，只听飕飕飕三声，便箭一般射到了南面台上，各把双手作罢圈揖，再朝西客台一拱，发起话来。蔡乌龟素性豪奢，又是千里远来，有心炫耀，这三人俱是一色的打扮，每人一件上等锦绫拼缝成的千行富贵花斜披肩上，内里一件玄色贡缎的密扣单紧身，却用金银彩线织成破裂碎补的条纹，下穿一条玄色缎裤，也是故意用彩线织些补丁在上面。各光着一双脚，穿一双丝麻合织的假草鞋，一顶与鞋同货料的草帽，帽沿当中绣着一个寸许大小、三角形的本门符标，用两根彩丝带系向颈间，反挂背上。另外佩着随身兵刃和应用的东西，奔驰纵跃，矫捷如飞，远望和三只花蝴蝶相似，端的威风气概。

邢飞鼠见对方猖狂，方要发令派人出场，忽听丐仙吕瑄冷笑道："原来别人的徒弟也可充数么？这厮带有活东西，徒儿们哪个愿意帮这一场，可推两人出来。"说罢，便有两丐徒低应了一声，趱到前面讨令。同时金线阿泉也向邢飞鼠道："蔡贼无耻，头阵便请外人出场，我阿泉前去会他。"三人恰好同时开口。邢飞鼠听丐仙如此说法，料无差错，将身微欠，说声"有劳"。阿泉同了两丐徒便往台下纵落，从容先往主台走去。

四外众人一看，双方穿着和举止神情真个差到太远。先前三人，名为花子，实则全身打扮想是上等材料制成，那手工钱更比料子还贵得多，休说花子，便寻常人家也穿不起，神态又是那么威武；后出场这三人，阿泉虽穿得破旧，衣履也还洗刷洁净，人也神气，另外两人却和烧香庙会上所见花子一般无二。身量都不甚高，一个穿着一身补丁重叠的短衣裤，头发半秃，长着稀落落几丛短发，腰间斜插着一个粗麻套，长约二尺，内里好似藏有兵器，虽然风尘肮脏，却双瞳炯炯，神光足满，看去还有几分精神；另一个生得面黄如蜡，目光发死，走起路来两腿发僵，一点也不灵活，右手并似残废，和鸡爪一般，一动不动，拳向胸前，所穿黄葛旧长衫，洗得尚还洁净，只是宽大异常，太不称身，腰背之间隆起了好几道，好似缠有东西，如软兵器之类，下身穿着一条短裤，露出两条创伤累累、瘦削如柴的腿和一双赤脚。**自《庄子》开始，"真人不露相"就成为中国文学的一个别样传统，《西游记》中观音化身癞僧，《红楼梦》"癞头和尚"，还有鼎鼎大名的济公。**妙在是一人一个步法，零落蹒跚走来，到了正台前面。方料他们和前三人一样，向主台上花四姑等行礼交代，哪知道三人连正眼也未朝上观看，只朝台前当中麻袋上盘坐的三个花子，单腿前屈，各行一礼，一句话也未说，便自回身，缓步往擂台前走去。花四姑看那三人，除阿泉面貌极熟，年纪姓名却又不对外，余下两花子也看不出他路数，明知对方有心无礼，使己难堪，当此双方引满待发之际，也无从计较，只好气在心里。

两台相隔约有十丈。阿泉等行动缓慢，那两花子，貌相身材尤极猥琐瘦弱，连花、蔡等行家俱当阿泉能够动手，那两花子俱是奉命出场卖打、比道行的，并未看出深浅。阿泉等走到擂台梯下，台上三人等得不耐，各自横眉狞目，冷笑不已。阿泉等也不理他，仍若无事，一步一步顺着台梯走了上去。这类对敌，到了台上照例互相交代两句，问明动手动嘴或比道行，再各按所说行事。如比武力，一两照面，自问能敌便即交手，否则一任双方毒打，讲究打死不哼一声。眼力好而又光棍点的，只一对面便分出敌我强弱，更连手都不交，往地下一躺，听凭敌人处置，直到对方用尽方法，已然血肉糜烂或是晕死过去，总未输口，中间人也发了话，这才罢手。**这也有"杂霸地"的影子，还珠毕竟在天津卫生活了多年。**虽然一强一弱，却算两无胜负，而出手的一个无论本领多大，均行撒开，算是被卖打的一个拼掉，当日便不再登场，只能另换别人再上。每遇自己这面武力不济，多用此法去当掉敌人方面好手。可是这顿打，比起官家非刑还要厉害。双方仇怨再要一深，更是无所不用其极，一个打输了，口稍一哼哈，便累全体同丢大人，更不能再施故技，必须以力和人硬当，本是不济才行此法，自然十九非败不可，侥幸获胜，也不光鲜。所以不到万分无法，决不出此，而上去的人，都是千中选一的胆勇敢死之士。

蔡党这面都料浙帮人才太少，无可奈何出此下策，暗忖：这么几根瘦骨头也敢卖弄？就你们不怕死，当不住我们好手太多，看你能拼掉几个？何况我们这几个辣手先就吃不消呢。心存藐视，益发趾高气扬，来人已然上台走近身侧，还只斜眼瞟着，毫不理睬。阿泉见状还不怎样，那同行秃花子首先把怪眼一翻，面带不屑之容，阴阳怪气说道："喂，这头一场就你们三个出来么？要盘道，张口；要比武，动手；要比道行，就使出来；要讲卖打，就倒下，等七大爷收拾你。要是明白一点，心中害怕，就滚回去，另换几个皮骨结实点的来，休得呆在这里装腔作势。"

那广西帮借将铁手钩连郁潮生，年将半百，久在象山老丐叶文生门下，见多识广，人甚阴鸷沉着，早疑心到对方怎么不济也有两个好手，未必头一场便令死士卖打，虽然狂傲，暗中却留了神。及听秃丐如此说法，便知料中，敌人好整以暇，并非豁出送死，有意去硬卖强，善者不来，来者不善，立把适才轻视之念去掉。这等局面，对方说话往往难听，闻言只自打量敌人，心中盘算，少时对付哪一个可操必胜，免得初出场便给师父丢脸，一点也未动火。那五方太岁中的八臂花郎罗洪章和毒蛇神唐阿妹，一个性如烈火，一个生性毒辣，都是目中无人，骄横已惯，把来人看得不值半文，如何听得下这一套大话！罗洪章首先暴怒，喝道："不知死活的狗崽，竟敢口发狂言！凭你三个狗崽，也不用费什事，怎么都能取你狗命。"说罢便要动手。阿泉等三人未及发话，唐阿妹较有心机，见郁潮生对己使眼色，忽想起对方口出大言，也许有点门道，忙插口拦道："大哥且慢，叫他通名领死。无论比什么，由他说，我们全应好了。"

秃丐把秃脑袋一晃，指着郁潮生哈哈笑道："你不用朝这两个死坏挤眉弄眼，你也一样，不能整身子回广西。他叫金线阿泉，这是我哥哥黄阿六，我是你秃爷阿七。你们三个叫什么名字，我们用不着问，不过比什么还是你们先说的好，要由我们挑，你们更死得快，活不成了。"罗、唐二人一听敌人名字甚生，从未听过，也不知是真是假，同声怒道："狗崽既不肯说，那你们就过来一对一个，分开来上好了。"

金线阿泉和黄阿六始终在旁好笑，任凭双方斗口，一言不发。待罗、唐二人一说"过来"，黄阿六朝阿泉把嘴一歪，暗示令他对付罗洪章，自己对付郁潮生，于是各就一个，将手一扬，各往一边走去，匀出地方单打，却把秃阿七和唐阿妹留在当地。照例人分开后，互相找好地方，对面立定，还有几句交代才能动手。秃阿七和唐阿妹本立得近，唐阿妹因忿秃阿七无礼可厌，想等另两对人立好方位然后较量，不屑和他多说，只对面站住。哪知遇见对头，秃阿七比他还要心辣手快，这同台分立几步路，霎眼工夫都等不及，口中咕道："人已分开，不知还等什么？要害怕，回去多好。"

唐阿妹看他好似自言自语，用话挖苦，刚怒喝道："要打就打，谁还要怕你不成！"话未说完，耳听秃阿七口应得一个"好"字，声到人到，疾如飘风，人已纵身横来。唐阿妹万不料来势如此迅速，骤出不意，暗道"不好"，忙即纵身闪避，已自无及，眼前一花，啪的一声，面颊上早挨了一掌重的，打得半边脸上当时红肿老高，两太阳穴直冒金星。当时怒火中烧，纵过一旁，戟指怒骂："你……你……不要脸的狗崽！竟敢暗算伤人么？"秃阿七笑道："你不是催我打么？打了你又埋怨。你白瞎眼，当着面挨打都看不出，谁暗算你来？你才不要脸呢！要觉打不过，或是躺下或是回去，要不就须应我的话，不能活着回去了。"说时，唐阿妹因吃这一掌打晕，觉着左边牙齿已有好些活动，内腮肉也被牙齿挫碎了两处，又疼又头昏，只管忿怒急骂，一时护痛，竟忘了向前动手，及听敌人还口嘲骂，才想起说错了话，平日自负口齿伶俐，身手矫捷，才一上场便丢人吃亏，心中恨毒，怒喝："该死的狗崽！如不将你碎尸万段，不是人生父母养的！"随说，纵身过去，迎面就是一拳。秃阿七笑道："我看你不像是人生父母养的，真个不知死活，那就由你。"边说边还手，打将起来。

唐阿妹练就七十七手大圣拳，武功本好，先前只是骤出不意，轻敌吃亏，这一真动上手，看出敌人貌相身材虽是猥琐，武功却是精奇，不禁大吃一惊，不敢怠慢，也把全副本领施展出来。暂时双方扯个平手。一个是上来吃亏，恨极仇敌，立意制死报仇，身边虽带有异物，无如上来骄敌，以为几下便可将他打倒，不值费那大事，此时如若停手改比别的，无形中先输了一个头筹。对方又是无名之辈，面子上不大好看；对方再要推说不会这个，借此下台溜走，仇报不成，必还吃人挖苦，闹个输面。没奈何，只好仍在拳脚上找，真恨不能把吃奶气力全用出来。一个是丐仙高足，身怀绝技，游刃有余，有心拿敌人取笑个够，到头再下辣手，表面上看似半斤八两不相上下，实则暗中胜负早定。

　　这时两面三对人都打到了急处，只见六条人影兔起鹘落，星丸跳掷，捉对儿在擂台上滚来滚去，哪分出谁胜谁负？这场恶斗猛烈异常，除了双方敌人手脚相触，发出连珠般的微响外，三面看台上人，邢党方面早看出自己人的身手万无败理；蔡党方面又认为出场三人不是别有拿手，便是身藏异物，即便拳脚吃了亏，最后仍可制敌于死。各有各的心思，有恃无恐，都只定眼看着，一点声息全无。

　　似这样打了半个多时辰，唐阿妹渐渐觉出敌人本领实比己高，万难取胜，尤其是嘴上刻毒，不时说出两句挖苦话，真令人听了生气，情知再打下去决难讨好，敌人的手法又狠又阴，少时再为所伤，丢人更大，没奈何怒喝一声："且住！"双手挡过来势，跟着纵退出去，脚才落地，还未开口，秃阿七也如影随形，跟踪纵到，迎面将手一晃。唐阿妹防他追打，忙用手挡，喘吁吁厉声怒喝："我有话，说完了再打！"哪知秃阿七竟是假的，手一晃便自收势，诡笑道："我逗你玩的，不要害怕，有话只说，有屁且放，你还没到回老家的时候呢。你造那多的孽，就这么打死你，哪有这样便宜的事！"

　　唐阿妹吃他引逗挖苦，急不得恼不得，心中恼恨已极，怒喝："秃狗崽少放狗屁！我是因为两下本领差不多，这样打不完有什意思？换个花样，你敢来么？"秃阿七笑道："这你就快回老家了，你不是想把你身后那害人的玩意拿出现世么？早说多好，何苦累得气都喘不过来？有什法子你使吧，我等着。"说罢，将手一叉腰，蹲下身去。唐阿妹见那神气，活似久惯乞讨的无赖花子委顿在地，怒喝："起来！"秃阿七笑嘻嘻道："打了一阵打累了，我也歇歇，看你闹什花样，起来作什？"唐阿妹怒道："这样不行，我那青王神厉害，一出来你就没命。事前不对你说明，当着天下英雄，还当我暗算你不成？"秃阿七笑道："没关系，什么样活东西我都见过，不信会有那样厉害。少挨时候，只管放出来我见识见识。再把我那个癞泥鳅、癞蛤蟆随便放一个出来，就够你受用了。"

唐阿妹又道："这是你说的。我那青王神不喜欢跳动，我和你打了这一阵，它在囊里已然怒极，我如放它出来，见了生人，必不再要我说什么话，上前就咬，蹿起来比风还快。你却留个神，不要只顾说大话，落个死不明白。"秃阿七仍是贼忒嘻嘻诡笑道："你不用吹气冒泡，一条小青蛇儿有什么稀罕！明明那死泥鳅经不得跳动，你怕它出来装死，丢你的人，想缓一缓性，却来向我卖什么臭人情！"唐阿妹一半因是断定蛇一出现，秃阿七十九没有活路；一半也为蛇具特性，随着自己跳动太急，初出时往往昏昏如睡，必须自己发令催逼激怒，方始暴起伤敌，减却好些威势，并且自己也累得气喘，见秃阿七神情懈怠，乐得借这说话工夫缓一缓气，蛇也宁静一会儿。闻言知遇行家，心方愧忿，忽觉蛇在腰间伸屈移动，力甚刚劲，知己犯性欲出。那蛇从小喂养，颇有灵性，那么凶毒之物，独对自己驯善异常。日常围在腰间鱼皮软袋以内，除非遇见别的厉害同类或是以前斗过的仇人，在囊中闻出气味，向例不会这样强挣发威，心中奇怪。暗查敌人，仍是蹲在地上，待理不理地斜视着自己，腰间虽有一个二尺长的粗麻套，形式粗扁，颇似藏着成对的兵刃，绝不似什活物，所穿衣裤破旧肥大，敞腿赤足，更无可异之处。照行规，双方如以异物毒蛇出斗，对方无论是多厉害，除用自己所养蛇龟出敌外，只能用手擒搏，决不能使用家伙。断定秃阿七必是擒蛇高手，故此有恃无恐。却没料到自己所养乃是异种，人被咬中，因是见血立死，周身更有逆鳞毒刺，手万动它不得，只不知那蛇因何挣动，心一寻思，瞥见敌人方面的黄阿六和同党广西借将郁潮生斗向擂台一角，也各舍去拳脚，放了异物毒蛇出来。必是那蛇闻见气味所致，与面前敌人无干。

念头才转，腰间毒蛇挣势愈猛，再迟便须破囊而出，秃阿七又在谈笑催促，不暇往台角细看，忙把腰间鱼皮软囊锁口一拉，口中嘘的一声，喝道："秃狗仔细！我那青王神来了。"一言未毕，咝咝连声，一条七八尺长、细长如拇指的奇形毒蛇，已由囊中滑了出来。蛇在唐阿妹腰囊中本盘有好几匝，出时却是迅速已极。唐阿妹一边解囊呼蛇出斗，一面左手伸向身畔，取了一个鱼皮手套戴上，身子往旁一闪。秃阿七见那毒蛇身子细长，蛇头独大，其形如铲，作乌金色，两腮甚阔，红芯睒睒，火焰一般吞吐不休；额间一对红睛精光四射，自颈以下通体青色，油光滑亮；脊中心，由头至尾一行倒刺，又细又短，宛如钢针，锐利非常；腹侧两溜逆鳞，随着两腮帮子鼓动，时时起伏。身子看去刚劲非常，动作绝快。内行眼里一望而知，是条奇毒而又猛恶非常的异种怪蛇。

写各种奇形怪状的动物，是还珠一个特色。

秃阿七乃丐仙门下初传弟子之一，对于收服蛇蚁、驱役异物具有特长，与同上场的黄面阿六功力相等，医道甚精，时常起死回生，乃江西两异丐，数十年前便随丐仙吕瑄混迹风尘，滑稽玩世，游戏人间，专以行医济人为务。自从丐仙因见门下品类不齐，枭鸾并集，时有害群之马在外为恶，清理门户之后，鉴于阿六、阿七弟兄二人有功无过，向道坚诚，心地尤佳，便在暗中授以真诀，令往王屋山中寻一山洞坐关清修。入山多年，不曾在外走动。以前在江湖上行事隐秘，屡易姓名，貌又不扬，外人知道他们的极少。这次原为坐关期满，想见师父重请教益，路上闻说广、浙两帮丐首各约江湖上能手异人，在金华北山女铁丐花四姑家讲理比斗；丐仙和一干旧日同师兄弟，应了上天竺侠丐邢飞鼠之约，也在其内。阿六兄弟本和邢飞鼠是故交至好，又听师父在彼，跟踪赶来，恰好当天早上赶到。路遇邢飞鼠手下徒党，问明双方约会时刻。因丐仙向例不喜和常人一起，中午便是会期，此时去了决寻不见人，也没往晤邢飞鼠，到了会前时许，径往北山走去，恰与丐仙师徒先后相遇。分别拜见之后，领了机宜，混在人群之中，一同入内。

蔡党三人一出场，丐仙看出内有两人身藏毒物，非人力所敌。这头一场，必须先给敌人一个厉害，以挫他的威势。知道阿六弟兄生具奇癖，最喜驯养龟蛇异兽，已有多年，多厉害的毒蛇异物，俱能克制，便即授意，令其出斗。说也凑巧，二人以前俱都养有异物毒蛇之类，自从奉命王屋山中修炼，因所驯养各物多半凶猛奇毒，如放出去，虽然平日教练得好，已有灵性，不奉命不敢伤人，一则异类野性，终是难测；况又本来恶物，离开自己日子一久，知它犯性不犯？即或能不犯性伤人，这类毒恶之物为人所遇，也必不容，一想除去，必被情急反噬，伤人必众。为此除去，又觉相随驯养多年，并无过恶，于心不忍。好在所养各物俱晓人意，兄弟商议结果，就在山中觅地豢养。这次出山寻师，本想一齐封闭洞中，不带出来。因内中有两三样异物最是灵异，日常守在阿六兄弟身侧，寸步不离，一人坐关时，有两次夜间入定，受毒蛇猛兽侵袭，俱为所杀，功劳甚大，所下的粪和口沫，又是治毒疮的圣药，行时又在旁再三鸣啸，盘舞作势。二人见它追随不舍，加以用处颇多，便带了来。

唐阿妹自负所养毒蛇猛恶奇毒，对方虽是内行，擒蛇圣手也无用处，如以别的龟蛇毒物来斗，更是送死，所以气焰甚高。因那蛇头如铲，名为麻姑铲，又叫青罡鞭，遇敌时，在地上微一盘旋，把方铲怪头左右一摆，便和箭一般朝人头颈间蹿去，一口咬定便自不放，非把人血吸完或是同场另有敌人未死，决不松口。奇毒无比，只被咬中，见血万无生理。尤厉害是，从头到尾，在当中脊背一行倒钩、两腹逆鳞之外，另还隐有无数可以随意起伏的倒须钩刺。身在空中，能够上下横直转侧。对方身法任多灵巧，即便闪开头颈要害，也必被它横身扬尾横击侧绕，略被沾上便即缠紧，力大异常，多坚壮的牛虎，俱可勒缠为两段。身坚如铁，刀斧所不能伤。**极具想象力。似乎还挺真实。**照例见敌即扑，绝不迟延，况当发怒外挣之际。**反衬法。越写得凶，越衬出后面的惨。**

　　唐阿妹当它出时，势子必较平日还要猛烈，蛇一落地，便即迅速闪开一旁，以防钩挂衣服，挡毒蛇去势。一心还想看那毒蛇坚缠秃丐，咬颈吸血，满地打滚的活剧。不曾想那蛇并不似往日怒极发威时，下半身还未落到地上，前身才一着地，瞥见敌人，身子一翻，头便高昂腾起，全身似箭一般迎面蹿去。自从腰间鱼皮软袋内往下一滑，落到地上，只把蛇头昂起尺许，杵在地上，以下蛇身旋风般连打几个圆圈，便做一盘蟠在地上。虽也目射凶光，嘘嘘乱叫，看那神情，分明有些怯敌。目光所注也与往常不同，只注定敌人蹲伏之处，并非颈间致命所在，好似另有厉害仇敌，志不在此。再往对面秃阿七一看，依然蹲伏在彼，两只鬼眼半睁半闭，背上斜插的仍似兵刃一类死物，毫无动弹。细看脚底，并无异状，心中好生奇怪，不知敌人闹什么把戏。见蛇作势，盘踞昂立，久不前进，忍不住照着往日驱蛇出斗惯例，吹了两声哨子，口中连喊："阿青快上！"那蛇只管两腮乱鼓，状似忿怒已极，一任主人催迫，全不理会。

　　唐阿妹见状，觉着吹了一阵大气，蛇放出来却是这样无用，面子难堪，一时心中有气，便将那戴有皮套的手朝蛇头颈间拍去。本意催它出斗，谁知那蛇心有畏忌，竟不敢先发，依然不动。唐阿妹越发有气，竟用平日制蛇之法，施展辣手迫使上前。刚想伸手去捏蛇的七寸，那蛇似早防到有此一着，猛朝主人发威，身子一躬，昂首直上，大有情急反噬之势。唐阿妹做梦也未想到，豢养教练多年的灵物会有这一着！事起仓促，骤不及防，蛇的功力又是与年俱进，此时如真犯性，事前没有准备，还真无法制它。吓得喊声"不好"，慌不迭往侧窜去。总算那蛇还念主人恩义，**恩义，直似一徒弟、门人。**只怪不该逼它送死，又要防范面前敌人，一吓退便即收势，没有追逐。

　　唐阿妹纵落一旁，惊魂乍定，忽听对面笑道："我当你弄这条小泥鳅有多厉害呢，原来只会欺吓养主，见不得人。这样东西也当活宝一样拿出来，当着人前现世！它此时自顾不暇，不会咬你，快回来吧。再如害怕，我秃子替你收拾它好了。"唐阿妹一听敌人发话讥嘲，益发羞愤难当，怒喝："秃狗休狂！我这青王神脾气古怪，向例欺强压硬，不愿伤害软弱，又爱干净，见你蹲在地上，一堆脓包，又臭又脏，可怜神气，没看在眼里。是真的，你敢站起来撩拨它吗？"秃阿七冷笑道："不要脸的畜生！死在临头，还要口出狂言。我如站起来，连你带这臭泥鳅早没命了。不过适才听你吹了一阵大气，心想也许有点门道，打算容你施展个够，免得死后叫屈，说我心急，没容你卖弄。阎王早对你下了拘票，怕死得慢么？你如有什么家私，快显出来，单凭这条臭泥鳅，那是找死！趁早把命拿来，还许保得一具尸首。"**看来做乞丐都要有好口才。一笑。**

唐阿妹怒火攻心，如何肯信！仍自怒喝："秃狗！只凭口舌发狂，有什用处！是好的，和我青王神一斗，我便服你。双方都有不少高朋贵友，没的耽误别人工夫。"秃阿七哈哈笑道："秃老爷弄死这条臭泥鳅，何须亲自下手？你既只有这点家私，那就快了。"说罢，手往裆中一拍，**藏毒物于裆中，奇哉！**说道："小乖乖不要急，这会该出去了。那穿花衣服的不是好人，莫要放他逃走。"说时，金线阿泉、黄阿六二人已各占了上风。一个用重手法将敌人打伤。一个和敌人连比各种技能，俱占胜着。中间敌人放出毒物，吃黄阿六用气功将毒物双眼打瞎，跟着一劈空掌砍死。黄阿六因看在敌人师父分上，未肯将自己所养三眼神狳放出。借比兵刃为由，暗中连点了两次。敌人见他手下留情，不便再行恋战，只得交代几句过场，带愧下台，连原座都未回便自走去。晃眼之间，蔡党三人出场，倒有两人先行惨败。**详略得当。**

唐阿妹见状心正发慌，不是意思，忽听敌人口风忽转，竟似身边也藏有活物，猛想起今日毒蛇怯敌之状，料知来者不善。心中一惊，不愿再看别人，忙定睛往前注视时，只见秃阿七说完并未起立，只将那件长大破旧的衣衫前摆往上微撩，跟着一声极难听的鬼啼，由衣服底下蹿出一个怪物来。

那怪物通身红紫密鳞，似蛇非蛇，身长才只三尺。一个扁头，宽约一二寸。嘴如蛤蟆，上下利齿之外，唇边另有两个钩钳频频开合。合起来，阔口恰好封住，浑成一体；开时，两钳对分，口张处便有一根如意头的黑长芯子，箭一般突伸出来，开合吞吐之间迅速异常。前额生着三只碧绿怪眼，自颈至腹，前半尺许身子扁平，两边各有一列短足，极似蜈蚣形相，看去十分刚劲有力。腹部一段，身更宽扁。后半身方是蛇形，越往下越细；到了尾梢，忽作两歧，可以勾转。通体萤光闪闪，神态甚是丑恶。**这便全凭想象了。**才一出现，对面毒蛇身子盘得更紧，和饼一般，全没一点缝隙，蛇头也渐低下，只剩半尺许昂立在中，两腮起伏更急，目射凶光，注定怪物，通体都在颤动，好似又恨又怕神气。那怪物和蛇相隔只得丈许，出时一溜烟似便到了毒蛇面前，秃阿七说了句"慢点"，便即停住。**纵控自如，如同电子器件。呵呵。**

唐阿妹见这怪物从未见过，毒蛇如此害怕，料定凶多吉少。事已至此，说不出不算来，正在心想毒计，意欲暗算。秃阿七笑道："你认得我这玩意么？"唐阿妹已然气馁，仍硬着头皮喝道："这类小龟，深山里有的是，谁把它放在眼里！你如以为是个活宝，我将青王神收起来，准弄死给你看好了。"秃阿七笑道："难怪你不知道，这叫三眼神狳。多厉害的蛇蟒，遇见它便没了命。你自己都保不住，还想保全你那小泥鳅么，它已遇见定头星，除了等死，不会再听你的话了。不信你就收它一回试试。"

唐阿妹已知遇见克星，所说无一虚话。又见那毒蛇蓄怒畏缩之状，从未见过，有心保全，再用杀手暗算对方毒龟。惟恐毒蛇已为所制，众目之下一不听命，再和适才一样倔强反噬，丢人更大，还许为蛇所杀。心中一迟疑，对面三眼神狳想似候久不耐，三只怪眼齐射凶光，注定毒蛇一瞬不瞬，前身十二对蜈蚣脚不住摇撼，窸窣乱响，身后勾尾长鞭一起一落，打得台板叭叭山响，当中宽扁肚皮不时发威怒鼓，最粗时竟有二尺方圆，腹背密鳞本如叠瓦，也片片倒竖，有似猬立，**用 3D 技术拍出来一定好看**。比初见时格外威猛。那毒蛇越发呆首紧盘，宛如僵死，全无生气。

唐阿妹情知不妙，一时情急，猛生毒计，豁出那蛇不要，口里低说："我却不信。"冷不防猛地口打往日收蛇入袋的暗令，将有皮套的手往下一伸，抓起蛇的七寸，照准秃阿七迎面甩去，口中方喝："送你受用！"那蛇原是怕极对头，耳闻入袋嘘声，虽不敢动，一心还盼主人好意，许能带它逃走，所以抓起时并未倔强。及至将手一甩，那毒蛇本是灵物，动作之时又急又猛，见主人一甩，想似知道心存叵测，要借它一命去害敌人，急怒恨毒，在空中一挺，那条长七八尺、铁鞭一样的身子，立即猛舒开来。唐阿妹原想自己下手极快，骤出人蛇双方意料，将蛇甩出，只敌人身子一被蛇挨近，便无幸理。哪知他快，蛇势更快，惊悸忘魂之下，恨主人绝情，猛发暴怒，随手才甩出去，身子一挺一顺，后半身往横里一扫，势疾如电。唐阿妹见一尾鞭扫到，方觉不妙，想要纵开，已自无及，竟被尾梢扫中腰际，当时痛彻心肺，方怪叫得一声，上衣已被蛇身逆鳞倒刺钩住，就势前身凌空，猛缩回来，方欲反噬主人泄愤。

地上三眼神狨更是目锐势猛，心思灵巧，善通人意，尤其那左右两排蜈蚣脚，爪上有蹼，走伏时看不出来，纵起时张开，比鹅掌还宽，能够凌空招展划行。中段扁腹又能鼓气收放，具有浮空之力，随意转侧飞行，无不如意，矫捷非常。三只怪眼早把毒蛇全身注定，一半待机追扑，一半听候主人之命。一见毒蛇被人抓起，立即暴怒发威，更不再等主人发令，一声儿啼般的怪啸，照准毒蛇飞纵上去，恰也同时扑到。神狨上时，原已觑准尺寸，恰与那蛇迎个对面，势疾如电。毒蛇躲已无及，知难幸免，情急之下，不顾再反噬主人，欲向仇敌拼命，猛张毒吻，迎头便咬。说时迟，那时快！神狨的两排利爪已抱向毒蛇身上，见它张嘴来咬，简直未怎理会，分列唇边的两只钩钳倏地合拢，恰将蛇颈七寸做一圈紧紧箍住。那蛇吃这一夹，便和死了一样，张着一张血口，利齿如钉，不能合拢，一根血也似红的长芯，笔直伸出口外好几寸长，也缩不回去，只将一双晶明有光的凶眼怒视仇敌，下半身钩住主人衣服未放，中半身连连颤动，好似痛极神情。**虽虚拟而似真。**

唐阿妹见蛇反噬，衣服又被钩住，知道一被咬中便无生路，情急逃命，正欲用重手法打蛇要害，倏地眼前一花，毒蛇已被神狳抱紧。惊悸之余，猛一动念，意欲乘着双方恶斗纠结，就势猛下毒手，一齐打死。手刚扬起，那三眼神狳何等机警厉害，动作神速无比，只得主人之命出阵，敌人一被相中，休想活命！前身两排利爪抱住毒蛇，就势身子往上一挺，后半身上翻，那条长尾早反甩过来。唐阿妹百忙中防为蛇身毒刺所伤，又是用戴皮套的左手由横里发出，明是下落之势，却没防到对头身灵如电，就着蛇身使劲，反尾往头上打来，势绝神速。手未发出，先觉头上风声，连想躲的念头都未容转，脑门上便中了一尾鞭。神狳尾钩奇毒，锋利如刀，力又极大。唐阿妹当时痛晕发麻，神志已迷，未忘仇怨，两手用力往外一斫，一手斫向蛇的腹际。蛇怒急护痛，下半身猛力一挣，豁喇一声，将尾梢所带衣服撕下一大片来，身便离了人身，带着破衣往上一甩，恰被神狳尾钩迎着。互相绞结，一同坠落台上。唐阿妹另一手便自打空，随身歪倒，仆地不起。

那时神狳唇边钩钳依然紧嵌蛇颈未放。蛇口仍是开张，红芯突伸，也未缩回。双方一到地上，神狳便把腹部贴地，前半身抱蛇的上半身，面对着面直竖起来，那蛇要害吃仇敌紧紧夹住，威力大逊，强奋余力，两尾对绞以后，愈成强弩之末，形态虽仍猛恶，身已任凭摆布，除上下受制，痛极皮鳞乱颤外，更无反抗之力。神狳动作极快，两排利爪刚紧抱蛇身举起，阔口开处，口中长芯电也似射出，舌尖如意头便将蛇的芯子裹住，吮咂有声，一直往前卷去，直向蛇口伸入，蛇芯也随着消化。只见那蛇始而疼得喉中吁吁惨呼，两眼突鼓，似要冒出火来，等芯子被神狳长芯消尽，伸入喉间，便不再有声息颤动。神狳两钳忽舒，扁头往前一探，猛张大口，将蛇连头咬紧，通没丝毫缝隙，跟着扁肚一鼓一收，似在往里猛吸。眼看毒蛇那么强健的长身，由头自尾逐渐收缩，好似内里血肉俱被神狖吸去一般。似这样约有四五次，神狖两排蜈蚣脚爪本来紧抱蛇身，忽往左右一分，三眼怒凸，胸腹一鼓一收之际，只听声如裂帛，嘶的一响，跟着波的一声爆响，同时蛇尾甩处，那毒蛇便被甩起，笔也似直搭向台板之上。神狖扁头再往起一扬，那蛇便似蜕脱一般，做一条线，自颈以下直裂到尾，蛇的内身骨脱皮而出，甩将起来，内中血肉已被吸尽，一丝不见，只是一串蛇骨，势如长蛇归洞，往神狖阔扁大口里投去。狖口外两只钩钳相助拨入，舞动如飞，晃眼全尽。神狖怪口一合，两钳交叉，将阔唇封闭，嘴嚼有声，口腮略微鼓动，便自咽下，台上只剩了一张蛇皮。

唐阿妹人已死去。被神狖尾钩所击之处，头上裂有两个小洞，黄水外流。这原不多一会儿的事。蔡党中人见派出去的党羽斗了一阵，忽然败亡俱尽，忿怒已极。二次派出的人还未起身，唐阿妹尸身由伤处起，已由暗赤色转成通体紫黑了。秃阿七知道三眼神狖这类通灵毒物，敌党纵养有别的毒龟毒蛇，决非其敌，见蛇已被狖咽完，笑道："今天这一顿，总够你享受了吧？还不去把那厕所中的毒收去，留在这里害人不成！"神狖叫了一声，随纵向唐阿妹身旁，刚将大口张开，伸出那如意头的长芯搭向唐阿妹伤处，忽见台下连纵上来两个蔡党，看神气似想将唐阿妹尸身抬走，刚纵上台，正值神狖纵过，意似畏怯，呆得一呆。内中一个生得貌相甚是凶横，猛伸手拔出身后钢刀，手指阿七正要发话，地上神狖首便昂起。倏地一条人影由斜刺里飞来，落到那人前面，指着神狖怒喝道："花狖儿不许乱动！他不配我们动手，这是来抬死人的。快将毒收去，由他抬走，好让别人找场，没的耽误了工夫。"

神狖闻言，方始将头垂下，仍吐长芯搭向唐阿妹的伤口。这发话人正是黄阿六。说时，阿七见神狖将头昂起，喊声"不好"，相继纵到，朝那人喝道："你枉在蔡乌龟门下，怎也不知轻重利害！

死人毒没收去，谁敢沾身，休想活命！我养这小玩意比人还灵。休看你这把切菜刀快，不信你斫一下试试，看能伤它点皮不能？无故找死，何苦来呢？"那人也是广帮恶丐中二路人物，奉了蔡乌龟之命，率领十余名同党，专任救护受伤徒党，抬回死尸，人最粗鲁，先见另一同党受了重伤，跟着唐阿妹受伤倒地，也不知他死活。因知对方劲敌，忙率另外三人分头抢上台来救护。看出唐阿妹已死，本就愤急，又见神猱张口吐芯搭向死人身上，误以为要对死人加害，吸他血肉，越发有气。照规矩，一场斗过，双方便须发话另议，似此恶物，无人能敌，便须另外换人，此时双方全未吐口，本不应动手，自恃身有宝刀，想为唐阿妹报仇，抓着伤害死人犯规的错，就势一刀将神猱除去。不料话未出口，两个强敌先后纵到，话又极为难听，益发火上添油，大怒道："唐师哥自不小心，误被毒龟弄死。我不信这东西能吃我这一刀。你这秃狗崽，吹这大气作什么！"

秃阿七笑道："你不信么？这个容易，我不值与你计较。现时死人毒已吸尽，叫你那同伴先把尸首搭走，就让你斫两刀试试。"随喊："小乖过来，这厮不信你皮骨硬，让他斫一刀试试，不许还手！"那神猱刚把死人的毒用口吸完，闻言竟似懂得人话，走了过来。那人见状，料知不假，一则心仍有些犯惑，又想自己刀快，许能斫死，即或不伤，此非真比，至多被他轻笑，也无大害，话已出口，无法收回，便命同党去抬死尸，心想：此刀能够斫铁立碎，何况自己这把子力气，断无不伤之理！当时心气一壮，喝道："这是你叫我斫的！"说罢，运足平生之力，观准猱颈，一刀斫下，只听铿的一声，手臂震得生疼，神猱只瞪着三只怪眼望着他，一丝不动。阿七哈哈大笑，那人又惊又愧，本想退走，一眼瞥见猱腹扁平，不住鼓动，好似甚软，以为此方是要害，不该斫它的头颈，心一后悔，又生毒念，口喝："我再斫一刀试试！"声随刀下，二次猛运全力，右手一紧刀把，改砍为捌，朝着神猱腹扎去。这时阿六、阿七同了金线阿泉俱站台上，只等事完向众交代过场，见状方喝："你找死么！"那人刀已发出，因看出神狳厉害，下手时虽自信十九成功，一样存有戒心。原意一刀刺死固妙，如刺不死，立即纵退，以防反口。原早打好退步，谁知刀到狳腹，竟似扎在一个极坚韧的东西上面，用力太猛，手被刀柄擦动生疼，狳腹仅仅扎处往里微凹，并未刺进，刚觉不好。

就在这动念瞬息，刀还未及收回的当儿，猛觉手上一震，瞥见狳腹往外一鼓，力大异常。一人一狳，去势来势俱是极猛。那人骤不及防，连人带刀被震弹出好几步，身子一歪，几乎跌倒台上，幸是武功还有根底，自知危急，于理又亏，慌不迭略稳身形，便往台下纵去。逃时还想顾颜面，口刚说得一句"改日再见"，猛又觉背上一股极劲的热气吹到，人已往下纵落，回头一看，阿七正在台口戟指说道："这事便不怨我们。我弟兄养这玩意虽是凶毒，无故决不伤人。适才容他斫了一刀，乃是言明在先。有我弟兄的话，自然它不敢动。就不服气，也该对我们说好再行下手，不应突起暗算。如非我们强行止住，休想活命。现这人虽未为神狳所伤，但是狳口丹毒已然喷出。我们事前不知，无法拦阻，中毒深浅与否也不知道，只好由他去了。现在头场已然见了胜负。是我三人告退，另换别位再上，还是蔡团头再派人出场，仍由我三人奉陪，悉随尊便。"

说时，蔡乌龟见头场三人全都惨败，非死即伤，无一获胜，还有一人溜走，众目之下，早已羞愧难当，怒火中烧，不可遏止，有心想把所有妖僧妖道一齐请上场去，各施法术飞剑，杀他一个落花流水。无如花四姑虽然报应临头，转眼身败名裂，人亡家破，到底年老成精，饶有眼力，看出前头不像好兆。明知势成骑虎，欲罢不能，心中仍想谨慎从事，相机而行，以备事完留一退身之路。借着贵客临场格外礼敬，自己所约不算，连蔡党所约妖人都一齐请向正面主台之上，拿定主意，一个对一个，一场接一场，不令群殴混杀，全按上等行规，除了双方主体，未动手的人皆可不算仇敌。胜固快心荣耀，万一全数惨败，或是看出不行，也可收风，作为自己不服出头，向对方另讨过节，重订时限地方，二次再行比斗。这样做法，人虽丢定，却不至于累及身家，一败涂地。在座妖人，早吃稳住，借口："身是主人，不能不照江湖规矩行事。尤其诸位神僧真人大名鼎鼎，更不可露小家子气。一见不胜，便即逞强出头，胜了也不光辉。务须说话算数，免使敌人轻视笑话。反正有诸位神僧仙长在场，万无不胜之理。出去越晚越有话说，也越威风。"因花四姑利口，善于酬应，**坏就坏在"利口""酬应"上面。所谓"聪明反被聪明误"**。礼数款待又极优厚，无不投其所好，来客人人尽欢。这伙妖僧妖道全被笼络，谁也不好意思不听她话。蔡党惨败，正面台上竟无一人越众出动。

蔡乌龟见状，一想方败便请外人出场，也实不好意思，如要对方换人另比，无异说台上三人厉害难敌，低首认输。再者杀徒之仇如何报法？算来只另派人接场最好。怎奈对方养有毒物，连名都不知，唐阿妹那厉害的毒蛇，尚且连人惨死，如何能敌？心方寻思，旁立雷州帮恶丐、蛇王陈长生派来助场的两个门徒琵琶神崔大头、荷花仙郎汪桂，约了郁潮生的师兄铁剪手何文开，已朝自己打一招呼，便往台下纵去，刚往正面主台行礼交代，擂台上阿泉等三人也发出话来。这里蔡乌龟还未答话，邢党方面已有人接口喝道："你们胡说！讲好任谁都各比一场，不能由我们坏了规矩。你们三人还不回来！"跟着纵下三人。阿泉等三人一听话里有因，便往台下纵落，回往西台而去。

蔡乌龟见众仇人退走，方要发作，因定有例，话不好说，并且神狳厉害，胜败难知，心想换人也好，且捞回一场再说。话到口边，又复忍住，心还以为对方换出的人不能都养有毒物，崔、汪、何三人有名狠手，当不再败。哪知对方二次出场的俱是丐仙门下高弟，一个比一个厉害。内有丐仙吕瑄最初所收六个高徒中的两个，一是在永康方岩和黑摩勒恶斗的断臂丐范显，一个是阴阳脸子邹阿洪，还有一个美少年，便是丐仙最末一个收来备传衣钵的卞莫邪，比阿泉、阿六、阿七等前上场三人，本领只在以上不在以下。尤其卞莫邪，不仅内外功都有极深造诣，并还精于剑术。偏这三人，范显是在南疆多年，邹阿洪近十多年随师卖药，不喜生事，卞莫邪形迹更是韬晦，一干蔡党均未见过。就花四姑门下党羽，也只少数听人说过，知道名头，见到过的人极少。

蔡乌龟见对方三人，两个奇形怪状的花子，一个寒士打扮的英俊少年。上台以前，只同去正面台下，朝那麻袋上坐的几个老花子略微躬身，打个招呼便自回去，对于两台上那多有名人物，连正眼也未看，神情较前三人更傲。虽料劲敌，浙帮中无此人物，无如自己所派也非全是本门，并且一较真更显己软。心还在想：凭二次出场这三人个个好手，只对方不再放出像方才一样的怪物，不论比哪一样，均不至于落个下风，怎么也捞点面子回来。正自寻思，恰好敌我双方同到正面台下。

蔡党三人俱是久经大敌的成名人物，因见头场三人全遭挫败，心中虽然忿恨，却不敢再存轻敌之念，早已留心。老远看见对面三人走来，当头两个步法散漫，穿着神情和阿六、阿七差不多，虽然都似城厢中积年以乞讨为生的无赖花子，一个并还断了一条臂膀，二目神光却是炯炯流射。身后少年，看似文秀，走在晴天沙土地上，脚跟后面点尘不起。这些都与常人有异。行家眼里，只要细心查看，自瞒不过去。料是劲敌，本欲抢先登台发话，脚底暗中加劲，走得颇快。不料他到，人家也到，双方成了对面。照理自己应该先到，邢党三人脚底并未见加快，双方远近相差两丈左右，步法又是一快一慢，竟没看出敌人是怎么来的，当时也未怎觉察，便同把手一摆，作形礼让。原想对方必要还礼相让，然后一同登台，哪知邢党三人大模大样，竟连理也不理，自往台上走去。

蔡党所派三人，以雷州恶丐陈长生的二弟子琵琶神崔大头本领最高，性情最暴；三徒弟荷花仙郎汪桂较次，却打得一手好暗器；铁剪手何文开本事和崔大头虽差不多，心思却最细密，见闻最多。一见对方不通情理，目中无人，却有了气。崔大头冷笑一声，正要发话，吃何文开打手势，暗中止住，同往台上纵去，心想：你不懂礼数，我便抢向前去！台高三丈，起步时敌人才只上了一半，又是循级而上。按说纵的人应该先到，崔、汪、陈三人面向台里，为显自己轻功，纵得又高又远。明明看见身由敌人头上飞越过去，哪知脚才点地，便听敌人身后发话。赶忙回头一看，三个敌人已在相隔不远的身后，作一字排开，面向台外。这才觉出敌人身法竟快得出奇。不用动手，即此已输了头着。众目之下，由不得愧忿交集。照规矩，又不能不容对方交代，只得守在旁边等着。

偏生发话的一个正是那邹阿洪，一张阴阳脸子，加上一件破旧半长花子衣，东补一块，西搭一片，赤着一双泥腿，连草鞋都未穿一双，本就奇形怪状，引人发笑，偏又生就一张巧嘴，说起话来又诙谐又挖苦，叫人听了急不得恼不得，明是几句照例的过场，偏加上许多作料，《济公传》。连敌党中人也被引得暗中好笑不置。三人强捺住气把话听完，铁剪手何文开见崔大头已气得面容更变，恐他话说不当，节外生枝，引起敌人轻视，忙把崔、汪二人手一拉，自抢向前，把几句照例过场说完。一句话不加，暗示对方贫嘴薄舌，小家子气，不值一理，随即回身。范、邹、卞三人早不客气，先占了上首。

三人见状，又是一气。崔大头忍不住忿怒，首先喝道："你们这些鼠辈，平日里只会抢点残羹冷饭，欺软怕硬，目中无人，没见过什么世面，也不懂什江湖礼数，和你客气，反道怕你。双方都是三人，谁愿找谁领死，就滚过来吧！"阴阳脸邹阿洪笑嘻嘻道："不要忙，我早把你这颗大头看上了。想找死容易，你也不打听好尊姓大名，到了阎王那里，问你怎么去的？再要想问就来不及了。"说时，独臂金刚范显早手指荷花仙郎汪桂笑道："你是蔡乌龟养的兔子么？向你范爷撒娇，也跑出来送死。"汪桂最忌讳人说他兔子，闻言大怒，喝声："你这六根儿不全的丑贼，也敢出口伤人，叫你知道小爷厉害！"说罢，纵身过去，待要动手。范显狞笑喝道："你这雌不雄，也敢出来现世！要在这里来，我不把你蛋黄挖出来，我不姓范！"随说，早往一旁纵去。汪桂怒火中烧，跟踪纵过，打将起来。仍是铁剪手何文开较稳，先和卞莫邪互通姓名，然后同去一旁动手。

三人倒有两对打上。反是崔大头头一个上前，偏遇见一个懒怠鬼，只是斗口，还没有动手。一见同伴已和敌人交手，又听说话气人，大怒喝道："你这类无名鼠辈，有什问头！"说罢，扬手一掌打去。邹阿洪有心拦他，将身一晃，大喝："我有话说！"崔大头只得住手道："好嘛，有屁快放！"邹阿洪仍笑嘻嘻道："你不要和我打么？满好！"随说，纵身就照脸上一巴掌。崔大头听他说头一句，又见那么阴阳怪气，只当底下还有话说，方欲催问，不想底下只说得"满好"二字，声到手到，身法又是绝快，骤出不意，闪躲无及，叭的一声，脆生生挨了一下满的，大半边肥脸立时浮肿老高，添了一个青紫色的巴掌印，口里牙齿也几被打落好几个，顺嘴流鲜血，气得两太阳穴直冒金星。赶即一边还手，一边怒骂："不要脸的狗崽！暗算伤人，少时将你碎尸万段！"

邹阿洪一边还手一边笑道："你不是想快吗？我听你的，又不好了。自家武功不精，没有眼力，埋怨人有什么用处？我看你半边脸大，不好看相，有点恶心，莫如我代你把右半边脸也补上，索性教你头再长大些，显得你家坟地里有风水。少时阎王见你有这一颗出号大头，也格外看重一些。"说着说着，两手一分，纵身迎面又是一掌打去。崔大头生具神力，练过鹰爪功，双手和钢爪一样，人被抓上，筋骨皆裂，先受对方嘲笑，已是愤不可遏，上来又被巧算，挨了一下重的，如非练了一身硬功夫，就这一掌，便被打闷过去，越似火上添油，咬牙切齿，恨不能把敌人一把抓住，扯个粉碎。不料邹阿洪软硬功夫俱到了火候，知他力大，并不和他正经交手，不住蹿前跃后，左纵右跳，得空便掏一下，一半拿他开心，身轻如燕，矫捷如猿。

连经十多个回合，崔大头枉自费了许多精神气力，连轻带重，白挨了六七下打，一下也没还上，敌人便宜话更说之不已，由不得越气越急，心越忙手越乱，益发捞摸不着。怒火头上，忽听这等说法，料定邹阿洪是要打他右脸，暗骂："该死狗崽，我适才骤不及防，吃你占了一点便宜，再来只被我捞着，休想活命！"于是便留了神，恰好邹阿洪一掌朝右脸打来。崔大头也是久经大敌的有名人物，只管心中寻思，因见这人特别滑溜，已然连上了好几次大当，却也防到其中有诈，心想这厮如此狡猾，哪有打人先说之理？内中必又藏有声东击西的巧招。一见掌到，意欲将计就计，不真接招，只用右手虚晃一下，乘着敌人要变招未变招的当儿，就势用重手法，"乌龙探爪"，照准胸膛抓去。以为凭自己这手硬功，敌人纵有多好功夫，也必重伤无疑。

谁知邹阿洪练就一双神目，手疾眼快，虚实相并，变化无穷，身法更是灵巧，最擅长是借劲使劲，蜻蜓点水，沾着便能飞起。左手去打右脸，右手却斜横胸前不动，以备接架应变之用。一双神目早将敌人上半身一齐照住，稍有动作便即看出。崔大头如若老老实实接招，邹阿洪知他力大，不与硬碰，还打不着，这一取巧，正好上当。邹阿洪人矮，知道纵起打人，身子悬空，最易吃亏，不惜下苦，将师父的飞鹰掌法学会，纵时早已备好退路。那一掌又是半实半虚，未使足力，见崔大头右手来隔，就势反手向下，抓住敌人右手，借劲使劲，猛地一个"白猿过桩"，暗藏"风飐杨花"的招式，手击敌人手臂，双脚连身向上斜飞，同时斜横胸前的右手，一个反背巴掌朝崔大头右脸打去，叭的一声，打个正着。就着打中这一点劲，左手一松，身子往敌人反手方一翻，口喊："还是换右手打才公道！"声出人落，实如小鸟斜飞，轻轻落向一旁。

这原是瞬息间事，崔大头右手一格，左手便抓，猛觉右手脉门一紧，左手抓了个空，敌人身手迅速如电，**武术技击三要素：一、手快打手迟，二、一力降十会，三、虚实巧变化。其中一、二似乎矛盾，其实并存而不悖，全在拿捏火候。所谓"力"，主要也是指爆发力，里**

面同样要求速度——瞬间、集中。一切全出意料，连转念都不容，只觉眼前一花，人影飞舞，右脸便又着了一下重的，打得比前回还要厉害。当时半边牙齿全松，打落了两个，口中鲜血往外乱涌。怒焰中烧，忿怒欲狂，敌人尚在身侧，不顾疼痛，慌不迭舌头一伸，将断牙吐落，怒吼一声，凶神附体地凶狠狠便要扑将过去。邹阿洪将身一纵，闪开笑道："大头鬼不要忙，先把你这狗牙收拾起来，再打不迟。如嫌手脚不行，再比别样也可。我定让你把全套猢狲把戏施展出来，再送你见阎王去。省你死后委屈，心不甘服。"崔大头如何听得这个，血口怒骂："狗崽贼叫花！管比什么，到时自会取出。老子今日与你拼了！"邹阿洪原见他腰悬革囊，背上凸起一条，看出内藏兵刃暗器，此人身强力大，又练有一身硬功，欲凭手脚除他甚难，故意引他动家伙，以便下手。闻言正合心意，知已情急，准备拼命，既这等说法，不定何时突然取出发难，便留了神。

阿洪一件特制的软硬兵器围在腰间，本极易取用，一面交手，一面早乘空把机簧拨开，只一扯一抖，立可摘下应用，主意打好，笑问道："大头鬼，你急了么？实告诉你，你会硬功，我会软功轻功，还能借劲使劲。休说打我不中，就被你打上，也无非借你的手脚把我弹出去，喘口气仍就回来，向你缠夹不清，枉自白费力生气，丝毫奈何我不得。你的功夫门道连同身上要害，因为我有一小师侄，练得便和你一样路道，所以非常清楚。现在不过是逗你玩，看中你这颗大头，借它煞煞手痒。等我逗得不耐烦了，只消和刚才一样，照准你这致命穴道来上一下，立刻了账。你要有别的花样，还是快使出来的好。"

双方原是一边动手一边叫骂，崔大头自然也在还口。连挨两下重打，忿极之下，觉出敌人身轻手快，本就格外留心。阿洪说这些话又是别有深意，跳纵既速，两手尽是花招，说到要打致命穴道时，双手上下连指。崔大头不知是计，想借此试探自身要害。先前上过阿洪的当，这时话到手到，以为阿洪真知自身要穴，双方打得又正激烈，恐其重施故技，又来一下，这练硬功夫人的要穴，关系存亡，不禁心惊，百忙中用手一护，恰被阿洪看破机密，知道十九不差，也不说破。又斗了五七回合，崔大头早就想取暗器，先吃阿洪逼住，匀不出手来，方想叫明停手，换了兵器再打。阿洪已将要穴探得，故意卖个破绽，喊声："照打！"一个"猿猴摘果"，迎面纵起，照面门一拳打去，吃崔大头左手一格，一个右手当胸一挡掌横推出去。

二人动手，阿洪也曾被大头打中过好几下。**这样写才合情理。习武之道，先要学会挨打。我在津学摔跤，师傅先教如何倒地方不受伤；后在胶东学拳，师傅谢虎上来便讲："杀敌一千自伤八百，谁抗打谁占先。"**如换旁人，这类硬功掌法只中上一下，不死也必受伤，无如阿洪武功精纯，借劲卸力具有惊人特长，深得粘、弹二字口诀的三昧。敌人手到，十九仗着身法灵巧，不被打中。偶被打中，也是先有成算，将计就计，掌到身上，往里吸一口气，被打中处恰似身子本在敌人手上甩将出来，多大的力也使不上，如何会伤？等身手相接，敌人劲已卸去，再往外一鼓劲，就在这势急不容一瞬之际，一缩一绷，立时借劲使劲，和弹火一般弹将出去。崔大头也是屡次白打，无奈他何，心中气极，以为劲有大有小，决不能回回都用得那么合适，这次势子更急，用力愈猛，以为多少总可伤着一点，依然无效。阿洪本心给他缓手，见来势猛急，纵退时也加了劲，竟被弹退出三四丈远，再加数尺便到台下。

阿洪落地笑骂道："大头鬼，你轻一点啊！何苦把吃奶的气力都使出来，这有什么用呢，我要落到台下，一赌气不和你打了，你一个人干在台上，白挨两个嘴巴，找谁诉苦去呢？"阿洪这次纵得甚远，又不似先前，刚纵出去，脚一点地重又纵回原处。崔大头以为时机不可失去，忙即假装奋身追踪，乘机先将身旁竹叶飞刀悄悄取了五把在手内，纵时就势回手，把背上兵刃结扣扯脱。准备先发飞刀，跟手拔刀，给敌人一个冷不防，不问青红皂白，先把仇报了再说。

阿洪明明看在眼里，安心使他出来丢丑，只装未见，也不过来，仍立台口，接口笑骂道："大头鬼，你头重脚轻，留神跌倒中风，不是玩的。不要跳了，爬过来吧，我也可以歇上一歇，定定心再打。"说时迟，那时快！阿洪言还未了，崔大头身已纵起，落在阿洪前面丈许远近，落地便将飞刀发出。那刀共是五把，长三寸，宽才半寸，中有出风凹槽，两面开口，又薄又快，锋利异常。一发五把，分左右上中下五路，联翩飞出。发出时如疾风之吹落叶，上下左右乱摇乱摆，势却迅疾。专一声东击西，迷人眼目，遇上极难闪躲。中在人身，直钉横抹，不似别的暗器只照直打，又经毒药淬碾，见血无救。崔大头素虽凶横，轻易不肯妄用，实因受辱太甚，打又打人不过，仇深恨重，怒火中烧，誓不两立，才使将出来。照理，这等场面动手不胜，如换家伙，必须事先言明才不犯规。也是情急发横，满拟骤出不意，取时手法灵快，阿洪决未想到有此一着。此刀百发百中，何况又是五刀同发，相隔这近，敌人纵和自己一样，练就一身刀枪不入的硬功，也无法幸免。哪知敌人目光如电，身轻手快，为丐仙门下有数人物，表面若无其事，暗中早有戒备，落地不肯回纵便由于此，早就全神贯注在他这双手上。一见五片银光上下翻飞，首尾相衔，蜂拥而来，便知厉害。右手刚往起一抬，为首一刀已然飞向面门，喊声"不好"，翻身往台口倒跌下去。下余四刀全由身上掠过，飞落台下。

崔大头见仇敌中了一刀，心方一快，猛瞥见台沿上挂有一双泥脚，暗忖：这狗崽明已刀中面门，万无生理，如何还能用脚跟倒挂全身？微一迟疑，把心一横，反正早晚是和敌人破脸混战，管什规矩！先将狗崽斫上几刀，也出恶气！随想，回手一扯，刚将身后合叶折刀拔下，甩开抖直。未及赶过，倏地人影一晃，仇人竟由台下翻身飞起，扬手就是一溜白光，飕的一声迎面飞来，势子又劲又急。说也真巧，崔大头如非有刀在手，不用再打，就这一下，早自丧命。

原来阿洪不但武功精纯，人还机智谨慎，见识尤多，各种精奇暗器，俱知用法来历和那劲头，一见敌人所发暗器，与昔年凶僧大斗和尚所练飞钹的手法一样，事出意料，没想到会是这类暗器，相隔这近，无论躲向何方俱都上当。自己虽有一身软硬功夫，仍不肯以身试险，急中生智，暗用本门"撮"字诀，专对付当中迎头一把，一面用大中二指将刀撮住，同时顺着来势假作中刀，仰面往台下翻倒，却用脚跟挂在台口，手法绝快，势子更巧，崔大头一点也未看出。阿洪悬身台口，耳听上面敌人动静，匆匆将刀顺过把手一看，暗骂："好狠毒的狗贼！冲这把刀，也容你不得！"心念一动，随即挺身翻上，先将原刀回敬，口中笑骂道："大头鬼！这样薄纸一样的破铁尺，也敢拿出现世？先还给你，再和你算账。"崔大头冷不防敌人没有受伤，忽然纵起，还有暗器打出，心中大惊，慌不迭随手横刀一格，只防面门，没有很准，被刀背碰了一下，由耳旁侧飞过去，颤巍巍钉在台板之上，差点没被打中眼睛，端的险极，不禁又吓了一大跳。

阿洪随又骂道："大头鬼！那是你的修脚刀，还不快捡去！我等着你。你打不过，想换家伙，说话呀，我又不是没和你说。这样鬼头鬼脑，不给你师母娘现世吗！"崔大头越发愧忿难当，强颜答道："我不也早和你这狗崽说么？老子什么时候想动家伙，就取出来。如今暗器比过，你要带有家伙，快取出来。要不，下台叫他去，老子等你！"阿洪见他人不过来，一边说话，刀交左手，知是又思偷取飞刀暗算，骂道："不要脸的大头鬼！你等我不等，打累了想缓气么？没那便宜的事！"崔大头刚把手换过，还未反手取囊中暗器，阿洪话未说完，人已当先飞到。崔大头见阿洪纵过时空着双手，心想：这狗崽必是自恃硬功，却不知我此刀厉害。大喝一声，迎头一刀砍去。哪知阿洪故意如此，暗中早有准备，借这一纵，手往腰间一带，已把兵器卸下，随身甩起。双方势均猛急，不容缓手。大头阔面板刀刚往前砍，猛瞥见蛇也似一条黑影，带起茶杯大小、银光闪闪一团寒星，由敌人身畔斜飞而来。屡次吃亏，觉着敌人动作灵活，宛如鬼物，令人莫测，早自有点胆怯，骤出意外，没看出敌人用的是什么兵器，匆迫中待要收势改招，当的一声，那团银光已是中在刀面上，觉着虎口震得生疼，如非力大，这一下几乎脱手，不禁大惊，慌不迭回刀往侧便纵。

阿洪手中兵器，乃是一条海蛟筋所制，长约八尺，一头是精钢铸就的三角钢菱；一头是个尺许长的把手，粗约寸许，也是纯钢所制。柄后一头粗约三寸，中设机簧，极为精巧，内藏三十六根钢针、九只四寸来长的梭镖，百发百中，专破各种气功。名为银菱软鞭，又名阎罗判。**极有想象力。**舞到急处，宛如一团银光，滚转如飞。上面搂头盖顶，下面缠腿裹腰，遇见强敌不能取胜，只将鞭柄倒过，一按机簧，一镖九针相继飞出，如被使开，简直无法还手招架，无论软硬功夫多好，全都难敌，用处甚多。鞭梢三角钢菱乃三片合成，上有搭扣，不用时可以拆开，当根皮带系在腰间，衣服一遮，决看不出那是兵器，取势分合，均极灵便。**可惜冷兵器时代已过去，否则还珠可据此申请专利。呵呵。**

崔大头做梦也没想到，敌人身边会有这等厉害的家伙，刚往侧面纵开，阿洪一鞭把刀荡开，更不容他缓势，跟着将鞭舞起，刷刷一连十几下，横三竖四扫将过去。只听呼呼风声，一团银光，上下左右，满台飞舞。崔大头从未见过这类家伙，如何能敌？几次用刀硬挡，均几被缠脱手，腿上还被扫中了一下，虽有一身硬功，也被砸得生疼，这才知道克星照命，敌人本领高强得多，正在手忙脚乱，心寒胆怯。

那旁卞莫邪心善爱才，见一班蔡党都是一色上等绫罗现拼制的花底，狂傲嚣张，一身匪气，独单铁剪手何文开，虽非寻常叫花装束，衣著却极朴素，面上也不带凶横之气，又问出是广西象山老丐叶文生的徒弟，前听师父说过，此人尚还直气，家规也好，便不想伤他。何文开先恨敌人言动狂傲，又想为蔡党争回头一阵的面子，上来连施辣手，十来个照面之后，看出敌人年纪虽轻，武功却是极好，如凭真实本领，决非其敌，分明含有相让之意。百忙中再一瞟两个同伴，比自己还糟，一个和敌人各亮兵刃，已无还手之力；一个吃那断臂膀的耍得晕头转向，喘吁吁连气都缓不过来。知道这一场又非全数惨败不可，心中叫不迭的苦，暗骂：蔡乌龟不晓事！自己这面明落下风，或是动横，或是认输派人接替，应该有个打算。反正是败，何苦强耗下去，看自己人受伤，还落一个不光棍！想到这里，恰值崔大头被阿洪软鞭横七竖八一路乱打，逼得出了圈子，往何、卞二人动手之处退来。何文开一看形势不佳，再迟一会儿，自己或者无妨，但崔大头和荷花仙郎汪桂都非送在敌人手里不可。已然输定，犯不着再饶上两条命，忙卖一个破绽，将身纵出圈外，大喝："朋友住手！"**转过来写几笔何文开，文章便生出曲折，不是一泻无余。**

　　阿洪因崔大头凶横，身藏那么狠毒的暗器，立意除他，为恐中途滑脱，下手既急，口里还不住挖苦，使其无颜下台；一面觑准他那穴道要害和那一对凶睛，早想下手，听何文开一喝，便知敌人是想认输保命，如何能容？更不怠慢，将软鞭把柄倒转向外，乘着回鞭再打之势，一按机簧，那当头九针便连了三针出去。崔大头也是情急拼命，一边败退，一边也匀手取出飞刀，刚刚提起，猛觉眼前银丝一闪，知有暗器，想躲已自无及，当时胸胁间要穴和左眼一痛，心中大惊，手中刀便失了准头。阿洪飞身纵起，用鞭一挥，全都扫落一旁。紧跟着大头气功一破，两眼又瞎了一只，奇痛攻心，再也支持不住，怒吼一声，脱手一刀朝阿洪甩去，就势跌坐地上，闭目等死。

　　另一旁，独臂金刚范显和荷花仙郎汪桂对敌。二人本领相差更远，本来打不到这久时候，因在上场以先受了祝三立和神偷葛鹰叮嘱，说今日之局，双方俱约有许多能手，成了骑虎之势，事已闹大，已不容善罢。对方所约，不是凶僧妖道，便是绿林中淫恶盗贼，好容易聚在一起，正好乘此时机，为世人除害，去他一个是一个。对方本想倚势逞强，借个题目，一言不合，便作为主人出头主持，与蔡党合在一起，同肆凶恶，将浙帮中人杀个落花流水。不曾想浙帮竟请来了好些意想不到的高人，虽因双方主要人物多半闻名已久，不曾见识过他的本领，非经动手，分辨不出谁强谁弱。先声夺人，到底也是心惊。快开场时，忽又来了闻名数十年的老前辈奇丐，双方谁也不加理睬，只把随身品级袋往主台下面一铺，按照行规，坐地观战，也测不透是什心意。想起奔走江湖数十年，费尽心力积建下的大片田业，稍一管施不当，便一败涂地，不可收拾，未免心胆更寒。这才拿话稳住一干首要妖邪，想仍按江湖规矩，一对一派出人来上台打擂，好使少时能够脱身事外。却没想到恶贯满盈，一时利令智昏，好名心胜，欺浙帮无人，又出多事，已成尾大不掉，凭蔡党派出的人，决非丐仙门下之敌。几场一败，势必羞恼成怒，唆使所约会剑术妖法的能手出敌，终于一拥齐上。只一混战，便成不了之局，何况又有十年前的仇人早在暗中潜伏，伺机而动，想要保全身家，置身事外，岂非作梦？可是浙帮这里虽当胜算居多，一则承平时际，不使一举杀戮多人，又恐一干妖邪情急，乱用飞剑邪法，不问青红皂白混杀一阵。诸位剑侠前辈万一照顾不到，纵然结局大胜，终是不免伤亡。为防此着，另由李、寇二老约请了一位剑仙，此时尚还未到，也想多挨一时。一则等人，二则可以乘机暗中观察，各人认定对手，以免少时敌我功力相差，有人吃亏。知道对方所派三人，如有一人先败，保不恼羞成怒，改全会邪法异术的强手出场接战。为此令范、邹、卞三人，不妨和敌人多对些时，务要同时取胜，免生别的枝节，以便接得人到，一举成功，大获全胜，并还全师而退。及与敌人一对手，汪桂竟差得多，心中有气，便只管拿他开心。

　　其实汪桂本领也曾得过高人传授，并不甚弱，更发得一手好暗器，并非庸手，只比范显却是不如，加以平日淫凶骄妄，酒色淘虚，如何能是对手？他也和崔大头一样，先比拳脚，后比兵刃暗器，全都落了下风，吃了好些苦头，跌了个头晕眼花。他比崔大头却要灵巧，自知再打下去决无生路，本心就想喝住认输。无如范显早看透他无耻惜命，手法甚紧，逼得连气都透不转，如何

第十八回　艺高胆大　众侠山中赴会　奇才异能　诸丐台上施威　*909*

能纵出圈去；正在气喘汗流，无计可施，忽听何文开喝住，心方暗幸有命。哪知范显心辣手狠，随时备就杀着，一听敌党喝住，便知再不下手，对方只一认输，立被滑脱，白费了一阵气力，便乘他匆促闪躲，不及发声应和之际，一翻怪眼一声狞笑，猛用重手法当胸抓去。汪桂见来势猛急，喘吁吁强挣出"朋友"两字，随手往上一格，本心是想告饶停手，底下话未出口。范显只知这次安心制他死命，与前几回杀着大不相同，又是独门硬臂，其坚如钢，敌人用手来格，竟连理也未理，独臂用力，手掌平舒，往下一按，口中"闷"的一声。汪桂方觉手臂格处骨痛如折，情知不好，赶急身往后仰，待要倒纵出去，敌人掌风已然压向胸前，心肺皆震，心方大惊。范显手掌已用全力下压，势疾如风。汪桂连转念的工夫都没有，只觉胸前似有千斤重力猛压下来，气堵窍闭，两太阳穴直冒金星，两眼发黑，一声也未及出口，当时七孔流血，仰落地上。

　　铁剪手何文开见同上台三人死了两个，老大不是意思。如若不知进退，再斗下去，自己这条命一样白饶。再者这次师父答应借将，本是碍于情面，先并不知对方底细和所约之人，就此为蔡乌龟这类人把命送了，也实不值，师弟郁潮生先已败走，实是无颜再见蔡党的面，觉着还是走为上策，便对卞莫邪说道："兄弟们学艺不精，不是老哥对手。适才本想招呼崔、汪二位一齐认输，保全本行义气。不料话说稍迟，刀枪无眼，致令崔、汪二位送了性命。各凭本领相拼，自无话说。按理我不应一人下台，一则今日多蒙老哥高抬贵手相让，再打下去也无结果，转不如揭开今日之局，改让别位高明人登场见个高下。兄弟暂且可去习练两三年，再行奉教的好。后会有期，兄弟去了！"说时，蔡党中人见自己这面又有两人惨死，个个愧忿交集，想报复主意。旁边守候救搭伤人的徒党早挤上台来，抢抬尸首。何文开恰好说完，也不使卞莫邪答言，把手一拱，乘乱往台后纵落，竟自出谷往村外走去。

　　蔡党见他师兄弟二人俱是败在人手，不辞而别，暗中自有一些讥嘲，有的还主张追将回来质问：胜败常事，怎如此不义气？这时，蔡乌龟已气倒座上，心想：众妖人见他连败，许能拔刀相助。及至侧觑主台上一干妖僧恶道，果多怒形于色，中有两个和己交厚的已然起立，待要发话，似吃花四姑拦阻，互说了几句，重又坐下。再看中台三敌人已交代完了过场，各回西台去，心越气忿。其实，自己这面除几个极重要成名的人物人多认识，不能冒充徒党，俱往正面主台助威外，随在东台的能手尚多，纷告奋勇想要上场，正开口争出的尚不在内，只为两次连败，测不透敌人小一辈中，怎也会有这许多高手？惟恐随便遣人上场，三次再败，更是丢脸。

正看着一干党羽踌躇，忽由身后闪过两人，同说道："蔡老哥，浙帮上台的，我看多一半都是外人和吕花子门下。反正是这回事，论什本帮外人？索性放大方些，谁有本领谁就上去。暂时先由我二人代你去上一场，不行，你也别着急，求胜不在一时，我们的人还多着呢。再说各位神僧仙长俱都在此，没有不捞本的事，生气则甚？"

第十九回　会花村　群英打擂
诛恶党　异丐施威

蔡乌龟见那两人，正是生平好友，当年山东路上绿林中有名的飞贼，一名张胜，一名张康。因他家居闽、浙交界大庾岭深山之中，弟兄二人，从十余岁起便练就一身惊人本领，远离家乡，专在北五省常做独脚强盗。二十以后，虽在山东路上各设了一处小寨子，平日仍在老家，各拥爱妾度日享受，并不常去。每年往山东一次，做上两三水大买卖便即收手。每次总是二人前往时候居多，寨中徒党，无事时种些山田，只作为他弟兄二人北方落脚之所，极少带出作案，谁也看不出那是大盗窟宅。行动隐秘，来去飘倏，又是同胞弟兄，俱都手辣，行止永在一起，人都称他二人为"黑煞手张氏双燕"。后积有极大家财，做末一水买卖时，忽然遇见一个高人，当场失风，仅得活命。看出这生涯不能终老，随即遣散徒党，隐退回山。待了两年，终改不了盗贼脾气。因上次为了徒党受累，从此改做飞贼，由弟兄二人合作，不加一名外人，出没益发无常。所经各州府县的差役，也不知为他受了多少活罪，始终捞他不到。有一次，被一名捕买通两个妓女，乘醉将二人一齐擒住。因是恨他们不过，先折辱了一个够，正要将手脚筋抽断，恰值蔡乌龟得信赶来，将他们救走，因此成了过命的交情。这次被约助拳，自恃练有好些阴毒手法和暗器，亟欲人前露脸，为友争光。自第二场起，便避向台后暗中准备，也没往前台观看，等准备停当才上台外望，蔡党二次又复惨败，看出对方上场的多是外人，便告奋勇出战。蔡乌龟知二人身具专长，"专长"，

有趣。做强盗也要有特色。可以一试，称谢应诺。

二人身非丐党，觉花四姑一意自私，心存鄙薄，也没去中央主台之上行礼致辞，照直纵上台去。因出场较快，西台上人还未派出。二人到了台上，把手朝四外一拱，说道："我弟兄二人，一名张胜，一名张康，当年也曾在北五省道上走动过几年。在场诸位伯叔弟兄想必也有知道的。按理此时还不到我们外人上场时候，一则见广、浙两帮出场的人多半不是本帮，就许和我弟兄一样，明是外人，却借别人门户出场都说不定。虽然为朋友的心盛，怎么都行，到底这种行为，谁占了上风都不能算光鲜。再者双方所约请的前辈高人、各地英雄豪杰还多着呢，暂时胜个三两场也不能算数。想是一般为朋友圆场，与其这样，转不如光明正大，谁愿上台都行，反正高对高，矮对矮，一位对付一位，索性叫明人，倒显光棍，免得嘴里说得满好，只顾自家合适，却叫人吃暗亏。这是我想说的话。二则向来比武打擂和唱戏一样，好的都在后头。我二人学艺不精，适见上台诸位打得热闹，有点手痒。惟恐打到后面，高明人上场无人奉陪，千里远来，岂不白跑一趟？为此上场，向浙帮邢团头、诸位朋友讨教，不论是邢团头和同来诸位，或是已上过场的人物，只凭真实武力，兵刃、拳脚、暗器悉随尊便，全都奉陪。区区不才，并无什真才实学，不过为朋友尽心，不愿坐观成败，死而无怨，也不懂什过节行规，哪位赏光，请早登场，免得多延时候。"说时，邢党中正有两人起立讨令。

司空晓星、葛鹰、祝三立等几位久走江湖的老辈，俱知张氏弟兄不比寻常，本领颇高，各都练有专门武功。一班老辈虽打胜之不难，不屑出去。但这讨命两人，都是邢飞鼠的好友，只管武功本领俱有七八成，但因生长富家，不在江湖上走动，未经大敌，如何能与这类极恶穷凶大盗巨贼对手？忙和邢飞鼠使眼色，令其推托拦阻，不令轻出。因对方两人俱非丐党，身份不高，武功却好，必须派两个新出道还未成名的后辈出去才合适。正在忖量何人去好，晓星一回首，瞥见江明正和祖存周二人互相低声说笑，便道："你两个正好出去会这两贼。年纪轻轻，不抢功劳，躲在人身后作什？"江明笑道："小侄等两次都要出去，都没赶上呢。"说罢正往前走，还有几个旁立的小弟兄也要讨令出斗。葛鹰骂道："小猴儿们，不去都躲，要去都往前抢。躲开些！谁先说的谁走。这又不是什人物，两个毛贼，捏臭虫一样一捏就死，也值当这么大惊小怪！"说时祖、江二人已绕到前面把令讨下。

二人俱都心细，问："还有礼数过节没有？"邢飞鼠未及开口，葛鹰已先发话道："有屁过节！上台把两毛贼抓死就回来，换别人上去。反正今天不把这帮毛贼恶叫花收拾干净，没完没了，有的是贼打。你们走吧！小毛贼们大概把作贼的家伙全带了来，什么钩子、钳子、叉子、剪子、钢丝、铁钉都少不了，留神抓破你们衣服。邢花子自己饭还讨不过来，没法赔你们。"

祖、江二人会意，知是令他们留神暗器，笑答："知道。"便即走向台口，正赶张氏弟兄把话说完。张康为人又阴又贼，故意作出不经意的神情，笑对张胜道："大哥，邢朋友那多高朋贵友，怎还无人出来，选将这难？我弟兄只是无能之辈，不过为朋友事，多少得出一点汗，跳蹦跳蹦，这算什么？随便派一个人出来，还不就把我们打发回去，这等挑选作什？莫非真个场场都非胜不可么？"祖、江二人听敌人在台上正说着俏皮话，又知对方是飞贼，不禁有气，有心露一手与他看。江明首喝："鼠贼休要装模作样！你说的话对，他们都怕把手脏了，嫌你不配。我们也是不屑出来。你既心急找死，小爷脱了衣服马上就到！"话未说完，张氏弟兄一见西台口走出两人，一个是十多岁的小孩，一个年纪也不甚大，未曾上场，开口先骂，不由气往上撞，厉声大喝："乳毛未干，无知小狗，也敢出口伤人！即速上台领死！"话声才住，江明已声随人到，西台相隔十多丈，轻轻一纵，便即横飞过来。祖存周见状，也跟踪飞身纵起。二人先后脚落向当中擂台之上，疾如鹰隼飞坠，连点声息皆无。

张氏弟兄见敌人轻功这好，才知二人年虽幼小，本领却高，委实不可轻视。张胜先向江明喝问道："我和你素昧平生，打架不恼助拳的。彼此都为朋友，互相交手，胜者为强，为何出口伤人？你是何人门下？你师父是谁？怎这等不知江湖上规矩礼节，信口狂喷！难道说就没教过你么？"江明笑道："小爷乃黄山萧隐君门下，师父只教我遇上侠义高人、前辈名家敬礼低头。最恨的是狗偷鼠窃，强盗恶人。似你这样小毛贼，和你有什么好脸嘴？少放狗屁！齐齐利利过来让小爷把你劈了，早点往畜生道中转世，省得造孽丢人，一举两便！"

张氏弟兄先听是萧隐君门下，知是劲敌，心方失惊，后听越骂越难听，不禁怒火中烧，大骂："无知小狗，今日叫你死无葬身之地！"因都忿极，双双不约而同，齐朝江明打去。祖存周伸手一掌先把张胜挡住，骂道："不要脸的狗贼！想两打一么？"张胜弟兄俱是久跑江湖，各自练出一张利口，不料出场便遇见不通情理的，又是一个小孩，一时忿极忘形，现出本来面目。及吃祖存周一拦，张胜才觉不应都朝一人扑去，忙即收势，后退喝道："对你们这样后生鼠辈，一个人已够你们受的，还值两打么？不过我弟兄都恨小狗无礼可恶，想教训他，事前没有说好罢了。你是何人门下？叫什么名字？快说出来，上前报名。"

祖存周笑道："小爷祖存周。你问我师父么？本想说的，只恐说出来把你吓跑，手痒没法过瘾。我还将就，我那江家兄弟定埋怨我，不说也罢。是使拳脚是使家伙，还是一样接一样，由你的便。不过话要说明，好给你多留一会儿狗命，免得比头一样就把你打死，做鬼心不甘愿。"张胜一听敌人多是这类腔口，怒喝："小狗，谁耐烦和你动手？看太爷将你斩成肉酱！"说时，已将身后一柄锁子连环铁拐，连同一柄厚背鱼鳞刀，分持手内，右手刀一晃，左手铁拐便向当头打来。

祖存周见张氏弟兄俱生得短小精悍，身法灵巧。张胜长衣已脱，除这一刀一拐外，腰间束着一条一手掌宽的夹层皮带，左有三个宽窄大小不同形的皮袋，由中腰起往右皮带夹层口上，斜露出一排亮晶晶手指大的圆头，看不出下面是什形式。后衣也是特制，齐两肩向下，各有半尺多长一条口袋连缀衣上，中藏一个圆筒，隆起背肩，筒口朝上。知道这些东西都是敌人独有的暗器，以前不知伤人多少。今日必须为世除害，不能叫他漏网。口里答话，心中早打好了主意。一见铁拐打到，故意装着骤不及防，手忙脚乱，连喝："且慢！我还有话。"往侧一闪，跟手将剑拔出。张胜只得停手，指刀喝问："你们这类不懂人事的小狗，要打便打，还有什话？"祖存周应声答道："对！要打便打，不说了。"声随人起，冷不防一剑照心刺去。

张胜没想到他接口便上，这等神速，忙用刀拐架隔，纵身闪避时，祖存周有心怄他，手法快极。如非张胜是个久经大敌的好手，差点没被刺死，就这样仍未完全躲过，喳的一声将衣服刺破，左肩也被剑锋扫着，豁破一条小口，再如稍迟，左臂非下来不可，不禁又惊又怒，破口大骂："鼠辈无耻，用诡计暗算伤人！"说时，刀拐齐施，狂风骤雨一般杀将过去。祖存周一边迎敌，口中笑骂道："你这狗强盗才无耻呢！你先动刀时，我手中有兵刃么？并且是你叫打的。这不过是小报应，只吓你一跳，大的报应还在后头呢。"一面又朝江明唤道："江兄弟，这类小毛贼，不值和他多耽搁辰光，快点打发的好，我静等你哩。热闹都在后头，怕没得打么！"江明遥应道："我看这厮身边带了不少破铜烂铁，也不知是哪里偷来的，想看看是什式样。我们各顾各，谁不耐烦打了，就打发他上鬼门关去，不要等吧。我坐了一早，想借这厮活动活动筋骨，还留住他多玩一会儿呢。"

张氏弟兄一听，枉自成名多年，遇上这么两个小孩，竟没把自己放在眼里，好似命在他手里握住，说完就完。越想越生气，便下毒手，各将身旁暗器施展出来。一人身带暗器俱是五样，只张康比张胜背上少了两筒飞蝗机弩，右腿弯上却暗藏着一铜管三棱五毒钉。各有各的拿手，能同时并发两三样，机诈百出，防不胜防。那一弩一钉俱系毒药制炼，尤为狠毒，轻易不肯使用。双方都是身手矫捷轻灵，互相蹿高纵矮，蹦前跃后。打到急处，只见两对四团灰白色的影子，夹着闪电也似的刀剑寒光，在台上转风车般滚来滚去。看得人眼花缭乱，也分不出手脚架式。不时微闻兵刃之锋交触，俱不甚响，脚底下也听不出一点声息。虽然一面是拼命哑斗，全神贯注，一言不发；一面仍在互相呼唤嘲笑，拿敌人开心，好似从容应付，似若无事，比较似要强些。可是双方谁也没现出一点败相，终算是武艺高强，棋逢对手，不似头两场，才动手不久，便可分出双方优劣强弱，而这四人都有着极好的轻功，满台飞舞，打得十分花哨，**场场不同，如此方好看**。与前两场一招一式全凭真功实力不同，格外令人好看起劲，邢党二人年纪又那么轻，由不得敌我两方都纷纷叫起好来。

晃眼又打了十来个照面，张氏弟兄暗器虽已相继取出在手，无如敌人乘势，急如风雨，和粘在身上一般，逼迫甚紧，张胜更是一刀一拐用了两件兵刃，左右手都占着，非丢去一件或是归并一处匀出手来不能发出。急切间，二人俱无闲空，施展不出，连卖两三次破绽纵开，无论纵远与近，都是如影随形，脚才点地，脑后风生，敌人已自追到，一次也未使上。暂时以全力应敌虽不致败，但是敌人似比自己气足神充，真力弥满，从容得多，分明练就童功混元真气，越往后越勇。久斗下去，气力先自不佳，焉有不败之理？心正急愤，打不起好主意，三面看台上人一再叫好。江明忽又喊道："祖大哥，你听人家直给我们喊好，不拿几手玩意出来，多丢人？你光心急，不给小毛贼闪出空子，那些破铜烂铁怎使得出来哩！"祖存周也高声答道："我不稀罕看这些鬼头鬼脑的玩意，随时都能送他到阎王那里挂号，不过是在等你罢了。你一下手，我就打发这贼回老家去。你老打不完，有什意思？"江明道："不是别的，因为这口刀是师父今早派申师兄带来，说明刚刚打好，还没用过。头一次开张，我图利市，不愿拿小毛贼祭刀，打算借用他的破铜烂铁，打发他上死路。谁爱和小毛贼缠夹哩！"

张氏弟兄闻言方自有气，江明忽喊："小毛贼！我祖大哥不愿多耗时候，直催不完。我不耐烦再打了！我给你闪个空子，你有什么法子使罢。"随说，手中刀一挡，前身微向后仰，脚跟用力一踏地，便往后倒纵出去两丈许远近。张康手早持着五只钢镖，待机欲发，虽听敌人口气，对于暗器必下过功夫，居心已被看破，终想自己是此道中的有名圣手，一身四五样暗器，只一有机会使开，便可得心应手，同时相继发出，对方多大本领也难抵御，何况是个小孩，不过仗着聪明才大，得投名师，从小练就一身好功夫，即此已万中选一，但年岁所限，怎能连暗器也有极高本领？绝无此理！一见这等骄狂轻敌，先叫明给自己一个下手空隙，再纵出去。暗骂："不知死的小狗！就没破绽，早晚尚不免为我暗器所伤，何况自现破绽。以为学过两天接收暗器的手法，便来卖弄，岂非送死！"

　　说时迟，那时快！随着心念动处，左手一扬，觑定敌人，先把手中五只小钢镖连珠发出，同时右手一拨腿腕，那近左裆膝盖上紧绑的三棱五毒钉铜管，机簧便自撑开，紧跟着右手二指再从腰间皮带上一理，双层皮带上两排藏暗器的夹口，连左边所悬皮袋封口一齐揭开，只等随时取用。原是练就巧妙的手法，同时动作，迅速已极。满拟就是敌人眼快手疾，会接暗器，这连珠五只钢镖都被接去，跟着的四种暗器，一样比一样厉害，自来遇敌，对手无论多强，只被打中，从来没同时接连发出三样的。照当时情势，镖发太急，敌人接了过去，就势倒转还打，决来不及，至多只能接过末两镖，底下不是仍在远处等候，便是看出不妙，赶急纵将过来交手，和刚才一样，使自己没法缓手再发暗器。现时身带暗器都已备齐，远近一样，扬手即发。如相隔仍远，三种十多件暗器，双手连珠齐发，退躲不过；如若迫近，对敌时同把膝盖一抬，三棱五毒钉正打要害，连躲都没法躲，百发百中，更无幸免。**极为详尽。**

　　他这里心作必胜之想，哪知江明幼遭孤露，童抱之中便被陶元曜收归门下，连在黄山苦练了十余年，不特武功得有真传，对于收接抵御各种暗器尤有专长，加以生具异禀奇资，神目如电，敏锐已极，当练到火候之际，师父师兄连同守山老猿，七八只百发百中的好手，各持竹石土制就的各色大小暗器，分向前后左右四下横飞，竟无一件能够沾身，**杨过在活死人墓中练"天罗地网"差相仿佛**。怎么出其不意，只一发便被看出，或是击落或是接去，何况早知张康身带好些暗器，取时又被看出，一人对付一人，更是绰有余裕，如何能打得中？否则江明人素诚实，如非十分自信，适才也不说那大话了。张康暗器的功夫也真好，又料敌人会接暗器，格外用心，打出更巧。先是一镖接一镖，觑准敌人连珠续发，才一发完，第二样暗器便随着末一镖发出回手之势由腰间取下，到了手内。那暗器便是腰带夹层上所插亮晶晶的东西，长约三寸，纯钢打造，一头平圆，一头尖锐。自尖以上三分许，附有五根半寸长的倒须刺，**也是具有申请专利的水准。呵呵**。因它形如半支铁笔，专打人身要害，中上十九无有活命，好似阎罗之笔，点到即死，取名阎王笔。发时三前四后，可以紧接，连作两次同发。头次三支，分向头、胸、腹三处要害，紧接又是两上两下。本是极难闪躲又没法接的东西，到了江明手里，竟会失了效用。

原来江明常听师父指教，说："暗器种类至多，用的人往往自出心裁，不在谱上，好些都未曾见闻过，非要身临其境，遇上方知。有的能接。有的或是中有机簧，一碰便生妙用；有的附设钩刺，奇毒无比；还有能发火烟的，自恃手法，一接立即上当。所以，遇敌时不分辨清楚不能妄接上来，这头一下更须小心。"**教科书写法**。本就谨记在心，见敌人身边暗器似有好几样，越发加了谨慎。明见所发是镖，头一下均未手接，只把刀背一挡，便自磕飞出去；跟着左右连闪，带用刀挡；到末两镖飞来，觉无异状，才将它绰在手内。张康不知敌人得有高明人传授，重在气定神闲，藏巧于拙，以静制动，不到事机明悉，刚巧合笋，决不伸手，最忌纵跳慌乱。见他闪躲不甚灵速，除头一镖外，余下四镖都似侥幸凑巧，差一点没被打中，末一镖接得尤为极险，以为到底年纪太轻，功夫有限，只发第二样暗器便可打死，无须再用别的。随想随将手中七支阎王笔分两次相继发出，不料适得其反。他这里打着如意算盘发第二次暗器时，乃见张胜先受了祖存周回敬，恰正倒地。张康背朝二人，尚未知觉，江明眼尖，恰在接末一镖时，瞥见祖存周一抬手，张胜往后便倒，料知敌人必死，也就不愿再打下去。

当时形势原极迅速，差不多都在同时。那旁张胜后倒还未落地，张康暗器已自发出。如换稍差一点目力的人，这类暗器休说是躲，看都看不真切。江明仗着练就目力，见前三后四，七点寒星电射飞来，急欲收功，艺高人胆大，也不向后面迎接，有什花样，施展师传白刃入飞蝗的手法，觑准来势，先后举刀一挥一舞。只听接连叮叮乱响过去，**令狐冲"破暗器式"。**全都磕落地上。张康见七支阎王笔发出，敌人纵身用刀来挡，心还失笑：非连受伤倒地不可！见状大惊。同时猛听身后有人栽倒台上，微杂乃兄惨叫之声。弟兄关切，惊急忙乱中，由不得把头一偏，刚瞥见乃兄果然仰跌在地，又觉身前疾风扑来，猛想起面前还有强敌，赶急回首。江明已乘着挥刀架隔之势，纵身飞来，身还不曾落地，左手一扬，先时连接两镖，回敬了一只出去；跟着人随镖到，左手刀往胸前一横，便要平推出去。张康是久经大敌的名手，也煞是了得，江明来势虽然如此神速，他那目光身法并未十分慌乱，右手一绰，将镖接去，同时左手虚晃一刀，护住头面前胸，就势左膝微微往起一抬，膝旁暗绑的三棱五毒钉便朝江明头上打去。

这时形势端的险极！江明虽知他身藏暗器颇多，专一留神他的双手，膝上也能发出暗器却未防到。临机稍微疏忽，只被打中五官等要害，见血便无生理。终算五行有救，名家传授到底不同，自学武功起，便不以克敌为上，先防自己，越是有利的胜着，防备越紧。**至理名言，非止技击对敌。《易·乾》"终日乾乾夕惕若厉"，便讲的这个道理。**尤其是骤出敌人不意，由远处纵身往袭，照例以守为攻，横刀先护上三路，招中套招，有好些变化，非觑准敌人万无幸免，刀下立毙，决不妄发，以免万一对手情急反噬，豁出一死，同时猛下绝招和己拼命，结果敌人虽死，自己也不死即伤。那一刀本是虚式，目光敏锐又占了几分便宜；加以另外还藏有极巧的手法，明知敌人一定擅长接镖，未必打中，故意先发一镖出去，乘着敌人接镖抬手之际，暗中早用上昔年背师偷学的鸳鸯手法：左半掌用手一挺劲，第二镖照准敌人软胁要害打去。

　　双方都是双手并用，几下里同时发动。张康没想到敌人暗器也如此厉害，来势既是猛急，相隔又近。江明又是顺势斜下，打他左胁，急切间本就难躲，加上乃兄受伤倒地，死活不知，未免情急心乱，这第二镖竟被打中，穿骨透肉，直入心腹之中，如何禁受得住？"嗳呀"一声，便自栽倒。膝间机簧已开，一片夺夺之声，五毒钉倒钉了七八根在台板上。那朝江明先发出去的，因是倒得太快，只得三根。江明就在第二镖脱手之际，瞥见刀光影里有几点寒星飞来，忙横刀一挡，叮叮两三响，全都砸落，人一倒地，自全打空。否则那一筒二十八根五毒钉如全发出，两下对面之际，一任江明如何身手矫捷，闪躲灵便，就使五官要害能够挡避，身有童子功、混元气，打中白打，可是敌人并非只发此钉为止，必定一面施展兵刃，一面把末两样暗器用手连续发出，同时再把腿不时连抬，五毒钉一发至少便是三四根，要指何处便打何处，左右上下无不从心所欲，武功又非弱者，如何能够抵敌？就不受伤，也非落下风不可了。岂非一时童心，想看敌人暗器，几乎误了大事！江明本极谨慎，老诚心细，只为连日学了一些油腔，觉着好玩，临敌便去仿效，差点没败在敌人手里。觉那五毒钉异样，乘搭人的还未上台，顺手拾了两根带回，向司空、葛诸前辈老侠一问，才知道厉害。事后回想，好不心惊。由此起，再上阵去，无论对方强弱，也不再疏忽，视为儿戏了。

　　闲话不提。张康这里身死，张胜也只倒在地上挣命，保得暂时残喘。原来祖存周人甚机智，更事又较多，出场时听葛鹰拿话一点，便知敌人暗器有名，不是易与，否则此老素来轻看人，也决不会事前特为点醒。始而加意留神，没容敌人施为。虽和江明问答，说着笑话，实则是借以激怒敌人，想使气散。嗣见张胜武功不弱，胜虽可能，一下致他死命却非容易，这才故意给他一个空隙，也和江明一样，借故纵开，只纵得没有江明的远。张胜果然上当，自恃背有机弩毒箭，好容易得此良机，忙将毒箭并向左手，右手一扬，便是六枚枣核镖。

祖存周纵时早已防到，使个"狂风卷雪"之势，手足并用，连人带剑纵将回来，连剑扫带脚踢，六镖全被打落。张胜见镖未打中，敌人竟使出极快身法，人剑团作一片白光滚到，知道手中暗器不能再发，一着急，重将刀交还原手，就势一耸双肩，把头一低，背上毒弩便如飞蝗一般射将出去。不曾想敌人乃剑仙门下，手中剑舞到急时，点水都泼不进，又是一身极好内功，刀砍不入，便被射中，也无用处。耳听叮叮当当，毒弩被剑扫落砍折之声，刚觉无效，就在这头一低昂，瞬息之间，猛觉一阵疾风扑来，眼前一花，一团白影业已卷到身前，虎口一震，手中刀先被宝剑磕飞，脱手往斜刺里台下落去。心中大吃一惊，待要往旁纵避，祖存周这几下连环杀招，一招紧接一招，一经被他使上，便是死星照命，何况又是早有成算，立意制他死命，想躲怎来得及？右手刀才脱手，未容纵起，当的一声，左手钢拐又被荡开，刚暗道一声："不好！"紧跟着，胸前似有万斤重力压到，早中了祖存周一掌，当时胸腹大震，受了极重的内伤，两太阳金星乱冒，眼前一黑，嗑的一声，翻身往后跌倒台上。跟着张康也被江明打死。共只个把时辰，蔡党连败三场，逃走两人，伤亡六个死党。

蔡乌龟见这次主台上众妖人好似被女铁丐花四姑稳住，心有主见，置身事外，漠不相干，连个忿怒神色俱无。自己不合把一干外请来的有力的助手俱都请往主台，只显尊崇礼敬，反倒失去效用。当着敌人的面，除非这些外援自动出场，其势不便到主台上去招呼，方自恨极，打算暗命心腹徒党，偷偷绕往主台质问花四姑，袖手观斗，似何心意？就便暗中告知几个自约请来会飞剑法术的人物出场，一面在东台请几位成名老手再试一场。如若仍落下风，所请的人受了花四姑蒙哄，仍不出场，索性用苦肉计，一不做，二不休，当众叫开，拿话把花四姑一激，也不再论什行规，先率东台百余徒众全数出斗，向西台混杀上去。明知邢党强敌甚多，初动手必有伤亡，主台上这些高人，不问是谁请来，既应此局，全都说过大话，见此情形也必出动，决无长此隔岸观火之理。心念才动，忽觉身后有人拍了一下肩膀，跟着手中塞进一个纸团。回头一看，正是狮王雷应，同了爱女玉钩斜雷红英，不知何时由主台绕了过来，使了个眼色，意似叫看那手中纸团，口说："我代蔡老弟去会这厮！"底下未容答话，父女二人双双抢步向台口赶去。**再生异样精彩。**

东台蔡党虽然多半江湖后起，都有一些专门的武功绝技，内中还有少半成名多年的人物，只为和蔡乌龟交情较深，一则朋友关心，二则客气谦退，不肯受蔡、花两家主人尊礼，去与一干恃若靠山的妖僧妖道同到中间评断人的主位，所以没往主台上去。起初各以江湖上前辈英雄自居，照例开场无什好手，又见对方出场的都是从来未闻见过的无名小辈，就是手到即胜，也不光鲜。先又有两方各派本行中人先比高下的话，轻敌自大，袖手在侧。嗣见双方先出三人大是不弱，还可说是凭了所养毒蛇怪物制胜，不算十分真功夫。及至邹阿洪、范显、卞莫邪和江明、祖存周两个小孩，先后当场大胜，这才看出邢党方面这些无名后辈全有一身惊人本领，正是一个胜似一个，便自己出场也未必定占上风，大为骇异。蔡党已然连败三次，休说为首主人，便自己这些外客面上也不好看相，又见蔡党人人悲愤，蔡乌龟气得脸皮铁青，眼里似要冒出火来，再不出去不行。人都喜爱自负，以为自己多年威名远震，本领高强，极少遇见对手，照敌人情势，虽难期其必胜，至多打个无大结果，必无败理。

这伙绿林强盗、江湖老贼，还不知蔡乌龟老眼无花，由第二场起便看出对方太强，除非主台上一干会飞剑法术的妖人出场，再换东台这伙老人物上去，一样也难讨公道，为了顾惜这伙人多年名声，恐其一旦败于无名后辈之手；一面又急于报仇，恨不能立时有人放出飞剑，将仇敌斩完杀绝才快，心中尚在踌躇未决，故未发话烦其出场。反以为是看重他们，觉着对手不配，未便开口相烦。受人重托，聘请来此，虽然这些无名小辈胜之不武，不胜为笑，但是主人门下徒弟和各方友好请来的徒党，几个最好的俱已死伤逃亡，余下本领更差，事已过去，其势不能再败，怎好意思高坐不问！大家多抱着一样心思，内中两个气壮心粗的，乃江西水旱两路的有名巨盗。一名神力天王胡耀宗，一名八棍金刚萧堃，自恃一身武功，素性强暴，倚老卖老，想到便做，永不思索，首先离座而起，只说得声："小狗可恶，我两个去把他生劈了！"双双脱去长衣，也在此时往台口走去，待要纵落，再奔向中央擂台，上场对敌。

　　狮王雷应也是一个年老气盛的人，此次出来，一半受了花四姑嘱托，只去稳住蔡党，禁其羞恼成怒，犯性胡来；一半还含有别的深意。和蔡乌龟说话时，见胡、萧二老寇忽然起立，口朝右座诸人说了一句话，老气横秋，急匆匆便往外走，自己由台后走来，竟和不曾看见一样。两下初会不多日子，以前只是闻名，并无交情，这等行径，迹近轻视，未免心中有气，不愿和蔡乌龟再说，带了女儿也往前赶，快到台口，未容胡、萧二寇往台下纵落，喊声："玉儿随我快走！"声随人起，脚底一按劲便飞身纵起，径由东台中心往中央擂台上纵去。雷红英也跟踪飞身，追纵过去。一个身材高大、貌相奇伟的白发老叟，一个丰神绰约、美丽如仙的红衣少女，相隔十余丈，捷如飞鸟，凌空飞渡，武功固是惊人，姿态身法又那么轻灵美妙，和方才江、祖二人隔台飞纵时一样令人心中赞佩。三台上人，大都不由自主脱口叫起好来。神力天王胡耀宗和八棍金刚萧堃趾高气扬，正待下纵，再奔中台，忽听身侧疾风扫过，三面台上人们齐声喝彩，忙即回顾，雷氏父女已双双由斜刺里往擂台上飞去，心颇不快。**插入胡、萧，只为小有波澜。**

蔡乌龟已将手中纸团打开，上有数行字迹，大意是说，敌方现来能者，飞剑神奇，破脸大举，恐多伤亡，今尚非时；吕、郭所约异人入夜必至，虽是山中，白日杀死太多终觉不妙，如被逃走一二，更多隐患，最好挨到半夜人来，一网打尽，一人不留，方为上策；好在有众位神僧、真人相助，此仇必报，何争此半日工夫？再有人出，最好拖延时候，只守不攻，不必求胜，余由雷氏转告等语。正看之间，闻得采声雷动，才想起匆迫中没有拦阻胡、萧二寇，雷氏父女越向前去，心必不快；而狮王雷应本系辗转托人聘请而来，此老辈尊名重，此来极大情面，本无交情，理应谦恭，只得自己下位去，把二寇拦请回座，正拿交情劝说，同是为了自己心热，上台早晚都是一样，出场与否，全感盛情，请勿为此介意等语。忽听采声又作，侧顾中央擂台，双方已然交手，这次却是一个对一个，雷应的女儿玉钩斜雷红英和一少年动手，雷应气呼呼站在台侧，只作旁观，并未上前，好生奇怪。

原来狮王雷应一世英名，膝前只有一个娇女，不特生相极美，又学就一身家传武功，人品更是端庄贤孝，平日爱如性命，择婿数年，久无当意，照蔡乌龟为人，本来请他不动，一则代约之友交情颇厚，又听说好友金眼神猵查洪寄居花家，这次名为两帮花子借地评理，实则双方所约高人甚多；加以爱女久慕两浙湖山之胜，长时絮聒老父往游，来人卑词厚礼，又极恳切尊敬，老头子好高，吃人僵住，心想借此一了爱女游浙心愿，就便为她相攸，选一佳婿，岂不一举两得？便和来人约定，去可以去，礼物不收，到时出手与否须凭自己心愿，看事曲直再定，不得勉强。彼时蔡乌龟还没约到吕、郭二妖人，只图他答应，增加威势，到时再拿情面拘他，不愁他不伸手，全都应诺。

雷应到后，会见老友金眼神猵查洪，谈起花家情景，再一留心查看花四姑为人和所约集的一干党羽，不是妖僧妖道，便是绿林中下流之辈，心便凉了大半。只为受了朋友之托，蔡乌龟相待又极优礼，未便不辞而别，勉强留下，在花家住了两天，渐渐听说邢党方面出场的俱是前辈英侠，并还约有好些剑侠有道之士在内。前晚神偷葛鹰、黑摩勒师徒大闹花村，盗走吕、郭二妖道的法宝，跟着又来了几个不知名的少年侠士，花党连连失利，死伤多人，最终查洪和葛鹰正在恶斗，新疆北天山老辈飞侠老少年神医马玄子忽然飞来，在花、蔡两党那多能手之下，硬将葛鹰引走，花四姑差点没受了内伤。种种情形，都不是什好兆头。只管花四姑又请来一个妖僧，邪法厉害，但是对方也请得有精通飞剑法术的人物。自来邪不胜正，败多胜少。本心是想就敌我双方中择一佳婿养老，照眼前形势，如此险恶，双方已成势不两立，决不是寻常厮斗，有名望本领的中间人一出场便可排解，下去只有仇怨越结越深。自己这面无一端人，对面成了大仇敌，当场选婿如何能够？还有，自己武功虽到了上乘火候，飞剑却难抵御，不出场又不好意思，早存下见机行事的主见，到日敷衍得一两场，略微交代，见好就收。嗣见邢党方面竟有好几个老朋友在内，心又活动，正赶花家要按江湖礼数命人陪客，便去讨令知宾。花四姑不知雷应心意，还觉他乃成名多年的老英雄，理应同在主台，出头作中间人助威，如何屈作知宾？雷应力说："无妨。同是为了朋友，有甚高下？这样既免不相干人前往，吃敌人讪笑轻视，还可就此查探虚实。"花四姑只得称谢允诺。

雷应父女便走西台，借着陪客为由，先和几个老友叙阔，就便略露此行心意。及至双方扯破了脸，回到主台以后，暗中留意观察。见先上台的一拨，虽看出武艺高强，一则年龄太差，又是一些风尘中的怪物，心中还不怎样。等第二拨人上台，见丐仙门下竟有卞莫邪这等人物在内，已然有些动念。及至祖存周与江明一出台，越发看中。老头子自己年老，急于早了爱女嫁婿，又以奔走江湖数十年，阅得人多，颇精风鉴，看出祖、江二人不特怀有一身惊人本领，根器福泽俱极深厚。江明虽好，尚嫌年纪太小，品貌也非爱女之匹，尚嫌美中不足；那祖存周生得猿臂蜂腰，面如冠玉，貌相既极英俊，举止又颇从容文雅，如与爱女为配，恰是一双两好，再好没有。明知当日局面谈不到儿女婚姻之事，终想少年人多爱美色，对方师友又不少交好，意欲先种下因，使男女双方心头留下影子，彼此有一点意思，一面问明对方来历乡土，事后再辗转烦出人来，前往提亲，下手较为容易。

主意打定以后，又看出花四姑意存首鼠，惟恐事情越闹越大，危及身家，每次蔡党上场挫败伤亡，在座妖僧妖道忿怒欲出，必定借口行规如此，出尚非时，婉言劝阻。又见蔡党人人忿怒，不住朝主台上人观看，想令主人发话，出头之心甚切。方想乘机和花四姑说，自己绕往东台，代蔡党出头，先挡一阵。恰巧花四姑也早看出蔡乌龟神色不妙，恐他情急之下率众混杀，主台上人也必纷纷动手，事愈闹大，不可收拾，不问胜败，自己将来俱都不了，把一个心腹党徒唤近身前，悄声嘱咐，令其写一纸柬与东台送去，稳住蔡乌龟，不令妄动，仍照规矩行事，以待时机。

雷应看在眼里，一面点破花四姑，忙率爱女赶去，追上那人，要过纸柬，略看了看，忙由后面绕往东台，刚和蔡乌龟说了两句，递过纸条，见擂台上死伤的蔡党已被人抬走，祖、江二人快把几句过场交代完毕，待要回转西台，这面胡、萧二寇也正挺身出去，惟恐错过与对方叙见之机，忙率爱女抢先几步，各自施展轻功，脚底一按劲，相继飞身纵将过去。祖存周正站在台口发话，遥觑蔡党方面有两人脱去长衣离座而起，便想接着再打第二场，本心就没打算回去，正和江明使眼色，向众接说："愚弟兄年少无知，初出阅历，极愿多得高明人赐教。好在年轻，还有几斤蛮力，并不限定只比一场，广帮朋友如再赐教，意愿奉陪，以便增长见识。"话未说完，猛瞥见蔡乌龟身侧有一红面白须、貌相英武、身材高大的老者，带一红衣少女抢步而出，走不几步，忽然越过先前出场的二人，相继隔台飞来，忙即住口，侧顾相待，晃眼落地。狮王雷应，适在西台见过，虽未交谈，却知他人颇正直自爱，西台长幼两辈均有人与之相识。乃女玉钩斜雷红英却是闻名初见，因雷氏父女人品与一干蔡党不同，究是江湖上的老前辈，受人敦请，情面所拘，出于不得已，便和江明打手势令其稍退，独自上前，把手一拱，含笑说道："雷老英雄，也向后辈赐教么？"

雷应见自己自十余丈远处凌空飞纵过去，落地之处就在他的面前，祖、江二人都是一样，只把目光注视自己，神色不动，甚是从容，礼数说话又是落落大方，不亢不卑，越发心爱，便笑答道："老弟得有高明传授，本领高强，又在英年，血气方刚。老朽少年时虽也下过些年苦功，如今年老，筋力日衰，早已荒废。常言老不与少斗，本无出场之念，只为老朽父女受人之托，小女红英从小随老朽练武，适听老弟胜后之言，心稍不服，必欲过来向老弟领教几招。老朽只此一女，平日未免娇惯，老朽禁她不住，恐其年幼女流，从未与人交谈，初次上场，有什失礼之处，如此随了同来，代为交代几句。现在老朽就命她过来，一对一，陪老弟走上几趟。这位江老弟与老朽只作旁观如何？"祖、江二人俱知雷应和师伯叔们相识，不便出言无状，闻言方想回答，雷应已点手呼唤："英儿过来。"雷红英来势更快，声随人到，身形一晃，便到了祖存周面前，更不答话，只说得一声："请。"俏生生立在当地，双手拱向胸前，作势相待。

祖存周本没心和女子交手，无奈来得甚疾，未容答话，已自出场，说不上不算来。又见雷红英艳如桃李，冷若冰霜，秀眉带煞，双目含嗔，英姿飒爽，望着自己，颇有鄙夷之色，心中未免有气，自来又未和妇女对过面，仓促之间没了主意，脱口也道了一声："请。"雷红英更不客气，左手当胸，往前微推，使一个虚招，紧跟着左腿一躬，右腿一蹲，进步连环，起右手，一掌迎面打去。祖存周无法，只得回手招架。江明在旁，也因雷应与本台诸老相识，话又客气，上来便声明和自己一同旁观，不便叫阵对敌。先想：雷老头颇有名头，自不出斗，却令女儿上场，祖师兄武功极好，又精剑术，如凭真实本领，便自己和黑哥哥也未能打得他过，如何能是敌手？一个女人家，要是当众丢人，多么羞耻！方自寻思，及至定睛一看，那雷红英的武功竟不在祖存周以下，这才真叫棋逢对手，将遇良才。打到急处，哪还辨得出手足招架，只剩一红一白两团人影，星丸跳掷，上下分飞，在台上滚来滚去，看得三面台上人们俱都目定神呆，连个咳唾之声俱无。

自来惺惺相惜，何况对方又是一个美艳如花的少女，祖存周虽是正人君子，毕竟人非铁石，不能无情。初交手时，心还烦厌，暗骂："雷老头没有家教，把未出闺门的少女和人比武，当众抛头露面，一个小女子，还不两三照面就倒？"心虽鄙弃，仍存忠厚，手底留情，只想点到为止，使其知难而退，不令难堪。及至四五回合过去，才觉出对方虽然女流，武功实有功夫，并非弱者，并且下手还辣，毫不容情，好生惊异，不禁也鼓起兴来。暗忖：我念你父和诸老辈相识，不肯过分，你偏不知进退，且叫你尝个厉害！于是双方都是聚精会神，架隔遮拦紧凑已极，打了一阵未分胜败。祖存周渐觉此女能练到这好武功，使受重伤未免可惜，便不肯再下杀手。雷红英却是练武多年，初次出场未免好胜，上去便用全力，恨不能将敌人打倒。毕竟女子气力稍弱，祖存周又是剑侠门徒，练就气功，时候一久，无形中占了上风，雷红英纵不被他打倒，也早吃亏，如今有了爱才之念，这一来，两下恰又扯平。

雷应先见女儿武功不弱，虽暗怪她不该屡用杀手，想制敌人死命，一面却是赞美，掀髯旁观，只是微笑不语。及至时候一久，看出对方只管纵跃如飞，却是气稳神旺，一丝不见慌，始终一样，女儿已成了强力应付，鬓角见汗，内行人眼里一望而知，况又父女关心，情知再打下去非败不可，有心上去相替，又觉不好意思，表面镇静，心里好生着急。遥见西台，祝三立、葛鹰二人正望着自己，点头微笑，分明心事已被看透，只男女双方能打一个平手，这事便有几分希望，否则女儿天性好胜，小败尚可商量，如真当众丢丑，必把对方认作仇敌，决不甘休，如何还谈得到婚姻之事？偏生双方都是铁石心肠，只管郎才女貌，谁也没有垂青之意，直似宿仇相遇，下起手来又辣又狠，毫不留情，都恨不能一下把敌人打倒才对心思，照此情形，迟早必有一伤，并还是爱女挫败居多。正在愁思，想不起什好主意，忽见祖存周势子突变，迥不似先前猛烈，也不再用重手法对敌，看那意思，好似不愿下手伤人，只想耗到对方力竭神疲知难而退之状，心虽为之一宽，可是敌人这类打法，守多攻少，势更严密，无隙可乘，胜他已不可能；再看爱女，也似看出对方心理，有些情急，气得粉面通红，不住把家传绝技，狂风骤雨一般朝对方猛攻上去，可是一点便宜也得不到，知非打到力尽筋疲不可。想了又想，还是乘着双方胜败未分之际，出头喝止比较妥善。刚想好一套话，未及开口，猛听一声娇叱："住手，我有话说！"跟着人影一晃，男女二人便自分开。祖存周笑道："不打最好，还是叫蔡乌龟另换人出场吧。"

雷红英把气一匀，忍住娇喘，喝道："你少发坏！谁还怕和你打不成？我因这等打法一时难分胜败，不如换上兵刃，你死我亡，来个痛快，你意如何？"祖存周见她香喘微微，满面娇嗔，越显妩媚，心实不忍伤她，笑答道："你我无仇无怨，何必分什死活？实不相瞒，你我功夫差不多，再打也是如此，没的耽延时候，还是请和雷老前辈回去，换人另上为是，我认输如何？"雷应最好不打，也过来接口劝道："既然祖老弟相让，女儿暂且回去吧。"雷红英道："谁要他让？这厮太也诡诈，正经动手，打死我也情愿，他偏和我鬼混，想使我力乏丢脸，他还假充好人，我非和他见个真章不可！胜败未分，便想不打，没有那么便宜的事！爹爹把枪给我。"随说，手伸处，便把雷应肩上斜挂的一个皮套摘下，将袋中所藏的三截双锋软钢枪取了出来。

祖存周见那枪只有寸许粗细，长约七尺，两头俱有尺许长枪尖，中有金环紧束，不用时可做三截，折叠一起放入袋内，用时一抖便成挺直，通体纯钢打就，精光耀眼，形式精巧，甚是锋利，知道此枪能刚能柔，暗附钢簧，不特每截俱可曲折如意，中有一头枪尖还是活的，内藏一根精金打就的细链，用时把另一头的机簧一扳，那半尺长的尖锋便和弩箭一般，由镶嵌金环之处带出金链，飞射出来，用完仍可缩回接上，收发自如，专破内家气功，并打人身要害，中间三截又是逢硬便拐，端的是件最厉害的兵刃，乃明末一位武当名家巧心制就。以前并无此物，但非武功精绝的能手也不能使用，不知底细的人遇上，非为所伤不可。自己还是未来金华的前两月，在师父家中，见到南岳来的一位师执铁指仙人程山老，随来二徒，中有一个名叫熊英的带有此枪，爱它式样精巧，曾与领教，得知底细。当时用剑和他试斗，悟出许多解数手法，自信足可抵敌，否则这类软硬两头并用、中间还兼藏暗器的兵刃，多好武功，稍不留神也要吃它大亏。此女小小年纪，一个女流，能有这身武功，又看各方情面，不肯伤她，她倒使出这么恶辣的兵刃，情理难容！好在此枪杀手俱都知悉，且看她如何施为。真要一意寻仇，想拼死活，就不伤她性命，说不得也只好给她一点苦吃了。

心念才动，把背插宝剑拔下，忽听雷红英娇叱道："喂！姓祖的，休的看你武功不差，我这兵器名为鬼见愁，一件兵刃抵五件用处，太也厉害。我向来光明正大，不肯取巧。此枪乃我心爱之物，本心助拳打擂用不着兵器，只作长途千里，万一有人欺我，以为防身杀敌之用，这里本没心思用它，无如身在客边，没有称手兵器，又气你不过，只得暂借一用，但我仍当寻常两头枪使，决不施展别的取胜伤你，全凭真功夫，免你死在枪尖之下还不知道好。"

存周听她如此说法，心中暗赞：此女行事光明，果不愧英雄之女！不禁又把敌意全消，决计不再伤她，便笑答道："这三截两头软钢枪不过能刚能柔，有半段枪尖能收发自如当暗器用罢了，有甚稀罕？盛情心领，屈才相让大可不必。这个不才还见识过，只管施展，无须客气。在下师规至严，不敢伤害好人，又未便屈己向人。过了这次兵刃，如仍胜败不分，只请随了令尊大人回去，另换别人上场，勿再苦斗不休，就足感盛情了。"雷红英一听，对方不特深知此枪来历，并还叫尽力施展，不胜即回，露出不肯伤害之意，分明心中藐视，不禁又惊又怒，不等话完，怒喝："少说废话，看枪！"抬手一枪，当胸点到。祖存周知这一枪乃是虚招，一面还招，一面发完话，把手中长剑一紧，使开师传神猿七十二式。二人枪剑交加，打在一起。这回两人均持有精光雪亮的兵刃，打将起来越发好看。只见枪光上下，剑影纵横，中间裹定一个英男、一个美女，**比武招亲，战场招亲，是我国传统戏路。穆桂英、樊梨花家喻户晓，其中缘故值得研究。**端的珠联璧合，铢两悉称，难分轩轾。祖存周虽含有几分相让之意，不过是为对方天生丽质，武功人品无一不佳，年纪既轻，又看乃父情面，不忍加害，只想逼她自退，并无别的意思。哪知美色动人，竟把一干妖邪绿林引动了心。

当雷应初来之时，原因爱女貌美性烈，花家所约的帮手和一干蔡党多是妖僧邪道、绿林盗贼，正经的人实没几个，便单要了两间静室，父女二人分里外间取居；到吃饭时，借口年老，爱女随侍已惯，不与群邪同座，自和查洪及几个江湖老友，找清静所在另做一席，不是盛宴公集，不令女儿同出见人。众人偶然见到，虽惊其美，但见此女冷若冰霜，向不与人答话，又以乃父和吕、郭二妖道向来相识，行辈武艺既高，有名难惹，见面时机更少，一方又有好几个淫荡貌美的女贼可供淫乐，也就不敢冒失引逗。及至这一出场，两次和敌人交手，比起以前所见，又是一副眼光，除为首吕、郭诸人因与乃父相识，好些关碍，自觉不好意思外，门下妖徒和花、蔡两家约请来的党羽，十有八九全看红了眼。本就垂涎心醉，及至交头接耳互一探询，不特此女尚未许有婆家，并听苗氏弟兄说，由查洪口里探出雷氏父女之来，一半是重朋友情面，一半竟是为了选择爱婿。众徒党俱知雷应家中广有田业，富甲一乡，如被选中，岂不人财两得？闻言益发猴急，暗中纷纷捣鬼，各打图谋主意，相机而发。

场上男女老幼四人却一点也未觉察。祖、雷二人又斗了数十回合，一个未巧使兵器，发挥三截软钢枪的妙用，一个也未施展杀手，只凭真实功力应敌。雷红英初遇劲敌，气又较浮，斗时太久，鬓角重又见汗，明知这等打法不能取胜，一则不肯自食前言，敌人武功如此精纯，听口气已知此枪用法，是个行家，万一全使出来仍是不能取胜，岂不平白丢人？二则人非草木，不能无情，二人本是郎才女貌，一双两好，上来虽是各存敌意，打得时候一久，渐渐觉出祖存周不特少年英俊，心地并还极好，明明本领比自己高，但他一面暗中相让，给敌人留地，不肯伤害性命，一面又顾他的人品，不肯自贬身价，舍己屈从，故卖破绽，假败讨好。适才所说，竟是心口如一。人家本来一团好意，自己偏不领情，还讲歪理，怪他有意以长力累己。和人拼命，试想双方比武，胜者为强，既然能胜，何须如此劳力费事？可见居心忠厚。惟恐老父多年威望，只此爱女，初次出场便遭挫折，众目之下丢人不起，不惜委曲求和，欲使打个平手，力竭而罢，两无伤损，如何不知进退，苦苦相迫？再一想到，自己一个红闺幼女，父是成名英雄，如非遇见是他，另换一人，被他打倒，当着这许多江湖名人，老父固然难堪，自己以后是死是活？这是敌人，岂可以大意犯小性的？越想心越发寒，不由对祖存周生了好感，敌意渐消，情于无形中相随生长，几次想要发话退下，不知怎的，心情自起矛盾，只不愿走。**"不愿走"，写出微妙。**再者适才弓拉太满，无法下台。这一来成了惺惺相惜，虽说软枪妙用不肯施展，连现时手法也改平缓许多，只是架隔遮拦，更不再施杀手。

祖存周见她忽然势缓，不再似前疾如风雨一味猛攻，专向致命之处下手，直恨不能一下把人刺个透穿。先还疑心她是欲取姑与，故示力竭势穷，及至细一观察，身法手法一丝未乱，面上神情也和善了许多，眉梢眼角若有笑意，身手又极轻灵，纵跃迎拒之间，宛如飞仙谪降，仪态万方，倍增明艳，曹子建惊鸿游龙之喻正可移赠，不由暗中赞美。虽仍未起遐思，无形中也添了几分怜爱，本无求胜之念，对方势子一缓，自然也随着缓和下来。雷红英自更明白，只想不出退身之策。又打了几个回合，雷红英无计自处，心想：你既对我留情，你们男人家稍败何妨？就卖我一个破绽，我也不会就势伤你，怎不做个整人情，让我占点上风下场多好？心正寻思焦急。

这一对让，旁观者清，又都行家，自瞒不过。中有两个聪明的蔡党，早看出祖存周有意相让，一见女的也是如此，误认作双方打出情爱，已有默契，不由怒火中烧，双双不约而同往前赶去。二贼一名飞虎张文广，一名玉郎君偷香神手韩盛，俱是北五省的著名大盗、采花淫贼，应了蔡乌龟之请而来。头一天才由山东赶到，武功俱非寻常，一个更练有极阴毒的迷魂暗器。初来人地生疏，江、浙、闽、广这些成名人物中，只有蔡乌龟、花四姑等有限三数人相识，余者俱是互有耳闻，多未见过。花四姑老奸巨猾，除对几个恃若长城的妖人和像雷应这样成名多年的老英雄格外尊崇，余者只是心中有数，表面上一般礼貌，无分轩轾。到了当日早晨，只蔡乌龟一人是两造的主体之一，必须在东台坐镇，不便相让，凡是外约助场的朋友，口头上俱都请往主台入座，以示礼敬。那许多自问配不上做出头人的党羽，俱都度德量力，极口谦谢，不肯妄自尊大，越众登台，独这二贼自恃本领。花四姑因他们远客，在寿筵上分列两台，入位时，又故意多让了两句，二贼狂傲，不知主人客气，以为自己真够头等人物，竟自应诺。花四姑见他们实受，居之不疑，虽觉不配与主台诸首要并列，但是话已出口，也说不上不算来，只得把他们排在末一席上。主台上人，除却妖人师徒，俱是南五省的江湖前辈，自身只管多是绿林出身，却不爱答理这类下三门的熏香大盗、采花淫贼。二贼只与花四姑相识，相隔又远，干在台上，又闷又窘，本蓄一肚皮气忿，无从发作，色心一动，更无所忌惮；又自恃油头粉面，能博妇女欢心，暗想：雷应既在物色佳婿，只上去一下把敌人杀死，当众显出本领，事后再托主人一做媒，断无不成之理！一心打着如意算盘，俱恐别人捷足先登，还未走到台前，各自逞能争先，双双把背一躬，双足蹬地一按劲，便似弩箭脱弦一般，由离台三丈以外，竟直往台上斜射上去，姿态甚是威武好看，引人赞美。

雷应旁观，早看出二贼上台助场，好生不快，方喝："二位且慢！等小女下去，再打不迟。"二贼中的韩盛已先开口道："雷小姐不必和小贼生气，请作旁观，待我取他狗命！"雷红英正觉力乏，巴不得有人接替，又不知二贼来历，误以为花、蔡二主人派来，朝祖存周娇叱道："一年之后我再寻你！今日不愿为你耽延时候，我不与你打了。"随说随向一旁纵去。祖存周也正不愿再打下去，见来了两个敌人，武功似颇不弱，便留了神，闻言立即收势，笑道："小姐武艺高强，并未曾败，如何算输？请随尊大人回去。"话未说完，人已飞去。韩盛见张文广已和敌人交开了手，自己恰好抢到正对头，又见祖存周英姿飒爽，年纪比自己更轻得多，对雷红英说话那等温文，益发有气，恨不能一下把他打死才快心意，早把身带单刀拐摘下分持手内，大喝："小狗不要脸！今日二大爷叫你死无葬身之地！"随说纵身一刀砍去。祖存周见他上来如此狂语无礼，不由大怒，怒喝："该死狗贼，看剑！"手中剑刚往上一架，猛觉一阵疾风由斜刺里飞来。二人俱知来了能手，仓促之中分不清是敌是友，双方各自预备，刚往侧一闪。说时迟，那时快！面前人影一晃，一声怪笑，来人已如鸟飞坠。

祖存周眼尖，首先看出来的正是七指神偷葛鹰，一落地便伸手向敌人抓去，心想：这等人如何值得他来出场？因和敌人已然交手，自不便再上，站在一旁，笑问道："这毛贼，怎值得老前辈出马？"葛鹰骂道："这采花淫贼，在山东道上和黄鼠狼一样，伏地会放屁冒烟，不知害了多少良家妇女！我一个本分朋友便死他手。老花贼请出这样淫贼帮忙，自己年老心花不要脸，也不怕给大家丢人现眼。适才我见这贼在当中台上鬼眉鬼眼，已早想把他抓死，不过时候未到，暂容苟延片刻活命，结果也容他不得。哪知他见老雷姑娘长得好看，又生贼念，抢着上台找死。我明知他不配和我动手，但我这是为商民行客、良家妇女去一大害，不能算是比武，有甚相干？我话说完，这就要取他狗命！"**葛鹰出场，**

出乎意料，格外添彩。

祖存周闻言，才知七指神偷葛鹰是为报朋友之仇而来。敌人并均会使熏香、毒药暗器，这类下三门的淫贼最是阴毒无心，如非葛鹰深悉此贼来历，忽然出头，自己虽然剑术得过真传，炼有道家气功，应变机智，敌人如发迷烟毒气，虽能够闭气应敌，不一定便会晕倒，到底事出不知，稍微疏忽迟缓，就许为他所乘。不过双方言明一对一，葛鹰不候打完一场，平空上前接替，本领、名望均在此贼之上，众敌等一定不服。自来两家打擂，多半先是一对一动手，往后越打仇越深，双方全都红眼，只稍微有词可借，便一拥齐上，成了混战。邢党连胜三场，花、蔡两党已是忿极，葛鹰这一来，无异火上添油，来贼再一废命，渐渐必成群殴之势无疑。同来还有一贼，也是北方口音，当系同类淫贼。江明武功虽好，却无什经历，莫要中了敌人暗算。想到这里，便不肯退走，自在暗中留神旁观，以备万一。狮王雷应听葛鹰一说，老大不是意思，不便再说什话，随口答道："本来双方约定单打独斗，各寻对手。小女已甘拜下风，不便再与祖老弟交手。我父女暂且告退吧。"说完，同了玉钩斜雷红英，齐往东台纵去。**招亲如此收场，恰到好处。**

葛鹰本不认识二淫贼，原在西台听祝三立指说，因而想起旧友之仇，就二贼不出场，也要指名除他。恰巧二贼死星照命，见色生心，争先出场，正对心思。只为来时祝三立说："老雷为人颇好，你上场去最好等他退走再下辣手，否则他也成名多年的人，表面总算应人约请而来。他父女现在台上，你将敌人打死，于情于势，都非迫得他与你对敌不可，不论谁败，都伤朋友义气。"所以葛鹰上来未施杀着。淫贼虽也不识葛鹰，但久闻他的威名形貌和那天生神力怪相。一见敌人来势猛恶迫急，手有七指，正与传说七指神偷相似，先还有些胆怯，心中不住打鼓；及见敌人虽然力大势疾、一身软硬好功夫，空手不用兵刃，凭自己本领也还应付得来，不知葛鹰投鼠忌器，暂缓一步，反觉鼎鼎大名的人物不过如此，也未见有十分奇处；又自恃自有迷香暗器，胆子便大起来，不特畏惧之心大为减退，反倒妄想抢往上风发那迷香暗器，先将葛鹰迷倒杀死，再取祖存周的性命。

心正打着如意算盘，没想到敌人身手奇怪，初上来势子很凶，及至一交上手，只听他口里发话骂人，面朝着雷氏父女的时候居多，随随便便动手，好似不甚在意神气，那势子说快不快，说不快又似快得那等巧法，只一暗下毒手，敌人不是来一厉害手法逼得自己不能不先抵挡，便是上风先被抢去。这时又正有大风，雷氏父女俱站在下风一面。这类迷香暗器本非光明正大，全仗下手迅速，最好人一晕倒立即上前杀死，也不令旁观人看出；如连自己人也一齐迷晕过去，当着敌我双方这许多江湖上有名人物，传说出去，岂非笑话？似这样，好几次机会错过。因敌人当众辱骂，明揭自己罪恶，众目之下实已难堪，心中忿怒已极，恨不能把敌人碎尸万段才出恶气。一面破口还骂，一面正把全副精神注定敌人，以便待机而动。忽见雷氏父女双双退去，知道江湖上最不喜花道中人，自己本是讨好，为他父女出力帮场，怎么也应见个分晓，舍己而去已不合理，走时更连句好听的交代话都没有，分明被敌人几句坏话中伤，心存厌恶，照此情形，若想托花四姑作伐向雷老求亲一节，定是难办无疑。

越想越恨，刚咬牙切齿，恶狠狠骂得一声："老贼！"底下话未出口，忽听葛鹰哈哈笑道："碍手的人已走，你这淫贼就该不得全尸了。我如把你手法闭住，你死也不甘。来来来！我先给你一个便宜，将上风让你，我倒看看你那熏香迷药、耗子屁的玩意有甚奇处，你就使出来吧！"说时，淫贼早就怒火中烧，已把装有毒弹的铁拐机簧扳开，好在雷氏父女已走，打算不论上下风，先发一弹试试，正卖一个破绽，往后倒纵出去，闻言心方一动。葛鹰已声随人起，由斜刺里横飞过去，落向下风，势子竟比他快得多。匆匆不暇思索，将拐柄朝外一指，立有两寸许长一个鸡卵形的毒弹，挟着淡得目力几难看出的一团稀薄香雾，朝葛鹰迎面打去。

相当于使用"生化武器"。一笑。淫贼所用迷香名为七寸断魂香，乃滇西蛮僧所传，厉害已极，休说被毒弹打中人非倒地不可，便在下风的人，只闻得一丝香味，立即晕死过去，非用他自配解药或是一个对时以后不能醒转。弹头更有毒针，也是见血封喉，奇毒无比，并且一撞即碎，中藏迷香，同时爆散，端的阴恶已极！加上武功又好，所以在北五省纵横多年，多高本领的人如与为敌，决无幸免，也不知有多少成名人物丧他手内，商民妇女被害的更多。满拟一弹成功，百忙中还暗骂："老贼，你只耳闻我有这种暗器，来时以为闻了解药，又是一身好内家功夫，可以不怕，却不知道毒针虽未必能够伤你，这迷香却与众不同。"心念才动，弹已发出，方想喊"倒"，忽见葛鹰扬起那只七指怪手往前一推，立有一股又劲又急的掌风发将出来，力量绝大，毒弹被荡出四五丈远，遂由身侧斜飞过去。淫贼满怀必胜之念，万没料到敌人如此厉害，惊惧中知道葛鹰虽是一双未带兵刃的空手，看这神气，此人内功分明已练到百步打空的地步，江湖上人传说种种奇迹定是不假，并且听他上场时口气，又是有意为友寻仇而来，双方必有一伤，决不善罢，能落个残废脱身回去，便是祖宗有德。这一惊真是非同小可！

葛鹰这一劈空掌，虽是击灭毒烟，震开毒弹，不曾迎面打人，掌风到处，淫贼只被扫中一点肩膀，便已然觉出厉害。这是气功，全凭火候深浅，一不能当，便无活路，不比刀枪拳脚，彼此迎面对敌，身手如若灵活，一见不敌，还可架隔闪躲，临机应变，以巧见长。淫贼终是久经大敌，机智绝伦，到此紧要关头，顿生急智，只图活命，也不再顾羞耻，头弹无功，看出形势不妙，更不再发，故意一晃手中拐，脚底猛一按劲，脚跟踏地，人已往后倒纵出去，口中才喊："姓葛的，张某甘拜下风，后会有期，失陪了！"末一句话未出口，人早倒纵起两丈高远，本意想骤出敌人不意，退到台口，再一个"鹞子翻身"，便往台下纵落逃走。照理人已认输下台，敌人万无穷追之理，这样至多当众栽一跟斗，性命总可保住。哪知死星照命，任怎心灵知机，依旧难逃一死。

葛鹰原意，淫贼命在自己手心里握着，想要当众把他欺侮个够，然后再下毒手，杀他报仇。满拟淫贼铁拐藏有机簧，必是连珠毒弹，一劈空掌把头一粒毒弹击散震落，断定底下还有不少连珠而至。心还在想：这次多用点力，斜掌往上发出，将毒弹反震到东台上，使蔡党中的人当场迷倒几个，开个玩笑。一见淫贼想逃。哪肯容得！飞身几纵便到台下，七指怪手疾伸，一把将淫贼夹背心抓住，痛晕过去，更不怠慢，手劲略松，就势把另一手伸将下去，将淫贼举了起来，大喝："便宜你狗贼，到底落个痛快！"语声才住，双手已分抓向淫贼两肋骨下，直似两柄钢爪插向骨缝以内，连用神力，手向两旁一分，再抬腿夹背心一踹，叭嗒几声过后，当时鲜血迸射，竟将淫贼齐肚皮撕成三片，血淋淋踹落台下。淫贼张文广平日极其凶横，一旦恶贯满盈，报应临头，先吃葛鹰一抓，痛晕过去，满头痛汗淋漓，都有豆大，刚刚缓醒一口气，连声都未及出，便被活生生撕裂成三片，惨死台下。

另一淫贼玉郎君偷香神手韩盛，本是张文广死党，适才为了看上雷红英美貌，色欲蒙心，也不顾什朋友之义，争着往擂台上抢，因吃张文广抢了头筹，把雷红英替下，讨了好去，满腔邪火无从发泄，见台上还有一个敌人，以为江明一个小孩，适才只是对手不济，侥幸得胜，想拿他出气逞能，喝声："小狗！"举刀便砍。江明本在旁观战，一见来了两个油头粉面的敌人，势甚猛急，便留了神，刚纵过去，未及开口喝间，已有一贼将雷红英替下，与祖存周交开了手；另一贼倏地满面忿怒，更不答话，举刀砍来。江明一面招架，口中喝道："和你那边打去，省得碍人的事！"随往旁边空处纵去。韩盛刚刚赶过，两下才交上手，七指神偷葛鹰便隔台飞来，一到便把祖存周换下，口中喝骂，宣扬淫贼张文广的罪状。

江明先见敌人少年英雄，功夫颇好，只管对方开口骂人，横蛮无礼，还有惺惺相惜之意，并不十分忿恨，一听这是个采花淫贼，便有了气，迎面狠狠啐骂道："我当你一个人物，原来是个采花淫贼！平日想必害人甚多。今日恶贯满盈，犯在小爷手内，叫你死无葬身之地！"江明气功原有根底，和淫贼交手，自觉背晦，忿极之下，打对了面，使劲啐了一口。因在黄山练过水营功夫，虽然不是存心以此伤人，力量却大。淫贼正用手中刀挡开敌人兵刃，急于亮招取胜之际，面门全无遮隔，整个现出，百忙中万没料到敌人小小年纪会用唾沫伤人，一下喷了个满脸花，脸上好似中了一把铁沙细弹，当时肿起了好几处，面皮如割，疼痛非常。还算江明因这种功夫没练到家，未想拿它应敌，事前口中又未蓄水，不曾运用全力，否则就这一下，淫贼纵不闭过气去，受伤也是不轻了。

淫贼冷不防吃了人亏，不由大吃一惊，惟恐底下还有杀着，慌不迭往后倒纵出去，一摸脸上，已是热辣辣浮肿了一片，敌人也自纵到。看出不是存心，越发怒火中烧，一面破口大骂，一面回手把背上斜插的护手日月钢轮取下，口中大骂："小狗！"刀轮并举，迎杀上前。这件兵器和张文广所用单刀拐一样，内有精巧机簧，暗藏毒药暗器，虽不似张贼另有独门传授，毒药之外还放迷香邪雾，但也厉害非常。这时狮王雷应已听了葛鹰的话带了女儿走去，葛鹰正和淫贼张文广试那迷香暗器。

江明前被葛鹰叫破，已然留神，目力又极敏锐，追纵过去时，面正向着葛、张二人，百忙中瞥见张文广暗器由拐柄上发出，方想：敌人真个阴毒，如非知底的人，谁能防到有这类毒招？忽见敌人将背带兵器拔下，定睛一看，那兵器前半是一五寸大环，上面顶着一个月牙，环下簇绕着一些寸许长、手指粗的倒刺，下半是寸许粗的杆；另有七尺多长的柄，柄头特粗，上有护手，通体纯钢铸就，打磨雪亮。心料柄中藏有暗器，格外加了几分防备。同时祖存周因葛鹰一说淫贼惯使毒药迷香暗器，表面旁观，暗中戒备，心想：葛鹰知底无妨，江明却是可虑，如凭真实本领交手，胜败自无话说，如要施展这类阴毒之物暗算，为救江明，只好放出飞剑将淫贼杀死，引起混战也说不得了。淫贼忽然虚晃一刀，身子往右一斜，使一个"叶底藏花"之势，左手日月轮当胸推来。江明原因毒药暗器只不被打中身上便无妨害，最怕是所磕毒烟一入鼻孔，立即昏迷晕倒人事不知，自己又忘了把师父配制的解药带来，就能闭气，暂时尚可，久了仍是不便，意欲不等发作先把此贼杀死，只是把他这件兵器毁光。见淫贼将刀虚晃，改用一轮推来，料定是个杀着，必因相隔太近不便施为，想借自己用剑一磕或是往外推挡之势，乘机纵开，倒回轮柄好发暗器。灵机一动，故使险招，假作一时疏忽，只顾敌人右手的刀，没防到有这一轮，双足蓄劲，用内家钉卷之法立定地上，上半身慌不迭往后一仰，同时暗运气功，把右臂用足真力，等将轮头让过，往下砸来，倏地身子一挺，奋力举剑往上挡去。

淫贼心计原和江明所料差不许多，一轮推去，正想江明用剑一挡，乘机纵开，倒转轮柄好发暗器，忽见敌人手忙脚乱，不倒翁一般身往后仰，似要倒纵出去，以为江明终是年幼，火候不到，误把前刀虚招当实，致有此失，自己双手俱有兵刃，占了便宜。似此情形，敌人万变不出甚巧招，准定吃亏无疑，现成便宜，焉有不取之理？连忙改退为进，往下砸去，并恐敌人身轻灵巧，纵跃神速，一下打空，还特加了力量。满拟十九可以得手，哪知江明是以天生神力取胜，轮方砸下，瞥见江明上身后仰如弓，下半身却和钉在地上一样，步法甚是稳定，心方微动。说时迟，那时快！敌人倏地挺身而起，举剑往上挡来。双方一个力猛，一个势急，江明又是成心，本来真力又大得多，淫贼却骤出不意，如何能当？只听玱的一声，两兵相触，火星飞溅中，淫贼左手虎口立被震裂，日月轮向上荡起，几乎脱手飞去，身子却被震得倒退出去好几步。

淫贼万想不到对方有此一着，知道不好，欲待抵御，身子还未立定。江明一击成功，更不怠慢，早就着这一挡之势，一个"飞鹰拿兔"，加上"拨草寻蛇"之势，连人带剑，飞身追纵过来。淫贼左臂已然震麻，虎口疾痛，勉强握着日月轮，不能用力，一见人剑飞来，吓得手忙脚乱，纵刀挡时，吃江明凌空举剑一拨，喤的一声将刀荡开，分心便刺，来势疾如鹰隼，灵巧非常。淫贼措手不及，瞥见剑光耀眼，已然临头，自知不能幸免，百忙中强用日月轮往上打去时，江明手中剑已由咽喉刺进，顺势右脚一抬，踹向淫贼左手腕上。淫贼一声惨叫，身往后翻，手中刀轮齐抛，尸横就地。江明随手把日月轮拾起一看，和葛鹰对敌的淫贼也同时毙命，方和祖存周谈说。

正面主台和东面客台上已有多人纷纷喝骂，离席而起，待要出场，为前后几拨死伤的人报仇雪忿。西面客台上邢党中的一些前辈剑侠高人，只拿眼望着主台上几个妖邪中的能手，冷笑不言，如无其事。眼看中、东两台约有二十余名敌党争先欲出，就待往擂台上杀到，忽听破锣也似大喝道："你们都不要动！我和老偷儿还有约会呢。今日不是他死便是我亡。你们要打，等我和老偷儿先见完了胜败再说。"众人一看，由主台和西客台的过道中间，飞身纵出一个须髯如戟的老者，相隔三台中央空地约有八九丈远近，声随人起，话未说完，人已纵到，宛如一只大鸟凌空飞坠，身手矫捷异常，端的名下无虚，引得四面观众纷纷叫起好来。查洪身落地上，先朝争先出场诸人把双手一分，满头白发根根倒竖，气势虎虎，威猛已极，身后却插了一件从未见他用过的兵刃。此人天性刚愎，说出便做，不容违忤，又知葛鹰也是一身好功夫。前晚二人斗得正急，吃天山大侠老少年神医马玄子跑来，解围引去，未分胜负，今日又是二强相遇，众人俱想见识这场恶斗，开个眼界，于是走到台边。待要下纵的人十九停步不前，齐说："葛鹰老贼可恶该死！既是老前辈前往除他，我等遵命观战便了。"主台上一干妖僧妖道早吃花四姑稳住，定有毒计，准备挨到夜间，将邢党中人一网打尽，现时双方只凭真实武功交手；嗣见蔡党连败数阵，虽也忿怒，并未想即出斗。这些争先出场的人，有一多半是东看台的，本是受了蔡乌龟的暗示，心怼主人不早出头，意欲就此出场，引起混战。

正面主台共只四人，却都是江湖上成名人物，吃查洪迎头一拦。内有两人，一名飞天鹩王开泰，一名神刀于四，本领颇高，虽在主台列座，原是蔡乌龟好友，性又粗豪，见众人俱吃查洪拦回，好生不快，正要发话。查洪已把话说完，往对面擂台走去，脚底甚快。眼看快到台前，要往上纵，猛瞥见查洪身后还紧跟着一条小黑影，身法更是矫捷，定睛一看，乃是一个身材瘦小、穿着一件黑衣密扣紧装的小孩。如是敌人，查洪不会一无觉察，如是自己人，又未见过，查洪既拦别人上场，怎会自己反倒带上一个？心方惊奇，忽听身后同党有人问范氏弟兄道："这小贼颇与近来江湖上传说的黑摩勒相似，好些绿林朋友都吃他亏，怎会和查老头子在一起？"王、于二人，原和前受闽抚指使、想要劫杀虞尧民的一干盗党交好，闻言见那黑衣小孩果与传说中的黑摩勒相似，本就心中不忿，再一回忆那些盗党被害之事，不由怒火上升。飞天鹩王开泰首先纵落台下，往对台赶去。自从广、浙两方决裂交手，当中台阶便照例撤去，后到那一伙老少花子俱在台前跌坐观斗，台上人如不由两侧台阶走下，便须由这伙异丐头上飞越。先前众人纷纷抢出，花四姑和几个心腹同党又各忙于劝阻，均未留意。神刀于四眼尖心细，正待相继纵落，百忙中瞥见王开泰往台下飞落时，脚底下正坐着一个面黄如蜡的中年花子，见人由他头上飞过，面色倏地一沉，猛扬手朝着王开泰身后空按了一下。如换别人，决当作是适逢其会，正赶上下面抬手；于四却是行家，早看出这伙花子无一好惹，这一掌可是内家最厉害的功夫，心中一惊，不便明言，众花子一字排开，正挡去路，不敢再由头上飞越，只得绕向台角空处往下纵落，暗中留意：众花子各自目注前方未动，大有人不犯我，我便中立，决不伸手之势，王开泰纵势极快，也不知受人暗算与否，又想起仇敌可恶情景，忿怒犹疑一时并作，急匆匆往前飞驰。

这时查洪已和葛鹰对面，正在互相问答。王开泰也自纵上，正向那黑衣小孩喝问，**到了此时，也该黑摩勒出场了。另外，这批异丐理应有所表现了。故此设计出王开泰这个小插曲。金圣叹讲"事为文料"，这些小"事"，其实都是实现文心的小"料"而已。**还未交手。神刀于四刚纵到擂台上，便见查洪满脸怒容，拨转头待向王开泰喝问，才一对面，倏地冷笑道："你这厮怎不听话？已然中人暗算，受了内伤，不跳动也只保得七日活命，此时想活还来得及，不去找人救命，偏来这里作甚？"王开泰见查洪老气横秋，恶声相向，本来又要发作，一听话音不妙，忽然心动，想起适才由台上纵落时，后心好似微微一麻，因系凌空飞越，身后无人，没怎在意，知道查洪老眼无花，人甚实在，决无虚假，方自惊疑。于四已在旁使一眼色，接口道："王二哥，主人着我来请你回去，有话问呢。"王开泰会意，愈知不妙，暗中试一运气，果然中了阴掌，不禁大惊，虽觉上台一战未交便退下阵去，不大好看，但是再一跳动，内伤发作，更无生理，尤可气是连仇人是谁都不知道，纵时身后俱是自己人，于四不说，必有难言之隐，念头一转，还先顾命要紧，立答："我去就来，这一黑贼不可放走！"黑摩勒本就想要发话，闻言笑骂道："你不必装什门面了，快滚回去等死，还有一个善终，力用不得，乖乖慢走吧！"说时，王开泰已然愧愤转身，强提着气往下纵落。于四未免担心，口答："你只管走，黑小贼怎能在我手下逃命？"说时，眼却瞟着王开泰，猛听黑摩勒喝道："不要脸的老贼，叫你尝尝小爷味道！"话还未完，手已先到。于四微一疏神，闻得左颊风生，赶忙回手招架，黑摩勒手法灵快，已自无及，百忙中刚把上面一掌挡开，当胸早着了一下重的。

查、葛二人见于四挨了一下，各自笑道："连一个小孩都对付不了，硬不听话，非要出来丢人。我二人已打过数次，一时也分不出高下，你们既不怕丢人，索性我们另找地方，让你们现世去！"于四中了一掌，脏腑震昏，本已大怒，再听二人同声讥笑，益发怒火中烧，一面还手与黑摩勒对敌，口中厉声大骂："老贼们不要发狂卖老！我把小贼碎尸万段，再和老贼算账！"骂得甚是含混。

骂时查、葛二人已双双走开，到了后面台口，正待往下纵落。查洪听出他接口还骂，明连自己同骂在内，勃然大怒，便要回身理论，吃葛鹰一把拉住道："老刺猬怎不通情理？只许你说人，不许人骂你么？"查洪怒道："这贼不知好歹，我说的是好话。"葛鹰笑道："你虽好话，他不领情，还不是由他？休看这厮混充好汉，我那徒弟比我还会闹鬼，不是什么好相与。你一大把年纪，和快死的人怄什闲气？我们这笔账老算不完也不是事，先找一个远点的地方见了胜败，打完再找一个卖好酒菜的酒店吃一顿，谁赢了谁作东，看看到底谁强，还省占人地方，不比这里好么？"说罢拉了就走。

查洪不知对方诸老有意保全，知他性情刚烈，惟恐发难，花四姑受恶报时玉石俱焚，事前早商量好，先由黑摩勒先施反间，使其灰心，等到出场，再由神偷葛鹰将他诱出村去。葛鹰原定见他上场再行出面，因见淫贼张文广，想起杀友之仇，又恐祖、江二人无知，中了迷香毒镖暗算，于是赶前出场，杀死淫贼之后，本就想指名索战，因见中、东两台敌党群起，方想索性多杀几个再作计较，一见查洪自来，正合心意，二人论本领差不多少，如论机智口才，自然天地相差，连激带骗，没多费什话便被说动。自来好汉爱惜好汉，查洪虽拿葛鹰当仇敌看待，心中却最喜这等人物，无形中自然投契，吃葛鹰一拦，竟比什么都听话，乖乖的随了就走，双双把臂纵落，往台后无人之处走去，直似查洪和人争斗，葛鹰反成了朋友，为好劝架，将他强劝拉走情景。花四姑正在台上望见，知道葛鹰诡计多端，恐查洪上当、中人暗算，忙命两个心腹同党暗中尾随下去探看不提。

于四瞥见查洪大有反目相向之势，对于仇敌，神态反似亲切，越想越有气，有心再说几句，但知查洪性情素来刚愎古怪，不讲情面，已然这等辞色，再若伤他两句，就许舍了敌人，回身来寻自己晦气，本领又非其敌，白白丢人，只得强自按捺，听其随了敌人下台，满腔怒火无从发泄，全注在黑摩勒一人身上，背上一柄金背刀早已拔在手里，使了个风雨不透。黑摩勒先和于四交手，及见取出刀来迥与寻常不同，长有三尺五寸，近尖五六寸，两边开口，中有双叉，刀背厚约寸半，刀柄长约近尺，柄头尖锐，通体打磨极亮，宛如一泓秋水，**一口刀，也要写出花样来**。寒光闪闪，夺目生霞，心想：这刀真好，形式又极奇特，休说是见，听也未听说过，料是自己出样打造，如能得到手内，送人也是一件极好礼物。便不取身旁宝剑，只将腰间软鞭解下应敌。哪知于四年虽半百，武功却极精纯，刀法神妙，刀光又亮，舞动开来，通身俱是刀光环绕，不似先前动手脚时，可凭身手矫捷、纵跳轻灵取胜，如非天生神目，又得高人传授，差点还非其敌，急切间休想得到一点便宜。黑摩勒也是一个想到必要做到的性情，见攻不进，一赌气，决意非得那刀不可，如是也把全副本领施展出来。

且不说这老少两人杀了个难解难分。当查、葛二人一下台，祖、江二人见台上只剩敌我各有一人单打，自己先打了好些时，正商量先回西台休息一会儿，等有人出场，相机再上。刚往台侧走去，身未纵起，忽听台下两三声断喝过处，飞上三条人影，同时又听一个幼童口音高唤："黑哥哥！"声到人到，由出口一面路上箭也似飞来一条白影。二人忙往台后纵开，立定一看，后来的是个白衣短装幼童，已朝黑摩勒斗处奔去。面前相继纵上三人，两个少年壮士，手持长剑，一个中年大汉，手持两根铁锏。三人好似两路，到了台上，便争先朝祖、江二人抢去。祖存周见那大汉手中铁锏又粗又大，虽似一个浑人；那两少年身法步法均似得过高明人的传授，尤其那左手剑诀齐眉、右手握剑当胸，剑身平直、剑尖向外的姿势，与自己本门是一个家数，貌相又生，先前中、东两台敌人俱曾留心查看，并未见有此两人，恐有师门渊源，忙把手一摆，止住江明缓上，也用本门剑术，把手中剑向外平端，口喝："朋友且慢！通名过手不迟。"

两少年见祖存周和他一般手法，年长的一个倏地面色略变，喝道："我二人乃华亭双杰徐扬、徐远！尔等倚势行凶，今日叫你难逃公道!"祖存周答说:"双方比武,单打独斗,各凭本领,胜者为强,怎能说是倚势行凶?看你二人不是江湖绿林之士,如何也来受人利用,为之助威?你那剑法颇有来历,令师叫什名字?可速说出,以免伤了自家人的和气。"

徐远性情较暴,闻言怒喝:"老爷师长是谁,说出来吓你一跳!闲话少说,有本领只管施展出来好了。"祖存周闻言心中有气,暗骂:"无知鼠辈,我好意先打招呼,你偏不知好歹!动手就有伤害,也怨我不得!"刚待发话迎敌,那持铜大汉也是由外新到,听人一说便即上场;因见台上已有一对打的,只有两人闲着;又听那两小孩甚是扎手,巴不得抢在头里,凭着力猛铜沉,人前显耀,偏吃两少年先到了一步。心正着急,见双方停手说话,一听两少年是华亭双杰,早有耳闻,不由立定,打量了几眼;及听双方只和徐氏弟兄交谈,直没理会自己,好似这大一个人并没在他眼里,不禁怒从心起,大喝:"小狗只得两人,二位且将这大的一个让我!"说罢,纵身上去,当头就是一铜。**再出奇葩人物、异样情节。**

徐氏弟兄原是华亭世家子弟,自负本领高强,又有几分富贵人家子弟习气,此来本为受人怂恿,给花家帮场凑热闹,逞能扬名,到的也晚,一听台上有了劲敌,匆匆便往前赶,不料东台抢出一个大汉,两下气味不投,本已生厌,这时和敌人正在说话,见他突然冒冒失失,抢过来举铜便打,越发心中不快,口喝一声:"且慢动手!"还没等祖存周招架,便举手中剑使一个"乱卷蛛丝"之势,往上一拨一搅。祖存周一见敌人铜到,也用剑往上一架。双剑一铜,恰巧同时撞上。三方势子都急,只听玱琅琅一声响处,火星飞溅!那大汉虽然力大,无奈祖存周练就内功神力,徐远也是名家传授,手法灵妙,因见大汉铜沉力猛,恐碰自己宝剑,未用剑锋直挡,用的是巧手法,一个直力,一个横力,事更出于意外,想不到自己人也会帮助敌人动手抵御,吃祖存周猛力一挡,铜便向上震起,同时再吃徐远用剑贴着铜旁就劲卸劲,反腕往外一撩一压,如何禁受得住?当时虎口一震,手臂酸麻,连铜斜着往外荡去。不由怒从心起，一面忙用左手铜护住前胸，就势向侧一纵，待要开口喝问徐远为何拦阻，身刚立定，本心想说："你帮这小狗，是何道理？"一句话未说完，才把"你帮"二字出口，第二字恰是个开口音，冷不防由斜对面飞来一件不大点的暗器。

大汉人大嘴大，又当羞恼成怒，气急之下，口张越大。面前只有两个敌人，均在和徐氏兄弟对立说话，未曾抬手，一时疏神，不知身侧来了暗算。那发暗器的人，身材还没他一半高，就对了面也未必会看在眼里；那暗器却打得又急又准，啵的一声，正往口中打进。大汉原也行家，虽然闪躲不及，已自觉察，心中一惊，落口便咬，想把暗器咬住。没料稍慢些须，那暗器共只寸许大小，竟由上下两排牙缝中滑过，把右上颚打破，舌头也吃打肿。总算上下牙一蹭，咬着了一点尾尖，牙虽活动了两个，力量大减，没被打穿入骨。百忙中觉着那东西又脆又甜，不似铜铁之物，慌不迭吐出一看，乃是一枚大鲜枣，**奇葩人，奇趣事**。急怒攻心，未及发话，忽听侧面有一小孩口音喝道："你忙，我先送你一个枣子！"声到人到，同时由斜刺里飞来一个小孩，手中持着一件能软能硬的奇怪兵器，有六尺多长，小拇指粗细，通体密鳞，又黑又亮，头上有一枣核形的钢椎，约有半尺多长，两三寸粗，一到面前，便当胸点到，边打边骂："不要脸的狗贼！想乘机取巧，两打一暗器伤人么？我也送你一个枣吃，你看味道好么？"

这小孩正是大侠彭谦之徒童兴，因听师父说，便往金华北山观战，就便寻几个老友作一快聚，并知黑摩勒也在彼处，约着一同赶来。在山路上，发现山坳无人之处有一树经霜未落的大枣，甘脆非常，诧为仅见，吃完随手摘了些在衣兜里，想带与黑摩勒吃，会后并往一同摘吃。哪知一到便看见黑摩勒在场上和人对敌，另外还立有一个少年一个小孩，回顾师父未到，同行的只是两位和自己嬉皮笑脸惯了的师叔，连忙纵上。本心想代他一阵，刚立台上，又飞纵上三人，也不知谁是敌友。童兴虽得高人传授，武艺高强，终是年幼稚气，好友重逢高兴非常，不暇多看，急匆匆便往黑摩勒面前跑去。黑摩勒眼尖，早看出他和三个敌人相继纵上，一边和于四动手，不等童兴开口，便先说道："这回打架有规矩，一个对一个，不将这贼打死，不许换人；那边站的两人，一姓祖，一姓江，是自家兄弟；贼却跳上三个，想系以多为胜。你快过去，等把这些毛贼一齐打死，我再给你引见。这里好朋友多着呢。"

童兴刚一回顾，后来三人已和祖、江二人对面，内中一个大汉，手持双铜，又粗又长，颇有分量，心想：师父常说，越是这类身高力大、挺胸凸肚、神气活现的越是废物，这厮想必是个蠢牛。初次上场，当着这多人面前，须发利市，不能给师父和黑哥哥丢脸。莫如我将就一些，先把这大个打死，好歹先得一个开张红。心念一动，刚应了黑摩勒要赶过去，见那大汉倏地浓眉倒竖，目闪凶光，冷不防纵身上前，照着祖存周迎头就是一铜，吃徐、祖二人同时用剑一隔一拨，震荡开去。大汉好似骤出不意，纵向一旁，满脸横肉都急怒成了绛紫颜色，貌相越显凶恶。因适才路上采枣贪多，衣兜装不下，塞了几枚在腰间革囊以内，转身时忽然想起，恐和敌人交手要用暗器，杂有枣子妨事，便将囊内几枚取出随手抛掉，恰巧内有一枣又大又红，没舍得丢，本打算放在嘴里嚼吃，见大汉气急败坏，只顾正面，全没防到侧面有人。暗忖：这厮可恶，何不将此枣转敬与他，试试眼力如何？随照铁莲子的打法，用左拇指托了那大枚枣，用食指和无名指紧夹枣腹，再用中指抵紧枣后，本心想打大汉的鼻子，正赶他厉声喝骂，阔口大开，忙将左手往下略低，中指用足力量，猛的弹发出去。练就手法，百发百中，势子又劲又急，相隔又近，大汉全没留意，一下打了个满嘴。大汉本就怒火上攻，再见来的是个小孩，越发气急，圆瞪两只凶睛，似要冒出火来，大骂："小狗，急速跪下讨饶！念你年幼无知，还可饶你一命。再如不知进退，太爷将你蛋黄子都给你砸了出来！"童兴骂道："你这不要脸的狗贼！和我磕头。叫小祖宗，还不饶你呢！"二人一边对骂，一边动手。

那大汉也是北方有名大盗，名叫赛叔宝秦三奎，生来力大，练就一身硬功，虽在绿林，人却直爽义气，与花、蔡两家均只互相慕名，不曾见过。只为二年前洗手，在济南省城开了一家镖局，生意甚好，中了以前同党之忌，使出人来劫镖。随护镖师本领不济，眼看镖车被人劫去，幸蒙几个南方过客拔刀相助，才得转败为胜，将镖保住。事后向人称谢，一问名姓，内中一个少年，正是花四姑的娘家侄儿苗成，出手之令由他发动，同行诸人全是能手。秦三奎得信以后，派原镖师带了礼物，去往金华登门道谢。苗成未回，花四姑只代收了一点土仪，余均璧还，由苗秀款待来人，备极优礼，留住了三日，才送起身。

秦三奎觉着欠了人情，花四姑又是洗手多年，家财甚富，无从报答，几次想要亲赴江南拜访面谢，均未得便。这次闻得花四姑借做生日为由，代朋友帮场，特地抽空赶来助威还情。满拟手中双铜，纵横北五省极少遇见敌手，还可人前显耀，不想上来就吃一幼童戏弄，打了一枣在口里，虽不能算是受伤，众目之下到底不是意思。先还想对方一个小孩，不过江南人诡诈，惯弄小巧，自己适才只顾说话，没留神中了暗算，真动手如何能行？又想对方年纪太小，胜之不武，看这身手如此矫健，也许师父是个名手，自己做的是镖行生理，不愿结仇，打算将人擒到，说上几句放掉，以显自己大方，还免树一强敌，虽然忿愧难当，并没伤人之心。哪知一动上手，对方不特身手矫捷，解数精奇，便那气力也非常人所及，如非内外武功俱有根底，决无这等本领。休说让招不下杀手，便把全副本领施展出来，也不见得能占上风，稍微疏忽还要吃亏，不禁大为惊异。暗忖：敌人小小年纪便有如此好的武功，师长定非常人。自己半世威名，初到江南便败在一个小孩手里，将来传到江湖上去，不特镖行没法再干，拿什颜面见人！心里一害怕，便不敢似初上来那么浮躁，忙把气沉住，一面以全力应付，一面暗查敌人的来历家数，越看越觉敌人手眼身法无一不是高明传授，本质之好也是从未见过。自己奔走江湖多年，枉负盛名，遇这么一个小孩都打不倒，好生惭愧。秦三奎武功精纯，原是行家，只不过性情粗暴，上来有些轻敌自恃，才致吃亏，看出苗头以后，知道此事气浮便吃大亏，心生戒慎，怒火一消，步步留神，自然无懈可击。童兴虽然天生异禀，得有真传，到底年轻，火候未到，不过身法却比秦三奎轻灵得多。一个以全神贯注，沉着应战，一个仗着身轻手巧，兵刃奇怪，练就独门煞手，这样扯成平手，打了个势均力敌，各不相下，打了一阵，不分胜负。

童兴心想：只说大个子是蠢汉，不料两条铁铜这等难弄。上来还看着容易取胜，几个照面过去，他便改了章法，守多攻少，一任自己纵前跳后，他只用双目注定自己，随手应付，并不随同追逐，深得师父所说"以静制动，反主为客"的要诀。似这样一双鬼眼老定在自己身上，无法攻进，如何是好？初次人前露脸，便遇到这讨厌鬼，休说被他打败，不能取胜也是扫兴，正想暗发飞钻取胜。秦三奎见童兴越杀越勇，那么纵跃如飞，一点不显力乏，暗中佩服，忍不住将铜一摆，大喝："小朋友且慢动手！"童兴本想和敌人另比拳脚，怕他不肯，未说出口，闻言乘机纵出圈去，喝道："大个子，你是见兵器比不过，想换个法子动手找死么？"秦三奎笑道："小朋友，我和你都是为朋友帮场，并无仇怨，你怎出口伤人？先前我只当你寻常顽皮小孩，没问得你名姓来历，及动上手，见你身法手法极像我一位好朋友的门路，想问一问，看是自己人不是？说完再打，随便你挑。我在北五省也颇有一点小名，实在是爱惜你这点年纪竟有这好武功，便败在你手，成全你少年英名也没什么。你叫什名字？何人门徒？快说出来，我看猜得对与不对？"**真正老江湖。**

童兴听他口调忽变，话颇中听，心气便和平了些，哪知对方虽然粗鲁，终是老江湖，故意拿话套他，微一迟疑答道："我叫童兴，那边动手的黑摩勒是我哥哥。我师父名字不能告诉你，你既认出我的来历，先说我听听，看猜得对与不对？"秦三奎见他说时迟疑，知有隐情，便低声诈他道："我虽猜出十有八九，但这位朋友名头高大，近为一事隐姓埋名，上次在北方分手时，已然答应他，不能再由我嘴里提他真名姓。现在见你极似得他传授，我这人向来不愿言而无信，又不知他近年光景还似前几年隐秘也未，所以非你先说不可。我想他隐秘行藏别有用意，决不是胆小怕人。他们都打得正急，各在一边，小点声说，决听不见，这有何妨？你如胆小害怕，不说也罢。"

童兴吃他连骗带激，**这种本领，可摆卦摊谋生了**。果为所动，心想：这厮铜法委实不差，照这等说法，许真和师父相识也说不定。万一真是师父朋友，败了自己丢人，胜了他便没法再混。师父、师叔前杀神魔伊商、凶僧大斗等盗党，也并未隐却名姓，今日又来打擂，想是近年已不再隐秘踪迹，便告诉他有何妨碍？念头一转，脱口答道："我师父便是北天山天寒老人门下，昔年名震川湘的彭氏双侠的头一位，单名一个谦字。我本随师父同来，师父因在路上有点事情耽搁，一会儿就到。你如真个相识，说出来由，赶快下去，换个来和我打。我好容易赶上这场热闹，要我下去，却是不行。如不相识，也快明说，不要只说不动手，白费时光。"

秦三奎一听，童兴乃大侠彭谦之徒，便知今日之事凶多吉少，这人如无必胜之望决不出场，说不定天山五老俱要到来。虽听说主人方面也约有不少道术之士，终不能与峨眉、青城两派中剑仙侠客为敌，况且浙帮一面还有丐仙吕瑄、司空晓星等高人在内，都是久闻大名、不曾见过的人物。起初便因冒失赶来，不知双方颇有能手。因听台上两个无名小辈连胜蔡党，心想：凭着自己双铜，抢先上场将敌人打倒，尽了自己的心，略补前欠人情，见好就收，再行相机进退，免得挨到后面撞上强敌，一个失足，身败名裂，无法再在江湖上走动。照此情势，不特下去万讨不了好，便眼前这个小孩就有许多妨碍。自己有短处在他师父手内，便是必胜都不能和他再打，何况还取不了胜。念头一转，立即乘机收风，故意高声说道："怪不得，老弟点点年纪，这么一身好功夫呢！

果然我没看错了。先前不知道也就罢了，既已知道你是何人门下，如何能和你交手为敌呢？不必你让，我暂时下去，等别位登场吧。"说罢转身要走。

童兴吃他蒙住，闻言越以为敌人与师父师叔必有渊源，反而不能即胜，也极愿他下去，好和别人交手，忙问道："你既和我师父相识，你贵姓啊？"秦三奎道："我姓秦。烦告令师，就说那年泰安州北关法显寺老方丈室内所见那人，**无文字处，留有无限烟波**。并没有忘了他的话，现在做着镖行生理，向他问候，就知道了。"话刚说完，童兴瞥见台侧过道上走来三人，内中一个正是师父彭谦，忙指说道："那正是我师父。"秦三奎目光到处，看见彭谦正朝自己冷笑，猛然回忆前事，不禁心中一震，暗骂自己："真个糊涂！明知彭谦要来，竟会年久忘形？还不及早抽身，顾这虚面作什？"口答一声："再见！"匆匆便往左侧纵落。

童兴见他走时面容忽变，又往师父来路相反之处纵落，不迎上去相见，心还以为他是花、蔡两党约来，不便当众叙说，故此走开，再一回顾，师父也没有了影。同来二人，一个是师叔凌风，另一个没认出是谁，俱都戴有人皮面具，已吃邢飞鼠匆匆赶下迎上西客台去。黑摩勒、祖存周、江明与敌人做三对恶斗，虽似略占上风，尚未将敌人打败。自己去了对手，又恐师父到来唤了回去，正恨不能有人上场。独立台口，待要叫阵，忽见和祖、江二人相持的徐氏兄弟忽然双双纵出圈外，**当略则略，叙事者须知**。口喝："朋友，你是好的，明年今日，我兄弟在松江西门外荷花浜候教。今天甘拜下风，不和你们打了。"祖存周笑道："贤昆仲本是世家子弟，不是江湖中人，少时这里便许有一场大凶杀，洁身而退，不蹚这一番浑水，足见高明。这位江兄弟不奉师长之命不能在外随便行走，去否未定。区区不才，到时定必前往领教好了。"说罢，四人一同把手一躬。徐氏弟兄各红着一张脸，往台下纵去。人还不曾到地，那旁一声"嗳呀！"和黑摩勒对敌的神刀于四，忽然撒手扔刀，翻身栽倒。同时台下一片喝骂之声，纵上一伙人来，口中大骂："小狗！"各举兵刃拥杀上来。

童兴巴不得有人对敌，首先举架上前将头一人敌住，黑、祖、江三人也各上前应敌，双方连话未说，便打一起。黑摩勒等只得四人，来的敌党却有六个。西客台上诸人一看，对面来的六个敌人也是由外新到，年长的一个约有四十开外，最小的才得十四五岁，俱穿着一色对襟密扣夹小袄，下着夹裤绑腿、黑缎软底快靴，右手单刀，左手铁拐，腰带各种暗器，身手甚是矫健。内中两个二十上下的矮子，使的一手好地趟刀，功夫尤为精纯，面貌神情颇多相像，似是一家兄弟。邢飞鼠愤道："敌人无耻，讲好了一对一，我们只得四人，并还经过久战，他却上去六个鼠辈。待我说他几句，也请两位上去如何？"和大侠彭谦同来的康同笑道："那是金家六虎，乃湖广路上有名的绿林人物，本领也还不弱，这都是向例轻易不与同道交往、只兄弟兵同出同入的,不知怎会来此？六贼在江湖上仇人甚多，行事狠毒，横恶无忌，此番恐是自投罗网，快遭报了。"**金华北山比武，是压轴大戏，不能草草放过。但又不能一二三四五地平铺直叙打下去，节奏变化便至关重要了。雷红英上台，在疾风暴雨中插入桃红柳绿。再插入秦三奎，等于台上出来个三花脸，读者因而轻松一下。接下来，回到故事主轴，十二人上擂，再起澎湃高潮。**

话刚说完，旁坐新来的蒲青、蒲红，一听说是湖广路上的金家六虎，早走了过来，向诸老讨令道："诸位伯叔、大老前辈，这六个恶贼贪财好色，忘恩负义。前数年二家伯因不知那两个矮贼来历，见他二人被一伙凶僧围困，仗义拔刀相助，杀死为首凶僧和德，救了他的性命。只为问出是金家三、四两虎，当时劝他几句，面上略有悔色。二贼竟自恩将仇报，乘家伯在衡山祝融峰玄真观卧病，使出人来两次毒计暗算，又乘雪夜亲身前往行刺。幸是家伯为人机智，事先觉出警兆，故布疑阵，假作人已早走，藏在庙侧石窟以内，未遭毒手。候到第三日，云开雪弄，二贼两次扑空，去了疑心，误信家伯真走，家伯才强自挣扎，改装一教书先生带病下山，连夜走往江南，方脱毒手。因家伯一向独来独往，不肯找人相助报仇，隐忍至今。后来传到家中，始知此贼恶迹，久意约同弟兄叔伯前往寻他，家伯不许远离，未得其便。凑巧今日遇上，意欲上台取那两贼狗命，不知可否？"马玄子见蒲氏兄弟彬彬有礼，故人之孙，甚是喜欢。但知敌人厉害，蒲氏兄弟年轻，不知武功如何，又不知是否能敌那两个使地趟刀的对手，便笑道："贤侄孙只管上前，我老头子给你看场，不愁你二伯之仇不报。"

蒲红接口微笑道："太世伯厚意，侄孙感谢。不过双方讲好单打独斗，这类毛贼不值太世伯污手，宁可他们不讲理，我们打不过，怨自己武功不到家，请太世伯看哈哈好了。"马玄子听他不愿自己暗中助力，一想乃祖在同辈中有名的智勇深沉，他的爱孙如无几分家传真实本领，怎会叫他千里远来，人前丢丑，自己因见贼党人多逞强，先自违约背礼，又见此子年幼英武，未免心存偏护，不料反被问住。想不到多年未见的老友竟有这等好子孙，胜负不论，即此气概，已不愧英侠之后，非但不以为忤，**老少年可爱**。反倒欢喜，掀髯哈哈大笑道："好娃子，真有志气，不愧名人之后，你弟兄两个上场去吧，你家传'中'字诀不要忘了。"**出一"中字诀"，便生新变化。**蒲青觉兄弟不应如此说法，恐马玄子怪他少年狂妄，劲敌当前，胜了还好，如若受伤败退，拿什颜面见人？方想数责几句，听马玄子如此说法，又是满面笑容，便没再出口，只瞪了蒲红一眼；恭谢指教，同往台下走去。

马玄子虽喜蒲氏弟兄胆勇，心终关切，在台上暗中查看。见二人年纪虽幼，走起路来点尘不扬。脚底也颇稳实，步法虽快，神态却极从容，到了台下，转往正面，顺着台阶走上，不似别人那样聚精会神，前进直跳，往台上纵去，可是人还未到，全神便已遥注台上敌人。行家眼里，一望而知精力弥满，内蕴待发，深得乃祖不矜不浮、守气惜神、不轻耗费真力、以静制动、以动扰静、藏势蓄机、临敌戒备、举轻若重、难败易胜的家传心法，**这**

一大套"家法"，全是还珠对武术的理解。固然年轻功候还差，始基已固，就便不胜，也不易败在敌人手里。侧顾彭谦、凌风、祝三立、司空晓星诸大侠，也在注视点首，相互一笑，默契无言，暗中赞赏不提。

这时擂台上四六对打，几成混战。黑摩勒等四人大骂："鼠贼背约犯规，倚仗人多，一样送死！"金家六虎也厉声答骂："我们初来，不知什样规矩。我弟兄兵照例同上，你有一万人，也是我六人对付。如嫌死不够数，不会再叫几个鼠辈上来送死？"黑摩勒早就想把新宝剑取出一试，因事先诸老告诫，此剑神物，不到夜来双方拼斗混战，对阵会剑术的妖人已吃诸老分头敌住，更有师长同在一起，暗中照护之中，不可随便取用。一则不到时机，恐引众妖人先发；二则恐引妖邪觊觎，有了疏失难于挽救；再者于理也有不合，所以几次动念，俱未取用，及见金家六虎倚众猖狂，意欲乘机取用，拿话挤住敌人，令江明、童兴、祖存周三人下去，由己一人应战，索性让他六打一，看个厉害，径将宝剑取出，一两照面将六虎杀死，再行相机进退。方想开口，蒲氏弟兄恰好走上，一听六虎正在发狂，蒲红首先接口道："谁有你们那么不要脸！小太爷给你们凑个对儿如何？"说罢，二人早把兵器持在手内，各朝两个使地趟刀的走去。金氏弟兄见有人上来，也大喝道："这样一对一，你们不能再说我欺凌孤寡了吧？"

黑摩勒知道蒲青武功不弱，见他弟兄二人斯斯文文走了上来，一个手持一柄宝剑，一个手持一件似剑非剑似矛非矛的三尖两刃乌金扎，心想借此看看蒲氏家传武艺，便大喝道："六贼且慢动手！既是一对一，休看我们小弟兄义气，宰起贼羔子来向例谁不让谁，索性双方各寻对手，分开了来再打，省得到时争论。"金家六虎中，大虎名叫金刚，最是凶暴，怒喝："放你妈的屁！我先把你这小黑鬼分尸！"黑摩勒笑道："狗贼莫急，我和你到台后一角清静地方打去。"说罢，双脚一点地便自纵去。金刚不知是计，立即跟纵赶过。二虎金强本和祖存周做对，也被引向东南角上。蒲青、蒲红一边和三虎、四虎交手，一边喊道："那两位哥哥也把两小贼引开吧！省这两个满地爬的小贼在台中间碍手碍脚。"江明、童兴闻言，应声也把五虎、六虎引走。

四对人各占一角，立空出当中大部台面。蒲氏兄弟一想：黑摩勒等四人这样抬举自己，如若不能取胜，少时何以见人？于是便把家传本领齐使出来。一个手持长剑，一个手持乌金扎，都是齐胸平端，直持正中，觑定敌人来势，招架还攻。三虎金康、四虎金健，先还不知来了仇人，一见上来的是一个二十以内少年、一个十几岁的小孩，顺着台梯走上，生得那么秀气，神态又极温文，乍看直似两个大仕官家少爷公子，平日骄横已惯，心方失笑：这等嫩鸡子也来送死。猛一想：邢党一场还未败过，对方颇有成名人物，如无真实本领，怎会令这两个无知幼童出场？弟兄六人，三、四两人武功最好，竟敢指名索战，并且先交手这四人也都是小孩，无一弱手。见这两人一上，又全让向一旁，好似空出当中之台面，专使对付自己，看起来分明有心做作，决非易与。心中一动，刚把轻视之心敛去，敌人已然进攻。三虎、四虎原是行家，才两三照面，便看出敌人打法不同，并不怎纵跳飞跃，连手也不怎动，各把一双炯炯双目注定在自己身上，手中兵器老是对准中心，轻不还手，一还手就是厉害的。因为不轻耗神耗力，身法步法又坚实准确，还手灵速已极。一任自己满地飞滚，使出各种解数，终是无法取胜，并还老被敌人的目光罩住身影，总在他手圈以内，闪脱不开。脚底一点声息俱无，凭自己刀拐封蔽严密，虽不致败，似此总在下风，反客为主，敌人倒成了以逸待劳之势，求胜已难，稍微疏神，现出破绽，似此又稳又准又狠又快的手法，如何当得？不禁大吃一惊，哪里还敢怠慢！只得把气沉住，将全身本领使将出来，手中一刀一拐耍了个风雨不透。蒲氏兄弟一任他们势疾如风，不予理睬，**极静对极动，别样场面。**仍是原样，以静制动，随着敌人起落飞滚，用手中兵刃指定中心，架隔拨刺，心、眼、手同时并用，步法、身法一丝不乱。

三虎地趟刀势子迅疾，晃眼便是二三十个回合。四虎金健生得短小精悍，人最机智，一见敌人解数奇特，看其武功没有先前四人精纯，但能以拙胜巧，以守为攻，立于不败之地，比较起来更难对付。年纪又是这轻，名家传授固不必说，再看二人都是目闪威棱，面有杀气，下手全是杀着，势甚狠辣，照着以往经历，如非隐蓄仇怨，不会这等情景。暗忖：自己弟兄六人，纵横湖、广、川、湘一带，自恃武功势力，从不让人一步，有名黑手，意狠心毒，江湖上树敌结怨甚多。这两人的手法仿佛以前见过，适才一上台便指明要和使地趟刀的交手，还叫别人让开中心之地，底下便以全神贯注，不再说话，好似自己底细早已知悉，定是仇家子弟无疑，偏想不起昔年受害之人是谁，因何结仇。越想越怪，边斗边喝问道："四太爷刀下不死无名之鬼，你两个小狗叫什名字？何人门下？"对手正是蒲红，知他惊疑，闻言还骂道："瞎眼狗贼！你打了半天，还未看出我弟兄来历么？说出来也吓你一跳！我知你们六个狗贼，只你三、四两贼万恶滔天，行为狠毒，死有余辜。今日恶贯已满，且叫你做个明白鬼。那年衡山祝融峰玄真观内，乘人病危，恩将仇报，大雪深夜，前后三次行刺救命恩人之事，就忘了么！"

　　三、四两虎当初行刺未成，放走蒲渊，便知弄巧成拙，树下强敌，一旦狭路相逢，对头必不甘休，当时又悔又怕，一连提防了半年多。因蒲渊孤身行侠，素不向人提说父兄伯叔威名，三、四两虎先还不知来历，事后才听人说，对头便是昔年名震西北的老前辈蒲芦的侄孙。此老乃当年西北九大飞侠中杰出人物，现年已过百岁，子侄孙辈不下百人，俱都家学渊源，内外功均有根底，除剑术外，各种兵刃拳脚尤有不传之秘。二十年前忽然失踪，听说举家归隐江南，所居山灵水秀，出产丰饶，四外崖高路险，外人足迹不至，别有天地，胜似桃源乐土，但只传言如是，并无一人到过。只他子侄孙曾，偶然还有两三人在江湖上往来，作些义举。内中还有一个精通剑术的，本领更高，行踪却极隐秘，不轻和人动手。老的已有多年无人遇见。初遇对头，自称姓卜，没有留神探询，只以为是个有本领的独行侠士，因他为己解围，杀死凶僧，问出六虎姓名以后，力劝改邪归正，就着己成家业，前事不论，即日洗手；否则休看今日拔刀相助，异日再作绿林生涯，滥杀善良，被他撞上，便以敌人相待，决不宽容！说话既不中听，说完又拂袖而去。如非新败之余势子稍弱，又看出他不大好惹，彼时便已成仇对敌，取他性命了。后来访出他在衡山看云，杀一巨蟒，中毒受伤，卧病祝融峰下玄真观内，觉着留此一人，终是未来隐患，连约能手和自己前往行刺三次未成，不料卜、蒲同音，竟是蒲家子孙蒲渊。自己弟兄才得六人，虽然名震江湖，无人敢惹，对头都是叔伯子侄，个个能手，虽然退隐山中不出走动，有人在外吃了亏，自然不能善罢。单看对头一人武功已可概见，何况还有好些比他还强得多的，这一大家子，谁惹得起？**随处勾起前事。**

越想越胆怯，表面不说，弟兄六人都藏着一块心病，一提起便受埋怨。及见蒲氏弟兄武功神情有异寻常，心中生疑，一发问，恰正是蒲渊之侄。自来先声夺人，本来心病，忽然触发，不禁心神大震，吃了一惊，料知今日之事既有蒲家子孙出场，决不只此两个小孩，后面必还另有能手。先因蒲渊久无消息，虽知连害对头三次，决无如此便宜的事，不过对头逃时，正当中毒，大病未愈之际，也许叨天之幸，没有到家便自送命，再不便卧病别处尚未痊愈，只要在他没有寻来以前迎头先堵，请出有面子有名头的人物代自己求情，再拼舍脸，偷偷前往赔罪，或者能够解去这场隐患。偏是到处寻访，终不知对头下落，无计可施。今听敌人指明前事，又知蒲渊不问如何必已回家，将事经过告知全家，弄巧人尚病重未愈，因是恨极，特地命他家中弟侄，专一寻找自己弟兄报仇，都在意中。此事已成不解之仇。今日花、蔡两党如败，固是难讨公道，即或得胜或是打成平局，就不把两兄弟牵上，自己迟早同归于尽。知他畏惧蒲氏老少威名，胆怯情虚，双方对敌，不进则退，断无长此敷衍下去之理。心中一动，方要乘机逃遁，便留了神。**以前事生变化，以逃走生变化——还珠为生变化可谓殚精竭虑。**

黑摩勒、祖存周、江明、童兴四人却都不知金家六虎要想乘隙逃遁，见敌人上来，手中兵刃上下翻飞，狂风暴雨一般，来势既猛且急。四人知道这类急三枪的打法，任是武艺多么精纯，内功如无极深的根底，决难持久。不过他们变化极多，身手迅疾，解数灵奇，也实不可侮。就这开头数十手也极厉害，稍差一点，决等不到对方真力不济，已被所杀，其仗以取胜者也在此。仗着都得高人传授，又都练就一双目力，深知此中厉害，俱想这类敌人难得遇见，正好拿他历练，看看有什奇妙解数？耗到对方力竭，手法轻缓，然后下手还攻。各把目光注定敌人，随同纵跃翻飞，一味遮拦架隔，不看出真有便宜决不还手。虽不似蒲氏家传以静制动之法，但是封闭极严，身手又快。八条人影分在台的四角捉对儿滚来滚去，刀光人影融会为一，功力相等，只听兵刃相触，铮铮琮琮之声密如贯珠，谁也无懈可击，煞是好看。四虎弟兄看出对方年纪虽轻，却是劲敌，又见敌人守多攻少，知道不怀好意，前半不能得手，后半更难，想起素日威名，不愿断送在几个小孩手里，也各把看家本领用全力施展出来。

黑摩勒见敌人越打越猛，势更迅疾，招招俱是杀手，知道江明、祖存周武功不在己下，存周并精剑术，更无败理，只有童兴年纪最小，气力较比单薄，照此打法，恐有失闪，暗忖：天已不早，反正非起混战不可，今日自己这面出场的人侥幸全占着上风，万一临了有人受伤，岂非美中不足？何况童兴又是结义兄弟。正打算仍用前策，拔出剑来将六贼一齐杀死，再行相机行事，忽听中央三、四两虎一说暗语，下余四虎面上一惊，立即换了打法，也是改攻为守，可是真力一丝未懈，俱疑心自己用意被敌人识破，见猛攻不成，另有诡计凶谋，谁也没防到敌人会不败而退，反倒留心暗算。同时黑摩勒正想拔剑，又听耳边有人发话阻止，只得罢了。

自从三、四两虎自觉形势不妙，打算逃走，六虎兄弟便互以隐语遥为应答，以便弟兄六人说退全退，一同逃走，免得有人落单，为敌所算。独门自拟的黑话暗号，又是一口上音，说得极快，外人益发难解。黑摩勒等六人只听六虎且斗且喊，满口钩辀格磔，进豆也似，此应彼和，一句也听不懂，方自喝骂："你们六个狗贼怎不说人话，鬼叫什么？"六虎忽然相次同声大叫了两声，便不再发话。黑摩勒等六人不知六虎弟兄是因敌人封闭严密，卖不出破绽，想照预计同时逃走大不容易，顾此失彼，心神一分，反要吃亏，只得因此改变，再打一会儿，不问有无机会，同时自行逃退，各顾自身，以免互相牵累。又以主人今日决难讨好，索性连头也不回，径由台后照直逃出村去，在金华江上游树林之中会合，先到先等。刚刚约定，三虎金康猛一眼瞥见西客台上两老两少，内中一人正是蒲渊，越发害怕，立告知其余五虎，重又发一暗号，决计由当时起再打六个照面，借此缓手，准备逃走。双方手法均快，六虎又是以进为退，其势更急，五六个照面晃眼过去。黑摩勒等六人见敌人互相喊了一两声，势子突又转急，正测不透是什用意。五、六两小虎和江明、童兴交手，打得正急，忽然双双卖一破绽，飞身一跃两三丈，往台下纵去。那斗处恰偏在台后，五、六两虎身腿也真矫捷，脚才点地，紧跟着身子往前一蹿，箭一般往出村路上驰去，到了谷口，才回身遥喝："小贼等着，一会儿自有人来取你狗命！"说罢拨头就跑，一晃不见。

童兴本要追赶，江明因双方打擂不比破脸凶杀，只一认输下台，不能再追，将童兴拦住，百忙中再看场上，台中心倒了一个四虎金健，下余三虎全都无踪。西客台上却有一条人影自台口飞起，一纵二十余丈，落向谷口一面，直似蜻蜓点水一般，脚朝地上微微一点，便往谷口内纵去，一晃不见，身法之快，除却飞仙剑侠，从来未有。敌党方面见六虎弟兄不败而退，又俱是一阵大乱。

原来五、六两虎在台后两角纵逃时，当中三虎金康也同时借着一个地趟刀法滚向旁边，假作身子一挺，刀拐一举，朝蒲青杀去。蒲青以为他又使什杀着，手中兵刃指定心中，正待破他，却不料三虎使诈，手中刀拐均是花招虚势，身刚由地挺起，倏地脚跟踏地，上身后仰，一个倒翻便到了台下，如飞往谷口窜去。蒲青骤出不意，好生悔恨，方要追赶，忽听众声纷噪中有人大喝："青侄勿须追赶，此贼自有恶报！"只得罢了。

另一面，和黑摩勒、祖存周对敌的大虎金刚、二虎金强，也紧接着相继各照预计，假作猛扑敌人，倏地撤身后退。因这五虎差不多同时分头逃窜，事前未有败意，祖、黑二人均未觉察，虽然久闻六虎恶名，已被逃走，暂时须守台规，只得任其遁去。四虎金健却吃了刁狡的亏，本来对手蒲红在六个敌人中本领比较稍差，按说逃走自也较易。四虎偏是心虚，想起昔日谋害蒲渊全是自己主谋，动手之处恰又偏西，与西台最近，往下一纵，仇人厉害，就许吃他暗算或是公然迎头阻住，最好能够避开西面，改向台后面纵逃方妥，势子还须格外迅速，方可逃走。哪知作法自毙，这一迟疑盘算，虽将西面避开，滚向台的后半，双方交手，不容迟延，六七个照面已然过去，又以只顾闪避，不及藏机蓄势。

蒲红本领稍差，人却机智绝伦，见四虎地趟刀势忽转疾骤，以后越打越往外闪，渐渐离去中心原斗之处。猛触灵机，暗忖：六贼初见时何等张狂，自我说出前事，神情立变，不特打法奇特，先是改缓，互相乱喊，说着黑话，这阵势子只管加急，尽是花招，虚张声势。许是想逃也不一定。心一生疑，防得越紧。四虎初意领头先逃，这一来反倒求速反缓，由易转难，刚刚择好逃路，未得变招换势，忽见弟兄五人转瞬全都纵起逃走，只己一人落后，知道诡计已露，如不速逃，敌人纵不好意思合力来攻，但是仇人必定警觉，非特再逃不易，还有性命之忧。心里一急，大叫一声，施展就地十八滚的杀招，疾风一般朝前卷去。不料蒲红见五虎纷纷逃遁，四虎却使出地趟刀法，泼风一般就地卷到，益发看准他的心思，暗忖：听伯父说，此贼最是奸刁凶狠，六贼已逃其五，此贼再吃逃走，未免显得我蒲氏后起无人，尽是乏货；何况六贼又是不败而退，后半打时多是花招，似不愿仇结太深，有心明让；不杀他一个做样，人必说是借着老太祖公威名吓人，占了便宜。念头一转，计上心来，便把通身真力运向右手臂上，假作敌人手法太快，应付勉强，身手步法微微有些慌乱，以退为进，边打边往后闪，一双锐目却睹定敌人身上要害之处，以备施展蒲氏家传最后三招，一举成功。

四虎也是该死，明知对方是蒲氏子孙，只为蒲红年纪太轻，打到急时，心还暗骂："无知小狗，还不过仗着老狗的庇护，太爷不肯结仇大深，未下杀手，便这等狂法，逼人太甚，早晚走了单时，狭路相逢，教你知道厉害！"心中存着两分轻视，却不知敌人还有不是一发必中便轻易不发的几下杀着不曾施展，以为伎俩不过如此，功力尚差，真要硬拼，对方终是小孩，未必便能抵敌。这时急于逃遁，又是施展生平绝技，把全副看家本领施展出来，正和蒲红相反，打算以进为退，意欲用小半套地趟刀法急卷过去，敌人决抵不住。手法稍微松懈，冷不防一个"鱼跃龙门"的身法，反身向后纵起，脚一沾地，再使一个"飞燕掠波"之势，便可由台后面逃去。做梦也想不到，蒲红会把家传救命三招的绝手，改用来对付逃敌。

这连环救命三绝手，本是遇见强敌，形势危急，准备两拼，以期转败为胜的杀着，用以对付逃敌，自然格外力大势速。何况四虎又估敌人本领只此，这连环地趟刀又极难破，招架尚且不易，如何还能伤人？一见蒲江神情稍慌，直往后闪，心中一喜，决计就势逃走，先照着刀法，刀拐并用，急卷过去。右手刀一晃，往上一探身，按理连人带刀飞身挺起，劈面一个刀花，右手拐同时架隔勾拨敌人兵刃，或点敌人要穴致命之处，紧跟着再就地翻滚过去，手势疾骤如风，端的点水都难溅进。四虎却是不然，手中刀往上一晃，假作人刀并起，待要前倾，暗中把左臂用足全力，左手就势一点地，倏地改前为后，身子突向后翻，仰蹿出去，身法好看已极，直似一条大人鱼吃人在水里捉住尾巴，猛然挣脱，翻身逃去，势子迅速更不必说。四虎武功精纯，就这一翻一逃也下过不少苦功，身后落处早已相准，不差分寸，身虽凌空仰翻，看似甚险，手中刀招紧护头面全身，依然运用。正待身子一挺，一个反扑落地，便可换势纵逃，准知全身都在敌人心眼手暗中笼罩之下，早料他有此一着，正好上当。就在这往后仰挺将要翻起的瞬息之间，猛听一声大喝，声随人到，眼前寒光如雪，闪闪夺目，敌人手中乌金扎已随着飞纵之势当胸刺到。双方势子都是急骤非常，另换一人，这一下决措手不及，非就此了账不可。

四虎武功也实有根底，在此千钧一发之下，仍能施展死中逃生的险招，一见形势不妙，忙将左手拐一挡乌金扎，右手扬刀就砍，百忙中更运用真力，使一"怪蟒翻身"的解数，意欲改纵为扑，往旁边翻将过去，只一身落地上，便可保得一命。同时敌人兵刃已被铁拐挡架开去，身又凌空，这一刀就不砍中，至多擦身而过，也无还手之力，身手心思原均灵巧矫捷。无如蒲红专走中盘的家传绝技只一用上，在近身三尺以内便休想活命，身虽凌空纵起，手中兵刃却与心眼身法相应，随着前进之势变化。四虎刀拐只管力猛势急，并无用处，仅仅招架得两下，中心要害仍吃攻进。蒲红胸有成竹，心明眼亮，一见敌人用刀拐格砍，早把劲头来路觑准，手中乌金扎微微一绞一震，就此荡开。四虎当时情势急迫，共总一仰一翻的工夫，能有多少变化施展？刀拐发时，人正准备往旁翻落，这一来门户大开，全身没个遮拦，心神一紧，暗喊："不好！"**五虎皆略，留此一详。可见还珠文心。**

说时迟，那时快！只听双方兵刃相触，铮铮两三声过去，乌金扎已向四虎当胸刺穿过去。因是双方用力均猛，四虎性又凶横狠毒，虽被刺中，身仍向侧翻去，自知伤重无幸，急怒攻心，咬牙切齿，怒吼了一声，那被乌金扎荡开的右手钢刀又随手砍来。这时蒲红身尚悬空，猛觉乌金扎随着敌人往侧一歪，其力甚大，急中生智，左腿向四虎右膀踹去，乌金扎便自拔出。四虎身略翻转，手中刀也随势撩来，因是痛急挣命，刀没准头。蒲红左脚再就势一踹，借劲使劲，一个"风吹残花"之势，飞纵出去，落地再看，四虎已是鲜血迸洒，翻身倒地，死于非命了。

第二十回　正胜邪消　天外来奇侠
　　　　　　　虹飞电舞　场中见异人

　　当金家五虎纷起逃遁之时，花、蔡两党见这一场又败，忿怒难遏，已有七八人争先走出，待要上场，又见死了一个，越发恨极，多半隔老远便厉声喝骂，如飞赶来。这时，双方都有人陆续到达，花、蔡两党到的更多。这七八人多是新到不久，席还未暖便自出场，火气也特旺。最前三人是由东台蔡党席上赶出，年纪最大的约有四五十岁，先时一到便听蔡乌龟说起连连挫败之事，蓄怒待发。一见金家六虎败逃，又看出台上敌人年纪都小，武功却是高强，怒火头上，未暇思索，长衣一甩，一紧腰间七八寸宽的板带，跟手拔出随带宽锋厚背、精光耀眼、长达三尺以上的鱼鳞钢刀，甩脱刀鞘，纵身出席，一步便到东台，大喝："小贼休得猖狂！洛阳三杰来了。"

　　这三人乃蔡乌龟昔年所交好友，新近洗手的北五省绿林中多年成名人物：洛阳三杰田富、陈明、武成章，都是身材高大，貌相猛鸷，力猛刀沉，一身好软硬功夫。临敌时甩衣拔刀，往前一站，用那声如洪钟的嗓子一声呼喝，端的威风凛凛，杀气腾腾，有先声夺人之势。寻常人遇上，不必交手，单这出场时的卖相，先吃震住，三人也以此自豪。当日因听见好友受辱，欲为报复，气势更壮更急，一声呼喝，震动全场，引得那后出诸人都吃镇住，缓了脚步。三人末句话还未说完，人已凌空好几丈，往正面擂台之上飞去。因是身材高大，武功坚实，纵起时和身材矮小的人一般灵活矫捷，一点不显太重，势子都疾风暴雨一般，呼呼连声，劲而且猛。

花、蔡两党久闻三人威名，见此情形，果不虚传，眼看三条极长大的人影，各带着一溜刀光，凌空隔台飞越，姿势威武好看已极。方自喝彩赞美。忽听擂台侧面有一极清亮的外省口音喝道："狗贼无耻！打不过，想车轮战么？"声随人起，未及看清是谁，声才入耳，见一片寒光裹着一条人影，已由斜刺里往擂台正面凌空飞来；其疾如箭，比起田富、陈明、武成章三人来势还要猛急。最奇怪是，不往台上飞落，却往洛阳三杰迎面撞去，方各骇异。只听玱琅连声，空中人影横飞中，来人已和洛阳三杰凌空撞上，随身寒光略一舞动，田富当先，首被来人撞落，倒翻下来。那人似飞鸟一般将人撞坠地，自身却不往下落，反倒微微上升了些。三杰本是鱼贯飞纵，事出意外，身子悬空，势子又急，难于闪躲，头一个吃人打落兵刃撞跌下来，第二人仍自前飞，来人微一起落之间，恰又迎面。陈明百忙中料知不妙，扬刀欲砍，吃那人举剑一绞，虎口皆被震裂，同时当胸一掌平推出去，正遇第三人在后飞来，两人撞了一个满怀，双双倒跌下去。犹幸三杰武功精纯，快落时身子一挺，全都稳立地上。来人却未下坠，就这一掌之势，往侧一歪，头再一拨，一声长啸，便把全身顺转，箭也似飞向台口，点尘不扬，轻轻落下。那身法之巧妙迅捷，直似飞仙剑侠，豪快绝伦。

众人见来人飞将军自天而降，这等奇迹，除一干会剑术的人外，十九都未见过。洛阳三杰也是威震河洛、成名多年的人物，初由隔台飞起时，气势何等威武，吃来人只一举手之间，全数打倒地下。人心自有公论，惊奇忘形，好些由不得失声喝起彩来。后出场的四五人正待往台上纵，也为来人先声所慑，各自停了脚步。因是出于意外，连西台上人也都惊异非常。敌我两方俱想看看来人是谁，除蔡乌龟等二三首要忙着照看洛阳三杰外，全场目光全都注定台上。初意这等飞仙一般的行径，还不知是什出色人物，及至定睛一看，来人年约三四十岁，头上挽着一个发结，身穿一件破蓝布衫，一双灰尘布满的布鞋，还打着包头，神气像个落魄文人，貌相更是猥琐寒酸，全没一点英雄气。尤妙是先前西台席位上并未有此人。

这时花、蔡两党中，只有吕宪明、郭云璞、花四姑有限几人识得此人来历。西看台上却有几个与此人相识的，第一是黑摩勒新拜的师父秦岭三老中的娄公明，和他最为莫逆；丐仙吕瑄、司空晓星也都相识；马玄子、李镇川更有好些渊源。先因突然飞起，又未施展他那独门剑术，只以武功胜敌，本来面目未现，虽觉凌空击人，蹈虚若实，不是会剑术的人，多好内功也难做到。自己这面，只老少年马玄子见洛阳三杰耀武扬威之状，有些生气，想要出场儆戒一番，吃丐仙拉住，也未走出。所有高人俱都在座，急切间没想到来的会是此公。知他例不单行，另外一位与他齐名的生死骨肉之交，也必同来无疑。相隔数万里外的良朋至好，异地重逢，又平添了两个极有力的帮手，俱都欣慰非常。

娄公明首先和马玄子一同立起，走向台口，待要招呼。来人已向众慢吞吞说道："我本不值与这三个蠢货一般见识，凭他也不够我动手的。一则我简二先生，生平最恨人张牙舞爪目中无人，见他三个不过倚仗多长了几十斤膘，便那么耀武扬威自命不凡，想欺负人家连胜好几阵、打累了的小娃儿们。其实凭他三个本领，和我这几位朋友的门徒儿孙真要讲打，还是不行的占多一半。不过我看他三个偌大年纪，占人娃儿家的便宜生气，不给他碰个钉子，心不舒服。二则日前我同樊大先生往游嵩、洛，听人说起他师徒的劣迹，也想给他看点颜色，叫他师父出来寻我。你们双方要打，须按先前说的规矩，不许乱来。谁要不服气，我简二先生等他们比武功的人下去再来。我有好几个多年不见的朋友在那边台上，难得遇到，要去说话，懒得理你们了。"说时，中央主台上的一干妖僧恶道见此情景，再不出场太下不去，像吕宪明、郭云璞以及昆仑派剑侠夏云翔、秦瑛、仇去恶等七八人，均知道这位简二先生来历，不敢冒失出场，一心还想多挨些时候，到昨晚所约高人到来再行发难，只是虚张声势，经花四姑力阻，趁坡就下，还未怎样。中座两个西崆峒来的妖僧，早已按捺不下怒火，对于樊、简二人只是闻名，又未见过。简洁出场时看去武功奇特惊人，又未现出剑术，以为闻名不如见面，不过内家气功极为精纯，寻常武家自非其敌，江湖上互相传说过甚其辞，于是说得他成了飞仙一流人物，实则稀松平常，连飞剑都未必会，便敢倚仗内功，无端出来当众逞能，不由怒火中烧。二妖僧中，一个名叫铁鱼头陀雷珠禅师的，乃崆峒派剑仙中有名人物，性情刚暴，自恃剑术，心想：敌人可恶！明有能手在台上，偏不出场，故意令些好武功的花子、小孩出斗，以示他目中无人，胜了说大话发狂，一见自己这面有比小孩强的人出去，不等对上手，便派有本领的同党迎头出敌，把来人打败，显他威风。照此打法，自己这面岂不永远吃亏？除非少时双方人齐，斗法比剑，才能分出真的胜负，否则永无胜理。敌人大已奸诈取巧，就说夜来能够得胜，眼前丢脸伤人，这口恶气就咽不下去。反正双方是要一拼，不知主人老是隐忍持重，不令会剑术的同道出去，是何道理？与其干看着生气，对方这几个高手，估量也斗得过，管他主人如何，且把这姓简的酸丁飞剑杀死。对方已然连胜数阵，伤了多人，这厮并未如约出场，杀了他也不为过。吕、马、娄、司空诸敌党首要服气讲理，便等夜来齐上；否则索性就此动手，好歹替主人捞回一点颜面，出口恶气。

妖僧粗野，想到便做，无什心思，这次还是大敌当前，忍了又忍，自觉盘算周详，并非冒失。主意打定，正赶简洁发完了话，由正面擂台往西台凌空飞起。雷珠见状大怒，忙把手一指，放出飞剑，一抬手，五道红光直朝简洁头上飞去。这时除西台诸老心中有底，知道主台这伙妖人均非此公对手，心中拿稳，直如未见外，余下三面台上，宾主两方俱都认定这人必无生理。不过是非自有公论，先前洛阳三杰出时，声势强横，台上敌人又是几个久战之余的未成年小孩。武家多是锄强扶弱心情，一面把台上诸人仍当仇敌看待，一面却在暗中赞美。三杰一出场，两下相较，一觉不公，无形中生出同情弱者的矛盾心情。所以简洁凌空突起，把三杰一齐打跌，因是孤身空手以一敌三，心中只有惊佩，却无不服之心。及见妖僧不凭真实本领与人交手，只以飞剑暗算，又非双方翻脸混战之时，彼此按规比武，使出这等行径，既觉太不光明，又觉这类具有惊人武功的英侠之士，死了也太可惜。除蔡乌龟等真正仇敌外，多半俱都惊忿不服。花四姑更是觉出此举不是丢人便是惹出乱子，手中捏着一把汗，老大不以为然。

说时迟，那时快！剑光何等神速，就在众人惊顾忿惜之际，剑光已快飞临简洁身上。眨眼之间，猛瞥见西台后面危崖之上，匹练也似一道白光电射飞来，正对红光迎去。双方势子都急，**由此升级，武术让位于剑仙**。眼看两下就要接触，白光忽似长虹舒卷，飞了回去。简洁朝西台飞纵，本是晃眼则至，刚到中途，瞥见红光由正面台上飞来，忽然停住，微笑了笑，便自停住，身仍悬空不动，也未下落，直似有什东西将人托住，只把左手微抬，回顾红光来处，看去和接暗器一般伸手要抓，又似要向妖僧发话神气。及见红光还未飞到崖上，白光已自飞射下来，双方还未接触又自撤回，同时，那红光离人还有丈许，也似暗中遇到阻力，停在空中不能再进。简洁朝台前和西台后面崖顶略看了看，就在空中把手一拱，笑道："儿辈无知，班门弄斧，何值二公出手呢！"说罢又笑了笑，身形略闪，再看，人已落到西面台上。妖僧雷珠那五道红光仍停空中，简洁人飞向对台，既不前进也不后退，好似五条灵蛇被人拦腰一把握住，两头不住掣动，光华闪闪，只定在那里，不能移开一步。

众人才知，不特简洁是个不可窥测的异人，并且台下还另伏有能手，虽未现出真章，即此已见一斑。料定妖僧飞剑已吃敌人用法力定住，才会有此。一齐同望，中台妖僧果在将手连招，急得头红颈涨，无计可施。邪党自是欣幸。花、蔡两党中稍有识力的人见此情形，固是心寒气沮，便是先前骄横自负的两三个首要人物，也觉此举出于意外，敌人这等法力本领，不必再怎交手，即此已可分出高下，当时把凶焰锐气挫去多半，呆在台上，半晌做声不得。花四姑和吕、郭二妖道胆寒忧急自不必说，最难受是敌人声色不动，只把剑光定住，也不还手，也不放回，只令停滞空中，丢人现世。

花四姑起初未登场时，以为对方只丐仙吕瑄、马玄子两人最为厉害，有吕、郭二妖道已能抵敌，即使还有几个能手，自己这面道术之士不下二三十人之多，昨晚又来了两个妖僧，益发气壮，表面临敌虽然小心戒备，不敢疏忽，心实放走。快要登场，首听啸叫简洁到来，已自失惊，心还在盼此人轻易不肯伸手，只是路过来看热闹，素昧平生，不致成敌，就说是因苗秀在谷口出迎时无心开罪，出头作对，估量为首妖僧也能对付，还不十分介意。至于余下好武功的敌人虽多，自己这面人也不少，就算比武时被敌人略占上风，一经混战，多好武功也决非飞剑法术之敌，一出手便可惊退。这还是自己家业在此，好些顾忌，不肯多杀人命，只把正敌去掉便罢。如是昔年未洗手时，正可借着一干妖僧妖道相助，扬名立威，全数杀死，一人不留，才快心意。及至登场一看，经吕、郭二妖道和夏云翔、秦瑛、仇去恶等人一指点，才知对方竟把秦岭三老中的娄公明以及峨眉派中李镇川等诸侠俱约了来。这一惊真非同小可，知道妖僧已不足倚为长城。犹幸夏、秦、吕、郭诸人另外还约了两三个法力高强的有名高人，当晚可到。所以再四按住主台上一干妖僧妖道，意欲借着双方比武，挨到救兵到来，再作复仇之计。不料这话没法出口，除吕、郭、夏、秦、仇五人和有限几个心腹亲近知她不得已的苦心，蔡乌龟首觉自己人多势盛，会法术飞剑的异人甚多，又有大援在后，好些能手俱定在当日午后赶到，只真全出手，决无败理。嗣见比武连败，中台上帮手俱吃主人按住，无一出场，心中大是忿怒，如非顾念大局，几想发话翻脸。花四姑老奸巨猾，岂有看不出来之理？一面新来和对方一干能手不曾见过的人，也在同仇敌忾，跃跃欲试，几番暴起，好容易设法稳住，终于仍有一人冒失出手，当时碰了钉子。此时如再动硬相拼，两相比较，决非其敌，何况虚实难料，到底对方还隐有多少高明人物也不知悉，应付稍一失机，便须家败人亡，声名尽丧，如何还敢冒失？动软的吧，难发自我，这话又不好说。经此一来，干在那里没个结局，这擂也无法再往下打，端的进退两难。

那同坐妖僧，见身是主人惟一靠山，遇此情形，雷珠又是自己约来，万难坐视。但他为人机警，见雷珠五雷飞刀竟会吃人定住，这样高的法力，明是峨眉、青城诸正教中能人，自己多半不是对手。但势成骑虎，不能不作表示，假作忿怒，一面发话，暗中运用法力，一收空中红光，竟是动也未动，益发心惊。花四姑明知他气馁，有心作态，心虽轻鄙，为防坏事，不能不劝，刚开口劝说："此是广、浙两帮打擂，比并强的还不到我们出头时候。"底下正想不起对于空中飞刀如何设法，口才略停，一面简洁到了台上。

西崖上也飞落下一个老者、一个少年，和众人略微招呼，不顾说话，先走向台前，朝着正台底下的花子说了句："王老先生么？事完枉驾舍间小住如何？"说完退回。那台底下中坐的花子忽然说道："我最不喜暗箭伤人，明知简二兄决非鼠辈所能中伤，但是看了有气，故此把它定在那里示众。使你们知道，要动手时，无论比剑、比武、斗法，行事均须光明，否则我便不能答应。这几斤旧铁尺谁也不要，仍还给你这秃驴，只管照前令人登场比斗。你们这干妖邪数尽伏诛之时，还差着半日夜呢。魔崽子公孙武也无须装模作样，你自第二次青螺峪漏网，才得几年，莫非换了个名字，脸上涂点鸟粪，便不认得我老人家了么？"众异丐来时，只花四姑见那行径和所背麻袋有异，最为心惊，疑是少年时所闻异丐，好生惴慑。及见来人只是居中观战，一言不发，也未往西台上去，心才略微放定。及至妖僧飞刀被人定住，收不回来，只疑浙帮中所来道术之士所为，正观察不出行法人所在。不料敌人近在面前，竟是台下居中趺坐的中年花子所为。照此情形，分明是昔年所闻异丐本人无疑。这一惊真非同小可！

同时那为首妖僧红云罗汉大显，本是昔年川边青螺峪八魔中的五魔公孙武。自从滇西派剑仙开山祖师怪叫花凌浑，率领一干峨眉派门人扫平青螺峪以后，八魔多半伤亡。五魔公孙武见机先逃，保得一命，到处寻求异派中有法力的妖人，拜师练法，勾结妖党，欲报前仇，均未如愿，反累了好些异派妖人丧了性命。最后一次，遇见青螺峪一同漏网的七魔许人龙，恰结交了几个有力同党，因听人说怪叫花凌浑、白发龙女崔五姑夫妻二人，带了全体门人，去赴两天交界灵嵊仙府少主人赤杖仙童阮纠的迎仙盛宴，青螺峪空虚，只有一二后进在彼留守，以为这是难得的良机，大仇虽报不成，好歹将仇人巢穴毁去，杀他几个徒弟，稍出一口恶气。因对方法力太高，恐有防备，去时甚是小心，意欲查探明了再行下手，还未敢公然直入青螺峪，径在相隔数十里的清远寺下院左近降落。哪知对方留守的虽只一个门人和几个执役道童，法力却非小可。尤其那主持留守的门人名叫诸平，乃凌浑新收不久最得意的嫡传弟子，法力不在白水真人刘泉、七星真人赵光斗、魏青、俞允中滇西派四大弟子以下，装束行径与乃师一般无二，性喜滑稽，机智绝伦。公孙武等六人，头天假作朝藏香客，去往清远寺投宿，先吃侮弄了个够，六人仍未觉察，以为事出偶然。因打听出青螺峪空虚，仇敌自恃威名，无人敢惹，峪中并未戒备，心还得意。又发现昨晚暗中作闹的对头已走，越认作无心相值。

次早试探着在峪中走进，果然静悄悄的，看出全无异状。许人龙主张分头下手，一边用妖法毁坏全峪景物宫观，一面下手杀人。公孙武却说："这等行径太不光明，反正稳占上风，何如直接登门，将留守门人唤出，说明来意，再行下手。人也不要杀完，留一个与仇人报信，气他一气。"七魔许人龙断定敌人无备，纵有一二人留守，和些道童侍者，俱是末学后进，决非自己敌手。闻言答说："贼叫花颜有伎俩，我们如不将这青螺峪全数毁灭，连地都给倒转，仇敌回来，不消一日，仍能将它修复。我们只为报仇出气，杀一个是一个，留什么活口？管他知道与否！"公孙武知他天性刚愎，心想反正是这回事，便即依了。正在肆无忌惮厉声叫嚣辱骂，商议分头行事之际，忽然微风飒然，迎面吹到，许人龙和两个辱骂最凶的妖党首先腰斩两段。紧跟着，两道白光电驰飞来，另一妖党措手不及，又吃了账，身首异处。只剩一个法力较高的妖党，与那两道白光斗在一起。

公孙武见一行六人，连敌人影子还未见着，晃眼死人四个。定睛一看，那两道白光变化甚是神奇，剑主人似在远处指挥，并不见面。

那残余妖党名叫尹节，乃华山派烈火祖师门下，飞剑法力俱都不弱，剑光竟吃逼住，公孙武颇有相形见绌之势。情知峪中有法力高强之人在内留守，形势不妙，心还希冀尹节能以邪法异宝施为，转败为胜。哪知尹节刚一发动妖法，忽听一声迅雷过处，首将邪法破去，同时一片光华由地上飞起，到了空中结成一圈，将尹节连人带剑光一起束住，随着那两道红光，往青螺峪宫中飞去。公孙武哪里还敢动手！忙要逃走时，面前一晃，现出一个少年花子，将路阻住。扬手发出新练成的一口飞剑，吃那花子一手便将剑光握住，脸上随挨花子一嘴巴，半边脸当时肿起老高，慌不迭忙纵妖遁逃走。逃出青螺峪十来里，藏在大雪山中一片盆地之上，觉着身后无什动静，暗幸强敌不曾追来。因是落荒急逃，途向走反，刚缓得一口气，待要转道逃回山去，猛觉对面一股极强烈的罡气将遁光逼住，心方失惊。先前花子突又迎面出现，扬手就是一声迅雷，妖遁首被击散，坠落地下，那花子紧跟着追将下来。公孙武心胆皆裂，不敢迎敌，二次忙施邪法逃走，身才飞起，便吃花子冲破身外烟光，迎面又被打了个头青皮破，耳鸣眼晕，跌倒在地。连逃几次，俱是如此，无论用甚方法逃走，逃向何方，均吃花子拦在头里，也不伤他性命。只是神出鬼没，隐现无常，给他苦吃。打了个满面鲜血，遍体伤痕，口中牙齿打落了好几个。斗是斗不过，跑是跑不脱，耳听两三幼童在旁嘲笑，却不见人。

公孙武在八魔中，性情刚暴仅比许人龙稍次，此时看出敌人厉害，取他性命易如反掌，有意恶作剧，要将他凌辱磨折个够再行处死。又愧又急，怒火烧心，愤愤欲出，但知死活在人手中，如以恶言咒骂，受罪必还更大，反正逃不出去，最末一次，被花子打落，便不再作逃走之想，告饶既恐不免，又太丢人，便把眼一闭，寻思怎么能得一个痛快。等了一会儿，不见敌人下手，睁眼一看，那花子身又隐去。情知仇敌想拿自己开心，自己不逃，他也不动手，只一逃，人便出现，当己上怕，气极心横，索性盘膝坐在雪地里，看敌人用什方法处置，真要难堪，便即自杀。等了一会儿仍无动静，觉着有了丝微生机，暗忖：以敌人的法力，要杀自己早已下手，何值如此费事，就算有心恶作剧，自己在此等了多时，怎会毫无动静？心中奇怪，强忍怒火，好言询问，说："双方虽然宗派不同，势如水火，照例不能并立，但都是三清教下修士。青螺峪魔宫本是自己和八魔弟兄惨淡经营的基业，占我宫室，杀戮我弟兄同党，仇深似海，岂容不报！既是敌人，我们不过又落你手，死而无怨，何苦如此捉弄，请赐一个速死如何？"

问了两遍无有回应，那二三幼童的笑骂之声也早不闻，照着适才情景，决不像是就此能放自己逃走的神气，实测不透仇敌是何居心。想冷不防仍用前法冲起逃走，又想无此容易，那花子故不答腔，却在暗中伏伺，看好自己动作，刚一飞起，又吃打跌。手摸面上，伤口肿痛，血已凝结，才想起只顾逃遁，无心施治，好在敌人未下死手，又未被其擒去，就这么耗将下去，多少总有一线之望。念头一转，改了初念，便取出身旁丹药，敷好伤处，暗中留神，仇敌也未现形作梗，直似无人在侧情景。伤痛刚止，防再挨打，为御雪山奇寒，暂把死生置于度外，索性在雪地里打起坐来。坐到黄昏，仇敌终未出现。方想这事太怪，猛觉身前有人嬉笑走来，心中一惊，忙睁眼一看，来人乃是两个道童。

公孙武知道，由川边起直到全藏，俱是佛教寺院，道教只青螺峪一处，知是仇敌门下无疑。如在往常，早生恶念，下手杀死，一则重创之余心胆早寒，心料强敌隐伏在侧，便是猫犬之类也不敢生心侵害，何况是他门下弟子；二则自己正测不透仇敌心意，难得有人出来，好歹总可探出一点虚实，忙即站起，刚说了一声："二位小道友何来？"内中一个年长的已把眼一瞪，喝道："魔孽！谁与你论什同道？站在那里，听我二人吩咐。"公孙武平日虽然气盛自傲，这时却成了斗败公鸡，威风尽去，闻言只管愧忿难当，但是身在人手，急恼不得，又见二童根骨势派俱非庸流，目前各正派中，小辈后起的尽有能手，同道朋友见对方年幼又不知名，轻敌动手因而上当的不计其数。初见不知深浅，已吃了人家大亏，怎再冒失？不敢反抗，只得忍气听他发话。

那道童道："你们这伙无知妖孽，以为我掌教师尊率领门人往灵峤仙府，便自无耻大胆，妄欲尝试。却不知我青螺峪有小师兄诸平在此，还有我们第二代门人好几十个，岂是你这群妖孽所能侵犯，不是作梦么？昨晚才到清远寺，便被诸师兄戏侮个够，还不省悟，偏来送死。可怜你们人还未见一面，正在狂吠捣鬼时，便吃我飞剑杀死了两个，诸师兄再一出手，晃眼只剩了你一个。要想杀你，本来易如反掌，只为诸师兄心慈面软，平日化身乞丐，只管游戏三昧，故意如此，但不妄受人一钱之赠。前年在湘江观渡，无心相遇，向你乞讨，你那么凶横的人竟能怜贫济急，不厌烦琐，以重金相赠。他用此银转救了一人，这场好事算在你的名下。又想借你的口劝邪归善，所以昨晚今朝两次未下绝手，只使你吃点小苦，略微儆戒，一面暗中查看你的行径，觉出还有几希回头之望。现时禁法已撤，他有好友来临，不暇亲来，命我二人来此放你。从今以后，如能洗心革面，我们决不会再寻你为难，否则再如相遇，就难讨公道了，你自走吧。"

公孙武吃敌人数说，无言可答，想翻脸相拼，又无此胆勇，只得强忍着忿怒听对方把话说完，满脸惭愧，狼狈飞去。受此奇辱，自知不是正教之敌，又见一干同党相继伏诛，有的形神皆灭，死得更惨。殷鉴不远，触目惊心，已认此仇难报，夺回青螺峪魔宫、重整旧日基业的梦想万难如愿。越想越寒心，本打算隐迹深山专心修炼，不再妄动贪嗔，又犯故习。哪知生平住惯美好宫室洞府，深山穷谷之中荒陋难居，故居恐同道妖人寻访，又约出去生事，意欲在滇、黔诸山中，寻一风景清幽而又隐僻之地建一小寺观，再收两个好徒弟，隐居修炼。这日行经哀牢山，正在物色山水胜处，忽遇晓月禅师门下弟子韩彷，再四盘诘，间知前情，拿话一激，说他受了仇人凌辱，杀死许多至友，不为设法报仇，反倒隐避偷生，既无义气又无志气。如觉法力不济，尽可明言，只要立志，愿代引进到乃师门下。

公孙武无什城府，与韩彷交深，真情已吐，没法掩饰，本觉偷生愧对死友，再吃对方问住，回忆前情，不由激动悲愤，勾起复仇之念。又以晓月禅师前与峨眉首要诸敌人本是同行同辈，自从长眉真人仙去，遗命妙一真人掌教，承继道统，觉着后来居上，负气脱离，拜在南疆哈哈老祖门下。后因慈云寺、大雪山两次受挫，复仇念切，苦炼法宝，法力越高。照说仍非峨眉之敌，但是近年哈哈老祖劫后之身已然修复，此老虽是旁门，法力高强，不可思议。昔年遭受那么厉害的道家四九天劫，也只最后疏忽，走火入魔，不曾丧了形神。这多年来苦修，神通更大，闻说已成不死之身，委实是各正派最厉害强敌，与轩辕老祖、刀（音姬）南公鼎足而三，同为仇敌克星。晓月禅师是他越众特为拔擢的大弟子、衣钵传人，如能拜在他的门下，不特复仇有几分指望，于本身修炼更有益处。先前因听人说，晓月自鹿清、朱洪二徒为敌人所杀，自知美质难得，是好的人俱被仇敌物色收罗了去，人数又多，决打不过，有了徒弟，出去遇上，自受挫辱，反多好些牵累。除了前收弟子外，在大仇未报以前不再收徒，所以自己虽和韩彷交厚，不曾托他引进。这时忽然听说晓月奉了师命，又在广收门人，遇此良机，怎肯错过？心中大喜，闻言便改初念，立即随往南疆，果然一请即允，便拜在晓月门下修炼道法，才一两年，便值三次峨眉斗剑，晓月师徒惨败遇劫。公孙武侥幸得免，逃往深山之中隐名潜伏，久已不敢出头。过了数年，因喜江南山水之胜，并避峨眉、青城两派敌人耳目，去往闽、浙交界深山之中建一红云寺，自号红云罗汉大显，始而只是建立庙宇，开种地亩，收些徒弟，厚自奉食。年时一久，渐渐出来走动，又遇见旧日一些峨眉漏网的同党，互相往来，虽然故态复萌，想起昔年几次死里逃生，性命呼吸，也还常存戒心。这次被花四姑所约各妖人辗转请了前来。

公孙武见过大阵仗，以为区区武家对敌，近年各正派长老多已道成仙去，一干后辈因奉师命，道家千三百年劫运与四九重劫已然过去，一干异派也杀戮殆尽，门下弟子自师去后，只许各自在山修炼，除十年一次出山，专寻水旱瘟疫之区修积那救人多的大善功外，无有要事轻易不许下山，近年已难得听说有仇敌踪迹。就说诸帮中约有两三个精通飞剑的异人，俱非以前那些仇人之比，决不在自己心上。特意问明日期，在头一晚同了凶僧雷珠飞来。一到略问对方能手，均是未见过的人物，益发认为无足重轻，大模大样，力任全局，吩咐撤去守望，无须设备，一切由他。在座诸奸人连同昆仑派三剑仙，虽觉敌人未可轻视，因知大显曾拜晓月为师，行辈较高，既出大言，当有实学，未交过手，不知深浅。吕宪明、郭云璞等和二凶僧相识的几个妖邪稍微示意相劝，余人均未开口。哪知吹得越大越是稀松，上来和敌人一面未交，先吃台下一个不相干的人镇住，当时羞了个面红颈涨，呆在座上答不出话来。**揭出大显老底，场面过于一边倒了。**

吕、郭二妖道虽看出当时情势不是佳兆，二妖僧尚且不行，自己也必难取胜，一则当着许多人，面子上太下不来；二则诸平和樊、简二人俱只闻名多年，不曾交过手，不似大显创巨痛深；骤出不意，遇到生平惟一克星，闻声胆怯，望影心寒。见二妖僧吃敌人数骂了几句，立即收势敛气，噤若寒蝉；先前抢着出场的几个同党，本来气势汹汹往对面擂台上飞扑，自从简洁突由斜刺里飞来，凌空一撞，将洛阳三杰一齐击落在地，这等从来未见的惊人本领，谁还敢轻于尝试？不由全住了步，跟着敌人又将飞刀禁住，并把花、蔡两党恃若靠山的为首二妖僧用几句话镇伏，益发胆怯不前；恰好擂台上黑摩勒、祖存周、江明、童兴、蒲青、蒲红等六个敌人，已被敌党首要马玄子等人唤回西台，自知上去叫阵也是白送，只得就此收势抽身，各自讪讪的退了回来。台上死人已被搭下，打得那么乌烟瘴气的一座大擂台，变得空无人影。再看西台敌人，正与新上台的三四人互相引见，笑语寒暄隐约可闻，言动安详，直似没有这场凶杀光景。主人花四姑同了几个心腹花党面容惨变，正在彼此对看，说不出一句话来。蔡乌龟似也知道厉害，适才冷笑不忿之状已然敛去，正和新到两同党交头耳语，一面拿眼瞟着正面台上。经此一来竟变成了僵局，越想越难堪。自己受人之托，满拟对方就约了几个武家也决非对手，哪知到后情势日非，对方能手越来越多。先听说有丏仙吕瑄、司空晓星、马玄子等会剑术之人在内，还不十分在意，今日一见，竟还约有不少异人。现在双方优劣已分，来时所练阵法就不被人盗毁，也难取胜。惟一指望，只有夏云翔所约那位前辈高人到此，或能转败为胜，偏又迟不见来。看敌人从容自得之状，直把自己这面视若无物，照此受制僵逼下去也不像话。莫如与敌人先斗一场，就便不敌，也可遁走，终比干坐着受气受辱强些。念头一转，方要起身出斗。

昆仑派秦瑛、夏云翔、仇去恶三人终是年少气壮，明知强敌当前，无如这等受制的僵局丢人太甚。先还想众妖邪上来说得嘴响，二妖僧虽被镇住，总不至无人接场。及见全部面面相觑，一人不动，觉着挨时越久耻辱越重，不由气往上撞，也和吕、郭二妖道存着差不多的心理，打算先斗一场，胜固难能，只要挨到救星到来，倘然真要不敌，便同遁走，去催那前昨两晚所约帮手速来，省得难受。心忿诸妖邪胆小无耻，互相看了一眼，朝众微笑一声便自起立，恰与吕、郭二妖道同时飞向台口。吕、郭二妖道白是奸猾，故意谦让，秦、夏、仇三人上前，自身也不回座，观看动静，相机行事。

三人中秦瑛火性较大，心想反正是这回事，也不答理吕、郭二妖道，正指西台，想要发话。花四姑明知危机隐伏，事已危急，终以身家在此，数十年辛苦败于一旦，不舍离去，正在示意苗氏兄弟合打主意避开，心中盘算事败抽身之策，见秦、夏、仇、吕、郭五人同时挺身上前，对方有好几位飞仙剑侠一流人物，如若隔台飞剑对敌，一败便不可收拾，万分逼迫之中，仍欲苦心保全，留一余地，忙喝道："此是主台，诸位真人如欲出场，仍请按规前往擂台之上互见高下好了！"

秦瑛知她心理，暗笑：老花婆到此地步，还在私心自用，欲图保全。对面这伙人迟不发难，明是想等你人到齐一网打尽。不败则已，一败，任你怎说也难逃死。用这心机，徒自怯敌丢人，有何用处？心中有气，不便发作，接口应得一个"好"字，当先纵遁光往擂台上飞去。夏云翔、仇去恶朝吕、郭二妖道看了一眼，也自跟踪飞往。吕、郭二妖道知被三人轻视，觉出不是意思，暗骂：昆仑小辈！你们出世才只几年，向没见过大阵，怎知敌人厉害！稍有几分胜望，我们早出去了，哪会由你逞能，此是出于意外的强仇大敌，比你还强得多的，身后不知多少。有一吃亏，全都引来，便你本门长老游龙子韦少少、小髯客向善之流也惹他不起，何况于你！慢说决不能取胜，就能侥幸一时略占上风，结局只有更糟，也是不了。这原是因后援未来，局面太僵，出场敷衍待援，不求有功但求无过，你犯怎的，我倒看看你有什法力本领能占上风？便不往擂台上去，只站台口冷眼旁观不提。

这里秦瑛、夏云翔、仇去恶三人纵遁光飞到擂台之上，本是秦瑛在前，夏云翔因对方首要俱是各正派中有名人物，像司空晓星、马玄子、李镇川、寇公遐诸人俱还与自己师长相识，虽然双方交谊不深，总算是师执老辈。这些人，除司空晓星昔年因犯教规，未得峨眉上乘心法，后又失去飞剑，只凭自身所练剑气，还能与之一拼外，余人俱系能手，新来的两三人更是出了名的难惹，凭自己的飞剑法力，均非其敌。这次被逼出场原非得已，只是缓兵之计，挨得一时是一时，免除僵局难堪。话如得体，谅想对方多少总留一点香火之情，不致被其斩尽杀绝，否则敌人见自己是昆仑门下，虽不致下毒手杀害，保不住被他制住尽情侮弄，叫你死活都难，众目之下，其何以堪！一见秦瑛气势激昂，恐他忿极任性，说出不好听的话来激怒对方，**首鼠两端的典型心理**。闹得少时无法落场，徒自口头快意一两句，于事无补，结局只多吃亏，岂不冤枉？一落地，不等秦瑛开口，先抢向前，用手微摆，朝秦、仇二人略微示意，不令发话，然后转面，向着西台把手一拱，说道："朋友听者，这次比擂，虽然双方言明一对一比斗，互相量力，出场交手。但前两场俱广帮人先上场，贵帮料敌派人，自然占了先机，比到末场，又有剑术能手突出作梗，以致武功没法再比。如今比武一层广帮甘拜下风，改由双方各请朋友登场，仍是一对一，另比飞剑法力。因贵帮久不命人出场，仍是量敌而动，似此相持，有劳各方友好前辈在此久候，也不是事。为此我师弟兄三人不自量力，冒昧登场，向诸位领教。不过话须言明，贵帮所约朋友中，有几位老前辈与愚兄弟师长有交。虽然为友助拳当仁不让，但是尊卑之礼不可以废。好在贵帮所请道术之上甚多，当不只此数位，但是愚兄弟末学新进，功力有限，贵帮也不致无人可派，非惊动诸老前辈不可。愚兄弟也并非怕事，诸老前辈必欲不吝赐教，愚兄弟受人之托，忠人之事，明知尊卑悬殊，法力浅薄，既已临场，那也无法，说不得只好将来拼受师责，冒犯威严，勉力奉陪，以尽朋友之义，胜败荣辱皆非所计了。"

秦瑛先因座席与西台相近，不便老向对方注目，后来诸敌人有好几个俱未看见，只觉崖上飞落那老者好似面熟，只想不起哪里见过，及至负气贸然出场，由主台飞往擂台，空中斜视，瞥见老者身后侍坐着四个少年，两个是适才上场的蒲青、蒲红，另两少年一名蒲江，一名蒲艺，俱都见过，一个并还与本门诸帅长有过往还，又是一位师执。晃眼飞落台上，猛想起那老者正是这散仙蒲艺的族长兄，不禁大吃一惊，不愿发话。再偷眼一看，蒲艺正朝自己摇手示意，更知要糟，来时勇气便挫去了一半。夏云翔和他一样，先不曾看见蒲艺、蒲江，那老者更是闻名未见，还在防他性暴把话说错，哪知秦瑛早已色厉内荏，不知如何说法是好了。

夏云翔说时，见浙帮丐首邢飞鼠本欲起立，吃身侧一个道装瘦子止住，邢飞鼠便未再起，直到把话说完，对方等了一会儿，仍无应声。夏云翔无奈，又说二次，要浙帮派人上场比剑斗法。那黑瘦道人突地在座上把眼一瞪，骂道："你这娃，怎的不要脸！又要想代人撑场面，又怕吃亏。这搭是精剑术的，都是你的伯叔老辈，你先前又打了招呼，谁还与你这三个蠢娃一般见识！你们想等老秃驴，我们也是想等老秃驴他们来齐了再烩杂碎，难得心思一样。你三个呆在这里，看老泼贱和那些妖孽等报应，彼此安静一会儿多好，偏不安分，非给你师父丢人不可。怎啦？能走则走，不要不到黄河心不甘，非给这伙驴日的狗男女送终，那就乖乖的滚回去等着！"**使用方言，娄公明迥异他人，别出一种效果。**

夏云翔只知秦岭三公与师父相识，他仅认得寇公遐一人，娄公明从未见过，虽然明知不好惹，一听对方的话如此难听，道出自己心病。众目之下，便是泥人也有土性，怎不羞恼成怒？又是一个外和内刚的性情，不发急时比较秦、仇二人慎重，表面看似沉稳，一经激怒便无顾忌。暗忖：这是何人，如此可恶？势成骑虎，便为此送命，也不能被人几句话便唬回去！不禁大怒，喝道："瘦鬼欺人太甚！我不过因你们有人与家师相识，不得不在事前打个招呼，略尽礼数。先已说过，真要有人见教，我也不惜周旋，谁还怕事不成！有本领只管上台，倚老卖老，出口伤人，有什用处！"秦瑛却见过娄公明，一则当面受人欺辱，恶气难受，并且话已发出，只得听之。夏、秦、仇三人俱当对方必要出手，各自戒备。秦瑛不便当人警告夏云翔，那是秦岭三公中最难惹的一个，正在悄嘱仇去恶小心。哪知云翔把话说完，瘦子仍若无事，只回顾擂台笑道："秦瑛，不必嘱咐你那同伴小心。他一人发歪，与你两个无干。我此时和多年未见的老朋友重逢，还没工夫理这类屃娃呢。"说罢便回身过去，不再答理。

这时，中、东两台一干妖人盗党全被西台上人镇住，只管忿极，进退两难，个个面上挂不住，一齐拿眼望着擂台上三人，俱盼出手，哪怕打不过，好歹也解了僵局，免去几分耻辱。那西台为首诸人依然言笑自如，无人理睬。夏云翔见状，益发怒火上升，忿不可遏，怒喝："瘦鬼只说便宜话，不敢上场，算什人物！再不出斗，我要撇开这场面，单独等你见个高下了。"连问两次，对方只和新来那老者絮絮不休，竟连头也不回。恨到极处，把心一横，厉声大喝："我并不知你这瘦鬼是何许人物，既然口出狂言，必有本领，再不出斗，我飞剑来了！"口说着话，见对方仍是未答，实忍不住，把手一扬，一道青光疾如电掣，隔台飞去。两台相去只十丈左右，剑光如虹，眨眼即到。众人俱以为对方如是道术之士，必定起身飞剑迎敌，否则旁人也必出手。谁知对方仍如未觉，眼看飞剑已到瘦子身前，对方尚无准备。按说对方便是会家也难抵当，猛瞥见一道红亮的光华由对方身侧飞起，忽听瘦子大喝："徒儿停手！你那剑，他这样铁片吃不住，快收回去！"

说时迟，那时快！就在两道光华微一接触之际，只听玱的一声响，瘦子早伸手一把将那青光抢了过去。另一道光华，原发出的，也被主人收回。众人一看，那人正是黑摩勒，手持一口奇怪宝剑，与真剑无异，只是精光灿烂，随着挥动之势，带起丈许长的光华伸缩不定，正在入鞘。再看夏云翔的飞剑，吃娄公明抓在手上，先和灵蛇也似两头不住颤动。娄公明骂道："不要脸的东西！到我手上，还敢强么！惹我性起，立时教你还成一根破旧铁条，以后叫花子没了蛇耍，看你怎办？"

夏云翔早年因得师父昆仑名宿小髯客的期爱，入门不久，便将随身多年的飞剑赐与。初传授时曾说，此剑乃战国时，古冶子采取五金之精炼来铸剑的原质，当时没有用完，将此百炼精金埋藏在北岳恒山与终南山两处。恒山所藏，金质最纯，已被人得去。终南山所藏，共只不到百斤，经本派诸长老合力寻取，费了不少心力才发掘出来，又同下了十多年苦功，共炼成七粒剑丸。不用时只是青莹莹一个寸许大小晶丸，发出手去便是一道青虹，按用剑人的功力深浅发挥威力，随意取人首级于百里之外，为本门独有的飞剑。因喜自己根骨颇佳，向道精诚，现在奉命下山行道，尚无利器防身，为此不到年限，破例赠与，并有"剑在人在，剑亡人亡"之言。近年已练到身剑合一地步。这类飞剑神妙非常，就说对方是些有名人物，剑术较高，自己功力不到家，至多相形见绌，绝无毁损被夺之理，万想不到会被敌人空手捉去。这一惊非同小可！剑乃本门七剑之一，关系师门荣辱，死活尚在其次，如何可以失去！急得忙运玄功回收时，谁知剑光被敌人握住，直似生了根一般，只是两头乱颤，掣动不休，枉用全力，竟收不回来。再继对方又在发话，此时已知敌人法力不比寻常，说得出定做得到，又说不出软话，眼睁睁望着敌人，急得通体汗流，头上青筋乱迸。

正在忧急，无计可施，娄公明知他情急心慌，回脸笑道："莫着急。你这娃没品行，好好人不做，与贼花婆妖邪同流合污，目无尊长，不听好话。本想将这根破旧铁条还原，量你也没法回去。现既知道害怕，看在你师父向胡子分上，还给了你，但我不叫你看点颜色，还当我吓你玩呢。还是可还，这三天之内是不能由心使用的了。这次不过略加儆戒，再蹈前非，老汉就不讲情面了。那两个娃要不服气，不妨出手试试，如肯听话，乖乖走开。吕宪明、郭云璞两个驴日的妖道，不和你们抢着出场，还在中台口等着么？我没工夫，自有别人会收拾他。剑丸接着，快让妖道上来，省得他表面装腔，暗中取巧，看你们现眼得意。叫我看着生气，索性把贼花婆这些靠头都给收拾了，再等老秃驴来送死，倒消停。"

随说，双手抓住剑光，合拢搓了两搓，剑光立即缩小，晃眼化作一粒青光四射的晶丸。在座诸人正暗赞神物利器果自不凡，娄公明用手一扬，已隔台掷去。

夏云翔早听秦瑛说了对方是谁，哪里还敢还言！一见青丸飞起，惊喜交集，忙运玄功一收，那剑丸到了空中仍是舒展，化成三四尺长一道青光往手中飞落，只是光华减短了不少，料知受创不深，对方三日之言不假，心才放定。收剑以后，情知自己这面三人无力相抗，念头一转，立即说道："后辈等不知你老人家便是秦岭娄老前辈，适才多有冒犯，尚乞鉴谅，甘拜下风，谨遵台命便了。"说罢，回向中、东两台，举手说道："愚弟兄此来本想略效绵力，无如道浅力弱，浙帮约有不少师执老前辈。适才已拜下风，难再腼颜久停，只好知难而退。好在铁帚禅师先闻有马老前辈与吕丐仙在此，便要前来，不全由于愚兄弟的情面，大约少时即至。现娄长老指名要吕、郭二位道友出场，请各量力赴约。愚兄弟诸多愧对，实非得已，暂且告辞了。"说罢，朝秦、仇二人使一眼色，首先离台飞走。**来时轰轰，去时稀松——所谓"正派门人"，为人不正。**

仇去恶与主人并无渊源，原被秦、夏二人约来，到后看见一班妖邪，心早不以为然，只是主人礼待优隆，又有秦、夏二人同门至谊，不便舍下而去。这一上台，看出情势不妙，越发后悔，夏云翔一走，立即相随飞起。只秦瑛一人觉着去留虽都是面上无光，这等走法未免愧对主人，好歹也等所约的救兵到来，双方见过胜负再走。本想示意拦阻，无奈夏、仇二人走得太快，及听花、蔡两党中人多在冷笑，再留也是难堪，略一迟疑，也就跟踪破空飞去。

花四姑是一心虑祸，见状只是忧急，还不怎样。蔡乌龟却在东台上气急得手足冰凉，虽然心横胆大，身旁颇有几个共患难不惜性命的死党，但是飞剑厉害，不是只凭胆大和一点血气之勇所能济事。就强行出场，也不过拿些好朋友的性命，去换人说一句

"光棍"，别无用处，太已不值。心中悲愤急然，还得强劝那些死党，不令出头，口正说着："光棍打光棍，一顿还一顿，只要姓邢的敢出场，与蔡某见个高下也行。既是双方都靠朋友，事情没有完呢！暂时胜败有什相干？不过双方交手各凭本领，打不过那是自己功夫不济，为朋友的义气总算尽到。现在敌人不用真实本领，这卖弄障眼法儿的事，我们多不会，无法和人交手。诸位既看得起姓蔡的是个朋友，胜败无关，在下俱都感激。自问法力能行的，便请出去接一两场，省得僵着难受。反正这也不是凭说大话、装腔摆架子能了的事。自知不行，那就听对头的，各请回座，等我们人来再分死活。蔡某一生不曾跌倒，似今日这等对头，跌上一跤也值。只请帮场到底，休似先前那几个人，就足感盛情了。"

这套话一说，最难是吕、郭二妖道，先因秦、夏、仇三人门户不同，对己意存轻视，适才出场，辞色又带讥嘲，自己被他僵住，不便即时归座。本心想看三人笑话，一面等主人来请再行归座。哪知花四姑看出危机隐伏，形势不佳，心惊肉跳，只顾盘算如何可以安全保住一家生命财产，神志已乱，见吕、郭二妖道站台口，竟忘了客套，请其归座。又见秦、夏、仇三人上台发话，对方视如儿戏，不理睬。在座一干妖僧妖道，来时那么傲然自大，适才简洁和台下奇丐、崖上老者相继一现身，全被镇住，一个个面带愧容，噤若寒蝉。情知敌人举重若轻，目中无人，决非易与。夏云翔才一开口，便自气馁谦恭，必也自知不行。人当老来名成业就之际，患失之心最重，何况当日有好些说不出的凶兆，一直胡思乱想，心中愁虑，把生平所行恶事、所结深仇大怨一一想起，勾动许多心事，见此情景，不禁又是心寒又是鄙薄，哪有心情再似初上场时对人周到。

吕、郭二人干在台口无人答理，先还以为，秦、夏、仇三人也是昆仑派名宿弟子，连受敌人轻侮嘲骂，定必恼羞成怒，拼一死活，却不料下得这快。又听说那矮瘦子是娄公明，此人在秦岭三老中最为厉害，以前只是闻他难惹，因自三次峨眉斗剑漏网以后，韬晦多年，南北远隔，从未见过，不想在此相遇。此老难斗尚在其次，照此情形，峨眉、青城两派必还有人在此。昔年三次峨眉斗剑时，因知峨眉派势盛，一干后起人物得天独厚，法力高强，各持有前古异宝奇珍，多厉害的异派中人，遇上便无幸理。虽有晓月禅师、烈火祖师、万妙仙姑许飞娘三人主持，所约帮手多是海内外法力极高而皆忌恨峨眉的高明之士，终鉴于己死诸同道的前辙，预存戒心，表面随众参与，心中早存退志。到时与敌人还未交手，因见晓月禅师那高法力，第一天与敌人答话，因忿对方小辈出语讥侮，发怒擒人，才一出手，便被长眉真人玉连仙剑所斩，当时兵解。如非对方诸长老尚念以前同门之谊，连神魂都保不住，为此胆寒。到日，借在姑婆岭上守坛为由，暗中观望，遥见情势不佳，立即借故溜走，因此才得活命。后来听说凡是当时出场的人，几乎全数遭劫，并还是形神俱灭的占了多数，不曾与敌对面。除在戴家场和九华山两次相遇有限十余人外，那些后起的有名人物俱不认得，知有什能手在内！峨眉对于五台势同水火，见必不容，此去如不能胜，休想活命。想到师门瓦解，同类凋零，多年修炼煞非容易，幸仗见机逃脱前番两次大劫。这性命关头，不是尚气的事，与其强顾一时颜面，冒失上去，结果依然不免屈辱丧命，不如见机先退为是。心正愧急愁虑，夏云翔把话说完走后，蔡乌龟又在面向东台带忿发话。猛想起以前蔡乌龟并不相识，辗转托人卑词厚礼请己出山，一直优礼尊崇，奉如神明。自己此时万不料浙帮的人如此厉害，纵有两三会剑术的能手也不在己心上，曾对他夸了海口。到后旗门失盗已自丢人，如今一场未上便自溜走，情理上实说不下去。二人互相对看了一眼，俱都内愧异常。**倒有几分羞耻。**

吕宪明火气较旺，心想从此走去实难为情，莫如同了郭云璞姑且上去，也不求胜，斗上片刻，能挨到救兵到来更好，否则稍见不妙，不等真败，立步夏云翔的后尘，就此一同逃走。这等行径虽仍没脸，到底还了主人的情，敌人法力高强出于意表，那有何法？郭云璞见吕宪明满面愧容，以目示意，知他心思。蔡乌龟一发话，三台上人俱目注自己，实是难堪，又窘又愧，无计可施，只得冒险试探着敷衍一场，再作下台之计。想到这里，朝吕宪明把头微点。二人故作忿怒，冷笑一声，同纵遁光，刚往对台飞去。身子飞起，猛听破空之声甚是锐厉，一道青光宛如长虹经天，由东方遥空电驰飞来，晃眼临近，天绅倒泻，直射下来。随听一声怪笑，光华到处，人已落到擂台上面。吕、郭二人恰也飞到，先疑是救兵到来，再定睛一看，益发喜出望外，**意外转折，非如此不能消除"一面倒"的乏味。**方欲举手为礼，又听破空之声，紧跟着又是一青一黄两道长虹自天飞坠，先后现出两僧一道，落地也不朝主人答话。

为首一个豹头银髯、身材高大的黄衣老僧，先向吕、郭二人道："我前晚闻说有旧相识在此与人助拳，本欲相访。又听师侄夏云翔说起秦岭娄长老也在此凑热闹，均是老僧别了多年渴欲领教的人物。为恐错过这番幸会，恰值铁帚禅师与牛道友，与吕、马二位居士昔年也有一点过节，相约同来。因这里俗家争斗，不是方外人久留之地。主人素昧平生，双方俱无德无怨，未便参与何方。广、浙两帮胜败荣辱与老僧等无干，不过借着机会，了却十二年前一段公案。未便先来，欲俟双方见了分晓，那几位旧相识未走以前，再行赶到。**解释"迟到"缘由。**适才路遇秦、夏、仇三人，言说浙帮因有娄、吕、简、樊诸位相助，已占上风，这才赶来。请告主人，双方比擂的事与老僧无关。我三人此来，对于广、浙两帮无所偏视。现当太平之世，这里虽在山中，俱是金华通都大邑。此山近接城市，与偏僻荒山不同，白日凶杀，聚众群殴，休说我等方外人，便是俗家也非所宜。闻说早来双方便已交手，不少杀场。老僧此来，只是寻几位旧相识，另寻隐僻无人之处请教，并非相助主人，管人闲事。现在双方如愿就此善罢，再好没有，否则，俗家的事自有俗家料理，双方仍各凭武功见个高下。凡是道术之士，俱随老僧同去黄山始信峰前看个热闹，**再出意外。**

文法、禅理皆有所谓"截断众流"之说。这一笔的效果差相仿佛。以免少时引起群殴，武功多好，不是飞剑之敌，双方虽各有能手相助，也难同时照顾，哪一面也保不住无辜送命，横遭在死。再如不听老僧忠言，那也不便相强。黄山已有几位道友先往相候，不能不往。我等三人只好候在一旁，暂借主人数尺之地，候到双方有了结局，再陪娄、吕、简、樊和西台诸位道友同去黄山，也是一样，不知主人心意如何？请说出来，以定行止。"说时，声如洪钟，远近皆闻。又是一个"卖相"好的。近现代的武侠小说，"卖相"好的大半"来时轰轰，去时稀松"。且看这个如何。

花四姑先前渴望那老和尚到来转败为胜，见吕、郭二人勉强负愧登场，心正愁急，忽见救星天降，声势异常惊人，更有一僧一道相继同降，个个威风，方自喜出望外，不料说出这等话来，虽然有些失望，继一想，今日之事实因对方所约剑侠道术之士太多，依言伏低虽然丢脸，仍可强颜解说，自己辛苦数十年，好容易建下这片家业老来享福，就此葬送大已可惜，还是拼受一点屈辱，保住身家合算。何况今日来人俱出意外，好些警兆多犯着当年的心病，如不见机，就许连条老命都保不住。心中极愿善罢，无如身是主人，众目之下，势成骑虎，除了蔡乌龟自己认输，这话实难出口，眼望东台，方一迟疑。

蔡乌龟因受屈辱太甚，犯了凶性，心已早横，恨不能与敌拼命。无如先后到的一些能手俱不会飞剑法术，吕、郭二人又是不行，干看着急怒生气，无计可施。本在咬牙切齿，自悔失策，应凭真功夫与浙帮仇人见个高下，不应约请这些妖僧妖道，平日狂吹自负，毫无义气，稍见不敌便缩了头，一任仇敌欺凌笑骂，连根骨头都没有。及听老和尚一说，不特没有失望，转觉着自己这面甘受人欺负，只为的是血肉之躯难当飞剑，朋友多义气，不能看人白白送死。这些会飞剑法术的人一走，立可各凭真实本领交手，好歹落个痛快，就是死败伤亡也值。何况新又到了几个能手，求胜复仇，并非无望。

想到这里，勇气一壮，连正眼也未朝中台诸人看，突然走至台口，面向擂台上两僧一道拱手答道："三位禅师法师说得有理。当初蔡某为了浙帮欺人太甚，本欲寻上门去理论，后蒙主人花四姑婆出头下帖，约请广、浙两帮来此评理。按着我们祖师行规，本没外人的事。虽蒙各省水旱两路前辈英雄、至好弟兄抱着不平，仗义助拳，本意也是各凭真实本领，胜者为高。只为自错主意，闻说浙帮有一吕瑄，倚仗妖法强行出头，因此蔡某也辗转约请了几位禅师法师到场。哪知浙帮会障眼法的人甚多，比蔡某约请的人强些。适才武功还没比完，双方便有人抢着出场。蔡某约请的偏又不济，于是僵在这里。好些几千里远来的好朋友、老前辈，几次仗义想要出场，因是道路不对，俱被蔡某拦阻，被屈在这里。现在老禅师如此说法，蔡某与浙帮诸人誓不两立，不是他死便是我亡。就此罢手，休说蔡某不服，也辜负了数千里外远来诸位好朋友的义气。老禅师话说得好，出家人不应与俗家掺和一起。既然诸位禅师、法师另有过节，就请另找地方交代。这里由我们俗家各凭本身本领、好朋友的义气，真刀真枪，真手真脚，分个高下存亡，死而无怨。至于诸位禅师、法师的盛情，蔡某心领，万一蔡某不死，异日再当登门叩谢。主人原是凭着辈分声望出头做主，了息此事，现既成了双方对面交代，如不以蔡某为然，尽可置身事外。暂借地方一用，想必无甚话说。蔡某粗人心直，在江湖上跑了数十年，说实话办实事，不会花言巧语，有什不周到之处，还望诸位禅师、法师多多原谅。"说时须眉怒张，声色俱厉。

　　如在平日，花四姑见他如此狂傲讥嘲，早已发怒，翻脸成仇。无如自己首先不够过节，如再反唇相讥，对方正在情急心横之际，答语必更难堪，不得不自装聋忍受。可是东西两台的人把话听完，都拿眼瞟着自己，众目之下，决不能没个交代，老脸羞得通红，越想越无地自容，愧忿至极，不禁犯了昔年凶性。暗忖：是福不是祸，是祸躲不过。蔡乌龟已然心横准备拼命，事情决无善罢之理。在座这些僧道定必一怒而去，双方二次交手，稍见胜败，立即激起群斗混战。本来仇恨越深，按着对方情势，分明早有深机成算。蔡乌龟先不这等说，自己虽有弯转，也自艰难。现在满弓发箭，事已至此，再不出头交代几句过场话，徒自丢人，把一世英名丧尽，依然不能置身事外。自己多年威望，平日服用享受过于王侯，现已将近七十的人了，就死也值。譬如没活这大年纪，又当如何？本身又没一个亲生子孙，年轻时没丢过人、说过一句软话，老来成了名反倒贪生怕死，落下后人笑骂，实是太冤。死活有什相干？家财产业，生不带来死不带去，早晚便宜几个娘家侄儿。依了当初本心，洗手之后，原想隐姓埋名安居养老。如若不为钟爱继子苗秀，心贪太甚，多了还要多，永不知足，名为洗手，每遇年节喜寿，出了额外费用，仍要故技复萌，出外打抢，始终与江湖上人未断来往，也不致有今日。便是这次广、浙两帮寻仇，也是由于几个侄子怂恿，贪图广帮重礼，并想乘自己在日给苗秀在大江以南创出一个好名位，才把事情闹大，引得强敌上门。看今日形势，生平几个大仇家似都暗中到来，藏在一旁静等发难。这几人都是多年隐伏，屡访无迹，平日认为死灰不可复燃的不世之仇，对于自己的威势辣手俱所深悉，如无必胜之望决不会来。广帮如占上风，使浙帮败走，还可暂且苟安，力谋善策对付；广帮如败，自身决无幸理。一干妖僧妖道已不可恃，反正要与敌人拼个死活，不能并立。老命送了无妨，好歹落个光棍。

　　想到这里，回光返照，昔年凶恶强悍之性暴发，阴恻恻冷笑了一声，缓缓起立，走至台前，高声喝道：“在场诸位高朋贵友听者：我老婆子虽是女流，一生行事敢作敢当，只有向前决无退后，但是近来年纪老了，不似年轻时暴躁罢了。这次广、浙两帮弟兄闹意气，老婆子因知双方素无仇怨，虽然浙帮弟兄恃强，不听中人劝解，仍想大事化小，小事化无，见得胜败便罢，因此定下单打独斗，各自选人去往擂台，一对一分个高下，到无人上台、自甘伏输为止。因双方各有飞剑法术之士，为恐群殴混杀，每过一场便起压制，不令双方坏了成约。哪知头场比武没完，洛阳三杰刚一上台，便有人出头作梗，接着斗法。广帮约人不是浙帮对手，吕、郭二位真人刚上场，三位禅师、真人忽从天降，所说的话极合情理。老婆子先不出头，因比蔡老弟痴长几岁，多见过几次场面。这是各凭道理和各人本领分别曲直，按着江湖规矩而行，不是生气发急的事。老婆子生平出死入生多少次，没叹过一口气，像今天这场面更是小事一段。既敢惊动各路英雄人物几千里远来观场，哪能没个交代？事才起头，主人是中间人，双方曾无仇怨，不到发话时候罢了。我也不是偏向蔡老弟，此是不是讲情理的时候，老婆子是中间人，只知打抱不平，也无理可说。不过双方比武斗法俱未完场，老禅师如此说法，彼此省事，免得各方高朋贵友多挨时候，倒也爽快。好在双方的人都在，哪位不服或是有什过节，请随老禅师同去黄山，另外觅地分个高下。这里的事，让我们俗家自了，等双方有法力的人仙驾去后，重新登场，死活存亡也得个心服口服。如若败了，蔡老弟认罪服输，便老婆子，也任凭邢老弟乱刀分尸，决不皱眉！浙帮如若自问真实本领不是对手，必要仰仗法术飞剑欺人，不肯离开，老禅师又不愿参与俗家争斗，我和蔡老弟不精此道，自然不敌，那也无须动手，请各方高朋贵友各自上路，我和蔡老弟任凭宰割，也无话说。"

台上一干妖僧妖道本是愧忿交集，去留两难，闻言立时互看一眼，相继起立。未及开口，西台上娄公明已先走向台口，面向擂台发话道："老秃驴莫装腔作态！老花婆这一干鼠窃狗偷，近十多年来作恶太多，这次又约有一群妖僧狗道，听说连你也在其内。平日没处找寻你们，正好就此一网打尽，省得留在世上害人，我们这才来的。本心便为等你们这几个自来送死，才没下手，否则一伙毛贼早没命了。老花婆和蔡乌龟今日恶贯满盈，少时自有他们的报应，也不值污我们的手。你嫌这里死得不干净，想到黄山陈尸首去，那也容易。不过黄山陶道友却不似我老头子口恶心软、多少通点商量，他那里向例不许妖人撒野。你事前又没打个招呼，你要送死，便带了这伙小妖孽快些赶去。如去迟了，先去那些同党，没等和我们见面便送了命，岂不冤枉？按说我们无须都去，随便去两人就可了事。因为那么一来，我们门下这班后生，觉着杀几十个鼠贼狗偷，一点不相干的事，当老辈虽不伸手，却在旁看着，好似轻看他们似的，口里不说，心里必不高兴，还当我们老悖。我们几个参与今日之事，为的就是你们这伙妖孽。你刚说完话，便有人去黄山通知陶道友，请他暂时手下留情，等我们到了再说，省得你到那里，先去党羽已自死绝，又有别的借口。照陶道友为人，你们无故上门惹厌，虽未必劝得住，多少总可留两个与我们试剑。你如快去，许能赶上，不致全数伏诛。我们随后就至！你们自走吧！"

话未说完，为首老僧闻言冷笑，答道："娄矮子，老僧昔年并非败在你的手下，发此狂言有什用处？老僧近三年来也曾两次前往秦岭相访，均值你他出，未遇而归。久意寻你，非止一日，今日不期而会，可见有缘。如约你们往别处相见，你和吕花子素来贫口薄舌，必道老僧有所假借，恰值谷道友与陶元曜也有一面之缘，为此假地黄山，完却当年公案，以了老僧心愿。空言何益？反正这里的事不与老僧相干。主人既允老僧之请，老僧等去也。"说罢，不俟答言，手挥处，和同来一僧一道，首先同纵遁光，化为二道长虹破空而去。吕宪明、郭云璞二妖道早有准备，也跟踪飞起。主台上一干妖僧妖道，见为首三个能手已然起身，仇敌一个未行，不敢延迟，连话都不及多说，异口同声，各向主人举手，道声："再见。"纷纷飞起。满空光华电闪，一晃无踪。

花、蔡两党先前满心渴望视为后援的二僧一道走后，吕宪明、郭云璞和主台上众妖人再负愧胆怯，纷纷飞去。蔡乌龟天性凶野，本定拼命，还不怎样。花四姑只管一时被挤，略微横心，强说完了大话，暗中仍是胆寒，又见自己这面会飞剑法术的人走了一个干净，西台敌党中剑仙侠士却一个未动，依旧谈笑自如，若无其事。知道这伙强敌疾恶如仇，拿定主意寻找晦气，并不以己为对手、按照江湖上规则行事。适才听娄公明的语气，直欲一网打尽，不用说都起发难，只有一两人出手，便非其敌，方自心头打鼓，不知如何是好。忽见适从崖上飞落的白须老者由座中起立，向西台诸老说了两句，把手一举，满台银光一闪，人便不知去向。紧跟着老少年马玄子同了丐仙吕瑄走至台口，面向中、东两台喝道："花、蔡二贼作恶多端，少时恶报便到。尔等虽然多非善良，但是内中不乏自爱的人，为友而来，情有可原。可自称量平日行为如何，只要恶行无多，稍下得去，尽可见机先退，免致殃遭池鱼。我二人和诸位老友，本为诛戮一干妖孽而来，现在诸妖邪多去黄山等死，我们现便前往诛戮。休看道术之士已去，就有留的，无故也不会出手，下余诸后辈，尔等仍非其敌。花、蔡二贼今日孽满伏诛无疑，行止速决，切勿自误，到时悔无及矣。"

蔡乌龟闻言气往上冲，方自厉声怒喝："尔等不必说口！只凭真实本领同决胜负，死而无怨，无须花言巧语蛊惑人心。今日到场的俱是有骨气的英勇汉子，**倒是话语凛然**。不似你们这些会障眼法儿的和尚道士，可以用大话吓得退的！"话未说完，西台诸老已随了马、吕二人，各驾遁光，相继破空飞去。

花、蔡两党一看老辈中只留下司空晓星、祝三立等三四人，精通飞剑法术的人似已俱去。邢党这面除却先上台的祖存周、黑摩勒、江明、童兴、蒲青、蒲红等十余人和丐仙吕瑄门下十多个丐徒外，连同邢飞鼠所约诸人，另外三个戴着人皮鬼脸的，一共还不到七十人，年纪轻的占十之八九。自己这面男女老少合在一起，佃工用人在外，不下四五百人之多，大半俱是各省有名人物、水旱两路英雄。**如此盘算一番，算是起一波澜、回旋。**先见对方上台的人皆是能手，被他唬住。这时一点人数，想不到多寡如此相差，只要敌人如约算数，不出别的岔子，没有飞剑法术出场，多一半可以占得上风，不禁精神为之大振，俱想对方就算个个高强，自己这面也非弱者，凭你多大本领，好汉打不过人多，好便罢，不好立与混战，至少恶气也能出上几口。花四姑虽然始终心神未定，见此情势也颇宽怀，以为不论胜败，乱子不在小处，但这样拼法，还有个来回注，事要不行，暂时还可脱身远遁，至不济，命和田产总可保住，也不致把多少年的威名扫地。

蔡乌龟根基远在两广，借地行凶，更无挂虑，心中暗喜，想先着人登场一试，如若再败，立即一拥齐上。忽见西台上飞落三人，正是后来那三个戴人皮鬼脸的。一个背插长剑，两个各插一支铁拐，均未取在手内，由台上飘然纵落，宛如风叶坠地，点尘不起，更无半点声息，到了台下，便往谷口一面从容步去，看神气似欲离此他往。众人觉对方正在用人之际，这三人本领甚高，又非剑仙一流人物，怎会离去？一转念间，三蒙面人已到谷口，忽然同时立定，才知对方是防自己这面有人逃走，故遣三人把住要口，先断自己出路。胜败尚还未见分毫，便欲一网打尽，使出这等行径，分明藐视欺人大甚，由不得起了公愤，纷纷喧嚣喝骂，方自不忿。

那初和浙帮对面随了邢飞鼠一同上场的金线阿泉，依然飞起纵落，直奔中央，到了主台正面，朝台前趺坐观战的几个怪叫花，也跑下问答了几句，众人正在哗噪，要三蒙面人登台见一高下，也未听清。只见左右两老丐各自点头，取了一块五寸来长、寸许宽、油光乌滑的木块交与阿泉。金线阿泉由二老丐手中将牌接过，两手各持一面，高高举起，绕开台前众异丐环坐之处，走向中台侧面，轻轻一跃便到台上。花四姑主席在中台的里面，台前众异丐来时，虽料知必有来历，一则当日事情闹得太大，许多强敌环伺在前，加以好些警兆俱触昔年心病；又见众异丐到后，主客两面俱不参与，自向台前席地而坐，意似旁观，无所偏袒。中间妖僧放出飞剑，中坐一丐忽然出手，才知有点不妙，但也只似看出妖僧放飞剑暗算敌人，认为不公，将空中飞剑定住，末了飞剑仍就放回，并未十分为难。和敌党诸老似有交情，却未过去。当时虽然吃惊，觉出众异丐厉害，后即重又静观，未见言动。跟着夏云翔等昆仑派三人出场，受了讥辱遁走，情势越发可虑。直到吕、郭二人勉强出场，两僧一道飞降，没有相助，却将敌我两方精通飞剑法术之人引走。波澜起伏，虑患忧危，心乱如麻。台高人矮，非到台口下视，看不见众异丐坐处，始终无暇及此，渐渐放开。

为人最怕心虚，花四姑虽是久经大敌的能手，一样也犯此病。当和邢飞鼠初对面时，一见阿泉貌相极熟，心头便似着了一棒，追忆前事，时刻都在心寒。这时又见阿泉突自西台纵落，直往正面奔来，心又一跳，暗忖：台上道术之士已走，莫非此人要独自纵上台来寻己拼命，适见此人武功实是家传，凭自己本领虽似能敌，但是这类孤臣孽子最是可怕。况且隐匿名迹已二十多年，以前用尽心力搜寻这些孤儿踪迹，俱无下落。这多年来不知如何卧薪尝胆，誓图报仇，此时突在敌党之中出现，善者不来，来者不善，必还另有杀手，实实大意不得。因此一来，连话都未顾及发。

正在寻思，暗中戒备，等候敌人纵上台来，相机应付。不料敌人到了台前忽然停住，似和人在问答，众喧哗声，一句也听不出。方想起台前还有几个异人不曾随众飞走，照适才制止凶僧飞剑行径，就不一定公然出手明助仇敌，到了紧要关头，也必偏袒对方无疑。刚一发慌，阿泉已纵上台来，刚喝得一声："贼婆娘！"底下话未出口，花四姑已一眼瞥见阿泉手上所持黑牌，不禁心寒胆裂，"嗳呀"一声喊道："罢了！"双脚一垫劲，由座上倒纵出去，到了台后，急慌慌拨头转身，再一跃便往中台后面纵落，往花家大门中如飞蹿去，身法绝快，晃眼无踪。**大出意外，悬疑陡生。**

金线阿泉也未追赶，仍如无事人一般，转向台口，将两面黑牌朝外三面一照，喊道："老贼婆已自回避，请祖爷和诸老前人升座！"说时，东西两台的人，只是花子出身的，十九知道此牌来历，早已纷纷拜伏在地；闻言一齐飞身纵落，向中台奔来。台下趺坐的诸异丐也相机从容起立，各帮花子二次重又拜倒牌前。左右两老丐将手一摆，声色不动，返身向里。为首三人也未见怎身手动弹，各自平地直身拔起，齐落台口，缓步走向主位。西台上的丐仙吕瑄门下断臂丐等七八人，早争先抢了地上麻袋，相继纵上，将麻袋向座前地上，各分层次铺好。花四姑一逃，同台还有四五十个有本领的外约同党，见状大惊。有的知道厉害，已自起立避开。虽不知这两面黑牌来历，多是久在江湖的人物，料知必有非常之变，因都是成名人物，不肯张皇，正在惊顾观望。西台上来的神乞车卫早抢向前去，戟指众人，厉声喝道："老贼婆犯了规戒，作恶无数。现将归隐在天都峰多年的王、叶二位老祖师仙驾和门下诸老前人连同客仙诸真人一齐惊动，**诸平不但算是剑仙，而且是前辈，剑仙中的"大腕"。再加上王、叶同类同级。实在是不公平。不过，作者只能这样写，否则不好收场了**。到此清理门户，整顿家规。听我车卫好言相劝，即速避开，再不识相，真要应马老前辈的话，一齐送死了！"

众人闻言，便不知底的，也想起平日所闻丐帮传说和诸前辈异人姓名。这已隐迹失踪将近百年、实年已逾三百岁的两位丐帮中异人老前辈，竟会同时到来。花四姑那大本领的人，见了黑牌便似老鼠遇见饥猫，亡魂胆落，狼狈逃走。再见东台上的蔡乌龟和广帮中一干恶丐，自从西台诸剑仙异人一走，个个气壮；蔡乌龟正在台口耀武扬威，准备口出恶言发威叫阵，不知怎的也变了相，虽不似花四姑那等狼狈，也是神情沮丧。只见回身向同党低声说了几句，众声仍在嚣乱，也未听出是什么言语，当时便有人举手作别，带着惨容，轻悄悄溜下台去，余人也都惊讶失色，齐向中台观望，嚣声顿止。蔡乌龟匆匆说完便往中台走来，情知大势已去。头一个这神乞车卫先不好惹，看他对这伙老花子如此恭敬，其来历辈分不说，本领已可想见。闻言一个也未回答，故作不解，径自走开。

上首一个面容清秀、三绺长须的矮瘦老丐举手笑道："车贤侄何必如此，诸位为友而来，原不相干。不过此是本帮家事，不得不请暂让。老朽与叶神翁已有一甲子不在此尘世走动了，今日相见，也算有缘。并且适才马道友行时曾有安排，谷口现有天山诸侠在彼，此时出去，双方难免争执。不如姑且少留旁观，等老朽等处分完了家务再走不迟。"说罢，随唤："车贤侄，东台现有人走，恐到谷口又起争杀，速代传语，告知谷口诸位道友，不必拦阻，外客去留听便，本家不肖儿孙，自有老朽师徒等处置，不会逃走。"车卫恭应："遵命！"退行三步，就台上只一纵便是二三十丈，飞落场心，身形一闪，箭一般驰向谷口而去。为首三丐也自中坐，余丐旁立。蔡乌龟也由侧面循阶而上，到了座前麻袋上跪下。浙帮丐首邢飞鼠已先跪倒。两边各跪一个，俱是一言不发。

众蔡党听老丐辞色温和，似欲息事宁人，又听说把守谷口的那三蒙面人乃是天山诸侠，暗忖：事已至此，双方势力悬殊，主人自己先是一个逃走，一个屈服，不能再怨外人不尽朋友之道。本就强弱相差，好容易双方道术之士尽去，成了平势，可以一拼，不料还有本命克星潜伏，突然出现。这为首三异丐，竟是前明天启时的叫花老祖师、丐中仙侠叶神翁与外号王三手的王鹿子，有此两人出头已是不了，况又加上一个滇西派的剑仙诸平，便适才一干道术之士不走，也非其敌，何况对方只一举手，立成齑粉，负气无用。这类奇事，百年难遇。此时出走，邢党中人多抱一网打尽之念，定必拦阻交手，看情势决无胜理。对方话虽谦和，隐有骨刺，留下令行，必有深意，表面既未难堪，何苦敬酒不吃吃罚酒？乐得就坡顺下，见识一番再走。

众人多是一般心理，内有几个觉出自己多年威名，今日已栽跟头，再留无颜，意欲设词先行。经同伴中深知厉害的暗中示意，力加警告，只得强忍气性，在旁静候，略一迟延，已有数人先向诸异丐拱手说道："我等与浙帮本无宿怨，俱为朋友之义而来。现在既有诸位祖师老前人出头公断，主人尚且听从，我等焉敢违命？进退行止，悉听吩咐便了。"

前发话的王鹿子含笑点头，叶神翁随请中座诸平发落。诸平笑道："我已说过，此来只看热闹，助二位清理门户。这类家务事我弄不惯，还是王、叶二兄自己了断吧。"那名叫叶神翁的是个瘦长老人，闻言，手向王鹿子一举，王鹿子也举手向里。众人见众异丐中只叶神翁一人衣服虽然破旧，却是洗补得十分清洁整齐，貌相也极清癯古秀，初来时混在众异丐一起，始终不曾言动，多未在意，这时处近，又听说是鼎鼎大名的丐中仙侠老前辈，俱都留心注视。见他松鹤之姿，举止静雅，宛如画上仙人形态，看去神情冲淡已极，只觉清高可敬，并不见有一毫火气。再想今日之事十九于花、蔡两人不利。但看这几位祖师前人，辞色举动俱极和平，与马玄子、吕瑄等人立意相差颇远，大约只对肇首诸人略加责罚，不知主人花四姑何以如此害怕？方自寻思。叶神翁已不再让，目视下面，从容问道："你们有什话说么？"邢、蔡二人同声应道："孙儿知罪，听凭祖师爷发落。"**看来丐帮也是极为专制的团伙：一是不平等，二是无限权力单向度。**二人都是一样答话，只蔡乌龟语气略带悲愤。

叶神翁先向邢飞鼠道："你先后行事俱是迫于无奈，素行又颇自爱，虽然情有可原，犯过也轻，终是出于常轨。你本世家子弟，但是既入我门，便守我法，不加处责，恐日后儿孙辈效尤。现有两条路走：一是不许动用你家中私财，三年以内，在江南诸省亲自沿门乞讨，积聚一千银子以充善举，同时还须救活十二条人命，逾期加倍处罚；另一条是自往上天竺公堂拘禁三年，每日只有半碗薄粥充饥，今日当众另打荆条八十一下。以上两条，任你自择。"邢飞鼠答道："孙儿愿领第一条恩谕，不敢违命。"叶神翁道："以你微名，必有人暗助，千金不难。救人不论事之大小、题之难易，遇上便不容规避，只许多救，不许少救，却非容易呢。可起一旁，看你将来机缘如何吧。"邢飞鼠谢恩起立。

叶神翁又朝蔡乌龟冷笑道："你平日那等行为，现心中还不服么？"蔡乌龟平日为恶已惯，未以为非，当日只认这些太岁凶星俱是对方仇敌请来，只管屈于威严，乃是本门法度如此，向例只有后辈认罪，**"向例只有"，道尽体制弊端。**不得不学样，本非心悦诚服。及见王鹿子令神乞车卫去止住谷口三侠，不令拦阻同党出去；叶神翁开口先将邢飞鼠处罚，便料这些老辈前人并非人请，多半为了今日之事自行赶到。人如处在敌我相持之下，为了意气颜面，往往死活均非所计，就是明知不敌，也欲一拼，可是一到遇见本身克星，这等只有在上而无在下，宰割惟命决无幸免，稍有违忤，灾祸便是奇惨，连气也没法喘的场面，除非真有血性的忠臣孝子、义夫烈妇，那还是处于敌对方面，才有勇毅浩然之气与之相抗，否则平日任怎强横人物，到此光景也由不得气馁心寒了。何况蔡乌龟称雄南服，本身师长已死多年，在上的祖师前人久未听说踪迹，淫凶狠恶，无所不为，成了惯习。一旦这些闻名丧胆的祖师前人突有多人，连那幼时投师仅偷看过一次、今已数十年未听说起的家法牌一齐当场出现，心虽不忿，实已气沮。再听叶神翁这等一问话，再想起平日所行所为，又回忆到幼年拜那丐师习武，有一次带了自己去往广西白象山之地，看请法牌处置叛徒恶丐的惨酷之状，益发心寒胆落。知道辞色稍有不逊，犯了蔑祖大条，身遭惨杀自不必说，连家中妻妾子女和所有田产家业均难保住。同是一死，何苦不给全家长幼留条生路？再者，上面三人所说无异金口玉律，死活全在他手，一怒便糟，曾玄之辈，向本门祖师前人讨饶求恩，多软也不能算是丢人。叶、王二祖上来辞色平和安详，也许受点重罚能免一死。但是那两面法牌乃是有名的追命凶符太岁，专为清理门户处置叛逆凶恶而用。由洪武五年起，只一出场，无不死人。在数十年前，自己初出道时，已传到第六代的前人手内，分南北两帮执掌，轻易不曾出现，怎会又回到第三代王、叶二祖手内？只恐凶多吉少。

念头一转，心又怦怦跳动。待了一会儿，战战兢兢伏地答道："孙儿怎敢不服？只求祖爷看在孙儿恩师胡老前人分上，格外恩怜，保全家口。孙儿情愿把家财一半捐入公地赎罪。"

话未说完，叶神翁微笑道："你自觉平生所行所为，今日才受家法处置，情真罪当，没有不服么？"蔡乌龟此时想起自己妻子家业与平日享受，全难割舍，一意求生，凶焰尽退，哪里还敢再说半个不字？立答："孙儿委实情真罪当，怎敢有违家法？只求祖爷格外开恩。"

叶神翁道："自你孽师死后，这二十年间，罪恶早已罄竹难书。最可恶是假名为丐，阴行盗贼之实。近年横行两广，人若对你稍有违忤，便要杀害人的全家。平日享用逾于王侯，心仍不足，纵容门下徒子徒孙在外穷凶极恶，无所不为。昔年家法严正，本门子弟最是干净自在，其中忠孝仙侠人才辈出，致身富贵者也甚多，极少有忘本。自我和王祖师归隐，传到这一代上，一班长老前人皆因我二人学道修真小有成就，心中向慕，志在烟霞，少理家事，随便将两面法牌传与徒弟，自身却效我二人，入山采药，学道修正，不再闻问家务，以致南北两支付托非人。中间复经明末之乱，本门子孙多混身盗籍，因而起家。流风所播，群起效尤，日益横行不法。近二十年来，南支仅江、浙两省屡有异人正士清理门户，防患锄凶，人性又多和善，地方也极繁富，虽有少数凶顽，大体仍能保存旧日家规。余下东南西南诸省，无一处不有似你这等败类。南支家主吴庄，因循怠忽，见尔等闹得无法无天，才在白象山公地召集南支各省团头清理门户。偏以心慈面软，只将三两凶孽正了家法，不特行法太宽，**一个团体，要长期保持肌体健康，实在是天字号难题。清康熙后期，因循宽纵，吏治窳败，致使雍正上台不得不辣手；至乾隆，重蹈覆辙，嘉庆欲回天而乏力矣。自身防治自身病，只能治标于一时耳。奈何！处置尤为失当。**此时花四贱妇渐有声名，闻风隐窜，先期逃避；不必再论余恶，即此已犯大禁，竟未搜戮，听其漏网。事后更不该见本门凶孽太多，无力处置，以为诸老前人久无音迹，认作仙去，不会有人督责，只图独善其身，假托'两宗归一'美名，将所掌南支法牌交托北支主者一体执掌；对于南支各省首要诸人，不论善恶，均未召集晓谕，只以竹筒传书略微敷衍了事，不等北支回家承受与否，便即入山隐退，去之惟恐不速。北支主者又为叛徒所弑，此牌叛徒拿去不敢出现，不久伏诛，被一和尚拾去。虽然北方民性直率，守法者多，无什神奸大恶，南支却自吴庄畏难规避。你那孽师见无人管束，虽稍无行，尚知顾忌。等你继承师业，盘踞两广，与花四贱妇遥遥相对，不知造下多少罪孽！

"我和王祖师隐居深山，地隔人境，尔等多少年来并未想到，如此来在金华北山，借讲理为由，意欲行凶，大启杀孽。风声浩大，传到越城岭隐居的吴庄耳中，知道孽由他造，恰好近年闻知我二人与诸前人踪迹，连夜寻往请罪，将我二人请了出来。本意尔等恶迹彰闻，无须再行考查，一到便正家法。嗣值诸真人来访，因闻尔等约有几个峨眉漏网的余孽在此，并还约有昆仑、崆峒两派门下。王祖师也不愿把事闹大，以致伤人太多，再为本门生出许多枝节，再三劝阻，所以到此先作旁观，欲待双方所约外人分了胜负，再行清理门户，明正尔等之罪。嗣见尔等把昔年西崆峒的为首三人引来此地，料知要起凶杀。诸真人方欲出面制止，不料来人近年也改了行径，只图报复当年之辱，不肯多杀无辜，更不屑与尔等同流一气，上来便约西台诸道友去往黄山斗法，于是双方道术之士俱都离去。尔等以为强敌已被引走，凶焰复又高涨。花四贱妇多行昧良之事，自从上场发觉强仇子孙忽然出现，立即心虚气馁，固然难免报应，犹有自知之明。你却一味凶横，始终冥顽，竟和同党密计，意欲倚众混战，肆杀行凶。本来罪不胜诛，似此存心险恶，焉能逃死！至于你说欲以家财赎罪，更是狂吠！也不想你出身只海南渔村中一个乞儿，千百万家私、十余房妻妾由何得来？共有多少冤魂血汗在内？本是强取于人，哪一件能算是你的？本门清理门户，行使家法，令出惟行，向无多言，罪人亦不得有所干渎陈求，因你和花四贱妇以及一班徒众罪恶滔天，又当着许多外人，如不稍微宣示尔等罪恶，还当我和诸、王二位道兄有所偏袒，或是受人请托而来。如今你的家业已另命人前往料理；本来你作恶太多，孽种难留，因念你虽杀孽众多，性尚粗直，一面为恶，一面尚能济贫好施，作些义举，晚年大恶累累，多由门下凶徒而起，故此罪较花四贱妇稍从末减，法只及身，不致灭尔全家，并酌留你妻妾子女衣食之资。现按本门第二法条处置，速去西天目公地自行引决便了！"

蔡乌龟闻言，忽然面色一转，一言不发，叩了五个头，说声："谢谢祖爷成全大恩。"慷慨起立。叶神翁手朝左侧一指，同来一个须发如猬的跛脚老丐朝上俯身一拜，转头往外，到了台口，飞身纵落。蔡乌龟紧随在后，直和没事人一般，前后肩随，从容往谷外走去。**是条汉子。多言无益，自取其辱。**

天台恶丐杨开泰因自知是首恶之一，平日所行所为绝难逃眼前这些祖师前人洞鉴，并且此次北山讲理全是自己私心怂恿所致，如不把事闹太大，怎会把二位祖师惊动出来？就当时得免刑诛，蔡乌龟手下徒党平日本就嫉妒自己得宠，心怀不忿，总头子如因己而死，大势瓦解，必衔恨刺骨，非要己命不可，也许死还更惨都不一定；战战兢兢随了右帮群丐朝上行完了礼，守侍台下待命，一心只盼广帮恶丐总首金毛龟蔡海金能够免死，自己也可保得一条性命。及见蔡乌龟随了跛丐一走，情知大势已去，照此情景，就不死也脱一层皮。无如本门法令素所深悉，只有一位前人宗主出面，便死活惟意。**在此处算得伸张正义，但"只有一位前人宗主出面，便死活惟意"，也未免专制到极点了。**如若逃走，捉回死状更惨，并且也逃不脱，无论深山穷谷、天涯海角，只在天之下地之上，任逃何处也被捉回，加倍处那毒刑，端的比官法还要严厉。何况前朝两位祖师和相继隐退的好几位前人突然同时出现，蔡乌龟那等凶横，尚且垂手听命，去往公地领受家法，自己如何能行？还倔强负气不得。念头一转，心胆皆寒，偷觑身侧，广帮中几个最凶横的恶丐目射凶光，正朝自己微微狞笑。心想：你们这群猪狗，一样也是难逃公道，发狠作什？正在寻思。

这时台上除诸异丐外，两侧分立的俱是旁观的外人。邢飞鼠和丐仙门下一班丐徒，全侍立在诸、王、叶三丐的身后，余丐不够辈分或自知有罪的，俱在台下，行完了礼，分班鹄立待命。只神乞车卫一人，复命之后，独立台口左侧，忽然飞下，戟指着杨开泰，口中喝道："该万死的猪狗！还装傻么？如今该是你了。"边说边把那瘦如鸟爪的怪手伸将出来，待要抓去。杨开泰深知此老的厉害，慌不迭答道："孙儿知罪，在此听点，爷爷莫要生气。"**怂人！**说时，车卫手已抓向杨开泰的肩背之上。当时觉着中了一把钢爪，连肉带骨全被嵌进，痛彻心肺，又不敢喊，心胆方自一寒，忽听台上王鹿子道："车贤侄，今日人多，听点好了。"车卫才把手放下，身子未动，脚底微点，便凌空倒纵，飞回台上，仍立原处，不差分毫。

旁观诸人均闻神乞之名，多半不曾见过，俱觉此老果然话不虚传，这大本领享有威名的老辈，见了这些异丐，竟持后辈之礼，唯唯听命，恭敬非常，厉害可想而知；俱生敬畏，自然谨肃。全场立即静寂，台上下一点浮声俱无。车卫这手一松，天台恶丐杨开泰宛如脱了夹棍，身子虽松，犹有余痛，以前威风到此齐化乌有，正在下面战战兢兢鹄立待命，忽听上面叶神翁呼唤，不由心魂皆颤。没奈何，只得强提着气应了一声，硬着头皮，循着旁阶跪行上去，绕到台的正面，朝着上面三人，俯伏在地不敢仰视。

叶神翁冷笑道："如此脓包，也配横行？**直刺入骨。**你在天台，不特杀、盗、淫、偷四大罪齐犯重法，并还紊乱家规，意欲另立宗派，真个胆大妄为已极！这次出山讲理，也由你乘机图谋，暗中弄巧，想要凭个蔡海金义子的凶焰恶势横霸江南。现值承平之世，岂容尔等横行！我们如不自来，不知仇怨循环，要杀死多少人命，惹出多大乱子！固然尔等凶谋毒计决不会遂，如照尔等预计成功，异日凶焰日张，何所不为？就许明末流寇之祸重现今日。别的不说，江南诸省地方，人民必遭涂炭。追原祸始，罪较蔡海金实不相下。你那恶迹连同手下徒党所为已早查知，可照此名单，自行率领同来徒党，去往西天目公地，分别轻重领受家法。未来凶徒已另有处置，不在此单以内，无庸过问。去罢！"

杨开泰以前见过世面，闻言自知无幸，不敢作求恩之怜，吓得颤声诺诺。正待退下，猛听飕飕连声，接连一二十点寒星，银雨一般，由台沿下照准上面诸、王、叶三人面上直射过来。**必再生一波澜才好看。且如此才合情理。**变生仓促，来势特疾，旁观诸人方自失惊，同时台下一片暴噪，为首五六人已各持兵刃，凶神附体纵将上来。就在这事机瞬息之际，说时迟，那时快！中座三人，两人声色未动，只叶神翁眉头微皱之间，伸手向外微微一挥，口中说得一声："孽障！"那一二十点寒光，眼看中在三人面上，霎眼不到的光景，好似中间有什极大弹力，反震出去，笔也似直，朝下面蔡、杨两党徒中射落，当时射中了十好几个。那上台行凶的几个刺客，有的脚才沾着台口，口喝："老贼，我与你拼了！"有的才纵起半截身子，吃叶神翁手微一挥，相隔还有两三丈外，只觉疾风飒然而过，上台诸刺客只微微哼了两三声，便似突然闭过气去，连"嗳呀"两字均未出口，一齐翻身仰跌，扑通连声，倒落台下。同时左首随来一个身材矮小、始终静坐在旁一言未发的异丐，把两道又浓又细的眉毛往上一飞，突然起立，刚往前走。王鹿子忽在座上喝道："鼠子无知，不必如此！"随由座上站起，探头朝台下略一观望，怒喝："鼠辈何得犯上！"手随朝下一挥，先倒那六人因未爬起，余下又倒了一大片，立时鸦雀无声，重又静寂。

原来蔡、杨二人平日虽是强横凶恶，幼年时均参与两次行法大典，又听师长常说本门家法之严，深知厉害，只为上一两辈的长老宗主逐渐死亡隐退，成了惟我独尊之势，以致日益横恶，夜郎自大已惯，认作无人能制。忿恼头上，明明看见众异丐所挟麻袋行辈极高，却误认作是隐迹多年或自北宗一支来的老前辈，又恃有好些有力妖人，并未在意。及至发现法牌以后，才知不特有好几位退隐失踪的前人宗主在内，并连昔年二次开山分创南北两宗的王、叶二祖师也都到场，自然魄悚魂惊，不得不俯伏听命。可是手下这些徒党个个凶狠，平日虽极畏服蔡、杨二人，死活听命，不敢稍强，至于这些位祖师前人行径，多半仅听几句传说，并未目睹，心中本无其人。蔡、杨二人虽然急发密令，传知二祖师爷驾到，是本门子孙，俱按等第，肃候台下听命，匆促之间，并未详说厉害。先见台上人势派，未始不心生畏惧，觉出师父况且如此敬畏，何况自己。正在捣鬼，忽见蔡乌龟被人押往公地。蔡、杨二家徒党，平日把乃师尊如天神，又是靠山、衣食父母，已自激怒欲发。再见神乞车卫发威飞下，把杨开泰似鹰拿小鸡一般抓起，掷向地上；王、叶二人口气，好似谁也不能免于刑诛，益发又恨又怕，暗中切齿。跟着又听杨开泰也宣了死刑。内有几个最得蔡、杨二人宠信的死党，见对方看事如见，一面回思以往恶迹，自知不能免死，又想为乃师复仇，不禁把心一横，暗乘车卫目注台上，无人注及下面，互相暗打手势，各取暗器镖弩之类，冷不防飞身上台，意欲拼了性命不要，复仇行刺。为首六人一发难，下余这许多亡命之徒，也想反正不免，也各乘机暴噪而起。只言众心如一，人人拼死，无如本领相差太甚，刺客的连珠镖弩还未打中在对头身上，自身还未立稳，对头手略一挥，暗器全部撞回。同时，猛觉一股极强烈的刚劲之气迎面扑来，立即闭过气去。有的还吃倒撞回来的暗器打中，一齐翻身仰跌台下，晕死过去。当前的人又被退回来的暗器打倒了一片。众凶徒见状大震，方自一乱，又吃矮丐手挥处，全吃猛力撞倒。有的并和刺客一样，闭气身死。内中也有几个知道厉害，胆又较小，未敢随众妄动的，却多半无事。对头直似神目如电，一击之下，竟能分别从违，有所取舍。这一来全都大震失魂，趴在地上，谁也不敢妄动了。

杨开泰本刚退向侧面，待要下去，见此情形，暗中正叫苦不迭。叶神翁却若无其事一般，手朝矮丐一指，说道："领去。"矮丐躬身领命，纵身下台。杨开泰知道事闹越大，再不见机，所受更要酷烈，只得跪退，到了台口翻身下去，先朝矮丐恭恭敬敬叩了几个头起立，手持名单，挨次点名呼唤。矮丐见所唤凶徒，有的忍忿强应，多半躺卧地上做声不得，所穿长衣早脱，明是本行富贵衣、百家袄，俱是极上等的绫罗绸缎，故意剪成各式条片，镶配而成，好些还组成各式花样，有的更连形式都无，衣饰奢华，富贵已极，直无一人像真叫花打扮，神情貌相尤为凶恶狠厉，虽然受伤倒地，十九竖目横眉，多一半是敢怒而不敢言之状。不禁长笑道："你们自看自身是怎样子？乖乖起来，走吧。"

只见那矮丐说罢，走近前去，伸手一拉或是用指一点，倒地的十九多是极恶穷凶之徒，起立还待倔强。杨开泰又恐生事，瞪目低声用隐语连声怒喝，才行勉强压止，一面躬身对矮丐，正要话说请行。矮丐连理也未理，径自朝前走去。杨开泰只得令众各将长衣穿着齐整，自己断后，一同往谷外走去。众人见先走的矮丐已先走出，没了踪影，谷口三蒙面人也不知何时离开。见诸、王、叶三人威力法令竟有如此严厉，俱都骇然，连先前心存别念的几个也都慑服，不敢妄动。花家一干佃工下人，只在村中居住的，尽是昔年徒党，知道利害轻重，休说张狂呼噪，竟无一人敢于逃走，均在原处静立观望。杨开泰领了手下凶徒一走，台上下复归静寂。剩下还有好些蔡党也全被镇住。中有十几个附和行刺暴动因而受伤的，也吃矮丐救转，见此情形，凶焰尽敛，状如未决之囚，守候台下。**几百人为十余人慑服，凛凛如待决之囚，亦可悲可叹。**

叶神翁等邪党群丐走后，忽向王鹿子道："道兄，你看今日这些孽畜竟敢犯上行凶，皆是承受非人之故。此时再不清理门户，以后更不知要造多大的孽！本意一律严处，姑念无知，又是为师复仇，罪虽不加，罚仍难免。我意欲除恶迹未著数人外，各一体令其自伏家法。道兄以为如何？"王鹿子道："这等处置虽是情真罪当，但是人数太多，轻重之间尚须斟酌。除首恶数人和行刺诸凶顽不容轻恕外，余者不妨恩施格外，予以自新之路。姑缓三年之罚，令往海南无人诸岛开垦田土，以便招养本门子孙。另订出规条法令，日后只是本门子孙，得有南北两宗支的信名引进，便可往投，分给田土农具，力耕而食，**"劳改"制度源头在此。一笑。**仍以每年所得十之一二交公存储，备供接济新来之用。这样使本门子孙多一投奔立足之所，岂不可以免去许多事端？如若此辈凶野难驯，不肯操作，不等三年期满，便正家法好了。"叶神翁道："好在海南诸岛已先有人在彼，今年听说土地肥沃，一年三熟，物产众多，根基日固，所订法条也颇严整。我意下必去往无人诸岛，这班凶孽稍不驯善，立可由岛主处死，无足为虑。倒是适才道兄未提此事，天台诸孽障已往西天目公地伏法，虽然不是全死，手足终须残废，还须着人前往宣示罢了。"说罢，随唤车卫即赶往西天目训示监刑："除杨开泰和恶迹最著的六人仍按原令施行，下余数十人一律加恩，宽免三年，即日由监刑押往雷州会堂投到，分送海南诸岛开垦三年，无罪始免刑诛，否则即由诸岛主照原刑加倍处死。"神乞车卫领命拜别下台，如飞走去。

叶神翁随唤蔡乌龟外约的广西、福建、两湖诸丐党上台，训诫了一番，分别轻重，各令就近驰往西天目公地，自供罪状，从宽领罚。最后才把蔡党一干凶徒中两个年长晓事的唤了上去，从容问道："尔等平日所行所为，谅已自知。如照家规，一人也难活命。现因北宗王祖师说情，姑从末减。可于三日内去往西天目，向监刑前人颜佩鲁，按照此上条款分别服罪之后，再去雷州会堂投到，自有人领尔等去往海南诸岛开垦。三年无过，归接妻、子同往过度，始除罪名，永安生业。稍有违逆，或是到了岛上不服岛主之命，犯了条规，二罪并发。那时不只本身必受严诛，妻、子也是难保，休怪我不慈悲。此次留在广东未随尔师同来的一干孽障，已另有人前往处置。内中只有一人不能赦免，余者各领家法，彩俸三百，会同蔡海金全家妇孺，也一律发往海南诸岛妥置。蔡、杨两家和尔等自置私财，一半捐入广、浙两省公地，救助贫苦和本门残废老弱，一半购买农具以及开垦人必需物件，分赐诸岛公用。我意已定，尔等没有说话吗？"

众凶徒盛气早馁，情知大势已去，稍微反抗，受祸愈发惨酷，俱都魄悸魂惊，心寒胆落。再听先走那监刑矮丐，竟是明末苏州五侠丐中颜佩韦之兄矮韦护铁鬼影颜佩鲁，乃昔年威震江南的丐中剑侠。**竟把"五人义"与丐帮连到一起，也算奇思妙想。**那么高的辈分威名，比王、叶二人还要矮上两辈，如何不怕？本来只盼能和杨党一样，发往海外开垦，保得一命已足，闻言正合心意，如何还敢不服？纷纷朝上叩头，谢祖爷大恩不迭。

叶神翁随将手持名单罪状掷向地上，为首两蔡党立即捧起，膝行倒退了几步，翻身下去，率领众同党，重向各位祖师前人谢恩拜别，起身鱼贯而出。旁观诸人见那多本领高强的凶恶徒众，先后吃叶神翁从容说了几句话，便尽敛凶锋，分别领罪，低首下心，相继退去。中间虽有几人拼命行凶，晃眼也自宁息，便是神仙降世，也无此尊严。只花四姑见机先逃，也未见有人往追擒。此是大恶元凶，不知如何处置？方自惊奇寻思，叶神翁忽唤身后侍立的丐仙门下诸弟子近前说道："吕道友虽然隐身乞丐，游戏江湖，当初原卖卜卖药为名，形迹本有异处。尔等虽是本门装束，有时故作乞讨，也与各地因穷与丐者相似，并无本门前人引进，不能算是真正门里出身。**乞丐也有专业与玩票的区别。呵呵。**近以南宗主者归隐，继起非人。吕道友见本门形势日非，败类纷出，不屑同流，方始另创一家宗派。其实不是本支，本不应以本门戒条处理，但双方异派同源，俱是道家支流。我三人与吕道友又有同道之契，谊属一家。因尔等同门人多，俱有本领，品类不齐，他已两次清理门户，不知戒慎、恃强横行的仍有人在，只不似花、蔡、杨诸孽障为恶之甚而已。现在本门子孙凶顽日众，造孽甚多，皆由于近两代宗主软弱无能，不能执法之故。为此我和王道兄二次出山，并拉诸道弟相助。此间事完之后，便准备在西崆峒开山，肃清丑类，重整家规。在未开山以前，除极恶穷凶、专命处罚者外，只能悔过自新，重则从轻发落，轻则宽其既往。尔等虽非本宗，照着双方崇善除恶之条，也是一体行诛，决不徇情宽纵。而本门子孙有罪恶者，吕道友也是一样加戮。务望转告诸同门，有则改之，无则加勉。并烦转告令师，崆峒之会务望到场便了。"

丐仙门下诸弟子，均知上坐三人与师父交厚，王、叶二老又是三光教创始之人，行辈极尊，法力剑术无不高强，如何敢有违言？俱都拜谢领命。叶神翁说完，又单向几个品端行正、素无过恶的分别奖勉了几句，才命退下。众人见他对于各人善恶行径宛如亲见，不知丐仙借叶神翁立法警诫，暗中嘱咐，不禁骇然。连素日骄横的三四人也都心中畏服，互相警惕起来。旁观诸人见事已完，女铁丐花四姑业已先逃，叶神翁一字未提，诸异丐和浙帮诸人似都在场，司空晓星等一干长老均早就客位，正和王鹿子隔座微语，俱是略谈近况，不及当日之事，始终不曾命人跟踪追擒。暗中细一查看，只金线阿泉一人，自取黑牌宣示众异丐入座，行完了礼，将牌呈还以后，便由神乞车卫代他站在台口，车卫走后，改由邢飞鼠在台口侍立，这时不见他人影。阿泉曾经上台对敌，本领虽还不弱，与花四姑较量，尚未必能是对手，何况单人前往，想要生擒回来伏诛，逃又多时，如已暗中派有能手，照对方的威势本领，去的人必能手到成功，理应早回。估量花四姑诡诈机智，本领又高，地理更熟，暂时还难擒到。**《封神演义》处决苏妲己，一定放到最后，一定要生波折，不如此即难免头重脚轻。这里同样，老花婆绝不可草草了事也。**可是中坐三老并无行意，若有所待，方各寻思。

忽听破空之声，一道银光急如流星，自云层中向中坐三老直射下来。旁观诸人见那飞剑来得突兀，剑光不长，却极强烈，寒辉耀目，冷气逼人，疑是敌人行刺三老。正惊顾间，王鹿子伸手一撮，那尺许长的剑光，已似银蛇一般撮向手内，晃眼变成明若霜雪的一口小剑，上面附有一个字条。王鹿子取下来看了看，侧顾诸平道："想不到老秃驴竟把昔年漏网诸孽一齐约去。陶道友看出敌势猖獗，如今双方斗法，胜败未分，知秦岭三老与蒲老均都好胜，恐又不能如意，暗中飞剑传书，请道兄和我二人先去呢。"诸平笑道："我闻老秃驴近来颇有一点门道，娄、蒲诸道友也实轻敌一些。现在陶道友既以飞书相召，好似事非容易，但适去诸位道友皆非弱者，如难成功，恐我三人前往，也未必尽如人意呢。"**再次递向起一波折，只为前面有些一面倒。**

王鹿子道："本来诸位道友也稍过一些，固然邪正不能并立，罪恶却有深有浅，哪能一时便想去尽？即以老秃驴而论，以前所行固多不义，近二三十年来已然大改前非。此次只是他生平好胜，恩怨过于分明，为了报复前仇，兴师动众，如何便不放他一条自新之路，必欲斩尽杀绝呢？陶道友老谋深算，机智绝伦，人又宽厚，此次飞书相召，决非势弱，也许别有用意，知道你我和老秃驴以前相识，想借道兄作调和人呢。"叶神翁作色道："自来除恶务尽！就算老秃驴稍知悔悟，门下弟子无一不是凶恶之辈，以他那么好胜护短，复仇之心又最切，平日睚眦必报，如不就此一网打尽，异日死灰复燃，什事都做得出，造孽就无穷了。"

诸平笑道："这且不论，反正得去一趟。叶道兄事尚未完，且待后去，我二人先走吧。"叶神翁道："花四贱婆已然擒到，因还有一个附逆犯上的元恶，不是本门子孙，见机先逃，路上遇一左道余孽与之会合，一娘、阿泉等五人几乎吃亏，被二逆漏网。适才接到密报，已命人前往擒拿。事出意外，去的五人又要亲身擒捉，手刃亲仇，故此耽延了些时候。此时必已事毕，一会儿便来复命。陶道友虽来书相促，只是看出艰难，并非真个不敌，晚去片时无妨，我三人仍就同行好了。"

正谈说间，忽见谷口涌进男女八人，当头一个正是金线阿泉，后面跟着女铁丐花四姑，一脚已断，手持铁拐拄地，代替一足，颠着走来。一娘、阿婷母女，另外两个少女、一个少年男子，挟着一个貌相凶恶的瘦长老头，一同走来。到了台前，阿泉押着花四姑，由台侧扶梯走上。

花四姑刚颠上了台口，便把手中铁拐放落，跪伏地上待命。虽受重伤，行动狼狈，似知无可挽回，已然心横，神色颇为从容，丝毫不现痛苦难禁之状。众人俱觉姜是老的辣，已在暗中赞许。金线阿泉已先走到中坐三老面前，躬身禀道："罪人花四姑因仗一妖道相助，竟敢抗命图逃。后值吴老前人赶去，除了妖道，将她追上，自知难逃，方始俯首就擒。现在左腿已折，跪伏左侧台口待命。请祖爷示下。"叶神翁闻言，两道疏长秀眉倏地往上一竖，怒喝道："这孽障腿被打折方始受擒，莫非抗命时还敢动手么！"

说时，二目便往花四姑身上扫去，神目如电，精瞳炯炯，光射数尺以外。花四姑正在用目向上偷觑中坐三老神色，目光一接，面上立现惊惧之容，颤声低语道："白老弟，你报仇原该，却不要说冤枉话呀。"

同时，阿泉闻言，也躬身答道："罪人倒还未敢如此忤逆，只是乘着妖道与一娘母女诸人抵敌时，乘机欲逃。一娘恐她漏网，不顾身后飞刀厉害，舍命追去，打了她一明月玦，将腿打折，就这样，仍然被她遁走。妖法猖獗，无力再追，一娘母女为飞刀所困，已在危急，幸得吴老前人飞降，才免于难。后来将她由一石崖缝中搜出，始终却未见她还手。"叶神翁冷笑道："我先闻报，还当她真有如此大胆呢，唤她过来！"当下一娘母女、另二女少年押护一老人，尚在台下守候。花四姑闻唤，立即拖着一条断腿，由地上膝行过去，往上叩了九个头，俯伏在地。叶神翁道："你本砀山一个贫女，瞎婆见你幼时长得灵秀，收为徒弟，归入本门。**这里轻描淡写交代花婆始末，其实完全是书空、虚造，直到十年后，才就此几十字，铺演出一大段故事，即《青门十四侠》。前面的简洁也是同样的情况。还珠楼主这种"开放式"编织故事的本领，少有人能及。这也是写作通俗小说的一个诀窍，随时可以向四面八方伸展，搞成系列性作品。梁羽生、金庸、古龙皆习用此道，但向前"甩出头绪"，形成开放性文本，而且讲得煞有介事，似乎还都比不上还珠楼主。**只为近年南北两支主持无人，瞎婆又被仇人所杀，以为无人再能制你，自恃师传本领，江湖行辈比你高者极少，于是夜郎自大，日益骄狂，凶贪任性，为所欲为。老来已然号称洗手，依然不舍旧日生涯，时出杀抢，横行至今。受你害的人不知多少！按你所行所为，本来百死不足蔽辜。现又有人告你忘恩背义，叛主犯上，用阴谋毒计残杀恩主、至交两家老幼四十三口，想将你要去，为父兄师长报仇雪恨，你可有什话说？"

花四姑虽然内外功俱到了上乘火候，一身惊人本领。无奈仇人卧薪尝胆，立誓复仇，隐居她近侧许多年，又有高人暗助指点，备知她的虚实底细，身上气穴要害、内功不能练到之处早已探悉，专为复仇，用十余年苦功练成暗器，一击之下，将腿打折。气功已破，流血过多，苦痛由于强忍，久便难支，加上一路颠顿，拖着断腿，膝行跪地，如何能以禁受？虽未出声，头上汗珠已似成串黄豆，满脸乱滚，闻言强挣扎着答道："孙儿自知罪重如山，不敢求祖爷开恩。仇人报复原是应该，也由他去。不过当初杀害恩主和白老英雄一层，虽是孙儿下手，一则恩主心生疑忌，因孙儿与对头交往，已然生疑，两次要将孙儿处死：不先下手，定难活命，事由受逼。事前三日，白老前辈又听信谗言，肆口辱骂，两下争执，因而动手。白老前辈年老力衰，一时不留神受了内伤；祸已闯大，不得不与外人勾结，连次发难。至于杀害两家老幼四十三口，均是对头意欲斩草除根，乘机下手，等到铸成大错，悔已无及。所以事完之后，从未再与对头来往，也从未再往川、赣两省去过。初意两家人俱死绝，事又作得隐秘好巧，不久老王又为对头所杀，连手下人等一个未留，即使有人得知，也莫可如何。只是负心之事，每一想到，心跳难安，一直多年。也曾访查当时漏脱的两家后人，终无下落，只说孤儿孤女俱在怀抱之中。

"白老前辈虽有一子，比较两家孤儿年长，因是晚年所生，也只九岁，又是从小多病，谁见了都说不能长大，到六岁上被野云长老要去抚养，能未遭难，也由于此。可是野云长老带走时，曾说此子是否能够抚养成人尚是难说，非到他满了十岁以后才能保得活命。偏巧白老前辈全家遭难那年，此子才得九岁，长老也在同年坐化，先后不满一月。对头得信，立命人往探查孤儿下落，意欲斩草除根。哪知此子已在长老坐化前二日身死，彼时因恐白老前辈伤心，故未通知。越认为后患已去，所可虑者，只有恩主朱晓亭之女，系被其姨娘湘江女侠柴素秋救走。此女非只一身好武功，人更机警深沉，练有独门暗器，事初起时并未在场，忽然赶到，乘乱中将孤女救走，必不能就此甘休。一混多年，始终是块心病。

"今日也是孙儿该遭报应，才一上场，便见随邢飞鼠入席答话的金线阿泉，与白老前辈当年貌相一般无二，只是身材稍微矮小。想起亏心的事，立时心惊肉跳。按说当时就该打主意，想是罪大孽重，冤鬼附身，一心以为请有不少精通飞剑法术的能人，就是仇人寻来也不足虑，多半还可就势去此多年心病，只管心动，还只往好处乱想。最该死是，诸位祖爷前人驾到，虽然多未拜见过，吴老宗主的异相，江湖上是有点年纪见识的人，差不多俱都知道，孙儿年轻时，并还随先恩师见过一面，竟未认出，就说台上客多，忙于接待和应付敌人，一时粗心大意，那么各位祖爷前人俱有品级袋随身，明是本门中最高辈分的老前人驾到，也会误认作是北宗支行辈高的老人才得信来作旁观，就此忽略过去。如非冤鬼附身，恶贯满盈，怎会如此糊涂？后来广帮的人上一场败一场，红云和尚放出飞剑，被中坐祖爷制住，停在空中，又与西台诸位老前辈答话，方始警觉害怕。偏是骑虎难下，只知凶多吉少，心乱如麻，暗中密令过继孽子苗秀，准备事败时打算，直到见了传道神牌，才自省悟。

"这时仍未想到会将各位祖爷、宗主前人惊动来了，悔恨自己无及，当时逃走，并非贪生抗命求活。只为过继孽子苗氏弟兄三人，照着孙儿所犯的罪，原应一齐处死。但他弟兄三人虽是孙儿外甥，实是先恩师瞎红线的骨血，而收容他们时，孙儿已将年老，因开读先恩师的遗书，才知此事。自知以前所行所为，罪大恶极，为恐老死以后给他三人留祸，先恩师遗书上也有'严加管束，不许在江湖上走动，务为良善'的话，因此管束甚严，每犯旧恶，从不令其随行。虽以三子苗秀年幼，稍微袒护，未犯大恶。孽子三人，务望各位祖爷前人看在先恩师的情面，免其一死，感恩不尽。至于这里下人佃工，多是孙儿旧时徒众，自随孙儿洗手归隐以来，各分了些田产度日。只孙儿该死，每隔一半年仍出外一两次，他们从未再作旧日营生。适才逃时，自知无幸，已在后面密令苗成，暗中传知众人不许喧哗妄动，静听祖爷吩咐了。"

叶神翁道："你平日惯做独脚强盗，杀人劫财，心狠手辣，无所不至，犯我家规，不必说了。最可恨是你手弑恩主，杀害朱、白两家眷口之事，直是天人共愤！朱、白二人当时如不遇害，小王何致遽遭仇人暗算、业败人亡？推原祸始，你也是个罪魁元恶之一。本应将你以前施之于人者还施于你，无如你虽万恶至死，不足蔽辜，孤身一人，并无丈夫子女，虽有承继孽子，一则不是亲生，即以姑侄而论，也只远房堂侄，不是亲支，在本门法条，只本身无大罪恶，原不同科；二则你那亡师瞎婆子，虽以不纳忠言，收下你这孽徒，遗留下后来大患，造孽无穷，但她生平除刚愎自用是其所短外，颇多善行，又是本门有功之人。苗氏三子既是她的私生遗孽，又是经她遗命你始物色收养，也应推情予以末减。此事你便不陈情求告，也有安排。只他三人以后能自安分，勉为安善良民，即可不致陷于刑诛。你这巨万家财，十九由于抢劫而来，现以十分之一留与苗氏三子，余数一齐充归公地会堂，以供海外之用。你那手下徒党，既已洗手归农，不咎既往，准其仍旧，只不许向外泄露今日之事便了。至于你本身处置，照理本门子孙犯罪，向由南北两支宗主施罚，不容外人参与。但你所犯罪恶太大，死者又与本门渊源甚深，事由招纳本门子孙而起，如不令其子孙手刃亲仇，死者九泉之下未必瞑目。为此破例，将你交付朱、白两家子女设灵报仇，仍在西天目公地行刑，以资炯戒！话已说完，可代晓谕你那些徒党人众，依言行事去吧。"

花四姑叩完九个头，膝行往侧面倒退才十来步，人已不支。王鹿子见她势将晕倒哭道："人生数十寒暑，何苦作孽，闹得这等结果？"随向叶神翁道："我就要往黄山，老婢虽然罪重，但是这次清理门户受刑人多，现离她的刑期还有二日。一则身受重伤，恐未必能挨到日期；二则她已自知孽重难逃，不自先死，甘以一身还报，为死者泄冤。何妨法外施仁，准她这两日在家中居住，就便随同监刑人交代田产，安排后事，到日再令自往伏诛便了。"

叶神翁笑答道："道兄终是心慈，便宜她许多活罪留到那日一齐受用。也好，解铃仍是系铃人，待我问过苦主了来。"随唤道："柴贤侄女请上来答话。"一娘母女本与同伴押着所擒髯贼立候台下，闻唤立由前面飞身而上，近前含泪跪倒，说道："多谢诸真人和二位师伯为死者泄冤。"叶神翁唤起说道："昔年我二人二次下山，与令师在鄱阳湖相遇时，便知令姊夫虽然志大心高，但愤气量稍狭，恐难成事。并且先朝历数已终，决非人力所能挽回。当时不便阻他忠义之心，偏生令师又向喜以人胜天，只以微言劝勉，未怎深说。我二人事完便即回山，尘世上未甚勾留，心中只盼他到时见不可为，急流勇退，免致由他和小王身上又引起一场大劫。即或未发难而事已先败，落个杀身成仁，英名千古，也是佳事。想不到羽翼将成，毫未发动，便无端败于婢妾之手，真个不值。事已过去，运数使然，不必说了。现在贱婢孽满伏诛，并特破例交贤侄女与阿泉行刑祭灵。但她为你所伤甚重，王师伯意欲法外施仁，宽其二日苦孽，使其到日一同身受。阿泉已是本门子孙，无须问得。贤侄女终算外人，已允将犯人交你，自须问过，你意如何？还有贱婢已得瞎婆真传，决非暗器所能伤害，就算你识得她气功不到之处，练就专为对她的东西，也不致将腿打折，如此重法，莫非是令师遗留的异宝么？"

一娘随由身畔取出一物呈上，说道："师伯之言，如何敢违？先姊夫妻遭难时，先师已然圆寂，随身法宝俱被大师兄得去。此宝乃十年前夜间背人练习暗器时，遇一瘦长神僧所传，名称用法，俱和旧用暗器明月玦大略相似，只打中敌人时另有妙用，发的人并可使其由心轻重。师伯一看就知道了。"

叶神翁接过，便微讶道："此必是木尊者所传，你以后可曾再见到他么？"一娘答道："初传授时，每隔十日必来指点，并示未来机宜。半年后忽然他去，仅前年见了一次。前夜忽又降临，言说恶人孽满，不日可以报仇，并说现住西湖灵隐等语。"

诸、王、叶三人闻言，面上俱有惊喜之色。当二人问答之时，王鹿子早取了一丸丹药掷向花四姑面前，并朝身后侍立诸丐说了两句。立有一人上前取水，将丹药与花四姑服了，仍令伏地待命。一娘等叶、王、诸三人传观完了暗器，又递与近侧的司空晓星看过发还，接到手里，正要开口，叶神翁已先说道："灵丹只能保命，木尊者的暗器，非本主人不能解呢。"一娘道："侄女遵命，只等师伯吩咐完毕，便去收回呢。"说罢，从容走向花四姑面前，将手中明月玦，对准伤口略微摇晃，立有好些细如牛毛的银丝飞将出来，朝缺口处飞进，一闪不见。

一娘愤愤道："贼婆你也有今日！如非二位师伯之命，且教你够受用呢！实对你说，我和两家子女为报此仇，卧薪尝胆一二十年，便在你左近居住，查探虚实也有多年，什事都曾细密想到。本心至少也要教你活受一年半年才行祭灵，事一发动，你那身侧便有人监看，此时你连想寻死都不能够。现在总算便宜你只有半日罪孽，乖乖安分听命，如若妄想奸谋，违背祖师法令，我便可以请求尽情处置。那时多受好些日活罪，还累你孽子亲属徒党一齐受害，却休怪我不先明言。"花四姑哭道："我也不怕你恐吓要挟。自来一报还一报，我自然遵从祖爷恩命，舍此一身，到日由你摆布。虽然犯了我门中罪孽，决不会被外人看短，**颇有气概。花四姑的形象写得不错，恶行多多，但不无豪情气魄。**只管放心吧。"

正说之间，王鹿子朝晓星等举手说道："这里的事已算草草就绪，有些未完的，自有人监同罪人料理，不至于再闹大惊动官府，传扬出去骇人听闻了。适才陶道友飞书相召，不容不往。只是老秃驴多年蓄谋，忽然大举寻仇，有秦岭三老与陶、蒲、马、李诸道友在场，固不会败于这班妖邪之手，但也未可轻视。留着他们也是后患，能就这次一网打尽才好。不过诸位道友如不能一举成功，我三人前往也是无什大用。难得木尊者又复出世。**又凭空生出一人，多一头绪。木尊者的故事也是九年后接续补出来，为《侠丐木尊者》。**此老性情孤高，别人恐请他不动。久闻道兄与他患难深交，如能将他约往黄山一行，岂非绝妙？"

司空晓星答道："木尊者行踪飘倏，自来神龙见首，不可端倪，如非自愿的事，谁也强他不得。我和他武当山一别，已十五年不曾再见。这次既然出山，又在暗中照顾这两家孤臣孽子，此间的事料早深悉始末。我与此老至交多年，性行素所知悉，照他行径，决非无意。适才便想，日内我不寻他，他也必定寻我。只是黄山事在紧急，天外孤鸿，无地踪迹，见虽必见，时有早晚，能否当时寻到，却拿不定呢。"

这时花四姑自从服了王鹿子所赐灵药，又由一娘将伤口以内的芒刺吸收回去，痛楚大减，和一娘低声对答了几句，重又拖着半条断腿膝行过来，跪伏在诸、王、叶三老面前叩首谢恩。叶神翁正向她发令，命传众人走后，将所约请的外客以礼送行。即日晓谕全体徒党，分别告诫，以后勉为善良，免遭诛戮，务要以己为鉴，并就这两日恩假，将后事分别安排就绪。到第三日早起，随了监刑前人和朱、白两家后人，去往西天目公地领刑等语。

一娘也早回到席前，待立在侧，听晓星说起木尊者难于寻到，插口答道："二位师伯不必多虑。木尊者就住在离此不远的南峰后面破庙之中，刚回去不久，一找便到。"

晓星大喜问故，一娘答道："弟子先只以为是位有道高人剑侠，并不知他便是昔年名震川、湘的前辈剑仙木尊者。屡次叩问他的法号，只答时至即晓，终未明言。今日追截仇人，忽遇妖道作梗，当吴老先生未来以前，情势甚是危急。弟子因是急于报仇，仗着阿婷两年前随弟子偷偷回籍扫墓哭奠，无意中遇见昔年遇难时逃脱的小婢明燕，说家姊被困自刭时，曾将所持宝剑随手奋力掷向后山。那口宝剑原是神物，光芒甚强，明燕身未受伤，逃遁较快，藏伏之处正在后山对面孤峰之上，看得逼真。曾见剑光如虹，飞得又急又远，投入后崖绝涧以内，仇敌竟未觉察搜寻。事过之后，每值阴天暗夜，涧中便有光华闪耀。后崖本就幽僻，落剑之处，削壁直拔二三百丈，下临涧壑，其深无际。对面涧岸虽然不高，但是只有临涧极窄一段，余者都是乱峰危崖，石笋如林，丛莽怒生，亘古人迹不到，简直无路可通，只干看着，不能飞越过去。

明燕本是近山人家之女，家中尚有亲族，一直寄居在母舅家中，不曾离开。思念故主恩深，每年春秋必要烧纸哭奠。虽知此剑下落，一则无此本领入洞觅取；二则仇人党羽甚众，时至山中访查有无人来上坟，以前每值清明忌日，均在家设祭，不敢往坟上去。近年胆子渐大，家姊坟侧又添了好些外人坟垒，可以推托，她又在当地置田落户，方始敢往。就这样，仍不敢明目张胆，每次前往，多是背人，在相隔家姊坟前五六丈处所设土堆面前，望坟遥祭，以防仇敌走来撞上。此剑精光外映，好些灵异，如取到手，容易引人觊觎生事，转不如听其沉埋洞底比较稳妥。一晃十多年，居然无人得知。也曾两次寻访小主人和弟子存亡下落，终无影迹。忽然巧遇，自是惊喜非常，当时引去，仍费了二日夜心力，才自洞中取出。回来先由弟子教阿婷剑法，末了又经木尊者指点，虽未到出手应敌的功候，似妖道那等飞剑，还能勉强应付。弟子一面命阿婷奋力仗剑，拼命将妖道绊住，自去追赶仇人，已然用木尊者所赠明月玦，将她一腿打折；因妖道舍了阿婷，赶来一挡，仍被她负伤遁脱，等吴老先生赶到将妖道杀死，人已无踪。正在分头追索，木尊者忽然现身，说仇人已被禁闭在前面崖洞以内，并说他此时便回南峰破庙，到了北山会场，如有人问他住处，不妨告知等语。弟子等如言寻往，果将贼婆由崖洞中擒住。适才复命匆匆，不及详说。照此情形，分明木尊者知道师伯在此，听弟子一说，必要前往寻他，所以那等说法，既然有心相见，必还在彼，等师伯一去，定能见到了。"

晓星闻言，笑对诸、王、叶三老说道："此老明知我辈在此，不来相见，却令我去南高峰后寻他，必有原因。三位道兄不妨先行一步，此老既已出头，我只见到，必把他约往黄山与诸位道友相见便了。"王鹿子道："此老脾气古怪，道兄还以早去为是。"晓星道："我和他一别多年，以前并有后约，尚须料理，屈指约期将近，此来便许寻我践约，断不至于又作鸿飞，一面未晤，遽然远行。道兄只管放心，我和他今晚必同赶到黄山。本来此时便可起身，与三位道兄先后脚到，只为黄成老贼被擒落网，党羽甚众，偏巧朱、白两家子女，又要等候花四贼婆一同祭灵。中隔二三日，在场人多，与老逆贼通段殷勤的，料也不在少数。我们行事光明正大，不加掩蔽，日内必被知悉。只管他鞭长莫及，未必敢轻犯三位道兄威严，但是老逆狂妄多年，近年无人睬他，益发夜郎自大，又恃着两个妖僧妖道，无所不为，就许出点花样，也须稍微布置呢。"

旁坐祝三立诸人闻言，方觉花、蔡二人党羽多半在场，旁观未去，晓星怎如此说法？忽听王鹿子笑答道："道兄可知我们大师兄也来了么？**再次"甩出"两个头绪：大师兄与黄成，既显得整个故事烟波无际，又留下日后写作的"荏口"宁可备而不用。**人不犯我，我不犯人。此行专为清理门户。黄山之行，乃陶道友多年未晤，就便往访。加以诸道兄与老秃驴尚有一段因果了断。事情又由今日北山讲理而起，老秃驴往黄山叫阵，我三人不能置身事外，故尔必须前往。门外的事我们不问，如有人寻到我们头上，虽然黄成并非本门子孙，我们为了情法两尽，并顾家法尊严，特许朱、白两家子女借用公地祭灵，黄成始得苟延三日活命，否则此时早已杀以报仇，何致有什差池？祭灵以前如有人作梗，便是寻我四人为敌，以尔戈来，以我矛往，来者俱以敌人相视，任是何等人物，说不得只好多留尘世些日，与他分个存亡高下，不到河干鱼尽不会罢手了。"

众人闻言，方始领会晓星取瑟而歌的用意。旁观花、蔡两党中人闻言，俱觉三老已是万分难惹，何况还有一位极厉害的人物暗中主持，尚未出面。就把多有力的能手约请到此，也无法挽救花四姑的性命，并还与这几位煞星结下仇怨，救人不成，徒惹杀身之祸，不禁相顾骇然。晓星又道："既然如此，我略微交派他们，即时往南高峰去便了。"

诸、王、叶三人随即起立，向晓星、三立等三四人把手一举，道声："黄山再见。"诸平为首，把手一挥，满台光华乱闪，人便无踪，微闻破空之声，瞬息即杳。敌我双方的丐党后辈纷纷礼拜，恭送不迭。

随三老同来诸异丐，除奉命已去者外，尚剩两人。花四姑知是留来处分彼事并作监刑的，先向二人叩问了两句，随后向两旁同党举手凄然道："老妇犯了家规大法，理合受死。只是事前无知，有劳南北各省诸位老少英雄来此助我。不料罪深孽重，竟将本门三位祖师与诸老前人惊动到此，以致接待不周，未能终局，皆是老妇昏聩糊涂、不明利害善恶之过，诸位现已耳闻目睹。幸蒙祖师恩准，顾全友谊，命按客礼相送，诸位行李俱在舍下，适已命人前往取来，并略备微仪奉赠，请诸位好友、各路英雄笑纳，多多原谅老乞婆不得已的苦衷。盛意隆情，来生再为补报，不必说了。只是一节，今日之事，诸位不是本门中人，想多不知道本门法令严厉，今当生离死别。我知诸位多是血性男子、侠义英雄，有几句紧要的话不能不说，以免激于义愤，日内闹出事来，误人误己。老乞婆以前虽有乞丐之名，实是白云教下嫡系子孙，**又出一"白云教"，同样煞有介事**。其只在初拜先师门下时行乞了两年零三个月，乃是家规如此。休说寻常乞丐，便丐仙吕瑄也非本门中人。因本门祖师仙去，传与适才先走的王、叶二位祖师以后，不久也同入山修道，将南北分成两个宗支，传与各代老前人，继为宗主。数十年前，南支宗主又复入山，继位前人，御下宽容。同辈中有几位老前人，如先师和蔡海金的先师诸位，虽然收下传衣钵的弟子，并未按照家规行事。后人于是逐渐放肆，忘了本来。因是年数已久，只管川、湘、广、浙的大帮首均是嫡系子孙，全都忘本，横行为恶，以致今日二位祖师和一位同道祖师出山重整家规。别的机密，老乞婆也不敢妄自对人泄露，总之，本门法令如山，二位祖师已是神仙一流，徒子徒孙遍于天下，本门的事更不许外人过问。老乞婆自身恶贯满盈，该当受罪，百死不怨。诸位此去千万不可顾我，设法营救，也不可向人传说，或是另约能人解救。诸位须知，今日安然无事，尚是二位祖师格外恩宽，否则也是共难。如不听话，休说分手以后有什举动，语言稍微失检，就许有什不测之忧。只西天目公地行刑时略微生事，不特出手的人决无幸免，连老乞婆和这三个过继孽子、一些亲属旧人，也必连带受害无疑。稍可方便，老乞婆明知以前行为过于阴毒，现在落在仇家子孙手内，所受刑辱，不定如何惨痛！就说不能逃免，预先寻死，不过略一举手便可了账。谁不愿意保全名望求生？如何求生不得，连求速死少受一点罪孽俱所不能？惟有俯首听命，到日自往公地，听凭仇人割宰作践，不敢丝毫违逆。是否厉害，就可想而知了。先走的人尚有不少，也望将此言转告。前途保重，恕不远送了。"

这时，一干有本领而与主人无什深交的，自从把守谷口的三蒙面客一撤，俱觉久留无味，略待了一会儿，便相继溜走。东台蔡党，除洛阳三杰等少数人先走，到了谷口，吃三蒙面客一拦，双方刚要动手，神乞车卫便奉命赶来，劝阻放行，余人有的先走，有的混上主台还欲相机行事，继见情势愈非，也各暗中悲哭溜去。所留的，只是几个和主人交亲至近和一些本领中常之辈，这类江湖上人多讲义气过节，一见对头太强，主人身膺惨戮，临了，本人还说出这一套话来，知道此事已无可挽救，空有血气之勇，爱莫能助，如何腆颜再取人的程仪？主人又交代在前：台上尚有不少强敌，连句错话都不能说。有心交代几句场面话都有顾忌，只得负愧强忍，各自说道："既是贵教家法，我等外人如何敢于参与？请自放心，一切遵命，程仪厚意却不便领。爱莫能助。主人想还有事，就此告辞吧。"

花四姑知众人决不好意思收礼，也不再勉强，只把手一拱，送客起身。行李俱在台下，各系名牌为记，与程仪放在一起。众人有的还取了行李才走，有那气性大、交情深的，连行李都没有要，下台以后，把牙一咬便自走去。

另一面，晓星暗中派了数人监防老贼黄成，就在花家囚禁，另外密令祝三立暗中防范。布置停当，自带黑摩勒、江明、童兴、蒲青、蒲红五人先走，邢飞鼠也陪了自己人同行回船请宴。极大一场群殴惨斗，就此结束。

众人去后，花四姑先向自己徒党从容晓谕一番，并把监刑老丐和押送黄成的卞莫邪诸人请入后园，盛筵相款，直如没事人一般。席散，天已半夜，才自回房，和苗氏弟兄相抱痛哭一场，安排后事，准备到日去往西天目公地领刑不提。

第二十一回　明月照禅关　千尺高林腾蛇影
　　　　　　遥空驰雪羽　一声长啸落胎仙

　　且说司空晓星带了黑摩勒、江明、童兴、蒲青、蒲红等五人往南高峰后去，走到路上，晓星笑问："你们可知我带你五人同行的心意么？"黑摩勒道："以前我听先恩师说，木尊者性情孤僻，独对小孩怜爱，弟子等五人年都不大，也许得他老人家一点指教，师叔可是此意？"晓星道："你料得倒差不多。木尊者本是个有至性的豪杰，生平连我共只四五个知己之交。他那性情孤僻，落落寡合，原是有激而然，并非本来面目。未出家前，也曾致身富贵，负有盛名。只为一桩大拂逆的事，又值先朝历数将终，人力难挽天心，举目尽是令人愤慨之事，由此看破世情，出家修道。他说：'天下滔滔，俱是此辈。除了幼童婴儿、入世不深的，十九丧心病狂之辈。'所以自来便爱婴童。现虽成了剑仙神僧一流，早年愤世嫉俗、孤高好胜的积习依然尚在。他那高的法力剑术，暂时未证上乘功果，一半为了一桩旧约未践，一半便由于此。他岩居野处，宛如孤云自飞，向无定所。每到一处清修三数年，必要出来混迹人间，管些闲事，修积一些善功。我与他别已多年，人虽未见，所行的事却多知晓，去年我在鸳湖遇一旧友，说他在大庾岭神龙涧壁中间，发现唐初地仙陶寒沫修道的洞府，内洞遗蜕前面有一部《古大南经》、一个锦囊，中有遗柬，上写木尊者原是他的同道至友，兵解以前，曾将平生所炼法宝二十六件交他代为保存，以备转劫取用。不料木尊者再世误入旁门，昧了夙因，未得来取，而他本人又值闭洞虔修仙业，不能下山，直到道成尸解前数日，想起故友之托，静参未来因果，才算出木尊者虽然误入迷途，夙世根基极厚，将来仍有反本还原之日。由此起历劫多生，要到明末方始入道，到了时候仍要寻上门来，只是人已改投佛家，不在三清教下。为此算明年时，留此一束，将藏宝之处以及取法详为注明，末后并劝木尊者，说他为应故人之托，虽将原璧归赵，但还二十六件法宝，十九是初学道人防身御敌之物，以木尊者此时法力，已用不着，最好分赠后辈修道之士等语。木尊者照束上所说寻到法宝，再用法力将洞府重行封闭以后，不时访查有根行的后辈，如言分赠，大约现在还存有一半多带在身旁。你们小弟兄五人，多是中人以上的根骨禀赋，年纪又轻，此老见了必定期爱，所以我想带去试试，就便随往黄山见识一回，岂不是好？"

黑摩勒道："那自然好。只是葛老师原定携带弟子回去练那内功，现在又拜了秦岭娄老师，葛老师脾气已未必喜欢，适才他和老刺猬离开擂台去往无人之处交手，弟子不曾往看，不知胜负，此时去往北峰还可赶回，如往黄山，不告而去，定要不快。还有老刺猬性情古怪，人却正直侠气，弟子昨晚今朝虽然连用反间之计，并苦劝他休为贼婆效死。他连日又见贼婆尊敬一伙妖人，对他冷淡，有点灰心。到底他和贼婆多年至交，人又好强尚义，是否固执成见还不一定。此老休说师叔想保全他，便弟子也不愿他死。葛师父心狠手辣，两下都是不肯容情，久不见二人回来，必在苦斗。此老不如葛师父灵巧，必为所败。北峰离此不远，弟子很想先去看看，就便和葛师父说去黄山的事，再赶往南峰去寻师叔、拜见木尊者如何？"

晓星道："你说晚了。我们不愿杀死查洪，一半固为了他素少罪恶，人有可取之处，最主要的还是看在他侄儿的分上，详情此时无暇细说，此事已早安排。你那葛师本心也不想伤他，故此将他引走，就为的是将他绊住，免得目睹老乞婆遭报应劫，勾动旧情发疯。他二人本领差不多，只老葛诡计多端，占了一分胜算，为保全双方体面，已另有人解围，此时已然赶往。老查气盛，易受激将，就不为你良言所动，也必中计，决不至于当时舍命。尤其回去以后，老乞婆自知孽重难免，定守本门规矩，见他必有一番解劝，除托以后事，并请照顾孽子外，也决不容他舍身报友。你这存心，设想颇好，前往查看一回，就便告知老葛，随我同往黄山原可，只是木尊者虽在等我，他那性情，说走就走。此行为想领教，得他一件宝物，黄山诸友又在催行，你去晚了，人如已走，莫要后悔。"黑摩勒笑道："既已拜师，便不能背，物各有主，莫非数定，弟子后悔作什？"**豪情胜概，不愧黑摩勒盛名**。晓星不禁暗赞，笑道："既能如此，你就走吧。见了葛师，如还在打，无须再管老查，话说完了就来。我算计黄山之事不是一二日可了，南峰如我和木尊者不在，以你脚程，顺山路赶去，明日当可到达，不妨随后赶去便了。"

黑摩勒闻言应诺，刚要转身，江明、童兴同声说道："我陪你一路，同去同回，要有好处，全有；要没有，全没有。"晓星也不拦阻。**好，义气**。这一来，蒲氏弟兄也要同往。晓星却道："何必都走？与其这样，还不如连我也去呢。"蒲氏弟兄只得罢了。葛、查二人拼斗之处，原在谷口外西崖幽僻之地，相隔会场颇远，事前早有预计，当地恰是去南峰与西崖的三岔口上。西崖较远，约当南峰的二倍。众人原是边说边走。黑摩勒劝阻江、童二人不听，随向晓星、二蒲分手，飞步往西崖赶去。

三人脚程本极迅速，一会儿便可到达。满拟往返数十里山路，只见葛鹰，说几句话便走，不会多耽延时刻。晓星和木尊者久别重逢，必要叙阔谈说。晓星为候三人同行，也必请其稍待，回去决可赶上。哪知到了西崖一看，静悄悄的，查、葛二人全都不在崖壁和山石地上，却留下好几处残破之迹和脚印，山石已被内功劲力踏碎，石如粉沙，深达尺许，另外还有比试武功强弱的遗痕两处。知道葛鹰为了羁绊查洪，迟延时候，上来不动手，先用文比，各试功力，末了再行对敌，双方恶斗必甚剧烈。此时不在，想已经人解劝，各自走开。依了江明，葛鹰不回邢飞鼠船上，必回白雁峰，不会回转花家。两处相隔均远，不如且到南峰见了晓星、木尊者，再作计较。黑摩勒人虽好胜，疾恶手狠，性情极厚，自受查洪垂青，化敌为友，无形中便成了忘年之交，既担心他的生死安危，又想黄山之行，往返须时。葛师曾令事完相随同行，不应不告而去，**果然厚道**。意欲先回花家看过查洪，问明师父去处，再往寻找。反正赶不上晓星，索性放从容些。寻到查、葛二人以后，如不就便，连南峰均无须去，径往黄山相见也是一样。江明本心是想早回见师，随木尊者、晓星同行要快得多，不为贪得宝物，见黑摩勒执意先寻查、葛二人，未便力阻，只得罢了。童兴一惟黑摩勒之言是从，更无话说。于是三人重返花家，刚到中途，便遇见金线阿泉，言说受了祝三立之托，去往一娘故居掘取埋藏的遗像，以备后日西天目祭灵之用。及问查洪，并未回转花家。适才却有一位姓于的老前辈来与一娘母女相见。去后，一娘说："查、葛二人到了西崖无人之处，先用各种内外功夫互相文比。二人功力原本不相上下，只是葛老前辈智计甚多，自然取巧，占了一点上风。末后二人动手，葛老前辈边打边说这里的事，自己如何用计将他们调开，又说花四贼婆如何可恶，此举乃司空老人与诸长老之意，志在保全，不令玉石俱焚。老查始而大怒，有心赶回，无如有约在先，不分胜败脱身不得，双方打得甚是激烈。后来不知说了几句什么话，搔着老查的短处，心已感动，气仍不输，一口咬定花家之事不问管与不管，均非取了葛老前辈的命不可。直到于老前辈赶到，和葛老前辈暗用圈套，才使老查消了气，结局并且打成相交。于老前辈便告以这里事完，诸位祖师前人驾到，当众清理门户，贼婆贼党分别遭了恶报。老查毕竟年老有识见，深知本门法令森严，就有多大的本领也救她不了，并且贼婆本人也决不敢受人的助，料无挽救，回来见了，想起旧情徒自难受，经于、葛二位一劝，叹了口气，便随葛老前辈一同走了。行时托带口信，说他日内要往兰溪寻人，有点小事，此时寻他不着，令黑摩勒十日后再往白雁峰寻他，一同起身回去。"

黑摩勒闻言大喜，笑对童、江二人道："幸而来此一行，否则江船上寻他不到，还须往白雁峰去。如今少去好些冤枉路，共总耽延不多时候，司空师叔、木尊者多半还在南峰等我们未走，也许还赶得上呢。"说罢，匆匆别了阿泉等，一同加急往南峰赶去。及至寻到那座破庙一看，晓星、木尊者和蒲氏弟兄已然不在。庙墙上留有字迹，大意是说：晓星刚到庙前，便接王鹿子的飞剑传书，说是行抵黄山，还未到达地头，便见始信峰上烟光弥漫，文笔峰顶妖云邪雾浓晕更甚。看出敌势猖獗，内中添了能手。因知秦岭三老性情，素不喜向人求助，为此在未晤面以前飞书驰告，谓晓星务必约了木尊者一同前往。一面木尊者早已料到此事，只为等候晓星到来同行，故未起身。令黑、江、童三人看罢将字刮去，往否任便。如欲前往，到了黄山，不可直赴峰后，速去天池洞，那里有一洞穴可通始信峰洞内，江明知道。当令守山灵猿在彼守候，以灵符接引，去至峰顶。黑摩勒新得宝剑乃是神物至宝，易启外人觊觎，虽精武功，又拜名师，得了高明人的传授指点，尚未如法精习，仅能按照寻常刀剑使用，遇上会邪法飞剑的妖人便非其敌，尤须格外留意，免致失落。再夺回来便费手脚。

　　黑、江、童三人看完大意，知道来晚了一步，黄山正邪双方斗法斗剑必在热闹头上。少年喜事，这等火炽场面，既可拜识许多有名人物，又开眼界，增长学识。平日寻都寻不到，难得遇上，自然心急赶往，匆匆略微计议途径，将墙上字迹铲去，立由当地起身。因从花家走出之前，曾和卞莫邪约定，第三日在西天目公地相见，并看朱、白两家子女报仇，设位祭灵。后被晓星匆匆引走，未得再谈此事，适才回去又未遇着。二人虽是初交，甚为投契，断定此去黄山，三日之内决赶不回，想另订一日后相见时地。好在绕路无多，意欲顺道绕往江船，托邢飞鼠与卞莫邪代为致意，并告后约。于是三人先往金华江边，和邢飞鼠说了前事，然后改走山路，往黄山进发。

　　三人脚程俱快，加以心急前进，不肯在路上歇息，一口气便走了二三百里的路程。正在各试轻身功夫加急前行之际，童兴忽然失声道："我们只顾赶路，也忘了备办食粮。这条路我虽没走过，听师父师叔们说，一出浙江省境，再走不远，走入兵书峡山境，前行尽是山僻险阻之区，连个樵径都没有。住是无妨，我们哪里找吃的去呢？现在天又快要黑了，黑哥哥还不快想法子！"

黑摩勒笑道："就你一人怕饿。凭我们，一天半日不进饮食，有什相干？山里头可吃的东西不有的是么？你肚皮饿了，随时随地和我一说，包你找到，决饿不了你就是。"江明笑道："兴弟不比我们从小在山中长大，吃惯山粮，真到没有时，连草根树叶都可充饥。你没听说，凌、彭、康三侠俱都海量，讲究饮食么？兴弟从小虽随师父隐居山中小庙，但是地邻闽、浙驿路要道，什么好吃的都买得到，向来没过清苦日子。见前途无处觅食，怎不动念呢？"童兴笑道："我不过想起师父师叔的话，随便一提，下文还没说哩，两位哥哥说得我这等糟法！"江明答道："这也不算说你不好。你年纪本来还小，门道修为不同。我们日后还要练习辟谷，永绝烟火呢。怎能一概而论？"黑摩勒也道："此言有理，兴弟还有什话未说？"

童兴道："记得师父那日和我说，因和一好友同游黄山，在文殊院遇雨，住了三日，候到天晴，才遂了游愿。原定由汤口正路出山，还想绕往南京、扬州两处访友。本来无什急事，没打算抄这条近路。偶由接引松畔走过，见有两个道士在左近大石上闲谈，无意中说到兵书峡幽谷之中，不知从何处来一怪蟒和一独脚虎面、半禽半兽的怪物，每日守定一株大树，无早无夜恶斗不休。师父过去一盘问，觉那怪兽颇似十年前北天山穿云顶狄师爷爷所养金眼神狒大金和爪下之负伤遁逃的奇兽香都。

"这东西和山魈情景好些相似，灵巧异常，力大无穷。生就一只独腿和八趾利爪，虎面人头，额有四眼，通体绿毛如黛，其硬如针，颜色甚是鲜明。两片强硬如铁的双翼紧护宽肩，翼下暗藏两掌，指爪又长又坚锐，能握兵器应敌，长却不及二尺，爪舒开来有蒲扇般大小，厉害已极。此怪最喜闻香和抓吃蛇蟒毒虫的脑子，《山海经》的路数。肚脐甚深，可容升许，内藏异香。母的还孕有香珠，比麝香还要馨烈十倍。那香珠更是无价奇珍，修道人如得了去，能有极大妙用。每当月白风清之夜，它便将香珠徐徐放出，只那肚脐眼微开合间，百里以内立成香园。可是山中花草最忌此香味，无论多繁茂的花草，经它放香一两次，便会枯死。性情极暴，但除蛇蟒毒虫外；如不触犯它忌怒，并不一定好杀生物。只那脐眼爱护如命。遇上时，不朝它肚脐眼看，侧脸避开，便可躲过。否则无论是人是兽，不知此忌，休说对此注目，便无心中看上一眼，或是已然看到，觉出不妙，不自镇静，故作未见，把目光转向别处，从容往侧闪走，以求万一得活之路，此怪定然不容。它虽是独脚，一跃二三十丈，远近由心，又准又急，目力更强，到了情急暴怒，与敌拼命时节，先是那轻不使用的双翼微微张开，用两爪抓石向敌猛击，石发如雨。这个已无异于百发百中，再追不上或击而未中，两片阔翼立即全展开来，连纵带飞扑，疾逾飞鸟，不把仇敌抓死不止，对方简直万无活路了。大金那么厉害的通灵神兽，因遇上时，二金和师爷爷师叔们未在，只有一位小师叔在侧。居然被它逃走。事后师爷爷知道，因未得生擒，甚是可惜。召集门人，把北天山方圆千百里地面全都搜到，也未寻着。这东西的猛恶机智，可想而知。

"师父因听香都在峡中出现，又与大蟒日夜恶斗，断定树底下或是附近必还藏有珍物，便舍了原议，立与友人赶往，这才走了此路。沿途荒凉险峻自不必说，及至赶到兵书峡中一看，香都不见，只有一条大蟒尸身横屈地上，大树已倒。初意以为那怪已将蟒杀死，掘了树根底下埋藏的灵药或是宝物之类，方始逃去。再细查看蟒身，还有一段缠在断树干上，似为刀剑所斩。断尾上鳞甲被利爪抓落了好些片。树上另有两处爪印，陷入甚深，上面却粘有不少香都的碎毛。看神气，似是先将怪兽香都缠住，两下正在拼死相持，忽又来了两个敌人，一个在前面和它斗，一个乘其上身前蹿扑那敌人之际，绕向树后，用剑将那缠绕树上的小半截蟒身一下斩断。那蟒当时负痛，往前蹿出老远，记恨身后仇人，重又回头来咬。不料身前敌人也乘隙下手，两下夹攻，用刀剑将蟒首齐中劈裂，然后再借香都神力，将树连根扳倒，取走下面灵药异宝。那蟒首坚逾精钢，便是身上皮鳞也十分坚韧，不是寻常刀剑所能砍入。

"这两人所用纵非飞剑，也是削铁如泥的利器。还有那么猛恶的怪兽，竟会听他驱遣。不特是两个有本领的异人，对于此怪来历和那腹中香珠的妙用必所深悉。不过对方既知除蟒，又将此怪降服带走，这等毒物不加掩埋，任其腐烂谷中，就说当地荒僻，素少人迹，附近生灵也必贻害。还有左侧溪谷甚多，到了春夏之交山洪暴发，将腐蟒毒血污脓顺着流水带往有人烟的所在，为祸岂非更烈？似此粗忽行径，又不像是正人君子。因拿不定两人邪正，意欲埋了死蟒，跟踪查访对方来历下落。蟒身长大，为免后患，埋起来也颇费手脚。刚掩埋得差不多，忽然跑来两个小孩，似是一兄一妹，年纪和我差不多。各人背插三柄短叉，穿着一身粗葛布的短衣，手还分拿着一柄大得出奇的铁钉耙和一把大人用的铁铲，脚底飞快，看那意思，好似为那大蟒尸身而来。及至临近，见师父和米师叔二人蟒快埋完，便远远站定旁观，也不上前。

"师父见他们不似寻常山家小孩，过去问他们来历，怎会知道这里有蟒？只是微笑不答，连问几次，女孩说她住家离此甚近，家有大人，但是脾气不好，不许生人上门，如有话说，却可寻来，请师父等在那里。说完，便往南方山谷中走去。师父先未疑心小孩说假话，又借得有她的钉耙在手，以为必要回转。哪知等了好大一会儿，不见人来。照她所走的途径寻去，竟是一条长满荆棘杂草的死谷，并无出路。还当那人隐居崖洞里面，再一搜查，在危崖石壁上，发现小孩扯落的藤蔓和苔藓上留下的手脚印迹，才知上当。小孩竟是不愿人到她家去，故意往南方走，到了无路之处，再攀援崖壁，由崖顶偷偷绕了回去。照那行径，她家大人必是一个高人奇士，那蟒多半是她除去。就这两小兄妹的一身功夫，也是少有。不知她踪迹何以如此隐秘，不愿见人。依了师父，人家既不喜见生人，何必强与相见？米师叔却说：'小孩气人，不见无妨，如何骗人？并且我们要还她铁耙，也非面交本人不可。'师父劝她不听，只得又在峡左近找了个遍，依然不见一点形迹。有时得到一点线索，等跟踪寻去，却是小孩故布的疑阵。

　　"米师叔气得没法，所持铁耙太大累赘，便把它挂向一个隐秘的高树枝上，准备寻到人后再取。走出没多远，师父耳灵，听出来路风声有异，忙即回看，铁耙已被人取走。凭高四望，下面极轩敞的山径，竟无小孩人影，树底下石头上却压着一张纸条。拾起一看，上写：'主人避地此山已有多年，兵书峡古树之下有一本千年何首乌，已然修成形体，日常出游。去年正要设法取它，因应旧友之招，往游峨眉。上月归来，树下忽有一毒蟒盘踞。此蟒也是通灵恶物，为了觊觎灵药而来，尚幸首乌机智，逃遁神速，未被吞食，形势已是危急万分。自己当初原想这等与人无害的千年灵物，修到人形煞非容易，为了长生益寿，将它害死，不特自私大甚，非修道人所宜，并还造孽，于心不忍。本意不为服食，只为这类成形灵药易启妖邪怪物觊觎吞噬，生根深山荒峡之中，初成形体，又喜出游炫弄，年时久了必难保全。想效法峨眉芝仙故事，将其移往自居洞内加以护持，或送往仙山灵域，托有道高人保养，助其成道，以备异日如有救人急需，再与好语商说，求取一点灵液，起死回生，不特首乌可以无伤，并可永为异日救人之用，彼此均受其福。哪知这类初成形的灵物胆小多疑，始而见人便即远窜，遁入土内埋头不出。等寻到它的根穴，百计守伺堵截，再四婉言劝诫，终以安土不愿重迁，对于人言也是将信将疑，虽不似以前望影惊逃，有时遇上危难之事，还自上门求助，事完也知叩谢。只稍提移植之事，便即避匿不见。后来双方处得日久，已有情分。首乌看出决无害它之意，心方有点活动。自己也打算再如不听便即强行移植。忽值远行，耽延至今，竟被毒蟒把住。

当时便想将蟒杀死，无如此蟒内丹已成，猛恶非常，性更灵慧，身子已能变化，大小由心，除它时稍一不慎，被其遁往别处。避世之人不便远出追踪，难保不致遗害。仗有灵药为饵，此蟒决不舍走；首乌又藏身在自己给它留下的树穴之内，四处设有奇门木土之禁，外邪不能侵入，当初原防自己去后万一有什毒物猛兽害它而设，此时恰好用上。毒蟒只管日夕守伺，百计诱引，首乌终是深藏不出。急切间料还无碍，便作缓图。过不两天，两小儿女偶往峡中探看，见一异兽与蟒恶斗方酣。看出厉害，不比常物，奔回报知。赶往一看，双方势均力敌，打得甚是激烈。尤妙是那蟒内丹虽毒，异兽腹有异香，竟能抵御。先欲坐观成败，待其两毙，连候了多日，蛇、兽均仍健斗未衰。三日前，峨眉旧友江南有事，便道来访，同往观斗，才知异兽乃是香都，因和蟒斗久，腹中灵香已然损耗大半。蟒因年久，功力深厚，却无所伤。除它虽是容易，但那香都性野，猛恶难驯，又是有用之物，如欲生致，非等其疲敝欲死之际向其市恩加以解救不能如意，为此又候了二日。昨早香都情急暴怒，犯着奇险与敌拼命，一时疏忽，吃蟒缠住不放，双方拼死相持。香都力竭势穷，眼看危急，方与友人上前，同时下手，前后夹攻，将毒蟒杀死，救了香都性命，将其收服。因那友人已为此事多耽延了两日，事完便带香都起身。自己又有点事，峡中地僻，素无人踪，所以掩埋稍迟。适命小儿女往埋蟒尸，归说已有二人在彼掩埋将完，并有宠临之意。荒山穷谷，佳客惠临自是欣慰，无如衰朽余生，穷谷幽居，尚有难言之隐，以二公为人，异日自能相见，今尚非时。铁耙无用，已命小女取还。相见一节请俟异日，不已之衍，尚乞鉴谅。'

　　"师父说那人口气是个老头，笔迹却秀，像是女人所写。人家既不愿见，话又谦和，只得罢了。事后越想越奇怪，曾和几位交厚的师叔谈过三四回，都没测透那人是什来历。上次我和黑哥哥见面，也忘了说，分手以后，便随师父和凌、康二位师叔同往颜尚德师叔家中小住。第二日颜师叔备酒款待，会到一位姓陈的老前辈。颜师叔偶谈此事，陈老前辈初会面时本已答应颜师叔在他家住上十天半月再走，及至听完前事，盘问了几句，席散忽然推说有一要事忘了办，坚辞要走。问他何事，也未详说。众人俱知此老性情，未再强留。走后，康师叔因他听话时十分留意，忽然想起此老以前经历和生平两个骨肉患难之交。众人方始恍然大悟。"

童兴还待往下说时，黑摩勒忽然想起一事，忙插口道："兴弟你先等一等说。那陈老先生，可是昔年用双拐斗八英的懒居士陈徵么？"童兴点了点头。黑摩勒看了江明一眼，又朝童兴使了个眼色，接口说道："照此一说，那兵书峡中隐居的老人，必是他平生好友之一了。"童兴见黑摩勒使眼色，想起日前师父所说之言，也自省悟此话不能明告江明，便答道："正是。师父师叔们都想前往访看，继一想，那老人不愿相见，也许不到时候，又有别的约会，议定从缓。日前带我往花家赴会时，路上和我说，北山讲理事完，师父师叔们便要入川访友，此行往返日期颇久，如不愿往，自回那破庙，或随同辈小弟兄们在外历练也可。我本不知黑哥哥要随葛老前辈回去，便说愿和黑哥哥一起。师父允了，随又说起黑哥哥常随司空师伯来往江南诸省，见时可背人告知前事。如若得便，路过兵书峡，可在附近查访那老少三人的踪迹，看看是否所料的人。如未料错，有司空师伯一路，自有道理，不必说了。如单是我，和黑哥哥会见此老，表面仍作无心，速寻司空师伯，或是赶往黄山与陶师伯报信，越快越好。现在我们要由那里经过，正可就便寻走，而那一带地方山险穷苦，除非寻到老少三人，便山粮也难得到。为此我想，前途如有人家村镇，买上一点吃的带去。"

黑摩勒道："你早不说，现已夜间，前路又极荒凉，就能遇上一二山家，想必又是苦人。现成食物只恐难得。"江明道："这个无妨，记得师兄申林和我说过，兵书峡西面十来里山腰松林以内有一大庙，他曾往借过一次宿，庙中和尚似颇富足，我们也无须再买吃的，索性加点劲，稍微绕路，赶到庙里吃他一顿，吃完就走。好歹明日午前后也到黄山了。但是你和黑哥哥都打着哑谜，我却不晓得。说了一阵，到底峡中老少三人是什姓名来历，怎不明说呢？"

童兴闻言，方一沉吟。黑摩勒知道江明机智，恐童兴走口，忙插口道："此老姓唐，如若彭师叔料得不差，也许是位女异人，那两小兄妹就不知道了。现在还拿不定，反正还要寻上门去。说起此事太长，此时急于赶路，且等寻见人后，黄山回来再说吧。"童兴终是年幼口软，接口道："黑哥哥说得对，便是师父，也没和我细说此老来历名姓哩。"

江明听他前后语气不大相符，越发生疑，心念一动，忽然想起上次乃姊江小妹托黑摩勒转向丐仙索取昔年代人借去的一件皮衣，**江明生疑，读者也生悬疑。**言辞吞吐，似有隐情。事后曾向黑摩勒再三盘诘，均未言明。后来自己假装生气，说他不诚不信，没有朋友义气，逼得急了，才答以并非有意瞒哄，只为此事关系重大，尚不到明说时候，说了反而有害。并说彼此情同手足，以后急难相扶，安危与共，你事即我事，任他天大的乱子、鬼怪一般的仇敌，只到时机，赴汤蹈火在所不辞；此时须以老母为念，不可造次，致贻亲忧等语。话极诚挚，情知那件皮衣不问是否宝物，必与自己家世有关。内中还有一个极强力的对头。黑摩勒因受姊氏重托，恐自己年幼无知，得知仇人，俱都坚不吐实。黑摩勒性情坚毅，既然如此坚决，再问也是无用，只有暗中留意访查，想由别处探出因由，再行挤他吐口，便未再追问。日前黑摩勒与丐仙师徒相见，对那皮衣必有话说，偏生自己又不在身侧，两次探询，仅答以不久即可取回，并无下文。自己虽然力说：就知道对方是个杀父之仇，也必听命母姊，与诸位师长好友而行，决不轻易犯险，作那无益之举。黑摩勒仍是固执不允，末了反被数说一顿。闷到如今，始终疑虑，每一想起，心便发酸。今日童兴正说峡中老人来历，黑摩勒忽然插口拦阻，语多支吾，那人恰又与借衣人同姓，看情景，明又于己有关。黑摩勒口紧，童兴年纪最小，比较容易套问，此时如再追诘，反更难吐，莫如欲取姑与，故作未觉，等有空隙，独向童兴探询。到了兵书峡，寻见那老少三人，再留心查听，许能寻出线索也未可知。主意打定，便不再问。

黑摩勒何等心灵，见他面色阴晴不定，早料出他的心意，暗中又是赞美又是好笑，当时也不给他叫破。童兴原听师长说过江明姊弟身世，这时深知失言，便不再开口。三人各有各的心意，俱无话说，一味朝前闷走，脚程越发加快。适才边说边走，本已跑了不少的路，跟着再一赶，不觉走出老远。

正走之间，江明忽然遥指前面说道："谁走过这条路么？申师兄说，离兵书峡不远，西方有一笔立高峰突起乱山之中，形如一柄大伞盖，那庙便在峰南三里大山坡上松林以内，极容易认。我看前面山形均与相符，莫说快到了吧？"

黑摩勒道："由浙江去黄山，我去过好几次，但是，每次都是随了师长前辈同行，起身之处不同，所取道路也不一样，有两次还是空中飞行。彼时年纪又小，不曾留意。只去年有一次，独自往文殊院代司空叔与人送信，是由这条路经过。先并不知那里是兵书峡，还是归途听人说起兵书峡这条路要近好几百里，只是险阻荒凉，四无人踪，毒虫猛兽甚多，恐我到了环螺口把路走错，误走峡中，无地食宿等语。说话的是个老和尚，人甚絮叨，总嫌我年幼胆大。我口中答应，却未照办，回时想抄点近，自恃身轻，故意取道兵书峡。行近环螺口外横岭，兵书峡已然在望，忽然遇上三虎一豹。吃我连杀两虎一豹，一只大虎负了镖伤逃走，我仍穷追不舍。后来追进一个山洞里去，因那虎吼得奇怪，我恐里面还有同类，在洞外稍微一停，就便歇息。忽然觉出洞中虎啸之声甚远，好似深极。

"正待入探，忽由洞内跑出两个山童，大的一个年约十七八岁，小的不过十四五岁，见面便问我怎会到此。我把杀虎之事一说，小的一个立时大怒，说：'那虎并不伤生，为何无故杀害？'话未说完，跟着动手。先以为山中村童有什本领，还想给他一点教训。哪知手法精奇，竟是得有高明传授。打了一阵，未分胜败，又换大的一个。虽不两打一，却也够受，何况我先前独斗三虎一豹，又急追了二三十里路，耗去不少气力。敌人是生力军，又是车轮战法，我连缓气的工夫都没有，时候久了自然吃亏。退又不甘心。正在忿怒大骂，忽听洞内有人发话，说：'徒儿们不许这等取巧，由他去吧。'我听那口音，甚是耳熟，怒火头上也未留意。只和敌人说了几句气话，定准我回浙江复命回来，必寻对头兄弟二人单打独斗，分作两天，决一胜负存亡。本心以为这两兄弟那等蛮野，必不输口。哪知我说我的，他只嬉皮笑脸，油腔滑调。由一上手，连问几次姓名和师长是谁，也无回答。等我把话说完，忽然一同向我认错赔礼，说我本领实比他们高，只为走了长路，和虎豹斗久力乏，他弟兄又用车轮战法取巧，才得勉强打个平手。如凭真实本领，决非我敌。并说他二人住家离那洞尚远，双方无仇本无怨，所争不过一口闲气，现在便甘拜下风，请我就此宽容，不必二次枉驾登门。既免来了寻他不到，徒劳跋涉，又免家中尊长知道，怪他弟兄在外惹事，受责不起。我吃他闹得又好气又好笑，无可奈何，想再盘问姓名根脚时，忽又对使了个眼色，说了两句'多多原谅，恕不远送'的话，把手一拱，一东一北，分头往洞侧危崖和洞壁上，攀着藤萝，援壁跑去，身法又快又熟，好似日常精练。以我所练轻功，如在平日，自信也还勉强能够追上。偏是斗久力乏，路又没有他熟，知道决追不上。

"正要起身，想起洞中发话人的口音，极似昨晚文殊院后茅棚中打坐的老和尚，虽然今日起身时他正坐禅入定，又曾听司空叔说，此人虽是有道高僧，但并不会武功，再看昨日相见神情言动，也决不是一个武家。就说内家好手，常人难于识透，我年纪虽轻，从小便得师传，又有司空叔携带，见识了这两年，任他怎么深藏不露也看得出。就算真未看出，他嫌我自负，说话不检点，想法给我一点苦吃。一则这位老和尚的道行甚高，佛家戒打诳语，并戒嗔怒，再说他又是司空叔的好友，我有不是，尽可当面教训，无须弄此狡狯；二则打了一阵，我并未输，对头还落个两打一，末了自甘服输，于我无伤，不能算是挫折。怎么想，也不应是老和尚暗中赶来，偏巧口音又那等相似，令人可疑。还有那两兄弟说话时神情，好些不实不尽。我明见虎逃入洞，他二人由洞走出，却说住家离洞尚远。走时又分道急驰，明是防我尾追。那虎和发话人也始终不曾走出。越想越怪，走进洞去一看，洞并不大，深也只得十多丈，中间一段钟乳怪石甚多，后半却是整面石壁。休说出口，连个缝隙俱无。可是人和那虎全无踪影。怎么细心查找，也查不出他的通路。我和两山童打时，并未见他走出，真似遇见鬼怪一样。回顾天色将晚，急于赶路，只得退出。因为追虎，把往兵书峡的路走岔，上了正路一看，再绕回去，要多翻好些险路，并近不了多少。

"由昔日走过的旧路回赶，见了司空叔，复命之后，谈起此行经过，才知洞中老人乃老和尚的同姓孪生兄弟，只是一僧一道，性情也大不相同，古怪已极。那两儿童，不是他的徒儿，便是他的徒孙。此老昔年出了名的手辣心狠，人犯了他的一草一木，决不轻饶。那虎必是他师徒所养，照初斗时，我因杀了二虎一豹，处境颇险，居然不打不罚，从容命二山童自退，不是见我年幼生了爱惜，便是看出我武功是先恩师和司空叔的传授所致。此老向例不重情面，一对上敌便不问亲疏，一体待承。何况我只是见虎豹游行，恐防伤害山中行客，自恃本领，意欲斩尽杀绝，为近山居民除害。其实遇时，只小豹子对我略微吼啸发威，虎并无有伤我之意，见人反而转身欲退。是我先杀那豹，飞镖伤了一只小虎，方始激怒，合力反身扑来，其咎完全在我，看来恐还是头一层的意思居多。不过，事完不肯现身相见，恐仍有不快之意，事尚难说。论班辈，他是我的师父，论本领，我一百个也非他的对手，只一变脸，便须忍受，这类怪人更得罪他不得。诚我以后再往黄山，切忌前往。上次探那石洞，大是犯恶，尚可说是年幼无知好奇所致。已然见过司空叔，不会不知他的来历，再如前往，便是有心冒犯，无可推倭。去了定找无趣。最好过时绕着路走，避得越远越好。虽然此老所居远在甘肃，不会长久在此，这里许是暂居，终要回去，到底小心些好。他与老和尚装束不同，貌相一样，同是黑白二眉，分列左右，双插入鬓，又细又长，极容易认。**"怪人"层出不穷，也是还珠保持故事新鲜、紧张的一个窍门——木尊者还没正式露面，又从谈说中引出一僧一道。**万一无心相遇，赶即向前礼拜，不可询问他的行动和上次之事，他有话问，才可以答，一句也假不得。我问此老姓名，司空叔却不肯说，和那老和尚一样，只叫我送信，称他老前辈，别的一概不知。可是日前司空叔忽向我谈起前事，令我日后如往前洞左近经过，以前的话务要记住。如遇那两山童，不问交谈与否，却要细认他们的年岁容貌，看看内中一个是否女子。认出不可说破，也不可问他们师长大人是谁。峡中道路虽未走过，却在高处望见两次，山形地势全都记得。不当我走的路，又有密林遮掩，不曾在意。明弟既然知道，好在路绕不多，赶了这远一程，到庙中稍微歇息饮食，省得沿途打采山粮，也是一样。"

说时，众人已由孤峰侧面转过，走上山坡。那山林木异常繁茂，由山脚起，密压压直到近顶之处，远望一片青苍。自顶数十丈以下，不见一点山石土地，形势也颇灵秀险峻。丘壑甚多，但为林荫所掩。不是身经近看，绝难看出它的妙处。众人因是初到，没寻到路径，只凭本领，估量着由密林中穿入。林中虬枝盘纠，密叶丛聚，便是日里，光景也极幽暗。到时，天又入夜，月光被山峰挡住，越显漆黑，路更难走。众人虽是练就目力，这等阴晦森林，蛇虺毒虫往往窜伏其中，也不得不加点仔细。童兴首说："路怎如此难走？莫要叫毒蛇猛蹿出来咬上两口，才冤呢！江二哥，他既有庙，难道连条上下道路都没有么？"

江明道："彼时未想到会有今日之行，也忘了问。可是听申师兄说，庙前山路甚险，林里好些地方俱难通行，如是常人，直没法上，想必是无路的了。我们又图抄近，那庙就在上面，所以照直上来，穿林而过。谁知这样难走呢！"

童兴正要答言，黑摩勒忽然侧耳一听，忙打手势止住，低语道："你听什么声音？这庙另有上下道路，主人善恶难知，林中地势险窄，前行更难。速由原路退下，觅到正路再上，看似多了跋涉，反倒快而省力。"说时，人早当先，率众退走。江、童二人边走边听，果有一种似吹竹管的异声，由林尽头处隐隐传来。声甚急迫，但在原处，不曾移动。

下时自较容易，一晃便到山脚。黑摩勒又侧耳听了听，上面吹竹之声越发猛急，只是相隔愈远，并未追来，忙先寻一僻处，立定说道："既然有庙，怎会无路可上？我先当明弟听申师兄说过，以为穿林即至，可以近些，故未留意。及见林中难走，分明素无人行。我们虽不怕什蛇兽，到底费事，方想退回觅路，便听怪声。这东西还不是什好相与，况且荒山暗林之内，怎会有此大庙？不论善恶，均非寻常人物。本来强龙不压地头蛇，我们又急于上路，本应避开，不去招惹才是。一则此庙已有多年，休看申师兄投过宿，并不能以此断定他的善恶。如是高人异士，失之交臂已是可惜。如是极恶穷凶之徒，我们难得走过，由他盘踞此间造孽无尽，不知道不说了，已然发觉，如不暗地除去，问心也实难安。二则兴弟又正腹饥思食，路也绕走了好些，临到时忽又避去，未免胆子太小；去是必去，不过，我们务要小心戒备。第一步可先把路寻到，然后由你二人前往叩门，讨点水饮。我自暗中相机行事，以免出了差错。荒山野庙，无计可施。适才怪声，现已不叫，不知是什猛恶之物。进庙见到，它不伤人，不可出手伤它。"。江、童二人听了，正待转身欲行，忽听头上有人喊道："你们如是到我庙中寻事的，不必上来，你们也找不到路。林中毒蛇恶虫甚多，见血准死，无药可医。可等在山坡底下，自有人来和你们交代。如是山行迷路，想寻吃住地方，我庙中倒可方便。不过来人得自量力，除由树林梢上飞过，不能绕到庙前，只好等在下面，我们也会着人送吃的去。庙门却无法走进了。如若来人自问能行，我们这庙是倒坐，门朝山开，上下道路都在山顶和山那一面，要绕过去，须爬数十里险地，也是艰难。此外只有左边竹林尽头有一危崖，对着庙的外墙，但是中隔五丈多长一条无底深沟。庙墙外面，地又极窄，黑夜之间，稍不留神，立有粉身碎骨之险。你们无力飞越，不必说了，就有此本领，也等月亮上来再过，免得送了性命，还怨主人极恶穷凶，不是好人。"

黑摩勒闻言，觉出语有机锋，底下已不闻声息，细一推详，对方话声发自山半，中隔大片密林，听去却似近在头上一样。三人适才所说的话，也似被人听去，好生奇怪。情知对方本领甚高，如无恶意还好，否则必难应付。年轻人终是气盛。黑摩勒暗忖：主客异势，彼暗我明，相隔那远，低声说话，对方尚能听见，别的必瞒不住，如照前策，定被识破，反吃讥笑，还是放大方些，给他明来。一行三人虽都年幼，武功均有独门传授，自己更有这口新得的神物利器，料不至于挫败。不到此来也就罢了，既已到了门前，如不上前，外人不知是为急于要赶往黄山，还当是被对方几句话吓退回去，太丢人！

心念一动，见江、童二人也要开口，忙把手一摆，抢口向上答道："我弟兄三人行路过此，入了歧途，天黑路远，尚要前赶。因听人说这里有一庙宇，意欲借地稍息，并扰一点饮食。只为初到宝山，不知上下道路，正在作难，不料主人发话指点迷途。愚弟兄厚扰已感盛情，送来实不敢当，既有途径，想必可以来往。请主人稍待，容愚弟兄登门拜访好了。"说完，也无回答。山风起处，隐闻笑声嗤嗤，自顶上传来。

三人俱都有气，**习武者多尚气，何况又年轻。**互看了一眼，更不多言，径照所说，往坡右绕去。果有大片竹林，竹粗尺许，甚是繁茂。月光被附近峰崖挡住，阴黑异常。黑摩勒因一行三人虽是练就目力，如在平时，自可从容辨路前进，但值敌友尚未分明之际，双方情势，近于暗斗，稍一疏忽，便闹笑话，何苦受人讥嘲！便把金华北山由祝三立崖洞中所得的那口灵辰剑拔将出来。林密地窄，剑本神物，出手便是一道寒光。剑尖上原有一二尺的芒尾，拔势再稍一猛，剑光芒尾立似灵蛇一般，精芒伸缩，闪烁不停，暴长了二三尺，暗林之中，分外光明，剑光照处，纤微毕见。当时只觉眼前霍地一亮，随着剑光出匣略一挥动之势，耳听擦擦连声，临近前方和右方的碗口粗细的巨竹，吃剑上芒尾扫中了的约有六七根，直似摧枯削腐，全被削断，倒折下来。

　　江、童二人方自惊喜，黑摩勒觉出此举迹近炫弄耀武，恐对方多心，深悔拔时大意，又不便再事分说，忙使眼色止住江、童二人，不令开口，一面握紧手中仙剑，觅路前行。走没多远，发现林中有一条上行之路，宽约四尺，蜿蜒前行，上面虽仍林荫密覆，两旁竹子排列甚整，路也宽窄如一，地上无什杂草。三人循径盘升，上有数十丈远，正走之间，地势忽然中断，前面绝壑暝沉，深不见底，形势峻险非常，不能再进。左侧却有一片，似与两岸相连，高林之中隐现红灯两盏。月光已由遥峰透出，正照其上。三人定睛一看，原来绝壑横亘半山之中，那地方乃是一个极广大的石梁，恰将两岸连住，庙便建在梁上，前后三面俱是密林环绕，只对三人去路一面，现出两丈许一段庙墙，墙基紧傍梁边，仅有半尺左右隙地，相隔三人立处有五六丈远近。此外俱是危崖削立，无可攀附，庙墙高峻，约有三丈。两株大树由庙墙内伸将出来，虬枝盘舞，亭亭若盖，态绝雄奇。左侧危崖陡险，上半外突，已难上援，崖上下更遍生着极密的毒荆棘藤，直是无法过去。

　　黑摩勒暗忖：这样一座大庙，深藏荒山绝域已是不称，又占着这样奇险的地势，形迹太也诡异。主人善恶居心大是难测。照此布置，就许庙墙内外还有别的埋伏都不一定。江、童二人本领虽都不弱，经历识见还少，临机应变也似稍差。不如自己飞越过去先往一探，看看主人是否只较这一点斤两，还有无别的用意？想到这里，对二人说道："主人庙门离此甚远，我们又不识路，虽然主人命我们这等走法，越墙入见到底失礼。你二人可在此稍待，等我过去见了主人问明门径。如若不甚难走，我再出来，领了你们登门拜访吧。"二人会意应诺。

五六丈的远隔本不在黑摩勒的心上，说完了话，便到岸畔，就着月光，把侧对面落脚之处连同上下形势一齐观察清楚，以防骤入重地，万一对方心存叵测，庙墙内外有什机关埋伏，变生仓促，好作应付。又以身将入门，照理剑须入匣，不能再用。但处此情势之下，主人真相未明以前，不得不有戒心，防身利器如何可以离手？便把宝剑还匣，右手紧握剑柄，双足轻轻一点，使一个"飞燕投怀"之势，朝对崖斜射过去，身却不往庙外墙脚下落。等到临近，左手往前一扬，化出"金龙探爪"的解数，一把抓紧墙外树枝，猛把真气一提，身子就势倏地起来。正打算落在庙墙上面，觑准庙内地势，再往下纵，猛瞥见庙内另一株大树上，一条尺许粗的白影，口中发出吹竹之声，匹练也似，迎面抛将过来。听那叫声，正与适才在林中所闻怪声一样，知是庙中所养蛇蟒之类的恶物。黑摩勒以为主人心怀不善，不禁大怒，顺手拔剑出匣，照准来势，往上便撩。同时脚也落到庙墙之上，待杀死怪物，再寻庙中敌人动手。

说时迟，那时快！对面白影来势本疾，当拔剑时，两下相去不及两丈，剑又神物，略一挥动，剑尖上便有青莹莹丈许长的芒尾飞出。按理两下非接触不可，就这事机不容一瞬之际，忽听一声断喝，那白影来得快，去更神速，立似电一般往树上撤了回去，紧跟着又听那人喝道："尊客请慢动手！"声到人到，倏地由下面飞上一个小女尼，落到近侧墙上。黑摩勒近来连经大敌，已不似以前轻率，见那小尼年约十五六岁，虽生得又丑又瘦，口音与适在林中所闻语声相似，武功极高，凭自己的目力，竟未看出她发脚之处。心想：一个小尼已有如此本领，主人可想而知。便不敢造次妄动，决计先礼后兵，问明底细再作打算，忙将剑还匣。

那小尼也不向黑摩勒说话，先偏头向那株半伸出墙的大树戟指喝道："这是师父叫来的客人。因我适才忘了嘱咐，不知这墙不能飞越，快些退去，不得无礼！"黑摩勒闻声侧顾，一个粗如盘盂的大蛇头，二目凶光四射，口中红芯如焰，吞吐不休，另喷出二尺方圆一蓬红丝，后面还带着丈许长一段蛇身，正由树杈当中大空隙里待要暴起袭来，相隔自己只五六尺远近。闻声立即把头一昂一缩，收了红丝，往树荫深处退下，晃眼无踪，更没一点声息。**处处透出诡异**。看神气，小尼如不上前喝止，自己只顾用剑去敌当前大蛇，此树乃适才援枝飞跃的来路，对崖还有江、童二人，决防不到身后还有这种厉害的恶物，必为所伤或被毒气喷中无疑，心方骇异。

小尼已转面笑道："这庙自从去年家师移居，已无外人足迹。以前原本住着师父一个相识的朋友，为了静修，不愿与外人交往，盖庙时，特意找这古怪惹厌的地势，将山门往后山顶上倒开。由前面来，有山顶挡住，人看不见，并且前山虽较有路，也不好上。再要翻山到此，中间还有两三处阻碍。再由后山绕越过去，更麻烦了。走后山呢，虽然近些，但有森林遮掩。不知底的人，路过决看不见。就是知道，如未来过，要想穿行那片树林，外人没有领导，真是休想。慢说弯曲转折，阻碍横生，内中更盘踞着不少毒虫毒蛇，误入险地，千百成群，一齐来攻，地方又窄，四处尽是好几抱的林木，老干纠结，其坚如铁，多好武功也施展不开，被它咬中便难活命。还有毒荆，刺人麻痒欲死，只有由竹林中穿到对崖再纵过来，比较好些。如今林中虫蛇繁生越多，师父又不大许杀生害命，连我们庙里的人也嫌过时费事，没有这里简便，不由后门走了。但是由这里过来有一点小忌讳，就是庙里树上有两条大蛇，原是以前庙主人防自己入定时节，徒弟偷空出去淘气，更防对头来此侵扰，命两条蛇在此把守。如见有人越墙出入，便将他缠住，听候发落。凡是友人来往，必须由对崖纵到墙下，用手拍墙，将人唤出，主人应诺，方可入内。不料日久成了惯例，只有人不等通报等人应诺，一上墙头，二蛇便前后来攻。其实二蛇听经年久，你如不想伤它，它也不会伤你，至多将人缠住，师父不说，不肯放开罢了。我适才偏少说了两句，心想你们不会来得这快，正赶上手边有事走开，没在此等候，几乎惹出事来。休看这两条无知蠢蛇，它在这庙里年代不少，以前很有些出了名的恶人被它咬死呢！你们杀了它倒是无妨。要是你们三个人被它咬死，不留神被它咬伤一个，知道的说是无心之过，不知道的还当主人少调教，随便让它在外头冒失走动，连个好坏香臭，都分不清，岂不得罪人吗？”

黑摩勒听她唠叨了一大篇，已是不耐，又听出末几句借着说蛇讥刺，隐含轻视之意，虽然未便发作，心中老大不快，冷笑答道：“我原想不到佛门善地会养有这等毒虫，总算小师父出来得快，稍晚一步，我们黑夜之中轻造宝山，主人面还未见，先将把门的东西杀死，怎对得起？愚弟兄虽然年幼，似这类冷血毒虫见得还多，向例遇上便杀，免留世上害人。既是主人家养，自然不便再有别的举动。我想贵庙必有庙主，令师法号怎么称呼，就请告知，并请代为通报。愚弟兄赶路心急，拜见之后奉扰一点饮食，还要连夜上路呢。”

小尼翻着一只三角怪眼，望着黑摩勒把话说完，慢腾腾笑嘻嘻说道：“庙主虽是我师父，但她老人家现在入定，轻易不管闲事，我也还作得一两分主。这两条蛇原为以前庙主所养，颇通人性，只是性子倔强，不大听话，除师父外，谁也不服。因重前主情面，又不好意思去掉。每日蟠伏树上，腥气烘烘。有时还喜多事，隔着庙墙探身出去，与近邻家养看守门户的东西淘气，常引了人上门理论。家师静养，不爱和人说话，多是我出去赔话，自从移居以来，不知费了多少口舌，心里真恨极了，听你所说，这类毒虫你们见得多，遇上便杀，那妙极了。家师原不一定见客，先前知有客来，已然备下茶水食物，想给你们送去，因你们能纵过来，东西都放在后殿台上。家师世外之人，不愿留名，你们又亟于上路，更不消问了，可将你那两个同伴请将过来，吃完之后一同下手，将两蛇除去，再好没有，或是杀完蛇再吃也可。反正主人决无话说，你们也不必看什情面。好在这是明来，三个人杀两条蛇，不比适才两蛇一明一暗向你前后来攻，总该手到成功吧？"**怪地出怪人，怪人讲怪话，怪话指怪事。无所不怪，奇趣所在。**

黑摩勒一听，对方竟代那蛇叫阵，虽觉出二蛇不是自己新得这口灵剑的对手——据师父娄公明说，此剑乃是古仙人所留神物利器，休说炼成之后威力惊人，便是现在新得，剑术未成，仅照旧日师传，按着常剑武器使用，差一点异派中的飞剑还不如它远甚，只被剑光芒尾撩中，立即斩断碎裂，区区两条毒蛇，那还不是应手立断，何足介意？便假笑道："按理我不应该，但是贵庙长留这类毒蛇终非所宜。想是佛门弟子不愿杀生，因而假手于我。既然小师父有话，那我除去二蛇再行奉扰也是一样。至于我同来的两个兄弟，先因这等越墙入见有欠恭敬，本想由我问明庙门途径，然后登门拜见。现在小师父说绕越太远，而又麻烦，令师又不喜见外客，只好作罢。过是要过来，除这二蛇，想还用他二人不着呢。"说罢正待回首招呼，江、童二人见黑摩勒与小尼在墙上只管絮叨，已自不耐，双双飞纵过来。

小尼始终没问及三小弟兄姓名来历，只对江明打量了两眼，笑对黑摩勒道："你想凭你一人杀两蛇吗？你本领如何我不晓得，但我庙中规矩，不问是人是畜生，照例只许一对一，不能为你乱了章法。这两条蛇又极义气，一个上前，另一条也决不落后。你杀完一条再杀一条，决等不及，并还狡猾异常，口里会喷丹毒。我适才看你那口宝剑，倒不像是破铜烂铁。单是剑上前人不上前自可无虑，要是人剑齐上呢，一对一也许不要紧，一对二就难说了。假如这条还没杀死，另外一条和方才一样突然从后来攻，那怎么办呢？万一再不留神被它咬中哪里，就将这两条蛇一齐杀死，斩成肉泥，当主人的也过意不去呀。何况原是瞒住师父的事，这蛇早就该死，只是师父不肯伤生，我们这几个徒弟又没奈它何罢了。能把蛇杀死，去了我们的厌恶，自然是好。客人如因此出了什差错，又没依着这里规矩，师父知道，我们却承当不起，请不要一个人上前吧。"

黑摩勒素来滑稽刁钻，话不让人，不料遇见这么一个懈怠鬼，话既啰苏，含有讥刺，明指自己不行，却想不出什话反驳。**刁人自有刁人磨。嘻嘻。**那小尼的生相又和说话一样，处处不得人心，无如恼在心里，说不出口。

这时连江、童二人都觉出这庙中师徒不问来历如何，决不是寻常人物。那蛇对方养有多年，必然看重，怎会随便听人杀死？小尼如此说法，分明那蛇厉害，非人力之所能敌，有意借此使来客丢丑。真要杀死，主人也必不肯甘休。赶路正急之际，何苦自惹麻烦，多此一举？

黑摩勒久经大敌，自比江、童二人还要明白。无如适才无意中一句闲话便吃套住，连僵带激，势成骑虎，无法收锋。又见对方语言惹厌，面目可憎，心中有气，又恃有新得的灵辰剑，只管看出蛇不好杀，人非易与，负气头上，也就不暇详计利害，更未详查对方语意，接口答道："小师父不必多絮叨了。我们本领有限，虽不一定能除此二蛇，大概还不致便为所伤。既有一对一的规矩，那么也好。我们走了半日，有点口渴，就请主人引到殿台上去，饮一杯水，再请将蛇唤出，或是指明它盘踞的所在，以便分出两人为主人效劳。你看如何？"

黑摩勒原因那两条大蛇，后一条自被小尼喝退，潜入树荫之内便无踪影。先出现那条，本是下半身盘在院当中一株大枯树干上，虽被小尼喝退，未被剑上芒尾扫中，但是并无惧意，缩回以后，依旧前半身突出不下两丈，昂首夭矫，红芯如焰，猛恶非常。先和小尼问答时，还看见它在树上，不知怎的，就在适才偶然侧顾江、童二人瞬息之间，竟会失踪。只顾说话，也未在意。说完起身前，忽然想起两树虽大，蛇身粗有尺余，长约数丈，一身白花，又在月光之下，后面来袭的一条，树荫枝杂浓密，还犹可说。这一条所踞大树，枯无枝叶，便飞也无如此快法，不禁引起戒心。

本意借着饮水为由，乘机观察好了形势再行下手。小尼见他说时，目光斜注枯树之上，知他心意，也不说破，只微微一笑，便道："殿台就在右面，请三位随小尼来吧。"说罢，纵身往斜刺里正面殿台阶上飞去。

　　三人循踪一看，那地方乃是庙中最后一层大殿，四面俱有石栏，殿在当中，台颇宽大，俱是四五尺方圆大块白石铺成，甚是平整。台前长方院落，大约四五亩，左方不见庙墙，却有一片三五丈高下、形似山石堆积的危崖，自殿台对面后墙根起，顺大殿右方空处，往前殿排列过去，云骨撑空，碧崖绵亘，下面更种着好多修竹杂花，映月摇风，景殊幽丽。殿左便是立处庙墙，也是大石堆砌而成，最厚之处竟达六七尺，厚薄不一，因势而建，越显错落有致。当中殿台以下直达后庙墙，有多半是平整石地，寸草不生。所有树木俱在靠墙一带土地上，内有三株大约五六抱的古树，一株老槐孤立在前，最为粗大，已然枯死，只剩三五虬枝盘拿其上，势甚飞舞。头一条大蛇先便蟠在树上。右面一株老松，树虽不高，荫蔽极广，柯干蟠纠，枝杂繁茂，郁郁森森，阴阴沉沉，自右崖脚石隙中，夭矫盘舞，斜伸而出。偶然一阵山风吹过，便觉鳞雷浮动，风雨欲生，凤矗龙伸，若将化去，端的雄浑苍古，从来罕见。再有一株不知名的古树，粗与老槐相等，却没槐高，树根生处，离槐不远，想系日久年深，右半枝干已然断折，只剩左半树干，歪歪斜斜，由当中起往左方斜伸出去，直达来路庙墙以外，枝叶也是茂密已极，乍看好似树在墙侧，实即相去根干甚远。因是当年断倒以后重又苗生，枝干枯死，偏重一边，叶繁枝密，本干受不住重压，未能上起，在院中的一大段，成为略弯的"乙"字形，最低之处，离地只得数尺，苍皮斑驳，磊砢臃肿，形态十分丑怪奇古。这树下半，只死干上乱箭也似长着两丛细枝，余均浑秃，由离地两丈起，越往上越繁茂，近梢一带更是密密层层，风雨不透，仅仅中间有一二尺许的空处，枝叶稍稀，看去并不甚深，空处底下又是树杈，无可附托。那蛇便由此出没，也是一瞥即逝，动作神速已极。

黑摩勒也知这两条蛇决不易杀，随同纵落，到了后殿台平台之上，见酒食果已备好，放在台前石桌之上，旁有四个石墩，小尼含笑让坐，劝客饮食，更不再提除蛇之事。暗忖：二蛇神情，已有灵性。主人来历姓名尚无所知。照这小尼的本领来看，当非庸手。如不能将此蛇除去，丢人自不必说。如将二蛇杀死，主人心意如何尚拿不定。万一因此破脸，不论胜败，均须离去，不能再扰人家酒食。一行长路奔驰，走了这一日，俱不免有些饥渴。就自己不以为意，江、童二弟未必能耐，兴弟更是年幼。沿途俱是荒野无人之地，就到黄山，也未必便能就有现成饮食，何况前路还有老长一段。对方既在劝客，如若执意杀蛇之后再进饮食，反显小气，不如放大方些，索性吃完再动手。好便罢，不好便走。日后探知主人来历再作计较，省得如此迟延，把黄山观阵之事错过机会，饱不到眼福。暗中查看酒食，并无异状，虽是蔬笋之类山肴野蔌，也颇丰盛，便不再作客套，笑说道："我们先扰完了主人，再代主人除害，也是一样。"说罢，更不作客套，拿起就吃。

江明心细，见在桌上杯筷共是三份，独空主座一面。暗忖：这丑秃丫头也不知闹什鬼把戏，适在山下树林内听她说话，就和近在头上一样，已是可怪了。庙离树林，就照对直上下，不算绕越，也有好长一段，更有山石密林，好些阻隔，按理不应看见。但听她先前语气和待客情景，分明连自己一行人数和动作俱已知悉。素斋如此丰盛，酒更芳香味美，事情太已玄虚，对方用心难测。黑哥哥话已出口，难于收回，这两条大蛇，不问如何，恐须一斗。黑哥哥新得仙剑，胜算或能占着几分，自己身后这口剑虽非常物，要想杀此二蛇便无把握，不过仗着本门心法，尚许不致为它所伤。童兴一则年幼，武功虽得天山狄家门下真传，禀赋气力却较差些。偏生好事好胜，已和自己暗中连打手势，想和黑哥哥一同上前，别的不说，单是手中兵器先不合用，看二蛇来去如风，出没无常，许多异处，决非寻常刀剑所能杀死。自己如与争上，必以为意存轻视，其势又不便三人一齐上前。想了想，只有不动最妥，便朝黑摩勒略使一眼色，姑且笑道："黑哥哥，这里老师父戒行高超，不喜伤生，此蛇又是以前庙主家养，听经多年，必有灵性，非外面毒蛇之比。虽然小师父一样当家，除蛇之话是她所说，到底与老师父戒律不合。我们此来是客，如何违背主人规矩？何况天已不早，还要赶路，老师父又是静修，不愿见外人，何苦惊扰？再者此蛇颇有神通，我们三人也多半制它不住，还是向小师父道谢上路，日后专程登门拜访，再行图报吧。"

黑摩勒明白江明看出事难，一半是找台阶，一半是留地步，对方如不相迫，能借坡下更好，真要逼得非动手不可，或胜或败均有说辞，心正寻思，未及答话。小尼突把一双精芒暗蕴的怪眼一翻，哈哈笑道："我先看你们三个人只你忠厚，不料你却比他们还更狡猾。我庙里待客规矩，外人到此，照例只有斋饭款待，却没酒吃。为想你们代我除去这两个厌物，把我哑师叔自酿的桂花酒偷了一壶请你们吃，好加点气力，把这两条厌物除掉。你当是吃完嘴上一抹，百事大吉，就完了么？常言得人钱财与人消灾。这酒虽不是什钱财，你知道它来路么？不吃这酒，怎么说了不算都无妨；吃了之后，想省点气力一走，却没那么便宜的事！第一，你们身上带着酒味，那蛇和哑师叔最好，平日帮她照看，除本人外，谁偷也不答应。它知我向不吃酒，一下台阶，被它闻出酒味，必定不饶。你们不杀死它，也难脱身。与其被它拦住再动手，何如放大方些，代我除这厌物呢？真要觉着打不过，怕吃亏，自是无法，也便不能再走原路纵出，省得还未纵到墙上就吃了亏。走前山门，路绕太远，门又上锁，无法走出。二殿偏院墙脚有一二尺来高的狗洞，说不得只好请你们由那里钻出去了。"**逼人太甚。**

凡人均有情面，黑摩勒自到殿台落坐以后，因小尼款待殷勤，绝口不谈前事，饮食又复丰盛味美，所饮的酒更是醇美芬芳，初次尝到，吃了一阵，不禁把适才厌恶负气之念去了多半，心又惦着赶路，听江明一说前言，未始无动于衷，暗查小尼神色，一边盘算。心想：小尼前倨后恭，此时礼意殷勤，比前大不相同，好似年轻小孩心性，淘气口滑，前言随口而出，并非成心，又似因话及话，不服气自己，有激而发，此时觉出蛇非己敌，杀死可惜，又恐乃师嗔怪，人却好胜，欲以礼貌买好，使对方看出她心意，自行改口，不伤此蛇，吃完就此走去之状。一行三人已然扰了人家，对方除二蛇可疑外，听口吻似非恶人。只要稍过得去，何苦招人不快，又误自己行路？本打算小尼一露求免口风，立即乘机罢手，好来好去，不再生枝。不料会说出这样话来，越听越有气。暗骂：小秃驴真个可恶！如与争论，反倒坐实怕事。便把怒气忍住，一面示意童兴不要开口，故作不经意神情，静静地把话听完，笑嘻嘻说道："江二弟你真糊涂，自来客随主意，老师父戒律多严，我们并未见着。现是小师父款待我们，自然应该以她为主。我们有无杀蛇本领，也须放胆一试才对。你怕违背老师父的戒律，也不想想现作主人的是谁。小师父既能做主，管老师父作什？"随又转向小尼笑道："我这江二弟不通世故，他平时把师父的话当着金科玉律，不论人前人后，永远不敢违背，以为别人也和他一样。先听你说老师父不愿伤生，又忙着赶路，所以如此说法。这两条毒虫能否除掉虽拿不定，我兄弟三人活了这大，没钻过洞，也没见过洞是什样。**都喜逗口舌之能。**就是偷懒想走，也还不致落到这一步上。不过这两条毒虫自被你喝过，便没了影子。我们初来此地，不知它巢穴是在何处，赶路心急，就烦唤将出来，或是指明地点，行与不行，我们效完了劳好走。如何？"

说时，瞥见小女尼将手微往身后一摇，意似不快，听完，冷笑答道："你莫和我要贫嘴。不错，我师父戒律精严，我当徒弟的怎敢违背，勾结外人在此杀生？实告诉你，这是你说大话，自找没趣。要不是看定你不能把我花奴、玉奴怎么样，还不说这话呢！我只气你这小黑炭不过，其实这蛇也不会把你咬死。不论你们胜得了胜不了，也终须放你们走。狗洞的话，说说而已。真要这样，你日后见不得人，我也免不了受骂，何苦来呢？"

黑摩勒也冷笑答道："原来你是想借这毒虫较量我们么？那更好了。你要一对一，我和这江兄弟一人对付一条，唤它出来好了。"小尼笑道："这个容易，它们早在你旁边等候着呢。"

黑、江、童三人虽是年幼，俱得高人真传，身手轻灵，耳目敏捷，闻言，猛听身后飕的一声，情知有异。刚刚往侧一纵，才要避开来势喝问，身子还未落地，猛听小尼厉声大喝："孽畜忙些什么！没的叫人笑话！"话未说完，三人已然回脸，瞥见黑、江二人身后，各有一条尺许粗的白花大蟒，口中红芯如焰，电一般暴蹿起来，已然伸起三丈来长、两丈来高，后半身仍在台下。**到现在为止，地球上体型最大的蟒蛇为亚马孙河流域的森蚺与亚洲网纹蟒，最长也就十米左右。这两条竟然近于两倍。但不知庙中喂养得起吗？一笑。**

三人那等机智灵警，这么长大的怪蛇由台下暴袭上来，事前竟会毫无警觉，心中暗自失惊。那二蛇吃小尼唤止以后，只不再进，并未缩退回去，各瞪着一双鸭蛋大的怪眼，凶光四射，一齐注视在黑摩勒的身上，意似愤极，只待小尼发令，便欲得而甘心。黑摩勒冷笑一声，一手按剑，一手摸着暗器，待要发话。小尼已向二蛇接口喝道："这小气相，多么丢人！你两个这长一条身子，如何打法？人家决不会走。还不缩短一些，去到台下等着！"

说罢，一蛇声如吹竹，叫了两声，又朝黑摩勒恶狠狠瞪视了两眼，方始缩退下去。这次身子却不再隐，走也不甚迅速，掉头下去，一路蜿蜒，绕向台的正面。乍行时，计算全身，足有十多丈长，往前渐自缩短，**伸缩自如，已成精怪**。到了枯树前面缩得只有两丈许长，各蟠作一堆，昂头丈许，望着台上三人，一动不动。

童兴先于二蛇凶威本未看清，见此情景，不禁有些气馁，又经黑摩勒示意不令上前，只得罢了。江明知道小尼故意示威，虽然师门心法本由各种飞潜麟爪、动静形态中参悟出来，无论何等凶猛之物均有克制，见二蛇如此灵异凶恶，也未免加了戒心。

黑摩勒始终仗恃身有仙剑，只管戒慎，仍是气壮，见二蛇下去盘好，便对江明道："江二弟，随我动手吧。"说罢，各把宝剑出匣，按好身边暗器，走下台阶，分作左右两面，各人对付一条。黑摩勒因觉江明宝剑不如自己仙剑远甚，二蛇动作神速，能大能小，必系通灵之物，惟恐失闪，还在替他担心，意欲一上去，用手中剑先斩却一条，再看事行事，稍见不行，便把江明替下。想用隐语点醒，令其格外留意，最好暂时只守不攻，免为所伤。还未开口，哪知二蛇全都视他为敌，没把江明放在眼下。黑。江二人暗中运气蓄势而进，二蛇只把目光注定剑光芒尾，昂首未动，等人走下台阶。黑摩勒刚唤二弟："你杀左边那条，这东西皮鳞坚厚，能大能小，不必一下杀死，且和它多斗些时，看看还能玩什花样。"

忽听台上小尼冷笑之声，这时人蛇相隔不足三丈，剑光挥动，芒尾已能撩中，黑摩勒知道仙剑芒尾也是伸缩自如，故意不令光芒伸长，一手紧握剑柄，想要猛然纵起，一举成功。二蛇见人行渐近，二目凶光闪闪若电，口中红芯睒睒，吞吐如焰，通身皮鳞也不住鼓动起伏。黑摩勒见状，暗骂：孽虫！我知你年久成精，凶恶神速。我只稳扎稳打，不到时机决不先行动手，使你乘隙暴起。边想边往前走。

二蛇见人行越近，越发急怒，口中吹竹之声又连叫不已。江明知道这类人蛇相斗，第一地势和退路要先相好，始不吃亏，最忌先动。行离左蛇两丈左右便自立定，正想发一暗器激怒那蛇，使其先行发难。只黑摩勒别有算计，仍自缓步前进，离蛇仅隔丈许，蛇仍昂首未动，只得立定，一手取出小钢镖，口方喝得一声："该死孽虫！"二蛇突似箭一般，将头一低，后半身速如流水，跟着一同平射过来。黑摩勒早有戒备，一见二蛇同上，来势猛恶异常，也颇吃惊，忙把手中宝剑一挥，双脚一点，往后纵退，同时手中小钢镖也自发出，朝左蛇头上打去。剑光刚一伸长，二蛇口中立似火焰一般喷出一圈红光，竟将剑光挡住，**成精**。紧接着下半身便各自舒开，猛将长尾一齐向人扫来。黑摩勒身刚倒纵出去，忽听小尼大喝："不许两打一！这姓江的是好人，莫认错了！"语声才住，左蛇立即缩退回去，复了原状。江明见二蛇夹攻一人，忙纵身上前，由横里一剑朝蛇身砍去，这快身手，竟会砍了个空，剑落地上，丁丁乱响，石火星飞。再看左蛇，已盘成一堆，偏头斜睨自己，剑光挥动，冷气森森，蛇影纵横，腥风飒飒，这一人一蛇已斗了个难解难分。再偷眼仔细一看，黑摩勒手中仙剑光虽强烈，无如那蛇识货灵警，腹中内丹甚是神异，一任敌人纵跃如飞，只把口中内丹喷出一蓬火焰般大有尺许的红光，将剑光挡住，一双凶睛全神贯注在剑上，随同纵落飞舞，疾如电掣，永不使剑光下落沾身，百忙中不时还把后半身长尾向人扫去，稍有机隙，猛然便是一下，来势神速已极。如非黑摩勒神目敏锐，纵跃轻灵，长于应变闪避，好几次都是危机瞬息，几乎被它扫中，看去情势险到非常。黑摩勒虽也抽空连发暗器，蛇眼是快要打中，便自平空激退回来，坠落地上，打在别处全无用处，在被激撞起老高，休说透皮穿肉，那蛇通不在意，有时身子略微一震动，有时直和没打中一样。

江明想不到那蛇竟有如此厉害，身上皮鳞坚厚，连黑摩勒那重内家手法，居然打到身上一无伤损，不禁大吃一惊，幸而左边这条不与自己为仇，否则吉凶正自难料。方自愁思，恐有疏失，暗中连叫"惭愧"，忽听西南方天空中远远传来一声鹤鸣，空山夜月，碧天云净，听去分外嘹亮。江明生长黄山，又随乃师乾坤八掌地行仙出过两次远门，所去均是人迹不到的仙山灵域，见过不少奇禽怪兽，耳目也炼得格外聪敏，一听鹤鸣声高，有异寻常，暗忖：自己从小在黄山始信、天都等高峰顶上住了这些年，曾见过不少珍奇飞禽，白鹤更见得多。照着平日经历，这鹤来处，少说也在五六十里以外，而鸣声竟有如此嘹亮，从来未遇，定非常鹤无疑。

心念才动，随听嘘嘘连叫，与适才蛇鸣吹竹之声相似，中间还略杂一两句隐语。循声一看，正是主人小尼，坐在当中一株大树梢上，口效蛇鸣，手朝下面连比，见自己看她，笑嘻嘻把手缩退回去。殿台在自己身后，当中还隔着大片空地，如到对面大树枝上，无论如何飞越绕行，凭黑摩勒和自己的目力，断无不见之理。那树枝离地约有十丈以上，小尼由殿台上飞跃过去，竟会毫未觉察，武功之高可想而知，好生惊奇。料那嘘嘘之声是对蛇发令，测不透对方是何用意，恐被见轻，并且对面还蟠有一条大蛇，似要待机发难，不便再往上注视。忙又低头看那蛇时，就在俯仰瞬息之间，身前蟠伏的那条大蛇已然失踪不见。心越骇异，细一查找，左侧邻着外墙的一株大树上面，枝叶微动，似有一条尺许长的白影，一落则隐，是否那蛇也未看清，端的神速已极！再看右半院落，一人一蛇斗势越发猛烈。蛇身也时长时短，伸缩不停，并且全身离地，直似天际神龙凌空翔舞，随着黑摩勒的剑光，上下腾挪，往来驰逐，变幻百端，倏忽若电，形势比前险恶得多。所喷红焰已有好些散布开来，笼护全身。那蛇通体白如霜雪，只脊腹头处略有极细黑丝花纹，吃红色烟焰一罩，月光之下，直似一道银虹，外面笼罩上薄薄一层红绢，再加上白牙如钩的血口前面，茶碗大小、鲜红晶莹、精芒四射的那一团焰光，与仙剑青虹相抗，二龙抢珠一般绞在一起，盘旋飞舞，顿成奇观。乍入眼时，黑摩勒不料蛇能凌空来斗，身不沾尘，如此迅疾，颇觉手慌脚乱。两个回旋以后，似已深知厉害，猛然一跃十余丈，施展轻易不用的身法，挥动剑光，乘着降落之势，凌空下击。那蛇虽有红烟围绕，仍是避着剑光，骤出不意，见敌人纵起，忙一掉头，身子转成笔直，头上尾下，水箭也似，直射上去。初意原想一口将敌人的手咬住，先占一点上风再作计较，哪知晚了一步。黑摩勒到了上空，一个"大鹏展翅"，缓过势子，立化为"飞鹰捉兔"，外加泼风八刀，把剑法掺上刀法，脚上头下，剑光如虹，精芒闪闪，一路乱劈乱砍，飞扑下来。蛇见剑光由空下击，突然光芒暴涨，不敢强抗，仗着伸缩自如，流水般退了下去。

　　黑摩勒虽然砍空，势子总算缓过，紧跟着纵跃刺击，接连十几剑，反客为主，先略挫了蛇的锐气。然后猛一收势，转攻为守。那蛇连让几个回合，避开锐锋以后，见敌人忽然变计，守多攻少，知道上当，忙再发威猛扑时，黑摩勒已脱去危机，不似先前一着失措，步步吃紧了。**如同高手过招一样。**

经此一来，方得扯个平对，可是人终不如蛇的气长，何况蛇又灵物，江明捏着一把汗，又替黑摩勒担心，又佩服他胆大心灵，功力精纯，果自不凡。暗忖：一蛇已是如此，还有一蛇未出，看神气却非其敌，如何是好？遥望台上童兴，手握兵刃暗器，目瞪口呆，注视人蛇恶斗，也是面带惊惶。一面树梢上，小尼嘘嘘之声仍与蛇鸣相携，似在互相问答。那蛇闻声，发威愈甚，来势愈疾，通身皮鳞一齐颤动，闪起了万点银星，好似忿怒已极，必欲得而甘心之状。情知斗时太久，人必难支，黑摩勒又好胜，决不服输，正打不起主意。说时迟，那时快！双方势均神速，这十来个照面也只晃眼之间。

斗着斗着，遥空中又是一声鹤鸣。江明听出相隔不足十里。心道：这鹤哪得如此快法，转眼就到？以为要由当空飞过，觉着一定大得稀罕，由不得抬头向上观看，晃眼工夫，耳听头上呼呼风声，又劲又疾，月光之下，只见一片银光，疾逾闪电，自空飞坠。

一面，黑摩勒与蛇也斗到急处。那蛇好似情急万分，乘着黑摩勒飞身纵起，猛把蛇头一摆，疾如箭射，连身直蹿上去。这次，势子特急，竟蹿过了人头。血口张处，首先喷出一片红焰。黑摩勒见蛇冒过头去，转首向下压到，知道厉害，自己弄巧成拙，忙挥手中剑光去护头面时，不料那蛇因有好几次均吃剑光扫中，虽仗内丹护体，终不免伤折了些元气，心中愤恨，不由激动野性，发了凶威，立意要使敌人受伤，连身飞起，首尾一齐发难，到了空中，身子突然暴涨，口喷毒烟，底下长尾便自折转，向人横扫过来。

黑摩勒骤出不意，身子凌空，虽会内家七禽身法，能在空中提气上升回翔，一则功力尚差，不能随意高远盘旋；二则蛇乃灵物，屈伸变化无不灵活迅疾，人如何能与之相比？事机又绝神速，无法解救。

小尼原是一时恶作剧，不忿对方口傲，意欲借蛇相窘，本无伤人之心，对于此举也出意外。一见那蛇忽发野性，不禁大吃一惊，忙即厉声喝止，于势已自无及，眼看危险一发。黑摩勒见势不佳，正自惊惶，猛觉银光电泻，一阵寒风过处，那蛇一声急叫，随着那片白光凌空上飞，身子立即缩小。那条长尾竟由头旁擦过，未被扫中。跟着又听一声鹤鸣，身已落到地上。这原是瞬息间事，稍差一步便无生理。

江明因立得远，看得较真，早看出那只仙鹤通体纯白，银光如雪，背上还坐有一白衣道姑，就在那蛇掉尾击人之际，自高空中飞下，一爪便将蛇颈抓住，凌空而起。那蛇似知无幸，怪叫一声，身子立时暴缩。看那情势，仙鹤好似专为救黑摩勒这一场急难，把蛇抓了空中，又复飞将下来，落到地上。同时又听小尼连唤"师叔"之声，人已由树梢纵落到地。

黑摩勒虽受了一场虚惊，仍作镇静，一毫未显惊容。一看那鹤背上人，乃是一个白衣妙年道姑，鹤一到地，便自纵下。小尼正拜伏在地，那蛇已缩成尺许大小，吃鹤紧抓在爪子上，一双凶睛注定黑摩勒，并无乞怜畏惧之状。

童兴见状也赶了下来。江、黑、童三人俱料来人来头不小。正待上前相见，忽听道姑正色向小尼说道："这两条孽畜虽被宝公禅师禁在此地，听经多年，野性犹在，如何可以任它与一剑术毫无根底、只习武功的童子恶斗？这三人俱都年幼，看你们情景又非敌人，分明是你恶闹无疑。孽畜恶根未净，这条雌蛇尤甚。我由远空飞来看你师父，本未觉意，偶于三百里外，望见一人一蛇往上跃起，高出庙墙之上，那人又是一个未成年的幼童。以你师徒庙中，决不会有外人来此侵扰而你师徒不出面，却令此蛇与人恶斗之理，已疑你师父不在庙中，你们命蛇与人作闹。同时，我座下仙禽灵雪也自看见，高鸣禁阻。谁知大胆妖蛇竟敢不听，好似有人主使神气。我忙赶来，果然是你闹鬼。妖蛇想是仗你做主，知我不容，欲乘我未到以前先肆凶威，将人杀死，再由你向我求情，饰辞推托，逞了凶毒之性，仍可免去一死，故此明听灵雪连声禁阻，依然向人猛扑。我如到得稍晚一步，或是稍微疏忽，这童子手有仙剑，虽难膏它毒吻，那一长尾扫向身上，就算轻功多好，不致打成两段，重伤当所难免，好好一个根骨深厚、聪明纯正的幼童就此残废。你师父知道，能容你么！妖蛇如此可恶，它犯宝公誓约已第三次，万万容它不得！"

小尼见道姑星眸炯炯，秀眉轩举，渐有怒意，情知不妙，忙又跪倒叩头，说道："师叔请暂息怒，容弟子告罪。"道姑说到末句，本已回顾仙鹤，待要发令诛蛇，闻言又复止住。小尼接口说道："此事实是弟子一人之过，与蛇无干。因为这三位远客来时，背后议论，意存轻视。前山绕走太远，他们又急于要往黄山，弟子令其改走后墙，偏巧临时有事，忘了嘱咐他庙中旧例。这黑脸小客人又自恃他有轻功，一言未发，径往庙墙之上飞落。二蛇本来奉命把守后殿墙一带，如有外人到来，现形将其惊走，或是拦阻，不令入内。见有人往庙墙上纵落，自是不容，立时飞身拦阻，实则只是恐吓，也无伤人之心。他不知自量，恃手有一口好剑，也不问蛇的来历，举剑便砍。正值弟子赶来，将蛇喝退，原可无事，偏又是他口发狂言，要将二蛇杀死。

"弟子觉着打狗也看主人，已然告诉他是守庙家蛇，还说那样无礼的话，实实气他不过，打算使他尝尝滋味，便顺着他说，请代将二蛇除去，才动的手。就这样，弟子深知二蛇义气，要上都上，一有死伤，决要拼命。恐万一发了野性，一齐猛上，师父师姊正在入定，弟子禁阻不住，来人受伤而去，定受师父责罚。又看出他们三人内外武功均有传授，不是寻常，初上来决当得住；二蛇又经弟子叮嘱，只和来人取笑，使其空吹大气，一条也伤不得，反累得力尽精疲，甘拜下风便罢，不至于危害性命。不料事甚奇怪，母的一条竟不肯和江小客人为敌，却看着这黑客人生气发威，仍想两打一，吃弟子阻住，未敢上前。公的斗了一阵，先倒还好，双方看去是个平手，后来想是那口剑厉害，连那护身丹气均敌不住，黑客人身灵手巧，公的连吃了好几次亏。

"弟子在树上观斗，见蛇身已有了两道剑伤，幸是这条公的有千年内丹所化灵气护身，稍差一点，必被砍成几段无疑。一则觉着面子上下不去；二则见蛇受伤，心越不忿，欲使转败为胜，稍微出气。这才暗中发令，准其施展飞腾变化，用意只想稍给来人一点苦吃，使其知难而退，小胜即止。蛇则飞起，便听鹤鸣之声。母蛇早已闻声先退。公蛇也不是不想退藏，想是它自被收服，在庙中听经多年，直到师父来掌此庙，从未受人欺侮，无端受伤，于心不甘，闻声稍微迟疑了一下。弟子该死，不合好胜心重，答应它担承，方始未退，终想在师叔驾到以前出这一口恶气。许是见来人灵巧，不易得手，师叔又将驾到，一时情急，犯了性子，竟把来人认作真仇大敌，猛使全力进攻。弟子瞥见它猛然犯性，知道不是精通剑术的人决难抵御，忙要上前阻止时，师叔已乘仙鹤灵雪降临了。事是弟子做错，不过师叔不来，蛇不急于取胜，也不致动此伤人之念。总是弟子该死，与蛇无干。望乞师叔开恩饶恕。"说罢又跪拜下去。

道姑冷笑道："你倒说得好！你师父退隐多年，这三人均未成年，如何知道？否则三人师长与你师父多少总有点渊源，如知庙中主人是谁，当必登门拜谒，断无如此粗率之理。背后之言，何人能信？何况这里乱山荒凉，却有这么一个孤零零的大庙，他们既已在外走动，焉有不加猜疑之理？你未向人吐实，如何怪人谈论？庙中旧例，他们远方初来，如何得知？你非有意吓人，却是临事粗心，已唤人由后庙墙入内，既不守候，亦不告以禁忌。蛇乃恶毒之物，又生得如此长大，骤起相犯，任是何人也必不容。禅林清净之地，养此毒虫，外人不知底细，自易引人猜疑。并且此蛇猛恶我所深知，就来人拔刀防御，理所当然，怎得怪人无礼？

至于被你唤止以后，来人决不会不顾主人情面，仍非杀它不可。必是此子年轻，胸无城府，觉着这类恶毒之物于人有害，不应养在庙里，劝你除去，或者口气稍大。你便不服，想用妖蛇恶作剧，将来人困住，笑落一场快意。却不想此蛇天性凶野，雌蛇尤甚。你师伯去时，也曾再三叮嘱。平日因惧你师父法力，又是奉命管它之人，积久成习，庙中除你师徒，又无外人，自无所肆其凶威，你看去仿佛驯顺，能听话，实则并不可靠，一旦野性复发，便能肆毒为害。尤可恶是，来人俱是幼童，已然说出要往黄山。近日黄山，各派剑仙与好些昔年五台、华山漏网的余孽正在斗法，相持不下。适才我在空中遥望此子，所习禽形身法，正是正派剑术入门初步功夫，所用宝剑更是神物，分明不是陶道友的门人，也与他必有渊源。你如纵蛇伤人，异日相见，何以为情？这妖蛇我久已厌恶，只为你师父师伯再三相劝，怜它听经多年，修为不易，勉强相容。今又重蹈前习，如何能留？此事你也不能免责，还好意思与它求情！现在姑容缓死须臾，等我去前面见了你师父，再行发落便了。"

那蛇虽在鹤爪之下，本拿眼望着小尼，闻言好似害怕已极，连声哀鸣起来。鹤听蛇叫，意似有气，立把擒蛇的长爪一紧，蛇便痛得周身乱抖，神情越发畏惧。**直似《白蛇传·盗仙草》的场面。**

小尼先和道姑说话本带着笑，闻言也知不妙，面上立带惧容，口皮微动，似要告饶，当着外人又羞于出口之状。

黑摩勒、江明、童兴三人，早听出道姑是位正派中仙侠一流人物，再听提起江明的师父黄山斗法之事，知道辈分必尊，至少也和各人师长同辈，庙中住持也是一位同类人物，好生惊喜，恭恭敬敬站在一旁。等道姑把话说完，待要转身上殿，忙迎过去，躬身礼拜通名，自道各人师长是谁，并向道姑请问法讳，以及庙中长老是哪一位前辈神尼。

道姑止步，唤起笑道："我早看出你们来历了。黄山双方正在相持，此事还早。你们剑术尚未入门，敌党俱能上下天空，飞行绝迹，此时去了，不过潜伏在侧，或仗你们师长护持，侍侧观战，略看热闹而已，晚去些时无妨。我名吴岚，庙中住持乃我师兄玄莹大师，你三人中想必有人知道。此时大师师徒想在入定。可随我去至前面静室小坐，等大师入定回来，我二人也要前往黄山一行。你三人或是先行或是同往，那时再定吧。"

小尼接口道："好师叔，你跟师父说，让我也去吧。"吴岚道："你还怪他三人狂妄，你难道看不出几分来历？见面时，怎不把你师父名讳告知？可见成心。你每遇有点本领的人来此，必不安分。这类顽皮，不止一次。再若纵容，将来不知惹出什事呢！"

小尼慌道："师叔请看，殿台上所设斋饭已自用残，本心若存敌意，怎会如此！实是为这位黑师兄说话稍狂，因他自道就走，师父隐居在此，又不愿外人得知，故未请教姓名。早知内中有司空道长与陶真人的门下，也没有此事了。弟子实是荒疏，并非故意。师叔素疼爱我，再饶弟子一次吧！"

道姑道："还说不是故意！你就怕问出对方师长以后，不便和人恶闹，故不问明，以为万一事犯诿过之地，怎能瞒我？"

小尼听出道姑意犹未解，不禁面带愁容。黑、江二人俱听师长说过这两位前辈女剑仙的大名，无心相遇，又听同去黄山助阵，惊喜交集。闻言一想，自身是客，小尼本领煞是了得，先不知她来历，故存敌意，既是一家人，如听其为己受过，对方师长法令再一严厉，责罚太重，自己既难乎为情，无形中还与小尼结下嫌怨。何如就此消解，岂不是好？想定同声说道："吴师伯莫怪这位师兄。也是弟子一时无知，见荒山野地有此形势奇险而又隐秘的大庙，心中先生疑念，再见庙中有此大蛇，越发误解，语言失检所致。这位师兄如若受罚，弟子实是罪魁，心中如何能安？望乞师伯，连弟子等一并恕过初次吧！"

二人中，黑摩勒话更说得巧妙婉转得体。道姑笑对小尼道："我本不能饶你，现他二人锐身任过，意欲为你求免。我念在他远人初来，又是初次见面的后起之秀，不得不看点情面。我和你师父戒条法令你所深知，日后再犯，我连你师父也无须告知，便叫你难逃公道了。"

小尼喜道："弟子一时无知，下次怎还敢于妄为？不过那蛇现吃灵雪抓住，昔年此蛇便是灵雪抓来，想它内丹已非一日，只为师伯慈悲，看出它虽毒虫，尚未伤过生人，格外开恩度化，许其听经自修，兼充守庙之役，才得保全至今。在庙中多年一向驯善，只前年忽然犯了一次野性，杀的实是恶人。师父怪它不该如此凶野，除加以重责外，从此不令走出庙墙一步，每日只听经时得往前殿一次，平时均盘在树上。今日也是这位黑师兄来势特猛，事前弟子用传音管，听出来人妄言这里不是善地，心中有气。虽念事出无知，终想给来人一个没趣，试看他有多大本领，敢于如此自大。不特未对二蛇告诫，反对它说：'来人说话可恶，轻视我们。我已令他由后庙墙进来，因他不似恶人，不便出面。来时可给他一点颜色，只吓他一跳，不可伤人。他如识趣，知道厉害，你将他吓倒以后，我再故作不知，出来作好人。否则来人必还有点本领，你们务须将他困住，使其害怕讨饶才罢。切不要丢我的脸。'

"二蛇因上次伤的还是恶人，师父尚且加责，意似不敢。嗣经弟子强迫，一力担承，方始点头。初意开个心便罢，上来人蛇只在地上盘旋争斗，并未飞起。哪知黑师兄虽不会御剑飞行，这口仙剑却是厉害已极。嗣见那蛇已连吃亏。幸是黑师兄不知发挥此剑威力，否则内丹真气必为所破无疑。那蛇一面勉力应付，一面朝弟子急叫。弟子一则见不是路，又忿蛇吃了亏，转闹成了没脸，这才许它飞腾变化，以求得胜。原意稍占上风，奚落来人几句再行和解。乍飞起时，仍未施展全力。后因黑师兄轻功极好，并且身手灵巧，几次大险均吃避过。蛇身上又中了两剑，最厉害是末一剑中在尾上，竟将内丹所化真气砍破，几乎连皮骨一齐斩断。情急负痛之下，刚犯野性，便听师伯座下仙禽灵雪长鸣之声。这时，原定和江师兄斗的那条雌蛇，因昔年黄山陶师伯曾来此地，见过两面，先听弟子用隐语说：'来人要往黄山，看行径，许是陶师伯的门人后辈，只可惊吓窘迫，斗时务要留心，不可真的伤害。'雌的比雄蛇狡猾，性也较纯，知道对方师父和主人同道至交，惟恐事后受责，又见江师兄手无伤它之物，上来便无斗志，盘在地上一味延宕，不肯发动。恰值江师兄也似不愿动手。人蛇互相观望，一听鹤鸣，立即退藏树穴以内，走时，并唤雄蛇速退。

"弟子知道师叔一到，必不许蛇和人斗，如先退去，明是为了师叔驾到，来人必当是怕他才行逃走，平白使蛇受伤，气出不成，还落一个怕人，心不甘服。听出鹤声还远，以为尚未看见这里，忙催蛇以全力进攻，仍自妄想师叔未到以前略占一点上风。蛇本因伤记仇，仗有弟子为它一力担待，胆自大些，再听鹤鸣之声渐近，知道飞行神速，晃眼飞到，仇便难报，越发情急，所以才有最后一击。等弟子看出它猛发凶威，竟下杀着，这一下黑师兄如躲不过去，不死必伤，心中大惊，忙欲阻止，已自无及。如非师叔飞来得快，错必铸成，非但师叔不容，师父知道此事，弟子也不能免死了。如今总算天幸，彼此无事，还望念在此蛇受伤不轻，有激而发，又是弟子一人之过，恕过它这一次吧！"

吴岚闻言，微笑道："今日你师父入定，神游未归，我来得恰是时候，大大的便宜了你。孽虫无知，姑且寄死，以观后来。"说罢，回示顾唤："灵雪，暂宽孽虫一死，你自去吧。"随来仙鹤将爪一扬，蛇被掷出丈许，跌伏地上，略缓了缓气，往殿台上缓缓游来，到了吴岚面前，将头连点，似谢不杀之恩，见了吴岚，周身仍自抖颤，对于黑、江、童三人，竟未敢正眼一看。通身长才尺许，适才巨口开张，毒牙如钩，目射凶焰，口中红芯吞吐，飞腾变化，夭矫如龙，必欲得人而噬的猛恶之状，全去了个干净，竟似害怕已极。

吴岚手指黑摩勒，叱道："大胆妖蛇竟敢屡次行凶！今番有人求情，姑再饶你一死。这是我师侄黑摩勒，秦岭三老和陶隐君、司空老人俱是他的师长。我现将雄精丸赐他一粒，加上他这口宝剑，此后你只敢在遇上时再生恶念，不必他师长行诛，只这一丸一剑，便制你的死命而有余了。还不与我退回穴去！"

那蛇闻言，益发垂头丧气，身子抖得更凶，蛇眼中含着泪珠，懒洋洋缩退回去，退到殿台之下，身形一闪便即不见。

吴岚随由身上取出一粒龙眼大的黄丸，递与黑摩勒道："这蛇乃是异种，天性极为猛恶，又最记仇，无怨不报。上次所杀二贼，便为日里二蛇去至前山晒鳞，被二贼看见，打了它两镖。因听二贼口气，要来庙中寻人，误认是这里的朋友，怀忿遁回。可笑二贼明看出二蛇通灵变化，不同凡蛇，又亲见它退入庙内，依然半夜偷入，欲盗前庙主遗存的宝物。外贼入庙，本已不容，况又加上两镖之仇，蛇却凶狡，知道庙规不许它无故杀人，当时故意不现形拦阻，等二贼直入中殿藏宝之所，连师侄们全都惊动，发了恶口，方始突然上前，将两贼生生在殿柱上绞死。为示因公杀贼，不是有意噬人，杀人之后，连人血也未吃一口，便衔将出去扔掉，表明它不是为私杀人。事后受罚不重，胆子越大。只人稍对它存点恶意，便非报复不可，何况你今日又剑伤了它，决不就此甘休。当着我师徒自是不敢妄动，一旦狭路相逢，定必行凶无疑。因它机智，自知秉性奇毒，早晚难逃天人之诛，以前伏匿此山，便深居简出，专一吐纳修炼，不开杀口伤人。仗着藏处隐僻，也无人去惹它。后来我大师兄移居来此，望见后山毒气，和我同去搜索，将它寻到。此时二蛇全被仙鹤灵雪擒住，命系鹤爪之下，一言立毙。也是见它蛇牙特弯，未开过伤人的杀口；方始宽容，许以向道迁善生路。仍恐日后恶性难移，令其长年听经，再加告诫。现在神通日大，休看它一条蠢虫，寻常道术之士也制它不了。适是先有小师侄叮嘱，不令真个伤人。上来未施全力，你才未为所伤，否则也是凶多吉少。你此时剑术未成，如何能敌？现赐你这粒黄丸，乃千年雄黄之精，名为雄精丸，乃各种恶虫毒蛇的第一克制之物，一旦相遇，只将此宝照它掷去，落在地上发出一片黄烟，那蛇闻到，重则立毙，轻亦周身绵软，醉晕死去，任凭宰割，不会动转。非将此宝移去，隔上多时，决不回醒。就不出手，只带此宝在身上，百步以内，蛇虫也都避迹，不敢走道，偶有无知误犯，或风向相反，事前未闻出气味，只隔稍近，也自醉倒，实为深山独行防御虫蛇之至宝。况又经我重加制炼，效力愈大，一丸能用多次。你此后有它在身，便无足为虑了。"

黑摩勒无意之中得此奇宝，**吉人天佑，总有奇遇——此类小说制造白日梦的不二法门。**又得见这两位大名鼎鼎、隐迹多年难得相遇的前辈女剑仙，自然喜出望外，忙即拜谢收下。吴岚随令小尼陪了三人稍候，自往前殿走去。

黑摩勒问小尼道："适才彼此有误，还未得请教师兄法号呢。"小尼笑道："你们三人，只你这个小黑炭最坏！我叫清缘，还有一个未落发的师姊名叫玄玉。你今天把我看家蛇砍了好几剑，有师叔做主，我不敢强，心实恨你不过。我师父素来对外人有情面，尤其是后辈年轻的人，只能见到，有求必应。少时见了师父，你也帮我求一求，请师父准我也到黄山去走一趟，视回热闹，我便与你解去这扣如何？"

黑摩勒久闻这两位老前辈的威望，自己尚是初见，又是后辈，不敢骤然答应，略一沉吟。小尼清缘把怪眼一翻道："你不肯么？"黑摩勒笑道："听吴师伯说，黄山敌党甚多，像师兄这高本领的人能往相助，岂不是好？我并非不肯，只为初见二位师伯，随便开口，怕不答应吧？"

清缘道："那个不会。你是不知道我师父的脾气，最重交情。你的师长都是他的旧友，你又是个小孩，就说错了话，她也不生气。你不是会装呆吗？你见了我师父，可说敌党带有好几个小狗男女，这次双方斗法俱是一对一。各位师伯叔自不屑与小狗们交手，因此才令你三人赶去。并说这次事完，陶师伯便要封禁始信峰，在峰顶设炉熔化神钢金精，鼓铸仙剑。师父再如不允，我就有话说了。不问行不行，你只把话说到，我就承情，和我便算同道好友。以后无论你们有什难事，我必帮你三人如何？"

黑摩勒估量清缘有此名师传授，必是能手。适才为了自己，也实受点委曲。以前嫌她语言面目可憎，此时双方叙出渊源，转觉她滑稽爽快得有趣。心想把这丑鬼带往黄山，看看她到底有什本领也好，便笑答道："既然有词可借，少时我一定说便了。"

清缘闻言喜道："你这人实是有趣。我先恨你狂，如今想起，还是怪我明知你们来历还要取笑所致。我如早把话说明，哪有这些事呢？"童兴笑道："自来不打不成相识，我黑哥哥的脾气，向不肯吃人的亏。幸而人和蛇打个不分胜败。蛇虽挨了几剑，也看不出来。要是黑哥哥被蛇伤了，除非早晚他把蛇杀死，决完不了，也决不会理你。今天吴师叔到的正是时候，这样完结最好。黄山那些敌人，差不多都精剑术，有好些还会使妖法，你非去不可，一定也会飞剑的了？"

清缘笑道："我师父飞剑别有心法，与外人不同。我因一时得不到像黑师兄那样好的仙剑，只炼了百十根飞针。这次去黄山，是为我不比玄玉师姊可以随意出门，长年关在庙里，师父一入定就好些天。有时师姊再一出门，只剩我一人和一个烧饭的聋子老婆，实在闷人。想去散散心，看回热闹，另外还求陶师伯一点事，那也是他以前自己和我说过的。去是要去，并不一定就动手。"

江明接口道："你以前常见家师么？答应你什事，我从小便随家师在黄山长大，怎未听说起？我有一个申师兄，那年回山看望家师，走过这里，曾来此庙，也只说庙中方丈待客颇丰，似颇富足，看不出别的形迹。前庙主如是你的师伯，当然也和家师是朋友。我竟一点不知道，这是什么缘故？"

清缘笑嘻嘻道："那是你师父不肯和你说的缘故。休看你不认得我，你的来历我却尽知。有一次陶师伯路过来访，正值师父升座讲经，偶然谈起此事，不但是我，连那两条蛇也都听去。你没见今日和你对敌的那条蛇，对你通没一毫敌意？那晚来客颇多，离此东南十多里兵书峡小仙源隐居的老少四人也都在座，听陶师伯谈到你时，个个称赞。今晚乍见你三人，也只你最为安详厚重。如非黑师兄背后话不好听，见时又稍自大，不服这口气，见面时，我早说实话了。至于我求陶师伯的事情，也是在那一次，谈起好剑难得，知我没有合炼之剑，说他不久取来一个至友遗留的大块金精神铁，异日封山鼓铸，可以炼成好些利器。内有二十来口短剑最好，本是炼来分赠与那亡友有渊源的一些后辈。说我资质不差，能得师传，师父又与那亡友相识，答应将来给我一口。其实我是借这题目，那剑铸成，还不到时候呢。"

黑、江二人同声问道："兵书峡隐居的老少四人是谁？小的可是一男一女，看去和我差不多岁数的小孩？"

清缘含笑反问道："那两小兄妹，果然和你是差不多的岁数。这老少四人隐居兵书峡已将近十来年。他那地方，我师姊去过，有田有地，好山好水，无异世外桃源。只是四面高山危崖，由一山洞里面的夹壁缝出入，隐秘非常。家养的猛虎有好几只，外人决走不进去，也看不到他们的人。你要认得，当然知道来历，怎倒问我哩？"黑摩勒便把前由黄山归途因为追虎，与两小兄妹交手之事说了。

清缘道："原来如此。照这样，我还是不能说。其实这老少四个并非外人，我和你们，现在说起又是一家，有什么不能说的？不过他们曾经再三嘱咐，只师父师叔和有限三四人知道他的底细。师父也曾告诫：一任是谁，不许走口。我已答应了他们。你如本来知道，说还无妨，名姓都不晓得，我如何说呢？看他上次和你相遇情景，那洞中老人分明知道你的来历，仍未吐露姓名，也未叫你进去。那两小兄妹又是绕路回家，可知还有避忌，不到明言时候。否则，以你师长交情，他定要引你入洞款待，告以实话。便你回去，司空老人也早对你说实话了。请想，你司空师叔尚且知而不言，只令你下次路过再遇时留心，那意思无非要由老人自说。我如妄泄机密，不特他们知道怪我，便师父师叔亦不答应哩。迟早你自能明白，此时无什相干。这里头有好些原因，暂时不打听倒好。如真嫌闷在心里难受，少时如不随吴师叔同行，此去黄山，路绕数里路，便要经过他那里，不妨作为你自己的意思，前往一探。不论何时，你只在上次和两小兄妹交手时山洞外面略微徘徊，必有动静。如有人出，必是他兄妹二人，或是他家用的一个女蛮子。你见本人，相机问答不必说了。来的要是蛮女和那两虎，与你为难，却不可真动手伤他，只说我是来寻你主人的。他们如愿相见，必出答话，也许让你们进去一谈；如仍不愿，虎和蛮女必装不懂，一味朝你们猛扑。可不必与他一般见识，略微表白来意，各自上路便了。他们只想吓退来人，除非真正仇敌上门，决无伤害之意，况又打不过你们。如追上来，不去理他，也就罢了；如若穷追不舍，你再装发怒，回身一追，他也就势下台，与你斗上两三照面，落荒逃走。这样能见到人固合你意，见不到也无妨害。如由我口中说出，那就有好些不合适了。"

黑摩勒知道清缘人颇豪爽，所说也颇有理。一行三人本定今晚明早赶到黄山，因斗蛇一耽延，已空费了些时刻。吴岚入内去见玄莹大师，又去了好一会儿未出。这两位老前辈俱是飞仙剑侠，如若同行，得她们携带，自不消多少时候，再多迟延，只不挨到明午起身，也比预定的快。但她话未说准，去否未定，玄莹大师神游未归，尚在入定，不知何时回醒。主人来历又已得知，不能不修后辈之礼。万一这两位老前辈不去，仍是步行前往，赶路还来不及，哪还有什闲空再往兵书峡去逗留？此话岂非白说？随答道："你不是也要去黄山么？适才吴师伯也说要去的话，我三人自然随她一路。并非步行，怎得绕往兵书峡去呢？"

清缘道："我是说你定要知道他们姓名来历，只此一法。还有吴师叔，一向无论是往何处，总是孤身一人骑鹤独行居多，外人更是从未带过。据我猜想，她许和师父做一路，连我也是单走，或是令我随你们做一起。她适才虽说也许命你三人先走也许同路的话，并不一定是带了你们同到黄山，多半是等你们见过我师父以后，计议停当，同时上路。她自与师父同行，却另施法力送你三人起身。不论谁先到，她和师父不到时候是不会出面的。要是给你们飞行神符另外单走，反正没有多少时刻便可赶到，也不在这中途片刻耽延，你不是可以绕往兵书峡一行了么？"

江明为人，内聪明而外浑厚，自与母姊劫后重逢，得知自家身世实有难言隐痛以后，便留了心，随时观查，访听真情，已非一日。因见连黑摩勒这等至交尚且讳莫如深，可知关系重大，求知之念更切。来时路上，又见黑摩勒和童兴暗使眼色，抢口答话，不禁生疑。心料那洞中老少四人多半于己有关。闻得清缘知道四人来历，方自心喜，偏又是个知而不言，好生失望烦闷。闻言，还待设法探询。未及开口，忽听身后有女子口音叱道："清缘师妹，你还胡说些什么？又想引人去生事么？"

黑、江、童三人闻声回顾，身后殿门中走来一个年约十八九岁的少女，生得秀眉星目，肤如玉雪，又白又细，穿着一身玄色道装，与玉肤相映，更觉黑白分明，自然娴雅，容姿英秀，清丽绝尘，知是清缘未落发的师姊玄玉。**还珠写女侠，要不极丑，要不极美，绝不使其平庸。也是传奇文类的要求。**江明方想，主人乃是有道神尼，吴岚与她平辈，身着道装。尚可说是以前同在道教门下。此女既是玄莹大师门下，带发修行也还罢了，如何也着道家装束？名字又犯师讳，同着一字：一个玄莹，一个玄玉。外人听去，直似同门姊妹，哪像师徒？闻说大师规律素严，怎不将此女名字改掉？

正寻思间，清缘已迎上前去，笑答道："这三位小客人不是外人。那老少四人，黑师兄还曾见过。因他们再三向我盘问，想要知道底细，觉着情不可却。我想黑师兄又到仙源洞去过，双方并非没有渊源。行时去往洞外略绕，见否自在主人。我又没说什别的话，有什相干？"

说时，玄玉已自走近，一面向三人含笑点头为礼，一面向着清缘微带嗔容，答道："你还没说什么呢！三位师弟真要听你的话寻去，双方见面，不到时机便惹出事来，如何是好呢？"

清缘低头不语。玄玉又回向三人道："我妄自托大，到底痴长几岁，敬请听我一言。我知三位师弟年少好奇，觉着荒山中有此异人隐居，又与各人师长似有渊源，再加对方两小兄妹均有一身好本领，惺惺相惜，必欲一见，打听他们的底细。如是平常无事，不特我们理应尽情相告，并应领上门去，彼此结为良友才是。无如事关重要，内中实有难言之隐。这老少四位正在避仇隐迹、韬光养晦之际，论起来也非怯敌畏人，只为仇敌根深蒂固，人多势众，如被发觉踪迹，必来生事。虽说不怕，于将来之事却有阻碍。我愿三位师弟，由今日起只不去寻他，最好从此不提兵书峡三字。等到时机，各人师长自会告知，便三位师弟，也必参与此事。那时，复仇去恶，恩怨分明，岂不大快人心？比起此时一知半解，就见了面，闷葫芦仍难打破，徒自扰人清修，不能随意交往，不是强得多么？"

黑摩勒闻言立即省悟，忙答道："师姊言得极是。小弟也为那两小兄妹武功甚好，觉出是一家人。司空叔父有'过时留意'之言，并未禁止相见。恰值清缘师姊无心中说起，随便一问，并非定要往寻。再者，此时急于随二位师伯去往黄山，也无此闲暇。既是师姊力嘱慎秘，愚弟兄三人遵命便了。"

江明见二人如此应答，自然不便再问，只得闷在心里。童兴本来不甚关心，更是一说便自放过。

清缘随问玄玉："师姊穿了出门衣服，莫非师父已然做完定功、师叔把话说完，许你到黄山去了么？"玄玉道："师父业已回定，和师叔正谈黄山的事呢。师叔本想令你我和三位师弟一同上路。师父说：'适才入定，便为黄山之事神游前往。照眼前形势，去还不到时候。'知道三位师弟忙着起身。现在师父和师叔还有别的事，又等着一人，无暇与三位师弟相见，特赐飞行甲马三道，令先起身。师父先并没打算令我和清缘师妹往黄山去，因为师叔力说：'自从三次峨眉斗剑和青城派教主朱真人扫平竹山教群邪以后，**又伏前脉**。各异派中人消亡殆尽，漏网无多，只有眼前这些漏网余孽。起初各正教因见几次杀戮甚众，觉着这些漏网余孽既已匿迹销声，隐遁荒山野域，何必再为已甚？便听其自然，不再穷搜。

这些残余妖邪，几次死里逃生，已成惊弓之鸟，又见彼教中一干负盛名的老辈十九遭劫，全都胆寒。起初是但免一死，于愿已足，这多年来，虽然禀性难移，有时仍不免故态复萌，为害人民到底极少，并还是所收孽徒所为，本身为恶者实不多见，因此才得保全，无人寻他晦气。后来各正教中有名人物相继仙去，这伙余孽也静极思动，始而只是豪奢放纵，求谋宫室衣食之奉，继觉一些有大力的对头克星或已转劫重修，或已成道仙去，留下的一班后辈，大都与他法力不相上下，认为莫如我何，渐渐夜郎自大。有的广收门徒，意欲重创昔年教宗；有的想起昔年丧败之辱，勾动前仇，妄思报复。本来邪正水火不能并立，况又加上许多因果，互相勾结已非一日。只为昔年创巨痛深，怵于前车之鉴，只在暗中图谋，未敢遽然发难。直到去年，他们人数越众，又有两个自来便是尝胆卧薪、蓄谋报仇的能手，突起号召，声势益发增强。正准备明张旗鼓，与仇敌一决胜负存亡，恰赶上金华北山丐党打擂评理之事，有人前往邀约，立时乘机发难。初意事出仓促，仇敌必无警觉，他们约时约地，还可故示光明，却不知各正教中道友，高明之士颇多。不过自本门两辈师长仙去以后，奉命静修，不许显露行藏，炫世骇张，纵积善功，也极隐秘，无人得知。实则法力剑术虽然不如前人，哪一个也都不弱。鉴于近年群邪猖狂，早有除害之意。北山之会，暗中原有一番准备。这伙余孽尚不自知，内中又有两妖人曾与陶师伯有宿仇，故意把斗法地点约往黄山。这一对面，双方都想一网打尽。正派诸道友虽然法力高强，妖人中也有不少能者，此时正是旗鼓相当。道家四九重劫已过，似这次黄山的局面，以后决难遇到。'再三劝师父，令我二人前往见识见识。师父方始应允。我拜别时，师父吩咐，她和师叔不久也要前往，令清缘师妹无须拜别，等到天明三位师弟起身以后再行上路。所以我换了衣服出来，正赶上师妹又在生事，只顾劝阻，还未及说呢。"

清缘道："师姊真是慢性，话到这时才说，直和没事人一样。

师父既允我们去黄山，又不令你和三位师兄入见。说走便走吧，如何要等天亮呢？"

玄玉道："你只性急，哪里知道！听师父说，黄山众妖人先时只顾逞能，装大方，以为对头只有北山赴会的几位老前辈到黄山去，不过添上陶师伯一个劲敌，自恃练就邪法，也没放在眼里。等到了黄山一看，不特始信峰上，先有好几位硬对头在彼相待，并且连北山会场上的对头都未看清，好些高人俱出于他意料之外，跟着司空老人又把木尊者约去，陆续赶到的强敌也有不少。看出对方早有准备，表面仍自猖狂，暗中实已发慌。觉出隐恨多年，费了无数心力，好容易今日才有报复之机，再如挫败，不特奇耻大辱，而对头也必趁此时机将他们一网打尽。于是也横了心，以为年来在海外勾结了几个有本领的旁门炼士，可以求援。一面各施邪法，欲以全力拼命；一面分别向海内外同党友好求援。师父神游归来之前，已有三个妖党赶来，内中一个，乃昔年一音大师扫荡小南极四十六岛妖人时漏网的妖僧鱼头和尚，所喷妖烟邪雾厉害非常，下起手来更是又毒又快。幸有木尊者在场，识得他的来历，施展法力将他挡住，这面法力稍差的几位才未受伤，可是他那毒雾乃海中妖蜃之气炼成，消灭也非容易。如用大乙神雷将它击破，飞散人间，引起瘟疫流行，为祸更烈。师父当时正拟出手，万没想到，现在依还岭幻波池坐关的峨眉派第三代女剑仙上官仙姑，同一道友，往黄山文笔峰后看望崖壁内走火坐僵的一位女友。那女友乃餐霞大师的徒孙，因师祖餐霞大师和她师父女神童朱文相继成道仙去，奉了遗命，在黄山故居文笔峰洞内修炼，偶然疏忽，走火入魔。一班和她相厚的女同门，怜她资质不够而求进之心太甚，以致犯了本门规条，不许在凝碧仙府居住。幸得师长代为求情，始允罚往黄山故居独自修炼，以致受此苦难。除用法力将崖壁封合，闭了洞门，加以禁制，以防仇敌侵害外，并互约定，每隔三年轮流看望，准备等她修到难满孽终，助其成道，重返峨眉仙府。以前上官仙姑也正奉命坐关，不曾践约，此来尚是初次，恰好遇上，一到便用法宝将满空妖雾收去。鱼头和尚知道不妙，当时逃走。上官仙姑也未再出手，只和陶、李、蒲、娄诸老匆匆谈了两句，便往文笔峰飞去。不多一会儿，闻得峰后雷震，跟着便见三道光华破空飞去，想是将那走火坐僵同道救脱了难，一起飞走。众妖党见状才放了点心，又复猖獗起来。师父说到这里为止。她老人家一向不说空话，既命我们五人天明后走，必有原因。事情还有好几天，不愁赶不上。你这样心忙作什？"

清缘笑道："不是我心忙，实在是自从去年随你去游泰山，在泰安城里，无意之中做了那件错事。回来你又不肯代为隐瞒，照实举发。从此师父便不许我下山一步。你一人自由自在，随意走动惯了，自不觉得。我长年关在庙里，师父日常入定，你近来又回庙时少，剩我孤鬼一个，除了引逗那两条蛇，连话都没处说，多么难受！好容易师父开恩许我离庙，自然巴不得早点起身了。"

玄玉笑道："你今年也不算太小了，怎还如此童心？你平日守在庙里，不是正好用功么？就说有时闲来无聊，赶上师父入定，我不在庙，眼前放着一位高人，**顺便就再出一异人。总之，务使随处波澜，决不一笔使平。**不去讨教，却和那无知蠢蛇去玩。一听说出门，心便飞向九霄云外，恨不能一步赶到黄山。亏你还好意思说呢！"

清缘道："你说在偏殿烧火老太婆么？我见她装聋装哑的样子，就有气，谁耐烦向她讨教呢！既是用功好，外面又没人伴着你，如何你在庙里坐不住，常往外跑呢？你那脾气，难道就不闯祸？不过师父疼爱你，装不知道，又无人给你举发便了。"

玄玉闻言，把脸一红，微嗔道："你真糊涂！你只要向道心诚，奋力前修，将来便有承受衣钵之望。我虽蒙师父深恩教诲，拜师入门也有十多年了，法力虽然比你强些，至今不曾披剃，因为名字犯讳，向师父说了好几次，请求另赐一名。师父只说无妨，也未允许。如说我非禅门弟子，不堪造就，师父偏又尽心传授，好生不解。以前我想到这些便多疑虑，近年觉着师父也许是有心激励，才一意奋勉自修，去了愁烦。究竟能否以道力修为战胜定数，仍不可知。你是师父衣钵传人，自然管教得严厉一些，所学也多是根本功夫。我如何能与你比？固然我背地从不敢违背师命和本门戒条，你要把师父不管束我当是好事，那就看左了。休说师父，便是雷姑婆，背后也直夸你。她的道门虽和我们不同，到底多少年的修为和经历，和她讨教，终是有益。她在此韬光养晦，别人大概想见一面都难。近水楼台，你自贪玩，意存轻视，不与亲近，岂非可惜？"

清缘道："我是急性，她偏不爱说话，十问九不答，无论如何虔心请教，也换不出她三句话来。就拿前天说吧，她自和我们一起，每日烧火扫地，焚香撞钟，做些打杂的事，还不要人帮忙，永没离庙一步。前日天刚亮，她忽把近三日的事做完，特意寻我，说她好久没出门，想到外面看看，三两天就回，叫我代她烧香扫地，并说日内恐有人来，另做了三份好斋饭，放在香积厨内。我料准她下山有事，来的这三人也必非寻常，再三盘问，一言不发。后来我问得急了，她只说她有酬谢，不要我白代她做事，底下便封了口。我赌气走开，刚一转身的工夫，再找人已没了影子。她自不肯理我，使人没法亲近。我何尝在轻看她呢？"

玄玉道："雷姑婆近十年来虽听师父之言，在我们庙中隐修，当年好胜天性仍未全去。向这类高人讨教，没有耐性如何能行？实对你说，我为肯虚心求教，已得了好些益处。我看她对你甚为器重，你只要没有轻视之念，仅是一点稚气，早晚仍能得她指教。心不耐烦，仍是无用。"

清缘道："你哪知道！我每次对她都恭敬着呢。她不理我，有什法子？这些闲话不必说了。现在离天亮还有些时，师父脾气我知道，既没禁止早走，必不妨事。就有原因，也无关大局。并且有你一路，也不会出什大事。况难得今夜这好月光，还是我们五人一起走，又热闹，又有趣。"

玄玉道："你才得出门，又不听师父的话么？"清缘闻言不语，意颇怏怏。黑摩勒暗忖：玄玉姊妹奉命后走，必有缘故。主人不肯相见，留此无事。方欲辞别先行，忽觉微风飒然，随有一丝玄雾自空飞坠，便听清缘笑道："雷姑婆回来了。"

黑、江、童三人定睛一看，身侧忽添了一个庞眉皓发、扁脸笑额、凹鼻阔口、貌相丑怪、手执红漆杖的胖老太婆，笑嘻嘻对清缘道："你师父准你和玉姑到黄山去趁热闹么？"清缘故意哭丧着脸答道："许是许了，却命天明后走。三师叔现在里面，也不令我进见。我想先走，怕违师命又受罚呢。"说时，老太婆直如未闻，转身指着黑、江、童三人问玄玉道："我早料到有人要来，本定明午才回。适在外面忽然心动，怕你们要出门，赶早回来，竟自相遇，也算有缘呢。"玄玉行礼之后，含笑未答，清缘话也说完。

黑、江、童三人料定这老太婆必非常人，决不是什么烧饭香婆，一齐上前见礼。老太婆只把手微伸，口说："好好，你们起来。近年天罚我，不是聋，就是哑，总占一样。且喜今日还能说话，你们说的我也听不出，由我一个人说吧。现在黄山正打得热闹，**怪庙藏怪人，怪人养怪蛇，怪蛇出怪事，怪事引怪婆，怪婆讲怪物……如同佛门"十二因缘法"，层层因果相连。不同者，在以一"怪"相统摄，吸引读者眼球有奇效也。**此去途中许还有点事。你们五人此时前去，许能得点益处。来来来，我送你们一点东西。这五个梅了，走在路上，遇到口干舌燥得难受，泉水不中用时，可以拿它解渴。东西虽小，用处却大，切莫丢了。另外这五支小铁叉，是我这次出门和人要的，专能对付口里喷毒气、长着好些头的毒虫，最好五支一同应用。你们恰巧五人，刚刚合适。可惜这东西还有主人，你们只能算是借用，虽然用上一回就拉倒，到底省心得多。如没有它，万一走到黄山铁船头山峡以内，那毒虫闻到生人气味追了出来，你们用刀剑杀它，不论杀死与否，都要惹事害人了。有这小叉在手，只消一人对付一头，照那血窟窿里打去，把它钉在地上，各自走开，便没有事。到时主人自会寻来，将叉收去。如出来得快，将你们追上，问起这叉来历，无论如何说法，神气多恶，也不可以还手和顶嘴。你们不动，他是不会伤人的。你们也无须对他怎样恭敬，只说你四师叔看见有人拿这叉生事欺人，代收了来，知道你们要路过铁船头山谷，托你们送还，就便把害除去；知道叉主人不忘十五年前玉女峰月夜之言，底下的事自会料理，故此丢下走去。再问别的话，一概不知，交叉人的踪迹更不可说。如真拦路强问，可答以前日紫盖峰下相遇，**又一次"前拓展"，留迟想空间。**是个丑胖老太婆，身侧还同有一个麻脸的白衣女子。他便没话可说，自然放你们上路走了。这也算是我的一件未了的事。我此时不愿与叉主人相见，托你们办正好。可惜我太穷，身无长物，那五个梅子算作酬劳吧。这东西不是附近出产，来路颇远，人家送我，还没舍得吃它，再者，平白无故吃了也可惜。吃完，梅核不要丢掉，玄玉、清缘两核自带回庙，你们三个可留着，种在各人所住的地方，将来也许还有用处呢。""**后拓展"，留悬念，不一定解决，形成开放文本。**说罢，随将梅子和叉分给五人。

五人接过一看，那叉长约七寸，中锋特长，两辅锋尖微微内向，通体铁质。叉柄刻有篆铭，形制虽极古朴，铁锈斑驳，看去并不锋利，也无亮光。那梅子却是希奇，从未见过，只有龙眼大，色如红玉，入手便闻到一股香味，清芬入鼻，心神为之一爽。黑、江、童三人瞥见玄玉面有喜色，清缘口皮微动，含笑欲语，吃玄玉使眼色止住；知非常物，忙同拜谢。雷姑婆又道："我话已说完，耳朵不灵，你们说的话我也听不清楚。想早走时，你们各自走吧。你师父师叔日后如问，说是我老太婆胆大妄为，教你们走的。有什责罚，由我代领好了。"说罢，也不俟答言，便往殿内走去。

清缘自是高兴，笑嘻嘻朝她身后扮了一个鬼脸，吃玄玉怒目瞪了一眼。众人方欲起身，忽听雷姑婆在前殿门外自言自语道："小鬼头莫太得意，路上不是太顺当呢。"清缘闻言，低语道："不好，这老太婆又说鬼话呢。我非找她去！"口说着话，脚底忙要往前追去，又吃玄玉一把抓住，低声喝道："师父就在中殿，不要你此时入见。你赶了去，留神不教你走呢！"清缘方始快快而止。

玄玉见她意似还要说话，便先对众人说道："雷姑婆是师父老友，既有她老人家做主，师父一定准她情面，休说早走一步，就是不留神有了无心的小过失，也必从轻发落。我们可以放心大胆，做一路走了。"黑摩勒想起玄玉适才所说之言，恐内有别的文章，不便同行，方欲开口，提说分路，作前后两拨起身。玄玉连使眼色，说道："时已不早，我们此时自是一同走好。有什话，到了路上边走边说吧，省得多挨时候。"

黑摩勒见她前后之言不符，好生不解，闻言只得罢了。玄玉随向黑摩勒等三人道："我在前面领路吧。"说完，便往右侧假山洞中钻进。黑摩勒等随在后面，见洞径曲窄不平，光景甚是幽黑，如非各人都是好目力，直难辨路。又太险峻，有的地方，窄仅容人。上下四外都是突出来的磊砢怪石，阻碍横生。走了四五个转折，仍未走出洞去。

童兴年幼，忍不住道："这洞里黑暗难行，还不如自我们来路越墙出去爽快呢。"清缘笑道："你们来路，中间一段要绕好长一段才到山脚，哪有这里省事又近得多？黑暗难行的路，只开头这五六转。因你三人初来路生，不能快走，所以气闷。再转一两转，穿出伏龙洞，就可随意加快了。总共还不到一里半路，心急作什？"说时，地势忽转高大。

黑、江、童三人瞥见前面靠洞壁暗影之中，好似蟠着一大堆，有三点茶杯大小蓝紫色的星光停在上面，前头不远，隔着一排竹棚。心疑那是先遇二蛇潜伏之所，蓝紫光华便是蛇的眼睛。继一想，蛇只两眼，如系二蛇同栖，目光应是两对，怎会只有三点光华？再一注视，不特光色与先见二蛇目光不同，光并发呆，不似二蛇凶芒四射，大小也差得多。俱觉奇怪，方欲询问此是何物。玄玉、清缘似早料到三人要问，各自摇手示意，并令放轻脚步。行近竹棚前面，忽改向右，又由一极窄的夹壁小径穿出。面前忽然开朗，洞顶也越发高大，只是上面钟乳四垂，两壁奇石罗列，时有未凝冻的石钟乳自洞顶滴滴下垂，落在地上，越积越厚，日久年深，逐渐凝固，变成许多奇形怪状、孔窍玲珑、势欲飞舞的乳笋。更有大片绵亘上面的历历下垂，在地的向上堆积拥起。有的接连不断，有的似断还续，不绝如缕。有的当中空出一段，都是通体晶明若冰，莹滑如玉。

童兴因见洞中黑暗，只有上下钟乳晶光回映，仗着好目力，仅能辨认，方笑说："这好景致，可惜太黑。如若有亮一照，想必更好看呢。黑哥哥，你把宝剑取出来，晃它两晃试试。"黑摩勒闻言，方欲拔剑，玄玉连忙阻住，低喝道："朝这里走，本是一时方便。拔你那剑，万使不得！留神惊动那怪物，我们走又费手脚了。你们想要亮光照看钟乳么？前面还有好的哩。且随我到那里，再照给你们看好了。"说罢，留神侧耳，向来路略微静听，无什响动，方又前行，转到左侧洞壁之下，路便阻住。清缘忙抢向前，伸手朝壁间划了几下，左手伸入一个小石孔中往外一拉，一片白光微微一闪，壁上一块三尺方圆的怪石随手立起，和小门一样，虽然开放，左边沿仍紧附在壁上。清缘等众人钻将过去，回手将石带好，二次划了几划。又是一片白光闪过，石块重又填好，回了原状，封合无痕。随笑道："这里就不妨事了，你们随便说笑照看吧。"

黑、江、童三人见那地方较前更大，乃是一座十亩方圆的广洞，钟乳更多，千奇百怪，不知有多少形色，但都位列井井，自然疏密，高下相间，不似来路一面丛杂，到处牵衣绊足，阻碍横生。未及开口，玄玉已把双手连搓了几下，倏的往外一扬，立有一团明光升起。前面恰有大片钟乳自顶下垂，横亘当中。光华一照，合洞通明，宛如天花宝盖，缨络锦屏，浮光泛彩，五色缤纷，眩人双目，奇丽无俦。不禁拍手，连声称妙，赞不绝口。清缘笑道："你们看着好么？多看两眼，再走不远，就出去了。"

三人心仍惦着黄山之行，闻言，无暇贪玩奇景，匆匆观赏，便同前行。走完这片钟乳四垂的广洞，又穿入一个小洞里面，通体皆石，无什可观。那团明光早吃玄玉招回，用手指定，悬向头上照路。小洞长不十丈，转瞬走完。到了尽头之处，又走入一个高宽只得七尺的石甬路内。江明心细，见那甬路大小宽窄如一，既直且长，通体浑成，极似人工凿就，忍不住问道："二位师姊，如适见伏龙洞内有一怪物蟠卧，这条石甬路又如此整齐划一，可是师伯法力开通的么？"

清缘笑道："谁说不是？如不为那怪物，我们在原地方住得好好，还不会移居到这等荒凉僻陋的野庙里来呢。也是师父心太慈了，不论有多可恶的东西，只要没伤过生人，或是受迫反噬，无心之过，总说众生修为较人艰难十倍不止，到此气候，大不容易。轻易不肯伤害，有时还要费上许多心力，为它去掉恶根，再用佛光解化，务使改邪归正，去恶从善，超劫成道。自己却惹下许多麻烦，也不在意，常是如此。要是我的话，这条怪蛟我早杀死它了。"

玄玉道："你知道什么！师父因这七星蛟那么凶恶之物，只为一念感恩，宁甘自身失却飞腾四海之机，在大雷雨夜用它长身护住浙江堤岸，末了还被恩人误认怪物，恐伤他的田舍，合家老少九个好武功的人拿了刀剑，以全力想制之于死地，它仍顺受，不肯力抗，终于错过时机，负伤遁入荒谷绝涧之中，受那泥涂污湿之苦，心行可嘉；一面又想起三十年后，黄河将有怪鱼攻陷堤岸，发动水灾，用它护堤，以毒攻毒，再妙没有。为此将它收服，许以异日助它成就正果。**纯属横生枝节。偶一为之，可以横生趣味，调整节奏；如多，恐难免于芜杂。**只这东西，天生暴性未驯，必须以佛法化解，身又过于长大，一时没有安顿。恰值师伯远行，本庙留下两条驯养的毒蛇，庙正建在山上，为此施展法力，由后山腹强穿一洞。起意原为此山石质坚顽，禁闭此怪可以省力，也未推算。等到打通数十丈，在尽头处开一小洞，给它栖止。过了数月，它忽自内里攻穿出来，到了后殿院中，与二蛇争斗起来。师父入定，神游未回，经雷姑婆将它制住，赶了回去，才知山腹里面竟是空的，还有钟乳奇景。同时师父在定中也知此事，回来重又行法，将通后殿的一头也加上禁制。因这东西前月忽然犯性，意欲随时去至山后游行，师父恐其生事，没有答应，意颇怏怏。故此适才走过时，防它惊醒，又和上次你惹那事一样。师父度化此蛟，原有深意呢。"说时，甬道已自走完。

三人见那尽头处，乃是一片浑成石壁，只壁上画有一个大圈，方以为和适才石门相似，可以行法开放。忽听清缘笑道："开这石门，我却无此法力，还是师姊你来吧。"玄玉笑道："你要能开，不知又多出什么花样了。"说罢，令众后退，走到壁下，盘膝面壁坐定，把手朝上一指，先前照路的那团光华往下一沉，正罩在玄玉头上。

清缘笑道："师姊莫忙，让我来引发它。"玄玉微笑未答，清缘站向前去，把手一扬，立有一道白光飞出，射向对面石壁之上。剑光到处，面前倏地奇亮。随听轰轰之声，洞壁忽隐，现出大片五色云光，霞辉闪闪，耀目难睁。清缘跟着招回白光，护住全身，往光霞冲去。两下才一接触，那五色云光立化为万千大小漩涡，电一般疾转起来。清缘连冲两次，均被阻住，没有穿过。

玄玉笑说："算了吧，莫耽延了。"清缘已一声清啸，第三次又奋力急冲过去。这次居然未被阻住，冲入云光之中，但是事情更糟，一到里面，便连人带白光齐被光霞卷去，宛如一叶小舟落入恶浪漩涡以内，随同急转，无力振拔，眼看越陷越深。黑、江、童三人看出形势不妙，方代忧急，忽见清缘白光，在对壁光漩中强自挣扎了两下，紧跟着一声霹雳，一片火星爆过，清缘在白光环绕之下脱身飞去。壁间禁法也被触动，无数长箭形的彩光精芒，怒潮也似，由清缘身后直射过来。

玄玉早有准备，见状更不怠慢，双手同掐灵诀，迎头一扬，便有一蓬祥光飞出，向前压去。那无数精芒箭雨好似遇见克星，立被挡回原处。满壁彩霞连闪了几闪，倏地隐去，现出原来洞壁，只中间却多了丈许方圆一圈佛光，祥辉澄静，看去似虚似实，甚是清明。清缘便对三人道："洞门已开，这光就是出口，先随我走出去吧。"三人见玄玉仍坐未动，知尚行法未毕，清缘已当先往佛光中飞将过去，便相继纵起，跟着随入，里面果是空的。所经之处，也无什感觉。共只七八丈深，便自走完。出去一看，斜月西坠，正挂林梢，空山寂寥，清风萧萧，人已到了洞外。回顾来路，只是危崖削壁之间有一深洞。正要探头往里细看，忽听洞内起了一片风雷之声，随见玄玉在青白光华围拥之下急飞出来，身后灵光乱闪，风雷大作。刚飞出洞，手掐灵诀，回身往后一扬，洞口霞光一闪，风雷立止。再看出口壁洞已然合拢，更无形迹。

三人见玄玉、清缘俱有如此法力，好生惊赞不置。童兴便问："此是何处？照我揣测，我们先时走过，怎么我们来时未见有这好景致？"玄玉道："这便是后山左侧崖谷，其实就在你们来路旁边，相隔不过三四丈远，因师父不愿外人时来扰她的功课，又以庙有一蛟二蛇，俱是凶恶之性，恐外人无知，生事激怒，法力封禁之外，为防万一，又将这后山峡谷行法隐去。你们只见丛莽密布、荆棘过人的一片陡坡，自然就错过去了。"那峡谷本在黑、江、童三人来路近山麓处，地势已颇险峻。好在三人俱有一身轻功，玄玉、清缘更不必说。众人且说且行，一晃便自越过，驰下坡去，走上去黄山的道路。黑摩勒又对玄玉道："二位师姊俱精飞剑。此去黄山，剑遁飞行晃眼即至，和我三人一路跋涉，这路不冤枉走的么？师姊如无什事，只当闲游，同行尚可，如为迁就我们，多此一番跋涉，就不必了。"

清缘笑道："你这小黑鬼怎如此贫嘴？我们有事自然先走，谁还与你客气不成？"黑摩勒见她说话仍是初见时滑稽神情，也笑道："我不过因问师姊，随便把你带上。你既不识抬举，谁管你呢！"清缘笑嘻嘻又想开口，玄玉拦道："师妹，你知黑师弟的心意，是为了适才在庙中初见时听我传命，说师父吩咐，要等三位师弟天明起身然后上路，以为我二人有心客套，违命迁就，心老不安，一再提说分路的话。实则我是故意那等说法，内中还有别的文章，等我少时一说，就明白了。如此若无有缘故，请想，师父师叔之命，如未禀明，敢于违背么？"

清缘插口道："我明白了，可是为了那位老太婆，这里头还有她的事，想要激她出头么？"玄玉道："你知道什么！随口乱说，无怪师叔说你毛包，枉有一点小巧，有时仍不免于坏事，实在不错。一句话也藏不住。就有话，何必忙在这一时说呢？"

黑摩勒听出内中实有文章，同行并非专为迁就自己，便不再开口。清缘还要说时，忽听远远天边一声鹤鸣。清缘笑道："三师叔座下仙禽灵雪回来了。刚才飞走时我没有问，不知为了何事？它和我还好，等我唤它下来问一问。"

玄玉道："这事我尚略知一二，灵雪不能人语，手比太繁，只把它带回来的信一看就明白了。它见了我，定必飞降，成了常例，我在外面相遇好些次了。它那目力最强，多远都能看见。这鸣声多半为我而发。"

话还未说完，又听一声鹤鸣，相隔已近。众人抬头一看，晴空万里，更无纤云。遥见西北天边有一点银星，在残月疏星之下背着碧霄移动，宛如流星过渡，其行绝速，越飞近越大，晃眼工夫，现出灵鹤全身，到了众人前面。玄玉刚唤得一声"阿灵"，一阵疾风，飒然飞坠，鹤已落下，连头到脚足有八尺以上，单脚立在地上，另一爪却抓有一封书信。

玄玉笑道："阿灵师弟，你把地方都跑到了么，这是哪位道长的回信？给我看看。"那鹤应了一声，随将右爪扬起。玄玉接过一看，信并不曾封口，取出一看，面上微现惊疑之色。鹤复扬爪指着西方，叫了几声，玄玉问道："你说丹枫岭那怪物出来了么？"鹤便将头连点。清缘凑近前去，想要书信观看，玄玉已将信递还。鹤仍用爪接过抓紧，长啸一声，冲霄飞起，直上高空，展开雪羽，略一盘旋，似弩箭脱弦般往来路一面飞去，转瞬之间剩了一个小白点，出没遥空青蔼之中。清缘急唤"阿灵"，并未回应，白点连闪两闪便自无踪。

清缘恨道："想不到人情势利，自我受师叔责罚之后，连这扁毛东西也势利起来。"玄玉笑道："你少咒骂。阿灵耳朵尖，留神被它听去，过天遇上事，给苦头你吃呢。"清缘道："便听去我也不怕。这东西太可恶了！先前因我指使庙中二蛇与黑师兄开玩笑，并非真事，它由远方飞来，一到便逞能干，狐假虎威，将大花儿像曲鳝一般抓起。那意思，只师叔略一开口，便把蛇身抓成粉碎的神气。我在旁边向师叔那么苦求，它只望着师叔的脸，爪子抓得更紧，全不讲一点情面。直到后来，师叔开恩宽恕，它奉命飞走，始终连正眼也未看我。此时相遇，只把信与你看，又未理我。早晚遇上机会，我还要给它一点苦吃呢。谁还怕它不成？"

玄玉道："怕自然是不怕，不过它日常随着师叔，偶然传书远出，也在外面无多耽延，轻易不和师叔离开。你那一套促狭，全不易使上。等你有事需它相助时，它却故意延挨，或是给你使坏，就难说了。"

清缘越气道："它一个扁毛东西，就我在外遇上难事，也决不会需它相助。至于师叔有命，它如违背放刁，我不会举发么？"玄玉道："阿灵已近千年气候，不比泛常。你此次黄山归来，不久便要下山修积，如何能保以后用不着它？信否由你，但盼它没听见最好。"

清缘道："你少长它的志！闲话少说，那信是谁的？说些什么？与黄山的事有关么？"玄玉道："我刚劝你性子不要这急，又忘了么？如若无什相干，我早说了，何消你问！阿灵不肯把信与你看，便为你口太快之故，这还看不出来？等到前途，我一齐对你们说明详情，不是一样？"

清缘忿忿答道："好，爱说不说，随你的便！你早晚也有用我的时候。先前不说还许有点因由，这信又不是什隐秘的事，师叔命阿灵走时，我本在侧，只为花儿犯了野性，师叔正在气头上，我没有敢问罢了。这也值当隐瞒？真要机密的话，阿灵从不敢违命徇私。无论平日和你多好，也不会与你看了。"

玄玉答道："你真说得对。实告诉你，信上的事不特不应隐瞒，发信的那位老前辈，并还算出我们现在途中，特命阿灵迎来，先与我们看呢。"清缘怒道："既然有我的份，你是师姊，将信交你原可，为何独你看完，不肯明言呢？"幺玉道："事虽有你在内，但是由我主持，到时自会转告。你忙作什？"

清缘还欲反唇相讥，忽把眉毛一扬，嬉着一张丑脸笑道："你向来为人不是这样藏头露尾，我先吃你蒙住，现在我已明白，师父的话本来就不是那么说的，为想巧使老太婆，连我也瞒在一起，对与不对？要不的话，休说师父的意思，便是三师叔的话，你也不会违背，如何会出尔反尔，与黑师弟他们一起行呢？"

玄玉闻言面色一沉，正要发话，又回头看了看来路，对众说道："我这清缘师妹本是累世修积，根骨深厚，不知怎的，老改不了顽皮天性，也不问是什地方，多关紧要的事，一味任性而行，胆量又大口又快，只一想到就说出来。既喜疾恶，又爱与人作闹。我以前曾受她累，所以稍有关碍的话便不能先使闻知。即以现在之事而论，幸是离庙已远。否则，我们前途便有一件难事，非得一位老前辈暗助不可。先前她如得知，现出辞色，被人看破，不特应用之宝借不到手，万一前途有了急难，那人也不会出头来管，岂不冤枉？"

清缘笑道："我料得如何，你当我真呆么？我是恨你一向喜欢小题大作，做张做智，故意逗你玩的。你初来后殿见我们时，既说要等黑师兄他们走后才能起身，就该让他们早走，为何要留他们到天明？后来老太婆一回来，你又借人口风，执意同他三人一路，全没把师父的话放在心上。我早就看出你的用意，明是你在前面，听出此行有需人相助之处，老太婆脾气古怪，比你还会装腔，明言必被拒绝。知她还不怎讨厌我，平日又不轻托人，日前出外，命我代她焚香扫殿，回来对我必有一点好处，归期也必在今夜，只拿不定是什么时候。如此假托师命，要在天明以后分两路起身，一则是等老太婆回来，相机求助；二则知道她行踪飘倏，来去如电，神机莫测，本体仿佛又聋又哑，元灵所注，百里以内事物，纤微皆悉。也许我们说话时她已在侧，或是人不知鬼不觉，骤然飞回。既恐被她听去，又恐我不小心露出口风。我忙着起身，故意以师命留难，实则做与她看。到了路上，犹恐发觉，不肯吐露，欲待事完或是走远再说。你平日枉自聪明，也不想想，这位老太婆是好哄的么？就算当时被你瞒过，只怕庙门还没走出，她早觉察出来了。据我想，这位老人家为了减消前孽，一面韬光养晦，装聋作哑，来我庙中焚香扫院，任那香火婆子的贱役；一面暗中随时神游，在外修积。这次忽然形神同出，连多年不曾离庙的原身也走出去，回时神情又那么高兴，必有原因。此行如非合她心意，你怎么连诳带激，任凭用什法子也无用处。休看我们平日无论求她什事，多半置如罔闻，仔细想想，后来哪一条没有如我们的心愿？不过表面不是由她便了。先前我也糊涂，近来方始省悟。你还说她对你好，得过益处，怎这一层没有明白？真要有事，转不如实言相告。她就表面不允，暗中也必玉成。用权诈套她，或是激将，反而不妥。我平日和她嘻嘻哈哈，虽没有你礼数恭敬，但是真实无欺。我敢断言，她对我比你还要好些。你适才那等行诈，以为得计，那就左了。幸而她已有主见，事在必行，不然的话，还许你要吃亏呢！不信，将来自有应验，就知道我的话对了。"

玄玉道："你说的话不为无见，我也知道不易隐瞒。但是此事内中颇有渊源曲折，非如此做作不可。不然，我们与她老人家终年同在一起，就算瞒过一时，日后还见她面不见？天下事不论真假，总要做得像个样子，不可使她面子上下不来，连装都没法装，不是糟么？"清缘道："我不似你，专喜弄些花腔。只是实话实说，该如何便如何，也没见什过不去的事。"

第二十二回　绝壑耀奇辉　氛雾若云迷海色
　　　　　　腥香收毒物　兽虫如织赴鲸吞

　　童兴忍不住问道："二位师姊争论这一路,到底是为了什么？"玄玉道："你们适才庙中所遇雷姑婆,原是旁门散仙中有名人物,人却正派。只为性情孤僻,恩怨过于分明,早年造了好些无心之孽。这些年忽然悔悟,因和家师、师叔俱是旧交,又帮过她一次大忙,她这人向例有德必报,觉着受了家师的恩,偏又无从报答,为此发愿,焚香扫地,为我师徒做些杂事,以示报答之意,并借以隐居避仇,忏悔前孽,在我庙中隐迹已有好几年了。平日做完应做的事,时常独自神游在外,修积功德,本身却从未离庙一步。她虽自居香火婆子,师父、师叔任她怎么自卑,始终以至交道友相待,我们这些后辈更无庸说。她却老是装聋装哑,疯疯癫癫。不理她没事,一向她恭敬求教,表面必要受她嘲骂几句,可是所求的事,以后多半如愿,偏又与她无什关联,语言行事,处处叫人难测。也曾背地偷问家师两次,老是笑而不答,仅知她法力甚高,这几年在我庙中清修,神通好似更大。只观察不出所以然来。还有她平日行事照例独断独行,不容第二人开口,明明可行的好事,只朝她一说,便决不管。我深知她的习性,恰巧这次黄山之行,有两件难事非她相助不可。我听师叔口气,内中一件,与她还没关联。她未始不愿我们成功,为她减消未来孽累。但是不能明说,最好由我设词引逗,才能如愿。我由前殿来,已然领有机宜。我知她性拗,惯和家师相左,喜与数争,又最看重清缘师妹。算计她将回来,故意假托师命,要等天明再走,果然被她回来听去。她匆匆回庙，不及细想，闻言误以为家师非令我姊妹天明客去才许起身，是因算出途遇妖物将要难满脱禁，恐我们中道惹事树敌之故。于是想起昔年与人订约打赌之事，正好假手我们前往，将怪除去，以应前言；又恰巧是五人同往，人数正够。这才做主令我们起身，并借法宝应用，指示机宜应付之法。那意思是家师、师叔二人所虑，有她到时出来承当，不必挂念。但是她生平行事，向不喜落人算计之中，虽然是她心愿、彼此有益的事，就明知中了我们算计，不揭穿总好得多。**已得仙道，犹有儿童心理！一笑。**适才不肯泄露，便由于此。"

江明道："二位师姊俱有法力。我弟兄三人只会一点武功。照此形势，那妖物想必厉害。我三人随去能有用么？莫要妖物除不成，反给二位师姊添一累赘，那才糟呢！"

玄玉道："师弟不必太谦。一则各有一柄制妖物的飞叉；二则那东西刚刚难满回醒，元气未复。尤其黑师弟这口灵辰剑，乃昔年古仙人炼魔奇珍，不畏邪污，有此一剑，我们力量更大。雷姑婆要三位师弟同去，未始不是想用此剑为助呢。"江明道："那铁船头地名颇生，我生长黄山，怎未听人说起？"

玄玉道："那地方就在文殊院西面深谷之中，地绝凶险，常人足迹轻易不能走到。便在黄山住上一两代的山民，知道此地的，也不见得有几个。陶师伯又恐你年轻惹事，自来未曾提过，你怎知悉？本来谷中有两条捷径，一通后山鳌鱼口，一通天都、始信二峰。只为尽头处住有一位怪人，隐居在内近百年了，不到谷外走动也有二三十年。一师一徒，与雷姑婆原是同门之交，渊源甚深。如是别人，照她老人家的脾气，早就下手，无须许多用心了。这师徒二人法力甚高，虽非玄门正宗，只是性情乖僻，从未做什恶事，辈分也尊。我们此去，如若应付得好，对方也许拿我们当客看待，不特此时无事，将来遇上事，还可得到她一点照应；如是应付不好，这人比雷姑婆脾气还怪，一成仇，必令门人寻仇报复，只管纠缠不休。她那里收服驯养的奇禽异兽虫蛇之类又多，近年闻说她因这些东西常被门人偷偷放出，在外生事，已然封闭洞内。不知确否。虽然那除怪物的地方离她本洞还远，到底不可不防。我们到了那里，无论见到什么，除那怪物以外，都须小心。如遇见人，那是她门下弟子，也许她元神便附在那人身上。见时尤应有礼貌，不问她辞色如何强横，均须忍受，不可得罪。最好能在她每日炼形入定，一干门人照例守护在侧不能离开之际，我们急上加快，除了怪物就走，不和那班人照面。事后自有雷姑婆和她解说，暂时不去和她对面，就省事了。"

江明道："照此说来，那怪人可是昔年在西崆峒破百兽窟的那位丑仙人鲁瑾么？"又凭空出来一个"丑仙人"，再次形成"开放性文本"。直至八年后，创作《柳湖侠隐》，才交代这个鲁瑾的来龙去脉。清缘笑答："正是此人。她虽移居在你邻近，踪迹甚为隐秘。尤其她遭劫坐僵多年，旧名早已无人提起，你怎知道？"

江明道："我是听家师说的。因为上年随侍家师始信峰顶观玩云海，到了半夜，云涛被天风吹散，月华清美，碧空澄霁。忽见东南方远处山谷之中，接连起了五六道青红黑各色的烟子，都是匹练也似笔直朝天斜射，那大山风，全摇不动。烟中有的涌起一团火球，有的喷起大小青银二色的星火，对着月光一面，上下跳踯不停。最后又由下面放出大片光华。似这样的有个把时辰，方始相继敛去。这时月光忽被云遮，本来四山阴暗。我想下去，家师吩咐暂停，还有奇景可看。果然隔不一会儿，后现那片白光忽又大放光明，照得整座黄山明如白昼，约有刻许光景，直到月出才又退去，不再出现。近年黄山，每当有星无月之夜，山中常时夜明。屡问家师，俱都含笑不答。我初见黑气升起，疑是妖物，曾向家师询问。先不肯说，只令静看。后来回到洞中，家师才说，本山附近有一邻居，已然隐此多年，是位老处女，名叫鲁瑾。头有肉角，生相奇丑。当初原是前辈散仙百禽道人公冶黄的师侄，睡尼潘度之徒。为了性情乖僻，私习旁门法术，行事刚愎，屡犯教规，被乃师逐出门墙。过不几年，乃师尸解仙去，因她生具异禀，睡尼平生只此一个门徒，虽以犯规被逐，未得承袭衣钵，法力仍甚高强。但有一桩怪癖，最喜收服驯养各种奇禽怪兽以及通灵的虫蛇之类。这类恶毒之品，俱秉两间戾气而生，如何能使长久驯善安分？她又曾习左道法术，门下几个弟子俱非善良之辈，生相更是个个丑怪异常，每带了这些恶毒之物，在外惹事伤人。后被百禽道长知悉，大加斥责。一则自觉无颜；二则师父、师伯均不满意她为人，也生了好些愧悔。表面只管倔强，心实内怯。一意想照以前师传虔修仙业，便舍了西崆峒故居，辗转迁移，来到这黄山附近幽谷之中隐居修炼。那几个丑怪门徒和所驯养的一些禽兽怪物仍然随着。总算受了百禽道长一次惩罚，不再似前纵容门徒，本身既不走开一步，门人也不许擅自行动，规法又严，所以近二三十年来未怎生事，难得有人提她师徒姓名。可是这些恶徒虽然无故不许出外，以前也有人行经当地，不招惹她没事，至多放些禽兽怪物出来吓人，不致吃什大亏。要是来人无知，见她长得丑怪，或是话不留神冒犯了他们，或是一见惊奇，多看她几眼，立是一个乱子。常人还好，就吃点苦头，不致丧命。如是有法力的人走过，犯了她恶，再要不是敌手，一败休想活命。她平时法严，出了事却极护短。总说她避地荒山，所居之处，仙凡足迹均所难到。对方如非有意生事，上门欺人，怎会争斗起来？即或无心相值，也必见她们人长丑陋，横加嘲笑，因而触怒。不问事后如何，当时必定袒护恶徒，还不得甘休。自从初来，连发生了两次恶斗之后，真辈分高有法力的人，犯不上去惹她，法力差的，大都互相告诫，视为畏途。地本幽僻，极少有人走到，先后已住数十年了。那晚所见各种颜色的斜直妖气和那光华，俱是所豢蛇兽怪物的内丹，由那几个丑怪女徒率领出来，乘着星月之夜，吸收天宇清灵之气。命我以后见到，只是静观，不许多说，更决不许往那一方山谷之中走动，地名却是未知。所以二位师姊所说铁船头，我不知道。如是这位老前辈，我们去了，真须小心哩。”

众人脚程俱快，边说边走，已走了不少的路。玄玉道："我们走黄山，本可不出那里经过，而行前雷姑婆却说我们要走那里。不是她有心示意我们替她行事，便是别有深意。我们自己该走原路。那地方虽是隐秘险阻，人迹不到，相隔我们应走的路，只有一片广长危崖。空山传音，大概隔山唤人都可听见，何况主人师徒又具神通。她们比谁都难惹，专说她一面的理。现在还有三数十里之遥，便到主人所居危崖背后。依我之见，暂时仍照我们应走的路走，看看有无什事发生。等到崖下，如无什事，再照雷姑婆所说行事。好在那地方我知道，往侧一绕，由乱树丛中越过一片断壁便可到达，也不多费什事。如能作出无心撞上，并非有意入她禁地，见面责难起来，岂不更有理些？"

清缘笑道："师姊真有心计，一点亏也不吃。这么一来，中途如无事故，便算是代雷姑婆行事，回来又可卖一人情，对不对？"玄玉道："那倒不然，对雷姑婆也不应如此私心。不过未曾行兵，先防败路，当地主人太难说话，自己多留一点地步总好。我们越走越近，已快到达，她们精灵已极，前面不要再提此事吧。"

众人闻言，各自振起精神，暗中戒备，一味哑走，更不再加谈论，都想早了此事。语声一住，脚底益发加快。三数十里的途程，众人走起来自是迅速，因行处还有一道山岭挡住，虽然隔近，那崖仍看不见。玄玉、江明先后一说，众人存了戒心，脚底走路，逐处都在留神。

玄玉正以手指示意，告知众人：转过前面岭角，越过一个山坡，再行三四里，便到铁船头的危崖后面。忽听远远传来各种野兽的啸声，甚是凄凉繁杂。江明听出，内中杂有虎豹豺狼之类猛兽，不禁诧道："黄山虽大，这类猛兽并不怎多，出来也是日落黄昏前后，多在丛莽偏僻之处出没。现在大白日里，时候还早，怎会成群吼叫？"说时，众人也刚由岭角转过。天色本来晴朗，来路一带并无什风，这一拐过岭那面去，忽听前面山风大作，呼呼怒吼，势甚猛恶。可是附近一带仍是好好的，连树枝和草都未怎吹动。

　　黑摩勒、江明俱是久惯山行，情知有异，往前一看，隔坡那一面尘雾飞扬，滚滚高起，上空天色依然晴霁未变，下面被那山坡挡住，除尘头高涨而外，均看不见。互打一个手势，飞也似往坡上驰去。晃眼相继赶到坡顶之上，见面前地势甚广，像似一大片盆地，中间陂陀甚多。坡下横着一条去始信峰的山径，坡对面斜横着一片绵亘不断的危峰峭壁，势险高陡，雄险异常。循径右去，到了前面，便与那崖成了平行，山势也渐收束，只对坡一面离崖最远，约有半里之遥，崖势到此，渐失高整，有如几处裂缝和缺口。那尘头起处，便在对崖里面。

　　众人看时，一阵阵的旋风卷起十多丈的尘雾，正和走马灯一般，由右而左，在缺口里面驰过，怒涛也似，一浪赶一浪，已然过去了好几阵，后面尘头兀自追逐不已，势甚迅疾。因这两处崖口裂缝最低，崖内地势比外面还要平衍，立处坡顶颇高，正可看到对崖里面景物。当头两阵风头过去，众人只当山中怪风，未怎往下注视，先没看真。及见风头一阵接一阵逐队直驰，与寻常旋风有异，定睛一看，原来尘沙滚滚中，竟有不少生物在内，以先过的不曾看到，后看这几阵，似是鹿和山羊之类，百十为群，箭也似急，朝前蹿去。那旋风尘雾，便是这些野兽飞驰激起，尘头却比前几阵低些。下余俱是大小蛇蟒，风沙之势最猛，行驰也最迅疾，一条条似匹练一般往前抛起，有的五色斑斓，有的银光闪闪，由三二尺起到十余丈长短，为数之多，不可数计，越往后越长大，五光十色，奇形怪状，不一其类。所过之处，激得地上尘雾浮空，蜿蜒宛如一道灰色长虹横亘山半，比起前头一阵逐一阵的又自不同。

　　众人本都是疾恶的天性，尤其黑摩勒自从得了灵辰仙剑，听秦岭三老等一班前辈剑仙纷谈此剑妙用，并还专戮妖物，便喜在心里，屡欲大展身手，一试此剑威力。哪知在花家打完播出来，在荒山古庙之中遇到清缘，激他和庙中二灵蛇相斗，出手便碰了钉子。如非救星从天外飞来，几乎还吃了大亏。后来互说渊源，双方虽成一家，少年好胜心情，总觉上来不应先说大话，这是一件丢人的事。口中不言，心实自愧。难得遇见这等机会，误以为山中蛇蟒追杀灵兽，既忿蛇蟒凶残，又想山中寺观和樵采居民颇多，有此蛇群盘踞，岂非大害？本着师训，见了固应除去，再者，杀它几条大的，也可证实前言，遮遮庙中羞脸。虽然为数大多，不是一人之力所能胜任，好在同行人众，玄玉、清缘均精剑术，自己一引头，势必随同上前，断无袖手旁观之理。

想到这里，胆气一壮，刚要开口起步，童兴已先喊道："你们快看，哪来这些大蛇，我到前面找地方看看去。"口说着话，脚底一点劲，早往坡下纵落，往前面崖缺赶去。黑摩勒随喝道："这多毒蛇如不除去，要留多少祸害！万万容它不得！二位师姊还不下手！"说罢跟踪纵落，飞也似往前赶去。

江明见二人相继纵落，也忙随后赶去。那崖缺口一排三个，对坡和左前面一个最是浅豁，当中一口较高。童兴见蛇势猛盛，未敢轻惹，只想往对面崖上觅地隐伏，暗中窥看，下坡便照直往对面缺口跑去。黑摩勒志在除害，见蛇群已过不少，恐赶去蛇将过完，不能多杀，特意往最前面缺口抄去。江明虽和黑摩勒交厚，平日亲如手足，遇事照例同上，这次因见蛇群太多，觉着黑摩勒手有仙剑自然无妨，童兴年幼势孤，恐有失闪，意欲将他唤回，同往前面缺口，与黑摩勒一齐下坡，没追黑摩勒，却向童兴追去。

这一来，三人成了两起。崖势原颇弯斜，中间又多突出之处。黑摩勒去时，原是满身勇气，及至赶近缺口一看，那蛇多半又大又长，微昂着头，身子微微一躬，便似弩箭脱弦一般，由右往左横射过去，为数又多。远看还不觉十分可怕，这一临近，见那蛇群过处，地上尘沙滚滚，搅起一条粗大无匹的灰虹。尘雾之中，一二十丈的蛇影，三五参差，似电一般掣过。鳞光隐隐闪动，蛇眼凶光，青红蓝绿，各色都有。又似流星飞射，一瞥即逝。后面还来之不已，往往数十为群，最小的也有丈余长短、碗口粗细，奇形怪状，势子又劲又疾。别的不说，单是随着蛇行带起来的风声，便尖厉刺耳，令人心悸。左近一带草木固是乱飞乱舞，摇摆不停，连那崖壁也轰轰震撼，起了极大回应。**超自然的自然想象。**怪风声中，还夹着许多树木折断、石土崩落之声，料是前途树木挡了蛇路，被它撞折而起，声势之猛恶，端的从来未见，人如何敢轻撄其锋！这才知道，除它不是容易。自己虽有仙剑，拦腰下手，杀它几条，并非不能，但是来势既多且猛，前蛇一死，余蛇一齐冲来。就把宝剑舞个风雨不透，挨中就死，为数这多，也难应付。休说被它乘隙撞上，难于活命，所喷毒气便难防御，一被喷中，非受其害不可。心渐内怯，略一停顿，那蛇便似流水一般过了好些。及至看出那蛇都是一味照直前蹿，头也不回，意似争向前面，有个一定去处，不是追杀山中生物。

蛇群已然过完，忙追近去一看，蛇群离去，腥风尘雾依然绵亘未散，略微闻嗅到一些，便觉头脑昏眩，不禁惊异。暗忖：这东西真个厉害！过后余腥尚且如此凶毒，如若冒失邀截，定为所伤无疑。不敢再进。偏头往蛇群去路一看，原来那崖也是一条长蛇形势，沿着里面崖脚，乃是一片宽长野地。最前面林木蓊翳，另有一片山崖横亘右侧，与这长崖不相连属。遥望尘雾，蜿蜒如龙，正往林中蹿进。蛇群影子犹在雾中隐现，晃眼之间，全数投入，只剩尘雾未息。

方自凝望，寻思无策，忽听崖上有人唤道："黑师兄，那蛇俱已到了前面山谷之中，正好全数诛戮。我们还不追去？"抬头一看，正是清缘同了江明、童兴，由崖上寻来。黑摩勒想起适才不合一时勇气，又闹了个虎头蛇尾，**"又"字好，凸显黑摩勒接连小挫。技高性傲好胜者，须时有小挫方可玉成。否则神武如关羽，终有麦城之失。**心中内愧，笑答道："我只说可以拦腰杀它几条，哪知这等多法！除了二位师姊飞剑，人真不能近身。大师姊呢，怎未随来？这多恶毒之物留在世上，将来要害死多少生灵！二位师姊用飞剑仙法合力将它除去，岂不是好？"

清缘笑道："你说蛇蟒凶毒，前面还有比它凶毒十倍的东西在那里呢！你没往高处过，不曾望见。蛇蟒虽多，十九是往前途送死，越是长大猛毒的，越难得逃活命。大师姊本还不想伸手，因这蛇群后面，另随有一条奇毒无比的怪蛇，已然气候将成，与前面谷中怪物一样，也以吞食蛇蟒为粮，专残同类，凶毒无比。以前曾经路遇，吃大师姊断去它一条长尾，因它行走如风，比箭还快，终于被它逃脱。性又狡猾通灵，复仇之心更重，自那次断尾之后，只要大师姊在这附近三四百里以内经过，人一落地，它必暗中追蹑伏伺，意欲乘隙毒杀，报那一剑之仇。**正所谓已通灵。**所用方法却是阴毒巧诈，本身现形只得一次。因它事前蓄意仇杀，算计大师姊常时往来，预先相好地点，在地底穿有许多又深又长、歧道甚多的洞穴。身在地下，**动物也知地道战法。一笑。**只把口目露出一些，与谷中相平。外面并借草树山石掩迹，万看不出。它那毒气内丹厉害非常，能喷射出老高老远，如不知底，休说由它身侧走过，喷中必死，便是飞行稍低，被它喷上，功力稍差的人也禁受不住。更可恶的是穴口甚多，下面俱相通的。它见一处不能下手，又往第二处伏伺。人在上走，它在下追，一点也无奈它何。幸而大师姊机警，以前连发现它狡毒之计，过时格外留心戒备。这次又是特为搜寻它而来，意欲一劳永逸，将它除去，才未中它暗算。否则，即以大师姊的功力，如无防备，被它冷不防迎面猛扑上来，虽有灵丹不致送命，一样也吃它的亏。就这样，仍吃兔脱，没搜寻到，白费了好些心。这东西也真乖巧，这一次过后，自知报仇无望，永不再现。在大师姊眼里，适才蛇群过时，这东西正在后面，那条断尾已然长成一个大肉球，七只眼睛也瞎了四只，正想暗混蛇群之内，往前面去与谷中怪物火并。不料冤家路窄，被大师姊看见，忙在暗中布好罗网。暂时还借它的力量去与谷中怪物恶斗，减消许多毒气。静等它归途回去，自投死路。为了这东西过于机警灵巧，防其逃脱，不能不加紧密，所以来得晚些。只等这些蛇虫猛兽过完，稍停片刻前往正是时候，那时大师姊也就到了。"人蛇恩仇记。

童兴道："这不都过完了么，我们先去看看何妨？"清缘道："这类奇毒恶物，大都气机相引。据大师姊说，谷中怪物尚未见过。雷师婆性情古怪，又未曾说，不知何名，恐是盘蝫、游风一类。这类毒物，每逢腹饥思食之际，只要几声怪叫，或是放出它特有毒气，所在三数百里以内，禽兽虫蛇无不赶往俯首送死，供其咀嚼。直到它吃饱兴尽，醉眠不动，收了毒香气味，方始狼狈退走。越是鸷禽猛兽、毒虫蛇蟒，越是争先恐后，甘膏毒吻。尤奇的是，只要那地方毒虫蛇蟒繁殖太多，当地将难容纳，渐要蔓延四逸为祸人间，必有这类怪物出来，给它一扫而光。**奇怪的生态理论。**所以这类怪物虽是奇毒凶烈，却有一件好处，只要人能设法制除，不妨听其生长，用以消灭太多的虫蛇猛兽，实是再妙没有。刚才过的只是蛇兽之类，别的毒虫因没蛇兽行走迅速，想必还在后面，没有见到一个，如何能算过完？并且蛇蟒有毒性的居多，蛇群过去以后，地上卷起来的尘雾聚而不散，内中含有不少毒气。我们只一吸进鼻子里去，重则中毒晕倒，死活难定；轻亦头昏脑眩，口腹烦渴。那谷口就在林后，更无别路。前面毒雾未尽散去，我们可由谷顶上走，到底小心一些，等大师姊来了同走，方可万全。此事不问如何，也在必办，忙什么呢？"

众人立处，原在道旁近崖壁一片山石之上。下面杂草本甚繁茂，因吃蛇兽践踏，压成两三丈宽一条驰路，好些地方草已枯黑。众人只顾谈话，目光多注蛇群去路，不曾留意右方来路。这时，忽听下面草地里窸窣爬沙之声甚急，跟着群响骚然，飒飒之声四起。循声一看，先是许多蜈蚣，十九为群，其长均在尺半以上，**自然未有还珠造。**最大者几达三尺，一条条昂首张钳，目射金碧凶光，身上闪着红蓝紫三色光华，两列铁一般的短足划行如飞，由草皮上疾驰而过。大的过完，后面还有七八寸长一群小蜈蚣，为数何止千百！远望过去，宛如一片锦云贴地疾飞，甚是好看。

蜈蚣过净，后面跟着来了不少大蝎子，多半都是灰色，其中最短的也有六七寸，长的竟达三尺以上。各摇舞着两只铁叉也似的长钳，尾后毒钩上翘，口里喷着毒水，疾如奔马，成群结队往前驶去。蝎子过完，又见守宫壁虎之类，行径大略相似。本来尘雾未消，再吃这些蜈蚣、蝎子等奇毒恶虫一驶过，雾影中又添上一缕缕一片片的绿烟彩气。众人立处虽然较高，相隔蛇虫所经雾阵约在五六丈远近，已不时闻到奇腥之气，刺鼻难闻，头脑也觉有点发闷。知道雾气奇毒，远处已是如此，身在雾中必无幸免。

又待一会儿，所有各类毒虫全数过尽，玄玉仍未见来。毒雾已消沉了十之八九，四人正商量由高处绕道赶往，忽然一阵山风起处，沙石惊飞，尘土高扬，林木萧萧，势如涛涌。黑摩勒因见地上沙尘被风卷起，向人扑面飞来，方想起这些尘土多半染有奇毒，忙喝道：“风沙有毒，大家留意，快把气息屏住！”哪知只顾招呼旁人，却忘了自己。话未话完，鼻间便微微闻到一股子腥味，同时空中飞来一只怪鸟。众人抬头一看，那鸟身大如马，两翼展开长几两丈。狗头独角，足粗而短，铁爪若箕，大约三尺，后尾短秃，钢羽若箭，根根猬立。通体俱是油光水滑的翠毛，映日生辉，鲜艳夺目。一只突出的圆眼，约有两寸大小，金光电射，凶威怖人，端的猛恶无比！初发现时，飞得极高，看那意思，也似往左方密林后面的峡谷中飞去，本已飞过众人头上，江、童二人年纪都轻，从未见过这类猛恶庞大的怪鸟，心中一惊，不禁便出了声，各喊：“黑哥哥，快看怪鸟！”那鸟想似发现下面有人，立即回身，在空中略一回旋，忽似飞星下泻一般，直往四人当顶扑到，势子猛急非常。相隔还有三四丈，两只钢爪便自舒开，那双火眼金睛所射出的凶光，已注到众人头上。

黑摩勒见那凶鸟回翔下视，二目凶光似两点金星，上下飞舞，腰间灵辰剑也在不住振动，便知不妙。手刚握紧剑柄，待要拔出以备不测，怪鸟已自飞临头上往下扑来。鸟未飞落以前，本就狂风呼呼，石卷沙飞，这一临近，当时猛觉眼前一暗，一股极强劲的风力，泰山压顶般当头罩下，逼得人气都透不转来，身也乱摇，不能自主。江、童二人，一个还能往侧纵开；一个起步稍迟，便被风力裹住，身虽作出横斜欲纵之势，脚却不曾离地，直似一个系在地上的假人，定在那里。黑摩勒见势迫危临，一时情急，也没看清怪鸟离头还有多高，猛奋神威，运足平生之力，一剑往上撩去。本心是想剑光芒尾甚长，连身纵起，出其不意给它一剑，双方势子都急，怪鸟决躲不脱，不杀死也必重伤。哪知风力太大，劲急无比，气被逼住，口张不开，怪鸟又是下压之势，力大异常。宝剑虽撩上去，身子却被风力压住，仅纵起数尺高下。

黑摩勒目力本极敏锐，百忙中瞥见怪鸟二目中两道金光正对自己脸上，强烈耀眼。身未纵起，上下相隔还有三丈多高，这一剑又用得力猛，如若一剑撩空，照怪鸟下击之势那等神速，风力更大，自己身手不能随意挥动，回手收势再砍第二剑，决来不及。心中一寒，方觉要糟。说时迟，那时快！就在这心念微动、事机瞬息之际，剑尖芒尾倏地暴长数丈，一道青光已随手向上撩过。耳边只听磔的一声厉啸过处，又见白光一闪，身猛一轻，随着自己上纵、将落未落之势，忽然改下为上，似被风力裹住往上升起，不禁大惊。连忙收剑护住头面，往下一挣，猛又觉几点骤雨打向身上，鼻端隐闻血腥气味，下面又是叮叮几响。一面定睛观望。

原来怪鸟似被剑光撩中，已经冲霄飞去，因为来得太快，去势更急，两翼风力太大，将人兜起，吃这一挣，方始挣落。黑摩勒到地一看，怪鸟飞得不知去向。江、童二人相继赶来，手中各持着未发完的暗器，已离原立之处十许丈了。

三人见面，江明面上略有惊喜之容，还好一些，童兴已是面如土色。再看清缘，未在原地，回顾不及。心想适才惊慌匆迫之中，口张不开，也忘了她有飞剑法力，可以抵御；此时不见，难道似她这等精通剑术的人，也怕怪鸟厉害，逃避开去不成？正向江、童二人询问，可见清缘何往。忽听破空之声，随见两道剑光疾如流星，自空飞坠落地。一看，正是玄玉、清缘二人。

未及发问，清缘先埋怨黑摩勒道："这类身有至宝的大恶鸟，多少年也难遇到一次。好容易看见我们，自送上来求死，那是多好的事！眼看入网，你偏心急，将它惊走，多么可惜！不必说了。似此恶鸟，留在世上要害多少生物，不是你造的孽么？大师姊如若早来一步，或是它上来没受那一下重伤也好，偏又来晚了些，我也费许多力气，仍被逃走。此鸟机警通灵，已被滑脱，再来除它，取那两粒宝珠，可艰难了。"**这些修道人，总是见宝心喜，闻宝心动。似乎不够清净。**

黑摩勒闻言，才知清缘适才原有戒备，是想以人为饵。自己因见来势过于猛恶，惊慌之下，一剑没有杀死，将鸟惊走，以致追赶不上。方想回问清缘先何不说，玄玉已接口笑道："事有前定。你先以此鸟灵警，想借三位师弟惊惧逃避之状诱使上当，不曾预先叮嘱。却没想到他们年纪虽轻，都是生具异禀奇质，与常人不同。各人都有一身好武功，身边带有暗器，个个胆大好胜，怎肯任怪鸟随意抓攫，何况黑师弟又有一口灵辰仙剑，除非有言在前，焉有不出手的？你自错想，如何能埋怨人？我看这类恶鸟与此地两怪物一样，凶戾之气大半机息相引，此番必是有为而来。据你说所逃不是来路，只管通灵机警，因那一剑只擦中左腿，不能算重。只我们踪迹隐秘一些，它看不见，必当是无心路过，少时仍要回转，还许去至谷中与两怪物相并都不一定。该你的仍是你的，悔惜它作甚？倒是我们现在便要入谷守伺，除那怪物，黑师弟身上染有鸟血，比起生人气息更易被那怪物警觉，非先去掉不可。我见来路不远有一溪涧，且到那里洗去了吧。"

黑摩勒一看，身上果有寸许大小血点四五处，适才空中骤雨乃是鸟血飞洒，匆迫之间，竟未觉察，不禁好笑。

童兴急于想往谷中观看怪物和蛇兽毒虫吞并奇景，一听玄玉要黑摩勒去洗衣上鸟血，笑问道："黑哥哥，把外衣脱下好了，此时忙着洗它作什？"玄玉道："你不知道，那怪鸟乃东海墨云岛犬鹜，狡诈非常。它挨了一剑，再吃空中飞剑一追，已知我们不好惹。如若闻到黑师弟衣上血腥，必不敢再往谷中飞落。就此被它滑脱，不特遗害无穷，它身上还有两件宝贝，丢了也自可惜，所以血衣非洗净不可。休看适才蛇兽毒虫那样成群疾驶过去，实则离谷中怪物出洞之时尚早。适才我自空中遥望，还没有影子呢。我们去了，也是等着，并且停得时久，还须防到山风吹动，毒气中人。你和江师弟如若好奇心甚，可随我先往谷中一看，但须听我招呼，不得随意出声行动。清缘陪了黑师弟去洗血衣，后去好了。”

江明道：“忙什么？我们还是一起的好。”黑摩勒却道：“洗件衣服，无须大家同去。你们都走，我一人洗完血迹，自会寻来。”玄玉道：“黑师弟休错想，我令清缘作伴，不是防你遇上什么事须人相助，乃是防那怪鸟万一飞回，你虽有仙剑在手，不能升空追逐。我们这样一分开，不论谁遇上，都可将它除去，岂不是好？”

黑摩勒不便再说，五人便即分手。玄玉即领江、童二人由高处绕道往谷中走去，黑摩勒、清缘便寻溪涧洗涤身上血污。因怪鸟这一耽延，俱把适才风起所闻腥毒之气忘却。那溪涧在空中看去虽近，由下面走，也有三里多路。仗着二人俱走得快，一会儿也自赶到。清缘笑道：“你弄不惯这个。好在是上衣，你脱下来，我替你洗吧。”黑摩勒这一路上已和清缘说得投机，也不作客套，一看内里衬衣也被污血浸透，便同脱下。清缘接过，令在涧旁树下坐候，也往涧中纵落，代为洗涤。

黑摩勒方想洗衣不能立时晒干，时候久了，岂不误事？忽听清缘在涧中唤道：“黑师兄，衣服洗净了。你在此稍等一会儿，我代你吹干去。请不要走远，我就回来的。”声随人起，跟着便见清缘双手张着湿衣，驾了剑遁，高飞入云。黑摩勒心想空中风大，这样吹干衣服，主意果是不差。看这一丑尼姑，年纪比自己大不多少，居然练到飞行绝迹地步。自己虽幸得了一口仙剑，又拜在最负盛名的剑仙门下，但是秦岭之行暂时还不能去，何时可将剑术练成，尚自难料。葛师一番期爱的厚意，黄山事完，必须先往相从，又不应舍了而去。这一随他学艺，便要耽延好些日月了。

黑摩勒一面心内寻思，一面见清缘尚在高空飞翔未下，随意起立，循涧闲步。走了几步，觉着有些口渴，见那涧水甚清，意欲饮些，便纵落下去，因嫌当地洗过血污，便欲往上流取饮。那片涧岸原是高低错落，突兀陡峭，上流一带俱是削壁直下，没有落脚之处，又未带有汲水器具，必须低头俯饮，加以崖上藤树杂花密茂，好些突出涧中，时有落花飘坠水面。黑摩勒本来好洁，正择地间，忽然想起：此山毒虫蛇蟒甚多，焉知涧中没有窟穴？涧底泥多，更有积年飘落的花草树叶，怎会如此清澈干净，水面上连点浮萍水苔都无？是否可饮，拿它不定，还是寻到它那发源之处饮用，比较稳妥。

　　心念一动，见对面是一浅滩，立即纵将过去。落地一看，地甚宽大，再往上是片平斜的草坡，坡上林木蓊翳，草莽繁密，地上不时发现各种野兽脚印，中还杂有好几处蛇行蜿蜒之迹，俱由坡上行来，到水方止。越知此是蛇兽平日饮水之地，便顺浅滩往前驰去。脚程飞快，接连两个转折过去，忽听瀑声轰轰震耳，抬头一看，前面不远已到尽头，绝壁悬崖之上悬着一条丈许宽的大瀑布。崖势孤突，形如龙口开张，离地二三十丈。瀑自龙口怒喷而出，水势极猛，四面又无依附，直似一条玉龙凌空倒挂，直注涧中。水雾蒸腾，玉涌珠飞，寒气森森，侵人肌肤，声如雷轰，震得山谷皆起回应。方想来路相隔不远，这么大的声势，怎会先前一无所闻，走近方始觉察？猛瞥见水柱往下飞坠，瀑势一收，水源立涸，只剩余水点滴，仿佛上面水口突然被人关闭一样。**还嫌怪物世界不够热闹，无端再生一枝节。**

　　黑摩勒素来好事，觉着这么大的瀑布，说住便住，水势收得太快，又见那形如龙口的发源之所，四外寸草不生，连苔藓都没一点，相隔两丈以外，却围着一圈碧葱葱的肥苔，草树丛生，因得水气常时滋润，苍翠欲滴。越看越奇，附近恰有一根兀立的石笋，高约两丈，斜对着那龙口，便纵将上去。身才立定，一眼瞥见龙口里面似有黄光一闪，口也甚深，朝内弯斜，宛如巨吻开张，隐闻里面水声轰轰，势颇猛烈。想起上次巧得灵辰剑的甜头，不禁心动。略一观察形势，便由石笋巅上飞身往对面龙口内纵去，两下相隔，高低远近相差约在两三丈之间。

刚离石笋纵起，还没飞到，猛觉一股寒气对面扑来，力量绝大，骤出不意，身子竟被撞退了些，同时耳听水声怒吼，龙口内似有白光飞出。黑摩勒身正凌空，吃那冷气一撞，已然往侧斜退，如换旁人，凌空无从着力，决禁不住这一撞，非跌坠涧底不可！此时前进已是不能，来路石笋巅大窄小，后退又不易找到落脚之处。总算轻功得有高明传授，心思又极灵警，长于应变，匆促之间一见情势不妙，立即变计，施展师传身法，就着寒气猛撞，往侧歪退之势，身子凌空，往侧一翻，由原来"飞燕入帘"的去势，化作"风卷残花"，接连在空中两个翻转，避开正面，再化一个"飞鹰觅兔"之势，觑准涧岸缺口断崖，飞身纵落。

说时迟，那时快！他这里刚吃寒气一撞，人未翻落，龙口内的飞瀑已似狂涛怒涌，猛喷出来，水势较前更猛。翻退之势稍缓一瞬，必被冲倒无疑。

黑摩勒见是瀑布重又喷发，心神略定，暗幸未被喷中，闹得通体淋漓。只是龙口里面黄光决非水影，不能忘情，并且黄光一闪，飞瀑重喷，两下好似关联，尤为可疑，如非宝物，也是怪物所炼内丹之类。二次又往石笋上纵去，仔细一看，瀑势甚大，由龙口内怒涌而出，直注涧底，水光如银，映日生辉，巨声震耳，山鸣谷应，崖壁摇摇，似欲崩堕，水将龙口撑满，什么也看不见。其势不能穿瀑而入，不知何时方始收住。清缘一会儿将湿衣吹干，便须去往铁船头峡谷之中除那怪物，事完即去黄山，无暇在此久候。如若真是宝物，就此舍去，岂不可惜？正想高呼清缘下来观察，借她法力避水入视，以免日后被外人发现，搜寻了去。**恋宝情结**。还未出声，这次瀑布收得更快，水柱倏地往下一堕，忽又停止。龙口内水一干，立有茶杯大小一团黄光徐徐升上，到了口边，在日光斜照之下停住，又微微升起了些，凌空急转不休。因先上来，黄光初出，看得逼真，益发断定是件异宝，更欲取走。因想此宝既能自行上下，又与瀑布收发相连，定是通灵之物。如不及早下手，一被警觉，定必逃入泉眼之内，再想它出现，便是难事。

念头一转，更不寻思，立往岩石龙口内飞去。纵时，黑摩勒已然闻到飞剑破空之声往下飞坠，只为时机匆促，稍纵即逝，一举不得，黄光受惊遁回，定难再现。自己身有要事，又无暇在此久候，似此奇珍异宝，失之交臂，岂不可惜？所以去势极快，既未寻思，也未向空仰视。

也是机缘凑巧，黑摩勒该当有此佳遇。那泉眼内本藏伏着一个凶恶无比的怪物，那黄光便是怪物腹中内丹，潜伏泉眼之内已数百年。因那怪物性喜静卧，动辄经年，深山荒寂，崖又高峻，下临危涧，向无人兽惊扰，除却每二三年一次探头出来，仰首向空吸取飞鸟大嚼外，从未离穴一次。身又庞大，泉眼以内怪石嵯峨，下宽上窄，先还能够伸出长颈，探头口外取食，年时一久，长颈日缩，后半身越发粗大，渐渐连颗怪头都伸不出来，**减肥乏术。呵呵。**积久相安，也就不以为意。这次原因近日铁船头峡谷中封锁的毒物出世，所喷出来的毒雾腥香随风吹到。这类恶毒之物气机牵引，所有近山毒虫猛兽全被吸引了去。势强凶猛、各不相下的，见面立成恶斗，互决存亡，不死不休；力有不敌的，便俯首听命供其吞噬，哪怕为数太多，对方当日吞吃不尽，暂时逃生，退了回来，次日再闻到那股怪味，依然争先赶往，甘心送死。物类相制相引，实有好些令人难解之理。**确乎难解。**

泉眼中怪物便是那头一类，前日闻到腥毒香气，野性暴发，大动馋吻，恨不得当时赶往，得而甘心。无奈身太长大，石质太坚，上半出口尤为狭隘，中间一段被它长颈上下多年磨擦，成了一个圆桶。由泉眼到中段约长两丈，怪物颈长一丈七八，粗仅尺许，后半身满布软鳞，形如一个丈许大小的鸭卵，又肥又大，一蹿上来，那肥蠢的身子便将中段通路堵住，头隔上面还差二尺，上半颈身将通路恰好填满，下半身却紧紧吸附在中段桶形石洞之下，凌空孤悬，四围皆水，无从着力。长颈虽能鼓气，无如颈外一圈俱是极坚厚的山石，一任气力多大，其势不能将之强行撑裂，硬挤出来。一面又受了腥毒之气引诱，不肯罢休，此外又别无出路，于是拼命往上硬蹿。接连数日均无用处，万分暴躁，情急之余，意欲反客为主，便将内丹吐出，想诱对方自行投到。等了一会儿无效，又退下去，在泉眼内乱冲乱撞，等皮鳞受了点伤，火性稍煞。安静不多一会儿，贪欲又动，二次重又上蹿。似这样起落不停，也不知有多少次。瀑布突然中断，便是泉眼被它堵塞之故。**活塞运动，奇思妙想。**

那怪物虽极机灵凶恶，目力敏锐，但自出生以来，从未见过人类，身又夹在泉眼之下，目光不能看到龙口前半。那内丹刚刚吐出，猛闻到生人气味，只当是那放毒香的怪物自行上门送死，暗喜得计，自恃内丹与本身气机相连，再放出远些，也能随意收回，对头只一挨近，便可乘机吸住，供它嚼吃，因此并未收转。却不料黑摩勒来势绝快，人又异常灵警机智，知道凡是深山之中埋藏的异宝灵药，多有毒蛇猛兽怪物之类在旁守护，先虽误认宝物，身一飞近崖口，便看出那黄光只是寸许大小，质类鱼睛，并非宝珠一类，外面却围着一层凝聚不散的黄色烟光，通体大约三寸，外围烟光也是晶辉流射，常人目力决难看出。最可怪是，黄光是在危崖龙口边上徐徐流转跳动，后面却拖有一条极淡薄的灰色烟气，与光相连，直达泉眼之下；前半也随着黄光起落不停，好似一根轻纱套索将那黄光兜住。

黑摩勒立时警觉，已料出黄光必是怪物的内丹，怪物定在下面藏伏。那泉眼上半洞口极大，看去黑洞洞，冷气森森，阴森之气逼人，甚是可怕。由不得生出戒心，想起头一次纵上时被瀑布寒气大力冲回，情知不是善地，无如这次来势更猛，身已将到，收退不住。仗着艺高人胆大，心思又来得极快，一见情势不佳，随着下落之势，早打好了主意。因见黄光是怪物内丹，不知有毒与否，不敢遽伸手拾取。心想：无论是什精灵怪物，内丹一去，便要减少一半凶威。此时身入虎口，已与对面，不容回避，且先将它内丹去掉再说。本意想将黄光劈碎，不料灵辰剑神物奇珍，每遇妖邪便能自生威力，剑尖上发出来的芒毫甚长，黑摩勒骤出不意发现怪物，未免有些心慌，又自左侧飞来，剑未下落，芒尾先自扫向地上，恰巧将黄光后面拖着的烟气一下扫中，无意中断了怪物与内丹的联系。那内丹立顺崖口下滚，同时怪物发觉口中真气斩断，一时情急暴怒，猛运真力往里一吸，想将内丹吸回。一面，黑摩勒剑已砍向地上，黄光正似脱了线的绒球，顺坡外滚，没有砍中。剑光落处，龙口以内山石立被砍裂了一大片。

　　碎石纷飞中，黑摩勒见自己一剑砍空，黄光外滚，心疑怪物就要追出，慌不迭刚把剑扬起，待要二次朝那黄光砍去，猛觉泉眼内有一股极大力量吸来，不禁大惊。一眼瞥见上侧悬有几块怪石，本心是想纵起用脚抵住，以免被那吸力吸向前去，不料纵时力猛，龙口崖洞宽而不高，他手中又握着一口芒尾极长的宝剑，怪物吸力又大，纵时身子失了平衡，人虽勉力跃起，贴在一块怪石之上，剑光扫处，却将孤悬当顶、类似石钟乳的一根倒生石笋斩断了二尺来长一段，往下坠去。那危崖龙口，前半形势往外倾斜，怪物内丹质体甚轻，真气联系一断，再被黑摩勒剑风一逼，顺坡溜去，到了坡下，中部口内地势高突，怪物身在泉眼之下，适被突石阻住，不能随势弯下。

　　就这样，黄光仍被吸动。无巧不巧，崖口边上偏又有一处突起，形成下凹之势。黄光猛被真气吸了上升，恰被嵌在石凹以内，于是怪物吸力越大，嵌得愈紧，再也不能动转。怪物未将内丹吸回，怒发如狂，吸力愈猛。黑摩勒无心中斩断的这根石笋，正好也是尺许粗细，落时怪物正张大口朝上猛吸，石笋还未着地，刚落到中间，倏地往里一歪，立似箭一般往泉眼黑洞中投下。黑摩勒附身在顶侧所悬怪石之上，看得逼真，见怪物吸力如此猛烈，知道厉害，如非见机纵身得快，自己也难保不被其吸入肚内，好生骇异。乍着胆子探头石后一看，刚瞥见泉眼黑洞下面有两三点蓝光一闪，忽听咔嚓乱响，跟着一声怒吼，那石笋已断作大小两截，弹丸一般激射上来，正撞在那对泉眼的崖顶，撞得碎石星飞，火光四溅。

原来那怪物正在张口狂吸，不料误将断石笋吸落，势猛且急。那洞穴除近上面处泉眼之外，下面俱是直桶，本就无从闪避。怪物百忙中又误认为对头被它吸落，张口便嚼，石笋虽被嚼成两截，门牙也自断折。怪物多么凶猛，这等硬伤也是不堪承受，何况牙和上颚又吃断石打了一下重的。出生以来，几曾吃过这大苦头？又是情急，又是忿怒，不由凶野之性大发，怪吼一声，将两截断石笋喷将上来。无奈这是直上直下之势，上势越猛，下击之力越大，连着崖顶撞落的碎石一齐下击，怪物满头满脸都是零伤。一任多么皮厚鳞坚，似此猛击，躲又无处去躲，到底难于禁受。接连四五次过去，石笋已被撞裂，成了碎块。怪物久了也似知道太不合算，必须改变方法。无如那粒内丹是它性命相连之物，不舍丢弃，只得一面狂喷落口乱石，一面还须用力猛吸那粒内丹。大约那小一点的碎石，被它吸吞入腹的已有不少，正在有力难使、郁怒莫宣之际。

黑摩勒渐渐看出怪物困身泉眼之下，欲出不能，无什伎俩，胆子愈大。又见怪物狂喷乱石，自找挨打，虽然隔远看不真切，狼狈情形可想而知，不禁失声哈哈一笑。怪物本是怒极，一闻笑声，猛想起上面还有对头，自己身受一切均由对头而起，不禁怒火中烧，凶威大发，宛如疯狂，仗着石笋已然碎裂，有的被它随口吞下，有的激射向外，不似先前吃苦，心恨对头切骨，竟想不顾性命，硬冲出来拼个死活，因而不住在下面用力猛挣。

黑摩勒并不知道危机已迫，还当怪物势衰力弱。因料怪物长大力猛，口中吸力尤为厉害，方欲试探着近前往下刺它一剑，忽然想起那黄光不知何往。暗忖：那黄光虽是怪物内丹，看那光华晶莹，想必有用。怪物既未将它收回，何不趁此时机试取到手？

等见了清缘，请她查看是否有用，再定去留。念头一转，觉出吸力已住，怪物却在下面闷声怒吼，全崖都似受了震撼，也未在意，便轻轻纵将下来，照着适才黄光滚落之处一看，龙口中部崖石已被剑光砍裂了丈许方圆一道，四边也有好些震裂之处，靠外斜坡上有一处石已震裂散落，陷下二尺大小一道裂缝，黄光已无踪影。心疑黄光滚落下去，又见裂缝甚深，欲以剑光照看，便把剑伸下去。剑光照处，下面好似又深又多曲折，估量自己落下，不知滚落何处。

哪知这片地方受怪物以前性发欲出时长年激撞震撼和怒瀑激荡，只外层石皮看去坚滑，内里石质已酥，再经宝剑用力一砍，外层破裂，内里大半碎散。这时黑摩勒寻那黄光不见，却觉着宝剑神奇，触石如腐，随手粉碎，一时兴起，便用剑在裂缝中一阵乱搅。不多一会儿，那裂缝便越搅越大，成了一个五六尺大的深坑，剑光到处又砍裂了一大片，所有下面曲折隔断之处全被打通，仍未发现黄光影子。这时怪物在泉眼内吼声越厉，四壁摇摇，地底也在震动。黑摩勒仍以为是应有之状，不加理睬。又想怪物困在下面，不能为害，姑且由上面给它一剑试试。忽听清缘大喝道："黑师弟，你还不快走，崖要倒了！"

黑摩勒闻声，猛觉地底震动有异，知道不好，不及细看，好在人离崖口不远，连忙应声跃起，往右侧涧崖上纵去。身未落地，又听清缘急喊："那地方不好，快往我这里来！"黑摩勒也真机警，不等说完，就空中"鹞子翻身"，一个大翻转，紧接着提气运力，身才侧平，就着斜行向上之势，双足一蹬，一个"鱼游顺水"之势，平空又多蹿出去五六丈，落到涧崖上面。脚才沾地，又是一个"蜻蜓点水"的身法，朝清缘发话的一方纵去。

说时迟，那时快！当他头次飞纵还未凌空翻转时，已闻来路危崖之上有了山石崩落之声，与怪物怒啸相应。等第二次方由涧岸上纵起，脚才着地，刚看到清缘手握一团黄光迎将上来，未及开口，猛听身后吧嚓巨响中，轰隆一声大震。忙回头一看，那危崖上半的崖壁已然崩裂了三丈大小一片，往涧中倒落下来。下面涧水被无数大小碎石一压，激得涧水四下飞溅，骇浪惊涛，高涌如山。同时上半近崖口一带，平添了数十百道瀑布，银箭玉帘一般，纷纷由石裂缝中激射出来。那凹陷之处，里面已成龟裂，外面崖壁虽然崩塌，内里碎裂之声反倒密如贯珠，有的地方还附着好些碎石灰砾，飞泉乱射中，隐隐似在波动。晃眼之间，龙口里面未倒完的崖石又崩坠了一大块。这次是两大块整石，下面涧底又有先坠落的崖石占据，两下一压一撞，震得山摇地动，山风陡起，涧水横飞，声势越发惊人。因为震势猛恶，怪物吼声已为所掩，口内泉眼虽已现出，又被数十百道飞瀑水光遮住，看不真切，形势更是匆遽非常。

黑摩勒目光刚看到龙口内崖石二次大片崩落，猛瞥见水雾迷蒙中，轰隆咔嚓一阵乱响，突然冒起一大片无数碎石残砾，雪崩也似，随着大小瀑布顺流飞舞而下。随有一个形如怪蟒的怪物，由瀑布下面碎石堆中冒将出来。那怪物生得头圆如球，粗约一尺以上，五只龙眼般大的怪眼凸出在头顶当中，发出暗蓝色的凶光，闪闪不停。口长尺许，横生在五只怪眼之上，每一开张，直似一个撑圆了的口袋。嘴皮甚厚，不住颤动，好似大小伸缩皆可如意。身子只现出七八尺长一段，底下尚隐在瀑布乱石之中，看不出是什形相。通体一色暗蓝，紧皮细鳞，前半除头稍大外，自头以下圆如木柱。**拍玄幻片者，大可参考。**目光极敏，才一现身便似发见两个敌人，怪口连连张闭，凶睛遥注二人，怒吼不休。看去又似负隅发威，又似被什东西阻住、挣扎不脱光景。

黑摩勒对清缘道："你看这东西多么凶恶，我们还不把它除了去！"清缘道："你说得倒容易，可知这东西力气有多大么？前面危崖已被它年久撞酥，我们如若近前，崖石再要崩塌下一大片，就许防备不及，受到误伤。我用飞剑由上面去杀它，未始不能，但是这类东西多半机警，我们不知它那巢穴有多么深，并加上那么大的瀑布，若一下杀不死，将它惊走，逃退回洞，便难搜杀。

我们立时要起来，不能在此久候。此怪平日封闭泉眼之下，本难出来，今日被你激怒，又将崖石用剑斩裂，加上它一阵发威猛撞，崖石崩裂，门户已开，出入任便。我们走后，无人能制。这等凶恶的怪物留在这里，势必出来害人。照此时情势，不似崖内有什法力封禁。怪物后半身子必定肥大，急切间钻不出来。我们为防崖塌，又不宜过去，所幸它那内丹被你无意中斩断它的真气联系，如在别人手内，必被它吸收回去。现在我手拿住，便可无虑。凑巧去年冬天，又听师叔说过此怪来历，适才被我忽然想起。此怪刚刚猛撞裂石而出，且容它缓一缓气。我拿这粒内丹一激，它必拼命想夺回去。等它全身出现，再下手去除它。一则免却此时邻近崖石骤然崩裂，受了误伤；二则这东西我虽听说名叫芋蜓，还未见过，可借此看它是何形相，开开眼界。省得全身未出就一剑杀死，下半身烂在里面，使泉水中永远流毒害人，不是更好么？"

黑摩勒一面把干衣穿上，一面答道："那么坚厚的崖石，虽然崩裂了一些，只是外面皮层，内里想必更厚。此时上半身已出，再如是悬空在内，用不得力，如何能够出来？铁船头那边的怪物想已出来，听雷姑婆口气，我们五人五方，缺一不可。我们已然耽延了这一会儿，去迟保不误事，哪有闲空在此久候呢？"清缘答道："无妨。我适在空中遥望，那怪物也许是因洞外还有强敌，或是本来就未到它全数脱困之期，只管放出毒香，引来无数猛兽蛇虫，本身并未钻出，此时师姊和江、童二人似在洞侧高崖之上守候，先前奔集的那许多猛兽蛇虫，各和同类整整齐齐分聚在洞外林野之间，恶斗吞食均还未开头。我们乐得以毒攻毒，等它自相残杀，再行除它。反正此怪跑不脱，忙什么呢？"

说时，对壁怪物已然发觉内丹在敌人手上拿着，越发急怒暴躁，头和长身不住摇晃，怪口如囊，翕翕开张，口中毒牙巉巉，长舌吞吐，腥涎四流，看去暴躁已极。崖石也随着怪身晃动，嚓嚓作响，碎石纷纷碎裂，崩雪也似往涧中坠落下去。只是崖壁太厚，龙口崩裂之处相隔怪物现身的泉眼厚达一丈以外，大体尚是完整，不似就要破崖而出光景。黑摩勒道："师姊你看，怪物这样哪能出来？你把飞剑放出，代它裂石开路，不是可以快些么？"

清缘道："呆子！我们原料它里面巢穴太深，另有道路，恐防滑脱了难于搜索。此时放出飞剑，不怕惊走了么？这东西上身笔直，头和口都向着天，它高我低，气吸不到这里。你如嫌缓，待我将这粒内丹抛起，引它一下试试。如若不行，我再偷偷绕过去，另想法子使它出来。"说罢，便朝涧侧高崖纵去。到了上面，便将手中内丹抛向空中。猛觉一股极大力量对面吸来，那内丹便飞也似急往怪物那一面飞去。清缘知道立处地势与对崖略微相平，怪物腹中真气立可吸到，内丹再一脱手，去必更快。故意抛出引逗，暗中早有准备。见状忙运玄功将手一招，内丹立即停止，不再前进。可是怪物吸力绝大，如非清缘功力颇深，几乎收它不转。知道厉害，不敢再试，一手夺下握紧，朝怪物晃了几晃，藏入身侧皮袋以内。戟指大喝："无知妖孽，你内丹已失，还不出来纳命！"

怪物见内丹没有吸回，始而暴躁，通身乱摇乱晃，口中怒吼了两声，忽然静止，挺立泉眼之中，五只怪眼频频闪动，身却丝毫未再摇晃，也未再张口狂吸。黑摩勒见怪物仍难钻出，势子仿佛有点衰退，正想令清缘绕向崖侧下手，怪物忽又五眼齐闭，瞑然若死，远看便似一根半截树桩，植立崖口以内。崖石震裂之声也自停止，只剩残碎石沙零落下坠。二人俱料它决不如此甘心，必有用意，清缘便没绕去，仍在观测。二人目力本强，渐觉怪物神态虽似安静，身子却渐由粗转细，缩小了些。细一注视，竟似往里吸气情景，情知有异。

果然，不消半盏茶时，五只怪眼倏地齐射凶光，怪物身子猛的暴涨。这次摇晃也换了方法，并不似先前那么浑身摇撼，只把长身挺得又直又硬，先往右一摇，再往左一摇，那崖石龟裂之处，立时凸起了好些处，碎石灰沙又复碎落如雨。口内外石面全都散裂，连泉眼四围也似起了波动。二人知道时机将熟，忙加戒备。怪物又是左右两三摇摆，身子向前一俯，紧跟着一声怪啸，往起一挺，一片咔嚓轰隆声中，怪物竟将身外崖石震裂，拔地而起，带着崩山也似大堆碎石沙砾，由龙口内蹿将出来。一时石水相搏，风涛啸飞，杂着广崖崩坠之声，震动天地，势更惊人。二人均是初次遇到这等怪物，清缘以前虽听师长说过，也只知此怪名为芊蜓，**亏他想出这等怪名、这等怪相！**力大凶猛，形态奇诡，口中吸力尤强，能发以击物，又能隔老远将物吸进口去。无论飞得多快的山禽，只要经过它的头上，吃它张口一喷一吸，绝少幸免。相隔十丈以内的人和鸟兽，一喷即倒，不死必伤，详情却未听说。知道此怪猛恶非常，又有那长身子，行动也必矫捷，再见出时石破崖崩，声势极大，恐其警觉逃遁，暗中虽在戒备，表面却不露出，欲待怪物离巢稍远再行下手。

那怪物后身重大，由高崖上蹿出，势子既猛且沉，加上那大一片崩崖坠石一齐下压，本已击得涧水齐飞，浪头高起。崖上原来那道瀑布水势甚大，因怪物上升，身子恰将出口堵得紧紧。上面涓滴不流，下面的水却被压住，无从宣泄。后来前崖崩塌了一片，虽得由上下石隙中激射了些出来，泉眼正路仍被怪身堵死，不能畅流，又以泉脉极旺，怪物性懒喜静，往时不轻出洞，就出，也只探头泉眼之上，吸取一些飞鸟，便自退回。及至年久，身越粗大，泉眼中段窄小，将后半身阻住，只有前半勉强可以穿洞而上，头离泉眼上面地皮还有尺许，休说钻向崖口，连外面的景物都看不见，于是越来越懒，上来之时更少，如非偶然闻到腥香气味，动了贪馋之欲，往往终月不上一次。

本来瀑布洪流长年往外喷注，哪经得起怪身长久堵塞？水量愈来愈洪，势愈猛急。这时堵塞之物一去，崖石一崩，泉眼再吃怪物神力挣破，出口平空加大了数十倍，下面郁积的水一齐往上怒涌，直似海闸初开、雪山倒塌一般。那大一片崩崖立被撑满，只剩口外四边一些碎裂痕迹。洪流直激喷出老远，方始银河倒挂，飞舞而下，往涧底泻去。先被怪物带出的大片沙石，受了水力冲荡，满空乱飞，激射出一二十丈以外。晃眼之间，点尘不扬，只剩瀑声雷吼，四山回应，水雾汹漫，涧底骇浪弥涌翻腾，继长增高。怪物落处正在瀑布后面，只是初蹿出时二人看了一眼，其形仿佛一个极大的长锤，后面带起一条白龙也似的飞瀑，往下飞落。怪物随被飞瀑遮住前面，不见形影。

正留心观看间，飞瀑下半的水忽然往外激射，紧跟着，水云泱莽中，又是一股碗口粗细的横瀑，水龙也似朝二人立处斜射过来，来势猛急非常。二人幸是眼快身轻，一见不好，连忙飞身纵开。脚才离地，猛觉寒风凛凛，轰的一声，那股长约两丈的笔直水龙已擦身而过。随听嚓嚓连声。二人心惊回顾，见水花四溅中，正对立处的身后，一株半抱粗细的柏树已被撞折，倒断下来，旁边两三枝山茶小树也被波及，枝柯撞折了大片。知是怪物口中所喷水箭，必已穿瀑追来。忙再回身向前一看，怪物果然现出全身，五目齐射凶光，怪声厉啸，顺流驶来。二人这次方得看清下半段形相。

原来那怪物活似一根去了上叶、带着苗干的芋头。**如此笨拙，大不合于造物原理。**通体高约两丈六七，上身长逾两丈，约占全体十之七八，形如圆柱，紧皮细鳞，蓝光油油，甚是柔韧。下半芋形粗达丈许，鳞片密叠，层次分明，看去十分坚厚。近长干处却和上面一样。底盘下面生着六个怪足，胫甚粗壮、长只尺半，掌却肥大如扇；前两对生近中部，后面一对分列两边，浮力甚大。那么沉重长大的身子并不下沉，只凭这六只怪足踏波而来，其行如飞。近头丈许，笔直挺硬，只中间有尺许软处可以折转，却似灵活已极。那怪物头对天生，直秃无颈，不能弯折。此刻急怒交加，怨毒又深，恨不得一口便将敌人咬碎，先前所喷水箭便是落时张口欲吸灌进的瀑布，因恨极仇敌，无从发泄，刚由瀑布中钻出，亟欲喷气伤人，无意中连水一齐喷出。怪物颇为灵狡，一下没有将人喷倒，见相去尚远，又在涧岸之上，也恐仇敌惊走，暂时反倒住口，打算追上再用全力。无如情急太甚，身还未到，前半直干先自折倒，目中凶光直注二人，飞驰过去。两下相隔不过二十多丈，晃眼即到。

　　清缘欲先试怪物口中吸力到底有多大，方用飞剑削下半段树桩，一见怪物相去只十余丈，怪口直对自己，下身不住鼓动，知是运气欲吸，忙令黑摩勒避开正面，退向一株大树后面。手虽搭在断树桩上，猛觉一股极大的力量迎面吸来，身便不由自己，顺势往前扑去，才知怪物口中吸力大得出奇。心中一惊，忙运玄功将身定住，跟手捧起木桩，还未十分用力，只把手一松，木桩便似弹丸脱手，朝前飞去。这时怪物已自临近，只因身太长大沉重，涧岸又陡，上来比较费事。以为两三丈之差，一举便可复仇，又见黑摩勒闪避，仇人逃走了一个，恐清缘跟着逃走，张口往上便吸。眼看清缘人已前扑，忽又定立不动，心中着忙，用力越猛。不曾想仇人会有这恶作剧，又是初次出世，好些东西俱未见过，势更急遽，木桩一下撞在圆头上面，不特不曾躲闪，反误认着是仇敌，脸上又着了一下重的，越发暴怒，怪口紧紧吸住，一阵发威乱咬。及至嚼了几口，目光到处，仇人仍立原处未动，方知上当。当下一声怒啸，昂首一喷，于是连木桩带满嘴碎木块，立似雨雹一般朝上打来。

　　清缘见怪物的嘴唇甚厚，里唇皮上下生有不少隆起的肉圈，并还大小伸缩，无不如意，灵活非常。上下颚骨也似可以伸缩。东西无论大小，先用独具的真气猛吸，到了口边，上下里唇皮立翻向外，由上面肉圈吸盘将其紧紧吸住，和粘住一样。上下利齿随即前伸，一齐啃咬。无论人兽，只被吸去，绝无幸免。正觉凶恶奇怪，向树后的黑摩勒指点述说。不料怪物竟会还敬，相隔既近，来势又急又准。清缘正在侧脸说话，一时疏忽，没防到有这等猛恶。如非幼得仙传，耳目灵警，一听轰的一声，不及回看，先自飞起，几被那木桩打个正着。就这样，腿上还中了两下碎屑，打得生疼，**让她吃点亏，才显出怪物确实厉害**。换了常人，必是骨折筋断。这番形势比刚才躲那怪物所喷水柱还险得多。那木桩由清缘脚底擦着一列矮树枝梢向上斜飞，直撞到右侧山石上去。只听刷的一片急音，跟着砰嚓两声大震，所撞之处立被撞裂了一大片，碎石纷飞，火星四溅。那木桩也被震裂，散成了好几块。

清缘不由怒起，戟指喝道："我本心还想容你多活一会儿，谁想孽畜如此凶恶！"说时，怪物也是怒无可泄，恨到急处，竟由涧底沿壁走来。这一离水，势子虽然较慢，却也不在寻常陆地生物以下。尤其是涧岸皆石，形势陡峻，怪物长大身重，看去有点费劲，竟能用脚掌踏壁而驰，好似掌心也有极大吸力。六足同驰，晃眼便近岸上。清缘说完前言，方要下手，黑摩勒看那形相滑稽可笑，一面握剑纵身闪避，口喊："小师姊，容它上来！看它陆地上还有什花样，再杀不晚。"话未说完，怪物前身已冒出涧岸一丈五六，只下半身尚附壁上，身上鳞皮乱动，又在蓄力运气。

清缘知它厉害，又见两下相隔太近，前半身往前一搭，便可与人挨上。有了前车之鉴，恐防疏失，扬手一道青光飞将出去。那怪物前半身既直且硬，只用力时可以略弯，非到中段不能折转。此时它身附涧壁之上，头已冒出老高，无如未当中段可以转折之处，加之涧壁上半土多石少，且又松软，满生苔草，不似岸石可以吸住。身重力猛，连上连滑，眼看仇人就在前面，头却弯不下，急得六只脚底乱蹬，不住运气提力。好容易将那一片壁土蹬落，后足吸到实处，正准备用那前半长身摆向涧岸，支住身子再往上蹿，只稍微冒起二尺，便可报仇雪恨。哪知死星照命。它这里身方高起数尺，大树干也似的前半硬长身子刚待下压，还未及与仇敌对面，清缘手中的剑恰也飞到，朝怪物拦腰一绕，立作两段分家。怪物力大绝伦，势子又猛，加以痛极恨深，一心认准前面仇人，身子一断，立随下压之势，连甩带蹿，奋力朝前，成一弧形，往清缘飞射出去。

清缘早看出怪物虽极猛恶，气候未成，内丹又失，伎俩有限。已然诱离巢穴，上了涧岸，不怕它再逃走。凭着师传飞剑，一下便可了账。又知怪物已然诱离巢穴，上了涧岸，前身僵直，只要不与怪头直对，便无足为患，心中拿得颇稳。却没防到百足之虫死而不僵，那怪物临死余威尚有如此凶猛。眼见来势万分急骤，两下相隔太近，本来多快身法也难躲闪，这一下休说被怪物的头撞向胸前，一口吸住，咬紧不放，万无幸理；便被那重逾千斤、又坚又韧、满布密鳞的怪身当头压下，以清缘的功力，纵不一定打成肉饼，也是凶多吉少，受伤决所难免。总算五行有救，怪物被飞剑拦腰斩断以后，痛急神昏，只顾朝前拼命，用力急蹿，去势本就太猛，加以后半身过于沉重，这一中断，前半身立轻了十倍，用力再猛，越发轻急，没有准头，竟由清缘头上越过。

清缘立处，正当弧形之中，不特未被压倒，就连怪物断身后面带起的一股瀑布似的碧血，也因飞剑神奇，一绕即断。怪物蹿起太急，快过头时，血方喷发，再吃断身一带，一点不曾沾上。清缘刚指剑光将怪物斩为两段，猛觉腥风压顶，面前蓝光乱闪，知道不好，再招飞剑回来护身已是无及。百忙中刚把身子往下一矮，赶即往侧一闪，猛运内功，将全身真气贯向右臂，准备万不得已挡它一下时，耳听呼的一声急响，怪身已自头上飞过，不禁心惊，暗道"好险"。黑摩勒本照清缘所嘱，闪向崖侧一块山石后面，二人相隔只得三五丈，为防万一，手中灵辰剑并未还匣。旁观者清，目力又好，一见怪身斩断，照清缘头上飞压下来，知道不妙，偏巧身立较后，迎御较难，一时情急无计，纵向前去，举剑往上一撩。不料怪身来势比他快得多，不等纵起，已由人头上飞过，只剑上芒尾伸处，撩中了一点后梢。且喜清缘已然脱险，好生欣慰。

怪物目光甚锐，前半段长身本作弧形下射，空中瞥见仇人已在下面飞过，知道扑空，偏又收不住势，不能回头反噬。情急暴怒，神志更昏，凌空奋力一挺，同时断身后梢又吃黑摩勒剑尾光芒撩中，斜断了一片下去，痛上加痛，身不由己，这一挺愈发加了力量，立由垂虹下射之势，变弯为直。怪头往起一昂，笔直往前射去，去势越发加急。断梢上面暗蓝色的碧血沿途飞洒，所过之处，洒成了一条血路。怪身直蹿出去三四十丈。二人恐其灵性未失，忙同赶将过去一看，对面恰有一片平削山崖，怪物正撞其上，崖石被撞裂了一个大坑。怪口如筒，紧紧将石面吸住，宛如钉在上面，又似横生着一株断树干，丝毫不稍弯斜。后梢血水仍和涌泉一般突突乱喷。五只怪眼全都怒凸，依然闪光四射，狞厉怖人。口边残石粉裂，已然死去，失了知觉。知是适才痛晕神昏，急怒攻心，见物猛吸乱咬，误把崖石认作仇敌，紧紧吸住，伸出利牙紧咬，以致石面也被咬碎好些，可是势大猛急，身已斩断，只剩一点残余本能，任凭头皮多么坚强，经此崖石猛撞也禁不住，虽得紧吸其上，心气一散，咬啃不了几口，随即毙命身死。

二人见状，也自骇然，各用仙剑一阵乱斩，成了一堆肉泥，连石面也一齐削下，由清缘用飞剑就地掘一深坑，将残尸埋入，上压巨石。重又赶回涧旁，见怪物下半身断桩冒出涧岸尚有三尺，六只富有吸力的怪脚掌依然载着那芋形重躯，紧吸涧岸削壁之上，那中腰转折之处尚在断桩之下尺许，正搭紧在岸上，甚是坚牢。黑摩勒为试怪身皮鳞到底有多坚强，随手拾起一块碗大石头，用力照准断桩打去，只听嗒的一声，竟未摇动，石块反被激掷出老远。怪物后半身子重大，又未移动，腔内鲜血的量更多，只管骨朵朵往上乱冒，喷发不已。血作暗蓝，微带一点紫色，见风落地，立变翠绿。二人当时只觉血色鲜明，翠绿好看，也未在意，又忙着要走，仍由清缘用飞剑将尸身斩落。好在下面涧水甚深，水势猛急，深山无人，任其去消化，连埋也未顾得埋。

事完，清缘又将那粒内丹取出，递与黑摩勒道："此是芋蜓真灵之气孕育成的内丹，我听师叔说大有用处，尤其是辟毒具有奇效，莫要轻觑了它。我们耽延时候不少，无暇详谈，铁船头事完，上路再说吧。"黑摩勒因怪物乃清缘所杀，还欲相让。清缘执意不收，说道："物各有主，此宝是你发现。再者，我拿它无什用处，你却用处甚大。情如一家，无须客套。"黑摩勒只得接过一看，黄光浮泛，甚是晶莹，捏去微软，比前已坚硬许多，轻飘飘的，另具一种从未闻到过的异香，知是异宝，随口谢了，揣向怀中。二人随即上路，往铁船头赶去。

　　还未走到铁船头，二人便由谷口树隙中，远远望见谷尽头处烟尘溶溶，彩霞弥漫。风向是由谷里面吹来。谷口一带时见一缕缕的彩烟摇曳空中，夕阳影里，五色鲜妍，甚是好看。清缘知是各类虫蟒所喷毒气，便对黑摩勒道："这些烟雾多是奇毒无比，你虽持有辟毒之宝，仍以小心为是。大师姊他们三人，想必是在崖上等候，我们还是由崖上面绕走进去吧。"

　　说罢，二人便由谷口纵跃上崖，沿崖顶行近中部，往前一看，那条峡谷竟有十几里深，当中一片盆地，尽头处是个死谷。近底十数丈处，两边崖势突然往里束紧，改成一条直弄。两边崖顶齐平相向，渐渐往前高起，直到谷底横壁，极似两条船舷。那谷底便是船头，怪物巢穴似在船头下面谷底崖洞之中，远望一大黑洞，四外山石狼藉星列，好似怪物新近才裂山穿穴而出情景。中部盆地大有二三百亩方圆，这时已被蛇虫猛兽布满其上。乍看烟尘浮动，腥血四溢，细一注视，都是各依其类。有的各自盘作一堆，有的各自踞伏地上，行列分明，一齐头向谷底一面。最前面是蛇蟒和蜈蚣、蟾、蝎之类毒物，野兽行列最后，丝毫不见混淆杂乱，为数之多，直不以数计。越近中心一带越密，中心和来去两条直路却是空的。最奇怪的是那么成千累万、平日彼此单独相遇便立起恶斗残杀的虫蛇猛兽，同聚集在一个广场之上，竟会互不相扰，全都静悄悄的，有如泥塑木雕般，呆列如死。见兽群里，因为数多，还微闻到一种咻咻鼻息之音，余下竟听不到一点别的声息。中间地上虽无蛇兽盘踞，却红红绿绿散流着好几滩鲜血，也见不到怪物藏伏何处。玄玉、江、童三人也无踪迹。

　　二人心想：这许多蛇虫猛兽俱都救死不遑，看神气只是甘心送死，已不会自相残杀，再起争斗，似此静寂战栗情景，怪物当已出现，怎会不见踪影，如说未出，中间地上怎有许多污血？方自四顾疑怪，猛觉身后微微有人呼唤。回头一看，正是玄玉藏在身后一株大树后面，朝着二人直打手势，令其速往相就。忙同赶过，正要开口询问，玄玉摇手止住，领了二人一路掩藏着，往附近不远一块兀立崖上的怪石后面走去。到后一看，江、童二人也都在彼，面色都成了铁青，好像大病初愈情景。二人悄问："怎会在此？怪物出来了么？"

玄玉悄声答道："出是业已出来过。这东西想是以前吃过人的大亏，成了惊弓之鸟，端的灵警非常。刚才出来残杀生物，我们先在对崖朝下观看，正看在热闹头上，因为童师弟不留神，无意出声，怪物抬头看见崖上有人，立即向上作势，似要对我们扑来。我一时疏忽，看出怪物行动矫捷，疾如飘风，事出预料；它那惟一对头断尾怪蛇尚未寻来，既想等它们两下拼命恶斗，坐收渔人之利，又以下面恶兽虫蛇太多，欲借它的暴力除去一些，便不想当时下手，更恐打草惊蛇，难于搜戮，忙把江、童二弟一手一个挟起，纵遁光往谷口一面暂且逃退。哪知这东西真个诡诈阴毒，想是知道常人不会来此，它那上扑之势竟是假的，并未真起，并还似认得我的来历。我刚纵遁光飞退，它不但没追，反先逃回洞去。

"这还不说，最可恶是它一逃退，我们自然停住。正观察间，它突由穴口里面把那口中毒气，泼风暴雨一般朝我三人喷来。变生仓促，我们尽管躲避得快，仍然沾染了一些。我虽无事，江、童二弟却几乎吃了大亏。先前只觉口中烦渴，头晕心烦，甚是难耐，后把雷姑婆所赠梅子含在口中，才把毒解去多半。人虽清宁，渴也止住，但面色尚未复原。我料怪物一时不会出来，不肯冒失深入它的巢穴。知它目力极为敏锐，便借着江、童二弟中了点毒、各喊头晕烦渴的题目，口中含上梅子，随即将计就计，令其假装毒重晕倒。我也装着惊惶，双手挟起江、童二弟，假作二次逃退出谷。到了谷外，再由这面崖上偷偷绕回，在此埋伏。等已好大一会儿，怪物虽未再走出，但它多年封禁，初次出头，贪馋之欲未曾满足，此时正在里面狂喷腥香毒气，怒啸发威。洞外只稍微有点响动，便在里面暴跳如雷，吓得崖下环守着的这许多毒虫蛇兽，连个大气也不敢喘。

"又待了一会儿，那条断尾怪蛇忽然赶到，先出谷口飞入，和箭一般凌空笔直射进来，更不见有丝毫停顿，隔老远便吐着极长的芯子，一到便往怪物洞中投去。过时，只听下面呼的一声，一条红影便自眼底一瞥而过，未及看真，便飞入怪物洞内。现在二怪似正在洞中恶斗方酣。你二人来时不曾被它看见，否则它料定我们为了除它而来，更不会出现了。以我观察，我以前几次搜杀未得如愿的那条断尾怪蛇，尚非洞中怪物之敌，再隔一会儿，不是被杀，便是两败俱伤，一轻一重。这两毒物均极狡猾，看情势怪蛇今日应该恶满伏诛，尚不知我来此。也许洞中怪物得胜之后，故意放它逃走，以试有无敌人在外伏伺。我们见了怪蛇如若追截，它必潜伏不出。好在我已在它归途设下埋伏，怪蛇自会入网送死，不妨由它自去。洞中怪物待了一会儿，不见动静，必以为适才三人中毒甚重，均已逃走，安心适意出来吞噬洞外这些蛇兽毒物。你们请看，洞外这些猛兽，常人遇上已难活命，更有那多毒蛇大蟒，平日为害地方太大，要想扫除是极难的事。好容易远近数百里内的穷凶恶毒之物，被怪物引了来聚在一起，又是自甘送死，决不逃退，正可假手怪物将其除去。纵不能全数消灭，内中一些最厉害的决被怪物先行杀死，难逃活命。我们一面设法断了怪物归路，一面等它们残杀得差不多时再行下手，岂非一举两便？"

说时，众人遥闻谷尽头怪物洞中，腾扑之声时起时歇，势甚激烈。中间杂以两种极凄厉猛恶的异声，十分刺耳，令人闻之心悸。似这样叫啸腾扑了五六次，最后一次声势较前愈发猛烈。始而闻得尖锐的厉啸，到了后来，好似双方纠结在一起，互肆毒吻啃咬仇敌，由厉啸又变成一种急遽惨厉的哼声。那腾扑之声也自停歇，不时听到形似有什重物在洞底滚转撞击，隆隆作响。每响一次，哼声也越发惨厉急锐。洞外排列守伺的蛇兽中，有几条特大的蛇蟒之类，身长几达十丈以上，看去猛恶无比，听了二怪相并恶斗之声，竟会吓得乱抖。别的毒虫猛兽更不必说，看去都是战兢兢、胆寒身颤情景，为数太多，互相皮鳞爪牙一起颤动，无形中又起了一片窸窸窣窣的骚音，与洞中斗声遥遥相应，山谷回音，大是聒耳。加以毒雾如云，弥漫谷中，腥风阵阵，刺鼻难闻，衬得形势分外险恶。

众人正看之间，猛听洞中一声厉吼，跟着又是一声惨嗥，由洞口内蹿出一条怪蛇，想系重创惨败之余，筋力乏疲，已没来时迅疾。洞中怪物并未追出。那怪蛇周身作红紫色，粗约七寸，长约两丈，比洞外蟠的两条大蟒要小得多。尾梢早已被人斩断，伤愈以后，由那断处长出一个菌形肉球，颜色红鲜鲜的，隐隐泛光，似曾被仇敌抓伤，上有两条暗黑影子凸起，一处已破，沿途留着粉红色的毒血，十分鲜艳。蛇身中部粗壮，往上渐细。蛇头独大，作鸡口形，顶上有一鲜红芒形肉冠。蛇颈两旁各凸起一个碗大肉包，行动之间，气鼓鼓起伏不已，口里发出虎虎之声，生相狞恶非常。**又一奇想造型**。出时，怪首高昂，目光如电，凶芒四射，全身只近尾部有两三尺着地，两头上翘，一高一低，略似乙字形，向前疾驰。洞外所有毒虫蛇兽，见怪蛇出现，好似害怕已极，抖颤之势愈烈。

怪蛇始而理也未理，等快过完那片盆地，倏的旋转蛇身，仍是前形，停立地上，朝着那些成群排列的蛇蟒毒虫张开毒吻，红芯焰焰，呱呱叫了两声。众蛇虫立即噤伏地上，不再动转。怪蛇似觉自己斗败失势，无什答理，益发暴怒，顶上芒形肉冠突然挺高尺许，又怪叫了两声，二目凶光便往蛇虫队里射去。内中只一队蜈蚣伏处较近，内有几条大的，其长竟达五尺以上，先是身子缩短，由大而小排成行列，伏在地上，随同众蛇虫一齐抖颤；自从怪蛇一回身怒吼，便停了抖颤，身旁两行短足，连同前后钩钳同时伸开，舞爪张牙，大有蓄势待发之状。

及至怪蛇二次发声怒吼，目光一扫向蜈蚣队里，内中一条首被触怒，腾身暴起，两行短足一齐划动，由相隔两丈以外平空飞起，箭也似直向怪蛇颈间飞去。双方天性原本相克，照例十与一之比，蜈蚣身长只在九寸以上，丈许长蛇遇上便少有幸免，不死必伤。**传说而已，不可当真。**这条蜈蚣长逾四尺，宽也尺许，如以双方长短来计，怪蛇非死不可，万无生理。那蜈蚣周身赤红如火，飞在空中，身上又闪动着一片紫蓝色的磷光，前面毒吻怒张，毒牙森利，口中狂喷着墨绿色的毒烟，舞着火一般的钩钳，目中凶光映日生辉，看去形相十分威猛，凶恶可怖，势又急如飘风。

众人伏身石树后面往谷中偷看，多以为物性各有克制，照此情形，蜈蚣所畏乃洞中怪物，并非畏蛇。这时怪物未出，蜈蚣一经激怒，突发凶威，怪蛇就算不为所杀，也必落个两败俱伤。哪知事竟不然，眼看蜈蚣身子腾空，朝怪蛇夹颈飞来；怪蛇见状，一毫不动声色，等快相接时，忽将长身往下一矮，看似退避情景，紧跟着将头一低，又猛迎将上去。双方势子都是迅疾非常。蜈蚣原是想咬怪蛇七寸致命所在，已然飞临切近，张口要咬，见怪蛇往后退缩，不禁暴怒，两列短足一划，身子一面往前猛蹿，一面乘着前扑之势，觑准蛇颈便咬，其势甚急，满拟万无一失；不知怪蛇故意诱它上当，不但不是真躲，反倒迎上前去，可是头已低下，将蛇颈要害避过。

蜈蚣收不住势，这一口正咬紧在蛇头芒形肉冠上面，乍看仿佛将蛇头咬住，占了上风，再一细看，那么长大凶毒的蜈蚣，竟中了蛇毒，紧紧咬附在蛇头肉冠上面，不能自拔，两排密层层铁钩一般的短足还在乱抓，抱紧蛇身似欲拼命，晃眼工夫便自昏迷如死，两排短足忽然无故纷纷脱卸，落了一地。待不一会儿，蛇头往起一甩，蜈蚣立被甩脱，两边短足已全脱落，只剩一个光身子仰面朝天，斜搭地上，肚腹当中有一茶杯大小的洞，血似被蛇吸尽，微流沁着紫色血水。

那第二条蜈蚣与头一条好似一对，又似众中之王，老早便在发威，脚钳齐动，窸窣乱响，觑准怪蛇，作势欲起，同类一死，愈发暴怒。怪蛇头上肉冠自被蜈蚣一咬，越发肥壮鲜明，得胜之后，态更安舒，不时低头，用那鸡形毒吻向地上啄那蜈蚣断足。每啄一节，只在口边略衔，口中红芯略一伸缩，便即甩向一边，并未真个嚼吃。似这样啄了七八下，第二条蜈蚣见同类惨死，仇敌还在饱啄残肢，好似忍耐不住，想要上前报仇，只是方法不同，不似头一条飞身蹿起，朝前猛扑，而是临敌以前先将头左右连摆，口中发出极低厉的怪声，然后目注仇敌，缓缓前进。下余千百成群的大小蜈蚣，跟着纷纷移动，一齐紧随在后，行动均缓，如临大敌，甚是齐整。等到行近怪蛇约有两丈，一齐停住。为首一条又急叫了两声，全体目中齐射凶光，注定蛇头，身子频频伸缩，双钳连挥，两边密足不住舞弄。**蜈蚣列阵而斗，亏还珠能想得出。**

怪蛇似知仇敌势众难侮，也颇持重，把个长颈往后一弯缩，先把颈间要害护住，再把满蕴凶光的毒眼注定那群蜈蚣。两下相持不到半盏茶时，为首蜈蚣倏地将口一张，首先喷出一股黑气。身侧身后一些次大的同类,也各相继由口里喷出紫黑二色的毒气，共有二三十股，箭也似疾，齐朝蛇头射去。怪蛇见状，身子益发缩紧，也把口一张，喷出一股浓绿色的毒气，将那黑气抵住。双方都是狂喷不已，两不相下。正相持间，为首蜈蚣忽将身上环节一曲一伸，毒吻微一开合之间，猛又喷出了一粒酒杯大小的红丸，奇光四射，火球也似，由黑烟中朝怪蛇打去。怪蛇好似此举正合心意，口中一声怪叫，突然往里一吸。

本来双方势均力敌，互相抵御，用力甚巨，稍微疏懈便易被仇敌攻进，其势甚急。这一改进为退，蜈蚣这面阻力忽去，再加蛇的猛力吸收，去势急上加急。蜈蚣所喷那粒内丹宛如弹丸飞射，往蛇口投去。等到蜈蚣觉出此举上当，已自无及。蛇口张处，那粒内丹连带那二三十股黑气，业被全数吸入腹内。蜈蚣见状，似是情急万分，为首一条首先不顾性命蹿起，老远便张着鲜红血口，伸出口边毒钳，照准蛇的头部扑去，无如这次怪蛇防御更紧，颈部向后弯曲，头再往下一缩，恰似一个缩了颈的公鸡，将蛇颈要害护住，一面早安排好杀敌之策。待把仇敌内丹一收，益发操了胜算，一见为首蜈蚣迎头扑来，似知仇敌伎俩已穷，连身子也未动。后面大群蜈蚣也随着为首一条，相继纷纷飞起。眼看双方就要接触，那蛇忽然把口一张，喷出一股箭也似激的毒气，正喷在为首一条的头上。那么长大凶恶、来势猛急的蜈蚣，竟和中了弹丸相似，当时打落下来，激撞出两丈多远，仰翻身子落在地上，只头和两排脚爪略一舞动，便自僵死，不再动弹。

毕竟蜈蚣对蛇天性克制，尽管为首两条最大的遭了惨死，不特不稍畏惧，同仇敌忾之心反而更加炽烈，连后面随来那些只有七八寸、尺许不等的大群小蜈蚣也齐发动，为数何止千百！一条条和疯了一般，爬的爬，蹿的蹿，纷纷毒吻齐张，毒钳伸举，朝着怪蛇飞驰上去。这一展开阵势，越显众多，把当中一片土地全都布满。一时毒烟滚滚，腥风怒鸣，蓝紫色的百脚环节映在阳光中，闪动起千层彩浪，其密如织。当头一排二三十条次大的，身子也有二三尺长短，已和飞蝗一般扑在怪蛇身上。有的张口紧咬，有的通体附紧在蛇身上，爪牙齐施，粘在上面。因数太多，蛇只一条，任多灵活凶猛，也是照顾不到，身又不甚长大，除却几条扑向头部的被蛇仍用前法喷出毒气打落出去，跌翻地上死掉以外，晃眼工夫，上半身全被蜈蚣布满，后面的仍在来之不已。由上下视，宛如一根蟠龙彩柱，映日生辉，甚是好看。

这些蜈蚣俱是立意拼命，上来咬钳极为猛烈，大有与蛇同归于尽之势。那蛇仍似不怎在意，只把一对凶睛注定后来那些飞蜈蚣，见一个喷一个，虽然一喷蜈蚣必死，始终全神贯注，不稍松懈。对于身上粘附、钳咬不放的，却如未觉一般，一直未加理会。蛇身渐渐越附越多，看去身上已无隙地。后来的无可咬附，便往后半断尾肉球一带咬扑上去。那蛇到此方似难耐，突然凶威暴发，两腮怒鼓，身子立即暴涨，粗出约有半倍以上。紧跟着通身颤动，微微一振，上半身粘附的许多大小蜈蚣立被振落，纷纷离体，倒翻着飞舞出去。蛇身附近两三丈方圆以内，纵横狼藉，遍地都是蜈蚣。这些被振落甩跌出去的，也和为首两条一样，落在地上稍微挣扎，蹦了两蹦，十九都是未曾落地先已毒发身死，只身上精血未被怪蛇吸去，不似头两条身子变成空壳罢了。蛇虽占了上风，身上被蜈蚣口咬钳夹之处，也立时肿起了许多大小长短不等的肉包肉岗，周身都是，体无完肤；有的还有紫黑色的血水涔涔外溢，通体花花绿绿，甚是难看。众人虽在高处，又是上风，兀自觉着腥秽之气刺鼻难闻。

那蛇身受鳞伤，反倒精神焕发，凶威较前愈盛。这时凡在二尺以上的蜈蚣已然死尽，剩下许多尺许内外的小蜈蚣，对同类纷纷惨死直如未见，依旧发威急进，争先扑噬，前仆后继，丝毫不见畏缩。怪蛇始终将头贴紧颈间要害，任其扑噬，只两腮不时怒鼓，上下身挨次频频振动。这些小蜈蚣气候自更有限，多半刚扑到蛇身上咬了一两口，两列短脚还未得抱紧，便被振跌出去，死于就地。甚而还未飞近蛇身，便吃由蛇身振落出来的那些同类迎头一撞，互相扭抱跌落，连带也中了蛇毒。而这些同类大都毒重昏迷，痛痒难禁，撞上便拼命抱紧，乱钳乱咬，更分不出是敌是我，想要挣脱直是万难，在地上翻腾滚转了一阵，便同归于尽。内有好些似乎比较狡猾，见同类争先挤撞，满空满地乱飞，挤不上前，便舍了正面，由两旁绕将过去，不往上蹿，却朝蛇的尾部咬去。哪知此蛇通身皆蕴奇毒，最毒之处就是蛇头肉冠毒吻，尤厉害是那尾梢上面的肉球，先又吃洞中怪物抓伤，伤口正流着奇毒无比的血水，不论虫兽，沾上就死。这些蜈蚣原也志在拼命，凡是往尾部进攻的，往肉球上扑噬的居多，于是上一条死一条，越附越多，渐成了蜈蚣包没的一个大彩球。

众人在山上见此凶毒残酷的景象，方在相顾惊奇。那洞中怪物生性多疑，尤恐洞外伏有克星，故放仇敌逃走，没有追赶，自在洞口潜伏窥伺。及见洞外无人出现，仇敌竟在肘腋之下大肆凶威，吞食自送上门就要到口的美味，不禁暴怒起来。怪物刁狡异常，就这样仍不甚放心，先在洞中怪声怒啸了几声，意在试探洞外到底有人没有，然后突然追出，致敌于死。说时迟，那时快！

那些先前排列最后、尚在途中、还未得扑近蛇身的小蜈蚣，尚有好几百条残余未死，正在纷纷前驰之际，忽听怪物在洞中连声吼啸，由不得骨软筋酥，不能转动，全数停伏就地，又和先前一样，吓得索索乱抖。

蛇听怪物啸声，知道强仇大敌晃眼追出。先前逃走本非甘伏，这一饱餐之后，精力大加，心胆立壮，不特没有逃意，反倒激起复仇之念，当时暴怒起来。长尾甩处，尾稍上许多粘附着的蜈蚣，先似暴雨一般洒向前去；再一眼瞥见面前聚着许多蜈蚣，俱都僵伏地上，不禁又发凶残天性。鸡形蛇头倏地往起一昂，呱的一声怪叫，长芯伸处，立由口里喷出一片毒气，直向蜈蚣群中射去。这些都是残余的小蜈蚣，最大的还没二尺长，气候有限，如何禁受得住？加之又受洞中怪物镇吓，胆落身僵，一条也未逃跑，全被喷中，当时中毒晕死。腥雾迷蒙中，怪蛇行动至快，长身一摆，便即驰近前去。蛇头往下一低，立似饿鸡啄米一般，往众蜈蚣头腹等处一阵乱啄乱咬，专吃蜈蚣的脑子和腹中膏血，都是咬啄上一口随即弃去，那蜈蚣便只剩了一个空壳。只见蛇头乱点，不住起落，死蜈蚣的躯壳随同四外飞掷，遍地狼藉；晃眼工夫，二三百条蜈蚣便去了一半。

此时洞中怪啸之声忽然停止，怪蛇啄咬愈急。童兴悄告清缘道：“怪物还不出来。这等腥秽之气，久了实是难耐。”玄玉方在摇手示意，不令出声，以防怪物警觉。忽听谷尽头危崖之下呼的一声，同时下面一亮，由那石土杂乱的暗洞之中，飞也似蹿出一个怪物。众人中清缘与黑摩勒因来得晚，尚是初见。

那怪物远看形如一条海产星鱼，行动矫捷，其疾如风，身上发着好几处绿黝黝的亮光，互相明灭闪变，看不甚真。及至临近，才看出怪物身作五角星形，只前面凹里突出一个半边扁馒头形的怪头，上生血盆也似的阔口、一排茶杯大小的怪眼和一个凸出如坟的三孔大鼻。周身漆黑，上面密压压叠满宽约尺许、长还不足一寸的坚鳞，每片俱能翕张自如，每一走动，闪起千万片水也似的波纹。中间体盘约有七八尺方圆，那五条星角分向五方突出，由身到角尖约长一丈三四；前面两角因夹着一颗怪头，看去仿佛稍短。每条近身之处宽约二三尺，往前渐渐缩细，上下两面各生着许多大小吸口；近尖一段稍微展开，宽约尺许，边上生着五根钩爪，甚是坚利；当中并有一个星形口眼，发出绿色暗光；互相挥舞，起落不停。没有腿足，走起路来便用这五条上附钩爪、长鞭也似的星角挨次着地，此起彼落，在地上翻滚过去，又似能飞，看去灵活已极。**又凭空构想出一个奇特怪物**。未出现前，那等小心迟疑；等一出动，那来势之猛恶迅速，真是少有！在地上滚转起来，也辨不清头尾脚爪，只是亮光闪闪一大圈墨绿色的影子，电驰星飞，往蛇前照直飞去。

那蛇也似早有准备，未等怪物出现，先就停了啄食，把上下身盘作了一堆，只怪头露出二尺。头上肉冠高昂，两腮越发怒鼓，凸出老大两半团。那条长着肉球断了后梢的秃尾，却伸出身盘以外约有三尺，将肉球挂向地上，通身皮鳞一齐颤动，起伏不停。一对凶睛光如电射，远远注定怪物所居洞口，作出以静御动、蓄势待发之状。

它这里刚摆好阵势，怪物也突由洞中蹿出，泼风也似急滚而来。因是一动一静，两下相去颇远，蛇始终目注仇敌来势，毫未动转，身子却是缩得紧紧。眼看怪物驰临切近，两下相去只得两丈，转瞬就要扑上蛇身之际，怪物突把来势一收，看那意思，仿佛也另具有制敌之策。怪物刚将势停住，五条星形肉角同时向外舒展之际，说时迟，那时快！蛇先在洞中想是吃过怪物苦头，这次已换了方法。不等仇敌停住，断尾肉球猛就地上一拄的劲，全身立似一条长鞭，斜着向上往前暴伸出去，紧跟着尾梢也自离地蹿起，朝那怪物蹿将过去。两下本是迎头相对，蛇蹿却高，蛇头离地竟达四五丈，到了空中，忽把身子一弯，改作头下尾上，往下射米，意思似要越过怪物前面扁头，去咬身后那条似尾非尾的星形肉角。其势迅速绝伦，疾如电掣！**和这一对怪物相比，前面北**

山会上的蛇猱相斗就是小儿科了。

哪知它快，对方也自不弱，前面两条肉角尖梢微微往地上一沾，立即腾身而起。两下势子都极猛快，谁也不及收势。蛇见弄巧成拙，知道不妙，呱的一声怒啸，迎头一口毒气喷下，同时蛇头往上一抬，欲要避过，已自无及。就这全身凌空、略一蜿蜒腾挪之际，怪物已自仰面朝天猛迎上来，恰好接个正着，两边四条星形肉角合抱拢来，将蛇身上半段抱住，上面大小吸口立生威力，吸紧蛇身，同时身后一角也搭向蛇的下半段，同样由角上肉盘吸紧。那么力大无比、厉害猛恶的毒蛇，竟被这五条星形肉角扯了一个挺直，只剩蛇的一头一尾，前后左右乱摇乱摆，挣扎不脱，吧哒一声，一同落向地上。

蛇力原大，无如怪物更猛，蛇身偶然挣弯了些，晃眼又被怪物挺直。最怪是蛇自喷过一口毒气之后，竟不敢和怪物的头相对，却把蛇头抵向怪物颚下，芒形肉冠搭向怪物口边，一面伸出长芯，往怪物颈间乱点，双方抵得紧紧。怪物落势太急，身已翻转，也不作理会，两下几乎合为一体，就地相持。双方好似各有短处，全都不敢放松，急切间也看不出是什用意，都是在使足全力，拼命相持。约有半盏茶光景，那蛇看去渐渐势萎，暗中却潜运气力，倏地身子一弯，猛又一挺。怪物骤不及防，虽未被它挣脱，竟吃带着连身腾起，翻转过来，由此便满地滚转起来。似这样苦斗了一会儿，那蛇终敌不过怪物的神力，一下吃怪物翻在上面，经此一来，益发失势，休说腾起，再想翻转都难，只急得呱呱乱哼。

众人见怪物将蛇吸紧，制伏在地，一声未出，通身皮肉不住鼓动起伏，知是时候。玄玉便令众人按照预计行事，由自己去断怪物归路，清缘、黑摩勒、江明、童兴四人，仍守崖上。各人先认好了下手方向，以便到时一齐发动。**黄雀在后。**玄玉分配停当，刚刚飞走。忽听下面怪物一声怒吼，五条星形肉角立即鼓胀，比前大了半倍，一齐作势，用力往外一分。

那蛇被怪物肉角上面吸盘将身吸紧，压在底下，暗中原在打算脱身之策。一听怪物发威怒吼，自知无幸，正用力猛抵怪物颈颚，一面暗中运力想要脱卸时，只听嚓的一声厉响，怪物五条肉角扬处，蛇皮立被分裂，全数分为好几片，连那半段带有肉球的尾梢也揭将起来，甩向四面。同时那蛇只剩了火也似红、鲜血淋淋一条血身，带着近颈二三尺长、两三片未断的残皮，一声惨叫，乘隙往前面仰着身子，斜行向上猛蹿出去。那蛇也真猛恶性长，身上皮鳞除头部外，全被怪物撕揭了去，势子依然未衰，迅疾异常。这一蹿约有五六丈高，凌空一挺，身子先自翻转，就势箭一般又猛蹿出十来丈远近，正往下落。

怪物原意一举将蛇扯裂数段，不料蛇会脱壳，而那五条星形肉角俱正用力外甩，胸前门户大开，竟被蛇乘隙遁走。怪物也真矫捷，一见蛇逃，一声怒吼，就着五角外甩之势，往下一搭，略微沾地，立即腾空而起，追上前去。众人见怪物五条肉角一齐展开，飞在空中宛如一只怪鸟振翼急飞，蛇身还未着地便被追上，当头罩下，前面两条肉角往下一抄，便将蛇的尾部捞住。那蛇头下尾上正往下落，见落敌手，自是情急，前半身立即避开怪物后面三角，就势昂头反卷而上，一面猛喷着毒气，照准那怪物口内蹿去。哪知怪物对于自送入口之食竟不领情，后两条肉角往外一招展，突然高起数丈，同时前两角紧持蛇身，凌空一抖一甩。蛇当重创之余，尾部被仇敌擒住，早落下风，又是往上仰翻，自然种种吃亏。并且怪物吸口紧附擒处，还在猛吸它的精血，哪禁得住这一抖一甩！当时前半身往下一垂，怪物后面一条肉角跟着捞将过来，一下捞住蛇颈，挽了个结实。这次更不往下坠落，就用前后三角吸紧蛇身，在谷中心那大片盆地上面，招展着另两条肉角，飞翔起来，吓得下面群伏待命的各类毒虫猛兽，全都战栗瑟缩，不敢仰视。**读者也觉恐怖。**

那蛇皮鳞已去，仅剩肉身，吃怪物肉角吸口一阵猛吸，便把精血吸尽。初被擒时还在不住惨哼，奋力打挺挣扎，不消片刻，身便酥融无力，渐渐绵软，腹部下垂。怪物见蛇已死，把后角往前一递，一颗蛇头便到口边，好似忌那蛇头上面芒形肉冠，凶睛略微注视，忽把后角一松，只剩前两角抓紧蛇尾，蛇头带前半身便直垂下。这一来，下面虫兽却遭了殃。怪物也不知是何心意，一面仍就飞翔，一面把那蛇身长鞭也似向地上乱甩乱打。蛇鞭所到之处，地上虫兽立成了一片肉泥。有的残肢坠骨还被带将起来，满空飞舞，可是一个敢逃的也没有，俱是战战兢兢，甘心待死。兽群聚伏之处，多在两边山崖之下，死得还少一些，各类蛇蝎毒虫多在中间一片，排得又密，遭祸尤惨，不过一二十下过去，便死了一多半。怪物凶残嗜杀似是天性，越打越起劲。那蛇身也特坚韧，连打了三数十下，尚未打断。一时腥风呼呼，毒雾飞扬，血肉模糊，遍地狼藉。落山红日正向谷中斜照，赤血昏黄合成一片，光景格外凄厉惨淡，无殊地狱。

玄玉原欲假手怪物残杀蛇蝎虫兽，及见这等凶残，渐渐看不下去，天又渐晚，加以最恶毒的蛇蝎已被怪物残杀十之八九，兽类中除了二三十只虎豹狼猪等猛兽，下余多是羊、鹿等不害人的兽类，已有好些惨死，怪物仍肆凶残不止；照此下去，这些无辜生物非全成了肉泥不可，不禁心生恻隐。正待发令下手，事有凑巧，蛇身连遭猛击，前半头部一带残皮碎肉早已脱落殆尽，内里筋骨任多坚硬，也禁不住这等猛烈甩打。时候一多，蛇骨环节渐渐破碎，只蛇头上芒形肉冠坚韧得出奇，经此猛恶打击，依然完好无伤。怪物见蛇头竟打不破，似乎情急，口中怒啸连声，势子越猛，忽然一下甩在近崖根两丈多高、五六尺粗的石笋上面。只听咔嚓一响，跟着轰隆一声巨震，蛇鞭到处，那根石笋竟齐中心打断，倒落地上，同时蛇身前半着石之处也断裂成三截。因这一下用力特猛，连蛇头带两段蛇环骨，宛如弹丸激射，其势又高又远，竟由下面飞上崖来，分作三起，内中两段蛇环骨落在众人立处前面十余丈处一片杂草丛中，蛇头自重得多，又是齐颈断落，成了圆形，甩落时又最得势，竟由崖上越过去三十多丈，方始势衰落下地。

在众人所立的右侧崖后，乃是一片十多亩大小、满生野麻的草地。怪物正当野性暴发之际，只顾拿下面虫兽生物煞火出气，用蛇鞭乱甩乱打。目中凶光，却注定下面那些坐候残杀的生物。因打了一阵未能如志，没想到断得这快，这一蛇鞭原朝崖侧噤伏的鹿群打去，照例蛇鞭到处血肉乱飞，至少也有七八只野鹿被打得乱滚乱飞，血似泉涌，绝无完体。怪物天性凶残，喜看群鹿死时惨状，竟忘了那根石笋碍事，用力既猛，恰又过了点头，一下打空，只扫中了一只鹿角，连头都未挨上。可是那鹿也被打了个犄角粉碎，身子蹿出好几丈，跌晕过去。

怪物意自不足，怒吼一声，待要扬鞭再打，跟着往回一收势，谁知打向石笋之上，蛇头已断，因蛇身在石上缠了一缠，石又中断下落，没打中群鹿，再发威往回一收，匆促之间，先未警觉，及至蛇鞭一轻，瞥见一点影子，方知蛇头断落。无如那一带危崖虽比别处较低，也有十丈以上高下。怪物飞离地面才只两三丈高，发觉又晚，自看不见蛇头下落之处。当时一声怪叫，将前面无头蛇身一松，五条肉角一齐展动，凌空一翻，捷如飞鸟，随带起一路腥风，星驰电射，照准那点余影往崖上飞来。想似闻得那气味，方向一毫未错，晃眼便由众人身侧飞过，先朝那两段蛇环骨坠落之处扑去，落向深草之中，用肉角一阵乱捞，捞起一看，不是蛇头，立即怒吼弃去。跟着又把另一段蛇骨找到，见仍不是，益发激怒，啸声更是凄厉。急切间，似没想到蛇头会飞那远，已然越向崖后。当时凶性大发，怒吼连连，五角齐施，不住在地上乱抓乱捞。那一带草木便遭了殃，一会儿工夫，蹂躏了个狼藉满地。

那蛇头落处原是一个山顶，三面俱是怪石峥嵘，形势险峻。中间空出一片野麻丛生的浅凹，一面连着众人潜伏的危崖，地势较高。铁船头峡谷原在半山之上，崖离谷底虽只二三十丈高下，如由平地起算，却要高出好多倍，因此，那山离地甚高，向着谷口的一面山边沿上，更有怪石林立，挡着目光，山下和对面景物全看不见。玄玉见怪物离巢愈远，怎么也不易遁逃回去，忙即乘隙施展法力，将怪物所居洞口先行封闭，就便再在谷中设下埋伏，连那残余虫兽一齐禁制，然后隐去身形，暗回原立之处，与清缘等四人会合。因怪物离谷上山，换了下手地方，刚用手势指点四人，仍照预计分头埋伏，把预计略变，改由自己先上前去挑战。

忽听隔山下面一阵怪风，声势劲急异常。怪物也好似觉出有异，头方往起一昂，猛瞥见一片绿色怪云中有两团酒杯大小的金光，挨着那阵疾风，由对面山下斜飞上来，来势比电还快。众人刚认出那是初来时在谷外所遇狗头怪鸟，**黄雀之后，复有黄雀。**已然飞向蛇头落处上面，略一注视，突如席云飞坠，只见绿云影里，有两只箕形鸟爪往深草里一闪，跟着抓了蛇头腾空而起，便要冲霄飞去。怪物见了怪鸟，也似遇上宿仇大敌，再见鸟爪上抓着蛇头，越发情急，早和弹丸一般飞射上去。怪鸟乃东海荒岛所产恶鸟犬鹜，此番突然掩来，原本欲得怪物而甘心，不过目光敏锐，嗅觉又灵，上来闻到奇腥，发现蛇头，就势先捡了个现成便宜。本非畏怯，一见怪物追上，一面两翼一招，向上疾升，避开来势；同时拳起利爪，将蛇头下半断处就口啄了一下，便自扬爪掷落。玄玉见两恶又要相拼，便令众人暂缓下手，相机而进。**一波三折，还珠讲故事的诀窍。**

众人见那犬鹜飞腾神速，动作敏捷，俱疑怪物必要扑空。哪知怪物先前飞翔并未施展全力，这时强敌相对，又将它到口美食乘隙夺去，忿怒万分，全力猛扑过去。犬鹜也似知道仇敌厉害，不大好斗，不合心贪口馋，不舍抛弃到手之物，就在啄食蛇脑，势子微微一缓之际，怪物已自飞近。因平日猛恶，残暴已惯，自恃生具神力，一身铁翎钢羽，爪喙利若刀剑，又加上两分轻敌之念，百忙中仍欲吃完蛇脑，再制怪物死命，竟忘了自身所带的弱点。当蛇头正往下抛落之际，一眼瞥见仇敌仰飞上来，正在身下。心还以为必胜，便用那平日残杀生物的惯伎，不但不往上躲，反而猛的往下一压，伸开那大约三尺的箕形钢爪，当胸抓下。**还珠楼主喜写怪物，或是剑侠除怪，或是怪物相斗，都极尽奇思异想。相比**

之下，这一段怪物连环斗，以及前后两段剑侠除怪，可算得怪中翘楚。构想玄幻类影片，当关注这一奇想宝库。

也是二恶俱该数尽。一个是向无敌手，轻敌凶猛太甚；一个是痛惜美食被夺，急怒交加，知道对头飞得极快，惟恐滑落，追赶不上，拼命飞起急追，万没料到回来这快，两下势子俱都猛急万分，一下撞个正着。彼此一声厉啸，怪物前胸首先被犬鹜利爪抓住、只管皮鳞坚厚，这一下也禁不住。怪物一负痛，五条长鞭也似的星形肉角立即同时往上搭去，犬鹜翼长身短，两肩和尾、背全被搭抱了个结实。犬鹜两肩和尾背三处被怪物肉角搭抱了个结实，只两翼毛羽紧密如鳞，又滑又硬，不曾搭上。于是一个乱扑乱抓，一个乱甩乱打，双方都是愤极拼命，成了死仇。各自拥抱成一团，扭结不开，在空中上下翻腾，滚转不休。只听互相扭打的叭叭之声，连同双方阔翼、长角一起招展，激起来的狂风，宛如连珠巨霆当空暴发，轰轰呼呼，震得山摇地动，一时飞沙石舞，天昏云暗，惨雾蒙蒙，又当斜日西匿之际，声势越发骇人。比起先前怪物在谷底残杀生物的惨厉景象，又自不同。

犬鹜身子吃怪物三条长的肉角抱紧，挣扎不脱，又愤又急，两爪越发用力抓紧怪物前胸。一面扬着犬形铁喙，觑准怪物的头部，凶睛如电，便要啄下怪物前胸。怪物被利爪抓紧，深陷入骨，本是负痛急怒，知道仇敌的嘴厉害，一被啄中，伤便不轻；一面施展全力抵御，待要制敌死命，也把凶睛怒突，注定仇敌的嘴，一张血盆大口不住开张，喷气如云。双方一面翻飞扑打，一面蓄势待发，相持不多一会儿，犬鹜身上满是极紧密的鳞形硬毛，本不怕怪物肉角上面吸口，偏巧先在谷外吃黑摩勒灵辰仙剑芒尾将后股砍了一剑，伤口甚长，斗时又恃强疏忽，只顾猛扑仇敌求胜，没防到会被仇敌占了胜算，这伤处成为致命所在。上来正当凶威暴发之际，本身又极健强，还不怎觉得，及至当空恶斗，翻飞了一阵，才觉不对。

那伤口原是剑光芒尾撩过，是个狭长口子，并不甚深。怪物肉角先只搭中寸许大一块，后来发觉仇敌通身皮毛坚厚如铁，全不能伤，只这一条见肉之处，便顺势移将过去，紧紧附在那条伤口上面，施展全力，一面由吸口内放出毒汁，一面猛吸。不消片刻，犬鹜便觉又麻又胀，又痛又痒，由伤口起传布全身，万分难耐，挣又挣不脱，万分情急之下，无计可施，不禁凶性暴炽，再也忍耐不住，猛的一嘴往怪物头上啄去。原意想啄怪眼泄忿，哪知怪物气候较深，只胸前被抓一处硬伤，加以皮厚肉坚，并未洞穿腑脏，除却负痛颇巨，并无大害，加以心性又较灵警沉着，虽然暴怒，章法未乱，凶睛睒睒，注定仇敌，一丝不瞬，早防到有这一手。一见啄到，故意缩头避开来势，紧跟着猛张血盆大口，突然往上迎去。犬鹜心乱神慌，啄势又急，百忙中还当仇敌畏它铁喙，不知竟是假的。刚吃避开准头，便猛迎上来。**比起前一场斗蛇，又要激烈数倍。**

怪物嘴大得多，又是两下迎凑，一个猛劲虽未将整个犬形鸟头咬下，却将前半自鼻以下连那扁长鸟嘴紧紧咬住，死也不放。急得犬鹜连鼻子带嘴，在怪口里不住乱哼，闷声厉啸不已，双爪用力更猛，两翼腾飞更急。怪物自知占了上风，胜算必得，也不再去理它，只管咬紧，一面猛力吸血，随同满天乱飞。

这时天色已然入夜，月光渐渐升出东山。除当地狂风尘雾滚滚升扬，乱成一团灰山外，四山仍是云白天青，清澈如画。玄玉见是时候，把手一挥。各人刚刚分开，站好地位，玄玉还未出手，怪物早已警觉，口咬鸟头，不能出声，急切间又放不得，急得喉中不住哇哇乱吼，鼻中发出虎虎怪响，同时，紧附鸟身的三条肉角首先放开，似欲弃了仇敌，遁回穴去。无如犬鹜性烈且长，自知难活，立意拼命，只管身上被怪物肉角缠紧，仗着双翼铁爪仍在外面，鸟头铁喙又极坚硬长大，怪物咬它不断，一面猛力挣扎，一面用双爪抓紧怪物前胸肉包，死也不放。它先被怪物吸血，通体麻痒胀痛，力量还自稍差，这附骨之疽一去，益发加了威力。怪物本想张嘴放开鸟头，一见敌势甚强，前胸又吃抓紧，于是闹了个进退两难。匆迫无计，便将五条肉角一齐弯转，将角尖抵紧鸟身，欲待挣脱。不曾想怪鸟血中受毒，渐渐发作，神志已然昏乱，凶野性气益发猛烈，一心与敌拼死，怎么也是不肯放开。

说时迟，那时快！两下在空中不过两个翻滚，玄玉已由地上纵遁光当先飞起，到了怪鸟头上，大喝一声："无知妖孽，还不纳命！"随手指处，一道白光朝下飞去，只一绕，剑光再一撑动，便将一鸟一怪拦腰围住。当时毛羽翻飞，鲜血四溢，鸟身立被断作两段。后半身带着一股瀑布也似的血水翻滚下坠；那有鸟爪的前半身，依然抓紧怪物前胸不放，并还带有两大半片残翼。血水由腹腔里带着脏腑突突往外乱涌。怪物情知不妙，将头一甩，一颗大鸟头首先甩去老远，带了半只残鸟尸，又打算招展肉角，逃回洞去。

玄玉知道怪物身坚如铁，通体只有胸前一处致命所在，除非破了它的皮内精气，急切间飞剑也难伤它。怪物飞行极迅速，怪鸟身长力大，正是怪物一个大累。上来斩断一半鸟身已然失计，若再将这半只残鸟尸去掉，一则怪物易于逃遁，再吃它用五条肉角护住前胸，更难除它。一念及此，便把剑光一指。怪物顿觉身上一紧，沉重异常，知难逃脱，便连鸟尸往下坠去。到了地上把头一缩，五条肉角一齐舒开，平伸地上，一任剑光缠身，也不挣扎，通身皮鳞一起怒凸膨胀，身子立即粗壮了多半倍。剑光恰似一条银链，勒紧当中，两边的皮凸起有二尺高下，兀自奈何它不得。

玄玉忙喝："众人留意！"语声才住，怪物猛由口里喷出一股腥香浓烈的黄雾，中杂无数暗绿色的火星，往四外上空飞射出去，同时，那上下均有吸口的五角一齐紧紧贴地，身形也越发膨胀起来。玄玉知怪物情急逃死，凶威暴发，不惜把千百年炼就的丹黄毒气狂喷出来，下手稍失机宜，不待那粒元珠喷出，固是伤它不了，如被尽量喷出毒气，散布开来，休说常人和生物闻之必死，便是江、童诸人，如非身有灵药，也是禁受不住。但不到事完，又不能过于施展法术，以免将左近隐居的那伙恶人引出作梗。**随意一句，又生玄思遐想。**想了想，一面招呼众人戒备，一面飞向怪物头前引逗，使其专注一处。怪物仇人见面，分外眼红，头缩颈中，凶睛觑定玄玉，狂喷不已。玄玉恐毒气散布为害，便施禁法，将那黄雾绿星一齐逼住。怪物见状越发暴怒，满口怪牙连挫了两挫，倏地头由腔中猛伸出来，立有茶碗大一团深黄色、通体晶莹、四外裹住好些血丝的光华随口喷出，朝玄玉打去。玄玉见怪物情急拼命，竟不惜把那性命相连的内丹至宝喷将出来，知道成功在即，不禁大喜，**总要贪得宝物——也是迎合某种阅读心理，呵呵。**忙即诈败，往旁飞遁。

怪物心性凶毒，自从成形出世以来，不知残害了多少生物。除被人禁制在铁船头前峡谷地底多年外，直没吃过什亏。因为禁闭年久，郁怒莫宣，二次出世，凶焰益炽。先和怪鸟犬鸷对敌受伤，已是忿怒万分，眼看可以得胜出气，不料又有强仇大敌突然乘隙来攻，与昔年禁制它的仇人恰又同一路数。身被死鸟铁爪抓紧胸前厚肉包，成了一个大累赘。仇敌飞剑神速厉害，难以脱逃。又急又怕之下，只得咬牙切齿，与敌一拼。心中实已愤毒，恨不能把仇人嚼成肉泥才称心意。嗣见喷毒无效，恶气难消，又觉身虽被剑光困住，竟把多年苦炼、不久即可完成功候的内丹至宝冒险喷出。怪物本极机警，此举原是出于无奈，初次发动时意尚踟蹰，不肯猛进，只把凶睛注定那团黄光，准备情势稍弱立即回收。及见仇敌望即退避，心胆一壮，顿忘厉害。一声怒吼，怪口连张两张，运用真气催动那团黄光，疾如流星，朝斜刺里仇敌退路打去。

玄玉退出约有三四十丈，侧面黄光追来，知到时候，左手一扬，立有一道白光飞出，将黄光后面的真气隔断。同时，右手把先准备好的法宝往外一掷，立有千百道其细如丝的青光朝黄光迎去，一下网个正着。口里一声"请吧"，再把来时雷姑婆分赠玄玉、清缘和黑、江、童三人的小铁叉，照定怪物打去。清缘、黑摩勒、江明、童兴四人分立四面，伺机夹攻。怪物也明知四外有人，因要全神对付当前强敌，无力兼顾，因此四人不致有什大凶险。但是怪物所喷毒气已然布满当地上空，聚而不散，四人立处已被笼罩其下，幸有雷姑婆所赠灵药梅实含在口里。

怪物志在玄玉一人，毒气大部俱浮空中，未全下沉，但那股带有异香的腥毒之气也煞是厉害。黑摩勒身有避毒之宝，尚不惧怕。清缘是深知厉害，一见毒雾弥漫，老早便把气屏住，也不觉怎样，江、童二人先已吃过怪物喷毒的亏，这次虽在服药之后，不过人不至于中毒晕倒，仍觉着奇腥刺鼻，有些头脑昏眩。偏生人怪相持，玄玉迟不下手，多觉难耐。方欲以手势催促，忽见怪物喷出黄光，玄玉略一飞身退避，便即下手，不禁精神一振。四人原是虎视眈眈，全神同注在这一人一怪身上，一接号令，各将手中铁叉各占一面，觑定怪物那星形肉角梢尖的血红色小洞打去。五人恰好不先不后，同时发动。那五柄小铁叉拿在手上并看不出什异处，这一出手，只听轰的一声会合的大震，各有一溜叉形火焰，分向怪物肉角尖上猛射了去。

事有凑巧，怪物正运用那团黄光追敌，得意之间，猛瞥见青光白光由仇敌手上电也似疾飞起，真气立被斩断，惊遽亡魂之下，忙运真气往回猛吸。因是急怒交加达于极点，通身都在不顾命般用力，那平伸地上的五条肉角上面的大小吸口，随着自然开张，角梢血也似红的小洞也自暴张。待要暴起，角尖还未离地，飞叉急逾电掣，已夹雷火飞到，立将五角一齐钉住。玄玉先用法宝去收怪物内丹，不肯发放神雷，原恐惊动当地主人出来作梗，没想到飞叉声威如此猛烈。一听雷声大震，暗道"不好"，且喜怪物已被飞叉钉住，内丹一失，身上皮鳞便失去抗御之力。杀它容易，但须防到那粒内丹被人强索了去，以为济恶之助。

玄玉知道下手愈快愈妙，时机稍纵即逝，口喝："你们四人速往谷口去路相待同行，不可迟延！"话未说完，手往地上连指，那横绕怪物腰间的剑光威力大增，空中那道白光便如长虹飞坠，直向怪物口中穿去。两道剑光一齐夹攻，怪身先被头道青光斩为两段。当玄玉发话时，清缘一心惦着怪鸟犬鹜脑中所藏宝珠，早往鸟头落处飞去。黑摩勒也因身有异宝，不畏毒侵，又一脱手，便持手中灵辰仙剑飞舞而上，朝着怪物头上远远挥下。神物灵异，果是不同，人怪相去好几丈，剑上芒尾也随着暴涨。怪物性异，身虽被叉钉住，尚还未死，又吃腰斩，方自负痛怒吼，白光已穿口而入，同时黑摩勒剑上芒尾也自扫到。怪头受惊，忍不住往颈腔里回缩，正好齐脑斩落下半个头来。另一面，清缘刚把鸟头用飞剑斩开，取出宝珠，**顺手又捞一宝。一笑。**玄玉所说的话也自听清，猛想起来时雷姑婆之言，忙纵遁光回飞，正待招呼黑、江、童三人先退，瞥见地上怪物震天价几声惨嗥厉吼过处，已被斩成大小数块，残体皮鳞仍在飞叉之下不住颤动，顺手又指飞剑一路乱穿乱搅，益发将残尸剥成了碎块，血肉淋漓，狼藉满地。

玄玉见清缘、黑摩勒上前相助，匆匆不暇分说，回手向空一扬，便有一大团雷火朝空中所网黄光打去。那黄光见火立燃，一声大震过处，化为一团烈火熊熊上升。空中毒雾也被引燃，化为红黄紫绿四色彩光烈焰，凌虚而焚，宛如半空中浮着一层火浪，逐渐往上升起，映得远近山石林木齐幻华彩，顿成奇观，腥香之气甚是浓烈。

玄玉见怪物内丹已毁，火灭毒净，去了后患，对头也必就要寻来。防生枝节，心想：多一事不如少一事。尽管黄山斗法之事完场尚早，再晚两日也能参与，终以早到为是。好在毒气一会儿便消，虽剩怪物残尸在地，一则荒山危崖，四面峻峭，常人足迹不至；二则那五柄飞叉乃地主之物，尚留钉在怪物肉角上面，对头少时来此收叉，自必将尸消灭掩去，何不乘他未到以前，赶即退去？便不再顾怪物残尸，喝道："快走！由我断后。"这时江、童二人因飞叉已发，更无神物利器在手，先听玄玉一说，早当先纵上崖顶，沿崖往谷外来路急驰而去；只清缘和黑摩勒在侧，闻言刚要起身。玄玉忽想起除恶务尽，谷底尚有好些恶毒虫蛇，俱吃自己先用法力禁制。反正主人已被惊动，为何不就手便中除去？念头一转，一面挥手令清缘、黑摩勒从速先行，一面发动谷底禁制，再发连珠神雷往下打去。

这一来，谷底除各种不甚猛恶的野兽外，凡是凶毒之物所聚之处，全都整片地皮下陷，身子全受禁制，不能转动，上面再有数十团雷火往下一打，自然全都了账。

玄玉动手原快，一片迅雷过处，知谷底毒物差不多除尽，忙纵遁光，待要追上前行四人，速离当地。身刚飞起空中，猛听身侧身后有人远远同声怒喝："何方贱婢，敢在本山骚扰！"玄玉知口舌已躲不脱，忙按遁光回看，由后崖和右侧相隔二三里的一片危壁上，同时各飞来一黄一青两道光华。晃眼飞近，现出两个身带邪气、装束诡异的少年男女，都是身围一片豹皮短裙，两腿裸露，赤着一双白足；上身披着大小树叶结成的鱼鳞短蓑衣，长只齐腰，露出两肘。男的手持一柄长叉，银光射目，生得修眉大眼，猿臂鸢肩，身材高大雄健，看去威风凛凛，十分英武，只是目射凶光，一脸煞气，不似正经修道之士。女的却是长身玉立，貌相美艳，常带笑容，刚健之中含以婀娜。这男女两人原是一东一南，分两面同时飞来。

玄玉早知来历，胸有成竹，忙即举手为礼，道声："二位道友，请同下降一叙。"随说随即下降，三人同落地上。男的似已看出玄玉不是庸流，到地未开口，先朝女的看了一眼。女的仍是带着满面笑容，戟指问道："你是何人？怎敢在本山大胆放肆？"话未说完，男的忽朝怪物死处回看了一眼，失惊大怒道："贱婢胆子不小！非但敢在我们门前卖弄，把新出世的星蝾杀死，用的法宝竟是师父当年失落的五雷叉，无怪乎起初雷火之声听去那么耳熟。你先看住贱婢，待我去将那些同党追回，一齐处死。"女的闻言微笑道："我早看见了，还用你说！那几个同党已被我将去路隔断，决跑不脱。这贱婢是为首的一个，同来那些全是废物。且先向她一人究问好了。"

玄玉听二人口出不逊，强忍着气，正要答话，忽听身后有人答话道："你们两个野男女有话好说，莫耍出口伤人。我们不过尊敬你师父黄神姑，不值与你们计较罢了，谁还稀罕谁不成！"玄玉听是清缘口音，忙喝道："师妹不许开口！待我和他们讲理。"那女的倏地一声冷笑，两道柳眉往起一扬，左手跟着往上一撒，先飞出大片黄光，似电一般在空中闪了一闪。忽然星月无光，阴风四起。暗雾弥漫中，瞥见青红黄白各色光华不住闪动，天低得快要压到头上，男女二敌人已不知去向。这原是瞬息间事，清缘等四人因是步行疾驰，原未走远。对头一出现，清缘机智，知道双方真要破脸，黑、江、童三人决难逃脱，还不如聚在一起。好便好，不好也可合力抵挡，至少也可由自己和玄玉二人，加上黑摩勒一口灵辰剑，将江、童二人护住，突围逃走，免得分开势孤，难于兼顾。一听对头出声喝骂，立令黑、江、童三人止步。三小侠俱是胆大好奇，年轻气盛，闻得对头喝骂，俱都忿怒，一见清缘回身赶去，也忙跟在后面急追。那少年男女刚刚发作，三人也恰先后赶到。

　　玄玉见对方不容分说便下毒手，虽较清缘持重，也自有气，三人这一赶到，正对心思。忙和清缘先把飞剑放起，化作青白二色的长虹，将五人全身先行护住，然后高声喝道："二位道友怎的不容人开口，便自恃强欺人！这五雷叉并非我们五人之物，否则除去妖物之后早已收去，怎会还留地上？此乃日前有人路过西崆峒，看见有人用此叉生事伤人，代令师黄神姑收回，因而想起叉主人十五年前玉女峰月夜之约。**又是"黄神姑"，又是"十五年前"，又是"玉女峰"，时间、地点、人物全有，讲得煞有介事，其实都是虚晃一招。将来愿意就此写什么续集、外传之类，便可由此铺演、发挥。将来不用，就本书而言，也有拓展情节背景、启发遐想的效果。如前面所讲，通过这种手段使文本具有一定的开放性，是还珠楼主惯用手法，不无可资借鉴的价值。**知我五人有事黄山，经过这里，命将此叉带来，就便将妖物除去，以践前约。"玄玉正说之间，忽听有一半哑的口音喝问道："你既代人送叉，如何不交本人？那人叫什名字？何处相遇？从实说来，或许能免你们一死。如有支吾，休想活命！"

清缘闻言，气往上撞，方要答话。玄玉忙一把拉住，答道："那位前辈女仙是个丑胖老太婆，身侧还同有一个麻面白衣女子，原是日前在紫盖峰下与我五人不期而遇。交我五人叉时，我曾请问姓名。这位老前辈坚不肯说，只说主人知道此事，无须详说，也无须请见。只把妖物杀死，将叉留下，主人自会料理。却不许误事并过今日限期。说完不等我再回问，这两人便破空飞去，行踪异常神速，晃眼不知去向，详情一概未说。我们看出那老婆子是位前辈女仙，随行白衣麻面女子也非庸流。虽知此谷与老前辈仙府相隔甚近，一则不敢违背她的意旨，况又答应在先，所说十五年前旧约之言必不会错；二则修道人原以积功行善、诛恶救灾为念，照她所说妖物如此凶毒，便是无心相值，也应尽力杀死，为世除害，况又有人指点，借与宝物，自更义不容辞。反正就便的事，今日路过，还未入谷，便见许多毒虫大蟒猛兽之类，为怪物腥毒之气所诱，千百成群，往此飞驰；此外还有一只怪鸟、一条将成气候的妖蛇与怪物恶斗，互相残杀。初意仍恐惊动主人，因而见怪，先遇前辈女仙又嘱无庸进谒，即使登门，也难赐见，所以上来未敢造次，只作旁观，以为仙府密迩，必不容妖物在此扰闹，互相火并残杀，欲待门下高弟出来再相机行事，除此大害。哪知一直候到日落黄昏，怪物已将妖蛇杀死，又肆凶焰，残害了数千蛇虫猛兽。那等猛恶的声势，始终不见有人寻来。因料主人必是闭洞清修仙业，不轻易开杀戒，对于这些妖物恶怪，任其数尽，自行灭亡；也许还是先机烛照，知我五人要来，欲令代效微劳，除此凶顽，**设词巧妙**。俱在情理之中。怪物如此凶暴猛恶的声势，主人尚置不问，对于我等自更宽容，纵有不知，误干禁忌，也必能邀原宥，于是渐渐胆大。正赶上怪鸟飞来，两下恶斗，纠缠一起，恰是时候，才照预计下手，将怪鸟一同杀死。当时因料定主人默许，至少也是不加嗔责，又不料飞叉有那大的威力妙用，再见怪物所喷毒气弥漫空中，怪物伏诛，失了主持，势必随风飘散。防其流毒生灵，为祸人间，匆匆未暇寻思，便发雷火将其消灭，遂致惊动。适才二位道友突然追出，始而不问青红皂白便以恶语相加，继而不听分辩便施法力将我五人困住。老前辈仙居咫尺，神目如电，当已鉴谅。我等也并不是畏势，只缘双方素无嫌怨，事情又出于误会，宁甘退屈，不愿相争。现承明问，业已据实奉告。望恕冒犯由于无知。此次虽说为世除害，实缘送还法宝而来；未先进谒，有人叮嘱。所说止此，不知其他。"

清缘也道："二道友将仙法收去，容我五人上路如何？"黑、江、童三人听玄玉说了这一大套，俱觉不耐。清缘却知玄玉是因带着三个不会飞行的人，不得不加慎重，意欲借此拖延，稳住对方，暗中准备下脱身之策，好便罢，稍见不妙，立即突围遁走，因此也在暗中戒备，觑准玄玉眼色行事。那发话的女子未再言动，直等玄玉把话说完，才二次喝道："果如你所言，自可宽容。如有虚言，异日相逢，须知我的厉害！叉我收回。从今以后不许再来此地，去吧！"

玄玉说时，黑、江、童三人本紧在一起并肩同立，清缘也早准备停当。一听语声口气已然缓和，知道对方一干门人太恶，夜长梦多，时机稍纵即逝，枝节随生，二人不约而同，闻言先对看了一眼，互相示意，听到末句，立照预计一同行法，催动遁光，连黑、江、童三人摄起，随口应得一声："我等怎敢妄言？遵命便了。"声随人起，五人同在剑光法宝卫护之下，破空急驶，往谷外飞去。对方收法也是真快，"去吧"二字才一脱口，四处烟雾齐收，法术全撤，月色立转清明。五人也恰飞起。玄玉是早有成竹在胸，清缘先还担心黑、江、童三人均是凡人，尤其江、童二人未必能有黑摩勒那等身轻。虽都是好根器，自己和玄玉连带三人同飞，恐飞不快。对头法力乃旁门中能手，不追便罢，真要追来，恐难脱逃，结局仍是徒劳，白用心力，此外又实无善策，见玄玉独为坦然，只得尽力相助。及一飞起，三人全是轻极，毫不费力。

二人原是得了对方的话，未容第二人开口，立即突然飞起，一分一秒也未耽延，遁光迅速，晃眼飞出谷外，心方暗幸，忽听先遇少年大喝道："贱婢诡诈难信，可将同来小贼那口宝剑留下为质。等我们日后查明真情，然后还他不晚！"清缘与黑摩勒一听对方有人反覆，不禁大怒，一面相随同飞，一面就要反唇相讥。玄玉忙即摇手止住，并把遁光放缓，随笑道："此非主人之意，由他说去。我们去到前面落下，安心上路好了。"话未说完，果听后面喝道："没出息的孽障！有话早怎不说？还不收叉回来！"底下便听一片风雷之声由来路谷口上空往回退去，转眼之间，万籁皆寂。

第二十三回　剑气冲天　正邪大对决
　　　　　　　　法网匝地　蝼蚁岂能逃

　　众人又飞出了好几里，玄玉随按遁光落下。清缘笑问："师姊，三位师弟俱是极好根骨，带了同飞并不费事，况又脱险不远，为何降落？"玄玉低声笑道："你知什么？难关只在当地。只能冲出谷口，休说主人平生言出必行，永无更改。就她先说的话活动，已然放行，为门人所惑生了疑心，忽又中变反覆，那也只在她的境内方肯下手。照她近十余年的惯例，人一离境，多大的事也只留俟异日，当时决不再有阻难。何况我们本是实话实说，毫无虚假。日前路遇的两位女仙，想必是她旧友，迟早相见，自会说出就里。我们问心无愧，所防的就是人在境内，主人门下弟子大都不容人分说，有他没我，所以走得这等快法。现已出境，就无碍了。我们既非有意冒犯，是闻命才行，不过防人纠缠作梗，走得快些，怕她何来？三位师弟虽然身轻，但高空急飞，迎面大风尚吃不住；如若慢飞，比起步行快得了多少呢？你看上空转眼变天，暴风雨就要降临。反正不忙，心急作什？"

　　清缘等四人听出玄玉语有虚实，料含深意，俱各领会，正在随口附和，忽见前途有一长几百丈、作半轮新月形的大半圈彩虹，在月边密云之中微闪即隐。跟着便听谷中一片怪啸和悲风怒号之声，由近而远，往对头来路峰崖后退去，重又寂然。**虚写一笔，增添意味。**玄玉朝众人看了一眼，只作未见，仍就步行说笑，往前驰去。

　　这时夜色已深，白云蔽空，大半轮明月不时出没于密云层里。

走了一阵，山风渐作，四山云雾渐渐升起，一望弥漫。众人仗着练就目力，雾中穿行。遇到云密阴暗之处，玄玉便将剑光放出照路，虽然一样行进，山路险峻，黑、江、童三人更要防到蛇虺猛兽突起相侵，自然较前走得慢些。童兴忍不住道："二位师姊法力高强，适才带我三人空中飞行，并没觉到有什为难之处。现在云雾阴暗，必有大风雨降落。山路如此崎岖难行，何不仍带我们飞行前往？早点赶到，岂不是好？"玄玉微笑道："带你们走，实是有点费事。好在前途已不甚远，天明以前，准可赶到鳌鱼背。真要是嫌难走，且等走过一程，我再想法吧。"清缘正要开口，吃玄玉摇手示意止住。众人俱不知玄玉是何心意。又走了二三十里，天空阴云四合，夜色如漆，剑光所照以外，已不能见物。雨也渐降下来。

玄玉忽令众人止步，仍和先前一样并立，施展遁法。将手一挥，五人便在青白二色遁光环拥之下，向空腾起，穿云而上。等把云层冲过，到了高空一看，下面那么雨云密布，暗雾冥冥，云层上面却是月明星皎，万里清光分外澄鲜，天空弥望青苍，更无一点尘滓。俯视下界，大地山川、峰峦林泉均被云雾遮满，不见一点影迹，月光照在上面，幻出无限华彩。时见密云堆中，电光金蛇也似乱窜，随听轰轰雷震之声起自四外。云涛起伏，波澜壮阔，无边无涯。只远方有三四高峰透出一点角尖，宛如一片极大的云海，疏落落矗立着几座小岛屿，好看已极。**还珠描写生动，给人以鹏飞九霄，下视苍茫的感觉。**黑、江、童三人凌虚御风，绝迹飞行，不由起了天际真人之想，俱都喜笑，称妙不置。

玄玉见三人小小年纪，武功虽好，剑术直未入门，随同飞行于太空高云之上，毫无胆怯，并还不畏风寒，大出意料之外。虽然飞得不算甚高，但已与罡风接近；竟能兴高采烈，不以为意，如非宿根深厚，天赋异禀，怎能有此境地？知道再飞快些也不妨事，便催动遁光，加急往前驶去。本来相隔不远，因始信、天都两峰正邪双方正在斗剑斗法，相持不下，恐有疏失，不能径直飞往，须要避开战场，由空中绕上大半圈，到鳌鱼口下降，无形中多出百十里空路。仗着飞遁神速，玄玉再一行法，加急催行，不消片刻便自到达。山中阴晴瞬息百变，只来路铁船头一带雨势甚大，再往前去雨势便小，挨近后海，仍是好天，月色清皎，只是云多。众人到时，鳌鱼口上空恰被云层遮满。玄玉随把遁光按落，率领众人往左侧峰崖旁边下降。

众人刚同落地，便见鳌鱼口跃出一个少年，迎面飞来。黑摩勒当先迎上，方要喝问。江明已抢前喊道："这是我师兄申林，大家快来相见！"话才脱口，申林忙喝道："师弟噤声！诸位道友快随我来。"边说边把手朝上空一扬，立有一片青蒙蒙的微光由众人头上飞过，升向天半密云之中，一闪即灭。玄玉见申林神色匆遽，又向空中发动灵符，掩蔽下面地形人迹，知有原因，匆匆不等众人起步，手掐灵诀，向众一挥。众人立觉眼前一暗，脚底微微一软，定晴注视，人已全数进了洞口。申林低声喜道："想不到这位师姊法力如此神妙。这就无妨了。"江明方要答话，申林正侧耳向外查听，把手一摆，不令开口；随探头往外，借着洞口上面突石掩覆，向空中查看。众人已然闻得来路遥空传来一种极尖锐的破空之声，少年人俱都好奇，也相继探头往空中观望。申林又要打手势拦阻，玄玉悄说："无妨。上空已施移形换影之法，我又略施小技。所来妖人，除是预先知晓，急切间决看不出。只不大声说笑，便可无妨。"话未说完，那破空异声已由远而近，到了鳌鱼口上空并未下落，只在附近空中环飞。其意似在寻查，但无一定所在。因有禁法和密云掩蔽，看不出什影迹。听那声音却是迅速异常，晃眼便绕行了三大匝。飞到第三匝上，仿佛发现可疑情景，猛自高空下射，地方似在众人先降落的峰崖后面。

玄玉暗道："不好！"方打手势令众戒备，猛又听天都峰那里起了雷声。同时那异声将要及地，忽又改下为上，往斜刺里天都峰一面急飞而去。跟着便听始信峰上也是雷声大作，与天都雷声相应，轰隆之声震撼山岳，势甚惊人。

众人来时本就遥望后山烟火浮动，邪雾蒸腾，内有两三座突出云海的高峰上，时见各色光华，闪电也似在云影中掣动，知道双方相持正急，未敢挨近。借着密云掩身，绕往鳌鱼口。快降落时，再望后山一带，烟光依旧浮涌，形势已然安静得多，直不像是双方正在斗法斗剑情景。及听雷声如此剧烈，料知恶斗开始，多想前往观战。江明一面忙着和众人通名引见，一面催走。申林道："师弟，你说得倒容易。你不知这里的事，如若随意可以前往，我也不来接你们了。"江明道："这里不是有一山洞可以直通始信峰下洞里么？我们由地底山腹中穿行，难道还怕妖人加害不成？"

　　申林道："你哪知道！这次事情已然闹大，正邪双方成了不能并立之势。自从那日比剑斗法开始，先是我们大胜，对方几不成军，除老秃贼恼羞成怒，立意拼死，和两个同党妖道还在勉强支持，作那困兽之斗，下余的不是惨死伏诛，便是重伤逃亡。眼看敌人力绌势穷，快要消灭，忽然来了两个邪法高强的生力军，俱是当年三次峨眉斗剑，受人指点，接了五台派传知，临期借故观星没有上场，因而漏网的强敌，不知由何得信赶来，一见我们势盛，还未动手，先用信火神光召集了不少党羽。内有十几个均是盘踞小南极和陷空岛附近多年的旁门中能手，各有极厉害的邪法异宝。师父昔年早料及此，原有准备，却没料到发作这快，又是同恶相济，如此凑巧，便和诸位师伯师叔商议，乘木尊者和另两位得信赶来的老前辈在此，索性拼着三数十天纠缠，给他全数除净，一劳永逸。但是此事说来容易，行起却难。第一，师父近年和诸位前辈师伯叔分头秘炼的乾坤六合旗门虽早炼成，但中央法坛上尚差一主镇之宝和一位法力高深、长于玄功变化的主持人物；另外还有六种护身神光尚差一点功候。现在一面炼法，一面等那位主持全局的老前辈到来，而妖党又是诡计百出，邪法阴毒，随时随地均须严密防御，丝毫不可懈怠。如今敌人日夜用妖法攻打始信峰，师父和秦岭三老、李镇川师伯正炼神光，不能分身，全仗木尊者和诸、叶、王、吕、司空各位师伯叔相机应敌。只管时占上风，始信、天都两峰一带全在妖雾笼罩之下，已被围了一个水泄不通。能够随意出入敌阵的，除炼神光和六合旗门的五位师长外，只木尊者与诸平、王鹿子二位师伯。这三位师伯和妖人对手时，因想乘此良机，把以前峨眉漏网的各派余孽齐引了来一网打尽，特意把对方几个首要妖人留下，俱都不肯施展杀手。那几个首恶又各有一两件极厉害的邪法异宝。故此每次出战，均无结果。表面看来仿佛败在敌人手内，实则三位师伯是故意如此，并非真败。尤妙的是每一出阵，必要使妖党受些伤害。那对敌情景尤为滑稽，有时叫人看了笑得肚疼。妖党枉自是恨得咬牙切齿，终于无可如何，真有一个看头。不过双方斗时情势十分险恶，旁观并非不可，必须在双方未交手以前暗中前往，先到下洞，向木尊者要了护身隐形灵符，由木师伯指定一地藏好，在侧观战，始可无碍。

"此时双方恶斗正急，三位师伯想正忙于应敌，无暇兼顾，却去不得。妖僧和众妖党差不多每早天明前后，必有些时停止攻打，双方罢战。此时前往最妥。固然我们可由这里地道穿行，直投始信峰下洞以内，洞外已有木尊者和诸、王、叶四位师伯的仙法禁制，多厉害险毒邪法也伤害不了我们，但在双方斗时前往，只能守在洞里，除听雷火之声震耳外，什么也看不见，行动还受拘束，有什意思？再者，快到下洞一段地道离地面甚近，万一被妖党警觉，乱发阴雷，照地乱打，或是另下别的毒手，就许为他所算，那是何苦？昨日有一位奉了师命先来送信的同辈道友，为了性急，又自恃法力颇高，不肯听我的劝，正赶双方恶斗之时赶去，行抵峰前便吃妖党看破，一阴雷钻把地面震裂，打穿了一个大洞。如非木、王二位师伯神通广大，应变神速，将他接引入洞，便几乎吃了大亏。所以今日我奉命来此接人时，诸位师伯叔再三叮嘱，不令诸位造次，并给了一道灵符，吩咐去时留意。这条通始信峰的地道，前一多半相隔地面甚深，行近峰前约有十余丈，突然往上高起，最高之处离地还不足两丈，极易被妖人看破。有了此符，便可隐去形迹，只不要在地底说笑，妖党便不会警觉。我们反正去了在彼枯坐相候，反不如在此还可随便说笑。候到天明以前再行起身，到了正是时候。诸位以为如何？"

玄玉闻言，知道形势险恶，不是寻常，便即应诺，准定快天明以前起身前往。鳌鱼口外洞已经申林先用灵符掩蔽，议定之后，便引众人往里走去。那通始信、天都两峰的地道，就在鳌鱼口中间右壁之下，乃是一个五尺大的石穴。入口之处甚是曲折，暗不透光，原是江明前些年与众同门无心之中发现。平日口内有石块堵塞，地极隐秘，外人不知，决寻不到。内里只入口三数丈狭窄，余者多半宽大，途中并有好几处天然石室。末段有一歧路可通天都峰前危壁之下，地势较低，险窄难行，只发现时探行了一次，便无人去。

众人到了口外，玄玉见那地洞黑暗异常，便将双手一搓一扬，放出一片白光，正待照路前进。申林笑道："来时诸师伯知道洞中黑暗，向叶师伯代借了一面宝镜，在我这里。只顾说话，还未及用呢。"说时早由怀中取出一面古铜镜，照叶神翁所传用法，手向镜纽上一按，立有一片银光放出，照耀前路，明逾白昼。玄玉见镜省事，便将白光收起。申林引了众人将入口难行的一段走完，到一石室之内停住，说道："我们就在这里小坐，等候天明妖人住了攻打，再去始信峰与各位师伯相见如何？"众人见那石室虽是地道中的一处洞穴，但极高大整洁，并有大石数方，平滑如玉，可供坐卧，以及食物用具之类。黑摩勒笑问："石头自是原有。这些东西是申师兄带进来的么？"

申林道："我两日前便奉命来此守候，为防妖人警觉，除照木师伯算定人来时刻去往口外守候接引外，平时便在此室隐藏食宿。昨夜闻说江师弟和诸位师姊师弟要来，恐有耽延，又回洞去偷运了些酒食在此。我师徒山居清苦，本无什好吃的，这些酒食俱是木师伯和司空叔弄来的。因木师伯和秦岭三老是老酒友，又是多年未见的至交，木师伯又是天生滑稽性情，只管是三次峨眉斗剑以后的第一场恶斗，并没当是一回事，由金华起身，绕道白雁峰，把何师叔家藏的三十年陈酿要了四大坛，先用法力运到文殊院附近一位高僧的茅棚以内，然后削了一根细竹竿，挑了两坛，和司空叔步行往始信峰战场上走来。到时，敌我双方正在斗剑，有两个不睁眼的妖党认不得木尊者，却认得司空叔是北山会上敌人，只当他是司空叔雇来挑酒的山民，上前拦阻，先吃木尊者戏侮了个够，然后一剑杀死。偏巧诸、王、吕三位师伯俱在洞中，又是极好酒量，性情喜好俱都相近，诸位老前辈虽已辟谷多年，却不禁酒食。这一聚在一起，除却对敌便是聚饮为乐。前夜诸、王二位师伯说妥还请，又特意冲出阵去，购运了好些珍奇味美的酒食回来，有时还在洞前或是峰顶向敌对饮。众妖党只干看着急，无可如何。如今洞中美酒佳肴甚多，仗着妖党只发觉过一次地底有人通行，未容下手便吃木师伯将人接引入洞，只当来人通晓地行之术，并不知有这地道，往始信峰这条路又是直通下洞以内，只要不在双方恶斗正烈之时往来，便不致有险。现在这里食物足供十余人吃的。食物无奇，最难得是那几葫芦酒，多是千里外的名产。诸位师姊师弟可随意饮食，一面闲谈，一晃天就亮了。"

说时，江明已把旁边大石上放着的酒葫芦和些腌腊食物全取过来，请众饮食。众人本已一日夜未食，又闻酒肴香美，各动食指，便围坐在大石上大吃起来。申林见玄玉美艳如仙，清标独绝，也随意进点饮食，并不崖岸自高，人甚谦和大方，举止尤为端静娴雅，不禁心生敬佩，暗忖：老母高年，抱孙之急甚切。自己虽幸得遇仙师，并以成道之器，为了身是单传，老母日望成家，竟不敢作求仙之想。自来神仙眷属甚多，传为佳话。倘能得一志同道合的淑女为妻，等生下儿子，使宗祧不坠，慰了老母之望，等得百年以后，立即携手入山，同修仙业，岂不是好？心中想着事，不由看了玄玉一眼。哪知玄玉见申林骨秀神清，气宇超逸，觉着此人根骨丰神甚好，如若修道，定有成就，他又是陶老前辈门下弟子，按理应是道术之士，照初见时情景，怎也和江明一样，武功似有根底，飞剑法术均未通晓？这等美质，单学一点内家武功岂不可惜？想到这里，也由不得多看了申林两眼。

这一来，二人目光恰好相对。申林觉着对方是个少女，不应如此看她，不禁面上一红，只得饰辞说道："山居无什美味，师姊请随意用一点吧。"玄玉含笑应了，并未觉察。申林因恐失礼，遭人轻视，不敢再作相顾平视，言动神情便多矜持。无如二人对坐，相隔甚近，玄玉又是磊落大方惯了的人，申林这一刻意庄敬，心有成见，言动均不自然。清缘和黑、江、童四人只顾说笑饮唉，尚无所觉，玄玉心细，又在留意考察申林的人品根骨，目光常注在申林身上。申林本想不再看她，偏生玄玉常有话问，由不得要抬头对面。每次答话，玄玉都在看他，二人目光老是相对。申林素来老成，又读了多年的书，把男女界限分得甚清，与少女环坐言笑尚是初次，再为对方容光所慑，虽然心中只有敬赞，并无遐想，也说不出是什缘故，可是每与对方目光相对，便由不得面红心跳起来。妙在是越不想看，那眼睛竟不听制止，隔不一会儿，目光又与对方相接，于是心情越来越窘，渐失常态。

玄玉见他先前神态言谈甚是从容端庄，忽然拘束起来，头老低着，目注石上，偶因答话抬头，目光一接，立即避去，其状甚窘，对于别人却不如此，始而不解，嗣一推详，忽然省悟，不禁面上微热。见申林始终一脸正气，知他是个读书守礼之士，便笑说道："申师兄，你不是说要详谈这次妖人攻打始信峰，与诸位老前辈斗法斗剑的经过吗？现隔天明尚早，我们已吃了不少酒食，请把这几日妖人猖獗情形说与我们一听如何？"众人闻言，随声应和。申林正窘得想不起主意，闻言恰可解围，忙接口道："我先就想说，因诸位师姊师弟正在畅饮，还没顾得说。三次峨眉斗剑，只听传说，不曾眼见。照着连日见闻，双方对敌险恶情景，却也使人胆寒心悸呢。"

众人问故，方知原来日前金华北山会上，末后到来向西台诸老侠叫阵，约往黄山始信峰比剑斗法的两僧一道，乃昔年第三次峨眉斗剑漏网逃走的西崆峒派中有名人物。为首发话的老和尚，以前真名叫七级神陀法镜。同来的僧道二人，一名铁帚禅师，一名五雷真人牛清虚。当初峨眉、青城诸正派因崆峒派虽是左道旁门，但与五台、华山诸异派不同，为首诸人知道群仙劫运将临，法力飞剑又非诸正派中首要之敌，因此多在山中闭户静修，想将劫运躲过，并无十分恶迹，只所收门人多非善类，已然剪除将尽；念其多年修为不易，当峨眉掌教妙一真人用六合微尘阵将各派妖人困住时，故意网开一面，放走了好几个，事后也未前去寻他。不久群仙相继成道飞升，就此放过。彼时法镜较明邪正之分，又知不是峨眉对手，只管受五台、华山两派妖人怂恿，口里勉强答应，暗中却设法规避，并未到场。铁帚禅师和牛清虚因爱徒多人俱为诸正派所杀，恶气难消，竟不听劝，如约赶往，不料一交手便吃了大亏。如非对头手下留情，早已遭劫惨死。

逃回以后本可无事。这一年，秦岭三老中的娄公明偶由西崆峒经过。法镜有一爱徒申波，因乃师禁阻，未往峨眉应约，保得一命。娄公明过时，发现山谷中有一本灵草，下来采取。申波也正在附近闲立，见有外人在本山采药，又是正教中家数，想起以前诸同门被杀之事以及本门师长所受屈辱，不禁怒从心起，口出不逊，上前怒喝阻止。申波自不是娄公明的对手，晃眼便将飞剑失去。法镜等僧道三人正在洞中，闻报赶来。三人打一人，也只斗个平手，还丧了两件心爱法宝。双方连斗了二日一夜，正相持不下，恰值娄公明的同道至交、青城派剑仙五岳行者陈太真由左近空中飞过，发现有人斗剑，以众暴寡，本就不平，况又有邪正之分，这一面更是自家好友，如何能容？当即上前助战。青城派两位教主矮叟朱梅及伏魔真人姜庶创立教宗时，收徒取材甚严，门下共只十九个弟子，彼时多半成就仙业，只陈太真和裘元、虞南绮三人奉命承继道统，暂缓飞升，均是地仙一流人物，法镜等三人如何能敌？结果牛清虚见机先逃，法镜和铁帚禅师被陈、娄二人用法力禁住，着实教训了一顿，才放脱身。

法镜生平未曾受什挫折，认为奇耻大辱，当时斗敌人不过，只得忍受。自觉无颜再在西崆峒居住，两个残余徒弟又为娄公明飞剑所杀，便将门人尸首掩埋，离开西崆峒故居，另觅名山隐迹修炼。先是独自一人，辗转寻到浙江东天目深山之中，觅一荒废寺院略微兴建，隐去真名，掩了本来行藏，在内苦心修炼，立誓要寻秦岭三老等报仇。过了几年，铁帚禅师和牛清虚也寻了去。

法镜本想炼一旁门中的厉害阵法，名为玄阴灭阳仙阵。**由此开始，下面一大段进入剑仙斗法故事。还珠楼主的小说有两种思路迥异的故事，一种是剑仙类，很大程度受《封神演义》影响；一种是武侠类，《水浒》的痕迹较为明显。不过，彼此也有渗透。这里就是由侠转仙。好处是想象空间更大，更热闹，缺点是两方面各有行为逻辑，有时如油入水。**因知陈太真近虽仙去，像娄公明等一干正教中剑仙法力均高，仍是难于抵敌。除所炼阴雷外，阵中暗藏十二都天神煞。但是这种邪法最是阴毒，并还需两个能手相助。二人来得正是凑巧，当下议定，一同祭炼阵法。为防事机不密，被仇人警觉，一有失闪，全功尽弃，又在附近深山荒僻之处，与两同党各觅一个洞穴居住，将阵法分成三处祭炼。一面暗中勾结旧日同党，准备时机一到立即发难，可以一呼而集。去年便将阵法炼成，早想寻仇，终以仇敌近年功力大进，又有好些有力同道，是否一举成功，尚难拿稳，心中迟疑，未敢遽发。延到今年，忽然结识了几个隐居海外的左道之士。这些人以前全吃过峨眉、青城两派的大亏，怀仇至今，闻着敌党首要近年逐渐仙去，所余能手无多，俱思蠢动，见有人提头报复，同仇敌忾，自然一拍即合，各告奋勇，到时赶来相助。法镜等三人认为时机已熟，便无北山之会，也要赶往秦岭，上门寻仇。

这日正在盘算行期，恰值昆仑派剑仙小髯客向善的门徒夏云翔等三人，因受花四姑卑礼延请，前往相劝。刚到便遇见老少年马玄子夜闹花村。看出形势不佳，凭花四姑所约的人，决非对方敌手。对方又有几位师执在内，便斗得过也没法上场，何况未必。

再见花家所约道术之士，俱是一干异教余孽，难与同流合污。自己以前欠过主人的情，急难求助，受人之托，已然到来，其势不能虎头蛇尾，袖手而去。料定花家必败，三人商议，对方能人甚多，敌是敌不过，只有代她另请两位法力高强的人相助，即便不胜，只盼打个平手，花四姑不致家败人亡，还了人情，于愿已足。但是本派长老虽与峨眉有隙，后已和好，这等局面，万不会与花四姑一气。本心是想约请两位与峨眉、青城曾有嫌怨的前辈散仙，不料行至中途被法镜看见招将下去，崆峒派虽是旁门，除纵容门人是其所短，一干长老尚知自爱，与昆仑派长老以前往还颇密，算是夏云翔的前辈师执。

夏云翔因近年本门法规颇严，此行本非得已，所请的人也拿不稳是不是肯到，一见法镜，正合心意，便把金华北山之事一说。法镜一想，正是机会，立允到时前往。只是近年久已不愿与闻人间世事，所炼阵法又大厉害，如在花村施为，必有许多凡人遭受误伤，便道："你且先回，到时我必前往，相机行事。对方所有一干有法力的人，全交与我。底下的事，主人自去料理好了。"夏云翔只想这两僧一道是对方诸能手的仇人，既允前往，必定出手相助，也未问明法镜用意，便即回转。法镜跟着行法召集诸同党商计，觉着自己近年因知所习道法不是玄门正宗，一心报仇以外，已决计不再凭借法力伤害凡人。再者对方能手颇多，如不一网打尽，仍有后患。如欲大举，花村决非所宜。偏巧内有两个有力同党，与化名萧隐君、隐居黄山始信峰的乾坤八掌地行仙陶元曜有仇，主张自己这一面阵法既操必胜，索性明张旗鼓，把斗法地点定在黄山始信峰，图个一劳永逸。

法镜败军之将，深知敌人厉害，也颇慎重。一面分人前往觅地相待，自和两同党去往北山；一面行法点起信香，约请海外诸同党即日来会。初意花家不能抵敌对方，是为道术之士太多，只将这些人引去，自然转败为胜。自己这一面早有成竹，更可必操胜算。哪知花家竟遭惨败，自己和诸同党也身败名裂，几乎被人一网打尽。当日说完大话，高高兴兴飞往黄山。去时还以为事出突然，陶元曜一向独居山中，偶然出入，也只一人，至多洞中有两个徒弟，行事这等机密，当无事前觉察之理。此行不特必胜，并还可以由那先去的同党，假作借地斗法为由，作出光明磊落的势派，先礼后兵。一面向陶元曜挑衅，先交上手，等自己把所有仇敌一起引往黄山，再行大举合攻。

法镜好胜心高，自来谋定而动，为防敌人讥议，这次约人虽多，那打前阵的同党只得三人，均与陶元曜无仇，早在前半日起身。那有仇的两个和一干有力同党，俱在后面陆续赶去。一面相机行事，或是接应先去两人，一面分成四五路，带了应用法物，先将地势占好，暗中布置埋伏停当，以便自己到后，只将所炼旗门一施展，立可发难。预计先后赶去的人必已动手，先占上风，甚或将陶元曜困住。哪知行近黄山一看，始信峰上下静悄悄的，不见一点杀气。自己这面已早有多人到来，并还来有两个徒弟，似此情形大出意料之外。如说敌人已被消灭，峰顶应有多人伫立守候，或是迎将上来报信，不应如此清静。

心方奇怪，忽听雷声殷殷，细一注视，原来天都峰那一面已被云雾遮满，只剩峰尖现露在外，云涛弥漫、一片混茫之下，隐隐烟光浮动，雷声颇烈。尤怪的是始信峰那么清静，转似敌人那面占了上风，好生惊疑，连忙赶去。见下面云雾太密，剑光宝光挟着无数雷火，纵横交织，难于透视。匆匆未暇仔细查看，以为黄山云海常有的事。那云起自峰上，敌我双方是在峰脚，各用剑光法宝相持苦斗，人在云下，并未飞起。心想这云遮蔽目光，无论何方，驱散均易，为何任其浮蔽上空？难道双方斗势激烈，连驱散云雾这点闲空都没有么？

念头一转，未容深思，人已飞近。为想观看双方斗法详情，先把口一张，一股真气朝云中吹去，那密压压的云层立被吹穿了一个大洞。接着又使驱云之法，待将满空云雾散尽时，不料那云暗有敌人法力禁制，与寻常不同。云层厚密而又坚凝，上层虽被吹穿一洞，并未直透到底。法镜由远处飞来，没看清下面情景，敌人对他却已警觉，云隙才现，立由下面云影中飞起一团淡黄色云光。法镜犹幸久经大敌，一眼瞥见，便知有人暗算，赶忙纵身退避。无如来势特急，其速如电，那黄色云光又是件极厉害神奇的法宝，饶是逃遁神速，也自无及。云光才一照面，便似正月里火花一般，当空爆炸，化作朵朵金花散裂开来，一窝蜂般打到，沾身之后，化成无数针芒，直穿皮肉。法镜已然遁出圈外，觉着左肩臂腿等处微微一痛，仿佛有针刺入情景，知道不妙，慌不迭运用玄功将真气闭住，使肌肉坚硬如铁，以免深入，并防匆促无知，中了法宝之毒；一面随手扬处，发出一大团赤阴阴的雷火，朝旁打去。那黄色云光每发只是一次，遇物即炸。双方势均猛烈，立随雷火一同爆散，化为无数金花红星，飞扬满空，晃眼没入云涛之中，无影无迹。

法镜未见到一个敌人，身上先负着好些伤，还不知法宝来历，当时又急又怒，不暇飞降，咬牙切齿退向一旁。伤处只是针尖般大一个个的小孔，微有一丝紫黑色血水渗出，觉着又痒又疼，又麻又胀，所中之物已随血水化去，知是毒物所炼。幸喜防御得早，将气血毛孔闭塞，未使深入，如易一人，创重还不止此。心虽忿极，但是毒质已然入体，其势不可听其自然，必须当时去净。偏生全身的伤共有十好几处，甚为零星。没奈何，只得强忍仇恨，运用真气，依次将其一一吸出。这一来自然耽延了些时候，秦岭三老、丐仙吕瑄、李镇川、马玄子以及樊、简诸仙已然赶到，敌人那面声势大盛，威力更增。

法镜这里尚在一旁用法力去毒，不曾知悉那同来的一僧一道已遭惨败。原来他二人先因法镜心急，遁光较速，稍微落后了些。一见云隙下面有黄色云光突然冒起，化为金花，四散爆射。法镜随手发出一雷，立往附近山谷中遁去，便知此宝厉害，忙纵遁光先行避退。正待施展法宝抵御时，满空金花已与雷火同灭。二人功力虽比法镜稍差，但各炼有不少法宝，觉出敌人此宝全以冷不防出手伤人，只要事前防备，便可无害。又看出下面敌势颇为强盛，准知法镜骤中暗算，无什大碍，便不以为意，欲往下面助战，先给敌人一个厉害，等法镜来了再施所炼阵法。二人都是一样心意，不约而同，各用飞剑法宝护身，意欲冲云直下。

就在这略一停顿，退而复进之际，忽见脚底密云似开了锅的沸水一般，往四外滚滚飞散，晃眼都净。同时目光到处，下面飞起三道遁光，正是敌人想要飞走；另外云层下面还有两道遁光，正由峰前战场上往峰腰山洞内退去；先来的一些同伴已有四五人尸横地上，剩下八九人正纵遁光追将上来。二人见状，又惊又怒，铁帚禅师在前，首先扬起生平不轻使用的异宝三光帚，待要往外甩去。说时迟，那时快！就在这双方对面瞬息之间，猛由对面遁光中发出一片红霞，先将三光帚的宝光闭住。铁帚禅师心方一惊，知道不妙，觉出彩霞力大异常，惟恐手中法宝有失，赶即退避。身后牛清虚匆促之间不知就里，更是冒失，一眼瞥见敌人飞上，自己人多在后紧追，也没看这下面胜败情势，误以为敌人众寡不敌，力竭败逃，随同妖僧三光帚挥动，忙把飞刀飞上前去阻挡。刀光刚一脱手，便吃迎头两道白如银电、长只数尺的光华接住，略一掣动便吃绞紧。敌人也未停顿，竟自带了同飞。

铁帚禅师已然知机，收回法宝，纵遁光退向一旁。牛清虚骤出不意，觉着飞刀一紧，被敌人剑光裹住，收不回来。心自不舍，一面运用全力回收，一面又想另施法宝取胜。情急之下，忘了身当敌人去路，这几个敌人均非寻常，内中一个早扬手一团黄云打来。牛清虚先见金花消散甚速，未免有些轻敌，对方来势又极神速，黄云所带金花飞针既细且密，得隙即入；尽管身上还有一道刀光防护，但并不周密，又不合以身外刀光去挡，竟吃打中了一大片。当时疼痒交加，方始惊慌，不敢恋战，连忙闭气遁退；先发的飞刀已吃敌人银光裹走，往始信峰那面飞去。牛清虚一时疏忽，被由刀光隙里散扑过来的飞针打中了好些，伤处比法镜多了不止一倍，有的还中在脸上，侥幸不曾伤了双目。医伤去毒要紧，只得咬牙忍痛，追随法镜飞去。

　　铁帚禅师虽未受伤，见此情形，一则敌忾心盛，因牛清虚是一双飞刀，恐被敌人夺去一口；二则见后面追的几个俱是同党中的能手，内并有两个外人，三人同来，一照面便败了两个，若就此退避，情面难堪。二次又由斜刺里追截上去，还未与敌人遁光相接，忽听远远有极轻微的破空之声。循声一看，乃是十余道敌党遁光，由适才金华来路破空飞来，宛如星飞电掣，目光到处，便自相继飞近。忙将身剑合一，迎上前去。猛见剑光丛中红光一亮，随听震天价一声大震，一道霹雳挟着千重雷火，由斜对面往后追的几个同党打去。当时便见自己这面遁光散乱，打落了两人下去。那一震之威，委实厉害非常。身还在侧，不曾首当其冲，也被震撼得连闪两闪，暗忖：敌人如此厉害，刚一交手便自吃亏，就算所约能手尽来，又预先炼有阵法，也未必能占上风。

　　方自胆寒吃惊，猛又听东南方天空中异声大作，十分凄厉。抬头一看，一片乌云电也似疾飞驰而至，认出是法镜所约能手之一南海小神山散仙鱼象。知道此人法术高强，又与正教中剑仙有仇，是个极有力的帮手，胆方一壮，同时左侧山谷中又飞起十多团赤阴阴的雷火。原来法镜没想到当日陶元曜洞中会有几个高人在彼，先来同党恰巧相遇，早就吃了大亏。到时不合自不小心，又受挫折，只顾忙着医伤，以为随来还有两个膀臂，自己没顾得下去接应。为想看清情势，一网打尽，又未将所炼阵法先行施为。就这一会儿工夫，金华敌党全数赶到，与陶元曜等敌人两下夹攻。上来先遭了一场惨败，容到伤毒刚刚去净，见牛清虚也受伤落下。正待助他医好了伤，同去报仇，忽听破空之声有异，接着迅雷大震，才知敌人势盛。不暇再顾牛清虚，忙即飞起，同党和门人已有数名受伤坠落，不禁急怒攻心。一面发出连珠雷火，一面取出旗门施展阵法，鱼象也自飞到。方欲合力下手，与敌人拼个死活存亡时，晃眼之间，先飞走的敌人已与北山赶来诸敌会合，又是一道震天价的霹雳自对面发出，与那十数团雷火一撞，连声大震。

只见地撼峰摇，山石惊飞，满空雷火，弥漫纷飞。敌人已掉转遁光，往始信峰飞去。

法镜怒火中烧，不顾招呼鱼象，忙率同党急追。遥望敌人已然相继飞入洞内，内有一道遁光在后，快进洞时，忽由遁光中飞出一片五色烟霞，晃眼舒展开来。全峰上下立似笼上了一层轻纱。洞外空空，敌人一个未出，只峰顶一株老松树上蹲着一只苍猿，仿佛本来就在树上，态甚闲逸，那么电掣星飞、雷火弥空的险恶景象，竟一毫不现惊恐之状。知道适才敌人正占上风，并无败相，不知何以如此，好生不解。心中猜疑，飞遁神速，已率众同党飞抵峰前。因急切间看不出那五色烟霞威力大小，先已受了挫折，料定敌人如此作为，必有机谋，恐又上当，不敢造次。决计先将阵法布开，再作计较。忙唤住众同党，在斜对面一座高崖上停落。随将布阵用的旗门取出，交与预定同党，如法施为。偏生天都、始信两峰相隔颇远，明知敌人故意把人分作两地，以为犄角策应之计，但是敌势强盛，人数又多，出于意料，稍微疏忽便要受算，必须统筹兼顾。再则自己又是刚到不久，敌情虚实深浅未及详询，虽然阵地太广，不免有许多弊害，也是无可奈何，只有豁出多耗心神，将两峰一起围困阵内，然后相机行事。这一来，天都、始信两峰全被围在旗门以内，占了很大一片地面。

法镜乃崆峒派中能手，本就怀仇多年，处心积虑，立意报复来。加以才一上场便为仇敌所伤，又伤亡了几个同党，益发仇深恨重，恨不能把所有法力全使出来，将仇敌消灭净尽，才能消忿，故此开场情势十分猛恶。那阵法早经练就，飞行又快，发动异常神速。众同党领了旗门，连同法镜的中央主位，共是六座旗门。晃眼工夫，便各按去向方位，分别在当空立定，将旗门往下一撒。先只是一片烟光，略闪即隐。法镜见旗门列好，将手一扬，一声迅雷过处，环绕始信、天都二峰的五个方位上，半悬空中突然各涌现出一座大旗门，高约数十百丈，上出峰头只十余丈，植立五色烟云之中，全阵地共占有十里以上方圆。旗门现后，法镜随又手掐灵诀，如法施为。手指处，各旗门上烟云暴涌，五色光华接连闪动，晃眼烟光布散开来，弥漫当空，宛如一片极大的五色烟幕，将两座峰头团团罩住，但离峰头甚高，却未下压。

法镜紧跟着由怀中取出一面上悬金镜的小幡，朝五座旗门上一阵展动，同时左手扬处又是一声雷震。幡顶金镜突放出一片昏惨惨的乌光，照向五方旗门之上。镜光到处，只闪得两闪，旗门倏地隐去。等五座旗门相继隐去，先前烟光全都无迹，阵地以外仍和平常一样，天色只在先现旗门的界限以内，昏蒙蒙，下雾也似，峰外景物全被遮没，什么也看不见。法镜手中小幡已然脱手飞起，植立在阵中心主位之上，即化一幢乌云涌住。一面金镜已放大丈许，虚悬当空，乌光惨惨，风车也似，时缓时疾，不住向四外翻转。法镜同了一干党羽便立在镜的下面，立处略微靠后一些，每当镜光转向前面，人便隐去。似此昏沉景象，一干妖僧妖道又是时隐时现，出没无常，越显得阴森愁惨，若有鬼气。**这种笔法，与前面江小妹、黑摩勒乃至马琨陈业的故事迥然不同，在还珠楼主的系列作品中，源于《蜀山剑侠传》，其远源则是《封神演义》的"诛仙阵""十绝阵"。**

法镜先疑敌人以退为进，故意避入洞中，待机而动，突然发难，布阵之时颇存戒心。一面严加防范，并令诸同党暗中戒备，甚是谨畏。及见阵已布就，并无丝毫阻滞，心气不禁为之一壮。又料敌人知道此阵厉害，不是对手，不得已闭门暂保，意欲易攻为守，以待外援。暗忖：此阵本极神妙，自己为了敌人法力甚高，不是庸手，并在阵中藏有十二都天神煞。休说敌人，便将这两座山峰一齐毁灭也非难事。此来攻阵，固是送死，便是敌人闭门不出，洞外设有禁制或是法宝防御，也禁不住阴雷攻打和煞焰神火长久祭炼。此时我且容你苟活些时，等一切施为俱已停当，罗网周密，教你知道厉害！心中打着如意算盘，一面暗中行法，欲俟十二都天神煞埋伏停当，立即发动阴雷煞火攻山，准备连峰带敌一齐化为劫灰。

这前后经过，已是三个时辰过去。法镜先前怒火头上，只见金华北山诸敌赶来，匆匆遥望，既未看清人数，又值忙于布阵，仇敌方面许久未动，渐渐志得意满，一心想使敌到全灭，毫未留意阵外去。不料正在阵中施为，都天神煞刚刚设好，待要向敌厉声挑战之际，忽听空中一声大喝，随见一道红光彩雾拥着一人冲入阵来。法镜巴不得此时有人攻阵，施展他阵法威力，又以善者不来，来者不善，这立阵以后的第一次来敌，必须先给仇敌看个榜样。匆促之间未暇寻思，来人又在极浓烈的光雾环绕之中，看不真切，照着来时行径声势，分明是个强仇大敌。不问青红皂白，忙将阵法转动，放敌入网。第一次出手便施全力。一面催动阵法，一面施展十二都天神煞，手指处，当空宝镜首散出百丈乌光惨雾，将来人罩住，同时五座旗门一齐涌现，阴雷似雹雨一般打到。镜光照处，红色光雾立即消散，光中人影随同坠落。无数阴雷再往下打，来人立被震成粉碎。法镜因在主持阵法，没想到来人会虎头蛇尾，死得如此容易，并未看清敌人形貌。

铁帚禅师虽与法镜一路，因为上来受挫，看出敌人并非易与，始终存有戒心。这时因牛清虚自为敌人法宝所伤，遁入左近山谷之中，不曾随来，此时阵已布好，仍未见到，自己人均有法镜所给灵符，可以出入无阻，牛清虚和自己并还是随同炼法之人，万无被阻在外之理。他法力固不如法镜，似此寻常伤势，不碍大体，有了这些时的医治，早该到来，虽然所去山谷恰巧偏在天都左侧，不在阵地以内，这里布阵也断无不见之理。按说应该早来，为何阵已布好，人还没有见到？心中好生奇怪，但仍以为两峰敌人俱已入洞，并未见出，那山谷地势隐僻，仇敌事前想不到会有人入内医伤，早早派人埋伏在彼。牛清虚法力颇高，身有不少法宝，并非庸手。强自宽解，有心去与法镜商量，着人往探。无如布阵正在紧要的当儿，自身所掌旗门又是最重要的一面，急切间不能分身。及见法镜都天神煞已将布好，牛清虚人还未到，心正悬念，忽见红光冲入，有人攻阵，虽也和法镜一样认定来了强敌，可是心有所注，又不似法镜正以全力应敌，处于旁观地位，红光一散，瞥见落下一个道人，甚是眼熟，不禁大惊。当时五门上阴雷已朝来人集中打下，满空满地，碧阴阴雷火横飞，形势酷烈异常，除了中央主持人，万难阻止。情急万分之下，一面大声疾呼："是牛道兄！"同时人便急飞过去。

牛清虚人已化为灰烬了，法镜尚未觉察，见铁帚禅师忽离守地，于雷火光中疾飞过来，心方惊疑，未容喝问，猛又听空中喝："老秃驴！你这阵法果然厉害。且教你先发一个利市，如何？"语声未歇，随瞥见一道红线般的电光射向始信峰上，落地现出一个瘦小枯干、状如雷公的道装少年。法镜见状，已知中了敌人算计，再听铁帚禅师满面悲愤飞来，大喝："红光中人是牛道兄，我们中了敌人借刀杀人诡计！"不禁又急又痛，愧忿交加之下，怒火如焚，不等双方话完，把镜光一转，照向对峰上，咬牙切齿，两掌往外一扬，随手大片阴雷碧焰朝那少年照直打去。只见对峰洞外起了一片云烟，就在这神光离合之间，洞门倏地大开，少年业已飞入，所发阴雷也似雹雨一般打到。洞口内忽飞出一蓬光霞，那大片阴雷正与迎面，纷纷爆裂，化为云烟四散，洞口随又隐去，光霞散布开来，仿佛在洞外加上一层彩绢，看似一片轻烟，一任万千阴雷连连攻打，震撼得山摇地动，兀自不能损伤分毫。

法镜最伤心是牛清虚惨死，不特同道至交，并还去了一条膀臂。当时恨如切骨，怒火难消，一面发动阴雷攻山，与众同党一齐厉声喝骂，一面发挥威力。因天都峰一面为防敌人诡谋，不能移动，便把前左右三面旗门移动，齐往始信峰紧逼上去。这一来，变作四面阴雷齐注一处。始信峰上半齐被猛烈雷火包围，远望活似一座碧绿火山。空中妖烟邪雾跟着压下，眼看相去峰顶不过丈许，忽见洞又出现，一片烟光明灭闪变，飞出一个身材瘦小的道装老者。法镜定睛一看，正是秦岭三老中的娄公明，只把手掌往上一扬，口中骂了句："老秃驴！我看完老友，再寻你算账！"说罢，忽又隐去。洞外光霞随似一座穹顶篷起将烟雾挡住。先前老松树上蹲伏的一只老苍猿始终不曾离开原处。雷火只管猛恶，因那松树斜生洞壁之下，外有轻云彩光阻隔，苍猿并未受伤，也无惧色。

娄公明一出，苍猿手指前面叫了几声。法镜仇人相见，正在眼红，及听苍猿一叫，这才看出猿爪上持有五寸多长一面铁牌，牌上光华隐隐，若有华云流走。再定睛仔细一看，竟是越看越深，知是一件具有威力妙用的法宝。暗忖：峨眉、青城两派敌人，昔年曾在紫云宫、幻波池连同元江取宝、三次金蛛吸金船，得有不少古仙人遗留的至宝奇珍。后来三次峨眉斗剑，五台、华山诸派道友同遭惨败，几乎全军覆没，是到场的人，十九不能幸免，伤亡之多，为近千年来修道人稀有之劫，一半便由于对方法宝飞剑威力太大之故。此次原是处心积虑准备多年方行发难，初意敌党一干长老均已仙去，虽然其中还有不少能者，但决非所炼阵法与十二都天神煞之敌。只管胸有成竹，仍然未敢轻忽。表面明张旗鼓，实则是想出敌不意，先把秦岭三老等几个切心大仇除去，再作计较。满拟以前形迹隐秘，事出仓促，敌人决无警觉。为防万一，另外还约来好些有力同党，断无不胜之理。哪知敌人竟有不少厉害同党在此，上来先就被他挫了锐气。最可恶是得胜以后立即退回洞内，闭门不出，又把人分作两处，以为牵制之计，减去此阵威力，一面施展法力将两峰护住，分明又是早已前知。看去仿佛畏怯退守，如照眼前形势观察，敌人均在洞内，却令一只老猿手持法宝，守在洞外松树之上，不特内中怀有诡谋，并还隐寓相轻之意。适才来那小贼法力颇高，牛师弟也非庸流，竟会被他制得失去知觉，借刀杀人，死于非命。行动尤为神速，那么强烈的阴雷竟伤他不了。都天神煞也未及使上，便被逃进洞去。跟着洞外又加上了一层光霞，急切间，连都天神煞都破他不了，也不知是什法宝。久闻峨眉有两面铁牌，均是前古奇珍。一名神禹令，一名三才烈火鉴，与天遁镜有异曲同工之妙，俱是专一克制各种阵法和阴雷煞光的法宝。这老猿所持虽与传闻形式小异，未必便是二牌之一，但是一个老猿纵使通灵，能有多大气候，敢于如此大胆？在雷火横飞之卜，安然自若，毫无惧色。自己也实疏忽，明见此猿先就伏身松上，不合轻看，只顾观察敌人动静，没有留意到它。那洞外光霞突涌，先并未见敌人现身施为，只老猿独在洞外，没看出那面铁牌与洞外光霞有无关联。洞中敌党不在少数，何以独派老猿在外守候？越想越觉可疑，暗中便留了意。

　　这时，雷火攻打已有半个时辰，休说将洞震塌，连峰上草木也未损伤分毫。那光霞只是两三层轻纱也似，淡蒙蒙护住全峰，既未见长也未见消。苍猿好似防人知它手中有宝，先前现露出于无心，老是用另一手掩住，目光注定对阵，不时又叫啸两声，大有鄙夷之相。如换旁人，既看出猿手有宝，早已突出不意飞身往夺。法镜终是久经大敌的人物，心虽不免觊觎，因老猿、娄公明又是现而忽隐，神态暇逸，大有举重若轻之势，因此未肯造次。时久无功，愤极之下，方欲移动十二都天神煞，改由峰脚进攻，将始信峰整个揭去，猛又见对峰烟光涌动中，先前计杀牛清虚的道装少年飞将出来，似见阴雷攻打太急，有了惧意，在烟光中微一停顿。同时苍猿忽由松隙里将那铁牌扬起，立有一股极淡薄的青气射向光霞之外。青气射处，阴雷便被冲开了一个小弄，跟着烟光微一分合，少年已由雷火当中冲了出去，随手扬处，发出大片霹雳红光，一声长啸，疾若闪电，冲开上空阵网烟雾，破空飞去。那四外防守的妖党见有敌人冲阵而出，赶即催动阵法、包围上来，人已凌霄飞去。想起先前牛清虚惨死，空自咬牙切齿不提。

　　法镜较有识见，敌人一出现，便知拦阻不住。虽然施展法术，并未穷追，却看出那铁牌的威力妙用，不禁大为惊异。一时利令智昏，也不细想，这等奇珍异宝，对方如无把握，怎肯付与一个猿猴执掌？只料对方骄敌，故示不屑之状，区区畜生，决难禁己一击。贪念一动，见对峰苍猿仍然隐身松梢，将所持铁牌照向当空雷火，仿佛儿童新得玩物，心中好奇，只管摆弄试之不已神气。自恃法力高强，又想就势运用十二都天神煞去撞一下试试，看看敌人封护洞府法宝的深浅强弱。主意打定，尚恐苍猿通灵警觉，打草惊蛇，上来先把阵势一转，连人带中央主位上的旗门和神幡宝镜一齐隐去，四面阴雷邪火仍旧集中一处，整齐向始信峰上攻打。自己隐了身形，运用都天神煞暗向峰洞冲去。满拟一到准将苍猿杀死，就手夺宝攻山，即或洞攻不开，苍猿也必无幸免。飞遁神速，相隔又近，晃眼即至。眼看身在煞气潜伏之中，已然冲入敌人光霞层内，并无阻隔，手中苦炼多年而成的那面宝镜，已然照向松梢苍猿身上。照说苍猿生死已在掌握，只一弹指之间便可了账。哪知所隐煞光正要放出，制猿于死，就在瞬息之间，猛觉手心微震，苍猿并未晕死，目光仍注别处，看神情好似毫未警觉，可是所持铁牌忽然下垂，正与自己迎面，立有青蒙蒙一股宝气直射过来。手心一震之后，遁光便似有了阻力，心中一惊，猛又觉手中运用神煞的宝镜似被什真力吸住，进退艰难，跟着便连连震撼起来。

这时，煞光已然发射出去，吃那青气接住，方暗道一声"不好"，忽听洞中有人大喝道："老秃驴！只管在此探头探脑作什？你数限将到，且进洞来，先支给你一杯倒头酒吃如何？"法镜一看，洞口烟光变灭间，秦岭三老中的娄公明二次出现，和先前一样，并未持有法宝飞剑，只手里多了一个尺许长的大红葫芦。同时觉着四外光霞齐向身上紧逼过来，平添了无限力量。那四外雨雹一般的阴雷依旧原样，被其隔断在外，分毫未被打进。暗忖：敌人封锁峰洞的神光，适才曾被十二都天神煞光冲开一条光弄，并非幻景。如是禁法已被破去，如是法宝也必毁伤，怎会晃眼之间现出这等景相？心中奇怪，断定上了敌人的当。正想收法抽身，冲出光网以外，再作计较。

说时迟，那时快！就在娄公明二次出现，四外光霞威力暴涨，法镜微一惊顾寻思之际，忽觉手中宝镜光芒遽掩，隐闻爆音甚密，起自镜中，苍猿铁牌青气吸力加大了好多倍，宝镜被它越吸越紧，震撼甚急，几乎把握不住。法镜为炼十二都天神煞，曾对此镜用了多年心力，自是不舍，又见娄公明虽然二次出现，劲敌当前，说完了话，仍立洞口，笑嘻嘻并未出手来攻。百忙中定睛往镜中一看，那股青气已然冲入镜内，青光煞气交混中，隐隐有无数金星正在纷纷爆散。知道镜中都天神煞已为太乙乾罡真气所克，如不见机，晃眼之间就要炸成粉碎。心中痛惜万分，情急之下，自恃法力高强，虽陷重围，不致冲不出去，恶狠狠注视苍猿，把牙一挫，正待运用玄功，施展全力将青气挣脱，冲出光围外去，就势再给苍猿一下毒手，稍出胸中恶气。

猛又听娄公明戟指笑骂道："老秃驴！枉活了这大年岁，你连死活轻重都不知道么？你自有眼无珠，此是当年幻波池镇山九宝之一的如意五云锦，岂是邪教中的这类阴雷所能攻破？苍猿手持铁牌，你眼浅皮薄没见识过，自不认得，但那乾天太乙青罡真气总该明白。此宝比峨眉天遁镜不在以下，你所炼十二都天神煞本来就不到家，如何能与本命克星相对？现时煞光已为真气所制，弹指化成灰烬。我们此次虽想借你的手，将一干左道余孽全数消灭，但念在你以前虽出旁门，尚无大恶，近年匿迹荒山，颇知敛迹，只管数限将终，却不愿使你形神俱灭，为此给你一线生机，未下毒手。你这面破镜子藏有凶邪煞光，下贱阴毒，却是容它不得！如若见机急速舍镜退去，尚可苟免一死；如不服气，尽可多召同类前来报仇。再如迟延，你连人带镜齐化灰烟，即便我们不为已甚，放你元神逃走，真气也必受了重伤，再去转世重修，不知要炼多少年才能复原。好话说完，听否在你，时机瞬息，稍纵即逝，悔恨无及了！"说时，法镜所持金镜爆音越发猛而且急，密如串珠。情知不是路，无如生来好胜，就此舍宝一走，众目之下委实难堪。

刚一迟疑，娄公明倏地双眉微耸，手指苍猿道："这老秃驴不知好歹香臭，懒得和他多说。他们还等我喝酒去呢。照你主人交派，就下手吧。"苍猿闻言，一声长啸，倏地由松梢上立起，往左近崖石上纵去，手中铁牌与法镜手持金镜几乎连成一体，吸得紧紧。苍猿这里一纵，法镜便觉身子随同一歪，连镜带人一齐受了震撼。照着娄公明所说语气，自知再不见机速退，必无幸理。万般无奈，咬牙切齿把心一横，准备二次运用玄功，施展全力再试一下。如能强行挣脱，或是将敌人真气切断更好，不然便拼舍此宝，再打报仇主意。好在所约能手甚多，法力无不高强，至多变了初计，豁出全阵被仇敌破去，有这多同道至交相助，报仇雪恨也非无望。

　　心中寻思，一面正运玄功往回猛挣，一面取出轻不使用的镇山之宝伏伽神刀，待要与敌人一拼时，猛瞥见苍猿瞪着两只金晴大眼怒视自己，又是一声长啸，跟着一手扬起那面铁牌，另一手伸向牌后，似在背面上按了一下。牌上忽有弹丸般大一红一白两粒火星互相旋绕着，直向手中金镜射来。法镜知道红白二丸乃阴阳两极真气所萃，厉害非常，手中金镜已被大乙乾罡真气吸住，无法闪避，情势万分危急，已是无法再延。只得把脚一顿，将手一松，舍了手中金镜，凌空而起，就这样依然晚了一步。人刚舍宝飞起，那红白二丸已然打向镜上，只听震天价一声霹雳过处，雷火金光宛如无数飞花星火满空迸射。法镜外层还有光霞隔断，尚未遁出圈外，相隔颇近。眼看千万道金星火花似暴雨一般往身上射来，遁光已被震荡出去老远，虽有伏伽刀护身，也难禁受。

　　百忙中，忽又瞥见娄公明扬手一道光华飞将过来，将雷火金光隔断，口中笑骂道："老秃驴不听好话，你看如何？我们还要借你号召一干妖邪前来授首，特意放你一条生路。再如不知死活，别人出来，却没我这好说话呢。还不快滚！"话还未了，前面光霞突现出丈许大一个空洞。法镜知难与争，忍辱负愧，急纵遁光，飞身穿将出去。人刚穿过，又听一声雷震，回顾来路，光霞已然封合，那面金镜早已化为乌有，自己多年苦炼的十二都天神煞已被震裂，成了无数浓烟，似潮水一般，纷纷争先往苍猿所持铁牌上射去，晃眼吸收大半。惊魂乍定，益发愧忿交加。再看本阵，把守各旗门诸同党想似看出自己被困，又见敌人方面神雷发动，情势不妙，俱各守住各人阵地，住了攻打。敌人虽占上风，将都天神煞破去，并未乘胜出击，仍用光霞封山，守在洞内。等回到中央主位，对峰煞气全收，洞口已隐，连娄公明和苍猿俱都不见。一问同党，说是对峰雷火煞气才消，跟着起了一片金霞，人猿立即失踪。现在连洞口带洞外崖石老松一齐隐去，只是一片光霞将全峰罩住，别的什么也看不见。

法镜连运慧目注视，也是如此。不知敌人是何用意，只得传令众同党仍用本阵将全峰围困，每日施展阴雷攻打，相机应付；一面发动信符，焚烧信香，催请海外有力同党到来，再作计较。似这样相持到了半夜。

黄山本多云雾，这晚是碧空澄霁，月色鲜明。月光之下，照得四外峰峦林石清澈如昼，除了始信、天都两峰是在沉沉烟雾笼罩之下，简直成了光明世界。云也不是没有，偶然挨着峰腰挂上两片，或是顺着微风，由远方天空中或大或小冉冉飞来，两三成簇，因为天色苍碧，月光极亮，格外显得白而皎洁。有的由月旁擦过，受了月华反映，云边幻起一层层的华彩，或是浮起一痕金霞，端的清旷明丽，美景无边。置身其间，使人生天际真人之想。

法镜同了一干左道中的党羽，见上场不久，便吃敌人突出不意，将数年心血苦炼而成的十二都天神煞破去，并还连伤了几个有力同党，始而恶气难消，不住发挥阵法威力，想和仇敌拼个死活存亡。及至攻打多时，历久无功，对方一任阴雷攻打，始终置之不理，只娄公明在洞前略微现身，破了都天神煞，便和苍猿一同隐退，更无一人再出。知道负气无用，再攻下去也是徒劳，平白糟蹋许多阴雷，只得停了阴雷攻打，命众同党守住各面旗门阵地，以防仇敌又有诡谋突然行使。待了一会儿，对方仍是金霞封山，毫无动静，测不透是何用意。这时信香信符早已点发，海外援兵又未见一人赶到，法镜在中央主位上目注对方，不由心烦意乱，后悔枉自十年薪胆，行事仍是疏忽意气，只顾炼了几件法宝和阵法，便自以为无敌，也没看透仇人虚实深浅，即行轻举妄动。

事前本还结了好些有力帮手，如等同来也好，偏又好胜自恃，认准眼前几个敌人，无须如此大举。哪知对方能手颇多，更有极厉害的法宝，都出预计之外。吃了许多亏，结局仍不免求人相助。虽说双方尚未正式交手，照敌人闭洞自守这等情形，也必有他的短处，自己这面有几件厉害法宝尚未出手，海外几个有大力的助手尚还未到，不能说是就败得不可收拾，但自己一上来总是损兵折宝，落在下风，岂非始谋不臧，咎由自取！

正在越想越悔恨，说不出的懊丧惭忿时，忽见静沉沉的始信峰上，震天价一声雷震过处，一蓬金霞突然冒起，晃眼暴长数十百丈，那紧压在峰头的阴云邪雾立被荡开。法镜和众同党料有仇敌出斗，忙即催动阵法，待要合围上去，忽听对峰有人笑道："大好月色，闹得如此乌烟瘴气，岂不是煞风景！我想老和尚也未必肯听老朽忠言劝告。我还山在即，也无暇与他们纠缠，且将这峰上烟云打扫干净了再走吧。"

法镜定睛一看，金霞光中对峰洞门重现，缓步走出一伙仇敌，那发话的是个须发如银的长身老者，烟光缭乱中，貌相认不太真切。说时迟，那时快！法镜这面话还没有听完，阵法也就立时催动。为了先前阴雷无功，打了半日，连对峰一草一木均未伤折，意欲诱敌现身出斗，因此未以阴雷攻打。那老者声如洪钟，所说的话却是句句入耳。法镜和众同党俱是久经大敌之人，知道敌人如此说法，乃是故示从容。许久不见人出，既出必有杀着。心念才动，老者已说到末句，手忽往外一扬，大袖口内立有一团青光飞出。

法镜认得那是乙木真气凝炼而成的乙木神雷，正是所炼阵法的克星。若稍微疏忽，自己费了多年辛苦炼成的这几座旗门又要不保，不禁大吃一惊。偏生阵法业已催动，正向敌人进攻，四外上空烟光邪雾，电驰云飞般往始信峰上压去，势甚猛速，撤退万来不及，当时闹了个手忙脚乱。一面急发号令，命众同党速停施为，一面赶即收势，心方暗道"不好"，忽又听老者笑道："和尚不要慌。我老头子近年轻易不管人闲事，如要破你这点伎俩，早下手了。因我还山在即，闻说好些老友俱在金华北山，便道前往相会，就便来此与陶道友作别。承主人与诸位道友盛意置酒相款，我们叙阔情长，诸道友又想借你把昔日峨眉一干漏网余孽扫除尽净，免留世上害人，因此一任你在洞外捣鬼，懒得理睬。现我就要回去，诸位道友兴犹未尽。本来我走我的，无须理你，只为今夜月明如昼，云海安澜，大好情景，却被你们闹得乌烟瘴气，未免可惜。我的用意只是把陶道友仙居四外的邪烟妖气扫荡干净，不教掩蔽清光，并非特意与你为难。你心慌作什？"

法镜和众同党没想到敌人只是志在奚落，有这几句话的耽搁，首先早各把旗门撤退。那先发出去的烟光邪雾仍然包围峰上，有此余暇，本可收退，但为顾旗门根本，无暇及此。闻言又羞又忿，欲待撤去峰上封锁，又觉敌人才一出手便全数解消，不战而退，太已难堪；如若不撤，神雷一震也是消灭，一样丢人，又觉着根本已可无害，无关大局，好歹先与一拼，就便试探对方法力深浅，好作准备，纵令小有损害，也比被敌人几句话吓退要强一些。就这心念微动、略一迟疑之际，猛听嘭的一声巨响，那团青光便似吹足了的气泡一般，暴长了千百倍，倏地爆炸开来。紧压峰头的烟光邪雾，立似崩雪投火，急雨流空，化作千万残烟流星，满空发射，晃眼消灭无踪。跟着又听老者回顾身后诸人笑道："素魄流光，良宵可爱。好在一干余孽尚还未来，诸位道友不妨再续长夜之饮。我尚须往东海一行，异日再图良晤吧。"说罢，往四外看了一看，袍袖展处，一道白光破空便起，往东南方飞去。

法镜所约诸同党多非庸手，尤其相助代掌各面旗门的，均是异教中有名人物，上场连遭挫败，俱觉面上无光，只为敌人闭洞自守，无计可施。始而干看着敌人洞府生闷气，俱盼敌人出来，决一胜负，一见这等情势，多半俱觉相形见绌，心虽痛忿，却不敢冒失出手。

事有凑巧，那镇守东南方旗门的，乃小南极四十七岛漏网妖人甘雨岛主黑星真人袁全，为人阴险狡诈，平日无恶不作，炼就一种极恶毒的黑星神砂。为了以前吃过正教中的大亏，衔恨切骨。法镜虽是旁门中人，颇能分别善恶，这次原未约他相助，因袁全也是怀仇多年，闻得法镜炼了好些法宝和都天神煞大举复仇，正合心愿，闻风赶来。法镜因正需人之际，又知他邪法颇高，其势不能拒却，只得允诺。袁全何等奸猾，看出法镜辞色勉强，大是不悦，本就想遇着机会给法镜一个难堪，加以一向僻居海外，中土正教中一班能手的来历路数多不知悉。刚才一见乙木神雷威力不如意想之甚，而法镜却如此怯敌，本就在暗中冷笑，心想：敌人既然出面，不是暂撤旗门可了，法镜是领头人，终要出手，等他斗败，自己再行上前乱发神砂伤敌，使他看点颜色，稍出日前轻慢的恶气。

正在心中盘算，哪知敌人已向自己飞来。袁全不知老者姓名来历，暗笑法镜日前初会时妄自尊傲，神气何等可恶！今日临敌如此脓包，被敌人将他奚落了一顿，还破了他的阵法，结局从容而去，休说挡阻，连话都未还出一句。"且叫他见识见识黑星神砂的威力，看是否非要附和你才能报仇。"心念动处，老者遁光已然飞临切近。这时峰上烟云尽扫，各面旗门均行远撤，当空已无烟光封蔽。老者飞起时，法镜等正在心慌意乱，各谋应敌之计，没想到他真个就走，而且起得这快。众人多知乙木神雷厉害，无人拦阻，老者本无须直冲旗门阵地，无论从何方均可破空而去，但他偏向袁全迎面飞来，看似有意寻敌，又似无意，飞行也缓，神情似颇托大。袁全不知这位老者近年虽不轻与人事，却是天性疾恶，专为寻他晦气而来。他如能知机引避，尚未必能保无事，这一逞能出众，以为神砂厉害，休说出手必胜，就不能胜，凭自己的神通也必无害，何况敌人的乙木神雷和那遁光来势并不十分高明，自己直操必胜之券，乐得人前卖弄，事后奚落法镜一场。见敌人已快要穿阵而过，匆匆不暇细想，厉声怒喝："无知老贼，敢来送死！我却不似别人，容你猖狂！"

一言未毕，左肩摇处，身背黑葫芦内，早有一蓬黑绿色的星光随着大片腥黑之气飞出，晃眼散饰，向白光包围上去。老者好似骤出不意，难于闪退，又似不知对方法宝厉害，依旧行若无事，朝前飞行，当时便被那黑绿色的烟光包没。法镜在中央主位上看得逼真，先见老者似有意似无意般直向袁全旗门上飞去，知道袁全以前在海外仗着邪法毒砂，无恶不作，伤人太众，便疑老者放着空隙不走，难免不是有心寻事。袁全虽平时狂傲，自从初见便不投机，只为别的道友情面，加以他又自告奋勇独当一面，情不可却，多不好总是自己这面一个有力助手，看神情许还未知敌人深浅，固然所练神砂阴毒，也未必能是敌人对手。照眼前形势，在预约的几个能手未到以前，除了忍气，便只有豁出许多损害与敌对拼，已成败多胜少之局，如何可以分毫大意？无如众同党中，只袁全与己貌合神离。自己来时不合说了大话，上场连遭挫折，已吃他轻笑。这等夜郎自大，不知轻重的人，好意劝诫必不肯听，弄巧还吃当面抢白，不特面上难堪，还闹一个家屋不和，那是何苦！

心正迟疑，忽听袁全借题发挥，讥笑自己，不禁愧忿交加。暗骂："无知妖道！我修道多年，平生谨慎，尚有失挫，难道还比不过你？好在我已另约能手，俱是多年至交，本来有你不多，无你不少，就仗你邪法将此强敌除去，日后必受你奚落。既然不知自量，我倒看看你能把敌人怎样！"念头才转，遥见前面毒砂发出，老者并未闪退，晃眼便被包围。烟光笼绕中，似见老者袖口内有一点豆大般的金红色火星，电也似疾，直投袁全身后葫芦口内。猛想起敌人既能炼有乾罡神雷，决非妖道毒砂邪法所能伤害。并且那毒砂只一沾身，休说寻常修道之士，便正教中次一流的人物也不能当，老者却依然如故，此已可虑。那小火星必是一件厉害法宝，故作入伏，想将葫芦毁去。妖道死活无关，那旗门却是多年心血，只管都天神煞已毁，阵法并未失效。敌党至今不肯出门，虽任口说大话，意有所待，未始不是心存顾虑，不敢骤然大举发难。当时一着急，忙纵遁光往袁全旗门上飞去，意欲相机行事：袁全如胜，便作赶往相助，如败，便将旗门抢救回来，免为敌人所毁。

哪知他这里看出不妙，袁全也有了警觉，一见敌人已被神砂包围，并无所伤，大是惊疑，方欲相机进止，老者在所御白光护身之下载指笑道："无知妖孽！我自由峨眉回转昔年故乡以来，久已未开杀戒，本心不欲再管闲事。无如你这孽障在小南极作恶太多，昔年侥幸漏网，依旧横行。适才我见你在此，本心还不想再开杀戒，只故意试你一试。不想你果然故态依然，倚仗毒砂邪法，妄想暗算老夫。你自犯我，要寻死路，还有何说？"袁全一心欲以全力制敌死命，目注老者面上神情，并没想到敌人身手未动，却由袖口内放出一件厉害法宝。及至敌人说到中间，那粒金火星已然攻入要害。方始觉出身后葫芦微微震了一下，当时因听对方口气不善，法宝又是无功，适才不合口吐狂言，未便遽然退却。方欲一面反唇相讥，一面收回毒砂，另使别法。

说时迟，那时快！袁全话还没有答出，刚喝了声"老狗"，瞥见老者手扬处，惊天动地一声霹雳，袁全身后葫芦立被炸成粉碎，葫芦里面立有万千金红火星纷纷爆裂激射。内中未发完的毒砂，连同先发出来包围老者全身的墨绿烟光，着火即燃，燃势迅绝，比薄纸投火还快，霎眼无踪。袁全虽极机警奸猾，一则变生仓促，事出意料，容到觉出有点警兆，势已无及；二则更没想到难发这快，具有如此惊人威力。当时随着葫芦震裂，只觉心神同受从未经过的剧震，人已重创，不由吓得亡魂皆冒。慌不迭待运玄功逃遁时，老者一声冷笑，手指处，那千万金红色的火星，立似万流归壑，由散复聚，齐往袁全包围上去，袁全经此一震之后，肉身先已随同葫芦粉裂，仗着邪法颇高，元神虽是受创不轻，尚未震散。自知凶多吉少，昏悸情急之下，还以为肉身虽失，元神总可逃脱。哪知对头克星，恨他积恶刁狡，从一上来，预先早打好除他之策，一切均有防备，如何容他逃生？那散布空中的金火真精合炼而成的神雷，立即包围上去。只听一串极猛的繁密爆音急急响过，霎眼之间，妖道元神便自消灭，连残烟剩缕都不见一丝。这等厉害猛恶的威势，那座旗门就在近侧，依然凌空悬立，不见伤毁。

法镜本心是想相机下手，抢救旗门，也没料到敌人威力如此之大。袁全伏诛时他恰好赶到。两下相去不过十丈远近，人已几被神雷所发火星击中。总算知机，一见这等厉害，忙即避开正面，闪向一旁。情知袁全已无生理，敌人比己强得太多，如与交锋，非败不可，那旗门丢了太觉可惜，上前抢救，又非敌手，微一迟疑内怯之间，神雷已然合围，袁全形神皆灭。眼见敌人如此手辣，越发惊心，以为旗门必为敌人所毁，少此一面，全阵便要失去许多效用，心中正叫不迭的苦。忽见满天金红火星重又合为一体，仍似一点豆大星光，投入敌人袖内，那座旗门却健在未动，好生惊疑，觉着收也不好，不收也不好。这原是瞬息间事，法镜这里方自进退两难，老者倏地转身笑道："老夫本与此间诸友叙别，不愿管什闲事。但是人不犯我，我不犯人。也是这妖孽恶贯满盈，自取灭亡。你如不服，只管施为，否则你们自有因果交代。诸道友还要借你召聚一干漏网余孽和那恶满数尽的妖邪。老夫还山去了。"

法镜闻言，当着敌我众目之下，羞得满面通红，然事已不可力争，只得强忍忿愧答道："贫僧轻不与人结怨，本是娄矮贼他们上门欺人，才有今日之事。目前只凭强弱，是非暂且不论。既承见教，贫僧一息尚存，料有相逢之日。只是一向山中清修，见闻孤陋，道友素昧平生，虽有所疑，不敢妄定。不知姓名仙居能见示么？"老者笑道："我也知你平日除纵容恶徒外，尚无大恶。此次原是峨眉劫后余波应由你来终了。我隐东海多年，虽以子孙求请，回转俗家住了些年，从未到处走动，难怪你不相识。过了这场争杀，你也不会寻我，问他作什。"法镜惊道："如此说来，你是昔年苦行禅师所收俗家记名高弟蒲居士了？"话未说完，老者微微一笑，一片金红光华似电一般闪过，空中既无影迹，也未听有破空之声，人便不知去向。**过于一边倒，便不太好看了。**

法镜和众同党见此情景，俱都面面相觑，做声不得。法镜明知敌强我弱，所说借此消灭余孽的话多半不假。无奈势成骑虎，欲罢不能。只得先命同党接替衰全之任，再看对面始信峰上一干敌人，只有当地主人陶元曜和有限两三人不在其内，全部围着一块大山石，盛设酒菜，正在对月痛饮。苍猿和两三少年在侧侍立斟酒，状甚暇逸。峰头烟光虽消，天都、始信两峰仍在阵法包围之下，随时均可发挥威力催动阵法上前进攻，竟似一无所觉，不禁把怒火重又勾发。偏生适才连连吃亏，伤人损宝，强敌刚走重又发威，岂不更受敌人嘲笑？正在急不得恼不得之际，猛听东南方遥空中隐隐传来一丝极轻微的破空之声，因那声音细微，相隔尚远，仓促之间听不出是敌是友。法镜暗忖：上来便遭失挫，跟着又遇强敌，虽有几件法宝不曾施展，但是目前敌人虚实深浅尚未尽悉，身是主体，剩此孤注，再如大败，势须瓦解，不能成军。为此勉维残局，忍辱待援，非得能手齐至，一发便能重创敌人，不宜妄动。现时敌人故意饮酒赏月，当面嘲侮，内中必有作用。相形之下已是难堪，来的这人再要是敌党一面，逼得自己这面非动手不可，那也无法，只好与他一拼了！边想边和同党暗打招呼，令其准备。忽见对峰娄公明手擎巨杯，面向自己笑道："老秃驴，今天怪难为你的。你干看着我们对月畅饮，不嘴馋么？我们酒兴将阑，所余无多，你所约同党也将赶来送死。快到你们的时候了，你到这里来，我预先奠你一杯送行酒如何？"**欺人太甚。**

法镜见娄公明口中嘲笑，右手擎着一个大玉杯，酒作红紫色，映着月光闪闪生辉，左手却缩在袖里。情知其中有诈，杯中所盛必不是酒，袖中必掐有灵诀，欲借嘲笑为由，骤然发难。正想给他叫破，猛想起飞行迅速，有这一会儿，空中来人怎还未到？难道敌党预约能手，两下夹攻，矮贼故意嘲弄，来分自己心神不成？念头一动，姑忍怒火，侧耳一听，那破空之声本由东南遥空飞来，隔了一会儿未到，此时已自来路远远绕向东北。说是与此无干的人空中路过，但又不应如此绕越，并且飞行之声甚是迅疾，暂时来历虽未查听出来，决非庸手。既与双方无干，何须如此绕避？正寻思问，那破空之声又由东北往西北方绕回来，好似有意绕黄山飞行一转情景。心越奇怪，断定不是无因。如是敌党，来者不善。对峰敌人尚在嘲笑不休，也顾不得再答理。

方在留神观察，忽听西北旗门上一个得力同党传声喜道："想不到散花青童竟如约而至了。"说话这同党名叫尹凡，也是海外旁门中能手，与法镜至交，所约海外诸妖人，多半由他代约而来。所说散花青童祝灵，法力颇高，炼有两件厉害法宝。虽是旁门中人，除了骄狂任性，并不十分为恶，也不在小南极四十七岛漏网诸邪以内，法镜与尹凡先往约助，并未十分应诺，只给了一支信香，令到急时焚香，自己到时如若无暇，也必代约能手往援。彼时法镜自信前仇能报，多约帮手只作万一之备。不知祝灵不喜他话太自信，又知敌人虽无昔年极盛时声势，能手尚有几个，不是易与，故意拿他一下。觉着对方骄狂，口虽未说，心中老大不快，回山便想把所赠信香弃去。还是尹凡深知祝灵法力性情，不愿因此生隙，劝说他留备缓急也好。及至此来形势不妙，法镜把所约各妖邪的符号信香一齐发出，并未想到此人。又是尹凡把先要过来的那支信香暗中点发。如在平日，法镜想起祝灵去年对他那种傲慢神气，必还不快。此时一则事急求人之际；二则久闻此人威名，照那先见时口气，自必有惊人法力，并且一请即来，比谁都快，也可见出他的义气。

闻言忙运法眼，循着来声往空中细一注视。那破空之声业已飞完一转，渐渐飞近当地，同时，四面现出一圈青黄二色的彩气。月正当空，绝似那月亮起了个极大的圆晕。晃眼工夫便见圆圈由大而小，往当中缩拢，可是圈边却越来越往宽里展开，彩气中已现出无数的青黄星花，开锅水泡一般不住翻滚，齐往中央潮涌而来，宛如满天花雨缤纷，簇拥着一轮明月，顿成奇观。不禁喜出望外，前嫌冰释。因敌人嘲骂了一阵，一句话未答，意欲就势还上几句，一面催动阵法接应来人，略遮羞脸，口方大喝："矮贼鼠辈！无须卖弄诡计。你们已在我包围之下，祝道友一到，更成袋鼠网鱼，一个也休想逃跑！"

这时空中星花光气已渐合拢，当中高起，四边下垂，直似一口奇大无比的彩钟往下方罩来。法镜一面口中还骂，右手一挥，发出号令，催动阵法。四外虚悬着的旗门重又发生威力，发出大片烟光邪雾，与空中压下来的彩钟呼应，较起第一次发阵攻山，看去势盛得多。只是法镜屡败之余，想看一看祝灵的法力，并示谦退，由他一人先行出手，阴雷暂未发动，只和同党待机大举。时机一至，再行大举合围，以便重创敌人，报复前仇，心中正打着如意算盘。

散花青童祝灵及青黄二气和无数星花结成的彩钟已快压向对峰众人头上，眼看就要生出妙用，忽听娄公明笑道："老秃驴想是只会背地偷嘴，当着人前还要装腔作态，不动荤酒，不肯领我的情。我今日酒饮太多，不能再用。小娃儿大都馋嘴，这杯送终酒你代老秃驴受用了吧！"说时右手起处，把那一杯酒往空泼去，左手往上一扬，发出灵诀。这时彩钟高峰不过两丈来高。祝灵初来时虽然有些轻敌，毕竟修炼多年，也是一个久经大敌的人物。先见敌人聚坐峰顶磐石四周，对月举杯，目中无人之状，虽料对方不弱，法镜这面必已大败。因见阵法未破，敌人尚在旗门包围以内，仗恃法宝威力，心仍自信，不以为意。及在空中飞完一匝，布好罗网，准备一举成功，敌人已在宝气星花笼罩之下。按说对方如是高明之士，决不会不知自己来路和此宝威力，纵不惊惶逃遁，也必急起抵御，以免措手不及，玉石俱焚，才是正理。哪知仍是行若无事，仿佛未见。除有一个老头站在石前，手持巨杯面向法镜等嘲骂外，余人俱坐原处，一个未动。事出意外，方觉敌人情景可疑，娄公明已自发动，举杯往上泼来。

当时只听噗的一声，杯中的酒化作大片红紫色的烈焰，电也似疾，迎着彩钟往上飞来。祝灵百忙中，猛认出那紫红火焰正是所用法宝的惟一克星丙灵砂。**前有乙木神雷，这里又有丙灵砂，都是"惟一克星"。呆笔！**分明敌人事前算就自己要来助阵，知道厉害，先向对头那里要来此宝，并恐自己警觉，有了防备，不肯上套。又用法力将它化成一杯酒，故意先向法镜等嘲骂迁延，使已不疑。直等法宝发出全副威力，快要临头，方始冷不防骤起发难，好使自己无法收势，一举全灭。手段端的恶辣，又稳又狠，不禁又惊又怒。心中寻思，一面急收法宝。无奈敌人得有高明人的暗助，不特借了两粒丙灵神砂，并还详告机宜，一经发难，便没法挽救。那丙灵砂本就是个克星，加上那一道神符的妙用，威力大增，火势早被反兜上来。只听一片嘶嘶之声，彩钟已被烈焰点燃，残雪向火一般，万分神速。祝灵又深知此火厉害，当时未及将宝抢救回来，一被点燃，便无法办，再不见机收手，还要引火烧身，只得咬牙切齿住手。说也真快，那大一片彩网，只一霎眼工夫便全部燃化，好似满空烟光星火在空中发出奇亮无比的彩光，闪了一下，便自消灭无踪。

祝灵只一照面，便将多年保有的镇山之宝化为乌有，痛定思痛，愧忿交加，怒吼一声，随由身后法主囊内取出两件带柄的银钹，往前一晃，立有两股一青一白的烟光彩气射向对峰。一面法镜见祝灵出手便自失利，把一件仗以成名的异宝葬送，此时再不发动，彼此面上都不好看。祝灵这高法力尚遭挫败，再来助手也未必能操全胜。反正势成骑虎，胜败存亡在此一举，不拼已是不行。急怒悔恨之下把心一横，一面施展全力，号令众同党催动阵势，一面把这些年来所炼邪法异宝尽量施为，全发出去，想和敌人拼个死活。法镜素极谨慎，向例对敌不肯尽出全力，总留一点后手。这次因是愧忿难当，情急拼命，不惜把所有伎俩倾囊而出，作一孤注。加以祝灵相助，是一能手，法宝法力均具有大威力，比较先前第一次围困两峰的声势还要猛烈得多。当出手时心想：这次仇敌因胜而骄，只顾得了便宜卖乖，一味奚落嘲侮，始信峰上光霞已收，好似全无防备，人又现在洞外。照此夹攻情势，纵不能一举成功，全数伤亡，多少也可伤他几个，出口恶气。哪知念头还未想完，祝灵双手两道烟光彩气刚射过去，忽由对峰洞门内飞出一片五色光霞，恰好接到，将一干仇敌拦住。同时四外旗门展动，光华电掣，烟雾激涌，也如潮水一般，争先往对峰压涌上去。再加上大片阴雷也似暴雨一般打到。晃眼之间，一座矗立天半的始信峰，便在烟光雷火浓雾包围笼罩之下。只见星花激射，雷火横飞，黑雾弥空，碧萤如雨，霹雳之声震撼得山摇地动。旁列诸峰受此猛震，似欲崩塌。

风火声中，又听对峰洞内有人发话道："一干余孽尚未到齐，难得有此良机，何必多费两回手？娄道友性急，已然多此一举。再如打草惊蛇，这些妖孽一害怕，不敢出面，日后再想除他便费事了。诸位道友既已兴阑，请进洞来，由这些无知妖孽闹去，理他则甚！"底下便听娄公明接口答道："老化头的话说得有理！便宜小妖童多活几天。谁要不耐久候，过了今天，明早各人单独出场，逗他一个鸡飞狗跳，一阵开心。且先进去与陶道友商计以前的话吧。"

那么空前猛烈的声势，本人听去竟十分清晰。听完再看对峰，烟光火雾重压影里，又和先前一样，全峰上下都被一层薄薄的五色光霞笼住，离峰面也不甚高，只得两三丈，直似一个极大的五色纱罩将全峰罩住。天都峰上光霞先就未撤，自是原影。雷火烟光全被挡住，一任如何厉害，不能伤它分毫。敌人就在护峰光霞起后，答完洞中人语，便自无踪无影，一人未留，洞门也同时隐去。接连攻打到了天色将明，终是纹风不动。法镜等自然早与祝灵相见，同病同仇，彼此倒反消了许多骄气。祝灵谈起敌人刁恶，明是只有两粒丙灵神砂和那护峰之宝，此外无什伎俩。缩头不敢出门，偏说大话气人。自己反正不与甘休。休看有宝防护，常用阴雷法宝攻打，久了一样也能破去。囊中尚有法宝未用，威力甚大，只对方稍有空隙，便可攻入。法镜闻言，觉着对方尚有诸平、王鹿子、叶神翁、李镇川等高人不曾出手，闭洞不出，必有诡谋。祝灵法宝虽颇神妙，此言未免轻敌。知他好胜，不便直说，只暗中留意，表面仍然附和。

正在互相愤恨咒骂间，所约海外同党忽有数人联袂飞来。那来的共是三人，一名铁焰真人秦焯，一名五行灯黄翼，一名木笛道人姚半风，俱是小南极四十七岛比较有名的左道之士。自从一音大师叶缤和小寒山二女谢氏姊妹大破小南极四十七岛，当日凡在岛上的妖邪，几乎全数消灭，逃脱的共总不到十人，大都法宝丧失殆尽，仅以身免。这三人命不该绝，远游在外，法力法宝幸得保全，没有伤损。闻信之后，知道仇人金钟岛主叶缤，自从皈依佛门、改名一音以后，法力神通益发广大，不久又把川边倚天崖西双杉坪，东晋时神僧绝尊者的一部《灭魔宝箓》得到手中，威力更是不可思议。加上小寒山二女，法力之高还在其次，并还持有佛门至宝七宝金幢，更是厉害。这三人已早声言，要把四十七岛一班同道全数消灭。照此情形，非但此仇万不能报，一旦遇上便无幸理，一同逃往南海一座极隐僻的无人岛上销声匿迹，藏头不出。隔了些年，才听人说一音大师听了天蒙禅师与神尼芬陀之劝，已不再为己甚。小寒山二女以乃师神尼忍大师功行圆满，正果在即，近在山中勤修佛法，功力日高，也是轻易不肯再开杀戒。加以那岛荒寒僻陋，终年海气弥漫，浓雾如晦，早已不耐久居。始而只试探着移返小南极岛故居，还不敢任性胡为。又过数年，见仇人已知他们潜回旧日巢穴，并未赶尽杀绝，上门问罪，心越放定，不由故态复萌，对于前仇本未忘怀，只是无可奈何而已。近年闻得一班正教中的有名人物相继飞升仙去，存留下的只是一些后进门人，渐渐生出邪念，觉着自己修炼多年，法力甚高，为打万一报仇之计，又炼了些法宝。眼前强敌已然功成仙去，中土各异教又早被正教中人诛夷将尽，大可乘此时机去往中土，相机行事，创立教宗。兹事体大，不甚容易，于是一面广收徒类，一面勾结海内外的异派余孽，以备待时而动。

这次法镜约他，觉着一向都顾忌着正教中这些残存的后辈门人，均有法力和几件本门师长遗传的法宝飞剑，不大好惹。难得有此机会，正可借此一试双方深浅。事如可行，就势便另觅名山，全数迁往中土，建立教宗。如见敌势仍强，完了这一局便偃旗息鼓，退将回来，仍在海外称雄。因想看看法镜等异派法力强弱，乘其危难之际方始来助，以便到时独自称尊，为所欲为，敌人不说，连这些残余的异教余孽也一体吞并，乘机消灭，没安着好心。所以接到信符以后，不但自身迟迟其行，连法镜在海外另约下的一班帮手，也早在事前托好，授以机宜，均令随着前去，并照预计，非再接到自己信符不往。这一来，除却祝灵一人与这班妖人素不合流，也无成约，是先来外，凡是法镜海外所约的人，全被阻止。

事有凑巧，尹凡所约的五台、华山两派余孽，因为法镜上来自恃心骄，觉着自己准备多年，当无败理，尽管约的人多，只作万一之备，以为上来必胜，就需人相助，也在仇人败逃，约人报复之际。前些日，闻说北山之会恰有一预约帮手在座，又不合说多几句自满的话。这班妖人与他本非同派，只不过同仇敌忾，赞同此举而已，一听说他妄自尊大，俱都不悦，也多想掂他的斤两，暂时聚合在九华绝顶，遥为观望，不到他人穷事蹙，或是真占上风，来趁顺风打死老虎，决不出手。这两类助手接到信符信香，全都是故意延宕，不肯即行。法镜与虎谋皮，哪知这班妖人与他同床异梦，眼巴巴盼望援兵，一个不来，如非祝灵赶到接了阵，白受对方奚落嘲骂，闹得进退两难，无法下台，还更难堪。

这三人其实早离海外，就在五百里外山顶观望。本来到得还晚，因接到齐云崖上隐伏的同党信符传知，说是祝灵虽然丧了神砂至宝，却将敌人一齐困入洞内。知道祝灵厉害，再如不来，被他独成此功，不特违约树怨，面子也不好看，这才一同赶来。

第二十四回　燔松炙虎　巧计戏凶僧
绝顶飞身　凌空挥铁掌

前文陶元曜、蒲漪、娄公明、寇公遐、李镇川、马玄子诸老，以及由金华北山得信赶来的诸平、叶神翁、王鹿子、司空晓星等先后二十来位老前辈，在黄山始信、天都两峰，与一班凶僧、恶道相持恶斗了三日。黑摩勒、江明、童兴同了玄莹大师的门人玄玉、清缘，同往铁船头山峡之内，除了三条最恶毒的虫蛇和猛禽犬鸷，也随后赶来。

申林早奉师命在鳌鱼口接应，一见五人赶到，忙即唤住。由口旁山洞秘径中引了进去。先到始信峰下洞，再往峰顶拜见各位师长，随在洞中住下，每日同出观战。众男女小侠初次见到这大场面，又见自己这面连占上风，全都兴高采烈，得意非常。**又转回到"凡人"一面。以下接续黑摩勒的故事。**

众中只有江明一人心中有事，只管双方打得热闹火炽，一心惦记杀害父母全家的仇人，暗忖：前在山中，只当仇人是独叟吴尚，后来随师下山，才知另有其人。亲姊姊是江小妹，不是兰珍。无如百计千方向人打听，全都不肯吐露只字。后听姊姊说起，有一皮衣被一姓唐的借去，乃是吕师伯经手转借，请黑哥哥代为探询。母亲、姊姊均是女中英侠，目前往在虞舜民家中，衣食无忧，一件皮衣何值如此重视？此中必有原因。方想追问，不料姊姊言辞闪烁，又向黑哥哥示意，疑点甚多。无如大家守口如瓶，略微探询，各位师长定必正色告诫，连黑哥哥那么豪爽的人，彼此又是骨肉至交，均不肯说一句，可知事关重大。好容易来路途中听童师弟露出一点口风，未等探询，又被黑哥哥示意阻住，一句也问不出来，实在气闷死人！听童兴的口气，此事必知几分，至不济，那兵书峡隐居的老少三人来历姓名也必知道，只要姓唐，又是借我母亲皮衣的人，将其寻到，便能问出真情。兴弟年轻口直，胸无城府，又最爱友，何不背人向其打听，再不肯说，好在师父现已许我随意在外走动，往来黄山、永康两地。凑巧黑哥哥和七指神偷葛鹰订有约会，十日之内便须赶往白雁峰何家相见，一同回去，连来路途中已耽搁了好几天，至多还有三日便须起身，到时假作同归见母，中途设词分手，赶往兵书峡，好歹也寻到那姓唐的，问出一点底细再打主意。这日心正盘算，恰巧敌我双方隔峰相持，不曾出手。

黑摩勒因与葛鹰有约，暗忖：我刚拜师不久，又拜娄师，到日不归，葛师难免多心。这班前辈异人，平日得见一面都难，好容易都聚在此，单是观战开眼，有什用处？何不乘此有限数日良机，向娄师和诸老前辈请教，学得一点是一点。于是每遇诸老无事时，便即恭请教诲。娄公明本来对他期爱，又看出他谨记前师之约，日期有限，求学心切，越发看重，每请必允。别位老辈也都奖赞，再一随时指教，短短三数日中，黑摩勒着实得了不少进益，这时刚被娄公明与司空晓星唤去，不在峰顶。

童兴正和清缘一起，同坐松林石上，向对峰眺望说笑。江明不禁勾动前念，忙赶过去，故作不经意之状笑道，"兴弟，怎么只你和小师姊一起，他们人呢？"童兴笑答："黑哥哥寻娄师伯求教去了。申师兄本和我一起，后被大师姊来唤去，说陶师伯有话吩咐，一同去了。我本和苍猿师兄同立峰前洞口，小师姊说敌我双方日内不会动手，看厌无聊，约来此间打听一人，本想少时间完了话，请你来谈呢。"

江明便问打听何人。童兴闻言，方一迟疑，清缘已笑说道："其实说也无妨，就是令姊。我和师姊早想见她一面。方才已听童师弟说了。"江明心又一动，故意笑答："家姊现住永康虞家，二位师姊如愿光临，归时正好同路，有什事情见教么？"清缘笑道："我师姊也是受人之托，想见伯母、令姊问几句话。先因不知住址，后往富春江边寻访，又值迁居，不知何往，已然回复人家。为了那人日前曾往金华北山去过一次，并还受伤回来，不曾上场，也许他兄妹已知令姊住处。我们归途须往他家，问明之后再定。令姊孝友英侠，今之奇女，便不受人之托，也要往见。何况方才听说，家师昔年好友湘江女侠柴师叔也隐居在虞家，去是必去，但不同行罢了。"

江明忙问："师姊说那好友兄妹，可是姓唐，隐居在兵书峡多年的么？"童兴因守黑摩勒之诫，知道江明亲仇时刻在念，人又精细，随时都在留心访问。方才听说，恰是这两兄妹，惟恐清缘走口，方说"不是"，底下话未出口，清缘已同时说道："我不会说假话，虽然被你猜对，你的事我已知道；但是他们全都嘱咐过我，此事关系太大，你又性情刚烈，时机未到以前，如仗匹夫之勇，去了只是送死；知而不去，何苦听了难受？我们已然约定，此时决不向你吐口。你如自己知道，那是无法；你那假装老实的样子，在我面前全使不开。再如盘问我们，豁出你恨我，去向陶师伯禀告，你连想回永康都无望了。"

江明知她心直口快，说得出，做得到，经此一来，连童兴也不敢再问，又听童兴在旁力劝说："事是知道一些，无如二哥知道，有害无益。又奉各位师长与黑哥哥严命，纵令二哥怪我，也不敢于妄谈。"只得强忍心头悲忿，淡淡地说道："我就知道，也不会随便轻举妄动，冒失行事。想先知道，也是人情。不闻不问，听其自然，成什人呢？大家既把我当冒失鬼，一字不说，我就从此不再打听如何？其实我就知道底细，不奉师命，时机成熟，还不是和现在一样气恨在心，有何法想？如其可为，休说黑哥哥和我骨肉至交，单是各位师姊兄弟，哪一位不是侠肝义胆、为友锐身、不计安危的英侠之士？能这样如无其事，连话都不许问么？"

清缘见他强作笑容，目有泪光，知其心中悲苦，便笑劝道：

"江师弟，我们实在太爱惜你。你能明白事关重大，暂时必须慎秘，免误全局，最好。换我设身处地，也必和你一样。事情早晚你必得知，决瞒不久，但你方才所说却要算数。如逞血气之勇妄想一试，休说成功十九无望，即或侥幸一时，至多和仇人一齐拼掉，不特使老母姊姊痛心，良朋悲恨，反使穷凶极恶之徒平日积恶如山，临了只以一死了事，岂非不值？各位师长多为此事痛恨，至今不曾发难，一半因为时机未至，一半还不是想等你们这些遗孤成长，手刃亲仇，为被害的许多人发泄冤恨么？忙它作什？"江明知问不出，假意谢诺，暗中仍照预计行事，由此也不再探询。

光阴易过，一晃又是三日。诸老忽将众小兄弟唤去，司空晓星先对黑摩勒道："葛师自从收你为徒，认为衣钵传人，难得你心地纯厚，虽拜娄师，不肯负他恩义。此时敌我双方尚在相持，我们除恶务尽，敌人又须七日之内始能到齐。你由北山行时，和葛师不曾见面。葛师只令旁人带话，令你十日后去往白雁峰赴约。好在你天资灵慧，就这几天，已将娄师所传基本功夫学会，照此勤习，必有成就。你离北山已有八日，回去正可应约。昨问江、童二人，均因与你交厚，又以来时未向母亲、师长禀告，意欲同行。此后你们三人多半常聚一起。人类本应互相扶持，济困扶危，救助人民，均是我辈应为之事，不过你们年少气盛，又都性刚疾恶，难免操之过急。以后应从宽厚一面着想，遇事首要虚心，不可骄狂自恃。还有江明亲仇关系重大，平日言行更须慎秘，时机一至，自然如愿，水到渠成，心急不得。此时不知底细最好，如以机缘，得知一二，也须归告母姊师长，从长计较，待命而行。妄逞一时意气，以能复仇为勇，不特仇人厉害，万无成功之望，甚或贻误全局，增加母姊惨痛、师友悲愤，后悔无及。因你以后常在外面走动，人又细心，迟早必能探出几分，特加告诫。其实你不必急，如见你们这些遗孤都无出息，各位师长已早约人下手，令师也不会苦心成全，此时就许你下山了。现既命你在外历练，发难自不会久。莫要辜负令师教导苦心呢。"

江明闻言，当时也自警觉，连应"弟子不敢"。陶、娄诸老也向三人分别告诫了一阵，方令起身。行时，二小弟兄又和祖存周、申林、玄玉、清缘、蒲青、蒲红诸人殷殷话别，各订后会。一同送出鳌鱼口山洞秘径，方始分手。

到了路上，江明想起各位师长训诫，虽觉众人所说有理，但想事关重大，固应慎重，仇人姓名住址仍应知道。兵书峡唐家老少踪迹如此隐秘，听众人所说口气，似乎司空师叔也是近一二年才知底细。又是借那珍贵皮衣的人，分明不是同仇，也与报仇之事有关。如能寻到，既可访出真情，并还结交几个异人奇士。自己只不轻举妄动，有什相干！何况行时司空叔也曾说起"既在江湖走动，早晚必有风闻"的话。如向黑、童二人询问，徒令生疑，一句也问不出。前途不远便是兵书峡，正好便道访问。偏与二人同行，如知己去，定必劝阻，途中如想不出抽身之法，只好回到永康见完母姊，设词再来了。

三人脚程迅速，兵书峡已相隔不远。因非必由之路，眼看快由左近绕越过去，正想不起脱身之策，忽听远远虎啸之声。童兴笑道："我们这回自一上路，就未吃过一天好的饮食。反正无事，明日赶到白雁峰定来得及，此时有点腹饥，且打点野味来，烤吃一回，换换口味如何？"

黑摩勒知道童兴幼得师门钟爱，彭氏双侠因在北天山住过几年，对于饮食均颇讲究；陶师伯山居清苦，老辈中虽有几位好量，酒食均是主人特为备办，为数无多，后辈门人全都随吃山粮素斋，无一陪侍，童兴年幼，难免口馋，便自己走了这远的路，也觉有些饥渴，申林所备干粮又均粗板，闻言也不由动了食欲，笑道："兴弟你口馋么？这个容易，听那虎啸就在隔山，你二人等在这里，我去打一个来。如有口福，就便捉他几只山鸡来烤，还更妙呢。"童兴笑道："要去都去，以黑哥哥的本领，杀一虎固是容易，到底同去热闹，借此活动手脚也是好的。"说时又听两声虎啸。黑摩勒方说："虎还不止一个，同去也可，最好分成三面，免被逃走。吃还小事，方才来路山坳中，还有两处茅篷和几家山民，离此不过一二十里。这类猛兽，留在山中，必为人害。就便除去，免得樵采的人遇上受伤。"

江明一听黑摩勒应允，早料童兴必主同行，心中暗喜，表面却作听便，一言不发。及听黑摩勒主张分路搜索，更对心思，正想故意说上两句反话。黑摩勒话未说完，忽然想起当地离兵书峡近，以及上次追杀大虎，与两小兄妹争斗之事，心中一动。暗查江明神色自如，似觉童兴口馋，微笑不语。自己又是天生说到必做的性情，不愿临场反口，暗忖：明弟素敬师长，哪怕私底下，也从无违背师命之事，以前还向众人打听仇敌姓名下落，自从司空叔与各位师长告诫之后，这次途中便未再提前事。此人天性至厚，又极沉稳机智，如非谨守师言，便是以退为进，待机而动。司空叔为人向无虚言，行时说他早晚得知仇人虚实，只是不可轻举妄动，此言必有深意。似他这样血性男子，已然听出一点口风，纵不敢违背师命，又知利害，中止前念，也必先要查访出仇人姓名来历才罢，决不会就此不再闻问。好在兵书峡在东北面，虎啸来自西南山后，两地相反，何不就此试他一下？如真不肯死心，也好看事行事，做一准备，免其轻蹈危机。同时又想起司空晓星两次谈起，以后再过兵书峡，不妨绕道一探，暗中留意，那两山童是否一兄一妹：如其所料不差，速回送信。那日为往北山去寻查洪，临时没有去成，却在祝三叔所居崖洞山腹之内，得到一口前古奇珍灵辰剑。回船不久，便听柴师叔（即化名蔡一娘，在山口外卖馄饨之湘江女侠柴素秋，事详《云海争奇记》）说，明弟已向丐仙吕师伯痛哭陈情，并由吕师伯引其同寻昔年代借皮衣的一位老前辈去了。正觉明弟此举大已心急，吕师伯怎也答应，与在方岩初遇时所说前后不符？心正奇怪。天明前，明弟、童兴忽然同来江船聚会。问其何往，明弟答说因恐乃姊江小妹担心，乘暇回家送信，告以北山之行。这面来了好些强有力的老前辈相助，决不妨事。随被母亲姊姊留住，夜饭后便强令安歇，睡到半夜，乃姊才令起身赶来。方疑所说不实，正待暗中盘问童兴，柴师叔忽使眼色，唤向一旁说："吕师伯已回，与江明不是一路。昨日并未同往寻人，更未与之交谈。先前所说，乃吕师伯义女小龙女吕不弃把话听左，此时要带阿婷去往花村后山埋伏，断老花婆的逃路。详情事完再和你说，不可再向江明探询，致生疑心。"跟着司空叔也背人说："那兵书峡两小兄妹来历已知，忘对你说。日后再遇，务要尽力相助，此我故人子女。"以致无暇与柴师叔交谈，未得请问。照说吕不弃有名侠女，人又那么美秀灵慧，断无听错之理；最奇是她千里远来，专为北山赴会，行时却不知其何往，以后也未再见。还有初到祝三叔洞中，曾见榻上卧一白衣少年，受伤似乎不轻，看去十分面熟。正待请问，葛师忽然出现，就此岔开。少年不久被诸老救走，也未再见。由此一天忙一天，又加得了一口好宝剑，终日盘算，便把此人忽略过去。到了黄山，虽然想向祖存周询问，偏又终日用功，向师请益，无暇与人闲谈。这两三件事，全都明知可疑，不曾留意查考。司空叔说我天分虽高，无如年轻好胜，往往心粗气浮，实是不假。想到这里，猛触灵机，有些醒悟，决计放宽江明一步，相机而行。如守师长之诫，或是只想先探仇敌姓名住址，以为异日之计，便由他去。如仍胆大轻身，往犯奇险，索性禀明葛师，强其同去，再不由此日常守在一起，行止与共，豁出耽误几年，好歹将他管住，不令犯那奇险，以尽朋友之义，保全这个少年孝义英侠。主意打定，故意笑道："适听虎啸至少大小三个，明弟兴弟，可分东西两面，分路抄去；我由中路，越山而过。三人分头合围，一同除去，免得留来害人。"

江明见他话未说完，中间停顿，也自生疑，故意说道："虎虽害人猛兽，但是此地离兵书峡近，黑哥哥上次为了杀虎，与人争斗；那两山童曾说虎是他家养，并不伤人，想是以前逃走之虎；洞中老人又与司空叔相识。自来多一事不如少一事，好在明日便到白雁峰，好吃的酒食有的是。我们吃些山粮，权且充饥，到了外面村镇，再换口味饱餐解馋如何？"

黑摩勒先也当他做作，假说："无妨。虎终害人之物，它身上又未写出家养的字，不再追往兵书峡有什相干？如有那两山童一路，或是在旁，便不动手，司空叔还命我留神查看他二人是否兄妹呢。"童兴年幼喜事，也在一旁力说。江明方始笑说："随便你们。"三人议定，便即分路赶去。

黑摩勒不知江明声东击西，故意走往岭西与兵书峡相反的一面，渐把方才疑念去掉。到了山顶，回顾下面，江明已将兵刃暗器取出，远远绕着山脚往前抄去，人影掩映崖石林树之间，虎啸之声时断时续，也正偏向西面。看那聚精会神绕山飞驰情景，不似有什别的心意，忙把脚步加快，翻山而过。到地一看，那一面正是山阴，到处危峰怪石，草树茂密，阴森森的，形势比来路险恶得多。遥望西山脚坡野间，草木有些骚动，好似山风刚过，略一起伏，也就静止。虎啸之声已止，立处正当横岭之中，两头相隔，都有好几里远近，自觉打错了主意。如等江、童二人来此会合，还要等上些时。方才明听那虎有好几只，就在山后一带奔驰吼啸。这类猛兽，行动之间照例有风，沿途草树均要骚动，极易查看，如何静荡荡的，不见一点影迹？下时曾见西山脚草树起伏，也许刚往山阳一面绕去。虎数不止一两只，凭江明的本领，遇上固是无妨，要想全数除去，定必艰难。

正要往西追去，忽听东面又是一声虎啸，正是童兴来路，忙即赶去。走不多远，便听吼声惨厉，震撼林野，仿佛那虎被人擒按地上，正受毒打挣命。暗忖："小弟兄三人，只童兴本领较弱，年纪也小两岁。凭他本领，打虎容易，如用空手将虎抓紧，按在地上毒打，就他那点身量，也办不到，莫非另外还有打虎的人不成？"心念一动，急于查看底细，竟将寻找江明的念头抛下，朝那虎吼来处，飞上急驰。刚听出虎吼是在前侧面危崖松林之中，忽又闻得一声惨嗥，由此便没了声息。听出那虎身量不小，已被人用重手法活活打死，断定不是童兴所为，越想查看那人是谁。

正往前急驰间，眼看离林不过十来丈远近，猛瞥见林内有一小人影子一闪，甚是眼熟，还未看真，人影已不再现。遥闻松林深处有人厉声喝道："小野种，你往哪里去了？那两个小狗男女，可曾寻到踪迹？这虎已被我空手打死，还不快寻松枝，少时一同烤吃！想挨打么？"

黑摩勒人本机警，近来连经大敌和好些高明人物指教，越发长了阅历。听出那人语声凶暴，又能空手杀一大虎，心疑不是善类。刚把脚步放缓，一面留神查听，待由林侧悄悄掩将过去。忽又听一幼童口音大声嚷道："你这断手指的和尚，好没道理！杀个把老虎有什稀罕？要捡松枝不难，你又不是我的师父，凭什么要打我？"**回到"人"的世界，故事的趣味立刻增加。**

黑摩勒一听，答话幼童，正是前在福建所收爱徒田铁牛。自从救助虞尧民和黄、李诸人，杀死大盗伊商，脱险之后，因见铁牛虽有一身蛮力，对师忠谨，不畏劳苦，带在身旁，终是一个累赘。正打主意，司空晓星忽然走来说："铁牛实是美质，你不传他真实本领，带在身旁一同行止，不特遇事受累，好些不便，还要误他学业。最好传他基本功夫，寻一可托之人照护，令其自己用功，平日遇便前往指点，这样不消两三年，便可随你出道，免得遇上事来先要顾他，还可多一帮手。"

铁牛心虽不舍离开师父，因自拜师日起，便听乃师常时谈到司空老人的威名和对乃师恩义，日前又曾眼见老人掌击凶僧大同和尚的本领，敬仰已久，闻言忽然福至心灵，不再坚持以前随师行止之念，反倒跪求师祖传授。晓星见他浑金璞玉，外貌粗直，内里聪明，也甚期爱。先取一丸轻身益智的灵药，令其吞服，然后传以练气基本功夫和一套用作防身的内家掌法。

黑摩勒见老人对于铁牛如此器重，最难得是本门上乘内功和那体力禀赋稍强一学即会的天禽掌法，与北天山大侠狄氏叔侄的五禽七兽掌法有异曲同工之妙。照着家规，入门弟子非经三年五载考查出为人心性实是端正纯良，从不轻传。自己虽爱铁牛，不奉师长之命，也不敢私相授受。本意过上一二年再向老人请求，到时是否允准还拿不定，想不到才一拜见，便以本门上乘心法相授，并还赐了一粒少清丸。这等殊恩，对一个初入本门徒孙实是少有，不禁惊喜交集，出于意外。忙令铁牛谢恩，并加告诫，告以难得之奇。

铁牛生长乡村，日服苦役，受人磨折，年纪又小，外表看去憨厚，实则内秀。一听恩师说得那么珍奇，又听师言，只要照此勤习，不消数月，便可永远随同师父在外走动，无须离开，感奋之极，越发用心，居然一学就会，大有悟境。等晓星传完走去，黑摩勒便把铁牛就近送往南明山中故居，托一交厚村民照管，便中也曾看过他两次，见其进境神速，又把师言奉如神明，便在背后也从不敢违抗，黑摩勒自是喜欢。上月前往查看铁牛功课，无意中谈起北山比武之事，铁牛再三求告，想看这场热闹。黑摩勒心想幼童贪玩好奇，此去又可增长见闻，多认得几个成名人物，已然答应，只未说定。本想到时抽空接他，也为得剑耽搁，事后想起，会期已届，无暇分身，只得罢了。相隔不过半个多月未见，不知怎会和凶僧在一起。因知铁牛性情，听方才对答口气，双方会合决非所愿，不是受愚，便是出于强迫。正自急怒交加，心生惊疑，忽又听铁牛大声发话道："你不是有名的七指和尚么？欺负我一个小孩有什意思！我方才才听人说，你寻那姓葛的，还是我师祖呢。他老人家外号和你差不多，但是一只手上多生出两个指头，不似你双手才得七指，少了三指。单凭手指头，你就比人家差了一小半，如何能和人打？真要欺软怕硬，以大压小，我年纪小，打不过你。在我师父和童师叔未见面以前，由你打死，看我铁牛皱一皱眉头，便不配是我师父的徒弟。你就打吧。"

黑摩勒闻言，才知林中杀虎人，便是昔年横行江湖、无恶不作的凶僧七指和尚法灯。铁牛分明受迫而来，不知怎的，发现自己和童兴在此，知道凶僧厉害，故意提醒。久闻凶僧凶残刚暴，决不容人丝毫抗拒，武功暗器又都高强得出奇。自己如非身旁带有一口好宝剑，也是不敢轻敌。正恐铁牛吃亏，相隔尚远，凶僧如被激怒，也赶不上，心正愁急。

左侧山崖上，忽有一粒土块打下。抬头一看，正是童兴，面带惊惶，轻悄悄绕来；同时又听凶僧哈哈笑道："小野种，看你蠢头蠢脑，居然还会说这鬼话。实对你说，我不用你引那黑小鬼来寻我。照你连日这样无礼，早把你一手抓死，见阎王去了。照你前日的话，只信服你那黑小鬼师父，他如拜我为师，便做徒孙也干，否则宁死不从。我虽不杀无知幼童，像你这样人小鬼大的小野种太可恶了。不过上来被你拿话绕住，我不能说了不算。黑小鬼拜老偷儿为师，我也知道。不为这事，我还未必肯寻他呢。等到遇见，他如对我心思，又肯拜我为师，你算是我徒孙，只不再强嘴，自然无事，还有好处；如其不是个好材料，再和你这野种一样倔强，你二人连个整尸首都得不到了。"

说时，黑摩勒已将童兴招下，会合一起，闻言大怒，正要赶去。铁牛已接口大嚷道："我师父有名的神出鬼没，说来就来，休看你们一路访问，不曾遇到，就许此时便在你的身后都不一定。他不出现，并非怕你那些破铜烂铁和鬼爪子厉害，不过我师父在北山和叫花子打架，打得累了，懒得多费力气。知道你那年被黄山萧隐君用坎离钉打了一下，你仗着鬼心思，平日用一把刀把右肩胛要穴护住，不曾送命，但那坎离钉十分厉害，将刀打成粉碎，虽未送命，这隔刀一震，伤已不轻，又吃破刀伤了气穴；这几年来，每到夜来，便须打坐练气。如乘此时下手，再妙没有。我料他老人家和童师叔，此时许是知你和那狗贼想害左近这两个好人，赶往通知，等你夜来打坐，他再寻来，容容易易取你们的狗命。休看我每日都是这类说法，人总不见影子，那是他老人家想看你们到底还闹什么把戏，暂时容你多活两天，没有下手，今夜必到无疑，你们两个也决活不了，不信你就试试。试过了今夜，再不出现，我先就不耐烦，不是和你拼命，也必一头碰死，你看如何？还有你那同伴，去了这多时候还不回来，就许遇见我师父师叔们把他宰了。我已拾来松枝将火升起，还不快些切来烤烧！等我吃饱，好寻他去。"

　　说时，二人已一路隐藏，掩向林侧，探头往里偷看。见那恶名远播、杀人如草的七指凶僧法灯，身材瘦长，生相奇丑，前额和两颧上下高耸，凹鼻阔口，白牙外露，一张青铜色的脸皮，一字浓眉下面，紧压着一双三角怪眼，睁合之间，凶光闪闪，身穿一件黄葛布的僧衣，赤足芒鞋，手持戒刀，正在大块割那虎肉，递与铁牛，用树枝挑起，准备烤吃。**凶僧与小童同行一段，较前趣味大增。一个形象怪异的恶僧与一个顽童纠缠在一起，这样一组人物形象，到了金庸笔下演化成为《连城诀》中血刀老祖与狄云，以及《神雕侠侣》中金轮法王与郭襄。**死虎横卧地上，看去比牛还大，头颈已被拗断，背股皮毛也被揭去了一大片，满地毛血狼藉。铁牛穿着一身短装，一面烧火烤肉，手指凶僧，大声数说嘲骂。凶僧好似这些话听惯无奇，偶然瞪着凶睛喝骂几句，并无伤人之意。铁牛始终胆大气粗，说之不已，也无丝毫畏怯之意，一会儿烤好大块虎肉，递与凶僧说道："这块肉又肥又香，方才你不是饿了吗？还不快吃！"

　　凶僧接过虎肉，咬了一口笑道："果然烤得好，日内寻到你师父，一同拜在我的门下，包你无穷好处。何苦和我违抗，自寻死路，找苦吃呢？"铁牛突把两只怪眼一翻道："这虎是你打的。我吃你的肉，不能白吃，自然得代你做点事。当是和你好么？你有本事，等我师父今夜来杀你时，你把他老人家制住。他如服你，我也服你。此时你说什么，我都当它放屁！真要有气，把我用鬼爪子抓死，我决不逃。最好不要理我，免我说出话来，你听了干生气。如真和我小孩一般见识，又与前日所说不把我师父擒来与我看过决不伤我的话相反，你自称天下第一狠人，传将出去岂不丢脸！"

　　凶僧闻言，好似激怒，两次将手扬起，似要发作，俱都狞笑一声，把手放下。铁牛也不做理会，自顾自，连烤带吃，又递了两大块肥的与凶僧，笑道："这个更烤得好，可惜没有酒吃，尽吃肉也太腻。我想寻一人家，买点酒回来，就便看我师父寻来没有。把你抢人家的银子给我一块。"凶僧见他言动天真，胆大得出奇，仿佛又好气又好笑，随手取了两许散银，冷笑道："我老佛爷，向不容人无礼违抗，只为生平说话算数，日前初见，便被你这小野种绕住，非擒到你师父不肯杀你。你如乘机闹鬼，想要逃走，却是做梦！无论逃向何方，不消多时，也必被我追上，只一照面，休想活命！"

铁牛笑骂道："放屁！我早和你们说过，我天天想师父，偏是无法寻他，一心想由你们把师父引来，此时你们便放我走，也不干。如真想逃，反正你们腿快，等把我追上再吹大气，岂不光鲜！人还不曾离开，先说狠话，我又不是被人吓大了的。不过我那师父最恨你们这类恶人，又最疼我，只一得信，你不寻他，他也必来寻你，也许还不知半夜打坐那点短处。你如有点骨头，索性由我做中人，今夜来此杀你，比较省事，你看好么？"凶僧狞笑道："任他何时前来，除非被我看中，许他拜师，连你这小野种也休想活命！你自一见面，便说他在旁边，后听人说他去黄山。恰巧这里有事，正好顺路寻他。你又说他今夜必来，满口狂吠。今夜如不见人，休想活命！"

铁牛笑道："我知我师父一直隐在你的身后，你偏不信。休看我上来拿话僵你，在自生气，不能伤我，今夜如不见我师父，任你鬼手抓我。不过话要算数，他要是少时被我寻到，你敢不敢候到半夜再挨刀呢？"凶僧大怒，喝道："无知小野种，命尽今日，还敢无礼！此去如真与小黑鬼相遇，可对他说：佛爷令其今夜三更来此拜师，方可免死，此时即便相遇，也不出手便了。"

铁牛边走边回顾道："这是你说的，我师父白天拿刀杀你，也不出手，莫要说了又赖。"凶僧方自怒喝，铁牛已如飞由二人身旁驰过，自言自语道："我有好些话想和师父说。我到东面崖后等他去，不知会来不会。这两天真把我想死。"铁牛说话神情处处模仿乃师，二人见了俱都好笑。当凶僧怒喝，似要发难时，黑摩勒两次按剑，想要上前，均被童兴阻住。

铁牛一走，二人偷觑凶僧正在大吃虎肉，不住冷笑，竟未留意铁牛行动。黑摩勒知对方凶名久著，不甚好斗，另外还有一个同党，想必也是极恶穷凶之辈；童兴再一劝阻，只得强忍气忿，想等问明详情再作计较，便由林侧绕行，朝铁牛追去。走出不远，遥望铁牛跑向前面崖坡，已把脚步放缓，立定回顾，似在等人神气，见了二人，忽然加急前驰。二人久已没见他这样跑过，一见脚底这等快法，知其用功勤奋，进境神速，越发心喜；料已被他看见，必是看出凶僧厉害，故意引向远处，以便禀告详情，好做准备。黑摩勒艺高人胆大，自觉铁牛多虑，也忙加急赶去。

不料铁牛天生异禀，用功又勤，回顾二人追来，脚底再一加急，追出两三里才行追上。黑摩勒见他还在用力狂奔，心中有气，奋身一跃，落向铁牛身前，故意怒喝：“你这小蠢牛，为何如此胆小，怕那贼和尚不成！”铁牛见师父已然追到，只得跪拜说道：“师父莫生气，这秃驴实是厉害，还有一个同党，也有好些门道。为此想把师父、师叔引远一些，说完前事，再去杀他除害。徒儿都不怕他，何况师父师叔？昨日我还遇到一个老人家，他说此去黄山，不出二日，必能遇见师父。先还不信，为防真个遇上，每日都和秃驴说些鬼话。方才借口寻他同党，果然见到童师叔。也是那两个好人不该遭害，师父今日不来，事就糟了。”

黑摩勒见他面红气喘，知其功候未纯，为防凶僧警觉，拼命急驰所致，心生怜爱，笑骂道：“呆东西！才有十几天不见我面，便这样胆小起来。你师父师叔是怕人的么？”铁牛忙答：“这是那位老人家再三警告，秃驴和那狗贼也实厉害。师父师叔怎会怕他？不过事先知底，除他们时省事得多。”

摩勒方想问那老人是谁，忽听坡后有人急驰；纵身坡顶，往下一看，好生惊奇。原来前头一人，正是前在金华北山祝三立洞中所见受伤卧倒的白衣少年。彼时洞中光景昏暗，只觉面熟，不曾看清，急于往会查洪，也未及请问姓名；白日之下临近一看，分明那人便是上年兵书峡所遇两山童中年长的一个，正由西面沿山跑来，已快驰过；再看少年身后，不禁大怒，忙喝："明弟现与敌人动手，我们快去！"说罢，纵身一跃，便到坡下，正要赶去。白衣少年闻得身后有人，回顾见是黑摩勒，忙又赶回，低喝："此是劲敌，同来还有一个凶僧，更为厉害。家母偏又他出未回。二兄千万小心，不可轻敌！我去寻一人来。"说罢重又转身，往西驰去。

黑摩勒遥望前面动手的共是大小三人，敌人是个中等身材的中年人，武功甚强，身法貌相均似见过。这面除江明外，还有一个少年，也是前遇二童之一，刚看出好似女扮男装，人已跑近，越看敌人越眼熟。细一注视，竟是前在金华古庙，为了盗扇结仇的江湖上有名人物，内家能手铁扇子樊秋。知道对方成名多年，上次被自己尽情戏侮，吃了许多大亏，因有师父七指神偷葛鹰护庇，无可奈何，一怒而去。双方仇怨已深，狭路相逢，已成强存弱亡之局。照此情势，七指凶僧同党，定是此人无疑。铁牛想必吃过苦头，或是看出对方厉害，所以心存疑虑，明已发现自己隐伏林侧，都不敢公然叫破，想把人引远，见面细说详情，有了准备再打主意。平日看他天真烂漫，想不到也有心计。

再见江明和那山童打扮的少女，似知樊秋厉害，并不与之硬对，各仗轻功得有真传，身法灵巧，一味纵前跃后，避实击虚。樊秋也好似不愿伤害江明，并未施展杀手，对那少女，却不肯放过。如非江明胆大心灵，武功高强，连犯奇险救护，几被生擒了去。樊秋只管全神贯注少女，因其志在生擒，并无伤人之意，两小动作轻灵，又是两打一，樊秋不特没有占着上风，反几乎被江明暗算，点中左肩要穴。

黑摩勒来路地势隐秘，仗着乱石林木遮掩，未被敌人发现。先想上前，吃铁牛扯住衣袖，用手连比，意似樊秋已是难敌，凶僧更是厉害，恐要寻来，最好藏起，等人来了，暗中下手去掉一个，才有获胜之望。同时又想起仇敌久负盛名，自己不曾与之正面交手，深浅难料。好在江明尚能应付，看清形势再行上手也好。正想江明兵刃暗器都是独门传授，遇见这等内功极好的强敌，为何舍长用短，和他动手？忽见江明又用险招，一个"灵猿献果"化为"龙项探珠"之势，二次又朝樊秋左肩胛下点到。

这时樊秋因第一次几被敌人点中要穴，对于江明已然忿怒，本心仍无害人之念，只打算抽空擒了少女，往寻凶僧交差，刚用内家劲力，一劈空掌把江明挡退两丈远近，跟着一个"飞鹰捉兔"之势，朝少女身前纵去，身子还未下落，双掌伸处，正欲随人抓下。

少女原知敌人厉害，只为方才兄妹二人几遭毒手，全仗江明仗义相助才得免害，不忍独自先逃；又因母亲离山，兄长往请援兵，尚未回转，恐自家住处被仇敌发现，由此多事，永无宁日。正随江明拼命支持下去，不料樊秋忽用声东击西之策，自己又恐江明受伤，应援再急了些，刚往右方赶去，仇敌忽然反身纵扑过来，势子既猛且急，眼看全身已在对头掌风笼罩之下，知道凶多吉少。先还不知樊秋想擒活的，仗着从小苦练，得有高明传授，见势不佳，身子往后便倒。

樊秋早看出对方年纪虽轻，本领不弱，见她倒时脚跟着地，知其想用死中求活险招脱出掌风圈外，就势"浪里翻身"把身子扭转，朝旁滚去；正在暗中好笑，意欲将计就计，全神贯注少女身上，准备一下擒住，更不恋战，挟了就走。等到江明追去，任凭凶僧下手杀害，自树强敌，与己无干，岂非一举两得？

说时迟，那时快！樊秋正打如意算盘，以为这一下定必一举成功，还可给凶僧留一未来大患，忽听呼的一声，一条小人影子突由身后飞来，一只刚劲如钩的小手又朝左肩穴点到。先前没料敌人已被掌风挡退老远，竟会回来这快。最可恨是上来拿得太稳，志在必得，把全身真气一齐运向双掌之上；敌人不特是个行家，自己左肩穴这点短处并无人知，又在内家应防诸要穴之处，他是如何得知？第一次差一点没被点中，还当事出偶然，二次又来，再一想起初见时所说各凭真实手脚,谁也不许用什兵刃暗器的话,分明胸有成竹,连被掌风挡退都是欲取姑与。所运真气全在前面,无法收回,再如就势伤人,自己先被敌人点倒,阴沟里翻船,以后更难做人,并且眼前还难脱身。当时又惊又怒,时机已迫,哪容寻思!只得拼着挨上一掌。百忙中把身往侧一偏,勉强避开敌人杀手,跟着收回双掌,翻身上步。满腹怒火之下,已不再有顾忌,正打算先用左掌反手回击,等将全身折转,再用真力和独门铁拳将敌人打伤,毒手拷问来历底细,怎会知道自己这点常人决不知道的短处?

谁知江明胆大心灵,虽然试出敌人弱点果如所料,一击不中便留了心。一见樊秋百忙中突然收势回身,知道这类关系存亡的内家要穴,敌人必以全力相护;樊秋心辣手狠,就许拼挨自己一掌,就势施展杀手。如为所伤,岂不冤枉?心念一动,立时变计,不再勉强,反将右手收回,一面觑准来势,一面把全身之力运向腿上,就着敌人反手架隔之势,身子微微纵起,蜷着两条小腿,猛用全力朝敌人腰背上踹去。樊秋万不料敌人如此狡猾。江明又是天生异禀神力,从小便被萧隐君救上黄山,得过师门真传,加以深知敌人来历厉害,从上手起,便以全力小心应付;这一下因是险招,惟恐弄巧成拙,反为所害,只顾借劲纵退,越远越好,用力本猛,及至双脚踹中敌人腰胯,料已占了上风,敌人多高本领也禁不住,心中一喜,忙照预计,把内家劲力运向腿部。就这两下才一接触,时机瞬息之际,口中闷的一声,腿底真力全数送到,人也同时斜着身子倒纵出好几丈。

江明临敌最是谨细,虽知敌人非伤不可,仍以对方凶名在外,手辣心黑,仇怨已成,恐其情急拼命,又下别的杀手,就空中一个"神龙闹海""浪里翻花",身子一扭一挺,就势翻转,朝侧面大树下纵去。他这里人还不曾下落,耳听一声怒吼,相隔颇远,知未追来,心中一喜。落地回顾,敌人吃这一踹,已平蹿出一两丈,几乎倒地,晃了两晃,才行立定。

原来樊秋成名多年，走惯顺风，自在金华古庙被黑摩勒尽情戏侮，连明带暗吃了许多大亏，心中恨毒，性情越发乖戾；新近巧遇七指凶僧法灯，谈起前事，两下勾结，意欲借以报仇。不料凶僧为人更是凶险乖张，目中无人，不好交结。已然与之成了一党，就此分开，必生嫌隙，每日忍气吞声，难受已极。初遇江明时，因知对方是化名萧隐君的乾坤八掌陶元曜门下，心想乃师不是好惹的人，自己正走背运，何苦多树强敌？只把凶僧所说两小孩擒去交差了事。谁知对头年纪不大，本领却是惊人，一出场，男孩先被放走，斗了一阵，还几乎吃他大亏，本就有些忿恨，打算给对头吃点苦头；及至第二次几被点中哑穴，急怒交加之下，不由勾动凶心，慌不迭一面闪避，一面就势还击，只把这一招避开，立下杀手，索性把这难斗的一个打杀，剩下这个女孩，便不怕她跑上天去；即便先逃男孩，寻了能手赶来，也有凶僧应付，何况来人也未必能是自己对手。心念才动，上头反掌一下斫空，百忙中还当敌人灵巧刁猾，致命所在已被看破，仍想变招点穴，心方暗骂：“小狗自寻死路！”全身还未及折转，猛觉腰胯间直似中了两下铁锤，如非本身功力精纯，长于应变，腰骨定被踹断无疑，就这样，真力也几乎震散，人被踹出两丈来远，当时两眼发黑，腰间奇痛，差一点没有跌倒，因知受伤不轻，忙先把气沉住，略微缓势。

　　再看两个敌人，一个因是惊弓之鸟，刚由自己毒手之下逃生，窜向一株大树底下，看神气，似要纵起来攻，不知何故，复又停止；仇敌正又从身后斜纵出去老远，快要落地；不由怒火攻心，刚怒吼得一声，觉着腰间痛得厉害，才知方才两腿，伤非小可。内家真气已难妄用，不杀敌人，此恨难消，这人也丢不起；如再动手，独门劲功不敢任性施为，平空减去好些力量，对头人小鬼大，捷逾猿鸟，要想杀他更难如愿。正自急怒交加，乘着敌人不曾来攻以前，一面强忍怒火，运气调力，想使回复原状，只一接触，猛下毒手，致敌死命；一面觑准敌人动作，准备应付。为了恨毒江明，全神贯注前面，竟把女孩忘记。心想小狗可恶，最气人是，论真实本领，并不如自己，偏是那么刁猾，枉自多年盛名，只为一时谨慎，恐树强敌，不肯伤人，以致受他暗算。凶僧就为新近金华之事，才看不起我，虽允相助报仇，话却难堪，并说："像黑摩勒这样刁钻古怪的小人，休说老偷儿，我见了也必看中。照理你只能怪那姓葛的，不能与小鬼一般见识，此去如将擒到，只肯降服，对我低头，便算了事。除非顽抗，不许下那毒手。"分明又有收徒之意。一个小狗的仇还未报成，今天又遇上一个，以后何颜见人？正自寻思，越想越有气，忽听身后树林中有人冷笑道："先前有江二弟在场上，我不愿抢他的功，如今他吃了二弟的亏，不敢上前。他不寻我，自不犯着打落水狗。你既说他寻我，可代我去问他一声，说好再打，免得说我想捡现成便宜。"

樊秋人最阴狠沉稳，先听口音甚熟，还没想到会是黑摩勒寻来，只当先逃男孩寻来的援兵；情知善者不来，来者不善，现在负伤之际，前面还有一个小强敌快要发难；凭自己的耳目本领，敌人多好功夫，只在近身丈许内外，稍有动作，立可警觉，又擅百步劈空、闻声伤敌的绝技，如非先前受人暗算，敌人只在一丈以内，简直死活由心，极少逃脱毒手。自来小不忍则乱大谋，再有不多一会儿，伤痛虽仍未愈，对敌当可应付，理他作什！念头一转，假作未闻，一面仍自运气调力，一面留神查听，暗中戒备，只一出手，便先杀他一两个，稍出恶气。听到末两句，刚有一点心动，仍没想到那是近数月来日夜不忘的宿仇大敌。方想此人是谁，口气这等骄狂？忽见江明双手连摇带比，似与身后敌人在打手势。正自强忍怒火，二次试运内家劲功真力，打算冷不防将身侧转，先拿身后那人开刀出气，再杀江明报仇，真力如仍难用；索性老了脸皮，把多年未用、新近才向人取回的兵器施展出来，好歹也把仇报了再说。

忽见一条小黑影由侧面绕来，还未近前，便高声喊道："那七个手指头的秃驴找你半天，你怎跑到这里来了？这么瞪眼生气的，莫非又和上次破庙丢扇子一样，有人欺负你么？"樊秋见是铁牛，怒喝："放屁，快滚！我正要杀几个小狗男女，免得受了误伤，你那不通情理的师父出头袒护，怪我不好。"铁牛原是受教而来，也不近前，立在两丈左近，笑嘻嘻说道："你不要急，我奉师父之命，有要紧话，和你说那块石头。"樊秋终日盘算、魂梦不忘的便是永康虞家那块石头，因凶僧不特想收黑摩勒为徒，并还先把铁牛看上，只当所说师父是指凶僧而言，见他不往下说，心中惊疑，连身后敌人也无心回看，忙问："你师父说石头怎样？他要分一份么？"铁牛笑道："一块破石头，亏你把它当成宝贝。这个先莫忙说，先说你眼前一件要命的事吧。"

说时，樊秋侧顾身后，林中无人走出，连女孩也不知去向，林树行列甚稀，不似藏得有人神气，深悔方才疏忽，上了敌人的当，两小兄妹全被滑脱。后来敌人自己并未发现，如是专为接引女孩逃走，又不应那等口气，好生不解。因听铁牛说得那么严重，知其天真倔强，没有假话，误以为发生什么急事，或是凶僧有什恶念，心中有病，未免惊疑，忙喝："小鬼有话快说，到底有什事情？"铁牛仍是不慌不忙，笑嘻嘻答道："要你命的，就是我的师父。他老人家行事，向来光明正大，不会鬼头鬼脑，就要你命，也必叫你心服口服。那块石头，就是你的致命一伤。"

樊秋知道凶僧虽想收徒，铁牛却不愿意。一路之上，凶僧软硬兼施，连给他吃了许多苦头，始终不肯屈服。可是说话算数，宁甘受罪，却不逃走，从未胆怯输口。凶僧爱他也由于此，背后曾说，"小小年纪，这等胆勇沉着，心有主见，外表浑厚，内里聪明，生平从未见过。"立意非要收他不可。铁牛却不领情，张口就骂。怎会共总一两个时辰工夫，会改了口，一句一个师父，话也有头无尾？心方生疑，想要喝问，又听提起石头是致命一伤，忍不住怒喝道："小狗乱说些什么！石头怎会是我致命伤？可是那两个不知死活的对头，知道石头被我取走，寻来了么？"铁牛笑道："你不要急，我话还未说完呢。我师父本想取你狗命，因你方才受伤太重，不肯欺你，打落水狗，叫我问你一声：如愿此时送死，自是方便，大家省事；如其自知不行，快些夹了尾巴逃走，免得他老人家见了生气。"

樊秋越听越不对，想起方才所闻，不由气往上撞，不等话完，厉声怒喝："该死小狗，这话是七指罗汉说的么？"铁牛笑嘻嘻道："老秃驴虽想要你的命，还要等你为他卖完力气，把破石头打开之后呢，哪有这快？说的是我师父。"樊秋暴怒道："你说的是我仇人小黑鬼么？我正寻他，现在何处？方才你说的石头，小黑鬼专会做贼，比葛偷儿更可恶，莫非那石头已被他乘我不在暗中偷去？快说实话，否则我一举手便要你的狗命！"铁牛笑道："你真混蛋！无怪老秃驴说你不要脸，以大欺小。等我说完，就知那石头怎会要你命的原因，做个明白鬼多好。我打不过你，前日已然试过。想要打我，只要有人答应，我连手都不还。就能把我打死，有什体面？有本事，不会找我师父送死去？还落一个光棍。"

樊秋听出仇人寻来，想起上次定约盗扇之事，惟恐藏珍宝石被人盗回，同时又听前面有人喊道："小蛮牛真学得像，强将手下无弱兵，果然真好！"抬头一看，正是江明，坐在离身六七丈的山石上面，不住叫好。大敌当前，直和没事人一般，越发勾动怒火；无如贪心过甚，患得患失之念太重，脱口怒喝："那石头呢？"铁牛见他说时手将扬起，忙即纵开，口中大喝："你如动手，我偏不说！叫你连人毛带石灰，都见不到。"樊秋关心宝石大甚，知道铁牛腿快，连日常说乃师就在身旁，一直不见踪影，此时听说不知真假，又有凶僧袒护，就此伤他，必遭无趣，只得勉强忍气喝道："快说实话！我不伤你。"铁牛知他最不放心的，便是日前永康所盗石块，原是故意怄他；一听江明夸好，越发得意，把大黑头一晃，笑道："你问那大石头么？就在你方才身后树林之中。"

樊秋闻言，只当被人盗去，心中一惊，回顾那林，共只八九株尺许粗细的桐树，行列甚稀，林中只有几根石笋，人决不易隐藏，也无动静。随听铁牛喝道："你看不见，听我说那要命的缘故呀，那石头比我高不了多少！"樊秋一听话风不对，怒喝："石头大小，有什相干？谁与你说什闲话！"铁牛笑道："什么闲话！如不是它遮住你的狗眼，我师父来时，你早看见吓跑，怎会被人踢伤？也更不会在此等死。要你命的，不是这块石头吗？不过师父不打落水狗，此时只一服低，便可容你多活些时。"

樊秋闻言，知受了戏侮，心虽恨毒，因铁牛平日天真诚实，独对乃师黑摩勒却是信仰如神，由早到晚，总说乃师尾随在旁。几经考查，并无其事。此时听说虽较可疑，仇人始终不见影迹，又恐得罪凶僧，不便伤害。略一寻思，故意喝道："你这小狗，仗着老和尚祖护，屡次无礼，情理难容！你屡说小黑鬼藏身在旁，全是假话。既说得活灵活现，快令小黑鬼出来纳命，看他今日还有什诡计暗算，我便服他。否则，休想免死！"说罢双手齐扬，便要追扑过去。谁知铁牛仍和往日一样，任凭发威恫吓，甚至毒打，只是口中乱骂，挺立不动，也不还手相抗神气。

樊秋本意黑摩勒强横胆大，机智绝伦，上次相遇，未拜葛鹰为师，尚取对面为敌，何况今日？如在一旁，见门人要受伤害，非出场不可。铁牛神色自如，可知又和往日一样，仇人并未寻来。方想收势，探询凶僧背后有何言语，哪知底下的话还未出口，就这进身上步、扬手欲扑之际，忽听前面江明拍手笑道："你又中我黑哥哥诡计暗算了！这是你说大话吹出来的，七指凶僧来了，也是送死。"声才入耳，话未听完，猛觉左肩微麻，身已被人点了哑穴，不能言动。跟着身后闪过一个黑衣蒙面的小孩，正是仇人黑摩勒；回忆以前受辱之事，连惊带急，几乎闭过气去。

原来黑摩勒自从金华北山会上，连经各位前辈高人指教，拜了娄公明为师；近在黄山始信峰，又得了许多上乘心法，功力大进，人也谨细得多。起初本觉樊秋凶横可恶，心中恨恶，意欲见时，杀以除害；后听司空老人和葛鹰说起，樊秋以前为人并不如此，这次也许受人愚弄，才有此事。他先不知虞家隐居得有老少女侠，以他本领，不论明暗，均是手到必得；他仍辗转设法，取来刘家书信，代为商说，并以重金珍宝与主人交换，只是善取，并无逞强恶意；以前在江湖上的行径，也有好些难得之处，为此不肯伤他。否则，葛鹰虽念旧情，司空老人必放他不过，萧隐君也不会令江明费那许多手脚将其救醒；后又得知新交好友与之交厚，便把成见消去。但知此人心辣手黑，记仇心重，不把制他得死心塌地，不会罢休，来时藏身林内，先恐江明不敌，还想出去，复被铁牛拉住。正说对头厉害，忽然发现江明点他左肩穴道，猛然想起古庙盗扇之事，料知陶元曜用内家罡气点穴，回醒太迟，添了一处要穴破绽，被江明看破。当时想好一条妙计，先把少女藏起，教了铁牛几句话，令其往分对方心神，以便乘机下手，先恐铁牛说得不好，谁知铁牛一心一意模仿老师，也学了一副油腔滑调，更会装呆，知道对方心理，所说比所教的话更多，暗中高兴；便乘双方问答，樊秋急怒分心之际，由林中山石后闪出，轻悄悄掩到樊秋身后，仗着身法轻快，动作灵巧，由此身子和粘在敌人背后一样，觑准对方转侧行动，如影随形，相隔只在三尺以内。樊秋那好耳力，怒火头上，只顾盘诘所盗宝石下落，竟未警觉。

黑摩勒知道敌人一时疏忽，受了江明暗算，内家真力劲气已难由心运用，如在以前，他那多年苦练的独门劈空掌自是可怕；近得师传，便是适才明敌，已可勉力应付，况又受了内伤，料知举手必倒，便不急于发难，任凭铁牛引逗取乐。铁牛见师父已无异成了樊秋的影子，自更放心大胆说之不已。师徒二人，一前一后，一明一暗，正在一说一比，肚里好笑。江明也觉好玩，打算再看下去；后因童兴偷偷绕到，在江明坐处山石之后藏起，告以樊秋同党七指凶僧法灯尚藏林内，迟恐生变。江明和童兴一样，均听师长说过凶僧厉害，闻言大惊，忙打手势，一面发话点醒黑摩勒，催其下手。

黑摩勒忽想起，先听铁牛暗告，凶僧志在生擒唐家两小兄妹，因其自负盛名，不肯亲自下手，仗着所盗宝石挟制樊秋，令其代办。樊秋明知凶僧阴险狡诈，无奈先前报仇取宝心切，情急乱投医，已然上了贼船，真要翻脸，恐非其敌，加以上来心疑虞家仗有能人，不合与凶僧密谋同往，说好此行各办一事，订有条约。不料虞家全是文弱无能的人，一经暗取便容容易易探明藏宝所在，偷了出来。后被仇人侯绍警觉，约了两个同党跟踪劫夺，和凶僧才一交手，便同惊走。看似因人成事，实则凶僧未出什力，事成之后还要分他一份。最难受是，生平不愿无故欺侮不如己的人，何况对方两个未成年的小孩。凶僧口说对方师长是他仇人，却命自己代为生擒来作押头，话又不肯明言，再问便以盛气凌人。对于铁牛，一个顽童，偏又任其无礼，连自己受了好些闲气，不知用意所在。平日想起，便自忿恨，只为事先约定，被其套住，无可奈何。照铁牛所说，凶僧对于两小兄妹，似比自己还要看重。忽然想起一事，心中一惊。初意，觉着铁牛滑稽好玩，想再任其取笑一会儿，又想挨到两小兄妹把救兵请来，看其是否所料那人，以免先将樊秋打倒，对方又复隐去，不再现身；及至江明发话，暗骂自己粗心，眼前还有一个凶僧，比樊秋还要凶险，如何大意？心念一动，立时出手。江明、童兴也自赶到。

黑摩勒笑对樊秋道："这一次你明白了吧？上次在古庙内将你点倒，你还不服。我两三次杀你易如反掌，只为你不似别的狗贼鼠辈无恶不作，平日还有一点可取之处，我师父娄公明和萧隐君、司空老人等各位师长平日又曾告诫，但有一毫可原，决不妄下杀手。今日我仍放你，报仇与否，日后听便。今日如要动手，决非我敌，何必自找苦吃呢？"

樊秋始而怒火烧心，暗中咬牙，恨不能把仇人碎尸万段才快心意。无奈全身受制，不能言动，又知仇人人小鬼大，行事刻毒，身落人手，死非所畏，最难受是，自己多年盛名，老来失风，死在一个后起小鬼手里，死前说要受上许多侮辱。有心发话，想激仇人来个痛快，偏是口张不开，无计可施。心正发急，忽听仇人居然这等说法，人当生死关头，除却真个平日养气功深或者有极崇高的信仰，才能视死如归，从容就义。否则，任他平日多么眼高于顶，骄狂自恃，一旦失势被擒，但有一线生机，没有一个不想活命的。何况对方所说并未使其难堪。樊秋话没听完，念头早已转过，暗忖："这黑小鬼，上次相遇，连受他许多恶气，先还认定不是葛鹰袒护，决不容其逃生。今日一见，果是厉害，不问是否暗算，凭自己的耳目本领，竟会被他掩向身后，一下点倒。单这一点，就无以自解。反正死活两途都是丢定大人，徒死只是落人笑骂，太己不值；如等放开再打，就能得胜，传说出去，也是极大笑话。何况本身短处，这两小鬼全都知道。上次庙中隔窗点穴也许真是小鬼所为，所以事前打赌，把话说得那么满法。照此情势，胜必无望，转不如暂且忍气，将来再说，比较要好得多。"同时又想起石中藏珍尚在凶僧行囊之内，此时仇已是难报，两小兄妹全都逃走，凶僧骄狠乖张，保不借故背约，如何应付？黑摩勒已一掌拍向背上，就势朝胁下一捏。

樊秋当时只觉腰背间一酸一麻，穴道立解，人也言动自如，愧忿交集之下，勉强把气平住，呆了一呆，才朝黑摩勒强笑道："你真是个好娃，凭我也会栽在你的手里，承你的情没给我难堪。我姓樊的虽受小辈暗算，今日我仍认输，休说此时不会和你动手，也不会再支帮手出场，不过七指和尚的凶名，你们既是司空老人与萧隐君门下，想必知道厉害。他现在山后松林之内，你那徒弟铁牛与他相识。年轻人最好不要太狂，遇事须要多想一会儿。依我相劝，就此上路，不要惹他，免遭毒手。如无什事，他年当有再见之日。我寻法灯，说上几句话，也和他分手了。"

黑摩勒笑说："樊朋友不必生气。今日我实沾了江老弟的光，全是取巧，不能算赢。你吃了暗亏，照情理又不好意思和我再打，也是真的。你此后不与凶僧一路，足见高明。要我躲他，却是不劳多虑。这秃贼罪恶如山，不能和你来比。我们早想为世除害，寻还没处寻他呢，好容易在此遇上，如何放他过门？你自请吧。"

樊秋见对方生得那么又瘦又干，看年纪至多十二三岁，竟练有那一身惊人本领。脸貌虽被人皮面具遮住，但那一双怪眼神光炯炯，精芒远射，行家眼里，一望而知是个内外功均极精纯的能手，那么厉害的七指凶僧，丝毫不在心上，反要寻去除害，单这胆勇已是惊人；略一寻思，惊赞之余，反倒消了怒火，慨然答道："我纵横江湖也数十年，第一次见到你们这两个小娃，如非眼见，决不会信。实不相瞒，我虽记仇痛恨，但是你放掉的人，不报此仇固是丢人，将来就报了仇，也不光鲜，左右都难。我决不是想激你们送死，你们如真要寻七指和尚，只一将他战败，使我对人有个说辞，我便从此隐姓埋名，永不在外走动，你看如何？"

江明接口笑道："那太好了！但是我们和凶僧交手时，他是你同党，你能袖手旁观么？"樊秋气道："说来又是气人！我和他以前只有一面之识。也是上次古庙盗扇受辱太甚，自知老偷儿难斗，归途正自气忿，不料与他无心相遇。急病乱投医，怒火头上谈起此事。原意约他相助，复仇取宝；他偏要先盗宝石，再去报仇。正值铁牛金华寻师，被他制住，强迫同行。不多两日，我便看出他阴险刁滑，有他无人。此去便是豁出破脸，与他分手，如何算是我同党？凭他多年凶名，你们四人齐上也不为多。何况我已败军之将，自己的仇尚且不报，如何反助他呢？照实说来，我只是一时粗心糊涂，请将容易遣将难，无故不便与之断绝，如非开头自误，不便出尔反尔，似他这样凶恶蛮横的人，连我遇上，也是容他不得。能借你们的手，除此大害，再好没有。不过，这秃驴武功实是惊人，只有左胁是他要穴。你们虽是名家传授，到底不可大意，他那左手最是厉害，更要小心。我看你们三人所带兵器俱非寻常，最好三人齐上，一动手就亮家伙，铁牛千万不可上前。"还待往下说时，童兴眼尖，因时已久，早就防到凶僧寻来，四下查看，猛瞥见右侧山石后似有黄色衣角被风吹动，闪了一闪，正告黑、江二人留意，微闻冷笑之声，众人全部警觉。见樊秋仍然说笑自如，竟如未闻，方觉以他耳目灵警不应如此，随听石后狞笑道："你教得果然不差，可惜太晚。你这一厢情愿的事，今生看不成了！"话才出口，日光下突有一串黑点，似暴雨一般由山石后飞出，照准樊秋打去。

众人知是凶僧所发，见那来势又猛又急，为数又多，无论山石树干，打上便碎，知用内家真力劲气发出来的暗器，厉害非常，忙各纵身戒备；再往前面一看，樊秋好似早已料到有此一着，暗中有了准备，也不开口，只将双手齐扬，用劈空掌朝外乱打。只听连串叭嚓之声，密如擂鼓，先后何止百余下！刚看出那是一些豆大石土，并非暗器。忽听樊秋大喝："我不愿与秃驴交手！方才所说，你们不可忘记！"

黑摩勒心方一动，说时迟，那时快，凶僧暗器忽止。同时，一条黄影已由石后飞出，朝前扑去。樊秋大喝："且慢！"一面急扬双掌，朝上打去。双方势子都是猛急异常，掌风呼呼齐响中，猛又听樊秋一声怒吼，身形微晃，似已受伤，人也就势把脚一点，朝侧面林中纵去。

黑、江二人，不料凶僧来势如此猛恶厉害，就这转眼之间，樊秋已为所伤，以三小弟兄的目力，竟未看出怎么伤的，全都又惊又怒，同声大喝，朝前追去。凶僧先似立意要杀樊秋，穷追不舍，对于三小弟兄全未理会，后听三小喝骂，追近身后，才边追边骂道："我杀死这不要脸的狗贼，再寻你们这些小鬼算账！除非拜我为师，休想活命！"口中喝骂，忽然回手一掌，劈空打来。这时三人追离凶僧只有两丈左近，那一带全是参天老树，行列虽稀，树却又粗又大。

三人正追之间，瞥见凶僧扬手，想起方才樊秋之言，忙即闪避。忽听掌风过处，咔嚓一声，道旁不远一根尺许的石笋已被打断，倒了下来，洒了一地碎石。看出凶僧故意示威，因有收徒之言，全被激怒。黑摩勒暗忖："秃贼法灯如此凶恶，不设法将他除去，必留后患。"忙朝江、童二人故意喝道："凶僧掌法厉害，快些分开！"说罢，打一手势，先往侧面绕去。二人会意，忙往侧闪。

凶僧回顾喝道："无知小狗！此时先叫你们看个榜样，乖乖等在一旁，等我擒到这厮再行发落。只要听话，不特保命，还有你的好处。"话未说完，忽听树后阴影中有人接口笑骂道："凭你也配！"凶僧闻言大怒，先不发作，等到赶前两步，突然回身，照准语声来处扬手就是一掌。

凶僧最是手辣心狠，先前不伤四小侠，全为纵横江湖多年，虽无敌手，始终是个独脚强盗，偶然结合一两个帮手，又因凶残强暴，有我无人，十九凶终隙末，成了死仇，闹个不欢而散还是便宜，自恃本领，原未放在心上。自从上次天目山强劫神拳祖师钱应泰所得前古奇珍娲皇至宝，一爪抓死尤嘉，暗伤北天山大侠狄遁，吃化名萧隐君的乾坤八掌陶元曜打了一坎离钉。虽仗事情凑巧，命不该绝，这一钉正打在左胁暗藏的一柄毒匕首上。人虽未送命，但那贴身防护要穴、用百炼精钢打成、平日伤人无算的毒匕首已被击成粉碎，恰有一片刺中要穴，如非功候精纯，已无幸理，就这样，受伤仍是不轻。最痛心是匕首碎片附有奇毒，身旁虽有解药，治愈也颇费事，又恐强敌追来，只得强忍奇痛麻痒，提气狂奔，藏向一处山洞之中，连调治了七天才得痊愈。事后想起病中苦况，一面急于医伤疗毒，一面还要寻觅饮食。狄氏老少诸侠无一好斗，所劫宝物每夜均有宝气上腾，住在寻常人家客店，行家眼里，老远便能看出。此时身受伤毒，不能妄动真力劲气，仇敌一到便是凶多吉少。所居石洞，僻在深山之中，四无人家，离城更远，无处寻找食物，又不宜于劳动，饿到极时，只胡乱在左近寻些草根充饥。那七天的活罪太不好受，加以所习《三元图解》，功夫虽深，无如性喜酒色，一任用功苦练，左胁这一处要穴终是破绽，全身不能练完，护要穴的匕首被人击碎，还中了毒，忙于逃窜，必须提气轻身，以致毒气渗入气血之内。内家劲力也减退了十之二三，以后遇敌，不能全部发挥，每日还有半个多时辰的胀痛，须要凝神运气，打坐静养上个把时辰，才能度过。只管除左胁要穴外，周身刀斧不入，坐时防备甚严，遇敌仍可起斗，到底是个大短处。生平结怨太众，万一有什强仇大敌乘机报复，好些吃亏。如能收一门人，便好得多，偏生所习《三元图解》为内家上乘秘传真诀，不是天赋极好又极聪明的人休想学成，又是童子功，自己数十年苦功，老差一点不能圆满，便为酒色所误。可是这类具有异禀奇资的幼童哪里找去？每一想起，便自愁烦。这日忽听人说，南明山中出了一个神童黑摩勒，小小年纪，已有小侠盛名，心中一动。正想寻去，途中又遇樊秋，说起古庙盗扇吃亏受辱之事，越发心喜，立意想收黑摩勒为徒。正赶铁牛金华寻师，向人打听，被凶僧听去。一看铁牛，也是浑金璞玉，首先中意，诱往无人之处，运用威胁利诱，好言劝说。铁牛宁死不从，最后才答应随同寻找师父，说："师父服你，我也服你，否则，死活任便。在未寻到师父、向他问明以前，你无故欺我，以强凌弱，是我对头；同行寻师，我决不逃。如不肯允我说话，骂你秃驴强盗，却不能够怪我。"凶僧那么乖张凶狠的人，不知怎的，越看铁牛越爱，居然答应。铁牛也真淘气，看出凶僧虽恶，说话算数；樊秋本领不如凶僧，又有求于人，不敢违抗，知是师父的仇家，早把二人一齐恨上。等把话约定之后，立时改口，路上不是变方骂人，便想主意淘气使坏，只一开口，不是"秃驴"，便是"强盗小偷"，从无一句好听话。遇到公众的事，如同打猎砍柴、掘取山粮之类，却是争先上前，肯卖力气，做得又快又好，并说："这不是为服侍秃驴狗贼，人在事上，遇到大家的事谁都应当上前，不应偷懒。我也一样要吃，如何不卖力气？"凶僧接连几次试他，故意纵令逃走，铁牛不但不逃，反说："我师父不是好惹的，你们无故欺小，他决不容！我正愁寻不到他呢。等他来杀你们，为人除害，不是我也见到了么？我不能白受人欺，要看你们报应，请我走还不走呢，如何肯逃？"凶僧有时受侮过甚，刚一暴怒，便想起美材难得，这样忠诚无欺、胆勇灵慧的幼童，只一收服，终身不二。徒弟如此，师父可知。如将黑摩勒寻到制服，当时便有了两代传衣钵的弟子，多么体面。先又答应过他，自己多年威望信条，从不以强凌弱，除非收为门人，便杀了他，也是丢人，岂能说了不算？只得忍气，怒骂几句了事。樊秋实在看不下去，两次发作，均被凶僧止住。

当日铁牛走后，凶僧因有一事要樊秋代办，见其许久不归，生了疑心。自恃心盛，又知当地荒僻无人，只把行囊藏向一株大树梢上，暗中寻来。到时，正值樊秋被人点倒，一听为首一人正是黑摩勒，同来二童也都美质，得过名家传授，不禁喜出望外。正在高兴，樊秋已被人解开，向着敌人说他短处。凶僧也真胆大任性，明知新遇三童均有来历，仍然妄想一网打尽，全数收到门下，以壮他的声威。为恨樊秋背叛，恨之切骨，立意惨杀泄恨。正追之间，一听有人冷笑嘲骂，知有敌人隐伏树后，是成年人的口音，上来便下杀手。

哪知一掌研去，嚓的一声，只树皮被掌风扫中，碎裂了一大片。探头树后，人影全无。再看樊秋，就这略一停顿之间，人又逃远了好些。知其轻功极好，脚底飞快，恩怨心切，好些机密的事均被探得了去，如被逃脱，难免多一后患，重又勾动怒火，朝前又追。目光到处，似见樊秋逃到一株大树之下，仿佛受惊，停了一停，又朝前跑去。回顾先追自己的三个小孩，已无踪影。正觉无术分身，难于兼顾，忽听前面道旁乱石堆中疾呼："老秃驴，不要狗咬狗！我师父来了，你怎不去收服他？欺负落水狗有什么意思？"听出铁牛口音，怒喝："小鬼跟来作什！我杀死这厮再擒黑小鬼，不是一样？再不快滚，留神这厮拿你出气！"话到末句，铁牛疾呼："秃驴慢走，看你身后有鬼！"

铁牛原是隔着一列乱石，随同凶僧边说边跑，突由斜刺里纵将出来，由右而左横赶过去。凶僧跑得正急，不料铁牛会由身前越过，这时满心想收铁牛为徒孙，惟恐撞上，忙把脚步一收，方喝："小鬼作死！"眼前倏地一暗，黑乎乎一片东西已迎面打到。凶僧左手只剩二指，不能用劈空掌还击，骤出意料，当此一心急驰之际，那东西又是连干带湿一大片，多高本领也难施为；加以平日自恃刀斧不入，只护一处要穴已成习惯，匆迫中竟被打得满头满脸都是。虽未受什大伤，脸上身上却是到处狼藉。**连遭戏弄，笔墨间便觉有趣。比起前面的黄山斗法好看多了。以《水浒传》来比，"九宫八卦阵"架子虽大却枯窘无文，而李逵坐衙、燕青打擂便要有趣多了。**

原来铁牛从小生长山野之中，生来力大身轻，近得高明传授，又是内秀，遇事最肯留心。初遇黑摩勒等三人，虽然狂喜，但知凶僧、樊秋厉害，一面又在发愁。后来凶僧出现，三小弟兄令其后退，忽然想起，天明前后，曾来当地掘取山粮，连绕行了两三转，知道地势，记得前面乱石堆中有大堆污物，似是蛇兽的粪。凶僧身坚如铁，刀斧不伤，何不弄来乘机给他一下，好歹也出一口恶气？念头一转，先抄小路赶去，刚把兽粪用树叶包好两大摊，凶僧也自追近；同时又瞥见师父手按剑柄由侧面驰过，似想抄向凶僧前面，心胆越壮。一面故意大声疾呼，发话引逗，一面照着连日观察所得，避开凶僧那只好手，由右而左横蹿过去，觑准凶僧来路，乘其停步分神之际，避开正面，冷不防双手齐扬，照头便打；同时施展近习轻身本领，接连两纵，跳出掌风圈外，绕树逃去。

凶僧竟被打了个满脸花，周身狼藉，又臭又脏，口鼻双眼也几乎全被封住，当时只觉奇腥刺脑，微一心慌忙乱。等用袍袖拭去，铁牛人已逃远。人虽未受什伤，只是周身沾染，腥秽异常，头昏欲呕，不由怒火攻心。回手一把将衣襟扯断，脱下僧衣，匆匆朝头脸上擦了两下，厉声怒喝："大胆小鬼！我不将你擒住，裂体分尸，誓不为人！"一面忙朝铁牛去路查看，待下毒手，忽听幼童口音大喝道："无知秃驴！死在眼前，还敢欺我徒弟，今日要你好看！"

凶僧听出口气，知是黑摩勒赶来，重又勾起前念，不愿再寻樊秋晦气，忙即回顾，那语声来处似在右侧面两株大树之后。细一查看，最大的一株约有两三抱粗，已早枯死，另一株却是浓荫如盖，荫蔽甚广，树下空空，前后左右均无人影。方想："小黑鬼怎逃得这快？难怪人说他动作如飞，隐现无常，不可捉摸，果然话不虚传。似此美质，如能收服，岂非快事？"忽听前面又有人发话道："贼秃驴不要找了，你找他不见。再说平日那大牛气，死在一个小孩手里多冤！铁扇子就在前面，和你两个对头正在说话，一会儿就要寻你算旧账。还不如死在他们手内，落个全尸呢。"

凶僧一听，正是第一次发话的那个中年人。因是素来凶险，先前一劈空掌未将那人打死，连人影也未看见，料非寻常人物。满腔怒火无从发泄，意欲把稳一些，看准敌人再下毒手。正自留神查听，蓄势待发，偶一抬头，瞥见樊秋同了一人，回身走来，手指自己，似在笑骂。满肚皮恶气，真不打一处来，身上又臭得难受，怒极心昏，不知如何是好。先朝语声来处发了一劈空掌，并无动静，樊秋已自走近，只得迎上。方觉同来那人须发如霜，满头蓬起，人也格外高大，好似熟人。那人已哈哈大笑道："贼秃驴，你我也有相逢之日！"声如洪钟，甚是威猛。话才说完，满头脸的须发，已根根倒竖起来，刺猬也似。忽然想起，来人正是多年未见的一个强仇大敌，金眼神猊查洪。此人还有一个堂弟，乃中条七煞之一，黑骷髅查牤，乃是自己的仇家，不知同来也未，樊秋恰与查氏弟兄交厚，难怪有恃无恐。再想此时所遇对头，连大带小，无一好惹。那两次隐身发话的，更不知是何来历。如在以前，再多几个，至多不胜，决无他虑，许还要伤他两个。无奈要穴为人所破，真气劲功不似从前得心应手，可以随意施展全力，方才又受铁牛暗算，头脸麻痒，腥秽头昏，分去好些心神，吃亏不少。敌人连明带暗，又好几个，查洪虽是一向单打独斗，不要人帮，下余强敌难免暗算。何况查洪先不好斗，毒刀如在，还可暗下毒手，破他真气，刀又为人所毁，即便双方势均力敌，也是没完没了。加以彼此功力相等，劈空掌伤他不了，一不留神，便受旁观诸敌暗算。

正自寻思，查洪已走近身来，方骂："贼秃驴，昔年你因奸不从，杀我好友全家。两次寻你，未分胜败，被你溜走。多年不听人说，当你遭了恶报，不料在此相遇。再如逃命，我便服你。"凶僧还未答话，忽听空中有人大喝："老刺猬不要忙！他无故欺负我的徒弟，非由我杀他不可！"声到人到，话才入耳，一个蒙面小黑人已随同语声凌空飞下，落在二人中间。

查洪喝道："黑老弟胡说！我的仇恨，且比你大得多呢，如何由你下手？再说秃贼手底颇有功夫，不是一时半时可了。你如动手，比我更多时候，岂不急人？"

黑摩勒哈哈笑道："查老头，自来杀贼要快。这类万恶秃贼，和他有什理讲！你那一对一的老规矩，白便宜他多活些时，有什意思？由我一剑砍掉，有多爽快！谁下手不是一样？方才我把身子装成一个树干，**补充交代**。想引他来送死，不料秃贼胆小眼瞎，没有过去。我一生气，正想换个法子除他，又被旁人叫破，你和老樊又同走来。前在北山，听你说过老樊是你朋友，早料必要抢先。如与你争，必道我不知敬老。这么办吧，只许你打半个时辰，不能杀死秃贼，我再将他杀死。你看如何？"

查洪来时，已听樊秋之劝，立意除此大害，不再坚持成见，也不再上凶僧的当，与之打赌，和前两次一样，满了时限便各停手，不能再打。无如生性偏强，想起前仇，心中有气，仍欲亲手为友复仇，及至黑摩勒赶来一争，忽想起黑摩勒所得那口灵辰剑，多好功夫，斫上去也无幸免，心中暗喜，断定凶僧必死，就自己不能除他，也为此剑所杀。故意喝道："小小年纪，知什轻重？秃贼和我一样，除非刺中他的要穴，周身刀斧不入。你那口剑有什用处？"

凶僧人最沉鸷凶残，尤其劲敌当前，不轻先发，常借双方问答分心，乘隙而动，猛下毒手，来势又狠又快，稍差一点，话未说完，人已惨死。这时自知危机密布，心虽恨毒，不免顾虑，加以收徒之念甚切，一面盘算心机，一面隐忍待机，想等查洪先出手，占点便宜。及听老少二人一吹一唱，话甚难听；小的更是可恶，仿佛命悬他的手上，一动必死，不由激怒。方想先给他吃点苦头，忽又听先前那人在左近大喝："小娃儿家有什本领，如此狂法？是好的先寻我来！"

凶僧闻言，正测不透此人是何心意，黑摩勒已自激怒，口答一个"好"字，凌空而起，一纵就是七八丈高远，朝语声来处赶去。凶僧已把真力运好，欲发未发，见黑摩勒凌空高跃，捷如飞鸟，身法尤为美观，好生惊奇。因见查洪已将长衣甩脱，手指自己，似要发难神气，不敢分心别用，只得把气沉稳，强忍腥秽麻痒，立定相待。

查洪自和葛鹰两次苦斗，化敌为友，学了好些乖，已把以前仗着真力真气一味蛮干的习气改掉。上场不论出手先后，均能以动击静，以静制动，不再吃那受激先发、出手太快的亏；凶僧是老对头，知他险诈，决不先发，一面暗中把气运足，故意喝道："贼秃驴！又想和前两次一样，激我先发么？这个容易。黑老弟有话，杀贼不比对敌，下手越快越好。"凶僧一听心事被人道破，方想设词激怒，引使先发，不料来势神速，迥出意外。查洪末句话才一出口，呼的一声，又劲又急的掌风已劈空打来。

凶僧看出厉害，心中一惊，忙发左掌隔空挡架，身子往侧闪避。查洪第二掌又相继打到，由此起，一掌接一掌，势疾如风，猛恶已极，凶僧武功虽强，一则上来失着，妄想取巧，没想到敌人变了打法，先发制人，所用又是少阳七十三解，只头一掌不能破去，稍微让避，所发内家真力劲气便难全部发挥，便落下风，只有招架之功，并无反击之力；非等这七十三解发完，还要本身功夫真好，灵巧机警，长于应变，简直无法还手，稍微疏忽，命都不保。凶僧真力劲气不如查洪，最擅长的几种劲功暗器，遇到这等高明人物，只能乘隙暗算，和上次暗伤天山大侠狄遁一样，这一对面，却用不上。再者昔年与查洪两次恶斗，手还未伤，这次不特右手残缺，并还带着一身腥秽之气，好些不利。如非近十多年来，自知右手缺点，格外加功苦练，早被查洪所杀了。好容易全神应付，勉强把少阳七十三解招架过去，居然打成平手。知道敌人真力充沛，武功精纯，无隙可乘。正打不起主意，忽见黑摩勒兴冲冲回转，铁牛和另一幼童也同出现，手指自己，笑骂而来。想起前情，暗中咬牙，自知当日徒弟决收不成，意欲等人走近，抽空一下，先将铁牛打死泄恨，便把真气运向右手双指之上。

黑摩勒见凶僧不时偷觑铁牛，目射凶光，知其不怀好意，便令铁牛止步，笑道："秃贼吃你打得满脸臭膜，狗眼看人，恨不得把你生吃下去，还不停住，逗他狗叫，多好玩！他被查师伯管住，只干看着生气，又不能伤你，不比上前强么？"铁牛也真听话，便骂将起来。先说秃贼无耻，以大欺小，后再说到凶僧前为坎离钉所伤，破了要穴真气，到了亥子之交，便要周身胀痛；只要打中左胁要害，当时送命等语。

凶僧多疑护短，又太好胜，闻言自是忿极，无奈强敌当前，彼此均以真力交手，丝毫松懈不得。相隔又远，不能舍此就彼。先还强捺怒火不去理睬，时候一久，越听越有气，本就忍耐不住，正赶查洪久战不胜，黑摩勒一到，恐又抢先，双方虽是忘年至交，凶僧如死他的手内，到底面上无光，凶僧手法又是既阴且毒，如非一手已残，差一点未受暗算，也把怒火激动，便照葛鹰所教诈术，想将凶僧一掌击死。事前为了双方都是心明眼亮，不易上钩，并还故意放一漏洞，任凭凶僧抢去上风，再于败中取胜。哪知一念轻敌，凶僧又是情急拼命之际，两个照面过去，立时打成平手。好容易卖了一个破绽，满拟凶僧必要乘机进迫，谁知凶僧恨毒铁牛，见有脱身机会，立时乘机飞起，一纵好几丈高远，朝铁牛扑去。**一写这类情节，还珠的抑扬顿挫就出来了。试想如只顾二人打将下去，该多么乏味。**

众人正看在紧张头上，凶僧事前毫无表示，分明全副心神都在查洪身上，忽在乘机朝敌进攻的百忙之中突然纵起，谁也不曾想到，来势又是那么猛恶，都代铁牛惶急，纷纷怒喝，追纵过去。内中黑摩勒师徒关心，人又机警轻灵，首先情急暴怒，连声也未出，便拔剑纵去。方想铁牛稍有死伤，必将凶僧碎尸万段！

这原是瞬息间事，双方动作都是极快，眼看铁牛已在敌人掌风圈内，怎么也难逃毒手。黑摩勒纵得最快，相隔凶僧不过数丈，成了首尾相衔之势，见状，料知铁牛已无幸理，一声怒吼，正把手中剑朝前挥去，心想能够抢先杀死凶僧，铁牛或能免死，否则先将凶僧斫成残废，再给他的恶报。谁知剑尖上芒尾电虹飞舞，微一颤动，还未伸长出去，就这危机瞬息之间，忽听哈哈一笑，眼前一花，先是一条人影由斜刺里飞来，人还未到，扬手一掌。铁牛本在惊慌欲逃，猛觉一股极大力量由侧面猛袭过来，忽然急中生智，就势横纵出去。

凶僧立意惨杀铁牛，知其人小滑溜，身法灵巧，纵时，就势把轻易不用的暗器木莲子摸了两粒在手内，准备铁牛就逃得过这一掌，有此两粒木莲子，也休想保得活命。眼看一掌成功，无须费事，忽听笑声自空飞坠，铁牛已往左纵出，不禁大怒，忙将右手二指所提木莲子，用劲功真力，照准铁牛后心打去。**改扑铁牛，一个小波折；改用暗器，再生一小波折。**手才一扬，猛觉疾风飒然，那用海心铁木制成、平日百发百中的两粒豆大木丸，好似被什东西打落，朝侧飞去；来人已自落地，笑道："上次我那好友狄遁因想看元江至宝是何奇珍，一时疏忽，受了你的暗算。你藏头缩尾，不敢和他明斗，还要口发狂言，只当你真有过人之处。今日对面，原来你那专一暗中伤人的冷箭，不过如此。"随又偏头喝道："黑老弟！我们和凶僧还有一点过节必须了断。固然诛戮恶人首重除害，不是寻常对敌有好些情理过节，但你狄师叔多年英名，不能为这秃贼暗算了事。他此时正和老友说话，一会儿就到。快些将剑还匣，大哥也不可出手。我也只是看住秃贼，就便试试他是什么东西变的，敢于如此横恶？决不伤他。"

黑摩勒本来剑已挥出，瞥见黑影飞来，左手朝前一推，铁牛就势纵逃出去；同时右手朝自己一扬，立有一股极大潜力猛袭过来，身子跟着倒退，知是内家罡气，好生惊佩。料定此人出手，铁牛已决无害，就势纵向一旁，立定旁观，一面唤止童兴，不令再上。初意查洪倔强，未必听话，谁知查洪见了黑衣人，好似喜出望外，高呼"七弟"，诺诺连声。大家聚在一处，互相叙阔，并作旁观不提。**大家皆意外。**

凶僧见那来人从头到脚均是黑色，面上笼着一个头套面具，上绣白色骷髅，连头套和衣裤鞋袜均似连在一起，乌光滑亮，柔软异常，似皮非皮，不知何物所制；左肩斜挂着一根太乙门中失传已久的独门奇怪兵刃七绝钩，胸前皮带上插着一枝方头短铁笔。如换常人，连这两件兵器先不认得。人是生得那么精瘦，再加这身打扮，看去直似一个恶鬼，哪里像人？先还不知是何来历，及听和黑、查二人问答，猛想起这等装束口气，分明是十五年前到处扬言要寻自己为友复仇的中条七煞、又名中条七友中最厉害的一个——黑骷髅查牦。初遇查洪，还曾疑心此人也许弟兄同来，如何对面反倒忘却？久闻此人疾恶如仇，到处搜寻自己下落，彼时得信气忿，还想寻去，不料本人还未见面，先遇中条七友中的辛、沈二侠，与斗不胜，反将右手三指断去，差一点没有送命，才知厉害，由此踪迹隐秘，把中条山视为畏途，空自怀仇多年，不敢招惹。对方也是随同师长天池二老归隐，不大出山走动，才得无事；谁知在此相遇，又听狄遁同来，少时就到。想起狄氏老少三侠的威名，上次暗算人家，原是一时侥幸，就这样，仍中了一坎离钉，真个得不偿失。照此情势，敌人如非先有成算，暗中尾随下来，准备夹攻，便是自己上了芙蓉坪老贼的当。老贼忘恩负义，结仇太深，又恐这班受害遗孤不曾杀净，死灰复燃，稍微发现踪迹隐秘的少年男女便生疑心，只探查不出真实来历，立加惨杀；这次便因听人说起，兵书峡有两男女山童，还有一个姓唐的，武功都高，三人好似住在一起，常同出入。姓唐的偏又不是两小父兄，认定前逃仇敌孤儿，或是遗腹子女，被高人救去，逃入深山，准备大来复仇，又疑姓唐的也是假姓，许是对头所交好友之一。此事既要机密，又要武功极好，才能胜任，为此许下重利，想令自己来此查访，将两小兄妹擒送了去，仔细拷问，以免由他手下的人出头，引起众怒。只说昔年那几家人已被老贼杀光，所以这多年来，白害死了好些人，一个遗孤也未寻到。反正事情不问真假，只将两小兄妹擒去便得重酬，何乐不为？就这样，还恐背了平日信条；又恐两小真是遗孤，为此一事，把他身后那些高人能手激怒引出，平添许多强敌，这才设词要挟樊秋，使代下手。谁知上了大当，否则这班人怎会聚会在此？如其老贼所料不差，兵书峡果是遗孤藏伏之所，内中强敌不知还有多少！先令樊秋下手，现既背叛，此行用意必已泄露，何况还有宿仇，如何容我活命？越想心越寒，痛恨樊秋，更是切骨，表面仍作镇静。听完冷笑答道："姓查的少发狂言。我知你向来人不动手，决不先发。狄遁是我手下败将。我已和老刺猬打了些时，如想用车轮战法，以多为胜，容我力乏，再叫姓狄的来拼，你佛老爷决不在乎。否则我先歇上片时，今日除非把你们这群鼠辈杀光，我决不走。你看如何？"话未说完，忽听隔崖传来一声清啸。

查牸所穿黑色皮衣面具全身都被包紧，和粘在身上一样，只口鼻双目露出在外，白牙红唇，加上一双火眼精光四射，貌相越显丑怪。闻言笑嘻嘻答道："我知你还有好些事死不甘心，和蛇蝎毒虫一样，临死还要蜇人，发那凶毒之性，尤其恨毒的是这几个小弟兄们。你本不值污我的手，何况又有对头想要寻你算账，我正懒得动手。歇息无妨，不过你要知趣，当我面前，少闹点鬼。这几个小弟兄，也无一个是好欺的。莫在死前丢人，受小弟兄们的闲气，更吃亏了。"凶僧也真阴鸷，平日那么骄横凶暴，此时竟能忍辱，假装听话，暗中偷觑。樊秋似因先前连番受挫，丢人太甚，又见黑摩勒等仇敌与查氏弟兄交厚，此仇已不能报，停斗以后，吃查洪喊过，和黑摩勒等立在一起，谈了几句，正往回走，满脸愧忿之容。看那去路，似想绕着山脚回往原处。

凶僧猛想起那块藏有金髓奇珍的宝石尚在林内高树之上，樊秋定必乘机取了逃走无疑。娲皇至宝虽然密藏自己身上，还有好些别的金银珠宝要紧东西。**飞机、海轮遇险逃生时，禁止携带任何**

行李。可叹凶僧，命在旦夕还忘不了财宝。可叹！然而，世人何尝不是如此！如露如电之生命过程，放不下的都是身外之物。双方已成仇敌，怎会放过？宝石分量虽无传说之重，但也不轻，质更坚硬如玉，万一是个真的，得而复失，岂不可惜？当时激发凶野天性，情急之下，哪还再有顾忌？觉着樊秋离开众人已远，如能冷不防纵上前去，一下把他抓死，固可泄恨，如其仇敌作梗，樊秋又非庸手，暗算无成，反正难逃公道。看神气，少时能得带了娲皇至宝平安脱身已是幸事，随身财物和那又重又大的宝石决不会再为己有，不如当场叫破，宁可被敌人得去，也不便宜叛贼。心念一动，大喝："叛贼慢走！"声随人起，一跃十多丈，凌空追去。

　　樊秋虽有一身好功夫，方才吃黑摩勒点了要穴，事前拿不准效果如何，又点重了些，无意之中将真气破去。直到解开行动，才知受伤不轻，暂时已不能和人动武，所以见了凶僧，不敢迎敌。逃时遇见老友查洪，强劝同回，与黑摩勒化敌为友。双方见面以后，自知丢人太甚，想起以前行为，愧悔交集，欲乘胜败未分以前，将林中宝石取回，公之于众，免得寻那开石化炼的人不得，生出事端，丢了是太可惜。何况此宝可炼好些刀剑，自己尚想取上一两口，**也是个放不下的痴人。**便和查、黑二人说了。黑摩勒原知宝石是块假的，意欲少时当众点破，免得辗转争夺，多伤人命，连声赞好，催其快去。

　　樊秋也知凶僧凶贪无比，仇恨又深，必不放过，一则众目之下不愿绕道示怯，再者任走何方，凶僧也起疑心，只得仍走原路。行时瞥见凶僧朝自己偷看了一眼，目蕴凶毒。想起真力劲气不能运用，万一追来，无力招架，当时送命。有这几位高人在场，凶僧决无生望，何必忙此片刻？心正愁虑，暗中留神，忽听凶僧怒喝追来，一股疾风已快当头下压，忙即纵身闪避，回顾查、黑诸人含笑遥望，并未来援，方自暗中叫苦："我命休矣！"眼看凶僧头下脚上，凌空下扑，瞥见自己闪躲，忽把身子一偏，就空侧转，飞鹰捉兔一般往下抓来，自知万无幸理，万分惶急之下，把心一横，正想拼命，与之同归于尽，猛觉眼前一花，一股疾风带着一条白影，电也似疾，由左近峰头上飞星下射，正压在凶僧头上。百忙中偏头一看，目光到处，**由樊秋眼中看来，便得叙事之法。以叙事灵动、多变之技法论，还珠逊金庸甚多。梁羽生也嫌呆板。唯古龙中后期作品别张异帜，差可与金大侠抗衡。**刚看出好似一个胁生双翼的怪人，上下两人已自接触。只听一声厉吼，凶僧已被那白衣人在快落地以前凌空击中，打跌下来，同落地上。凶僧人已受了重伤，倒地还想挣扎，吃那人就势朝胁下一点，跟着又是一掌，打跌出去三四丈，跌到地上，目定口呆，满脸凶厉之容，言动不得。查、黑诸人和先前对敌的幼童江明，连逃走的两小兄妹，也各由前后两面相继赶到。再看来人，穿着一身白色短装，两胁各垂着一片白绫子，形如鸟翼，神态十分安详，像是一个中年文士。想起方才凶僧追击时，情势万分危急，如非此人，焉有命在？方想请教，查牦已指那人说道："这位便是北天山大侠狄遁，樊二兄未见过么？"

樊秋成名多年，目空一世，想不到近来走上背运，连遭失利，当着这几位成名人物，好生惭愧，忙向狄遁称谢；越想心越烦，觉着几次丢人，均是贪之一字所害；**终于明白。**略谈两句，二次又要往取宝石。狄遁故意笑道："樊兄且慢，那太乙金髓，奇珍至宝，比纯金要重一二百倍。单那块藏有金髓的墨玉，便非寻常刀剑所能斫动分毫。因是西方精金所萃，用以铸造宝刀宝剑，真能削铁如泥，吹毛断发，乃旷世难逢的神物至宝，垂涎的人不知多少。当初宝主人为防被人盗去，或是引出杀身之祸，急切间又觅不到开石铸剑的良工，曾费不少心机，仿造了几块假的，除分量轻得多外，形式全都一样，好些高人均被瞒过，芙蓉坪老贼便曾上当。我虽未见，但听好几位师友说过，不知你得那块，尺寸分量如何？"樊秋照着所得说了。

狄遁将信将疑，又把宝石来历经过问了一遍，道："独叟吴尚，人都知道苏半瓢是他化名。实则他的来历，只家叔梁公和愚弟兄、天门三老等有限几人知得最清楚。他本姓仍是姓苏，先避仇家，改从母姓，一直多年，直到老来误伤平生好友，隐居江乡，抚养亡友遗孤，重又恢复原姓，改名半瓢。他并非原宝主人。他与天门三老、萧隐君等至交，怎会藏了多年不曾开石铸剑？是真是假，恐难说呢。"

樊秋叹道："说来惭愧！小弟今日身败名裂，还不是为了平生恩怨太明，承了一人的情？知其想得一口好剑，偶听人说，此石落在永康虞家，前往谋取，不料闹得这样凄惨。到手之后，便觉分量不如传闻。秃贼偏一口咬定宝石原是两块，石中藏珍，多少不等，因而分量也有大小。后用同样石玉来比，果然此石要重好些，重又引起高兴。无如开石的人难得，萧隐君没有交情，葛鹰又曾与之反目，一时无计。秃贼劝我往投芙蓉坪老贼，开铸之后，三人平分，但是老贼近年深居简出，不见外人，须有进身之阶。等将小弟的话套住，才说起兵书峡中隐居老少三人，形迹可疑，必是老贼仇人遗孤；如能擒送了去，不问真假，必以上宾之礼相待。**补叙与凶僧交往之前因。还珠叙事，多用此类补充讲述，灵动性就差了。**我因多年飘泊，结怨甚多，近又添一累赘，尚无安身之处，明知此举太欠光明，因被套住，秃贼又太凶横乖戾，稍不如意，立成仇敌，宝石又在他的手内，一时糊涂，只好应诺。现在回忆前情，秃贼自将宝石取到，只大家同看了两次，便即包好，从不许我拿刀去试，果然可疑。久闻狄兄今之奇侠，精于鉴别，待我取来一看真假，我也死心，从此带了敝友，隐姓埋名，不再出世了。"

二人正说之间，忽见铁牛用竹竿挑了两个包裹，绕山脚跑来，笑对众人道："这都是贼秃驴他们的东西。除金银衣物外，还有一块石头，硬说石中有宝，师父师叔快看。"黑摩勒故意喝道："狄太师叔在此，也不上前拜见，拿人东西作什？"铁牛忙向狄遁行礼。樊秋已把石块取出。黑、江二人心中明白，故意抢前索观，掂那分量轻重，并说："虞舜民与我二人相识，他知夫人有此至宝，尚未见过，想不到失而复得。"狄遁先伸手一试分量，接口笑道："你两弟兄当它是真的宝石，还想送回原主，为虞家惹祸么？"二人惊问："此石与平日所闻相同，分量也重，如何是假？"**做戏。然有介事**。狄遁笑道："方才一见，便疑心是北天山树王峰后所产铁玉，果然不差。此比寻常玉石原重得多，说它金髓金母，岂非笑话？这个容易，如是真的，黑贤侄那口剑虽也能破，必有玄色宝气冒起，何妨一试？"樊秋知道事前如无准备，真金精气见风即化，又不好意思劝阻，正恐有误。黑摩勒已将剑拔出，一道寒光过处，石裂为二，连斫几剑均是实心，并无异状。樊秋越发悔恨，坚朝众人辞谢，拿了自己衣包，作别走去。

第二十五回　联袂探奇　入洞寻异士
　　　　　　　罡风御寇　擘腹见藏珍

　　黑摩勒将剑还匣，又说了两句假话，便问凶僧如何发落。查牤笑道："这类恶贼，自不容他活命。现被狄兄点倒，尚未曾死，我还要追问他强劫了去的娲皇至宝呢。"狄遁笑道："此宝所在之处，必有金霞宝气上腾，由申时起，越是天阴月黑，分外明显。此时日已偏西，方才隔山遥望，并无影迹。秃贼凶狠好狡，睚眦必报，决不会到手之后又被人夺去，也许隐藏别家，不在身上。他已自知必死，未必肯说真话呢。"

　　查牤把怪眼一翻道："休看秃贼平日凶横，越是这类恶人越没骨头，有这些时的活罪已够他受。我奉师命来此，如不献出，看我怎收拾他！"说罢便要上前。那两小兄妹，一名唐枢，一名唐素玉，早和四小侠礼见，从旁说道："二位伯父，好在诸位兄弟不是外人，秃贼必死，不怕走口。何不同往兵书峡内，再行拷问？以防贼党路过发现，又生枝节。"狄遁闻言，朝江明看了一眼，略一寻思，笑答："崖上尚有人眺望，你师父也在那里，贼党怎会发现？我知你们年轻人好交，气味相投，自己不敢做主延宾，想由我二人引去，以免令堂令师见怪。其实时机将至，你们这些怀着多年奇冤的遗孤俱已成长，也该见面得知真相了。**到这里把"遗孤""奇冤"做一小结。**不过话要说明在先，江贤侄至性刚烈，令师常对我说，不令走口。虽然黄山事完，令尊一班老友均要出头明帮暗助，当时机未到以前，却不许你凭着一时血气轻身犯险，贻误大局呢。"

江明情切父仇，多年心事，闷葫芦忽然可以打破，自是惊喜交集，求之不得，方自诺诺连声。狄遁已转对查洪道："查大兄听我所说，当知本地主人来历了。我知大兄多情重义，心之所好，往往不计是非，才被老贼婆花四姑骗了多年，执迷不悟。贼婆不死，便有令弟在此，我也还要慎重。贤昆仲为了贼花婆反目，已有多年不见，今日无心巧遇，必有许多话说。我意欲同往兵书峡一聚，只是唐家母子多年隐秘，不是上年想引司空兄来此相见，昔年那多旧友，谁也访查不出他的踪迹。芙蓉坪老贼何等机警凶险，近年觉出好些警兆，日夜谋害这几家遗孤。稍有风声，立命能手到处搜索，冤枉害死的少年男女不知多少，连对黑贤侄他都生疑，命人暗中访查数次，后问出他是南明山中农家之子、师长姓名、出生年月以及北山比武、花子讲理之事，知非仇敌后人，又恐他的师长难惹，树敌生枝，方始息念。你想有多可恶！此事关系重大，暂时不能丝毫泄露。老花婆死后，大兄流转江湖，越发孤寂。兵书峡内，世外桃源，风景灵秀，更有好些高人在彼躬耕，已历多年。大兄反正清闲，何不寄居在彼，就便照应几个后辈，尊意如何？"

查洪方答："我此次游山，原想择一个好地方，自耕自食，以终余年。有这样好地方和主人，更是求之不得。"黑摩勒怒道："老狗贼还想打我的主意么？早晚我必一人寻他算账！"狄遁笑道："黑贤侄不可鲁莽。少时无人，我还有话要和你说。令师葛鹰现和祝三立均在白雁峰何家。你明日单人起身，必能如期而至。童兴可随江明在此暂住两日，等把话说好，连江贤侄的母姊也接了来吧。"说时凶僧因被狄遁家传掌法打成重伤，又点伤了穴道，倒地时久，痛楚难当，偏又不能言动，正在苦熬，面容惨厉，凶睛怒凸，满布红丝，似要冒出火来。查牸看了看，冷笑道："你平日罪恶如山，被你杀害的好人不计其数。今日才遭一点恶报，你就受不住么？少时不说实话，还更要你的好看呢。"说罢，一手将人抓起，便催上路。

唐氏兄妹笑说："我们领明弟先见师父，说是狄世伯的主意，好么？"狄遁笑答："由你。"唐氏兄妹立拉江明抢先飞驰而去，童兴、铁牛也往前跑。黑摩勒知江明先与两小兄妹见面，又见三人如此亲热，想起司空老人以前所说，忽然醒悟，悄问："狄师叔，他三人可是一家么？"**似点破，其实又为读者生一悬疑。**狄遁将头微点，笑道："是的，上次你无意中曾杀峡中所养驯虎。虎主人性情十分古怪，本不容人在此放肆，幸而两小兄妹知你来历，故意和你纠缠，苦斗不休。虎主人见幼童对幼童，两打一不能取胜，乘你力乏，他再出来，不好看相，才没有动。恰值两小的师父得信寻来，将你三人唤住，才容你上路。否则，此人不讲情面，手底又辣，如非你当时看出对方不是常人，年纪又小，心中爱惜，不忍伤害，应敌由于受迫，不是本心，只要稍施杀手，他必出头，你就吃大亏了。此人三代隐居峡中，与你师长均无渊源。他所掌山洞秘径，照例不容外人走进。峡中人多，俱是世外遗民，十九怀有家传绝艺，平日自耕自食，与世无争。连唐氏母子尚是朋友引进，事前颇费唇舌。我这如非查二兄与为首诸人交厚，就知遗孤在此，也只外面守候，等其出见，不肯冒失登门，招人嫌忌。你师长多有本领，峡中诸人均是善良，就这一位怪人，**凭空又出一"怪人"。文章生波之小技。**也不肯为你多生枝节，去与人家计较，何况唐氏母子又在那里呢。此去见面，他如以疾声厉色相对，须要忍让，连我初来时还曾受他闲气哩。你年轻气盛，能忍最好，就有争执，也须把话说在头里，作为个人的过节，一有交代就完，与别人无干，以免牵动全局，生出枝节。"

黑摩勒最敬师长，先以为守峡怪人必是师执好友，并未在意。后听狄遁口气，上次两小兄妹苦斗不舍，竟是为己解围，怪人仍记杀虎之仇，此去相遇，还要为难，不由激发好胜习性，故意笑问道："这位怪人叫什么名字？小侄虽然年幼力弱，不受外人欺侮，既非各位师长旧交，就好办了。不过，葛师对于小侄最是器重，性情又极相合。不料拜师不久，巧得神物奇珍，又蒙娄师期爱，收到门下。小侄为想学剑，继承先恩师的衣钵，已非朝夕，自然心愿。但是葛师爱我太深，入门未久又拜别位师父，虽然他也极愿小侄深造，此举仍是负他恩义，每一想起便自难过。为此先随葛师三年，再去秦岭学剑，学成下山，仍随葛师一起扶弱抑强，救助孤穷，因北山会后不曾见面，惟恐葛师多心，所以连黄山斗剑也不等终场便赶了来，满拟期前必可赶到，谁知在此耽延了半日。以小侄的脚程，至多再留半日，还来得及。师叔当知怪人习性来历，万一此去，他使小侄难堪太甚，娄师和诸位师长虽不与之计较，葛师门人绝不许其受欺。为了师门威望信条，任他本领多高，也须一拼。**以情理论，黑摩勒大可不必如此逞强。以故事论，不如此就不是黑摩勒，不如此就生不出波澜。**只恐纠缠不清，误了葛师十日之限。最好和他订个约会，见完葛师，七日之内我必来此寻他领教，师叔以为如何？”说时，回顾查牪，不知去向。暗忖这位查老前辈本领真高，几句话的工夫走没了影。凭我耳目竟未看出，岂非怪事？心念才动，查洪忽似想起一事，说声：“我寻二弟，去去就来。”随见狄遁似朝身侧不远一堆乱石矮树点了点头，笑道：“这两位真是一时瑜亮，令人佩服。”

黑摩勒只当是说查氏弟兄，也未在意，笑问：“小侄和查大先生平辈论交，不料他与各位师长好些相识，新近又和葛师打成朋友，查二先生更是师叔好友。小侄想改称呼，他偏说是订交在前，各论各的，固执不肯。少时回来，师叔劝他两句，免得外人听了怪小侄无礼。”狄遁答道：“此老原是一个血性汉子，只为昔年一念痴情，被贼花婆花四姑误了一世，闹得好些朋友俱与生疏。直到老花婆遭报以前数日，方始心寒醒悟。他天性如此，看你最重，立意结为忘年之交；你只把礼尽到，能改固好，不必勉强，或将兄弟之称去掉也行。”

当地离兵书峡尚有三四里，原是边谈边走，黑摩勒忽然失惊道：“查二先生手上还提着一个人呢，莫非也带去了么？本领真高，小侄一点也未觉得。”狄遁笑道：“你说七指凶僧法灯么？已被人偷去了。"黑摩勒越发惊奇，因见狄遁说时神色自如，料无大害，否则以三人的威名，来人竟将所擒凶僧盗去，胆固大得出奇，也不会毫无动静，笑问何故。狄遁笑道："自来两雄相遇，必有花样。这必是查老二方才说大话惹出来的。他被人家引开，以为有我二人在此，秃贼受有重伤，不能言动，一时心急大意，也没和我说一句话，顺手把凶僧放在山石之后丢下就走。查老大料是那人闹鬼，忙赶了去。其实人并未走，他一转身，就势把凶僧偷去。前半的事我还料出几分，查老大走后和你说话，稍一疏忽，人便偷走，连我也是事后方知，胆大手快，真个仅有。我和此人原是旧交，并还承过他的情，双方都是朋友，我就知道，也不能伸手。好在两面有人，决真打不起来，由他闹去吧。"**插入，生波。情节出人意外就有吸引力。**

黑摩勒一听，才知是自己人，忙道："除葛师和小侄，谁能有此快手和胆子？**太狂了一点。**小侄想看看去。凶僧藏有至宝，还未献出，莫要被他弄死，问不出来。"狄遁道："我想此人一半和查二兄开玩笑，一半还是好意。因他最善缩骨抽筋之法，便是铁汉，也熬不住他那两手。必是知道兵书峡内，自从开发百多年来，一向和平安乐，从无凶杀之事，才将凶僧擒去一旁，代为拷问，也许他和秃贼还有仇怨都在意中。此时姓名来历我不能说。你胆大心灵，本领不弱，何妨寻去，就便长点见识呢。"

黑摩勒早就心动，闻言立时应诺。略一端详形势，料知那人如此胆大神速，将人偷到之后，必要避开查忤来路，绕着沿途乱石矮树，往兵书峡一面走去。因那沿途石树无一高大，乍看一目了然，不易隐藏，实则只要心灵胆大，觑准对方动作，避暗就明，使人不加注意，反比专行隐秘之地要强得多。自己设身处境，也是如此，便沿着右侧石树，一路留神查看过去。走出不远，忽然发现乱石堆中有一片破僧衣，似新撕裂不久，断定不差，跟踪追去。前面忽现岔道，正在查看形势，忽又发现一根脚带。侧顾童兴、铁牛正由左侧山径上往回跑来，江、唐三人却未同回。遥望身后查氏弟兄已同回转，正和狄遁且谈且行，似有争论。暗忖：路如走错，三人必要招呼。跟着便见童兴、铁牛返身追来。

见面一问，才知二人先听唐氏兄妹说起峡中风景如何灵妙，本约少时同去，忽和江明先行。童兴觉着主人待客有了厚薄，心中不快，当先追去。铁牛喜事，跟了同跑。跑出里许，铁牛回顾师父正陪三老前辈从容同行，并未追来，想要回迎，吃童兴止住。二人本没前三人腿快，这一争论停顿，相隔更远。先还望见前行人影出没斜阳烟树之间，再往前追便没了影子。童兴见三人明知自己追来，一味急驰，头也未回，越发有气。好在路止一条，仍追下去，不消多时追到一处崖洞。正拿不定是否兵书峡中秘径，忽听虎啸之声似由洞底隐隐传出，相隔甚远。想起上次黑摩勒所遇，料无差错。入洞一看，并不甚大，到处乱石嵯峨，苔藓肥润，哪有门户可寻？如换别人，早已回转，童兴因听师长和黑摩勒说过，知道那是出入门户，不舍回去，连唤主人未应，断定入口藏在洞壁之上，便取兵器敲拨。铁牛跟着学样，无意中发现一块突出的石角，用力一扳，随手而起，现出一个大洞，看去颇深。二人当是入口，正往里面窥探，忽听洞口微响，因知当地主人所居，已然言明来此，未存戒心，洞中光景又极昏暗，方想入内寻路，猛觉后颈被人抓紧，甚是疼痛，心中一惊，身已被人提起，无力挣扎，晃眼被人提出洞外。

二人年轻气壮，明知遇见强敌，仍忍不住怒火，人还没有看清，便想动手。铁牛火气最大，刚一放下，回手便抓。那人冷笑道："无知蠢娃，凭你也敢和我倔强！"随说，身形微闪，又到了铁牛身后，夹颈一把抓起。铁牛用尽气力，竟强不脱，急得破口乱骂。童兴本来也是忿极，想要上前，忽想起师长平日所说，暗忖：洞中住有好些异人，唐氏母子又住在此。初次登门，也许对方不知来历，生了误会。又见那人年约四五十岁，生得又瘦又长，双手特大，貌相奇丑，动作轻快，脚底声息毫无，二目细长，睁合之间精光闪烁，知是一个高明人物。方才吃他一抓，已尝过味道，如何再吃眼前亏？忙喝铁牛住手，说："我们原应唐氏兄妹之约，来此拜访。狄、查诸位师伯尚在后面。此人也许误会。不可与他动武，就打也等说明之后，你忘了黑哥哥平日的话么？"

铁牛气道："他还没有放我哩！"话未说完，瘦长子已将人放下，笑指童兴道："你这娃娃倒也乖巧，知打不过，又来软的。闲话少说，你扳那块石头，并非入口，也进不去。我不值与小娃儿纠缠，各自回去，同了大人再来，免遭无趣。这里规矩，任是多大来头，也须有人引进，等唐家人来领你们也行，就此进去，却是休想。"说罢自把腰间旱烟袋取下，坐向洞旁石上，击火抽烟，更不理睬。二人连问不答，先吃过苦，又不知对方姓名来历，恐与师长相识，不敢妄动，只得忍气回转。

黑摩勒听完前情，料是狄遁所说养虎守洞的异人，江明必听唐氏兄妹说出真情，急于随同入洞，探询底细，故将童兴撇下；笑对二人道："这人虽非师执，颇有本领，我正想会他一会儿，快引我去。"童兴看出那人厉害，又知黑摩勒性刚好胜，恐其受挫，方想劝止，等狄、查三老来了同去，黑摩勒已加急先行，只得随往。到后一看，瘦长子人已不在。

黑摩勒上次来过，没有找到门户，因听二人说是先听洞口微响，跟着就被抓出洞外，便料入口必在洞门左近。入内一看，内里石壁磊砢，上生肥苔，极少平整之处；近门立着两根石笋，高约丈许，童兴前扳石角已被填好，上下缝穴虽多，并无一处可以通行；看完故意笑道："这里入口果然巧妙，难怪上次我被瞒过。唐家兄妹已先入内，我们初入宝山，不可失礼。还有上次误杀守洞驯虎，这位终年与人看门的老先生难免见怪，也须打个招呼。"随向一株最大的石笋拍了两下，喝道："我名黑摩勒，为了上次误伤守洞驯虎，来此道歉，并往唐家访友，请出一谈如何？"说了两遍未听回应，还待往下说时，忽听头上低语道："你听我说，不许答话。狄老二受你司空叔之托，想借庄风子磨折你的火性，**点破悬疑**。我已不大愿意。正赶查二和他们说大话欺人，被我听去，才和他们开玩笑，把七指秃贼盗走，送来此地，故意犯他兵书峡的旧例，好激风子出山，同除恶贼。如今风子被我引开，秃贼也送进洞去。你已看出石笋下面藏有入口，还不知道开法，可将石笋左转，立即出现。你们快些走进，只把甬道走完，见了天光，就他追来，也只认输，不会和你动手。同来还有一个帮手，他还有事，恐风子警觉寻来。此人脾气古怪，进洞以前被他发现，激出话来，再想进去就讨厌了。"

黑摩勒听出师父七指神偷葛鹰口音，**葛鹰一出现，故事就好看。**不由喜极。抬头一看，洞口石壁上有一小洞，内里伏着一团黑影，并有两点乌光闪动。看去不过二三尺方圆，连小人都藏不下的洞穴，竟会藏身其内，知是师父独门缩骨之法。因是外壁近顶之处，来时知道入口不会藏在洞顶，故此忽略过去，好生敬佩。方喊得一声"师父"，葛鹰接口催道："黑小鬼，你的心意我已得知，此行便往黄山寻你。如真往高枝上爬，也不要你了。我命人对狄老三说，我在何家还要多住些日，实则上前天便发现秃贼和铁扇子到处寻你，便约老刺猬尾随下来。先见铁牛可爱，怕他吃亏，两次想要下手，均因拿不准你的心意。好在是往黄山，想等见你之后，试明心意再说。方才听你背后的话，果然我未把人看错，你还知道好歹。我知秃贼必败，不肯打落水狗。故未出手。风子就要回来，查老二许还气我不过，你怎不进去？"

黑摩勒已将石笋如言移动，果现出一条井形入口，大只尺许，下面似颇宽大，并有铁链下垂，忙催童兴、铁牛先下，并仰面向师父道："师父真个多心，我如贪看热闹，过了日限，岂不冤枉？查二叔不是寻常，那风子也颇厉害，师父只一个人，可要我来帮你？"葛鹰低喝："放屁！如何会要你帮？这又不是真正对头。我料秃贼前劫去的宝物必在身上，方才匆匆，不曾寻见。此宝关系不小，务要留意查看。我们未到时，不可解开。"随又侧耳向外一听，惊道："风子已回，我还要代你复原。快走，快走！"

摩勒也听远方有人说话，并有查氏弟兄在内，料知两起人相继寻来，忙即纵下，援着铁索，向上仰望。先见黑影飞坠，跟着石笋微响，入口封闭还原。仗着天生目力，往下一看，上面洞口只容一人上下；地面厚只丈许，以下却甚宽大；索长十余丈，便到地底，铁锈甚多，似不常用。再看左壁，还有一条人工凿出来的盘道，直达洞口，连那丈许厚的石地也被打通，上下极易。初下时暗影中不曾看清，倒闹了一手铁锈泥污。童兴、铁牛已早到地。前面果有一条甬道，忙将宝剑拔出，照路前进。地势越往前越高，快把甬道走完，前面已现天光。刚看出凶僧赤身卧倒在地，所穿黄葛僧裤已被撕裂，鞋袜也全脱光，只剩半条破裤子。忽见江明同唐素玉飞驰而来，才一对面，便听来路洞顶怒喝之声。

素玉慌道："二哥还不同诸位哥哥抬起凶僧快走！如被庄大叔追来，你们尚未入境，就麻烦了。庄大叔最喜欢我，万一他今日生了大气，你们不可和他强。哥哥劝住这位黑哥哥，我迎他去。"江明来时，本听两小兄妹说过，闻言应诺，立催快走。

黑摩勒师徒刚把凶僧分头提起，走出甬道，便听身后来路素玉和人争论。空洞传音，听得颇真。来人似怪葛鹰师徒欺人太甚，说："明知中间有人，不会不容走进，何故恶闹，坏我昔年所立信条，此事决不甘休！他既有本领把秃贼和门徒偷送进来，必能原样救走。至于峡中，世外桃源，一向安静，没有凶杀之事，倒不相干。一则秃贼罪恶如山，我虽与他无仇，我二十年前遇见两人游山来此，一见投缘，成了好友。往来了数年，忽然不见。后有一人寻来，说另一人已为凶僧所杀，他也成了残废，求我复仇。我当时气忿已极，本来寻他，无如昔年出山生事，归时受了家母教训，曾经当众立誓：除非真有能人，在我终日防守之下走完甬道，入了兵书峡腹地，决不离山一步！有此例规，那朋友又是直性人，不会取巧行诈，失望辞去，至今想起还觉愧对。有人给他报应，再好没有。何况我早料到你母子三人早晚有事，自从上次小黑鬼追虎来此，便为你们另开了一条洞径，与外相通，并可随时隔断，只你母亲一人知道，未对你兄妹说而已。如往洞中处死秃贼，正好合用。这些全不相干，只恨姓葛的可恶，他走后壁老虎出入的路也好一些，偏走我起过誓的这条路，如何放他过门？”

素玉笑劝，说："他必是见我们这些孤儿女可怜，仇敌太凶，知你老人家本领高强，想激大叔出山相助，决非恶意。还望看在侄儿女分上，莫与后辈计较。"说时，那人已走出甬道，正是童兴、铁牛前遇的瘦长子。

黑摩勒正朝凶僧身上查看，见有人来，并未答理。瘦长子笑道："你就是老偷儿徒弟黑摩勒么？你师徒竟能不得我的允许，私入兵书峡禁地。别的不说，小小年纪，有此胆勇，已是难得。此时我已明白过来，决不再和你一般见识。我为唐家母子奇冤悲愤，时代不平，无如昔年曾有盟誓，不能改悔，至今气闷。我能由此践言出山，为这两家寡母孤儿出一点力，也是佳事。不过，我这入口通路共有三条。先来两小娃误扳石块所现洞穴与后壁一洞相通，中间要经两处虎穴，又极黑暗。莫看你们武功不弱，黑暗之中骤遇虎群四起猛扑，也是难当。另一条近年才刚开辟出来，连素玉我均未告知，又与唐夫人所居相通，地最隐秘，外人决不知道。只你来路一条容易被人发现，但我常年防守，封洞石笋既极重大，移动费事，我那住处又在洞左石窟之内，设有望筒，来人还未走近，已先发现，地底甬道又有千斤闸与飞石之险；你师徒初来此地，竟能私自出入，还把秃贼送入洞中，甬道中的埋伏机簧又被拆卸，是何缘故，肯对我说么？"

黑摩勒本不知乃师闹些什么花样，先听对方口气不善，还自暗中戒备，打算斗他一下；及听话风转变，忽忆狄遁所说，好似早有安排，想激此人出山，否则葛师盗走凶僧，就算当时被其瞒过，断无置之不问之理；又见对方貌相清异，双手瘦硬如铁，二目隐蕴精光，知非寻常人物。方想如何回答得体，刚把手一拱，还未开口，忽听身后有人笑道："都是自己人，谁也无须介意，由我来说吧。"

众人回顾，正是狄遁和查氏兄弟。狄遁见面先指瘦长子道：

"这位便是庄老前辈，乃本山隐居的十七位异人之一，单名一个恒字，乃天门三老至友，与你司空、娄、陶诸位师长也是互相景慕的多年神交。你葛师又因受人之托，想引他出山。那人也是庄兄旧友，本意擒杀秃贼为亡友报仇，不料事情凑巧，途遇秃贼尾随到此。你葛师先觉凭他一人，足可将秃贼除去，无奈那人立意生擒，数他罪状，葛师又想借此试你心意，并看庄兄本领为人如何，便未出手。后听秃贼说出芙蓉坪老贼搜杀诸家遗孤的阴谋，本就激发义愤，上次永康古庙又受司空老人之托，正和同伴商量，恰巧义丐卞莫邪去往黄山寻师复命，中途相遇，谈起庄兄关系重要，如能出山相助，将来事要容易得多。无如庄兄昔年立有誓约，不肯违背，如照所说，越过所守石洞甬道入境，一被知道，防御必严，多大本领也难如愿，最好临机应变，骤出不意，才能有望。你葛师一向无故不肯犯人，本还不愿这等做法，后因偷听我和查二兄说话，查二兄故意激他，才想借此取笑。其实他盗走秃贼时，我和查二兄已早警觉，只没料到下手那么快法，查大兄和他已打成了至交。我见二兄追去，不知是假，惟恐两雄相斗，万一破脸，忙追了去。你葛师先令卞莫邪假作奸细来此窥探，再把同来友人埋伏在旁，以便事急解围，拖延时刻；仗着洞中出入秘径，事前已听同伴说过，自把秃贼送入洞内，并将你三人引进，跟着和我三人见面。话已说明，觉着今日本想和人取笑，结局落在查兄的算中，不大高兴，本来想走。我因娲皇至宝，将来除害复仇作为香饵，大有用处。前被秃贼劫去，尚未搜出，拷问秃贼，决不肯说，非他相助不可，再三留住，才说他和卞莫邪也是忘年之交，尚有几句话说，去去就来：你们年幼无知，好些前辈高人均未见过，方才难免失礼，可同上前拜见，再去唐家拷问秃贼吧。"

三小依言行礼，乞恕不知之罪。庄恒含笑命起，转向狄、查三人道："事已过去。我本闲得无聊，偶然出外走动也好。葛兄我早闻名，只未见过，闻他和芙蓉坪老贼原是旧交，并还几次礼聘，怎会助他仇敌与之为难？我旧友无多，同来那人可是黄云鹄么？

为何未同来此？"查牦笑答："他因平生至友黎威为秃贼惨杀，自身又受重伤，立志报复。那年求你相助，因你不肯违背昔年盟约，失望而去。这几年来，到处约人，均为秃贼所败，仇恨越深。实在无法，想起你那破关入境便可出山的禁条，恰巧途遇葛兄，便寻了来。因他为人谨厚，知你好胜，事虽如愿，这等请人不好意思，想和葛兄一同进来，一会儿也就到了。至于葛兄虽和老贼昔年有交，因恨老贼忘恩负义、残暴阴狠，几次礼聘均未肯受。自收黑摩勒为徒，又听司空兄说起昔年那件惨事，越发激动义愤，现和我们已成一路了。"

庄恒道："那年黄三弟寻我，不是不肯管，无奈我自那年山外归来和本山主人话说太死，无法改口。两次示意，令其约人设法暗越甬道，使我稍可交代便即出山。三弟偏不明白，后来不辞而别。我还当他约人再来，谁知一去不回。实不相瞒，方才我也不无介意，后听素玉再三求劝，得知她那杀父仇人近来警觉，到处搜杀遗孤，爪牙四出。她母昨日出山便由于此。不特她母子三人，连隐居永康虞家化名江小妹奉母避祸的姊姊，也因小铁猴侯绍暗护故人之女，关心太过，露了一点形迹。女贼白凤娃因狗子吃亏受气，恨之刺骨，访出江小妹落在永康，归忆前情和侯绍误伤独叟苏半瓢时双方问答所说的话好些可疑（小铁猴误伤苏半瓢，偶提江小妹来历，无意泄机）。恰值老贼暗发紧急传牌，悬下万金重赏，命人前往通知，搜寻当年残杀的几家遗孤，意欲借刀杀人。过不数日，女贼暗中命人送信告了机密。跟着各丐帮北山讲理，化名蔡一娘的湘江女侠柴素秋母女和金线阿泉等人再一相继出现，老贼越发惶急。但他老奸巨猾，知道这班遗孤并未死绝，既然被人救去，这多年来音迹全无，忽然同时出现，必非弱者，身后的人更不好惹，惟恐在对方发难以前激出乱子，于是想下分头暗算之策。所派出的人多是暗用重金厚礼聘请来的能手，自己仍作不知，这些恶贼十九为隐迹多年的绿林败类，人数颇多，心毒手黑，专一暗算，防不胜防。她母亲早听人说，江氏母女隐居江乡，意欲接来同居，两次托人往访未见，新近才知人在永康，又得老贼暗算信息，不特长嫂母女，连虞家主人也都可虑，忙即起身赶往，昨日才走。前日我觉事情可虑，真恨不能跟去，也因前盟难背，不能外出。送她上路时，心正不安，忽然发现一个年轻女花子同一少女将她拦住说话，忙和两小兄妹隔山赶去，双方已成了一路。二女年纪虽轻，居然大有来历。女花子更是高手，奉了她师伯吕瑄之命来此护送，我才放心回转。今日心想我天性好抱不平，人生世上，须为贫苦弱小的人出力，不应专顾自己清闲，独善其身，如何为了一时闲气和人打赌，订甚盟约？眼看这些悲忿冤苦的良友孤儿受恶人危害，不为出力，岂不难过？到了午后，便发生方才的事，使我借此出山，锄强扶弱，除暴安良，便吃人一点亏也值。何况葛兄只是取巧，因友及友，不是外人，有什相干呢？"

狄遁笑道："庄兄二次出山，仗义扶危，再好没有。秃贼点倒时久，已够受用，尚须拷问娲皇至宝下落。此间世外桃源，人间乐土，一向安乐，素无凶杀之事。峡中隐居的十多位老先生，虽有两位曾去北天山采药见过两面，到底无什深交，不便惊扰……"底下话未说完，庄恒笑道："这个无妨。此峡一带由我做主掌管。我早料到日后有事，又为唐家母子开了一条洞径，尚未用过。事完，把秃贼拖到外面处死，免在峡中杀人，并免宝气上腾被外人发现，如何？"众人连声赞好，仍由童、铁二人分提凶僧手足，随同庄恒沿着甬道外面崖脚，朝左转去。

走出不远，忽然峰回路转，面前又现出大片奇景。原来兵书峡偏在东南角深山之中，外观形如一部又大又厚的书，危崖千丈，四面削立，无可攀升，险峻已极。地又隐僻，樵采足迹之所不至，入山通路深藏崖下暗洞以内，里面却藏有大片盆地，到处水碧山清，繁花如绣，风景灵秀，土地肥美。居民只数十百家，百年以前因避灾难入山，发现奇景，就此结茅开垦，安居了下来。上代本是几个志同道合、文武全才的高人隐士，故此峡中有本领的异人甚多，庄恒也是其中之一。峡中土地有限，只可自给，不喜外人迁入。**还珠楼主喜写世外桃源。不仅在多部作品中有详细描写，而且思考如此生存方式的各种问题，如经济、管理、资源诸多方面。清末以迄 20 世纪二三十年代，乌托邦是一个文化热点，也是文学热点，还珠楼主的乌托邦思想及其文学表现，是个很不错的研究题目。**庄恒生具异禀，多才多能，昔年每喜借着采办物用出山走动，为了天性义侠，好打不平，生出好些事来。峡中长老防引外敌上门，不能安居，以言相激，并代除去两个最凶恶的强敌，庄恒由此退隐。另外还有一位寄居峡中的异人，便是上次黑摩勒去往黄山茅篷投书，所遇高僧云峦和尚的俗家兄弟阮成象，乃唐家的至亲，平日和庄恒同住峡外小洞之内，当擒凶僧以前，曾和狄遁一起在崖上眺望，尚未回来。众人行处乃是一条溪岸，绿波粼粼，水甚清浅；两岸花树成行，多不知名。左边一道峰崖，洞壑奇秀；右面大片平畴，一色青葱。时有竹屋茅舍，掩映柳林松竹之中，男耕女织，农歌相答，四围景物又是那么清丽安适，宛然一幅天然图画。

初来的数人俱都赞美不置。内中唐枢，自把江明引到甬道口外，便匆匆走去，这时忽由侧面松林中迎来，见面先向众人行礼招呼，又和江明、素玉背人说了几句。素玉便对众人道："家母远出，山中苦无兼味，只有积年陈酒和些粗菜，请诸位哥哥陪了诸位伯叔就来，妹子要先一步了。"

狄遁笑道："贤侄女无须客气，我们俱非外人，只把家藏的酒开上一坛，做些面食就行了。"素玉应声先走。唐枢趱近黑摩勒身边笑道："黑兄不认得小弟么？"黑摩勒自从唐氏兄妹为铁扇子樊秋所败，唐枢逃回求救，途中相遇，觉着面善，不多一会儿，便想起此人正是金华北山祝三立洞中所遇受伤卧病的少年，忙笑答道："上次为追守山驯虎，洞外交手，唐兄比我高不多少；后在北山相遇，唐兄已快成了大人，匆匆一见，未暇多谈，洞中光景昏暗，没有看清。方才途中相遇，只觉面善，想不到会是一人。以前司空叔虽曾提到贤兄妹的来历，想是恐我多口，好些不曾明言，只知与那玄牦皮铠有关。恕我冒昧，你和明弟可是一家弟兄，都姓朱么？"唐枢点头笑答："明弟是亲弟兄，此事话长，且等除了凶僧再说。寒家就在前面，已快到了。"说时，众人已随庄恒由松林中走进。

林中都是合抱的古木，行列疏整，清影参差，并有白鹤驯鹿游行其间；尽头处一幢竹楼，倚崖而建，楼外种着不少山花，还有半亩菜园。楼侧不远，飞瀑下泻，汇为一道清溪，穿林而流，水声潺潺，与林中鸣禽相与应和，衬得景物分外幽静。众人还未到，素玉已迎了出来，见面笑道："侄女只备了几样山肴野蔬，诸位伯叔先用一点，再问秃贼口供吧。"狄遁回顾凶僧被童兴、铁牛分提手脚，随在身后，凶睛闪烁，貌更狞厉，笑说："此贼恶报够受，问完再吃，大家痛快，再说葛兄还未来呢。"素玉笑答："此贼罪恶如山，多受点苦应该。诸位哥哥长路远来，本就饥渴，又打了这些时，还是吃完再问，消停一些。葛老前辈和黄三叔早就来了，现在里面吃酒呢。侄女回时他已先在，方才未见进去，还没顾得问他是怎样进来的呢。"

庄恒闻言，面上微惊道："这位神偷果然厉害。我新辟这条洞径就在瀑布口旁，连你兄妹都不知道，他怎看出？"随听楼上哈哈笑道："这还不是你追人时疑心生暗鬼，因那逃处正在秘径旁边，多看了两眼，自露马脚么？这个不足为奇，今日虽然上了查老二的当，总算会到你这一个怪人。为了事完就要起身，我照例不白吃人东西，也不白卖力气，好在小主人和江小妹是姊妹，无须客气。前在白雁峰，我又扰过她姊姊一顿。虽是老何闹鬼，自家做菜叫小妹出名，我总算承过人情，何况这两姊妹人都极好，我老头子哪得不为人家出点力呢？你们听信，早晚我还有个交代。这顿酒饭我已先偏，好在主人设备得多，吃残无妨，各自上楼享受。我代你们拷问秃贼如何？"

查牰故意接口喝道："老偷儿当这顿积年陈酒是好吃的么？人还未到，先犯馋痨，你如问不出宝物下落，看你如何对人？"

葛鹰笑道："你不用激我，包你手到取来。我吃得快，就这一会儿已吃了七成饱。既不放心，我先问完凶僧，再打主意。"说时，众人已到楼前，把凶僧放下。庄恒方说："久闻偷兄大名，果然鬼得有趣。"忽听呼的一声，一条人影已自楼窗飞坠，黄云鹄也自赶下，是个五十来岁老者，见了庄恒，不住赔话，说是事出不已，并非有心戏侮。庄恒笑说："你我骨肉之交，上次约我，不肯出山，实有碍难，这样最好。"

葛鹰把怪眼一翻道："老庄不用婆婆妈妈！我生平不信赌神罚咒。我今日起便往芙蓉坪，连明带暗去寻老贼晦气。是好的，你也做点出来大家看看，莫要人家费心费力把你盼了出来，只端架子，一事不办，连我老偷儿也跟你丢人。"庄恒微笑未答。

葛鹰又转向黑摩勒道："你看出毛病了么？"黑摩勒方说："弟子虽未看出，但却料到一点，跟着诸位老前辈寻来，还未试验呢。"葛鹰道："你料得大概不差，你们不是早饿了么？还不上楼先吃！"黑摩勒道："师父走么？"葛鹰道："没你的事，放你半年长假，好好玩去，不许任性乱跑。用到你时，自会通知。"随对查忙笑道："查老二，这秃贼可恶透顶。你下手太狠，他又活受了这半天，放将起来，必要乱骂求死。你一发气，就没戏唱了。"查忙笑道："我知你又刁又坏，处置秃贼再妙没有，否则何必等你？不过话要言明，宝物归你应用，办不出事来却丢人哩。"葛鹰道："你只放心，我也用不着宝物做香饵。这类谁见了都爱的东西最是害人，你们却须善为保藏呢。"

狄遁笑道："来时我曾留意，秃贼身上并无宝光外映，上衣又早脱去，万一至死不说实话或已被人夺去，你说话太满却丢人哩。"葛鹰笑道："这厮一肚子鬼胎我全知道，包你问出真话，献出此宝就是。"

唐氏兄妹看出先拷凶僧，小弟兄们又都好奇，不肯先吃，互一商计，便在楼前空地上摆上桌椅酒食，请众入座，边吃边看。众人见他们殷勤，全都应诺。只葛鹰说已吃过，事完还要赶路，自将凶僧提向一旁，伸手一捏一拍。凶僧负痛，一声怒吼，穴道立解，被点时久，周身酸痛，又知对头厉害，就将宝物献出也难脱身，心中恨毒，表面装作伤重力乏，缓缓起立，冷笑道："佛爷既落鼠辈的手，请快给我一个痛快！"话未说完，吃葛鹰扬手一掌打跌地上，顺嘴流血，疼得两太阳直冒金星，随听骂道："不要脸的秃贼！乖乖挺尸在地，等我问话。你那一套，在我面前全使不上，越放乖巧越好。"

凶僧自从出世以来，几曾受到过这等奇耻大辱？暗忖：眼前仇敌已不容我活命，何况主人又是芙蓉坪老贼仇家，决不放我走漏风声。除却拼命，更无善策。当时心横气壮，打好捞本主意，一言不发。

葛鹰见他凶睛乱转，心里明白，先不叫破，笑骂："秃贼你装死么？难道我们所说你未听见？你用黑手冷箭暗算伤人，装神闹鬼，强劫来的宝物呢？"

凶僧闻言，越忍不住怒火，狞笑道："老偷儿不用狐假虎威，乘我势败，欺人太甚。那宝物自落我手，因其每夜必有宝气上腾，恐人发现，仍藏天目后山深处岩洞以内。满拟无人得知，不料被天门三老鬼望见宝气，尾随下来。他们见财起意，还要假装门面，不肯明夺。等我藏好回身，他却暗中取走，再派手下贼徒对我明言，说此宝本非我有，他因游山发现，随手取走，并非夺自我手，如不服气，可往天门寻他。我虽愤极，但知敌他不过，无计可施，恶气难消，才和芙蓉坪老贼一起。满拟他和天门三老有仇，必能助我，谁知老贼比我更阴，借口和他一党的，不论来人是谁，必须立功自见，代他做点事，以作入党凭信；随说本山兵书峡内隐藏着几个可疑的人，内有男女两幼童，似是仇人遗孤，要我代他生擒回去再作计较，我虽不大愿意，但又贪他万金重礼，才有今日身败名裂之事，你如不信，这类旷世奇珍哪有不随身携带之理，我那行囊已落你们手中，上衣又早脱去，如真尚在，宝光宝气也早发现。你们这群鼠辈又非瞎子。我说此话，并非怕你这老偷儿拷问，只为一世英名今日丧尽，身已受伤，此仇今生难报，打算痛快一点了事，你也免得麻烦。你家佛爷一向不说假话，如其不信，任你如何，决不皱眉！"**搜求宝物，既结束前文，又增加一段"公案"式悬疑。**

说时黑摩勒两次怒发，作势欲起，均被葛鹰拦住，听完忍不住近前冷笑道："秃贼今日恶贯满盈，还说假话，休说我师父，连我眼里也不揉沙子。"话未说完，葛鹰怒道："叫你少管闲事，偏要多口！"黑摩勒气道："秃贼可恶！他那狗肺狼心，此时我全看破，他说天门三老取走宝物，因而去与芙蓉坪老贼联合。乍听仿佛还近情理，却没想到天门三老自从先恩师坐化，终年闭关，不履尘世已有多年，相隔又远，何从望见宝气？再说三老前辈何等光明，就算发现凶僧杀人劫宝，也必先为世人除害，杀死秃贼再作计较，决不会尾随盗取，费那大事。秃贼现有师父处置，不怕他闹鬼。说别的我不管，偏要捏造假话，诬蔑先恩师平生至友，万万容他不得！并非是打落水狗，这是他自作自受。"话到末句，纵身上前，就是一掌。

黑摩勒天性疾恶，又最敬爱师长，一听凶僧说诳，口出不逊，动了真火。又知对方左胁短处，打算给他吃点苦头，身才纵起，瞥见凶僧一对凶睛注视自己，不住乱转，心方一动，耳听葛鹰大喝："徒儿怎不听话，要你多事！"声才入耳，先是一股又劲又急的罡气由侧面扫来，立时立脚不住，同时又瞥见凶僧奋力挣起，张口喷来，知道不妙，一时疏忽，只说凶僧业已受制，忘了蜂螫有毒，临死还要反噬，忙即就势一个"风毡落花"之势往侧面倒翻出去。身才落地，便听众声怒喝，人影乱晃，叭嗒连声，凶僧二次被人打跌地上。

原来凶僧内外功均到上乘境界，气功更强，虽因好色贪淫，全身不曾练完，有了弱点，别的却有独到之处。狄遁本领虽高，如非知道凶僧护穴匕首被陶元曜坎离钉击碎，伤了要穴，又是先有成算，埋伏高崖之上，乘其妄用毒手纵起伤人之际凌空下击，也决制他不住。此时凶僧自知必死，本就打着捞上一个是一个的主意，及听假话被人叫破，越发愤恨，决计提前发难，事如不成，立即自杀，一面盘算毁污宝物之策。

不料葛鹰老谋深算，早就识破奸谋，立意想他人前出丑，自食恶报，正想把话扣紧再下杀手，一见黑摩勒不听招呼，上前动手，虽知爱徒机智胆勇不会吃亏，终不放心，忙用内家真气，一掌将人挡开。凶僧早准备好的一口劲气刚往外喷，黑摩勒已然纵避一旁，心中恨毒，一不做，二不休，豁出多受伤痛，就地跃起。因知在场诸人无一好惹，只有几个小孩最软，刚照准唐氏兄妹一掌打去，耳听众声怒喝。查洪首先须发皆张，劈空一掌打到，查忙跟手一掌，先把诸小弟兄挡退，狄遁已抱唐枢飞起。凶僧武功虽好，毕竟重伤之余，强忍胀痛，拼命出手，减去好些力量，查洪又是一个老童男，力猛气纯，货真价实，这劈空一掌先吃不住，掌风相接，人被挡退了两步，觉着胸前扫中了些，脏腑皆震，手指又作奇痛，自知无幸，忙回右手二指，往朝腹间刺去，又听一声怪笑，面前人影一晃，双手已被葛鹰掳住，就势一抖一拗，双腕齐折，痛彻心肺。凶僧怒极，强运劲气，张口就喷，哪知内伤越重，真力不济，吃葛鹰迎面啐了一口，再也支持不住，怒吼一声，仰跌在地，几乎晕死。**兔起鹘落，紧张痛快。大段平缓之后，起一小高潮。**

这原是瞬息间事，凶僧倒地以后，人便不能转动，急得喘吁吁怒骂不已。葛鹰也不理睬，容他把气略微缓过，才笑问道："骂人无用，你把宝物藏放何处？免我费事你也吃苦。"凶僧早已横心，怒骂："葛鹰鼠窃狗偷！宝物现在天目后山岩洞之中，你们不会寻出？如不放心，容我在此多活两日，寻它不到，再由你们这伙鼠辈尽情服侍便了。"

葛鹰故意说道："我和车老花子同一传授，会锁骨酸心之法。平生处置恶人，老觉他们害人太多，一条狗命不够还债，照例要他多吃一点苦头。不过我和车花子不同，任他多恶，事要眼见，被我当场捉住，或是有心欺我，才肯下手。久闻你这秃贼到处奸淫妇女、残杀善良，一死本难蔽辜，但我不曾眼见，还肯稍微容让。你如不说出真实地方，却休怪我手狠。"

凶僧怒喝："老狗鼠贼，休要发狂卖狠！话已说完，随你便吧！"葛鹰笑道："我再问你一句，此宝所在之处，必有宝气上升，你用什方法将它掩住，看不出来？"凶僧冷笑道："老狗！你连这点都不知道，还吹什么大气？此宝最忌血污，我因防人看破，已用人血浸过，你便寻到天目山，也看不出来了。"

葛鹰笑嘻嘻道："这些话是真的么？你好容易谋财害命，得到手内，舍得把它污毁么？本心逼你自己吐口，你偏要我费事。到时生死两难，却休怪我不留情面。"凶僧闻言，忽想起仇人莫真和神乞车卫一样，会点那七绝穴道。如被点中，四肢绵软，不能言动，周身酸痛麻痒，钻心透骨，哪怕一张薄纸拂将上去，也比刀割还痛十倍，要痛上好几个时辰，才狂喷黑血而死，端的狠毒无比。方才还曾对我恫吓，怒火头上，如何忘了？心念才动，又不愿输口，刚急喊得一声"老狗"，葛鹰手已伸向胁下，先将气穴点破，跟手又是一下，再朝凶僧口边一捏，下巴便掉了下来。凶僧卧在地上，干看着急，不能言动，尚还不知厉害，方想这类点穴仍和寻常一样，除点时身上发麻外，并无传言之甚，耳听查牤埋怨葛鹰："话未问明，如何点此死穴，又将他口封上？看你老偷儿如何问法！"

葛鹰笑答："问也不说，懒得费事。此是他平日为恶太多，鬼蒙了心，不听好话，自作自受，不能怪我。"查牤又问："那宝物呢？"葛鹰气道："查老二，难为你混了多年，这点事也看不出。再不相信，我不管了。"

黑摩勒接口笑道："查二叔你不知道，秃贼本领真高，他把天目山整座岩洞都带了来。师父和他好说不听，只可自己下手了。"查牤闻言笑道："我是故意问的，在座只我哥哥一人未必明白。你看狄三叔可曾开口？不过我先不知道，也是听你方才的话才被提醒。强将手下无弱兵，你这黑小鬼果然真行，连我也爱。"

葛鹰朝黑摩勒把怪眼一翻，喝道："你既逞能，还不为我取来！"江、童、唐、铁诸小侠见凶僧急怒攻心，貌更狞厉，宛如恶鬼，上身衣服已全脱去，只下半身穿着一条破裤子，上下空空，哪有藏宝形迹？葛鹰师徒口气偏是如此拿稳，心方奇怪。黑摩勒人已上前，笑嘻嘻道："贼和尚，你此时也不会开口。可是这类点穴，日前金华江边，曾见车三叔用它制一淫贼恶人。彼时情势真个惨极，连我也看不下去。又被点后，不动他还不觉得，稍微一动，便是一片树叶落在身上，也比刀割还痛。你把宝物藏在别处也好，偏藏在肚皮眼里，以为你有气功，把它隔皮吸进，外面只有一点肚脐眼缝，里面却被皮肉裹紧，宝气也被掩蔽，自然看不出来。却不想你人甚瘦，哪有这深的肚皮眼呢？不是恶贯满盈被人擒住，这法子果是好极，又不露白，也不怕丢。我师徒先还不曾想到，后见你气功真好，外表一身松皮，独单肚皮眼一带肉皮发紧，后来把你放开，你那贼眼又不住偷看你那肚子，往里收气，我才拿准。我料你心服口服，不冤枉吧？这就要动手了。"说罢，手朝凶僧肚腹一摸一按，再扯肚皮往外一翻。**显一显黑摩勒之能。否则少年英雄越出越多，他不免"泯然众人"，有悖于为文、叙事"应立主脑"的规律。**凶僧立觉周身奇痛攻心，宛如无数刀针乱刺，外带麻痒，比什罪孽都要难受，偏是口开不出，求死都难。正自万分悔恨，一阵剧烈痛痒之中，黑摩勒一声欢啸，一道金霞已随手而起。当时宝光上烛，楼前一带已被霞彩布满。

众方惊喜，争前观看。先是狄遁疾呼："大家速往楼内再看！宝光太强，莫要惹事。"紧跟着又听一老人口音大喝："强敌已快上门！你们怎如此冒失？"声到人到，一条白影已由林外飞进。

第二十六回　绝顶水气风雨恶
浩荡云涛剑光寒

　　前文黑摩勒、江明、童兴三小弟兄由黄山起身，往赴七指神偷葛鹰十日之约，行至兵书峡附近林野之间，打败铁扇子樊秋，救了唐枢、唐素玉兄妹，并与铁牛师徒重逢。跟着七指凶僧法灯暗中掩来，因恨樊秋背叛，穷追不舍，正下毒手，金眼神猬查洪和中条七友中的黑骷髅查牦、天山大侠狄遁先后赶到。狄遁由高崖顶上飞身直下，凌空一掌将凶僧打倒，与诸小侠见面叙谈之后，同往兵书峡小聚。江明同了唐氏兄妹先走，众人在后提了凶僧，且谈且行，忽被葛鹰将凶僧盗去，指点黑摩勒，智激守峡异人庄恒，刚把话说明，众人也由后赶到，同往唐家。葛鹰同了庄恒好友黄云鹄已经先在，当由葛鹰拷问凶僧前被劫走的娲皇至宝下落。凶僧阴险贪狠，不说实话，反用毒手暗算诸小侠，致将葛鹰激怒，用七绝手点了凶僧六阴死穴，封了口窍。众人方觉凶僧所劫奇珍尚未献出，如何点他死穴？不料葛鹰师徒早已看出凶僧仗着一身极好内功，将娲皇至宝吸入肚脐之内，皮肉包裹，甚是严密，连宝光宝气一齐掩蔽。凶僧气功将入化境，不动手时，仿佛皮包骨头，又瘦又干，稍一用力，全身立即暴涨，变成强壮坚实，精力弥满。此时重伤之后，倒地装死，前半一身松皮，满是褶皱之纹，惟独脐眼一片，皮往内凹绷得颇紧。自己如非断定凶僧天性疑忌，拼冒奇险得来的至宝奇珍，存放别处，决不放心，又狂傲自恃，定必藏在身上，格外留心查看，也难识破。为想试试爱徒目力心思，先未叫明。黑摩勒猜出师父心意，立时上前挖苦了几句，便将凶僧腹皮扯起，强抠出来。凶僧被人用七绝手点了六阴穴，一张纸拂上身去便如刀割，痒痛钻心，平日为防宝气外露，腹皮收缩，又紧又深，况当真力劲气已失、身同瘫痪、不能言动之际，怎禁得起行家的手强扯强抠？当时奇痛麻痒，钻心刺骨，比千刀万剐还要难受，想起平生所行所为，遭此恶报，悔恨无及，料定死前不知还受多少罪孽，再想告饶伏输，求一速死，已无法开口。当时急怒攻心，逆血上行，就此疼晕死去。黑摩勒见凶僧疼得周身直冒冷汗，方想秃贼虽然为恶太多，该受此报，已然够他受用，何必做得大过，何不给他一个痛快，免得看了难过？念头才转，脐眼中的宝物已被取出，到手一看，乃是一个奇怪蚌壳，大还不到两寸，作六角星形。上面满是彩晕，映日流转，并不透明，内里却映射出一寸许方圆一团光华，也是六角形状。但有一角暗而无光，似在轮流闪变，明暗相继。单看外面，已觉彩霞辉映，耀眼生缬。因听陶元曜说过，奇形外有宝匣，试将蚌壳拨大约数寸，蚌壳大小，里面好似一粒六角形的大蚌珠，未必便是元江金盆中的娲皇至宝，心中生疑，便用手指一拨，因见外壳严丝合缝，封闭甚紧，恐难打开，用力稍猛，不料蚌壳竟似活的，居然随手而起。只见一片金霞射目难睁，还未看清何物，楼前大片地面，连四外的山石林木溪流飞泉，全部映照成了金色。正自惊奇，在场众人也忙抢过去观看，忽听有人大喝：“强敌已寻到门上，诸位如何这等冒失？”声到人到，由林外飞也似纵进一个白衣老人，才到便将蚌壳连宝抢去，合拢一起。

黑摩勒那么眼尖手快、长于应变的人，吃对方劈手把蚌壳夺起，竟如无觉，心中一惊。来人已从容立向面前，将蚌合拢，请众入楼再谈。定睛一看，见那老人生得身材高大，声如洪钟，白发红颜，银髯飘胸，手白如玉，便少年人也无此细润。又穿着一身白衣红鞋，通体如雪，净无纤尘，来势那等神速，却和没事人一般，**奇人迭出，波澜不息**。神态安详，气度高雅，又带着一脸和善之容，令人对他自然生出可亲可敬之意。暗忖此老与黄山茅篷所见高僧，眉目好些相似，只是高矮胖瘦不同。这里并无外人，许是司空叔所说云峦和尚的兄弟，怎武功如此好法？查牤已指老人笑道："这位便是隐居本山多年，唐家母子全仗他独力保全的今之异人——太白先生阮成象。"在场老少诸侠，除查、狄二人与老人旧交外，连查洪、葛鹰也是初见。

黑、江、童三人，早听师长说过此老一生奇迹和那一身惊人本领，万想不到兵书峡保了唐氏母子隐居的便是此老，全都惊喜交集，随同上前礼见。到了楼内，各自落座。阮成象闭好门窗，才将蚌壳取出，微开一缝，用手遮住，令众同观。众人见那壳中蚌珠大约径寸，作六角形，金霞灿烂，精芒射目，不可逼视。细一观察，才知六个星角只有五角发光，一角独暗。宝光强烈映照之下，暗的一角直似一个虚影，互相徐徐转变，由明而暗，相继发光，隐现不停。江明知那宝珠关系亲仇甚大，关心最切，笑问："这不过一粒径寸六角宝珠，看去奇怪，有何实用？怎的谁都看重，为它伤了多少人命？听家师说，此宝外面还有一个玉匣，秃贼已全劫走，前古宝匣，决不舍得毁弃，如何不曾搜到？"

狄遁笑答："起初我也不知底细，自被凶僧用摘叶伤人手法暗放冷箭遭了暗算，觅地调养，无意中遇见天门三老大弟子仇旋，才知此宝名为神龟宝，又名洛珠，乃万年神龟内丹，与河图洛书同时出世，被娲皇收去，专御烈火洪水，更具起死回生灵效。任是多么重伤奇毒，只将此珠那根暗角，趁其快要放光以前，对准伤口，便觉遍体清凉，转眼将毒吸净，合口复原。别的妙用尚多，也说不完。外壳形似一蚌，实则神龟精气所结，此宝非它保养不可，并非真蚌。不过此宝最忌血污，只沾上一点，光华立暗，须经二十四昼夜才能复原，治伤毒时必须留意，不可挨近沾染血污而已。藏宝玉匣乃后人所添，以防宝气精光外露、生出事来，虽也可贵，不是常物，但是有无均可，无关宏旨。秃贼许是树下强敌，事后心寒，仗着练有极好气功，想出腹内藏珠之法。珠虽藏好，仍恐仇敌和被害人追寻，不是弄上一粒假珠放入原有匣内，引人往盗，将其失去，便是假藏隐秘之处，故意现些形迹，引人窃取，再闹一点花巧，作为此宝得而复失，不在他的手内。否则，芙蓉坪老贼比他更要贪私残酷，如知此宝在他手内，便与一党，也不放过。可惜葛兄仍是心急手快了些，稍缓下手，必能问出玉匣所在。以我猜想，就许藏宝玉匣现落老贼之手也未可知呢。"

葛鹰笑说："我虽疾恶手快，决不冒失。如非断定秃贼腹内藏珍，可以手到取来，为了尾随数日，见他凶狂残忍，胜于人言，实在气他不过，才拿话把他绕住，好使自作自受，我决不会对他下那毒手，只没想到还有一个玉匣罢了。这个容易，包你还问得出，否则也在我的身上。只要世上有这东西，早晚必使珠还璧合如何？"说完转身就走，黑摩勒连忙跟去。查牤笑说："这两人真个难师难弟，最奇是还有铁牛这个徒孙。这三代师徒，哪里寻第二份去？"

铁牛本来贪看奇珍，在旁等候，闻言忽想起师祖还未理我，又有好些话没和师父说，不愿再看宝物，转身就走。江明方喊："铁牛慢走，你也开一开眼！"忽听童兴惊呼："明哥手臂怎会这样红法？"众人一看，原来江明看宝时，也学诸长的样，用一手遮住，朝内注视。不料无意之中开大了一些，袖子又短，宝光强烈，正照其上，竟连内里骨头和精气流动全都照出，看去成了一条血红色的手臂，中间里的一条白骨和五根瘦小指头，看去十分怕人，宝光一撤，又复原状。众小弟兄，惊奇问故。

阮成象笑道："这也是此宝灵效之一，无论人体和山石金铁各种物事均可透视。有何疾病，内藏何物，一望而知。为有救人济世之功，妙用甚多，故此谁都看重。否则，我们世外之人，不比盗贼恶人见财起意，怎会放在心上？只是此宝光华强烈，便不打开外壳，内行眼里，老远也能望见宝气。再不小心，随意取看，精光上腾，满天都是金光霞彩，最易招灾惹事。非有极大福德本领的人得到手内必取杀身之祸。我们用作将来钓大鱼的香饵，固是极妙，事完之后，能否长期保有，尚不可知。秃贼乃狄三弟生擒，按说此宝应归三弟保存，不过三弟云游在外，归期尚遥，这类旷世奇珍带在身旁终非好事。如交葛兄师徒代为保管，以他二人性情，连黑贤侄这口灵辰剑，我尚代他担心，疑是娄公明兄别有用心，此宝如何可以随身携带？先听狄三弟说来时曾受陶道兄密嘱，说芙蓉坪老贼阴险凶毒，机智绝伦，昔年几家未被杀害完的寡母孤儿，已渐显露形迹。此后双方不免接触。老贼什么坏事都做得出，性又多疑善忌，一步接一步，步步派得有人；一经发现敌踪，务要逐处留心，才免暗算，尤其是在我们这面时机未至，人未聚齐，势尚孤弱之时。我虽久闻老贼善用权术，心深机巧，能得党羽信仰，受其利用，死而无悔，为了昔年只是一时激愤，与朱、白两公无什深交，和叛贼仅见一面，未与交往，又知陶道兄老成持重，一生谨慎，还当所说各节稍微过虑，未甚深信。后在峰顶眺望，才知老贼真个凶险，对于凶僧只管重托，又知凶僧本领必能胜任，依旧派了心腹尾随下来，暗中监防。万一有什变故，不问两小兄妹是否朱、白两家遗孤，先行杀死，打了宁枉勿纵主意。这还不说，自从去年闻说有人在兵书峡发现两个有本领的男女幼童，便派了几个爪牙，假作入山樵采，分成两起隐伏离此七八里的土人家中，专一窥探两小兄妹踪迹住处。老贼手下人多，因材取用，并不一定要好武功。派来奸细虽极刁狡，因其无什本领，外表老实，装得极像，决看不出是奸细。两小兄妹已与遇见过好几次，如非兵书峡地势僻险，奸细武功有限，只会打些寻常野兽，不善攀援绝壁；两小兄妹又奉乃母和我严命，往来形迹十分隐秘，决不吐口，早连住处也被探悉。内中一个姓邓的最坏，我曾见过，并由虎狼口中将他救下，只当是近山猎户，并未看破他的形迹。尾随凶僧的共是两人，武功均有根底，想是知道凶僧和樊秋还有多半日耽延，意欲抽空寻两奸细探询遗孤近况，刚走不久，双方便交了手，同时凶僧已被擒来峡中。我望见这四名贼党藏在林中密计，行动鬼祟，又认出那两樵夫猎人，生了疑心，暗往窥听，才知那是老贼派出的奸细贼党。又听出后面还有三个厉害人物，乃老贼近年结纳的党羽，一半为了凶僧和老贼分手时话太狂傲，心中嫉忿，又恐走口，表面奉承，赠以重金，暗中专人与这三个凶人送信，引使火并，就便劫杀两小兄妹，以防所料如真，凶僧视为奇货可居，向其要挟。这三个凶人隐居九华山铁花坞，本领甚高。我今年春天，无意中听人说起，他们与老贼成了一党，恐留后患，久欲往探，未得其便。如被寻来，本山难免多事。我将四贼擒住，问明罪状，分别处置之后，忙即赶回商计。黑贤侄已将宝珠取出，幸我归来尚早，否则，宝光上腾惊动仇敌，岂不又生枝节？"

江明忙问："阮老世伯所说，可是铁坞三凶么？小侄三年前曾听家师说过，三凶姓邱，两男一女。他们与芙蓉坪老贼曾有仇怨，结成一党，想是近年的事了。"

阮成象答道："邱氏兄妹和老贼昔年果有仇怨，后因邱妹墨兰湘江访友与仇人狭路相逢，**插叙、补叙，是拓展故事手段，用多了便不高明。**寡不敌众，眼看受辱，巧遇老贼爱妾冉金玉往朝衡山，经过当地。贼妇人甚机智，听同行爪牙说那被困的女子，乃是邱氏三凶中的雌虎，想起老贼为护手下徒党，无意中伤了邱大的心爱女子，结下仇怨，常想托人化解，未得其便。难得有此良机，立率同党上前相助。贼妇原有一身好武功，同行朝山的男女七人都是能手，又有两个会打独门暗器的，满拟出手必胜。无如对方也是江湖上的有名武师，为了三凶心狠手黑，不讲情面，一味凶横，伤人太多，女贼邱墨兰性更残忍，遇敌从不留人活路，于是动了公愤。所约的人，无一庸流，为首一人，名叫黑温侯申天爵，所用一双六阳戟，乃崆峒派失传多年的独门兵刃，武功更高。斗了半日，邱墨兰仅得转危为安，双方只打了一个平手，贼党方面还有一人受伤。总算贼婆机警，一听申天爵自道姓名和与三凶结仇经过，便知事非易了，只管心中拿稳，仍恐难获全胜，暗命随行同党拿了老贼信符到附近寻人相助。打到黄昏月上，所约援兵相继赶到，互相拼斗，杀了一个难解难分。彼时申天爵等也添了两个好手，正自加威，不料贼婆的情人，江湘四大飞贼之一的偷天燕王云虎得信赶来。王贼与贼妇冉金玉虽是老相好，因恐老贼难惹，只在贼妇朝山时私会了一面，因见随行人众，恐被看破，连行都未敢送。分手之后，必正恋恋，忽听前途遇敌，立即飞驰来援，只顾讨好，也没细问敌人是谁。到后一看，对方无一弱者，并且申天爵也在其内，料定生死存亡之局，行藏已露，休说被人打败，为首诸敌如不当场除去，也必从此多事，永无宁日。当着心上人和诸贼党，其势不能打一招呼，临场却步，心中一横，立生恶念，把那轻易不用的迷香暗器子母连环梭准备停当，方始上前叫阵。申天爵天性疾恶，见是昔年在好友鲍飞鸿手下漏网的黑道上有名淫贼偷天燕王云虎，先自忿怒，忙即上前迎敌。申天爵原知王贼来历和所用迷香毒药厉害，也是死星照命，自恃武功精纯，一面先抢上风，暗运气功，打算迷香一现，立把七窍闭住，不令侵入口鼻，一面就势诈败，施展杀手，先将眼前大害除去，再打主意。谁知王贼刁狡异常，深知对方武功惊人，看出用意，先不发难，仗着身法轻灵，一味闪避，不与硬斗，冷不防飞身一纵老远，先取三粒迷香弹，朝别的敌人分头打去。申天爵只当王贼知他深悉底细，所用迷香难于奏功，不敢妄用，乘着纵避之势暗算别人，敌我双方打得正急，惟恐同伴受伤，忙喝众人留意，一面纵身向前急追。正往下落，每枝六阳戟上的六枝月牙钢环，已各化作一蓬银花，带了细链，离戟飞出。眼看敌人全身已在笼罩之下，万无生理，不料他这里忿怒情急，把师门秘传，曾奉严命，不是遇见生死关头，对方又是十恶不赦的强仇大敌，轻易不许妄用的'六月飞花'施展出来。王贼也是深知敌人厉害，斗久必难活命，特意使出死中求活的险招，一听脑后风生，忙施轻功绝技'鱼跃龙门'，身子往侧一偏，就着贴地一翻一滚之势，反手一连环梭朝上打去。申天爵不料迷香藏在梭内，又当快要得手之际骤不及防，一见敌人就地翻滚，长梭上面九环齐开，立有九股彩烟激射而出，自知上当，忙即屏气，已自无及，当时觉着头昏目眩，急怒交加，昏迷百忙中，连人带双戟齐朝王贼横扫过去，身才倒地，神志已昏，申天爵武功极高，来势万分紧急。按说王贼本难幸免，事有凑巧，和女贼对敌的本是能手，先被迷香弹打中昏倒。女贼刚把人杀死，瞥见王贼危急，飞纵过来，用剑挡了一下。申天爵手中戟一歪，就此打空，人也倒地，只地面上划碎了几条大小裂痕。王贼虽得逃生，仍被戟上月牙扫中右膀，几乎残废。男女二贼立将申天爵杀死。为首两名武师一死，贼势大盛，王贼迷香，中人必倒，成了一面倒之局，如何能够再打？未及逃窜，被众贼党迫上前去。能逃活命的只得两人，一个还受了伤。女贼由此感激，归告两兄，才与老贼释嫌修好。此事令师定必知道，也许尚未对你说起。三凶原在鄱阳湖边居住，不知何故，近年移居九华后山铁花坞。这兄妹三人都生得短小精悍，脚底尤为轻快，眼珠金黄。男的鼻小耳大，极易辨认。此后难免与之相遇，不可轻敌呢。"

二人正谈说间，黑摩勒忽然走进，笑问唐枢道："原来金华江船上，吕不弃师姊说司空叔引来江家世弟，索取吕师伯昔年代人借去的一件前古异兽玄牦皮所制皮衣，因问出自身来历姓名，哭求吕师伯，引往拜见说那皮衣下落的竟是你么？此时我正忙于北山之事，明弟又正回家奉母两日未见，以后同去黄山。因知事须慎秘，明弟和我情如手足，无话不谈，既未开口，也许奉有师长严命，不许泄露。后遇小癞尼，听明弟口气，又似未知前事，又防他向我反问，追根究底，一直未提。方才听葛师说，才知吕师姊所说明弟，便是祝三叔洞中卧床养伤的少年，你二人原是自家弟兄，我已知道，你化名唐枢，为何又与明弟同名呢？"

唐枢答道："我闻家伯母隐居永康，司空叔也在那里，奉了母命，前往访看，不料路遇贼党多人，不知何故生了疑心，我寡不敌众，为其所伤。幸遇祝三叔打败群贼，本要带往永康虞家，中途忽然想起一事，改往金华北山，在后洞中静养了半日。祝三叔随说，司空叔和诸老前辈均在江船之上，令我往见。到后吕世伯谈起皮衣之事。我知家伯母对家母昔年有点误会，求其引往相见。此时吕世姊也曾在座。吕世伯知其性刚疾恶，胆大任性，说时曾令回避，语声颇低。我知三弟改名江明，司空叔又曾提到明弟为想由那皮衣探询本身来历和仇人姓名，向其探询之事。我又哭求吕世伯相助，和吕世姊匆匆一面。吕世伯只说我是他常提的故人之子，你的世弟；行时对吕世姊答话含混，并还不令多事，最好随往北山等语。照此说来，不是吕世姊听错，把我和明弟混为一人，便是吕世伯恐其生事，别有用心。我去虞家拜见家伯母时，明弟和家姊均刚走出，吕世伯说了来意。家伯母一听家母和愚兄妹尚在人间，借衣人竟是家父昔年至友阮二恩伯，惊喜交集，出于意外，家母前嫌又早解消，本意还想留我多养两日再走。吕师伯说我伤已痊愈，尚有要事，不能久停；尤其仇人厉害，党羽众多，防不胜防，不特我不宜再往虞家，便家伯母不久也要迁居，免得连累好人，自身也多惊恐，连家姊也未容等候，便催起身，连夜送我回山，又告诫了几句，方始分手。二位老人昔年妯娌情分最厚，和柴家大姨尤为莫逆。家母一听伯母和大姨的下落，如非吕世伯行时嘱咐，说仇人近来发觉昔年孤儿寡母并未杀完，已有好些可疑少年男女出现，侦骑四出，北山会上便有不少。女贼丐花四姑明日非死不可，经此一会，小弟兄们多露头角。柴家大姨母女和金线阿泉先就犯忌，定必由此寻访踪迹，如往永康，须在七日之后，此时万去不得；家母定必立时动身，闻言知其断事如神，不敢疏忽，勉强挨到第七日，本就要走，忽听人说，北山会后才三二日，永康、金华一带便有仇敌爪牙踪迹，小铁猴侯四叔几受恶贼暗算，如非祝三叔和醉鬼奚四叔，命都不保。贼党得知四叔所护乃独叟苏半瓢之女，断定我们两家遗孤不会嫁与富人为妾。本来已可无事，家姊江小妹为了拒婚，又与两个贼婆结怨，终于泄露风声。侯四叔受伤未愈，还不知道危机将临；家姊虽然得信，因恐家伯母愁急，暂时又无投奔之处，而她结义姊妹兰珍姊姊怀有身孕，快要足月，侯四叔受伤，恐有苏家仇敌寻来暗算，其势不能弃之而去，本是愁急万分；幸而大姨湘江女侠柴素秋带了阿婷姊姊还有一位世兄名叫陈业，一同寻来，跟着陈世兄又引来两人，一名蒲红，一名莫准，都是名家子弟，武功既好，又有祖父威名蔽荫，听说还是奉命而来，以防万一，来时形迹自极隐秘，一旦有事，便各挺身上前。凭这老少诸位，除非老贼自率徒党大举来犯，足可应付。主人夫妇又极义侠，听家姊明言处境艰危，恐有连累，丝毫不以为意，后经劝说，才照家姊意思将所居后园隔断，分为两家。家母越想越觉可虑，不等天黑便即赶去，想将家伯母她们迎来兵书峡同居。一则这里地势隐僻，外人决难深入，而隐居峡中的十多位长老均是世外高人，峡中百十家老少男女也都从小得有真传，家学渊源，无一庸手，即便贼党寻来，不过时机未至，把事闹明，使仇敌多上一层戒心，别无他虑，何况事前又得诸长老允许，破例容留外客人居，并令全峡中人随时相助，只要把人接来就可无事。愚兄妹本想跟去，因阮恩伯力阻，说我功力不够，舍妹更是年幼，走在一起易启贼党疑心，反多累赘。家母自遭家难以来用功越勤，多少年来，不论寒暑，从无一日间断，人又机警，孤身行路，往来迅速，只一赶到永康见人之后，起身同回，便遇几个厉害贼党，也能应付。愚兄妹也知这几位老人武功高强，便几位姊妹兄弟也非好欺的人，家姊新近又蒙一位异人送她一口好剑，此行决可无事。不知怎的，家母走后心神常是不安，舍妹昨夜又做了一个怕人的梦，梦见家母被一黑蟒缠住，今早正向庄世伯请教，心中愁急，一同去往洞外登高眺望。正遇铁扇子樊秋要将我们擒去，勉强支持，打个平手，有心逃回求救，又恐分开力弱，正无可奈何，幸遇明弟寻来。我刚逃回，黑、童二兄和诸位伯叔也相继赶到，激走樊秋，除去一个大害，还把娲皇至宝洛灵珠得到手内，真乃万幸。先因玄牦皮衣之事，家母不许向人泄露，明知明弟是一家弟兄，家母还想接他来此，断无不许登门之理，无如山规大严，不容擅引生人入内，自家身世隐情，更是迭奉母亲师长严命，未经允准，对任何人不许吐口，再者所知也不详尽。明弟情切父仇，再三向我探询，声泪俱下，实在可怜。好在狄、查二位伯叔已允做主，于是同了明弟先赶回来。本意引见阮老恩伯，向其请示，不料今日之事老恩伯已早探明，有了成算，断定来贼想擒活的，又由高处眺望，看见黑兄明弟寻来，自和狄、查二位伯叔商计下手除害之法，并在山顶查看有无别的余党，主持全局，不曾在家。我三人扑了个空，方觉失望，待往回找。谁知明弟福缘真厚，我从小在此共才见过两次的峡中第一位长老太夷先生忽然走来，对于明弟大为夸奖，代我说出真情，并加指点，还赐了一件极有用的东西。不过以前的事不令对外人说，否则无益有害，甚或误人误己。黑、童二兄虽非外人，一则话说太长，二则太夷先生料事如神，不在吕世伯之下，**集中解释前文悬疑。金庸也有此类笔墨，如《天龙八部》，玄慈交代萧峰身世恩怨，刀白凤交代段誉"姐姐妹妹"隐情。但融于故事之中，便不显冗长。**他隐居后峡危崖高树之上，非有极重要事，轻易不见一人，今日忽然亲来前峡指示机宜，内中必有深意，黑兄不要介意。此时回忆方才所说的话，好似专为黑兄而发。黑兄如随葛老前辈一路，遇事还望小心才好。"

黑摩勒见狄遁正与庄、阮二老，查氏弟兄等密议，笑答："你和明弟的事虽不尽知，也听司空叔露过一点口风。你那芙蓉坪仇人，我更早有耳闻。你弟兄暂时本有难言之隐，我向不喜盘根问底，不说也好。我受命自天，最喜扶弱锄强，义之所在，不计安危，只是穷凶极恶之徒，任多厉害，决不放过，也不受人欺侮。如非葛师命我往寻一人，必须寻到，方才我已跟了同行，不辞而别了。"

查牡偏头问道："令师先走了么？"黑摩勒答道："葛师把秃贼提到外面，先把口禁解去，问他藏宝玉匣何在。秃贼受苦不过，心胆已寒，只求速死，平日凶横之气全都去净，有问必答，毫不倔强。果不出葛师所料，他知娲皇至宝垂涎人多，因其素性狂傲，而又忌刻，虽受老贼利用，心却不忿，又恐风声传出，早晚于他不利，意欲嫁祸于人。事有凑巧，他在三年前得到一面小青铜镜，看出不是寻常，可惜不知用法，装入玉匣，大小正好合适，便将宝珠取出，吸藏肚脐之内，把铜镜放在匣内，还向老贼换了好些珍宝。一面向外宣扬，说娲皇至宝虽然可贵，自家孤身一人，仇敌又多，惟恐因此惹祸，已用重价售与老贼等语，葛师虽料秃贼嫁祸东吴之计未必如此简单，无如秃贼受伤太重，人已不支。我虽痛恨恶贼，似此惨状却真看不下去，便给了他一个痛快，把尸首扔在山洞里面。葛师说他要和老贼见面，相机行事，途中还有一个约会必须先行，无暇回来，令我转告诸老前辈，峡中地势虽极隐秘，只把地道入口一封，外人便难飞渡；庄老前辈为唐家新开这条出口却不大好，看是深藏夹壁崖缝之中，外面并有草树遮掩，实则并无用处，稍为心细眼亮的人一望而知。老贼手下人才甚多，以后务要格外留意才好。"

庄恒笑道："令师此言不差。我原为孤儿复仇时机将至，峡中人间乐土，多少年来向无凶杀之事，不愿使受血污，又想事既闹明，唐家母子必要迁去，不会久留，特地开此一洞，专备擒到外贼刑杀之用。方才我追令师时，忽被太夷先生唤住谈了几句，才知将来朱家复仇，全仗兵书峡作大本营。不特遗孤不会迁走，并有多人陆续到来，到时连那多年静修的诸位长老也要出手。自来因果相循，物极必反，苦痛悲愁之中，往往含有许多生机；难关一过，安然坐享安乐舒适之中，反倒隐伏着未来隐患，祸变突生，立即不可收拾，大难之来，任你智力多高，防御多密，全无用处。盛极则衰，势所必至，故惟助人者始能自助。此间自从先辈避难移居以来近二百年，以前入山开辟草创，均是前人心力所萃，后人坐享其成，仗着天时地利，法良意美，终岁安乐，历时已久。我们居安思危，早具戒心，何况峡中共只有限盆地，平日不纳外人，并非全是自私，一半也是情势所迫，出于不已。近年经我和各位老弟兄常时商计，外人虽进不来，自己人丁却年有增加。照此下去，峡中生产决不够用，如不早为之计，不有外患，也有内忧。想起昔年先人原是避乱来此，发现此间崇山四围，沃土中藏，初来人又不多，足可自给，由此安居下来，与世隔绝。那年开读先人遗训，已曾料到未来之事，说后世子孙虽照山规，无论何人均须自耕自食，计口授田，一切物产均归公有，依时分配，给用为止，便有奇材异能之士，以其智力所得，取之于外，不是侵及公产，超越众人，或是素性勤俭，节衣缩食，积蓄下来，也只及身而止，不得妄遗子孙，养成依赖懒惰以及自私豪侈风气，从无不劳而获之事。毕竟先人缔造艰辛，得天独厚，又为地势所限，一旦人丁增多，峡中地利已全开发，生之者寡，食之者众，一任设想多么周密，巧妇难为无米之炊。除却峡中这片盆地，又无可垦之土，须在危机未归以前，及早设法按照先人遗训，**一段"世外桃源论"**。仍用人弃我取、人不往我往之法，分出一半人来，另寻肥沃荒土，斩草除茅，分耕合作，空身立业，好在峡中耕猎之具新陈代谢，年有存余。到时只消去往远近山野之间，觅那可供开辟之地，去时并还带足衣粮，不消一年，便有成效。由此推衍下去，不特土广人多，永无尽时，更可使一班无业穷苦之民闻风而起，专寻无人耕种的荒山野地，集众开垦。年时一久，不特增加国家人民财富，使千万饥寒足食丰衣，单那各地名山风景之区，也必增加好些美观，添上许多游展。否则，只顾自家安乐享受，由少壮至于老死，除以智力自给外，庸庸一生，毫无作为。人生数十年光阴，一混即去，与草木虫豸同腐，有什意思？先人原有康济时艰之至言，只为遭时不遇，连经丧乱，年已迟暮，志事不应，为环境所迫，才率家人暂时入山避乱，由此安居下来，独善其身并非本怀，务望后世子孙，仰体先人推己及人的遗志，过了乱时，不等人丁众多，先自分人开发，把富国裕民之计，寓于寻常耕作之中，先使自身有了立足安身之基，然后潜移默化，推己及人。世无饿夫，焉有乱民？只管不曾遭逢时会，身秉国钧，为民福利，到底也要救助不少穷苦人民。而这十几家子孙，数百人丁，先就自给自足，没有一个不劳而获的惰民匪徒，这等做法看去甚缓，但是过上一年有一年的成效。人生有尽，国运无终，只要官家不来剥削作梗，风气所开，互相效法，当政者再稍提倡奖勉，利之所在，宛如万流归海。人民潜力至大，切身利益，无须官家督促，自然奔赴，不出十年，必有大成。况我国家土广民众，地利无穷，可作为的事正多。稍具毅力气量的有志之士，便不当政，照样也能做出许多事业。为了人情喜逸恶劳，安土不愿重迁，本山可耕地少，势须去往远处开辟。虽然先人立有好些法规，耕读并重，务使明理，一切重在身体力行，不尚多言，仍自因循下来。我们为首十余长老，每读遗训，必生惭恨，外人多当我们是些与世无争的自了汉，其实不然。前些年，早就暗中分人出山查看准备，打算遵照先人遗训试办一回。只为官贪吏污，到处土豪恶霸盘踞横行，峡中居人，十九终身不曾出峡一步。这里风景明丽，气候温和，四时如春，过冷过热的边荒之区，沃土虽多，恐非所宜。他们第一次分人出山开垦，近城市的恐为贪官恶人所欺，因而生事；如使置身蛮荒邪寒之区，多受瘴气酷暑、狂风大雪与毒蛇猛兽之险，就能忍苦奋斗，也有伤亡，易使后去的人畏难却步。故此第一次定要寻一风物良美，和这里差不多的好地方，一面自耕，一面招人同垦，循序渐进，随时倡导；我们再同分头主持照护，拼耗二十年心力，比先人所拟加上一倍，必有成功之望。以我们近年查看所得，只芙蓉坪左近山中，到处都是沃土森林，更有不少药材矿产，后谷一带，经过朱氏父子多年经营开辟，更无庸说。可惜老贼只知奴役佃人，穷奢极欲，以为前主人准备光复故物的多年厚藏，一百世也用不完，除却兴建园林房舍外，连昔年寓兵于农的大片肥田，均被填平了一小半。佃户旧人多是朱家子弟兵，除却屈于凶威假意降顺的，还能在他暴力监压严防之下苟延残喘，余者不被惨杀，也必逃亡。当年准备起事作根基的三千子弟兵，至多剩下十之一二，又都老大，只管怀念遗孤、人心未死，已不似昔年那么英勇，怀有远志了。老贼阴忌刻，决不容人在他肘腋之间居住耕种。本想等他恶满自毙再去，恰巧遗孤母子来投，正好助人自助，一举两便。我昨日已和诸长老公议，除不相干的外人暂时仍禁入境外，只与唐氏母子有关的人来此，任凭居住出入便了。我知此老人中之龙，智计绝伦，轻易不出见人，今日竟为此事亲身寻我，可知事关重大，必有远计。另外还有些话不宜先说，只知令葛师此去芙蓉坪，未必尽如人意。你们今夜明早均要起身，路上均要小心而已。"

狄遁接口笑道："我和庄、阮二兄原是至交，峡中十六位长老，也有四位相识。近日在此小住，便奉家叔梁公之命，为护两家遗孤，并代划策而来。这些世外高人，寻常决难一遇，诸位贤侄何妨多留两日，由我与阮老兄先容，同往拜见如何？"黑、江二人，一个奉有师命，又惦记芙蓉坪之行，意欲随后赶去；一个知道母亲、姊姊踪迹已泄，仇敌正想暗算，叔母往接未归，心中愁虑，恨不能当时迎去。闻言江明首答："家母尚在途中，小侄不大放心，少时便要迎上前去。好在三叔暂时不走，小侄又寄居在此，等家母家姊到后一同拜见，也是一样。"狄遁还未开口，阮成象插口道："你去无妨。万一途中有事，你来时太夷先生所赐铜符不可忘却。黑贤侄过了明日再走如何？"

黑摩勒已知峡中诸老多是师门至交，庄恒也是一位前辈异人，连忙躬身答道："葛师行时，原防贼党生事，令弟子暂留两日，候到江伯母来再走，狄三叔既肯暂留，又有诸老前辈在此，多小侄一人并无用处。葛师又令伯母到后，速往武夷，为他代寻一人，事未明言，关系却大，行时还给了半个金钱以作凭信。那人乃葛师好友，性情古怪，不见生人，最难寻到；走得越快越好，偏又要等江伯母来再去，难得狄三叔在此，弟子只好先走一步，改日再专程来此拜见诸老前辈了。"狄遁闻言似想劝阻，刚一开口，被阮、庄二人止住，朝查牝看了一眼，同声笑道："天下事勉强无用，令师之言本有用意，既想先走，索性此时起身倒好。"

黑摩勒随口应了，因铁牛武功尚差，欲令留下，事完再带他。铁牛不舍师父，苦求同行。查牝笑道："你带这样好徒弟，还怕遇敌累赘么？"黑摩勒一则好胜，又见铁牛恋师意诚，只得答应。江明立起告辞，童兴也要同去。查忤道："你两人并不同路，童贤侄令师日内要来，何必都走？"童兴因知唐氏兄妹也要一同迎母，想和江、唐三人同去同回，诸老也未再劝。这几位小侠全都性急，酒饭先已吃过，见夕阳未落，天气良好，又是中旬月光，正好赶路，便同告辞起身。黑摩勒行时，微闻诸老谈话，仿佛前途有险，语声甚低，也未听真。因唐母归途另有捷径，途向不同，又急于把事办完去追师父，料知江氏母女许多能手同行，决可无事，用不着自己，才出洞口，便提议分路。

　　江、童二人知他心意，各订后会而别。